青云棘路

上册

同行者 著

中国言实出版社

图书在版编目(CIP)数据

青云棘路：上下册/同行者著. -- 北京：中国言
实出版社, 2024. 12. -- ISBN 978-7-5171-4034-4

Ⅰ. I247.5

中国国家版本馆CIP数据核字第2025J2F253号

青云棘路（上下册）

责任编辑：王蕙子
责任校对：李　岩

出版发行：中国言实出版社
　　地　址：北京市朝阳区北苑路180号加利大厦5号楼105室
　　邮　编：100101
　　编辑部：北京市海淀区花园北路35号院9号楼302室
　　邮　编：100083
　　电　话：010-64924853（总编室）　010-64924716（发行部）
　　网　址：www.zgyscbs.cn　电子邮箱：zgyscbs@263.net

经　　销：新华书店
印　　刷：四川科德彩色数码科技有限公司
版　　次：2025年4月第1版　2025年4月第1次印刷
规　　格：880毫米×1230毫米　1/32　30.5印张
字　　数：678千字

定　　价：158.00元（上下册）
书　　号：ISBN 978-7-5171-4034-4

自　序

　　一九六八年我高中毕业回家，看着眼前农村光景，觉得除了生产队劳动挣工分，不知寻路何方，当晚作诗一首。

　　回乡知青梦，农村人世间。
　　前程唯苦斗，不扫祖先颜。

　　此后大约二十来年，社会上出现了"老三届"的种种说法。对照自己，虽不是下乡知青，却属于"老三届"中一员。因而时时留意，渐渐对"老三届"有了一些认识。

　　所谓"老三届"，是指新中国成立前后几年诞生的人，1966 年至 1968 年间毕业的初、高中生，因为特殊原因，他们中的一部分学生被称为"老三届"。"老三届"自幼同受国家和人民教育培养，同被中断中学学业，同怀青春梦想，户口是城镇的下乡、是农村的回乡。在不同的环境条件和不同的人生际遇中，他们以各自不同的方式为新中国的富强奉献了一生。

　　如果把"老三届"的成长奋斗历史放在社会发展长河中看，不难发现先知们早已为此诠明：

"穷且益坚，不坠青云之志。"

"故天将降大任于斯人也，必先苦其心志，劳其筋骨，饿其体肤，空乏其身，行拂乱其所为，所以动心忍性，曾益其所不能。"

"有志者，事竟成。"

这既是他们所受的教育，也是他们的命运。

"老三届"响应毛主席到农村去接受贫下中农再教育的号召，心怀改天换地志向，在艰苦环境中劳动学习锻炼，成长为新中国革命建设和改革开放各哨位上不可或缺的忠诚力量。

"老三届"是新中国非常勤奋的一群人。这群人自幼在国家、人民教育和中华民族勤俭思想熏陶下，在艰苦环境中勤奋学习，勤奋劳动，勤奋生活，逐渐养成勤奋习惯，成为有知识的勤奋的一群人。

"老三届"是为新中国富强付出太多的一群人。这群人体尝过新中国成立后的穷困，经历过探索国家发展的曲折，感受过改革开放的艰辛。一生当中吃苦多、奋斗多、曲折多，成为付出太多的一群人。

"老三届"是新中国家国情怀深浓的一群人。这群人把家看成自己的根；把国看成自己的命。对上缅怀祖宗之德，不忘父母之恩；对下尽培养后辈儿孙之心，穷延续血脉根基之力。赤诚报国，心系人民；家国同忧，无止无休；荣辱与共，生死同程。

"老三届"是新中国接受中华优秀传统文化很全面的一群人。这群人涉猎中华传统文化广泛。汲取江湖庙堂、儒释道法、诸子百家等传统文化精华，把仁爱诚信、礼义廉耻、忠孝善德、勤俭气节等作为立身之本、处世之基。

"老三届"是新中国接受西方文化非常理性的一群人。这群人懂得毛主席"洋为中用"的本质含义，分得清西方文化的精华与糟粕，看得明对国家人民有害还是有利，为改革开放发展的推进起到了甚为有益的作用。

"老三届"是很明事理的一群人。这群人虽然吃亏较多，但是最有满足感，最能忍让、最知感恩。他们深知穷家难当，国家这么大，人口这么多，能发展到今天实属不易；他们深知世有不公，毕竟衣食无忧；路有不平，终能安享太平。所以，每当国家人民利益受损、公平正义受辱等大是大非问题出现的时候，他们总是以大局为重，毫不犹豫地站在国家人民一边，自觉尽最大的力气。

"老三届"是新中国非常幸运的一群人。这群人在困苦中来到人间，有幸遇上了新社会。没有剥削与压迫，没有欺诈与霸凌，共享衣食无忧、人人平等、夜不闭户的舒心；抗美援朝战争的胜利，为他们提供了一生的社会太平。虽有强敌层层封锁，亡我之眼狠盯，却没有战乱降临。避免了国破家亡的惨痛，流离失所的凄凉，骨肉离散的伤悲；改革开放发展的环境为他们开辟了大展拳脚各尽所能的天地。实现了历朝历代数千年梦寐以求的小康，消灭了衣食住行堪忧的绝对贫困，发展了科学技术为标志的生产力，安享着丰富物质生活与自由自在的欢欣；不仅见证了新中国从胜利走向胜利，而且目睹了强敌的日渐衰微，坚定了对光明未来的信心。

"老三届"产生于特殊年代，为深谋远虑的人才布局时期。因为有了这一战略布局，才成就了"老三届"这群人的独特历程；因为有了这一战略布局，才造就出许多改革开放中担当大任之人。

"老三届"——共和国的骄子、新中国的同行人。他们已经进入暮年，正在顽强地老去。有如繁星密布深空中一划而过的耀眼流星，也有如不尽东流滚滚而去的长江逝水。历史的云烟终将消散，不死的精神定然永存！

——献给"老三届"朋友们。

2024 年春

目 录

CONTENTS

第一回

际遇殊同胞道不同　擅改约贪乐弟坑兄

金鹿峰东，凤翔江南，沿岸狭长冲积平原紧挨着排列如阵的逶迤高山。近看山势峥嵘，远望山脊参差，形如锯齿，人们便称之为锯齿山。锯齿山后有一条小河。小河两岸浅山上居住着黄姓人家，人们便把小河叫作黄家沟，把浅山叫作黄家山。

黄家山人祖祖辈辈没有一人读过书。只有家住半山上的黄显扬受"万般皆下品，唯有读书高"影响，节衣缩食把两个儿子送凤翔江畔鹤林场念私塾。三年后黄显扬无力支撑两儿学业，叫大儿黄泽全回家务农，送二儿黄泽拔到原山县城凤棂镇上公学。

黄泽全辍学回家后农忙种地，农闲到附近场镇经商。几年下来用赚的钱买一头骡子驮货继续做生意。

黄泽全记性好悟性强，虽然只读了三年书，却已经能写会算，看得懂不少杂书，讲得出很多道理。每年春节或者重大节庆活动都要到寺庙道观说唱，褒扬积德行善，远近听众赶来聆听经夜不散。

黄泽全心地善良，济困解难，渐有善声，人称大老哥。一年冬天鸡刚叫头遍，黄泽全冒着漫天大雪赶骡子进山驮煤炭。上到猫儿岗时，路边坎上突然跳下一个人来，咚的一声向黄泽全跪下，一连声叫着："大老哥救我！"黄泽全上前一看，认得是梅子沟佘尊全，赶忙拉起问道："兄弟，你这是怎么了？"佘尊全单衣短裤，冷得瑟瑟发抖，颤声说："王棒客逼我入伙抢人，我不服从便四处追杀我。"黄泽全听了，立刻脱下身上新缝制棉衣棉裤叫他穿上，又给两块银圆，说："兄弟你赶快到偏远地方躲避，一路小心，保住命了再说。"经此一事，黄泽全参加清水袍哥，结交老实巴交朋友、无权无势穷人，以图互助互保。

抗日战争全面爆发后，黄泽全经村民一致推举，成为金鹿乡第七保保长。抗战胜利前一年，黄泽全得知堂弟黄泽章想当保长，便自愿将保长位置让出。从此一心务农经商。

却说黄泽拔进城读书，渐渐视野开阔决心仕途，着意结交志同道合同学，笼络巴结有权有势富豪。听说原山县最有权势的景星辉要为女儿建小姐楼，便偷卖父母粮食，进山买一棵巨大香椿树，水运到普义镇，自荐送给景星辉。景星辉以此木作梁，取名春风楼。黄泽拔毕业后在景星辉力荐下，成为原山县参议会参议，国民党区分部委员，金鹿乡乡民代表主席。

黄泽全娶妻农氏出身大户人家。农氏自幼丧母，继母徐氏视为己出，不重诗书，唯重女德，平日教些针黹绘画之类聊度时光。

农氏嫁给黄泽全，除父母之命外，还得力于媒妁之言。媒人对这位农家小姐说："不要以为只有你们农家好，黄家比你家更好。房盖三尺多长的瓦，吃比大豆还大的米，满山桃木李果，四季七里花香。你们这里人家不要说看，就是听都没有听说过。"说得农氏满心向往，一心一意嫁给了黄泽全。

这农氏嫁到黄家后才知道三尺长的瓦是树皮，比大豆还大的米是玉米，七里花香是野花名。一日农氏把媒人骗她的话当笑话讲给父母听。其父农步赢系清末举人，听了说："女儿呀，男女姻缘本是天意，怪不得媒人。黄家那地方为父我是先去看了的。选人当挑人品才干，其他都不必看得太重。"

农氏原本富家小姐，黄家也不敢叫这个千金小姐做什么家务事。农氏无所事事，便做些针线活打发时间。一日早饭后阳光明媚，农氏听那屋外鹊唱莺歌甚是好听，便提出要去地里做活路。婆母高氏听了大喜，当即让她去地里纳大豆叶。农氏一手提着小竹椅，一手拿着银水烟壶来到地里。先是坐在椅子上看风景，然后抽一口烟，摘几片豆叶；然后又抽一口烟，又摘几片豆叶，太阳把那粉脸晒得通红。高氏给儿媳送茶水来见了哭笑不得，说："大媳妇儿，你还是回屋里去耍吧。这豆叶是用来喂猪的，你把豆叶撒得遍地都是，我拿啥子喂猪？"

农氏嫁到黄家之初，时不时回家看望父母，有了女儿后渐渐稀疏。一日，继母徐氏思念女儿心切，坐轿子到黄家沟来探看。走进黄家门内，一眼便看见女儿衣衫不整头发蓬乱埋头洗着衣服，顿时心疼得流下泪来。料想这都是黄家虐待所至，便将那放靠墙边地上的背篼锄头等农具家具随手抓起四处乱扔，以解心头之愤。屋子里亲家母高氏听到动静走出来，见了吓得不敢吭声。徐氏扔得累了，把脸别过一边喘气。农氏向徐氏母亲解释道："娘亲，这是我自愿做的，与婆婆无关。你现在有了两个外孙女儿，全家人都忙着，我好意思耍么？"徐氏听了女儿说话，看着眼前光景，想着穷家难过，也就渐渐消了怒气。回家后把情形向丈夫讲述，农步赢笑着说："你别担心，有黄泽全这个女婿顶着，你女儿苦不到哪里去。"

　　黄泽全夫妇有了女儿后，黄显扬见全家吃饭人口增多，便把家分了。黄泽全除分得一点田地外，还分了两间有围墙有楼板无墙壁的独立玉麦架。分家当天黄泽全夫妇便带着子女搬出老房子，在玉麦架居住生活。

　　分家后黄泽全继续务农经商，几年下来竟然积攒起能建七间新房的钱。农步赢是文人，懂得地理风水，得知女儿女婿要建新房的消息后，专程从农大院子赶到黄家沟来，和女儿女婿共商建房。女婿家地方狭窄，无农步赢睡处，便在骡子棚里打地铺。农步赢昼看山川地势，夜观北斗星象，在确定新房位置朝向后对女儿女婿说："此地建房定会兴旺三代以上。"

　　新房建成后，无钱建围墙大门。黄泽全信心十足地对妻子说："过几年挣到钱了再建一向房，把大门和围墙立起来就四角方圆了。"

　　有了两个女儿后，农氏产下一子。黄泽全对儿子的诞生亦喜亦忧，喜的是黄家有了传宗接代之人，忧的是此子七月十五日出生。七月十五日称为中元节，俗称鬼节。黄泽全夫妇担心儿子是厉鬼乘中元之机逃离地狱投胎而来，又怕人讥诮，便佯称生于七月十八日。儿子属孝字辈，便取名孝德，字青云。寓意为以孝化恶，以德消凶；一生平安，如青云一般不坠黑暗底层。

　　黄泽全是久说神谕之人，虽然为儿子取名孝德，但那心中仍然担心出事，经常求佛问道，测字算命，摇签打卦以求禳解。全都言说须与长儿子五岁且属兔女孩婚配，方能保一生平安顺遂。于是处处着意，时时留心，终于打听到孔沟孔晓和长女孔惠英符合两项要件。回家与农氏商量后请媒人提亲。一说即允，双方随即换庚过帖将亲事订下。

黄孝德六岁入蒙，十二岁凤楼镇读初中。暑假期间与十多个同学游金鹿峰。快上峰顶时，黄孝德提议比赛，最先上峰者为飞毛腿，最后上峰者为笨乌龟。学生们青春年少，正是争强好胜时候，哪有不赞成之理？于是发一声喊，全都不要命般向峰巅狂奔。黄孝德第一个跑上峰顶，兴奋得又跳又叫。也是合当有事，当天晚上便大口吐血不止。黄泽全为儿子四处求医，八方拜佛，说啥行即行，说啥好即好，渐渐有了好转，吐血变成咯血。此后病情虽无发展，但却总医不断根，只好又让他进县城继续读书。

却说这孔沟孔晓和，娶妻熊氏，生二子二女。长女孔惠英出生后日夜啼哭不止。熊氏请白云庵尼姑妙洁看治。妙洁说此女是王母娘娘宫女，不愿出宫下凡所以啼哭。除须终身信佛外，还须拜寄一信佛之人保佑，方保一生平安无事，不然难过百日。孔晓和夫妇听了便将女儿过寄与妙洁。行拜寄礼时，妙洁手罩女婴头顶念道："汝来王母宫，宫规似剑锋。风月了缘后，洁身可进宫。"念毕望天作揖，跪地磕头，纤指清水四方三弹，为孔惠英取名皇圣英。孔惠英叫妙洁为干妈。

一日，黄泽全忽听大门外有人喊他名字，出门见是清河场好友吕成功，赶忙迎进屋内。这吕成功曾是国军团长，与黄泽全在清河场做生意时相识。二人性格情趣相投，渐成莫逆。一晚两人喝酒，吕成功夫人腆着大肚子来上菜。黄泽全见了立刻想起农氏来，随口说道："我家农氏也有身孕几个月了。"吕成功喝得高兴，说："我所有朋友中，就数泽全老弟你是最实诚最重情谊的了。我有一痴想，不知老弟愿与不愿。"黄泽全说："吕兄说哪里话来？只要吕兄发话，兄弟我是无有不从的。"吕成功听了说："黄老弟既如此说，那我便说与老弟斟酌。你我夫人现今都有身孕，如都生男，结为异姓弟兄；如都生女，结为异姓姐妹；如为异性，结为夫妻。老弟意下如何？"黄泽全听了大喜，立刻连声赞同。不久吕成功夫人生下一男，取名宗仁。农氏生下一女，取名瑞清。于是两家便定了这门亲事。黄瑞清长到十岁时候，黄泽全为大女儿嫁到吕家能够上得厅堂，下得厨房，管得家务，特意送她进私塾读了三年书。

这吕成功是第一次到黄家，又是将来的儿女亲家，黄泽全夫妇自然是盛情款待。喝酒间吕成功说儿子吕宗仁从泸州当连长回来，想把瑞清娶了，带到泸州居住生活。黄泽全夫妻听了哪有不答应之理？于是两家测了吉日良辰，办了这门亲事。

黄泽全把大女儿瑞清婚事操办后，借着喜庆风光，把二女儿玉兰的婚事也办了。

这黄玉兰性格温柔和顺，几个女儿中数她出落得最为漂亮。黄玉兰丈夫孔栋良是本县屯军场人，家中很是富裕，除本县有不少田产外，相邻长雅县桃园场还有一座双碾槽的水碾房，人称双水碾。

孔栋良九岁时候，双水碾深夜被抢。抢匪把银钱洗劫一空后，将孔栋良两个未成家的叔叔砍死，肢解推入碾槽内碾成肉浆。孔栋良祖父母向长雅县政府报案，一年多案不能破告到省政府，省政府催促长雅县政府数次案件仍无进展。孔栋良祖父母见靠政府无望，卖掉双水碾，重金聘请私探缉凶。受聘人不到半年便将凶手捉拿归案，枪决于长雅县城十字口鼓楼街口。

报仇后，孔栋良祖父母认为，孔家之所以遭此大难，关键是孔家无权无势。于是不惜钱财送孔栋良入学念书，决心把孙子培养成有权有势的孔家保护人。

这孔栋良也真是不负祖父母厚望，不到十年便会舞文弄墨骑马打枪，谈天说地交朋结友，很快成为长雅原山两县交界处叫得响的人物。

黄玉兰与孔栋良品性般配，感情极好，经常带丈夫回娘家玩耍，颇有乐不思蜀模样。特别是黄孝德寒暑二假回家，孔栋良必来老丈人家。郎舅弟兄同睡一床，打牌、喝酒、赶场、上山打猎、下河捉鱼形影不离。

孔栋良黄玉兰结婚第三个年头的八月二十日，长雅县圣禅乡、原山县三江口等地各路匪首，纠集五百余名土匪，武装抢劫鹤林场。土匪先是乔装成赶场人混入场中，摸清地形道路后，守着贵重货物摊子和有钱人家大门，等市齐后同时行动。上午九时许，众土匪听到三声枪响，一齐拔枪乱射抢劫。一时间整个鹤林场枪声大作，赶场群众四散奔逃。土匪抢劫得手后，威逼二百多名赶场强壮男人，背运抢得的贵重财物和绸缎布匹，往金鹿峰方向进山。此时鹤林场周边人家已知土匪抢场，有枪者纷纷赶来追打。土匪边打边走，退到金鹿峰山下时遭到国军出山部队阻击。土匪被军民前后夹击，惊慌拐向黄家沟方向，为阻止军民追击，边走边焚烧沿路民房，枪杀所遇路人。

这日太阳高照，天气炎热，孔栋良黄孝德郎舅弟兄二人在竹林下乘凉闲聊。先是听到东边枪声传来，接着听到许多人的大喊声："快点跑！抢鹤林场的棒客过来了！"孔黄二人听了立刻跑上大路，见土匪边鸣枪边往沟对面山梁上跑。孔栋良大声说："孝德，走，打棒客去！"边说边掏出手枪，跳下路坎往对面山上跑。黄孝德紧紧跟在后面。

二人跑到钱家后面山坡，在离山头十来丈的玉麦地里趴下。赤手空拳的黄孝德既兴奋又紧张，低声问道："二哥，棒客会从这里过么？"孔栋良紧盯着山头说："肯定要从这里经过。"黄孝德又问："你打得着么？"孔栋良看向妻弟，微笑着说："等一会儿你就知道了。"

枪声越来越近，钱家山顶树林里也响起了枪声。不一会儿树林里跑出一个人来，端着手枪，紧张地向周围和玉麦林张望。黄孝德见二姐夫孔栋良右手微微一抬，砰的一声枪响，那人便一头栽倒了下去。过了一会儿，又一个人从茅草丛中露出上半身来。孔栋良又是一枪，这人身子一歪又倒了下去。

第二个土匪一倒下，山头上立刻传来喊声："赶快趴倒！前面遭壳子了！"孔栋良不慌不忙拉开枪栅看，立刻紧张起来，对黄孝德说："拐了，只有几发子弹了。你赶快到沟对面黄培臣二爸家借一杆长枪，多带些子弹来。"黄孝德说："二哥，太危险了，我们一起走吧。"孔栋良说："我能对付，你快去。"见黄孝德不动，猛推他一把，爆吼道："快走，再迟就来不及了！"黄孝德听如此说，爬起来转身就向山下跑，边跑边听见山顶上传来土匪吼叫声："都这个时候了，你几个龟儿子还趴着挺尸，快起来跟老子一起冲过去！"

黄孝德跑到一丈多高坎上，山上传来密集枪声，头上玉麦花被子弹打得四处飞溅，也顾不得摔不摔伤了，一咬牙纵身跳了下去。黄孝德接连跳下两道高坎，跑过田坎。在跳下河岸时，隐约听到二姐夫孔栋良喊声："黄孝德哎！我遭了。"

黄孝德不要命一般飞蹿过河，爬上河岸，一口气跑到黄培臣家拍门。拍了好一会儿门才打开，黄培臣一把把他拉进门，把门关上背抵着门说："都这个时候了，你娃娃还在外面瞎跑啥？不要命啦！"黄孝德说了借枪的事。黄培臣指着对面山头说："你自己看能不能去！"黄孝德从土墙缝看出去，河对面山头上已经没有了枪声，很多土匪跑来跑去，好像是在搜寻人。他和二姐夫趴着的地方围了一群土匪，立刻明白二姐夫真的糟了。

山上土匪一走，黄孝德立刻就要出去。黄培臣抓着不放说："不能去，你们把他们人打死了，哪个知道这些棒客是真走还是假走？如果是假走，你去不是正好把自己送去！"

太阳快落山时，黄培臣见山头上没有了人影声音，这才放黄孝德出门。

黄孝德飞快跑上山，见二姐夫孔栋良死得很惨：身上中了很多枪，但好像没有立刻死去。他已经不能爬动，遍地是血，痛得两手乱抓，胸前的草被抓光，草下的土被抓出两个斗碗大的坑。很明显，土匪没有补枪打死他是为同伙复仇，要让他受尽痛苦而死。

孔栋良死时二十三岁，丢下五个多月大的女儿，小名金乖，大名孔凤英。

孔栋良去世不久，美国人在屯军场建军用机场，强征孔家房屋作指挥部。美国人五大三粗，黄发蓝眼，深孔高鼻，张牙舞爪，叽里哇啦。黄玉兰害怕，便带着女儿回娘家居住。

孔栋良去世，黄孝德伤心过度又咯起血来。黄泽全怕儿子荒废学业，仍然送他到凤楼镇边治病边读书。几个月后，黄泽全见儿子身体越来越虚弱，又把他接回家治疗。

一日，黄泽全对妻子说："孝德这病啥办法都治过了，就是不见好转。我想再建一向房，立起门墙，把孔家大女儿娶过来给孝德冲喜。"黄农氏听了说："这要花好多钱啊。"黄泽全说："钱不用你操心。十多年前我刚参加袍哥的时候，牵头与朋友们建了个三义会。大家每个月都交一点会费，哪个有困难了就在里面借一点，有钱了就还。也就是穷朋友之间互相帮扶的意思。这么多年我一次都没有借过，明年轮到我接会。大概算了一下，不仅建房够，就是孝德娶亲的钱也够了。我们今年先向朋友借钱建房，明年上半年给孝德娶亲，下半年接会还钱。"黄农氏说："既然有钱，那就抓紧时间。说不定真能把儿子的病冲好也不晓得。"

黄泽全建房消息传出后，许多朋友主动上门问需不需要帮助。青石碑的袍哥朋友凌德安说："大老哥，你建房的木料不要到其他地方买了。我家房后山上柏树林你瞧上哪棵砍哪棵，砍够为止。我晓得你现在手头上有点紧，你放心，啥时候有钱了啥时候还。"黄泽全开玩笑说："凌兄弟，要是我一直都没有钱呢？"凌德安说："你我袍哥弟兄不说高矮。我不望你穷，但是真要有那一天，我永不向你讨要。"万不料戏言成真。以后黄泽全被抢客死他乡，凌德安不仅没有索债，反倒安慰黄家，鼓励子女们发奋图强努力兴家。新中国成立后黄孝德提出逐年还账，凌德安："孝德侄儿，过去讲袍哥义气，现在不讲这些了，但是做人说话还是要算话的。我和你父亲弟兄朋友一场，这账你们就不要还了，还我也不要！"此是后话不表。

黄泽全房子建成后，如期为儿子举办婚事。让宾客们惊奇的是婚礼专设一桌筵席，四周不安椅凳。新娘由尼姑干妈妙洁领着祭祀王母娘娘，将桌上美酒佳肴泼洒四方。新娘动作看似曼妙轻柔，实则力道很大，将菜肴泼洒很远。宾客们纷纷走避，有的躲避不及被泼洒到身上，立刻引起一阵哄笑。

结婚第二天黄孝德陪妻子孔惠英回娘家走回门，第三天回来就到学校念书去了。

新娘孔惠英出嫁后把信佛信道的一套全部带到了夫家。全家人头痛脑热，事无巨细，只要有事全都求神拜佛禳解。黄泽全夫妇看在眼里，深感黄家有幸。

黄泽全为儿子办完婚事后，便和三义会管事议定了接会时间。接会前半个月，黄泽全邀请弟弟黄泽拔吃会酒。黄泽拔欣然接受，说要多邀请些朋友来捧场。

接会前几天，黄泽拔对黄泽全说："哥，你接会那天刚好我县上几个头面朋友有事来不了，我替你通知把会期推后了三天，到时候你去接会吧。"

三天后黄泽全一大早来到接会地点四合斋。四合斋冷冷清清，一问才知道原定接会那天，黄泽拔以代兄接会名义把钱全部接收，坐轿子到重庆玩要去了。黄泽全听了一下跌坐地上说不出话来。他知道弟弟品性，到重庆不把钱花光是决不会回来的。钱是永远要不回来了。

黄农氏知道小叔子把钱接走后气得昏死过去，救醒转来不停哭喊："黄落沱呀，你哥和你是亲弟兄呀，你咋忍心把我们一家人逼上绝路呀。你把钱接走，我们拿啥还钱，我们一家人咋活呀！"哭着哭着又昏死过去，醒来又哭。三个女儿和儿媳跟着母亲哭泣。

黄落沱是黄泽拔歪名。黄泽拔自幼不怕事，喜冒险。一次在河边玩，大人叫他离水远点，他偏不听，反趟到水中去玩，一下掉进深水沱中，吃了很多水，被众人救起。于是便有人给他取了个黄落沱的歪名。歪名传开以后大家都不叫他正名，改叫他歪名，直到他长大得势后才没有人敢叫他黄落沱了。

四个多月后黄泽拔从重庆回来，黄农氏立刻上门要他还钱。黄泽拔沉声说："大嫂，你那点点钱还怕我还不起呀？你放心，这点钱还难不倒我。我在赵王坝种了几百亩鸦片，现在正是花繁叶茂时候，一眼望去漫山遍野尽是鲜花，五彩缤纷，斑斓夺目，好看得很。要不信你现在就跟我一起去看，跟仙景似的。到时候卖了钱，零头你们都要不完。以后就不要再说这事了！免得丢人现眼的让人家笑话我们弟兄不和。"

晚上黄农氏把黄泽拔种鸦片的事对丈夫说了。黄泽全说："他的鬼话你也信？种啥鸦片啊，骗人家的鸦片还差不多！"正说着，房后传来父亲黄显扬喊黄泽拔开门的声音，接着是边喊边拍门的声音，再接着是边哭边诉说的声音："哎呀，天啊！二先生呀，我送你读书，你知书识礼，啥时候把我这积存多年的一大柜子玉麦偷光了哇！你把这玉麦给我们一偷，我和你妈咋过呀，你这个忤逆不孝的东西呀，你这是要我和你妈的老命呀！你这个不得好死的东西呀！"说着骂着拍打着，最后只剩下伤心的呜呜哭泣声。

面对突如其来的巨大债务，黄农氏含泪对丈夫说："泽全，想不到我们这辈子还会遭遇这么大的事。欠这么多钱，咋还得清啊？"黄泽全安慰道："你放心，我这些朋友大多数都是穷朋友，不会上门来要的。不过就是人家不问，我们也不能假装没事人一样不理。他们日子也不好过。我想把骡子和那两块地卖了，先把最困难朋友的账还了，剩下的找钱慢慢还。"黄农氏听了说："全家这么多张嘴，地卖了咋办？"黄泽全说："那就卖一半，地不够就租地种；多一个人多一张嘴，现在三女四女年龄差不多了，想办法把她们打发出去，反正迟早都是人家的人。"黄农氏说："没有陪奁，嫁出去在婆家不受气，别的人家也是会说闲话的。"黄泽全叹了一口气，说："都到这种时候了，哪里还顾得上这些啊！等以后有钱了，我给她们补上就是了。"黄农氏说："那下来我就请媒人给素芳找人家户了？""抓紧找吧。"黄泽全说。

黄泽全卖地先还穷朋友债一事引起了富朋友们的极大不满，纷纷登门索债，有的甚至要求卖房还债。黄泽全内外交困，忧心如焚。为了还债，忍痛卖掉仅有的一亩水田做本钱，到大小金川一带做生意。

一年后黄泽全赚钱回家，在木城被土匪抢劫一空，只身逃回。到家后怕人索账成天躲在家里不敢出门。

要知后事如何，且听下回道来。

第二回

困绝境呼天天不应　穷苦人解放得翻身

一天下午，嫁到清河场吕家的黄瑞清坐着轿子回来了。后面跟着好几个背包抬箱的人。黄瑞清自出嫁后就没有回过家，分别几年相见，全家人自然十分高兴。

晚上黄瑞清对父母说："爸妈，我已经和吕宗仁离婚了。"黄泽全夫妻听了大吃一惊，忙问女儿缘由。黄瑞清边哭边诉说了经过。原来，黄瑞清自从与吕宗仁结婚后，便跟随吕宗仁到部队驻地万州生活。万州地处长江边，社会风气远比清河场新潮得多。黄瑞清为了适应环境取悦丈夫，很快学会了着旗袍、穿高跟、烫头发、涂口红、抹脂粉、善歌舞，变得与万州城里的阔太太无异，只是一直没有生育。这吕宗仁虽是军人，却并无军人品行：赌博、酗酒、抽大烟、逛窑子什么都来，最后竟公然把妓女带回家中居住。黄瑞清无可奈何，只好回清河场婆家居住。一年多后身患花柳病的吕宗仁带着妓女和所生儿子回到清河场家中，提出离婚。黄瑞清见事已至此只好同意。

黄瑞清离婚回到娘家，正遇黄家生活困难时候，淡饭粗茶，缺油少盐，难见荤腥。黄瑞清过不惯这苦日子，便另起炉灶独自生活，照旧抹口红，烫头发，穿旗袍，不事劳动。一天早晨祖父黄显扬过来，见她正在刷牙，那牙膏泡沫满嘴都是，大吃一惊说道："哎呀，大孙女，你得啥病了？是不是羊角风啊？"黄瑞清笑着说："爷爷呀，你真是少见多怪。我这是漱口刷牙，啥羊角风啊？"

几个月后，黄瑞清经媒人说合嫁给凤棣镇商人吕吉山作继室。吕吉山是凤棣镇附近费牌坊人，广有土地，城里开染坊和调料坊各一处，十字口开干鲜店三间，大南街开绸缎铺五间，全年雇长工三十多人。吕吉山虽然富有，但是为人刻薄吝啬，人称吕老牛筋。

家计艰难，黄孝德自然是不能读书了，病恹恹的在家里呆着。黄瑞清托人，把他介绍给高敦乡乡长孔少堂背枪。黄孝德愤声说："背啥子枪啊？大姐你不要看我现在穷，将来时来运转了别人还要争着给我背枪呢！"坚决不去。

这人世间的事有时候真是说不清道不明。黄孝德从学校弃学回家，吃着粗茶淡饭，做着轻微家务，竟然不再咯血，脸色一天天好转，精神也渐渐好了起来。

一天晚上黄孝德上床睡觉时候，微笑着对妻子说："你们家也太小气了。"孔惠英问："我们家咋小气了？"黄孝德说："你这些陪奁，小件的盆小椅瘦就不说了，就说我们现在盖的被盖，又短又小，真就像外面笑话说的，'被盖像包袱，盖在身上两头出。盖脚露出胸，盖胸现出脚'。"说罢哈哈大笑。

孔惠英早已看出丈夫对自己不甚热心，真想反说他两句，只是想着自己没有读过书，又大他五岁，既然已经嫁给他为妻，该忍让就得忍让，无需认真计较。于是若无其事地说："将就盖吧，有总比没有强。"黄孝德听妻子话中有话，想到自己身体孱弱，肩不能挑担，手不能抡锄，家里又穷得这般模样，只好不再说话。

一日，崖腔沱朱汉成妻子朱陈氏拎着个白底蓝花包袱走进门来，笑盈盈地对孔惠英说："我送你个好东西。"说着小心翼翼地把包袱放在桌上解开。孔惠英见是一个长着彩色翅膀双手合十的木雕白胖红唇男童。朱陈氏说："这是我在云高寺观音殿抢来的飞梁童子。你叫你们家黄孝德把他放立在你们睡的房间梁上，不出一年保你生个儿子。"

这朱陈氏比孔惠英先一年嫁到黄家沟，由于都信佛信道且性情相投，便很快成了闺中密友。因见孔惠英婚后两年无出，便着意帮了这个忙。

也巧了，第二年孔惠英果然产下一子。由于黄孝德久病不愈，黄泽全夫妇一直为黄家延续香火焦虑发愁。现在有了孙子，自是大喜过望。又由于孙子诞生日恰好是关圣帝君诞辰，黄泽全便为孙子取名云长，希望将来能够像关羽关云长一样文武双全，义薄云天。

黄云长满月后，黄泽全便经常抱着玩，真可谓爱不释手。一次双手把孙子高高举起逗笑，不料想光屁股的小云长一泡尿冲下来全洒在黄泽全嘴脸胡须上，乐得他哈哈大笑，一连声说：

"好运气！好运气！要发财了！要发财了！"

黄云长来到人间，正是黄家最艰难时候，匣无银钱，柜无食粮。一天晚上朱汉成夫妇俩来看望。朱陈氏看着黄家惨状心中十分感伤，当即表示要卖掉她家五分地，卖地钱全部拿给黄泽全做生意翻本。朱家也穷，土地不多，主要靠朱汉成篾匠活维生。黄泽全听了哪里能够接受？当即一连声拒绝。朱陈氏说："黄大哥，我们困难时候你们帮我们，现在你们有困难了我们能不帮么？你们不要就是瞧不起人！"于是黄泽全带着朱家卖地钱再次到大小金川懋功达维一带做生意。

黄泽全离家时世道更乱，想此一去路远山高，艰难险阻九死一生，便郑重地对妻子说："农氏，我这一去，找不到钱就不回来了。我走后也没有什么好牵挂的，就是心里放不下云长。孝德身体不好，我们黄家香火全在云长身上。你一定要护佑好我们这个孙儿啊。"

黄泽全走后不久，嫁进县城的大女儿黄瑞清产下一子，取名吕春祥。黄农氏得到消息，提了一升半绿皮豆，带着小女儿黄明艳一起去送祝米。母女二人一大早出发，中途水米未沾，进凤楼城找到吕家时天已黑尽。黄瑞清面露不悦，草草安排便饭，洗脚后催促母亲小妹早点睡觉。

半夜时分黄明艳被说话声音扰醒。只听大姐说道："妈，你也是，俗话说穷不走亲，富不认旧。家里有的时候你不走人户，现在穷了拖着个小脚，拐丁拐当跑这么远的路，就为拿这点豆子来，何苦嘛？再说我是填房，来吕家不久。"黄明艳听母亲不作声，大姐也不再说话。过了好一会儿，只听母亲说道："瑞清，不要再说了，你去睡吧，我累了。"

第二天天不亮，黄农氏叫醒小女儿，悄悄打开房门离开了吕家。晚上孔惠英见婆母偷偷抹泪，便悄悄问小姑子缘由。黄明艳说了去吕家经过后说："我猜妈的意思是想向吕家借点钱粮，想不到大姐会那样说话。我看妈悄悄流过两次眼泪，一次是爸的富朋友上门逼债，话说得太难听的那天晚上，还有就是这次去大姐家回来。"

1949年冬，黄泽全在达维地区遭土匪拦劫，背着装钱物的包袱飞快奔向河边，正要跳河时，几个土匪追上来猛一石头把他打倒在地，抓着双脚拖回。土匪们见黄泽全紧紧抱着包袱死不松手，便拳脚枪托往他头上身上不停乱踢乱打，直到打得昏死过去。

土匪走后，黄泽全醒来见没有了包袱放声大哭。哭着哭着又昏死过去。天快黑时黄泽全醒转过来仰躺地上，对着天空大声喊道："老天爷呀，我黄泽全此生只知行善，从不作恶。咋会有这样结果啊？我前生作了什么孽才遭这样报应啊？"喊罢又伤心地哭起来。哭了一会儿摇摇晃晃站起，蹒跚走向大树，抱着大树望向天空，声嘶力竭不停大喊："天啊！天啊！"边喊边以头撞树气绝而亡。

躲在远处石头缝中的鹤林场三倒拐坪上白铧头匠目睹了全部过程。他独自一人掩埋了黄泽全尸体，在坟上做了标记，然后回来通知黄家。

得知丈夫逝世，黄农氏抱着孙儿泪如泉涌不发一声。黄泽拔却放声大哭，发誓说当兄弟的无论如何也要把兄长尸骨搬回来安葬。他叫长工赫弯仔去达维，叫侄儿黄孝德再找一个人同去，但是二人来回路费必须全部由黄孝德出。黄孝德无奈，只好请赫弯仔朋友佘海成一起去。

赫佘两人带着孔惠英回娘家筹措的路费和收敛尸骨用的白

布麻绳出发。十几天后赫佘二人空手返回，称说走到巴郎山时大雪封山过不去；又说即使过山了，达维懋功那些地方山高林密、人烟稀少、满山积雪哪里去找？还说盘缠不够，把收敛尸骨用的东西都卖钱用了。

此时黄孝德家中一贫如洗，搬运回黄泽全骨殖之事只好搁下。

为了渡过难关，孔惠英竭尽全力挑起家庭重担。白天做地里农活，晚上做婆婆白天没有做完的家务，家务做完接着杆香，一直杆到后半夜才睡。

新中国成立前穷苦人家都把希望寄托在烧香许愿求神拜佛上，所以市场上香多却不愁卖。除了杆香卖，孔惠英还到附近乡场做蔬菜生意，赚钱买油盐粮食补贴家用。

原山县临近新中国成立时世道极乱，官吏横行，盗贼蜂起，民不聊生。山丘区为抢一双新草鞋一块粗面窝头而当土匪者不计其数。

一天傍晚孔惠英碾香柏面回家，走到王家弯时几个蒙面人从树林里冲出来抢拉装着香柏面的背篼。孔惠英死死拉着背篼不放，一边拉一边不停地大声喊："棒客抢人了！棒客抢人了！"拉扯中一个声音说道："不要拉了！让她走。"

几个蒙面人转身离开时，其中一个问道："三哥，为啥不要了？"那声音说道："你没有看清楚她是谁？是大老哥儿媳妇孔氏。"另一个人说道："万想不到泽全大哥家会沦落到这步田地。"又一个声音说道："妈的这是啥子世道啊？都被逼到不敢见祖宗朋友的地步了！"

黄泽全去世后，黄农氏更加悉心照料孙儿黄云长。此时家里生活已经极度困难，天天顿顿吃菜饭，而且很多时候吃了上顿没有下顿。

每天半碗米刚下锅，两岁多还不会走路的小云长就不停地哭喊："奶奶，筲箕儿把米给我滤起来！"米煮熟后黄农氏先把孙子吃的滤起来，然后把菜放进米汤里煮，煮熟了大人吃。

极度悲伤、营养不足和劳累过度使黄农氏身体很快衰弱。小脚走路行动本就不便，此时更难。

黄农氏做家务，身体瘦弱的小云长缠着她哭闹，要背要抱要吃，顾此顾彼，忙得不可开交。一次累得实在不行了，叹息着说："孙儿啊，你不要哭，奶奶是实在无力了嘛。"一次又累得走不动了，搂着小云长说："孙儿啊，要是没有你，奶奶早就到那边找你爷爷去了。"

为了渡过难关，黄农氏按照丈夫离家时嘱咐，把三女儿黄素芳嫁给了褚水井附近的左眼瞎褚发勋。黄素芳虽然人很老实，但是对一点陪奁都没有还是显得很不高兴。孔惠英说："三妹，这几件衣裳送给你，我的陪奁，一次都没有穿过。你是看到了的，家里实在太穷了。等以后有办法了，我们一定给你补上。"

黄农氏把三女儿黄素芳嫁出去后，就劝四女儿黄孝芬出嫁。黄孝芬在六兄妹中不仅记性极好，而且聪明伶俐能说会道，待人接物招呼应酬样样来得，深得黄泽全夫妇疼爱，特意送她读了三年书。三年时间，黄孝芬不仅能够把哥哥读的书念得通顺，有的地方还能背下来，讲得出一些道理。

黄孝芬是早就许了人家的。男家姓孔，本保人，名叫孔书高。

孔书高家庭虽然很有些田产，但是脑壳有问题。他见母亲和父亲吵架上吊死了，如遇到新鲜稀奇事一般，一口气跑到屋后山冈上，向赶场的过路人大声喊："嗨！嗨！过路的人些，我妈吊死喽。"

　　黄孝芬本是心高气傲之人，怎么看得上这孔书高？以前年龄没到，家里又有饭吃，没有人提说也就算了。现在正式提出来了，自然坚决不答应。黄农氏劝不动四女儿，就叫黄孝德去劝。

　　此时适逢原山县和平解放急需女干部。县上挑选一批女青年到凤棲镇集中培训，黄孝芬被选中参加。培训结束时领导要求学员们回家等候通知，说接到通知自行到工作单位报到就算参加了工作。

　　黄孝芬不停打听，得知同寝室的晏淑珍等人都接到了通知，就更加不同意嫁给孔书高了。

　　过了几天，黄孝德说："四妹，你的通知不会来了。"黄孝芬问："你咋晓得不会来了？"黄孝德说："那些接到通知的人都出身好，又有文化，你一样都不沾。"黄孝芬不服地说："我咋出身不好了？我咋没有文化了？学习考试，我的分数比晏淑珍他们都高。"黄孝德说："你的分数虽然没有啥问题，但是爸爸当过伪保长。"黄孝芬说："爸爸当过伪保长关我啥事？再说他当保长是抗战时期。好多年前的事了，人都已经死了还提这些干啥？"

　　此后黄孝芬也渐渐明白通知不会来了，但是仍然坚持等着，希望奇迹能够出现。

　　一日，黄孝德说："四妹，我知道你是不愿意到孔家去才等的。"黄孝芬说："哥，就是接不到通知我也不到孔家去。这次没有我，下次还有机会。"黄孝德说："下次也不会有机会了，你还是到孔家去吧。"黄孝芬说："不去！孔书高瓜头瓜脑的话都不会说，你说我和他怎么过？"黄孝德说："这是过日子，又不是比翻嘴皮子拼输赢，有吃有穿的就行了嘛，还是去吧。"黄孝芬说："不去！现在新社会婚姻自由你不知道？"

黄孝德说："知道！只是这婚姻自由能当饭吃么？家里多一个人就多一张嘴！"黄孝芬沉默了，过了一会儿低声说："哥，我晓得了。我去，明天就去！"

黄孝芬就这样嫁到了孔家，没有陪奁，一件新衣裳都没有。孔惠英看着黄孝芬一身陈衣旧服孑然而去的背影潸然泪下，嘴里虽然没有说话，心里却不停地喊："四妹，太对不起了，千万不要怪你哥啊！"

原山县和平解放，除县城等少数地方由共产党领导外，其余农村地区仍是旧政权人员管理。不到三个月，国民党勾结地主恶霸土匪等各种反动势力发动武装叛乱，解放军随即开展武装平叛。平叛部队到鹤林场上场口时恰遇黄孝德上街为儿子买药返回。看他穿着学生服装，以为是有钱人家，便对他进行盘查。此时黄孝德早已对共产党有所了解，便向解放军讲诉自己家如何穷苦，说共产党如何伟大，毛主席如何英明，自己如何欢迎解放军。平叛部队首长听后便要他带路，带到金鹿峰山口，返还路条，叫他赶快回家去给儿子熬药。

解放军摧枯拉朽，叛乱者如鸟兽散。黄泽拔参加叛乱失败逃回黄家沟，男扮女装，昼伏夜出，东躲西藏，不到三天就被群众检举活捉，公判枪毙于凤棲城外西河坝。

经过战场击毙和公审判决，原山县所有残害人民群众的国民党反革命分子和土匪恶霸头子被全部镇压，彻底剿灭了危害社会的黑恶势力。

上午，一个人来到黄孝德家，自报姓名佘尊全，说是来找大老哥的。孔惠英端板凳请坐。黄农氏问道："尊全兄弟，你找我家泽全啥事？"佘尊全说："老嫂子，我昨天刚从打箭炉回来，一是来看望大老哥，二是来还账。"于是讲了当年逃难被救经过。得知黄泽全已死，失声痛哭说："要不是泽全大哥相救，我早已经白骨现天了。"

旧社会，平民百姓对拿枪扛炮的人历来害怕。解放军平息叛乱之初，黄家山人对陌生的解放军同样感到害怕。所有人对迎面走来的解放军，能避开尽量避开，实在避不了，便走到离路边很远地方站着，等解放军过去了才走。黄云长年纪虽小却不害怕，敢独自走上前去，向帮家里挖地的解放军战士问这问那，引得解放军战士哈哈大笑。孔惠英却生怕解放军把儿子弄走，紧张得不得了。叛乱平息部队开走后，孔惠英多次说儿子与解放军有缘。

原山县平息叛乱后，随着清匪反霸、减租减息、土地改革运动的深入，广大劳苦群众好像一夜之间就从奴隶变成了主人，彻底获得了解放翻身。昨天还腰无分文，穷得叮当响，今天就分到了田地房屋、牲畜粮食、劳动工具；昨天还被有权有势的人骑在头上作威作福，今天就像牵牲畜一样牵着这些人到处游斗；昨天在地主老财们面前不敢高声说话，今天一开口，地主老财们立刻弓腰缩颈，大气都不敢出一下。经济生活的好转，政治地位的翻转，当家作主的自豪，使全体贫苦农民伸直了腰杆。到处是激情的歌声，到处是开怀的大笑，好像有永远用不完的精力，耗不尽的激情。人人脸上都洋溢着当家作主的舒心，深刻感受到了共产党的无比伟大。

土地改革中吕吉山被评为地主成分，家产全部没收，撵回老家居住，不久病逝。黄瑞清带着唯一的儿子吕春祥生活。

孔书高家庭成分划为富农，多余财产被无偿征收。黄孝芬极少回娘家，即使回娘家也不吃饭，看过母亲后就走了。

黄家沟地脊民贫，土地改革只有黄泽拔一户被划为恶霸地主。黄泽拔家庭划为地主成分，并非家里有多少土地，而是黄泽拔太坏，作恶太多，民愤太大，坚决要求划为地主。若论土地多少，评为富农成分都不够条件。上级根据这一情况，审批时在地主前面加了恶霸两字，方才符合政策。

黄家沟群众斗争地主时黄泽拔已经被枪毙，群众便把他老婆黄毕氏弄出来斗争。黄毕氏穷苦人家出身，没有文化，除靠丈夫黄泽拔显摆过好日子外，倒没有认真得罪过任何人。并且黄毕氏在黄家没有地位，经常被黄泽拔打骂，若不是为黄泽拔生育两儿一女，早就被休赶出家门了。于是便有人提出黄毕氏十六岁不到的大儿子黄孝恒参加志愿军，此时正在朝鲜战场上与美帝国主义等十六国联军作战，哪有斗争志愿军家属的道理？大家见如此说，便把黄毕氏放了。黄毕氏放后被赶出家门，安排在高林岗山崖下荒草林中，扎草房和小儿子黄孝奎一起居住。

没有地主恶霸，黄家沟群众便没有了斗争对象，于是把鹤林场剥削欺压过黄家沟群众的两个地主和一个高利贷者押到黄家山斗。这三人双手反绑着吊在会场房梁上，人们争相用亲身经历讲述被剥削压迫经过，说到伤心时又哭又骂；说到痛恨处不是啪啪扇几个耳光，就是狠狠踢上几脚，以泄心头仇恨。

斗争会散会后，黄云长见这三个人又被双手反绑吊在菜地边架杆上，全都黑衣黑裤，脚尖挨地，弓腰垂头。其中一个老女人，披散的头发把脸遮着，口水鼻涕吊得很长，一点一点滴到地上。

第二天下午，黄云长见这三个人在地里扯野油菜，问母亲："妈，这三个是什么人啊？"孔惠英说："地主。心最狠的就是那个年纪最大的老娘子彭陆氏了。她放高利贷，一点让手都不打；收租的时候用大斗，借给穷人的时候用小斗，大斗进小斗出，大家都最恨她了。"黄云长说："这些人也太憨了吧。知道她用大小斗，就不向她借粮嘛。"孔惠英说："儿子，你人小不知道，穷人没有饭吃，没有地种，咋能不租地不借粮啊？"

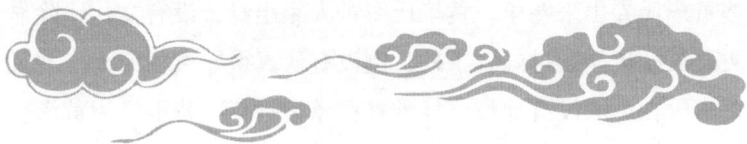

第三回

黄农氏病重忽辞世　喜当家群众盼开会

新中国成立后黄孝德考上人民教师，安排在沟对面观音寺小学教书。从此每月有了稳定的工资收入，不再担心有人登门讨账，也不再为有上顿无下顿的日子发愁。

经济条件的好转，生活环境的安宁，黄农氏的身体渐渐有了起色，精神也好了许多，又能够慢慢地做一些家务了。

黄泽全在世时，黄农氏为了丈夫在外平安顺遂，向菩萨烧香磕头许愿发誓终生吃素。黄泽全逝世后，黄农氏为了儿孙安康继续吃素。

黄农氏许愿吃素的时候生活条件很差，完全没有肉可吃。新中国成立后生活好转有条件吃肉了，黄孝德便劝母亲吃肉。但是劝说多次黄农氏都不同意。黄孝德说："妈，现在都什么时候了你还相信封建迷信。菩萨有灵，为什么几千年穷人烧香拜佛仍然受穷受苦，仍然给富人当牛做马？共产党来了，不相信封建迷信了，穷苦人全部都翻了身。你说这相信封建迷信有啥用处？"见母亲不说话，又说："现在我们全家都吃肉，都相信共产党，就你一个人封建。没有共产党哪里能够有我们的今天？"黄农氏听儿子如此说，只好吃了一小片，但说太硬，不吃了。黄孝德便要妻子把肉炖烂给母亲吃，黄农氏喝了一点汤。黄孝德说："妈，汤没有营养，还是要吃肉才行。"黄农氏只好吃了一点肉，当天晚上大便有些溏。黄孝德说："没有关系，这是长期不吃肉肠胃不适应造成的，多吃几次适应了就好了。"

黄农氏吃了两次，开始拉稀，以后不吃肉仍然拉，找医生抓了几服药都止不住，渐渐吃啥拉啥，最后尽是拉水。身体又很快衰弱下来，整天躺在床上。

黄农氏是很爱干净的人，躺在床上为了不脏了身子席被，就拿旧衣裤垫着，到后来没有垫的了，便把出嫁时穿的彩色长裙剪成一幅一幅垫上。长裙由色彩鲜艳的绸缎制成，做工特别精细。腰带绣着美丽的图案，腰带下全是宽窄不一的五彩绣花长飘带，飘带后面的缎裙上绣着大红大绿的鲜花。这彩裙自从黄农氏穿着嫁到黄家后就不再穿了，借给那些出嫁时的姑娘们穿。新娘们穿上全都显得婀娜多姿，轻盈飘逸宛若仙女一般。

裙子剪成垫布后，飘带没有用处就放在衣柜里。一天黄云长拿一条飘带到观音寺学校去玩，几个女生见了都向他要。黄云长开初不给，最后在连哄带抢中给了她们。这几个女生把飘带剪成几段用来扎辫子，都说很好看。不久以后在女生们的哄骗下，这些飘带便一条都不剩了。

黄农氏病势越来越沉重。黄孝德一放学就回家奉汤奉药精心服侍，一直到半夜过才睡。

一天天要亮的时候黄云长听见祖母在喊父亲名字，声音很大很急。黄云长连喊父亲几声都没有醒，推他几下仍然没有动静。黄云长听祖母声音有些变了，急得在父亲屁股上猛蹬两下。边蹬边大声说："爸爸！你听奶奶！"黄孝德猛地翻身下床，趿拉着鞋赶过去。黄云长紧跟在后面，走到堂屋的时候，黄云长听祖母拖长声音说："黄孝德唉！你爸爸接我来了。"黄孝德三几步跨进房门，见母亲大张着嘴，急促地呼吸着，舌头已经掉不转，艰难地说："青儿，乖孙你，要，要……"

黄孝德俯身母亲耳边，颤抖着声音"妈！妈！"地叫着，叫了几声，黄农氏的声音一下小了，再喊时已经没有了气息。

黄农氏坟地选在尖山子下黄家坡地边小树林里。风水先生郑席之说这块地好。他把罗盘仔细对了又对，把坟头正对着沟对面两山中间后面远处一座高峰，说落棺时候一定不要放偏。

下葬黄农氏那天天还没有亮，通沟两岸的人都来了，屋里屋外挤满了人，连房外路上都站满了人。没有通知嫁出去离家较远的三个女儿，也没有通知黄农氏娘家人。祭章是黄孝德亲自写的，很短，白话文，但仍然以传统的"呜呼哀哉，尚飨！"结束。

黄孝德念祭章的时候晨曦熹微，全场肃静。除了儿媳孔惠英四女儿黄孝芬小女儿黄明艳时不时的抽泣声，黄云长觉得一根针掉到地上都能听见。

男人们抬着灵枢出门时，儿媳和两个女儿跟在后面哭送。妇女姑娘们扶着三人边走边劝说着节哀顺变之类的宽慰话。灵枢抬到大门时，黄云长突然听到咚的一声巨响，接着便是许多人的大喊声："拉住！快拉住！"人们一下围了过去。只听有人说："哎呀，五妹，要不得，你咋能这样做啊！"

原来是黄明艳哭得伤心，控制不住，头猛地撞向板壁。人们猝不及防没能拉住。头没有出血，但是还要继续去撞。

出殡时候抬棺的、扶棺的、换肩的、打火把的，沿路烧纸钱烧香的全都是自愿来帮忙的人。男人们喊啊吼，高喊着小心，呼叫着换肩，簇拥着一鼓作气把灵柩抬到了坟地。郑席之先生念几句谁也听不懂的东西后落棺。

垒好坟墓，郑席之先生念经为逝者开通了前往另一个世界的道路以后，人们就都各自回家了。尽管黄孝德夫妇不停地挽留，仍然没有一个人留下吃饭。

安葬母亲后黄孝德就到学校去了。俗话说人死如虎，虎死如泥。晚上孔惠英和黄明艳都不敢单独进黄农氏房间去拿东西。黄云长却一点都不怕，自信地说："奶奶那么疼爱我，我咋会怕嘛？"

晚饭时孔惠英和黄明艳都不说话，胡乱吃几口就都放下了筷子。闷坐了一会儿，孔惠英站起身边收拾碗筷边说："要是不吃肉，妈就不会走了。"黄明艳没有说话，起身进房间去了。

黄农氏下葬后的第二天上午，黄云长从外面玩耍回来，看见难得洗衣服的父亲正在往竹竿上晾晒衣服。他一边不停地重复整理着竹竿上已经晾好的衣服，一边不停地揩着涌出的泪水。这是黄云长第一次也是唯一一次看到父亲流泪。

一天下午黄瑞清带着儿子吕春祥到娘家来，第二天回去时候热情邀请黄云长去他们家耍。孔惠英见大姑子说得诚恳，便对儿子说："去吧，听大姑话，不要到处乱跑，明天早点回来。"

这是黄云长第一次出远门。出黄家沟口，顺着公路，上山下山，进城出城，来到平原。那地貌风物景色和黄家沟大不相同：田地平坦，河沟密布，鹅鸭成群，路花簇簇，还看见了河面上船夫用竹竿撑着的木船。一切都感到很新鲜。

黄云长发现大姑黄瑞清家处在几十座坟墓中间，离周围人家很远。两间草房，树枝为墙，从里面可以清楚看到外面景物。一张快要垮架的旧木床，另一张是圆木头绑的木架床，上面铺着厚厚的干谷草。草房不远处是一座没有房屋没有碾磙只有碾槽的破弃水碾。水很大，发出哗哗响声。

天快黑时黄云长看着周围大小高矮不一的坟墓，比人还高的杂乱野草，断壁残垣空无一物的水碾，心中不禁感到有些害怕。不过晚饭是大米饭，很好吃。

晚上，黄云长听着水碾槽里传来的湍急水声，想着树枝墙外的荒坟野塚，久久不能入睡。

第二天早饭后黄云长提出回家。黄瑞清没有多作挽留，叫儿子吕春祥送了一程。

新中国成立后黄家沟改名孝义村，观音寺小学成为全村开会议事中心。黄孝德除教书、走访学生家长、到金鹿乡中心小学校开会等本职工作外，还负责孝义村斗地主、分田地、评成分、学习文件、宣传政策等等大小事务的准备工作和会议记录；夜深散会后还要给志愿军家属念信并代写回信，甚至还要给有的家庭调解纠纷、写分家纸约等等，很多时候一直弄到天亮。虽然沟对面就是家，大声喊都听得见，但是由于事情太多，黄孝德怕回家耽误时间，便索性在庙里做饭吃，与菩萨同住。

孝义村群众对开会的热情简直到了渴望的程度。参加会议不仅能够扬眉吐气地大声说话、斗争地主、分田分地、参与和决定全村大小事务，而且还能学习文件、识字扫盲、唱歌跳舞、打腰鼓扭秧歌等等。这是自从盘古开天地以来，一直被压在底层、上不了台面、说不起大话的穷人感到无比自豪和无比光荣的大事。开会就是翻身解放,开会就是当家作主。不少人说只要能开会,不消说刮风下雨打雷,就是天上下刀子也要去。

由于白天要生产劳动,会议大多数时间都在晚上召开。散会时人们喧闹着点燃火把,推攘着走出庙门。开初火光沿着山势道路分成几条线,然后星星点点分散开来,渐渐消失在茫茫夜色中,让幼小的黄云长心里产生出无限的遐想。

新中国成立后实行信教自由。一是保留著名大寺庙。二是对小寺庙菩萨的废存,不要求强行拆毁,而是通过反封建迷信宣传,由群众决定寺庙里菩萨们的前途命运。由于各地干部群众认识不一,一些寺庙的菩萨很快被毁;一些寺庙菩萨被搬下神台堆在室内,有的放在露天地上任随风吹雨淋日晒;少数地方寺庙菩萨安然无恙,偶尔还会有个别群众遮遮掩掩,偷偷摸摸去烧钱化纸,作揖磕头。

如何处理观音寺菩萨,孝义村干部群众意见一直不统一,半年多后拆毁菩萨的主张才渐占上风。但是谁来拆,什么时间拆,怎么拆又争论不断。直到冬天才决定由学校自行拆毁。

黄孝德回家,孔惠英问:"听说你们要烧观音寺菩萨?""时间还没有定。"黄孝德回答,知道了妻子心思,补充说:"烧是一定要烧的,现在还有人悄悄到庙里去给菩萨烧香。菩萨不除,迷信不绝。"孔惠英说:"菩萨又没有挡着你们,烧他们做啥嘛!"黄孝德想不到新中国成立这么长时间了妻子还说出这样落后的话来,不由忿忿地说:"你真是太不进步了!"孔惠英听了不再言语。

几天后孔惠英又问丈夫:"听说就这几天要烧菩萨了?"黄孝德说:"你关心这些事干啥!"孔惠英又问:"听说是由

你们老师来烧？"黄孝德说："老师不带头，哪个带头？"孔惠英说："你能不能不去烧啊？""不行。学校就我和佘碧泉两个教师，我好意思不去？"黄孝德说。

烧菩萨这天晚上开大会，天气很冷。黄孝德和佘碧泉提着斧头正要进庙门时候，孔惠英急急慌慌跑来，对黄孝德说："黄孝德你快点回去，大壮猪翻出圈栏掉到粪坑里去了。"黄孝德说："你先回去，我一会儿就回来。""你啥事好重要？再不回去猪就要淹死了！"孔惠英说着哭起来。干部们见了一边劝孔惠英不要哭，一边叫黄孝德快回去。黄孝德走后，佘碧泉和十多人合力把神台上的菩萨们抬到庙前地坝上，用斧头劈开，架成几堆点燃。开会群众围着火堆边烤火边听干部讲话念文件。黄云长和小伙伴们在火堆之间跑来跑去追逐打闹。火堆燃得很旺，火焰五颜六色，渐渐蓝色多起来，黄云长觉得有些阴森，心中害怕，不敢靠近，远远站在大人中间看热闹。干部念完文件讲完话后，几十个男女青年有的扭秧歌、有的打腰鼓围着火堆转圈。其他群众则讲龙门阵，说笑话，开玩笑。声音很响，开心而粗放。

黄农氏在世时，黄孝德对孔惠英的迷信活动睁一只眼闭一只眼，装着没看见。但是一有机会就会宣传他的无神论观点，说中国几千年，穷人烧了那么多年的香，拜了那么多年的佛，结果穷人还是穷人，富人还是富人，善人还是被恶人欺。如果真有神仙菩萨，他们为什么不惩恶扬善，任由坏人欺辱好人？共产党来了穷人一夜就翻了身，做到了求菩萨几千年都没有求到的事情。如果真有菩萨，穷人受苦受难时候，那些菩萨到哪里去了？孔惠英听了一句话不说。黄农氏只说一句："孝德你少说一点嘛。"黄孝德立刻闭口不言。

黄农氏去世后，黄孝德对孔惠英的封建迷信态度立马强硬起来，把家里香烛纸钱等物付之一炬。孔惠英视而不见样子，若无其事一般，黄孝德走后又买回来。黄孝德回家搜烧越来越严，孔惠英活动越来越隐蔽。但是也有意外。一次黄孝德中午回家，见大门紧闭，拍门无应答，转到房后隐隐听到堂屋里传出木鱼鼓磬念经声音，立刻大声吼道："孔惠英你把门给我打开！"过了一会儿门打开，黄孝德遍查屋内空无一人，觉得奇怪，打开后门见六十多岁的端公郑席之跨骑在后院土墙上，墙下放着高板凳，看来是怕摔伤不敢跳到墙外去。于是笑着说："郑先生你下来，小心点，不要摔伤了。"然后陪他走出大门。

共产党不仅让穷人在思想政治上解放，还努力让穷人在经济上翻身。在鼓励农民组建互助组合作社的同时，还兴办集体农场，展示单轮单铧犁双轮双铧犁等新式农具，推广化学肥料，宣传优良禽畜粮食品种等等。

一次，黄孝德响应号召带头买了十多斤化学肥料。群众听说一斤化学肥料能抵十多担猪屎粪，都纷纷赶来看稀奇。

积极响应人民政府互帮互助号召，各家各户联合组建的互助组组员们，帮黄孝德从河里担来清水，按照说明书要求，向每桶水里放进一小把化学肥料粉末，搅拌后一窝玉麦浇半瓢水。人们看得哈哈大笑，说这么瘦的地，一窝一大瓢猪屎粪都不会有好大收成，你半瓢清水就想吃粮食？黄孝德宣传说这是化学肥料，猪屎粪不能比。人们又哈哈打趣说什么不能比啊？就你那点粉粉，不要说掺一桶水，就是净毒药都毒不死人。黄孝德只好说："要相信科学，不相信你们以后看嘛。"一个多月后，那玉麦苗长得粗壮油绿，比附近肥地玉麦苗高出一个头。人们自此相信了化学肥料的好处。

新学年开学，上级正式宣布黄孝德为孝义村小学负责人。

学校新招收一个班，调一个二十多岁的女教师和稚芳来任教。学校没有多的教室和住房，黄孝德便把自家堂屋作为新班教室，安排和稚芳住在自己家里。佘碧泉老师仍然回三里左右的家中住宿，黄孝德仍然睡庙房。和稚芳早中晚都到学校吃饭，饭后回黄家上课住宿。

和稚芳老师很漂亮，能说会道。孔惠英与她交谈中知道她是怀通县人，丈夫在新中国成立时被枪毙，没有子女，为了与丈夫家庭撇清关系，迁到原山县居住，考上教师后被派来观音寺小学任教。

半年后孝义村小学新教室和教师宿舍建成，和稚芳与她的班一同搬回学校。佘碧泉爱人体弱多病，仍然每天回家住宿。黄孝德仍然吃住在学校，星期六回家。

孝义村小学教师集体伙食虽然比家里好得多，但是黄孝德从不让黄云长在学校吃一顿饭。

第二年暑假结束，新学期开学，和稚芳调离观音寺小学。新调来体育教师冯松顺和女教师董兰英。

董兰英带着儿子庭梦住在学校。一天下午，庭梦从教师灶房锅里抓几条又白又细又长的东西出来，说是粉条。黄云长从来没有见过粉条，说像蛐虫。庭梦不知道蛐虫是什么东西，说："你说是蛐虫我们就吃蛐虫！"这是黄云长第一次知道世上还有粉条这东西。第二天黄孝德知道后，沉着脸对黄云长说："老师吃的东西，以后不准吃！"

一天下午，孔惠英正在挖地，孔书高邻居带信来说黄孝芬跳沱了，要她赶快去。孔惠英吓了一大跳，丢下锄头就跑。跨进孔家大门，看见黄孝芬仰睡在院子地坝躺椅上，双眼紧闭，脸色青白；衣服虽然换成了干的，头发却还是湿的，一绺一绺散乱地披在肩头和椅子靠背上，与在家当姑娘时候完全变成了另外一个人。孔惠英心中一酸，那眼泪就不由自主地流了下来。伤心了一会儿，说："四妹前天赶场我看她都还好好的，咋一下就变成这个样子了？"孔书高说："不晓得哇！"旁边邻居告诉孔惠英说："上午我们大家一起在地头耨草，快到晌午时候她突然怪声怪气自言自语地说起话来，也不知道说的是哪个地方口音，一句都听不懂，说着说着转身向山下飞跑，又不顺着路，见沟跨沟，遇坎跳坎，一丈多高的坎一跃就下去了。我们都追着她跑。她那样跑跳法，我们如何撵得上？只见她跑到和堰沱边一纵身就跳下去了。你晓得的，和堰沱那么深，我们赶拢时候人影子都没有了。会水的人都一齐钻下水去寻，好一阵才把她捞上来。开头是一点气息都没有，弄了好一阵才有了点气气。幸好肚子里没有进水，进水肯定没救了。"

孔惠英蹲下身轻声喊道："四妹，四妹。"喊了十多声，黄孝芬眼皮动了动，睁开眼睛迷蒙地看了一会儿才认出孔惠英来，说："嫂嫂来啦？你坐嘛。"有人端矮板凳来让孔惠英坐下。

黄孝芬闭上眼睛一动不动，好像睡着了。大家不说话，都紧紧盯着她。过了一会儿，黄孝芬身子动了动，睁开眼睛看向孔惠英，外地口音说道："哦，你来了，还记得我们一起在王母娘娘后花园观花不？"孔惠英装作自己是王母娘娘宫女下凡，惊愕得说不出话来。正想问她，只见黄孝芬突然腾身跃起站立地上，身如风飘杨柳，手作拈花形状，边舞边怪腔怪调地唱起来："五彩祥云接天边，娘娘姐妹到花园，黄花绿花留天上，红花白花撒人间。"唱跳罢，看着孔惠英说："算了，你记不得我，我走了！"双眼一翻，身子向后一仰，倒在地上气息全无。大家慌忙围上去,拉扶摇晃呼名唤姓地一阵喊叫,才有了一丝气息,弄到椅上躺下。

孔惠英看黄孝芬模样,知并无大碍。便对孔书高说:"孔四哥,四妹被水淹浸,又冷又湿,迷了心窍。你们给她点热茶水喝,慢慢就会没事的。云长晓花在家没人照看,我回去了。"

几个月后一天晚上,孔惠英刚睡下便听到急促拍门声,开门见是黄孝芬邻居。邻居打着火把,着急地说:"黄大嫂,你四妹的病又犯了,好几个人都拉不住,现在正沿着河边大路下来。孔书高怕她又跳河,要你快点去。"说罢转身匆匆走了。孔惠英想到那天情景,又是晚上,心中难免有些害怕,便叫儿子跟着去做伴壮胆。

天色一片漆黑,伸手不见五指,孔惠英牵着儿子的手,靠着平时对道路的记忆,高一脚低一脚地摸索着下坡。快到河边时候,看见远处两三点忽明忽暗火光时停时动地沿着河边移动下来。

孔惠英母子二人顺着河边往上走,渐渐听到怪声怪气的声音传来,走近火把时怪声停了。孔惠英喊道:"四妹!四妹!"没有回答。孔惠英又喊:"黄孝芬!黄孝芬!""嫂嫂来啦。"前面传来黄孝芬有气无力的声音。孔惠英上前拉着黄孝芬手在田埂上并肩坐下。黄云长紧紧依偎母亲坐着,其他跟护着的人或站或坐在旁边。

众人都不言语,只有黄孝芬时不时叽叽咕咕说几句谁也听不清楚的外地话。火把熄灭,四围一片黑暗。渐渐地河边竹笼隐隐约约现出奇形怪状阴森可怖的暗影。河水似有似无地闪着幽暗的微光。水声也显得怪怪的,好像有蛇或者什么野物从水中经过。只听黄孝芬悄声说:"过来了,过来了。"孔惠英问:"啥过来了?""河对面那个穿白衣裳的女子过来了。"黄云长赶紧看向河对岸，黢黑一片，什么都看不见。只听黄孝芬又悄声说："下河了，下河了。"黄云长顿时毛骨悚然起来，生怕夜色中那白衣女子过河爬上河坎来。不知是谁大声吼道："回去！回去！滚回去！"吼了几遍，只听黄孝芬声音说："啊，回去了，回去了，回河对门去了。"没有人说话，黑暗无边，一片死寂。黄云长有些怕又有些冷，越加紧紧偎靠着母亲。孔惠英双手紧搂着儿子。

沟下方远处两只手电光快速晃动过来，渐渐听见男人说话声音。黄云长顿时感觉到了白天的生气，紧张的心情也松了下来。这时只听四姑洋腔怪调地大声说道："我是林森！我是林森！"接着拖长声音唱起来："林园风物无双地，千军万马任指挥。翩翩儒将飞来去，叱咤风云我一人。修成正果莲台座，救我苍生苦难民。"黄云长一下想起家中堂屋方桌上摆放着的《词源》来。那扉页上不是写着林森题写的"莘莘学子"四字么？曾问过父亲"莘莘学子"是什么意思，却没有问过林森是谁。现在四姑说她是林森，她怎么可能是林森呢？父亲回来一定要问清楚这林森是谁。

黄云长正想着，手电光已经晃到面前，往人们身上脸上乱照。黄云长见是两个背着长枪的男人。孔惠英悄声说："四妹，武装队的，不要乱说话，看他们把你绑起走。"

两个背枪人停下，走在前面的人大声问道："半夜三更你们在这儿做啥？"见没有人回答，把枪从肩上取下来提在手中大声吼道："说！半夜三更黑灯瞎火的，你们在干啥！"黄孝芬悄声说："你看，你看，在滚，在滚。"站在后面的背枪人问道："啥子在滚？"黄孝芬叽咕说道："河里头，河里头。"提枪人问："河里头啥子？""你看，你看，河里头好多人脑壳啊。"

黄孝芬低声说。黄云长又毛骨悚然起来，紧紧盯着什么也看不见的河里。提枪人把枪托在脚下路石上猛地一杵，吼道："不准乱说！"黄孝芬又悄声说："哎呀，哎呀，好多人脑壳在滚啊。"后面背枪人拉了前面提枪人一下，低声说："我们走算了！"二人打着电筒顺着河边走了。走了十多步黄云长听后面背枪人说："疯子你都看不出来？"

月亮出来了，四周景物渐渐清晰起来。黄孝芬好像累了，不再说话，静静地坐着。孔惠英说："四妹，我们回去吧。"说着拉起黄孝芬手。黄孝芬顺从地站起来，牵着嫂嫂的手跟在后面往家里走。黄云长在后面跟着，时不时回头看。黄孝芬默默回到娘家，一头扑倒在床上就睡着了。

第二天中午，孔惠英在灶头做饭，黄孝芬在灶前烧锅。黄云长背着大妹晓花站在旁边。黄孝芬对孔惠英时不时说一两句本地话，又时不时用外地口音自言自语叽里咕嘟说几句。

黄云长背晓花时间长了，双肩麻木手臂举不起来，好像被人用双手紧紧箍着了一般，便用力扭动胳膊。黄孝芬见了狠狠盯着黄云长头顶上方，沉声说："你在干啥？我这个侄儿聪明有种，富贵有根，将来是要做大事的人。快走！快走！不要自讨没趣。"黄云长看周围和头顶上方什么也没有，陡然觉得一股冷气从脚底蹿上头顶，背心发麻，全身起鸡皮疙瘩。孔惠英赶紧把晓花从黄云长背上解下来拉过一边。黄孝芬问道："云长你手臂还麻不？"黄云长回答说："四姑，我不麻了。"黄孝芬说："以后都不会麻了。"孔惠英对儿子说："你快点出去耍，饭好了我来喊你。"

天快要黑的时候孔书高来把黄孝芬接回家去了。

第四回

稚子难忘梦幻远山　沐浴爱中诸事成趣

天快黑的时候黄孝德家来了一个女客人。孔惠英对儿子说："云长，这是你爸爸的干妈余吕氏的女儿，你要叫余大孃。你吕干奶奶会下阴，前几年住我们这里的时候，还为你禳过灾。"孔惠英的话使黄云长想起一个叫干奶奶的人来。一个总是穿着黑衣黑裤的瘦小尖脚老太婆，走路拐丁拐当，好像还端过一小盘猪肉烧洋芋给自己吃。孔惠英又说："新中国成立后不准迷信找钱，你干奶奶就回老家白山垴去了。走的时候，把她的一升多地租给我们种。"余大孃听了说："还是先生娘子想得周到，要不是妈生病花钱，我也就不来了。"因为丈夫黄孝德教书，新中国成立初期好些人都叫孔惠英先生娘子。孔惠英说："余大姐你千万别这样说，租地交租天经地义。往天黄孝德还在对我说，干妈他们咋还不来背玉麦啊？"

晚饭后，孔惠英把玉麦架上的玉麦串取下来，和余大孃一起掰玉麦籽。余大孃一边掰一边给黄云长讲故事。大多是讲她们那里山林如何森远，风景如何美丽，鸟雀声音如何动听，流云浓雾色彩如何变幻，野兽如何凶猛等等趣事。

余大孃很会讲。从余大孃的讲述中黄云长知道她家住在很高很高的山上，离这里很远，旷荡而偏僻。最让黄云长好奇的是老熊吃人的故事。说老熊又黑又大，站立起来比大人还要高。老熊吃人，抓住人后不会马上吃掉，而是高兴地笑，笑得昏死过去，醒来后才开始吃人。老熊很多，人与熊常在路上相遇。为了不被熊吃，山里人出门的时候手臂上都要套一个大竹筒。见到老熊千万不能跑，因为老熊看起来很笨，走路慢腾腾的，其实真跑起来，跑得再快的人也跑不过它。跑是跑不赢的了，只好站着不动等它过来。然后把手臂伸向它，然后让它抓着竹筒，等它笑昏过去，再把手从竹筒中抽出来，然后赶紧逃走。老熊醒来不见人了，会狂暴地在四周寻找。老熊的力气很大，碗口粗细的树子轻轻一折就断了。

余大孃特别提醒说："见到老熊不要害怕，只要不跑它是不会伤人的。只是这时候千万要小心，只能让它抓着竹筒，不要让它抓着了手，抓着手了随你咋弄都挣不脱，只有等它醒转来吃你了。"黄云长听了很想去试一试，看看是否真如她所说的一般。可是又怕大黑熊不抓竹筒只抓手。

第二天黄云长起床时余大孃已经回去了。昨天晚上睡前明明是说好了要跟她一起去的。

自从余大孃走后，黄云长时不时会想起她来。想象着自己和余大孃一起站立在高高的森林边，远望着美丽如画的群山，听着各种悦耳的鸟鸣，想象着老黑熊抓着竹筒时笑昏死过去的开心，自己悄悄笑着逃离时的快意。可是余大孃再没有来。

黄孝德家房前有一棵高高的樱桃树。樱桃还是青黄色的时候黄云长就开始摘吃了。小姑黄明艳多次劝侄儿不要吃，说樱桃没有红，小娃娃吃了要打摆子。可是黄云长哪里肯信？照吃不误。

一天正吃着午饭，黄云长放下筷子一下跑了出去。黄明艳追赶出门见黄云长正在往樱桃树上爬，大声说："下来！""不下来。""你到底下不下来？""不下来！""你信不信，我拿竹竿把你戳下来！""不信。"黄明艳一下沉了脸，说："真的不下来？"黄云长笑着说："真的不下来！"黄明艳转身回家握着一根长竹竿走出来，对着黄云长屁股就是一下。问："下不下来！"黄云长仍然笑着摇头说不下来。黄明艳怕把侄儿戳伤，不再戳，想了想说："好，你不下来，我把你裤子戳烂，变成光屁股，看你还不下来。"于是开始戳裤子。刚戳几下那裤子就直往下掉，眼看着屁股就要露出来，路过的人们看得哈哈大笑。黄明艳说："看你个干筋腊猴的样子，尽吃些不长肉的东西，还不听招呼，下不下来？"见黄云长不回答，黄明艳举起竹竿又戳，黄云长赶紧向下缩。下到地面低头提裤跑回家去了。黄明艳放好竹竿,笑眯眯回到桌边坐下端起碗吃饭。孔惠英笑着说："好哇，我以为没法治了呢，总有人治得了你。"

土地改革过后，扬眉吐气的翻身群众时不时要开一些斗争会，清算那些旧社会有重大劣迹的人。

斗争会大多数时候都是走马灯似的一个地方斗过了，换个地方再继续斗。斗争会先是被斗争的人坦白交代罪行，然后是群众揭发控诉，再就是被斗争的人认罪表态，最后是群众发表处理意见。

每次斗争会黄云长都要去。大人们斗什么人，怎么斗，斗后怎么处理黄云长是从不关心的，他关心的是如何与小伙伴们玩得开心。不过，斗得凶的时候还是会挤进去看的。

一次在陈家院子开会斗争佘昌全。因为他当过国民党的兵，说是反革命。由于佘昌全拒不承认是反革命，群众便认为他不老实。先是用脚踢，踢了仍然不交代，便叫他跪在瓦渣子上。大太阳下，佘昌全一脸通红，满头是汗。群众见他仍然一声不吭，愤怒地要求上火麻。果然不知谁弄来了很难找到的火麻。黄云长知道这东西厉害，不小心皮肤被轻轻挨着了，立刻会火辣辣地疼痛。人们脱光了佘昌全上身衣服，火麻条子往他身上脸上胡乱抽打。佘昌全手脸上身通红，昂着头，闭着眼睛任随抽打，就是不说话。

黄云长和小伙伴们在陈家玉麦架楼上观看，看了一会儿尿胀起来，见玉麦架下全是人，如果下去就上不来了，只好憋着。最后实在憋不住了，便把尿屙在楼上最厚的玉麦壳堆上。本想玉麦壳能够把尿汲住，哪知玉麦壳不汲水，一大泡尿全部淋到了楼下人头上身上。楼下人顿时大喊大叫起来，立马便有人追问谁干的，是不是想要破坏斗争会？这样一问，一个三十来岁的男人立刻跑过来，抓着楼板一个鹞子翻身上楼，见都是孩子，便向楼下笑着说："算了，尽都是些娃娃。"又提高声音说："童子尿治大病，遭尿淋的人都有福气了。"会场顿时爆发出一阵哄笑声。

一天晚上，孔惠英梦见儿子往西方跑，便在后边追。追着追着四顾无人，不禁放声大哭。哭醒来见儿子睡在身边，心才稍安。

第二天孔惠英便开始给黄云长叫魂。开初黄云长感到很新鲜，孔惠英每问一次云长回来没有的时候，黄云长不仅立刻认真地大声回答回来了！而且想象着远处游荡的魂灵在母亲慈爱的叫声中慢慢地向自己飘来。第三天黄云长便感觉枯燥起来，心不在焉地应答着，巴不得母亲快点叫完，吃那个早已紧盯着的鸡蛋。

第七天叫完时，黄云长感觉魂灵早已回归本体，蹦跳着跟在母亲身后去烧蛋。孔惠英坐在灶门口矮条凳上，用火钳把灶里金红色的飞星火灰拨开一个小坑，把鸡蛋放进坑里，用火灰把蛋掩上，站起来说："把锅烧好，不要让火熄了，蛋爆了就掏出来吃。"

黄云长坐在矮条凳上，紧盯着掩蛋的地方，好久都不见爆。看灶里的柴快燃完了，转身去拿柴时听到砰的一声响，赶忙回头看，灰里露出一片蛋壳，用火钳拨什么也没有拨到。孔惠英帮着拨，拨了好一阵才找到一块软软的东西，递给儿子说："吃吧。"黄云长拿着被灰粘裹得完全看不出是鸡蛋的鸡蛋，不知如何是好，又递回给母亲。孔惠英拿在手中反复拍打。裹在外面的灰拍掉了，沾在蛋清蛋黄上的灰怎么也拍不掉。黄云长说："用水洗吧。"孔惠英说："不能洗，一洗仙气就没有了，就这样子吃。"边说边又递给儿子。

此后黄云长一有头痛脑热不舒服，孔惠英就给儿子叫魂。大多数时候不到七天就好了。

一日，孔惠英站在大门口给儿子叫魂，正拖长声音叫着："云长哒，快点回来啊，妈想你。"此时恰好一个熟人经过，大声说："孔惠英，云长就在你旁边，这么近你都看不见，你眼睛不好嗬？"说得母子俩都笑起来。

一次，孔惠英初级社做活路，请假回家给黄云长叫魂。由于时间紧，匆匆忙忙叫完，在床头地上插了香就赶往地里做活去了。那香燃着渐渐挨着了蚊帐，蚊帐燃了起来。黄云长闻到浓烟味走进房间，见蚊帐烧掉了一大片，幸好没有燃成火焰，只形成一条金红色迅速扩展的弧线。黄云长慌得来不及取水，也顾不得痛，用手顺着弧线抹。当飞快地把金红色弧线抹灭完时，那手已经血红得完全麻木了。从此以后孔惠英就再也没有为儿子叫过魂了。

黄云长一天早晨起床，对母亲说左边胳肢窝下有点痛。孔惠英撩起儿子衣服，见皮肤上有小拇指大小一个淡红点，不甚在意地说："不要紧，过两天就散了的。"哪知过两天淡红点不仅没有散，反而变成突出的血红色肉球，越发痛得厉害。又过两天那肉球竟然垂掉下来，肉皮系着，手指轻轻一碰便来回晃动。孔惠英只好带儿子到鹤林场看医生。

到了鹤林场，孔惠英先买一碗抄手给儿子吃。黄云长叫母亲也吃，孔惠英说不饿，看着儿子吃。吃了抄手到鹤林联诊所，医生看后说治不了，要他们到县医院治疗。孔惠英只好带儿子到川王宫门口找王医官。王医官曾经是国民党军医，人们都说他医术不错。看病的人很多，孔惠英母子只好在长条凳上坐着挨轮子等候。

黄云长坐着想那疼痛，远远看见街对面凤翔江边有人钓鱼，便走过去看。江面宽阔，碧浪滔滔，看得见水里无数游鱼。

十多个人坐在江边大石头上，双手握着粗短的钓竿挂白钩。所谓挂白钩，就是鱼线上拴一排甚至两排鱼钩，鱼钩不穿鱼饵，钓鱼人左右来回猛劲挥动鱼竿，让鱼钩从水中飞速划过，把鱼钩着了活生生硬拉上岸。盯着钓鱼人迅猛挥动的鱼竿，听着鱼钩从水中飞速掠过的唰唰声，看着鲜艳的金红色鲤鱼不时被拉甩上岸，黄云长忘了疼痛，看得兴高采烈，比自己钩着鱼还高兴。

快轮到黄云长看病了，孔惠英走到江边把儿子拉到王医官面前。王医官仔细看了肉球，又用手摸了摸，对孔惠英说："不要紧的，你们下次逢场来，我把它割掉就是了。"孔惠英说："王医官，我儿子痛得睡不着。那肉球还天天都在长，今天割要得不？"王医官说："要是要得，只是我今天没有带刀来，下一场来吧。"

黄云长听说要动刀，吓得不得了。又听说没带刀来，立刻松了一口气。但是总担心着下一个逢场日子到来。

逢场那天早晨，黄云长醒来去摸那地方，不仅不痛，连肉皮吊着的肉球都没有了，赶忙跑去告诉母亲。孔惠英听了急忙捞起儿子衣服看，果真不仅肉球没有了，就连原来的淡红色也没有了。大喜过望。

鹤林镇公私合营，鼓励商家下乡为人民群众服务，为发展生产服务。于是便时不时有公私合营人员或挑或背着油盐肥皂毛巾等生活用品到黄家沟来销售。

梆！梆！梆！快近中午，每当有节奏的竹梆声从东边传过来时，观音寺小学周围附近的人们便知道是街上开酒店的孔利安来了。

观音寺小学周围人户较多。孔利安每次来都要在学校操场边放下担子歇息。此时学校正好午休，大多数时候黄孝德都会走出来，和孔利安摆一会儿龙门阵。孔利安总会这样问："来二两不？有新鲜的油酥花生米卤猪头肉。""要上课，一两就可以了。"黄孝德总是这样回答，于是在操场边草地上坐下来。孔利安在黄孝德面前摆上酒菜，一般是油酥花生米、卤干豆腐或者卤猪头肉。黄孝德如果看见黄云长在附近，会抓十几粒花生米或者几片猪头肉给黄云长吃，有时候干脆让儿子坐在旁边和自己一起吃。这时候黄云长总会觉得自己是这世界上最幸福的人了，巴不得孔利安天天来。

一日，孔惠英听见儿子在屋外的哭声，便立刻跑出门去看，见黄云长左手抓着一只大螃蟹，右手食指被大螃蟹夹着，一边哭一边走回来。孔惠英着急地说："你咋那么憨啊？你把螃蟹放了，螃蟹就把你松开了嘛。"可黄云长不听，仍然紧紧抓着螃蟹不松手。回到家，黄孝德拿剪刀把螃蟹大螯剪断，双手把螯夹撕开，那被夹处早已经出血了。黄云长不顾手指流血，拿弯刀对着螃蟹连砍数刀才解了恨气。孔惠英笑着问儿子："你还要去逮不？"黄云长想了想点点头。孔惠英气恼地说："你咋那么不受教啊？"

黄孝德说："云长你不要去逮螃蟹了，再被夹住哪个来帮你弄开？这样吧，我教你扎风筝，放风筝比逮螃蟹有趣多了。"于是教儿子扎架糊纸，放斗穿线，还做了个工字形木架，绕上线带着儿子来到山冈上。

黄孝德说："学放风筝前我教你背一首风筝古诗好吗？"黄云长说："好，我背熟了才学放。"黄孝德说："那我念你记，很好记的。"说罢念道："结伴儿童裤褶红，手提线索骂天公。人人夸你春来早，欠我风筝五丈风。"黄孝德讲解诗意后，念一句让儿子跟着背一句，背不几遍黄云长就背熟了。

阳光明媚，和风习习，黄孝德教儿子如何放飞风筝，如何把握风向，如何掌握风速，如何使风筝悬停空中等等技巧。此后只要天气晴好，黄云长便和小朋友们一块放风筝。

一日，黄云长把风筝悬停空中，斜躺在草坡上看风筝在蓝天白云下静静飘动。正看着，高空中一群大雁成铧头队形从风筝上空飞过；不一会儿又一队大雁成斜横一字形从远空飞来。看着雁阵一队队飞过，黄云长想这些大雁从哪里飞来？又飞往哪里去呢？人如果能像大雁那样，自由自在地在空中飞翔那该多好啊。正想着忽然听见有人喊他，翻起身见坡下几个小朋友站在路上，要他一起到和青杠林去看捉老鹰。黄云长听了赶忙收了风筝，一起赶往和青杠林。

和青杠林是一大片山林。林中高大青杠树上有十多个老鹰窝，一年四季老鹰都在空中盘旋。和青杠林方圆数里人家小鸡经常被老鹰叼走，没有小鸡时大鸡也遭捕食。为了消灭老鹰，每年春季老鹰抱窝时候，和青杠林周围人家都要联合起来一起去拆老鹰窝。

黄云长和小朋友们赶到的时候，林下已经聚集了一百多人。十多人正在为上树做准备。老鹰猛禽，嘴尖爪锐，一般很难对付，人在树上更难抵挡。为防老鹰攻击，上树拆窝人头戴斗笠，身披蓑衣，腰别长刀，背插竹竿，手执火把慢慢往树上爬。老鹰们为保卫窝巢中的鸟蛋幼鸟，在林梢乱飞，伺机对上树人轮番俯冲抓啄。当抓啄到上树人的时候，树下人们便立刻发出阵阵惊叫声和欢笑声。林中还有很多老鸦窝。老鸦受到惊吓，在林中哇哇乱叫乱飞。老鸦全身乌黑，叫声难听，历来被视为不祥之物，很多人便乘机上树拆毁老鸦窝。

拆老鹰窝的人离树梢越来越近，老鹰攻击也越来越凶猛。拆老鹰窝的人毫不畏惧，不慌不忙慢慢向上爬。快要接近老鹰窝时，骑坐在粗大树枝上，等老鹰飞扑下来。当老鹰爪子抓着斗笠蓑衣脱不了爪时，猛地将手中火把向老鹰烧去。烟熏火燎中老鹰负痛逃离。不过不一会儿又会俯冲下来，于是又将火把烧向老鹰。几次三番，老鹰不敢靠近了，拆窝人便开始捣毁鹰巢：近的用火烧，远的用竹竿捣。天快黑的时候所有老鹰窝被全部毁除。两三个月后老鹰们又会把巢筑起来。不过此时农忙已到，种粮要紧便顾不上拆毁老鹰窝了。

一天深夜，孔惠英被屋后半山上可怕的叫声惊醒，下意识地将儿子搂进怀中。见儿子醒了，悄声说："不要说话，鬼在叫唤。"

一种凄厉的哇哇嘶啼声传入黄云长耳中。那声音拖得很长，阴森而恐怖，一会儿在东、一会儿在西，一会儿在空中、一会儿在山下、忽远忽近、飘忽不定、转移迅速，渐渐远去。

过了好一会儿，孔惠英问儿子："听见没有？""听见了。"黄云长回答。孔惠英说："听到鬼叫不能说话，鬼听到了人的声音是要把说话人魂魄抓走的。今后不管在哪里听见都不要怕，只要心存善念，邪不敌正，鬼是不敢抓你的。听清楚没有？""听清楚了。"

黄云长口中虽如此回答，那心中却已生恐惧。特别是夜晚或偏僻地方一人独处的时候，心里总会有些不由自已地害怕起来。

第五回

童心最盼传统佳节　云长懵懂痛失晓花

由于小孩子天性喜吃，儿童们对有好吃的节日总是念念不忘，对无吃无玩的节日从不念想。但是，"六一"儿童节对黄云长是个例外。他知道"六一"儿童节虽然没有吃的，但是可以参加唱歌跳舞朗诵野外林中捉特务等活动，甚至可以争取成为光荣的少先队员，戴上骄傲地飘扬在胸前的红领巾。黄云长不仅向往戴上红领巾，而且羡慕红领巾后角尖洗得发白的少先队员。后角尖洗得越白越烂，越说明他们在少先队中资格越老。这些人左臂上大都戴着二杠或三杠标识，不是中队长就是大队长，说明他们最优秀表现最好。

对黄云长来说，好吃好玩的节日莫过于传统节日了。

春分吃汤圆。吃之前大人们总要把一个汤圆钎在细竹竿尖上，然后把竹竿插到地里，说是能把雀鸟的嘴粘住。这样雀鸟就不能啄食地里的种子了。黄云长弄了个竹笼子，天天看那竹竿上的汤圆，是否有雀鸟被黏着了，如若被粘住就装进笼子里喂养着玩。可是雀鸟们比人精灵，飞来飞去，就是不啄。

端午节大人们总要讲把粽子盐蛋丢进河里去给屈原吃的故

事。可是端午节黄云长不仅从来没有吃过粽子盐蛋，更没有看到过谁把粽子盐蛋丢进河里去过。

有的传统节日，虽然没有吃的，但是对农业生产和家庭生活会产生重大影响。因此大人们便总要求孩子们记住，不可忘记。

惊蛰不能动土，即不能下地干活。若下了地，当年的土蚕咬断玉麦苗会特别凶。

腊月二十三日祭灶王菩萨，也叫送灶神。孔惠英对黄云长讲，灶王菩萨每年腊月二十四日都要按规定上天，向玉皇大帝禀报这家人一年来的善恶功过。为了让灶王菩萨禀报时说好不说坏，灶神上天的头一天，也就是腊月二十三日，很多家庭都要为灶王爷饯行。也有不祭的，不仅不祭，反而用糍粑或者汤圆把灶神的嘴粘住，以免他上天乱说一通。

所有节日中，孩子们最渴望的莫过于春节过年了。每年过春节，黄孝德总要说："新中国成立前过年称年关。年关，年关，过年就是过关。"但是黄云长从不这样想，巴不得春节早点到来。"新年到、新年到，穿新衣，放花炮。"这句儿歌道出了孩子们对新年的期盼。不过，在黄云长的记忆中，黄家沟小孩新年穿新衣的不多。那些女娃儿穿的新花衣服，大多是平时舍不得穿，等到过节了才翻出来穿的。至于放花炮，黄家沟人过年从来就没有放过花炮，连一只炮仗都没有放过。但是这并没有丝毫减弱孩子们对新年的渴望。"青头萝卜蜜蜜甜，看到看到要过年"的童谣，道出了黄家沟孩子们等待新年到来的迫切心声。

黄家沟人过春节的传统食品是黄水馍馍，一是自己吃，二是回礼送人。所谓黄水馍馍，就是玉麦面加上红糖和浓茶水搓揉成一斤大小的玉麦面团，用斑竹笋壳包好蒸熟成猪腰形状的玉麦馍。为使颜色好看，蒸的时候水里要放进粗老的红白茶叶，把馍蒸成深黄色。黄孝德说新中国成立前的有钱人家，将玉麦拿到水磨房磨筛成细粉，加上红糖糯米花生核桃猪油，做出来的黄水馍馍又香又软又糯又甜，穷人家做的完全没法比。

黄孝德家极少杀过年猪，大都是到街上买新鲜肉自己做腊肉。有两样肉是必须要买的。一是全猪头。年三十用全猪头上坟显得对祖宗们特别虔诚敬重；全猪头价钱相因，猪嘴、猪耳、猪舌是很好的下酒菜；猪腮肉很肥，很适合做回锅肉。二是宝肋肉。这是男人春节走老丈屋时必须要送的传统礼品。

春节前，黄云长的自选任务是打扫卫生。先把家里所有地面打扫干净，把平时放得零乱的农具家具摆放整齐，然后把所有的柏木板壁用水擦洗干净。其实这是黄云长自己给自己开屁股。不知从何时起，黄云长就喜欢用粉笔在木板壁上画画，尽是些人比房高大、鱼在天上游之类的内容。干擦是擦不掉木缝里的粉笔灰的，必须要先用水把板壁打湿，用毛刷反复来回刷，粉笔灰才能被完全擦掉。不然板壁水干后那些粉笔痕迹又会显现出来。洗刷过后的板壁现出天然木质本色，比原来好看得多，黄孝德回来见了会现出满意笑容。黄云长受到鼓励，第二年春节前把板壁洗刷得更加干净，年年如此。

黄孝德几乎每年都是年三十上午才从学校回家。他的唯一事情是杀鸡、烫鸡、去毛、剖鸡，翻洗鸡下水。

孔惠英的任务是做年夜饭，到祖坟祭祖上挂坟钱。上坟祭祖是黄云长最喜欢的事情。孔惠英端着装着熟猪头的烧箕在前面走。黄云长拿着香烛纸钱和挂坟钱在后面跟，时不时偷偷伸手掐一块肉吃。此时孔惠英总会瞪儿子一眼，但并不斥责。如果小姑黄明艳一起去就不行了，说是对祖宗不敬。总是走在嫂子和侄儿之间，让黄云长无从下手。

青云棘路 上册

黄家沟人的年夜饭是丰盛的，但是除了猪鸡肉从来没有鱼鸭牛羊等其他肉类。年夜饭后孔惠英收拾饭桌，洗完锅碗瓢盆后炒胡豆或绿皮豆，然后煮粽子蒸叶耳粑。其他人围着火盆守岁，听黄孝德讲故事。

因为穷，黄家沟人过年用吹过山号和燃放爆竹代替烟花鞭炮。过山号又叫过山嚎，是用嫩竹筒一节一节拼逗起来，形状有点像牛角的自制号角，能吹出呜嘟嘟的声音。据说有人能连续不断吹出二十四个呜嘟嘟来。黄云长年纪小，无论怎么用劲，憋得脸红筋胀，最多只能吹出比放屁还难听的噗的一声。

黄云长虽然吹不好过山号，但是却很喜欢听别人吹过山号。过山号穿透力特强，那呜嘟嘟的声音既清纯又粗放，粗放得像男子汉生猛豪放的大喊，清纯得像女孩儿如泣如诉的歌唱。幽暗的夜空，萧疏的山村，这呜嘟嘟的声音，容易让人产生些许莫名的凄凉和哀伤，这些许的凄凉和哀伤又好像饱含着对未来幸福的希望和美好明天的向往。在断断续续的过山号声中时不时传来爆竹声。这是黄家沟人沿袭祖先们最原始的方法，送别旧的一年过去，迎接新的一年到来。

孔惠英忙完灶上如果还没有过夜半，就要把地再扫一遍，因为第二天大年初一是不能扫地的，风俗传说如果扫就会把跳蚤们提前扫醒，来年的跳蚤会特别凶。

当屋外送岁的爆竹声越来越密集的时候，孔惠英便要炒两三个俏荤菜，切一些香肠和猪头肉，拌点椒麻鸡，摆酒让丈夫边吃边喝辞旧迎新。她自己则到院坝跪下燃烛烧香烧纸钱敬天地。

孔惠英认为一年之计在于春，万事要有好开头，因此要求儿子大年初一必须早起。但是无论怎样早黄云长都没有母亲早。大年初一早饭必须要好，因为这天早饭好全年才会好。所以早饭不是吃汤圆，就是吃挂面。吃汤圆全家人团团圆圆，吃挂面全家人长久平安。黄云长最喜欢吃挂面，所以几乎每年大年初一全家早饭都是吃挂面。孔惠英做的臊子面特别好吃，有肉有蛋有豆腐。除了这一顿，全年吃面从来没有臊子。

每年大午初一早饭，黄云长都是先吃完一大斗碗挂面，然后又盛一斗碗，勉强吃几口实在吞不下了，才放进碗柜里。换上干净衣服，衣兜里揣上炒好的胡豆或者绿皮豆，一趟跑到沟对面观音寺看耍狮子灯。

耍狮子灯是每年过年村上都要安排的唯一群众性活动。从观音寺开始，沿途耍到五显庙结束。

狮子灯在观音寺耍完后，黄云长飞一般跑回家，把碗柜里那斗碗冷面狼吞虎咽一般吃完，立刻又跑到下一站去看。

狮子灯每年的内容雷同，从来没有唐僧，都是孙悟空猪八戒沙和尚逗耍狮子。其间表演一些翻五台山、海底捞针、天鹅抱蛋等等高难度节目。

有一年在陈家大院表演海底捞针。主人在一个装满水的大黄桶里放入一根缝衣针，要孙悟空把针捞上来。天寒地冻，孙悟空捞了半天都没有捞上来。如果捞不上来，拿不到红包不说，还丢面子。据说有的孙悟空带了磁铁，装模作样捞一阵后，用磁铁一下就把针吸上来了。可是这个狮灯队没有带磁铁。孙悟空捞很多次都捞不上来，只好把戏脸壳子取下，露出人的本来面目，挽起袖子伸手到桶底摸，上半身衣袖全部湿透了还是摸不起来。最后找来一把细棕丝，棕丝如滤网一般，把水搅得飞快旋转了才把针捞上来。此时天已快黑，除黄云长几个娃娃外，其他观众早已回去了。

春节女婿走老丈屋拜新年是原山传统习俗。黄孝德每年走老丈屋都要带上儿子，背一夹背礼品，平路牵着儿子手走，上坡把儿子抱骑到肩颈上，当地人说这叫骑马马肩。黄云长骑坐在父亲肩颈上，双手在空中又挥又舞，觉得幸福极了。

春节走亲戚人户，小孩子们最挂心的是长辈们会给多少年钱。黄云长收年钱要看父亲眼色行事。开初假装拒绝，在推拒拉扯中等父亲开口同意了才收下。转身离开后马上数有多少钱。但是一回到家又自觉自愿一分不留地全部交给母亲，好像自己总是用不着钱。

黄孝德每年春节除走老丈屋外，还必须要给他的干大佘南轩拜年。佘南轩是黄世权当伪保长时的副手，身材瘦削，面容清癯，银白胡须，穿着洗得发白的长衫，一副斯文模样。

黄孝德与佘南轩说话轻言细语，小心谨慎，显得极其敬重。佘南轩也是客气异常，举指有度。

黄云长印象最深的是吃饭。洁净得发亮的园饭桌上中规中矩地摆放着精致的菜肴：极薄的香肠一圈一圈地盘在盘子中间，油酥花生、椒麻鸡块、猪舌猪耳等量虽不多但却和盘面配合得恰到好处。

佘南轩陪黄孝德走到桌边，互相谦让后主宾坐定。佘南轩缓缓端起酒杯举向黄孝德说："请。"黄孝德小心端起酒杯举向佘南轩说："干大请。"二人在互相连声说了几个请字后，轻轻啜了一小口把杯放下。佘南轩缓缓举起筷子对黄孝德说："请菜、请菜。"黄孝德小心拿起筷子，说："干大请。"双方又互相说了几个请字，各自拈一片香肠或一粒花生米放进嘴里，慢慢咀嚼吞下肚，然后又慢条斯理地讲起了龙门阵。讲了很长一段时间后又在互请声中啜一口酒，吃一点菜。

开初，黄云长看着那些佳肴实在忍不住，顾不得大人互请谦让，独自向面前最近处猪舌伸出了筷子。黄孝德立刻露出极其严厉的神色，向儿子狠瞪一眼。黄云长吓得立即缩回筷子。此后等他们开始请菜了才敢像他们一样轻轻拈一点吃。这是黄云长所记得的吃得最文明的一餐，也是最窝囊的一餐。

黄云长大妹黄晓花几个月大的时候长得很逗人爱，大眼睛、双酒窝、一逗就笑。可是不知为什么以后变得又黑又瘦，两岁多了还不会说话，不仅父母哥哥不会叫，甚至连咿咿啊啊的声音都发不出来。让她独自站立都站立不稳，更不要说走路了。

晓花两岁多时候有了妹妹晓琴。晓琴长得白白胖胖，三个多月大时和晓花一起并排躺在席子上。晓花动都没有力气动一下，而晓琴舞手蹬足不停地动，翻身时手臂把晓花胸口压着了，晓花动弹不得，只是口里发出不舒服的嗯嗯声。

晓琴出生前，晓花都是大人带，有了晓琴后，就改由黄云长带了。

黄云长不知道怎么带晓花，父母没有教过也没有要求过怎么带。只知道出门时候把她背着，到了玩的地方把她放在地上坐着。晓花被放在那里就一直坐在那里。黄云长玩够了又把她背回家。黄云长从来没有逗过她笑，从来没有想过要教她说话，也从来没有想到过她渴不渴饿不饿。

一天大太阳，黄云长背着晓花和小伙伴们去沟里摸鱼。到了沟边，黄云长把晓花放坐在竹笼下阴着的地方后，就急不可耐地下到沟里去了。不知过了多久，太阳转过来把晓花晒得满头大汗，她不哭不闹，可怜地任由太阳晒着。黄云长发现后爬上沟坎，把她抱到太阳晒不到的地方坐稳后又下到沟里去了。

春末夏初一天上午，大人们在小河对面槽心地做活路。黄云长背着晓花出门，远远看见几个小伙伴过了小河上木板桥向槽心地方向走，便赶紧下坡过木板桥追上他们。

明媚的春日阳光下，小伙伴们沿着小水沟边小路有精没神东张西望走着，忽然听见最前面一个小伙伴喊道："嗨，你们看哪是啥东西啊？"后面小伙伴们听了赶紧跑上去，见一条色彩鲜艳的美丽长带悬挂在小水沟对岸七里香花笼上。不知谁说了一句："是不是蛇啊？会咬人的。"大家听了便从地上拾起土块打那带子。见那带子一动不动，一个小伙伴梭下沟坎，下到沟底伸手去抓那带子。那带子突然翻转过来变成黑色，向小水沟坎石洞里钻去。不知是谁喊了一声："是蛇！"站在水沟底的小伙伴吓得急忙返身往坎上爬。于是大家齐声高喊："打蛇啊！打蛇啊！"

孩子们的喊叫声惊动了槽心地里做活路的大人，有两个提着锄头跑下来，看着洞口说："见蛇不打三分罪。"说罢抢起锄头便挖，挖很深都没有挖着，只好返回地里做活去了。黄云长自此有了见蛇必打的意识。

小伙伴们继续慢慢往上走。不知道什么时候太阳已经躲到云里去了。天边乌云翻滚，隐隐传来雷声，天色越来越暗，地里做活路的大人们纷纷高声喊着自家孩子快回家去。

黄云长背着晓花返身往家里跑，跑没多远那暴雨就猛地落了下来，整个山沟顿时白蒙蒙一片。黄云长兄妹俩全身衣服湿透，冒雨跑到河边时，哗哗的雨声淹没了一切声音；密集的雨水打在桥板上溅起朵朵水花。桥下水一人多深，黄云长虽然害怕掉下桥去，但是为了早点到家，哪里还顾得上这些？冲上桥板跑到桥中间时，那桥板不停地把人弹起来。黄云长胆战心惊冲过桥，一股劲爬上坡回到家里，刚把晓花放磨盘上坐好，自己脚下立刻就淌了一大摊水。

黄云长先拿干衣服给晓花换了，然后自己也换了衣服。晓花静静坐着不哭不闹，睁着大眼睛看着前方。那瘦小的面容既看不出痛苦，也看不出忧伤。或者她已经麻木，或者她已经习惯了。

不一会儿孔惠英回来了，也是一身湿透，很快换了衣服出来，对儿子说："我大声喊你不要过桥你咋不听？""没有听到。"黄云长回答。孔惠英说："你下河坎过桥时候我看不到你们俩姊妹，心都提到喉咙上了。看你们上河坎了心才落下来。"

夏天过后晓花的身体更弱了。孔惠英便不再要黄云长带，改由自己带。中秋过后晓花已经坐不稳，只能躺在床上，仍然睁着大眼睛，仍然不哭不闹。

一天清早，孔惠英把儿子从床上叫起来说："云长你快点到门口喊你爸爸回来。"黄云长一到门口就拖长声音大喊起来："爸爸哦，妈叫你快点回来！"刚喊两声黄孝德就从校门口出来了，一路小跑着很快到了家。

黄云长见父亲手里拿着锯子，正要问他怎么拿着锯子时已经进门去了。黄云长跟着进去，见晓花躺在母亲双手上，脸上身上盖着一幅旧花布，这才知道妹妹死了。孔惠英走到鸡笼边，把晓花平躺着放在鸡笼木盖板上。

这时邻居叶玉庭周绍廷来了。黄孝德拿来长木板，叶玉庭把木板锯成几块短木板。黄孝德提着锄头，叶玉庭抱着短木板，周绍廷双手平托着晓花，三人一起向外走。孔惠英跟在后面嘤嘤哭泣，边哭边说："我的好女儿吧，你咋就这样走了啊？你咋舍得丢下妈啊？"黄云长跟在母亲后面来到娃娃坟。

娃娃坟原本是黄家祖坟桤木坪的一小块偏僻地面。开初，黄姓孩子不幸夭折了就埋在那里，以后埋的孩子多了，那地面便被称为了娃娃坟。

黄孝德用锄头挖了一个小土坑。叶玉庭把短木板在坑里摆放成一个小木匣，周绍廷把晓花放进小木匣里躺下，叶玉庭用剩下的木板把小木匣盖上。黄孝德用挖小土坑的土把小木匣掩上，然后垒成一个小土堆。孔惠英边哭边在土堆前烧纸钱。然后大家默默下山。

黄孝德匆匆回到家里拿上锯子，也不说话转身快步到学校去了。

孔惠英回到家里后又请来两个人，一个站在房外菜地上，一个站在晓花睡的屋子里，用一根竹竿把房瓦戳开一个洞，手持竹竿对着洞口作投射状，高声喊道："死星出！"外边的人立刻应声喊道："出！"两人喊应到第三声时，屋里人边喊"死星出！"边奋力把竹竿从房瓦洞口向房外投出去，并大声问道："死星出没有？"外面人高声应道："出了！"

一天晚上，孔惠英对黄云长说："昨晚我梦见晓花了，站在我面前，穿一身崭新的红花衣裳，舒舒气气的。她舒眉展眼地笑着对我说：'妈，你不要伤心，我现在好了。'我上去拉她，她往后一退，说：'妈，我走了，照看好哥哥和妹妹。'说完就不见了。"

孔惠英说着哭起来，然后讲了晓花死去的经过："那天晚上晓花躺在我的身边，是一点都不能动了。整个晚上都不停地发出细微的哼哼声，天要亮的时候才平静下来。我把耳朵贴到她嘴边，听她出气匀缓得多了。心想她这口气缓过来了就好了。正要起床去挑水，挨着床头的板壁上方突然砰的一声响，接着又响了一声，声音很大，就像有人使劲把板壁踹破走进来似的。

我返转身在响的板壁上猛捶几下，边捶边骂不准把晓花给我带走。骂过后见晓花仍然平静睡着，就把被盖给她理好，下床去挑水。挑了几担水去看她，仍然平躺睡着，一点都没有动过的样子。摸她脸，已经冰凉了。"

黄云长以后几次向母亲提起晓花，孔惠英都没有露出过一点戚容，只是平静地说一句："她现在好了。"而黄云长总要时不时地想起她来，特别是想到带她的粗心时，心里总是慊慊的，觉得实在对不起她。

黄晓花死后第二年，黄云长有了小弟黄晓刚。此时黄晓琴走路已经很稳当，孔惠英便让黄云长带黄晓琴，自己带黄晓刚。

黄云长带黄晓琴，全都是上学时背她到学校任由她走动玩耍，放学后背她回家由母亲照看，但课间休息时必须去找她在那里玩。黄孝德没有课的时候也照看着，比以前带晓花轻松多了。

黄孝德不知从什么地方弄来一只洋铁桶，用几块砖头在他办公室墙角砌了一个小灶。黄云长把洋铁桶放在砖上，在桶里装上水，把父亲劈好的小木柴放进灶里点燃。桶里水热后放进米，米煮熟时把淘洗干净的莲花白叶子放进去煮，煮熟后放点盐就可以吃了。黄云长兄妹俩在学校的午饭一直都是吃这个白菜稀饭，从来没有吃过一顿其他饭食。黄云长很满足，因为白菜稀饭比家里玉麦饭好吃多了。

黄晓琴三岁后能跑能跳，改由孔惠英带。由黄云长带小弟晓刚。晓刚体弱，一岁多了还坐不稳当。为让晓刚坐稳，黄孝德找来一只旧箩筐，放在自己办公室。在箩筐内周围垫放很多废纸和旧衣服，把晓刚放坐在中间。每节课下课后黄云长都要去看一下。晓刚如果倒了就把他抱起来坐端正。有时听到他哭声，即使正在上课也要出教室去看他怎么了。

一天上午下课后，黄云长到父亲办公室去看晓刚。那情景着实让黄云长为难。晓刚躺倒在箩筐里，拉了一大包稀屎，双手双脚不停地乱抓乱蹬，不仅弄得嘴脸颈项遍身是屎，就是垫的废纸旧衣服和箩筐上都糊满了屎。晓刚一看到哥哥就笑起来，可是这哥哥却不知道该如何下手帮助他，只好把父亲找来。

黄孝德站在箩筐边双手叉腰看着小儿子，看了一会儿，也不动手，对黄云长说："你出去吧。"

黄云长出去后，不知道父亲会怎么收拾。后来听说母亲来过。估计父亲也无法收拾，叫母亲来把晓刚连人带筐一起弄走了。因为学校没有水，没有水怎么洗得干净呢？从此以后黄云长再没有带过晓琴和晓刚。

第六回

勤苦育儿宽严相济　言教不怠身教为重

因为黄孝德在观音寺教书，黄云长自幼便时不时到那里去玩。开初黄云长对佛台上的菩萨有些害怕，时间长了不仅不怕，还经常爬到菩萨身边玩耍。

一天中午休息时候，黄云长被一个小朋友追赶着冲进教室爬上佛台，围绕菩萨跑两圈后一纵身跳上课桌，又一纵身跳到地下，着地时裤子掉落到地面上，什么都显露了出来。学生们看得哈哈大笑。一个女学生边笑边用手指刮脸羞他。黄云长提起裤子就向外跑，心中恨透了这个女学生。

第二天黄云长忽发奇想，对小伙伴们讲这个女学生屁股被老鹰叼到天上，落下来掉到学校粪坑里去了。不料想小伙伴们居然相信，不仅到处对人讲，还到粪坑去寻找那屁股。

黄孝德知道后四处寻找儿子。找到后也不说话，一把抓起他衣领，像提废物一般走到芭蕉丛边猛地扔了进去。学校为防学生进芭蕉丛损伤芭蕉，在芭蕉丛四周围了厚厚一圈刺藤。黄云长在刺藤圈中出不来，呆呆站着不知如何是好。学生们都围过来看，有如观赏动物园中动物一般。黄云长羞愧难当，从此再不敢说人坏话。

星期天黄孝德回家，对妻子说了儿子编造故事报复女学生的事后说："云长已经五岁，不小了，该管的管，该严的严，再不能让他随歪就歪疯耍了。"孔惠英说："是该管了，你说咋管？"黄孝德说："十年树木，百年树人，管教孩子不是一天两天一年两年的事，还是要慢慢来。关键是要培养他勤劳勇敢吃苦耐劳精神，与人为善感恩孝顺美德。这当中父母一言一行都要做好榜样。平时教他一些说话做事规矩，养成良好行为习惯。出现问题要及时教育纠正，不能放任。"孔惠英说："这么宽的事我一个人怎么管得下来？"黄孝德笑着说："这不是你一个人的事，也是我的事，我们共同努力的事。"

黄云长自从知道四姑家住处后，便经常到那里去玩。那里有一直陪他疯玩的表弟，有爬上树可以任意采摘的桃李梨枣等水果，有冬春都可以吃到的板栗核桃等坚果，有一有空便给讲故事听摆龙门阵的四姑，还有房四周树林里跳跃如飞的松鼠和飞来飞去鸣叫唱歌的美丽雀鸟。

一日，孔惠英看见儿子在地上滚一个大二百铜圆玩。走过去捡起来看，问："你这是哪里来的？""四姑家土墙角地下灰里捡的。"黄云长回答，"这里还有一个。"说着从衣兜里掏出一块袁大头银圆递给母亲。

孔惠英拿在手中细看，问："这也是在墙外地下灰里找到的？""不是，是捉蟋蟀时在墙外檐沟石缝里找到的。"黄云长回答。

孔惠英知道孔书高家新中国成立前很富有，新中国成立后这类人家很多都私藏了一些贵重物件，便对儿子说："这是你四姑家的东西，给他们还回去。"黄云长说："这是我捡的东西，捡到就是买到。我的东西凭什么给他们还回去？"孔惠英沉声说："任何东西不管咋来的，只要不是我们的都不能要。现在就给他们还回去！"黄云长也大声说："我不！"孔惠英随手啪的一声给儿子一个耳光，说："明明是你四姑家东西，怎么就是你的了？"见儿子不动，顺手折一条树枝朝黄云长屁股猛抽一下，说："你去不去？"见儿子仍然不动，丢了树枝，一把抓着他走出大门，往路上一推，说："现在到你四姑家返回来天还黑不尽，快去。"见儿子仍然不动，扬起掌空中停一下放下，指着儿子说："好！你不去，你不去今晚上就不要回来了。"说罢转身进门把大门咚的一声关上，转过身背抵大门流下泪来。过了一会儿打开门，见儿子不见了。天快黑尽时候黄云长回来了，拿着一块小二百铜圆对母亲说："这是四姑拿给我滚耍的，两个大的她收了。"孔惠英淡淡地说："好，以后不能有二次了。听到没有？""听见了。"黄云长回答。

七月十五中元节这天上午，先是艳阳高照，清爽宜人；渐转赤日炎炎，天气燥热。黄云长便约几个小朋友去杨家沱洗澡。因为都不会水，说是去洗澡其实不过是去看别人游泳而已。走到李家河湾时有人问道："黄云长你们几个娃娃到哪里去？""去赶七月月半。"黄云长大声回答。其他娃娃们听了也都跟着大喊大叫说去赶七月月半。

　　这天正好黄玉兰来给农氏母亲上坟，孔惠英推豆花款待。中午不仅没有给黄云长留一点豆花，连豆渣都没有留一点。整个下午都黑着脸不和儿子说一句话。黄云长饿着肚子不敢问饭，一直忍到吃晚饭时候。

　　晚上黄玉兰问侄儿："云长，你晓得你妈为啥不给你饭吃么？""二姑我知道，我妈从来都不准我下河洗澡，是在惩罚我。"黄云长回答。黄玉兰说："不是，今天是七月月半中元节，你不该说去赶七月月半这样不吉利的话。你妈气得眼泪都流出来了。中元节又称为鬼节，你这不是自己说自己是鬼么？祸从口出，她怕你被白天出来游荡的孤魂野鬼给勾引走了。"

　　一天晚饭后孔惠英对儿子说："云长，我像你现在这样大的时候早就帮你外婆做活了。从今天起，你晚上帮我推磨吧。"说罢将磨杠递给黄云长。

　　黄云长比腰磨高不了多少，只能用双手撑着磨杠推，开初还有些用力，渐渐没有了力气，把磨杠握在胸口处围着磨子转。看似在推磨，其实一点力都没有出。孔惠英怕儿子睡着了跌倒，就给他讲故事听。讲董永如何卖身葬父，七仙姑如何下凡，槐荫树如何做媒；讲李自成进京四十八天，发妻被抛弃后的悲惨等等。一次讲牛郎织女鹊桥相会时说："王母娘娘心太狠了，不该把他们分开。"黄云长一下觉得母亲好像忘记了她是王母娘娘的宫女,宫女怎么能说王母娘娘的不是呢?

孔惠英会唱山歌,有时候推着磨讲着讲着故事就低声唱起来。黄云长觉得巴山子的歌最动听:

> 巴山子哟,藤藤长,巴心巴肝盼爹娘,醒来不见爹娘面,寒衣冷被泪汪汪;
>
> 巴山子哟,开花黄,日思夜想盼情郎,醒来不是哥哥在,月影窗风泪汪汪;
>
> 巴山子哟,花儿香,梦里总是回故乡,醒来面带姑娘笑,忍气吞声泪汪汪;
>
> 巴山子哟,角角多,多想门前清水沱,……

歌很长,黄云长年纪小,听不懂什么意思,只觉得母亲每次唱完后,都会好长时间不说话,默默地推着磨走。

每次磨的玉麦面孔惠英都要用竹筛筛一遍,粗的用来喂猪,细的人吃。说是细,其实有些粗。因为那竹筛眼子本来就很大,哪里能够细得起来?

统购统销开始后,人们响应支援国家建设号召,踊跃把粮食卖给国家。孔惠英家里卖粮最多,缺粮也就最早。家里不再让黄云长单独吃大米饭,而是与大人吃同样的饭菜,只是早饭滤米时顺便煮一碗稀饭给他吃,算是特殊照顾。此后全家吃大米饭的次数极少,吃玉麦饭的时间最多,吃青稞麦、大麦的时间也不少。

黄云长觉得最难吃的莫过于青稞麦和大麦了。青稞麦怎么煮都煮不烂,咬着滑牙,不酸不甜不香,半天才能嚼烂;大麦不知为什么只能做成炒面吃，吃在嘴里大麦芒刺得满嘴生痛，很难下咽。但是难吃也得吃，难咽也得咽，没法！

　　黄云长最喜欢吃的是小麦做的面食，但是量极少。一次问母亲为什么不都种小麦，而要种大麦和青稞？孔惠英说种青稞大麦产量高，不瘦地，不影响大春收成。小麦瘦地，种过小麦的地种大春要减产很多。还说不管怎么说吃的是净粮食，比新中国成立前菜饭都吃不饱好多了。

　　为了弥补粮食不足，黄孝德把学校芭蕉砍了，把芭蕉头挖出来，通知附近人家，愿意要的都可以去拿。

　　孔惠英也去背了一背篼回家，叫黄云长帮她用菜刀切芭蕉头。哪知芭蕉头很硬，芭蕉浆还粘刀，弄得黄云长拿刀都困难。菜刀切不动，孔惠英只好和黄明艳一起用铡刀宰。姑嫂二人宰了一个通宵，成小颗粒状后放在开水里煮，煮到没有浆，不粘手了，捞起来放水中漂除涩味，然后放在太阳下晒。晒干后磨成面，和着玉麦面做成馍馍吃。黄云长边吃边说："妈，又苦又涩，太难吃了。"孔惠英说："难吃？再难吃也比饿肚子好得多嘛。"

　　星期天早饭后，孔惠英对儿子说："云长，鹤林场清油卖完了，只有观音堂还有卖的。你堂叔黄孝银他们今天要去买，你跟他们一起去买点吧。"边说边把油瓶和钱递给儿子。黄云长出门一看，见黄孝银和十多个与自己一般大小的娃娃，各自提一个油瓶或油罐站在大路上等他。

　　娃娃们从来没有离开大人出过远门，全都显得非常兴奋。当蹦蹦跳跳说笑着来到观音堂，找到卖油小店时，店主说几天前就卖完了。黄孝银问哪里还有卖的？回答说听说火把街还有。

于是问路顺河而下赶到火把街。火把街只有一家小卖铺，店主热情健谈，说他铺子小，油早就卖完了，但是二十里外的清河场还有卖的。娃娃们听了又赶往清河场。

此时已近中午，太阳高照，娃娃们全都晒得满脸通红浑身是汗。走了二十多里，早已经没有了出发时劲头，不说不笑，默默跟在黄孝银后面走进清河场。清河场很大，位居原山县三大场镇之首，按理应该还有清油卖。可是找遍了所有店铺，都说早就没有清油卖了。

没有清油可买，大家只好回家。黄孝银问路，回答说清河场到黄家沟翻山抄近路二十里，原路返回三十多里。黄孝银比娃娃们年纪大四五岁，见原路返回天黑都到不了家，便决定翻山抄近路回家。

娃娃们在又累又饿中爬上黑虎岗，一屁股坐在路边上歇息。歇了一会儿下岗，下到山脚有的去沟里捧水喝，有的到地里摘野菜苔吃，有的去寻野果。黄孝银催大家走，见都不听劝，只好从地上拾起石块扬手威胁说："再不走我要打了！"大家这才上路。过高廊桥，翻过石碑岗，黄孝银见大家仍然走得慢腾腾的，大声说："随便你们走不走，我自己先回去了。天黑回不到家不要怪我。"说罢头也不回大步向前走。大家这才慌了，小跑着跟在后面。

娃娃们回到黄家沟时，生产队刚好收工。家长们见孩子平安回来，全都高兴得不得了。各自牵拉着自己的孩子问长问短。有的孩子边说边笑，有的孩子说着说着竟伤心地哭起来。

孔惠英对黄云长说："按时间算，你们早就该回来了。一等不回来，二等不回来，七弯八拐，山高水深的，都担心你们是不是出事了。要不是集体做活路，早就来找你们了。"

深秋，孔惠英叫黄云长跟大人们一起到红水河山上割草。

红水河山土壤极薄，只生茅草不长庄稼。无边无际荒山中间只有一户人家，没有一棵树。极目远望漫山遍野尽是半人多高茅草，一片荒凉。

黄云长跟着大人们沿着陡峭山路爬上山，一放下背篼便开始割草。

山上这户人家有兄弟俩，小的十三四岁、大的十五六岁样子，都是癞痢头。看到很多人上山来割草，立刻喊叫着跑过来阻止。大人们都向癞痢头兄弟俩下话，但是好说歹说都不行。先是要撒割的草，大家挡住不让撒，便来拉背篼，大家挥刀自卫。癞痢头兄弟俩见撒草拉背篼不成，便点燃了黄云长干哥郑映松的草堆。郑映松冲过去一拳把大的打翻在地，接着又一脚踢倒小的，跳上草堆边踩灭火边破口大骂："你两个头上生疮屁儿流脓的烂龟脑壳，老子啥好话都说完了，你两个龟儿子就是不听。老子跑这么远来割点野茅草，比割你妈身上的肉还痛的样子。再不让老子割，你两个信不信？你烧老子的草，老子现在就去把你家破草房一把火烧了，让你龟儿子一家人今天晚上睡岩窝坑。"癞痢头兄弟俩地上爬起来不敢作声，呆呆站了一会儿悻悻转身走了。

癞痢头兄弟俩穿过草丛转过弯，见黄云长幺老爷黄泽清正在割草，又去拉他背篼。黄泽清不惊不诧边割边说："你两个娃娃拿我的背篼做啥？你们年纪小不晓得，马上回去问你们家里大人就知道了。我们是亲戚，割点草算啥嘛。等我再割点，割够了你们帮我把草装起，背到你们家去。我要在你们家吃了夜饭才走。"癞痢头兄弟俩听了，担心真吃了他家的饭，转身匆匆走了。

黄云长背着尖尖一背篼茅草下山，东偏西歪地不断跌倒，草撒在地上又重新装进背篼。别的人都早已经走到前面去了，只剩下自己还在后面不停地跌倒装草。走到三转弯地方，天色渐渐暗下来，想着不知道什么时候才能到家，忍不住就要哭起来。这时干老爷佘南轩大儿子佘旭文背着草下山来见了说："云长不要紧的，我帮你装好就是了。"说着把自己装草的背篼放在石坎上，走过来一只手抓着黄云长的背篼口，一只脚向背篼里的草用力一踩，满满一背篼草立刻缩成半背篼，然后把地上撒的草抓进背篼，用手一按，仍然不满一背篼。一只手提起背篼让黄云长背上，说："这下再撒不了了。"黄云长既高兴又难堪，背着背篼一路小跑，很快就赶上了前面的人。晚上黄云长把割草的经过讲给母亲听。孔惠英说："你要感谢你佘大伯。今天没有你干哥的勇敢和幺老爷的精灵，你是割不走草的。"

黄云长按照母亲吩咐，同本社十多个年纪差不多的娃娃到白银山捡柴。快走到观音岩时，见前面不远处一个十七八岁青年，背着稀篾背篼，背篼上插着草扒，条声幺幺地边走边唱着山歌：

银山高呀银山长，树高草深太荒凉。
不长庄稼只长石，不知银子在何方。

又唱：

张家坡呀坡连坡，人多地少缺柴禾。
捡柴上山日未出，背柴下山日落坡。

又唱：

　　　有女不嫁张家坡，嫁是脑壳进水多……

　　正唱着，一个人快步走下山来，对唱歌人说："张老二不要上去了，上面有豹子。"张老二听了大声说："好呀，将就我还没有看到过豹子，今天正好去看看究竟是个什么样子。"边说边奋力往上走。黄云长这些娃娃们也都不知道什么是豹子，听张老二如此说，便都一起紧跟在后面。

　　转过观音岩，立刻听到杨家后面山上人喊狗叫闹成一片。快走到杨家门口时，两个人连蹦带跳跑下山来，急急慌慌地说："快点转回去！山上豹子被打枪子的撵下山来了。"

　　黄云长望向山上，见山槽两边林地里，好几个人提着沙枪，大声吆喝着慢慢往山槽心里走。十多只撵狗狂吠着在打枪子的前面紧追一只豹子不放。眼看就要追上的时候，豹子突然掉头，口中呼的一声喷出一口气。撵狗们立刻转身而逃，狂吠声一下变成惊恐的哀鸣声。撵狗一逃跑，豹子转身便跑。豹子一转身，撵狗们立刻转身又狂吠着追上去。

　　就在豹子和撵狗拉锯般进退追逐中，山槽两边的打枪子们渐渐逼进槽心。只听一声枪响，那豹子从三四丈高的陡坎上一跃而下，径直向路上的人们冲过来。黄云长和小伙伴们不知厉害，不躲不避，一齐大声高喊："打豹子！打豹子！"叫声中豹子忽然停下，左看右看后，一纵身跳上身边一块两丈多高的大石头，看了看紧追而来的撵狗转身虎踞一般坐下，一动不动地看着山下远方。

　　黄云长和小伙伴们走近仰头细看：豹子不大，满身斑点，毛色鲜净，胖乎乎毛茸茸的很好看，也很可爱，一点没有凶残样子。

很快，撵狗们到了，在大石头四周跑来跑去又跳又叫，猛抓啃咬石头，急切想上去的样子。

豹子坐在大石头上，低头看了看狂吠暴跳的撵狗后，又抬头一动不动地看向山下远方，显得那么平静，看不出一丝恐惧和惊慌。

娃娃们都很怕狗，生怕它咬不着豹子冲过来咬人，便都退到很远地方。

打枪子们赶到了，其中一个缓缓举起沙枪。只听砰的一声枪响，豹子应声倒下，滚落掉到一只撵狗身边。撵狗们吓得腿都软了，全身颤抖夹着尾巴哀叫着跑开。

打枪子们走过来，撵狗们纷纷退到打枪子身后，过一会儿见豹子没有动静又狂叫着冲上去，快接近时又退下来，始终和豹子保持着距离不敢挨近。

一个打枪子走过去，抓着豹子尾巴倒提起来看，说是一只仔豹。撵狗们围着这个打枪子狂吠跃跳，显出很想上去撕咬仔豹的样子。最后只有两只冲上去，试探抓咬几次后才紧咬着仔豹头不放，其他撵狗始终都不敢靠近仔豹。

晚上睡觉时，黄云长还想着那只小豹子。小豹子实在太漂亮了，它双脚前撑，昂首坐在高高的巨石上，没有回头再看追来的猎人，也没有再看巨石下狂吠猛跳的猎狗，只是静静地看着山下远方。它知道自己马上就要离开这个世界了么？它想到自己的妈妈了么？它在看什么想什么呢？它还只是一只没有长大的小豹啊！想到这里黄云长不禁有些心酸，觉得小豹子实在太可怜了。

做完课间操，学生们争先恐后地挤进学校厨房舀开水喝。正当黄云长端着大半碗开水与同学们推攘着走出厨房门时，突然感到背上钻心一般疼痛，不由哇的一声嘶叫起来，两手乱挥，双脚乱跳。学生们一下散开围着看黄云长哭跳。

有学生立刻慌忙跑去告诉黄孝德。黄孝德赶来看到儿子痛苦的样子，急得脸变形，手乱舞，张牙暴眼狂跳，边跳边大声叫着："你咋搞起的！你咋搞起的！"

冯松顺老师赶过来见了说："老黄，赶快把云长的衣服脱下来。"黄孝德这才清醒过来不再跳，双手颤抖着把儿子衣服脱下。黄云长衣服脱下后，学生们见满背都是一个挨着一个的血红色水泡，在阳光下闪着亮光，全都吓得哇的一声惊叫起来。

黄孝德把儿子扶到梧桐树荫下。冯松顺说："这样站着不行，要趴着才行。"黄孝德听了把儿子抱趴在办公桌上。

这时学校附近群众赶到，不知从哪里弄来一张单人床，七手八脚在办公室里安下。黄孝德把儿子抱趴在床上。黄云长不断呻吟。黄孝德一脸铁青。群众议论说，这样下去不是办法，必须要用鸡蛋清敷上才不会化脓感染。于是有几个人马上转身回家拿来十多个鸡蛋，把鸡蛋清全部敷在了黄云长背上。

有人说还是要请医生才行。黄孝德茫然地说："这时候哪个去呢？"话音刚落，面前十几个学生同时举起手来，大声喊道："我去！我去！"黄孝德看着比儿子大不了多少的学生们，说："你们怎么能去啊？"冯松顺说："可以去，怎么不能去！"于是挑选了三个高大男生，对他们交代说："你们到鹤林场联诊所，找到穆卓才穆医生，就说我说的请他快点来。"

三个男生一路小跑到鹤林场联诊所，找到穆卓才，说了冯松顺老师的话。穆卓才简要问了黄云长烫伤情况，站起身一边收拾医药箱一边说："你们先回去，我马上就到。"

三个学生又一路小跑着回到学校。冯松顺问："你们请的医生呢？"三个男生说了情况，果真不一会儿穆卓才就到了。

穆卓才仔细看了伤情，说："这样趴着也可以，只是天气太热，必须要用纱布把人罩住，既防蚊子，又通风。我隔一天来一次，要不了好久就会好的。"黄孝德说："这单人床没有床架，纱布怎么罩上去？"穆卓才说："这个好办，你把几片竹片做成弓形插在床的两边，把纱布搭在竹片上，只要通风，蚊子进不去就行了。"黄孝德问："穆医生，黄云长不吃药，不上药了？"穆卓才说："敷上蛋清就不用上药了，吃药嘛，可吃可不吃，不吃为好。"

晚饭时黄孝德把蛋黄做成蛋汤喂儿子吃。黄云长吃了一口，平时十分好吃的鸡蛋竟然变成了苦的。仔细一看全都煎焦，汤都变成了黑色，说不吃了。黄孝德一再劝儿子多吃点，可黄云长哪里吞得下去？

不知过了多少时候，黄云长迷迷糊糊地睡着了。也不知睡了多少时候，听到父亲"云儿，云儿"的叫声，那声音充满了慈爱和痛楚。这是黄云长第一次听父亲这样叫自己，心中一下充满了暖意。睁开眼睛看父亲时，黄孝德一下又恢复了平日严肃的神情。

黄云长伤情好转后，有学生提出追查谁烫伤了黄云长。黄孝德听了说："追查啥啊？不查！"黄云长听了说："把我整得这么惨，就这样算了？"黄孝德恼怒地大声说："谁整你了？你被烫伤的时候，那么多同学为你担心，替你着急，为你服务，谁都不想你被烫伤。当时，你和同学们都端着开水，互相推推攘攘挤在一起，你能保证不烫伤别人？要是你把别人烫伤了，说你整他，你怎么想？小小年纪就心胸狭窄，记仇记恨，长大了那还了得？太不像话了！"说罢砰的一声把门关上出去了。黄云长吓得不敢吭声。细想父亲说的话，真是自己错了。后悔不该说那些让父亲生气的混账话。

星期天，黄孝德带黄云长到三小校开会。父子二人走到会议室门口时，黄云长看见主席台正面墙壁上挂着一面镶着黄色镰刀斧头的红旗，台下几排长凳上坐着二十多个人。黄孝德对儿子说："我要开会，你自己去耍，不要走远了。"

黄云长不知道怎么耍，就到学校各处走走停停地看。看了一会儿觉得没有什么好看的又走回来，站在门口看父亲开会。会开得很热烈，很多人争着举手发言。因为远听不清楚说的什么。

好像都发了言后，黄云长见父亲和另外两个人站起来走到红旗下，面向红旗排成一排。原先就站在红旗下的那个人转身面对红旗举起右手，父亲和另外两人也跟着举起右手。那人说一句，三人跟着说一句。说了几句，那人放下手，三人也跟着放下手，互相握手后回到座位上。接着所有人都站起来面向红旗唱歌。歌声雄壮，整齐洪亮，唱完就散会了。

黄孝德带着黄云长从三小校出来，到街上面店各吃了一碗面。回家经过高林岗时，黄孝德径直走到崖边大石上，坐下默默地看着前方。黄云长挨着父亲坐下看。但见艳阳高照，碧空如洗，金鹿锋葱茏挺拔，凤翔江蜿蜒东去，白鹭洲碧草茵茵，绿原野勃勃生机。看了一会儿，黄孝德掉头看向儿子问道："三小校你看了没有？""看了。"黄云长回答。黄孝德又问："想不想到这学校读书？"黄云长说："想。"黄孝德说："想就要好好学习。不光要学习好，身体和思想都要好，慢慢培养起吃苦耐劳的习惯。将来长大了才能很好地为人民为祖国服务。"黄云长默默听着，想不到父亲会一下子说这么多。

黄孝德又凝神看向金鹿峰方向，看着看着忽然站起身，昂首挺胸大声念诵道："自古艰难压底层，扬眉吐气幸翻身。此生跟定共产党，不枉人间走一回。"黄云长想："爸爸今天这是怎么了啊？"很多年后黄云长才明白，这是父亲加入共产党的一天。

每周星期六放学后，佘碧泉冯松顺两位老师都回家去了，观音寺小学只剩下黄孝德董兰英两位教师。黄孝德便叫黄云长到学校与他一起睡。黄云长渐渐发现，父亲和董老师几乎一到晚上就吵架，而且吵到深夜。

一个星期六傍晚，黄云长见父亲和董老师站在各自寝室门口，隔着天井地坝交换一周工作意见。开初还客客气气的，后来不知什么原因争论起来。天快黑尽时，黄云长见父亲把煤油灯点燃放在自己寝室外窗台上，董老师也点燃煤油灯放在自己寝室外窗台上。两人继续争论。

黄云长觉得好像都是为了工作上的事，便上床去睡了。一觉醒来听见两人还在吵，只是没有了灯光，可能是为了节省煤油，也可能是大家的煤油都燃完了。黑暗中一方说一句，过一会儿对方才回一句，远没有先前激烈。只听董老师说道："你原先说我家怎么样怎么样，我家怎么啦？我父亲又没有当过伪保长，又没有剥削压迫过任何人。"只听父亲说道："你不能乱说啊。""我咋乱说了？难道我说我的家里人都不行？你心虚什么？""我有啥心虚的？我的意思是你把儿子放在家里，由你家里人带最好。如果硬要自己带，也不是不可以，但是一定要把儿子管好，不要影响了学生学习，也不要影响了教学工作。"可能是涉及到儿子的原因，董兰英一下暴怒起来："黄孝德，你不要欺人太甚！我带儿子咋就影响学生学习了？咋就影响工作了？你给我说清楚，不然我跟你没完！"黄孝德说："影响学生学习，影响工作的事还少吗？我都不好意思说了。""哼！你都会知道不好意思啊？告诉你，别以为我什么都不知道，要不是和稚芳突然调回怀通县，我就不会从城关调到这个鬼不生蛋的地方来了。""胡说八道！"黄孝德砰的一声把门关上了。接着，董兰英那边也传来关门声。"以后该不会再吵了吧。"黄云长想。可是一个星期后两人又吵了起来。

第七回

高林岗有缘遇良师　趁丰收乘势建食堂

黄云长初小毕业考入鹤林中心小学不久，黄孝德调离观音寺小学，任龙兴公社中心小学校长。

黄云长入学第一天经过高林岗时，见岗上锣鼓喧天，红旗招展，人声鼎沸。岗顶显眼处拉着"总路线、大跃进、人民公社万岁！""宰穿高林岗，天险变坦途！""苦干加巧干，跃进目标早实现！"等大幅标语。

高林岗是孝义永仁等六个村进出山沟必经之地。由于山高坡陡，翻越艰难，多少年来不知有多少人掉下陡坎，也不知有多少人摔死摔残。劈开高林岗，险道变坦途一直是沟里人世世代代的梦想。黄家沟虽然穷，但是不缺山歌，光唱高林岗的就有不少。黄云长最记得其中三首：

一是：

　　高林岗啊，坡上坡，峰回路转悬崖多。上山爬得像牛喘，抬头仰看还有坡；高林岗啊，坡下坡，草森林密野物多。下山本想跑快点，又怕掉进野猪窝。

二是：

　　一股一股旋头风，旋旋转转旋上峰。
　　那天旋穿高林壁，再也不为翻岗愁。

三是：

　　高林岗上林中雀，飞上飞下好自由。
　　那天像你有翅膀，一翅飞到山外头。
　　那里啊，无陡崖，尽坦途；没有险，没有忧。

黄云长边走边想着以后上学不用再爬坡下坎，感到很是高兴，巴不得早点宰通。

鹤林中心小学前身是原山县第三完全小学，新中国成立后人们一般仍是习惯性地称为三小校。三小校大门左边是一面不高的土长墙，墙东是高小学区，墙西是初小学区。

高小学区是新建的六间标准教室，雪白的墙壁，绿油漆门窗，整齐的桌凳。教室之间是很宽的花圃，花草栽种成各种美丽的图形。教室当头是大操场，有云梯、单双杠、沙坑、跑道和篮球场。黄云长觉得能在这里读书真是太幸运了。

新生入学第一件事是体检。体检项目只有一项：称体重。老师把新生们带到鹤林镇生猪交易市场，排队一个一个翻跨进称猪的木笼。掌秤人用称猪的秤称一个报一个重量。当黄云长听到自己只有五十一斤的时候，顿时觉得自己真有如孙猴子一般瘦了。

三小校高小招生三个班，可是不知什么原因招收人数超过额定人数很多。

黄云长编在一班，由于学生太多，很多人没有座位，只能站在过道和教室后面。拥挤中的学生们随意大声讲话，开玩笑，甚至打闹。班主任兼语文老师佘建勋制止几次无效，气得脸青面黑，点名批评笑闹声音最大的一个杜姓女生。这女生不服，指手画脚大吵大闹。气得佘建勋离开教室拒不上课。

第二天学校按每班标准定额四十人编为三个班，剩余学生安排到鹤林镇民办小学就学。黄云长仍然编在一班。班主任景亚芬是全校最漂亮的女教师，既教语文又教算术。

三小校高小部各班每天最后一节课都是自习课。主要目的是为了让学生们在学校完成作业，不把作业带回家。

每天一到自习课，景亚芬都会准时来到教室，坐在教室门口外备课或者看书。学生们做完作业交给她当面检查批改。合格的回座位看书，不合格的重做，直到合格才能离校。

一次背诵课文，好些学生都背不好回座位继续背。黄云长走到景老师面前。景亚芬柔声问道："背熟啦？""试试。"黄云长笑着回答。景亚芬立刻沉下脸："试什么试？背熟了来，免得浪费时间。"见黄云长站着不动，说："好，那你背吧。"

于是黄云长开始背诵。第一段还没有背完，景亚芬说："这段不背了，背最后一段。"快背完时景亚芬制止道："停，停，背文章哪有你这样背诵的？像放机关枪一样，一点感情都没有，重来！"于是黄云长放慢速度，拖长声音背。没背几句，景亚芬说："不背这段了，背第三段。"背完第三段，景亚芬手指点了一下黄云长额头，说："你呀，长声悠悠的就算有感情了嗬？标点符号都让你背混完了。"然后盯了黄云长一会儿，温柔地说："读书需要仔细认真，半点马虎不得，你懂么？"见黄云长连连点头，立刻笑眯眯地说："算你过关，去吧。"黄云长如获大赦，一下蹦进了教室。

一天放学，学生们与景老师一起走出教室。景亚芬微笑问道："黄云长，这天气渐渐短了，你放学到家天黑没有？""没有。""赶得上晚饭么？""赶得上。""我看你走路总爱跑，走那么快干啥？慢点嘛，小心点，安全最重要，你知道么？""知道。"黄云长笑着点头说。景亚芬转身对其他学生说："你们离家近的，回家有时间多读点课外书籍，多增长点知识。知识就是力量，你们知道么？""知道了。"学生们齐声回答。

不知不觉中黄云长对景老师越来越感到亲切，有时一看到她身影面容立刻就会想起母亲的样子来。随着学习兴趣增加，黄云长觉得学习越来越轻松，那学习成绩是越发好了。

星期五中午放学时候，景亚芬对班上学生说："同学们，按照学校安排，明天我们学校高小部全体师生集体参加劳动，任务是熏土。什么是熏土呢？就是把田里没有营养的深层土壤翻到表面上来，把有营养的表面土壤深埋下去，用烟对深层土壤熏。据专家说深层土壤烟熏后比表面土壤更有营养，粮食产量会更高。现在放大家提前回家去，带上被子席子，晚饭前到金鹿公社明阳大队报到。有病可以请假，但是不能无故缺席。大家听清楚没有？""听清楚了！"学生们大声回答。

晚饭后，学生们在地主余新如家房屋打地铺，女生睡室内，男生睡室外。这是学生们第一次集体活动，全都激动得不得了。特别是男生，不停地打玩笑闹。老师们好不容易让一处学生安静下来，另一处学生又笑闹起来，此伏彼起，近半夜才消停。

第二天吃罢早饭，黄云长和同学们来到田里的时候，田里的表土早已经被埋到了地下，深层土被挖了上来，一行行垒着，有如一道道矮土墙。学生们的任务是在垒土墙之间放上柴草，然后把柴草点燃，让柴草燃烧产生的浓烟熏那垒成土墙的泥块。黄云长和同学们在垒土墙之间不停地跑来跑去抱柴草，点火，扇风，同时也不停地打闹玩笑。

景亚芬生怕学生把垒土墙弄倒砸中人，也不停地跑来跑去，指手画脚，高声大喊："注意安全！小心！不要挨着垒土！"黄志毅觉得那神气模样既像美丽动人的电影演员，又像年轻干练的战地女指挥官。心中暗自想道："景老师要是去演电影就好了。"

午饭时每个学生不仅吃完了半斤大米的碗碗饭，而且还嚷着不够吃。炊事员抬三大箩筐蒸熟的红苕出来。学生们欢呼着一拥而上，但都只是围观，没有一个人愿意吃。几个男生拿起红苕看了看，然后作势当石块扔出去被老师阻止。一个男生突然跳起，空中转身一屁股坐进箩筐。老师立刻把那男生拉起来。学生们见蒸熟的红苕凹现出清晰的屁股形状，全都大声哄笑起来。几个学生作势又要跳进另外两个箩筐，立刻被老师喝止，并叫炊事员赶快把红苕抬进去。

午饭后学生们又熏一会儿土后，便背着各自的草席被盖回家去了。

秋收前，上级要求社员集体捉麻雀。因为杀生，孔惠英不要儿子去，但黄云长坚持要去，只好让他去了。

黄云长很开心，也很纳闷。开心是因为能和很多人，特别是能和大人们一起捉到很多麻雀；纳闷的是，除四害讲卫生除的是苍蝇蚊子臭虫老鼠，麻雀不在被除之列，为什么要除呢？要说麻雀吃庄稼，吃庄稼的雀鸟多的是，而且比麻雀吃庄稼厉害的雀鸟也多得是，为什么要单单除掉这个小雀雀呢？

社员们捕捉麻雀完全算得上是男女老少齐上阵的"人民战争"。人们或手持长竹竿，或手提铜锣，或胸挂腰鼓，或端着铜盆，反正能发出大响声，搞出大动静的家什全都带上，分散站立在山上山下沟边地里竹旁林中等麻雀有可能飞到的地方。一声令下，人们顿时敲锣、打鼓、敲铜盆、吆喝、吼叫、摇竹子、扔石块、拍树干，那阵仗确实壮观。只是雀鸟们不知只灭麻雀，认为自己也要被捉，一时间全都吓得四散乱飞。人们只要一见到麻雀收翅息下，便立刻拿着竹竿奔跑过去追打，竹竿够不着，就扔石块打。据说平原地区出现过麻雀空中飞来飞去无处歇脚累死掉到地上的情况。黄家沟山峦起伏，林密树多，麻雀回旋余地大，几天下来一无所获。于是学外地经验，改为夜晚捉麻雀。说麻雀是趋光性动物，晚上麻雀看不见，受到惊吓无处逃，就会向有亮光的地方飞去。

到了晚上，大人们仍然如白天一般分站各处，把家中蚊帐挂在显眼地方，在蚊帐中间点上油灯敞开帐门，张帐以待。一切准备妥当后，又如白天一般敲锣打鼓同时发动。整到大半夜，不仅没有一只麻雀自投蚊帐，就是其他雀鸟也一只都没有飞进蚊帐中来。有人分析说："可能这些雀雀白天被人整得太累，睡得太死，没有被震醒。要是把它惊醒一定会飞到蚊帐中来。"于是有人提议买炮仗来放。山村农民，毕竟以庄稼为重，加之无钱买炮，提议自然被否决。自此以后就再也没有集体捉过麻雀了。

秋收时候，黄云长不断听到粮食特大丰收的消息。说某个地方的水稻亩产五六千斤，某个地方水稻亩产上万斤，有的地方甚至亩产几万斤。黄云长年纪小，没有种地经验，但是毕竟生长在农村，知道一般水稻亩产五六百斤就不错了，不知那些高产是怎么做到的。

一天放学路上，黄云长跟在几个大人后面听讲龙门阵："哎，你们晓得不？梧桐坡下面那几块田的谷子亩产五千多斤。""日壳子的，天下哪有这样高的产量？""真的，搭谷子那天我去看了，里三层外三层的人围着看过秤，只是不晓得咋整的，产量就是有那么高，你们说怪不怪？""不要说里三层外三层，就是里八层外八层我都不相信。我活这么大岁数，种这么多年庄稼，还不知道一亩田能产多少斤？不要说五千斤，我敢打赌，哪个能整出亩产一千斤，我把脑壳割下来给他当夜壶。""这个我晓得哇，为了迎接上级检查验收，公社提前派人把梧桐坡河对面快要黄了的谷子，连根带土一起搬进梧桐坡那几块田里凑在一起，咋不会有那么高嘛。""不晓得为啥要这样整啊？真是吃多了。"

晚上黄云长把听到的话讲给母亲小姑听。孔惠英说："到处都是这样搞的。生产队昨天玉麦入库，我们几个妇女抬箩筐，过了秤正要倒进仓时，生产队长叶文治走过来，要我们抬转去再称一遍。我问为啥要再称一遍？叶文治黑着脸说：'叫你抬过去你就抬过去，哪里来那么多为啥！'昨天一天下来起码有几十箩筐空秤。这叶文治也是，这样做有啥意思嘛。"黄明艳听了说："上面要高产数据，叶文治不这样过不了关。"孔惠英说："那就在纸上想多少写多少，何必让我们抬来抬去的瞎费劲？龟儿叶文治真是吃多了。""那你们明天给他提建议嘛。"黄明艳似笑非笑地说。

黄云长高小入学不久，上学沿路房屋和街道标语渐渐多起来，内容大都是三面红旗万岁！鼓足干劲、力争上游、多快好省地建设社会主义，以钢为纲、超英赶美等等。

音乐美术老师皮际明在教室当头墙上画了一幅水彩画。一架国民党窜犯大陆飞机被击落掉进深蓝色海水中，机尾翘出水面现出青天白日标识。题目是海味清汤鸡。题目新颖，画面逼真，吸引很多人来观看。

随着标语和宣传画的增多，鹤林镇好些高大建筑物都插上了红旗。公路两边新建了木材加工厂、铁器加工厂、面粉厂、机面厂等等工厂。还建起了好几座炼钢小高炉，动员群众把镰刀锄头等铁器献出来，集中放进高炉中，日夜不停地用焦炭烧。两三天后说是炼成钢了。黄云长和同学们跑去看，那些锄头还是锄头，镰刀还是镰刀，不过全都变薄卷曲变形，显出灰白颜色。

一天，黄云长发现坐在自己后面全班身材最高的女生孔玉珍没有来上学，此后一直没有来，后来听说结婚嫁人了。黄云长想不明白书读得好好的，为什么要结婚嫁人呢？

初秋，黄云长见三小校门前公路上进山的人骤然多起来，全都行色匆匆昼夜不息。一个多星期后才知道是省上为了开发原山县山区自然资源，把相邻的汇丰县划入原山县，调集数万农民进山新建两河市。这些被征调进山的平原地区农民，个个背着草席被盖衣物，掬水而饮，无菜而餐，席地而坐，幕天而卧，显得很是困顿。

不久，上面为了加快两河市建设进度，方便物资进出山，顺着公路建了一条碎石道路。铺枕木安铁轨时，人们都以为是在修铁路。当看到有人推着车在铁轨上滑行时，才知道不是火车是滑车。不过滑车也是稀奇事，让沿线的人们大开了眼界。

黄云长不知道滑车道从哪里开始，也不知道在哪里结束。上学走在滑车道上，时不时会产生出到尽头去看一看的念头。滑车道上的滑车一开始就很少，而且越来越少，一年后就完全看不到了。滑车道上没有了滑车，铁轨也就成了黄云长和同学们上放学时练习平衡行走的绝好去处。

人民公社成立，村改为大队以后，人们很快就尝到了公社化的甜头。社员们每个季度都可以领到几块钱、几张毛巾和几联肥皂。

由于粮食大丰收，人们不再把粮食当成一回事，抛撒的玉麦大豆随处可见，满地的红苕挖出来没有人收，任由日晒雨淋，发臭霉烂。顺应粮食大丰收新建起来的公共食堂有饭有菜，偶尔还有肉。大家敞开肚皮随便吃，再不为柴米油盐、烧锅做饭发愁。这种自从盘古王开天辟地以来从来没有发生过的好事使人们高兴得不得了。天天都会听到人们欢乐的歌声和激情的笑声。

黄家沟最早的公共食堂设在黄孝贵家，每家每户一日三餐都在那里吃。学生上学走得早，食堂的饭迟，准许学生家长们把孩子早饭的粮食拿回家煮，但是晚饭还是要到食堂吃。一天晚饭是炒大豆面掺和着大米的两掺饭。黄云长由于放学晚实在太饿，也由于特别喜欢吃豆面饭，一连吃了满满三大碗。很多天以后都还有人在笑说黄云长将来一定是个大肚汉。

深秋的一天，黄云长黄孝扬二人放学到公共食堂吃晚饭。饭后天色黑尽，大人们早已归家。食堂门外伸手不见五指，没有火把，更没有手电，俩人分手后各自摸黑回家。寒风冷雨，静寂无声，漆黑一片，黄云长感觉有些阴森森的。当摸黑过河爬上河岸时，突然听到高湮沱那边似乎传来鬼叫声。那凄厉恐怖的叫声吓得黄云长全身毛发都竖了起来，赶紧加快脚步跌跌撞撞往家里走。黄云长虽然害怕，心中却还想着那地方是黄孝扬回家必经地方。不知他怎么样了？该不会出事吧？回到家里后还担心着。

第二天上学路上黄云长问黄孝扬："昨天晚上回家路上你听到什么声音没有？""没有。"黄孝扬回答，反问道："你听到什么了？""有点吓人，好像是鬼叫声。"黄云长回答。黄孝扬想了一下，笑着说："啊，听到了。什么鬼叫声啊，是野物怪叫的声音。我们山那边树林多，经常听到这些声音。"

由于有了公共食堂，社员们很少做家务，不种粮菜，不养家禽家畜。家中无事可做，家也就成了只供晚上睡觉的地方。有的人图方便，干脆把全家搬到公共食堂附近人家住下。搬出的空房没有人住，公共食堂没有柴做饭时便拆了当柴烧。

一天晚上，黄云长听母亲对小姑说："黄明艳、叶琴嫂他们全家想搬到我们家来住。我一个人不好答应，你看行么？"黄明艳此时已经是生产队妇女队长，把脸一沉，大声说："尽找些野人到家里来做啥！"说完把门摔得砰的一声响，进自己房间去了。孔惠英从此再不提此类事。

黄孝德任龙兴公社中心小学校长后，一般两个星期回家一次。黄云长发现父亲回来很少说话，坐在板壁下的矮板凳上，默默地抽着叶子烟，紧盯着围墙壁不知道在想些什么。或者是在想他学校里的事情吧。

黄云长上学要从一个卖零食的小摊前经过。摊主是一对无儿无女的刘姓老夫妻，散养着一只大白猪。大白猪长得很漂亮，雪白发亮的猪毛下是粉红色的猪皮，细长的腰身，粗壮的腿脚，差不多和黄云长齐胸高，大人们估计有四五百斤重。

大白猪不拴绳索，总是紧跟在刘大娘身后，刘大娘走到哪里它就跟到哪里。大白猪不怯生，不怕汽车，也不怕人，用手摸它，它抬起头望向摸它的人，鼻孔里发出呼呼的粗气声，好像是在提抗议。所以黄云长和同学们都有些胆怯，不敢放心大胆随便摸它。

大白猪很有劲，刘大娘有时跨骑着它，它竟然像驮若无物一般，仍旧不紧不慢地走着。刘大娘有时高兴了，在它屁股上轻拍两下，它便小步慢跑起来。这时刘大娘身体便在猪背上微微抖动，显得十分享受样子。若用力拍它两下，便奔跑起来，刘大娘在猪背上一颠一耸，渐渐歪歪斜斜侧偏，好像马上就要掉下来。大白猪很有灵性，会立马减慢速度，又是不紧不慢地走着。到后来，可能是刘大娘骑技纯熟了的缘故，把跨骑改成横坐。路人无不驻足观看，笑谈议论。黄云长羡慕极了，恨不得立刻骑上去猛跑一趟，但最终还是不好意思向刘大娘提出。

春节开学后黄云长和同学们都没有看到刘大娘，也没有看到大白猪，只有刘大爷一个人守着摊子。一个多月后还是没有看到刘大娘和大白猪。有同学猜测说大白猪被卖掉了，立即有同学反驳说不可能，那么乖怎么可能舍得卖掉？又过了一段时间，黄云长才听说刘大娘过年时从猪背上掉下摔伤了。几个月后路边摊棚没有了，刘大爷也不见了。黄云长从此以后再没有见到过刘大爷和刘大娘，也再没有看见过大白猪。但偶尔会想起那大白猪来，想起大白猪，自然也会想起刘大爷和刘大娘。

黄云长和几个同年级男生，每天上学几乎都会与大队烧房运粮运酒运煤的马队同行。由于马队要从三小校大门前经过，并且赶牲口的人都姓黄，马背空着的时候，黄云长便和男生们央求赶牲口的人让他们骑马。虽然每次都遭到断然拒绝，但是却从不气馁。

一天上学路上黄云长又缠上了赶牲口的黄孝荣："二爸，让我骑一次嘛。""给你说多少次了，半次都不行。""就一次，骑一会儿就下来。""哎呀，你这个娃娃，你要是摔伤了我咋向你爹妈老子交代？""不会的，我也说多少次了，摔伤了不关你的事。""说得轻巧！不关你的事关我的事嘛！"黄孝荣说罢不再理会黄云长。黄云长继续在黄孝荣前后左右跑来跑去不停央求。快到鹤林场上场口时候，黄孝荣笑着说："你真的想骑么？"黄云长立马点头说："怎么不想骑？做梦都想。"黄孝荣把马停住，说："那你爬上去吧。"郑云长望着高高的马背说："二爸，我咋上得去嘛，好人做到底，你抱我上去吧。"黄孝荣听了笑着把黄云长抱上马背，说："坐稳，别摔下来了。""知道！"黄云长回答。

第一次骑马，黄云长心里还真有些害怕，骑了一会儿才渐渐放松下来，说："二爸，我咋从来没有看见你们骑过马？走路不累啊？""你娃娃晓得啥啊，骑马的人不累，驮人的马累嘛。""马生来就是人骑的，有啥累的？""你娃娃不懂！"黄孝荣说。

快到校门口的时候，黄云长说："二爸，抱我下来。"黄孝荣没有回答，到校门口时黄云长大声喊道："二爸，到了，快抱我下来！"只听黄孝荣大声说道："坐好！抓紧马鞍。"

说罢猛向马屁股拍了一巴掌，那马立刻嗒嗒嗒嗒地小跑起来。黄云长赶紧抓住马鞍。马不停地跑着，离学校越来越远。黄云长想起迟到后景老师的严厉眼神，也顾不得什么危险不危险了，一翻腿梭下马，接连窜了两个趔趄才止住。黄孝荣后面见了一声口哨，那马立刻停住不动。

黄孝荣赶上来看着脸色铁青的黄云长，笑着问道："你娃娃还敢骑么？"黄云长盯黄孝荣一会儿转身跑向学校，边跑边回头大声说："敢！只要你敢再让我骑！"

第八回

护学校父子抗风雨　　逢饥荒万幸有慈母

春节过后，公共食堂粮食供应逐渐减少，人们吃饭已不敢随便抛洒。

星期六下午，黄云长放学回家经过高林岗时，见工地上没有一个人，也没有一件宰岗工具，心中顿感异常。下岗一问，说是三队宰岗的周国成被炸岗飞石打死了。

黄云长认得周国成，三代单传，父母怕他长不大，除大名外还给他取了个小名留住，结果还是没能留住。此后高林岗宰岗一直没有开工，听说是没钱缺粮停工了。

黄云长中午上街买墨水，见街两边一个挨一个站满了人。

每个人面前都放着破背篼、烂铁锅、旧蓑衣等很多新中国成立前的生产生活用品。

街中间一个身材高大穿着干部服的人，苦笑着向街两边的人诉说着什么，后面跟了一大群人。黄云长好奇走过去听。这个人不断重复着说："各位兄弟姐妹老辈子们，我项正华从来没有忘记新中国成立前受过的苦难，也从来没有忘记和你们一起背煤炭背木头下苦力的日子。"

街边一个穿着破旧衣服的人走上来大声责问道："项正华，我们都是旧社会过来的穷苦人，我问你，你为啥要反对大跃进？"项正华说："朱老兄，我没有反对大跃进。我只是说大跃进不能弄虚作假搞浮夸风，不能欺骗党和群众。你们大家都知道我的性格，要我把没有说成有，把少说成多我是说不出来的。我有错误，请大家批评，我一定改正。"黄云长问身边一个人："这个项正华是做啥子的？""你连他都不认识？他就是我们鹤林公社党委项书记嘛。"这个人回答。这是黄云长第一次看到共产党的领导干部沿街当众作检查。

暑假期间，黄孝德把学校全部教师放回家休息，自己一个人留守学校。由于一个人过于寂寞，也因为思念儿子，便回家把黄云长带到学校一起住。

龙兴公社中心小学设在褚家祠。褚家词在当地名气很大，不少人只知道有褚家祠学校，不知道有龙兴公社中心小学。

褚家祠小学规模比三小校小得多，教室几乎都是由祠堂改建而成，显得零散而不规范；但是学校环境很好，花篱竹道，草木葱郁，干净清幽，实在是个读书学习的好地方。

褚家祠小学门前是褚家河。河水平缓，夜深人静时能听到远处河水哗哗流淌声。校门口下方不远处有一个长而大的深水沱。沱水虽然墨绿，但是仍然可以隐约看到沱底一两尺长的游鱼。黄云长喜欢钓鱼，很遗憾没有鱼竿。校门对面河心地是一片很大的桃园。虽然摘桃期已过，但是仍然显出葱绿颜色。这让黄云长总是疑心桃没有摘净，因而总是产生出进园寻桃的冲动。

晚饭后黄孝德对黄云长说："这附近有一处名胜古迹你去看不？"黄云长兴奋地说："去啊，怎么不去？"黄孝德于是带着儿子前往。

父子二人沿着河边走了一里多地，来到楠木林中一眼水井前。黄孝德讲解说："这眼井名叫龙泉井，不知已经有了多少年。清朝初年，原山县令宋载用一首七律诗概括全县二十四处著名风景名胜。其中'明月池中观二月，金鹿双蛟透龙泉'，两句，后一句写的就是这眼井。说的是金鹿峰两侧各有一条河，左侧雾缭河，右侧烟霞河，两条河在金鹿峰前交汇成凤翔江。两条河同一时间涨水时，龙泉井平时清澈的水色会变成浑黄色。所以叫作金鹿双蛟透龙泉。"

黄云长看那水井由细红砂石砌成，做工精细，布满青苔，水色墨绿，几只小虫浮游在水面，很有些古井样子。便问父亲："爸，你看见过这井水变色没有？""没有，你没有来我看它干啥？"黄孝德说。

离开龙泉井，黄云长问："爸，明月池中观二月啥意思？"黄孝德说："明月池在雾缭河发源地霞雾山山顶上。晴好天气晚上，长久凝视池中月亮，一个月亮会变成两个月亮。""真的么？""应该是真的，去看过的人都这么说。""你有没有去看过？""没有，哪有闲工夫去啊。"黄云长笑着说："那我今后一定要去看一下，是不是真有这样神奇。""你去看吧。"黄孝德说。

半夜时分黄云长被雷声惊醒，闪电中看见寝室房门大开着，不知父亲到哪里去了。

房屋上空狂风怪啸着一阵紧过一阵，屋外电光闪闪，远处雷声阵阵。黄云长正想着父亲到哪里去了的时候，房顶上突然噼啪一声炸雷，好像是猛然从高空中掉下来似的。炸雷过后一连串雷声贴着房顶轰轰隆隆滚过，接着又是一声炸雷，震得黄云长耳鸣心跳，雷电光把室内一切闪得煞白，房子马上就要垮塌下来似的。雷鸣电闪中，刚听到房瓦上叮叮几滴雨点声，那瓢泼似的大雨哗的一声就淋了下来。除了风声雨声雷声，黄云长其他什么都听不见。

黄孝德回来了，打着电筒，穿着背心，戴着草帽，裤子挽到膝盖，看见儿子坐在床上，说："你咋不睡？睡吧。"然后点燃桌上煤油灯，坐到凳子上，边裹叶子烟边说："幸好前几天翻检了全部房瓦，不然损失就大了。"点燃烟吸了一口，掉头看向儿子："啊，不说了，你睡吧。"

黄云长躺下闭上眼睛不一会儿，只听父亲咦了一声，说："不好，河水漫上来了！"然后转向黄云长："快起来跟我走！"

黄云长一翻身下床。黄孝德取下头上草帽给儿子戴上，自己光着头，打着电筒走在前面。刚跨出门槛一片雨水猛地从头上盖下来，衣裤一下就湿透了。

河水已经淹没路面，好在还不深。父子二人走进大办公室。黄孝德要儿子帮着把脚踏风琴抬到办公桌上，把低处书本粉笔等不能打湿的东西拿到高的地方。拿完后又到别的办公室抢搬东西。全部抢搬完后，黄孝德又各处查看了一遍，牵着儿子手往寝室走。仍是雷鸣电闪，大雨滂沱，狂风呼啸，走不到一半路，水就淹到了黄云长大腿。黄孝德只好拉着儿子折往地势高的教室走。走了一段，黄孝德说："我背你么？"黄云长说："不，我走得动！"刚进教室水就跟着淹进来了。

黄孝德父子二人坐上书桌，把脚放在凳子上。抢搬东西时候黄云长不觉得冷，不动了立刻就冷起来，有些发抖的感觉。黄孝德问儿子："冷不？""有点。"黄云长回答。黄孝德说："你就在这儿不要动，我到寝室把衣服给你拿来。"说着出门消失在黑暗中。不一会儿黄孝德回来。黄云长换了干衣服，一下暖和了许多。

黄孝德站在门口望着天空，仍是风雨如磐，雷鸣电闪，没有一点停息的样子。看着渐渐上涨到椅子面的洪水，黄云长担心地问父亲："房子不会淹倒吧？""不会，这房是砖木结构，淹很多次都没有倒。"黄云长又问："水再涨，我们咋办？""爬到房檩上去。""不会把檩子都淹了吧？""不会的。"黄孝德笑着说，"这褚家祠地势低，水再往上涨就是宽阔的平坝，水面一宽就不会再涨了。"

这时天已经麻麻亮，风消雷息雨停，洪水很快退去，东方现出一抹红霞。黄孝德笑着说："看能有点收获么？"说着走了出去，黄云长跟在后面。

黄孝德在几个大的出水口安上漏筛和箩筐，站着看水退去。水退完后，黄孝德摇头说："不行，人太少了。去年老师们守着每一个出水口，逮了十好几条大鲤鱼。"那口气多少有些无奈。黄云长知道这是父亲在为自己没能吃上鱼而遗憾。

春节过后，粮食供应很快紧张起来。公共食堂从敞开肚子吃饭改为定量供应，并且标准一减再减几近停伙。

由于土地全部收归集体，社员没有地种菜，更没有地种粮，完全没有其他可供吃的东西，饥荒很快就大面积出现了。有的地方没有粮吃，只好扯摘野菜吃。渐渐出现了水肿病人，再后来就听说饿死人了。传说最广的是一个什么地方祖母把饿死的孙子煮吃了。对此谣传黄云长想起了祖母，因而完全不相信：祖母怎么可能吃孙子呢？

一天早晨，黄云长上学下高林岗时见一个人侧倒在路上。走近看认得是三队社员朱森武。朱森武五十多岁样子，衣裤上沾着不少泥巴，眼窝深陷，脸色黢黑，骨瘦如柴，闭着眼睛一动不动，看不出是死是活。

黄云长下午放学经过三队时候听说朱森武死了。有的说是饿死的，有的说是偷江阳大队食堂被逮住了打伤死的。

早在缺粮刚开始时候，黄云长和本生产队的伙伴们一有空就出去搞吃的。挖山药，挖旋麻，扯野菜；夏收捡拾掉落地上的麦穗、胡豆、豌豆；秋收到掰过玉麦包的地里转悠，寻找那些掰漏的玉麦包。即使玉麦秆砍倒捆成堆了，也要在堆里反复扒寻，看看还有没有漏掉的。一天下来一般至少有七八块玉麦包的收获。

收获最多，也是最难忘的一次是跟在掰玉麦包的大人后面搜寻玉麦包。大人们在前面掰，黄云长和伙伴们跟在后面寻找。快到中午时候，大人们有意无意把手中玉麦包往后扔得老远，后面娃娃们争先恐后地捡拾，很快就拾了小半背篓。这时生产队长黑着脸大声吼道："好了，好了，你们这些娃娃些还在地里转啥？该回去耍了！"

一天早晨孔惠英给黄云长做饭。当把黄云长的二两五钱米倒进锅里时觉得实在太少了，一狠心把自己的四两五钱米全部倒进了锅中。黄云长吃饭上学走后，孔惠英坐在桌边想自己的早饭怎么办。正想着，忽然听到外面喊声："男子汉些听清楚了，今天早工，沟底挑一担水到山顶石子地奖励半两米，多挑多得。"孔惠英听了，顾不得是男是女规定，担起桶就下沟去挑。挑十二担水挣六两米才有了早饭。

孔惠英当饲养员喂十多头猪，猪不仅长得好，还生了两窝小猪仔。由于粮食紧张，堂婶佘家和对孔惠英说："你喂猪好安逸啊，有机会我也要当饲养员。"孔惠英明白这是在说她喂猪有猪粮可吃，便把大队干部说同意，让佘玉芳来接替她喂猪，自己去做其他农活。

佘家和喂的猪越来越瘦，结果十多头猪死了一半。大队干部认为她破坏生产，专门召开群众大会斗争她，又让孔惠英当饲养员。

一次黄云长和母亲讲起佘玉芳喂猪的事时说："听说幺奶把猪粮全都拿回家去吃了，猪是缺粮饿死的。"孔惠英说："不会的。猪天生就是吃草的东西，只要猪草够吃就不会有好瘦，再给点粮食吃长得比人还好看，咋会饿死？"黄云长说："那又没有害瘟得病，咋会死那么多？"孔惠英说："这猪和人同样都是一条命。只顾轻松，只顾自己，不把它当成一条命，草不够吃，粪不掏尽，稀脏邋遢，咋会不病不死嘛。"

三小校门口公路上，停放着十多辆架子车，车上装满了金光闪闪的矿石。黄云长见了惊奇地大声说："好漂亮的金子啊！"拉车师傅笑着说："不是金子，真要有这么多金子就好了。"黄云长不相信地说："是金子就要发光，金光闪闪的不是金子是啥？"拉车师傅说："是铜。"黄云长说："真是太漂亮了。"拉车师傅说："你要是喜欢就拿一块去玩吧。"说着随手捡鸡蛋大小一块递给黄云长。黄云长接在手中正看时，忽然听见杂乱脚步声。抬头一看，见好几个人抬着三副担架急匆匆从身边走过。担架上躺着的人全身烧得焦黑，有的地方皮肉外翻，现出黑红颜色。黄云长感到很恐怖，一下退到拉车师傅身后。拉车师傅叹了一口气，自言自语地说："不晓得哪个煤矿又爆炸了啊。"

晚上做饭时，黄云长把那金黄色石头拿出来玩，想起真金不怕火炼的说法，便把石头丢进灶里去烧。饭好时夹出来一看，完全变成了黑色，敲掉黑壳，金黄色变成了浅黄色。以后又烧了几次，最后变成了一块拇指大小的青铜。黄云长拿在手中边看边想："看来假金是真怕火炼的了。"

一天晚上，黄云长听见住在房后的二老爷黄泽华反复大声喊着一句话："领导们啊，我饿嘛。"快要天亮时才没了声息。

晚上黄云长问母亲："妈，二老爷怎么样了？"孔惠英低声说："死了。"黄云长说："咋就死了？他声音那么大的嘛。"孔惠英说："就是嘛，饿了躺在床上只晓得不停地喊，不如留点气力想其他办法。生产队除了他没有一个人饿死。"

黄明艳听了说："我想二爸也有他自己的想法：新中国成立前很穷，新中国成立后翻身做了主人，有了吃穿，不再受人欺侮。心里感谢共产党，相信领导们一定会帮助他。"

孔惠英说："要我说，还是二爸懒点了。只要想找，山里水里地里林里都有能吃的东西，哪里有找不到的？六队几个人听说宁强青川那些地方不缺粮，就偷偷跑到那里去，不仅都活下来了，有一个还在那里安了家。八队邱老六看见很多老鼠啃吃地里玉麦包，就用沙枪打，每天能打一二十只、二三十只。他不仅活下来了，连他瞎眼弟弟邱老七都跟着活下来了。"

黄明艳说："二爸不是懒人，是新中国成立前背煤炭下苦力把身体亏凶了，加上这段时间又有点病，就是有心也无力，他能到哪里去找？"孔惠英听了不再说话。

孔惠英赶鹤林场，一个中年妇女走过来问道："你是黄素芳的嫂嫂吧？"孔惠英反问道："你咋认得我？"中年妇女说："我叫褚秀英，褚水井的人。黄素芳出嫁时候我来迎亲，你长得太好看就记着你了。"孔惠英问："我三妹怎么样？好长时间没有看见过她了。"褚秀英说："你们娘屋人还是管一下她嘛。"孔惠英问："她怎么了？"褚秀英说："她现在惨得很。"孔惠英问："她咋了嘛？"褚秀英说："几句话说不清，真的有点惨，你们去看一下就知道了。"

第二天一大早孔惠英问去褚水井的路，找到黄素芳家。黄素芳坐在房檐下石阶上，衣衫不整，面黄肌瘦，蓬头垢面，见孔惠英来了只是有气无力地问了一声："嫂嫂来啦？"不再说话。孔惠英说："三妹，你这是咋了？弄成这个样子！"黄素芳听问，一下大声起来："都是褚少明那个棒客整的嘛。"孔惠英说："你们是夫妻，他为啥要整你？"黄素芳仍然大声说："我在娘屋头的时候，爸爸经常教我们说，饿死不抢劫，穷死不偷窃。褚少明偷生产队地里的粮食，你说我该不该说他嘛？说他，他就不拿饭给我吃。"孔惠英不了解真实情况，不知说什么是好，只好问："褚三哥给两个娃娃吃么？"黄素芳说："给他们吃。"正说着，褚少明背一大背篼茅草回来了，看见孔惠英，冷淡地说："嫂嫂来啦。"进房去了。不一会儿出来，孔惠英说："褚三哥，你们夫妻这么多年了，我三妹的脾气你又不是不知道。不要跟她计较，这年头好好过吧。"褚少明说："嫂嫂，我晓得的，只要她不乱说。"孔惠英说："我给她说了，她是不会再乱说的了。"

两个多月后，孔惠英接到褚秀英口信，说黄素芳又受褚少明虐待了。第二天孔惠英来到褚家，问黄素芳："三妹你又咋了？""那棒客又不拿饭给我吃了。""你是不是又说他什么了？""以前他偷生产队地里粮食，你来过以后我就没有说他了。可是他现在偷保管室的粮食，胆子越来越大，你说该不该说嘛？现在他不拿给我吃不说，还下死劲打我。"孔惠英不好再说什么，坐等褚少明回来。

太阳快落山时候褚少明回来了，看见孔惠英也不招呼一声。孔惠英说："褚三哥，我老远到你们这里来，你话都不说一句，这是咋了嘛？"褚少明说："没有啥子说的了，她到干部那里乱告我偷保管室粮食。她没有吃的找干部给她吃！"孔惠英说："三妹再不对，你也不该打她嘛。"褚少明不说话，转身进屋，砰的一声把门关上了。

孔惠英知道说也无用，便去找大队支部书记余月英。余月英说："黄素芳告褚少明偷保管室粮食，我们去搜没有搜到，现在弄来不好说。"孔惠英说了黄素芳的情况，余月英说："褚少明打人肯定不对，我下来批评他。不给饭吃，饿死人了我要他负责。"

几个月后黄素芳带口信来要孔惠英快去。这次的情况更糟，黄素芳身体虚弱，浑身脏污。睡的房间地上全是烂泥碎瓦，大坑小荡积满了水，床上蚊帐席子被子全被水淋透，衣柜里的衣服也是湿的，还生了霉。孔惠英问："三妹，咋会是这样？""都是褚少明那棒客干的。"黄素芳说，"他把房上的瓦用竹竿戳得到处是洞，地上的水就是从洞口漏下来的。硬是要逼我走。"孔惠英问："他为咋要逼你走？"黄素芳说："他偷野婆娘了，住在野婆娘那里。"孔惠英又找到余月英，讲了黄素芳惨状后说："余书记，人命关天，你们再不管，我三妹真的要被整死了。"余月英听如此说，只好安排黄素芳在公共食堂旁边一间空屋住下，每天在公共食堂打她那份饭吃。

鹤林场下场口凤翔河边有几座石灰窑，黄云长上放学都要从窑边经过。冬末春初天气极寒时候，黄云长清早上学隔几天就会看见石灰窑上蜷缩着死了的人。听窑工说，死者都是建设两河市进出山的人。这些人走黑了到石灰窑上睡下取暖过夜，那些离排气孔近的人，不知不觉中被窑里冒出的毒气熏昏，时间一长没有被发现就闷死了。此后不准人到窑上取暖睡觉，但是由于取暖的人太多，劝都劝不住。所以仍然还是有熏死人的情况发生。天气暖和后就再没有熏死人的情况出现了。

随着粮食的紧张，教师每月供应粮一减再减，从灾前定量的二十七斤减到二十五斤、二十三斤、二十一斤，最低时减到十七斤。

黄孝德回家的次数越来越少。一次黄孝德回家，黄云长见他抽的烟不像烟，问抽的什么，说是桤木叶。黄云长说："桤木叶气味那么难闻，有啥抽头嘛？"黄孝德听了笑笑没有说话。

黄云长偶然发现母亲睡的床下藏着一只小罐子，揭开盖子见里面装着大半罐大米，知道那一定是为父亲留的。此后便时不时揭开来看，那米总是保持在大半罐左右。一次见罐子里的米上竟然放着三个鸡蛋，一下想起"河中无鱼市上有"的俗话来，觉得母亲真是太了不起了。

黄云长放学走到梨李坪时，远远看见母亲向自己走来，赶忙跑上去问她到哪里去。孔惠英说："不到哪里去，来接你。"

黄云长吃惊地说："来接我？接我干啥？"孔惠英说："我担心你饿得走不动了。你饿不？""不饿。""你累不？""不累。""你走得动不？""走得动，没病没痛的咋会走不动嘛！""你早上吃那点点东西还有劲？"黄云长笑着说："清早上学的时候，我们几个同学把牛扑堰烂泥塘的高笋掰来吃了。要不然早就饿了，还能捱到现在？"孔惠英说："那天你放学回来的时候不是饿昏了么？我还以为你今天饿得走不动了呢。"黄云长说："妈，那天早饭实在是太少了，上课又没有时间去找吃的。"

晚上睡觉时候，孔惠英说："云长，现在家里是一点吃的东西都没有了，就靠公共食堂那点粮食，你放学回来路上饿倒了咋办？书又不能不读，我又不能天天来接你。前天我上街，看见木材站在收购木材，地点就在离你们学校不远的公路旁边。以后每个星期，你去上学的时候，把猪圈房里的木板背一片去卖。放学回来饿了，路边小摊买点蚕豆豌豆桃木李果吃，免得放学回来路上饿昏饿倒了。"

木板太重，黄云长背着很吃力，走不远就要歇一会儿。上学又不能迟到，每逢卖木板那天都是天不亮就出门。黄云长把木板卖完吃完后，孔惠英又让黄云长撬农氏祖母陪奁箱子柜子上的铜饰卖。铜器比木板值钱得多，那些铜饰还没有撬卖完，黄云长已经高小毕业考上原山县鹤林初级中学了。

第九回

生活困难荒废初中　危言惑众孝芬戴帽

黄云长入学原山县鹤林中学后，发现这所中学实在是名副其实的草创。全校除沟口半山上的学生宿舍是地主瓦房外，其他所有房屋全是草房。师生们到宿舍去必须要经过学校后面的一条小河。河中间砌一座石灰桥墩，高约三米。桥墩和两岸之间各用两块一尺多宽的木板搭成便桥。没有路灯，没有护栏，无论雨骤风狂还是夜黑如漆都照样过人。黄云长从来没有听说谁掉下桥去过。但是仍有一条未经证实的说法，说是一个女生下晚自习过桥，风雨中突然一声炸雷把她震吓得掉了下去，幸好只打湿衣服，没有受伤。

鹤林中学教师由三部分组成，一是两个新中国成立前的大学生，二是十多个毕业不久的中师生，三是七个从小学抽调上来的尖子教师。尖子教师们头脑灵活，教学经验丰富，抓得住要点和关键，加之教学语言幽默诙谐，很受学生欢迎。毕业不久的中师生们虽然工作热情很高，但是教学经验欠缺，教学效果明显不如尖子教师。两个大学生教师则两个极端。数学教师孔书鼎辅仁大学毕业，对学生要求极严，书教得极好，学生们敬畏有加。一次给黄云长班上课，抽一个学生回答问题，学生错答为 X。孔书鼎很是生气，大声斥责道："鬼 X！打 X！"学生们都听得笑起来。课后暗地里叫他鬼 X、打 X。地理教师富淑茹南京大学毕业，上课絮絮叨叨，重复无数。每一堂课都是她在上面讲，学生们在下面讲，有时候学生声音比她声音还大。但是富淑茹从不生气，总是笑眯眯地用黑板刷不停敲着黑板，大声喊着："娃娃们，听到！听到！"

黄云长所在的初一班教室当头离大路很近，路人大声讲话教室里都能听见；教室旁边离农田更近，两米不到的篱笆墙外就是农田。社员们劳动中说笑教室里听得清清楚楚，有的玩笑话学生们都听得笑起来。此时上课老师便不得不走到篱笆边请社员们小声一点。

鹤林中学所有教室窗户都没有窗纸，更没有玻璃。夏天下午时候太阳把教室照穿，学生们晒得汗流满面。冬天北风穿过教室，有的学生冷得受不了，为抵御寒冷有时候脚把地面踏得嗒嗒作响。

鹤林镇水电厂水量太小，大多数时间没有电。晚自习四个学生围着一个墨水瓶制作的煤油灯看书做作业。窗外大风吹进来时，大家忙不迭用书本挡风，有时甚至人站起来紧围着煤油灯。

黄云长和十多个同学住第二进四合院最吊角的小天井房。下大雨时雨水从天井四角檐口冲下，大多数地面都被溅湿，生了不少青苔。两座四合院只有大门口一个厕所。冬天冷，离厕所又远，晚上停电时候，尿胀憋不住只好在天井里将就，反正黑暗中没有人能看见。

冬季天快要亮的时候，山下便隐隐传来校工尹胡子叮当叮当的起床摇铃声。铃声渐渐清晰，响进宿舍大院，在两个四合院之间叮当一圈后又叮当着出宿舍去了。

铃声过后，传来值周老师"起床了！起床了！"的催促声。催促声中，学生们纷纷摸黑穿好衣服走出寝室，摸黑下山走进操场。由于夜暗，各班集合整队后不做操，只跑步。学生们绝大多数没有袜子，光脚穿着布鞋胶鞋甚至草鞋围着操场跑道跑动。当跑偏跑进有草的地方时，白头霜便发出嚓嚓的碎裂响声。一次实在太冷，有的学生乘黎明前的黑暗跑进军训部队通讯排的空帐篷。黄云长也跟着跑进去，陡然感到从未有过的温暖。

一次课间休息，语文老师朱明星与学生们闲聊。当说到宿舍太远太偏僻，还要上下坡时，朱明星说："同学们可能不知道，这两座四合院的房主是同胞俩兄弟。老大参加国民党，成为上海市一个城区的警察局长，上海临近解放时带着老婆和女儿逃回到这里。由于民愤太大，上海解放后工人纠察队派人到这里来把他抓回去公审枪毙了；他当歌女的老婆留下来成了这里的农民，他的女儿现在是我们学校的学生，比你们高一个年级。老二参加共产党，一九二九年日本留学回国后一直在上海从事地下工作，上海解放后成为上海市领导干部。可见即使亲如同胞弟兄，人生道路背离，殊途未必同归。同学们年纪小，将来人生道路怎么走一定要临行思远，慎之又慎。"

鹤林中学初中新生入学后国家每月供应三十斤贸易粮。在社会大面积缺粮成灾的情况下，居然还有这么好的待遇，新生们都高兴得不得了。开学的第一个星期六，学校杀猪办酒碗。黄云长舍不得吃，把自己那份肉带回家与家人分享。可是好景不长，三个月后就逐渐减少，最低减到二十四斤；吃肉的次数也迅速减少，最后完全没有肉吃；也没有其他任何可供补充的糖油副食。

　　为了补充学生营养，学校引进了小球藻。听专家说一斤小球藻可以抵三至五斤大米。小球藻汤是一种茶黄色液体，把男生们的新鲜尿液倒入其中培养繁殖，放置二十四小时后倒入大锅，加几桶水，烧开后装入大盆，加点葱花盐巴，抬放到食堂外地坝上叫学生们喝。男生们纷纷上前围观，有的女生捂着鼻孔上前观看后退下摇头嬉笑。终于有几个男生试喝，都是喝两三口就离开。黄云长也喝了两口，除了尿气和咸味没有任何其他味道。一个男生喝一口后大声说："啥子小球藻啊？尽是尿气气。"围观学生们听了纷纷散去。此后摆放三天都没有人喝，便把它撤了。

　　冬春时候，黄云长与寝室同学都饿得难受，利用星期天到学校附近地里撬寻遗漏的红苕。晚自习回到寝室，待值周老师离开灭灯后，黄云长和同学们纷纷摸黑把红苕拿出来，用衣裤或者床上稻草把红苕上的泥土擦掉。没有人说话，整个寝室顿时充满了咀嚼声。吃了红苕，大家开始小声讲话，声音渐渐大起来。最擅长讲故事的朱升荣尽讲他们家乡的趣闻轶事，什么僵尸复活、蛇虫野兽、妖魔鬼怪、跳河上吊、土匪小偷等等，绘声绘色，活灵活现，几乎尽是他一个人的声音。

　　第二学期开学不久，鹤林中学一年级四个班精减缩编为三个班。黄云长仍然编在第一班。

　　被精减学生离校那天，不知谁在黑板上写了一首歪诗："相见时难别亦难，同窗一夕隔地天。正是佳苗苗壮长，未料狂风连根掀。挥手无言回故里，背负太阳过西山。慨叹一声梦已断，啼笑相逢是何年。"被精减学生情绪本就不好，见了这首诗，有的女生哭红了眼，有的男生大讲怪话，有的把书和作业本撕扯乱撒，有的把墨水瓶狠狠砸向墙壁，墨水溅得到处都是。

一天上午，学生们做完课间操刚散开，老师又要求学生们集合。学生们按班级整理好队形后，三年级班主任郑洪范叫自己班上的一个男生出列，面对全校学生。教导主任周文清对这男生说："你知道的原因，学校研究决定把你除名。你现在马上带上你的东西回家去，不要再来了。"然后大声宣布散会。

　　很多学生没有散去，站在学校门口观看。郑洪范老师和这个学生一起走进教室，抱着书和学习用具出来，然后又一同去了学生宿舍。不一会儿这个学生背着被子挎着书包出来了。郑洪范和这个学生肩并肩边走边谈，走了好长一段时间才转来。黄云长后来听说，这个学生姓段，深夜潜入学校附近公共食堂偷东西吃。偷了几次，最后被事务长炊事员抓了现行。

　　初春，褚家龙兴两公社合并为朝辉公社。黄孝德调任朝辉公社中心小学校长，学校地址在离朝辉公社不远处的冯家坝。

　　暑假期间，黄孝德带黄云长到冯家坝学校耍。黄云长见每间教室周围都种满了南瓜，南瓜藤沿着竹竿爬到屋面上，很多大南瓜已经老黄。午饭一两饭票打一大斗碗南瓜饭。学校最年轻的女教师蒋玉芳吃不完，端着大半碗南瓜饭微笑着对黄云长说："幸好黄校长调来，不然我们这些教师还不知道会饿成什么样子。"

　　晚饭后教师孔植田指着十几棵南瓜对黄云长说："这些都是你爸爸带头栽管的南瓜，你看结得有多好。"想了想又说："你爸爸跟其他校长真还有些不一样。他一调来就带领老师把学校后面一大片河滩地开垦出来种玉麦。玉麦倒是结得好，就是接连被偷，老师们守了几夜都没有把人捉住。你爸带着我亲自去守，半夜过后一个五十多岁的女人从地里出来，背上背着大半背篼玉麦包，手里还提了一竹篮子。你爸走到她面前平和地说：'大娘，我们其他的就都不要说了，你说怎么办吧。'见女人低头不说话，你爸说："大娘，现在大家都困难，我看是不是这样，你把背篼里的玉麦留下，篮子里的玉麦你提回去行不？'女人听了赶忙把背篼里的玉麦包倒在地上，提着一篮子玉麦包走了。从此玉麦再也没有掉过。你爸真会处事，要是别的领导可能就不会这样做了。"

开学前，黄孝德调县委宣传部工作，十月到鹤林中学来看黄云长。校长景宪章派人通知黄云长到他办公室。黄云长看见父亲，一句话不说就号啕大哭起来。越哭越伤心，越伤心哭得越厉害。黄孝德见儿子哭得全身颤抖，上气不接下气，又不明所以，只好尴尬地说："有啥事就说嘛，尽哭干啥！"黄云长终于忍住哭，哽泣着说："我们班上一个同学的米不见了，有人说好像是我偷的。"黄孝德听了，立刻面露愠色说："好了！好了！你走吧！"然后起身与景宪章握一下手转身走了。

黄云长归学假回家。晚上黄孝德也回来了，一看到黄云长便把脸一沉，问道："你们班同学米掉了是怎么回事？"黄云长说："我们寝室一个同学的米不见了，有人说我课间操回过寝室，那意思好像是我偷的。""那你为啥不向老师说？""人家又没有明说是我偷的，我怎么向老师说？说了反而显得有些此地无银三百两似的。心里憋得难受，一见到你忍不住就哭起来了。"黄孝德说："这么重大的事不说清楚不行，明天你回学校原原本本向老师说清楚。""不用说了。""为什么不说了？""你走后第二天班上安排大扫除。打扫寝室时，在皮大春床头上发现了掉的米。老师一问他就承认了。米不多，只有几两样子，用手帕包着。"

一个多月后黄孝德问黄云长："你们寝室那个姓皮的同学

现在怎么样？""事情清楚后他请假回家到现在都还没有来，可能是不想读书了。""没有人说过他什么吧？""没有，不过都知道。"黄孝德轻轻叹了一口气，看着院墙壁静静地抽着叶子烟。

午饭时候，二年级二班学生发现盆中厚皮菜里有一块豆腐乳，便都争着去夹，争夺中那豆腐乳被夹乱，发现不是豆腐乳，而是一块人的硬头屎。几个女生忍不住啊啊地大声呕吐起来，其他学生见了群情激愤当即绝食，晚饭时仍然拒绝吃饭。学校只好安排教师连夜做学生思想工作。当时学校每个周末晚上都要组织教师联欢跳舞吃夜宵，不少学生早已认为这是在吃学生欺头，有的学生便借此由头提出质疑。最终互谅互让一致同意：学校取消教师周末联欢会，学生不再继续绝食。

黄云长和黄孝扬归学假回家，看见公共食堂石灰桶里有一只很大的老鼠，便合力把它打死，剥皮去掉内脏，用菜叶包裹，放在飞星火里煨熟。俩人再想不到没有调料，甚至盐都没有放的老鼠肉竟然会有这么香。便又去四处寻找，一只都没有找到。

鹤林中学原来有几块菜地，师生基本够吃。一年级新生入学后，吃菜一下就紧张起来。为解决学生吃菜问题，学校要求各班学生到学校后面山顶开荒种菜。

山顶茅草茂密，学生们先用火烧，然后开挖。全是老黄土，既紧又硬，加上草根密布，很是难挖。有的薄土层下全是连山石，用力挖下去，锄头反弹起来，震得手麻臂痛。

土翻挖出来后，除去草根碎石，栽上菜后需要浇水施肥。

为了把肥水运上山，学校根据学生矮小、挑不起粪桶的情况，把挑桶改成背桶，让男生背粪水上山。桶大人小，羊肠小道，陡窄地方需要互相拉扶才能上去；有时桶中粪水晃荡，头脸衣裤都被溅湿，劳动结束后不得不下到小河里清洗。可能是劳动锻炼增强了体质的原因，两年多时间，黄云长和同学们没有一人患过感冒。

因为蔬菜经常被盗，学校便安派各班男生轮流通宵值守，半夜给一点菜吃。

星期六晚上轮到黄孝扬黄云长等几个男生守菜，因为太疲倦，摘的青菜竟然忘了煮吃。

第二天上午，黄孝扬等几个守菜学生到学校后面半山上炒青菜吃。大家爬上山，把搪瓷洗脸盆放在搭好的三块石头上。盆子还没有烧烫，那火却惹燃了茅草，顿时浓烟滚滚，火焰熊熊。几个学生慌了，抓起青菜、盆子，脱下衣报、抄起树枝一阵猛打。火快打灭时，突然一阵风刮过，那成片茅草又燃烧起来。真是火随风势，风助火威，一波风来呼的一声烧光一片，又一波风来呼的一声烧光一片。在一波接一波的风火中眼看大片烈火就要上山，这几个学生吓得呆呆站着，不知如何是好。

也是合当不该有事，正当几个学生不知所措，惶恐地看着浓烟翻滚火头乱窜的时候，一股强风猛地从山上倒吹下来，转瞬吹灭了火焰。火焰一灭，几个学生全都瘫坐到黑灰土地上，衣服散乱，满头满脸尽是烟灰草屑，说不出一句话来。过了好一阵子，黄孝杨才心有余悸地说："妈哟，真是太吓人了。"黄云长说："幸好有老天帮助，如果没有山上反吹下来的大风，现在这座山肯定全都烧光了。如果再延烧到附近山林那就更惨了。所以终归还是值得庆幸。"大家听了默默无言，又坐了一会儿才慢慢下山，到小河里洗净手脸后才回到学校。

在学校所有劳动中，黄云长印象最深的莫过于第一次到法云寺煤矿背煤了。

夜暗中学生们沿着进山公路跟着前面人走，走了二十多里天还没有亮。爬李家坡时路突然变窄，幸好月亮出来了，不然还不知道怎么走。黄云长边走边看那些黑黢黢的奇形怪状巨石和高矮不一的杂乱树丛，总担心着豹子老虎等猛兽会突然间窜出来。

天亮时候到了煤矿，四周山上全都是高密的森林。煤堆不远处是煤矿洞口，夹在两块天然蓬成的人字形大石头下。人要大弓着腰才能钻进去。

黄云长从来没有见过煤矿，走到洞口向里看，黑洞洞的什么也看不清。正看着，一个人头从洞口伸出来，渐渐露出双肩和双手，吃力地向外爬。这人的肩和腰上套着绳子，绳子后面绑着长条形竹筐，筐里装着煤，好一会儿才把煤筐拖到煤堆边。拖煤人手脸颈项衣服上全是黑煤灰。当他抬起头看向学生们的时候，黄云长才看清楚他全身唯有牙齿和白眼仁是白的。那模样让黄云长觉得这世界上最难的就是挖煤了。

学生们把煤背到学校后要先过秤，因为学校规定背多少煤吃多少饭。没有达到最低标准二十四斤的，只能吃平时晚饭的标准二两五钱米。黄云长堂姑黄孝俊背二十三斤半煤。当她把写着称煤重量的纸条递给打饭的崔师傅时，崔师傅接过纸条看都不看一眼，随手就把一大块米饭撬进了她的饭碗。黄云长看着堂姑阴沉的脸上一下露出笑容，也不由自己地跟着笑起来。

频繁的体力劳动使学生们渐渐明白：劳动既帮助了学校，也锻炼了自己，还救助了自己。从来创业多磨难，何况又遇灾荒时。学校如果不要求学生劳动，怎么维持下去呢？学校维持不下去，学生们还读什么书呢！

体制下放，公共食堂解散后，孔惠英对黄孝德说："孝德，明艳妹都二十多岁了，你说怎么办？"黄孝德说："她不是和钱洪树耍两三年了么？如果双方没有意见，就把他俩婚事办了算了。"孔惠英说："都一年多没有耍了，你还不知道？"黄孝德说："不知道，她咋没对我说？"孔惠英说："你难得回来，回来了也不多和她说话，她咋给你说？"见黄孝德不说话，孔惠英说："现在新耍了一个，是佘泰丰儿子佘福通。"黄孝德听了立刻说："不行！佘泰丰当过伪甲长，又是中农。"孔惠英说："农村都是挣工分吃饭，成分好点差点有啥关系嘛？"见黄孝德不说话，孔惠英继续说："虽说父母不在长哥为父，长嫂为母，只是明艳妹都那么大了，又是她自己愿意耍的，还是依她的好。我们又没有办法为她找更好的。"黄孝德闷了一会儿，说："那就依她吧。"孔惠英说："明艳妹帮我们供养娃娃这么多年，我想多给她置办点陪奁，不能亏了她。"黄孝德说："你看着办吧。"

一个多月后孔惠英打听到一户人家，土改时分得地主一张大雕花床，因为房间低窄安放不下，就一直堆在那里。于是找到这户人家，好说歹说，十二元外加七个鸡蛋买了回来。擦去灰尘果真是金漆辉煌，非一般床可比。然后请小木工用柏木打了箱柜桌椅、妆镜衣架等一套生活用具。请漆匠用油漆将新家具连同大雕花床一并漆过。

黄明艳出嫁前半个月，孔惠英对她说："五妹，你大喜日子想请哪些亲戚朋友早点说，我好去请。"黄明艳说："嫂嫂，你的心意我知道。我们家一直是个空壳子，没有必要过分操办。所有亲戚朋友一个不请，也不办酒席。只请送亲迎亲抬陪奁的人吃顿便饭就行了。反正这里离佘家不远，到那边去吃也是一样的。他们要办酒席。"想了想又说："如果哥哥觉得不方便，结婚那天他不回来就是了。"

黄明艳出嫁那天黄孝德果然没有回来。在迎送亲姑娘们陪伴下，黄明艳一手牵着晓琴，一手牵着晓刚，在新中国成立前通往佘家的路上慢慢走着。那是父亲黄泽全当年任伪保长时与当伪甲长的佘泰丰不知走过多少遍的老路。迎送亲和抬陪奁的人走成一线跟在后面，没有鞭炮，没有鼓乐，整条山沟显得格外宁静。

迎送亲的人走后，孔惠英独自一人快步走到高崖上的女贞子树下，静静看着娶亲送亲的人蜿蜒走向佘家。想着小妹父母早逝和在家里的辛劳，眼里不由自已地涌出了泪花。

一日，黄素芳到娘家来住了三天，离开后下落不明，渺无音讯。孔惠英几次三番到褚水井打听，都没有打听到黄素芳的消息，倒是知道了一些褚少明劣迹。原来褚少明善偷，被相邻生产队李寡妇瞧上。逼走黄素芳后，长期公开住在李寡妇家，靠偷帮李寡妇供养孩子。孔惠英继续打听，得知黄素芳住在马鞍公社清江大队丧妻男子尹庆丰家，方才放了心。

尹庆丰女儿尹玉莲找到孔惠英，说褚少明把后妈黄素芳告上鹤林法庭了。孔惠英问怎么回事，尹玉莲说："舅妈，是这样。体制下放后不缺粮了，李寡妇孩子也长大了，就把褚少明赶出了家门。褚少明回到家里到处打听我妈下落，知道在我家后，就找到我家来要我妈回去。我妈不回去，褚少明就以非法同居为由把我爸我妈一齐告了。我爸我妈两个都不合法，咋敢上法庭去？只好来找你们想办法。"孔惠英听了说："你们放心，我去找鹤林法庭。"

孔惠英不懂法律，找到鹤林法庭法官晁成贵，讲了褚少明黄素芳二人的是非曲直经过，要求法庭按天理良心办案。晁成贵对这可笑要求自然置之不理。褚少明知道孔惠英陈情无效后越发嚣张，把非法同居改告为重婚罪。

因为案件性质变化，晁成贵把案件移送原山县法院刑事审判庭审理。孔惠英为了证明自己所说属实，无数次做褚水井附近干部群众的思想工作，请他们出庭作证。也是褚少明太不得人心，褚水井附近干部群众十多人在孔惠英请求下亲自到法院作证。证明褚少明为达到与李寡妇长期非法同居的目的，如何虐待逼走黄素芳。黄素芳如何走投无路，为保命不得已投靠尹庆丰。原山县法院刑事审判庭办案人员了解全部案情后当庭训斥褚少明，同意黄素芳离婚诉求，判决二人离婚。黄素芳离婚后与尹庆丰结婚，生了两个儿子，终于有了好的归宿。

第十回

农村劳动初识艰辛　深刻反省探错究源

升学考试前一个月，黄云长归学假回家。第二天下午正要到学校去上学时，突然骤冷起来，全身颤抖，上下牙齿碰撞得咯咯作响。孔惠英把两床被子盖在儿子身上都无济于事。

由于全身肌肉抖动得难以承受，黄云长便绷紧全身骨骼肌肉抗拒，可是哪里抵抗得住？不一会儿又抖动起来。正颤抖得难受，突然不冷不抖了，却又发起热来，大汗淋漓，全身衣服尽湿。发热出汗过后，全身像散架了一般，瘫软无力，动都不愿动一下。

孔惠英当天晚上烧香烧纸钱，跪地磕头求菩萨保佑。可有什么用呢？第二天下午黄云长又是冷热相继，先抖后汗，浑身无力。

第三天黄云长仍然冷热发作，毫无稍减。孔惠英又去讨了一道符回来，烧成灰放入碗中冲开水让黄云长喝下。

第四天黄云长冷热发作得更加厉害。孔惠英从外面拿一条裹着的白布回来，紧缠在黄云长头上，吩咐不要取下来。

孔惠英走后，黄云长静静躺在床上，觉得那白布里隐隐有异动。不由好奇心起，把白布取下解开，见里面有一道符、几颗小石子、几枝青蒿、几片艾叶、几只小虾、三只小螃蟹。小虾已死，螃蟹活着，就是它们在白布里爬动。黄云长不知道是什么意思，猜想应该是派虾兵蟹将来保护自己，于是又裹好缠到头上。

第五天照样发作，孔惠英找不到求人处，便不再出去求人，只是烧钱化纸不停许愿，祈求菩萨保佑。

第六天上午，黄云长站在大门口看母亲跪地磕头烧香许愿。此时恰好一个路人经过，说："孔惠英，你家云长是打摆子，到公社医院包两片奎宁吃就好了的，烧啥香嘛？"

下午黄云长又冷热发作起来。孔惠英只好到公社医院买了三片奎宁，让黄云长晚上吃一片，第二天早饭前吃一片，中午吃一片。下午摆子没有来，第二天下午摆子还是没有来。黄云长知道病已止住，立刻赶回学校复习，迎接升学考试。

星期六黄孝德回家，晚饭后问黄云长："你知道你没有考上高中么？""知道。"黄云长惶恐回答。黄孝德说："知道就好。好好劳动吧。劳动光荣，当社员同样是建设社会主义。"

第二天一大早，孔惠英把黄云长叫起床，说："你已经十六岁，没有考上学校就是社员。从今天起到生产队跟大人一起劳动挣工分。"

接连几天下来，黄云长累得腰酸臂痛，筋疲力尽，动都懒得动一下。一天半夜收工，第二天一大早孔惠英又把黄云长推醒，说："快点！不要迟到了，迟到扣工分不说，还要挨批评。你这么大人了，人大面大的，挨批评伤脸伤皮的好看？"黄云长听了只好强撑着疲乏的身体出工。

日复一日，疲惫不堪却又不得不参加的生产队劳动，使黄云长深感农村劳动比学校劳动厉害多了。时不时想着要是考上高中该有多好啊。

黄家沟是一个有山无柴、人多地少的深丘。每家每户历来都把柴粮问题作为重中之重来对待。一有空闲就上山捡柴，不好的柴用来烧锅煮饭，好的柴背到街上卖钱买粮。

一日，黄云长和生产队十多个年轻人到刘家山捡柴。这天运气好，捡了一大背篼好柴。由于捡的柴太多，黄云长走不赢别人，渐渐掉在后面，越掉越远，最后竟然看不到走在前面的人了。

黄云长觉得柴越背越重，背磨得越来越痛。实在忍受不了只好走很短一段路就歇一会儿。好不容易走到何家湾，在路边田坎上歇下，正想着母亲怎么还没有来接的时候，孔惠英到了，沉着脸责问道："都这个时候了咋还在这里？""捡得太多了。""太多，太多你就不晓得少捡点？"黄云长不知道如何回答，正想着母亲今天是怎么了时，孔惠英忽然流下泪来，边流泪边背起柴走了。

以前孔惠英接儿子，把柴分一半背着，边走边喜笑颜开地讲龙门阵，不知不觉就到了家。黄云长想不明白今天母亲为什么要流泪，想来想去觉得母亲肯定是因为自己没有考上高中，在为自己的不争气伤心。这样一想立刻惭愧得无地自容，低头跟着母亲走，不敢说一句话，也不敢看母亲一眼。

农闲天，黄云长和黄孝扬幺姑爷余福通一起去萧山捡柴。萧山是黄家沟人捡柴长期光顾的地方，半山以下已经无柴可捡，上到山顶才能捡到稍好一点的木柴。

萧山顶上有一座片石搭成的小土地庙，人们便把那地方叫做土地房。土地房山梁东边是金鹿公社地面，西边属桥楼公社管辖。这天捡柴的人不少，在金鹿公社地面捡了柴后，都习惯性地到土地房集中休息。天气很好，艳阳高照，可以看到很远地方。金鹿公社这边丘壑纵横，看不到一棵大树，满眼好像全是庄稼。桥楼公社那边山高林密，几乎看不到成熟地。虽然桥楼公社那边林木丰富，但是金鹿公社这边人捡柴一般都不到那边去捡。

土地房西边对面半山上一户人家，房前地坝上整齐堆放着好几堆劈柴。那劈柴全是上好木料劈成，阳光下白花花地显得很是惹眼。大家便对此议论起来。先是羡慕，觉得还是山区好，不愁柴烧，不像孝义周边几个大队的人把很多精力都用在烧柴上。然后觉得不公平，应该把山区划一部分给丘陵区。

正议论着，几个背着背篼拿着扑刀的年轻人从众人面前经过，直接下到桥楼公社那边林中去了。不一会儿半山上那户人家走出一个人来，站在地坝上东张西望看着，看了一会儿大声喊道："龟儿金鹿公社人些！快滚回你们那边去！再不滚老子要来砍背篼了！"边骂边向屋里喊："老大老二快出来，我们上去把金鹿公社那几个龟儿子的背篼砍了。"喊声过后，屋里立刻跑出两个小伙子来。那人继续大骂道："你几个龟儿子走不走？再不走老子真要上来了。"又对那两个小伙子说："你们快点去把扑刀拿出来。"很快，刚下山去的几个人上来了，站在土地房边看着那户人。其中一个高个子大声喊道："吕老三，你三个有种就一齐上来，不把你们三弟兄打出王八蛋来我就不回去。"岗上人听得笑起来。黄云长问佘福通："幺姑爷，他们笑啥？"佘福通说："那个吕老三是那两个小伙子的爸。说他们是三弟兄，意思是吕老三两个儿子都是他婆娘偷她老人公生的。"吕老三并不傻，回骂道："你和你老子两个才是亲兄弟。老子的柴再多，就是沤烂也不给你们烧，让你们山那边龟儿子些吃生的。"高个子说："你娃娃给老子等倒，哪天老子有空闲了来收拾你。"吕老三骂道："你龟儿有本事现在就下来。就是不让你捡，你能把老子怎样！"那几个人还没有捡到柴，不敢多斗嘴耽搁时间，和吕老三对骂一阵后捡柴去了。于是大家背着柴下山。

天太热，走到佘巷子树下歇气时黄云长说："那个吕老三太霸道了，那么多柴不让捡也就算了，还把我们金鹿公社的人全都骂了。"佘福通摇头说："没法！"黄云长说："怎么没法？要想收拾他，办法有的是。"黄孝扬说："干脆我们今天晚上去把柴花子给他背球。"黄云长说："好哇，不给点惩罚他三爷子不知道好歹。"于是三人商量怎么去背走那些劈柴。

半夜时分，佘福通黄孝扬黄云长三人出发去背吕老三家劈柴。月光把山野道路照得清清楚楚。三人边走边讲龙门阵，爬上土地房山梁后不再说话，悄悄下山来到吕老三家门外地坝。

黄云长轻手轻脚进门，窃笑着在桌面上放下写着"如果再骂，我还再来！"的字条。

这些劈柴看来是要拿上街去卖的。既顺直，又长短适当，很好装，不一会儿就装满了背篓，然后背起从原路向山上一阵猛爬。黄云长累得大声喘着粗气，佘福通不停地叫他小声点，可是黄云长哪里能小声得起来？上到土地房，在哨台上稍息，见吕家毫无动静，但是仍然担心发现后追上来，喘过气后立刻下山。回到黄家沟时东边天空刚现出鱼肚白色。

此后黄孝扬黄云长多次向别人炫耀背吕家劈柴一事，眉飞色舞，觉得很是自豪解气。以后俩人渐渐觉得似乎有些不妥，不管如何有理，这不是有点像偷么？心中如此一想就再也不好意思讲了。

腊月二十五日晚上，孔惠英对黄云长说："云长，你爸因为蔡元公社整社，近半年没有回来过，明天你去接他回来过年吧。"黄云长说："好，那我明天早点走。"孔惠英说："你一次都没有去过，山远水远的，一路小心点。"黄云长笑着说："妈，你放心，我都这么大了。"

第二天黄云长找到父亲的时候天快黑了。黄孝德惊诧问道："这么远你怎么来了？""妈叫我来接你回去过年。"黄云长回答。黄孝德又问道："你在看书么？""在看。"黄云长回答。黄孝德说："在看就好。"然后带黄云长到他住处。

黄孝德参加县委社教工作队分在蔡元公社九大队。按照与贫下中农同吃同住同劳动的三同要求，黄孝德亲自挑选，吃住在从前当叫花子的吴树荣家。吴家三间正房，一间堂屋、一间寝室、一间灶房，另有一间草棚猪圈房。由于没有其他地方住，黄孝德便在猪圈房里搭木板床睡。木板床一边是泥砖墙壁，另一边是猪圈，一个档头紧挨着泥砖墙，人只能从另一个档头上下。

黄云长和父亲睡在木板床上，那猪屎气一股股直往鼻孔里钻，小猪吃奶声和母猪不停的哼哧哼哧喷气声，使黄云长怎么也睡不着。黄孝德说："睡不着吧？苏东坡《定风波》词说，此心安处是吾乡。静下心来习惯了就好了。现在要好得多，夏天蚊子密密麻麻，又咬又嗡，虽有蚊帐罩着，但那猪屎气味才真的叫难受。晚上有时闷得出不赢气了，就到外面转田坝看庄稼。这也是一种锻炼和考验。"黄志毅静静听着，觉得父亲太值得学习了。

腊月二十七日，黄孝德带着黄云长到每个生产队向社员干部们告别。每到一处都有社员干部送腊肉香肠粽子等过年货。黄孝德一一表示感谢，又一一坚决拒收，并反复邀请这些人有空进城来耍。

当天晚上，九大队全体干部在第五生产队长黄瑞堂家为黄孝德饯行。吃的全是农村过年货，双方说了很多感情话。黄云长闷声不响地饱餐了一顿难得的好饭菜。

腊月二十八日，黄孝德天不亮就起床。边收拾衣物边对儿子说："我们早点走，免得那些社员干部送东西来拒收伤感情。"

天麻麻亮，黄孝德轻敲两下吴树荣寝室的窗户，说："老吴，我们走了。麻烦你们这么多天，谢谢了。你们进城不要忘了来找我啊。"只听吴树荣说："哎呀，你不要忙嘛。我马上起来！"黄孝德说："天还早，你多睡一会儿，再见。"说罢转身离开了吴家。

当天晚上蔡元公社为社教工作队饯行。圆满完成了社教任务，双方都很兴奋，大口喝酒，大块吃肉，大声喧闹。黄云长从来没有见父亲如此高兴过，居然和大家一起猜拳拼酒。先是个人对个人比酒量，到中途改成公社和工作队拼胜负。所有瓶酒喝完后，公社朱书记叫事务长把最后一瓷罐陈酒抱出来。大声吼叫道："今天不拼出个输赢来谁都别想走出这饭堂大门！"众人连声叫好，继续豪饮。喝到半夜一瓷罐酒喝光，仍未分出胜负。社教工作队长朱贤辅说："不喝了！你们蔡元公社有酒不拿出来，说明你们不敢喝了，算你们输！"县委工作队员们齐声欢呼胜利。朱书记气得双手把瓷罐奋力举起砸到地下摔得粉碎，一连声叫事务长到供销社打酒。最终因供销社大门没有被叫开而作罢。

回到寝室，黄云长担心父亲曾经吐血的身体，劝他以后少喝点。黄孝德俯身儿子耳边悄声说："没事，我刚才到厕所全部吐出来了。"

年过完后，果真有不少九大队干部社员来找黄孝德，有的是专程来看他，有的是顺路来看他，有的是来说事。黄孝德来者不拒，总是酒肉饭招待。

第二年农忙双抢前，经黄孝德牵线，孝义大队大部分耕牛都租给九大队各生产队，既为孝义大队解决了牛闲，又为九大队解决了牛荒，双方得利。合作一直持续到十八年后的土地分户承包责任制。此是后话不表。

春节过后，已经是生产队妇女队长的孔惠英说："云长，趁生产队这几天没有活路，我给你陈氏二奶说好了，明天起你和你孝坤叔一起去云顶山捡几天柴。听说去年冬天那里砍了好几天树，枝枝棒棒一定不少。"

因为路不是很远，第二天黄孝坤黄云长吃了早饭才出发。沿路人家房前屋后桃红李白，远林近草一片嫩绿鹅黄，其间点缀着红黄白紫等各色野花。阳光明媚，春和日暖，一片初春景象。

　　黄云长黄孝坤两人心情也有如这初春一般，说说笑笑中爬上碎石坡，转过山嘴进入夹壁崖。转过磨刀弯，陡见漫山遍野积雪白茫茫一片。二人顿时一片茫然，不知如何是好。黄孝坤提出回去。黄云长说："空手回去，白耽搁半天工夫不说，人家还会笑话我俩怕苦无能。"黄孝坤说："路都看不见，这柴咋捡？"黄云长指着熟悉地形说："那不是路？"黄孝坤仔细看去，果然辨得出依稀路貌，说："就是进去了哪里去找柴？"黄云长说："进去了再说嘛，进去了实在找不到，回去也好有个交代。"于是二人沿着路貌形状，踩着积雪，一步一步缓缓前行。好不容易走到磨刀桥，见桥那边山陡林深，完全是不能走了。黄孝坤又提出回去。黄云长说："不忙，看一下再说。"然后环顾四周，见桥对面不远处林中有两间新绑的茅草房，房边有一堆积雪，雪堆上露出几枝粗树枝。二人走过去，黄云长把雪刨开，竟然是一大堆绑房剩下的长枝粗棒。赶紧取出刀来，把树枝树棒裁成合适长度装进背篼捆扎好。黄云长砍了一根齐眉短棍，作为下山雪中探路维稳之用。

　　二人背着柴下山，为有如此大的收获而兴奋异常，难走的雪路竟然也觉得不难走了。走到青石缸路边坎上放下背篼歇息。一个男人从青石缸坎下走上来，停住脚步仔细看两人背篼里装着的柴，问："你们这是在哪里整的？""公山上检的。"黄云长回答。"公山上捡的？公山上那么大雪，你们在哪里捡的？"黄孝坤说："磨刀桥山上。"那人说："磨刀桥山上？你哄鬼啊！明明是我绑房子剩下的木头，还说磨刀桥山上。"黄云长说："磨刀桥那地方也是公山，你怎么会在那里绑房？""啥子公山不公山啊？我绑房剩下的就是我的！"那人边说边一下把黄云长背篼推倒。黄云长见柴全部倒在了地下，赶忙把绳子装进背篼背上，一手握扑刀，一手持木棍。那人来拉背篼，黄云长扑刀猛地一划，那人缩回手，转身伸手把黄孝坤背篼也掀在了地下。黄云长见了，持刀握棍转身往回就跑。黄孝坤见了，便什么都不要了，返身空手跟着跑。那人见了一连声大喊："下面人些，快把那两个人给我截倒！"路两边地里干活的人全都停下手中活，却不上前，只是站着看二人猛跑。

黄孝坤黄云长二人回到家，黄孝坤母亲黄陈氏把儿子大骂了一顿。主要是因为黄云长把背篼绳子扑刀全都带回来了，而黄孝坤一件都没有带回来。

黄陈氏性格强悍，认死理，谁都不怕。据说当年黄泽拔不知什么原因把黄陈氏这个堂弟媳惹毛了，举着刀边骂边追到黄泽拔家。黄泽拔吓得紧闭大门不出。黄陈氏进不了门，回家端一条小板凳到黄泽拔家门口坐着骂，从头天晚上一直骂到第二天天亮才罢休。

黄陈氏骂儿子后仍然不解气，跑到青石缸找那人要背篼刀绳。那人不给，又骂不过黄陈氏，只好关门不理会。黄陈氏在门口守到天黑才回家。第二天天没亮又去，那人正好在青石缸挑水。黄陈氏抓着扁担水桶不放，双方对拉。黄陈氏拉一只水桶提了回来才算作罢。

晚饭后孔惠英对黄云长说："云长，今天我上街跟穆卓才老师说好了，他同意你去跟他学医，但是要等他把医院领导说同意了才能去。"黄云长于是天天盼着，见好多天都没有消息，便问母亲是不是医院领导没有同意。孔惠英说："不会的，我不担心医院领导不同意，担心你能学得好不？"黄云长赶忙说："学得好。"孔惠英说："学得好？学得好咋连个高中都考不上？你要想好，如果学不好就早点说，免得又让人家笑话。"黄云长无言以对，再不敢提学医的事。

星期六傍晚黄孝德回来，孔惠英说："孝德，我跟穆卓才说好了，让云长跟他学医。你说呢？"黄孝德说："以后再说吧。我看还是多读点书的好。"

晚饭时黄孝德边喝酒边讲龙门阵。说他已经是县教育工会主席，与全县各中学领导以及教师中的民主人士关系如何如何好；还讲他这次任城关中学社教工作组长，如何不到十天就为一个含冤七年的党员领导干部还了清白。说着说着忽然问黄云长："你生产队劳动得怎么样？"黄云长苦笑一下不知怎么回答。黄孝德慢慢啜了一口酒，又问："想读书不？"黄云长点点头。黄孝德说："既然想读，就要找到没有考上的原因。找不到原因，读了也考不上，那就没有必要再读，你说是么？"黄云长又点点头。黄孝德说："那你认真总结总结，把没有考上的原因找到。为了找准原因，我给你提个线索。你们班毕业三十五人，七个男生和一个女生考上高中，一个女生考上省林业学校。这九个人全都是农村学生，为什么他们能够考上，而你没有考上？——对比对比，好好想想吧。"黄云长听出父亲的失望，低头不敢看他。停了一会儿，黄孝德一仰头把杯中酒喝干，放下酒杯，缓缓地说："你们这批学生正好遇上国家经济困难时期，没有超常毅力不可能考上学校。"

黄孝德的话让黄云长既吃惊又惭愧。吃惊的是万想不到父亲对他们班情况了解得如此详细。惭愧的是，如果自己考上高中，父亲就不会下这样大功夫了。其实黄云长早就知道自己努力不够，不过总认为生活困难和打摆子是主要原因。虽有不甘失败之感，却无自省自责之心。

黄云长去睡后，孔惠英说："我是万想不到云儿会考不上的。"黄孝德说:"只差三分就考上了,关键还是他自己努力不够。"

黄孝德走后,黄云长把考上学校的九个同学的情况一一梳理了一遍。经梳理发现,这九个同学中,除一人家离鹤林场较近且经济条件稍好外,其他八人全都住在偏远山区。其中一个孤儿,生活和上学全靠国家救济;一个母亲逝世,家穷买不起洗脸帕,初中三年全是用手洗脸,自我解嘲说是肉洗脸;四个父亲早亡,其中朱显荣在父亲逝世后交了入团申请书,说决心来一个一百八十度大转弯告别过去;一个先天性哮喘;一个癫痫病经常发作。俗话说不比不知道,一比吓一跳。黄云长经此一比岂止吓一跳?简直惭愧得无地自容,恨无地洞可钻。于是写了没有考上高中的自我检讨:

我一直以为我没有考上高中的主要原因是生活困难和临考前打摆子。现在看起来完全是避重就轻,自我原谅。主要表现在:

第一,困难丧志。初小时候我的志向是当教师,高小时候是当工程师。志向不动摇,学习有动力,成绩不掉队。进入初中后总感觉饥肠辘辘,总想着劳动艰苦,既淡忘了以前的志向,又没有新的奋斗目标,学习随意,浑浑噩噩,成绩一降再降。

第二,放纵自己。初中三年是我最放纵的三年。进初中后,失去了景亚芬老师那样的教诲和严格检查督促;更没有了母亲的天天叮嘱。学校虽然也有纪律,也有老师的管理教育,也有团组织的帮助,但总的讲几乎没有监督,比过去自由多了。我好像一匹无缰的小马在旷野上任性驰骋，又好像荒野中的幼苗在阳光风雨中自然生长。在这宽松的环境里，养成了自由散漫、随歪就歪的不良习惯。如果没有自我放纵，或许就不会是今天这个模样。

第三，太过自信。刚入初中时，学校对四个班新生摸底考试，我榜上名次是第六名。由于作文写得好，语文老师讲课时还提到我的名字。第一学期末我的年级考试名次略有下降，学年末我的年级考试名次明显下降，第三学期末降到中等。语文老师边看榜边大声说："这个黄云长真的是名落孙山了！"我听得心中难受，悄悄离开了看榜地方。尽管如此我仍然没有一点紧张和不安，觉得以后只要努力一下就行了。可是自此以后不再上升，只在中等以下起伏徘徊。

第四，耍书害人。博览群书从来都是我的追求，因为我相信读书破万卷，下笔如有神。但是所看的书几乎都是小说，其他要么看不懂，要么没有兴趣。小说有吸引力是因为它不仅能使我忘记饥饿，还能带来精神的愉悦，放飞空幻的梦想。精彩的小说，我不仅空余时间看，自习课草草做完作业看，甚至有时候老师讲课也偷偷看。不仅看，还讲给同学听。菜地边、草地上、大树下、阳光里都是我讲书的地方。升学考试前几天，我都还在向同学讲《蜀川剑侠传》。什么驭剑腾空，穿云入雾；什么金光剑斗紫逞剑，剑气如虹。我讲得手舞足蹈，唾沫四溅；同学们听得津津有味，聚精会神。完全忘记了升学考试迫在眉睫。凡听过我讲故事的同学一个也没有考上。现在想起来，我没有考上高中完全是咎由自取，不仅害了自己，也害了同学。我应该真诚地向这些同学道歉，说一声对不起。现在我对读书的体会是，读书会给人安装上思想腾飞的翅膀。但是它既可以让人升上天堂，也可以让人坠入地狱。

与考上学校的同学相比，我深感愧疚。我一直强调客观困难多，检查主观原因少。有时候也想到了主观原因，但是最后又归因到客观原因上，最终还是责怪客观，责怪条件，责怪困难，唯独没有责怪自己。我可笑地自认为聪明，把每次考试的退步视为偶然；我愚不可及地错不知错，把错误全归于环境和条件；我可悲地迷途不知返，一错再错，才造成了今天的难堪。如果我没有这些错误，母亲就不会为我的前途落泪悲伤，就不会为我的未来寻找学医的出路；父亲就不会为我的复学花费宝贵的时间。总之，初中三年错误连连，忘记了初心，淡漠了理想，虚度了光阴，造成了损失，给祖宗和家庭丢了脸。倘若有机会重来，我定当卧薪尝胆，痛改前非，挽失追先，永远向前。

一周后黄孝德回来，坐在板壁下的小板凳上边抽叶子烟边看黄云长的检查总结。黄云长站在旁边。黄孝德看完后说："错误看似找到了，错误的原因好像也找到了，但是你没有找到错误的根本原因。你检查总结的第一个问题是困难丧志，标题就错了。艰难困苦中有的人丧志，有的人就不丧志。造成丧志的不是困难，而是畏惧困难。应该改成畏难丧志。你与这些考上学校的同学相比，最大的差距不在谁有多苦，而在你吃不了苦。要说苦，你和他们处在完全相同的艰苦大环境中，他们比你苦得多，比你困难得多。人家能够默默忍受，安心学习，乐观向上，追求进步。说明人家比你有毅力，比你能忍受，比你有思想，比你有眼光。你在艰苦中迷失了方向，总在说苦、苦、苦，人家就不苦啦？总在说饿、饿、饿，人家就不饿啦？总在说冷、冷、冷，人家就不冷啦？为什么你总感觉苦？说明你苦吃少了，没有养成对苦的耐受力。我们家虽然不富裕，但总体上你衣食无忧；你虽然有过劳动，但是轻微而且稀少，没有真正体会到劳动的艰辛，所以一遇到苦你就忍受不了了，就坚守不住以前的理想和诺言了。这就是你和这些同学的根本差距之所在。古话说，吃得苦中苦，方为人上人。我们共产党不搞人上人。但是它说明一个道理，只有吃过苦，吃得苦，受得了苦，才会抵抗得住各种诱惑，才会坚持不懈地追求理想，才会力争实现最美好的愿望。你这些考上学的同学，如果不出意外，他们肯定都会有美好的未来。吃苦是人生一关，过不了这一关的人不可能有好大的成就，只会要滑躲懒，碌碌无为地混过一生。苦是多方面的，读书也是一种苦。古人说十年寒窗，意思是读书苦有时候比其他苦还苦，只不过你没有吃透含意，不知道要害罢了。现在你要想好，如果忍受不了读书的苦，培养不起读书的兴趣，就永远在生产队劳动，一辈子挣工分吃饭。不过你要明白，就是靠工分吃饭，这饭也是不好吃的。社会主义是各尽所能，按劳分配。身体健康又不爱劳动，国家社会是不会容忍偷奸躲懒的人白吃干饭的。"见黄云长不说话，黄孝德说："不再多说了，多说无益。你想好，如果愿意吃苦，不怕吃苦，不管读书也好，学医也罢，我都支持。"此时黄云长早已额头冒汗，赶忙挺身挺胸说愿意吃苦不怕吃苦。

　　黄孝德说："你现在，一是在生产队好好劳动，二是空余时间复习好初中三年课程。"黄云长连声应诺，表示一定做到。

第十一回

重入学改名立志向　发誓言决心升大学

四月底，黄孝德带信回家，要黄云长第二天到凤棲中学复读。

凤棲中学是原山县第二所完全中学。因为凤棲镇是县城，所以又叫城关中学。

晚上临睡前，孔惠英对黄云长说："云长，人争一口气，佛争一炉香。你已经十六岁，再读不好书，真要逗人笑了。"黄云长赶忙说："妈你放心，这次再考不上我决不回来见你。"

黄云长上床后想着母亲的话，躺在床上翻来覆去总睡不着，迷糊中看见窗外月光，以为天快亮了，慌忙翻身起床。孔惠英起床把儿子送到大门口，说："一路小心，好好读书。""晓得。"黄云长低声说。

皓月当空，银辉泻地，万物分明，黄云长走上大路回头看，见母亲还站在门口看着自己，赶紧掉头急走。边走边想着父亲长期在外，现在自己又在外读书，弟弟妹妹还小，生产队劳动、家中事务全靠母亲一人操劳，实在是太辛苦了。不由暗自下定决心：一定努力读书，考上高中，考上大学，让全家过上好日子。

黄云长一路匆匆，走到凤棲中学时时间尚早，大街上空无一人，只好站在校门口等待开门。

天亮后黄云长进校找到父亲，吃了饭去报名时对父亲说："爸爸，爷爷给我取名云长，是想我成为忠孝节义的人。但是如何实现，从初中三年的教训看，关键是要有实现的意志毅力。我想今天报名时候把我的名字改成黄志毅。你看行不？"黄孝德想了一会儿，说："这么大的事你自己决定吧。"

黄志毅归宿假回家晚上，把改名的事告诉了母亲。孔惠英说："你爸同意我就同意。不过你云长的名字是你爷爷取的，你可不能忘了。"黄志毅说："妈你放心，我是永远不会忘记的。"孔惠英微笑着问儿子："报名那天你到学校迟到没有？"黄志毅也微笑着说："没有，到学校时候天还没有亮，等好长时间学校才开门。"孔惠英说："起盲夜了。你走后我把邬氏二婶喊起来一起去迥龙沟，割一大背篼草回来天才亮。"黄志毅说："那天生怕去迟，结果起得太早了。"孔惠英说："不过，那么远的路还是走早点的好，宁愿早到，不能迟到。"

黄志毅到凤楼中学入学不到一个月，向班团支部递交了入团申请书。两个月后考入原山县普义中学。

普义中学开学报名的头天晚上，黄孝德黄志毅父子二人对坐床上讲龙门阵。黄孝德说了些到新学校应该注意的事项后说："明天早晨一个亲戚要来，叫冯元光，金山观音岩的人。这冯元光家穷，母亲死得早，十一岁出家当和尚。长大后还俗，现在都还有人叫他冯和尚。论辈分你要叫他大老爷。他是普义镇街上居民，家就住在普义中学校门口的红旗街，明天你正好跟他一路到学校去。"黄志毅问："哪里的亲戚，怎么从来没有听说过？""没有血缘关系，一次偶然机会认识理起来的。"黄孝德说，"或者是学过和尚的原因，你这个冯元光大老爷心地善良，全家对人也很热情。他们说你每月三十二斤标准粮不够吃，他们全家的国家供应粮吃不完，主动提出每月送你十斤大米。我不同意，他们坚持要送。推来推去最后说定，你每月到他们家拿十斤大米，我一学期和他们结一次账，按自由市场价格付钱。"

第二天刚吃过早饭，一个清清瘦瘦、大约四十来岁、背着草帽的人走进门来。黄孝德立刻站起来热情地说："大爸来啦，请坐。"边端椅子边对黄志毅说："叫大老爷，我给你说过的。"黄志毅叫了一声大老爷好。黄孝德微笑说："大爸，黄云长的名字改成黄志毅了，以后就叫他黄志毅。"冯元光微笑着说："这名字取得好。"说着坐下喝了一口茶，说："时间差不多了，我们走吧。"黄孝德问："霓雯呢？""就在门口。"冯元光说，然后向门外喊："霓雯！霓雯！"一个比黄志毅年纪略小，容貌俏丽、干净苗条的女孩出现在门口。冯元光对黄志毅说："我的大女儿冯霓雯。"黄孝德说："志毅，按辈分，你要叫大孃。"黄志毅和冯霓雯互看一眼，黄志毅没有说话，冯霓雯不好意思的样子微微一笑把头掉开。黄孝德对冯元光说："那就这样，我带霓雯去工技校，志毅跟你去普义。"

一路上冯元光几乎不说话，黄志毅问什么他答什么。一问一答中黄志毅知道他在普义镇茶旅社工作，冯大奶在普义镇面馆工作。全家共有八个人，大女儿冯霓雯是县工业技术学校新生，和自己一样今天报名入学。冯霓雯下面还有大儿子冯绍元二女儿冯秀珍等五个子女。

黄志毅跟着冯元光来到凤翔江边。没有桥，人和汽车过河都靠船渡。渡船不收费，也不用撑，船头钢绳挂在横河钢缆上，船工利用水力调整行船角度就能自然渡过河去。这使黄志毅很感新鲜，觉得科学实在是太奇妙了。

二人过江后走进舒渡场。冯元光说："我们歇一下再走。"于是在前径直走进舒渡人民食堂。看得出食堂服务员和冯元光很熟，不仅纷纷与他打招呼，而且刚坐到饭桌边，就有人端上茶来。喝了一会儿茶，冯元光说："你吃点东西再走。"黄志毅说："还早，没有饿。"冯元光说："咋会没有饿啊？小伙子跨过门槛吃三碗。"然后到柜台边和卖票的服务员说了几句。不一会儿一盘酱肉丝、一大碗什锦汤和一碗白米饭摆放在黄志毅面前。冯元光从筷筒里抽出一双筷子递给黄志毅，说："吃吧。"黄志毅诧异地说："怎么只是我吃？"冯元光微笑着说："你不知道，我是从来不吃午饭的，快些吃吧。"说罢转身与食堂服务员摆龙门阵去了。

这是黄志毅第一次一个人在食堂吃饭，虽然感觉有些不自在，但是在这么好的饭菜面前也顾不得那么多了，不一会儿就把饭菜吃得精光。那酱肉丝色泽之美、什锦汤之鲜，汤中响皮和酥肉片味道之好使黄志毅久久难忘。

舒渡场到普义镇十二里，没走多久就到了。进入红旗街经过普义中学校门口时冯元光说："这是前校门。"然后指着街前面右边说："我家就在那里。你先在我家歇一下，从我家到后校门要近些。"

冯元光带着黄志毅走进家里，指着凳子说："你先坐一会儿。"然后进房去了。不一会儿提一书包大米出来，递给黄志毅说："这十斤大米你拿去，吃完了再来拿。"然后带黄志毅走到学校操场边，指着两行法国梧桐树中间通道说："直走过去就是普中后校门，我就不送你进去了。记住，每个星期六都来吃夜饭。"

晚饭后，新生们都不约而同地到教室寻找自己座位，摆放书籍文具，互相自报姓名。

普义中学课桌都是一人一桌一椅的套体组合，学生间只有相邻，没有同桌。

黄志毅和相邻座位的同学元秉良刚摆放好书籍学习用具就停电了。夜暗中学生们纷纷到教室外面三合土地坝上聊天说笑。不一会儿，只听一个洪亮声音问道："这个时候你们不在教室，还在外面做啥！""没有电，进去也看不见。"不知谁回了一句。那洪亮声音立刻厉声问道："你们是哪个班的？""高六七级二班。"有人回答。那洪亮声音大声说："好！高六七级二班全体都有，立刻到我面前集合！"学生们很快站到这个模糊人影面前。这声音又大声说道："横排，站成三排！快点！快点！"学生们推攘着高矮不一站成三排。黄志毅悄声问元秉良："这是谁啊？""郁月晞，教导主任，学生都怕他得很。"元秉良回答。元秉良是本校上届初三学生，所以知道。只听郁月晞大声说道："好，现在我给大家讲讲没有电应该怎么办的问题。没有电，没有电你们就不能学习啦？就不能坐在教室里默想老师讲过的课程？就不能背诵课文？就不能总结今天或者这段时间的思想学习生活团结等等各个方面的情况？什么没有电啊？借口，完全是借口！如果长期停电你们就长期不学习啦？就像现在这样瞎浪费光阴？我学校读书的时候，平时电就少，冬天几乎就没有来过电，但是我们学生仍然坚持学习……"全场鸦雀无声，漆黑的地坝上好像就只有他一个人存在。郁月晞讲着讲着见来电了，说："同学们，光阴似箭，日月如梭，不要以为高中三年时间长，其实转瞬即逝，很快就会过去了的。啊，不说了，你们快些进教室去吧。"黄志毅一边向教室走一边想道："要是初中像这样管，我就不会复读了。"

普义中学原名星辉中学，是大地主景星辉独资创建的原山县第一所完全中学。由于地处普义镇，新中国成立后改名普义中学。

景星辉创建学校，不仅证明他很有钱，还证明他很有见地。学校建得中西合璧，教学设施齐备；大会堂高大恢宏，中间没有一根房柱；学生饭堂宽敞明亮，两千多人进餐不显拥挤；校舍标准一致，一律大屋顶平房、水泥脊、小青瓦、灰瓦当、水磨石图案地面，暗红色油漆天花板门窗，所有窗子都装了玻璃，外墙壁青砖白灰勾缝，内室壁细白粉腻墙；每间教室设五十个学生座位，每个学生配一套暗红色土漆课桌座椅，桌椅不仅结实而且精致；课桌桌面下是书籍纸笔文具柜，上课时除了必要的书籍学习用具，桌面上看不到任何非学习用品；图书馆建筑设计精美，四周栽植樱花碧桃，环境清幽，窗明几净；校外一泓清水通过暗洞流入女生宿舍荷塘，绕着学校院墙和道路流向男生宿舍；学校人行道和水渠两旁间植夹竹桃和芙蓉花树。

学校后校门两边是一长排西式风格的教师备课平房，平房窗外是两行整齐的法国梧桐树。法国梧桐树外是体育场，体育场很大，除了跑道球场等体育课必备地面设施，其余地面全是绿草如茵的草坪。晴好的傍晚，普义镇街上许多青年男女都喜欢到操场来散步和打篮球。学校球队也时不时与他们联欢。

学校不仅设有物理化学实验室，还设有专门的生物实验场，养着黄鳝、泥鳅、水蛭、兔子等小动物和植物苗木。

当年星辉中学建成时，景星辉重金聘请省内外各科名师和管理人员。新中国成立后这些教师和管理人员一部分被高校调走，一部分留了下来。由于条件优越，普义中学高考升学率不仅相当高，而且每年都有学生考入全国名牌大学。学校也因此成为省属重点中学。因为名气大，师生们都以普义中学为荣。

普义中学开学典礼是黄志毅读书以来参加的第一次开学典礼。在高音喇叭欢快的乐曲声中，学生们以班为单位，三人一排，肩扛红漆木椅，沿着芙蓉花道，步调一致地迈步走进宽敞明亮的大会堂。各班在指定位置整齐划一如部队一般坐好后，文娱委员站起来指挥本班唱歌，然后班与班之间拉歌。歌声此起彼伏，歌声掌声挑应战声响成一片，大会堂简直成了欢乐沸腾的海洋。

主席台前面是一排摘自学校花圃的鲜花，鲜花后面是一排铺着雪白桌布的条桌。条桌两端坐着校长景仁和、教导主任郁月晞，中间坐着上面来的领导。典礼中每个领导都讲了话，讲的什么黄志毅大都淡忘了，只有语文老师褚天健代表教师的欢迎致词让人难以忘怀。他说："同学们应该明白，高中是你们能不能迈入高等学府的关键时期，也可以说是同学们人生的转折点。请同学们相信，普中是你们跃龙门的强力助推器，老师是你们飞天梦的可靠加油机。航道已经开通，灯塔已经闪亮，如何拼搏奋斗，昂首迈入大学校门，就看同学们的啦！"全场学生对褚老师出自肺腑的发言报以会心的大笑和热烈的掌声。

黄志毅考入普义中学后，凤楼中学把黄志毅的入团申请书转到了普义中学。不久黄志毅当选班学生会生活委员，学期末成为共青团员。

普义中学开学一段时间后，黄志毅发现学校极其重视学习目的教育。不仅认为学习目的是学生表现优劣成绩好坏的关键，而且认为学习目的是学生学习的动力之源，有了源源动力才会有不懈努力。

普义中学对学生学习目的的教育方式多种多样。在一些场合讲学习与为国为民的道理，在另一些场合讲学习与穿草鞋和穿皮鞋的关系。黄志毅的班主任兼语文老师冯望先上课讲着讲着忽发感慨说："现在学生的思想政治工作真不好做。前几天一个人对我讲，说一个学生归宿假回家，他父亲指着公路上一个赤着上身汗流浃背拉板车的人说：'不好好学习，他的今天就是你的明天。'那学生一下就记住了。希望同学们真正明白，学习既是为自己也是为国家更是为人民的道理。"

为了使学生珍惜来之不易的学习机会，全校分班集中阅读短篇小说《一套童子军装》。作者讲述母亲为了让自己读上书，高利贷购买童子军装。为还债日夜纺纱织布，抗拒恶霸地主利诱欺凌，贫病忧伤、积劳成疾、吐血而亡的故事。文章很感人，讲台上阅读的冯望先老师时不时用手巾揩着眼泪，学生中不断地发出啜泣声。黄志毅没有流泪，但是心里十分难受。既对万恶的旧社会深恶痛绝，又对作者母亲的死亡深感悲伤，更对自己初中荒废学业深感惭愧。

为了培养学生正确的人生观世界观价值观，学校鼓励学生多阅读革命历史书籍，特别是那些为国为民之书、艰苦奋斗之书、浩然正气之书。黄志毅一学期看完了图书室的《星火燎原》和《红旗飘飘》。为了养成和坚持优良操守，黄志毅认真阅读了刘少奇《论共产党员的修养》。通过学习，认为共产党人最优秀最宝贵的品质是慎独。只有真正做到慎独才算得上是完全合格的共产党员，才算得上是真正的人。他决心把慎独作为一生行事的座右铭。

黄志毅还阅读了《说岳全传》《历代散文名篇》等书籍。这些书让黄志毅认识到逆境磨砺对于人生精神品质的养成，是避不开躲不掉的一关，也是有志者成长成功的必要条件。

读着这些书，黄志毅往往会想到"天将降大任于是人也，必先苦其心志，劳其筋骨""问苍茫大地，谁主沉浮""数风流人物，还看今朝""粪土当年万户侯"等等激励之言。想着这些名句名言，有时竟会异想天开地觉得天下兴亡匹夫有责的大任，一定会降临到自己头上。而每当想到这些宏伟模糊的神圣大任，脑海里便会浮现出祖国的苍茫河山，亿万斯民的生存挣扎，无数英雄的苦难辉煌。而这些栩栩如生的历史画卷一经出现，那心中便立刻充满了沸腾的豪情和舍身拼搏的冲动。

学校学习目的教育收到了很好的效果。学生之间的互相帮助又暗中较劲，使黄志毅完全失去了自傲之心，把"三人行，必有我师焉""学习的敌人是自己的满足和骄傲，对别人诲人不倦，自己学而不厌""谦虚使人进步，骄傲使人落后"等古今励学名言牢记于心，不敢丝毫有忘。

黄志毅在和元秉良的相处中，渐渐知道元秉良家庭成分是富农。他之所以能读上高中，完全是因为学习成绩极好和其他方面表现极优。这使黄志毅对元秉良很是佩服和尊重，二人也因此成为了好朋友。元秉良是三河镇居民，有时候邀黄志毅到他家去玩。元秉良家人多，住房窄狭。两人便睡在楼板上，龙门阵讲到半夜。黄志毅偶尔也邀元秉良到他家去耍。普义中学到黄家沟六十多里，全是步行，农村条件艰苦，元秉良欣然接受，可见心地之诚。

一天傍晚，黄志毅与几个同学从普义镇十字街口经过，见一辆军吉普开过来停下。三个军人从车上下来，把两大摞报纸放在车头上，边叫号外边向行人发放。黄志毅几个学生走过去，见是套红的我国原子弹试验爆炸成功消息，顿时欣喜激动万分，每人争要了两份跑回学校与同学分享。

第二、三学期，黄志毅与女生吴梅馨座位相邻。吴梅馨性格活泼，热情大方，成绩优秀。她若先做完作业，便要侧过身来看黄志毅做，有时还指指点点说该如何如何做。吴梅馨毫无男女之嫌样子，使黄志毅很不自然，也很紧张，生怕同学说闲话。

课间休息时候，吴梅馨常与黄志毅摆龙门阵。一次吴梅馨讲她父亲如何早亡，母亲一人供她和弟弟读书如何辛苦。黄志毅也讲自己母亲拖他们三姊妹如何困难。吴梅馨听了不相信地说："听说你父亲是领导干部，怎么会有困难？"黄志毅便讲他父亲身体如何不好，家乡环境有多恶劣，收入有多差，每年要补生产队多少钱等等，最后竟然还说到今后要如何孝敬母亲。吴梅馨一听他如此说，立刻变得兴奋起来，眉飞色舞地说："哎呀，你和我想到一块儿去了。我俩今后都一定要好好孝敬母亲，让她们过得愉快幸福。"

一天晚自习黄志毅正看着书，吴梅馨递过来一张纸条。黄志毅看写的是："巍巍古寺在山林，不知寺内几多僧。三百六十四只碗，看看用尽不差争。三人共吃一碗饭，四人共食一碗羹。请问先生明算者，来算寺内几多僧。"黄志毅看后便在纸条背面写了："清代徐家一首诗，何劳你我费神思？古来一物时常闻，问君知从何处来？若言琴上有琴声，放在匣中何不鸣？若言声在指头上，何不于君指上听？"递还给吴梅馨。吴梅馨看了又写上递给黄志毅："请君去问苏东坡。"黄志毅低头看得哧哧发笑，吴梅馨也跟着笑起来。

另一天晚自习吴梅馨做完作业，上身车转过来靠近黄志毅，笑嘻嘻地说："你怎么还没有做完啊？总是慢吞吞的，像蜗牛一样。今后我叫你老蜗算了。"黄志毅胳膊一下把她撞开，边做作业边狠声说："狗咬耗子。"吴梅馨立刻转身坐正看书。

第二天晚自习黄志毅做完作业，无意间掉头见吴梅馨上身微侧右手托腮怔怔地看着自己，问道："你看我干啥？"吴梅馨一下红了脸，恼怒地说："你不看我咋知道我在看你？"黄志毅只好歉意笑笑，然后看书。

快下自习课时教室里渐渐嘈杂起来。吴梅馨靠近黄志毅轻声说："平时做作业要有意识地快些，逐渐养成快的习惯，不然高考场上谁等你慢慢做？"黄志毅听了心中感动，看着书微微点头。吴梅馨见了立刻坐正身子看书，不再说话。

普义中学两个星期放一次归宿假。黄孝德要求黄志毅间隔着回一次家，进一次城。

黄志毅每次进城，黄孝德都要先割一斤猪肉，买一些白菜或萝卜放在寝室。黄志毅到后把肉菜煮成连锅子。黄孝德下班到食堂打饭端回寝室与儿子一起吃。但是有时候说朋友请他喝酒，要黄志毅自己一个人吃。晚饭后大多数时间黄孝德都要与朋友或同事一起散步，黄志毅则在寝室看书。

黄孝德此时已经是县总工会主持工作的副主席，星期六晚上偶尔要和县长兼总工会主席孔资章等朋友一起打扑克。一次星期六晚饭后出去，第二天天亮才回来，微笑着悄声对黄志毅说："昨晚上我与你周叔叔郑叔叔孔县长打了一夜麻将。输了贴胡子、喝凉水、顶盆子、站板凳、烧胡子。天亮开门时才发现满屋子烟雾弥漫，遍地都是烟屁股。"黄志毅问："你们哪里弄的麻将？"黄孝德说："当然是孔县长拿来的，我们三个哪里弄得到？"

一天黄志毅边煮连锅子边看《参考消息》，黄孝德下班打饭回来见了立刻露出不悦神色，说："这《参考消息》按规定你是不能看的。"黄志毅立刻把《参考消息》放回原处。黄孝德沉默了一会儿，说："算了吧，不看已经看了。都是内部消息，不要在外面讲。"此后黄志毅每次进城，第一件事大都是关在寝室里看《参考消息》。在交通闭塞消息渠道单一的年代，《参考消息》内容确实新鲜，让黄志毅知道了许多别人不可能知道的事情，觉得自己实在幸运多了。

第十二回

孔惠英无奈诉苦衷　黄志毅义愤泄忿言

黄志毅每次归宿假回家，孔惠英总要详细问一些黄孝德情况：在不在城里？身体好不好？都在做些啥？和哪些人在一起？有没有女的去过？问得多了，黄志毅奇怪起来，觉得母亲好像对父亲有些不放心似的。

三月底，黄志毅归宿假回到家时天已黑尽。孔惠英去邻居家借了一小墨水瓶煤油，点灯照着吃饭。没有菜，孔惠英和子女们围着空空的饭桌，各端一碗酸菜饭吃。酸菜饭是把玉麦面酸菜和在一起做的饭。酸菜是把老青菜放在开水里烫得半熟，用大桶或大缸密闭起来发酵变酸的菜。酸菜只要不沾荤腥很长时间不坏。农村人便利用这个存储时间长的特点，年年做一些，以备缺粮之需。酸菜饭闻着呛鼻，吃着禁牙，吃后一股股酸水从胃子里不停往上冒，烧得心头和喉咙火辣辣疼痛。

吃了晚饭，孔惠英叫晓琴晓刚洗脚去睡，自己洗碗洗筷收拾灶头，然后喂猪关鸡笼，然后烧热水让黄志毅烫脚，自己也洗了脚。

虽是暮春，天气还是有些冷。孔惠英把灶膛里的飞星火出到灶脚下向火。黄志毅坐在母亲身边。孔惠英说："你一个月回来一次，本应该做点好吃的，只是实在做不出来。"黄志毅说："妈，做啥好吃的嘛，晓琴晓刚都能吃，我还不能吃？"孔惠英说："就是这酸菜饭也吃不了几天了。"黄志毅问："那咋办？"孔惠英说："不晓得，到时候再说吧。"沉默了一会儿，孔惠英问："你爸没有生病吧？"黄志毅说："没有，无缘无故的会有啥病？"孔惠英说："他一个多月没有回来过了。"黄志毅说："爸事情多，开会、下乡、到工厂学校检查，还有就是请他吃酒的人多起来了。他们这些家在农村的干部一两个月回一次家的不少。"孔惠英说："人家一队佘家贵也是县委干部，每个星期都回来。他倒是回来得越来越少了。"黄志毅说："各人情况不同嘛，佘家贵是一般干事。"孔惠英说："你在学校读书不知道，现在我们这个家，没有钱，没有粮，没有油，没有盐，真不晓得咋过。"黄志毅说："没有钱去找爸要嘛。"孔惠英说："他身体弱，又要供你读书。我不好向他开口。"黄志毅说："妈，爸的身体我看现在不弱了。我算给你听，我读书爸每个月给我六块钱。每月冯元光大老爷那里十斤米折合三元五，一年一双胶鞋，一套新衣服，还有每个月进城吃的，加上其他一些开销，再怎样算平均每个月超不过十四元。他每月工资加粮贴五十三元五，就算我每月用去他十四元，还剩三十九元五。现在一般人的工资三十元左右，还要供家养口。爸每个月至少给家里十元钱是没有问题的。"孔惠英说："他不是这样说的，说你一个月要用他二十多元。"黄志毅说："不会啊，我用多少钱他清楚的嘛。"孔惠英说："他身体弱，要吃好点。"黄志毅说："妈，现在一般人每个月吃二十来元伙食已经是很好很好的了。"

孔惠英不说话，用火钳拨着飞星火灰，翻上来的金红色火星散发出暖和的热气。翻来覆去拨了一会儿，问道："你还记得和稚芳老师么？"黄志毅说："记得，在我们堂屋教书那个嘛。只是什么样子我是一点印象都没有了。"孔惠英沉默了一会儿，犹犹豫豫地说："我担心你爸把钱给她了。"黄志毅大吃一惊说道："不可能啊，怎么会把钱给她？"孔惠英说："你是晓得的，你爸在沟对面观音寺教书的时候，一直是每个星期回来一次。开初学校只有他和佘碧泉两个教师。佘碧泉家离学校不远，他先生娘子身体又不好，就每天都回家去住。以后和稚芳调来，学校没有住房，就住在我们家。以后学校修起宿舍了她就搬到学校去住了。每天佘老师一走，就只剩下他们孤男寡女两个人了。当时学校附近就有人风言风语讲他们的事。我也听说过一些，只是觉得新中国成立前那么艰难日子都过来了，他不可能做对不起我的事，也就没有放在心上。但是有时候想到他离家这么近，一个星期只回来一次，冷暖好歹也不问一声，心里头总有些不放心。一天晚上，我看你奶奶病恹恹地躺在床上，叫你到门口去喊他回来。你跑到大门口，黑漆漆的朝沟对面那边不停地大声喊，喊了好一阵他才回来。他到门口的时候还打了你一爆栗子，说你没名堂。不晓得你还记得不？"黄志毅说："记得，咋不记得啊，黑暗中头顶咚的一声响，像石块砸到头上一样，痛得气都提不起来，腰一下就弯下去了。当时感到既委曲又伤心，真想放声大哭一场，但还是忍住了。一直到现在都想不明白为啥要那样打我。"

孔惠英沉默了好一会儿又说："那年放暑假前你爸一连两个星期不回来。放假的头一天晚上，我想明天放暑假，和稚芳肯定要离开学校。如果他二人真有那种事，今晚肯定会在一起。我等你睡着了摸黑到学校去。学校没有围墙，也没有校门，寂静无声，漆黑一片，只有和稚芳寝室壁缝透出一丝微弱的灯光。我悄悄走过去站在门外，里面一点声息都没有。我站了好一会儿，才听到里面有说话声。听清楚是你爸与和稚芳的声音了，才使劲拍门，边拍边大声喊开门。过好一阵子门才打开。是你爸开的门，和稚芳坐在床边。我跨进门大声说：'说！你两个深更半夜关着门干啥子？'见他们不吭声，我气得大哭，边哭边骂他两个不要脸。我的哭骂声惊动了学校附近人家，打着火把到学校这边来。外面嘈杂的人声越来越近，火把的亮光已经照进门来，你爸一下就向我跪下了。听到庙门口传进来的脚步声，我立刻擦干脸上泪水，一下把你爸从地上拉起来，转身站在门口。好几个人走到门口朝里面看，一边看一边问出啥事了？我说没有啥子事，是云长肚子痛，我来叫黄孝德背他去医院看。打火把的人听我这样说，看了他们两个一阵后转身走了。那些人一走，我说：'事情已经到这种地步了，你们说咋办吧？'和稚芳狠声说：'我没有啥说的，做得受得，你说咋办就咋办！'看你爸不说话，我说：'那好，离婚，成全你们两个。'我连夜把这事告诉了你奶奶。你奶奶说：'大女啊，你说这辈子黄孝德靠不住，那你就靠云长吧。'第二天我带着你到你外爷家去，把离婚的想法告诉了你外爷外婆。哪晓得你外爷外婆都不同意。我干妈说这是我和你爸命中有此一劫，躲不开，避不过的。把这一关过了就好了。还说这人世间，不如意事常八九，称心不过一两分，不必太过在意。我干妈这样一说，我就再也不提离婚的事了。几天后你爸来接我们俩娘母回去。你爸是一直把你背到家的。"

一个月后黄志毅归宿假回家。晚上晓琴晓刚睡后，孔惠英对黄志毅说："你爸跟和稚芳还有来往。"黄志毅说："妈，都这么多年了，不会的。"孔惠英说："你不知道，这男女两个人之间的事，不是说断就断得了的。和稚芳离开学校的时候你爸送她十多里远。那个暑假他们两个还一起到映花湖去耍过。"黄志毅问："你咋晓得的？"孔惠英说："佘碧泉对我说的。"黄志毅说："都过去这么久了，爸爸怎么会给她钱啊？"孔惠英说："我也是这样想的，可是后来听说和稚芳生了个娃娃，你想你爸能不给钱么？"黄志毅说："怀通县那么远，你怎么会知道？"孔惠英没有回答。黄志毅想了想又说："绝对不可能有你说的这些事。爸一次对我说过，他入党前是把所有的事都向组织交代清楚了的。"

孔惠英沉默了好一会儿，叹一口气说："其实我们是不应该走到一起的。我啥都不输你爸，就输在没有文化。再就是我的年纪比他大几岁。他的心从来就没有在我身上过。当时他不该不同意离婚，如果同意了，那时候还没有晓花，我带着你过，就不会是现在这个样子了。真要怪就怪旧社会，怪封建迷信。说是要冲喜，这喜冲得好啊，冲成了这个样子。不过，要是没有你我也就走了。人生自古终归死，哪里黄土不埋人？"黄志毅听着母亲的含泪诉说，那心中怒火陡然升了起来，说："家里这些困难你咋不给他说？"孔惠英说："有啥说的？他清清楚楚，又不是不知道。不过就是不顾我，也该顾一下晓琴晓刚嘛。"黄志毅说："你去找他说嘛。"孔惠英说："他是到处跑的人，我哪里去找？就是找到了不听我的，我也没有办法。我想，你现在大了，你说的话他或者会听。"黄志毅看着母亲无奈的神色，想着家里不应该有的困难，毅然决然地说："好，我给他说！"

黄志毅回到学校，想来想去觉得还是写信为好，于是给父亲写了一封信。信中避开了难堪的和稚芳，也不说他该不该关心家里，只如实告诉他家里生活的困难。但是想到借煤油点灯，想到没有油盐吃，想到说自己一个月要用他二十来块钱，想到祖父远死他乡坟墓在哪里都不知道，想到母亲清瘦忧伤的面容，想到晓琴晓刚吞咽酸菜饭时的可怜模样，心中怒火又不由自已地升了起来。脑子一热，在信的末尾秃头秃脑地加了一句列宁名言："忘记过去就意味着背叛。"还把句号改成了感叹号。

黄志毅信寄出后没有收到回信，归学假进城黄孝德也一字不提，好像没事一样。

归学假黄孝德黄志毅父子二人一同回家。晚饭时黄孝德仍然边喝酒边抽烟边怡然自得地高谈阔论。黄志毅心中想道："不知他想过母亲的艰难么？不知他知不知道家里快要断粮了么？以父亲的聪明，他不会不知道的。如果他把这抽烟喝酒的钱匀点给家里，至少家里现在就不会借油点灯、借盐煮菜了。"这样一想觉得烟酒这东西太祸事了，此生还是慎沾烟酒茶为好。

渐渐地，黄志毅觉得父亲的脾气有了一些变化。

一次扫地黄志毅随手拖开椅子，椅脚和地板摩擦发出刺耳的声音。黄孝德立刻恼怒地说："你要爱护公共财物嘛！我这寝室里所有家具都是出了租金，损坏了要赔偿的。"黄志毅说："这么旧的家具也要出钱？"黄孝德说："怎么不出？"说着翻出一张单子递给黄志毅看，果然上面都是家具的年租金：椅子一角五分、办公桌三角五分、床一元五角，加上洗脸架等一共是两元多钱。

黄孝德与黄志毅摆龙门阵渐渐少了，也很少问及黄志毅学习思想情况。但是黄志毅归宿假进城，黄孝德还是像以前一样先把肉菜买好，由黄志毅煮，只是大多数时候或者说有事，或者说有朋友请他，要黄志毅一个人吃。

五月农忙假，普义中学组织学生到普义公社新星大队收割麦子。黄志毅天黑回到学校发现晾在寝室外地坝上的衣服没有了，到处寻找都没有找到。几个月后黄孝德问黄志毅："去年底给你缝的新衣服你咋不穿？总穿旧的！"黄志毅只好说了衣服被盗情况。黄孝德听了阴沉着脸说："没有关系，反正现在穿补丁衣服的学生多的是。"

县委给总工会配一辆飞鸽牌邮绿色自行车。黄孝德很少骑，每骑一次回来都擦得锃亮，用报纸搭着，一年多了还跟新的一样。黄孝德的学生毕定元从西藏部队探亲回家向他借。他千叮咛万嘱咐要他小心，不要损坏了。毕定元还车后黄孝德发现车杠油漆被刮了一条线，抹都抹不掉。多次说毕定元太不懂事了。

黄志毅同班同学幸成明骑一辆很旧的自行车到学校来，说是他在邮局工作的姐姐买的处理车。班上男生们如获至宝，每天晚饭后都到操场跑道上学骑。人多车少，每次每个人只能学骑一圈，半个月下来都能骑行不倒了。

黄志毅归宿假进城，吃晚饭时黄孝德对黄志毅说："你想学骑自行车不？想学骑就到公园坝我教你。"黄志毅高兴地说："想学，我现在可以骑行不倒了，就是上下车还不熟练。"

父子二人吃了饭来到公园坝。黄孝德掌着车让黄志毅骑上去，看儿子围着跑道骑了一圈后说："就这样骑，我去说一个事就回来。"说罢转身走了。

黄志毅骑了几圈，电影院里飘出《谁不说俺家乡好》的歌声：

"一座座青山紧相连，一道道白云绕山间。一层层梯田一层层绿，一阵阵歌声随风传。"黄志毅听着这优美的歌声骑了一圈又一圈。正优哉游哉不紧不慢地骑着，黄孝德回转来了，见儿子还在骑，问道："你还没有下过车?""没有。"黄志毅回答。黄孝德听了顿时把脸一沉，大声吼道："大男子汉了还这么胆小，上下个车就把你摔死啦?"黄志毅听父亲如此说，腿一翻就下了车。黄孝德缓和了口气说："等一会儿去看电影《红日》，学学那些解放军战士!"其实黄志毅不是怕摔伤自己，而是怕摔坏了车被父亲责怪。

由于生活物资涨价，普义中学学生伙食费从四元五角提高到五元五角，黄孝德便把每月给黄志毅六元增加到七元。给钱的时候沉着脸说："伙食费增加，零用钱不减。要好好读书啊，不少学生一分钱的零花钱都没有，你知道么?"

做完课间操休息时，黄志毅看见两个人从男寝室那边大步走过来，前面的五十来岁，后面的三十岁左右。二人径直从后门走进二班教室，站着看了一会儿教室和学生情况，一句话不说穿过教室出前门进了隔壁一班教室。

午饭时听说前面那人是高教部长、中国原驻越南大使，后面跟着的是他秘书。黄志毅开初有些不相信，因为前面那人虽然披着黑色呢子大衣，显得很有些气派，但是大衣内的中山装却很旧而且皱巴巴的。特别可笑的是右脚布鞋的大拇指处磨开一个洞，肉都露了出来。后来一问竟然真的是。

普义中学学生预防血吸虫病和钩端螺旋体病，部分学生服药后精神异常，有的大笑大叫，有的痛哭流涕，有的整夜不睡走来走去。更离奇的是一个女生半夜起床小解，回到寝室时见一个白衣白裤女生坐在床边。她以为是同寝室同学，正要问她为啥坐自己床边时突然不见，顿时吓得尖叫着跑出寝室。这一尖叫使整个女生宿舍都惊慌起来，很多女生聚集在荷塘边不敢回寝室睡。第二天晚上仍然有女生不敢进寝室。学校只好派男教师带着男生到女生宿舍通宵巡逻了两个晚上。

黄志毅服药后也做了一个梦。梦见自己睡在床上醒来，一个身穿黑色旗袍的姑娘坐在床边俯身看着自己。想问她却说不出话来，想撑起身体却全身疲软无力，完全动弹不得。明明用力挣扎着坐起来了，却又发现自己仍然躺在床上，不见了那个坐在床边的姑娘。黄志毅听母亲说过鬼是看不清面容的。可是黄志毅看得清清楚楚：大眼睛、长睫毛、微胖、容貌端庄、粉脸娇嫩、神情凝重，清晰难忘。细想这服药幻觉真是太神奇太不可思议了

为了大力发展水利，原山县水利局筹建钢铁堰。测量时水渠刚好要穿过黄农氏坟墓，要求迁坟。孔惠英请风水先生郑席芝帮寻新坟地。郑席芝看了地形，说迁到坟墓正后方五六尺高处为好。起坟时发现棺材下有一座两尺来高的蚂蚁楼。郑席芝见了摇头叹息了好几声。

一天黄孝德回家，晚上对孔惠英说："以前说多次要把爸爸的骨殖搬回来安葬，但是都没有搬成。现在我想通了，还是不搬回来的好。一是伯伯的坟墓不容易找到。二是旧社会伯伯当过伪保长，现在社会上都还有人说我们不应该是贫农成分。现在讲阶级斗争，如果迁回来安葬，不仅没有多大意思，反而会造成不好影响。再就是我现在发展得不错，俗话说择地不如撞地，还是入土为安，不动它的好。"孔惠英听了说："你说不动就不动吧。"

黄农氏坟墓新迁以后不久，流金地委决定黄孝德调任淮东

县副县长。地委任命文件即将下达时被上级叫停。社会上传言说黄孝德家迁坟迁糟了。几年后才知道不是迁坟迁糟，而是"文化大革命"要开始了。此是后话不表。

四月初，普义中学高中部张贴出全国各大专院校招生宣传资料，以供应届高考生选择。高三学生们草草浏览后全都很快回教室复习去了，倒是高一二年级学生们看得很仔细。黄志毅边看边暗自懊悔，若不是初中三年昏度时光，自己也应该很快成为大学生了。

第十三回

招飞淘汰无悔无怨　　"文革"耽误学业成就

五月，空军部队在高中生中招收飞行学员。原山县人民武装部负责组织体检。普义中学只有黄志毅一人体检合格，送省城终检。终检地点设在劳动人民文化宫旁，原苏联援华专家住处。苏联专家虽然早已撤走，但是房屋环境仍然管理得很好。全是精致平房，花木扶疏，窗明几净，设施完备。工作人员说仍是全城居住环境条件最好的地方。

体检中黄志毅觉得最有趣的是一间室内，悬空吊着一只箩筐，受检学生跨进箩筐如和尚打坐一般坐定后，两个大汉用力把箩筐拉得飞快旋转。黄志毅开初感到很是惬意，转几分钟后头渐渐晕起来，正想着怎么还不叫停时停了。医生问晕不晕，黄志毅说有点。然后出箩筐叫立正，正步走两个来回。医生微笑说还可以。

最好笑的是查眼睛放瞳孔。检查专家说只有用药把瞳孔放大才能看清楚眼睛里面的情况。黄志毅瞳孔放大后看东西不仅是花的，而且错位。吃饭夹菜明明看到筷子伸进盘子里了，实际上筷子却还在盘子外面。不时夹空，很是好笑。

最紧张的是穿刺鼻腔。检查医生把一根粗长的银晃晃钢针向鼻孔内猛刺进去，血一下就流出来了。但是有的人流出的不是血而是脓。检查黄志毅时，医生头戴检查镜向黄志毅鼻腔内看了一会儿，说行了，叫下一个上。黄志毅问："就检查完啦？"医生说："完了。"黄志毅又问："不穿刺啦？"医生笑起来："你好想穿刺？该穿刺才穿刺嘛，你不需要穿刺。"黄志毅顿时放下心来，长舒了一口气。

黄志毅收到班长钦文元来信。信很短，说得不明不白，意思好像发生了什么大事，要黄志毅体检完后尽量早点回去。

一项一项挨着检查完，最后是总检，也是终检。这是决定是否完全合格的最后一关。天气炎热，黄志毅突然流起鼻血来，用纸堵住鼻孔，血从口里流出来，只好到水龙头下冲洗。有人指点说用冷水浇后颈窝止血最快，黄志毅便在水龙头下冲后颈窝，果然灵验，不一会儿血就止住了。黄志毅刚擦干净鼻孔头脸，就听到总检处那边传来一连声喊他名字的声音，顿时感到紧张起来，可是最终居然没有检查出任何问题。吃饭时黄志毅向同桌人讲十有八九弄错了。明明才刚流过鼻血，怎么可能没有问题？可是大家都认为查得这么严，而且都是专家，最后定审又不是一个人说了算，决不会错。

黄志毅招飞体检是第一次到省城。体检期间不准外出，但是可以看到大门外街上来来往往的车辆和熙熙攘攘的人流，很想出去看看。终检完后黄志毅向带队罗老师请假上街。罗老师显出有些不大同意的样子，不过最后还是说："好吧，快去快回，不要走远了。"

黄志毅出大门时候天还没有黑，但是街道铺面门店已是灯火辉煌。大多数人行色匆匆，个别人悠闲地踱着步子。劳动人民文化宫门口聚集着不少人，大都三五成群围在一起热烈地议论着什么，有的却静静地坐在石阶上乘凉。和平电影院和红旗剧场门口很多人在看宣传橱窗里的内容和墙壁上的海报。

黄志毅顺着街道走，发现有的墙上贴着大标语。大都是誓死保卫毛主席，誓死保卫党中央之类的内容。也有一些似是而非莫名其妙完全看不懂的内容。黄志毅越看越不是滋味，越想越心惊肉跳，转身回到住处，也不洗涑就上床睡了。

第二天下午，原山县人民武装部的吉普车直接把黄志毅送到普义中学大门口。

黄志毅一进校门便感到很不对劲：看不到一个老师，只有少数慢步而行或匆匆而过的学生，环境也明显没有过去干净。所到之处冷冷清清，暮气沉沉，完全没有了往日的勃勃生机。

黄志毅走进教室，同学们都围上来问他体检结果如何。黄志毅简单说了体检情况。大家都认为既然每关都过了，说明问题应该不大，因为招飞体检是单项淘汰，只要有一项不合格，后面未检项目就不查了。

黄志毅急切问发生了什么事情。大家七嘴八舌但是都说不出一个所以然来。渐渐终于听明白了：在他体检离校第三天，上课电铃声响过后，全校所有教室没有一个老师来上课。学生们开始都规规矩矩地坐着，渐渐坐不住了，去找老师。老师只是说好好看书，其他什么也不说。去找学校领导，不知道到哪里去了。都认为肯定发生了大事，却又不知道发生了什么大事，只好诚惶诚恐地在教室里呆着，看书的看书，写字的写字，没有一人敢随便出教室去。第二天还是没有老师来上课，也没有人来说明发生了什么事。第三天仍然如此，学生们便开始各自活动了，有的打球，有的看书，有的闲聊，有的上街，只是吃饭时候到饭堂吃饭，晚上睡觉时候到寝室睡觉。渐渐听到了一些情况，说是全国要开展"文化大革命"。什么是"文化大革命"大家又不知道，就这样天天在学校混日子。

虽然停了课，但是大多数学生都认为是暂时的，要不了多久就会恢复。于是坚持在教室看书，预习高三课程，看得快的已经看到了大学一年级微积分；其他离开教室的学生不敢离开学校，书看不下去，又不知道该咋办，便天天在学校跑来跑去昏耍；时间一长班干部和团员们也不知道该怎么办了，离开教室怕违犯纪律，坚持学习又不知道学什么怎么学。去找老师，老师总是关着门，敲都敲不开；好些学生想回家去参加劳动，又怕学校突然复课耽误了学习，同时也担心擅离学校，考大学时被说成目无纪律而影响升学。学校图书馆已关门，既不能借书，也不能还书，大家便把所借书籍互相传看。学生们百无聊赖地过了十多天后学校就宣布提前放暑假了。

放假当天，黄志毅先到父亲住处。黄孝德见儿子来了立刻说："你快点回去，我现在马上要到丰源县开会。"

黄志毅回家后天天劳动。不是在生产队挣工分就是上山捡柴，或者做家务。一天下午捡柴回家，孔惠英说："你来通知了，要你明天到凤棲中学参加'文化大革命'。"

第二天上午黄志毅赶到凤楼中学时，团支部书记袁乐安班长钦文元等班学生干部大多数已经到了。钦文元对黄志毅讲，放暑假后，流金地委集中全地区高中以上学校党员以及班长团支部书记，在丰源县搞革命。不到二十天，省委批评说是关门搞，要求马上纠正。于是流金地委解散集中人员，要求各县自行搞。原山县委不知道如何做，便学习地委做法，集中全县公办中学教师党团员和学生会干部团支部干部，在凤楼中学搞"文化大革命"。

原山县委把集中起来的教师学生分成教师组和学生组。学生组两项任务。一是学习。所谓学习，就是反复念中央"五一六通知"和《中共中央关于无产阶级文化大革命的决定》，念《人民日报》，红旗杂志社论和相关文章。没有安排讨论，也不要求发言谈认识体会；二是宣传。所谓宣传，就是上街游行。游行时不散发传单，不作口头宣传，只喊口号。口号全部是《人民日报》刊登的内容。

黄志毅最感兴趣的是上街游行。几百人排成整齐的队伍，前排是横幅标语，标语下是毛主席画像，画像后是鼓队，鼓队后是红旗队，最后面是各中学师生队列。游行人员边走边挥舞小彩旗，边振臂高呼口号。

黄志毅个子较高，开初被安排在队伍前面举横幅标语，以后改为打红旗，再以后到鼓队，最后哪里缺人顶替哪里。总在队伍前列，感到很是光荣。

每次游行都是排成四路纵队前进。红旗招展，鼓声雷动，口号声此起彼伏。轰轰烈烈的场面让从未见过如此阵仗的学生们热血沸腾，激动不已。

开初游行时候，街上行人驻足，挡道者让路。所有店铺里的人全都跑出来观看，街道两边挤满了人。游行几次后，人们渐渐习以为常，不再理会。学生们激情消减了不少。

一日晚饭后孔惠英说："云长，听说前几天空军部队三个人到公社来了解你的情况，一个钟头不到就走了。"黄志毅想了想说："肯定是招收飞行学员的事。既然不到一个小时就走了，又是只到公社，不到大队生产队了解情况，说明我当空军飞行员没有希望了。"孔惠英说："你咋晓得没有希望了？"黄志毅说："咋不知道嘛？明摆起的。空军招收飞行员条件极严，不仅身体要求极严，政治要求更严，不要说大嬢是地主分子，四嬢是坏分子，仅爷爷当过伪保长一条，我就不可能选上了。虽然不唯成分论，重在政治表现，但是空军是特殊兵种，如果政治审查不严格，万一将来一脚油门飞到台湾国民党那里去，给党和国家造成的损失就太大了。所以我想得通。"

黄志毅虽然嘴上如此说，心里却慊慊的：这么好的机会，如果成为空军飞行员，就会驾驶战鹰翱翔蓝天，为保卫可爱的祖国拼死搏杀，实现精忠报国的梦想！可惜这是不可能的了。不过，黄志毅的话也并非完全是在安慰母亲。他不悲观，也不消沉。不能当空军，今后当海军陆军照样可以保家卫国，照样可以冲锋陷阵当英雄。他相信母亲说的自己与解放军有缘。

一个多月后，流金地委要求原山县委纠正这种只让少数人搞"文革"的做法，让师生回学校自己搞。由于怕出问题，县委向各公办中学派出领导小组。黄孝德被派到鹤林中学任组长。说是领导小组其实没有组员，只有组长光杆一个人。

各中学领导小组按照县委要求，把全体师生通知回学校参加"文化大革命"，可是又不知道怎么搞，便任由师生们天天自行活动。

十多天后上级要求各中学按学生总人数百分之十四的比例选出学生代表，到北京接受毛主席检阅。黄志毅和班上同学个个心情振奋，跃跃欲试，但都不知道如何选。最后经全班学生讨论，决定由班委和团支部负责组织实施民主选举。不规定当选标准，每个学生都有选举权和被选举权，采取现场投票当场计票方式公布选举结果。选举一结束，黄志毅立刻小跑着上街打电话，把自己当选的事激动地告诉父亲。哪知黄孝德只淡淡地回了四个字："好好珍惜。"便挂了电话。

流金地区赴京学生代表团，在前不巴村后不靠店的铁道中间上车。黄志毅感到奇怪，一问才知道这趟客车是流金地委的包车。由于怕大专院校红卫兵在火车站抢占座位，才改在车站外上车。

学生们自带的草席棉被行李横七竖八地把行李架塞得满满的，列车员无法整理安顿，只好作罢。

赴京学生中途不能下车，出发前县上向每个学生发了一袋馒头、三封月饼和一袋梨子。

普义中学和凤棲中学学生代表同乘一节车厢。都是第一次乘火车，全都异常兴奋，有的站着说笑打闹，有的在过道上跑来跑去，有的把头伸出窗外看景色，边看边大声叫嚷。火车开动各归座位后才慢慢安静下来。不知是谁提议唱歌，很多人赞成附和，但是却没有人愿意唱。两校学生互相推辞了好久，才有一个凤棲中学女生站起来唱了一首《大海航行靠舵手》。此后就再没有人唱了。

黄志毅坐在临窗座位上，静静地看着窗外一闪而过的景物。静想这是第一次出省，第一次上北京，一行数千里。古人说行万里路胜读万卷书，这样难得的机会岂可错过？于是趴在车窗框上，目不转睛地盯着窗外，恨不得把所见全部记下来装入脑中。

火车燃煤烟灰不时飘过，虽然头脸颈项沾满烟尘，气味呛鼻难闻，但是黄志毅对此毫不在意。每过一个历史名城，都要让他想起那里曾经发生过的风云故事。不仅产生下车去看一看的冲动，而且生出一定会再来的幻想。最让黄志毅感动的是车过黄河后，铁道两边地里所有头裹白帕身穿黑衣劳作的农民，一看见火车开过，无论远近全都向学生招手，有的还边挥手边向火车跑过来。由于黄志毅下巴长时间放靠在窗框边上，车到北京时那门齿大都已经被震抖得松动了。

流金地区赴京学生代表团住清华大学。原山县男生在中央主楼一楼大会堂打地铺。中央主楼很漂亮，据说不仅是当时整个北京最高的楼房，也是亚洲最高的建筑。由于人多地窄，学生们见缝插针，在主席台上、在会场过道、在大门门廊等凡是能睡人地方，各自任意选占地面摆，衣物书包碗盒等全都随意散乱放在地上椅上。

十一月六日下午，原山县赴京学生代表离开清华园，到新北京火车站大门外候车返程。排队候车的人很多，等到半夜都没有上车。月华如水，繁星密布，时不时能看到一划而过的流星。夜色虽好，可是很冷，冷得全身衣服裹紧了还是冷。车站大门外左边地坝搭了一长溜棚子，夜卖着热气腾腾的面条稀饭等吃食。黄志毅冷得实在受不了，去买了一碗糊糊汤喝。糊糊汤是黄志毅给它取的名字，因为说是糊糊不稠，说是汤又不完全是水。说不出是什么味道，但是喝了特别暖和。

赴京学生代表离京前每人发了两大包外黄里白的面包和一些水果。那面包黄志毅不要说吃过，就是见都没有见过，刻意留两个回家给父母弟妹尝稀奇。

第十四回

忙串联转粮腰受伤　抓革命下乡促生产

一日，黄志毅看见学校"文革"领导小组组长王云惠脸色青灰、神情落没地站在走道上看大字报，一下想起了父亲，不知他情况怎么样了。这样一想便立刻连夜赶回家去。

黄志毅回到家。孔惠英说："我去学校看过你爸了，还是原来的样子。他说没事，不要担心他。"黄志毅想着学校纷乱的样子，自己在学校既不愿意造反，又不能学习，便对母亲说："妈，我不想回学校去，干脆就在家里劳动算了。"孔惠英说："你是学生，是学生就应该留在学校，不在学校会影响你考大学的。"黄志毅只好第二天又回到学校。

一日晚上，钦文元对黄志毅说："我们两个没有参加造反组织，又没有什么事，不如到省城去，看那里'文化大革命'是怎么搞的。"黄志毅说："去倒是可以去，只是那么远地方吃住怎么办？"钦文元说："吃住好办，我幺奶家就在省城。"黄志毅说："方便不？不方便就算了。"钦文元说："我亲幺奶有啥方便不方便的？方便得很。"

普义距省城四百多里，钦文元黄志毅二人紧赶慢赶了好几天才走到。

钦文元幺奶家很窄，在寝室中间了拉一根绳子，绳子上挂一幅大床单把房间隔成两半，钦文元幺奶和婶娘睡一边床上，钦文元黄志毅二人睡另一边地上。

钦文元黄志毅吃过早饭上街，听说省城各大造反组织在帝城坝联合斗争大区局周书记，便匆匆赶去。二人转过街口上到人民南路，远远听见高音喇叭口号声声，革命歌曲高亢嘹亮。走近了望上去，见帝城城楼上站满了人，城楼和城墙上红旗林立，招展翻飞，应该是各个造反组织的头头脑脑都在上面。城楼上不少人匆匆走来跑去，喇叭里不断传来很多人说话的声音，显得很是嘈杂。

钦黄二人走到帝城坝上，见帝城门洞前坝子正中停放着一辆解放牌卡车，车头朝着城门洞，车尾朝向解放南路。周书记坐在卡车箱正中的一只独凳上，面向解放南路。车厢栏板全部卸下，毫无遮拦。从车两侧和车后面都可以把周书记看得清清楚楚。周书记面前地坝上，席地坐着参加大区省地县三级干部会议的领导，大约有三百来人，全都面向解放南路。周围无数群众站着围观，指指点点，说笑议论。

钦文元黄志毅等了好长时间，终于听到高音喇叭里传来"批斗会现在开始，先由周××作自我检查"的声音。周书记站起身来，先是向解放南路方向人山人海群众鞠躬，然后从衣兜里拿出稿纸展开，还来不及念，喇叭里便传来争吵声，检查被打断。

在喇叭的争吵声中，帝城坝上突然冒出二三十个人冲向汽车。其中几个身手敏捷跃上车厢，架着周书记跳下车，飞快奔向帝城门洞。几乎与此同时，很多人冲过去阻拦。阻拦的人很快被冲散，更多的人跑来手挽手形成人墙通道挡住人潮。周书记在很多人簇拥下一进入帝城门洞，城门就关闭了。

整个批判会期间，帝城坝上坐着的大区省地县三级干部们纹丝不动。没有一人站起，没有一人说话，没有一人东张西望，没有一人走动，全都规规矩矩静静面对着解放南路方向的人民群众。

黄志毅后来听说，普义中学高一班学生孔文彪当时也在场。当他看到造反派去抢周书记的时候立刻冲过去阻挡，然后和其他人一起簇拥着周书记进入帝城门洞，一行人进入帝城后立刻上车走了。孔文彪等人被关在里面出不来，直到天快黑城门洞打开。

孔文彪也是鹤林镇人。黄志毅几次问他有没有这回事，他总是不置可否地笑笑。

钦文元黄志毅在省城转了几天，觉得各学校"文化大革命"都是大同小异，没有新东西可看，便到百花溪动物园游玩。二人刚走进动物园，一只羽毛丰满整洁、色彩鲜艳的大孔雀突然嘌叫着走到栅栏边，向游人展开绚丽的尾羽并不停抖动。黄志毅第一次看到孔雀就遇上如此漂亮的开屏，那心中高兴简直难以表述，久久难忘。

钦文元黄志毅从省城回到普义中学第二天，收到农村学生回家转粮通知，于是各自回家转粮。

一九六六年的秋收天气特别不好，秋雨绵绵，一个多月没有出过大太阳。玉麦不干，粮站不收，学校催交。无奈中黄志毅和母亲只好用锅把玉麦炕干，天一亮背到鹤林粮站上粮。

在收粮地方，一个三十来岁的黑胖女人架着二郎腿，坐在台秤前椅子上收粮。

孔惠英黄志毅把玉麦从麻布口袋倒进箩筐，然后把箩筐抬到她面前请她验收。黑胖女人听若无闻，仍然盯着台秤上的划码单。看了一阵，有气无力的样子弯腰伸手把筐里玉麦抓捏几下。坐直身子，看了周树英一眼，说："不合格，拿回去。"孔惠英马上满脸堆笑说："大妹子，请你再看一下。"黑胖女人突然沉下脸厉声说："看啥看？没有干，快给我抬开！"无奈中孔惠英母子二人只好把玉麦背回家去。走出粮站大门，火辣辣的太阳突然从云缝钻出来，晒得人手脸生痛。孔惠英急忙和儿子把玉麦背到熟人家，借晒垫把玉麦晒了。直晒到太阳快落山，丢进嘴里咬得嘣嘣响了才又把玉麦背到粮站。

收粮的还是那个黑胖女人，仍然不理不睬的样子。孔惠英笑着说了一大堆好话，黑胖女人终于开口说道："拿到木风机上扇了过秤。"

孔惠英母子二人按要求把玉麦扇了抬回来时，黑胖女人不知到哪里去了。孔惠英找了一圈没有找到，只好回到台秤边等。

也是合当有事。孔惠英母子二人等了好一阵，黑胖女人终于回来了，边走边对同行女人说："这饭菜天天顿顿都是这个样子，简直没有啥吃头。"天不亮吃两碗玉麦面糊，早已饿得肚皮贴着背心的黄志毅听了，不由长叹了一口气。黑胖女人听了把脸一沉，坐到椅子上慢慢喝一口茶，缓缓弯下腰抓起半把玉麦，手指拨弄着看了一会儿说："不合格，拿回去！"黄志毅一下紧张起来，大声问道："为什么不合格？"黑胖女人说："没有为什么，不合格就是不合格！"黄志毅说："你太不讲道理了。"黑胖女人说："随你咋说！走走走，我要收秤了。"边说边站起来收拾东西。黄志毅一下站到她面前，大声说："你总得讲个理由嘛，走，找你们领导去。""要找你自己去找，让开！"黑胖女人边说边推黄志毅，黄志毅一下把她手拦开。

黑胖女人尖声叫道:"你是不是要打人了?我还不信你这个山精野怪要翻天了!走!到派出所说去。"边说边来拉黄志毅。孔惠英赶忙上前挡在二人中间,不停向黑胖女人下话。

一个四十岁左右的男人走过来,沉声说道:"吵啥子吵?有话好好说嘛!"黑胖女人说:"张书记,他的玉麦是锅炕的,我说不行他就骂我,还动手打人。"张书记看了看孔惠英,然后盯向黄志毅。黄志毅说:"她骂我是山精野怪。请你问她,我骂她啥子了?至于说我打她,打她哪里了?总要有个依据嘛。"见黑胖女人不说话,张书记说:"算了算了,你们这些鸡毛蒜皮的话就都不要说了,下来各自斗私批修,多作自我批评。"然后转了话题问道:"你们这玉麦又是咋回事?"黑胖女人气冲冲地说:"她的玉麦是锅炕的,硬要我收,你说能不能收嘛?吃屎的把屙屎的码倒!"黄志毅也没好气地说:"胡说八道,你喜欢吃屎就去吃你的屎,哪个把你码得倒?"黑胖女人正要说话,张书记立刻不耐烦地说:"不说这些了,尽说这些没有用的东西就解决问题啦?"孔惠英说:"张书记,我们是来上粮的,不是来吵嘴。你评评理,我们一大早来,这个大姐说我们的玉麦不干,我们拿去晒干了背回来,她叫我们风干净过秤。我们风干净抬回来她不见了,我们只好等,等了好长时间,她一回来就说我们锅炕的不合格。你早点说锅炕的要不得,我们就不背去晒干又背回来了嘛。到现在天都要黑了还在这个地方。"黄志毅说:"张书记,我们天不亮吃早饭,到现在水都没有喝一口。你说这是不是专门收拾我们这些农民?"张书记抓起一把玉麦,放两颗在嘴里咬了咬说:"干是够干了。"然后手指拨弄几下,伸到黄志毅面前说:"你看,好多锅烙的黑点点。"随即把玉麦往箩筐里一丢,说:"锅炕的不能收。我们是国家粮站，必须要保证质量。"转身对黑胖女人说："你坚持收粮标准是应该的，不过早点给他们说明情况不就没事了嘛？弄成现在这个样子！要得公道打个颠倒，换成你是上粮的，你怎么想？"然后转身对孔惠英说："我们对职工说多少次了，既要坚持入库标准，又要为上粮群众着想。有的人只记前半句，后半句当耳旁风。你们快点回去吧，天都要黑了。"说罢转身走了。

孔惠英母子二人背着玉麦气喘吁吁爬上高林岗。下岗时黄志毅想："要是不叹那一声气就好了。"分心这样一想，那脚下便猛然一滑，整个人一下跌倒在烂泥路尖石头上，痛得不由啊呀一声大叫。孔惠英见了赶忙在路边坎上放下背篼，走过去拉扶儿子，边拉扶边说："路这么烂，你留点神嘛！哪里摔着没有？"黄志毅一句话不说，咬紧牙关忍着腰部撕裂般疼痛，在母亲帮助下迅速把麻袋背到背上。

晚饭后孔惠英说："这粮是一时半会上不成了，等天气好了我给你上。你明天就到学校去，不要影响了以后考大学。"

黄志毅回到普义中学的时候腰已经痛得直不起来了。一连两天躺在床上动弹不得，全靠同学端水端饭，扶着上厕所解大小手。

早饭后袁乐安钦文元和几个同学来到黄志毅床前。袁乐安说："志毅，党中央毛主席号召学生革命大串联，每人每月补助六元钱。我们想利用这次难得的机会重走长征路，你看怎么样？"黄志毅苦笑说："你们去吧，我是去不成了。"郑世军说："怎么去不成？医务室打一针封闭，十多分钟就行动自如了。"黄志毅说："没有那么神吧？"郑世军说："我初中打篮球把腰扭伤，躺在床上屙屎屙尿都用盆子接，后来打一针就不痛了。"

看黄志毅不相信的样子，梅树清说："当时还是我和俞志高架着他去打的针，不信你问俞志高。"俞志高说："真的打一针就没事了的。"众人见黄志毅似信非信的样子，便不由分说，七手八脚半扶半架着把他弄到医务室。

校医蒋定文曾是国民党军医，检查伤情后说："不能打封闭，至少卧床三个月，连续服药半年以上才不会有后遗症。"这些革命小将串联心切，哪里听得进这种危言耸听的话？在学生们一致强烈要求下，蒋定文只好给黄志毅打了封闭，开了些内服药，第二天一大早他们就上路了。

因为走得仓促，钦文元等七个同班学生组织的串联队没有队名，没有旗帜，没有队长。虽说是重走长征路，其实并没有长征计划，只是议论说先到永川再到重庆，然后走到遵义再说。学校吴定邦汪怀远两名初中老师要回永川老家住一段时间，提出和串联队同行一程。学生们自然欢迎。

出发第一天走到马鞍场天亮，十点左右到达望江镇。大家都说要学习红军艰苦奋斗精神，只吃了二两面。下午两点过走到阳江镇时全都饿得没精打采，但却没有一人提说吃午饭，只喝了些学生串联接待站提供的开水后继续前行。天黑走到新隆镇，个个浑身疲乏，双腿紧胀，脚板生痛，一屁股坐在街边不说话。

在串联学生接待站吃晚饭时吴定邦老师说："人是铁，饭是钢，饭都不吃饱怎么走长征路？我看每天还是应该把饭吃饱才行。"大家立表赞同。

第二天早饭时汪怀远老师说："串联队才刚开始，第一天就走了一百好几十里，欲速则不达，我建议今天不走了，恢复一下体力明天再走。"大家又立表赞同。

第三天早晨出发，紧走慢走翻过虾洞山。下到半山腰青山中学时天快黑了，就在青山中学接待站食宿。第二天中午经过火车站时，袁乐安提议坐火车到下一站再步行。大家一致同意。上车时都很紧张，生怕没有票不让上。幸好人多拥挤，列车员没有查验票。车到永川站吴汪两位老师下车，列车员或许因为大雨原因没有检票。学生们则一直坐到终点站菜园坝火车站。

由于怕检票，大家都提心吊胆随着人流往外走。黄志毅看见围墙上有一道小门，小门外是树林，便立刻奔跑过去。其他六人见了跟着跑出小门。一条石级小道通向山上，大家顺着小道向上猛爬。一鼓作气上到公路，脸上露出怪状笑容，庆幸没有被发现。当晚在接待站住宿时才知道，红卫兵坐火车和公交车都不要票，这才知道空欢喜了一场。

全国各地到重庆串联的红卫兵极多，好像都是为参观红岩村、渣滓洞、白公馆这些著名地方而来。重庆参观几天下来，七人发现串联大学生不仅有胆有识有主见，而且对不认识的红卫兵很友好，便都整天跟着大学生串联队走。过不几天，除黄志毅梅树清二人外，其他五人都各自跟随混熟的大学生走了。

分散后，黄梅二人决定仍然去遵义。先坐火车到甜城内江观看漫山遍野的糖蔗，再步行到盐都自贡参观恐龙博物馆和古代盐井。经泸州到赤水时，看到《人民日报》长篇报道《一曲响彻云霄的壮歌》。内容是合川32111石油钻井队发生井喷，钻井队员们如何奋不顾身舍生忘死扑灭大火、保护国家财产的英雄事迹，于是决定前往。他们先是返回内江坐火车到白沙车站，再乘渡船过长江，经江津步行数十里到达合川32111石油钻井队采油现场。油井旁临时搭建了一个英雄事迹展览馆，全国各地来参观的红卫兵络绎不绝。烧塌的井架、扭曲如麻花的工字钢等实物证明了火势之猛。黄志毅看着那些被烧焦得变形的躯体照片，全身不由自已地一阵阵发麻，对英雄们极为敬佩之情油然而生。

冬月底，党中央、国务院、中央军委、中央文革小组发出通知，要求串联学生回校复课就地闹革命，待明年春暖花开之日再行串联。黄志毅梅树清决定服从通知要求步行回校。沿途所见尽是川流不息的红卫兵串联队。这些红卫兵大都是高初中学生，也有极少数小学生。有的打着鲜艳的红旗，排着整齐的队列，迈着整齐的步伐高歌前进；有的保持着队形默默而行；有的虽保持队形，但走得很是散乱；有的不成队形，拖成很长的一溜。其中有的一瘸一拐，有的互相搀扶，有的汗尘满面，有的慢慢悠悠若无其事一般东张西望走着。

一天，黄梅二人走进永昌县城时候已近傍晚。看见一队初中红卫兵坐在街边。一个女生微皱眉头把鞋袜脱下来，那脚底不仅全是水泡，而且大泡挤着小泡。她无奈地看着自己的两只脚，然后把双腿伸开贴放在地面上，好像这样要轻松一些。黄志毅不知道她是怎样坚持下来的，也不知道她明天怎么走，那神态完全看不出一点痛苦和沮丧，心中不由暗自佩服。

黄志毅梅树清回到普义中学时，大多数学生串联未归，只有极少部分在校闹革命，校园显得非常冷清。此时已临近春节，黄梅二人无事可做，觉得还是回家的好，便各自回家去了。

黄志毅走到原山县城十字街口时，见文教科长周浩明躬腰低头站在台上，胸前吊着走资派三个大字的硬纸板。台上方挂着"反党分子周浩明必须老实交代，不然只有死路一条！"的横幅。台下散乱地摆放着数十张椅子和长条凳。没有主持人，没有批判者，没有群众，除了个别边走边看他的行人外，没有一人驻足观看。

　　黄志毅听父亲讲过，周浩明在新中国成立前上高中时就倾向共产党，是新中国成立后普义中学的第一任学生会主席、第一届团支部书记。原山县第一任县委书记李中杰对周浩明非常赏识，专门派通讯员骑马把他接到县委工作。"文化大革命"爆发前六个月被任命为原山县第一任文教科长。黄志毅觉得这样的人感谢共产党都来不及，怎么会反对共产党呢？

　　黄志毅看着周浩明想起了父亲。县委机关的人都知道他俩是最要好不过的朋友，该不会因此也遭了殃吧？便匆匆赶回家问母亲。孔惠英说："你爸是被学生关起来了，但是没有听他说与你周叔叔有关。他们这批人现在有几个没有关起来的？"

　　黄志毅到家不几天春季征兵工作开始，立刻赶到公社报名。公社报名处回答说在大队报，到大队回答说在公社报。一下明白这互相推诿肯定是不同意自己参军了。想到以阶级斗争为纲，想到爷爷和几个孃孃的社会历史问题，想到父亲被批判斗争，知道入伍无望，从此绝了当兵念想。

　　腊月三十，黄孝德居然回家过年来了。解释说不是学生造反派放他，也不是教师造反派放他，而是学生教师们都要回家过年，没有人愿意留下来看守他。校工们见此情况便自作主张把他放了，条件是正月初三师生回校前必须回到学校。

　　黄志毅觉得父亲没有多少变化，吃年夜饭时仍然边喝酒边摆龙门阵，微笑着说："鹤林中学这几个月，说起来你们都不相信，其实我是过得比较轻松的。我是县委派去的，学生些都不了解我的情况，又啥都不懂，批斗我不知道批啥，喊了一些黄孝德必须老实交代，坦白从宽、抗拒从严之类的口号后就让我下台了。以后就要我交代问题，我哪里有问题交代？就和看守我的学生摆龙门阵，谈学习毛主席著作心得体会，讲旧社会我家的苦难经历。相处时间一长他们就没有那么凶了。只是怕我跑了，看得特别严，解手都要跟着。我说我是共产党员，字典里从来没有逃跑两字。学生些不相信，仍然把我盯得很紧。这样倒好，天天都有人陪我说话。"又说："这次在鹤林中学，工友们对我太好了。特别是校工崔维臣师傅。他知道我爱喝酒，每天晚上灭灯后，轻轻敲开我寝室门，也不和我说话，把一包卤肉和半瓶酒塞到我手中，然后转身就走了。我摸黑把肉和酒全部吃光。几天下来我怕连累他，劝他不要再拿来了，他说：'领导你放心，现在是工人阶级领导一切。不要说这些初中生娃娃不晓得，就是晓得了又能把我怎样？'我问这酒肉钱咋算？他说他垫起的，离开学校的时候一齐给他。"黄志毅认为这都是父亲编的故事，免得家里人为他担忧。

大年初三，黄孝德离家到鹤林中学去时对黄志毅说："你已经不小了，遇事要多动脑筋，不能人云亦云地跟着跑。"黄志毅连连点头应诺。

春节后不久，原山县各公办中学"文化革命"领导小组撤销，黄孝德回到县工会。此时县委县政府部门机构几近瘫痪，工作人员有的造反，有的逍遥。造反派批判斗争走资派的胃口越来越高，矛头所指尽是县级以上主要领导干部。黄孝德周浩明等这类中层领导干部倒无人问津。既无所事事，又无所适从，除心情郁闷外反倒比先前自由。

一天黄孝德给黄志毅一条大半新卡其布裤子穿。黄志毅见裤裆以下裤缝缭得十分粗糙，便问父亲怎么回事。黄孝德先是显得有些不好意思，最后还是微笑着讲了原委经过，说："一天我和周浩明等几个朋友相约，到凤台山公路边食堂喝酒。大家心情郁闷，不知今后是啥前途结局，又不能畅所欲言，便都闷着喝酒。喝到半夜全都醉了，互相搀扶着进城，不知不觉下到秧田里了还以为走在公路上。我感觉裤子直往下掉，想把裤子提起来，可是怎么也提不起来，心想这人倒霉了提个裤子都困难，不由有气，便使猛劲往上拉，只听唰的一声响裤子就提上来了。我们在田里不停地走，倒了爬起来又走，就是上不了路，最后都在田埂上睡着了。天亮醒来发现个个都成了泥人。我的裤裆全部撕裂开，连内裤都糊满了稀泥。丢了可惜，你就将就着穿吧。"黄志毅笑着问道："你们那个模样咋进的城？"黄孝德微笑着没有回答。

不久，黄孝德下派到县农场劳动，大约一个月回家一次。黄志毅有次回家，黄孝德也回来了，晚饭喝酒时说："这次县上组织三十三个工作组到各公社抓革命促生产。我分在沙河公社。"黄志毅问："你们不参加'文化大革命'啦？"黄孝德说："怎么不参加？下去抓革命促生产就是参加嘛。'文化大革命'需要物质支撑。大家天天开会，东跑西跑，没有粮食盐巴吃，没有纸笔墨砚怎么搞'文化大革命'？没有飞机坦克大炮，怎么保卫国家安全？所以必须要抓好生产,通过抓革命促进生产,保障'文化大革命'。"黄志毅听了说："看来这次县上要解放一批干部了？"黄孝德说："也没有什么解放不解放的具体说法，只不过通过这么长时间造反派的深挖细查揭批，还没有发现我们这些中层领导干部中哪个人有重大问题。现在抓革命促生产需要了，自然就被用上了。"黄志毅说："那这次要用好多干部啊。"黄孝德说："也不多，大概两百多个，都是表现好的。"黄志毅说："你们天天在农场里面关着，有什么表现好不好的？"黄孝德说："也不是都天天关着，大都是半天学习半天劳动。无事时可以在农场附近走走，有事也可以请一时半会儿的假。我举个例子你就知道了。就说我吧，我劳动就比其他的人都好。"

孔惠英在灶上做菜听了说："你身体那个样子，不要累垮了啊。"

黄孝德说："也不是需要用好大力气的活路。我们县农场有一头大水牛，是从外县买回来的，性子烈得很，力气也很大，抄田的时候接连撬翻了几个人，就没有人敢使它了，一直关在牛圈里。农场革命领导小组组长张德贵在大会上说：'谁要是把这头牛驯服了，谁就算是政治过关了。'我说：'那让我来试一试。'张德贵看了看我，可能认为我身体单薄，说：'老黄，不要勉强，不行就算了。'我说：'没事，一定帮你把它训得服服帖帖的。'当天下午，我还没有走到牛圈，那牛就呼的一声站起来了。两支八字形弯角又尖又长，左右来回摆动；两只暴鼓的大眼睛盯着我，四蹄不停地在青石板上踏动，呼呼喷着粗气，不停打着响鼻。这牛太野，平时喂它的人不敢靠近，喂草时候老远把草抛过去，不仅弄得满地都是牛屎牛尿和踩烂的谷草，就是牛身上也糊满了牛屎烂草，又脏又臭。为防牛把我伤着，我用粗麻绳把牛颈项套住，拉绑在房子柱头上，把支竿子给它上起使它两眼望天。那牛头被固定在房柱上动弹不得，牛身却不停乱动，把房柱拉得嘎嘎作响。我用水把牛身泼湿，用牛刮子把牛身上的牛屎烂草刮掉，把牛粪掏走。用水把牛全身泼洗干净，再把地面打扫泼洗干净。我等牛圈地面干了，牛身上的毛也干了，才把绑牛头的绳子解开。绳子一解开，那牛头突然向下一埋就向我顶过来。我早有提防，一下闪到旁边，顺手一烟杆向它鼻梁骨打去。牛受到突然一击，后退两步，把头摇摆几下，打着响鼻冲过来。我又给它鼻梁骨一下，牛退回去又冲过来。前两次我都不敢下狠劲，怕把它鼻梁骨打折了。因为牛全身只有鼻梁骨最敏感最脆弱，其他地方任随你怎么打它都不痛。这次我顾不了那么多了，一扬手就狠劲打下去。那牛浑身打一哆嗦退了回去，打着响鼻，喷着粗气，又要冲过来。我一下把烟杆举起来，那牛马上就退了回去。一退回去，昂起头就要向圈外跳，我又一烟杆把它打回圈角。牛退回去后只是打着响鼻，喷着粗气，不再乱闯。我扬了两下烟杆，那牛躲避了两次，看来是不敢再冲过来了。我支竿子使劲把牛头支起来，牵到晒坝边树上拴了。那牛站在地上一动不动，我烟杆扬了一下，牛立刻后退两步，知道它是真的怕我了。我神经高度集中，整得一身是汗，坐下来抽烟时才发现铜烟管已经弯曲得不大通气了。我歇了一会儿，提两块干谷草给牛。牛不再躁动，只顾埋头吃草。我把牛毛刮顺，然后牵到沟边喝水吃青草。张德贵说：'看不出老黄你还有这两刷子。这样吧，以后这牛就归你喂养了。你喜欢喝酒，每天补助你半斤酒不要钱，其他劳动就一概不参加了。'俗话说打人的牛拉得犁。这条牛的气力大得很，不管犁头抄多深它都不当一回事，拉起就走，鞭都不用扬一下，还走得飞快。别看它是畜生，其实精灵得很，拉的时间长了或者饿了，它就装怪，不是拉起开横线，就是遇田坎不转弯，一直拉过去，把田埂犁穿。一次突然横冲过去打田坎上站着的人，幸好我有支竿子支着，没有打到人。"

孔惠英说："脸上生毛的东西，有时候是不认人的，你要小心点啊。"

黄孝德说："你以为我不晓得啊？支竿子我是一直都上起的。"

黄志毅听得大感兴趣，微笑着问父亲道："你是怎么知道这驯牛方法的？"

黄孝德说："我小时候图好耍学抄地，那些使牛的人教我的。哪晓得还派上了用场。古人说学海无涯，三人行必有我师焉。这人啊，特别是年轻人，遇事留心，多学点本事总有好处。不要以为用不着，说不定什么时候就用上了。"

黄志毅听了父亲的说话，想起崔维臣关心他的事来，问道："爸，崔维臣为啥对你那么好？"黄孝德啜了一口酒，放下杯子说："其实我以前并不知道有崔维臣这个人。我当县教育工会主席的时候，一次偶然机会有人向我反映，说鹤林中学有一个校工崔维臣家里特别困难，房漏无力补，吃饭都成问题。我听说后马上派人去调查。知道他子女多，爱人没有工作，生活确实困难。便批了点钱给他，暂时解决了吃饭和房子漏的问题。以后又想办法为他爱人安了工作。这件事过了也就算了，哪晓得后来崔维臣不知怎么知道了，便记在了心上。"

黄孝德说罢慢慢抿了一口酒，又感慨地说："人活在世上，别人有困难了，能帮尽量帮，帮了也就算了，不要记在心上；但是如果别人帮助过你，你就一定要记住，千万不要忘了。古人说，鸦有反哺之义，羊有跪乳之恩。何况人啊！"

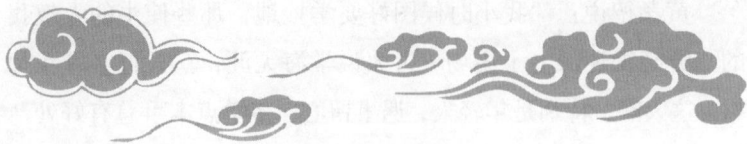

第十五回

阴差阳错批判老师　　无奈逍遥昏茫度日

春节后，学生们陆续回到学校，清冷的校园又热闹起来。

黄志毅回到学校时，班上同学正在准备批判班主任冯望先老师。理由一是为了响应革命无罪，造反有理号召。二是冯望先确实有该批判之处，比如经常坐在椅子上讲课，极少板书，上课抽烟，烟屁股丢得满地都是，信口开河，自我吹嘘，很少接近学生等等。三是为了帮助冯望先吸取教训，改正错误，以利他今后工作。

其实力主批判冯望先的主要原因是学生们有一条说不出口的理由，认为他有不正当男女关系。这件事早在"文化大革命"前就有流传，先是在女生中，后来传到男生。说他和一个离婚的女老师关系暧昧，经常一起上街吃东西买东西。他教小学的爱人元老师多次回家看见他们俩人在一起，一次还关着门，拍了很长时间门才打开。相貌一般且有些跛脚的元老师多次劝说冯望先无效后，便向朋友哭诉，请求帮助劝说，事情这才传了开来。黄志毅也多次看到冯老师提着一块猪肉，和这位女老师笑逐颜开地并肩走在大街上。

这种难以启齿又无证据的个人隐私虽然拿不上桌面，但是

"心知肚明"的学生们，特别是班干部和团员们却想利用批判的方式给冯老师一个教训，为他的爱人元老师出一口气。

学生们最后商定由班长钦文元和团支部书记袁乐安主持批判会，怎么批判、批判什么由发言学生自定。

批判会大约有三十多个学生参加。会场中间放了一张椅子，那是给冯老师坐的。

批判会开始前冯望先与钦文元袁乐安共同坐在一条长凳上，其他人都站着。冯望先没有抽烟，脸色阴沉地看着前面地面。

主持人宣布批判会开始后，没有人要求冯望先坐到会场中间的椅子上去，也没有人要求发言，会场寂静无声。主持人等了十多分钟见无人发言，并且见有的同学悄悄离去，便宣布批判会结束。

这是黄志毅见过的时间最短无一人发言的流产批判会。批判会的流产让黄志毅想起了父亲春节离家时的嘱咐，觉得自己是不是也人云亦云地错了啊？仅凭道听途说似是而非的传闻就批判自己的老师，无疑是错误的，应该对冯望先老师道一声歉，诚恳地说一声对不起。不过，黄志毅又想，作为教师，从为人师表和职业操守看，应不应该自尊自爱呢？作为学生，有没有要求老师忠于职守的权利呢？作为夫妻，有没有要求对方忠贞并履行义务的权利呢？答案应该是肯定的。但是，这些权利义务如何实现，黄志毅觉得自己是真的不知道了。

早饭后，黄志毅和几个同学在寝室里天南地北闲聊。景福康走进来愤愤地说："妈哟，不晓得哪个组织把图书馆抄了。"黄志毅听了随口问道："真的么？""怎么不真！真不真你去看一下不就知道了？"景福康说。

众人听了立刻赶去。从转角路口到图书馆大门，沿路散乱地丢弃着很多书籍和报纸杂志。走进大门，借阅室和藏书房遍地是书，一片狼藉。黄志毅环顾四周无可奈何地说："咋能这样搞啊？"想这图书馆在全省甚至全国的中学当中至少是一流的。它静静地独处在这偏僻的花树林中，挡着碍着谁了呢？图书馆的要害是书，为什么要毁弃这些书呢？真是不可思议。

黄志毅觉得这些书实在可惜，便蹲下翻看，挑选了《杜工部集》《国风选释》《诗词曲语汇释》《说岳全传》《东周列国志》《汤显祖集》《论共产党员的修养》等十多本书，抱回寝室用衣服裹了，连夜带回家藏在楼上玉麦壳堆里。

一天下午吴梅馨找到黄志毅，微笑着说："黄志毅，你就只知道成天耍。现在'文化大革命'形势大好，就不想做点事么？"黄志毅问："你想做啥事？"吴梅馨说："班上侯福成程绍武他们几个成立了旭日东升战斗兵团，我想我们也应该找几个人成立一个造反组织。没有造反组织，革命就名不正言不顺的。"黄志毅说："什么名不正言不顺？你想成立就成立，又不需要批准。一班张忠勇一个人的独兵闯战斗兵团不是也到处贴标语散传单么？"吴梅馨说："那是图好耍，成不了气候的。"黄志毅说："你想成气候？"吴梅馨说："是嘛，这么好的形势，要搞就搞出个名堂来。"黄志毅说："那你想找哪几个人？"吴梅馨说"我首先想到你，还有梅树清，他肯定是会同意的。另外再找几个。"黄志毅说："我就算了，你们搞吧。"吴梅馨正色说："黄志毅不是我说你，好歹你也是个高中生，'文化大革命'这么伟大的历史性运动你都不参加，将来升大学的时候看你怎么办？"黄志毅听她如此说，想了想觉得也有一些道理，便说道："那就参加嘛。"

第二天吴梅馨把黄志毅梅树清带到教师办公室旁边的一间

教室。里面坐着两个女生，其中一个黄志毅认得，名叫邹淑芳，初三学生。吴梅馨介绍了各人姓名后说："今天我们就把组织成立起来。现在大家想想给组织取个什么名字。"大家先是提出战尤酣、惊雷、长缨等十多个名字，最后都认为不行。黄志毅说："现在'文化大革命'轰轰烈烈如火如荼，革命形势一派大好，正应了伟大领袖毛主席写的：四海翻腾云水怒，五洲震荡风雷激。我觉得风雷激适合形势一些。"四人听了都表示同意，于是定名为风雷激战斗兵团。风雷激名字一确定，吴梅馨立刻拿出纸笔，龙飞凤舞般写了"风雷激战斗兵团司令部"贴在教室门楣上方。

第三天同班同学庾树昌等五人也加入了风雷激战斗兵团。庾树昌年龄比所有人都大，初中时当过班长，能力、魄力、闯劲都很强。风雷激战斗兵团成立后研究如何开展活动。庾树昌提出搞好宣传，扩大影响，壮大队伍。大家一致表示赞成，并且决定当天晚上上街开展宣传活动。

晚饭后，风雷激战斗兵团全体成员一起到普义镇十字口台子上宣传。此时正值全国各地学生到普义镇参观景星辉公馆最热闹时候。普义镇街上人流如织，各种不同观点汇聚激荡，碰撞交锋激烈。

黄志毅首先上台宣讲。一个不同观点的外地学生跳上台来辩论，不敌被辩下。又一个外地学生上台被辩下。第三个外地学生上台，一开口就问黄志毅的观点是从哪里来的。黄志毅本来就没有什么派别观点，无非是在辩论中根据自己思想认识问啥答啥，见招拆招而已。万想不到此人会剑走偏锋，一时无以回答，愣在台上显得很是尴尬，台下观众见了全都嘻嘻笑起来。

"我来！"庾树昌跳上台一把拉开黄志毅，指着那学生鼻子说："你上台不亮观点怎么辩论？我看你不像是来辩论，而是诚心来捣乱的。要辩就要先把你自己的观点亮出来。说！你是什么观点？"庾树昌身高体壮，声音洪亮，手指拳挥，气势逼人。那学生见了竟然嘻嘻笑起来，说："我有什么观点啊？我什么观点都没有。"说罢转身跳下台。台下又是一阵笑声。

一个多月后风雷激战斗兵团风头盖过了学校所有其他造反组织，名声也渐渐在普义地区大了起来。在研究下一步活动的时候，吴梅馨庾树昌二人提出加大揭发批判斗争走资本主义道路当权派力度，以此显示风雷激革命造反战斗精神。这使黄志毅想起了周浩明和父亲，心中不由反感起来，但又不能明说反对，便推托有事不参加。

过了一段时间，庾吴二人为了扩大影响壮大力量，提出要和社会上相同观点的造反组织联合起来。黄志毅当即表示反对，说："既然党中央已经明确要求学生在校闹革命，就没有必要也不应该走进社会。"但是其他人都认为很有必要。黄志毅阻止不了这些人走向社会，便拒绝参加所有活动，渐渐淡出了风雷激战斗兵团。

正当风雷激气势如虹的时候，庾树昌突然离队参军。风雷激由吴梅馨一人独力支撑。

一天下午，黄志毅街上遇见昂首阔步的吴梅馨，后面跟着几个戴风雷激红袖套的女学生。黄志毅打趣问道："吴司令何往？"吴梅馨笑着说："你还是回来吧，其他事不做，就是帮着抄写大字报也是好的，你看梅树清他们几个的毛笔字都比以前好得多了。"黄志毅说："算了吧，你们天天跑来跑去吵吵闹闹的不累啊？我是一想起就累。"吴梅馨听了边笑边走说："真的是不可救药了！"

那时，人们把不参加任何造反组织的学生工人干部等人员归类为逍遥派。黄志毅离开风雷激后，深感逍遥派一词定义之精准，为此写了一幅没有横联的对联：远离纷争，没有责任，没有义务，没有担当，没有好恶，火烧我在河对岸，水淹我在坎上头；拒绝困扰，无拘无束，无忧无虑，无怨无恨，无怒无悲，我行我素游离客，浪迹波涛局外人。其实黄志毅明白，逍遥派这类人虽然各有不为人知的辛酸，却也各有他人难料的快乐。逍遥派最大的特点是有无限多的自由和时间。只要有心，这无限多的自由和时间可以做无限多的事情。

黄志毅成为逍遥派后不再参加任何组织，先是和同为逍遥派的元秉良搬住在一起。不与任何人辩论，也不对任何一派观点发表看法，与各造反组织同学之间保持一团和气。既可以随意出入各司令部办公室，也可以随便和这些人玩笑闲聊。黄元二人大多数时间都在一起练字、看书，识五线谱，学乐器，散步睡觉，谈天说地。

黄志毅觉得元秉良比自己聪明多了，简直是学啥会啥。很短时间内无师自通地学会了板胡二胡京胡和小提琴，毛笔字和黄志毅更不在同一个档次上。一次写得手顺，专门仿毛体写了一幅很大的毛主席词《清平乐·六盘山》条幅送给黄志毅。一〇一八毛泽东思想文艺宣传队知道元秉良会乐器，便邀请他参加。元秉良欣然应允，但仅限于器乐演奏，其他活动一概免除。

元秉良演出有时深夜未归，有时几日不回。为了方便演出，搬去与宣传队人员同住。不久学会了舞蹈，宣传队演出人手不够时居然能够像模像样地应急救场。黄志毅去看他时也学到了一些。

元秉良搬走后，黄志毅便与同是逍遥派的景福康郑世军一起住。景福康家离学校不到两里，郑世军家离学校二十多里，黄志毅家离学校近六十里。三人全都不嫌远近，时不时互到各家走动。

一天上午，黄志毅景福康郑世军三人走进洪流兵团司令部。司令彭贵德笑着说："三位游侠大驾光临，有何贵干？"景福康说："听说贵部最近发财，弄到一批新枪，可否让我们试它几枪，看看性能如何？"彭贵德说："什么一批啊，两支中正式。中正式有新枪么？"说着从柜子里把枪拿出来。黄志毅说："让我试打一枪，看我的枪法如何。"彭贵德说："试啥子啊？只要你敢打就随便打。"说着把子弹哗啦一声推上膛，递给黄志毅。黄志毅接过枪问道："你们说打哪里好？"彭贵德微笑说："枪在你手，想打啥就打啥，只要不打人就行。"郑世军指着窗外盆口粗细的法国梧桐树说："就打它吧。"景福康说："太大了，又近，闭着眼睛都能打到。"黄志毅说："是有些近，打远点的。"郑世军说："那就打水沟边电桩，不远不近，不粗不细。"黄志毅说："还是粗点了，打电线吧。"彭贵德大声说："打电线？把我这几盒子弹打完你都打不中。算了，就不要浪费我的子弹了！"黄志毅说："说好试一下的，怎么立马就心痛子弹了？"说着拉过一张椅子坐下，把枪架在窗框上。景福康说："志毅，那是军区保育院的军用电话线，打不得的。"彭贵德大声说："有啥打不得？打中了算他本事，就怕他打不着！"景福康郑世军都劝黄志毅换个目标。黄志毅说："既然说打它那就打它，不然下来你们又说我是建昌鸭子嘴硬。"于是按照三点一线要领，瞄准电线，屏住呼吸，扣动扳机。只听啪的一声枪响和呜的一声风啸，窗外立刻传来女娃儿啊的一声尖叫声。

黄志毅完全没有想到会打中电话线。电话线一断，黄志毅心脏突然狂跳起来，头脑一片空白。没有一人说话，只有窗外女娃儿的哭叫声。过了一会儿才有人说出去看看，究竟打着哪里了。于是一起出去，见是本校初三学生、保育院长皮老红军的女儿皮湘蓉坐在地上哭叫。大家都互相认识，问她打着哪里了？皮湘蓉大声嚷道："没有打着就不能哭呀？你们也太不讲理了！"边说边又哭起来。

这皮湘蓉没有受伤为啥还要哭叫？原来是这绷紧的电话线被打断后收缩力道太大，发出嗵的一声怪啸，把正好去沟边洗衣服的皮湘蓉手中的洗衣盆刮打到了地上。皮湘蓉被突然一击仰倒地上，惊吓得尖声哭叫起来。大家见没有伤着人，立刻松了一口气，各自走散。

黄志毅景福康郑世君三人默默回到寝室。黄志毅躺到床上，惶恐得不知如何是好。景郑二人劝黄志毅主动去给部队保育院领导解释清楚，免得追查起来不好说。经二人提醒，黄志毅一下想起了大老爷冯元光。他们家和保育院一墙之隔，互相之间不仅认识，而且常有往来。于是找到冯元光。冯元光马上带黄志毅找到姓赵的管理员。黄志毅心情紧张，赔不是说试枪不小心打断了保育院电话线。赵管理员满脸是笑，一连声说没有关系，派几个战士把线接上就行了。这时皮湘蓉刚好经过，大声问道："黄志毅，我的损失怎么赔？""你说怎么赔就怎么赔。"黄志毅回答。赵管理员听了立刻认真问道："什么损失？"黄志毅心情又一下紧张起来。皮湘蓉笑着说："赵叔你别管，我们同学之间开玩笑的。你赶快派人抓紧时间把线接上。"赵管理员立刻说："我知道，午饭后就接。"

黄志毅回到寝室蒙头大睡，可哪里还睡得着？脑子里尽是打断电话线时的场景和皮湘蓉的哭叫声。下午，不知谁在门外大声说道:"黄志毅整得好啊,现在好多当兵的都在帮他接电话线。"黄志毅听了,立刻起床去远远地站着看,果然有十多名解放军战士在电线杆上爬上爬下拉接电话线。原来这接电话线并非想象那么容易,必须要先把断线前后几根电线杆上的电线取下来,连接上后又重新安到电线杆上拉紧固定才行。看着那些战士在电线杆上爬上爬下,把电线一杆一杆安上拉紧固定,累得满头大汗的样子,黄志毅惭愧得无地自容。万想不到自己这个不想惹是生非、自求安好的逍遥派居然开枪打断了军用电话线,干出了学校造反派都不敢干的事。暗暗警醒自己今后遇事务必小心冷静,决不能再以侥幸之心行冲动之事了。

从景星辉公馆大门外地坝到普义镇街口道路两侧,大字报棚一个挨着一个,全都贴满了大字报。内容五花八门,既有来自全国各地的批判文章,也有原山县的本地消息。黄志毅景福康郑世军三人平时闲得无聊,时不时也一起去看那些大字报。

一日三人走到街口,见很多人正在指指点点说说笑笑围观一张大字报,便也走过去看。见那标题是:"关于对我男女关系问题的检讨。"自"文化大革命"开始以来,三人还从未见过表达如此直白问题如此敏感的大字报。仔细看那内容写的是:我名叫×××,一九三八年参加革命,马列主义学院学员,现任原山县委财贸部长。近几年我经常到这里检查工作,有一位女同志主动接近我。我看出此人不怀好意,知道她接近我的目的是妄图依靠我手中权力非法贪占国家人民利益,腐蚀玷污革命干部。可是由于我革命意志不坚定,昏聩糊涂,不仅不严词拒绝、严肃教育、严厉批评,反而在她的鼓动下爬上了她的肚皮。爬到她身上后我才想起我是一名共产党员,党教育培养多年的革命干部,绝不能做对不起党、对不起人民、对不起家人的卑劣苟且之事。于是我悬崖勒马，立刻从她身上梭了下来。我万分感谢革命群众对我触及灵魂的深刻教育。今后一定认真吸取教训，总结反思错误，积极参加"文化大革命"；认真读毛主席的书，听毛主席的话，做毛主席的好战士；加强共产主义思想道德修养，做一个有益于人民的人，一个纯粹的人，一个全心全意为人民服务的人。

景福康边看边笑。郑世军笑着说："太滑稽了，都这个时候了还这么逗，这究竟是个什么人啊？"景福康笑着说："我看不滑稽，人被打得遭不住了，是什么话都可能说出来的。"

黄孝德调宣传部工作时那人就是财贸部长。两个部门挨门一墙之隔。黄志毅到宣传部找父亲次数多了，自然就认得了。想这样一位高大魁梧一脸严肃正气、长期经受革命斗争锻炼考验的老干部怎么可能做这样的事呢？但不敢向二人说认识那个人，只是跟着笑。又想景福康的话有一些道理。这人在矮檐之下，如何能保证一点都不低头呢？

一天傍晚，黄志毅高小同学毕贵忠来到普义中学，要求和他一起住。黄志毅问毕贵忠到普义来做啥，回答说做花生生意，边说边捧出花生来请全寝室学生吃。

此后毕贵忠每天早出晚归，回来后尽吹生意上的事，说他到过哪些地方、如何如何会赚钱等等。

一天晚上临睡前，毕贵忠对黄志毅景福康郑世军说："你们三个大男人天天耍，白吃家里，真是太没有意思了。不如跟着我做生意，多少还有些收入。"见三人不同意，又说："明天我去汇津买花生，你们三个跟着我去耍，吃饭算我的。"黄志毅三人都没有到过汇津，又实在无事，便都同意去。

第二天天没亮，四人上街走到十字口，一辆解放牌汽车司机正在打火。毕贵忠走过去要求搭车，司机不同意。毕贵忠便主动帮着搅打火杆，又说了许多好听的话，司机才同意了。

这是一辆运煤车。黄志毅三人怕黑了裤子，抓着车厢板半蹲在原煤上。毕贵忠却一屁股坐了下去。车行一会儿，晨曦中景福康轻轻拉黄志毅郑世军两人衣服一下，怪笑着向毕贵忠努努嘴。二人见毕贵忠正在把车上一根粗长麻绳往自己背篼里装。黄志毅立刻拾起一个小煤块向毕贵忠身上扔去，毕贵忠抬头看了看，现出不好意思样子，但是仍然低头继续装。黄志毅心中顿感不快："回去后必须要他离开学校，免得夜长梦多自找麻烦。"

车到汇津四人下车。毕贵忠去问情况，回来说："妈哟，今天日子没有择好，汇津不逢场。牛安逢场，只有到那里去买了。"

四人步行十多里到达牛安，每人吃了二两面。毕贵忠去转了一圈回来说："不行，这里花生价钱跟其他地方差不多，买不住。"又去转了一会儿转来说："好奇怪啊，这里的猪太相因了，干脆买猪算了。"黄志毅惊诧地说："买猪啊？买了咋办？"毕贵忠说："凤楼镇卖嘛，凤楼镇猪价比这里贵得多。"黄志毅说："咋弄回去？"毕贵忠说："这个你别管，我自有办法。"景郑二人听了不说话，只是苦笑。

三人跟着毕贵忠走进生猪市场，看他精挑细选买了一大一小两只猪，大的五六十斤，小的四十来斤，都很有卖相。

四人回程路上边赶猪边讲龙门阵。毕贵忠说这猪在凤楼镇少说也要赚十多块钱。走到下午，猪越走越慢，有时停下趴在地上不走。四人只好分工，两人负责一只，一人在前面牵，一人在后面吆，不敢打，也不敢使劲拉，怕伤了猪皮损伤卖相。就这样任由猪走走停停，好不容易走到半边街。

此时天已快黑，半边街唯一的食堂正在关门。毕贵忠好说歹说经理才同意给四人做饭。乘做饭时间，毕贵忠把半盆冷米汤端给猪喝，猪哼哼唧唧地闻了闻不喝。毕贵忠见不远处有一块红苕地，便把猪牵到地里吃苕叶。

四人吃了饭继续走，到普义时候已经半夜。学校早已关门，只好到景福康家住下。毕贵忠要来半盆干猪草，用水发湿了端给猪。此时四人都已经累得不行，也不管猪吃不吃，挤在一床睡了。

第二天天没亮，景福康先起床，拿来一根扁担、两只箩筐，把猪装进箩筐挑起就走。黄志毅三人跟在后面。过了普义镇郑世君接着挑。毕贵忠矮小挑不动，黄志毅腰痛挑不起，景郑二人只好轮流挑到凤楼镇。

四人来到凤楼生猪市场。毕贵忠见猪比牛羊还多，着急得满脸通红，紧张地一连声说："咋会是这样？咋会是这样？"好不容易才把两只猪卖掉，赚了二元三角五分钱。黄志毅说："幸好卖脱，不然咋整啊？"毕贵忠说："咋整，蚀本也要卖掉，不然两张嘴我拿着咋办？"毕贵忠心有不甘，不停地说从来没有遇到过这种情况，又到生猪市场打听。回来大声说："哎哟！运气太不好了。流金地委行署消灭资本主义，规定每户只能养一只猪，超出规定时间的按走资本主义道路整。各家各户多养的猪一时间全部涌向市场，猪价一下猛跌，我们恰恰遇上了这个倒霉时间。"

吃饭时毕贵忠唉声叹气反复说运气不好，第一次做猪生意就碰上了这个规定。饭后毕贵忠说要回家去歇一下手，然后没精打采地走了。

黄志毅三人回到学校无所事事，继续浑浑噩噩混度时光。

一日闲得无聊，踱进东方红战斗兵团司令部，见几个同班同学正在议论如何解决经费困难问题。最后一致意见是红军长征可以征借有钱人家财物，学生搞"文化大革命"也可以学习红军的办法。虽说现在没有地主老财了，但是还有资本主义分子，比如那些没有合法手续补鞋修理自行车的自由职业者。特别是那些赌博人员的赌资更应该没收。

黄志毅说："补鞋修自行车这些人虽然大多数没有手续，但都是劳动所得，不应该没收。"程绍武听了说："不没收就打借条。当年红军没有吃的不也是打借条么？"景福康说："反正我觉得这样做是有些不妥。"兵团司令侯福成走进来刚好听见，说："有啥妥不妥的？无产阶级文化大革命，千言万语归结起来就是一句话，革命无罪，造反有理。现在有啥事能高于革命造反？"

三人听了觉得没有争论必要，顺势开了几句玩笑便离开了司令部。站在走道上不知何往，便一起回到寝室，又觉得没有什么说的做的。想这样呆在学校没有多大意思，便商定各自回家劳动，一个月后再回学校相聚。

一天下午，郑世军景福康程绍武三人突然来到黄志毅家。晚饭后景郑二人避开程绍武对黄志毅说，侯福成他们兵团明天要来马估山抓赌，说你熟悉那地方，要你带个路。黄志毅说："我是金鹿人，侯福成是普陀人。马估山属普陀管，要说熟悉侯福成才熟悉。"郑世军说："我们三个虽然不是东方红战斗兵团成员，但是大家毕竟都是同班同学。"黄志毅说："听说马估山是荒山，平时一个人都没有，逢场赌博时才聚在一起。由于规模有些大，县联防指挥部和普陀公社群专联防队抓了几次都没有整彻底。那地方我一次都没有去过，路怎么走都不知道。"景福康说："我觉得你就是不去，也应该跟他们见一个面，免得以后说你闲话。"

第二天吃过早饭，黄志毅与程绍武三人来到鹤林场时，侯福成已经带着人到了。黄志毅劝侯福成说："福成，俗话说兔子不吃窝边草，我是不去的。你是普陀人，最好也不要去。"侯福成说："你不愿意去就别去，在街上等我们就行了。"

侯福成等一干人走后，黄志毅觉得还是避开为上。想着区政府临街楼上平时没有人去，便上楼躲在窗口看着街上。这世间事真是怕啥来啥，黄志毅躲在楼上不一会儿，便看见程绍武和另一个学生，押着一个背叶子烟的人向区政府走来。黄志毅立刻下楼躲在大门后面。程绍武二人押着人一上楼，黄志毅便几步跨出大门来到街后河滩，在大石头上坐下。想着前因后果，觉得心跳厉害，赶紧站起身惶恐地往家里走。走到上场口时听说马估山遭抢了。出场口上公路时听说抢马估山的人是学生，被群专联防队的人缴了手枪手榴弹。

黄志毅匆匆回到家，心乱如麻，坐立不安，不知所措地站在门口张望。堂叔黄孝青赶场回来见了说："志毅，听说今天抢马估山的人是你们学校的造反派学生，你晓得不？""不晓得。"黄志毅回答，断定侯福成他们遭了。

接连几天，黄志毅都想着景福康郑世军随侯福成上马估山抓赌一事。心中放心不下，便决定回学校看情况。

黄志毅回到普中，东方红战斗兵团抓赌被抓的事已经传得沸沸扬扬。一个自称县群专联防队的人拿一份材料给黄志毅看，见是普陀公社群专联防队向县上写的汇报，上面写着普义中学造反学生抓赌经过、抓赌学生姓名、收缴的枪弹数量和没收的赌资数。那人问黄志毅有没有新的补充。黄志毅反问道："我没有参加，为什么要我补充？"那人笑嘻嘻地说："你们是同班同学嘛，随便问问，没有就算了。"

直到晚上黄志毅都很纳闷，问景福康郑世军怎么回事？郑世军摇头叹气说运气不好。景福康倒很坦然，微笑着说："估计情况是这样的。抓赌那天正好碰上普陀公社群专联防队也去马估山抓赌。东方红战斗兵团的人先到，正当好不容易把漫山遍野乱跑乱窜的参赌人员围聚起来，开始清搜赌资的时候，普陀群专联防队的人到了。双方为收缴赌资起了争执。普陀群专联防队依仗人多，下了候福成他们的两只五四四手枪和一枚手榴弹，没收了缴获的赌资十七元四角一分，逼迫候福成他们说清楚抓赌经过。我和世军肯定是被他们交代进去了，你也有可能被交代进去了，不然县上来的人不会问你有没有补充。"黄志毅听了很不了然地说："真是神仙打仗凡人遭殃。"想了想问道："听你意思，好像你俩个没有参加？"景福康说："去是去了，只是走到半路，没有跟着上山。"

第十六回

风雷激联外乱普中　　宣传队走上姻缘路

生产队长邱景清去公社开会回来问黄志毅："你知道你们学校发生武斗了么？""不知道，我都回来快一个月了。"黄志毅回答，想了想又说："不至于吧，平常发生些拉扯争吵是有的，但是都算不上武斗。""不是啊。"邱景清说，"听说这次整凶了，你们学校的一个造反组织风雷激都被赶出学校了。"黄志毅大吃一惊，首先想到了吴梅馨，问道："是么？有没有打死打伤人？"邱景清说："没有听说死伤人，但是各种说法都有。过段时间安全了，你还是回学校去看看吧，毕竟你们大家都是同学嘛。"

　　第二天上午黄志毅赶到普义中学。整个学校空荡荡的，几乎看不到人，也没有打斗痕迹。到景福康家见郑世军也在。黄志毅问怎么回事。景福康说："不知道是咋回事，风雷激没有和学校任何组织发生摩擦，就自行离开学校住进了广德寺粮站，到处宣传说他们被撵出了学校。"郑世军说："广德寺粮站是原山县大粮站，粮站造反派不仅人多枪多，而且与新生劳改监狱造反派干警联系密切。风雷激与他们同属一派，虽然口头上都说文攻武卫，其实暗中都主张武力解决问题。不知道这次又要玩弄什么花样。"

　　三人午饭后无事，郑世军邀请黄景二人到他家去耍。黄志毅说："二十多里路，太阳又大，不如去广德寺看看。"二人立表赞成，只是担心不让进去。黄志毅说："去了再说，让我们进去我们就进去，不让我们进去就叫吴梅馨出来问一下怎么回事。"

　　三人来到广德寺粮站大门外，只见大门紧闭，墙头上插着好几面红旗，围墙上写着血债血还、誓死捍卫党中央、保卫毛主席之类的大标语。三人正商量着怎么进去时大门上的小门忽然打开，一个穿矿山工作服的大汉走出来，操着外地口音大声问道："你们干什么的？"黄志毅说来找同班同学吴梅馨。那人听了也不说话，转身进门又把门关上了。过一会儿门又打开，还是那大汉，招手示意三人进去。

三人进入粮站，立刻感到壁垒森严阵势：大门两边用沙袋和原木筑成外八字形射击掩体，地下挖着纵横交错互相连通的壕沟，拐弯地方都有地堡。遍地泥沙砖头石块，沿着墙边拉了铁丝网，到处都写着文攻武卫之类的标语。粉白粮仓上写着一幅非常醒目的大标语："打回老家去，就地闹革命！"落款是风雷激战斗兵团。显然是吴梅馨他们写的。壕沟里的人都面露倦容，有精没神地抱着枪或坐或躺在工事里。完全是严阵以待的临战状态。

大汉把三人带到一座院子门前，说吴梅馨就在里面，然后转身走了。三人走进去，见吴梅馨和几十个学生坐着，听一个四十多岁的高大男人讲话。吴梅馨示意三人坐下听。

高大男人下江口音，黄志毅边听边揣摩才知道说的什么。大概意思是说他一九三八年参加新四军，因为身体高大结实当了机枪射手。由于作战勇敢，一九四一年就升到了连长。后来因为性格暴躁违犯军纪打伤战士降为士兵。以后又慢慢升到了营长。康藏平叛剿匪时上级给他们营派了一个向导，不料想被带进了包围圈。他误以为向导是奸细，当场一枪就把这个向导枪毙了。事后查明这向导不是奸细。军事法庭判处他劳动改造，刑满后调他来这里当了粮站副站长。听得出他既感到骄傲自豪，又有些怨天尤人，显得有点愤愤不平。但他很乐观，有说有笑，时不时插进一些自己如何指挥有方、如何英勇作战的事例。学生们聚精会神地听着，时不时发出笑声。讲完后有学生问他粮站作战工事是不是他指挥修建的，他摇头微笑说："这算什么啊，小儿科。"黄志毅问身边同学："这人是谁？"这同学笑着说："这个人不仅经历曲折，连名字都曲折。他原名叫冯保修，'文化大革命'开始后怕人说他保卫修正主义，便改为冯反修，一保一反天上人间。"

冯反修走后吴梅馨走过来，面无表情地问道："你们来干啥？"不等三人回答又说："趁天还没有黑，要走赶快走，不走就到食堂买饭菜票吃饭。"说罢转身走了。

黄志毅正吃着饭时吴梅馨走过来悄声说："你跟他们两个说，今晚上有行动，包括你，想参加就参加，不参加不勉强，现在走还来得及。"说完转身走了。黄志毅把话转告俩人，俩人都说问清楚情况再走，于是都留了下来。

天黑时吴梅馨来了，说晚上不要乱走，以免发生意外。黄志毅忽发奇想问道："你们长期在校外造反，吃饭怎么解决？"吴梅馨看了黄志毅一眼，说："丁丁猫儿吃尾巴，自己吃自己。""不够呢？""打借条借。""怎么还？"吴梅馨没有回答，过了一会儿说："你怀疑我们抓拿骗吃是吧？如果认为我们是那种人，请你马上离开！"黄志毅知道伤了她自尊心，说："我不是那个意思。我的意思是你们长时间在外，时间一长借得自然多了，你们怎么还得起？""不劳费心，我既然敢借，我就还得起！"吴梅馨自信地说。停了一下脸上现出奇怪笑容，说："有时候我觉得还是你聪明。当逍遥派两边不得罪，什么事都与自己无关，逍逍遥遥，自由自在，不像我们身不由己，吃苦挨打不说，还要背骂名。"黄志毅说："你们在学校住得好好的，为什么要到这里来住？"吴梅馨愣了一下，说："这你就没有必要问了。"黄志毅诚恳地说："学习庾树昌，抽身出来吧。"吴梅馨立刻冷冷地说："不要胡乱走，到时候我来喊你们。"说罢转身走了。

广德寺粮站大门内晒坝上停了四辆大卡车，前面三辆已经站满了荷枪实弹的人。夜色中不知谁把枪栓拉得哗啦一声响，车下立刻有人沉声吼叫起来："哪个拉枪栓？"吴梅馨走过来对黄志毅三人说："要去就赶快上车，不去就去仓库睡觉。"学生们悄无声息地往最后一辆车上爬，人还没有上完前面车就开动了。黄志毅景福康郑世军三人犹豫一下后，立刻赶紧跑过去爬上车。

四周一片漆黑，路况很差，汽车颠来簸去不一会儿就把三人晃得晕头转向了。到哪里去？去干什么？是人员转移还是去参加武斗？带着枪应该是去武斗，但学生赤手空拳又不像是去武斗。如果真是去武斗，那这趟浑水就趟大了。黄志毅三人担心极了，也后悔极了。但事已至此，后悔无用，只有自我安慰希望不是去武斗。

车停了，黄志毅三人抓着车后栏板跳下车。四周一片漆黑，伸手不见五指，黄志毅站了一会儿才发现是在一条土路上。跟着前面人走了一段路，来到一片空旷地方，按要求趴在地上。远处有一只昏黄的白炽灯，借着微弱的灯光，黄志毅看清楚了那是学校后校门，而学生们正好趴在学校操场边草地上。学生前面卧着一长溜人，枪口全都朝着后校门方向。

黄志毅紧张地看着校门，希望不要有人出来。草地上没有人走动，没有人说话，也没有人咳嗽，连空气都好像凝固了。操场上看似一片宁静，其实一片杀机。想着校内同学老师们即将降临的灾难，黄志毅不敢往下多想。过了一会儿，校门里走出一男一女两个人来，停在法国梧桐树下比手画脚地说着什么。接着，女的伸手摘下一片梧桐叶曼妙轻柔地往脸上扇着。男的双臂上举做了几个伸展，两脚并拢做了几个下蹲，又立定向上跳跃了一下。然后二人又交谈比画着慢悠悠走进校门去了。

黄志毅正想着用什么办法让学校里面的人知道外面情况的时候，只听啪的一声枪响，白炽灯熄灭，眼前一片黑暗。不一会儿校门口传来守门工友李师傅的骂声："妈哟，哪个龟儿这么缺德，把灯打瞎了是不是想来偷东西啊？"话音刚落，右边啪啪两声枪响。顿时机枪声、步枪声、自动步枪声、半自动步枪声如炒豆一般密集爆响起来。

枪声一响，黄志毅立刻本能地把头贴在地面上，生怕子弹打着了自己。但很快又把头抬起来看向校门方向。只见学校门窗墙壁上密密麻麻火星乱溅，其间夹杂着玻璃碎裂声和落地声。黄志毅心中想着完了完了，李师傅肯定遭了。十多分钟后枪声渐渐稀疏，最后完全停了下来。

无边的黑暗和死一般的沉寂笼罩着大地。一个打着蒙着红布手电的人弓腰跑过来对吴梅馨说："吴司令，皮司令说刚才火力侦察，里面毫无动静，证明里面早有准备。强攻不行，撤回去再说。"说罢转身跑了回去。不一会儿前面卧着的人站起来提枪跑向汽车，学生们见了立刻起身跟着往后跑。上车后没有人说话，任由汽车颠来颠去摇晃。下车后仍然没有人说话，默默跑进广德寺粮站。

吴梅馨安排黄志毅三人睡粮仓木板上。黄志毅没有一点睡意，头脑里全是密集的枪声、玻璃碎裂声、四处迸溅乱飞的火星和李师傅被打成蜂窝一般的躯体。渐渐想到自己万不该来蹚这趟浑水，吴梅馨万不该带人来攻打自己的母校，杀害自己的同学和老师。吴梅馨怎么会变成这样了？她想不到后果吗？不会的，以她的聪明，绝对不会想不到的。那她为什么会这样干呢？黄志毅真的想不明白。

天不亮，汽车把学生们运到了县机械厂。这里是全县最强悍的造反派武斗组织一二九兵团驻地。机械厂警卫森严，不准学生出门。第四天一宣布学生可以自由进出，黄志毅三人立刻离开了机械厂，走到凤棲镇十字口街头，心乱如麻，不知何往。最后商议觉得还是回家为好，便各自回家。

黄志毅走到县委门口时被收发室的孔福成叫住，说："小黄，昨天你妈进城到处找你，说你们学校武斗打死打伤了好多人，着急得不得了。你赶快回去吧，免得她担心。"黄志毅听了立刻转身匆匆回家。

黄志毅回家后打听得知，吴梅馨带人夜袭普义中学只打伤了程绍武一人。当时程绍武站在后校门正中走道上，一听到密集枪声转身就往后跑。一个流弹打到地面弹起来钻进了他的左脚肚。他浑然不知，飞跑回到寝室，叫起害怕得不知所措的同学，逃到学校后面围墙下，人架人翻墙进入普义区政府躲了起来。

第二天程绍武作为武斗受害者，如英雄一般被普义中学学生和普义镇街上群众抬着游行，以示对武斗暴行的抗议和谴责。此后黄志毅经常想，那么密集的子弹怎么会只伤到程绍武一个人？难道都是向空中射击的么？

黄志毅回家后，孔惠英怕儿子在学校危险，不再像从前那样要求他回学校去。黄志毅也明白复课已经完全没有了可能，便不作他想，天天在家安心劳动。

星期六黄孝德回家，晚上对黄志毅说："你已经长大成人了，成人就要有成人的样子，头发该理的时候就要理，衣服该换的时候就要换，不修边幅的样子要不得。不修边幅对大学问家可以，对艺术家可以，对年轻人不适合。年轻人要振作，要有朝气，不要让人觉得总是邋邋遢遢窝窝囊囊的样子。"黄志毅说："农村做活路，没有必要穿得和城里人一样。自古笑烂不笑补，笑脏不笑洁。只要穿得干净，穿得周正就行了。穿得太好，与别人反差太大，反而觉得周身不自在。我特别喜欢鲁迅日本老师藤野先生的样子。"黄孝德说："你现在已经是大人了，总不能永远肩膀上打过肩，屁股上贴膏药吧？上个街，赶个场，走个亲戚人户什么的总应该穿得整齐一点。"黄志毅暗感奇怪："从来都要求艰苦朴素的父亲怎么突然说起这些来了？"

第二天黄孝德走时对孔惠英说："俗话说女人看手脸，男人看鞋裤。你赶场时候给志毅买一双鞋，扯几尺布做一条裤子，出门也好有个穿的。"

孔惠英按照丈夫吩咐，给黄志毅买了一双胶鞋、一幅带闪光点的灰色条纹布。黄志毅坚决不要这幅布，说穿起太显眼太难看，有点像二流子的样子。孔惠英退又退不掉，只好把布拿到鹤林缝纫社，请王师傅把布面反裁，粗糙里子做面子，闪光面子做里子。裁剪时王师傅笑着说："我当裁缝几十年，还从来没有这样整过。"

一天晚上孔惠英对黄志毅说："云长，你都这么大了，想过耍女朋友没有？"黄志毅说："还早嘛。"孔惠英说："不早了，男过十八九，衣破要人补。你现在的年纪早就到耍女朋友的时候了。"黄志毅说："慢慢来嘛。"孔惠英说："我们这样家庭，穷嫌富不爱的。你腰不好，要找个合适的女朋友还真不好找。俗话说有多大的脚，穿多大的鞋。我觉得找一个身体好、勤快老实，脸盘子上看得过去的就行了。你说呢？"黄志毅说："妈，不要忙嘛，有些事是勉强不得的。你不是说有缘千里来相会，无缘见面不相逢吗？等遇到有缘的了再说吧。"孔惠英说："话是这样说，这世上哪有七仙姑配董永这样的好事？"黄志毅看着母亲有些憔悴的面容，心中不由一阵难受，觉得母亲实在是应该有一个帮手了。孔惠英继续说："以前有几个人来提过，只是想到你要读大学，就都没有答应。现在书读不成，是该说这个事的时候了。现在的女娃儿耍朋友嘴刁。一要家庭成分好，哪个愿意把自己朝地富反坏右黑洞洞里头送？二要经济条件好，看住房，看粮食，看竹林果木，看家庭人口。毕竟过日子离不开柴米油盐嘛。三是不光要礼金，还要东西。手表、自行车、缝纫机、收音机这三转一响，少一样都不行。女娃儿身材相貌稍微好点的，尽都挑选参军的、有工作的，还有就是城镇街上居民。现在还有哪个喜欢读过书有文化的人啊？"黄志毅说："妈，你说这些我都知道。其实我对婚姻要求不高。只要人家真心喜欢我，身体好，能干，能分你的劳，解你的忧，让你高兴，不让你讨气就行了。"孔惠英说："不过脸面上也要看得过去，不能让人背后笑话。"黄志毅说："相貌一般就可以了，没有必要太好看，太好看了反而麻烦。关键是要对你好，对你不好，天仙我也不要。"孔惠英笑着说："话不能说得太过，一切随缘最好。"

十多天后，孔惠英问黄志毅："云长，你认识郑佳英么？"黄志毅说："认识，高小上学起就从她家门前经过，来来回回这么多年怎么会不认识？"孔惠英说："郑佳英爸今天来提亲，想把她许配给你。你觉得呢？"黄志毅说："妈你不知道，这么多年我们俩从来没有说过一句话。不过人面子上还看得过去，身体好，能干，吃得苦。"孔惠英说："郑佳英其实不姓郑，是怀通县明道场人，奶娃子时候就抚给了郑家。我觉得还可以，只是不知道你爸同不同意，他要是同意就定下来。你说行不？"黄志毅说："你们说行就行。"

星期六黄孝德回家，晚饭后孔惠英当着黄志毅面说了郑佳英的事。黄孝德说："这女娃儿我看到过，人还可以，只是她爸郑长南是端公，搞封建迷信到处骗钱，将来对志毅发展不利。我看就算了，免得以后惹麻烦。"黄志毅听了心慊慊的，有些若有所失的感觉。

几个月后郑佳英嫁给了黄志毅堂叔黄孝明。黄孝明家庭成分富农，与黄志毅家房挨房。此后黄志毅郑佳英见面次数一下多了起来，但是仍然互相不说话。

一个多月后，孔惠英对黄志毅说："云长，河对面郑晓英来给你介绍对象，是她娘家亲哥哥的女儿。上次你爸回来我给他说了。他说郑晓英都那么聪明漂亮能干，她侄女儿想来也该不会差到哪里去。同意你们见一面。你说呢？"黄志毅本不甚愿意，但想到母亲艰难，只好说："你们都说行，那就看一下吧。"

自从孔惠英说过郑晓英侄女事后，黄志毅心里便时不时要想起这件事来。心想相亲那天如果父母亲认可，郑晓英侄女同意，我也就同意算了，免得父母亲操心。

相亲这天黄孝德特意从农村工作队赶回来，端个矮板凳坐在屋檐下，一边抽烟一边看文件。孔惠英在灶房里忙着做饭。黄志毅在堂屋里看书。手里虽然拿着书，心中却胡乱猜想着郑晓英侄女一定会是一个很漂亮的姑娘。她们是大山里人，不是都说深山出俊鸟么？正想着，忽然听见门外郑晓英的声音："到了，就是这儿。"话音刚落人就走了进来，后面跟着一个二十来岁的姑娘，再后面是一个四十多岁的妇女。孔惠英走出来招呼三人坐下，自己也坐了。门口很快出现了七八个看热闹的邻居。黄孝德站起来一连声招呼："大家都进来坐嘛，请抽烟喝茶。"

黄志毅走到堂屋门口，装着不经意的样子扫了一眼坐在郑晓英旁边的姑娘。不看还好，一看心都凉了。这姑娘矮矮胖胖，头大颈短，鲜艳的白底红花衣裳紧裹着滚圆的身体；面色黑红，头发稀短，鼻大眉粗的圆脸上雀斑密布；左眼皮臃肉外翻，当门牙破唇外露。黄志毅从来没有看到过这么难看的女孩，以为眼睛看花了，把头掉过去再看，确属巨丑后一下就心慌意乱起来。他万想不到俊俏漂亮的郑晓英竟然会有这样一个丑得吓人的侄女。更想不到郑晓英会把这样一个如此难看的侄女介绍给他，让自己在邻居们面前丢人现眼。为了避开人们议论笑话，黄志毅立刻跨过门槛快步走出家门，拣偏僻地方走。慌乱中不知不觉爬上一道石埂，四顾无人便在石埂上坐下。坐了一会儿心情渐渐平复，见石埂那头下边平地里长着茂盛的玉麦和红豆。觉得这地方好像有些熟悉，仔细辨认看出是娃娃坟。

　　黄志毅一看出是娃娃坟，立刻下意识地看向埋葬着大妹晓花的那块地方。时间已经过去十多年，特别是经过大跃进时的大饥荒，娃娃坟已经没有了坟包，全都开垦成了种着庄稼的成熟地。黄志毅的心一下全都转向了晓花，想起了带她以及埋葬她时的情景。不禁悲伤地想道："晓花死的时候不到四岁，不知她幼小的心灵里面有没有过希望？她吃得粗糙，穿得破旧，没有享受过童真的欢乐；她不会说话，不能走路，只有坐躺，带着可怜和遗憾离开了人间；她什么都没有，有的只是掩埋她小小躯体的几平方尺土地和一捧黄土。可是，原本属于她的那一小块坟包也不存在了。她是什么都没有了，唯有的只是偶尔还能想起她的母亲和哥哥。我比她幸运多了。我读到了高中，到过省城，上过北京，见过毛主席。"一想到接受毛主席检阅那激动人心的场景，黄志毅立刻热血沸腾心潮激荡起来，把相亲的烦恼和怀念晓花的忧伤一扫而光。但是却又很快想到了自己的现实处境：前路茫茫，不知今后将会怎样。这样一想，不由沮丧地想道："这婚姻之事不提也罢！"

郑晓英走过去和黄孝德热情交谈，问这问那。黄孝德敷衍几句后站起来走进寝室。孔惠英跟进来轻声问道："你看要得不？"黄孝德没好气地说："啥子要得不？随便抓个人脑壳来安起就是人了嘛！"孔惠英见黄孝德把书报文件往挎包里装，诧异地说："就要走了？不是说明天走的嘛。"黄孝德说："我不走，四面八方的人都赶来看热闹，那样子摆起好看？"孔惠英说："那样子就不是人啦！"黄孝德说："你没有看见志毅都跑出去了？今后注意点，人家介绍了，你先去看一看，可以了再说。不要再弄来丢人现眼的逗人笑。这是志毅一辈子的事，不要只要是女的就要得。"

孝义大队成立毛泽东思想文艺宣传队，大队革委会主任佘文全安排黄志毅当队长兼编导。黄志毅不懂，好在跟元秉良学过一些，便猪鼻子插大葱样子干了起来。他们挑选十六个男女队员，给每个队员量身定制一套演出服装；买了锣鼓二胡乐器和几件道具，制一面红底黄字队旗；精选节目内容，按照与元秉良在一起时所见所学，量才取长进行排练。

宣传队员郑长松是歌唱天才，十四岁时流金地区文工团长专程到他家招他入团。他母亲死活不同意，说当戏子没出息丢人，三次都没有把他招走。郑长松虽然是初小文化，但是记忆能力特强，模仿电影歌曲惟妙惟肖，尤其模仿女声堪称一绝。他一人唱男女对唱，如果不看只听，完全听不出是一个人在唱。

黄志毅喜欢朗诵，以前无事时候经常练习朗诵电影《东方红》朗诵词和毛主席诗词。自感与广播电影差别不大，观众肯定能够接受。

宣传队演出以独唱、朗诵为主，中间串以舞蹈。舞蹈以动作整齐为主，优美为辅。演出不以节目多时间长取胜，而是以短小精干取胜，每场演出不超过一个半小时，让观众在感到枯燥乏味之前结束。孝义大队宣传队第一场演出便大受公社领导和观众好评。此后便到各大队巡演、联演。名声一出，附近几个公社都来邀请演出。

宣传队女队员佘玉春沉默寡言，排练节目接受缓慢，黄志毅自然要多指导她一些。队员毕秀清认为二人有意，便主动撮合。黄志毅本无心，经毕秀清一说，觉得佘玉春身体好，沉默寡言，老实本分，肯定是个能分担母亲辛劳的好帮手，便同意和她要朋友。佘玉春话极少，毕秀清问她同不同意，除点头说同意二字外，再无其他言语。

十月底，黄志毅接到原山县普义中学工人毛泽东思想宣传队通知，要求回校参加"文化大革命"。黄志毅到校后才知道不是参加"文化大革命"，而是参加毕业典礼。此时全县所有学校造反派都实现了革命大联合。一个多月后，吴梅馨成为原山县革命委员会委员、普义中学"文化革命"领导小组组长。

归校的学生们不再闹革命，也不再造反，规规矩矩地等待毕业典礼的到来。工宣队不说何时举行毕业典礼，既不安排学习，也不组织活动。学生们无所事事，经历两年半"文革"风雨后相逢一笑泯恩仇，大多又回到了革命开始前状态，自觉地以原班为主食宿，三五成群活动，叙友情，话别离，混时间。

一天下午黄志毅与班上几个同学从街上回校，见吴梅馨站在校门口，昂首挺胸，一手背在腰后，一手高举比画指挥贴标语，那气势有如将军指挥作战一般。一将功成万骨枯，黄志毅一下想起了那晚攻打普中的情景，不由大咳了一声。吴梅馨掉头看向他，有如看陌生人一般，然后很快把头掉了过去。

自那晚武装攻打普中后，黄志毅对吴梅馨看法大变：一个权欲熏心的女强人而已。不过吴梅馨的运气实在太好了，那么大的阵仗居然没有死一个人。如果死了人，那结局可能就不同了。这也许就是人们所说的命吧。

第十七回

大学梦断惜别普中　何去何从迷茫拨雾

黄志毅晚饭后，觉得好久没有到冯元光大老爷家去过了，想着即将毕业回家不知何时才能相见，便去向他们告别。到了冯家见门锁着，只好转身离开。见时间尚早，便独自一人沿操场外水沟散步，边走边回想自己与冯家四年多来的往事。

黄志毅到普义中学入学的第一个星期六下午，冯霓雯到学校来叫黄志毅去他们家吃晚饭。冯霓雯穿着朴素，但不掩体貌风华，引来不少学生注视二人的目光，弄得黄志毅很不自在。

到了冯家，黄志毅很快就感觉到了这是一个非常快乐的家庭。主要原因是大奶叶玉霞性格外向，能说会道，趣话特多，还很爱开玩笑。只要她一开口，其他人都会很快被逗乐得开心起来。

晚饭很丰盛，叶玉霞不停地叫黄志毅吃，冯元光不停地给黄志毅拈菜。冯霓雯笑着说："哎呀，你们搞些啥嘛？都弄得志毅不好意思了。又不是外人，也不是以后就不来了。"冯元光听了说："也是，今后就不拈了，志毅你想吃啥就拈啥。"叶玉霞说："礼节规矩格式还是要要的嘛。不过志毅你也要随便一点，就像在你自己家里一样。我这个人，不喜欢大男人扭扭捏捏大姑娘样子，心中想吃哪个反而不好意思拈那个。"冯霓雯大声说："哎呀妈，你看你说的啥子嘛！"叶玉霞说："我说啥了？难道我说我从前的自己都不行吗？"冯定元说："你明明说的黄志毅，怎么是说你自己？"叶玉霞笑着说："你娃娃只晓得挑你老妈的话漏子。你不知道人老脑壳空，说话像发疯说的就是你老妈？"冯元光转了话题说："志毅，以后你每个星期六都来吃晚饭吧。"冯霓雯说："就是嘛，反正又不远，几分钟就到了。"黄志毅觉得次数多了不好，但又不好拒绝，只好说："看情况吧，星期六晚上有时候我们学习小组要活动。"叶玉霞说："也好，反正你有空就来。"

或许是第一次去的原因，饭后叶玉霞又尽其所有地端出炒花生、炒胡豆和饼干糖果来，摆满了一茶几，不停地叫黄志毅吃。走的时候还硬塞满衣兜，弄得黄志毅很不好意思。

第二个星期六下午冯霓雯又来了，问黄志毅有没有学习活动，如果没有就去吃晚饭。当着同学面黄志毅不敢撒谎，只好说没有活动。

晚饭后闲聊，叶玉霞对冯元光说："我们面店现在不准职工吃面了，如果吃必须出和顾客一样多的钱。"冯元光说："我们茶铺还不是和你们一样？吃茶都要自己掏钱。"黄志毅说："咋会管得这么严？"叶玉霞说："志毅你不知道，这才刚开始，听说县商业局文件已经下来了。工作两年以上的职工，凡是吃过本店东西的，不管吃多少，哪怕你只吃过一次，都以两年每天一碗面计算扣钱。工作不满两年的吃多少扣多少。我们面店的人工作时间都在两年以上，每人每天扣一碗面的钱，两年七百多天，你说要扣好多啊。"冯霓雯说："咋能这样搞？要实事求是嘛。"冯元光说："咋不是实事求是？凡是面店卖面的有哪个没有吃过面？吃了多少哪个说得清？要我说还没有扣干净。其他不说，你们吃面放的肉臊子和调料总比顾客的要多些嘛。"冯霓雯说："这倒也是。"叶玉霞说："今后不管饭店面店，凡是卖吃的数量质量必须保证，县上派人下来检查。"黄志毅说："这不好查。""怎么不好查？好查。"冯元光说："俗话说乡巴佬不识货，看堆砣。比方一两茶叶规定放多少杯，每杯茶叶应该是多少一眼就看出来了。卖面也是一样，一碗面二两够不够一看就知道了。"黄志毅说："检查的人咋知道？"冯元光说："咋不知道啊！商业局私改组的人，专门吃这碗饭。一斤米煮多少饭，一斤生猪肉卤几两熟肉，啥子都早就弄清楚了。"叶玉霞说："就是不检查也没有人敢了。职工吃首先罚领导，而且罚得比职工还重。你说谁还敢吃？反正我是不敢吃了。"冯元光说："这样做好，对顾客公平。群众就是需要公平，社会没有公平就没有太平。"黄志毅听了心中暗自称奇道："这大老爷认识水平怎么会这样高？莫非是当和尚学的么？"又想道："这不可能吧。"

黄志毅归宿假进城，吃饭时对父亲说了冯元光叶玉霞讲的食品服务行业管得很严的事。黄孝德说："是应该管严嘛，上面文件早就下来了。"黄志毅说："大老爷家实在太热情了。我觉得以后能不去就不去为好。还有，每个月十斤米我想不去拿了。我怕你结账付钱时他们不要。反正到自由市场买也是一样，都要出钱。欠人情太多了不好。"黄孝德说："那好吧，不过你还是要把这一学期拿满，我好付钱。也免得他们多心。"

"文化大革命"开始后，冯霓雯经常呆在家里。黄志毅便时不时去和她摆龙门阵，但几乎都不吃饭。一次，黄志毅发现袖口破损处白线条露出来了，便随手把它扯掉。哪知冯霓雯见了竟然一下笑起来，说："啊哟，那是白线嗬？我早就看到了，还以为是虮子呢。"黄志毅心中顿时不了然起来："莫非这就是我在你眼中形象么？"

冯霓雯人如其名，确实长得非常漂亮。但是老天从不让人完美无缺，年纪轻轻竟然患有哮喘病。没有发作就是美人：体态婀娜、容貌俏丽、娇美异常；一旦发作形貌大变：嘴唇青乌、脸色发紫，咳痰不止，呼吸发出难听的哮鸣声。一次发作，黄志毅见她难受，说："去请医生看吧。"冯霓雯说："咋没有看啊，每次发作都在看。"黄志毅说："要治就彻底把它治好。"冯霓雯说："枉自，先天性的。"黄志毅说："请好点的医生。"冯霓雯说："很多专家都看过了。说法都一样，治不断根。"黄志毅说："你把每次发作的原因症状情形记下来，参照对比，总结经验，避开发作条件，不让它发作。慢慢不就好了？"冯霓雯面露无奈神色但仍然微笑着说："没事，过一阵就好了。"

一天下午，黄志毅到冯元光家，见只有冯定元一人在，问："你大姐呢？""进山拉木头去了。"冯定元回答。黄志毅便和冯定元闲聊，聊了一会儿站起身说："走了。"冯定元一下挡住门口，嬉笑着说："你走了谁有本事和我冯大侃对聊？这样吧，普天之下难得有人能吃到我冯大厨亲手做的饭，今天就让你见识见识我的厨艺。做得好帮我宣传，做不好帮我夹倒。吃了饭我们继续侃怎么样？"黄志毅知他极少做饭，见他又如此说法，只好留下。二人吃了饭又聊，聊到深夜，黄志毅起身离开。冯定元说："你是逍遥派，回学校也没有什么事，干脆和我一起睡算了。"黄志毅想确是如此，便跟着冯定元上楼睡下。冯定元很快就睡着了，黄志毅认床睡不着。正后悔着不该在这里过夜时，忽然听到开门声，然后是叶玉霞说话的声音："今天张师傅帮这么大的忙，又跑那么远的路，霓雯身体又不好，饭一定要做好点。""晓得。"冯元光说。不多一会儿便闻到了肉的香味，过了一阵叶玉霞说："咋搞起的啊！这么晚了还不回来。"冯元光说："那么高的山，说回来就回来了？"

正说着，有汽车开过来的声音，然后是停车声，接着是拍门声。开门声过后冯元光说："张师傅辛苦了，快些进来。"叶玉霞说："你们回来得正合时，饭刚做好，洗了脸吃饭。"只听冯霓雯大声说道："吃啥啊吃？先把木头下了吃！"接着是一阵出门的脚步声。过了一会儿脚步声转来，只听冯霓雯轻声问道："爸，志毅来过么？""没有来过。"冯元光回答。

黄志毅早就听说过，湘徽203汽车队支援三线建设，把原山县煤炭运到汇津县，保国防工厂用煤。普义镇地处原山汇津两地中间，司机们往返大都在普义镇吃午饭，时间一长普义镇居民和司机们熟悉起来，偷偷合作做生意：一方负责买卖，一方负责运输。后来发现木材稀缺，便把西部林区木料拉出来卖高价。湘徽203汽车队司机远离家乡难得回家，有的图方便索性长期住在普义镇，以至出现了快速致富的八大金花之说。

黄志毅知道高寒山区对冯霓雯心肺功能极其不利，如果不是经济非常困难，冯霓雯断不会冒险进山。不禁对冯霓雯的身体暗感担心。

毕业离校的日子越来越近，黄志毅景福康郑世军三人觉得毕业后各谋生计，天各一方，相见不易，便商量聚一次餐。地点选在离普义镇不远的怀通县正宗场，据说那里的菜好吃，价钱还不贵。临出发时候冯定元来了，这段时间他几乎天天和三人在一起，便叫上他一起去。

普义镇离正宗场八里，四人说说笑笑不知不觉就到了。正宗场街道没有普义镇整齐，也没有普义镇大，但是远比普义镇热闹，农产品也比普义镇丰富。四人像旅游一样边走边看边说笑，很快把大街走完折回到场中心十字口，选了一家比较整齐干净的食堂，围着临窗方桌坐下。服务员走来问吃什么，四人点了几样菜，要了一斤散酒。不一会儿酒菜就端上来了。酒装在一个大斗碗里，端起轮流着喝。这是黄志毅三同学第一次在一起喝酒。好像都不胜酒力，喝几口就都摇头说不想喝了。冯定元年纪虽小，却刚好跨进城镇知识青年上山下乡年龄。平时在一起就他有说不完的话，此时几乎一言不发，每次轮到他喝都是来者不拒，猛喝一大口。

四人喝了一会儿闷酒，冯定元说话开始口齿不清。黄志毅劝他不要喝了，伸手正要把酒碗从他面前拿开时，他竟双手一下捧起来，仰头咕咚咕咚不取口把酒喝完了。黄志毅问他吃不吃饭，他摇头说不吃；叫他喝水也说不喝，站起来跟跟跄跄往外走。上到街上偏偏倒倒从街左边走到右边，又从右边走到左边。黄志毅去扶他，他把黄志毅手推开，说走得动。为防他跌倒，黄志毅三人只好紧挨在他身后和左右。四人走走停停来到景星辉新公馆门口，冯定元背靠珍楠树滑到地上坐下，头一歪就睡着了。三人只好连架带扶着把他弄回家。冯霓雯见了不满地说："元元醉成这个样子，你们这是咋搞起的啊？"三人不好解释，微笑着转身走了。

普义中学学生们好不容易等到毕业典礼这一天。上午九点过，全校学生齐集大礼堂参加毕业典礼。典礼草率得令人心酸。没有设主席台，没有会标，没有鲜花，没有桌椅，没有歌声，没有乐曲，满地纸屑和灰尘；所有学生全都站立在大礼堂台下的水磨石彩色花纹地面上。没有一名教师和学校领导参加，至少缺了好几百名学生；没有人组织指挥，也没有人维持秩序。学生们都下意识地集中在"文化大革命"前各班级自己原来的位置，面向主席台默默站立。黄志毅回想起四年多前隆重的开学典礼和两年多来打打闹闹的喧嚣时光，觉得真有如恍若隔世一般。

　　对于这次毕业，学生们心里都很明白。这是历史上大得不能再大的毕业典礼了。这一典礼将把全校所有学生：从未读满一年初中到读满三年高中的六届所有学生统统典礼出去。典礼后的学校将没有一名学生，教师们也将被下放到农村各公社去接受贫下中农再教育。这所省内外久负盛名的学校即将要成为有名无实的空校了。

　　这时大礼堂外走进来两个人，一个是县革委派驻学校的毛泽东思想工人宣传队队员，另一个是学校三结合革命领导小组成员、学生厨房校工李师傅。两人一脸严肃地走到学生们面前站定，学生们立刻安静下来。工宣队员大声宣布："同学们，现在毕业典礼开始。请李师傅讲话。"李师傅从衣兜里掏出一张纸来，双手微微颤抖着把纸打开，结结巴巴地大声念道："根据上级决定，准许同学们毕业。同学们毕业后要继续坚持搞好无产阶级'文化大革命'，不辜负毛主席党中央对同学们的期望。会后同学们各自到后勤组领取毕业证书。"李师傅一念完，工宣队员便宣布散会。一散会，学生们便都争相涌向后勤处领取毕业证。尽管都知道这毕业证没有多少用处，但它毕竟是人生这段经历的见证。

黄志毅拿着毕业证一边走一边看。淡黄色的毕业证书十六开，印着毛主席头像和毛主席语录。上面写着"我校学生黄志毅，经受了无产阶级文化大革命的锻炼，学岑已到毕业期限，准予毕业。特发此证。"黄志毅照片和毕业时间上分别盖着原山县革命委员会、普义中学工人毛泽东思想宣传队相同的两个印章。

黄志毅看着毕业证书，想起了开学典礼上褚天健老师发动机和助推器的致词。想着如果没有"文化大革命"，自己应该是大学二年级学生了。现在加油机熄火了，助推器毁坏了，龙门梦断的鱼儿们，带着扑腾挣扎的伤痕和疲惫，又都要各自回到来时的河沟里去了，想着想着眼睛竟有些湿润起来。黄志毅又仔细看那毕业证书，发现把"学龄"写成了"学岑"，想这或许是工人宣传队的发明创造吧。

为了天黑前赶到家，黄志毅背上行李，站在寝室门口双手抱拳向室内的同学们躬身一揖，高声说道："各位同窗，本人先行一步，以后再见了！"说罢转身大步离去。

走到前校门，黄志毅不由自已地回首仰望。看着建校纪念塔、熟稔的校门和两排高大的法国梧桐树，心中默默说道："别了，普中。感谢你曾经给我的梦想和希望，只是现在我的梦想和希望又是在哪里呢？"

为了不走弯路，黄志毅穿过前校门对面的煤坪，避开大街，沿着水沟走三百米左右上公路。黄志毅对这条水沟印象极深。几年来从家里或者从县城回学校，因为碎石路太损鞋，很多时候都是赤脚而行，到了这水沟边先把脚洗干净，穿上鞋了才进校。看着清澈的流水，想着洗脸洗脚时的清爽舒畅，黄志毅不无伤感地想道，今后永远也不可能在这里洗脸洗脚了。

上公路后，黄志毅想起"文化大革命"前走在这条路上的情景。那时总觉得前程似锦，一片光明，踌躇满志地边走边反复哼唱着最喜爱的中国人民解放军军歌："向前，向前，向前，我们的队伍向太阳。脚踏着祖国的大地，背负着民族的希望……"这首雄壮有力节律特强的歌曲，即使在走得非常疲乏的时候哼唱起来，心里也会产生出一种一往无前的勇气和无坚不摧的力量。可是此时黯然神伤的黄志毅，已经没有心情去哼唱这首支撑自己的歌曲了。

黄志毅不知道这条路来回走了多少趟，记得最清楚的是从来没有乘过一次汽车。冬天要好些，走着走着就暖和了。最难受的是夏天，没有草帽，更不可能有伞，头顶烈日，地气蒸腾，整个人有如行走在蒸笼里一般，浑身是汗。由于打赤脚，锋利的碎石时不时把脚板刺得生痛。因此便专挑自行车轮胎压出的车辙或者汽车轮胎压平的地方走，但是偶尔仍然会踩在石尖上痛得脸歪嘴咧。拉煤汽车风驰电掣般从身边冲过，车后卷起滚滚黄色烟尘。车过尘消后行人头脸全身上下像染上了一层黄褐色颜料。有时拉煤汽车太多，公路好像整天都笼罩在黄尘中。每遇到这种情况，黄志毅干脆把上衣和长裤脱下，穿着短裤行走。

其实回农村当农民黄志毅早已经知道，也曾经为此懊丧气馁过，但毕竟还没有到回去的时候。现在真要回去了，那感觉就不同了。大学梦断回家后，自己就是一个背着太阳过西山、没日没夜辛勤劳作、靠挣工分吃饭的社员了。特别是想到将要在偏僻荒凉贫穷落后的黄家沟终老一生时，内心深处便不由自己地产生出一种从未有过的沮丧。觉得自己好像是一个孤独的远行者，被似有似无的道路引进了茫茫无际的荒野，在夜色中产生出迷踪失路的恐慌。

黄志毅走到高柏树，想起右边不远处林盘后面便是吴梅馨的家。那是一次放归学假同行走到这里时她指给他看的。她还指着高柏树下不远处一块地面，说那是原山县临近新中国成立时革命烈士尹汝森牺牲的地方。

公路从两棵高耸入云状如华盖的柏树中间穿过。虽是冬天，黄志毅走得急并且背着行里，因而也就有些出汗了，便把行李放树下歇息。看着尹汝森烈士被杀害的那块地方，想起了《原山英烈传》记载的尹汝森被杀害经过。尹汝森是原山县人，地下工作被捕后受尽酷刑坚贞不屈。在被押往原山县城时，为了向地下党同志报警和宣传革命，沿途不停地大声揭露国民党暴政，高喊革命口号。押解他的国民党军官为了制止他宣传呼喊，对他不停暴打。但无论怎样毒打，尹汝森都不停呼喊。走到高柏树时，为制止尹汝森宣传呼喊，国民党军官打了尹汝森一枪。尹汝森受伤后仍然不停地讽骂国民党反动派，恼羞成怒的国民党军官命令押解人员开枪齐射。尹汝森当场被打得面目全非，壮烈牺牲。尹汝森是省城银行职员，家庭十分富有，为个人利益计完全没有必要参加革命，但是他却甘愿舍弃个人幸福视死如归。黄志毅想到这里，陡然觉得自己为回家后的前途担忧到如此程度，实在是有些颓丧消沉了。这样一想，不觉心生惭意，心情渐渐平复。

黄志毅到家的时候，生产队长邱景清、会计吴良康正在和孔惠英核对全年工分肥料。邱景清问："回来啦？""回来了！这次是彻底回来了。"黄志毅故意提高声音。

邱景清微笑说："回来了也好，外面打打杀杀的，回来了你妈就少担心你了。"然后对吴良康说："你给记分员说，黄志毅以前出工是学生底分六分，从现在起按全劳力十分计算。"
吴良康说："读这么多年书又回来劳动，实在是有些可惜了。"
邱景清说："政策就是这样有啥法？不过读过书，知识装在肚皮里头，永远是自己的，谁也抢不走。"吴良康说："现在知识有啥用？不要说高中生，大学毕业的老师都要下到生产队当农民，和社员一样挣工分吃饭。"邱景清说："话是这样说，有文化总比没有文化强。你就读过书，虽说读得不多，但是挣的工分却和我差不多，比我这个一字认棒槌的队长化得过。"
吴良康笑着说："你是一队之长，咋能这样说？"邱景清说："咋不能这样说？六二年大精简，我们厂没有文化的全部回农村。我年年都被评为先进，工厂大门口光荣榜上，我的相片从来没有取下来过，结果还不是被精简回来了？要是我有文化，我还会在这里当这个吃亏不讨好的队长？"

孔惠英问道："吴会计，生产队今年的劳动报酬有去年高么？""差不多，每年大概都是在二角三四分左右。"吴良康回答。孔惠英说："年年补钱，去年补一百多块，今年又要补那么多，哪里去找这个钱啊？"吴良康说："志毅回来明年肯定就要翻身了嘛。"邱景清说："翻身是翻不了的，只能说要好点。我们生产队仙根摆在那里，就是有天大本事的人来当这个队长也翻不了身。"

晚上，黄志毅躺在床上怎么也睡不着，总想着补生产队钱的事。一年辛辛苦苦干到头，分的粮食不够吃不说，还要补那么多钱，这钱到哪里去找？

黄志毅又想起邱景清说的仙根。这仙根就是生产队人多地少，缺粮人家太多。每年都要吃国家返销粮和困难补助粮，但数量有限，如毛毛细雨一般完全解决不了问题。外出找钱又不允许，说是资本主义。很多人家便靠农闲捡柴、砍柏夹竹、讨笋子，甚至偷砍山上树木维持生活。尽管这样辛劳，日子仍然过得很紧，难得看到有人穿一件新衣，吃一顿肉。不过也有例外，黄孝扬家院子里有一棵合抱不拢的大梨树，每年可卖两百来元。

体制下放后，很多人家便把房前屋后空地都栽上了果树。

去年春节前，上级为彻底铲除农村资本主义尾巴，要求每家每户全部砍掉近几年所栽果树。

今年春节后队长邱景清按照文件要求，拿着弯刀首先来砍孔惠英家梨树。梨树是体制下放那年九月黄明艳去公社开会，见公社苗圃在推销苍溪梨树苗，临时起意买回来栽的。一共买了七棵，房后栽一棵，院子里栽一棵，剩下五棵全部栽在门前自留地里。自留地土肥，五棵梨树都长得枝繁叶茂，去年试花，今年挂果。

邱景清在门外大喊："孔惠英，生产队你是副队长，又是党员领导干部家庭，你自己带头砍，我就不砍了。"孔惠英不出门，也不应声。邱景清便走过去挥刀猛砍。不一会儿便把五棵斗碗大梨树拦腰砍断了。房后和院子里两棵梨树长得矮逃过一劫没有被砍掉。

黄志毅听到砍树声音跑出门看，见自留地里苍溪梨树在邱景清刀口下横七竖八胡乱倒在地里，心中真有些滴血的感觉。但是敢怒不敢言，而且觉得邱景清也说得对，党员领导干部家庭不带头谁带头呢？

邱景清砍了孔惠英家梨树后，又去砍黄孝良家果树。黄孝良参军平叛剿匪作战受伤立功，转业到国防工厂工作。六二年精简回家那年把自留地全部栽上了果树，一共有四五十棵，有的已有收成。黄孝良见邱景清持刀来了，黑着脸问道："邱景清，你是不是真的要砍？"邱景清说："怎么不真？你没有看见我把孔惠英家的都砍了？"黄孝良说："不说了，你真的要砍就放马过来！"说着把手中扁担作了一个劈刺动作，然后把扁担向空中一抛，身体旋转一圈接在手中，顺势向下一个猛击，回步挺身取势作拼刺刀状，大声吼叫道："邱景清，你是清楚的。这几十棵果树就是我全家人的命，你要我全家人的命，老子先要了你狗日的命。就算当年土匪子弹打端我死在战场上了！"说罢把扁担往地上一杵，挺立不动。邱景清吓得不敢说话，更不敢上前，对立了一会儿转身走了。

看着欺软怕硬的邱景清偃旗息鼓悄然而去的背影，黄志毅想这是怎么搞的啊？不准多养家禽家畜，不准多种农副作物，不准单独外出卖工，不准在家行手艺。总之除了生产队挣工分，什么谋生的事都不准干。生产队种的粮食交公粮后不够吃，不要说过好日子，就是把这困难日子维持下去都难。屈原说，路漫漫其修远兮，吾将上下而求索。这证明屈原当年尚有求索之路可走。现在四壁合围无路可行，如何求索？有人说一张白纸，可以画最新最美的图画。可是现在什么都不准干，这图怎么画呢？

黄志毅回到家里，坐到堂屋椅子上闷想了一会儿，愤然提笔写道："画地为牢种庄稼，严禁谋生走四方。鸡鸭猪羊多限养，桃木李果亦遭殃。欲行手艺空望眼，买卖有心难开张。历来圈纳皆弱善，箍爆强梁怎收场？"写罢看了一遍，觉得似有不甚妥当之处，随手放进抽屉中。

晚饭后黄志毅又到堂屋里静心细想，越想越觉得这农村确实是一个广阔的天地。路很多，完全可以实现大有作为的理想。但是为什么什么路都要堵着，唯留一条生产队集体劳动之路呢？

或许还有其他道路没有发现，或许对回乡下乡知青来说，首先必须要经历困难生活，通过艰苦劳动这一关。在"苦其心志，劳其筋骨，饿其体肤，空乏其身"的历练中实现"所以动心忍性，行拂乱其所为"的目的。人的一生会有很多动心，而这很多动心会产生很多行为。只有动心而行为不乱的人才可能是一个高尚的人，纯粹的人。决不能小看了这一目的，这一目的是做人的立身之本、行事之基。实现了这一目的，人的一生就有了最坚实的根基。

第二天晚饭后黄志毅又想起农村个人前途出路的事，越想越茫然，便出门散步解闷。忽见路边土墙上贴着一张毛主席语录："我们的同志在困难的时候要看到成绩，看到光明，要鼓起战胜敌人的勇气。"毛主席的话使黄志毅一下清醒起来：现在再困难有革命战争年代困难么？怎么一遇到困难就气馁了呢？人的一生前进道路上困难多的是，这种心态怎么能冲出山沟，踏上希望之路？我还年轻，路是有的，或许只是一时不知道罢了。鲁迅先生说，这世上本来没有路，走的人多了便成了路。慢慢探寻吧。即使没有路也应该蹚出一条路来，天下哪有被尿憋死的活人？黄孝良不是逼退了邱景清么？现在最要紧的是应当坚定信心，鼓起勇气，决不退缩才是正理。这样一想那精神立刻振奋起来，身心顿感轻松了许多。

黄志毅清早起来，天淅淅沥沥下着小雨，既不能上山捡柴，又没有其他事可做，便按照昨晚思路继续寻思。

黄志毅认为，目前应对困难和消除烦恼的最佳方法，是必须要创造一个便于学习和修身养性的环境，从而站稳进取立场，筑牢思想根基。这样一想觉得应该首先打扫清洁卫生，把堂屋布置成宜学宜思之地。于是先把全家房屋地面打扫干净，在屋檐壁下摆放好家具农具。然后除去堂屋房梁屋角蛛网和墙壁门窗灰尘，把板壁窗棂桌椅用水洗擦干净。做完这些后在神龛下面桌边坐下来，拟定了一个详细的生活起居劳动学习计划，贴在椅边板壁上，便于天天看着照办。

早饭后黄志毅见雨仍然下个不停，便在堂屋板壁上张贴毛主席诗词。这些诗词有的是同学抄送的，有的是自己抄录的，楷行隶草都有。

黄志毅先在神龛右边板壁贴上《沁园春·雪》，认为毛主席所有诗词中《沁园春·雪》社会影响最大。由于词作文字功底极厚，文学造诣极深，思想境界极高，因而一出现便激起了社会各界仁人志士墨客骚人以及胸怀风流壮志者的情感共鸣，产生出巨大的社会效应。

紧挨着《沁园春·雪》，黄志毅贴了《沁园春·长沙》。黄志毅觉得这阕词对青年极具激励之情。词中写的虽是湘江深秋景色，却处处洋溢着勃勃生机，毫无一丝凋零败落颓废惆怅之情。那万山红遍、层林尽染的瑰丽风光；那鹰击长空、鱼翔浅底、百舸争流、万类霜天竞自由的龙腾虎跃场景；那问苍茫大地，谁主沉浮的英雄气概；那到中流击水，浪遏飞舟，不惧艰险、勇往直前的大无畏精神；那漫江碧透，不是春光胜似春光的明媚图景，等等这些巧夺天工的绝妙词句吟诵起来既是精神上的享受，更是对灵魂的纯净。特别是那"问苍茫大地，谁主沉浮？"的历史浩问，使黄志毅无数次浮想联翩，不由自主地产生出投入峥嵘岁月，指点江山，激扬文字，粪土当年万户侯的联想和冲动。

黄志毅贴了《沁园春·雪》和《沁园春·长沙》后，在座位对面板壁贴上《忆秦娥·娄山关》。黄志毅觉得此时的心情与毛主席填这阕词时的心境差不多：一切都将从头开始。无论雄关漫道怎么如铁，无论苍山怎么如海，无论残阳怎么如血，总之无论前途多么曲折艰险，此生都只能是自古华山一条道，破釜沉舟向前冲了。黄志毅要让自己每天都看到这阕词，每天都想到自己的处境，坚持信念，不屈不挠拼搏奋斗。

贴了毛主席词后，黄志毅在寝室床头板壁上贴了自己颜体楷书的鲁迅诗："万家墨面没蒿莱，敢有歌吟动地哀。心事浩茫连广宇，于无声处听惊雷。"他要把它作为自己的起居铭。警醒自己要胸怀广宇，心念万家。希望自己能够在这山沟沟里爆出一声惊雷。

张贴完毕，黄志毅在方桌上摆好笔墨纸砚。纸是在学校收集，同学们写大字报丢弃的废纸，笔墨也是在学校捡的弃物。唯有砚台是自家的，长方体，石质细腻，雕刻着兰花图案。尚氏祖母说是端砚，湖广填四川时先祖从麻城县孝感乡带过来的。然后在桌上整齐摆上《毛泽东选集》和《毛主席语录》。其他书如《论共产党员的修养》《青年修养通讯》《历代散文选》《东周列国志》等仍悉数藏放在楼上玉麦壳中，看时去取，阅后放回。其实这些书在没有被说成封资修的时候黄志毅很少在意，个别文章看了也就看了，从未想过它的对错。现在说它是毒草，倒觉得应该看看究竟错在何处？为什么错？看来看去，觉得除了陈旧过时的封建思想礼教应该摒除外，其他不仅不宜批判，反倒应该保留甚至宣扬。比如《论共产党员的修养》倡导慎独。慎独的意思是个人独处失去监督的时候，要坚持做好事不做坏事。其实质就是要求共产党员在任何情况下都要做好事不做坏事。如果每个人的思想道德修养都到了这种程度，那不就都成为圣人了么？那不就真的实现路不拾遗，夜不闭户，天下太平了么？又比如蜀州孝廉李密，为了侍奉祖母，数次拒绝晋武帝令他进京做官要求，写出了千古名篇《陈情表》。百善孝为先，这种为了尽孝道而置功名利禄荣华富贵于不顾的思想行为，难道不应该肯定吗？说它是毒草，真是百思不得其解。

下午雨停，黄志毅忽发奇想，爬到寝室房上，把房瓦捡成七孔，成北斗七星状，用透明塑料代替亮瓦，躺在床上就能够看到"北斗星"和"北极星"。冀望在迷茫的时候能够为自己指明前进的道路和方向。对这一可笑行为，黄志毅经常怀疑自己是不是受母亲影响太深，封建迷信思想作祟所致。但是这确实是自己的真实想法。毕竟人在走投无路的时候是什么路都想走一走的，因为有路总比无路有希望。

黄志毅房上检瓦的时候，在瓦下脊檩上发现一个纸包。纸包非常陈旧，看来已有了好多年。打开看是一张陈旧照片，全都是穿着长袍马褂的男人。于是拿给母亲看。孔惠英接在手中看着说："这些人全是你爷爷当伪保长时金鹿乡的有名人物。"然后指着后排左边一个人说："这个是你爷爷。"指着前排中间一个人说："这个是你二老爷黄泽拔。"黄志毅这才知道了二人模样。

黄志毅估计照片可能是父亲放上去的。此后，再也没有看见过这张照片，或者是被父母亲烧掉了吧。

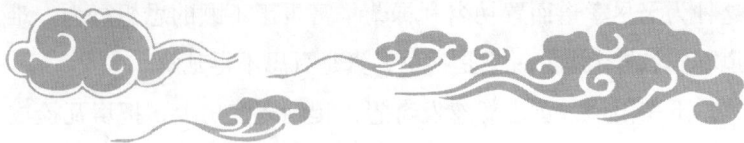

第十八回

一根筋昏恋甘受辱　　前途茫胡思谋出路

余文全对黄志毅说："离过年还有十多天，你从学校回来，宣传队一天都没有练过。公社革委会昨天开会，要求春节时候全公社宣传队汇演。你抓紧点，争取拿个好名次。"黄志毅听了组织队员天天排练，一直练到腊月二十九放假。

春节汇演结束后，金鹿公社各宣传队全部解散。这对黄志毅是一喜一忧。喜的是没有了宣传队工作的负担，忧的是绝了与余玉春见面的机会。黄志毅只好把与余玉春相恋的事告诉了母亲。孔惠英说："你和余玉春的事我和你爸早就听说了。你不说，我们也不好过问。既然你说了，那我问你，你知道余玉春妈周文英品行不好么？""不知道。"黄志毅回答。孔惠英说："周文英新中国成立前就和三队木匠褚华风有勾搭。余玉春父亲上吊死后，褚华风马上就搬到她们家住在了一起。"黄志毅说："这关余玉春什么事？""怎么不关余玉春的事？"孔惠英说，"俗话说前行后效。买牛要买叉角鼓，开亲要看老丈母。近朱者赤，近墨者黑，当妈的都是这个样子，女儿会好到哪里去？"黄志毅知道这是父亲的意思。母亲没有文化，是说不出朱呀墨呀这些话来的。于是说道："妈，你们说的有道理，这样吧，我了解一下，如果她和她妈一样品行，我立马和她断绝往来。"孔惠英说："还有佘玉春没有文化，家教不好，性格古怪，不懂人情物礼。他们生产队的人都叫她女蛮子。这些你都要想好，不然要吃亏的。"

为了弄清楚佘玉春的品行，黄志毅向佘玉春提出到她家去看看。佘玉春不仅爽快答应，而且说来那天亲自到沟口接他。

佘玉春带着黄志毅来到石壁沟，沟口外完全看不到沟里面住有人家，进沟转弯才现出一大片田园房舍来。黄志毅跟着佘玉春走进一座四合院，一个枯瘦老头坐在木马架子上低头给木条打眼。木马地下小板凳上放着茶杯，周围全是刨花木屑锯末，显得乱糟糟的。佘玉春走过去不看老头一眼，一手拿起茶杯放到地上，一手拿起小板凳。那茶杯还没有放稳就松了手，立刻就倒了，茶水淌了一地。老头眼角瞟了茶杯一眼，毫无表情地继续打眼。佘玉春把小板凳放在黄志毅面前说："坐。"然后进屋去了。黄志毅断定这老头就是褚华风了。想道："怎么这么鲁莽啊？都这大把年纪了，再不对也不应该这样对他嘛。看来还真是个女蛮子。"便没有坐，站着看褚华风打眼。

佘玉春端一碗茶出来递给黄志毅说："喝。"黄志毅喝了一口，带着烟味，明显是灶门上粗砂吊壶的红白茶。把碗递回给佘玉春，问："你们家里人呢？""我不是人？"佘玉春回答。一个十来岁男孩蹦跳着跑进来，边跑边嚷："爸，凉椅打好没有？买主来拿来了。"说完笑嘻嘻地看向黄志毅。佘玉春大声吼道："勋摆，还站起做啥？霜都化了，还不快点把羊子牵上山去！"勋摆大声说："噫！你咋不牵？"佘玉春扬手赶过去。勋摆做个鬼脸跑出去了。不一会儿房后半山上传来勋摆赶羊胡吼乱叫的吆喝声。

一个五十岁左右年纪，面目干净、穿着整齐的妇女和一个男人走进来。妇女好像早就认识黄志毅似的，说："黄志毅来啦，站起干啥？坐坐，坐嘛！"见黄志毅坐了，掉头对褚华风说："褚老嘴，你还没有打好啊？张大哥都来拿来了。"褚华风轻轻偷咳两声，仍然毫无表情地低着头，边打眼边说："堂屋里面。"佘玉春指着女人对黄志毅说："她叫周文英。"周文英像没有听到似的，转身进堂屋提一只新凉椅出来，放在男子面前说："张大哥，你看要得要不得？"张大哥拿着凉椅颠来倒去看了几遍，又用力拍了几拍，说："褚大爷小木工手艺是没的说的。这凉椅虽说是柏木，只是木条细了点。"褚华风一连干咳几声，带着痰音说："细了点？你旁边的比这个还细。你去用力坐，坐垮了不要你赔。"张大哥果真坐到旧凉椅上，上身向下堕闪了好几下，又用力按了几按两边扶手，站起来说："还算结实。"给了钱，提着凉椅边向外走边说："承让。"周文英送到门口，转回来对佘玉春说："你站起做啥？还不快点到地里去弄点菜回来做饭！"

佘玉春一出去，周文英对黄志毅说："你进来坐。"黄志毅跟着走进灶房，在矮饭桌边凳上坐下。周文英也坐了，停了一下说："黄志毅，正好你今天来。你和玉春的事她一点都没有给我说过，我是听别人说的。我问你，你父母同意不？"黄志毅说："我同意他们就同意。"周文英说："那好，我这个人喜欢干脆。有些事必须要先给你说清楚，同意就同意，不同意趁早，免得以后话多。不怕你笑话，我前后一共生了九个娃娃，只长起来五个。老大佘永青，结婚就分家了。低标准时候他们爸为一点小事和大儿媳吵，想不过上吊死了。他死了倒好，丢下我们五娘母就惨了，要吃没吃，要穿没穿。我实在没办法，只好把老二佘永良抚给坝区一户姓和的人家，这家夫妻无儿无女，佘永良就改姓和了。我把老二抚出去后，把老四佘永华抚给了离老二家不远姓褚的孤老头，取名褚松云。他俩弟兄一走，这家里就只剩下玉春永勋我们三娘母了。玉春十一岁，永勋五岁，我还是没有办法养活他们。就把玉春抚给山里头一户人家，心想保得一命算一命。但是玉春死活不肯去，送去又跑回来，送几次跑回来几次，最后是再怎么打骂她都不去了。没法，只好三娘母一起过。这时褚老嘴家褚大娘死了。褚老嘴就带着他的小女儿褚秀英来了。可是佘玉春不要人家来，不仅乱骂，还拿木棍乱打撵人家走，到现在都还不认他们。不和他们说话不说，还经常欺负褚秀英。我们佘玉春是独女，她伯伯在的时候最心疼她，她也最亲她伯伯。以前爱说爱笑爱跳的，自抚出去回来，褚老嘴来后脾气就变了，不仅不听我的，还动不动就对我发火。不爱说爱笑了不说，还犟得很，话也少多了。我们佘玉春没有文化，小学一册都没有读完。上树砍柴，下田栽秧，喂猪割草，缝缝补补这些粗活难不倒她。但是说话办事，待人接物，迎来送往这些礼节就差了。不光是差，其实是一点都不懂的，我们沟里的人都叫她女蛮子。你们是书香礼义人家，又是干部家庭。你妈能说会道，能干大方。佘玉春到你们家不合适，你要想好，一辈子的终身大事，千万勉强不得。"黄志毅心中想道："好厉害的老太婆，尽拿话来堵我。佘玉春年纪轻轻的怎么会有这么多缺点？只要她品行不坏，只要她真心爱我，我就不相信把她改变不过来。"正要回话，周文英又说："还有一件事要说清楚。我们玉春十五六岁起做媒的人就没有断过，人还小，我都没有同意。十七岁那年说一个她同意了，可是看人那天天没亮她就跑到她二哥那里去了。整来男方准备的酒肉饭自己吃，骂了好几天媒人，媒人又骂了我好几天，弄得我脸都没地方搁。以后又说了好多个，双方都同意，可是过不几天，又是她不同意了，也不说个子丑寅卯。问她为什么不同意，就是不说话，真不晓得她心里咋想的。不过也要怪我，就只有她一个独女，她爸爸死得早，好多事都将就她，将就惯了。"正说着佘玉春端着菜进来了。周文英说："佘玉春你坐下，今天大家当面把话说清楚，行就行，不行就不行，说定。如果同意就都不要反悔。以前给你说的都隔得远，不同意没有多少人晓得，也就算了。现在不同意，通沟两巷一下子就都知道了。人活脸，树活皮，虽说没有啥子不得了，说起来总不好听。"佘玉春瞪了她母亲一眼。周文英像没有看见似的，说："你们不要以为我是老封建，其实我是最赞成自由恋爱的。我这辈子就是吃封建包办婚姻的亏，要不然也不会是现在这个样子。"佘玉春又狠狠瞪了她母亲一眼，把头掉开。周文英说："你不要白我眼睛，你不晓得父母包办那个苦。今天你们有话当面说，我不干涉，完全让你们自己做主。"过了好一会儿，周文英问道："佘玉春，你说你同意还是不同意？"佘玉春不仅不说话，反倒把身子车转一边去了。周文英说："同意就说同意，不同意就说不同意，车转过去就完啦？"黄志毅不悦地说："佘玉春，婚姻不能勉强。现在没有人逼迫你，同不同意你总要说话嘛！"老大佘永青走了进来，大声说："春妹，咋这样不干脆啊？行就行，不行马上拉倒，含含糊糊做啥子嘛？"佘玉春这才低声说了同意二字。周文英说："同意就不要反悔了，你听到没有？"佘玉春微微点了一下头。佘永青说："春妹，你以前说了那么多，我一个都没有过问，是对方隔得远。现在离得近。我们家爸爸死得早，我是老大，长哥当父，我说了算。你的性格我知道，你要是无正当理反悔，马腾堰、麻石沱没有盖子，那就是你去的地方！"说完转身走了出去。

饭菜做好了。饭是大米煮熟后与玉麦面和着蒸的两掺饭，菜是一大碗蒜苗回锅老腊肉，两大碗肉汤煮萝卜，一大碗水氽皮胡豆。周文英扶着褚华风走进来。褚华风一声不响地坐到桌边凳上，不看人，不说话，时不时低咳两声。佘永勋风一般跑进来，挨着黄志毅坐下，笑着说："我还以为你们吃完了呢。"佘玉春端两碗饭，黄志毅面前放一碗，给佘永勋一碗，然后给二人递了筷子。周文英若无其事地自己去甑子里添一碗饭，筷筒子里抽一双筷子，递到褚华风手中，说："吃吧。"然后又去甑子里添一碗饭，筷筒里抽一双筷子到桌边坐下。一个年纪和佘玉春一般大小、略有些黑瘦的姑娘走了进来。周文英说："小乖，吃饭了。"姑娘说："好。"边回答边添饭抽筷子桌边坐下。周文英说："吃饭。"于是大家开始吃饭。周文英边往褚华风碗里拈肉，边对黄志毅说："你第一次来，没有啥子好东西招待你，只有将就一点了。我们家一年到头都是这个样子，吃两掺饭，个把月吃一两次肉。不像你们一年四季都吃大米饭。"黄志毅说："哪里啊，我们也是吃两掺饭，有时候还吃玉麦饭。"周文英说："我们这沟里头比不得你们那里，穷得很，像我们这样生活的没有两家。"黄志毅说："那也比我们好多了，我们一个月，有时候两三个月都吃不上一次肉，青黄不接的时候还要吃酸菜饭。"周文英说："我们都靠褚老嘴。没有他整天敲敲打打做点椅子箱子小木家具卖，哪里会有这个样子的生活啊。"黄志毅说："你们这里还可以嘛，允许个人行手艺挣钱，我们那里是不行的。"周文英说："不是这样子的，按规定六十岁就可以生产队不出工了。褚老嘴满六十岁后，才小木工手艺找点钱。"佘玉春黑着脸端起饭碗起身走了出去。

周文英说："人都是愿人穷，见不得人好。我们生产队有些人对我们意见多大，特别是那些干部，说我们白吃生产队，要宰我们资本主义尾巴，不准褚老嘴行手艺。"黄志毅说："不会吧，上面既然有规定，他们能推翻？"勋摆大声说："你不要听我妈的，这么多年都在说不准我们做，到现在我们还不是照样做？"周文英说："你晓得啥子啊？说不定哪天真就不让我们做了。"褚华风突然开口说："你们担啥子心嘛，再做两年就是要我做我也做不下来了。"佘玉春走进来，把饭碗往灶头上一放，大声说："我就不相信不做会饿死人了！"周文英赶紧说："勋摆，你快去转一下你的羊子，不要让绳子把羊子缠住了。"勋摆站起来。周文英又说："不要让羊子跑到生产队地里把庄稼吃了，吃了又喊赔。""晓得。"勋摆大声应着，一溜烟跑了出去。

黄志毅临走时周文英说："黄志毅，既然今天说好了，你和玉春就不能再这样阴着耍下去了。回去给你爸给你妈说，如果他们同意，就按规矩测个日子，玉春到你们家来相个亲，让大家都知道有这门亲事，免得再有人来向我们提亲。"

晚上，黄志毅向母亲详细讲了到佘玉春家的情况。孔惠英说："我找算命先生算了，你和佘玉春八字不合，我看就算了吧，免得以后大家都不好。"黄志毅问："八字怎么不合了？"孔惠英说："你属猪，她属虎，她克住你了的。"黄志毅笑着说："就她那样子还能克住我？"孔惠英说："找两个人算都是这样说，你不相信要吃大亏的。"黄志毅说："算命匠的话都听得，那才要吃大亏呢。"孔惠英说："佘玉春没有读过书，家教又不好。迎来送往、待人接物的事啥都不晓得，脾气还犟得很。

你们一个在天上、一个在地下咋相处？"黄志毅说："性格不好可以改，不懂规矩可以教嘛。"孔惠英说："你说得轻巧啊，生成的骨头长成的肉，说改就改，说教就会啦？"黄志毅说："慢慢来嘛，哪有改不了的？老虎狮子那么凶都要拿给马戏团的人训得服服帖帖的登台演出。"孔惠英说："你没有经历过，到时候晓得就迟了。"黄志毅说："妈，天底下哪有完人嘛？我要求不高，就像她这个样子，老实，没有什么说的，没有心眼，身体好，只晓得做活路，能帮你减轻劳动负担，有啥不好嘛？真要找个条件好的勉强同意了，嫌我们穷，吃不得酸菜饭，受不住劳动苦，天天装模作样，偷奸躲懒做过做场，你咋办？我们供得起这样一个仙人么？"孔惠英："话是这样说，我心里头总想给你找个般配的。""哪里有完全般配的？"黄志毅说，"郑佳英有点般配，帮你劳动操持家务一点都没有问题，可是你们不给我说一声就把她退了。"孔惠英听得轻轻叹一口气，无可奈何地说："你要吃亏的。"

早饭后黄志毅到佘玉春家去，走到石壁沟口时见佘玉春手提竹篮大步从沟里走出来。黄志毅微笑问道："你哪里去？"佘玉春粉脸突然一红，说："出去一趟，你进去耍吧，我很快就回来了。"说罢慌慌张张地走了。黄志毅来到佘家，周文英说："玉春刚出去，你碰到没有？"黄志毅说："碰到了，她到哪里去啊？走得急急忙忙的。"周文英说："她能到哪里去？以前要的男朋友昨天来找她，知道在和你要，哭着走了。她今天去退送的花布。"黄志毅听了心里很不是滋味，心中想道："怎么那边和别人谈恋爱，这边又与我要朋友？这不是脚踏两只船么！等她回来问个明白，如果真是这样那就算了。"

佘玉春一走，黄志毅无事，便看褚华风打箱子。看着看着觉得小木工手艺远比生产队劳动强多了。这样一想一下生出学木工念头。便起身到鹤林场去买木工技术书。鹤林场新华书店没有木工书卖只好往回走。走到街十字口遇到开车朋友去三仙桥煤矿拉煤，说矿部东沟书店应该有售，于是便搭他车去东沟书店。东沟书店也没有此书，只好和朋友一起去三仙桥煤矿装煤。返回东沟时前面堵车过不去。黄志毅下车去看，见是运煤车把一个小男孩碾死了，出事车和小男孩尸体摆在路中间，等公安局来处理。天快黑时公安局人才到，通车时天已黑尽。

黄志毅下车摸黑到佘玉春家时已近半夜。佘玉春一人坐在灶下等着，问："咋这个时候才来？我以为你回去了呢，吃饭没有？""没有。"黄志毅说。佘玉春听了立刻上灶做饭。黄志毅问："你花布送脱啦？"心想她果真脚踩两只船立刻就走。佘玉春说："有啥送不脱的？这件事完全不关我事。媒是屈二姐做的，布是周文英收的。我从来没有同意过。我把布丢给屈二姐转身就走了。她们做的事她们去了！"黄志毅说："既然不关你事，那你为什么还要去送布？"佘玉春说："我们这里到苏渡场来回八十多里，我妈都是快六十岁的人了，我不去送，难道叫她去送？"黄志毅听了不再说话。

饭做好了，佘玉春把两碗饭两双筷子摆放在桌子上。黄志毅问道："你还要吃？"佘玉春说："我怎么不吃？你认为就你一个人没有吃？我还午饭都没有吃呢。"

二人吃了饭，佘玉春说："这么晚了，你就不回去了吧，和勋摆一床睡。"说着站起身端热水让黄志毅洗脸洗脚。

相亲那天，佘家大大小小来了十多人。大人穿得干净整齐，小孩穿得花花绿绿。勋摆带着小孩子们跑前跑后玩闹，吸引很多人来看热闹。

孔惠英显得很不高兴，悄声对黄志毅说："扯名挂号的，来这么多人做啥子嘛？又不是吃大户。"转过身又显出很是热情的样子。

双方大人坐定，说了些客套话后，除周文英母女外，所有相亲的人都站了起来。周文英犹犹豫豫地说："不看算了，都是本地本方你知我晓得的人些。"

一个三十来岁穿着大红大绿新衣服的女人大声说："相亲相亲就是要相嘛，我们坝上相亲旮旮旯旯都是要看遍的。"

孔惠英说："没事，看就看吧。门都是打开的，柜子箱子没有上锁，罎子罐子没有封盖，随便看。"

佘玉春说："不看了嘛，没有啥子看头的。"

那女人说："你女孩儿家晓得什么？嫁汉嫁汉穿衣吃饭，现在不看清楚，到时候哪个人来替你受罪？"说罢带着来的妇女走进房间，开柜子，揭盖子，看坛子，犹如抄家搜查一般把衣物粮食家具样样都看得清清楚楚明明白白。那女人越看脸色越难看。来到猪圈房，见墙角堆着一大堆红萝卜和一大堆红苕，说："黄大婶，你们这么多红苕红萝卜咋吃得完啊？"孔惠英说："咋吃不完啊，你都看清楚了的，我们就那点点粮食，还要再买些才能吃到小春黄。如果还不够，就要吃酸菜饭了。"相亲妇女们听了，都面面相觑暗自摇头。

吃了午饭，周文英笑着说："饭也吃了，看也看了，我们走吧。"孔惠英也不挽留，送到大门口，说了声慢走便转身进了屋，整个下午都黑着脸。黄志毅也很难过和气愤，但已经发生了，又不是佘玉春的错，只好不开腔。

周文英一行人离开黄家没走多远就吵了起来，一直吵到石壁沟口，相亲的人沟都没有进就回去了。

　　几天后周文英对黄志毅说："那天来相亲的人大多数都是屈二姐请来的亲戚朋友。屈二姐是褚华风哥哥的女儿，名叫褚素珍。自幼父母双亡，褚华风把她养大，嫁给舒渡屠宰场工人屈建国。屈二姐由于经济条件好，对人热情大方，所以人缘极好。可能是无儿无女的原因，屈二姐历来喜欢佘玉春，给她说的对象，都是舒渡场街上或者街附近人家，家境大都比我们这个地方的人好得多。但是佘玉春要么不同意，要么同意不久就反悔了。对此屈二姐并不气恼，一心想替她找个好的。这次她不晓得是你们家，怕佘玉春吃亏，就叫这几个戚朋友上来把关，说如果经济条件不好就坚决不同意，不要误了春蛮子。这个领头的郑大姐和佘玉春也是早就认识的，那天边走边数落玉春：'春妹不是我说你，我们以前给你介绍的哪个不比这家人好？穷得饭都吃不起了你还同意，不晓得咋就迷住你了。'玉春说：'从来都是说看人，又不是看东西。'郑大姐说：'看人？人长得再好看，饿了能当饭吃，冷了能当衣穿么？再说这个人长得有啥好看？青脸骨皮的，比我们给你说的差远了。'我听了气不过说：'郑女你不要再说了，各有各的看法。你回去给屈老二说，是我们都同意了的，以后就不要再东说西说的了。'郑大姐回去后把相亲经过一五一十讲给屈二姐听，屈二姐听了说：'这个黄家我知道，还真说不准以后会怎么样，就看春蛮子的命了。'"

　　进入三月，生产队活路渐渐多起来。黄志毅所有活路一天不缺。生产队没有活路时候，天气好捡柴，天气差看书习字，也做一些家务。

　　农历四月正是给玉麦苗锄草施粪水的时候。黄家沟玉麦地多，劳动强度大，全体社员都要参加。一到出工时候，社员们从各家各户走出来，荷锄挑担，背肥拿瓢；开初三三两两，稀稀落落，渐渐汇成人流，来到地头路上站立，或嬉笑打闹，或闲聊说笑，热闹非常。黄志毅看通沟两岸都是人，觉得颇有些遍地英雄战地天的味道。

一天浇生产队最高处尖山子的玉麦苗。男人负责挑粪水，妇女负责浇苗。刚开始的时候，男子汉们打着啊吼担着粪水往山上一路小跑，显得欢快而轻松。火辣辣的太阳升起来后，挑粪水的速度渐渐慢了下来。粪水接不上，妇女们便或站或坐着摆龙门阵，开玩笑，说笑话。年轻姑娘们干脆到地边树下躲太阳，只有孔惠英这些老成妇女们留下来浇粪水。汗流浃背的邱景清挑着粪水边走边鼓动大家："一来趁早，二来趁饱，早点完工，回去见表嫂。"有人大声应道："累成这个熊样，见到表嫂也没搞。"不仅是男人就是妇女们都听得哈哈大笑起来。见进度仍然缓慢，邱景清只好宣布休息。休息后邱景清见进度仍然不如意，便宣布新政："从现在起每人挑十五担就算完工，超一担加工分五厘，少一担扣工分一分。"男人们听了都哄的一声欢呼起来。

邱景清新政立马见效，那些原来挑着空桶下山都走得慢腾腾的人，一下子加快速度甚至小跑起来。大家你追我赶，六七十斤重的粪水担子在肩上轻飘飘的，如若无物一般。粪水充足，那些偷奸躲懒的女人们不敢再偷闲，再听不到讲笑话打哈哈的声音。

黄志毅对农活已不畏惧，驶牛搭耙，栽秧掐草，割麦打谷样样都来，唯独腰疾处怕费劲的重活。开初全力以赴追赶，尽量使自己不掉队，以后就渐渐落后了。首先感到腰椎越来越痛，为了减轻痛苦，弓着腰把扁担放在肩背处；为了保持粪桶扁担两头平衡，双手抓托着扁担前端，那姿势与驼子走路无异。挑东西要轻松就必须要会换肩。那些经常挑东西的人很有换肩技巧，走着走着肩手轻轻一动，如要魔术一般那扁担就从一边肩上换到了另一边肩上。黄志毅本来是会换肩的，由于腰椎痛，扁担移动都难，更不要说能够轻松换到另一边肩上去了。换不成肩，一边肩膀压的时间久了又麻又痛，只好把扁担拖到另一边肩背上。拖来拖去皮拖破了，痛得大汗长流。

当黄志毅咬牙挑完十五担时，地里只剩下邱景清孔惠英黄志毅三人了。孔惠英面露愁容。邱景清安慰说："才刚从学校回来不习惯，过一段时间就会好了的。"

晚饭后孔惠英烧滚水让黄志毅慢慢烫腰烫肩烫脚，第二天起床时腰已经不怎么痛了。

随着时间推移，繁重的体力劳动、腰椎的不堪重负、微薄的经济收入迫使黄志毅不得不考虑谋生出路。本着天旱饿不死手艺人的经验教训，黄志毅设想了学医、学理发、学泥工、学木工、学篾匠、学缝纫等等这些吹糠见米广泛实用的技术。时不时买一些相关书籍看，准备一旦时机成熟就立刻付诸行动。

五月初，生产队把沙田的戽水任务包给黄志毅等六个全劳力。在视粮如金的年代，尤其是山丘区，水稻生产是头等大事。沙田地势高，生产队专门为这块一亩六分大小的沙田筑堰抬高小河水位。在田与堰水中间挖一个大坑，先把堰水戽进大坑，再把大坑里的水戽到田里。这种两级送水很费劳力，但在当时当地条件下已经算得上是很便捷很科学的方法了。

戽水要用戽水笕，戽水笕又称为戽斗。戽斗竹制，状似龙头，首尾两边各系两根长绳，绳端系木制手柄。戽水者两人分站水坑两边，手握木柄，弓腰把戽斗抛向堰中舀满水，伸腰拉起戽斗把水倒入坑中。坑中水快装满时，另外两人站在田边把坑中水戽到田里。四个人接力戽水时，剩下两人在旁休息，作为替换，人息戽斗不息，以保证河水源源不断进入田中。

戽水时，筅斗舀满水四十来斤，两人平均二十来斤，戽起来并不吃力，一般要戽七八百上千筅以上才换人休息。戽水掌握了技巧，可以边戽边讲龙门阵，边说笑话。两个人配合得好，不仅晚上可以戽，就是没有星月没有灯光也可以戽。在漆黑的夜晚，戽得倦了，闭上眼睛，弓腰伸腰，双臂下沉舀水，上举抛水，动作机械一致。在哗、哗的倒水声中，水就随人心愿地到了田里。

戽水的轻松使黄志毅产生出浪漫的感觉，边戽边想，戏作《戽水三歌》。

其一

戽歌。堰水清清似镜平，戽斗如龙把水吞。双绫共振飞天起，洒向秧苗一色青。

其二

夜戽。无星无月似漆，有动有声水飞。闭目而戽遥想，秧碧稻黄饭香。

其三

沙田。沙田漏水不保肥，戽水年年费精神。若将水稻改旱作，定然扭亏转为盈。

但是也有意外时候。如果绳子突然绷断失去平衡，两人或向后仰肢八叉倒下，或跌入河中坑中。全身湿透，这就不是潇洒浪漫而是狼狈不堪了。

由于戽水可以在晚上进行，黄志毅六人商量好晚上戽水，白天出工挣工分。沙田很不保水，戽半夜把田灌满，第二天晚上又漏干了，不得不又接着再戽。

黄志毅以前腰没有受伤的时候戽上千戽斗都没有问题，现在戽到六七百戽斗就感到有点吃力，不过一般戽到这个时大都就要换人休息了。

六月初，县联社为了方便群众，在全县农村各大队开设代购代销店。孝义大队革委会决定代购代销店设在黄志毅家，由黄志毅当代购代销员。

县上给每个代购代销店垫底资金五百元，自负盈亏。代购代销店除代销供销社的一般商品外，主要是代销煤油、烟、酒、糖、盐等这些国家计划管控的生活必需品。所以名为代购代销，实则只有代销。没有代购任务，时间长了人们便称为代销店。

黄志毅每天早饭后到鹤林供销社取货，转回途中在阳明大队缝纫组大树下歇脚。缝纫组冯惠君严淑珍佘艳群三人全都是女师傅。缝纫组旁边是大队理发摊，理发师傅冯树武热情健谈。由于黄志毅一直想学手艺，便着意结交这些人。不到一个月大家便都混得很熟了。

由于学理发简单，本钱不多，黄志毅心中倾向学理发。但是不知为什么，当黄志毅正要向冯树武提出学理发时，缝纫组三个女师傅全都劝说黄志毅学缝纫，不仅愿意教黄志毅技术，而且要尽力提供方便。为了证明缝纫收入比理发收入高，缝纫组负责人冯惠君还把不示外人的缝纫组收入账给黄志毅看。黄志毅看了大喜过望，立刻提出拜三人为师。三个师傅哈哈大笑，说拜什么师啊，只要你认真学，我们就满意了。为表示诚意黄志毅对三人都叫师父，但三人总是笑而不答。

此后黄志毅每天取货转来，三人便向黄志毅传授缝纫技术和经验：如何使用软直尺，如何划粉线，如何操控缝纫机快慢进退停动等等。几天下来冯惠君对黄志毅说："缝纫技术主要在裁剪，你是有文化的人，买一本缝纫书看比师傅教还管用。"严淑珍说："光看书不行，还必须要有机器练习。"黄志毅说："我哪里去找机器？"佘艳群说："我家里有一个缝纫机架子，机头人家买走了。你只要找一个机头安上就行了。"黄志毅听了四处打听。真是天遂人愿，终于在大跃进时期的大队粮仓底下找到了一台机头，远远看去黑黢黢的。黄志毅趴下身子爬进去拖出来。由于时间久太潮湿，机头早已没有油漆图案字迹，锈成一块铁砣了。黄志毅拿回家浸泡在煤油坛子里，一有空就拿出来搬弄洗涮。渐渐有的零件开始松动，不到一个月，所有零件都被分拆开来，刷去锈迹，擦洗干净，又重新组装起来。

黄志毅到佘艳群家里借了机架，安上机头，套上皮带，踩动踏板，那机器居然有模有样地转动起来，发出嗒嗒嗒嗒的响声。三个师傅都说光能转动还不行，必须要看机针能不能对准针孔扎进去。给了黄志毅几根机针和一卷缝纫机线回去试。黄志毅安针穿线，一踩踏板砰的一声响针被扎断，不敢再踩试，用手慢慢调校，几天后就能稳定运转不再断针了。黄志毅把缝纫机各处螺丝松紧调整恰当，调好针眼线距和压脚板松紧，拆一件旧衣服缝制了一张长围腰帕。

黄志毅将缝纫机安装调试成功后，师傅们说学缝纫关键是学裁剪，特别是要学会裁剪中山服。因为裁剪中山服是所有衣服裁剪的基础，各种样式衣服都是从中山服变化出来的，只要学会了裁剪缝制中山服，其他什么服装就都会了。于是他进县城买了《缝纫剪裁》以及缝纫剪刀、划粉、软直尺、机油以及缝纫针线等一应工具，到静林供销社取货时附带收集包装过商品的大幅牛皮纸，按照书上要求和师傅们指点把牛皮纸裁成中山装纸片，然后缝起来穿在身上，请大家指点评论。黄志毅越练越熟，越熟越有信心，想象着每天不菲的收入，全家不再吃酸菜饭，母亲不再为生活发愁，心里真是乐开了花。

一日，三个师傅把家住缝纫组旁边的佘云芳介绍给黄志毅。佘云芳初中生，相貌才干相比佘玉春都有若云泥。只是黄志毅认为，男女婚姻断不可弃旧求新。天下好女无数，若都见异思迁那还得了？我既与佘玉春相爱，就不能脚踏两只船再爱她人了。于是便笑着摇头表示不同意。几天后冯惠君笑着对黄志毅说："黄志毅你不愿意，人家佘云芳还不愿意呢。"

第十九回

婚事俭躬谢父母恩　新境遇蛮女初惹祸

黄孝德回家一进门，就看见黄志毅在堂屋里摆弄缝纫机，问："你想学缝纫？""是想学一门手艺，如果学成了，或者比纯粹种庄稼要好些。不然除了穷还是穷，何时是个头？"黄志毅回答。黄孝德微笑说："学缝纫？裁缝，裁缝，缝缝补补；

有了早饭，没有中午；为人做新衣，自己穿破陋。自古以来有哪个靠裁缝过上好日子的？"黄志毅说："但是有手艺总比没有手艺好，天旱饿不死手艺人嘛。"

晚饭时黄孝德边喝酒边讲教育革命大好形势说："我们县各公社马上就要建立中学。县上已经成立教育革命领导小组，我被任命为副组长，负责筹建各公社中学。公社中学实行两条腿走路方针，教师公办为主，民办为辅；经费县上为主，公社为辅。"见黄志毅听得了无兴趣，问："你怎么想到学缝纫了？"黄志毅讲了经过后说："我现在边搞代销店边学缝纫，不影响代销店的事。如果把缝纫学会了，就可以一边搞代销店，一边开缝纫铺了。"想了想又说："这次学缝纫不过是遇到了偶然的机遇。比缝纫好的路还多，我不过是狗戴砂锅胡碰撞上罢了。"黄孝德说："这次就有个机会，就看你想不想抓住。现在每个公社建中学，最大问题是严重缺乏教师。县上为了解决这个问题，和省师范学院联办教师资格培训班，简称为师训班。主要招收高中学生，结业后任民办校师。你完全符合条件，如果愿意我帮你报名。"

黄志毅一下想到了腰疼，立刻说："好吧。"

黄孝德说："那你做好代销店盘存结账准备，接到录取通知书后马上把代销店交出去。"

黄志毅做代销店盘存差五十多元不投数，思来想去找不到原因。孔惠英说："生产队那些年轻人哪个没有帮你卖过货收过钱？早就跟你说不能让他们随便沾，你就是不听。半年不到就差这么多钱，幸好把它交出去，不然以后还不知道要亏多少钱。"边说边补了差的钱。

交接手续时余文全来了，兜里掏出一张纸条说："黄志毅，我刚从公社开会回来，这是你大串联借的十八元钱借条，上面要求还清了才能到师训班报到。"黄志毅说："这钱是串联补助，怎么补助变成借了？我去问他们。"佘文全说："收条是普义中学的，你自己去问吧。"孔惠英生怕误了儿子师训班学习，说："云长，算了吧。他们说是借就是借，反正你用过国家这个钱。"边说边交了十八元。一下出脱七十多元，黄志毅心疼不已，觉得自己如此粗心和容易相信人，以后还是少接触钱为上。

去师训班学习前，黄志毅到佘玉春家说了参加培训班的事。周文英说："黄志毅，你去学习前，能不能先和佘玉春把结婚证办了？"佘玉春大嫂孔玉芬听了说："春妹还小，不忙办，过一段时间再说。"周文英说："小啥啊小，亲都定了，拖起有啥好处？"孔玉芬说："我看你们是恨嫁不出去的样子，男人是条狗，死了到处有。慌啥？"佘玉春听得噗嗤一声笑起来。黄志毅想不到孔玉芬会说出这样的话来，更想不到佘玉春会笑起来，不由大声说道："孔玉芬佘玉春，你们的意思是说你们佘家孔家男人全都是狗么？"周文英赶紧说："你们尽说这些用不作使不做的话做啥嘛？孔玉芬你出去！不关你的事。"孔玉芬自知话拙，却又心有不甘，走到门口回过头来说："是不关我的事，春蛮子，你不知道啊？酸菜饭好吃得很，以后多吃点。"说完扭头走了出去。

周文英对黄志毅说："我们沟里人心直口快，想啥说啥，随口说惯了的，其实也不是那个意思。你不要跟她们一般见识。"见黄志毅不说话，又说："你回去把我的意思给你妈说，如果同意干脆就在国庆节领结婚证，年前把婚事办了，免得话多。"

黄志毅回家把周文英的话对母亲说了。孔惠英说："该说的话我们都说了。你要想好，这是终身大事，享苦享福都是你自己在过。"黄志毅说:"妈,我反复想过了。我腰伤下不得重力气,只要她对你好,对我好,和和气气、平平安安过一辈子就行了。想高实现不了不是自找麻烦么?"

国庆节师训班放假后,黄志毅佘玉春去金鹿公社领结婚证。佘玉春背着背篼,沿路走沿路割草,到高林岗时把背篼放进路边草树丛中。

二人到了公社门口,佘玉春倚在门边不进去。黄志毅说:"进去嘛。"佘玉春说:"多不好意思啊。"黄志毅说:"光明正大,有啥不好意思?"边说边走进去,佘玉春在后面磨磨蹭蹭跟着。

因为放假,公社只有戚正荣一个人值班守办公室。黄志毅向戚正荣说了来意。戚正荣看了结婚申请书,打开文件柜拿出户籍簿核对二人姓名出生时间,然后对倚着门方的佘玉春说:"进来嘛。"佘玉春红着脸又站了一会儿才走进来。

戚正荣从文件柜里拿出空白结婚证,提起毛笔,头也不抬问道:"男方姓名?"黄志毅感到好笑,大家都认识,何必装得不认识似的?只好说了姓名。戚正荣按规定在空白处填写了该写的东西。又问:"女方姓名?"佘玉春绯红了脸,看着地面不说话。戚正荣又问了一遍,佘玉春仍然不回答。戚正荣抬起头看向她:"说你的姓名。"佘玉春还是不回答,身子竟扭过一边去了。黄志毅说:"她叫佘玉春,就是申请书上的名字。"戚正荣说:"不是问你,要她自己说。"佘玉春仍然不说话。戚正荣放下手中毛笔,盯着佘玉春说:"我问你,你来办结婚证是不是自愿的?"佘玉春还是不回答。戚正荣说:"既然拒绝回答,说明你不是自愿的。不是自愿的这结婚证不能办。"说着就要收拾纸笔。黄志毅早已心火直冒,大声说:"佘玉春你干脆点,说一声不是自愿的我们马上分手!简直太没名堂了！"佘玉春这才低声说是自愿的。戚正荣又重问两遍，佘玉春回答两遍。戚正荣这才又不紧不慢地把结婚证填写好，端端正正盖上公社印章，递到佘玉春手上。出了公社大门，佘玉春怏怏地不说话，把手中结婚证递给黄志毅。黄志毅被莫名地伤了自尊心，也不想和她说话。

二人上到高林岗，黄志毅在石头上坐下。佘玉春去树丛中提出背篼，也在石头上坐下。黄志毅把结婚证递给佘玉春，说："这结婚证你还没有看过。"佘玉春接在手中，展开来看了看，说："我又不识字，有啥看头？"一下丢到地上，手中镰刀尖猛向那结婚证啄下去。黄志毅赶忙去抢时哪里还来得及？已经啄了一个洞。黄志毅捡起神圣的结婚证，愤愤地说："这咋回事啊？你为啥要这样做嘛？"佘玉春冷冷笑道："我为啥不能这样做？一张纸嘛，有啥了不起的！"说罢背起背篼割草去了。

黄志毅拣去结婚证上的草屑，放在膝盖上抹平。边抹边想，真是女蛮子啊，终身大事都敢这样胡闹。心里竟有些后悔起来。正想着，忽听佘玉春的声音："你在想啥子啊？"黄志毅抬起头，见佘玉春俏生生站在面前，笑靥如花般看着自己，完全变成了另外一个人。心中想道："怎么说变就变了呢？这究竟是个什么人啊？"

孔惠英请算命先生测日子，把黄志毅佘玉春婚期定在腊月十八日。

黄孝德说婚礼一切从俭，不接礼、不请客、不办席，只请迎送亲人员吃一顿饭。

孔惠英按照丈夫意思，买十二斤猪肉，除去送女方家四斤离娘肉外，剩下八斤请娶亲送亲人员、大队生产队主要干部和有关长辈吃一顿饭。

周文英对黄志毅说:"从不从俭是你们的事。我就一个女儿,她爸爸又死得早,我是要大办的。"

娶亲这一天,黄志毅天不亮就起床挑水。皓月生辉,霜封大地,寒气袭人,黄志毅挑了两担水浑身才暖和起来。直挑到娶亲的人到齐了才进房间去换衣服。其实也没有多少可换的,就是把外面打补丁的衣裤脱下来,换上洗过几水的蓝卡其学生服,给赤着的足穿上袜子,旧胶鞋换成新胶鞋而已。

黄志毅换衣服的时候遇上了麻烦。学生服罩不住父亲穿过的旧棉衣,一小截露在外面。无奈中只好把棉衣扣子全部解开,把两片前襟对抄起来紧紧裹住身体,用一条白棉带把棉衣捆绑起来,然后穿上学生服。那棉衣虽然还有一点点露在外面,但已经不是很显眼了。

黄志毅穿好衣服,带着娶亲的几个人来到佘家。"文化大革命"批判封资修,结婚没有封建礼节烦琐仪式。吃了酒席,黄志毅佘玉春在迎送亲人员簇拥下离开佘家。

黄志毅把佘玉春娶回家后,端一条长板凳放在堂屋正中,请父母亲坐下,拉佘玉春和自己并立站在父母亲面前。说道:"爸、妈,你们千辛万苦把我抚养大,感谢你们了!现在不兴拜天拜地拜高堂夫妻对拜等等仪式,我和佘玉春向你们二老鞠三个躬吧。"说罢和佘玉春手牵手肩并肩向父母亲深深三鞠躬。黄志毅鞠躬时不知怎的忽然感到全身发冷,有些想哭的感觉。

佘玉春陪奁不少,柜子箱子被子洗脸架等等都有。佘家送亲人员快到黄家时,黄志毅幺老爷黄泽清和姑老爷佘昌全抢先迎上去,接过送亲人抬着的柜子大步急行。由于走得太快,一下就把抬柜子的竹杠闪折了。走在后面的佘全昌见了赶紧伸手捏紧破损处进屋放下。这一切孔惠英全看在眼里,闷闷不乐地想道："早不折晚不折，这么结实的竹杠怎么一下就折了？该不会是有什么劫兆吧。"

送走最后一批客人后夜已经很深。黄志毅和佘玉春走进新房，在床边坐了一会儿后，佘玉春轻声说："时间不早了，你也累了一天，早点睡吧。"

说也奇怪，上床时发现两只绣花枕头并没有并排放在床的同一头，而是分别放在床的两头。二人也不在意，各自在床的一头对坐着脱衣服。黄志毅解开上衣，露出捆绑旧棉衣的白色棉带。那白色在红色烛光下显得很是刺眼。佘玉春紧紧盯着那白棉带，眼眶里渐渐流下泪来。黄志毅紧张地说："你这是怎么啦？刚才还好好的，咋就哭了？"佘玉春抽泣着说："今天是我们这辈子的大喜日子，是不能见白的。你用白棉带拴着好不吉利啊。"黄志毅心中虽然也有些同感，但是口里却说："破四旧，立四新，不要相信那些封建迷信东西。"见佘玉春还是流泪，只好笑着说："好好，你说它不吉利，我把它解下来丢了该好了吧？"说着把白棉带解下来揉成一团用力扔到地下。佘玉春擦干眼泪，下床把白棉带捡起来丢进放在墙角的夜起桶里，走到床前舒了一口气说："幸好今天还没有过完。记住今后不要再做这些不吉利的事了。"佘玉春的言行让黄志毅感动起来，说："晓得了，赶紧上床吧，不要冻着了。"

原山县师资培训班设在鹤林中学。师范学院负责教学，原山县负责教学以外的所有事务。这是一种为适应全社会普及初中，大学出教师，地方提供生源、资金和场地，短时间内培养出大量合格教师的教育革命探索。

黄志毅分在语文班。授课教师全都是师范学院中文系即将毕业的实习生。因为培养目标是初中教师，所以所教内容大都是初中内容。又由于这些内容学员们都已经学过，所以学得很是轻松。因为轻松，学员们便都很有些吃不饱的感觉，一致要求教深一些。理由是教学生不能一碗水对一碗水，而是要一桶水对一碗水，做到师高弟子强。于是要求教授来上课。在学员们多次要求之后，终于来了一位中文系副主任赵教授。据说这位赵教授年轻时期曾经和鲁迅先生有过接触，因此声望很高，很多人不敢讲的他都敢讲。

赵教授给学生们上了一堂大课。主要内容是教师要知之而知之，不知而不知，不要不懂装懂。因为是教授上课，又因为鲁迅原因，理科学生们也都来听，教室里和窗口门外全都挤满了人。赵教授讲课风趣，课堂气氛活跃，时不时响起热烈掌声和大笑声。

赵教授先是讲道理，然后举了一个例子。说某个黄姓教授一次上课，夸自己什么字都认识。立刻有一个学生举手起立问他白字右边加一个反字是什么字。黄教授说是反字，学生说不是；黄教授说是白字，学生又说不是，黄教授心中发慌，赶忙说是板字，学生仍然说不是。见黄教授脸色通红满头是汗说不上来。这个学生说：是皈依的皈字。教授如果认为不是，请字典上一查就清楚了。课后学生们给黄教授取了一个歪名，叫黄白板。白板是麻将一百三十二张牌中的四张牌，其他牌都有字符，唯独白板是光的没有字。赵教授最后说："有人说某省人生得憨，认字认半边。其实黄教授不是某省人。管他是不是某省人，任何人都不要不懂装懂，认得就认得，不认得就不认得，实事求是。中国上下五千年，汉字几千个，加上不同地域的不同念法、不同写法，不同说法就更多更复杂，再加上少数民族语言文字，一个人脑子再灵光也不可能全都知道。同学们就要当老师了。

老师的职责是传道、授业、解惑。以其昏昏，使其昭昭是不行的。希望同学们谦虚谨慎、不懈学习，不断地充实和丰富自己，把正确的知识传授给学生。只有这样学生才能学到真知识，教师才能受到真尊重。"

星期五，分在数学班的袁乐安问黄志毅："你父亲呢？好几天没有看见他了。"黄志毅说："他城里开会，昨天感冒回家去了。"

第二天晚饭后袁乐安找到黄志毅，说要去黄志毅家看望伯父。黄志毅说就是感个冒，没有必要去看。但袁乐安坚持要去，黄志毅只好陪他，到家时天快黑了。袁乐安送了一封麻饼，说了一些请伯父注意身体、多多保重之类的话后就和黄志毅回学校去了。

二人走到鹤林镇时天已黑尽，过凤翔江铁索桥伸手不见五指，只能摸索前行。过桥后砂锅街口有十多只狗跑过来，紧跟在二人后面不停狂吠。黄志毅很紧张，因为人看不见狗，狗看得见人，如果冲过来咬着了屁股或者腿脚那就惨了。幸好狗跟到水沟小桥时没有再跟。

按照风俗，新婚夫妻春节要给亲戚长辈们拜新年。对于新婚拜新年，黄志毅认为大可不必，有些不想去。佘玉春说："咋不去？都是要给拜钱的，你钱都不想要啦？"黄志毅说："就为拜钱去呀？"佘玉春说："是啊，人人都一样，一辈子就这一次。我们不去，今后人家结婚来拜，我们就吃亏了。要把每家每户都走到。"黄孝德说："去认识这些亲戚一下也好，不然见面不认识，哪一天弄来大水冲了龙王庙，自家人都不认得自家人都不晓得。不过也不一定非要把每家每户都走到，把正亲些走了就行了。"孔惠英说："是应该去，不去人家说我们人情物礼都不懂。"周文英说："这是规矩，你不去亲戚些要多心的，说你脑壳大，眼睛高，瞧不起人。"于是在丈母娘周文英带领下，黄志毅佘玉春天天走亲戚拜新年，一直拜到师训班开学才作罢。

拜新年黄志毅印象最深的是到孔大姐家。孔大姐本姓柳，是佘玉春大姑柳大孃的女儿，因为嫁给清河场街上居民孔家，人们便称呼她孔大姐。孔大姐生育九个子女。老二孔少雄是凤楼中学学生，"文革"中组织成立造反组织。原山县革命委员会成立时实行三结合，孔少雄被结合为县革命委员会委员。

孔少雄热情健谈，二人晚上摆龙门阵讲到地方风景名胜时，黄志毅顺口说到望佛台，孔少雄听了立刻说明天陪他去看。黄志毅说："算了，我不过随便说说，完全没有必要去。"孔少雄说："怎么没有必要？只要是你三姑爷提到的都有必要，而且那地方确实也有看头。"

第二天吃过早饭，孔少雄带黄志毅上山。二人边走边谈，走两个多小时才上到山顶。望佛台在周围群山中地势最高。山顶上已经完全没有庙宇，但宏大庙基犹存，看得出当年香火兴旺景象。气温很低，山风又大，二人围着庙基地转了一圈，看了周围山下远近风景，最后到山崖避风地方，蹲着边啃猪头肉边讲龙门阵，直到把猪头肉吃完才下山。

春节结束黄志毅去师训班学习后，佘玉春很快就引起了婆婆孔惠英的不满。原因是佘玉春不叫孔惠英妈，与她打哑谜说话。孔惠英觉得辛辛苦苦把儿子养大成人，娶个媳妇连妈都不叫，这实在太让人伤心。心想莫非你佘玉春喊我一声妈就委屈你了么？更气人的是，外面知道真情的晓得是你佘玉春不懂事，不知道真情的还以为我这个婆婆娘不会待人，真是太丢面子了。

孔惠英把对佘玉春的不满放在心里，外面装着若无其事的样子，在家独自一人时却暗自流泪。

佘玉春与婆婆的矛盾未消，与隔壁的佘玉千又闹了起来。佘玉千与佘玉春同辈，历来姐妹相称。佘玉千十多年前嫁给黄志毅么老爷黄泽清，佘玉春嫁给黄志毅后仍然叫佘玉千姐姐。佘玉千不干说："嫁鸡随鸡，嫁狗随狗，你既然嫁给了黄志毅，就应该跟着黄志毅叫我么奶。"佘玉春不干说："我们本是佘家姐妹，你怎么一下就高出我两辈？从来一直都叫你姐姐，叫惯了，现在要我叫你么奶，叫不出口！"二人互不相让，佘玉千便逢人就讲佘玉春不懂事。周文英知道了责备女儿说："你也太不像话了，嫁给黄志毅就是黄家的人了，跟着黄志毅该怎么叫就怎么叫才是正理。"佘玉春说："怎么好意思叫嘛？要叫你去叫。"周文英说："你都已经是嫁过去的人了，还天天跑回来做啥？今后没有事就不要回来，该出工就出工，该做啥就做啥，免得人家说闲话。"佘玉春说："我嫁的是黄志毅，他又不在家里面，我在那里干啥？我才走几天你就不要我了嗬？"周文英叹了一口气说："你不听我的话，到头来吃亏的还是你，你要后悔的。"佘玉春笑着说："你不要说得那么凶，我才不怕呢。"

过完年，孔惠英见家里粮食已经不多，离小春收割还早，便开始了一年一度的度春荒。先是吃红苕饭和红萝卜饭，就是用红苕或红萝卜和着少量大米或玉麦面做的饭。红苕红萝卜吃完了就吃酸菜饭。

开初吃红苕红萝卜饭的时候，佘玉春就回娘家向母亲诉苦。周文英说："人家吃得你就吃得，隐忍着点，不要让人家说你娇气。"到吃酸菜饭的时候佘玉春实在受不了，又回娘家向母亲叫苦。周文英心里虽然难受，口气却还是很硬："有什么吞不下的？总比小时候把你抚出去没有吃的好得多嘛。"佘玉春听了抽抽咽咽哭起来，说："妈你是真的不管我了么？怎么吃得下那种东西嘛。"见母亲仍不松口，说："你不管，我找二哥去。"说了就往外走。"玉春转来！"周文英叫住她，说："我不是没有想过去找你二哥想办法，你一个人可以，黄家一大家人你都管得过来？拿一次，借两次，次数多了怎么办？再说你哥也不是他一个人，他也是一大家人。拿多了你哥会有好日子过？不要搞来你这边没有弄平，你哥那边又撬起了。这样吧，你在那边实在吃不饱了，就过来吃，反正又没有好远的路。只是你每天还是要回去睡，生产队还是要照常出工做活路。"

黄志毅每周星期六师训班回家，看到佘玉春红嫩的脸色渐渐消逝，心中很是难受。想了很多办法，可是想来想去终归还是无法。只好向她描述美好的未来和希望，发誓将来要让她过上最美好最幸福的生活。佘玉春不说话，用她那明亮的眼睛看着黄志毅一遍又一遍地重复将来的美好日子。听着听着那眼泪慢慢地从她那已经有些青白色的脸颊上流下来。

过了几个月，佘玉春对周文英说："妈，你说怪不怪？酸菜饭我都有些吃顺口了，一顿吃两三碗还想吃。"周文英以为女儿在说反话，笑着说："吃顺口你就多吃点嘛，还担心酸菜不够你吃？"

一天下午周文英看见女儿在房后摘乌梅吃。乌梅才半大，一想起那又苦又酸又涩的味道就禁牙，可是她却吃得津津有味的样子，连着吃了几个。突然醒悟过来："莫非她有了？"晚饭后周文英送女儿到大门口，悄声问道："你还来红不？""都好久没有来过了。""有哪里不舒服不？""没有呀，就是有时候无缘无故发呕，想吐又吐不出来。我想是不是酸菜饭吃多了。"周文英说："你呀，大马缰东的，都有了还不知道。"佘玉春问："有啥子了？"周文英说："有喜了。"佘玉春说："不会吧，才多长时间啊？"周文英说："你这个蛮女子哟，你以为要多长时间才会有？你记好，从今天起你就不要大动了，那些下力气的重活路就不要去做，免得动了胎气，听到没有？"不等女儿回答又说："从明天起没有事的时候就到这边来，光吃那个酸菜饭也不是办法。"

星期六晚上，黄志毅床上一躺下，佘玉春就侧过身来把怀孕的事说了。黄志毅立刻把耳朵挨在她肚子上听，什么也听不见。佘玉春问："你喜欢儿子还是喜欢女儿？"黄志毅说："只要是我的，不管是儿是女我都喜欢。"佘玉春说："我不，我喜欢生个儿子。"黄志毅笑着说："想不到你还有重男轻女的封建思想呐！"佘玉春没有说话，过了一会儿，轻声说："你不知道，当女人太难了。"说着把身子转了过去。黄志毅伸手一摸，发现她脸湿的，心情一下沉重起来。想这结婚不过几个月她就变得判若两人，歉疚之心油然而生。于是侧过身抱着她说："玉春，对不起，你就忍着点，等师训班学习结束，我回来就好点了。"佘玉春说："家里的困难我知道，我也忍得下去。可是这娃娃怎么忍得下去？还没有生就给他治下一个先根，还不如不生，免得将来受罪。"黄志毅听她如此说，虽在黑暗之中，仍有些恨无地洞可钻的感觉。一个男子汉，无力供养自己的妻子，也无力照护自己的孩子，算什么男子汉？这样一想心中不由一硬，说："你说的是，明天我就去想办法，再亏也不能亏了我们的娃娃。"

天刚蒙蒙亮黄志毅就起床了，想多干些活尽量减轻母亲的负担，弥补佘玉春给母亲造成的不愉快。

孔惠英早已起床，正在灶房里切猪草，见黄志毅进来了，说："天还早嘛，咋不再睡一会儿？"黄志毅说："早就醒了，睡不着。"说着拿起扁担去挑水。把水缸挑满佘玉春还没有起床，便向母亲讲了佘玉春怀孕的事。孔惠英说："我早就看出来了。我也在想办法，现在大家都难，又不是借两斤米二两盐的事，向谁都不好开口。"停了一下又说："你爸一个多月没有回来过了，你离他近，要不你给他说说，看他能不能想点办法。"

黄志毅回到师训班，先向几个要好同学求助。可是这些同学都如自己一般，要么家穷，要么自己没有经济收入，靠父母为生，哪里伸得出援手？无奈之下只好向父亲求助。

黄孝德听了高兴地说："其他的事拖得，这样的大事怎么拖得？明天我想办法买几十斤米回去，单独给佘玉春开伙食。"黄志毅说："这样不大好，不管怎样说佘玉春是大人，而晓琴晓刚都还小。"黄孝德说："那有啥法？顾得了一头顾不了另一头，先顾着更小的再说。大点的多吃几顿酸菜饭也没有什么关系嘛。"

师训班学习结束，黄志毅分在金鹿公社中学任民办教师。金鹿公社中学新校正在建设中，师生们暂借神会寺小学教室上课。黄志毅报到后，学校领导让他跟班听语文课。语文教师孔远峰是上海人，华东师范大学中文系毕业生，因为"文化大革命"原因，去年才分到这里来任教。

黄志毅走进教室的时候，孔远峰正在讲京剧样板戏《海港》。他先是在黑板上画出上海港位置，然后讲港口新中国成立后的巨大变化。讲课中又讲又唱，学生们听得津津有味，时不时发出开心笑声。

新学期开学，黄志毅被派到仁和小学初中班任教。仁和小学初中班实际上是金鹿公社中学分校，暂时由仁和大队小学代管。仁和小学设在三峰寺，又叫三峰寺小学。

三峰寺是有六百多年历史的道观，处三座山峰之间，寺以三峰而得名。三峰寺最大的特点是无蜘蛛，洁净无尘，庙宇门窗栋梁无朽迹。三峰山上巨柏成林，远远望去，有时林烟含黛，庙角翘红，云飘雾绕中觉得似有神仙一般。寺中无水源，平时要下到山脚挑井水吃。寺里有一个青砖大水池，下雨时寺中所有雨水都流汇池中，供洗脸洗脚洗衣用。寺里虽然早已经没有了菩萨，但是大殿上巨石佛座犹存。偶尔还能看到佛座下有人偷偷摸摸求神拜佛烧钱化纸的香火痕迹。显得与"文化革命"形势、培养革命事业接班人环境极不一致。

三峰寺小学初中班只有两个教师：一个是城固大学中文系毕业的冯若宾，一个是幼师毕业的褚贵中。学校小，教师一个萝卜一个坑。黄志毅第一天到三峰寺学校报到，冯若宾当天就调走教高中去了。

按照金鹿公社中学领导小组安排，褚贵中任班主任，教语文，负责班上所有事务性工作；黄志毅负责教语文以外的数学物理音乐体育等所有课程。

黄志毅每天天刚亮起床，先把水缸挑满，然后做全家人的早饭。饭后，晓琴晓刚去上学，自己抄小路到三峰寺上课。下午放学回家干些自留地里的活，然后做晚饭，晚饭后备课。天天如此，有如机器一般重复，但是一点都不感到枯燥。因为自知腰有顽疾，在不宜参加重体力劳动的情况下，教师或许是最适合自己的职业了。

第二十回

黄志毅首参教师会　忆苦饭牢记阶级仇

星期一集中放学，仁和小学校长单平江向全体师生宣布："刚接到通知，明天全体教师公社开会，学生放假一天。"黄志毅问褚贵中："占用学生一天上课时间，啥事情这么重要？"褚贵中笑着说："你才来不知道，这种情况多得很。只要是上面要求的，你说哪样不重要？"

黄志毅第一次参加教师会生怕迟到，吃了早饭急急忙忙赶到公社，见会场空无一人，便在最后一排条石凳上坐下。过了好一会儿，教师们才陆陆续续走进来。

随着教师的进场，黄志毅很快发现公民办教师之间有着巨大的反差。

公办教师最先到场，全都安静地挨坐在会场前几排条石凳上，面向空无一人的主席台，显得非常拘谨。

民办教师们大多手粗面糙，衣服陈旧，有的还打着补丁，全都随意散乱坐在会场最后面条石凳上。有的大声交谈玩笑，有的闷坐默默无言，有的不一会儿就睡着了。

公办教师坐最前，民办教师坐最后，会场中间一大片条石凳空着没有一人去坐。

公社中学民师佘建勋冯栋良走过来和黄志毅并排坐在一起。三人是早就互相认识的，佘建勋是黄志毅高小班主任语文老师，冯栋良是黄志毅鹤林中学时学长。

会议还没有开始，德和小学民师冯少康便背靠柱头睡着了。阳明小学民师佘学武走过去，站在他面前边抽叶子烟边笑眯眯地看着他。看了一会儿，躬下腰拍着他肩膀说："哎，哎，不要睡了！"冯少康睁开眼睛，抬起头茫然地看向他，然后问道："散会啦？"佘学武作了一个请他回家的手势。冯少康立刻睡眼惺忪地站起来，迈步向外便走，走了几步听见哈哈大笑声，这才向会场看了看，不好意思地苦笑一下，返身回到原座位坐下，不一会儿又打起呼噜来。

又过了一段时间，公社革委会主任、武装部长佘有成走上主席台，坐到长方桌后面条凳上，看了看台下说："坐在会场后面的坐到前面来，中间空起干啥？"说了几遍民师们才拖拖拉拉走到会场中间坐下，与公办教师们仍隔了两排。佘有成说："今天的会分为两段开，前一段由公社学校革命领导小组成员华思成同志念文件和《人民日报》和《红旗》杂志社论。后一段由公社学校负责人佘洪兴同志组织讨论，谈学习心得体会。整个会议由佘洪兴同志负责。"说完大步下台出大门去了。

华思成清清瘦瘦，三十来岁，不看台下，慢条斯理念文件。会场前面公办教师规规矩矩认真听着，公办教师后面的民办教师则现出心不在焉的模样，有的似听非听东张西望，有的沉沉憨睡，有的小声笑谈。渐渐地民师们的声音大了起来，说荤话、涮坛子、开玩笑的哈哈声多次盖过华思成念文件声音。佘洪兴多次站起来制止说："同志们，请注意听！"开头几次还有效，后来就渐渐失灵了。佘建勋忽发感叹说："这人的命运啊，真是很难说。"

冯栋良听了微笑问道："佘老，此话怎讲？"

佘建勋说："我和佘有成佘洪兴两个，都是同一个村的人。佘有成高小毕业，十七岁入伍当兵。一次剿匪作战，叛匪逃进寺庙关上大门拒守。由于不清楚庙里情况，部队守卧在大门外待机行动。等了半天不见动静，佘有成焦躁起来，猛然跃起冲上去，一脚踢开庙门朝里面就是一梭子。这才发现是一座空庙，叛匪早已从后门逃走了。不久佘有承被提拔为排长，可是文化太低当不下来，便转业回公社当武装部长。'文化大革命'开始后，实行军管和一元化领导，武装部长们一夜之间全部升为革委会主任，成了党政军一把手。

"我和佘洪兴普义是中学高中同班。他从学校报名参军，在部队提干。我考上大学没有读成，成了现在这个样子。佘洪兴他们部队本来是在平原，后来调去参加平叛。平叛期间他身体高原反应强烈，加上体力透支太大得了肾病。肾病这东西很不好治，久治不愈只能长期住院疗养。佘洪兴疗养时间长了觉得这是浪费国家财富，便多次打报告要求复员回家当农民。复员时部队按规定发给他大几千元复员治疗费。以佘洪兴的能力，要是不生病早就升上去了。不说师级，团级是肯定不成问题的。佘洪兴复员回家不到半年，中央文件下来，要求各地必须为所有军队复员干部安排工作。县组织人事部门征求他意见，问他想到哪个单位工作，他说国家已经给了复员和养病的费用，再参加工作不合适。县上多次做他工作，最后同意了，但提出到学校教书。县上根据他的资历和身体状况，安排到我们公社负责学校工作。成了佘有成手下一个兵。从我们三个的经历遭遇看，你说这命运难说不难说？"

冯栋良说："要说运气，高望德就差得太远了。"

黄志毅问："哪个是高望德？"

余建勋指着右后边一个三十来岁，中等身材、面色青白，张嘴睡觉的人说："那就是高望德。"

黄志毅问道："他运气怎么不行了？"

冯栋良微笑着说："我给你讲讲这高望德运气如何不行。高望德是我们公社云峰大队人，省林校毕业后分到森工局林场工作。林场附近一个民族姑娘看上了他，主动找他要朋友。可能这姑娘长得特别漂亮，也可能是一见钟情，总之高望德一下就喜欢上了她。可是姑娘父母坚决反对，理由是汉人虽好，但怕靠不住。在对女儿劝说、警告、关、绑、打、骂全都无效后，向林场领导控告高望德勾引拐骗他们女儿，要求惩处高望德。林场领导了解情况后劝高望德放弃，不要把事情闹大成为民族问题。这期间姑娘父母找了一个民族小伙，强逼姑娘结婚。姑娘深夜偷跑出来找高望德想办法。这高望德哪里有办法可想？姑娘提出逃跑。高望德说：'逃不脱的，逃了抓回来更惨。'姑娘说：'那我们跳河吧。人间不能做夫妻，死后到地下永远不分离。'高望德立表赞成说：'好吧！与其这样活着，还不如死了的好。'于是二人来到大桥上相拥痛哭。正哭着，远处有火把靠过来，渐渐听到叫喊姑娘的声音。姑娘知道是找她来了，立刻抱紧高望德。高望德也紧紧抱着姑娘。二人见打火把的人越来越近，便纵身跳进了湍急冰凉的河水中。高寒山区，水急浪猛，两人一跳下去就被冲开了。高望德会水，呛几口水后就本能地游动起来，黑暗中不辨东西南北顺流而下，河水寒冷彻骨，身体渐渐冻僵，撞在岩石上一下就昏死了过去。第二天早晨，人们在河滩上找到了失去知觉的高望德。在离高望德不远处的下游河湾里找到了姑娘尸体。高望德被救活后，姑娘父母把他告到公安局关了一年多。事情查清楚后高望德被开除公职，遣送回原籍。高望德回到云峰大队后成为大队小学民师，发誓此生不结婚。高望德不结婚，他父母哪里肯依？说不孝有三，无后为大，人死不能复生，只要心里有她，每年给她烧钱化纸就行了，哪有不结婚的道理？在父母劝逼下，高望德最终结了婚。现在而今眼目下已经是有三个孩子的爹了。"

听了冯栋良讲述，黄志毅首先想到的是高望德死了就好了，死了一了百了，不再有痛苦，也不再有悲伤，若有灵魂，二人在另一个世界，没有人间苦愁，没有世俗偏见，任意相亲相爱……但是造化弄人，偏不让他死，偏要让他抱恨终生。不知为什么黄志毅心中总感到有些苦涩，既为高望德死里逃生感到庆幸，又为姑娘之死深感不值，人家是以命相许啊！于是看向高望德。高望德仍然张嘴睡着，双眉微蹙，一脸疲惫。黄志毅正看着，只听华思成大声说道："好了！终于念完了。"

华思成走下台，佘洪兴走上台坐下，脸色青灰，有气无力的样子开始讲话。民师们安静一会儿后又讲起话来。

黄志毅说："这哪里像教师开会啊？跟生产队社员开坝坝会差不多。"

佘建勋说："这些人本来就是社员，要是不说话，起码有一半睡着了。"

冯栋良说："黄老弟你才来不知道，民师们太疲倦了。每天都是天不亮起床，起床了不是担水做饭洗衣喂猪，就是担粪种自留地，或者出早工。然后急急忙忙吃了早饭赶到学校上课，放学后又脚不歇气赶回家干活，整到半夜才睡。天天如此，就是钢铁也有个疲劳系数，何况人啊。比如那个还没有开会就睡

245

着了的冯少康，全家九个人，五个娃儿，主要靠他和爱人劳动。每次开会一进会场就打瞌睡，有时喊都喊不醒。"

佘建勋说："民办小学教师县上每月补助六元钱，中学民师县上每月补助九元钱。加上大队公社的补助，每月最多也就是十六七块钱。有时公社大队那点补助还拿不到。如果不没白没黑地干，你说怎么过？公办教师就不同了，他们每月几十元钱工资，最少的都在民师两倍以上。又不参加集体劳动，国家还供应粮油糖肉等副食，如此丰厚收入，他们敢不认真听，敢不守规矩么？"

冯栋良说："其实我们这些民师并不比别人笨，只要不教书，随便想个办法都比民师收入高。所以对开会纪律这些东西都抱着无所谓态度。好多民师都是矛盾心理：继续干吧，觉得太不划算；不干吧，心里又有些舍不得学生。于是有些人就说我们民师是狗舔油锅，不舔闻着香，要舔怕烫伤。""简直一派胡言！"佘建勋气愤地说，"我们民师是鲁迅说的牛，吃的是草，挤出的是奶！"

三人一时无语，过了一会儿冯栋良说："不知为什么，我每次参加这样的会，总是要想起贝多芬的命运交响曲。"

佘建勋微笑着说："我是多次听到命运的敲门声了，可它就是不进来。"

冯栋良也微笑说："那是你没有细品过第二第三乐章。"

黄志毅说："我认为，知识不值钱，教师地位低下，民师更是为许多人所不屑与国家条件有关，也与环境有关。但我相信这是暂时的，不可能长久。因为国家社会发展无论如何都离不开学校教育的支撑，所以扼住命运咽喉的那一天一定会到来。"

佘建勋苦笑说："道理大家都懂，只是你说的这个暂时到底要到什么时候？人生短暂，人类历史的长河说不定一晃就把一个人的一生给暂时掉了。"

黄志毅说："但愿不要太长，我想也应该不会太长。不然谁也支撑不起。"

冯栋良说："就我而言，只希望在知识分子臭老九的大环境中，个人尽力而为加上运气能够好点，不要在民师这条路上走得太过难堪。"

三人正说着，只听余洪兴提高声音说："今天会议就到这里，下来各学校自行组织学习讨论。散会！"教师们听了都哄的一声欢呼起来。

散会后，黄志毅边走边想着会场情状，想着余建勋冯栋良的话。他万想不到民师生计会如此艰难。在师训班的时候，无数次憧憬过当教师后如何孝敬父母，如何扶持弟妹，如何给妻子幸福。现在，民师的窘境有如突然袭来的寒风，把这温暖的憧憬一扫而光。新的问题面前又将如何应对呢？

黄志毅爬上猫儿岗，这是高小时候经常走捷路的地方。抬头远望，雾霭给田野和村庄披上了一层薄白的轻纱，朦胧的竹林房舍好似在淡烟中微微飘荡。看着凤翔江弯弯曲曲遇阻则绕，逢顺即流向东而去的江道，黄志毅想："无知无识的河流尚可千回万转奔流入海，我一个大活人岂有一条路走到黑的道理？不行就改行吧。可父母亲会同意么？"转而又想道："教书才几天，很多情况都还不知道，怎么参加一个会就动摇了呢？莫让浮云遮望眼，还是走一步看一步吧。"

按照上级文件要求，单平江召开全体教师会，研究如何对学生进行阶级教育。教师们有的建议请贫下中农作忆苦思甜报告，有的主张给学生念阶级斗争文章，有的提出吃忆苦饭等等。单平江最后归纳说："请贫下中农作忆苦思甜报告好是好，就是苦大仇深的人都讲过了，再找人不好找；念阶级斗争文章是灌输式的，远没有亲身感受深刻；我认为吃忆苦饭不失为阶级教育的一种好方式。忆苦饭操作简单，效果立竿见影，学生不仅感到新鲜，而且可以直接体会到旧社会的苦难，体会到地主资产阶级的残酷，体会到红军长征吃树皮草根的艰难，懂得今天幸福生活的来之不易，更加珍惜今天的幸福生活。所以我同意吃忆苦饭的建议，全校师生都吃一次忆苦饭。"本来就无可无不可的教师们听领导如此说，便都一致同意吃忆苦饭。

会后单平江计算需要多少食料，安排谁去借锅，谁负责砌灶，谁负责带学生扯野菜等等。黄志毅的任务是到鹤林镇豆腐店买豆渣，到粮站买麦麸。临走的时候单平江对黄志毅交代说："差点忘了，你再买十斤粗米糠。常说旧社会吃糠咽菜，没有糠就不像了，要弄就弄真点，让学生真正体会到旧社会的苦。"

黄志毅先到公社开购买豆渣米糠麦麸证明，然后到豆腐店找到经理。经理看了证明，二话不说就在证明上批了二十斤豆渣。在尾部写上自己的姓名和时间后，指着前面一排房子说："到会计那儿开票，到出纳处付款，再到后面去称豆渣。"会计开票后收了证明，黄志毅说："请把证明退给我，我还要到粮站去购买其他东西。"会计说："那怎么行啊，你把证明拿走了，经理说我开后门怎么办？"黄志毅只好又去找到经理。经理和黄志毅一同走到会计室，对会计说："把证明还给他，在发票上注明是卖给学校吃忆苦饭就行了。"

黄志毅拿着证明背着豆渣来到粮站，粮站只有麦麸没有米糠，黄志毅便把家里米糠装几斤一起背到学校。黄志毅不敢多装，怕学生米糠吃多了拉不出屎来，那难受低标准时候自己是深有体会的。

吃忆苦饭那天上午，三峰寺小学各班召开阶级斗争教育动员会。内容是五个永远：永远不忘阶级苦，永远不忘血泪仇，永远站稳无产阶级立场，永远保持革命本色，永远当好革命事业接班人。

班主任老师们到各自班上作动员。不是班主任的老师们在单平江的指挥下做忆苦饭。操场上架着两口大铁锅，老师们有的烧火，有的淘洗野菜，有的切野菜。水烧开了，单平江先把米糠倒进锅里煮，煮了一段时间把野菜倒进锅里继续煮，煮了一会儿把麦麸倒进锅里，抄起长把铲子在这口锅里翻搅一阵，又到另一口锅里翻搅一阵，往返交替搅得满头是汗。见煮得差不多了，单平江叫黄志毅把豆渣倒进锅里搅匀。黄志毅看着锅里不停地冒着气泡的青黑色浆糊，心想这东西学生怎么咽得下去？

各班动员完毕时，忆苦饭也做好了。学生们在值周老师的指挥下分成两行走向锅边。两个老师手拿长勺各站在一口锅旁。学生们拿着自带的碗筷一走到锅边，掌勺老师立刻向学生碗里舀进小半勺黑糊。端着黑糊的学生回到原位置站定。老师们跟在学生们后面，碗里也同样舀进小半勺黑糊。走在最后面的单平江一脸严肃地把碗伸到锅边，掌勺老师不知是有意还是失手，把勺猛地往锅里一舀，然后向上轻轻一扬，满满一大勺忆苦饭一下就到了碗里。看着那满满一碗黑乎乎的东西，单平江脸上的肌肉突然抽搐了两下。"啊呀舀多了，舀多了！"掌勺老师显出慌张的样子，然后伸出手说："舀点出来，舀点出来！"单平江显出十分为难的神色，无奈地大声说："不多，不多，正合适。"边说边走到学生队列前面。

单平江左手举起碗，右手拿着筷子高声说："同学们，新中国成立前，我们的父母兄弟就是吃的这种东西，红军爬雪山过草地的时候，就是这个东西也吃不上。大家慢慢吃，慢慢尝，一边吃，一边回忆，一边想：我们能不能忘记过去，能不能让旧社会重演，愿不愿意再吃这种东西。现在我宣布，吃忆苦饭开始！"说罢张开大嘴吞了一口。黄志毅看着单平江的吃相，立刻明白他不仅吃过糠，而且是吃出了经验的。黄志毅清楚，豆渣麦麸野菜味道虽然不好，但是吃下去并不困难。可是粗米糠就不同了。粗米糠煮不软，更煮不烂，吃进嘴里刺口，糠皮满嘴钻，牙齿咬在糠皮上打滑，牙禁得难受。所以吃带粗米糠的东西尽量少用牙咬，囫囵吞下去最好。粗米糠吃多了，糠皮堵住屁股眼屎拉不出来，肚子胀得难受。三年困难时期，黄志毅不仅看见过小孩吃糠肚子胀痛得大声哭叫，还看见过大人为小孩掏糠屎，掏得屁股眼鲜血直流的情景。

放学后还剩半锅忆苦饭，掌勺老师问单平江："单校长，这剩下的忆苦饭咋处理？是组织学生明天再吃一次，还是我们老师自己吃？"单平江说："吃忆苦饭是为了让学生不忘过去，真要当成饭吃，那还叫什么忆苦饭？那就是回到新中国成立前了。"想了想又说："不过，费那么大的劲煮出来不吃也实在太可惜了。通知大家，哪些人愿意吃就吃，免得烧柴拨火做晚饭。我那碗太多，吃不下了。"说罢转身边走边说："实在没有人吃，就拿给赵大娘他们家喂猪吧。"

星期六黄孝德买几斤猪肉和一壶酒回家。黄志毅看父亲对那酒壶很是满意的样子，问是哪里来的。黄孝德微笑着说："你看不出来啊？这是正儿八经的军用水壶，是毕定元转业回来送给我的。以前打酒用玻璃瓶不方便，容易碎还显眼。现在有了它，不管下乡还是到哪里去，往帆布挂包里面一放，找供销社熟人打酒，既方便又看不出来。"

晚饭时黄孝德仍然是边喝酒边摆龙门阵，喝高兴了对黄志毅说："当教师了，喝点吧？"黄志毅摇头说不喝。黄孝德说："年纪轻轻的不喝也好，以后喝也不迟。"接着讲他如何如何忙，"文革"前任副县长现任常委、宣传部长的胡耕友对他如何信任，他与领导和同事之间关系如何融洽，又交了哪些新朋友等等。滔滔不绝的讲述中，黄志毅发现父亲对周浩明郑万舟这些"文革"前的老朋友们提得越来越少了。

黄孝德问起黄志毅在学校的情况。黄志毅讲了学校吃忆苦饭的事。黄孝德说："单平江和我同年参加工作，工作倒是认真负责，就是有点迂，脑壳打不过调。"黄志毅讲了参加全公社教师学习会情况。黄孝德听得很仔细，好像忘了喝酒，说："现在是有这个问题。民办教师有困难有想法，公办教师有危机感。特别是公办教师，过去是受人尊敬的人类灵魂工程师，现在是必须接受工人贫下中农再教育的臭老九。听说外地有的地方居然取消了公办教师的居民供应粮，提着口袋到生产队去要粮食。现在他们最怕的是取消工资，下到生产队和社员一起同吃同住同劳动。民师有自己的房屋自留地，大不了回去种庄稼，反正本身就是农民。公办教师就不同了，拖儿带女，没有住房，没有家具，不会种庄稼，有的身体差，有的年纪大，这么多困难，下去怎么生活？"说着缓缓端起酒杯抿了一口。

黄志毅说："真要是这样还不如早点想别的办法，随便学一样手艺都比民师强。"

黄孝德放下酒杯，不悦地说："你怎么还有这种想法？读十多年书就是为了当一个裁缝、剃头匠、木匠、泥水匠？你才教几天书啊？怎么遇到一点点困难就想打退堂鼓了？"

黄志毅说："不是，苦我可以吃，书我可以教。问题是收入那么少，供不起孩子养不起家，这书怎么教？"

黄孝德说："怎么不能教？全县一千多民师就你一个人不能教了？"

孔惠英给黄孝德端上饭来，说："不要喝了，吃饭吧。"

黄孝德一口喝干酒，边吃饭边说："现在民办教师待遇是有些低，但是再低再难也没有新中国成立前的六腊战争困难嘛。那时候的教师暑假六七月，寒假冬腊月，全年总共三个多月没有工资，生活艰难，称为六腊战争。都还不是坚持下来了？看问题要看长远，看发展，看准了就要坚持下去。锲而不舍必有好处。不能当尖屁股，今天看这个好，明天看那个好，后天看那个更好，五心不定，变来变去，最后输得干干净净。"

黄志毅说："我不是不愿意教书。佘玉春表姐夫佘培文也是民师，她表姐得肺气肿，中西药不断，生三个娃娃后几乎丧失了劳动能力。幸亏佘培文会编背篓，利用自家竹林竹子，每天晚上打夜工编背篓。每隔一场卖几个背篓，不仅能够把家里所有经济开支支撑下去，而且生活还不显得窘迫。我是想利用空余时间学一门手艺，像佘培文一样，以副业补家，以副业助教。"

黄孝德说："你以为学手艺是好好学的？没有师傅教，没有时间学，学成谈何容易！你现在既然是教师了，又有我们给你支撑起，就不能东想西想的了。要把坚定正确的政治方向放在第一位，积极向党组织靠拢。该写入党申请书就写，该向先进学习就学，该向组织领导汇报思想就汇报。总之要积极主动，不能坐地等花开。"

秋季开学不久，佘玉春肚子有些显眼起来，人也变得慵懒了。工不想出，衣不想洗，整天东站一下子，西立一会儿。黄志毅觉得与其这样天天混时间，还不如教她学点文化，于是找来小学一册语文课本教她认字。学拼音识字肯定是不行的，只能直接教她认汉字。开头的人口石刀田、斗升丈尺寸、上下左中右这些她以前学过的字认得倒还顺利，到后来学认新字就不行了，不是说腰胀，就是说脚软，或者说头昏。黄志毅知道她不想学，强迫学又怕她蛮子脾气发作伤了胎气，只好作罢。

孔惠英对佘玉春不出工很不满意，对黄志毅说："我以前生晓琴晓刚，当天要生了都还在推腰磨。又不是街上居民，那么娇气做啥子嘛！"晚上黄志毅对佘玉春说："你重活做不了，轻活总该做点嘛，咋能啥事都不做？"佘玉春说："没劲，不想做。"

一天放学回家，黄志毅见母亲阴着脸不说话。问道："妈，家里出啥事了？"孔惠英说："没有，我们家能出啥事！"晚上临睡前孔惠英说："志毅，跟你们说个事。我是信佛的人，碰不得沾腥带血的东西。佘玉春以后生娃娃坐月子的事我是一点不能做的，你们自己做。"黄志毅说："知道，还早嘛。"孔惠英说："早不早都是一回事，早点说，你们好做准备。"说完转身进房去了。

黄志毅断定佘玉春又把母亲得罪了。以母亲性情，不到忍无可忍地步是不会说出这种话的。由此想到自己与佘玉春结婚，主要是觉得她老实勤快，能帮母亲干活，减轻母亲负担，哪晓得适得其反，弄僵成这个样子。不由叹了一口气，觉得心口处竟然有些隐隐疼痛起来。

黄志毅备了课走进房间，见佘玉春低头坐在床边，说："怎么不睡？"见佘玉春不说话。问："你是不是又和妈吵嘴了？"佘玉春不回答，竟嘤嘤啜泣起来。黄志毅也不顾她哭泣，说："你才刚开始叫妈，咋又惹她生气了？"佘玉春说："你妈太护短了嘛。晓刚今天去放牛，和那些放牛娃搞啥子斗牛比赛。让牛和牛对打，回来时候牛满身泥巴，有的地方还有伤口。听说一只牛还被顶到坎下去了，幸好没有摔伤，如果摔死了我们咋赔得起？我说他几句，你妈就不干了，说我不该说他，你说该不该说嘛？"黄志毅说："晓刚还是个娃娃，那么小就管一条牛，我都心痛。你一点事不做，还有啥资格说他？你的蛮子性格我不知道？妈那么大度的人都被气成那样，你肯定张口乱说，把她气伤了。"见佘玉春不说话，越想越气，说："就你那点见识还要说人？把你自己管好就不错了。今后家里的事你不要多嘴，不会说话就不要说。一开腔就得罪人，在外面得罪人，在家里得罪人，把全生产队的人都得罪完了，没有人跟你说话看你咋过。"见佘玉春仍是流泪，知她哭得惯的，便不理她，自己上床睡了。

睡了一会儿，黄志毅见她仍然抽抽咽咽地哭，更没好气地说："哭哭哭，你就只晓得哭！咋就不晓得改啊？妈是说到做到的人。你做月子她一点不沾手，看你咋办！"佘玉春一下止住哭，说："我自己的事我自己晓得咋做，不要哪个替我操心！"说也奇怪，平时为一点小事就哭泣的佘玉春，自说此话以后就极少擦眼抹泪了。

黄志毅第二天放学回家，见佘玉春正在往晾衣竿上晾挂大大小小的旧布片，有如万国旗一般。问她拿来做啥？她说："娃娃这几天又蹬又踢的，我想他快要出来了。你不是说要早作准备嘛。我拆了几件旧衣裳，给他做衣裳和尿布，免得到时候没有用的。"黄志毅说："就一个娃娃，买几尺布做新的多好。"佘玉春说："你晓得啥啊，新布硬，娃娃的肉皮嫩受不住磨。我这旧布又柔软又不花钱，有哪点不好？"此后佘玉春天天给娃娃缝小衣小帽，上街买桐油做油片子，为孩子到来作准备。

　　孔惠英在家里总是阴着脸，外人来了笑脸相迎，客人一走又把脸阴起了。佘玉春好像没有看见一般，挺着个大肚子不理不睬地做着自己的事。黄志毅看在眼里夹在中间不知如何是好。

　　一天放学回家见佘玉春不在，便问母亲她哪里去了。孔惠英说："脚在她身上，嘴在她脸上，她不说我咋晓得！"黄志毅赶紧赔笑说："这佘玉春也是，到哪里去也应该跟你说一声嘛。妈，你是大人，大人不计小人过，慢慢来。"孔惠英也不理他，提起锄头出门去了。

　　黄志毅料想佘玉春是到她娘家去了，便赶往石壁沟。佘玉春果然在她娘家，见黄志毅来了问道："你来做啥？"黄志毅说："你挺着个大肚子，来接你嘛。"佘玉春说："有啥接的，我回来不晓得路？"说着就往外走。周文英把二人送到大门口，对黄志毅说："玉春离生的时间差不多了，该准备的你们还是要准备一点，红糖猪油鸡蛋这些东西早点买来放起，免得生了没有吃的。"黄志毅说："怎么会？我马上准备就是了。"

　　备完课，黄志毅上床斜靠床头翻看《赤脚医生培训教材》妇产科部分，想学一些知识，对妻子生产或有帮助。看倦了脱衣吹灯躺下，忽听佘玉春问道："你猜我今天哪里去了？"黄志毅说："你还没有睡着？我以为你早就睡着了呢。"佘玉春见黄志毅不回答，说："算了，打死你都猜不到，我到公社卫生院找周艳红检查了。"黄志毅问："她咋说？"佘玉春说："她说胎位正常。如果横起的，或是头朝上的，早点去还有办法，迟了非上县医院不可。"黄志毅说："周艳红说的是真话，胎位不正常生不下来是要剖腹产的。"佘玉春问："啥子叫剖腹产？"黄志毅说："就是把肚皮划开一个洞，把娃娃从洞里面取出来。有的妇女生不下来，又不搞剖腹产，把命丢了的都有。"佘玉春问："那洞划得大吧？"黄志毅说："当然大了，不大娃儿怎么取得出来。"佘玉春说："周艳红说时间差不多了，要我隔几天去检查一次，免得出意外。只是好难走啊。"黄志毅说："再难走也要去。"佘玉春说："我才不信，这么长时间都没有意外，就这几天有意外了？"黄志毅说："还是按时去检查的好。"佘玉春叹了一口气说："当女人太难了，下辈子就是大麻子、跛脚儿我都要当个男的。"黄志毅笑着说："这当男当女是你想当啥就当啥的？"佘玉春没有说话。黄志毅又说："这段时间要特别小心，发现有点不行就马上说。"佘玉春还是没有说话，黄志毅问："你听到没有？"佘玉春还是没有回答，正又要问时，听到了她粗重的鼾声。

佘玉春临产时间越来越近，家里却一点准备都没有。黄志毅腰无分文，焦急万分，又不好向母亲说，说也无用，前几天家里打煤油的钱都是借的。万般无奈中只好进城向父亲求援。黄孝德说："我这里还有十几元钱，你拿回去买两只鸡，买几十个鸡蛋。红糖猪油要供应票，我想办法买。这段时间太忙，如果星期六我没有回来，你进城来拿。"

一个多星期后，黄志毅吃了早饭到房间拿书包去学校。佘玉春说："拉我起来，娃娃今天动得凶。"黄志毅说："是不是要生了？我们现在就到医院去吧。"佘玉春起床，走了几步，说："好多了。"黄志毅说："找个人陪你上医院吧，上完课我就来。"佘玉春又走了几步，把身子扭了扭，说："对了，没事，一时半会生不下来，你走你的。"

课间休息时黄志毅呆坐着想佘玉春的情况。褚贵中见了说："你今天怎么了？魂不守舍样子。"黄志毅简要说了情况，褚贵中说："这么大的事，带个信来就行了，何必非要来上课？"黄志毅说："还有两节课，上了我就走。明天我尽量来，实在来不了缺的课我以后补上。"褚贵中说："其他都不要说了，现在马上回去吧。"黄志毅说："算了，只有两节课，上完就走。"

第二十一回

孔惠英破戒接孙女　两教师家访胜旅游

黄志毅上完课一路小跑着回家，老远看见佘玉春倚靠大门柱头站着，悬着的心才放了下来。走得近了见佘玉春面色苍白，一脸无可奈何的样子，问道："没事吧？"佘玉春苦笑一下，手搭在黄志毅肩上慢慢走进屋。黄志毅说："都这个样子了还站在外面，床上躺着要舒服点嘛。"佘玉春说："今天不晓得咋的，躺着不适，坐着也不适，走着不适，站着也不适，不晓得咋才合适。"黄志毅说："我看你还是到医院的好。"佘玉春说："这么远咋走得拢？人还没有走拢累都累死了。"黄志毅说："绑个担架抬你去吧。"佘玉春说："抬我去？躺在上面把人都要笑死，我才不坐那个东西呢。"黄志毅说："那我去把周艳红接来。"佘玉春说："不要去，天都要黑了。你走了我要个东西也不方便。我看今天生不下来，要接明天去接。"说着在屋子里走走停停来回走动。孔惠英在灶房门口喊吃饭了。佘玉春说："你去吃吧，我不想吃。"黄志毅说："不想吃也要吃，多少吃一点。"佘玉春听了走到桌边坐下，歇了一会儿，拿起筷子端起碗又放下，说："算了，吃不下。还是走着要好些。"说罢慢慢站起身又着腰走出去了。

　　孔惠英洗了碗筷，把灶房收拾干净后和晓琴晓刚去睡了。黄志毅扶着佘玉春在屋子里来回走动。走了一会，黄志毅把佘玉春扶上床躺下，看样子十有八九是要生了，便去灶房里烧了一瓶开水，热了大半锅水备用。佘玉春躺了一会儿觉得不行，又下床走动。步子越来越慢，额头开始冒汗，偶尔轻轻呻吟一声。黄志毅说："还是到床上躺着吧。"佘玉春说："好嘛。"黄志毅扶着佘玉春又在床上躺下。过了一会儿佘玉春又说不行，黄志毅又扶她起来走动。佘玉春身体越来越沉，黄志毅知道她在努力支撑，便用力搂着她，尽可能让她轻松些。又过了一阵子，佘玉春边呻吟边说："这走也走不动，躺也躺不得，你说咋办嘛？"黄志毅说："那你就站着吧。"佘玉春双手紧紧吊在黄志毅颈项上，黄志毅用力搂她站着。佘玉春满脸是汗，不停呻吟，身子微微颤抖。黄志毅心中慌乱，不知所措地搂着她。要请母亲帮助吧，她早就说过不能管，提醒要早做准备；去请周艳红吧，佘玉春又没有人照看，如果有个三长两短，那真要抱恨终生了。正左右为难时，佘玉春带着哭声说："哎呀，好痛啊，咋办嘛？"黄志毅说："上床吧。"佘玉春咬牙说："不！我还是走一下。"

黄志毅只好半扶半搂着她走。佘玉春一边走一边呻吟，走了一会儿，说："我是实在走不动了，还是上床吧。"黄志毅又把她半抱半扶着上床躺下。佘玉春在床上不停地呻吟，身体一会儿侧向左边，一会儿侧向右边；一会儿两腿曲起，一会儿张开，不停地吸气憋气呼气。黄志毅觉得快要生了，说："你忍着，我去接周艳红来。"佘玉春带着哭声说："好痛啊，快点，你快点去嘛。"

黄志毅走后，孔惠英听着佘玉春越来越大的呻吟声，心中着急得不得了，生怕佘玉春出事，也怕没了孙子。于是起床在地坝中间烧了三炷香、三叠纸钱，默默祷告，祈求过往神灵菩萨保佑她母子平安。鸡叫头遍时候跪地磕头请求王母娘娘送子观音列祖列宗们保佑孙儿平安出生。

孔惠英烧了香和纸钱，坐在堂屋椅子上想着万一接生员周艳红没有及时赶到怎么办。如果不管，万一出了人命，自己咋说得清？咋向志毅和佘家交代？管吧，自己清白之身岂不污了？又想救人一命胜造七级浮屠，我救人污了身子菩萨是不会降罪的。就是降罪，救自己孙子也值了。正想着只听佘玉春啊的一声嘶叫，立刻没了声息。孔惠英心中一紧，立刻向屋里奔去。刚进门口就听到婴儿啼哭声音。孔惠英是什么也顾不得了，动作利索地拿起桌上剪刀剪断婴儿脐带，打开箱子拿一件柔软衣服把婴儿包裹好，放在床的另一头捂好被子，又给佘玉春盖了被子，到灶房用肥皂反复把手清洗干净。然后到堂屋神主牌下点燃三支红烛九炷香插在香炉里，一字排开烧了九叠纸钱，感谢菩萨保佑孙女平安降临人间。做完这些松了一口气，回到自己房间睡下。

黄志毅一口气跑到公社卫生院，边拍门边喊开门。里面立刻传出周艳红的应答声："来了，来了，不要把门打坏了！"
打开门见是黄志毅，说："啊，等一下。"转身进去，不一会
儿肩挂医疗箱快步走出来。出了卫生院大门，周艳红边走边说：
"咋这个时候才来？我早就对佘玉春说过，一有动静就来喊我
的嘛。"黄志毅简单说了情况，问："该不会有问题吧？"周
艳红说："这么长时间了，我怎么知道有没有问题？黄志毅不
是我说你，佘玉春没有文化不懂科学，你是有文化有知识的人，
她要是有个三长两短，你不后悔一辈子才怪。"黄志毅哑口无言，
诚惶诚恐地跟在周艳红后面，希望千万不要出事。

　　黄志毅和周艳红走进房间的时候天已经亮了，昏暗的屋子
里静静的，一切悄然无声。黄志毅陡然觉得阴森森的，努力控
制着颤抖的身体走到床前，俯身轻声叫道："玉春，玉春！"
没有应声，又喊了两遍，仍然没有应声。黄志毅脑子里轰的一
声，感觉浑身毛孔突然间同时打开，背心一下就湿了。黄志毅
不知如何是好，回头看向周艳红。周艳红打开药箱，在柜子上
摆开药品器械，然后走到床边，摸着佘玉春的额头叫道："佘
玉春！"仍然没有应声。轻轻拍了两下佘玉春的脸，又喊了一声，
佘玉春微弱地嗯了一声，那声音好像从遥远的梦中发出。黄志
毅悬着的心这才放了下来，长长地出了一口气。周艳红把手伸
进被子里摸了两下，立刻惊讶地噫了一声，又在佘玉春肚子上
反复摸几下，直起身来显出惊诧样子："怪呐，咋没有了呐？"
黄志毅问："没有什么了？"周艳红自言自语地说："这才怪呐，
肚子里头咋没有娃娃了呐？"黄志毅听了惊骇得说不出话来。
周艳红躬腰又伸手去摸，只听佘玉春弱弱的声音说："在床那
头。"周艳红在床的另一头掀开被子，看见了旧衣服裹着的婴儿，
立刻微笑着说："小家伙，你吓我一大跳。我还以为你跑到天

宫幼儿园玩去了呢。"接着解开旧衣服，消毒、剪脐带、包扎、穿衣，最后用干净旧布片包裹好放在佘玉春身边。佘玉春问："生个啥子？"周艳红笑着说："你这个春蛮子呀，都现在了还不知道生的啥子，恭喜你，生了个千金小姐。"佘玉春听了闭上眼睛，把头侧过一边。周艳红收拾好药品器械，装进卫生箱，对佘玉春说："你现在太疲倦，好好休息，过两天我再来看你们两娘母。"说罢挎起卫生箱走出房间。

孔惠英早已等在门外，见周艳红出来立刻迎上去笑着说："周老师真是麻烦你了，这么冷的天，寒冬腊月的，半夜三更打搅你，瞌睡都没有睡成。"周艳红和孔惠英是早就认识的，笑着说："孔大姐看你说的，这本来就是我的责任嘛，不好意思，我还真有些来迟了。不过她母女命大，幸好没有什么问题。"孔惠英端半盆热水到李艳红面前请她洗脸。周艳红洗了手脸。孔惠英端一碗荷包蛋出来请周艳红吃。周艳红也不推辞，很快把荷包蛋吃完，说："现在大人娃娃都没有问题了，但是营养要跟上。如果没有奶水喂米浆，麻烦得很不说，还亏娃娃身体。"又转向黄志毅说："奶娃子马上就要吃奶了，如果佘玉春一时没有奶，熬点红糖葱白汤给她喝，平时炖点归芪猪蹄汤吃，既催奶又补体。"

孔惠英黄志毅把周艳红送到门口，周艳红说："黄志毅你回去叫佘玉春现在就把奶头给奶娃子吮，刺激奶头早些来奶。没有奶吃，奶娃子哭起来大人心慌得遭不住。"

送走周艳红，孔惠英对黄志毅说："这个月她两娘母的事就只有你做了。你现在去给她煮几个荷包蛋，多加点红糖猪油。吃过早饭，把鸡杀了炖好赶她中午，早些把奶催下来。"

黄志毅按母亲要求，煮了五个荷包蛋端给佘玉春。佘玉春在床上坐着吃了三个，把碗递向黄志毅："不吃了。"黄志毅说："吃完。"佘玉春说："吞不下去。"说着就要躺下。黄志毅拉着她胳膊说："不行，不吃好点奶不够。"佘玉春只好又慢慢吃了一个，把碗筷朝床边柜子上一放，边躺下边说："就是把脑壳给我砍开也装不进去了。"

中午还没有来奶，女儿开始啼哭。佘玉春把奶头塞进女儿嘴里。小家伙精灵得很，吮几口空奶头就哭了起来，越哭越急。女儿饿得呱呱啼哭，黄志毅心疼得慌乱不安。马上熬了半碗红糖葱白汤给佘玉春喝，把还没有完全炖烂的鸡肉和鸡汤盛了一大碗给佘玉春，不一会儿就吃喝得一点不剩。

下午，黄志毅在一大碗热气腾腾的白米饭顶上放了一大块红糖和化猪油，端送到佘玉春手上。佘玉春不一会儿就吃得精光。

终于来奶了。看着女儿吸奶时嘴角眼睛现出的笑容，黄志毅的眼睛一下就湿润了。

晚上，佘玉春坐靠床头看女儿吃奶。黄志毅坐在床边上看着佘玉春，心想真还看不出她有这么坚强。一个人自己把娃娃生下来，自己把脐带弄断，自己把娃娃包裹好，真正实在难为她了。这种情况以前在书上看到过，说的都是那些丈夫不在身边的落难妇女，要么被地主恶霸所逼一人逃躲在外，要么丈夫在外革命自己一人在家。现在现实竟然落到了她头上，不由脱口说道："你一个人把娃娃生下来，还自己包扎收拾好，真不简单。"佘玉春没有说话，慢慢躺睡到床上，静静看着蚊帐顶，然后闭上了眼睛。

天快黑的时候，佘玉春说："该给娃娃换尿片了。"黄志毅端一盆温水放在踏脚板前地上，然后从床上抱起女儿在踏脚板上坐下。把女儿放在双腿上，解掉裹着女儿的桐油布和尿片，把垫屎尿的纱布取下，用温水软毛巾给女儿擦洗身子。这小生命太柔嫩了，有些滑不溜秋的，手重怕擦伤，手轻怕擦不净，还生怕她滑落到地下去。看着黄志毅手忙脚乱的样子，佘玉春笑起来，说："还是我来吧，笨手笨脚的不要把她弄到地下去了。"说着穿上棉袄下床来接过女儿，三几下擦洗干净包裹了抱在怀中，上床解开棉袄把奶头递到女儿嘴里，说："这些巾巾片片就该你收拾了。"黄志毅看她如此利索，心想这应该是女性天性使然吧。

晚饭时晓琴晓刚都不拈桌上的椒麻鸡块。黄志毅说："你们咋不吃啊，吃吧。"听他两个都说给嫂嫂吃。黄志毅说："月母子只能吃鸡身上的肉，鸡头鸡翅鸡下水这些东西她是不能吃的。"孔惠英说："你们吃吧，这些东西发物，月母子吃不得。"

第二天黄志毅一大早起床，先把水缸挑满水，然后煮三个红糖猪油荷包蛋送到佘玉春手上，端起盆子到河边清洗昨晚换下来的屎尿布片。

隆冬季节，晨霜遍地，小河两岸都结了冰，只有河中间的水还在缓缓流动。黄志毅把手伸进水里，立刻感到针刺一样疼痛，时间一长僵麻起来，好像没有了知觉。黄志毅忍着麻痛想尽快洗完，偏偏那垫屎尿白纱布上的黄色洗不掉。抹上肥皂无论怎样搓揉，水中清洗泡沫一去仍是黄色，如此数次都是，只好作罢。洗完时那双手已经冻成乌紫颜色，端盆子都几乎没有感觉了。下午时候，黄志毅见那晾干纱布依然雪白，完全没有了丝毫黄色痕迹，不禁苦笑想道："早知如此就少洗少受罪了嘛。"

晚饭时孔惠英问黄志毅："你给我孙女儿取名字没有？没有取就快点取。不然送祝米的亲戚来了问起，连个名字都没有咋要得？"黄志毅说："取了，她是长字辈的，翻了字典，叫黄长烨，就是永远发光、向着光明的意思。"孔惠英说："不好听，女娃儿家啥子光不光明不明啊？我想好了，就叫她卫东，好听也好记，现在好多娃娃都取这个名字。"黄志毅说："妈你说卫东就卫东吧，只要你说行就行。"心想入学报名时候报黄长烨就行了。

睡前洗脚时候，孔惠英对黄志毅说："云长，你学校的事一点松不得，以前怎么做以后还是怎么做，不要误了学生。""知道。"黄志毅回答。孔惠英又说："家里该你做的事你放学回来做，该佘玉春做的事佘玉春做。佘玉春给卫东换点尿布，中午煮点自己吃的，也累不住她。有人靠人，无人靠己。我生晓琴晓刚的时候，你伯伯只是回来担个水，其他喂猪做饭、洗衣扫地这些家务事全都是我做。她比我不知要好到哪里去了啊。"黄志毅说："我知道。"

黄志毅进寝室后把母亲的话改成自己的话说给佘玉春听。佘玉春笑着说："你以为我不晓得？你的心早就飞到学校去了。"黄志毅说："我是担心你做不下来。"佘玉春说："有啥做不下来的？只要不是杀鸡，不使大力气，不沾冷水，我啥都做得下来。你去教你的书，免得一天到晚看着你心神不定的样子。"黄志毅说："其实我是不想去的，就是怕学生的课耽误多了以后补不起来。你放心，每天我都尽量早点回来，该我做的事不会要你做。"

放寒假前，佘建勋冯栋良黄志毅三人走进金鹿公社办公室。戚正荣说："你们三个中学民师，公社领导给你们定了月工资标准。根据教书时间长短，佘建勋二十元，冯栋良十八元，黄志毅十六元。除去县上每月补助的九元，不足部分公社打条子，你们到各生产队去收。"说了发给每人收据。

从公社出来，佘建勋把收据在手上掂了掂，说："一年辛苦不寻常，换来收据十几张。妻儿翘首倚门望，逐队收钱度春荒。"冯栋良笑着说："佘老，你比我好过多了。我是年关一过就花光，不知如何度春荒。"

大年三十晚上，黄孝德全家吃了年夜饭向火守岁。黄志毅说："今年我教七个月书，包含暑假，每个月工资十六元，其中县上每月补贴九元，公社给七元，总共是一百一十二元。但是公社只给收据不给钱，要求我们三个民师拿收据到各生产队去收。共联大队二队的二元七角三分没有收到，总共是一百零九元二角七分。"说着把钱递给母亲。孔惠英说："就放在你那里，现在有卫东了，平时也要花钱。"黄志毅再次把钱递给母亲说："妈，还是你收着，翻过年又要说春荒了。我们实在需要用钱的时候在你那里拿就是了。"孔惠英还是不收，黄孝德对孔惠英说："你就拿着吧，家里现在也确实需要钱。从明年起，县上对民师的补贴按月发放。你们三个人每个月九元零花钱够用了，以后只是把公社给你的钱交给家里就行了。"孔惠英收了钱，从中抽出两张递给黄志毅，说："过年了，你拿十块钱去，该给卫东买啥就给她买啥。"

大年初二晚上全家向火，黄孝德问黄志毅："你前天晚上说有两元多钱没有收到是咋回事？"黄志毅有些不好意思地说："说起来怄人，也有些丢人。我拿着十三张收据到各生产队收钱，生产队保管们全都说没有现金，要我先把收据给他们，等有钱了就通知我去拿。两个星期不到除共联二队外其他十二个生产队的钱都收到了，我去找共联二队王保管，他说钱已经给我了，我问他好久给的？他说没有给你钱，收据咋会在我这里？"黄孝德说："你没有跟人家闹吧？"黄志毅说："没有，怎么闹？收据在他手上，闹起来拿不到钱不说反而被人家笑话。我只是说：'王保管你再想想，真的给我啦？'王保管眼睛一鼓，说：'还想啥子啊？就是给你了嘛！'听他这样说，我转身就走了。"孔惠英说："你也是，咋那么相信人啊？"黄志毅苦笑说："'文化大革命'斗私批修这么多年了，我咋想得到他是这样的人嘛。"佘玉春说："你也太憨了。他敢硬吃你的钱，你骂也要骂他两句嘛！过了年我去找他！"黄孝德说："不去找了，收条在他手上。他敢吃你就不怕你去找。"停了一下又说："十三个生产队保管，只有一个吃钱。也好，算是出钱买了个教训。"

春末夏初，草长莺飞，正是野外闲游大好时候。仁和小学初中班学生周文华倪长林邀请褚贵中黄志毅两位老师星期天到他们家里去耍。

褚贵中大黄志毅三岁，虽是公办教师，却还没有女朋友；离家又远，山丘偏僻地方，平时本就闲得无聊，何况是星期天？立刻满口答应。

两个学生一走，黄志毅说："平白无故到学生家耍，真有些不好意思。"

褚贵中微笑着说，"有啥不好意思的？你以为是他两个请我们啊？不经家长同意，他两个娃娃敢自作主张？家长请老师一般都是为了联络感情，希望多关照他们子女。如果不去，会认为我们对他们的娃娃有啥不好看法，反倒不好。和家长沟通，对教育学生有好处，既利于工作，又利于打发星期天，何乐而不为？"褚贵中的话使黄志毅想起了父亲当年经常走家访的情景，觉得褚贵中的话实在在理，立刻笑着说："好，那就去嘛。"

星期六中午放学，等其他老师都离开学校后，褚贵中黄志毅才离开学校。早已经等在路口的倪长林周文华见两个老师到了，便在前面蹦蹦跳跳带路，边走边讲述他们那里的奇闻趣事。下三峰寺，过赵店子来到火夹沟。沟深且陡，状如农家做饭时向灶膛里送柴拨火的火夹，是以得名。站在沟边看不到沟底，不知有多深；下到沟底两边密林交相掩蔽，不见天日。

过火夹沟走三里地，来到一大片高阔鹰嘴悬崖下。黄志毅向上仰望，见那鹰嘴凌空，大有掉落头顶之势，不禁心生寒意。

周文华指着悬崖说："这岩壁不知经过多少年多少代的风吹雨淋，才幻化出这么多不同颜色和不同形状的图画，大家都叫它花岩子。"

倪长林说："两位老师看那花岩壁上图画，看是模糊一片，仔细观看，似人似兽，似鸟似虫，似房似树，不同的人会看出各种不同的形状来。"

褚少云黄志毅仔细看了一会，觉得似是如此。

周文华指着悬崖中间上方说："两位老师看得出那壁面上有一个洞么？"褚黄二人看了一会儿都摇头说没有看到。周文华又指着说："你们看，悬崖中间有一个突出的石头，石头右上方有一条石缝。"褚黄二人顺着周文华手指方向，果然看出有一条石缝。周文华说："其实那缝是一个洞口，被石头挡着只现出一条缝来。"黄志毅问："知道那洞有好大么？"褚贵中说："那么悬，人根本上不去，怎么会知道有多大？"周文华说："有多大不晓得，听说很深。新中国成立前土匪被追得无路可逃时就躲进里面藏起来。"黄志毅说："不可能啊，上下悬空怎么进去？"倪长林说："嗨！怎么进去？盗有盗洞，匪有匪路。新中国成立后清匪反霸，我们这一带的大土匪汪治山就躲在那里面。武装民兵日夜守在崖下。围了几天几夜，汪治山在缝口一现身，几十条枪同时开火齐射，当场被打死从洞口掉了下来。"

四人离开花岩子，又走了两三里地，远远看到一棵巨大的罗汉松。倪长林说："那棵树就是原山县第一风景名胜凤飞寺骑鲸松。"

黄志毅听父亲讲过，说凤飞寺之所以能位居原山县古十八景之首，主要原因有三，一是凤飞寺庙门前有一株三千多年的罗汉松。罗汉松盘根错节生长在没有土壤的高大巨石之上。此石形如巨鲸之脊，罗汉松便被称为"骑鲸松"。罗汉松生长缓慢，能在光秃秃石头上长得枝繁叶茂，郁郁葱葱，遮蔽四五亩地面，实属罕见。二是受著名文人文同影响。宋皇祐四年文同摄原山县令时，赋文盛赞凤飞寺骑鲸松，造成凤飞寺声名远播。三是清县令宋载亲自撰《原山县志》时，为凤飞寺赋《梦中夺得鲸柏诗》。诗曰："紫柏森森不记年，凤凰遥度暮山烟。公余拾翠春相问，欲向骑鲸上九天。"并将凤飞寺骑鲸松位列原山县诸风景名胜之首。据记载，凤飞寺盛时，庙宇五院五进三塔，庙门双桅两人方能合抱，其上，阴刻佛经箴言，如醍醐灌顶；阳凿群雕佛像，栩栩如生。香客云集，钟磬之声此起彼伏，余音绕梁，首尾长衔；青色香烟起院徐行，婷婷袅袅，沿山逶迤。

褚贵中四人来到骑鲸松下时未见一人。四周空旷，杂草丛生，土石畜粪遍地。双桅仍在，唯一四合院庙房残破，四壁透风，双门紧闭；山风劲拂，越显冷清。这现状让人无论如何联想不到当年恢宏兴旺景象。

四人到周文华家时天快黑了。周文华父亲周崇书到门口把褚黄二人迎进去，倒热水洗了脸，然后吃饭。晚饭很丰盛，还有酒，看得出是殷实人家。

周崇书豪爽健谈，说低标准过后，他们这里大多数人家早已不吃玉麦，全吃大米了。黄志毅听得哦了一声。周崇书以为不相信，解释说："我们这里是桥楼公社最偏远山区，上面很少人来，管得不严，可以任意饲养家禽家畜，种植果树林木；加之人少地多，土地肥厚，公粮不重，所以每家都有余粮。山下坝上人家每年春荒缺粮时候都到我们这里来借玉麦，秋收一斤玉麦还一斤大米，心狠的还一斤多大米。几年下来我们这里的人就都不吃玉麦了。"

黄志毅万想不到会有这样地方，微笑说："你们这里真赛过世外桃源了。"

周崇书听了说："哪里哟？还是街上城里居民安逸。我们这里看起来是要比坝上好一些，但是离城太远，赶个场，天亮出门，回家摸门，东西再好背到城里肉价变成白菜价，城里东西买回来白菜价搬成肉价。生病住院就更难了。所以还是城里好，不怕两位老师见笑，我是做梦都想着哪一天能搬出这山沟沟的。"

黄志毅听了暗想道："民以食为天，粮食是第一，这心也太高点了。要是可能，我现在就搬来这里住都愿意。"

褚贵中说："人往高处走，水往低处流。老周你的想法当然好，只是太难了。"

周崇书说："褚老师，我们这辈人是指望不上了。但是文华、长林他们就说不准了。我们大山里人走出去的办法还是有的，比如参军提干，男的倒插门，女的嫁出去。但是这些把握都不大，最好的办法还是读书。古人说万般皆下品，唯有读书高，这话真的说得不假。"然后指着堂屋正中神龛上方家神上写的"天地君亲师之位"说："我们这里每家每户每年三十夜都要在这下面烧香磕头。除了敬天地祖宗，就是希望老师们能把娃娃给我们教好，将来能考出去。"

褚贵中听了，马上全面介绍周文华倪长林在校表现情况。最后说："总的讲周文华倪长林两个表现都不错，成绩也好，只要能继续保持下去，将来政策准许考个中专大学，还是很有希望的。"

周崇书说："我这个人是从不护短的。倪长林父母有事不在家来不了，他们也不护短。你们是老师，一日为师，终身为父。老师就是父母，学生就是儿女。要是不听话，打也打得，骂也骂得。只要娃儿把书读好，将来有出息了，是不会忘记老师的。"

周崇书的话让黄志毅内心大为震动，不由想道："在臭老九社会地位如此低下的今天，居然还会有人把教师看得这么崇高，把教育看得这么重要。从教育改变命运看，这世间还能有什么比教育更重要、比教书更神圣、比教师更光荣的么？作为教师，如果不忠诚党的教育事业，不把学生教育好，那就实在是对不起学生家长了。"

第二天吃过早饭，周崇书安排倪长林周文华带褚贵中黄志毅去穿心洞和凤飞山看稀奇。

四人走一段小路后进入阴暗的山槽夹坡密林中，有如在原始森林中行走一般。一股劲爬上坡穿过树林，眼前豁然开朗：一片平坦土地，约有三十来亩光景，长着绿油油的玉麦。玉麦地尽头横亘着一道长约两百多米、高约十多米的天然石壁。周文华指着说："那就是穿心洞。"四人走近看，石壁是风化石。风在石壁上旋出无数大大小小的圆洞，大洞直径一两米，有的已经垮塌不成圆形，小洞仅可见光。

走到石壁尽头看，这里竟然是山顶，旭日东升，阳光明媚，从洞口远望，群山起伏，如波似浪，绵延无际。石壁脚下是陡峭的悬崖，深不见底。

倪长林指着绝壁下面说："下面就是凤飞山，很有看头的。"于是四人沿着壁上小道下去。

山陡路滑，四人吊藤抓石沿着仅可容脚的崎岖小路一步一步小心而下，好不容易来到半山一块小平地上。平地前面是条石门框，门框右边石壁上阴刻着凤飞山三个大字，每字五尺见方大小，字体端严，笔力遒劲。周文华说："这凤飞山三字听说是皇帝的一个老师写的。"

从条石门框进去，黄志毅俯身左边石围栏往下看，壁立悬崖直落山脚，河边路人小如蝼蚁。右边崖壁上排列着大大小小许多石窟，最大石窟正中药王佛端坐在莲台上，手捧药钵，宝相庄严，体态丰满，善目前视，似有所思。窟顶彩绘飞天浮雕，造型生动，线条流畅，姿态优美，服饰精致。其他各洞窟都雕塑着很多大小不等的菩萨。最大的高约丈余，最小的不盈一尺。虽然尽都蒙尘垢面、衣冠破旧，但仍不掩栩栩如生神态。窟中佛像除少数金身完好外，其他大多都有损伤。金身残缺头脸尚好的菩萨，面容依旧神色怡然，或慈眉善目，或笑容可掬，或泰然自若，绝无一丝痛苦愤忿仇恨之态。

黄志毅看着看着不由道："这些菩萨心性功夫真是修炼到家了。"

褚贵中说："当然啦，没有这样襟怀，你我不都成为菩萨了？"

地面上尽是牛屎烂草和大堆小堆的柴火灰烬，看得出是牧牛人避雨取暖所为。药王佛石窟左边相邻石窟约有大好几平方丈，靠近内壁有石桌石灶，应是当年斋房。地面中间有一圆形水池，水池上方窟顶泉水滴入池中，离泉眼不远处有一小洞。周文华指着说："二位老师看到没有？那就是漏米洞，很多年前是漏出过米来的。"褚贵中说："这种漏米洞很多山里寺庙都有，传说大同小异，你们都相信？"周倪二人无语，但现出古怪神情。

走出窟洞站在走廊上，一团白云缓缓飘来，在离崖栏不远处停下，让人生出一抬脚就可以踏上去的感觉。

黄志毅微笑说："我想这洞窟里神仙就是从这里踏云来往的吧。"

褚贵中笑着说："应该是，可惜我们几个不会。如果会就不用翻山越岭走路回去了。"

再往里走又有一道石门框，门框内石窟壁上雕凿着许多未完工的石像，多为民间渔樵耕读风土人情生产生活俗事，真实生动地反映了烟火人间的社会生活状况。

沿石窟走廊悬崖边砌有一道弯弯曲曲的低矮石护栏，若不恐高，可凭栏而坐，近听流泉飞响，远观河山气象。

四人看石窟下到绝壁底河边，河水深蓝，滩沙洁白，十多只白鹭在河面上飞舞盘旋，似在寻觅食物。黄志毅忽然看见水边岩石上一只硕大无朋的螃蟹，立刻想起"眼前道路无经纬，皮里春秋空黑黄"诗句，便随手拾起一块石头扔去。那霸王不仅不躲不避，竟然扬起双螯向前爬行了几步。看它如此狂傲嚣张，黄志毅又捡起石头猛打。正扔打着，一条三四尺长皂角斑红蛇从草树丛中窜到石上。那螃蟹见了竟敢去夹那红蛇，红蛇立刻飞快梭入水中。红蛇一去，螃蟹很快爬到石后去了。

四人沿着河边石路向下走，见东方远处田坝上有一石塔，古色古香，色彩鲜明，分外显眼。褚黄二人大感惊奇，"文化大革命"这么多年，竟然还会有这样东西存在。走过去看，方知不是塔，而是字库。旧时读书人惜字，写有字的废纸不能随意乱扔，集中放置字库焚烧，以显示读书人的高洁和文字的不可亵渎。所以文化发达、读书人多的地方大多建有字库。黄志毅猜想这偏僻山区不仅建有字库，而且精巧美观，自成一景，附近应有读书大户人家。褚贵中问行路老者。老者遥指上游高山说，山上余姓人家前清出过翰林，字库为余家所建。

黄志毅奇怪字库何以能在破四旧中得以留存，猜想或许是人们不知字库意义，不屑劳神费力捣毁；又或许是字库精美，不忍心毁掉吧。反正不管何种原因，字库是完好地存在了下来，静静地耸立在两山之间狭长的冲积小平原上，显得那么挺拔，那么秀美，向路人展示着未衰的风采，为历史坚守着文化的导向：静观流云变幻，述说日月沧桑。挺待昌明轮回，重燃洁焰烟香。

离开周家时，周崇书送褚黄二人各一包自产花椒，说是又香又麻得很。热情款待，又吃又包，弄得褚黄二人很不好意思收受，反复推拒中见周崇书脸色有些难看起来方才收下。

黄志毅回到家中，心中兴奋未已，坐到堂屋桌旁提笔作诗二首。

其一，家访感怀

深山尚崇师道尊，夫子巍然在众心。
立德树人育后辈，传道解惑利国民。
甘培后继轻舟渡，一蓑一篙总关情。
喜看栋梁如林上，不负园丁苦与辛。

其二，字库

字库耸江畔，青山碧水长。

仰望凤飞佛，俯瞰众生忙。

风痕系往事，雨迹述沧桑。

历劫幸尤在，字纸万古香。

第二十二回

黄玉兰安然离人世　夜闲聊父子说民师

四月底，转业军人孔安福调任金鹿公社中学领导小组组长。五月初，中学新校建成，神会寺三峰寺两地中学师生全部迁入。

金鹿公社中学是由金鹿公社出土地、三线建设内迁单位科分院和光研所共同出经费、原山县负责管理的新建学校。由于资金不足，新校没有厕所，没有围墙，没有校门，没有操场，更没有绿化，除了房屋全是土石一片。

新中学建在清江大队吴家湾削平的土石包上，背靠青山，三面农田。校门前两百米处一条国防科委与中科院共建的沥青路直通县城和省城。

金鹿中学合校后统一编班，褚贵中任一年级一班班主任，教语文。黄志毅任一年级二班班主任，教语文。佘建勋教二年级一班语文，不久改教高中英语，冯栋良教全校各班体育。

黄志毅自知己短。虽是高中毕业文凭，实际只读两年，在全校教师中资历最浅。为了不掉队，工作上战战兢兢，如履薄冰。坚信业精于勤，只要努力学习，善于学习，不懈学习，定会不输他人。

黄志毅当班主任不到三个月，班上学生庞文全接连两天没有到校，问与他同大队学生都说不知道。第三天又问，说是星期天上山砍柴被电线杆上的断电线烧死了。黄志毅听了马上赶去。见不到一个人，可能都出工去了。只好按学生所说位置爬上山。山野苍茫，路陡林森，站在岗上四顾，不知葬在何处，只好歉疚下山。

黄志毅心中悲痛，边走边想着庞文全是自己所教学生中第一个离世的学生。如果不意外逝去，谁能说他将来不会有远大前程和美满幸福生活呢？但愿他在另一个世界一切顺意吧。

新建金鹿公社中学没有厕所，师生们不得不到附近社员家中解手。由于解手地方远，上课铃声过后有的师生还在回学校路上。为尽快建起厕所，孔安福天天找公社，找科分院光研所，找文教局要钱。公社分文不给，科分院光研所称上面拨钱已经用完。

一个多月后文教局同意出钱，但只出建材费和技术工人工资费，并且要求把厕所粪坑建成沼气池。学校的主要任务是挖厕所坑和沼气池坑。技术人员把厕所地址选在一片连山石上，说这样沼气池不易漏水漏气。

孔安福把挖坑任务分解到各班。初中一年级两个班安排在同一时间。由于施工地面狭窄，褚贵中黄志毅二人商量，两班学生轮流劳动，一个班劳动时，另一个班休息。连山石太硬，锄头几乎用不上，只能用大锤钢钎十字镐。十二三岁学生力气小，大锤没准头，钢钎掌不牢，又没有任何经验，加之男生好动，时不时嘻嘻哈哈追逐打闹玩笑，极易弄出安全事故来。褚黄二人既要督促学生劳动，又要注意学生安全，弄得精神高度紧张。

星期二下午劳动中，黄志毅突然听到背后一声惨叫，转身看见学生和良智倒在地上，双手抱头，全身颤抖，立刻冲过去把他扶起抱在怀中。鲜血从和良智头上帽缝里流下来，很快浸湿了衣领。黄志毅大声喊他名字，叫了好一阵才微嗯一声。教导主任尹尊生赶来见了，立刻派人骑自行车到公社卫生院联系作抢救准备。黄志毅与班上几个高大男生，轮流把和良智背着跑到卫生院。

医生把和良智侧身抱放床上，揭去帽子，剪去脑后受伤处头发。黄志毅见伤口皮肉外翻血肉模糊，立刻感到心脏狂跳不止、满头冒汗、天旋地转。生怕摔倒地上，悄悄扶着墙壁走到椅子上坐下，过了好一阵才平顺下来。医生给和良智伤口消毒、缝合，裹上纱布，最后开口服药。边写边对黄志毅说："好悬，幸好只是脑后侧打翻一块皮，要是从正后面打在小脑上，后果就不好说了。"

和良智父母赶来，一连声问儿子是怎么受的伤，谁打伤的。和良智说当时正在低头刨石头，只听到脑后咚的一声响就啥都不知道了。

尹尊生赶到，向医生问了和良智伤情，安慰了和良智父母后说："搞清楚了，是一班科分院光研所几个男生休息时比赛扔石头扔偏打伤的。"又对和良智父母说："你们放心，我们一定把你儿子医好才让他回来。住院吃饭的钱学校出，缺的课以后给他补上，打伤他的学生我们一定严肃批评教育。"和良智父母听如此说马上回家去了。

当天放学后孔安福召开全体教师会，问打伤和良智的人查出来没有。褚贵中说："当时科分院光研所各三个男生嘻嘻哈哈比扔石头，看谁扔得远。谁也没有看到打着了和良智。"孔安福说："褚贵中你再继续查，应该查得出来。如果实在查不出来，这六个学生一起向全校师生作检讨。尹主任你和褚贵中一起去，向科分院光研所政工处以及这六个学生的家长介绍情况，要求他们加强学生安全教育。各班开一个安全会，引以为戒，吸取教训，加强防范，决不能再出安全事故。不然我县上要回来的钱都跑到医院去了。"

厕所建成后，周安福应师生要求首先平整操场，然后建起了篮球场。

中午，公办教师们都各回寝室吃饭休息去了。一年级二班体育委员和学林走进教师办公室，笑着对三个民师说："黄老师、佘老师、冯老师，我们班全体同学邀请你们和我们比赛篮球，你们敢么？"

黄志毅看向佘冯二人，微笑说："我班学生热诚相邀，二位有兴趣么？"佘建勋说："什么有兴趣没兴趣？战书都下到这里来了，岂有怯战之理！"冯栋良说："盛情难却，走吧！"

三人来到操场，二班学生早已等候在那里。

佘建勋说："我们三个，你们那么多人，怎么打？"

和学林说："你们三个老师又高又大，我们学生又矮又小，三对三肯定打不赢。我们商量好了，打人民战争。你们三个老师都上场，我们班学生愿意上场的上场，不要打球规则，你打你的，我打我的，不管用什么办法只要把球投进球篮就算赢。

冯栋良说："比赛哪有不要规则的？"和学林说："如果说要

规则，球投进去就是规则，其他一概不要。"然后转身问："大家说行不行？"学生们齐声呐喊："行！"接着又都鼓起掌来。佘建勋问："裁判也不要？""不要！"学生们又齐声呐喊。其他班学生听见叫喊声都跑过来看热闹。佘建勋笑嘻嘻地说："那就试试嘛。"学生们见老师同意，认为赢定了，高兴得又跳又笑又鼓掌。于是定了双方攻守场地，和学林先发球。既无规则又无裁判，学生们抱着球满球场乱跑乱窜。

佘建勋冯栋良知道黄志毅不善打球，安排他在中场传球，冯栋良抢球，佘建勋投球。冯栋良站在篮板下，学生投球大都被他抢到手中，扔给黄志毅，立马传给佘建勋。佘建勋毫无阻拦，每每投中。十多分钟下来已投中七八个，学生未中一球。场外学生见了大声呐喊，为场内学生加油鼓劲。学生们于是改变战法，分为三组，每组围定一人，只要球到老师手中，围着老师的学生们马上没命般吊臂抱腰拖腿拉手抢球。

围观师生越来越多，球场内外叫笑连天，欢声雷动。褚贵中看得哈哈大笑，说："这是什么打法？"旁边学生说这是以弱胜强打法。数学教师梅德强说："这不是打篮球，是在乱打球。"尹尊生对褚贵中说："把你们一班学生组织一下，和二班打一场正规的友谊赛。"褚贵中摇头微笑说："这些十二三岁的娃娃以前好些球都没有摸过，不懂规则，咋正规得起来？"正说着，只见篮板下抢球女生佘淑英突然双手抱胸倒在地上，卷曲身子一动不动。黄志毅立刻冲过去抱在怀中一连声大喊她名字。师生们全都围了过来。佘淑英脸色雪白，双眼紧闭，已失去知觉。黄志毅叫几个学生把她身体架起伏到自己背上，向学校附近大队医疗站猛跑。失去知觉的佘淑英身体直向后仰，后面跟着的学生们立刻把她扶伏到黄志毅背上。佘淑英身子向旁边歪下，学生们又赶紧把她扶正，把她双手搭垂到黄志毅肩上。跑到医疗站门口时，佘淑英醒过来了，呻吟几声后有气无力地说："放我下来。"黄志毅说："不要动，已经到医疗站了。"黄志毅和学生们把佘淑英放在医疗站病床上躺下。赤脚医生不知到哪里去了，黄志毅立刻吩咐学生四处寻找。

赤脚医生还没有找到，佘淑英已经翻身坐了起来，说："黄老师，没得事，已经好了。"黄志毅说："啥子好了啊？检查了再说！"一个女学生端一杯凉开水递给佘淑英。佘淑英一口气喝干，下床站起来苦笑说："我这个心口痛发作有时候就是这个样子的，过一会儿就没事了。"

赤脚医生回来，听佘淑英和黄志毅说了病情。赤脚医生说："既然是这样子，那就算了，不是三两服药就能治得好的。"黄志毅看过医书，知道有一种胃病就是这种症状，农村常见病，主要是饮食不周所致，一般没有生命危险，但难缠难治。佘淑英见大家不走，便站起来走了出去。黄志毅见她脚步有些飘忽，赶忙叫两个女生跟在后面。佘淑英三人在前面走，后面一个与佘淑英同生产队的学生说："黄老师你不知道，佘淑英这个病是饿成的。她们家人口多，大多是一天吃两顿饭，早一顿晚一顿、饥一顿饱一顿的。饿的时候饿得吐清口水，饱的时候胀得哽火烟气，咋不得病嘛！我都看见她发过两次了，不过都没有这次凶，可能是打球跳的。"

放学前黄志毅把佘淑英叫到办公室，对她说了些忌食冷硬辛辣、注意饮食调养之类的话，然后问她以前发病吃过药没有。佘淑英回答说没有吃过。黄志毅："你回去后如果感到不舒服就不要来上学。好了再来，缺的课以后给你补上。"佘淑英笑着说："黄老师，我真的没有事的。"第二天果然来上学了。

平整完学校地面后，孔安福安排整修从学校大门到沥青公路之间的道路。这段路所需沙石全部要从两里外的凤翔江运回。女生背沙子，男生到江边浅水里捞运石头，裤脚袖子几乎都打得半湿。

金鹿中学学生午饭都是自带熟食到学校蒸热，每蒸一次交五厘钱火票。火票由学校事务老师制作，学生出钱购买。

佘永清大儿子佘少昌是褚贵中班学生。黄志毅知道他家并不宽裕，便经常问他有没有钱，需要什么就说，不要影响了学习。佘少昌每次都回答说晓得。

星期六上午上课前，学校安排学生到凤翔江运一趟沙石。学生们走后，厨房校工和宗祥拿着一张火票到教师办公室来说是假票。教师们马上围拢去看，果真是假票，立刻群情激奋起来，说小小年纪就敢弄虚作假，将来长大了那还了得？一致要求严肃处理。孔安福便让和宗祥站在学校大门口，对运沙石回校学生一一指认。很快就认出了佘少昌，于是把刚运石头回校、半截裤子水湿的佘少昌叫到全校师生面前作检讨。佘少昌低着头一句话不说。最后只好由褚贵中批评教育了一通。

一个多星期后褚贵中在教师会上说："佘少昌挨批评后一直没有来上学，要不要通知他来？"没有人说话。

放学下班后黄志毅找到佘永清，要他叫佘少昌上学。佘永清愤愤地说："不读了，不一定读书才有饭吃！"黄志毅说："少昌聪明，学习成绩好，字也写得不错，不读书可惜了。"佘永清说："聪明啥啊？假精灵！"黄志毅说："十三岁的娃娃不读书干啥？犯错难免，批评一下也是应该的嘛。"佘永清说："算了不说了，说不读就不读！"黄志毅见如此说，只好作罢。

孔安福按规划把围墙、鱼塘、绿化等建成后建起了校门。

校门是学校的脸面，题写校名更是学校的脸面，一时间由谁题写校名成了教师们议论的话题。大家建言献策，议论纷纷，很不统一。字写得好的教师都想一显身手，但是又都不好意思毛遂自荐，孔安福为此开教师会决定。

倪玉琢是黄志毅读普义中学时的数学名师，虽然没有教过自己，但是知道他毛笔字很有一手，便推荐倪玉琢题写。倪玉琢摇手推辞，一连声说不妥。但是倪玉琢既被首推，其他想写的人便都不好意思再议，于是都表示赞成。

第二天上午，孔安福通知黄志毅，要他马上到公社去，说佘有承找。黄志毅问："什么事？"孔安福微笑说："你问我，我问谁？你去不就知道了？"

黄志毅一走进公社大门，站在天井里正在和人说话的佘有承立刻大声质问道："黄志毅我问你，金鹿中学题写校门，那么多字写得好的人你不推荐，为什么单单推荐右派分子倪玉琢？"黄志毅立刻意识到有人把自己告了，便似笑非笑地说："佘主任，倪玉琢已经摘帽，早就不是右派分子了。再说我是会上提议，大家同意。并且，组织上让他书都教得，怎么写个校名就不行啦？"佘文全沉默了一会儿，缓和了口气说："你还年轻，看问题要有点政治头脑。这样吧，毛主席的字自成一体，你回去就说我说的，用毛体写。"

黄志毅回到学校，把佘文全的话如实向孔安福汇报，然后怂气地说："我们学校咋会出这样的人啊？"孔安福说："人到一百形形色色，自然得很，不要放在心上。只是既然佘主任都这样说了，你看谁来写合适？"黄志毅说："这样一搞，现在谁还愿意写？我看不如让做教学模型的褚昌宇写，叫他在毛主席手书诗词信函文章中找出金鹿公社中学六个字，然后放大拼起来弄到校门上去。"孔安福一下笑起来，说："褚昌宇也是因为右派言论才没有教书的，你怎么尽找这些当过右派的人？"黄志毅也笑着说："我怎么知道他也当过右派？你既然晓得他是右派，为啥还弄到我们学校来找钱？"孔安福说："什么我弄他来找钱？是他有这门技术，文教局派来的！"想了想又说："不说这些了，还是说谁来写校名。你说谁来写？"黄志毅想了想说："要我说，褚贵中美术还行，就按佘主任说的用毛体字拼。只是现在咋好给倪老师说不要他写了？"孔安福说："有啥不好说的？解铃还须系铃人，你给他说就是了。"黄志毅说："这话还真有些不好开口。"孔安福说："有啥不好开口的嘛，你就说佘主任昨天路上碰到你，要求只能用毛体字，其他任何人写都不行！"黄志毅："我凭什么说这样话？你是领导，我看只有你说才行。"孔安福说："是你推荐他的，你去说他不会多心。我去说，他容易想到其他方面去。"

学校新建，经费紧张，各班笤帚刷把抹布等清洁卫生工具每学期只发一次。有的班实在烂得无法使用了，班主任便要求学生把家里的拿到班上用。

周末打扫卫生，二班劳动委员孔爱红拿着烂抹布去问黄志毅："黄老师，我们学生可不可以自己找钱买清洁卫生用具？"黄志毅说："可以啊，就是不晓得到哪里去找。"孔爱红说："我们生产队附近的县苗圃每年都要请社员给他们扯草。今年价钱太低，没有人愿意去扯。我去问了，去年扯草每人每天六角，今年可能只有三四角的样子。如果你同意去挣这个钱，我就去找苗圃的人。"黄志毅问："他们会同意？""怎么会不同意？现在草长得比树苗还高，他们着急得不得了，可就是找不到人。"孔爱红回答。黄志毅说："那你现在就去联系，明天上课前给我回音。"

孔爱红一走,黄志毅马上把情况向孔安福汇报。孔安福大喜,担心孔爱红说得不实在,叫黄志毅同他一起到苗圃去。苗圃领导正是火烧眉毛时候,孔安福也是久旱盼甘霖之人,双方一拍即合,当即达成除草协议。

一个多月后,除草协议履行完毕。学校不仅解决了各班经费问题,还新建了四个水泥乒乓球台,购买了篮球板羽球乒乓球和两个大保温桶,有效解决了学生饮生冷水的问题。

黄志毅接到父亲口信,说二姑黄玉兰病危,要他请假尽快赶到屯军公社找他。

原山县解放后,黄玉兰与丐源县皮成章结婚。皮带着两岁儿子皮运琪来到孔家,与黄玉兰和女儿孔凤英共同生活。几年后皮成章病逝。又几年后孔凤英嫁给本大队家庭成分富农的樊国全,家里只剩下黄玉兰与继子皮运琪共同生活。黄玉兰体弱多病,皮运琪年纪虽小却非常懂事,奉汤侍药,说话贴心,黄玉兰很是疼爱。

黄志毅借一辆自行车飞快骑到屯军公社。黄孝德三个月前被县委派任屯军公社农村工作队队长,此时正在开会,从窗口看见儿子到了,马上走出来说:"你二姑缓过来了,回去吧。"

十多天后黄志毅又接到父亲口信,叫他赶紧到屯军公社来。黄志毅赶到屯军公社时黄孝德正等在公社门口。黄志毅问:"二姑现在怎么样了?"黄孝德阴沉着脸说:"不晓得,运琪前天下午来说有些恼火。我昨天白天和晚上一整夜都在开会。"说着骑上车走在前面,一边骑一边叹气。

黄志毅知道父亲几姊妹中父亲与二姑感情最深,一时不知说什么好，只是默默跟着。

二人骑不到半个小时来到一座大院门前，黄孝德架好自行车走进去，黄志毅紧跟在后面。黄孝德右拐几步推开门，黄志毅一眼看见老表皮运琪呆呆站在屋子中间。黄孝德问："你妈呢？""昨天晚上走了。"皮运琪低声回答。

黄孝德走进一间房间。黄志毅一看就知道是二姑寝室了。床上空着，除了床板什么都没有。黄孝德站着看了一会儿，问："运琪，你妈走的时候说过什么没有？"运琪说："妈昨天早上起来，说好多了。下午在躺椅上睡了一会儿，醒来笑着说梦见外爷外婆了，在娘屋头，还是原来的样子，大家都有说有笑的。天要黑的时候喝了半碗稀饭，要我扶她上床睡下，笑眯眯一会儿就睡着了。我守到半夜都还安安静静的，天要亮的时候看她动都没有动过一下，喊她不答应，摸她脸已经冰凉了。"黄孝德问："葬在哪里了？""房后头竹林里面。"运琪回答。说罢领二人出了院子，绕过一座杂树林走进一片稀疏竹林，在一座新鲜土堆前停下。虽看不出任何一点烧钱化纸痕迹，但黄志毅断定这就是二姑坟墓了。

黄孝德默默看了土堆一会儿问："你姐呢？""天亮来把妈葬了就回去了。"运琪回答。黄孝德说："走，到你姐她们那里去看一下。"于是运琪在前面带路，二人跟在后面。

三人沿着弯弯曲曲的田坎路绕到一座独立的草房前。草房处在一大片碧绿的稻田中央，离四周人家很远。黄志毅觉得很像孤岛模样。

孔凤英和樊国全正在晒坝上翻晒谷子，见黄孝德来了，立刻跑过来，红着脸，显得有些紧张样子，说："舅，你咋来了？"黄孝德不说话，继续往晒坝上走。孔凤英跟在后面说："舅，你多心了吧？""我多啥心？来看看你。"黄孝德说。走到晒坝中间，樊国全进屋端茶盅出来递给黄孝德说："舅请喝茶。"黄孝德接在手中，樊国全翻晒谷子去了。

一个三四岁左右男孩从房里走出来。孔凤英说："高翔，叫舅公。这就是我给你说过好多次的舅公。"高翔胖胖的，不叫，笑着跑开了。

黄孝德站着看了一会儿草房，把茶盅放在门口凳子上，然后走进草房旁边独立的猪圈房看猪，出来沿着房屋地坝四周转了一圈，把果树竹木都仔细看了一遍。走到路口时对跟着的樊国全孔凤英说："好好过，把娃娃带好。"说罢转身走上来时道路。

三人回到大院门口时停下。黄孝德说："运琪，我就不进去了。现在就剩下你一个人了，有啥事来找我。"

黄志毅放学回家，老远看见佘玉春抱着女儿在大门口来回走动，渐渐听到婴儿啼哭声，知道是女儿在哭，赶紧一路小跑到大门口。佘玉春着急地说："卫东今天哭得更凶了，你想个办法嘛。"

黄志毅知道这是女儿缺奶饿得哭。佘玉春奶水早已不够吃，先是炖了几次当归猪蹄汤、葱白焖鸡汤吃。大人倒是长白胖了，奶水却没有多少增加。又吃了两服催奶中药，仍然没有多大起色。开初娃喝点红糖水就不哭了，渐渐不喝红糖水，只是一个劲啼哭，无论怎样拍打摇晃亲抚都无济于事。特别是半夜饿哭起来全家都不得安宁。

佘玉春跟着黄志毅走进门。黄志毅边走边说："明天上街给她买点婴儿粉，不知她吃不吃。"孔惠英黑着脸说："卫东哭得那么遭孽还要等到明天？婴儿粉跟米粉有好大区别？我说好多次了佘玉春她就是不听。黄志毅你赶快用手磨推点米粉，我做米浆给她吃。"

黄志毅把米粉磨出来。孔惠英用箩筛过，熬了一小碗红糖米糊，凉了倒进赶缝制的细白布三角小袋里，嘴在袋角轻轻吮吸一下，觉得不烫了，便把袋角在卫东嘴唇边轻轻一挨。啼哭着的卫东慌张样子张口一下咬着袋角，吮吸几口笑了一下，头一偏又吮吸起来。黄志毅和佘玉春看得直笑。孔惠英说："你们还笑得出来？早就给你们说了你们就是不听！"说着把布袋交给佘玉春："饿得这么凶，不要给她吃多了。"黄志毅担心地说："吃米糊恐怕要影响长身体啊？"孔惠英说："影响？你们三姊妹哪个不是这样吃长大的！"

日月如梭，不知不觉间卫东已经能够牙牙学语，孔惠英和黄晓琴便教她学叫爷爷奶奶姑姑幺叔等家里人。不到两个月卫东已经能对号叫出全家每个人的称呼来。孔惠英高兴得很，一有空便把她搂在怀里教她说话。

黄志毅放学回家，见佘玉春抱着卫东，卫东不停地叫着妈妈。佘玉春一声不吭。卫东见妈妈不应声，一双小手便不停去抓佘玉春嘴脸。孔惠英眼睛红红地说："卫东喊她几百遍了她都不答应一声，这世间上哪有这样当妈的？你看卫东喊得好遭孽啊。"说着说着眼泪就掉下来了。黄志毅听得火气直冒，心里却又有些发酸，狠声说："佘玉春你答应一声就要死了？"黄晓琴说："你们硬是哟，她不答应就算了嘛。"说着把卫东抱起边和她说话边出门去了。

晚上睡觉时黄志毅问佘玉春女儿叫她为啥不答应。佘玉春仍然不说话，问几遍竟然侧过身向里睡了。黄志毅说："再想不到天下会有你这种人！"也侧身背向她睡了。

佘玉春用结婚拜新年接的钱，做了一件藏青色毛料呢子大衣，附近几个生产队的年轻妇女们见了都说很好看。此时的郑佳英已经有了第二个女儿，自佘玉春穿上呢子大衣后便整天不说话，也不去生产队出工，背着小女儿在黄志毅家门口不远处转来转去，到后来干脆站在门口不走，见到黄志毅仍然不说话，只是露出似有似无的笑意；可是有时候却沉着脸，显出很不满意的神情。黄志毅不知道是什么原因造成的，只觉得她神情有些异样不敢看她。终于有一天，郑佳英婆婆对佘玉春说："佘玉春呀，你就不要穿你那件毛料呢子衣服了嘛，我家郑佳英就是给你那件衣裳气疯的。"佘玉春听了便不再穿那呢子衣服。

黄孝德在屯军公社的工作结束后，被任命为县文教局副局长。此后不久，黄志毅发现父亲对人更随和了。遇到熟人总是先把烟递上，骑自行车回家见到沟里人立刻下车招呼，若同路还会搭载一程；遇到经济特别困难的人有时还要给一两块钱。无论何人何事进城到他住处，都是先把烟茶奉上，若到吃饭时候必留吃饭。但是说来好笑，因为熟人多且钱有限，招待人几乎从无好酒好菜。酒是街上打的散酒，菜是单位伙食团打的"相因"菜。实在没有菜了，就把家里带来的生胡豆下酒，有时候甚至还用干海椒下酒。渐渐大家都知道黄孝德喝酒不在意酒菜好坏，无论瓶酒散酒只要是白酒都可以喝；不管荤菜素菜只要可以下酒都可以吃。烟瘾也比过去大了，但是不在乎烟质优劣，好像只要是烟都可以抽。

随着朋友圈的扩大，黄孝德牵头组建了一个酒会。所谓酒会，其实是黄孝德与朋友们寻乐子的一种形式。酒会规定酒会成员轮流坐庄，半月一次，一次一天，互不赶礼。酒会地点不能在酒馆饭店，必须在各自家中举办。酒会不设标准，由坐庄的人根据经济能力自行决定，无论办得好坏参与者一律不得有异议。喝酒之人，一般都很豪爽，也很顾惜脸面。所以每次酒会庄家都会竭尽家中所有尽力而为，有的杀狗，有的宰羊，有的推豆花。总之为让酒友们吃得舒服高兴，每家饭菜都很丰盛。酒会规定不喝瓶酒只喝散酒，不过偶尔也有散酒喝完喝瓶酒的时候。酒会不议政事，不谈家长里短，只说趣闻轶事、古今酒话。

随着酒会名气增大，经酒友介绍，有的基层领导干部、工作人员、自由职业者等诸多好酒者也陆续参加进来。酒会松散，来去自由，进进出出，大多时候保持在二三十人左右。每次酒会好像都是黄孝德在主持，也好像都是他说了算，大家便都不叫他黄局长，叫他黄老哥子。

黄孝德喝慢酒，大家便跟着他喝慢酒，有时从中午喝到半夜。黄孝德喝酒话多，几乎都是他一个人在讲，而且很多时候都是反复说重皮子。但是酒友们都总是显得饶有兴味，好像第一次才听到，一点都不觉得烦的样子。虽然每次喝酒时间很长，但是黄孝德特别善于控制酒量，所以总是处于清醒状态，从不说一句出格话，更是从不说别人一句坏话，总是说人家的优点长处。这使黄志毅自感情商智商都比父亲差远了。

星期六晚饭时黄孝德问黄志毅："孔安福在你们学校怎么样？"黄志毅说："孔校长很善于调动积极性，学校面貌变化明显，特别是年轻教师表现积极，听说褚贵中梅德强已经交入党申请书了。"黄孝德说："你要向人家学习啊。"黄志毅说："向人家学习是必须的。只是现在以阶级斗争为纲，爷爷俩弟兄、几个姑姑有些事不好说。"黄孝德放下酒杯，严肃地说："有什么不好说的？你爷爷姑姑和我们的血缘关系谁也否认不了，政治思想上和他们划清界限就行了。关键是要经得起组织考验，把国家人民利益放在第一位，做到个人利益服从党的利益。我入党组织上讨论了很多次，讨论一次思想上提高一次，工作上前进一步。路遥知马力，日久见人心，领导和同志们终归会清楚的。"黄志毅说："我们家社会关系太多，太复杂，太难写了。"黄孝德说："你年轻，我们家新中国成立前很多事你不知道。不知道就不要写，太复杂就写简单点，让组织去调查。相信组织会实事求是的嘛。"黄孝德说到这里一下转了话题，问道："你们学校老师怎么样？"黄志毅说："我觉得我们学校老师都不错。公办教师能严格遵守学校纪律，上课认真负责。不过不是我自夸，与我们三个民师相比还是差了点。"黄孝德说："那你们要继续保持，不能松懈。现在的问题主要在民师，有的太典型了。有个小学民师黑板上给学生写作业题，写着写着站着就睡着了，呼噜声全教室都听得见。学生不敢叫醒他，坐着等他醒来。有的初中民师讲课，学生听不听他完全不管。学生在下面讲话开玩笑，从这桌跑到那桌，甚至打架都不管。领导批评，他还振振有词地说他是上课的，纪律是班主任的事。"黄志毅说："公办教师也有差的。杨家山小学吴克济就是公办教师，经常背着娃娃上课。有一次上课问学生三加二等于多少？恰好这时娃娃在背上大哭起来。他一边轻轻拍着娃娃，一边反复地说：'幺儿不要哭。'娃娃不哭后他再次大声问道：'三加二等于多少？'学生们一起大声回答：'幺儿不要哭！'"黄孝德有些不相信地问："是不？"黄志毅说："怎么不是，鹤林镇周边几个公社学校都传遍了。"黄孝德说："真是太典型了。不过这只是个例，没有代表性。民师问题才是大问题。"黄志毅说："民师问题的关键是待遇问题。同一个学校，同一样的工作，公办教师工龄最短的工资最少都是三十多元，高的七八十元，和十几元相比，相差几倍。不要说民师是农民，就是经济不困难的人，哪怕是富裕的人，遇到这种不公平情况，心理落差都会很大，怎么会不影响积极性？"黄孝德缓缓喝了一口酒，说："教育是国家民族的希望。我国国情，只能公办民办并举，实行两条腿走路。"黄志毅说："民办这条腿太弱，再这样下去可能就要瘸得拖不动了。"黄孝德说："现在民师人数接近全县教师的一半，这么大的数量经济待遇和公办教师拉平，县财政根本没有这个能力。你不知道，我们县教育投入早就成为财政支出的第一大户了。"黄志毅说："可是民师经济待遇问题不解决，教学质量怎么提升？"黄孝德说："慢慢来，你要相信会逐步得到解决的。"

　　一个多月后黄孝德回家，又向黄志毅问起民师情况。黄志毅说："我们学校三个民师和公办教师一样干，好些地方比公办教师还干得好。"黄孝德说："余建勋冯栋良我没有见过，听说他们一直都表现得很好。"黄志毅说："只是太辛苦了。他们家里意见也大，说我有你们大人撑起，他们再这样硬撑下去就撑不了多久了。"黄孝德说："他们说的大都是实情，但也不能作为不负责任的理由，把民师当副业，误人子弟。"黄志毅说："继续这样下去，我相信大多数民师会坚持不下去。即使坚持下去，教学质量也得不到保证。"黄孝德说："你说这些上面都清楚。县委为了稳定民师队伍，提高办学质量，决定提高民师待遇。根据教龄和工作情况，小学民师每月十六至十九元，中学民师每月二十六元至三十元，从今年元月起算，每个月按时到账，全部由县财政负担。我算了一下，你当教师时间最短，只能领最低标准的二十六元。"孔惠英听了说："这还差不多，又要马儿不吃草，又要马儿跑得好，天底下哪有这样的好事？"黄孝德说："你不晓得，就这样也是低的。所有民师的工资都不如他们教过的刚参加工作的初师生。"孔惠英说："不低了，比在生产队劳动强多了。"黄志毅说："爸、妈，高林岗经过这么多年开凿，现在已经可以过拖拉机了。你们看行不行？从这个月起，我把每个月的钱积攒起来，到年底买一辆加重自行车。有了车进城上街搭个东西也方便。"黄孝德孔惠英没想到儿子会提出这个问题，一时没有说话。黄志毅又说："时间紧的时候我去上课也要快些。"孔惠英说："依我说只要买得到就买，有个车是要方便得多，只是没有票咋买得到？"黄孝德说："我早就觉得我们家应该买一辆车了，只是没有钱。现在你们都说要买那就买吧！自行车票我去找。在城里面这么多年，找张票我想应该是没有问题的。"

第二十三回

明信仰加入共产党　义凛然激昂发誓言

孔安福看着黄志毅的入党申请书说："你早就应该交了。按规定，入党要有两个介绍人。我想由我和毕定元作你的介绍人，你看行不行？"黄志毅说："什么行不行？我是求之不得，只是不知道毕定元同不同意？"孔安福说："这个你放心，他肯定会同意。下来我交给毕定元，他看了交给余有承。以后的事就由机关支部来安排了。"

黄志毅褚贵中是同年级班主任。二人都把精力集中在自己班工作上。两个班的学习、纪律、劳动、卫生、文娱等各个方面都不相上下，优胜红旗你争我夺，几乎总是在两个班之间转来转去。孔安福对此自然十分高兴，不时给二人鼓劲加油。

三峰寺小学女民师王秀琼调金鹿公社工作，在全公社民师中引起了不小震动。佘建勋对黄志毅说："黄志毅你咋搞起的啊？人家王秀琼都上去了，我们全都以为会是你呢。"黄志毅笑着说："王秀琼比我强多了，怎么可能会是我？"

几个月后王秀琼调公社中学任教。民师们都很感惊诧，怎么这么快就下来了？黄志毅后来听说，王秀琼作为公社党委培养对象，经常跟随领导下乡。哪知她不分场合随意说笑，遇到问题首先表态发言，弄得领导们很感被动。让她回三峰寺小学觉得有些不妥，只好叫她到公社中学。

中午休息时，冯栋良对佘建勋黄志毅二人说："你们听说没有，前几个月县上给每个公社中学一个民师转正名额。公社领导本来是要给王秀琼的，王秀琼扶不起来，便考虑在我们三个民师中选一个。可是黄志毅当民师时间太短，我父亲当过国民党区分部委员，佘建勋父亲当过国民党二十四军连部文书。公社领导怕惹争议自找麻烦，就把这个名额退回给了县上。县上把这个名额给了鹤林公社。鹤林公社额外多了一个名额，把物理教得好的民师冯家德转了。"佘建勋苦笑说："这事我早就知道了。现在看我们三个，黄志毅今后或许还有希望，我和冯栋良这辈子就这个样子了。"黄志毅说："佘老，你也不必太过悲观。世事无常，我就不相信民师永远都是这个命。"佘冯二人听了摇头苦笑，不发一言。

晚饭后王秀琼坐在寝室门口洗脚，正弯腰低头搓着脚时，不知什么东西突然咚的一声掉进了盆子里，洗脚水溅得满头满脸，衣服前襟打湿一大片。王秀琼吓了一跳，用手把眼睛里水擦开一看，竟是一个篮球浮在盆子里。不远处也在洗脸洗脚的褚贵中梅德强见了都忍不住笑起来。

王秀琼正没好气的时候，黄志毅班学生吴家园跑过来，向褚贵中笑眯眯问道："褚老师你看见有球飞过来么？"褚贵中问："啥子球啊？""篮球。"吴家园回答。褚贵中继续问："篮球咋会飞啊？"吴家园指着正在跑过来的一个男孩说："我们两个踢球，他乱踢，把球踢飞到你们这边来了。"褚贵中微笑说："球正在王老师盆子里洗澡，去叫王老师给你吧。"

吴家园走过去还没来得及开口，早已气得脸青面黑的王秀琼对吴家园啪的就是一巴掌。吴家园一下懵了，捂着脸大声说："你咋打我？"王秀琼吼道："我就是要打你这个龟儿子。"说着又是一巴掌扇过去。吴家园闪身躲开，说："你咋骂人？"王秀琼大声说："骂你就骂你了，你能怎么样？"说着上前去抓吴家园，吴家园又躲开。旁边那男孩吓得悄悄跑走了。

梅德强说："王老师，算了吧，他还是个娃娃。"王秀琼说："不行，都那么大了还是娃娃？"说着又要上前。褚贵中说："王老师，明天黄志毅来你跟他说，让他批评他就行了。"王秀琼一听说是黄志毅班上学生，立刻说："不行，光批评一下就算啦？你们当班主任的都是些抱鸡婆，有哪个不袒护自己学生的？非给我道歉不可。"

吴家园十三岁，胖乎乎的，平时机灵活跃，爱说爱笑。刚才突然被一巴掌打懵，渐渐回过神来，在王秀琼面前跳脚乱骂："这学校里哪个老师像你老母猪样子？你骂我龟儿子，你老师都骂得我，我骂不得你？你这个龟婆子，你妈是老龟婆，你爸是公乌龟，你们龟住一窜，龟住一窝，在乌龟窝里头爬来爬去地乱爬。"王秀琼光着脚跑过去抓他，吴家园边躲边骂。老师们见了都赶过来，有的劝阻王秀琼，有的劝赶吴家园。王秀琼气得蹲在地上直哭。梅德强忍不住说："王老师，人都走了你还哭个啥？为一个篮球闹成这个样子！吴家园家就在学校旁边，他父母如果听说儿子被打来找你，我看你咋办！"说罢转身走了。

学期结束后，王秀琼为照顾瞎眼奶奶，申请调回三峰寺小学。此后一直在三峰寺小学教书，成为一辈子扎根山区的全国模范小学教师。此是后话不表。

黄志毅刚走到文教局门口，就看见父亲推着新自行车从街东头走了过来，赶紧走过去。黄孝德微笑着说："新车买到了。三大名车只有飞鸽有加重，就只有买飞鸽了。装车李师傅认得我，车装好后检查了两遍，说新车磨合期间不注意保养最坏车子。这段时间不要搭重物，选平路骑；也不要骑得太快，买个车不容易，要好好爱惜。"黄志毅连声诺诺，从父亲手里接过车，直接骑到学校。老师们见了都来围观。有的说飞鸽车虽是好车，但是是加重，如果买成凤凰永久就更好了。有的说还是轻便车好，骑起来不费劲。有的说飞鸽排在凤凰永久之后，旧车市场上飞鸽卖不赢凤凰永久等等不一而足。

孔安福说："你们不知道加重车有一个特点，就是搭载重物比不搭载重物省力，土路上骑比轻便车稳当，震动小，适合农村搞运输。你凤凰永久敢搭载重物到烂路上去骑？"

化学教师郑南清有些不相信地问道："是么？"

孔安福说："怎么不是？不信你们去操场上试试。"于是褚贵中推着车，郑南清等几个年轻教师跟在后面来到操场上。褚贵中骑上车问道："哪个上来？"郑南清说："我来！"一下跳坐到衣物架上。跑道上骑了一圈，褚贵中说："好像没有感觉，再上来一个。"佘建勋说："再上一个怎么上？"于是褚郑二人下车，郑南清先坐到车杠子上，褚贵中骑上车后，佘建勋坐到衣物架上。跑道上飞快骑了两圈，然后骑上草地。褚贵中在草地上颠颠簸簸使劲蹬着，郑南清佘建勋坐在车上嘻嘻哈哈说笑，大声叫褚贵中加油。黄志毅心里很不是滋味，但又不好意思说不能这样骑。骑了一阵，冯栋良说："算了，不要骑了，这样骑对车损伤太大了。"褚贵中继续骑着。梅德强说："你几个下来得啰，硬要把车骑垮了才下来嗬？"

黄志毅把车骑回家。孔惠英把卫东抱坐在车杠上拉着她小手打车铃，清脆悦耳的铃声逗得小家伙咯咯直笑。孔惠英说："你看我们卫东好喜欢，等你长大了奶奶买一乘凤凰给你骑。"又对黄志毅说："好不容易买个车，一定要爱惜，搭东西不要太重了。"佘玉春说："路不好的地方不要骑，该下的地方就下，不要硬冲过去。""晓得。"黄志毅说，其实此时心中已经在考虑卖车了。

黄志毅买自行车的消息不胫而走，时不时有人来借，只能来者不拒，因为绝不能为了一辆车得罪很多人。看到车身上油漆伤痕不断增多，孔惠英脸色忧郁，佘玉春嚷嚷说不能借了。

佘永清借车几天不还。黄志毅去他家拿车时见车身全是稀泥，好多地方生锈，推都推不动。黄志毅一句话不说，把车扛到沟里洗干净，星期天骑进城忍痛蚀本三十多元把车卖了。卖车后黄志毅自作主张买了一台蝴蝶牌缝纫机，有空就教佘玉春学缝纫，心想学成了就在家或到鹤林镇街上摆摊。哪知佘玉春太笨根本教不会，只好把缝纫机放在堂屋墙角用报纸遮盖起来。

星期六放学后，孔安福通知黄志毅晚上列席公社机关党支部大会。黄志毅回家提前吃晚饭赶到公社时候，参会人员差不多都到齐了。

公社机关党支部书记佘有承最后一个到会。一坐下便说："今天会议的主要任务是讨论供销社褚永良同志入党。中学的黄志毅同志列席旁听，增加一点入党知识。"

黄志毅细看参会人员，全都是公社机关一般党员干部和卫生院、敬老院、供销社等公社直属单位党员。

散会后佘有承单独把黄志毅留下，郑重地说："你的入党申请书我看了，对党的认识部分写得还可以，但是家庭社会关系部分写得太简单。有五个问题必须重写。一是，你祖父当过伪保长，你大姑是地主、伪军官太太，你二姑爷是舵把子，你三姑重婚，你四姑是坏分子，你五姑的公公当过伪甲长，你的恶霸地主二老爷被枪毙，等等这些都要写清楚。二是，对他们的问题你思想上是不是划清了界限。三是，你怎样用实际行动争取入党。四是，你入党后该怎么办。五是，如果党组织没有批准你入党你应有的态度。"

黄志毅重写入党申请书，写到大姑黄瑞清的时候，由于与黄瑞清家已经有十多年没有往来，又互不通音讯，便专程到黄瑞清住处烂坟园了解情况。

黄志毅来到十多年前大姑居住地方。那些坟墓还在，草房已无一点痕迹，全都长着荒草灌木；碾子水槽中流水仍然发出哗哗响声。据说大姑黄瑞清是病了没有钱医治，又不知道是什么病，痛得受不了，才跳进水槽淹死的。黄志毅问起老表吕长明情况，说吕长明把他妈埋葬后就再没有见过他人，不知到哪里去了。

佘有承看了黄志毅重写的申请书后笑着说："黄志毅，你的家庭社会关系写得太详细了，有点像小说似的。大家都清楚的人和事写简单点。你祖父虽然当过伪保长，却是遭土匪抢劫死亡。你大姑虽然是地主成分，在地主家里生活时间又不是很长。你二姑爷当过一年多袍哥舵把子，又是为打土匪被土匪打死的。以上这些都只提一下就行了。至于你三姑的非法同居，五姑的公公当伪甲长可以不写。还有你四姑的事县上和公社都知道，只说明和她有没有往来就行了。你二老爷黄泽拔与你们关系不大，而且有矛盾，也可以不写。"

对佘有承前后不一的要求，孔安福笑嘻嘻地说："佘主任，我看还是写详尽点好，虽然像看小说，但是什么都说清楚了，免得大家会上反复提问。"毕定元说："写简单点，如果会上有人提问，我家和黄家挨得近，黄家的事我最有发言权，由我来解释，我来负责。"

一年多后，公社机关支部讨论黄志毅入党。先是由黄志毅本人念入党申请书，然后是参会党员发表意见。众口一词的是申请书写得好，那意思好像是教书的嘛，写东西自然不成问题，关键还是要看思想行为对党忠诚与否。但是却又对社会关系问题追问得特别详细，无论黄志毅如何反复说明，毕定元如何详细解释，最后大多数人意见仍是情况需要再了解，认识需要再提高。

此后两年多，黄志毅申请书重写五次，党支部讨论三次，直到全体党员都无话可说了，才全部举手表决通过黄志毅入党。

会议最后一项议程是申请人表态发言。黄志毅激动地说："感谢组织和同志们的信任。正如我在申请书中所述，我之所以申请加入共产党，是因为我坚信马克思主义、毛泽东思想的伟大正确，坚信人类社会最终必将到达共产主义社会。共产主义社会是比资本主义社会高级得多的能让人民无比美满幸福的社会。虽然现在还说不出具体有多美满幸福，但它一定会到来的。这是社会发展规律所决定的。既然是规律，那就是任何力量也阻挡不了的。能为全世界人民的幸福奋斗，就是不枉此生。

"我申请加入中国共产党只有一个目的，就是为了在党的领导教育监督下，更好地为人民服务，更好地实现我的人生价值，从而推动共产主义社会早日到来。

"我申请加入共产党，就是选择了共产主义信仰。选择了共产主义信仰就是选择了正义，选择了光明与希望。当然也就选择了奉献和奋斗，有奉献和奋斗就会有牺牲，有牺牲就会有痛苦，对此我有思想准备，无怨无悔。

"如果党组织批准我入党，成为一名光荣的共产党员，我一定严格按照党的要求，严格按照党员标准去做，永不叛党。如果组织没有批准我入党，说明我还不够条件。我将更加努力创造条件去争取，生命不息，奋斗不止。"说到这里，黄志毅觉得浑身发热，但是不知怎么的这发热中又隐隐有些寒意。

黄志毅发现母亲和佘玉春又弄僵了。问母亲，母亲黑着脸要黄志毅去问佘玉春。问佘玉春，佘玉春不说话。

星期天早晨，黄志毅又问佘玉春："听说你说了不供养妈的话，说过没有？"佘玉春大声嚷道："你天天都问这些事，烦不烦啊？"黄志毅说："这不是小事，咋能不问清楚？"佘玉春大声说："明给你说，我说了！"黄志毅说："供养父母是子女最起码的责任，你咋说得出口啊？简直太不懂事了！"佘玉春说："啊！你懂事，你懂事你供她嘛，关我什么事？要我供她，还没有打镰刀！"黄志毅万想不到佘玉春会说出如此侮辱母亲的话，愤怒气极中随手啪地给她一个耳光。佘玉春被打，把怀中卫东朝地下一杵，又骂又叫着张开五指向黄志毅抓来。黄志毅不退不让，向佘玉春当胸一拳打去。佘玉春中拳转身去壁上取下弯刀向黄志毅砍来。黄志毅侧身让过，顺势扭着她手腕夺下刀，飞起一脚将她踢倒在地。

孔惠英听见打闹声从灶房里跑出来，从地上抱起卫东，站在两人中间连声说："不要打了！不要打了！她要说就让她说嘛，说了我身上也不会少一块肉。"

佘玉春被打踢，知道不是对手，坐在地上边哭边嚷着离婚。黄志毅说："离就离，离了清净。"佘玉春一下从地上站起来说："走！哪个龟儿子不离。"边说边拉黄志毅向外走。孔惠英说："卫东都这么大了，离啥嘛离？"黄志毅甩开佘玉春手，大步在前面走，佘玉春在后面边哭边跟。

二人走到石拱桥，黄孝银从对面走来，拦住黄志毅说："有事好好说，怎么动不动就说离婚的话？回去吧。"此时黄志毅已经清醒，担心惹人笑话，便和黄孝银一起往回走。走了一会儿回头看，佘玉春远远跟在后面，已经不哭了。

一个多月后，佘有承宣布县委组织部批准黄志毅入党。或许因为感觉过敏的原因，黄志毅发现入党后，老师们都用一种异样的眼光看他，用不同的口气和他交谈。他明白这是因为自己入党了，也明白讨论入党动机时为什么党员们反复问入党后怎么办了。黄志毅知道已经别无他路,唯有永远警醒自己是共产党员,做到入党前后一个样,并且不断提高自己才不会被人看扁。

佘玉春一个多月没有来月经,去医院检查说怀孕了。晚上佘玉春问黄志毅:"你猜是儿是女?""猜不到。"黄志毅回答。佘玉春微笑道:"一定是儿子。"见黄志毅不说话,自信地说:"不信你看嘛,一定是儿子。"

因为怀孕的原因,佘玉春时不时说头昏腰胀手脚软,生产队收工回家往椅子上一躺就什么事都不做了。

孔惠英的活越来越重,对佘玉春的意见也就越来越大。开初二人还相互隐忍,到后来公开爆发出来,为鸡毛蒜皮的事也要吵闹一阵,几乎天天拌嘴。黄志毅夹在中间左右为难,只好两边劝,起初还听,到后来不仅不听,双方都说他袒护对方,弄得耗子钻风箱——两头受气,窝着一肚子火没处发。幸亏有卫东叽叽喳喳跑来跑去,大家围着她说话,多少还能缓和点气氛。

暑假期间金鹿中学领导小组副组长景炳坤调离。孔安福安排黄志毅接替景炳坤的公社团委副书记、学校团总支书记职务,教高中政治;仍任原班班主任,教语文。

团总支组织委员张华向黄志毅汇报说:"黄老师,科分院申请入团学生有三个亲戚在香港,其中一个还是低标准时期偷跑过去的,你说怎么办?"黄志毅问:"这三个学生与他们有来往没有?""没有。"张华回答。黄志毅说:"没有来往就行了嘛。"张华说:"可是要是公社团委不批怎么办?"黄志毅说:"没有文件说这种情况不批,只要本人符合条件就报上去。"张华现出为难神色说:"如果公社团委领导问起来咋办?听说外地这种情况是不批的。"黄志毅说:"外地是外地,本地是本地，各地情况不一样。学生既然写了申请书，就不能打击他们的积极性，只要表现符合条件，该加入的就应该加入。"想了想又说："如果公社团委问起来，叫他们来找我。"

果然，公社党委委员兼团委书记周成华找来了。黄志毅说："这些学生积极要求上进，如实向组织汇报了香港的亲戚关系。他们能如实写出来，说明对组织忠诚老实，就凭这一点都应该吸收他们入团。再说他们如果不写，我们绝对不可能知道，你批不批？肯定要批吧。结果是对组织忠诚老实的不批，不老实的反而批了，这说得过去吗？当然，按规定是要审查清楚才能决定，可是香港那么远怎么查？如果不去查，这不是他们的问题，而是我们的问题。如果去查怎么查？你有条件去查吗？我们就这样把他们拒绝在团的大门之外合适吗？换位思考，如果你是这些学生，既不查又不批，你怎么想？还有，我分别找过科分院和光研所政治部领导，他们都认为应该批准加入。如果我们不同意，他们肯定要找公社党委甚至县上。"见周成华不语，黄志毅说："我的意见是同意吸收。如果上级追究我来负责。"周成华笑着说："那就批。真要出了问题也轮不到你来负责。"

一天中午，几个高二学生来到黄志毅办公室。领头的是光研所党委书记兼所长上林的女儿上晓嘉。上晓嘉聪明漂亮，自视甚高，一进门就一脸愤愤地说："黄老师，我请教你一个问题。"黄志毅说："你说。"上晓嘉说："你讲课时说实践是检验真理的唯一标准，又说毛泽东思想是检验真理的标准？既然唯一了，怎么还有别的标准？这不是自相矛盾、不合逻辑吗？"黄志毅说："这不都是课本上说的吗？"上晓嘉说："正因为是课本上说的，你是老师，我们才来问你。"黄志毅说："我反复讲实践是检验真理的唯一标准你们忘记啦？"上晓嘉说：
"没有忘记。"黄志毅说："没有忘记那就行了嘛。"上晓嘉说：
"但是如何理解毛泽东思想也是检验的标准？"黄志毅想了想说：
"没有革命的理论就没有革命的行动。毛泽东思想是革命的理论。
理论指导行动，行动正确与否要由指导它的理论来衡量。这衡
量也是检验的标准。"上晓嘉说："可是……""没有可是！"
黄志毅立刻截断她："你们想一下，现实中事实是不是如此？
多了去了嘛！"黄志毅自知解释得有些牵强理亏，但又能如何。
幸好没有一个学生再提问。

　　学生们出去不一会儿上晓嘉返回来了，说："黄老师，
我个人请教你一个问题，信仰是什么？"黄志毅想了想说："按
照字典解释，信仰就是极度相信和尊敬，并且可以用来作为
自己的榜样或者指南的精神或人物。根据这个解释，我认为
信仰应该比理想、信念和梦想稳定。信仰有正确与错误之分。
科学的信仰是无敌的力量，不科学的信仰极有可能成为可怕
的令人胆战心惊的力量。"上晓嘉听得睁大了眼睛，惊奇地
问道："为什么？""你们光研所条件好，多读些书吧。"
黄志毅回答说。

　　天黑尽时佘永勋来了，说："姐，褚爸不行了。妈要你们
过去。"黄志毅立刻站起来，见佘玉春坐着不动，说："走嘛，
还坐起干啥？"佘玉春这才慢腾腾地站了起来。

　　褚华风无声无息地躺在床上，周文英和褚华风侄女婿钱殿
强站在床边看着他。昏黄的煤油灯光，完全看不清楚褚华风面容。
黄志毅悄声问岳母："有好转么？"周文英摇摇头，挥手示意
黄志毅钱殿强二人出去。

　　黄志毅钱殿强走进灶房，与佘玉春姐弟灶门前一起向火。

钱殿强与佘玉春姐弟东拉西扯地讲着杂七杂八的事，完全没有一点担忧的样子。黄志毅一边听他们讲，一边听房里动静。过了一阵子，房里传来褚华风急促的咳嗽声和呻吟声。不知周文英轻声说了一句什么，被褚华风粗暴地打断，边呻吟边大声说要喝水。周文英走出来在灶头薰壶中倒了一碗红白茶进去。黄志毅钱殿强佘永勋跟着走进去。周文英一只手把褚华风上半身扶起，一只手喂他喝水。褚华风喝了一口，喘着气说："不喝了。"周文英说："再喝一口嘛。"褚华风狠声说："不喝！"周文英慢慢把他放躺下。褚华风喘息一会儿后渐渐平静下来，好像睡着了。黄志毅钱殿强佘永勋走出房间。周文英也走了出来。黄志毅说："看他精神那么好，没有事的。"周文英说："我看不行了，过不了今天晚上。"正说着话，褚华风又大声痛苦地叫唤起来，大家又赶忙走进去看着他。褚华风呻吟了一阵又说要喝水，喝了一口又躺下，断断续续地呻吟咳嗽。周文英一直在床边寸步不离服侍着。

　　半夜过后大家都疲倦起来，坐在火堆边打瞌睡。周文英叫佘玉春到里面房间去睡，叫黄志毅钱殿强佘永勋三人到她和褚华风睡的对面床上睡。黄志毅虽感困倦却睡不着，斜靠床头看着对面床上。

　　褚华风的呻吟声越来越弱，有时竟如梦呓一般。周文英上床坐在褚华风身边，把脚伸进盖着褚华风的被子。过了一阵周文英说："褚老嘴要去了。"黄志毅说："不会啊，刚才都还那么大声。"周文英说："真的要去了。"这时褚华风像小孩遇见慈母一般，拖长声音亲切地叫着："妈，妈，妈呀。"那声音没有一丝痛苦，好像有些撒娇，又好像有些孤独和凄凉。黄志毅这才相信褚华风真的不行了。

黄志毅听人说过，人要死的时候阴气重，那灯焰会萎缩下去，便紧紧盯着那煤油灯火苗。室内一片寂静，煤油灯火苗静静地燃着，一点变化都没有。又过了一会儿，周文英说："他走了。"黄志毅说："没有那么快吧。""真的走了。"周文英说，"你们都出去向火吧。"

俗话说人死如虎，虎死如泥。佘永勋先下床走出去，走到门口时猛地喊了一声："来了！"钱殿强一撑身翻下床，拖着鞋三两步跨出门槛。黄志毅看得禁不住暗暗笑起来。

周文英不仅没有起来，身子反而挪下去，静静地伴躺在褚华风尸身边。

黄志毅起身下床一边向外走一边想道：过去一直以为中道相逢的婚姻不过是凑合着过日子，想不到这半路夫妻竟然也会有如此深厚的感情。

黄志毅钱殿强佘永勋三人一言不发地向着火，等待天亮。钱殿强起身去解手，回来说："又下雨了，外面好黑啊，黢黑一片。"黄志毅觉得太难熬，用一根小柴棍拨弄着飞星火灰。正拨着，突然听到外面砰的一声巨响，好像有一块厚厚的大木板砸在了另一块厚厚的大木板上，震得房屋都颤动起来。三人吓了一大跳。佘玉春立刻走了出来，边走边说："啥子在响？好吓人啊。"说罢在黄志毅身边坐下。周文英出来了，说："真的灵验，都说人死了棺材要响，现在真的响了。"黄志毅不相信地说："是不是你们外边放的木头拿给啥子东西碰倒了？"佘永勋说："那边除了褚爸的棺材，啥子都没有。"黄志毅不相信，打着电筒出去到处照。漆黑的夜空，越来越大的细雨中，除了空荡荡的烂泥地坝以及地坝那边屋檐下一口棺材外什么也没有。心中不禁暗暗惊奇，赶忙返回灶房。

褚华风下葬阴阳先生读祭章时，褚华风的子女晚辈们都跪在灵前，佘永勋也在当中跪着，佘玉春站在一边看。黄志毅说："按理你也应该去下跪的。"佘玉春没有说话，过一会儿慢慢蹭到最后一排跪下了。

褚华风过世后，佘永勋不再上学读书，黄志毅无论怎样劝说都不去。佘玉春说："他不读算了，反正我们沟里头从来就没有人把书读出来过。"周文英说："我都五十多岁的人了，他再读书，我们吃啥？"黄志毅听了便不再劝佘永勋上学。佘永勋辍学后年龄太小，生产队不让他出工，周文英便买了三只小山羊给他喂养。

星期六黄孝德回家。晚饭后夜已深，其他人都去睡了，只黄志毅陪父亲摆龙门阵。正闲聊着黄孝德一下严肃起来，紧盯黄志毅一会儿，说："志毅，有一件事必须要对你说清楚。县委昨天下文任命我为文教局长。我是文教局长，你是学校教师，稍弄不好就会有人说闲话，所以你说话做事都要格外小心。""我知道。"黄志毅说。黄孝德停了停又郑重地说："你的前途只能靠你自己去努力争取，不要指望我利用权力帮助你。"知子莫若父，黄志毅万想不到父亲会把自己看得如此不堪，立刻愤愤起来，一下截断他话说："爸，你不这样说我还想不到这些，你既然这样说了，那我也给你表个态。你的儿子我是一个光明正大有骨气的人，要命也不会做出奴颜卑躬蝇营狗苟之事，请你放心。我不想，也绝不会开口求你利用手中权力为我谋取前程和私利；我不想，也绝不会利用你局长的声望和人脉为我捞取好处。我的前途我自己去挣。靠自己本事得到的东西才实在，才说得起硬话！"

　　黄孝德想不到儿子会这样说，沉默了一会儿，有些不自然地说："那好吧。"

　　黄志毅想了想又说："别替我担心，诺言如山，无怨无悔，我一定会坚守住我的承诺的。"

　　黄孝德自从当上文教局长后，每次回家几乎总是讲他的惬意日子。主要是讲他如何受人尊重，又新交了那些朋友，这些朋友又如何对他真心，又请他吃了什么名酒佳肴等稀奇东西。

　　黄孝德回家的听众主要是黄志毅，因为晓琴晓刚小，孔惠英做事没有时间，唯有黄志毅和他才有些谈的，并且黄志毅也觉得不宜走开，一旦走开父亲就没有听众了。但是黄志毅听他吹得多了，难免不产生一些不同看法。特别是每当他兴致勃勃地讲着得意日子的时候，不知怎么的总要想起过去的困难日子，想起母亲的艰难，想起他三年困难时期连说话都没有精神的样子，想起和他在蔡元公社九大队睡猪圈房的情景，甚至还想到自己的爷爷、他的父亲至今还尸寒他乡。有时听得烦，实在忍不住了便质疑他一两句。黄孝德对儿子的顶撞好像并不在意，继续喝他的酒，说他的话，但是有时候也会皱一下眉头，微微露出尴尬的神情。

　　黄孝德一次回家，晚饭时喝酒，喝着喝着突然说："今后我少回来一些，多到朋友家走走。不是吹的，我那么多朋友，每天走一家，半年不重复都走不完。"这话让黄志毅一下想起那年母亲哭诉他一两个月都不回家的情景。黄孝德见大家都不说话，喝一口酒又说："你们要是不相信那今后看嘛。"黄志毅又忍不住了，说："相交满天下，知心能几人？以你现在的情况可能做得到，没有当局长以后呢？"黄孝德听了，一仰头把杯中酒喝干，放下杯子说："不喝了！"黄志毅也不管他如何想，意犹未尽地补了一句："谀风熏得昏飘醉，笑把他家作自家。"说罢站起身进寝室去了。

黄志毅一次进城，晚上与父亲一起吃饭。黄孝德几杯酒下肚忽发感慨说："我觉得朋友之好，比亲生儿女还好。"黄志毅没有说话，有些怀疑是不是在说自己了，于是想还是不顶撞他为好。哪知黄孝德讲着讲着又说："这么多年我觉得还是多交点朋友的好。对我不存在多一个朋友多一条路的问题，主要是在外面有地方走动，多一些开心。"黄志毅又实在忍不住了，说："你现在有权，当然可以任意走动，到你没有权的时候走走看。"黄孝德毫不在意样子，仍然喝着慢酒，喝了一会儿得意地说："说老实话，我真的聪明。我一个初中都没有读完的人，文教卫生体育系统那么多大学生，没有一个不佩服我的。"黄志毅听了一下想起他那些吹捧舔贴不显痕迹、移魂换魄不露罅隙的朋友，不由自己地笑起来。黄孝德见儿子笑，说："你别不相信，他们真的佩服我。"黄志毅仍然笑着说："我是你儿子，我怎么会不相信？你不是一般的聪明，而是非常聪明，不然你到不了今天的位置。但是当一个聪明人自夸聪明的时候，可能就已经不那么聪明了。"黄孝德脸上仍然露出不以为然的神色，慢慢喝了一口酒，然后显出严肃认真的样子说："其实这世界上只有毛主席最聪明。""我完全同意你的看法。"黄志毅也认真地说，"据我所知，很多教师并不佩服你的文化水平和业务能力，甚至还偶有诟病，但是非常佩服你的胸怀和善于团结人、调动人积极性的能力。"黄孝德看了儿子一眼，端起杯一饮而尽："再给我斟一杯！"

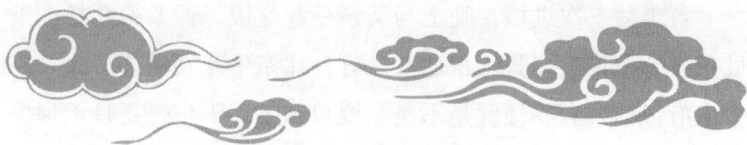

第二十四回

凭相貌言孙似他人　为解困分家求安定

黄志毅回家路上正走着，忽然听后面佘永勋喊他的声音，停下回头看，见佘永勋穿着一身新劳动服，紧走慢赶地追了上来。

黄志毅等他到了，边走边问道："勋摆，这段时间你到哪里去了？"

"两河口五六五九工程当民工。"

"好久去的？"

"一个多月了。"

"你才好大点啊，部队那么重的活路你拿得下来？"

"随便拿下来。"

"要注意安全啊。"

"没事，有安全帽。部队重视安全得很。"

"你每个月多少工钱？"

"按天数算，一天一元七角三。"

"那好啊，好好干。"

以后黄志毅每次见到佘永勋，见他都穿着新劳动服、新胶鞋、白袜子，满面春风，显得很神气的样子。

几个月后的一天下午，佘永勋接黄志毅到他家吃晚饭。黄志毅走进灶房见有个姑娘正在做饭。佘永勋有些不好意思地介绍说："沈庆莲，也是五六五九民工。"黄志毅心中想道："这勋摆有本事嘛，居然耍了这么漂亮一个女朋友。"

晚饭后佘永勋把黄志毅叫到寝室，说："三哥，今天找你来是想请你帮个忙。我和沈庆莲耍大半年了，可是沈庆莲他爸沈之林不同意，想请你去说服她爸成全我们。"

黄志毅问："他为啥不同意？"

佘永勋回答说："沈庆莲她爸在供销社工作，家又在平坝地方，赚我们家穷，还是山沟里人。"

黄志毅问："她妈同意不？"

佘永勋说："她妈是后娘，自从给她生了一个弟弟后，就待不得她了。开头还有点同意，后来怕沈庆莲走了没有帮手，就不同意了。"

黄志毅问："沈庆莲的意见呢？"

佘永勋说："沈庆莲爸长期在外，很少回家。沈庆莲受后娘的气，又没有人心疼她，所以才坚决要跟着我的，现在是家都不愿意回去了。麻烦的是她爸不同意，不同意就扯不到结婚证，扯不到结婚证户口就转不过来，户口转不过来生产队两个人分的粮食三个人吃，咋活得下去？我们找了好几批人去说，她爸就是不同意，所以才请你帮这个忙。"

黄志毅说："那好吧，我们俩明天一早就去，不过我也不敢保证能说服他。"

佘永勋说："三哥，你一定要说服他啊，你都说不服他，我和沈庆莲这辈子就完了。"

黄志毅说："问题是我不认识沈庆莲她爸，她爸也认不得我，我的话他不一定听。"

佘永勋说："我已经把你的情况对他说过了。我相信你一定有办法的。"黄志毅听了苦笑着摇了摇头。

第二天，黄志毅把自行车一直骑进供销社大门，远远看见地坝上一个四十来岁男人躺在椅子上抽叶子烟。紧跟着的佘永勋悄声说："就是他，我就不过去了。"

黄志毅骑过去，下车架车走近沈之林。沈之林仍然抽着烟，像没有看见似的。黄志毅说："沈叔，我叫黄志毅。对不起，不揣冒昧来打扰你。"

沈之林看都不看黄志毅一眼，继续抽着叶子烟。抽了一会儿站起来，说："你来吧。"

黄志毅跟进寝室在凳子上坐下。

沈之林坐到床边，又抽了两口烟，缓缓地说："黄老师，我知道你的来意。我就直说了，我们都是有工作的人，党的政策不用说大家都清楚。佘永勋家穷，又是山里人。谁愿意让自己的女儿去吃苦受穷呢？你说是不是？但是这不是主要的，穷是可以改变的嘛。佘永勋聪明，能说会道，身体好，也勤快。只是我总觉得他身上有一股油腔滑调不实在的味道。万一将来有一天做出对不起我女儿的事了，你说我咋办？所以我一直下不了这个决心。"

黄志毅说："沈叔，感谢你对我的信任。佘永勋读书不多，性格外向，说话随便，是显得有些耍滑头的样子。不过山沟沟里头的人嘛，毕竟要比其他地方的人纯朴得多。你说是不？"

沈之林说："我也是这样想，可就是放不下这个心。"

黄志毅说："沈叔，你放心。我看佘永勋是很听沈庆莲的话的，不敢说百依百顺，至少沈庆莲说走东，佘永勋不敢走西。

不过人是会变的，以后的事谁也不敢打包票。但是总不能因为吃饭哽死人就不吃饭了吧。"见沈之林不说话，又说："沈叔，沈庆莲佘永勋两个在五六五九工程公开耍这么长时间了，又没有人严格监督，这样耍下去不是办法，你为他们长期担心下去也不是办法。我看你是不是这样，一是痛下决心，快刀斩乱麻把沈庆莲叫回家，断绝他们来往。二是成全他们。我离佘永勋他们家近，经常看着他，有啥事了帮你敲打敲打。我的话他还是要听的。"

沈之林闷了好一会儿，叹了口气缓缓说道："那好吧。今天我就不见佘永勋了，你给他们说，到结婚年龄了马上来办手续。"

一个多月后，佘永勋沈庆莲不去上班，整天待在家里耍。黄志毅问佘永勋原因，回答说被精简回来了。黄志毅有些不相信，到五六五九工程问其他农民工，说二人耍朋友太张扬，群众反映太大，被工程指挥部除名了。

几个月后佘永勋沈庆莲结婚。二人平时在生产队劳动，逢场佘永勋骑一辆破旧自行车搭沈庆莲上街，喝茶打长牌看电影。

一天黄志毅路遇佘永勋沈庆莲二人，说："听说你两个生产队工也不出，天天在外面东跑西跑的，不吃饭啦？"佘永勋说："生产队就那点点收入，还不如在外面找点事做。"黄志毅问："找什么事做？"佘永勋一下红了脸，说："反正比生产队收入高。"黄志毅说："不要在外面跑了，还是在生产队劳动稳当些。"沈庆莲说："三哥，生产队劳动稳当是稳当，就是粮食不够吃，你说咋办？"黄志毅听如此说，知道她夫妻二人是通的，便不再多说。

一个多月后，黄志毅听人说佘永勋沈庆莲二人在外面和朋友联手"杀猪"。所谓"杀猪"，就是几个赌友串通起来，用各种欺骗手段，吃其他打牌人的钱。于是对佘玉春说："你去给勋摆说一下，不要到处乱跑，还是回生产队出工的好。"佘玉春说："我说过多次了，他们不听。"

佘玉春的肚子越来越显眼，周艳红叫她不要乱走动，她却没事人一般，上坡下坎随便走，有时还去赶鹤林场。

晚上睡觉时佘玉春对黄志毅说："这次不找周艳红接生了，我自己把他生下来。"黄志毅听她说得像母鸡下蛋一般轻松，笑着说："那咋行？万一生不下来就麻烦了。"佘玉春说："我晓得，生得下来的。上次生卫东的时候你走了，整得我好恼火啊，这次你不能走了。"黄志毅知她脾气只好依她。空余时间又翻那《赤脚医生手册》看，买些酒精药棉消毒纱布等物备用。

吃过晚饭，佘玉春洗脚早早去睡了，已经两岁的卫东又叫又笑着从奶奶怀里跑到姑姑怀里乱跑着和大人疯玩。

黄志毅照常到堂屋备课，备完课正在收拾书本时候，佘玉春腆着肚子踱步出来了，说："今天晚上有些不大对，不知道是不是要生了？"黄志毅说："那我现在就去请周艳红。""不，你不要去。"佘玉春说，然后走进寝室，在床前来回走动。黄志毅跟着走进寝室，坐在床边看着她。佘玉春说："你看我干啥？先睡你的，一时半会生不下来。"黄志毅听了便和衣侧身半躺在床上看着她。

佘玉春双手叉腰踱着步子，走一阵到床边坐一阵然后又走一阵。黄志毅到灶房烧开水把两个热水瓶灌满，温了大半锅热水。半夜时分佘玉春痛得脸色铁青，却不要扶，仍是一声不吭地来回走动。实在支持不住了才到床上躺下，一边轻声呻吟一边使劲吸气闭气。过一阵又下床来，在脚踏板上蹲下身子，两手抓着床边一边呻吟一边鼓气。过了一会儿又到地上走动。来回走了几趟，又到脚踏板上蹲下。鸡叫两遍时候，佘玉春边呻吟边说："你去拿旧棉袄铺在脚踏板上。"黄志毅铺好棉袄，佘玉春站上去蹲下，双手抓着床边说："可能要下来了，你去拿张毛巾端盆热水来准备起。"黄志毅进灶房把毛巾放进盆子，舀半盆热水端进寝室，刚放下盆子就听见婴儿啼哭声。转身见孩子躺在棉袄上呱呱啼哭。天寒地冻，黄志毅心中又疼又慌，赶忙弯腰去抱。佘玉春一下把他手挡开，边呻吟边说："你抱不得，沾了血气阎王爷要宰你手的。"边说边把孩子抱起来。黄志毅赶忙拿出酒精消毒棉纱棉花等物，按照书上写的顺序，学周艳红做法，先把酒精倒在碗里点燃，棉花浸上酒精抹在剪刀口上，放在酒精火焰上烧，然后把脐带剪断，剪断处酒精消毒，消毒棉线把断口结扎起来，把剩下的五六公分长脐带盘在肚脐上，在脐带上贴上纱布，最后用胶布粘牢。佘玉春用温水把孩子全身擦洗干净，用旧布衣片把孩子包裹好，上床躺下放在自己身边。

一切收拾完毕，黄志毅到灶房煮了五个荷包蛋，放上红糖猪油端给佘玉春。佘玉春披头散发吃了蛋，把碗递给黄志毅，露出疲倦笑容，得意地说："我说生个儿子，该生个儿子了哇。"黄志毅先是担心着急，后又忙得不可开交，完全没有想是儿是女，听她一说，立刻问道："真的是个儿子？"佘玉春说："你弄了半天还不知道是儿是女呀？"黄志毅大喜过望，一下想起爷爷离家出走时候对奶奶说的："我们家就看云长了。"意思是就靠他为黄家传宗接代，承续香火了。现在有了儿子，了了爷爷心愿，爷爷奶奶都应该含笑九泉了。

佘玉春静静地看着儿子，那神情是一门心思都在儿子身上。黄志毅看着她母子二人，脑海里现出佘玉春披头散发、呻吟着伸手把自己手挡开的样子，耳朵里响着："你抱不得，沾了血气阎王爷要宰你手的。"这刻骨铭心的一幕使黄志毅感动不已："她虽然心胸狭窄，性情古怪，但关键时候还是护着我的，以心换心，她既然能为我好，我也应该好好爱她才是。"

孔惠英早就听到了动静，在佘玉春未产时到堂屋里烧了三叠纸钱和三炷香，天亮后迫不及待样子问黄志毅生的啥子。听说生的孙子，赶忙到堂屋里烧了三十个纸银锭九叠纸钱九炷香，边烧边祈祷，最后向神主牌位磕了九个响头。

佘玉春产后一个多星期黄孝德回来了。黄志毅叫佘玉春把儿子抱出来给爷爷看。黄孝德吸着叶子烟，微微看一眼便把头掉开看向别处，微笑着大声说："哈哟，怎么长得和黄孝元一个样子啊！"黄志毅听得心一沉。佘玉春站在原地一动不动，过一会儿抱着娃娃进屋去了。黄志毅跟着进屋，问道："爸为啥要这样说？""我咋晓得他要那样说？""娃娃是不是我的？""不是你的是哪个的？就是你的嘛。""那咋会像黄孝元的样子？""哪里长得像黄孝元样子？明明像我，你们硬要说像他。不信你们去问黄孝元，不要找我！"佘玉春已把话封死，黄志毅也知道万不可去找黄孝元，那不是自取其辱么？

其实，婴儿胖胖的长得很像黄孝元，黄志毅是早就看出来了的。虽然心里也有过怀疑，但是很快就否定了。一是佘玉春性格孤僻，霸道野蛮，全生产队几乎没有人愿意主动和她说话。二是黄孝元是长辈，佘玉春应该不会喜欢上黄孝元。三是黄孝元长年在外找副业，很少回家，佘玉春与黄孝元几乎无亲近条件。四是黄孝元爱人阮琼芳远比佘玉春漂亮能干，而且性格刚烈，黄孝元畏之如虎，应该不敢也不至于喜欢上佘玉春。五是民间历来有女体老子儿体娘的说法。仔细看奶娃子虽不像自己，但确实像佘玉春模样。六是一龙生九子，每子各不同，仅以相貌相同就下结论无疑是不准确的。

但是黄志毅又想，老成持重的父亲如果没有确凿事实证据，是不可能轻易说这样话的。但是他既然敢说了，那我怎么办呢？父亲那边不能追问，也不好追问；佘玉春这边死猪不怕开水烫拒不承认；医学上查验血型只能作出大概率判断，拿不出准确的科学鉴定结论。进退无路，叩问无门，黄志毅实在为难，也实在难堪。

黄志毅想来想去最后认为，孩子是否亲生，判断万不可误。若把亲生说成异种，不仅害了娃娃，也冤枉了佘玉春，造成追悔莫及的后果；但是如果真的不是亲生，该怎么办呢？为万全起见，管他是与不是，都应该与女儿一视同仁，不分亲疏，把他教养成人。只要他长大后知道感恩孝顺吃亏也就认了。佘玉春不是经常说不是精肉不巴骨，不是肥肉不巴皮么？如果这孩子不是我的，不愿受教，长大后不识好歹，不知感恩，甚至恩将仇报，那就只有天知道该怎么办了。不是说人整人整不死，天惩人草难生么？于是给孩子取名天明，希望他长大后能明理辨非，秉正守义，成为于国于家有用之人。

黄志毅虽然如此想，但是心中总有一片挥之不去的阴影：不孝有三，无后为大，万一娃娃不是亲生，断了黄家香火，那真的是愧对列祖列宗了。

春节过后，孔惠英对黄志毅说："生产队活路要多起来了，现在家里吃饭人口多，你跟佘玉春说，不能像以前那样想出工就出工，不想出工就不出工了。"黄志毅说："天明才两个多月，她出工了哪个带？"孔惠英说："还要哪个带？她的娃娃她带！"黄志毅说："出工咋个带？"孔惠英说："咋带，背

在背上嘛。你们三姊妹不都是我背着做活路长大的？"黄志毅
立刻想起了晓花，说："恐怕不行啊。""有啥不行？"孔惠
英说："全家这么多人吃饭，就我一个人做活路，这样下去不
把老幺整成光巾巾才怪。"黄志毅立刻明白，这是父母在不承
认天明之后，已经完全把希望转移到弟弟晓刚身上了。又想，
我们四人实在是拖累了他们。如果没有我们的拖累，他们的日
子会好过得多。一想及此立刻对母亲说："妈，那你说咋办就
咋办吧，就是分家都行。"孔惠英听了马上说："这可是你说的！"
说罢转身走了。

第二天天快黑的时候黄孝德回来了。黄志毅诧异地说："今
天星期二，你怎么回来了？"黄孝德说："下午到鹤林中学说
完事，时间晚了就回来了。"

晚饭时黄孝德仍然高谈阔论，大讲教育革命大好形势和江
西共大经验。佘玉春洗了脚进屋睡了，晓琴晓刚也早早睡了。
孔惠英收拾干净灶头，带着卫东也去睡了。灶房里只剩下黄孝
德黄志毅父子二人。黄孝德问黄志毅金鹿公社中学情况，黄志
毅说："这次文教局给公社一个民转公指标，公社不转民师，
把公社广播员转了。这样乱球整，文教局应该过问一下！"黄
孝德说："也不能说是乱整，文化体育广播本来就是属文教局
统管的。"黄志毅说："可是你们下的文件是只转民师的嘛！"
黄孝德说："你要经得起考验啊，不要因为这点小事就闹情绪，
影响了工作。"黄志毅说："这是小事？公社这样整，民师咋
会没有情绪？不过，我和佘建勋冯栋良议论很多遍了，不管公
社怎么乱整，怎么不公正，我们三个，只要让我们干一天就干
好一天，绝不误人子弟。也让那些不转我们的人看看，究竟应
该转谁。"黄孝德听了说："有这种想法就好。你们也不要太

悲观了，更不要斗气，要看到形势在不断好转嘛。"然后脸色一沉，盯着黄志毅问道："听说你们提出要分家？"

黄志毅一下明白了父亲回来的目的，心中不禁涌起一阵悲伤。不过既然事已至此，也无需解释，说："不是我们提出要分家，是我提出要分家。分了好，免得天天吵得四邻不安的。"黄孝德一口喝干杯中酒，把酒杯往桌子中间一放，说："也好，分了好调动积极性。"

黄志毅说："其实也没有什么好分的，碰巧你回来了，今天晚上就可以分。你事多，免得耽误了你时间。"

黄孝德有些诧异地看着黄志毅，缓缓地说："分家是人生一件大事，你不要看得那么简单，需要请大队生产队领导到场作证，写个分家纸约。还有，你要做好佘玉春的思想工作，免得她闹。"黄志毅说："你放心，分家是我们黄家的事，她一点发言权都没有，不要想得太复杂了。"说完站起身回寝室去了。

第二天一大早黄志毅到学校请了一天事假，赶回到家里的时候，大队生产队领导和黄家几个最受尊敬的老辈子都到了。黄志毅立刻叫佘玉春进寝室去，待着不要出来。

黄孝德有些不自然地说了几句场面话，然后请大队支部书记石福生和生产队长邱景清主持，请大队会计朱建安写分家纸约，留下孔惠英黄志毅母子二人，自己进屋去了。

石福生说："孔惠英，黄志毅，这分家是你们的家事，怎么分由你们自己定，我们只不过是来当个见证人，你们现在就分吧。"

邱景清说："我这个人喜欢干脆，你们两娘母哪个先说？"

孔惠英不说话。黄志毅抱定主意不开腔，任随父母咋分都行。

等了一会儿，石福生说："孔惠英你是大人，你先说。"

孔惠英说："我没有啥子说的，志毅说吧。"

黄志毅说："大人说了算，随便咋分我都没有意见。"

邱景清说："你们俩娘母不要推来推去的。刀响卵子落，说干货，直接说咋分。"又等了一会儿，见孔惠英黄志毅仍然不说话，又说："这样拖下去不行，我说个意见，大家看行不行。自古以来分家大多数都是老大分，后面老二老三依次选，最后剩下的才是老大的，免得说老大不公平。大家说怎么样？"

见大家都纷纷表示赞成，孔惠英走进屋去，过一会儿出来说："就按邱队长说的办。"于是大家都劝黄志毅分。

黄志毅说："要说公平邱队长说的办法确实公平，不过我觉得没有必要弄得这么复杂。我妈他们说一句就完了，无论怎样分我都是不会有意见的。"

邱景清说："现在大家不是听你说这些了，是要你具体说咋分。"

黄志毅见事已至此，只好说："那好，就由我来分。我的分法很简单，我们家房子是三合头，三向房，我们刚好三姊妹，每人一向。晓刚晓琴他们先选，最后剩下的一向就是我的。其他所有家具什物和房前屋后竹木还是他们先挑，剩下的才是我的。"

大家都说这样好。邱景清笑着说："除了房子，他们把家具财产啥子都挑完了，没有剩的了，你咋办？"黄志毅笑着说："没有剩的就没有剩的了嘛，我不要就是了。"孔惠英听了又起身进屋去了，不一会儿出来说："这样分不大好，还是想其他分法吧。"黄家几个老辈子议论一会儿，说："这样分是有些不妥，晓琴是女娃儿，不应该分。"

黄志毅笑着说："现在是新社会，男女平等，都是爹妈生的，她怎么不应该分？"大家听黄志毅如此说，都不说话，一时陷入沉默。

过了一会儿孔惠英说："佘玉春的陪奁归佘玉春，缝纫机是佘玉春私房钱和志毅他们的钱买的，也归他们。"大家听了说这样公平。孔惠英又说："粮食大人按人头平分，卫东按基本口粮分，天明不能分。"

佘玉春从屋里冲出来问天明为啥不能分？黄志毅立刻暴怒吼道："回去！黄家分家没有你的事。"佘玉春转身进屋去了。

孔惠英说："天明没有赶上去年十月三十号的分粮时间，生产队没有分粮给他，我们哪个人的粮食分给他吃？"孔惠英这样一说，黄志毅立刻明白，这分家其实分的是天明。中国有祖辈爱孙辈隔代爱的传统，更何况天明是孙子，宝贝都来不及，怎么会在乎一个奶娃子半年的一点点口粮呢？父亲和母亲一定断定天明是外人，不愿意吃这个亏。以他们性格，若要真是他们的亲孙子，就是不吃不喝也要先保住这个长孙的。谁愿意平白无故供养一个不明不白的孩子呢？能默认在黄家的存在就是天大的恩惠了；黄志毅还明白分家是父母对他的惩罚。正是由于不听他们的劝告，坚持要娶佘玉春这个不守妇道的烂货，才会出现这个让黄家脸面丢尽难以收场的烂摊子；黄志毅更明白这分家是父母对经济财产的切割。在宣示他们对自己和佘玉春不能容忍的同时，也甩掉了很多暗亏的负担和包袱，保住晓琴晓刚在经济上不受损失。想着这些，黄志毅说："奶娃子不分就不分嘛，不说这个了，说大头！"于是又陷入了沉默。

过了很久，邱景清问："黄志毅，按你的分法，要是你没有分到灶房猪圈房，你们做饭喂猪上厕所咋办？"黄志毅苦笑说："这些小事我自己想办法解决。"邱景清说："好，这样干脆。"又问："孔惠英，晓琴晓刚的房子是等他们放学回来自己选，还是由你们大人帮他们选？"孔惠英不说话，大家也不说话。

又过了很长时间，黄孝德从灶房里走出来，却不走过来，远远站在门口，红着脸很不自然地说："还是按老规矩来，晓琴是女娃儿就不分房子了。房前几棵柏树留给她，结婚的时候打家具做陪奁就行了，房子还是两弟兄分。"

黄志毅毫不退让地说："那咋行？兄弟姐妹权利平等，你们让我来分，我有什么理由不分给她？"

石福生说："黄志毅说的有道理，他一个当哥的咋能不分给妹子？至于晓琴分到了要不要，或者要了以后怎样处理那是她的事。"

黄孝德说："就那点房子，分了志毅他们咋住？不多说了，我说了算。晓琴下来我做工作。房子两弟兄分，从堂屋中堂断，我们客人多，占左边，志毅他们占右边，其他的就按孔惠英说的办。其他那些杂七杂八的事情下来商量解决。"众人听了都说这样分好，双方都方便。

见没有人再说话，黄志毅说："按理分家应该涉及供养父母的事。但是我爸妈他们都没有说，现在我说点，说来惭愧，我这么大了还没有供养父母的能力。父母没有说那是他们体谅我，但是我不能不表个态。按照我爸的分法，地坝里这棵苍溪梨树在我这边，属于我的财产。现在我决定，这棵树结的梨由我妈摘来卖，作为我妈的零花钱；房前房后各一笼竹子也属于我的财产，房后那一笼要大些，也由我妈砍来卖，作零花钱，当然你们也可以砍来用。以上这些都只算零花钱，不算供养。等我将来有办法了才说供养。"

分家纸约写完签字后当场分粮食。黄天明诞生两个月零七天不分粮。黄志毅佘玉春和女儿三人共分二斤七两大米、一百一十斤玉麦。黄志毅看着这点点粮食，想着还有五个多月小春才能成熟，不知道这日子怎么过。

分家当天晚上，佘玉春很快就睡着了。黄志毅躺在床上还想着分家的事。

分家让黄志毅很伤心。从小到大他都非常热爱这个家。他在家的关爱和温馨中长大。家是这个世界上最值得依恋的地方，是他依靠的堡垒，是他成功的希望。在黄志毅的心中，无论是读书还是教书，或者做其他什么事都是为了这个家，把全家人的幸福作为自己义不容辞的责任，相信通过自己的不懈努力，全家人都会过上好日子。因此不仅从来没有想到过分家，而且总想着如何使这个家庭团结兴旺。但是现在一切都已经成为破灭的泡影了。

黄志毅虽然伤心，但是并不感伤，因为感伤无益。前路艰难，既然必须肩负责任，那就无论遇到多大困难，都应当坦然面对，不屈不挠，奋勇而上。

黄志毅深知困难重重，前路难料。但是作为父亲，必须让儿女衣暖饭饱，健康成长；作为丈夫，必须让妻子感受到稳固的依靠和可信的希望；作为共产党员，必须起好带头作用当好榜样；作为人民教师，应该保持师道尊严，不损教师形象。

黄志毅又想，为了大家庭的和睦，或许父亲说得好，分家能调动积极性。看来佘玉春是不怕分家的，不然她不会睡得如此之熟。这个家只要有了佘玉春的积极性，很多事情就好办了。

不知为什么，黄志毅竟然想到了清朝蒲松龄的自勉励志名联："有志者，事竟成，破釜沉舟，百二秦关终属楚；苦心人，天不负，卧薪尝胆，三千越甲可吞吴。"他想着如果我奋斗成功，我们这一大家人不还是照样可以衣食无忧、生活幸福么？到那时或许很多矛盾就会迎刃而解了。这样一想，立刻将诸多不愉快事情全都抛到了脑后。而那心情，竟然也一下子大好了起来，立刻吟诗一首曰："长卧卵翼无忧事，安居大树享浓荫。往事雨打风吹去，重振精神搏欣荣。"

第二天天刚亮，黄志毅催促佘玉春起床，说："既然分家了就要有一个分家的样子。说话做事都要小心一点，能让的尽量让，不要让人家说我们想占便宜。特别是卫东还小，不晓得分家不分家，以为还和过去一样，见她奶奶他们饭好了一定会去吃的。从今天起我们每天都把饭做早点，让她先吃饱了就不会去吃了。""我晓得！"佘玉春说。

第三天晚上，孔惠英对黄志毅说："一分开你们就把卫东弄到你们那边去睡，四个人睡一张床太挤了，卫东还是和我一起睡吧。"黄志毅说："既然分家了还是和我们一起睡的好。"孔惠英眼睛一下红了，说："你们不准她过来吃饭，连睡都不要她和我一起睡了？她是和我睡惯了的。"黄志毅心里虽然难过，但是嘴里却说："分家了咋还能在你们那里吃？又不是一天两天，吃惯了咋个得了？"孔惠英说："有啥得了不得了的？她一个娃娃能吃多少嘛！"说着抱起卫东转身就走，边走边说："你跟佘玉春说，卫东以后还是跟我一起睡。"

分家后孔惠英他们那边没有猪圈房，黄志毅这边没有灶房，双方商定在各自把所需房屋建成前灶房猪圈房共用。可是过了一个多月，双方都发现至少一年以上才能把猪圈房建起来。为了减少长期共用灶房的麻烦，孔惠英叫黄志毅把灶房旁边的一间空房隔开作为临时灶房。

晚上备完课，黄志毅躺在床上睡不着，想着只有一间寝室，现在三个人挤在一起睡勉强可以将就，娃娃大些了怎么办？并且来客人了也没有地方住。现在的猪圈房太大，占了整整两间房，必须把茅坑填一大半做寝室和灶房才行。可是填茅坑需要那么多土到哪里去取呢？并且填茅坑必须先把满坑的粪挑空，那么多粪挑到哪里去装呢？根本找不到那么大的地方。看来只有等到五月农忙把粪用完后才能填了。

正想着佘玉春醒了，说："柴要烧完了，咋办？"黄志毅说："暂时到你妈他们山上割来烧着嘛。"

佘玉春说："他们山不多，还是要想个长远办法才行。"

黄志毅说："我有两个办法。一个是烧蜂窝煤。科分院干部职工现在都烧天然气，原来的蜂窝煤炉没有用处，想卖都卖不掉，我想正好利用这个机会买一个。我算过，一天最多烧五个蜂窝煤。煮饭烧开水，白天黑夜都有热水，洗娃娃也方便。"

佘玉春问："蜂窝煤贵不贵？""不贵，一分五厘钱一个。如果我们买原煤自己打蜂窝煤那就更相因了。"

佘玉春又问："你的第二个办法呢？"

黄志毅说："我想把粪坑全部填平，在粪坑旁边建一个沼气池。沼气池上建猪圈，猪屎猪尿直接流进沼气池变成沼气，沼气用来烧水做饭照明，又干净又方便。填平后的猪圈房太大，除去灶房，还可以把它隔成两间寝室。这就把灶房寝室烧柴照明猪圈房的问题全都解决了。"

佘玉春说："这要花好多工啊。"

黄志毅说："我算过这是最省工的。挖沼气池的土用来填粪坑，比到外面背土回来填至少要省几十几倍的工。挖沼气池、平地面、运沙石、打水泥地皮，建沼气池的水泥块都可以不请人，我们两个自己做。"

佘玉春说："建沼气池要花好多钱啊。"黄志毅说："我也算过用不了多少钱。县上正在推广沼气池，技术人员上门服务不收费，只是买材料和请泥工花点钱。"

佘玉春说："这么多事我们先做啥？"

黄志毅说："主要是备料，需要的沙石太多了，没有大半年时间是不够的。从明天开始，我每天早上到白沙沱背一背篼沙石回来才到学校去。放学下班后再背一背篼回来。只要不是下雨这些特殊情况，每天必须背两背篼，星期天节假日更要背多点。"

佘玉春问："那我做啥？"

黄志毅说："除了生产队出工，你把担水做饭喂猪照顾娃儿这些家务事做完就不错了。"

佘玉春说："你放心，这些事难不倒我。"

黄志毅说："自留地我种，你的事太多了。"

佘玉春说："家里还有三十多块钱，明天我再去买点米回来。上次买的三十斤米快要吃完了。我们大人吃酸菜饭不要紧，无论如何要保住娃娃米够吃。"

黄志毅说："你去买吧，该买什么就买什么，不过还是要打紧点，以后用钱的地方还多。"

佘玉春说："这你就放心吧，我的手比你紧。"

鸡叫头遍时候黄志毅拉亮电灯，边穿衣服边下床。佘玉春问道："这么早你起来做啥？""到白沙沱背沙子。你忘啦？昨天晚上说好了的嘛。"

佘玉春听了一翻身坐起，边穿衣服边说："我也去。"

黄志毅说："你不能去啊，你走了天明咋办？"

佘玉春说："没得事，刚喂过他奶，回来都醒不了。"黄志毅听了暗自好笑："自嫁过来还从来没有这样主动过，看来这分家还真是治住她了。"

第二十五回

竭心力夫妻俩撑家　为教育民师苦坚守

分家后让黄志毅感到非常尴尬的莫过于生活与工作了。黄志毅对穿衣服本来就不甚讲究，分家后更是随便。只要不是十分脏皱显眼，能多穿一天就多穿一天；在家吃饭有菜一顿、无菜也一顿，热饭一顿、冷饭也一顿；到学校上班过去至少提前十多分钟，现在掐好时间准时到校；过去下班后想什么时候回家就什么时候回家，现在下班后立刻匆匆赶回家去。最麻烦的是困倦，很容易打瞌睡，好像有好多瞌睡虫似的。最怕开会，稍不留神就睡着了。为了开会不打瞌睡想了不少办法，掐大腿、扯头发、解小手、洗冷水脸等等。而且还不时暗自警醒自己，无论如何都要做到四不：不能有损党员声誉，不能有损教师形象，不能影响工作，不能误人子弟。尽管如此还是难免难堪。一天天不亮起床，挑十多担粪把自留地玉麦浇完后，顾不上吃早饭就一路小跑着赶往学校。快到学校时候，觉得右脚肚冷浸浸的，回头一看，一大砣猪屎糊在裤子上，赶忙下到水沟里洗干净。黄志毅感到很悲哀，如果裤子糊着猪屎走进教室，那将会是一种什么形象？此后黄志毅准备一套劳动时穿的破旧衣服，劳动后换上干净衣服才到学校去。

星期六下午，黄志毅把北京牌蜂窝煤炉和打蜂窝煤工具买回家。佘玉春见了立刻问："多少钱？"黄志毅说："七元五角。"佘玉春说："这么贵啊？"黄志毅说："贵啥啊，这炉子才用一年多时间，新炉子在北京要十好几元。打蜂窝煤的工具是卖炉子的工人用他们厂里边角余料自制的，坚决不要钱送我了。"佘玉春说："你是他们老师，咋不喊炉子一起送给你？"黄志毅说："老师就不要脸啦？真要送，我就不要了。"佘玉春说："现在就差蜂窝煤了，我们是买蜂窝煤还是买煤自己打蜂窝煤？"黄志毅说："打要相因得多，当然是自己打了。"佘玉春说："那就抓紧点。"黄志毅说："我知道，这还用你说？"

星期天天刚亮，黄志毅就拉着架子车到桥楼煤站买煤。煤炭虽然是国家计划物资，但是黄志毅知道，原山县产煤，只要人熟没有票也可以买到。黄志毅不认识煤站的人，桥楼公社有十多个学生在金鹿中学读高中，找这些学生和家长或者应该有办法。其实黄志毅明白不一定能买到煤，只不过是无奈中去碰碰运气而已。

黄志毅走到桥楼煤站门口，远远看见里面一个工人正在给汽车上煤。拉着车走进去一看，竟然是本大队吴正才。真是大喜过望，立刻向他说明来意。吴正才面露难色，说自己只是一个临时工，亲戚介绍来的，而且才来三天，完全没有办法帮忙。

黄志毅只好把车拉出煤坪，沿街边走边想着如何去找学生。正走着忽然听见有人喊他名字，掉头看向声音方向，见是冯霓雯向自己走来。

冯霓雯快步走到黄志毅面前，笑容满面问道："你怎么在这里？"黄志毅说："我来买点煤，怎么你也在这里？"冯霓雯说："我在这里参加工作了。走，到我那里去看看。"说罢在前面走，黄志毅拉车跟在后面。

二人来到只有一间铺面的小百货店，冯霓雯说："这是我的店，进来坐吧。"

黄志毅把车放在店门外进店坐下。冯霓雯冲泡一杯茶递给黄志毅，然后自己也坐了，说："你毕业回去不久，定元就下乡了。我有哮喘病不能下乡，被安排到这里工作。"停了一下大方地说："我上个月结婚了，家就安在这里。"

黄志毅说："现在只要有工作就好，大姑爷在哪里工作？"冯霓雯说："走，我带你去看。"于是领着黄志毅来到隔着十几间铺面的桥楼饭店，笑着对一个面色青灰正在炒菜的瘦小伙子说："周老三，这就是我给你说过的黄志毅。"周老三抬起头毫无表情地看了黄志毅一眼又低头继续炒菜。冯霓雯好像没有发现周老三冷淡样子，对黄志毅说："走，这里油烟太大，还是回去坐。"

回到店铺，冯霓雯带黄志毅看她住房。虽然很显破旧矮小，但是布置得很是整洁。糊满白纸的天棚上张挂着五颜六色的鲜艳纸条纸花，蚊帐雪白，被子床单枕头光鲜，很有些新房样子。

也许因为有了工作和新婚的原因，冯霓雯衣着时髦，体态轻盈，举止优雅，越发显得比以前美丽动人。黄志毅看着冯霓雯满足的喜悦和周围很差的环境条件，心中暗感奇怪："以她资质怎么会嫁给周老三这样一个猥琐模样的人了？"这样一想，心中竟生出一种不可言状的感觉来。

两人从新房出来，在铺面坐谈喝茶。冯霓雯问道："你现在怎么样？"黄志毅粗略说了离校后经过。谈了一会儿，冯霓雯站起身来说："你先坐一下，我去打饭。"说着转身出去，不一会儿端着饭菜进来，摆好碗筷，说："我们先吃。"黄志毅说："等大姑爷回来一起吃吧。"冯霓雯说："不管他，他在食堂吃。"

吃了饭冯霓雯问黄志毅："你煤开到票没有？""没有开到。"黄志毅回答，然后讲了买煤缘由经过。

冯霓雯说："不要紧，我帮你买。"

黄志毅说："太难了，不要勉强。"

冯霓雯笑着说："勉强啥子啊，我跟煤站的人熟得很。"

于是二人来到煤站。在开票窗口，冯霓雯问黄志毅："买多少斤？"黄志毅说："六百斤吧，多了拉不动。"

开票员小姑娘模样，听了难为情地看着冯霓雯说："这么多啊？冯姐你是知道的，超过三百斤就要站长批。"

冯霓雯笑嘻嘻地说："我这个侄儿来得远，又是第一次来，你开给他。李站长回来我给他说就是了。"

开票员咬着笔杆直摇头。想了想说："冯姐，你看是不是这样，我给你开三百斤，给你侄儿开三百斤，行吧？"冯霓雯说："行啊，怎么不行？还是你脑瓜子灵。"

开了票，称了煤，装上车。冯霓雯帮黄志毅把车拉出煤站，笑着说："这么重你拉得动么？"黄志毅说："拉得动，没有问题。"冯霓雯说："再喝点水走吧？"黄志毅说："不了，我过去给大姑爷打声招呼。"冯霓雯说："打招呼就算了嘛，我给他说就是了。"想了想又说："这条路陡坡多，小心点。以后还要买找我就是了。"说罢转身走了。

黄志毅从来没有拉过六百斤重物，山区运煤路太烂，坑坑洼洼很不好走，下宋家坡时差点出问题。

宋家坡又陡又长，一边是岩壁，一边是悬崖。黄志毅拉车向后挺直腰杆，双手紧握右车杠，右肩膀硬抵着车慢慢向下滑行。下滑到半坡时候觉得有些撑不住了，偏偏这段路最烂最陡，架子车歪歪斜斜抖动得几乎握不住车杠，只能死命咬牙硬挺着不让车加速。黄志毅知道车一旦加速必然控制不住，要么车从身上碾过，要么连人带车一起冲下悬崖。

黄志毅下到坡底停住车时汗水已经把衬衣和内裤湿透，两膀和大腿肌肉不停颤抖，浑身无力，瘫躺在路边草地上动弹不得。身体虽然动不得，脑子却还清醒，想起了读高小时的难忘一幕。

那天放学走到皂角坡，一辆牛拉车拉着一车煤从坡上下来。牛放松了缰绳，在车子旁边慢慢走着。掌车的黑脸大汉赤着上身，满头满脸是汗，双手和肩膀支撑着车杠，一步一步踏蹬着路面缓缓下坡。煤太多，路太烂，黑脸大汉的脚踏在路面细沙石上时突然滑了一下。他赶紧挺直身子抵住，幸好车没有加速，但是咬牙瞪眼的脸完全变形，并且那尿很快就打湿了裤裆，顺着裤脚流到路上。

黄志毅看得胆战心惊，又帮不上忙，不知如何是好。这时黄志毅最担心的是那牛，如果稍稍拖动车子一下，那就什么都完了。想到这里黄志毅竟然有些庆幸自己的尿没有流出来，如果那样真是太丢面子了。正想着接他的佘玉春到了。

黄志毅虽然已经精疲力尽，但是有了帮手便又来了劲头，夫妻二人一鼓作气把煤拉到家。当天晚上连夜打夜工，接着又打了几个夜工，总共打了六百多个蜂窝煤。

此后每半年左右冯霓雯就给黄志毅拉两三麻袋煤来，大约都在六七百斤左右。有时车开到学校地坝，也不坐，水都不喝一口，下了煤就走了；有时把煤下在公路边，请人通知黄志毅去拿，不照一面。

黄志毅自从桥楼煤站买煤后，那心中便时不时会想起周老三来，奇怪冯霓雯怎么会和这样的人结婚。总是莫名所以地为冯霓雯感到惋惜。

周老三究竟是个什么样的人黄志毅并不知道，但是总觉得有些不简单，居然能被冯霓雯瞧上并且和他结婚。记得普义中学读书时，冯霓雯有一个远房老表，七机部无线电机械学校学生，经常到冯家来，修电表、查电线、搞卫生，什么事都做。人也长得很是伸展，可是冯霓雯正眼都不瞧他一下。那她是怎么看上周老三了呢？或许周老三有他的过人之处吧？

渐渐地，桥楼公社学生知道了黄志毅和冯霓雯的亲戚关系，便把周老三一些情况讲给他听。周老三原本是桥楼公社深山沟里的青年农民，因为顶替父亲接班才分到了桥楼食堂工作。最喜好的是赌博，经常伙同赌友外出"杀猪"。赌迹遍布桥楼雾河鹤林等全县山丘区十多个场镇。

黄志毅听得似信非信。想周老三既有如此劣迹，冯霓雯为什么还会嫁给他呢？几次想问，话到嘴边又缩了回来，始终都没有问成。

隆冬时节，日短夜长。黄志毅每天下夜班走到凤翔江边背沙石时早已夜深。

这几天寒潮来袭，朔风猛吹，白雪飘飞，寒冷彻骨。黄志毅背着沉重的沙石，打着手电，在细沙中深一脚浅一脚地走过河滩，爬上河岸，气喘吁吁地把背篓放在田坎上歇息。北风呼啸，雪花翻飞，这风雪好像比前几日更甚。息了手电，四周一片漆黑，陡觉寒风猛烈，人好像立刻就要被卷进空中似的；打开手电，漆黑天空深不可测，大片雪花密集落下，大有将人裹没之势。

黄志毅背靠背篼站立，关了手电任由雪打风吹，陡然觉得自己好孤独，好无助，好可怜。突然一股狂风袭来，似要将自己刮倒一般，立刻挺身作势站稳。风雪过后，黄志毅细想刚才畏难心态实属不该，艰难困苦只能作为锤炼意志的磨刀石，绝不可作为自我颓丧的生发器。否则将一步退，步步退，最后将如何是了？这样一想心中顿时警醒，立刻打开手电，背上背篼往家里疾走，不再想这些令人心灰意冷之事。

红五月双抢过后，粪坑里的粪已经全部挑空。黄志毅请沼气技术员放了沼气池线，和佘玉春不分昼夜，一有空就挖沼气池土填粪坑。不到一个月沼气池坑成形，粪坑填平。黄志毅利用掌握的木工知识和划弧取角原理，自制弧形木模具，浇铸混凝土模块。然后请技术员把关，请泥工把弧形混凝土模块砌成圆柱体沼气池。

前后经过一年多努力，沼气池终于建成。每当看着呼呼作响的蓝色火焰把铝合金锅里的水烧开，看着比白炽灯还明亮的沼气灯发出炫目的亮光时，黄志毅心里便会产生出很是欣慰的感觉。

黄志毅建成沼气池，附近几个大队都轰动了，不断有人来看稀奇，很多人都说也要建一个。

沼气池建成加上烧蜂窝煤，黄志毅算是彻底解决了烧柴的问题。剩下的就是砌灶房隔寝室这两个问题了。

一日午休无事，佘建勋冯栋良黄志毅三民师闲聊各自家中困难。黄志毅说："没有分家的时候，什么事都有父母撑着，不管吃干吃稀，吃好吃歹都不操心。现在分家了，油盐柴米成了头等大事。除了上课备课时间，睡觉都在想这日子如何过。

二位仁兄当民师多年，可否赐教一二过日子经验？"

佘建勋全家八人，父母年老，三个小孩读书，一个瘸腿走路都困难的妹妹。只有他和爱人是全劳力。夫妻二人起早睡晚，全力以赴都只能紧紧巴巴勉强糊口。他听了黄志毅的话说："民师的通病是穷，几乎每个民师都是一本斗穷图存的历史教科书。我们三个冯栋良最有成就，当民师几年下来，居然建起了七间砖木结构的大瓦房，你说厉害不厉害？"

冯栋良摇头苦笑说："什么厉害？都是逼出来的。我结婚住在爱人家。舅子家房屋少，我和爱人生三个孩子后只好搭草房居住。为了有自己的房子，你们是不晓得那个险和难啊！五年，整整五年，一千八百二十五天，除了极特殊情况，寒暑二假和每个星期天，我都要到三十多里外的深山老林寻扛一条杉巅子回家。全是早出晚归，风雨无阻，雷打不动。不说九死一生，脱几层皮还真不是假的。"

佘建勋说："积本人十数年民师之经验，我总结了二十四个字：既为民师，艰苦应尝；少羡他人，多想学娃；命皆运定，何须嗟伤。"

冯栋良说："我觉得仅靠吃苦，既要教好书，生活又要过好是不现实的，弄不好粗茶淡饭都难以为继。以我建房经验，一是充分利用节假日；二是多动脑筋，找准适合我们特点的门路。比方，现在木材紧缺，木料相当值钱。我们丘陵地区林木是砍光了，但是山区还多。山里人砍了树木后瞧不上眼丢弃的粗枝树梢，时间长就沤烂了。我们可以利用节假日上山，捡回来差的当柴卖，好的当木料卖，再差些的自己当柴烧。卖得好一次能卖好几元，也不违反政策。"

佘建勋说："林深草密，路远山高，危险暗伏，稍有差池，课都上不成。"

冯栋良笑着说:"佘老说的也是。不过这方面我倒是有些经验。进山一个人是不行的,必须几人结伴,互相照应。如果二位愿意,我愿与二位结伴同行。"

佘黄二人听了哪有不愿意之理?立刻满口赞成。

冯栋良说:"这主意是我出的。丑话说在前面,虽说安全第一,但是起早摸黑、悬崖荒野的谁也保不准不出安全问题。去不去二位一定要想好。"

黄志毅听了说:"栋良你咋说这样的话?都是男子汉,一言九鼎,自觉自愿,责任自担,出了事怨不得任何人。"

佘建勋微笑说:"我们三个虽然是民师,但是也算得上文人,最起码的情怀还是有的。决心既下,就不要想得太多。再说这世间上的事谁能保得准?所以不是有人说,鹰死卵朝天,不死又一年么?听天由命,想那么多干啥!"

于是三人决定,此后星期天节假日,只要不下雨,都结伴进山捡柴。

金鹿公社中小学教师散会时,云岭大队小学教师皮庭春对佘建勋说:"我好久就想恭请你们三位民哥了,不知肯不肯赏光。"佘建勋笑着说:"请我们做什么?"皮庭春说:"也不做什么,就是利用星期六晚上时间大家聚一聚,喝点酒,吹一下壳子。我知道你们每周星期天都要进山捡柴。我那里其他没有,柴倒是有一些。回去的时候,如果愿意的话,顺便背一点回去。"三人听了哪有不同意之理?于是立马表示感谢。

云岭大队学校设在傅店子,人称傅店子小学。傅店子小学只有一间教室、一间教师寝室兼办公室、一间小灶房、一间小厕所、一条房前小路拓宽成的小操场。云岭大队小学只有皮庭春一个教师，有人叫他皮老师，也有人叫他皮校长，他都答应。

皮庭春学识渊博，不但能说会道，会写会画会唱，而且还爱帮忙，很受干部群众欢迎。云岭大队领导划给他一块荒地种菜吃，他不仅种菜还种粮养鸡下蛋吃。皮庭春原是公办小学校长，反右中说错话，被免去校长职务，调到云岭大队小学。家虽在外县，生活却过得有滋有味。

星期六天快黑时，金鹿中学三个民师来到云岭大队小学。晚饭皮庭春尽其所有，不仅有腊肉鸡蛋和酒，还有烟熏野猪肉。佘建勋好酒，皮春庭陪他慢饮。黄志毅和冯栋良不喝酒，尽挑好东西大快朵颐。

酒饭后大家天南海北闲聊。主要是听皮庭春讲他如何帮群众写信写分家纸约，如何调解群众矛盾纠纷，如何教复式班三个年级，如何资助贫困学生克服困难入学，如何做学生家长思想工作让学生坚持到校读书，如何帮大队写标语办专栏板报，等等。皮庭春还讲了一些群众平时如何请他吃饭，送柴送菜送野物肉，春节前群众杀过年猪请他吃饭送他腊肉的事。黄志毅边听边想，觉得自己虽是共产党员，但与皮庭春相比还是差多了。

第二天吃了早饭，黄志毅提出上山捡柴。皮庭春说："上啥山啊？说好在我这里背的嘛。"佘建勋说："算了吧，就你灶脚那点柴我们背走了你烧脚杆啊？"皮庭春笑着说："你们不要以为少，还没有烧完社员些又送来了。跟我来！"

三人跟着皮庭春转到教室后面，见墙上靠着一长排木材，有原木，也有木板，都是上好材质的木料。皮庭春说："都是群众送的，我说不要，他们不听，放下就走了。我又用不着。你们尽量挑好的背，能背多少算多少。山里头空气特别潮湿。如果你们不背走，沤烂了真就可惜了。"

黄志毅三人哪里遇见过这样好事？尽都现出贪婪本相，专挑好的往背篼里装。黄志毅背回家，佘玉春分两次背到街上卖了三十多元，高兴地说："太好卖了，哪里背的？再去背点回来。"黄志毅说："你不要想得太美了，这样好事还会有第二次？"

　　一个多星期后，孔安福把黄志毅三个民师叫到他寝室，关上门沉着脸说："公社说，有人反映你们三个到云岭大队乱砍滥伐，这是咋回事？"三人如实讲了到傅店子学校经过。孔安福说："我已经替你们挡回去了。也就是问你们一下情况，万一公社再问起来，我好回话。"默了一下笑着说："哎，我说你们三个书都教得来的人，咋不用枯枝烂叶遮掩一下，非要白骨现天的让人家看见？"佘建勋苦笑着说："你以为我们不想啊？干货装得太多，伪装的东西就实在容不下了。再说我们身正不怕影斜，怕啥？"孔安福挥了一下手说："好，好，你不怕，你们都不怕！只有我怕行了吧？"默了一会儿又说，"哎，你们闻到没有？这哪里来的比狗臭屁还臭的臭气啊？"说罢，边笑边拉开门走出去了。

　　五一节，佘建勋冯栋良黄志毅三人去阳山砍柏夹竹，一是为自家种四季豆用，二是为卖钱。

　　三人天不亮出发，到阳山时候好像漫山遍野都是砍柏夹竹的人了。

　　为了不被当地社员打劫，返回时所有人都要翻越五块顶，穿过苦楝坪绕道下山。

　　佘建勋三人肩扛柏夹竹捆，跟着前面扛竹人流走到一个叫陡溜子的地方停下来。黄志毅见前面的人驻足不前，便放下肩上竹捆到前面去看究竟。不看则已，一看两脚发软，倒抽一口凉气。一道又陡又长的沟槽挡在路前，槽面尽是溜光的黄泥，槽脚太深，看下面大人像小孩一般大小。为防跌倒撞着走在前后的人，过槽的人全都拉开间隔距离，一只手抓着肩上竹捆，另一只手拿竹棍支撑地面，沿着仅可容脚的土窝交替挪脚前行。看到有人失去平衡摇摇晃晃，后面等待过槽的人全都发出"小心！""稳住！"的喊叫声。

黄志毅估计自己空手或能过去，负重万万不行。正在发愁的时候，只见十多个人从后面快步冲上前来，站在槽边，把竹捆尖对着槽下方，奋力把竹捆推下。那竹捆一入槽中，贴着光滑泥面，如箭一般飞腾而下，转眼就到了槽脚。那些等待过槽的人们立刻大声欢呼起来，一一学着把竹捆滑下槽去。

下到槽脚以后，人们聚集在灌木林中又不走了，说是下面住在大路边的几户人在挡。人们不敢下去，等了一个多小时，太阳高照，又渴又热，人声嘈杂。先前那十多个人中的一个人站出来，大声说："太不合理了，简直就是拦路抢劫！凭啥要把我们公山上砍的竹子交给他们一半才准过去？我就不信那几户人能挡住我们这么多人！现在我们几个走前面，如果被挡住了，就把他们缠住。你们大家不要管我们赶紧走，到我们金鹿公社地面后，放下竹子回来接我们。不把他们龟儿几爷子整痛，他们不晓得好歹！大家说干不干？""干！"树林里响起轰天应声。那人听了扛起竹捆就走，其余十多人紧随在后。其他人见了纷纷上路跟随。上大路经过那几户人家时见没有人挡，便没命般小跑，一口气跑进金鹿公社地界才放慢下来。

农忙假期间，佘建勋堂弟佘建德邀约佘建勋三民师去毕家坪搬笼竹笋。

鸡还未叫四人已在青石桥会合。夜色中佘建德边走边向三人介绍毕家坪情况："毕家坪是高山顶上一块很大的台地，可能有好几千亩，除了星星点点的灌木外全是笼竹丛。由于山太高气温太低，天气变化无常，不适合人居和生产，就连新中国成立初新建的劳改农场都被迫迁到了山下建煤矿。毕家坪荒无人烟，豹子老虎啥子野物都有。不过从来没有听说伤过人，但是还是要小心为上，真伤了人就化不着了。"

四人爬上毕家坪时晴空万里，没有一丝云彩，太阳把皮肤晒得生痛。佘建德说："你们不要看现在天气好，说不定说变就变了。满山浓雾一来，大家站在一起互相都看不见。所以搬笋子的时候大家不要走得太分散，互相好有个照应。还有就是要一边搬一边吆喝喊叫，一是把野物吓跑，二是便于互相联系，不然大雾来的时候走丢了不好找。"又说："你们都没有搬过笋子，我示范给你们看，简单得很。"说着左手随手折一根竹笋，拇食二指捏住笋尖，右手握刀从笋尖向笋头唰的一声削去一溜笋壳，右手拇食二指捏着笋头围着左手拇食指顺时针旋转，整个过程不过三四秒钟，那笋壳脱得干干净净，露出白嫩的笋肉。

于是大家分散开来各自行动。笋子很多，又粗又嫩。黄志毅正埋头掰着，突然一阵冷风吹过，大雾随风飞涌过来，才刚还阳光普照清明无边的翠绿山野，转瞬间云遮雾裹白茫茫一片，什么也看不见。

黄志毅在这混沌世界里，见那浓雾涌来涌去，时浓时淡，或墨或暗，变幻不定，心中渐渐生出阴森恐怖的感觉来。想着会不会突然窜出一只猛兽来，不由下意识地看了看手中扑刀。这时才想起佘建德互相联络的话来，立刻猛嚎两声。四周一片静寂，没有回应。又吼几声，远远传来隐隐应声，隔得远了。正在很是紧张又无可奈何的时候，一阵风吹过，那雾突然散开，随即飘散得无影无踪，又是一片清朗世界。

下午一点过钟，四人笋子已经掰够，回到原来聚集处休息吃干粮。

由于顺利，大家都很兴奋，有说有笑。黄志毅边吃玉麦馍边看景色。艳阳高照，竹海翻波，云烟山树一望无际，论风景实在是块好地方。正看间觉得脚颈处隐隐似有异动，低头提起裤脚，见巴着一只肥大蚂蟥，不知已吸血多少时候。那血流进鞋里，鞋口染红一片，不由啊呀一声大叫，赶忙用手去扯。一寸来长蚂蟥扯三四寸长都扯不掉。佘建德说："扯不得，扯断都不会松口的。"黄志毅立刻放了手。

佘建勋哈哈大笑说："它既然不肯松口，那你就行善行到底，让它吸个够吧。"

冯栋良走过来躬腰看了看，指着蚂蟥说："为吸血命都不要，书上说的吸血鬼可能说的就是你了。"然后看向黄志毅，微笑着说："吸不了多少血的，带回去慢慢扯。"

佘建德说："吸不了多少血？不要小看它了。"说着走过来烟头往蚂蟥身上一烫，那东西立刻缩成一团滚到草丛中。

黄志毅气得用脚狠狠踩下去，提起脚一看，陷在草里毫无损伤，又连踩几下仍然无效。佘冯二人看得哈哈大笑，说消灭吸血鬼岂能如此容易？

黄志毅气恼得举刀向蚂蟥猛砍十几下，见血流遍地不动了，说："妈哟，终于以血还血了。"

佘建勋笑嘻嘻地说："什么以血还血？那血还不是从你身上吸的？"

冯栋良说："这就是贪得无厌的下场。要是吸一点就跑，还找得到它踪影么？"

黄志毅扯草叶揩伤口流出的血，揩了一会儿说："好了，已经不流了。"

佘建德说："不流了？这还只是开始。蚂蟥毒凶得很，现在不痒不痛，过几天伤口一愈口就发痒，痒得钻心，搔破痒处皮肤，挤干黄水后不痒了。可是过几天又会痒起来，反复如此，又不服药，有的人几年都好不了。"

黄志毅不相信地说："咋会有这么凶啊？"哪知十多天后果真如佘建德所说又痒得钻心，只好搔开痒处皮肤，挤去黄水。几天后又痒，又搔，又挤。如此迁延不绝，一直到以后读大学快毕业了才不痒了。

四人吃了干粮背起笋子下山。走不一会儿，山上浓雾突然猛压下来，雾气翻滚，细雨如毛，不见道路。四人无处可避，只好坐到树下任由雾裹雨浸。气温骤降，黄志毅头戴草帽，双手抱肩，全身缩住一团仍然很冷，有些要发抖的感觉。熬约半个多小时雾才散去。幸好仍然艳阳高照，很快就恢复了温暖。

四人下到半山，见前面哨台上坐着三个人，装着笋子的背篓放在身边。佘建德认识，笑着说："怎么不走了？等下面接王公社送酒肉饭上来犒劳你们啊？"三人中一人说道："听说今天接王公社在挡笋子。"佘建德说："那怎么办？""还能怎么办？只有等天黑才走了。"那人说。于是四人也坐下来等天黑。

此处虽是半山，其实地势仍然很高，山下怀通县长河煤矿运煤汽车看起来如蟋蟀一般大小。大家百无聊赖等得心焦，有人提议冲下去硬闯。那人说："要不得，你们不知道，这接王公社党委书记朱显荣是个六亲不认的东西，连他舅舅都敢弄进去办学习班。要是让他挡着了，办我们几天学习班咋办？"黄志毅问："朱显荣为啥要挡笋子？"那人说："没有什么为啥不为啥的。他是书记。他说要挡，谁敢说不挡。"黄志毅说："总要讲个理嘛。"那人说："理他肯定是要给你讲的，但那是进学习班以后。你们哪个愿意去听嘛？"冯栋良说："问题是这笋子该不该掰。"另一个人说："哎呀这很难说，有的地方准掰，有的地方不准掰。各有各的道理，就看书记一句话。"大家听如此说，便都不再说话。

黄志毅早就知道朱显荣在这里当党委书记，但是不知道他有如此厉害。心中打定主意宁愿不要笋子也不和他照面。

众人好不容易等到天黑，经过接王公社大门时不见人影，但是仍然近乎小跑。除了脚步声，绝无一点其他声响。感觉如同逃犯。

黄志毅到家时已经后半夜，边吃饭边要佘玉春煮笋子。饭后和佘玉春一起把煮好的笋子扎成七八两重一把。当把笋子扎完，佘玉春背到清河场去卖的时候鸡已经叫三遍了。

佘玉春走后，黄志毅觉得砍柏夹竹掰笋子存在巨大隐患，便立刻去找佘冯二人商量。三人一致同意不能再干这类对错难分自毁形象之事了。

第二十六回

蛮母粗心娇儿悬命　艰苦奋斗晓琴入学

佘玉春捎口信到中学来，说天明突然得了急病，在公社医院治不了，必须马上转县医院，要黄志毅赶快去。此时卫东在学校没人看护，去县城又没有车，黄志毅不知该怎么办才好，着急得不得了。

老师们都过来安慰黄志毅，要他不要慌，说总会想到办法的。禹桂英老师丈夫祁明祥是光研所司机，下课后听说走过来说："黄老师你不要着急，我先问一下老祁出车没有，如果没有出车就让他的车送你们到县医院去，如果出车了再想其他办法。"幸好祁明祥没有出车，很快就把车开来了。老师们都主动来帮着照看卫东。黄志毅说："我到县医院很可能一下回来不了，请你们想个办法通知我妈来把卫东接回去。"尹尊生说："你放心，我们马上把你女儿给你送回去交给她奶奶。"老师们推来自行车，黄志毅把卫东抱到车杠上坐稳。可是卫东见黄志毅坐进了汽车驾驶室，立刻大哭起来，直往车杠下梭。黄志毅下车又要把她抱坐上车杠，她又哭又闹乱蹬乱踢不上车。老师们都说："你走你的，我们想办法送她回去就是了。"

汽车开到公社医院外，佘玉春早已等在路边。一上车，祁明祥猛一足加大油门，那车轰的一声冲了出去。

黄志毅见天明在佘玉春怀中脸嘴青乌，闭着眼睛一动不动，生怕他醒不过来。

汽车很快开到县医院。医生查不出是什么病，说只能观察。天快黑的时候天明苏醒过来，脸色接近正常，嘴也不很乌了。

第二天上午查房，医生问佘玉春天明发病经过。佘玉春说："昨天我背着娃娃赶鹤林场回家，出场口时候他都还是好好的。走到公社医院门口放下来吃奶，他嘴乌面黑，一动不动，奶头都不衔了。"医生问鹤林场口到公社医院有多远，黄志毅回答说两里多点。医生立刻对佘玉春说："哎呀，啥子病哟？肯定是你背娃娃背得太低，头脸抵着你背太紧堵住了嘴鼻，呼吸不畅，缺氧昏厥了。"黄志毅问医生："不会有大问题吧？"医生说："大问题应该没有，再观察半天，如果没有异常情况就可以出院了。"然后指头轻轻挠着天明脸蛋，见笑起来，说："小家伙，你命真大。你妈要是再迟点把你从背上放下来，你就永远也笑不起来了。"黄志毅问："医生，不会有什么后遗症吧？""缺氧时间不太长，应该不会有。"医生边说边走了出去。

看着天明红润起来的脸蛋，黄志毅终于放了心。但想到又要花去一大笔钱，心情又沉重起来："屋漏偏逢连夜雨，船漏又遭顶头风，我怎么都碰上了呢？"

黄天明渐渐长大，样子越来越像他妈，远不像黄孝元模样，但性格却一点也不像他姐姐卫东。卫东虽然唱唱跳跳显得很活泼，但是远没有他动性大，更没有他顽皮。

一天佘玉春背着天明赶鹤林场，走到斗箕巷，感觉背着儿子的凉背篼轻了许多，回头一看，见凉背篼里没有了儿子，四处寻看，见天明站在远处碎石堆上东张西望，一点也不害怕的样子，这才知道是天明翻凉背篼掉到了街面上。

一天早饭后，队长邱景清带着十多个人从黄志毅家门前经过，天明见了拖长声音大喊："邱队长唉！"邱永清笑着也拖长声音大声回答："哎！"黄天明又大声喊："龟脑壳唉！"众人听了全都哈哈大笑。邱景清哭笑不得，气得大声说："黄老二，要不是看你还小，我不好好打你一顿才怪。"

黄志毅放学回家天快黑了，见儿子不在，一问说是在沙坝田里。黄志毅赶到沙坝田，老远看见几个小孩子围在一起喊加油。走近一看，见天明双手双脚支地，屁股高翘，头抵着稀泥向下不停转动。拉他不起来，问他为什么不起来，回答说还没有把田钻穿。硬拉起来，头脚手脸全都糊满了烂稀泥。

晚上黄志毅对佘玉春说："你把天明看紧点，不然哪天出事都不晓得。佘玉春说："他动性那么大，我又那么多活路，咋看得住？"黄志毅说："门口生产队保管室堆码那么高的泥砖，要是他哪天把泥砖整垮砸住就惨了，再忙也要看紧点。"佘家春说："我看不住，要看只有你看。"黄志毅听她说得也是道理，便同意带天明到学校去。

黄志毅带天明到学校，出门时他要自己走，走一会儿要背，背一会儿又要自己走，还时不时到路边扯花扯草翻石头。黄志毅上班赶课急得不行，他却想走就走，想坐就坐，想玩就玩，只好让他骑马马肩。天明觉得很好玩，才不再要求下来走。

天明天真，又爱说爱动爱问，老师们便都喜欢逗他玩耍。也许是因为送天明去县医院救治的原因，禹桂英老师特别喜欢他，一有空就逗他，还把他带到光研所家里去玩。天明也是一口一个禹阿姨亲热乱叫。

天明人小，坐在椅子上吃饭，嘴够不着办公桌面，黄志毅便在椅子上垫一摞书，把他抱坐在书上。天明好动，时不时把书坐垮，好多次差点掉下椅子，黄志毅只好时刻监视着他。此时适逢县文教局派来的赵庙公社木工组为学校打桌椅板凳，黄志毅便请木工朱师傅画墨弹线，自己亲自打了一个小板凳。把小板凳放在椅子上，天明坐小板凳上吃饭刚好合适，黄志毅这才省了点心。

新调来的青年教师朱玉朝爱与黄志毅一起吃饭。一天中午他把菜放在黄志毅寝室桌子上，然后出去打饭，转回来时见坐在小板凳上的天明正在拈他碗里菜吃，笑着说："嗨！黄老二，你才不讲礼呐。"黄天明继续拈着菜问："朱叔叔，啥子是不讲礼啊？"黄志毅进寝室刚好听见，说："你没有经过朱叔叔同意，就拈朱叔叔的菜吃，就是不讲礼。小朋友不讲礼是不好的。"天明又问："为啥要经过朱叔叔同意啊？"黄志毅说："因为那菜是朱叔叔的。天明我问你，你碗里的菜没有经过你同意，朱叔叔拈来吃了，你高兴不？""不高兴。"天明回答。黄志毅说："天明你要记住，别人的东西没有经过同意，是不能吃不能拿的，知道么？""知道了。我的东西，没有经过我同意别人也是不能吃不能拿的。"天明一边吃一边说。

朱玉朝笑着说："你这个娃娃太爱说了。"

黄志毅说："小娃娃爱说是好事，说明他在动脑筋想问题。一次他妈背着他上街赶场，顺着小沟走。他问他妈：'小沟里的水是哪里来的？''山上流下来的。''山上的水是哪里来的？''天上落下来的。''天上的水是哪里来的？''哎呀！你就只晓得问哪里来的，不要问了。'然后顺着凤翔江边走，他又问他妈：'河里的水流到哪里去？''流到大河里去。''大河里的水流到哪里去？''流到海里去。''海里的水流到哪里去？''不要问了！你就只晓得问到哪里去！'"

朱玉朝笑着轻轻揪天明脸蛋一下说："黄老二，你厉害呐，把你妈都问住了。"

黄志毅说："他妈小学一年级都没有读毕业，咋会问不住？"

朱玉朝说："你不要说小学没毕业，就是我们，就是那些大学毕业的，就像黄老二这样连续追问下去，问不到几个为什么，都会回答不上来。"

黄晓琴高中毕业后参加大队铁姑娘战斗队，开荒造田、劈山修路、掌钢钎打大锤样样都来，很快成为铁姑娘战斗队队长。当上队长后更加积极，每天早出晚归，饮食冷暖无度，不知不觉得了胃病，发作时痛得脸青面黑，直冒冷汗。孔惠英看在眼里，痛在心中，劝说无数次无效，不知暗地里哭了多少次。也是黄晓琴运气好，身体渐垮时遇上大学招生改革，全大队干部群众一致同意推荐她上大学。

一天黄志毅进城与黄孝德同睡一床。父子二人背靠床头闲聊，渐渐说到晓琴上大学事上。

黄孝德说："你妹妹上大学可能有点悬，我已经做好了她推荐不到县上的思想准备。"

黄志毅说："不可能啊，晓琴表现那么好怎么会推荐不上？大队好些人都说她被推荐到公社是拿命换来的。"见父亲不说话。又说："晓琴在铁姑娘战斗队把身体累垮了，胃病又那么严重，要是推荐不上，在农村就惨了。"

黄孝德说："你不知道，金鹿公社只有一个名额，各大队只要向公社推荐一个人就是十多个人。特别是孔志德女儿也在里面。孔志德新中国成立初就是区委书记，她女儿表现虽然不如晓琴，但是晓琴上了，他肯定会认为我是以权循私了的。"

黄志毅说："他怎么能这样想？无论任何人都应该重在表现嘛！"

黄孝德说："这就要看公社如不如实上报材料了。"

黄志毅说："公社做材料也要实事求是，不能乱报嘛。"

黄孝德说："为这件事我这段时间一直睡不好。现在想好了，如果晓琴实在上不了，就在平坝地区好的地方，给她找一户好的人家。哪里的黄土不埋人啊。"

黄志毅说："爸爸，这么好的机会，绝不能轻言放弃。我回去就找大队生产队领导，请他们如实把晓琴表现材料写好。如果公社有不同意见，请大队贫下中农代表和铁姑娘战友斗队代表到公社反映晓琴表现。再不行要求公社把全部推荐人员材料上墙，向群众公开。"黄孝德听了缓缓说道："这或许也是一个办法。"

通过努力，黄晓琴终于被西都医学院录取。因为晓琴没有出过远门，黄孝德便叫黄志毅送妹妹到学校报到，他自己也亲自陪同一起到省城。

黄孝德省城朋友们全都来迎接，当天下午安排人去预购火车票，晚上在省船运公司司机冯师傅家接风。酒席上气氛热烈而融洽，个个轮流着向黄孝德敬酒表示祝贺。黄孝德来者不拒，高谈阔论，朋友们全都随声附和。交谈中黄志毅发现父亲这些朋友的子女都是下乡到原山县的知青。

深夜冯师傅两个朋友送黄志毅到一户人家睡。据说这家主人是民主人士。独门独院，花木扶疏，窗明几净，一尘不染；还有书房，壁上挂着字画，桌椅茶几古色古香，笔墨纸砚陈设精美，看得出主人应该是个高雅不俗的文化人。此后两天，黄志毅清早有人接，深夜有人送，没见到过这家一个人。或许没有一个主人住在家里吧。

在黄晓琴兄妹等火车的两天时间里，早餐都是荷包蛋、赖汤圆、担担面、龙抄手、素小面等名小吃。中午和晚上都是朋友们轮流自设家宴招待。席间朋友及其家人们都争相向黄孝德敬酒，抢着说奉承话。在朋友们谈笑风生的话语中，或明或暗总离不开感谢关照、请多帮忙之类的乞求话。

第三天黄孝德回原山、黄志毅黄晓琴兄妹俩乘火车去学校。黄晓琴到校报名后黄志毅帮着提行李去女生宿舍，宿舍很大，二十来间上下铺木床。已经到了不少学生，个个都很兴奋，虽是初识，却谈笑风生，好像早已是熟人朋友一般。特别是省公安厅钱副厅长女儿说唱笑闹，手舞足蹈，意气飞扬，显得很是与众不同。

黄晓琴性格内向，又来自农村，显得拘谨而土气。黄志毅担心妹妹被这些同学欺负，便一边帮着摆放被盖和生活用品，一边叫她说话做事小心，把心思和时间用在学习上，少与这些人接触。

星期一下午，金鹿公社党委副书记周国富到中学宣布黄志毅任学校革命领导小组副组长。周国富一宣布，孔安福马上安排黄志毅分管全校学生工作，原工作不变。

黄志毅成为学校领导成员后，周国富便时不时带着孔安福黄志毅下大队检查小学工作。有时候晚了就住在大队支部书记或者民办教师家里。晚上无事，三人打百分贴胡子，后来教黄志毅打长牌，一分钱起坎，一个晚上下来，输赢一角钱左右。把娱乐变成赌博，黄志毅从一开始就很不情愿，但不参加怕扫兴，只好作陪，实在有些出于无奈的感觉。

原山县文教局按照上级文件要求，在全县各中学开展为期一周的学工学农学军三学活动。金鹿中学教师们都认为占用学生学习时间太多，明显地表现出应付态度。孔安福对此实行变通，有统有分，把学农任务分解安排到各班进行。

黄志毅班学农安排在金鹿大队第六生产队。生产队张队长显得很热情，但是说："同学们这次来得不是时候。现在正是农闲，生产队没有活路，社员们都外出去了。这样吧，今天上午你们先熟悉一下周围环境，然后做中午饭吃，下午我给你们介绍一下生产队情况。介绍完了你们打扫你们睡的保管室，把周围杂草割干净，减少蚊虫叮咬，免得蛇鼠进来。明天上午扯玉麦地里杂草，午饭后你们就可以回去了。"黄志毅听了说："一切服从张队长安排。"

金鹿峰地处金鹿大队，传说半峰有一对神鹿而得名。东汉时因道教兴而盛名天下。金鹿峰四周平地，孤峰高耸，庙宇宫观，亭台楼阁层叠而上，气势巍峨，蔚为壮观。其间历代御书匾额、墨客骚人书法诗词石碑石刻不计其数，后皆毁于明末清初兵燹。新中国成立初尚存铁索桥头米芾手书"第一山"石碑一通，文昌宫壁玉宪道人手书明志诗一首："放怀天地日，中原鼎沸时。翘首山头望，临风匹马嘶。"文昌宫往上是陆游题诗亭，诗曰："西游万里已关天，采药名山升宿缘。老柏干霄如许寿，幽花泣露为谁妍。苔黏石磴扪萝上，灯耿云房扫榻眠。安得仙翁索米术，一生留此弄寒泉。"前几年悉数被毁，唯剩迎仙阁古庙一座。

金鹿峰风景优美，历史传说、民间传说、神话传说众多，尤以张三丰传说为最。山中庙宇虽毁，但遗迹犹存，且遍山古柏保护完好，从中尚可想象当年声名远播盛况。

新中国成立后金鹿峰曾作为县政协民主人士休闲和政治学习处。黄志毅到过数次，看到过有关资料，很想利用这次现场机会，从爱祖国爱家乡的角度给学生们讲一些金鹿峰故事。但是想到与学农目的意义相距甚远，而且与形势相违，内心虽冲动再三，最终还是忍着没有讲成。

金鹿中学学军在学校操场进行。光研所警卫部队对学生学军十分重视，专门派学雷锋标兵、军事体育技术教员带队到学校训练学生。学军除队列操练外主要教练擒敌拳。练习擒敌拳时，女生们大多嘻嘻哈哈装模作样比画一阵后就站到一旁去了。男生们却很认真，一招一式都很到位。教员把每招每式的制敌作用讲解得清清楚楚。先是单练，然后对练，对练时一个男生开玩笑，直击对方裤裆要害，差点弄出事来。以后就不再教拳，只操练队列。黄志毅后来听说这位教员为此挨了批评，深感军纪之严。

实弹打靶是学军的最后一项活动，地点选在农闲时干涸的钢铁渠。师生们对打靶既紧张又兴奋。最紧张的还是孔安福。他是当过兵的人，生怕伤了学生，专门召开全体教师会，强调安全纪律要求。

轮到黄志毅班打靶时，黄志毅亲自守在射击位置旁边，和体育委员一左一右把打靶学生夹在中间。学生们矮小，站在渠底垫着的石头上才能看到远处的靶标。女生佘华月紧张得脸发红，手发抖，瞄了半天说不打了，要退下来。黄志毅好说歹说，做了好长时间工作终于又握枪趴下。黄志毅正在鼓励说不要慌慢慢瞄时，只听啪的一声枪响，那枪弹起两尺多高。佘华月啊呀一声尖叫，叫声中那枪的后坐力猛然把她推倒仰躺在渠底地上。学生们全都哈哈大笑起来，黄志毅却吓了一大跳。正当躺在沟底的佘华月双手捂脸呜呜哭泣时，渠对面传来战士报靶声：
"九环！"全场顿时一片沸腾，有的鼓掌，有的跳跃，有的欢呼。
弄得佘华月很不好意思地边哭边笑。

金鹿中学师生学工是参观科分院恒温室。恒温室建在很深
的人工山洞中，有的地方上下两层，全是仪器。每走到一室，
室内的科研人员便站起来给师生讲解，说现在室内恒温多少，
恒湿多少，按照要求高低误差不超过多少，仪器性能和作用如何，
是国产还是进口，先进性排在全世界前面多少位。从讲解中得知，
进口仪器大多数都是从苏联、波兰、捷克等东欧国家而来。全
室除流体物质外，其他任何固态物体都可以进行计量测试。讲
解人员还时不时特意指着某一仪器进行解释，说该仪器为国家
哪些重大装备，为什么型号的火箭、卫星、舰船等作过计量测
试。科研人员对自行研制的国产仪器仪表设备讲解得尤其详细，
显出非常骄傲和自豪的神态。师生们全都静静听着，没有一人
说话议论，也没有一人随意走动。总结时师生们都认为这是整
个三学活动中最有意义、收获最大的一次活动。

全县各中学三学活动刚结束，县上又下来文件，要求各中
学建学农分校，并且点名要求金鹿公社中学在黑龙山建分校。
说取得经验后将在雪山下的秦王坝建一所像江西共产主义劳动
大学那样的学校。

孔安福向全校教师念完文件后要求大家发表看法。没有一
人说话，全场鸦雀无声。见无人发言，孔安福说："这么大的
事县上肯定还要开会研究，到时候再说吧。"

星期六黄孝德回家，黄志毅吃了晚饭过去陪他摆龙门阵。
黄孝德仍然边喝酒边高谈阔论。

黄志毅问黄孝德："爸，你晓得黑龙山么？""听说过，

没有去过。"黄孝德回答。黄志毅说："你们文教局要求我们学校到那里建分校，应该先去看看再定嘛。"黄孝德面露不悦地说："什么我们文教局？你这说话就有问题。我没有去过，并不代表文教局没有人去过。"黄志毅说："那地方我去过，还去过好多次。"黄孝德问："你去做啥？""捡柴。"黄志毅回答。黄孝德没有说话，慢慢喝着酒。黄志毅说："那么高冷偏远危险地方怎么能建校嘛？"黄孝德说："怎么不能建？那地方是教育革命的好地方。"黄志毅想不到父亲会如此说，一下无语起来。黄孝德见黄志毅不说话了，说："县委选址在黑龙山建分校是很有道理的。第一，符合现在办学的政治条件。海拔高，地处偏远，山势险峻，交通不便，条件艰苦，正是磨炼学生意志、培养革命事业接班人的好地方。第二，符合办学的物质条件。黑龙山龙窝荡形如盆地，面积近十平方公里。四面环山，中间平缓，土地肥沃，物产丰富。由于地势高并且对外环闭，和山下丘陵地区气候形成明显差异。独特的地理环境造成物产的多样性，既适宜种庄稼、种蔬菜，也适合种茶种药材种核桃种花椒等经济作物。还有林森树密，野兽种类很多，野生药材丰富。县木材公司、药材公司都定期派人上山收购洽谈联系业务。因为野生茶树很多，茶质很好，县土产公司还在那里建了一座茶厂。用几乎是露天的煤炒茶，用丰沛的溪水冲动揉茶机揉茶。整个龙窝荡只有一个生产队，四十几个人，地广人稀，仅盆地中间的大佛坪就有好几百亩，发展空间极大。在那里建校完全可以做到自力更生，自给自足，丰衣足食。第三，适合原山县经济文化建设发展的需要。这与原山县历史文化有关。去黑龙山必须从金鹿峰左边经过，金鹿峰在中国道教中地位很高，在宗教界和文化人中名气很大。金鹿峰左边顺雾缭河而上是霞雾山。霞雾山在中国南传佛教中建站较早，祖庙比河南洛阳白马寺晚建八年，在佛教大光明山中排名第三十六位。由于霞雾山历史悠久，影响广泛，加之风景优美，历史上很多著名文人都曾慕名前往。杨慎孟浩然陈子昂唐寅等著名文人都留下过不少诗文墨宝。霞雾山规模宏大，历史上有大和尚万万九、小河尚不消数的说法。据说明末清初张献忠剿霞雾山时杀光和尚，把所有庙宇焚为白地，至今仅存迎王亭。迎王亭是为迎接朱元璋长孙建文帝来此地避难而建。由于张献忠反清复明，迎王亭才没有被毁。霞雾山文物丰富，传说特多。据当地社员讲，朱显荣当书记时建水渠炸毁一尊铜佛，二十多个民工背碎铜下山就背了好多天。霞雾山反背就是黑龙山龙窝荡。当地人说龙窝荡寺庙与霞雾山寺庙曾经连为一体。龙窝荡寺庙是专供霞雾山高僧修行的后院。从龙窝荡的大佛坪、龙窝、八字墙、铁坟园、化骨堂、黑龙门、金刚山、金莲池等地名看，当地人的说法有一定依据和道理。黑龙山、霞雾山和金鹿峰三地在文化人内心深处都留下了很深的情结。现在原山县四十岁以上的文化人几乎都是旧社会的读书人。这些人没有一个不知道这两山一峰的，也没有一个说这三个地方不好的。从原山县调到流金地区的领导一说起龙窝荡全都赞不绝口，都认为应该开发利用。县上领导特别是分管经济和宣传文化教育的领导更是看好龙窝荡。认为建学校不仅可以开发这些资源，而且可以极大提高原山县知名度。总之，在龙窝荡把学校建起来，办好了，办大了，既培养了革命事业接班人，又发展了原山县经济，还传扬了原山县名声，利益好处多多，何乐而不为？"

黄志毅说："你没有去过龙窝荡，我相信县上大多数领导也是道听途说，如果去过可能就不会这样想了。龙窝荡是金鹿公社最高最偏远的山区。其他问题不说，就说我们学校到龙窝荡的路。说起来不很远，也就是二十多里路，但是走起来就难了。全是山路，特别是中间必须经过老鹰崖的一百零八步。这一百零八步是数十丈高的老鹰崖绝壁上人工凿出来的一百零八级石阶梯。石阶梯太陡太高，新中国成立前每年都有人摔死摔伤，其中背煤炭背木头的人摔死最多。前几年农业学大寨，学红旗渠，为改善交通发展生产，当地在县乡两级支持下，从一百零八步上方的鹰嘴处炸凿出一条水沟和小路。我第一次走这条小路的时候两腿打颤，不敢往绝壁下看。现在的初中生十二三岁，高中生十四五岁，都是些娃娃，万一掉下去怎么办？"

黄孝德放下酒杯说："危险和安全是相对的，越危险的地方越安全。只要提高安全意识，加大防范力度，安全问题是可以解决的。江西共大的经验是，条件越艰苦越能锻炼培养出红色革命接班人。这不正好么？"

黄志毅说："话是这样说，但是人命关天，如果万一出了安全事故怎么办？"

黄孝德说："你以为我不知道？作为文教局长我没有责任？现在的问题是上面定了，不是行不行的问题，而是如何服从，如何坚决杜绝重特大安全事故的问题。"

黄志毅听父亲如此说，觉得已无话可说。正要站起来离去，黄孝德放缓了声音说："好了，不说了，你去睡吧。今晚我说的话不要对外面说。"

第二十七回

排万难深山建分校　斗风雪师生抗严寒

经孔安福无数次跑县上，金鹿公社中学黑龙山分校建校经费终于定下来了：县上负责建校经费、施工设计和技术工人。学校出劳动力。师生生活费自理，县上不给补助。

经费落实后，孔安福召开教师会研究上山建校具体问题。此前每次开会只要提到黑龙山龙窝荡建分校，教师们立马改变畅所欲言态度，一言不发。这次会议也是如此。

教师们明显的抵触情绪，弄得孔安福很是为难。尽管黄志毅内心不赞成甚至反对上山建校，但是这毕竟是上级的决定，作为共产党员必须无条件服从。并且，黄志毅从看过的书中得知，我军不少指战员，甚至有的高级将领也是十三四岁时参加革命的。红军长征最先到达陕北的红二十五军，百分之六十以上是十四岁到十六岁的娃娃兵，而且战斗力相当可提。可见只要引导得当，艰苦生活和困难环境对青少年的锻炼成长确实是有一定好处的。从这点上说上山建校办学未必一无是处。

黄志毅见冷场时间太久，说："我发个言，个人看法嘛，不对请大家批评指正。说实话，到黑龙山龙窝荡建校办学，要说想去那是骗人。但是现在看来，思想不通，只有组织服从，去也得去，不去也得去。既然非去不可，我愿意带我班学生第一批上山。为了上山建校顺利，我先抛砖引玉，说几点不成熟的想法供大家参考。

"第一是安全问题，这是上山首先应该考虑而且必须要解决的首要问题。学生是到学校来学习的，学生家长把子女交给我们，出了安全事故，我们怎么对得起学生？怎么向家长交代？劳动任务完不成可以弥补，出了重大安全事故怎么弥补？有些是弥补不了的。如果安全事故多了，特别是重大安全事故多了，建校半途而废都有可能，如果追究责任那就更不好说了。为此我建议把安全作为首要责任，一切以安全为前提。不给学生规定劳动任务指标，只提量力而行，不提尽力而为。建议制定统一切实可行的安全纪律。比方学生未经老师同意不准随便进森林，不准到悬崖水深危险地方去，不能到野外远的地方单独活动等等，总之要保证绝对安全，至少不发生重特大安全事故。

"第二是老师上山问题。要说困难每个老师都各有各的困难，只是程度不同而已。龙窝荡天气寒冷，空气稀薄，我建议年纪大身体不好的老师不上山，或者最好不要上山。我们学校女老师都有小孩，上山了娃娃咋办？所以最好都不上山。

"第三是全校各班分批轮流上山。时间最好一周一轮。这样既可以保持建校的连续性，又可以给上山老师提供休息和处理家务事的时间。

"第四是尽量不耽误学生学习。决不能把学生学习作为代价换取建校的成功。学生是革命事业接班人，如果荒废了学业，将来如何接班？学校如何向学生家长交代？将来教师如何面对学生？"

俗话说，一匹马儿过河，十匹马儿跟着过河。黄志毅发言后，其他教师也纷纷发言建言献策。

此后孔安福又多次组织教师讨论，最后形成八条上山措施：一、全校高初中各班师生轮流上山，每次上山时间一周。二、每班班主任副班主任带队。三、学生自带衣被粮菜，各班自建伙食团，以班为单位劳动食宿。四、为确保安全，各班根据情况制定安全措施，确保不出重特大安全事故。五、雨天上课或自习。六、年龄大情况特殊的教师经批准可以不上山。七、学校负责药品、照明煤油、食用油盐和劳动工具。八、在校学习各班一律不再安排其他劳动，劳动课时间全部用于上课学习。

上山措施一定，孔安福便派黄志毅上山联系师生食宿劳动地点等建校基本问题。龙山大队干部和分校建校地的龙窝生产队干部社员很是支持，主动把茶厂的放茶、炒茶、揉茶、烘茶、凉茶、堆茶、厨房等房屋让给师生作食宿学习之用。

按照安排，黄志毅班第一批上山，任务是砍荒和烧荒。由于副班主任朱泽勋是有两个小孩的女老师，黄志毅主动向孔安福提出让她留校，自己一人带班上山。

上山当天晚饭后，黄志毅请生产队长冯卓成和贫下中农代表孔秀华给学生讲砍荒烧荒开荒知识和注意山地安全的问题。冯卓成讲了砍荒烧荒开荒知识后讲如何注意安全。刚讲几句孔秀华就插话，大讲野猪老熊如何凶猛、豹子老虎如何出没、蟒蛇如何可怕、豺狗掏肛如何残忍等等危险。孔秀华讲得唾沫横飞，学生们开初当稀奇听，渐渐害怕起来，互相紧紧挨靠在一起。

送走冯卓成孔秀华转来后，黄志毅笑着说："同学们不要紧张，孔大姐的话有些夸张。这里我来过好多次了，也在这里过过夜，一只野兽都没有看见过，也没有听说野兽伤人。"

虽然黄志毅如此讲，但是学生们仍然不敢单独出门，不敢上厕所。黄志毅只好半夜手持木棒，通知学生集中上厕所。

第二天晚饭后，黄志毅单独请老队长佘文忠来消除学生对野兽的恐惧。佘文忠笑着说："听说同学们被孔秀华讲的吓住了。你们不要相信她说的。她是山外面的人，嫁上山来才几年。她说的都是听来的。我是本地人，新中国成立前确实有这些野物，老虎豹子老熊豺狗这些野物已经十多年没有见到过了。但是大蟒蛇还有，几年前有人在山顶悬崖上看到过，一见到人马上就走了。同学们不知道，我们这里大人小孩都晓得，凡是野兽都怕人，只要一听到人的声音响动，立马就逃走了。现在还有野猪，但是少得很，你们想见都见不到。我们龙窝荡解放二十多年，十多年前野猪咬伤过一个人，到现在没有一人被伤过，安全得很。"光研所一个学生问道："老队长，你说野兽一见人就逃跑了，那个人是怎么被咬伤的？"佘文忠仍然笑着说："生产队农闲时候，几个社员互相邀约去打野山羊，却碰到一只野猪。野猪看见人了转身就逃。其中一人见了，随手就给那野猪一枪，打伤了野猪屁股。野猪受伤后返身扑过来报复，对打它的人乱咬。其他人见了一齐开枪把野猪打死了。"尽管如此解释，有的学生晚上仍然不敢单独上厕所，黄志毅只好仍然持棒警卫。直到上山几次后学生们的畏惧感完全消除，黄志毅才没有持棒警卫了。

砍荒首先从大佛坪庙基地砍起，然后扩展向前面和左右两侧。学生们第一次上山，满眼尽是新奇，加之砍灌木割草丛不是很费力，并且又是只讲安全不催进度，全都高高兴兴，有说有笑。黄志毅本来估计进度不会很快，哪知道进展很是迅速，便叫学生们砍割一会儿息一会儿。

下午收工前烧荒。学生们把所砍灌木和茅草堆成很多堆放火点燃。大火熊熊，浓烟翻滚，十三四岁的娃娃们哪见过这样阵仗，高兴得手舞足蹈。科分院光研所学生们尤其兴奋，男生们跑跳叫啸，女生们围着火堆转圈跳舞，火焰映得满脸通红。

晚饭后，队长冯卓成过来对黄志毅说："黄老师，你们的火堆太大了要不得。"黄志毅问为什么。冯卓才说："火堆大，火焰就高。山上的风怪，有没有风、风力大小、风吹方向都不好捉摸，最怕的是突然发生变化。如果燃烧着的树枝草叶突然被风吹飞到树林里头惹起森林大火，那损失就大了。"

冯队长的话吓了黄志毅一大跳。晚上开会布置第二天任务时要求专人负责烧荒，边砍边烧。会后学生们不愿意，几个男生暗自商量明天如何把灌木茅草全部集中成一个大堆，让火势更壮观。黄志毅只好又把学生们集中起来，扼要讲了《三国演义》中火烧赤壁和火烧连营的故事后说："同学们没有经历过森林大火的凶猛险恶。山中野外烧火，最怕遇风。高山气候变化无常，看似平静无事，其实暗藏凶险。不知不觉无缘无故间山风会突然猛刮过来，把草火吹到空中漫天飘飞。飞落到哪里就会引燃哪里。火借风势，风助火威，呼的一声燃成一片，瞬间烟火漫山，烈焰翻腾，树上地上遍地是火。不要说人，野兽都跑不赢。星星之火，尚且可以燎原。大堆草木燃烧起来，把附近树林草木惹燃就是非常容易的事情了。不怕一万，就怕万一。如果在我们手中把龙窝荡这一大片森林毁了，把贫下中农房屋烧没了，变得无家可归了，你们说怎么办？你们有能力弥补么？"见不少学生摇头，黄志毅说："所以，我们决不能让这样的意外事故发生。火小易灭，火大难灭，所以烧草只能小堆小堆地烧。

烧的时候还要特别小心，万不能惹燃周围附近草木。草烧以后把火完全弄灭了才能离开。清楚没有？"清楚了。"部分学生回答。黄志毅大声问道："大家听清楚没有？""听清楚了！"学生们齐声回答。

两个月后，黄志毅班第二次上山，任务是开垦大佛坪庙基地，为明春种粮种菜做准备。荒地土质肥沃，土壤疏松，学生们挖起来并不吃力。

偶尔会挖出一条小蛇来。山下气温还高，这里的蛇却已经冬眠，有如僵死一般。胆小女生见了惊叫着跑开，胆大男生用树枝挑起来追撵女生，引起一片惊叫和哄笑。六七寸长的黑红色千足虫时不时从土里爬出来，既吓人又恶心，女生们都躲开让它爬走。

一天下午挖出一只密封着的黑瓷坛，学生们都围着看，以为里面会有什么宝物，打开空无一物，都弄不懂为什么要密封着埋在地下。

休息时学生们闲不住，在庙基地周围打玩，几个学生发现一个地下石窖，跑过来要黄志毅去看。黄志毅看那石窖，长方体，三米来深，一米多宽，全都用打磨得很精细的青条石砌成，条石之间严丝合缝，坐了石灰，坚固异常。窖上方有一个不足一米见方的口子。队长冯卓成走过来说是化骨堂，是寺庙专为焚化圆寂的和尚建造的。黄志毅觉得这化骨堂建得不科学，太深，口子太小，不利空气进入。空气缺乏燃烧不充分，焚烧效果自然不会很好，疑心是否另有他用。

山上待的时间越长，学生们的胆量越大，休息时跑离劳动地点越远。一天下午劳动休息时，几个学生跑过来告诉黄志毅，说山弯树林那边有一口棺材，棺材里的衣服还是新的。黄志毅不信，学生们便硬拉着他去看。

一块平坦草地上果然有一口油漆彩绘的红色棺材，除棺口边沿有些腐朽外，其余完好无损。棺材里浸泡着的锦绣丝织品色彩鲜艳，完全像新的一般。大家围着棺材观看。一个男生用树枝把一件丝织品高挑起来，黄志毅看是一件绣工精美拖着长飘带的轻薄丝织长裙。那学生把长裙挑搭在棺上，又要去挑其他衣服时被黄志毅制止，并叫他把长裙挑回棺里。

不远处挖地的社员和云清走过来。黄志毅问他这是怎么回事。和云清说："前几年城里造反派上山来掘铁坟园，说里面一定有什么帝王将相的封建宝物。挖掘不开，说要炸开，可是又没有带炸药，只好作罢。这些造反派弄不开铁坟园心有不甘，见金莲池旁边有一座古墓，便把墓挖开。掀翻棺盖，里面躺着一个中年妇女，体态相貌与生时一模一样，没有丝毫腐烂。于是把女尸弄出来，扯去身上衣裙寻找东西。结果啥都没有找到，衣裙丢得遍地都是。女尸赤裸的身子靠倚在石坎上，风吹日晒雨淋了好多天。生产队的人实在看不下去，估计造反派不会再上山来了，才挖个坑把女尸埋了。"

黄志毅担心胆小的学生听了晚上睡不着觉，问他们怕不怕，男生都说不怕，女生都光笑不说话。黄志毅笑着说："不用怕，你们就当听评书看小说。你们看见小说里死人了怕不怕？"学生们都说不怕，黄志毅这才放了心。

黄志毅问和云清："你说这附近有金莲池，这金莲池在哪里？"和云清指着棺材旁边不远处一个水凼，说那就是金莲池。黄志毅走过去看，是一个直径三米左右的圆形土凼，清水潺潺流出，四周杂草人高，凼水边土中半露出几根条石，四角规整，打磨精细，雕刻着花卉人物图案。可以想象出水池当年完好时情状。

黄志毅和学生们从金莲池回到大佛坪继续开荒。一片乌云从山壑林中涌出来遮没了太阳，接着是一阵大风吹过。黄志毅知道这大山之上大都是风送云来，雨随云至，便立刻叫学生们赶快回茶厂去。

学生们跑跳着下山去了。黄志毅走在最后。走了一会儿云过风停，金色的阳光从金刚山顶乌云缝隙中照射下来，山野一下显现出斑驳陆离的色彩。黄志毅想着从大佛坪下山到茶厂要走二十多分钟，从茶厂上大佛坪要走近四十分钟。于是心中说道："算了，就让他们自由活动吧。这些娃娃也太辛苦了。"

乌云很快遮没了阳光。黄志毅边走边望向金刚山，已经完全看不到金刚山一点影子。再看四围群山，云雾中只现出忽隐忽现的青黑色轮廓，完全没有了天气晴好心旷神怡时云飘雾绕绿野仙踪一般景色。又走了几分钟，山风突然呜呜怪啸着从山上猛吹下来，吹刮得四周草伏树摇，落叶纷飞。

大风吹着黄志毅后背，感觉就像要被推滚下山似的，只好稳住身体，一步一步挺身向下走。边走边想着学生的劳动安排、生活起居、文化学习。最后想到了最为担心的学生安全问题。学生年少动性大，山中劳动爬坡下坎，谁敢保证没有损伤？这些不知好歹轻重的娃娃们，在这荒山僻野地方，闲着无事时开玩笑，追逐嬉戏，吵吵闹闹，打打玩玩，处处样样都容易造成损伤。家长把孩子交给学校，是为了孩子将来有一个好的前程；学校把学生交给我，是为了教育好学生，完成建校任务。如果安全出了问题，特别是大问题，能不能当民师倒在其次，最揪心的是自己如何向学校交代？如何面对学生家长？一想到对不起学生和家长，陡然感到从未有过的无助和孤单。大风很快过去，浓雾紧随而来，还飘起了细雨。气温骤降，回到茶厂时空中竟然飘起了零碎的雪花。

学生们经过一天的劳累很快入睡了。黄志毅躺在地铺上，听着房上簌簌的下雪声怎么也睡不着。看来明天是出不了工了，除了政治和语文课，在这狭小的空间里还能开展什么活动呢？不能又是讲故事吧。实在想不出办法，便自我安慰道："管它呢，车到山前必有路，明天看情况再说吧。"这样一想也就渐渐睡着了。

天刚蒙蒙亮，女生们做饭的响声把黄志毅惊醒，赶忙穿衣起来去看天气。

此时的龙窝荡已经完全被白雪覆盖，银装素裹，一片琼玉世界。厚厚的积雪遮掩模糊了森林和灌木、竹笼和草丛、土地和道路的界限。溪水已冻成冰，上面覆盖起一层薄雪，把溪流和野地连成一片。

最先起床的学生一开门就发出惊喜的欢叫声，其他学生闻声也跑了出来，在雪地里捧雪、吃雪、打雪仗、唱歌、开玩笑，好像欢庆盛大节日一般。但是毕竟单衣单裤难敌严寒，不一会儿又都跑进了屋里。有衣服的加衣服，没有衣服的钻进被窝，有的抱柴在屋子中间地上升火烤火。生活委员郑春霞走过来说："黄老师，木柴最多只够做午饭了。"黄志毅听了暗暗着急，严寒意味着需要大量的木柴做饭和烧火取暖。可是这么厚的雪到哪里去弄呢？看来只有带学生冒险上山砍树了。

早饭后黄志毅把学生们集合起来，讲了木柴不够，晚上就要没有饭吃、没有火烤的情况。最后说："我给同学们讲过许多红军艰苦卓绝的故事，从来没有讲过缺少柴烧的困难。因为这个问题对他们来说根本就不是困难。现在我们很快就要饥寒交迫了，大家说应该怎么办？"黄志毅想不到学生们竟然全都一下笑起来。一个学生说："黄老师，你说得太严重了，不就是上山砍个柴嘛。"北京来的学生秦煦，突然转身面对全班同学大声问道："同学们怕不怕？""不怕！"学生们同时发出同仇敌忾一般的吼声。黄志毅听着这些稚嫩的吼声，看着单衣单裤的学生，不由想道："这些十三四岁的孩子，在家里还要撒娇的啊。但是从他们昂首挺胸、严肃认真的神态看，好像全都一下子成为了大人。"这使黄志毅既感到欣慰，又感到心酸，强忍着泪水说："好样的，老师为有你们这样的学生感到自豪和骄傲。"

黄志毅不敢再鼓动下去。他怕这些娃娃激情冲动起来，在本就危险的高山雪野中不顾一切，弄出安全事故来。他很清楚，在高山雪地里砍树远比平时危险得多。平时无雪，可以看清楚地形地貌等周围环境。现在积雪掩盖了山林中的地貌，一脚不慎就可能扭伤摔伤，甚至掉落悬崖。于是说道："好，现在我来分工。"

黄志毅把学生分成三组，身高体壮的为第一组，负责砍树。体弱矮小的为第二组，负责剔除树枝。余下的为第三组，负责把树抬回茶厂。每组组长主要负责安全和指挥。

黄志毅要求砍树的人必须头戴草帽，以防树上积雪落到头上掉进衣领中；要求每个学生用篾条棕叶或者绳索扎紧裤脚，以免雪钻到裤脚鞋子里去，把鞋裤打湿。南方早下之雪都是水雪，遇热即融，学生们本来就穿得少，严寒中衣服身体被雪湿了更容易生病；要求抬树的人每人一根齐眉木棍，作打雪、探路、扛木、拐棍之用；要求每个人腰拴绳索，用来别弯刀，以便腾出双手干活和行动方便。学生们准备完毕，黄志毅一一作了检查才准许出发。

黄志毅走在最前面，用木棍探路，探实后在雪地上作出标记。后面学生沿着标记手脚并用，把雪挖开，把路拓宽。雪厚的地方齐腰深，开初手脚冻得生疼，后来就麻木了，好像不是在自己身上一般。过了一段时间手脚又渐渐暖和起来恢复了知觉。

在白雪覆盖的山野，黄志毅和学生们把蜿蜒曲折的小路开拓进树林里后便开始砍树了。他要求学生们只砍碗口大小的杂树，一是砍了杂树有利于材林生长，二是树小好砍，即使砸在身上也不至造成大伤，三是树干轻便于抬扛运出树林。

树林里开初还能听到说笑声，渐渐地就只听到砍树声和树倒落雪的哗啦声了。看着学生们弱小的身躯在雪地里奔来跑去砍树，剔枝，抬树，黄志毅感动万分，心中暗暗呼喊着："同学们，多谢你们了，我永远忘不了你们！"

午饭后天色放晴，积雪开始融化，房檐口滴下的雪水发出嘀嘀嗒嗒的响声。黄志毅知道娃娃们体力透支太多，宣布午睡一个小时。一小时后个个都不想起来。好不容易才把这些又困又乏的娃娃们催促起来，把上午砍的树裁成三尺长一节，劈成木柴，码在屋檐下。

黄志毅看着二十多座堆码得十分整齐的木柴垛，终于长长地舒了一口气。他万想不到学生们在困难面前会如此勇敢，如此坚强，如此团结，如此不怕劳苦。进而想道："这些学生只要有了这种勇于战胜困难的精神，将来就不会惧怕任何前进道路上的困难，就会敢于直面任何艰难困苦的挑战。只可惜书读得太少了，今后一定要让他们多读点书，成为真正又红又专的人。"想着想着不由自己地又叹了一口的气。

俗话说下雪不冷化雪冷。学生们码完柴垛时太阳已经落山。一阵寒风又把学生们全都逼进屋里把门关上。晚饭后学生们又恢复了活力。点燃火堆，围成一大圈向火，又是说笑唱闹。

八点过钟，佘家东咦的一声倒伏地上。旁边同学以为他装怪，挠他胳肢窝，见他不仅不笑，嘴角反倒流出水来，这才慌了，赶忙来叫黄志毅。

黄志毅赶过去见佘家东依在同学怀中，双眼紧闭，脸色煞白，没有一点反应，知道他已经昏了过去，便左手掐他人中，右手掐他合谷，大声叫他名字，隐约听到嗯的一声，赶紧又喊。有学生端来一盆热水。黄志毅用热毛巾敷他脸和额头，擦他颈项。过了一阵摸他手脸，已不似先前冰凉。于是把佘家东抱到铺上躺下，盖上被子，安排人轮换着喊他名字，掐他人中合谷。

学生们见佘家东仍不醒来，开始窃窃议论。有的说这地方属阴中邪了，有的说高山缺氧，有的说太冷劳累过度，有的说应该马上送下山救治。

黄志毅不是没有想过送他下山，但最后还是否定了。一是这里只有自己一个教师，要送只能自己亲自送，自己走了留下学生没人管，出了问题更糟糕。二是派学生送不放心，学生年纪太小，大雪封山，不辨道路，那么多的沟沟坎坎，特别是要经过老鹰崖一百零八步那么陡险地方，怎敢保证不出问题？三是心存侥幸，觉得佘家东已经有好转迹象，捱到天亮请当地社员背他下山要安全得多。

师生们守候中，与佘家东同一个生产队的学生佘家松对黄志毅说："黄老师，佘家东哥哥去年就得过这种病。阴阳先生一边叫人咬他哥哥脚后跟，一边让人叫他哥哥名字，硬是把他哥哥给叫转来了。"

佘家松的话使黄志毅想起好像在哪本医书上看到过，说人的神经总汇在脚后跟，通过刺激脚后跟可以使人苏醒。于是用力掐他脚后跟，继续喊他名字。掐喊一阵不见动静，一个学生大声说："我来！"说着也不嫌脏臭，向佘家东脚后跟一口咬下去。旁边学生们见了一齐大喊，佘家东痛苦地嗯了一声。学生们立刻一连声说："转来了！转来了！"

此时黄志毅已经把佘家东扶在怀中，见他仍然软绵绵地耷拉着头，没有一点知觉样子，只好又把他放躺到铺上。

老队长佘文忠背着沙枪推门走进来了，后面跟着两个社员，也都背着沙枪。佘文忠问道："这大半夜了你们还在闹啥子？"黄志毅说了情况，佘文忠说："中邪了，山太高，火焰山低的人最容易出现这种情况。我来试一下看。"说了停了一下对黄志毅说："黄老师，你们可不要说我在搞封建迷信啊。"黄志毅来不及回答，学生们早已接过去说："不说你，不说你，我们黄老师咋会说你迷信嘛？"

佘文忠叫学生端来一碗米，抓起米在屋子里遍撒，特别对墙角桌下梁上等阴暗偏僻狭窄处猛撒，边撒边大声吼叫："哪个叫你来的？出去，快点出去，给我滚出去！"那架势真有什么妖魔鬼怪蹲在那里一般。农村胆小的学生骇得毛骨悚然，下意识地挤在一起。北京上海长春沈阳等大城市来的学生觉得稀奇新鲜，紧跟在后面看。

佘文忠吼叫着把米撒光后，和一同来的两个人把沙枪架在窗口上，同时向外啪的一声打了一枪，巨大的火药枪声震得窗格子不停抖动。佘文忠说："对了，已经走了。"学生们立刻又围向佘家东，看他有没有醒转过来。佘文忠说："你们不要管他，都去睡，过一会儿就会醒转过来的。"说着和另外两个人出门去了。

黄志毅叫学生们都去睡，由自己看护。有几个学生不走，说由他们照看。最后都没有去睡。黄志毅一会儿掐佘家东人中，一会儿热毛巾给佘家东擦手擦脸。

天快要亮的时候，佘家东痛苦地嗯了一声，接着说："哎呀，我的脚后跟好痛啊！"黄志毅赶紧喂他温开水。佘家东闭着眼睛喝了几口，睁开眼睛，看见黄老师和几个同学，立刻要支身起来，可哪里起得来？只好躺下，说："哎呀，我的头好晕啊！"天微亮的时候不再呻吟，说要解手。黄志毅和几个学生扶着他去解了手，转来说好点了，又睡。

天大亮后，黄志毅挑选班长褚树清等几个大个子男生背佘家东去公社医院。佘家东不让背，说自己能走，给他竹棍也不要。黄志毅吩咐褚树清说："路上小心，如果下不了山千万别硬闯，尽快转回来。"一个多小时后褚树清没有转来，黄志毅想他们应该过了老鹰崖，这才放下心。

却说褚树清几个学生前后左右围着佘家东一路下山，出老鹰崖时见外面竟然没有下过雪的样子。下一百零八步后佘家东说好了，下到秦店子时好像没有病的样子，只是说脚后跟痛，头有些晕。到金鹿峰山下时坚持不让同学再送，也坚决不去医院，自己一瘸一拐地走回去了。

第二十八回

巨星殒师生出深山　初应试泪圆大学梦

暑假期间，生产队长冯卓成带口信到公社，说中学玉麦已经成熟，再不收沤烂就收不起来了。公社通知孔安福组织师生上山去收。假期召集师生不易，直到开学报名第三天，孔安福才叫黄志毅带师生上山去收。山上雨多雾多，空气潮湿，玉麦大多数已经沤烂发臭，只能能收尽收。

收完玉麦后黄志毅又按照县文教局和县土产公司要求试种木耳。师生们不知道如何种植，又没有技术人员指导，便按照说明书要求，砍了很多不含油脂的栗子树和青杠树，裁成四尺长一节，在树皮上打眼，把菌种放进眼里，最后堆码在阴暗通风的树林里。

种完木耳后黄志毅带学生回校上课，留下佘建勋冯栋良等四个教师给新房盖瓦。三天后，黄志毅担心山上四个教师安全，独自一人上山看教师盖房情况。

黄志毅来到大佛坪，看着满眼枯黄的成片玉麦地和玉麦秆上沤烂发黑生芽的玉麦包，觉得心里沉甸甸的。转弯走到八字墙时，老远看见佘建勋四人正在给高大的新建木楼房盖瓦。走近了，只听佘建勋大声喊道："啊！草原，初秋的草原。"褚贵中接过去说："你是那么宽广，你是那么苍凉。你用变幻的色彩把碧海点妆。"冯栋良接着说："你这片富饶的沃土，何时能实现丰秋的希望？"郑南清接过去怪志怪气唱道："你就像一片褐黄色屎粑粑，粘贴在这洁美的翠衣上。"冯褚二人听了哈哈大笑。佘建勋意犹未尽地念道："啊，草原，荒凉的草原。没有袅袅飘荡的炊烟，没有风吹草低的牛羊，没有悠远清扬的牧笛，没有粗犷豪放的歌唱。啊，草原，无声的草原。你遍地的野草，能藏匿飞禽走兽，牧不肥嶙峋的牛羊；你稀疏的灌木，能栖息夜暗幽灵，长不成参天的栋梁；你甘甜的流泉，能滋润草木生长，成不了天下粮仓。啊，草原，龙窝荡的草原。愿你不忘图新求变，在春花秋月，星移斗转中成为梦幻中的仙境、桃花里的村庄。"三人猛烈鼓掌齐声叫好。

黄志毅边鼓掌边走边说："小心不要摔下来了。"褚贵中见了说："嗨！黄志毅你啥时候来的？""来一会儿了。见你们唱和得高兴，不敢打扰。"黄志毅边说边爬上梯子来到房上。站在二楼底的房架顶上，还真有些危乎高哉的感觉。说："大家注意安全，身处险处，不要只顾说笑高兴。"佘建勋说："看来我们说的你都听到了，你也吼两声吧，反正就我们几个，也没有其他人听见，损不了你领导尊严。"黄志毅说："什么领导不领导啊！没有你们有心情，一点也喊不出来。"褚贵中说："随心而发，还要什么心情？"郑南清说："人只要没有睡着都应该有心情，你睡着啦？"黄志毅正要解释，郑南清说："非说不可，不然你就真把你当成领导了。"黄志毅无可奈何地说："你们这是在逼公鸡下蛋。"见四人仍然不依不饶，那好胜之心竟然被一下激发起来，大声说："吼就吼，难道还怕了不成？"于是大声喊道："嗨！龙窝荡，我来了！"郑南清也大喊道："喂！龙窝荡，不光黄志毅一个人，我们都来了！"五人顿时全都哈哈大笑起来。过了一会儿，佘建勋说道："嗨，黄志毅，你这大喊一声就完了？"黄志毅挺胸清了清喉咙，昂首朗诵道：

　　站在大佛坪上，闻不到佛香。
　　怅惘四顾，不知道佛在哪里。
　　佛啊，你在何方？

　　环看群山，
　　伏魔金刚高耸蓝天，孤傲挺拔，锋尖如芒。
　　伏魔啊，你高大威武，
　　怎灭不净妖孽鬼怪，魑魅魍魉。
　　管不了阴晴雨雪，雷雾风霜。

　　五顶岭连绵起伏，云遮雾障，如锁如墙。
　　围得了龙荡万物，拦不住雄鹰翱翔。
　　看东方群峰隙处，煦阳明媚，雾薄似纱。
　　房舍炊烟，好一派人间景象。

　　诗曰：悟道龙山不记年，无荤全素胜金丹。蒙童学子苦修炼，他日成龙飞九天。

　　诵罢尽皆沉默不言。过了一会儿，佘建勋说："郑南清，就你一个人没有吼过了，来几句吧。"郑南清说："我是学化学、教化学的，比不得你们四个文屁儿冲天的文人。"褚贵中说："谁不知道你大名鼎鼎的郑化学？必须吼两声。"黄冯二人也说不说不行。郑南清想了想说:"那我就说个化学的,诸位请听好了。化学化学,大千所出。有能化无,无能化物。"佘建勋接过去说:"人能化鬼,妖能化佛。恶能化善,德能化毒,美丑互化,颠倒万物。"郑南清说:"你这哪里是化学?"冯栋良说:"怎么不是化学?他这是最高级的化学。"

五人正说笑着,忽听一个冷冷声音说道:"毛主席他老人家都没了,你们还在这儿高兴!"黄志毅等人听得大吃一惊,一齐掉头看过去,只见一个穿着破旧的老头站立在路上看着他们。褚贵中大声斥责道:"不要胡说啊!这样的话是随便乱说的?""毛主席真的没了。"老头执拗地说。那神情显得很是沮丧和彷徨。黄志毅说:"大爷,你是从哪里听来的?听清楚没有啊?"老头低沉了声音说:"这么大的事我咋敢乱说?银杏坪监狱那边高音喇叭从今早晨到现在都还在播放。要不信,你们翻过山去听嘛。"大家这才相信老头所说不假,面面相觑,作声不得。

老头垂头转身慢慢向山下走去,边走边唉唉地叹着气,那声音充满了痛苦和悲伤。

下午五人回到茶厂,黄志毅说:"你们几个做饭,我去找冯队长说点事。"不一会儿手拿一件旧报纸裹着的东西回来放在桌上,又去拿五个碗来放在桌上。开饭时五人围着桌子坐下,黄志毅站起来把碗摆放在每个人面前。打开报纸,是一瓶散酒。黄志毅扯开瓶塞,把酒分倒到每只碗里,说:"今天,虽然酒无好酒,菜无好菜,但是,我们还是必须要把我们的心迹表明了。来,端起来吧!"说着端起酒碗,走到墙壁上贴着的毛主席像下站定。其他四人也都端起酒碗,走上来和黄志毅并肩站立。黄志毅沉痛说道:"神州黎庶同恸悼,共愿恩人永安息。"

说毕酒碗高举过头把酒高倒到了地上。其他四人不说话，也一起跟着把酒高举过头把酒倒到了地上。

金鹿中学师生上山建校，孔安福无数次跑县上要求增加经费无果后，渐渐没有了以前的精神，学校很多事都交由黄志毅去做。

一日，冯栋良褚贵中把黄志毅叫到寝室关上门，责问他为啥把上面拨给伐树师生的猪肉拿给其他人吃了。黄志毅感到很好笑，说："经费这么紧张，哪里来什么猪肉？你两个做的梦吧？"冯褚二人见黄志毅如此神情，不由疑惑起来。褚贵中想了一会儿说："不，不，肯定有肉，是在上山半路上吃的。"黄志毅说："不会吧，我怎么不知道？"冯栋良说："听说是在龙山大队干部家里吃的。"这话使黄志毅想起一件事来。很多天前的一天下午，黄志毅在办公室听窗外事务老师问孔安福："孔校长，鹤林屠场通知去拿肉，这肉拿回来咋办？"孔安福说："不要拿到学校，直接背到龙山大队去就行了。"黄志毅觉得也许真有其事也不晓得，于是说道："反正我不知道什么肉不肉的事，你们问这些有啥意思嘛？"边说边拉开门走了出去。

第二天上午褚贵中对黄志毅说："黄志毅，你大小也算是学校一个领导，怎么一问三不知？你一定要问清楚是怎么回事。我们这些人在山上辛辛苦苦老老实实卖命，有的人在山下喝酒吃肉，这还了得？"正说着冯栋良走过来说："我问清楚了，一共二十六斤肉，三桌人吃的，说是为了和龙山大队搞好关系。"褚贵云问哪些人吃的，冯栋良笑着说："哪些人吃的就不用说了嘛，反正你两个没有吃过。"

不知什么原因，孔安福被调到风啸崖电站工作去了。上面没有调领导来，学校大小事务都来找黄志毅这个副组长。黄志毅多次找公社领导，要求尽快派领导来。公社领导要他把孔安福的工作顶起来，其他什么也不说。黄志毅多次想去找父亲派领导来，又担心父亲说他想借故顶替孔安福位置，便不敢去说。

黄志毅担负起学校主要领导职责后，本着不干就不干、要干就要干出样子的想法，接连做了四件事，一是因县上资金不到位把龙窝荡建校和生产停了下来，师生们不再上山。二是取消全校各班每周半天劳动课，用于学生上课。三是实行全体教师早晚坐班考勤制和备课上课制。四是为了促使学生认真学习，实行不及格不发毕业证制度，并在学生和家长中广为宣传。这些措施大大激发了教师的教学热情和学生学习的积极性。

黄志毅主持全校工作后，仍然负责全校学生工作，任初中班主任并且教语文，教高中毕业班政治，任团总支书记；仍然与全校教师一起上早晚班，与过去一样拿全校教师最低工资每月二十六块钱。

由于黄志毅全部精力和时间都用在工作上，家中很快断粮，不得不忍痛卖掉蝴蝶牌缝纫机。

晚饭后，黄志毅与老师朱明星一起散步。两人边走边聊，走到沥青路上，朱明星停下脚步郑重问道："哎，黄志毅，我好久就想问你了，你是不是把你父亲得罪了？"黄志毅暗暗吃惊，淡淡地说："怎么会啊。"朱明星说："好些人都这样说。我看也是，不仅得罪了，而且还得罪得凶。不然你民师八年多了咋还没有转正？我教你时候的学生好几个都参加工作了，有的还当了领导。依我看这些人干得远不如你。"黄志毅无可奈何地说："朱老师，他是局长，怕别人说三道四影响不好。"朱明星摇头不语，继续踱步而行。

天色渐渐暗淡下来。看着远处黑黢黢的树林房舍和科分院那边辉煌的灯光，朱明星讲起了农村老家的儿子朱乃康。说他如何勤快辛苦，生产队收入如何低得可怜，孙子如何聪明懂事。讲着讲着深深叹了一口气，说："志毅，我已经快满五十八岁，再过两年多点就要退休了，一想起乃康我就睡不着。我家庭成分是富农，对他们的未来我是完全看不到一点希望。我现在还没有退休，可以资助他们一下。退休后收入减少，我又老了，他们怎么办？志毅我跟你说句心里话，其实我一点都不怕死。只要他们有一个衣食无忧的前途，就是现在让我去死我都愿意。真的！"

朱明星的话使黄志毅大为震惊，万想不到老师会有这样想法。但是不知怎么的自己竟然也有一些同感起来："现在既然负责学校主要工作，就必须要以身作则起好带头作用，把学校办得像个样子。可是家里快揭不开锅了，又没有其他经济收入，全家饭都吃不起，我这个所谓的'校长'如何当下去呢？也许不久就可能当不成了。"

星期六下午，光电所教师郑秀珍和爱人老祈一起来到黄志毅寝室。心直口快的郑秀珍一进门就说："黄志毅，我们知道你家粮食不够吃。我们粮食吃不完，积余了一百几十斤购粮券，送给你暂渡难关行不？"黄志毅说："感谢二位好意，无功不受禄，我怎么好意思收受？"老祁说："我们没有别的意思。大家都是朋友，粮券放在那里也没有什么用，不如给你还要好些。"黄志毅见老祈满脸诚意，说："那好，我写张借条，以后还你们。"郑秀珍："你说得笑人，这点点粮券还打啥子借条啊？"黄志毅说："那我不能要。"老祈说："哎呀，打借条也行，你有的时候还我们就行了。"黄志毅于是打了借条，郑秀珍给了粮券。

郑秀珍夫妇一走出校门，郑秀珍便埋怨老祈不该要借条。老祈说："你又不是不知道黄志毅这个人，他怎么会平白无故收受我们粮券嘛？"边说边把借条撕碎丢进了路边水沟。

黄志毅主持学校工作不久，文教局调来一个代课教师王德才。王德才虽然一表人才，但是整天阴沉着脸，从不主动与人说话。有时候不知什么原因会忽然皱一下眉头，有时候嘴唇动几下自言自语样子，不知道在说些什么。教师们背后都说他神经兮兮。

黄孝德星期六回家，黄志毅问为啥要调王德才到金鹿中学来。黄孝德说："王德才这个人有一些本事。"黄志毅说："听说是桥楼公社学校不要他了你才调他到我们学校来的。"黄孝德说："其实桥楼公社原先是很看重王德才的，知道他画画美术字毛笔字都很好，多次要求文教局放人，把他调到公社工作。"黄志毅听了问道："那为啥又不要他了？"黄孝德说："桥楼公社要求桥楼中学在街十字口墙上画一幅割资本主义尾巴的宣传画，学校便派王德才去画。他先画了一只张牙舞爪尾巴高翘的老虎，栩栩如生，过往行人看了都说画得好。然后画了一个身强体壮干部模样的人，高举一把钢刀奋力向老虎猛砍过去。刀锋从虎尾处划过，尾巴没有砍着，断了几根虎毛飘在空中，很多人都跑去看。看的人多了，就看出名堂来了，说是在讽刺桥楼公社宰资本主义尾巴声势大，收效小，装样子，走过场。本来这件事下边议论过了也就算了。哪晓得县上领导知道了，大会上狠狠批评了桥楼公社主要领导一通，说他反对走资本主义道路认识不深，意识不强，行动不力。这个主要领导气极，专门跑到学校，要求学校不排他的课。我问王德才为啥要这样画，他说：'喝过酒，想尽量画生动形象一点，哪晓得有人要这样看。

早晓得会这样，打死我都不会这样画。'我这才把他调到你们学校来了。"

黄志毅最讨厌酗酒的人，说："你把这么怪的人调给我们，我咋安？"黄孝德说："有啥不好安？把有本事的人弄服帖才算本事。"

黄志毅听了父亲的说法，便安排王德才教历史地理课，接替褚贵中办板报。偶尔到王德才寝室，和他摆一些龙门阵。从没有看见他喝过酒，也没有听说他有什么不当言行。冬天黄志毅应老师们改善伙食要求，派人到社员家里买一只山羊宰杀。下夜班吃羊肉时，黄志毅问王德才："天这么冷，又有滚烫白汤羊肉，怎么不喝点酒？"王德才脸微微一红，摇头说："不喝。"

恢复高考的消息如一缕春风，吹醒了黄志毅深埋心底的大学梦。"文革"高考梦碎，民师努力八年，生活不是越来越好，而是每况愈下。虽然胸怀毕生忠诚教育事业愿望，却又不知道路在何方。因为民师本身就是农民，无须理由，任何时候叫你下你就得下了。

老师们纷纷来劝黄志毅报考。

朱明星老师语重心长地说："黄志毅，这是你唯一一次脱农袍的机会了，错过此村，绝无他店，千万犹豫不得。"

冯栋良感慨地说："我和佘老是生不逢时。这次机会这么好，年纪又大了。我要是有这个机会，砸锅卖铁也要把大学考上，为我们这些入另册的人争一口气。"

佘建勋特意为黄志毅作了《飞吧，朋友》的诗，以资鼓励：

　　曾经，雏鸟的我们有过瑰丽的梦想。

为梦想，不懈展拍翅膀，
让双翅有力坚强。
等待升腾的风，
冲霄直上。

曾经，看着美丽的彩云慢慢飘来，
和煦的暖风把彩云缓缓抬升。
兴奋的雏鸟鸣叫欢歌，
想去伴随那彩云。
展翅奋飞。
谁知，狂飙突然天降。
掀翻了温暖的窝巢，
吹散了梦幻的彩云。
雏鸟在扑腾中，
又遇袭来的乌云。

在广阔的天地里，
我们胸怀理想，
我们不懈奋斗，
我们艰苦备尝。
四顾茫茫，
不知路在何方！
天边，传来隐隐惊雷，
雷声，激起细雨纷纷。
飘飞进枯槁的野林，
滋润萎渴的生命。

庆幸枯木逢春。

既然沐浴了春天的甘霖，
就应该找回不远的青春。
在清扬的木梆声中，
为了老九的尊荣，
何妨破釜沉舟做一硬拼！

褚贵中也送黄志毅一首《请不要回头》的诗：

去吧，朋友，
请不要回头。
那里有神圣的殿堂，
那里是知识的海洋。
只有在那里啊，
才能补上缺失的营养，
长成参天的栋梁。

飞吧，脱笼的困鸟，
请不要回头。
那里有明媚的阳光，
那里有高阔的天空。
只有在那里啊，
才能练就搏击的双翅，
在理想的天空翱翔。

前行吧，朋友。
荆棘已经铲除，

航道已经开通。

既然决意无悔,

就请不要回头!

恢复高考的通知下来后,黄孝德对黄志毅说:"机会来了,你完全够条件,准备参考吧。"黄志毅说:"现在学校事情多,没有时间找复习资料,你在县上好找,帮我找一份吧。""好吧。"黄孝德爽快地说。

半个月后黄孝德回来,兴致很高,边喝酒边谈大好形势。黄志毅问:"爸,你帮我找到复习资料没有?"黄孝德说:"找是找到了,不过给你彭现成老表了。"黄志毅听了一下惊愕得说不出话来。他万想不到父亲对自己改变命运的一搏会如此做作,答应为自己找资料,找到却给了别人。"这不是拖延我找资料时间,影响我复习么?他为什么要这样做呢?"黄志毅一下想起了彭现成父母这么多年来对他的倾情关照。黄家与彭家没有一丝血缘,远亲都谈不上,不知他们是怎么搭上亲戚关系的。自古情债最难还,什么老表啊?黄志毅断定父亲这样做应该有他不得已的苦衷!黄志毅明白,作为文教局长,不要说找一份复习资料,就是找一百份都易如反掌。那他为什么不多找一份呢?这使黄志毅想起了十多年前写给他信中,"忘记过去就意味着背叛"的结尾句,想起了平时对他的顶撞。但是一般来说,父母对子女这类冒犯都是很宽容的。或许最让父亲不能容忍的应该是与佘玉春的婚姻。如果没有佘玉春,就不会有母亲的痛苦,就不会使黄家列祖列宗脸面丢尽。或许他早已把我看成黄家发达的羁绊,看成不可救药的逆子了。黄志毅反过来又想:"会怪怪自己,不会怪怪别人。如果这世界上没有我,这一切的一切都不可能发生。当然也就不会有父母亲的烦恼了。"这样一想便不声不响地转身走了出去。黄孝德对儿子的惊愕和离开视而不见，继续边喝边斟，高谈阔论。

第二天黄孝德走后，孔惠英对黄志毅说："云长，求人不如求己。复习资料你自己去找，找到了不要回来，就在学校里清清静静复习，我就不信你考不上。"黄志毅明白，父亲的心理已经发生巨大变化。说："妈你放心，我必须考。我也相信我一定会考上的。还有，我不怪爸爸把复习资料送给别人，他辛辛苦苦劳心费神供我读这么多年书，我如果考不上那就太没有本事，也太对不起他了。"

离高考还有二十多天，黄志毅报考后不再回家。白天照常上班，尽职尽责工作，晚上下夜班开始复习。半夜后太疲倦了就用冷水擦脸洗头，鸡叫时实在看不进去了，就抱着篮球到操场上从这头拍到那头，又从那头拍到这头，活动一会儿后又继续复习……

终于考完了，不久后一个星期三，黄志毅参加文教局全县中学校长会。对此类只有黄志毅一个民师、其他校长全是公办教师参加的会议，黄志毅不知父亲怎么想，也不知其他校长怎么看，心中总有些忐忑不安、不宜参加的感觉。

第二天中午，黄志毅收到西阳师范学院政治系七七级新生的录取通知书。看着录取通知书，上高中前后至今的种种经历，一下从脑海里乱七八糟地浮现出来，拿着通知书的手抖动得几乎拆不开信封。

校长们纷纷过来道贺争看那通知书。人们离开后，黄志毅双脚无力，像踩在棉花上一般，摇摇晃晃关上房门一头扑倒在床上，双手紧紧抓着棉被，使劲咬着枕头，想尽力抑制住浑身的颤抖。但无济于事，木床被身体抖动得嘎嘎作响，泪水止不住涌泉般往外流淌。十多年的风风雨雨，十多年的苦辣辛酸，十多年的曲折道路，像电影换片一般在脑子里乱闪。最后，一种突然得到释放、无比难言的感觉布满全身。黄志毅尽力抑制无效，真想敞开喉咙放声大哭一场。

室外在喊开会了。黄志毅渐渐平静下来，起身洗脸，坐了一会儿才打开门走向会议室。

晚上，孔惠英对黄志毅说："云长，你爸爸昨天回来半夜都没有睡着，叹了好几回气，好像有些后悔了。"黄志毅说："妈，我知道爸爸对我有意见，只是想不到会有那么大。"孔惠英说："你考上了就不要多想了。"黄志毅说："妈，我知道。其实我有很多做得不好做得不够的地方，我不怪爸爸。"

黄志毅到西阳师院入学报到的前一天，与班上学生们告别。刚跨进教室，不知哪个学生啪地拍了一下手掌，学生们立刻起立鼓起掌来。一股暖流从黄志毅心底升起，觉得眼睛竟然有些湿润。黄志毅示意学生们坐下，为轻松一下气氛，笑着说："同学们，现在我和你们一样都是学生了，我们应该互称同学才是。"他本以为学生们会笑，可是学生们表情一点变化都没有，仍然严肃地盯着他，只好继续说："明天我就要上学去了，上大学是我念高中时候的梦想。我已经三十岁，是个年少蹉跎无书读、老大伤悲还读书的人，不能再错过这次读书的机会了。同学们，我们共同经历患难。我会永远记住你们对我的信任和支持，记住你们的勇敢和坚强。在龙窝荡那么困难的日子里，你们没有一个人叫苦，没有一个人说累，没有一个人流泪，成为推动我完成任务的巨大力量。你们是老师的骄傲，是老师的榜样。同学们，今天老师要说愧对你们！我没有给你们更多的学习时间，没有传授给你们更多的知识，荒废了你们不少宝贵光阴。此时此刻我真诚地向同学们说一声对不起，我会永远记住我们在一起的艰难时候和美好时光，我会永远地想念你们。"

学生们都全神贯注地望着黄志毅，静静地听着，没有说话，没有笑声，没有鼓掌。离开教室时有的学生流着眼泪，有的学生擦着眼睛。

佘玉春对黄志毅考上大学一点都不关心，好像与她无关似的。一直到去上学的头天晚上，当黄志毅边收拾行李边对她说要如何教好女儿、如何注意儿子安全、如何注意身体时，佘玉春才说："我想买两只小猪儿来喂起，多积些粪，多分点粮，少补点钱。年底时候把两只猪都卖了，卖的钱拿点来补生产队钱，拿点给你上学读书，剩下的再买两只小猪儿来喂起。就这样年年翻。"黄志毅说："你看着办吧，不要把身体累垮了。还有计划生育的节育环，自从安起你就一直没有自在过。以后我又不在家，你到医院去把它取了算了，免得受罪。"佘玉春说："那我赶场时候顺便到医院去把它取了。"

黄志毅上学经过县城时去与父亲告别。黄孝德说："你放心读你的书，家里有啥困难我们会管。从明年起，你读书我每学期都可以给你一点钱。"黄志毅没有表示拒绝也没有表示感谢，心里早已打定主意："给不给都无所谓，或赊或借，就是把猪圈房楼板一片一片撬来卖了也要把书读出来。"他反复计算过，猪圈房楼板全部卖掉，把书读出来应该是没有问题的。

第二十九回

痛坎坷感恩勤苦读　信流言生疑起异心

　　也是机缘巧合，金鹿公社居然有两个人同时考上西阳师范学院，一个是政治系黄志毅，另一个是生物系吴克定。两人都是鹤林中学同年级不同班的学生。因为同乡同学的原因，两人相约一起去西阳师院报到。

　　火车出站不久，吴克定感觉肚子隐隐有些疼痛，渐渐痛得厉害起来，只好把头伏在放物板上强忍着一声不吭。

　　车到终点站，乘客们都下了车，只有黄志毅吴克定两人还坐在车上。吴克定满头是汗，脸色青白，眉头紧锁。黄志毅要扶他下车，摇头说走不动。乘务员走过来，知道二人是西阳师院新生后说："你们不要着急，等我一会儿。"果然不一会儿带来两个西阳师院新生接待人员。接待人员帮着拿上行李在前面走，黄志毅和另一个接待人员扶着吴克定在后面跟。走了几十米，吴克定走不动了，说还是要找医院才行。于是，黄志毅让吴克定坐了，请两个接待人员陪着他，自己去找医院。走过拐角看见大门外有一个小医院，便赶忙转回来扶吴克定去。两个接待员人中一个人说："两位同学，实在对不起，我们还要接待其他新生。你们看这样行不行？我们把你们的行李拿到接待处去，你们看了医生后到接待处来找我们怎么样？"黄志毅点头说行，那两人拿着行李急匆匆走了。

黄志毅扶着吴克定走进医院就近一间门诊室。吴克定一手按着肚子，一手撑着桌子坐到椅子上。桌子对面坐着一个胖胖的女医生，面无表情地问："怎么了？""他肚子痛。"黄志毅替吴克定回答。女医生看了黄志毅一眼说："我是问他，不是问你！"然后问吴克定："姓名？""吴克定。""哪里不舒服？""肚子痛。""哪个部位痛？""右下腹。""咋个痛法？""就像刀绞的一样。""是不是一阵一阵地痛？""不是。""肚子响不响？""不响。""吃过不干净的东西没有？""没有。""拉过几次大便？""一次也没有拉过。"女医生边问边记，问完写完，抬起头对吴克定说："急性阑尾炎，住院。"黄志毅吓了一跳，说："怎么这么严重？不会吧？"女医生说："不会？说不定还要开刀做手术！"黄志毅对吴克定说："那还是住院吧。"心想我们这批人的命怎么这么苦啊，好不容易考上大学，临报名了都还要来这么一下。

吴克定把头伏在桌子上，过了好久才抬起头来，说："不住。"说着撑着桌边站起来。黄志毅说："你要想好，这样子到学校咋办？"吴克定摇头说："不住。"女医生看着躬身按腹慢慢向外走的吴克定，若无其事地说："命是你的，随你住不住。"黄志毅对女医生的态度很是反感。心想检查都不检查一下，怎么仅凭问几句就下结论了？如此不负责任，不住院也罢。

黄志毅扶着吴克定走到新生接待处，接运新生的解放牌敞篷汽车刚好转来。新生们纷纷爬上车厢，黄志毅向司机说了吴克定的病情，司机爽快地同意二人坐驾驶室。

车行一会儿，吴克定说痛松点了，又行了一小时左右吴克定说好多了。车到学校报名处，黄志毅扶吴克定下车坐了，把行李拿下车放在他旁边，说先去帮他把名报了再报自己的。吴克定想了一下说："算了，你去报你的。我好得多了，坐一会儿我自己去报。"黄志毅说："那怎么行？"陪他一起坐。坐了一会儿，吴克定说不痛。黄志毅见他脸色已经恢复正常，说话也有了些硬气，便同意他意见，各报各的名。

黄志毅名还没有报完，吴克定和一个新认识的同班同学有说有笑地走了过来。笑着对黄志毅说："你咋还没有报完啊？我都报完了。"黄志毅问："现在怎么样？"吴克定回答说："好了，一点都不痛了。"黄志毅说："那你们走吧，我也快报完了。"吴克定听如此说，便和那同学一起走了。

黄志毅报名后按照食宿学习道路索引找到自己的楼门和寝室。寝室里空无一人，五间双层床，最里面左边下铺床柱上贴着自己姓名，便把行李放上去。正铺着被席，几个人说笑着走进来，手里都拿着饭盒碗筷。黄志毅想应该是同寝室同学了，便直起身来。走在最前面的一个微笑问道："黄志毅？"黄志毅微笑点头说："正是在下。""我们正在说只有你一个人没有到了。果然是说曹操，曹操就到。"那人边说边伸出手来，自我介绍道："和文清。"后面几人依次上来握手，边握边自我介绍：孔渝湘、冯代强、秦远江、梅万全、朱道全、庾茂才、吴光辉、和儒同。和文清说："还没有吃饭吧？我给你打去。"黄志毅说："谢了，我自己去，顺便熟悉一下路。"和文清说："也好，出宿舍楼门，下阶梯向右沿大路一直走，十五六分钟就到了。""好的。"黄志毅边拿饭盒边说。孔渝湘说："走吧，我们大家也一起出去走走，熟悉一下环境。"于是出了宿舍楼，下石阶走到路上。冯代强指着右边路对黄志毅说："顺着路一直走就到了。"黄志毅说："好的，吃了饭如果时间还早就来找你们。"

第二天新生体检。医务室内外站满了七七级新生，尽管年龄悬殊，但是个个神采飞扬，谈笑风生，一片喧哗。

黄志毅想起昨天吴克定突发肚子痛，担心自己会不会查出什么问题来，便惴惴不安地站在过道上等待检查。看着检查完的学生风风火火走出来，点到名的学生推推攮攮走进去，黄志毅像等待判决一般紧张。听到点自己姓名时，那心中不由自已地突突狂跳起来，立刻高应一声走进体检室。

体检室非常简陋。量了身高体重，测了血压，听了心胸，问了病史，然后等待测视力。

黄志毅见墙上贴着一张视力表，一个女医生正在检查一个胖女生的视力。胖女生笑容满面地右手拿起一块软纸板挡住右眼，女医生用小木棍指着视力表顶端最大的 E 字，胖女生左手向右挥了一下。女医生将小木棍扬起来，很快划了一道圆弧仍又指在那个最大的 E 字上，胖女生左手又向右挥了一下。女医生将小木棍下移，指在第二大 E 字上，胖女生看了一会儿，左手向 E 缺口反方向一挥，女医生又指了几次，胖女生左手全是乱挥。女医生小木棍下移，指向更小的 E 字。胖女生看了好一会儿，移开手上纸板，嘻嘻笑着说："算了算了，不要考我了。除了上面那个最大的 E 字看得见，其他以下的全都看不见，不要枉自浪费时间。"黄志毅和其他学生听了全都一齐笑起来。女医生说："测右眼。"胖女生双手直摆说："啊哟，不测了！不测了！比左眼还要差，没有测头。"大家又笑起来。女医生边填表边问："你是哪个系的？""数学系。"胖女生回答。旁边一个女学生笑着说："数学系？数学系你看得清楚 XY 不？"

胖女生笑着说："咋看不清楚？戴起眼镜就看清楚了嘛。"一个男生说："你这个视力还能读数学系？"胖女生不满地看了他一眼，说："是嘛，我这个视力不读数学系，难道要读天文系才行？"学生们又全都哈哈大笑起来。女医生说："你这个眼睛要好好保护啊，不然发展下去就麻烦了。"胖女生又笑嘻嘻地说："不要紧，还没有到麻烦的时候，科学已经发展到看东西不用眼睛了。"说得连女医生都笑起来。

胖女生检查后从黄志毅面前走过，黄志毅问："你这就算检查完啦？"胖女生好奇地看向他，说："不完了，你还想检查啥？"黄志毅说："听说体检很严，还要验血、透视、照片的嘛。"胖女生想了想说："严啥子啊？我们这些人已经够难的了，难道还有谁会故意刁难我们不成？"停了一下又说："不过，如果怀疑有肺结核或者其他什么严重传染性疾病，还是要拉到区中心医院做专项检查的。"黄志毅这才如梦方醒，自己吓自己虚惊了一场。

黄志毅入学报名第三天，政治系全体领导与七七级新生们见面。领导们并排站在讲台上。班主任吴润高向新生们一一介绍了每位领导的姓名职务后，领导们便都全部离开了，只留下吴润高和辅导员刁怡芳二人。

吴润高四十多岁，矮矮胖胖，走到讲台正中，双手撑着讲桌，把扫视教室一遍后后严肃地说："欢迎同学们的到来。同学们是恢复高考的首届大学生，文化知识、社会阅历、认识水平、理解能力肯定都要比前几届学生强，所以例行公事的话我就不讲了。一般开学之初，事情都要多一些。你们这届新生入学，时间仓促，准备工作很不充分，好多事情还来不及做你们就来了。比方新开设的课，有的还没有教材，老师们正在加班加点编写、赶印，有的还在邮运途中。许国璋的英语教材，可能还要三个月才能出书。现在只能用手抄油印代替。个别课程还没有教师，人事部门正在做调整工作，有的系究竟新开设什么课都还在研究。总之现在是诸事庞杂百废待举，恐怕要过一段时间才能理顺。今后遇到不尽如人意之处，请同学们谅解。明天就要开课，今天把班编了，座位排了，附带讲一些大家应该注意的事项。我们政治系七七级这一届，总共招收了一百四十七名学生，是我们西阳师范学院各系招生人数最多的系。其他教室都容纳不下，选来选去才选了这个西阳师院最大的阶梯教室。你们这届学生和往届学生有很大的不同。首先是党团员多，光党员就有三十九人，是全学院各班学生中比例最高的；从职业上看，有工人、农民、国家干部、军人、教师；还有刚从中学毕业的学生等等；从年龄上看，年龄悬殊。最大的三十三岁，最小的刚满十五岁。大的同学孩子小学都快毕业了，小的同学离结婚年龄都还差一大截。根据这一情况，院里决定把你们这届学生编为两个班：二十八岁以上和已婚的编为一个班，叫大班；其余的编成一个班，叫小班。我们学院属教育部直管，教育部要求招收一个班，我们就不能说招了两个班。所以，对外统称七七级一班，对内分别称大班和小班。两个班的学习内容、教学计划、授课教师、上课教室、食宿地点都完全相同。其实就是一个班分开管理而已。"

吴润高讲完后，刁怡芳宣布政治系学生会成员名单和大小班班委会成员名单。黄志毅万想不到自己会被安排成系学生会生活委员。

开学一周后，西阳师范学院七七级新生入学典礼在学院电影院举行。会场光线暗淡，没有鲜花，没有播放音乐。主席台上方挂着红纸黄字横幅：西阳师范学院一九七七级新生入学典礼；两边柱子上贴着红纸黑字对联：左联是培养合格人民教师报效祖国，右联是造就全新教育英才服务人民。主席台上的摆设，除了铺着蓝色桌布的长条桌外，就是孑立在桌面正中的话筒了。窄小的主席台被领导们挤得满满的，台下也被新生们挤得满满的。黄志毅觉得这入学典礼比普义中学差远了。

入学典礼仪程简单：主持人宣布会议开始后，七六级工农兵学员代表致欢迎辞，七七级学生代表表决心，最后是院领导讲话。欢迎辞和表决心都很公式化，虽然用了不少华丽辞藻和时新语言，但是都没有多少新意。倒是院领导的讲话引起了学生们的阵阵掌声和笑声。

讲话者是院党委委员、政治系党总支书记兼系主任骆明。骆明讲话没有多少激情，却很带有感情。他开门见山直奔主题说："我代表院党委热烈欢迎七七级同学们。我认为，这次入学典礼和过去几年有大大的不同。实事求是地说，上几届典礼有点点不大好说的味道。这次是真心诚意全心全意地欢迎你们的到来。"台上台下立刻爆发出热烈的掌声、笑声和议论声。待会场平静后，骆明接着说："原因很简单，第一，你们是我国恢复高考后第一届凭真本事考上的大学生。第二，你们自愿选择了师范院校。这说明你们懂得教育对国家发达富强、对民族繁荣昌盛的重要性。说明你们有眼光，有觉悟，有理想，有志气。第三，你们选择了西阳师范学院，说明你们瞧得起我们学院，这同样证明你们有眼光，你们选对了！"会场里又是一阵热烈掌声。"同学们啊！"骆明放缓了声音说，"我知道你们跨进西阳师范学院的大门有多么的不容易，真不容易呀！十年的岁月，十年的光阴，人生能有几个？希望每一位同学好好珍惜。

你们和从前那些左脚刚跨出高中，右脚便迈进高等学府的学生不同。他们比你们单纯得多，你们比他们复杂得多；他们比你们容易得多，你们比他们困难得多。希望你们对此要有清醒的认识，这对你们的学习和将来都有好处。总之，同学们依靠自己的能力，堂堂正正地走进了西阳师范学院。希望同学们四年之后能有更好更丰富的思想、更强健的身体，以更大的本事走出西阳师范学院，走向社会，为我们西阳师范学院添彩，为我们国家民族增光。"会场里又爆发出长时间的掌声。

散会后黄志毅边走边对和文清说："骆主任讲得不错。""那当然了，人家是三十年代的大学生嘛。"和文清说，"重庆解放时是师政委，主动要求到西阳师院来教书的。"黄志毅问："你怎么知道？"和文清说："我们家就住在师院附近，我二哥之前是这里的学生，经常带我到这里来。"黄志毅问："骆主任是系领导，主持人怎么说是院领导了？"和文清说："从严格意义上说，骆明算不上学院领导。真正的领导是学院党委书记兼院长孔永光，行政六级，身体不好，到现在都还没有上班。不过骆明资格老，又是院党委委员，资历上应该算得上学院领导了。"

上午下课后，吴润高把孔渝湘黄志毅叫到他办公室，说："由于我们政治系的特殊性，学院领导要求我们系七七级全体学生到革命历史陈列馆参观。派你们两个今天去联系，请陈列馆领导安排好解说员。孔渝湘你是本市人，情况熟悉，黄志毅陪你去，两个人互相有个照应。记住，明天九点半前你们一定要准时在大门口等我们，到了就参观，免得耽误时间。"

黄志毅孔渝湘二人一路谈得很投机。黄志毅先讲了自己的简单经历。

孔渝湘说："我的经历比你要复杂些。我父亲是奉节人，一九二九年在上海读书时加入共产党。母亲是长沙人，一九三一年入党。'文化大革命'中两个都被打成特务。理由很简单：南方局地下党那么多同志都牺牲了，你两个居然活了下来。不是打入党内的特务怎么可能活下来？要他们老实交代特务历史，泄露了多少机密，出卖了多少同志。当时正值知识青年上山下乡，按政策应该留一个子女在父母身边。我们几姊妹全部下乡，就连最小的妹妹都弄下乡去了。我被分到丽山县。丽山县是我们省东边最偏远的地方，和两个省接壤，全省出名的穷县。我又被分在全县最远最偏僻最穷的山区。别的知青可以回家，我们父母被关押，没有家，无处可去，只能天天和社员一起出工挣工分。不过也好，我无处可去，就天天出工。全年下来，我工分挣得比生产队男社员最多的还多，年终决算还进钱。那地方人少地多，我养了很多鸡，鸡下的蛋吃不完拿去卖，或者寄给下乡分散在各地的哥哥弟弟妹妹。'文革'结束，所有下乡知识青年愿意返城的都回城了，我们几姊妹还全都待在农村。我母亲急了，当时她已经解放，多次找组织领导讲理，说：'以前你们说我和我丈夫是特务，现在我不是特务了，为啥我的子女还不能回城？'就这样我们几姊妹才回了城。我分在黑色金属研究所。去年底我父亲得到解放，只是身体完全垮了。"

孔黄二人到陈列馆联系好解说员后，孔渝湘邀请黄志毅去他们家。黄志毅很想看看这两位老革命是啥模样，便毫不推辞地同意了。

孔渝湘家是一座不大不小的独院，离街有点远，而且要爬很长一段石阶梯。黄志毅说："初次来，没有带礼物，两手空空，真不好意思拜见你父母两位老人家。"孔渝湘说："拜啥子见啊，我母亲不在家，看我父亲就不必了，整天无声无息地躺在床上，你看了他也不知道，你说的他也听不见。"黄志毅说："我既然来了，还是应该看望一下。"孔渝湘苦笑说："真的没有必要，你实在要看就在门口看一眼吧。"

黄志毅站在门口，见孔渝湘父亲躺在床上。大热天身上盖着厚厚的被子，头上戴着麻花帽，露出一张又黑又瘦的小脸，嘴微张着，好像完全没有知觉的样子。黄志毅看得心中难受，一下想起了李密《陈情表》中"日薄西山，气息奄奄，人命危浅，朝不虑夕"的句子，觉得写的简直就是他了。干革命干到这个样子实在不能不令人叹息。

黄志毅从孔渝湘父亲寝室门口转来，见一个年纪不太大的女人正在厨房里悄无声息地忙着，不知是佣人还是家人或者亲戚，觉得反正都说得过去。

客厅里坐了一会儿，孔渝湘端一大碗面条放在桌上，说："只有这样将就吃了。"黄志毅说："大家一起吃吧。"孔渝湘说："你吃，我还有事。"黄志毅听了便不推辞，很快把面条吃光，站起来说："我就不言谢，走了。"孔渝湘也不挽留，把黄志毅送到门口说："时间还早，到处转转，晚上可以到江边看看夜景。明天我们早点在展览馆门口会合，等吴老师他们来。"

新生生活补助费下来了，黄志毅是最低一等，想向吴润高老师反映一下家庭经济困难情况，看能不能增加一点。想来想去觉得有些不大好，于是也就拖了下来没有说。一天下课和吴润高同路。二人边走边摆龙门阵，摆着摆着，黄志毅叫了一声吴老师。吴泽高问："什么事？"黄志毅犹豫了一下，说："算了，没事。"吴润高说："有事就说嘛。"黄志毅鼓起勇气说："我想汇报一下我助学金的事。"吴润高不看黄志毅，边走边问道：

"你父亲是文教局长吧？""是。"黄志毅说。吴润高没有说话，径直往前走了。

吴润高一走，黄志毅立刻后悔自己做了一件大蠢事。父亲是局长没错，家穷也是事实。可是家丑不可外扬，我能说我穷是因为与父亲的关系不好造成的么？既然不能说那找吴老师有什么用呢？再说，大班农村困难同学不少，我增加了别人就少了。实在不应该去争那点有限的助学金。

入学两个月左右，黄志毅发现小班一个身材苗条面目姣好的女学生，一连好多天都若即若离地跟在自己后面。黄志毅到图书馆看书，她隔几个人与黄志毅同坐一桌，有时候直接坐在黄志毅对面。甚至黄志毅与大班同学在一起，她一个人竟然也在旁边站着。黄志毅不知她姓名，也不好问她为什么要这样，疑心她是不是对自己有好感了。若真是这样早断为上，免得误了人家。

一天下午黄志毅与几个同学去图书馆，发现这女生又跟在后面，便有意向同学大声讲起家中事情，说女儿儿子有多么顽皮可爱等等。过一会儿掉头看，这女生已经不在了，心中立刻产生出一种如释重负的感觉。但是此后很多年，尤其是毕业以后，每当闲得无聊一人独处的时候，不知为什么偶尔总会想起这件事来。特别是想到这是此生唯一主动追求自己的女同学时，总觉得有些对不起人家，因而生出一种怅惘的心情来。

党史课一结束，吴润高就急匆匆的样子走进教室。离开座位的学生们知道有事，便又都回到各自座位坐下。吴润高走到讲台正中，扫视整个教室一遍，然后神情严肃地说："现在宣布一个通知，下午两点半钟，全班同学集合整队到电影院开会，不准请假，不能迟到。各班班长、党支部书记负责清点人数，带队准时入场，并负责会场纪律。"

下午两点半，政治系全体学生进入会场，各年级各班按划定区域坐在一起。主席台上坐着副院长和瑛以及政治系全体领导。主持人见学生们到齐便立刻宣布："会议现在开始，请副院长和瑛同志宣布决定。"

和瑛站起来，从衣兜里拿出一张纸念道："经西阳师范学院党委研究决定，并报经上级批准，从即日起除去西阳师范学院政治系一九七七级学生吴芝英学籍，退回原籍。"

和瑛副院长一念完便匆匆下台走了。电影院里先是一片沉寂，接着躁动起来。主持人大声宣布："请院党委委员、政治系党总支书记、系主任骆明同志讲话。"没有人鼓掌，会场鸦雀无声。

骆明缓缓站起身，平静地说："吴芝英你到前面来。"七七级学生中间站起来一个女生，走到台下站立在骆明面前。黄志毅见了暗暗吃惊："怎么是她？"

骆明开始讲话了，语气平和，像摆家常，又像朋友间谈心："同学们，说心里话，我真的很不情愿今天这种场面出现。但是没法，不以意志为转移，毕竟还是出现了。好些同学在下面议论，不知道吴芝英为什么会被除去学籍。我可以告诉大家，吴芝英犯了不宜继续读大学的错误，尤其犯了不宜读我们政治系的错误。"

骆明看向吴芝英，仍然很缓慢地说："吴芝英，你呀，唉，年纪轻轻的，搞什么民主嘛，你懂得多少民主啊？你知道民主的含义是什么不？你知道怎么样才能实现真正的民主？我当年和几个同学追求民主的时候，比你年纪要小得多。冒着生命危险，从学校步行到根据地，投奔共产党。舍生忘死与大搞专制的国民党反动派斗争。现在你们几个小青年居然要向我们共产党要民主，这岂不是笑话？虽然你的行为是在入学以前发生的，但是，你这种幼稚的行为已经使你丧失了读大学的起码条件。十年动乱，考上大学不容易。你入学后在学校的表现是好的，生活上艰苦朴素，学习上勤奋刻苦，自学两门外语，团结也做得好，这些我们都知道。可是谁想得到你会跟着那些人跑？说真的，你实在让人痛心！"骆明停了一会儿继续说："吴芝英啊，你还年轻，路还长，要深刻吸取教训，重新开始。你听清楚没有？"吴芝英一动不动地站着，不点头，不摇头，好像没有听到一般。

骆明注视吴芝英一会儿，说："其他的就不说了。让学院的小车送你回去吧。"

散会时，很多学生边向外走边看向吴芝英。黄志毅走出电影院，见大多数学生站在路上，有的默默无言，有的议论纷纷。应该都是在等着看吴芝英。

黄志毅有每天清早都要到梅园树林里读英语的习惯，可是无论怎样早，到那里的时候总是有一个清瘦的女生在那里读外语了。大家互不认识也就互不说话，时间一长，见了面互相礼貌地点一下头，或者微笑一下，然后各读各的。以后上课黄志毅发现这女生也坐在教室里，渐渐知道她叫吴芝英，小班的。

黄志毅快要走到教学楼大门的时候，吴芝英拎着书包、端着面盆从里面走出来了。小班几个女生拎着被盖和书籍零碎物件与她并肩昂首前行。个个面容凝重，直视前方。

黄志毅停下脚步看向吴芝英，吴芝英也看见了黄志毅，脸微微一红，但是仍然看着前方，从黄志毅面前大步走过。

看着吴芝英一行转过树林，黄志毅心中产生出一种遗憾的感觉。这么有志气的姑娘，究竟犯了什么严重的错误啊？从吴芝英倔强的表情看，以她的聪明，或许有她自认为的道理。但是无论对错都离开学校了。一失足成千古恨，转眼又是百年身，人生不易，但愿不要因此影响了她这一生。

黄志毅的政治系学生会生活委员主要职责有两项，一是布置打扫和检查全系各年级各班的卫生清洁，二是收集学生对学生伙食的意见和建议，然后反馈给食堂。

七七级新生入学之初，学生伙食除大米外还要按比例搭配一些粗粮。固定八人一桌。吃粗粮的时候，大多数带薪学生和有钱学生象征性地吃一点就走了，有的甚至完全不吃，到校外或教师食堂吃。桌上地上乱七八糟丢弃的红苕和玉麦馍，让黄志毅等农村学生看着心疼。但是这些不吃粗粮的学生还有意见，认为浪费和糟蹋粗粮是学校造成的。说如果发成饭菜票，吃多吃少，吃不吃由学生自行决定，就不会造成浪费了。学院接受学生意见，改成发饭菜票，让学生凭饭菜票自行打饭菜吃。发饭菜票后学生意见还是大，认为饭菜量不够，质量差，不卫生；而食堂工人则认为工人阶级为知识分子服务还要受气，想不通。双方心态失衡，态度不好，加上学生说话伤人，造成工人和学生之间偶尔发生口角甚至肢体冲突。于是学院把粮票和助学金直接发到个人，甚至豆腐票都发给学生个人。但是仍然解决不了学生认为的饭菜质量差、工人态度不好的问题。一天早晨学生二食堂墙上贴出一首打油诗：小改慢革清微风，莘莘学子腹中空。眼观数理思饭菜，口念文章想馒头。晨跑无力因腿软，夜读头昏缺稠粥。校园风景称翘楚，不敌勺漏两滴油。此打油诗一出，其他各学生食堂也时不时出现打油诗顺口溜之类东西。于是学院又改，把原有四个学生食堂扩建为七个。饭菜票全院各学生食堂通用。食堂卖的饭菜多，证明伙食办得好，工人师傅服务态度好，并以此作为考核食堂标准。这一改革大受学生欢迎，也改变了工人师傅的态度。

开初，学生们听说哪个食堂办得好就涌向哪个食堂。有的学生为一顿饭不惜多走一两里路。时间一长，觉得都差不多，才渐渐稳定下来。

黄志毅认为，这种改革能够不断得到推进，除了西阳师院党委领导重视、各高校都在实行改革的大环境外，学生会实事求是的反映和建议也起到了一定的推动作用。

黄志毅读高中时就听到过"苦高中、耍大学"的说法。高中升大学之苦黄自毅体会之深自不必说。耍大学之耍黄志毅进入西阳师院后才知道了个中含义：每周星期一到星期六，基本上每天上午上半天课，其他所有时间都由学生自行安排。上课不清点人数，不组织和维护课堂纪律，教师上课走上讲台开口就讲，下课闭口转身走人，学生听不听自便，很少布置作业。曾经有说法认为，大学是"六十分万岁"之地。授课老师考前划定重点复习范围，考题由授课老师拟定并打分。如此这般，考生自然没有考不上六十分的。一般来说老师很少到班上，更少到学生寝室。学生可以到任何地方看书，也可以开展与学习完全无关的活动。如此宽松自由的学习环境，如此多的自由活动时间，如此宽广的活动范围，学生如何对待学习，究竟学到了多少真知，那就因人而异了。想学知识的学生利用自由宽松环境和学习有利条件，可以学到很多自己热爱的知识。不愿多学，六十分万岁的学生，可以睡懒觉，可以玩到通宵，可以迟到，可以一两天不上课，甚至到校外游玩而大耍特耍。可见这种教育模式主要是为自觉的学生设计的，对不自觉的学生不适用。

由于个人经历、责任压力和专业特点，政治系七七级学生们，无论大班还是小班都不敢六十分万岁。学生们学习目的简单而明确，学习生活轨迹清晰而单调。每天起床简单锻炼身体后到野外读外语或者看书，早饭后到教室上课，午饭稍事休息后到教室或者到图书馆看书。即使星期天也是大多在教室或图书大楼看书学习。

学院新建的图书大楼只有底楼对学生开放，座位很紧张。学生们为了抢到座位，每天下午图书馆开门前就要提前去排队等候。学到五点左右到体育场活动，晚饭后或者再到图书大楼，或者再到教室，或者就在寝室看书，周而复始，从不间断。其间不少学生学会了太极拳羽毛球足球围棋和国际象棋之类体育项目。黄志毅自学静气功，把太极拳和静气功结合起来炼，自感效果不错。

西阳师院虽然远离市中心，并且森林覆盖率很高，但是夏天气温之高也是外地很多地方所不及的。

每年大热的时候，正是西阳师院学生复习考试最关键的时候。头天的余热还没有散尽，早晨的太阳又升起来了。为躲避酷热，学生们自找凉快地方复习。西阳师院新建图书大楼底楼的学生阅览室面积大楼层高，十多台大吊扇一齐打开，每个角落都能感觉到微风流动，是学生们首选的地方。不过最多只能维持到下午太阳直射进来时。太阳光直射进来，吊扇打到身上的风都是火辣辣的，有时感觉像针刺着皮肤一般隐隐疼痛。

一天下午三点过，灼热的阳光斜射进阅览室，照射到黄志毅庚茂才二人身上。不到十分钟，二人热得难耐，离开座位去寻找凉快地方。出了图书大楼，觉得最凉快地方莫过于防空洞了，便沿着山脚树林寻找。几个防空洞都已用水泥封闭，只好继续寻找。好不容易在山岩下树丛中发现了一个没有封口的防空洞，洞口长满了荆棘藤蔓和比人还高的野草。庾茂才迫不及待地跑过去，一到洞口立刻后退，边退边大声说："不行不行，不要过来！"黄志毅问怎么了。庾茂才还没有回答，黄志毅立刻闻到一股从未闻到过的恶臭从洞口冲出来，赶紧后退。庾茂才作了几口深呼吸后说："妈哟，遍洞口都是脏东西，可能里面还有什么东西沤烂了，不然不会有这么臭！"黄志毅问庾茂才："我们现在到哪里去？"庾茂才想了想说："学院行政大楼门厅那里凉快，前两天我去过。"于是二人来到学院行政大楼门厅。门厅水磨石地面上早已席地而坐着不少学生，黄志毅庾茂才只好插块地皮坐下。

行政大楼坐落在半山腰，门厅正对着长江上空，江风不时吹进来，感觉是要凉爽一些。渐渐门厅地面被学生坐满，学院领导和工作人员进出，都要找到插脚地方才能通过，并且人人都面带微笑，没有一点不满神色。黄志毅觉得这在中小学是完全不可想象的。

门厅里人多，没有风的时候照样很热。最先忍不住的是中文系一个胖子，满脸通红，短袖衬衣后背被汗水浸湿一大片，胸前也是汗渍斑斑。他收起贴着地面成八字形的大腿站立起来，以书作扇边扇边向外走。走出门厅，站在阴影下看着地面刺眼的反射太阳光，不知何往。一阵风又把他吹进来找地方坐下。

第三十回

念家书受辱强忍耐　为分配毕业各逞能

黄志毅暑假回家全家都很高兴，只有佘玉春神情忧郁，显出心神不宁的样子。大家知她蛮子脾气，便都不去理会她。

晚饭时黄孝德仍然边喝酒边讲龙门阵。先是说他已经调县档案局，任主持工作的副局长。接着讲全县正在实行民办教师转公办教师，民转公决定权不再给公社，直接由县上定。第一批转全部中学民师，黄志毅如果不考大学这次也肯定转了。然后问黄志毅学习情况。黄志毅讲了七七级学生学习如何刻苦，大班学生生活如何节俭，农村学生没有一人戴手表，极少学生穿皮鞋，部分学生衣服打补丁、很少吃肉等情况。

孔惠英问："你吃得饱不？"

黄志毅说："吃得饱，就是有些贵。有的学生为了节约自带煤油炉煮面吃。"

黄孝德问："学校允许？"

黄志毅说："允许，我们学校管理还是很人性化的，好像都知道我们这批人的艰难。一次我跟着和瑛副院长检查学生宿舍卫生，正好遇上化学系几个学生在楼道上煮面。她竟不制止还笑着说把味道弄好点。"

黄孝德说:"那你也可以煮嘛。"

黄志毅说:"想倒是想啊,只是到哪里去找煤油炉?"

黄孝德说:"我那里正好有一个,还有一个钢精锅,是去年一个朋友调地委搬家时送我的,正好配套。"

孔惠英对佘玉春说:"云长自小就爱吃面。他走的时候你给他做一瓶红油海椒,里面多加点花椒面。再割几斤肥肉熬成肉油,又有肉又有油当作面臊子。"

回到寝室时夜已深,黄志毅问佘玉春:"我看你样子,是不是有什么心事啊?"

佘玉春说:"没有,你走后,有时候忙不过来妈她们还帮我做,吃好的东西也喊我们去吃。"黄志毅说:"那我看你咋闷闷不乐的样子?"

佘玉春沉默了一会儿说:"自从你去学校读书后就有些人风言风语的,说得好伤心啊。"

黄志毅问:"说啥子了?"

佘玉春说:"说你们这些考上大学的人,有的回家离婚不要儿女,有的一到学校就不回家了。开头我也不相信,后来说得多了,又都说得有名有姓有鼻子有眼的。"

黄志毅说:"你就相信了?""是有些担心嘛。"黄志毅想不到这些寒酸已极的大学生,居然都被说成了陈世美一样的人,不禁笑出声来。

佘玉春说:"你笑啥子嘛笑!我想过了,你这次回来要离婚,两个娃娃我是不给你的。"说着抽抽搭搭地哭起来。

黄志毅想不到佘玉春会相信这些风传,说:"你也太不相信我了嘛,我们结婚这么多年,你还不知道我是怎么样一个人?

再说我们共同吃过那么多苦，经过那么多困难，我会忘得了？不说别的，就说我现在读大学，你在家带两个娃娃这么苦，我咋会和你离婚嘛。"

佘玉春静静听着，不时发出抽泣声。黄志毅想起到家时佘玉春刚好背着一大背篼猪草进门，那瘦弱的身躯几乎被背上的猪草遮掩得不见人影。觉得她实在是太辛苦了，不由自已地抱着她说："不要乱想了，就是你要离我都不会和你离的。等到大学毕业以后，我们的日子就会好过了。"

黄志毅天快亮时醒来，发现佘玉春脸是湿的，知道她又哭了。说："我不是说了不和你离婚的嘛，你咋又哭了？我问你，以前我多次说我们这辈子都不要分开，死都要葬在一起，你一直不开腔，你还记得么？"佘玉春不回答。黄志毅又再问了一遍，佘玉春仍然不回答。黄志毅轻摇她肩头又问了一遍，佘玉春还是不说话。黄志毅不知她心里是怎样想的，慢慢松开了她肩头。

黄志毅去岳母家，见佘永勋不在，问："勋摆呢？"

沈庆莲回答道："县农业局在云南搞杂交玉米制种，勋摆搞制种去了。"黄志毅说："勋摆不简单嘛，都学会农业技术了。"想了想又问道："沈庆莲，你和勋摆形影不离的，你为啥没有去？"

周文英笑着说："人家现在是生产队长，事多走不脱了。"沈庆莲红了脸说："也没有多少事，关键是玉米扬花授粉期间，我走了，生产队其他人弄不好，减产了事情就大了。"黄志毅想不到二人变化如此之大，高兴地说："好，继续努力。这下你爸爸对你们没有意见了吧？"沈庆莲说："他早就没有意见了。"

为了尽量减轻佘玉春的负担，消除她不必要的担心，黄志毅和上大学前一样参加劳动。佘玉春最大的负担是打猪草。孝义大队没有打猪草的机器房，猪草晒干后要背到很远的地方去打。由于经常停电，猪草背到机器房大都不是马上就能打，而是排轮子，一般要等几个小时，有时要等两三天甚至一个星期以上。夏天天气炎热，粉碎机没有除尘设备，开机后满屋草尘弥漫，打完猪草除了眼睛，头脸手脚全身都是草灰颜色。没有防尘口罩，吐出的痰全是褐绿色。

暑假结束前，黄志毅已把家里猪草全都晒干打完，这样佘玉春就不会丢下娃娃去打猪草了。

孝义大队新建和家堰，给社员规定背砖任务。黄志毅对佘玉春说："天明动性那么大，天天要也不是办法，我像他这么大的时候都到黄水河山上割草了。你叫天明和你一起去背砖，不要背多，两三块就行了，主要是磨一下他性格，培养起劳动习惯。"

佘玉春听了叫上儿子一起去背。一个多小时后有人跑来告诉黄志毅，说天明掉桥下去了。

黄志毅听了急忙赶去。此时天明已经被佘玉春从桥下抱上来，说没有出血，看样子是左手断了。黄志毅从佘玉春手里接过天明，抱着一路小跑到公路边赶公共汽车进城找父亲。黄孝德见了马上带去找老郁接骨。

黄志毅以前多次听父亲讲老郁的接骨术如何神奇，他与老郁如何熟识等等，觉得有老郁这样医生的医治是可以完全放心的了。

来到老郁家。老郁先是请坐，接着泡茶，然后才摸看天明受伤处。说左手颈的两根骨头全断了，不妨事的。边说边拿出两片食指宽的竹片和一根两尺多长的宽棉带，在天明的大哭声中把断骨夹住固定绑扎好，开了些吃的末药。说这样小伤他不知治过多少个，很快就会好的。最后才问是怎么伤着的。

佘玉春说："今天上午天明背着砖，走到大石桥时把背篼放在桥边砖栏上歇气。砖栏太矮，背篼放下一伸腰，背篼里砖倒向后面，背系拖着他和背篼一起掉到了桥下乱石上。掉到河底的时候人仰躺在背篼上，左手着地，全身其他地方一点都没有伤着，衣服裤子都没有打湿。"老郁听了说："好悬。"

当天晚上天明伤处有些肿，不停哭泣。第二天肿大起来，几天后手和受伤地方肿得像馒头，不停大哭喊痛。到县人民医院 X 光检查，说是尺骨和桡骨接反了，骨痂已经长成，必须将两骨折断重新连接。黄志毅把检查情况告诉父亲。黄孝德一下不耐烦起来，沉着脸说："你也可以去找骨科医生嘛！"黄志毅说："骨科医生我一个都不认识，老郁接骨又是那种水平，我找哪个？"黄孝德平静下来，说："看来只有找舒渡医院院长郁志强了。"说罢给舒渡医院打电话，医院说郁志强在流金地区医院进修。给流金地区医院打电话，郁志强说他回不来，要求把天明带到流金地区医院来看了再说。

黄孝德找了一辆正三轮，和黄志毅带着天明来到流金地区医院。黄志毅向郁志强说了伤情。郁志强不看伤，说："知道了，没有问题。小手术，接错了改接过来就是了，只是有些痛啊。"

黄孝德要郁志强亲自做手术。郁志强微笑说："黄局长，这手术简单得很，一点不复杂。如果现在有条件，我马上就可以把这个手术做了，只是我现在是学员，请不了假。你们回舒渡医院找邱济蓉做吧。"见黄孝德犹豫，郁志强笑着说："黄局长你大可放心，邱济蓉虽是女的，医术还可以。比这大得多的手术她都做得下来，做这样的小手术更是一点问题都没有的。"

见黄孝德仍然犹豫，又说："这样吧，我给邱济蓉写个条子，你们带回去找她，下来我再给她打个电话。保证做到万无一失，一次成功。"

第二天一大早，黄志毅佘玉春带着儿子到舒渡医院找到邱济蓉。邱济蓉早已作好了准备，对黄志毅说："我们现在就做手术，不过很痛，要紧紧抱着一点都不能动。你抱得紧他不？要是抱不紧，我另外找一个男的来抱。"黄志毅担心别人把儿子抱伤，说："不了，就我抱。"黄志毅问："能打麻药针么？"邱济蓉说："不能，娃儿小，麻药对神经伤害太大，对他将来成长发育不利。"见佘玉春站在旁边，又对黄志毅说："不要让娃儿妈在场，娃儿痛得哭叫起来，她看着受不了。"黄志毅于是叫佘玉春上街去赶场。

手术室实在简陋：一间旧屋子，一张破损长条桌，条桌两边安着板凳，干净倒是都很干净。

黄志毅抱着儿子坐在一条板凳上，邱济蓉坐在对面的另一条板凳上。条桌当头一个男人弓着腰把天明左手臂平放在桌面上紧紧按着。邱济蓉对黄志毅说："我们开始，你抱紧了不要松手。"黄志毅对天明说："儿子，不要怕，勇敢点，很快就好了的。"邱济蓉沉声说："抱紧了！"黄志毅刚把天明抱紧，立刻听到啊的一声尖叫，接着撕心裂肺地哭起来。黄志毅心疼得全身打颤，紧紧抱着儿子，脸贴在儿子头脸上，不敢看邱济蓉他们。很快，大约两三分钟光景手术就做完了。天明满脸是泪，不再大哭，抽泣不止。黄志毅含着眼泪，紧抱着儿子去透视，手术完全成功。

当天晚上天明伤肿明显消散，十多天后完全平复。黄志毅对佘玉春说："人要知道感恩，邱济蓉老师把天明的手接得那么好，过年时候你给她送一只大红公鸡去。"佘玉春说："好，我一定给她送去。"

开学离家时佘玉春说月经没有来，黄志毅说："你去医院检查一下，如果有了，就早点把手术做了，免得时间长了亏身体。"到校后怕她不重视，连夜写信催促她速去医院检查。

两个多星期后黄志毅收到佘玉春来信：志毅，你好！你的信我收到了。逢场那天我到公社医院检查，说婴儿已经十公分大了。周艳红给我做的手术，手术当中昏死过去，一个多钟头才醒转过来。我想喝开水，不给我喝，想解手不要我去。周艳红说，这比不得其他病，喝水解手会马上死人。半个多钟头后周艳红又说，你把我吓惨。你的身体不好，手术对你的损失太大了。我五点多钟才回去，一连几天都没有劲，尽想睡，差点看不到你和卫东天明，现在想起来都感到害怕。我们家还有钱，不要担心，玉春9月3日。

黄志毅后悔不已。如果当初不要求她取环，她就不会有今天的痛苦了。更糟的是她现在不仅要做家务，还要照顾儿女。恨不得立刻飞到佘玉春身边，尽一份丈夫应尽的责任。

黄志毅认为佘玉春那么痛苦，很有可能是接生员周艳红手术出了问题。不然很小一个人工流产手术怎么就把人整昏迷了？而且还昏迷那么长时间。但是他很快就把这一想法否定了，因为他知道周艳红是个很负责任的人，从来没有出过医疗事故，而且佘玉春与她还是很要好的朋友。

黄志毅反复看着信，心中渐渐有些疑惑起来。整个暑假四十六天，就算到家的第一天受孕，前后总共也不到五十天，怎么胎儿就长到十公分大了？好像在哪个资料上看到过，一个多月胎儿是不会有那么大的。这样一想，便立刻到图书大楼查资料。资料上说，受孕一月末胎长 0.2 厘米，二月末胎长 2 厘米，三月末胎长 7~9 厘米。黄志毅怕资料有误，又到江北区图书馆查看，数据都是如此。

黄志毅想是不是周艳红诊断有误，把本来很小的胎儿诊断大了？但立即否定了，因为这是做手术，即使再粗心也不至于把不足两厘米看成十厘米。再说做手术时间之长和佘玉春手术中的痛苦程度也足可证明胎儿不可能只有一个多月大小。

黄志毅又想是不是出现了生理上的异常情况？比如葡萄胎或者肿块之类的疾病，如果真是这样，这已经不是接生类手术。周艳红是绝对不敢做的。周艳红不仅对胎儿大小进行了准确的界定，并且把手术顺利做完，这些都说明不存在异常情况。那就只剩下唯一一种可能，佘玉春在我回家之前至少一个多月就已经怀孕了。

黄志毅这样一想，那头一下就大了起来，汗水很快就把背心浸湿了。黄志毅反复回忆自己与佘玉春从恋爱结婚到现在的种种波折过程，终于明白是自己错看了佘玉春。把这个哑头神想象得太简单。其实她内心并不爱我。我爱她是真，她爱我是我的一厢情愿而已。捆绑不成夫妻，既然你佘玉春不爱我，做出不守妇道之事，那就你走你的阳关道，我走我的独木桥。我是再不能受你的欺骗和伤害了。

一连几天黄志毅都想着离婚的事，深感这离婚想着容易，做起来难。首先，离婚后儿女是绝对不能给她带的，以她的思想品德行为习惯只会把孩子带坏。那给谁带呢？我要读书，给父母带说不出口，并且这桩婚事父母本来就不同意，是我自作多情造成的，不能把后果让他们承担。二是父母要抚养弟弟妹妹，经济上绝不能再增加他们负担。还有，不知情的人会怎么看我？

会不会说我是陈世美呢？想来想去头都想昏了，最后只好退一步想道："反正已经知道她是什么样的人了。一切为了读书，毕业后再离吧。"

黄志毅为佘玉春的来信总睡不好觉，整天都感到昏昏沉沉。睡觉脱衣服时，感觉左腋下皮肤隐隐作痛，以为是不小心擦伤了。接连几天都是如此，便拿镜子照看，见那地方小指头大小一块皮肤呈淡红色，手指按着不痛，但是红色不退。

黄志毅晚上睡觉时，那左腋下皮肤又痛起来。胡思乱想中觉得似乎在哪本医书上看到过，皮肤突然改变颜色是一种预后不良的病理反应。这样一想心中陡然紧张起来，提心吊胆地一会儿想这，一会儿想那，直到快天亮时才睡着。上午听课时竟然迷迷糊糊地打起了瞌睡。

下午去看医生，说是上皮血管瘤，良性的。开了一瓶维生素 C 片，要求每天照处方服。黄志毅不敢少缺。一瓶维 C 看看服完，每天照镜子看那红色，不仅不见消缩，反倒比开初时更大更鲜艳，疼痛好像还重了一些。于是转服中药，药量越来越大，尽是白花蛇舌草等清热凉血解毒之类。服了几个月，仍不见好转，便不再吃药，仗着年轻，加强体育锻炼支撑。暑假回家时流鼻血，照以往老办法，到野地里扯了一大把地龙胆草熬水喝，不仅鼻血止住，左腋下那地方也不痛了。看那红色好像有些消退，又喝了两次，红色全部消散恢复如初。为巩固疗效，又扯地龙胆熬喝了几次。但自此以后时常身冷，经常感冒，胸闷气紧痰多咳嗽，还莫名地患上了慢性鼻窦炎。

一日黄孝德回家，孔惠英说："孝德，退休顶班政策下来后，我们大队在外面工作的干部全都提前退休，让子女参加工作了。我们家云长今后工作是不用愁了。晓琴医学院毕业，分在鹤林区医院上班也不用愁了。现在晓刚虽然是农村电影放映员，但仍然还是农民。他们三姊妹就只有晓刚没有工作了，我看你是不是也提前退休，让我们幺儿顶你班参加工作算了。"见黄孝德抽着烟不说话，又说："这样我们就不为他们操心了。"

黄孝德说："不操心！你能不操心？"

孔惠英说："至少晓刚一辈子不愁工作了嘛。"

黄孝德说："孔惠英，你想得太简单了。他们三姊妹都有工作，都当城镇居民了，我户口却要转回农村当农民了。我当了大半辈子干部最后竟然成了农民，人家怎么看我？你不用说了，随你咋说我都是不会提前退的。"

孔惠英见劝不动，便要黄志毅黄晓琴去劝。黄志毅黄晓琴去劝，黄孝德不仅不同意，还成天唉声叹气不说话。

黄晓刚见都劝不动，只好自己去劝。黄孝德不等黄晓刚说完，打断他说："晓刚，你们几娘母只晓得叫我退。我退了，工资从六十多元一下减到四十多元。我朋友多开销不够，你说咋办？"黄晓刚从来没有想到过这个问题，想了想说："那我顶班后，每个月给你五元钱吧。"黄孝德苦笑着说："哼，给我五元钱！算了不说了，你走吧。"

一日，黄志毅听说顶班政策要停止执行，赶忙写信给父亲。整封信只有一句话："爸爸，顶班政策马上要停止执行，后悔就迟了。"黄孝德这才提前退休让黄晓刚顶班，安排在县农委工作。

黄孝德本是吃喝花销惯了的人，提前退休每月收入少了一大截，加之黄晓刚又违背承诺不给他五元钱，那开销便一下子紧张起来。正在有火没处发时，恰好遇上档案局招临时工清理"文革"期间档案，于是顾不得什么局长不局长的面子了，找县上分管领导提出到档案局当临时工。这分管领导与黄孝德当年同时调进县委工作，并且一直相处不错，便同意了他的要求。还亲自向新任局长交代，临时工津贴补齐退休前工资，干到退休年龄六十岁为止。

黄孝德原本是主持档案局工作的副局长，新领导不便给他规定任务，他便落得个自在逍遥，平日只是上午上班，有时整天不去，与朋友喝酒吹壳子打麻将快乐。

政治系七七级进入最后一个学期后，学生中关于毕业分配的话题就渐渐多起来。说毕业分配文件已经下达，大班学生原则上从哪里来回哪里去，小班学生则面向全国，主要是云贵川、西藏和新疆方向。这使得小班学生们全都忐忑不安起来。谈恋爱的怕分开，城里的怕分到农村，农村的怕分到偏远地方，尤其担心被分到云南贵州特别是新疆和西藏。据说都在八仙过海各显神通，向老师和学校领导反映各自的特殊情况。

大班学生虽然平静得多，但是也有不愿意分回去的。庾茂才就不愿意回去，说不管分到哪里，只要家属子女能农转非，就是西藏新疆都行。黄志毅劝他说："老庾，还是要慎重些，分到边远地方就不容易回老家了。"庾茂才说："黄老兄你不知道，都说家乡好地方，我说家乡光汤汤。我从来就没有认为过我的家乡是好地方。我们那里美其名曰内地，其实比西藏新疆都不如，是出了名的红苕国。挖红苕前，先把所有的红苕叶摘下来晾干，红苕藤用来喂猪，红苕根和红苕人吃。做饭的时候，先把晾干的红苕叶用水发湿，用刀切细，与煮熟的红苕混合在一起蒸成馍。这馍甜中带苦，涩中带酸，难吃也得吃了。大人还可以使劲哽咽下肚，娃儿吞不下去就只好在嘴里反复嚼，嚼得黑水一股股从嘴角往下流。有客来了，逢年过节或喜庆日子时多加点玉麦面，就算是好的了。所以说，只要能把家属子女转出去吃国家粮，不要说安工作，就是当个临时工都比在家乡强百倍。"周渝湘说："老庾，我建议你先问清楚家属能不能农转非，要是去了不能转，那就麻烦了。"庾茂才说："我问过吴润高了，他说有分新疆名额，能不能转要看当地政府。我想好了，不入虎穴，焉得虎子！那些不毛之地，我们这些正牌子大学生到了那里，只要努力工作，就是不写申请，感动也要感动他们给我两三个农转非指标。"

和儒同爱人在西都工作，与自己工作单位相隔几百公里，整天都纠心着能不能分到西都。

毕业时间越近，越显出学生间离别的难舍和对学校的留恋。大家虽然口中不说，但是心里明白：离开西阳师院后，一般就不容易再回来了，大小班学生齐聚一堂则更是永远不可能了。人生际遇难测，前路顺逆难料，分别后也许此生将不再谋面，昔日的同窗情谊只能永远定格在无尽的回忆和思念中了。

毕业考试完后学生们都一下轻松起来。黄志毅寝室学生全都是过来人，又因为临近毕业，一有空便海阔天空胡吹瞎侃。

一天晚上大家半靠床头闲聊，摆谈各自经历，回忆过往情事。庾茂才说："庾大爷我高中毕业回家后，不到一个星期就荣任生产队记分员，两个月不到提升为会计，短短时间连升两级，真可谓春风得意，平步青云。可惜好景不长，自从夫人给庾某我连生两个公子，接着又添一千金后，日子就每况愈下，吃菜面糊都成了问题。无奈之下只好辞官不做，另谋生路。学木匠、泥瓦匠、劈山开石当石匠，走街串户弹棉花。"和儒同接过去说："啊，想不到你还当过弹花匠。这弹花匠我知道，弹花匠呀弹花匠，背上绑根出丧棒。今天死，明天葬，葬在王家岗。猪拱狗啃没人管,投胎又是弹花匠。"庾茂才说:"你说的是新中国成立前的弹花匠,新中国成立后弹花匠早就翻身喽,是这样说的:弹花匠呀弹花匠,背上竖根金箍棒,东一槌,西一棒,接待胜皇上。吃喝玩乐好逍遥,龟孙不学弹花匠。"大家听了哭笑不得,都骂他太损。和儒同说:"老庾,不要树敌太多,讲个最精彩的就行了。"庾茂才说:"好!老庾我今天高兴,就遂你们愿,讲个稍微提神点的给你们听。诸位都知道,这农村弹花匠是踩百家门户的,哪家需要就到哪家去弹。不分季节,不避冷暖,不嫌贫富,不限地域;今天东家,明天西家,居无定所,随生意漂流。那一年的活太多,几个月没有回家。一家接一家,渐行渐远,来到偏远地区。这里人家弹棉絮弹一次要弹很多床,有出嫁喜事人家弹得更多,一弹就是好多天。诸位没有经历过不知道,偏远地区那些人家热情好客的程度,是我们这些人无论如何想象不到的。只要相信你,喜欢你了,不管有多好的东西,只要家里有的一定会拿出来招待你。一天我们师徒二人来到高山上一户人家,天快黑了。师父年纪大慢慢走在后面。我扛着弹弓走在前面,进门第一眼就看到堂屋门边倚着一个姑娘,年仅及笄样子。哎呀,那姑娘好漂亮。老实说,直到现在,我都没有再见到过比她还漂亮的姑娘。我一下被惊呆,脚都跨不过门槛了,只站在那里呆呆地看着,渐渐感到有些不对劲起来。"讲到这里庾茂才戛然止住不讲了。

大家都来了兴趣,纷纷追问他哪里不对劲。庾茂才总说无可奉告。和儒同说:"庾茂才,不要卖关子了,直说你哪地方不对劲就行了。"庾茂才说:"和儒同你真要我直说么?"和儒同说:"不要浪费时间,直说。"庾茂才说:"那好,我就直说了。大家听好,是和儒同的脑壳不对劲了。"大家又都哈哈大笑起来。

离校前几天，黄志毅一有空便到学校各处看看。西阳师院面积很大，短时间内不可能转完，只能选择印象深刻地方走走。

政治系七七级新生入学时住的梅园宿舍楼已经拆除，正在新建教学大楼。黄志毅站在寝室旧址上，想起了入学第三天晚上发生的趣事。

那晚夜自习后同学们纷纷回到寝室，刷牙洗脸做睡前准备。朱道全在厕所解大手，冯代强吴光辉梅万钧三人解完小手后站着和朱道全摆龙门阵。正摆着，突然听到朱道全屁股下发出轰隆一声巨响，震得地皮抖动，接着迎面扑过来一股恶臭怪风。朱道全吓得啊呀一声大叫，提着裤子跑下蹲位来。黄志毅孔渝湘和文清等人在隔壁寝室听见，赶过来问什么声音。朱道全到另一格继续蹲着，大声说："妈哟，太吓人了，就像炸弹爆炸一样。"大家都去看那发出巨响的地方，什么也没有。孔渝湘说："啊，我晓得了，是楼上厕所下水管口堆积粪便多了，现在大家同时用水，积水把粪便冲下来发出的声音。"朱道全解完手边扎裤子边说："不会啊，咋会有那么大声音？"孔渝湘说："怎么不会？水管统着的重力加速度，加上水的冲击力，你想那力道有多大？我们这楼只是三层楼，楼层越高声音越大，不信你们慢慢就知道了。"

众人回到寝室，吴光辉说："你们大家看见没有，老朱跑下蹲位时屁股上夹的屎一甩一甩的，起码有好几寸长。"和儒同说："老吴你看错了，那不是屎，是另外一样东西。"大家听得哈哈大笑起来。朱道全恼羞成怒大声说道："妈哟和儒同，你不要说我，昨天晚上解手，我看你那东西比骡子的还长。"大家又是一阵哈哈大笑。

　　离开梅院住宿楼旧址，黄志毅来到物理系学生住宿楼边平湖。想起第一次经过这里时，一大群鱼向自己游过来，停下脚步随手扯一把青草丢向水面，鱼儿们你争我夺，不一会儿就一根不剩了。黄志毅在水边蹲下，那鱼就在面前涌浪翻波游来游去不肯离去。有的鱼把头冒出水面，张合着馒头大小的大嘴，现出还想吃的模样。黄志毅把手伸进水中，那鱼就在手边撞来撞去。黄志毅用手指把冒出水面的鱼头按入水中，那鱼头很快又冒出水面来。猜想这些鱼可能从小就与人接触，没有经历过惊骇扰害，视人类为善类，自然也就不怕人，变得与人为友了。

　　大约三个多月后，学院组织系与系之间交叉检查卫生。黄志毅带政治系各班生活委员检查物理系，发现下水道口有一些鱼鳞，猜想是不是有人捉了湖中鱼吃。便走到湖边察看，水仍清澈，不见鱼影。扯青草丢入水中，那草浮在水面一动不动，不见鱼踪。想着那些可爱的鱼儿，心里慊慊的很不是滋味。

　　黄志毅来到体育场。看着熟悉的场地，想起在这里上体育课、观看各类体育赛事、打羽毛球、学太极拳等与同学们在一起时的快乐时光，可惜这时光只能永远成为追忆了。

　　体育场那边的小山岗上是学院围墙，围墙上有一个洞，钻过洞下岗到街道只需几分钟，如果走校门要花费半个多小时。为走捷径黄志毅和不少学生都经常去钻那墙洞。围墙洞穿了又补，补了又穿，到后来那段墙全垮了，至今缺口仍在。

　　体育场西头正在新建排球馆，打桩机器轰鸣，时不时爆出一声巨响。黄志毅在西阳师院学习的四年是中国女排从崭露头角、走向辉煌，到风靡全球的四年。每次中国女排国际比赛直播，学生们都要提前聚集在电视机前等候。中国女排每胜一球，学生们都要鼓掌高呼，大喊加油；每场取胜整个师院都会欢声雷动，沉浸在激动的亢奋中。不过,大班学生们几乎都不理解那些学弟学妹们自发游行时的敲盆击碗、摔爆热水瓶胆、点燃衣物、撕拆被单写标语的"不理智"行为。认为爱国不必非要这样做,是不知好歹的浪费爹妈辛苦钱。

黄志毅走到大香樟树下,想起入学第二年在这里碰到吴克定的事来。两人闲聊几句,吴克定便向黄志毅大讲养殖蚯蚓的好处。说蚯蚓所含氨基酸对人体有多么好,蛋白质含量如何高,海外如何畅销,无性繁殖如何快,价钱如何贵,等等。黄志毅大感惊奇地问:"你们生物系蛐蟮子都要学?"吴克定说:"怎么不学?老师还带我们到蚯蚓养殖场去参观。如果你愿意,我们一起到养殖场弄点好品种回去。"

养殖场设在金刚碑防空洞里。管理人员认识吴克定,同意二人进去。蚯蚓很多,养殖规范,大多数是引进的日本品种。吴克定向黄志毅一一讲解日本大平二号、五号和七号的优缺点。最后对管理员说:"把你们各个品种给我们二三十条,我们拿回去做对比试验,行了给你们宣传推广。"管理员满面笑容说可以,拿来几个塑料袋,放进配好的养殖料,每个品种都抓一小把放进去。放假时吴克定把蚯蚓分一半给黄志毅。

黄志毅把蚯蚓带回家,按照吴克定说的方法教佘玉春养殖。几个月后放假回家一看,一条蚯蚓都没有了。问佘玉春,回答说:"那么忙,哪里有时间喂你的蛐蟮子啊。"

晚饭后黄志毅来到阶梯教室,教室里空无一人,长长的日光灯管仍旧亮着。黄志毅坐到自己的座位上,看着空旷的教室,依次想着哪张椅子是哪个同学的座位。看到王树铭的座位时,想起他一桩太可笑的事来。

政治系七七级第三学年考试爆出冷门:大班王树铭政治经

济学考试不及格。大小班学生们全都惊诧不已，纷纷议论说不可思议。更不可思议的是王树铭不服，拒不补考。授课老师说他离经叛道，王树铭说自己是坚持真理，双方互不退让。同学们都劝王树铭补考，可他毫不为所动。最后还是老师们的逻辑推理说服了他。老师说，学生是来向老师学习的，当然应该以老师讲的为准，不以老师为准，你完全可以在家自学，何必千里迢迢到学校来求学？并且按规定，不补考就不及格，不及格就不能毕业，不能毕业就不能参加工作。以不毕业不工作为代价，你的学习目的究竟是为了什么？你说你是为了坚持真理，你的真理不过是你所谓的一种道理，没有经过实践检验的东西，你敢肯定就一定是真理吗？最终以他一人补考、高分收场而结束。

　　在这阶梯教室，黄志毅领略了大师也有走神的时候。深受学生们敬重的屈天辅老师是著名逻辑学家。一次上课走进教室，在黑板上写了地球两个大字，然后紧盯着这两个大字，拖长声音说："啊，地球！"接着若有所思地念道："地球、地球、地球……"当他一字一顿地连续念到第七个地球的时候，整个教室的学生们全都轰的一声笑起来。屈天辅听到笑声，掉头诧异地看向学生们，教室里又是一片笑声。屈天辅有些莫名所以样子问道："什么事？怎么啦？"见学生们仍笑，想了一下也笑起来，显出有些不好意思的样子。

　　黄志毅一步一顿地走下阶梯，在门口转身回望整个教室。他知道再也回不到这传道授业解惑的地方了。时光飞逝，一去不返。新学期，又会有一批学生在这教室里读书，又会充满笑语欢声。可是那已经不再是我们，毕业后我们将各奔东西。可能很多年之后，有的同学彼此间已经忘记，但是他们一定会记得这在一起学习的阶梯教室；一定会记得西阳师院；一定会记得曾经的政治系七七级；一定会记得曾经的大班和小班。他们是一个整体，快乐地度过了一生中最美好的四年时光。

毕业离校的头天晚饭，黄志毅寝室的学生们共同聚餐。大家分头到学生食堂打饭，到教师食堂买菜，还买了两瓶酒。不知为什么大家对酒都不感兴趣，端起酒一齐站起来共祝顺利毕业，预祝前程如意后，只是象征性地呷了一口，坐下来随意摆谈。

庾茂才端起装酒的茶盅说："我们几个入学第一天就同住在一个寝室，以后从旧住宿楼搬到新住宿楼，四年都住在一起，也算是难得的缘分了。今晚过后我们之间就只能是海内存知己，天涯若比邻了。他年若无重逢日，诸君当记昔日情！我这个人放荡不羁，口无遮拦，四年来多有得罪，还望各位海涵，多想些鄙人的好处。为了我们的友谊地久天长，我把这酒干了。"说毕果真把酒喝干了。

孔渝湘说："在一起四年，以前感觉时间过得太慢，现在看真如白驹过隙，一闪就过去了。明天一别好久能见面谁都说不清。好在我是留校的，诸位回校的时候有一个落脚之处。有机会回校或者经过这里，时间短见个面，时间长叙叙旧，谈一下各自经历前程，总之不要把我孔渝湘忘了。"

和文清分在兵工局，农村学生中算是分得比较好的了。说："我分那个地方离车站码头都比较近，很好找。今后各位路过，无论如何都应该来看我一下，喝点酒，叙叙情。要枪要炮不可能，买车船票，逛街购物，吃饭住宿倒是很方便。总之到时候不要忘了和某，一溜就过去了。"

和儒同虽然分在西都市，但是离爱人单位还是有点远，据说工作安得还不是很满意，说："承蒙老师和领导关心，两地分居问题总算是解决了。只是那地方离市中心太远，又很偏僻。

大家愿意来我欢迎。不愿意来，只要想到有我和儒同这个人我就满意了。"黄志毅笑着说："和儒同，听你意思是不乐意我们到你那里来了？"和儒同苦笑说："怎么会不乐意？我是巴不得你们来，只要你们不嫌远。"

梅万钧说："明日一别，天各一方，遥隔万水千山，相见确实很难。但是，现实一点，同学间能够互相见面固然很好，不能相见也没有必要太遗憾。只要大家身体健康，工作顺利，生活愉快就行了，不是非要见面才好。但愿人长久，千里共婵娟。虽说有些无奈，其实对大多数人来说却是最理想的结果了。"

孔渝湘说："我们西阳师院虽然是培养教师的，但是据我所知，我们政治系学生'文化大革命'前几乎百分之百从政，一毕业就被党政机关要走了。现在要像当年那样是不可能了，但是至少相当一部分还是会从政的。我教书是肯定的了，你们倒不一定。说不定一回去就在党政机关，天南地北满天飞，经常见面也不晓得。"

和儒同说："苏联不是有个电影叫《生命在你手中》么？我认为个人前途很大程度上是自己争取的。树挪死，人挪活，不行就跳槽，哪有在一棵树上吊死的道理？"

庾茂才大声说："我完全赞成儒同的看法。我虽然匹马单枪闯边疆，但是我并不悲观，我相信我的前途也是一片辉煌。说不定我们今后见面不是在西阳，而是在北京接待你们也不晓得。"

冯代强说："怎么是你一个人去？不是说可以带家属了么？"

庾茂才说："开初是这么说的，以后又说过一段时间才行。我打电话，那边一个局长接的，听口气还算诚恳，说今后子女家属农转非是肯定没有问题的。管他啰，赌一把吧。实在不行就按儒同说的跳槽！"说罢端着茶盅站起来吟诵道："望家乡，路远山高；常萦怀，同窗友好；祝诸君，前程似锦；勿忘却，边关遥迢。"说罢一仰头又把酒干了。

毕业离校这天一大早，黄志毅爬上学院行政大楼后面的小山头。入学之初住在梅园时，不少学生为走捷径到食堂和教室都走这里。当时荒草灌木遍坡，完全没有路，但是正如鲁迅先生所说，走的人多了也就成了路了。看着这熟悉的地方，黄志毅想起就是在这里早读认得吴芝英的。不知她现在怎么样了？

两年前梅园学生迁往新住宿楼后，就再也没有人走这条路了。现在野草侵路又恢复了原样。这里是全院最高处，站在山头上可以看到西阳师院很多地方，能够直接感受到西阳师院的大和美。到底有多大没有人说过，只是说在全国高校中位居前列；西阳师院分为梅杏桃李等七个园区，每个园区都风景优美，各具特色。西阳师院究竟有多美？黄志毅觉得自己没有能力用一句话概括。但记得曾经有人作诗赞美曰："梅杏桃李柳荷枫，钟灵毓秀傲神州。茂林无路皆因雾，修篁有径任通幽。星罗楼舍含花树，云岭荒山鸣鸟虫。大江涛声涤心静，春夏秋冬好读书。"

黄志毅慢慢走下山坡，留恋着这魂牵梦萦的再生之地；默想着一定要把这难忘岁月珍藏心中，永远铭记！

第三十一回

为子女甘弃仕途路　讲哲学重习旧课程

黄志毅毕业回家路上总想着与佘玉春离婚的事，觉得这次无论如何是非离不可了。离了各走各路，双方不见狗屎不呕心！走到家门口时见佘玉春大弓着腰背着一大背篼猪草进门，面容清瘦，一身泥草。想她一人拖两个娃儿着实不易，不由生出一丝可怜之心来。晚上看着熟睡的天明，想起她生他时不让他抱，一边痛苦呻吟一边挡开他手说："你抱不得，抱了阎王爷要宰你手的。"那情景历历在目，决心离婚的铁石心肠顿时软了下来。退后一步想道："缓一缓，分配在哪里都还不知道，工作单位确定以后再说吧。"

黄志毅回家两个多星期，一直没有收到毕业分配档案函件。猜想可能是流金地区教育局没有转到县上，便到那里去问。办公室周主任回答说："不是没有转到你们县上，而是直接分到我们局里了。"

黄志毅说："怎么可能？不是说哪里来回哪里去的么？"

周主任说："有什么不可能的？那只是个原则规定。从全国全省大范围看，你分到地区教育局也算是分回原地了。"

黄志毅说："周主任，我一直想回原学校教书，你们让我回去吧。"

周主任一下沉了脸说："都什么时候了你还说这种话？不说了！你回去下周星期一来上班，孔局长去省教厅开会回来给你安排工作。"

黄志毅从流金地区行署教育局办公室出来，忽然听到身后有人喊他名字，转身看去，见邹淑芳亭亭玉立，笑容满面地站在计委办公室门口看着他。黄志毅走过去。邹淑芳问道："黄志毅你怎么会在这里？普中毕业这十多年你跑到哪里去了？一次都没有看到过你。"

黄志毅顺口说道："是嘛，我也没有看到过你。"

邹淑芳说："走，进办公室说。"

黄志毅走进办公室，偌大的办公室只有邹淑芳一个人。邹淑芳叫黄志毅坐了，泡茶放在黄志毅面前茶几上，自己也在茶几旁坐下，说："这么多年你音讯全无，我还以为你钻地洞了呢。到行署来干啥？"

黄志毅简要讲了离开普义中学的经历后说："我本来是想回县上教书的，万想不到把我弄到这里来了。"

邹淑芳说："你傻啊，好多人想来都来不了呢。宰相家人七品官，机关级别越高，越有发展前途。不说有没有本事，就是混，也要混出个科处级来。你在县上能有这个条件？我劝你就在这里，不要回原山了。"

黄志毅说："你不知道，我那两个娃儿正是需要人管的关键时候。特别是儿子从小动性就大，又调皮，她妈又没有文化，除了溺爱，完全没有办法。你想嘛，大人发展得再好，子女没有教育好，长大后成为国家社会家庭的累赘，大人再成功又有什么意义？所以我想还是回去的好。"

邹淑芳想了想说："你说的也不是没有一点道理，不过这是你人生道路的十字口，你要想好。如果实在想回原山，我可以去帮你说，应该没有问题。教育局孔局长周主任我们都很熟。孔局长和我同住一个院子，经常在一起摆龙门阵。"

黄志毅正愁回原山没有门路，听她如此说，真是大喜过望，连声表示感谢。邹淑芳竟红了脸说："感谢什么啊，同学之间这么多年，这点忙还不该帮嘛？"

两天后黄志毅到流金行署计委办公室，见每张办公桌都坐了人，邹淑芳只好把黄志毅带到室外地坝树下，说："我问孔局长了。情况是这样的，流金地区教育局直管的扬帆师范学校领导班子长期不团结，孔局长多次做工作都没有解决。他亲自到西阳师院要人，看了你的档案，觉得很不错，就把你要来了。孔局长决定把扬帆师范学校校长调离，派你去掺沙子，任副校长主持工作。我想你一个大学刚毕业的学生，一下子就把你安在这么重要的职位上，按级别应该是副处级，对你算是够器重了。以你的能力今后升校长是丁点问题都没有的。不要说还要发展，就是一辈子处级也算光宗耀祖了。县上无边海岸的人努力一辈子都爬不到这个位置。这么好的机会你哪里去找？所以我觉得你不应该回原山，到扬帆师范学校去最好。"

黄志毅听了说："算了，还是回原山的好。娃娃比什么都重要，你再帮我说说吧。"

邹淑芳着急地说："你咋这么迂啊，你发展好了，还怕娃娃没有前途？我是无论如何也不能再帮你说了，免得今后你回原山发展不好反过来怪我。"

黄志毅说："你咋会这样想？我是这样的人么！"

这时有人在大声喊邹淑芳。邹淑芳说："就这么定了。以后有事打电话。"说罢转身就走，走几步又转过身来说："啊，差点忘了，给你买了几斤流金独瓣新蒜，放在家里没有带来。过两天我叫人带到原山县计委，你自己去拿。"

黄志毅回到县上，向父亲说了毕业分配的事。黄孝德说："孔局长在原山工作时我们就认识，我当县文教局长时候他是地区文教局长，不过好几年没有见面了。我写封信给他试试。"

五天后县文教局通知黄志毅去报到。文教局长景仁安是黄志毅读普义中学时校长，又是黄孝德任局长时的副局长，一看见黄志毅就说："你快点去宣传部报到，那边正等着你上班。"黄志毅说："景校长，你们文教局不要我哪？"景仁安说："什么要不要你啊？我是巴不得你不走。只是宣传部实在需要人，我也没有办法。"黄志毅说："那是不是这样，我工作关系留在文教局，暂时到宣传部去干着，等有人接替我了，我就回来。"景仁安兼着宣传部副部长，想了想说："也行。"于是叫黄志毅去领了当月工资。

第二天黄志毅到宣传部上班。部长刚调走，主持工作的副部长严文忠一看见黄志毅来了，开口就说："小黄你咋搞起的啊？竟然不愿意到宣传部来，读几年书读迂啦？你老头调县委来的第一站就是宣传部。"黄志毅中学时就认得严文忠，他与父亲黄孝德曾经是同事，所以一直叫他严叔叔。黄志毅笑着说："师范学院的学生本来就应该到学校教书，再说我又教过那么多年书，轻车熟路，比新工作适应多了。""满嘴歪道理，你想不来就不来啦？"严文忠微笑说："现在既然来了，就不要东想西想的了。明天一年一度的县委农村工作会召开。大会设会务、秘书、材料、后勤四个组。你任材料组组长，现在就到大会会务组去领任务。"

材料组的任务是每天会议前向参会各组分发会议材料，下午散会时到各组收集讨论发言材料，收集后归类整理报送秘书组。材料组共七人，都是从各单位临时抽调来的工作人员。黄志毅把其他六人分到十八个单位，一人负责三个单位。这六人每天把收集的材料归类整理后交给黄志毅，再由黄志毅汇总送到秘书组。

一天秘书组人手不够，临时安排材料组帮忙校对印发文件。文件校对印发到各组后，黄志毅才发现叶剑英委员长的剑字打成了钊字。而且这钊字在文件首页标题上。黄志毅见大家提心吊胆的样子，说："错已经错了，你们不要想那么多。我是组长，如果上面问起来，一切由我负责。今后大家仔细些就行了。"直到大会结束都没有人说这事。黄志毅心里忐忑不安了几天。

材料组七人虽然会前互不认识，但是相处融洽。七人中景向东最年轻，刚从流金地区农校毕业，显得最积极主动。黄志毅觉得此人如果能持之以恒，今后必会得到领导器重。

同样表现出色的还有体育教师和怡茹。和怡茹体校毕业，身材姣好，容貌美丽，性格沉稳，办事认真，人称原山教师一枝花。只是有些恃貌傲人，一直没有找到适意的男朋友。

星期五下班后，办公室只剩下黄志毅与和怡茹二人。和怡茹走过来俯身在黄志毅耳边悄声说："国家女排在长雅县集训，明天晚上打表演赛。一票难求，我想办法弄了两张，我俩一起去看吧。"黄志毅听了说："哎呀，太可惜了。女儿在家等我给她补课。如果是其他时间，我一定不会放过这样好的机会。谢谢你了。"和怡茹一下红了脸，直起身说："实在去不了就算了。"转身走了出去。

第二天上班，和怡茹落落大方地对黄志毅说："黄大哥，今天安排什么工作？"黄志毅见她神态自然，叫得大方，知她心情已经平复，深感欣慰。但心中不知怎的竟忽然产生出一种难以言表的感觉。

县农村工作会后黄志毅与文教局领导检查山区学校工作。发现每个大队都设有一所小学，每所小学几乎都开有复式班，平均一个教师教七个学生，学生最少的一所小学仅有三个学生。黄志毅反复测算，如果把这些学校集中建成一所学校，这些学生集中住校食宿，不仅可以减少教师数量，优化教育资源，节约教育经费，而且还会大大提高教学质量。于是提出偏远山区集中建校办学建议，后终因分管教育的县领导说条件不成熟而作罢。

为适应全面改革开放发展形势，中宣部发文在全国基层党政干部中开展学哲学用哲学活动。由于哲学教员极少，要求各省市区党校半年内培训出一批县级以上哲学教员。原山县委组织部派县委党校教员倪雄去省委党校参加培训。由于火车票紧张，倪雄便提前购买了车票。可是报到前三天，突然把倪雄换下，改派黄志毅去培训。黄志毅不去，理由是毫无理由地换掉倪雄，别人会认为是自己把倪雄挤下去的，今后怎么处世？再说自己在西阳师院学三年哲学，肯定比省委党校培训半年强得多，即使不去培训也能教下来。倪雄去学习多为县上培养一个理论人才有何不好？

由于黄志毅坚决不去，严文忠只好亲自出面做黄志毅工作。说倪雄是个好同志，不让他去是因为他不属于文件规定的培训人员范围，说着把流金地委文件拿给黄志毅看。文件果然明确规定，培训人员必须是宣传部从事理论教育的干部。黄志毅说：

"组织上应该把这份文件拿给倪雄看，不给他看我就不去。"严文忠说："你这个小黄呀，怎么这么不相信我？早就给他看了。不信你去问倪雄。"

黄志毅去省委党校学习前一天，到文教局预支经费。景仁安见了说："预支什么经费？你的所有关系都转到县委那边去了。"黄志毅大吃一惊，说："我怎么不知道？说好的借用，我是要回来的嘛。"景仁安沉着脸说："思想不通，组织服从，你连这个都忘啦？"黄志毅苦笑说："景校长你说话不算数。"景仁安微笑着说："什么说话不算数？我也是组织服从。"

省委党校哲学班，流金地区各县学员编为一组。不仅绝大多数都是大学生，而且从事理论教育工作多年，对哲学都有所掌握，学习起来比较轻松。除上课吃饭睡觉外，大多数时间都用来吹壳子、散步、打扑克。党校管理不严，学员们打扑克有时打到半夜。

晚饭后，黄志毅与同学在寝室里打百分，两个陌生人走了进来，其中一个四十多岁的人微笑问道："请问你们中谁是黄志毅？"

"我就是。"黄志毅说，放下手中扑克站起来。

"我是周泉林。"那人自我介绍说。

黄志毅听了一下想起临走时严文忠说过，县委组织部副部长周泉林也在二党校学习，他赶紧走上前边握手边说："啊，周部长，对不起，应该是我来看望你的，反倒是你来了，请坐。"于是去倒开水。周泉林拉着黄志毅手说："不倒了，饭后散步顺便到你这里来看一下。"然后介绍他旁边三十多岁的年轻人说："这是广方县委组织部卓部长，我同寝室室友。"黄志毅赶忙和卓部长握手："卓部长好。""卓明松，副部长。"卓明松边握手边说。黄志毅又请二人坐，周泉林笑着说："不坐了，你们打你们的百分，不要把摊子给你们扯垮了。今后时间还长，有的是时间。"说罢转身向外走。卓明松又伸手和黄志毅握了握才走。

第二天晚饭后黄志毅回访周泉林。周卓两人热情周到，言行举止不失礼数，使黄志毅和二人很快热络起来。此后早午晚三餐三人都同一桌子吃。

省委党校允许学员喝酒。一次黄志毅说："二位领导，我喝酒身体不适，你们如果要喝，我去给你们打。"卓明松立马表示不喝。周泉林迟疑了一下，说："算了，一人不喝酒，二人不要钱。以后喝吧。"

五一劳动节，晚饭时黄志毅买了一瓶竹叶青，多打了两个菜招待周卓二人。黄志毅不喝，卓明松也不喝。周泉林说："你两个都不喝，我怎么喝？你们还是多少喝一点点嘛。"于是卓黄二人倒了小半杯陪他。可能周泉林酒量不大，也可能在党校有所克制，喝了大约三分之一瓶就不喝了。剩下的周泉林喝两次才喝完。

每天晚饭后只要不下雨,周卓黄三人都要一起到校外散步。散步中，卓明松多次讲他如何善于用电瓶电鱼，某次电了多少，最大的有多长、有多重等等。黄志毅讲了初中困难时期，部队如何用发电机在学校附近河沟电鱼，学生们看得如何兴奋的情况。周泉林向卓松明讲了原山县有多少条河流，有多少种鱼，盛产哪些鱼等等。说得卓明松十分向往，说学习结束后一定要到原山来看一下。周黄二人立刻表示欢迎。

周泉林对人诚恳，可能与卓黄二人熟悉了的原因，多次讲起他家情况。讲他父亲新中国成立前如何开染布小作坊，全家如何辛苦，他读书如何用功，如何从学校报名去当兵，甚至还讲到新兵队集训时认识一个女学员，对他如何体贴入微。黄志毅问他俩最后结果如何。周泉林说女兵队提前结束集训，半夜开拔，打听几次都没有打听到下落。卓明松开玩笑问他道："你现在还想她么？"周泉林沉默了好一会儿，低沉了声音说："这样的事怎么会忘记？"

三人一次聊到干部学哲学。周泉林说："马克思主义哲学是唯物主义哲学。我们共产党员都是唯物主义者，但是有些事用唯物主义不好解释。"卓明松问："怎么不好解释？"周泉林说："我崇兴公社当工作队长时住的第一个寝室就不好解释。公社干部都说这个房间有些邪门，劝我不要去住。我哪里肯信？结果当天晚上一入睡就梦魇，接连几天都是如此，只好搬了出来。你说哲学怎么解释？"卓明松笑着说："这种唯物主义解释不清的事还不少。解释不清就不要解释，越解释人家越不相信。"黄志毅说："卓部长，你说得太有道理了，简直是经典之谈。"卓明松说："什么经典之谈啊？是经验之谈。这样的事我也经历过。只有亲身经历过的人才会相信。"黄志毅说："有些事单用唯物论确实不好解释，加入辩证法或许就可以解释了。"

这是什么地方？黄志毅感觉自己躺在白云之上。白云像温暖松软的棉花托着他轻若无骨的身躯，在蔚蓝的天空中缓缓飘荡。全身每一个细胞、每一个毛孔、每一根毛细血管全都酥软而通畅。

怎么这么舒服？舒服得没有丝毫力气，动都不愿动一下，生怕一动这从未有过的舒服就会立刻消失一样；心境无比宁静，像儿时在母亲怀中一般安适泰然。脑海澄明，身心空灵，什么都不想，也什么都不希望。

这究竟是什么地方？怎么这么安逸啊？就这样永远该有多好啊，没有痛苦，没有忧伤，没有劳累，没有紧张，没有烦恼，没有彷徨，没有牵挂；唯有舒坦，没有恐惧和怅惘。

这究竟是什么地方啊？黄志毅渐渐想起来了：睡意朦胧中起床小解，对床室友于玉成发出轻微鼾声。怕惊醒他，轻轻走出寝室，走进厕所，跨上尿槽坎，正准备小解，头忽然有些发晕，下意识去抓那模糊水管，柔软无力的手还没有抓着就什么都不知道了。

咦！怎么有些头低脚高啊？想改变一下姿势却又动弹不得；唉！怎么颈背又湿浸浸的了啊？想去摸颈背，手又无力举起，于是尽力挣扎一抬手，人一下就完全清醒过来了。

黄志毅发现自己仰躺在尿槽与解大手隔位之间的地面上。首先清楚看见的是天花板昏黄的白炽灯光。再左右一看，地是湿的，不知是尿还是水；头有些晕，后脑勺有点痛，手一摸是湿的，昏黄的灯光下手掌一片暗黑色，再仔细一看满手是血。完全明白了，是小解时候突然发生昏厥，人仰着向后倒下，后脑勺碰在了大便蹲位之间的水泥砖隔上。

黄志毅此时已经完全没有了那些美好幻觉，翻身双手撑地站起来，回到寝室脱掉背心，拿上盆子毛巾到洗漱室，放水冲洗全身。洗干净了回到寝室，换了短裤。感觉头后伤处还有些痛，用手一摸仍然满手是血。用干净背心捂着伤口，过一会儿取下一看，血把背心浸透了，拿一件干净内衣折叠几层垫着伤口躺下。

天亮后于玉成起床跑操去了。黄志毅看垫伤口的内衣，血已经止住。改换一件内衣把头包裹起来睡下。

于玉成跑操回来见黄志毅还在睡，说："黄老兄你怎么还躺在床上？快起来洗脸吃饭了。"边说边拿着毛巾盆子出去了。回来见黄志毅还在床上，揭开被子见衣服裹着头，吃惊地说："你怎么了？生病啦？不会吧？昨晚上贴胡子贴得那么展劲的。"黄志毅说："起床解手不小心把头撞伤了。"于玉成说："不凶吧？要不要我陪你去医务室看医生？"黄志毅："不凶，你去吃饭吧。"于玉成说："要不要我给你打饭回来？"黄志毅说："不用，等一会儿我自己去吃。"于玉成吃饭回来见黄志毅还躺在床上，说："这样不行啊，我陪你到医务室去，要不我去找医生来。"黄志毅说："算了，真的不凶。你快去上课。帮我请个假，就说头撞伤一块皮，要到医务室处理一下。"

黄志毅来到医务室。医务室只有一个医生，还是女的。女医生理着黄志毅的头发寻了一会儿才看到伤口，说："就这么一点点啊，咋伤的？"黄志毅说了经过。女医生也不说话，拿剪刀把伤口处的头发剪掉，上药时黄志毅听到滋滋冒泡声音，应该是双氧水。然后敷药粉，贴纱布，粘胶布。可能是头发原因胶布怎么也粘不牢，弄了半天也没有粘上。女医生笑着说："只能缠纱布了，有些不好看啊。"黄志毅也笑着说："缠就缠嘛，又不是要对象。"女医生拿纱布条在头上横着裹了几圈，然后笑着说："有点像伤员了。"黄志毅问："伤口有好大么？""不大，不到一厘米，好像是撞伤的。"女医生回答。

课间操时流金地区哲学组每个学员都来看望黄志毅。见黄志毅头裹纱布若无其事的样子，要他交代晚上到什么地方去弄伤了。

午餐时周泉林见黄志毅头上裹着纱布，吃惊地问怎么了。黄志毅说了经过。周泉林问："打抗破伤风疫苗没有？"黄志毅回答说没有。周泉林说："那怎么行？厕所那地方本来就不干净，还浸在尿水里，非打不可。"

　　吃了午饭，周泉林要黄志毅去医务室打破伤风针。黄志毅说："没有必要，小伤口，过两天就好了的。"周泉林说："小黄，大意不得，现在还没有过二十四个小时，打药还起作用。"黄志毅仍然不去，说没有那么严重。周泉林说："那怎么说得清？还是防患于未然的好，如果真感染那就迟了。"说着拉着黄志毅去医务室。

　　医务室还没有开门，二人便在外面等。等了一会儿，一个男医生来了。开了门，二人跟着进去。周泉林向医生讲了黄志毅伤情。这时女医生来了，说："张主任，这小黄的伤只是一个小口子，没有问题的。"说罢拿着东西走了。周泉林说："不能说小口子就没有问题。关键是倒在厕所水里，如果是一般细菌也就没有什么，如果是破伤风怎么办？"张主任解开黄志毅头上的纱布看了一会儿又缠上说："不会的，伤口是开放性的，只破了点皮。再说厕所经常冲洗，没有污泥锈铁，破伤风杆菌没有生存条件，就不用打疫苗了。"然后对黄志毅说："你这个可能是泌尿性昏厥。神经性的，今后解小便时候小心点，说不清什么时候会再发作。千万不要站在高危地方解小便。"周泉林说："张主任，为防万一起见，还是给他打一针吧。"张主任说："完全没有必要打，打也是白打。"平时说话温和、对人礼貌有加的周泉林一下火了，大声说："你们对学员怎么这么不负责任！打一针伤着你们什么了？你敢不敢保证不出问题？"张主任说："这只是我的经验判断，怎么敢保证？你们实在要打，那就打嘛。"周泉林说："那就打一针。"张主任说："我们这里没有疫苗，要打只能到外面去打。"周泉林问："学校外面哪些医院有疫苗？"张主任说："不知道，市中心医院肯定有，只是有些远，公交也不方便。"

出了医务室，黄志毅说："周部长，算了，不打了，没事的。"周泉林说："那怎么行？这是开不得玩笑的事，一定要打。"

二人在党校附近找了两家小医院都说没有疫苗。周泉林说到市中心医院去。黄志毅说："周部长，太感谢你的关心了。我估计没有事的。这里离市中心医院远，都这个时间了，还要等公交车，到的时候医生早就下班了，我们回学校去算了。"周泉林见黄志毅如此说，没有再坚持，只是叹了一口气，显出十分无奈的样子。

其实黄志毅知道一个地方肯定有疫苗，那就是西都医学院附属医院。离这里不是很远，送晓琴上学的时候去过。只是觉得周泉林跑来跑去太辛苦，不忍心再劳累他。再就是相信张主任的说法，觉得不会有问题，所以就没有向周泉林说。

黄志毅回到党校觉得有些倦了，便半躺靠床头上想这泌尿性昏厥。当时昏倒仰躺在尿水地面上，什么也不知道，应该跟死了差不多。那狼狈脏污的样子实在不堪入目，但感觉却是特别奇怪的好。睡在舒适温暖的白云上，白云在蔚蓝的天空中轻缓飘荡，心境是那么平和，身体是那么舒泰。脑海澄明而空灵，没有爱恨、没有恩怨，没有荣辱、没有义责、没有希望、没有理想、没有压力，没有愁苦、没有悲伤，没有子女、没有父母、没有家庭，什么也没有，什么也不想。有的只是心情愉悦，全身轻松，无牵无挂。如果死就是这种境界，那死并不可怕。死既是对身体的解脱，也是对精神的解放，这也许就是所谓生不如死的原因吧。以前从来没有想到过死。这次如果头碰在要害上死了，也许就是这个样子了。

黄志毅如此一想觉得死亡不过如此，没有什么可怕，便不再去想它。但是，自知与死神擦肩而过仍然还在人间，深知还将继续经历人间的欢乐与磨难，还将继续为信仰、责任、义务而不息奋斗，心情反倒觉得沉重了许多。

晚上于玉成他们又要打百分，笑问黄志毅愿不愿意参加。黄志毅本很想参加，只是怕大家说他瘾太大，便以伤为由推辞了。

黄志毅省委党校学习结束回到县上后，按照严文忠要求，代县委起草了一份在全县干部中开展学哲学用哲学活动的文件。文件下发到各乡镇各单位后，黄志毅便按照文件要求到各处宣讲。

一日，宣传部办公室的华宁芬问黄志毅："黄志毅，新进县委的同志一般都要安排一辆自行车，五金公司最近来了一批红旗自行车，你要不要？要我就打电话给他们说，你自己去买。不要就只有等下一批了。"三年前调入宣传部的袁乐安说："志毅，不要，你我家都在农村，难免不搭人搭东西，要买就买加重。"华宁芬说："这批红旗就有加重，要我就马上打电话。"袁乐安说："难得买一次车，要买就买好点的。"华宁芬说："名车只有飞鸽有加重，不知道什么时候有。如果不要红旗就只有等了？"袁乐安说："等就等嘛，反正也不在一时。""好吧。"黄志毅听了说。

过了几天，华宁芬说："黄志毅你运气真好，五金公司昨天来电话，说来了一批飞鸽加重自行车。现在发购车票，不像以前一个电话就成了。"说着把票给了黄志毅。黄志毅说："华大姐麻烦你打电话问一下，这票好久作废？我现在钱不够。"袁乐安说："作啥废啊，发给县委的都敢作废？"华宁芬说："黄志毅，你装啥穷啊？难道你连买一辆自行车的钱都没有？我们部里除了领导，现在就数你的工资最高了。"通讯报道员孔成章听了说："还是古人说得对，万般皆下品，唯有读书高。我们参加工作十多年都不如黄志毅读大学四年。"袁乐安说："晓得是这样，当时我也和你一起去考大学。"黄志毅没有说话，心中暗想道："这人啊，为啥就见不得比自己好一点点的呢？"

一日，毕业分在省教育厅的吴克定来到宣传部。黄志毅见了笑着大声说："热烈欢迎省教育厅领导莅临。"然后向他一一介绍办公室每位同志。吴克定只好有些不自然地与大家一一握手问好。握手后吴克定说："不打扰大家忙了，我找黄志毅有点事。"说着拉着黄志毅走出办公室。

黄志毅带吴克定走进寝室，给他倒水。吴克定说："不倒了，把自行车给我用两天。"黄志毅说："忙啥？吃午饭再走。"吴克定说："领导给我三天假，我哪里有时间吃你的饭啊！"

黄志毅推车陪吴克定走出寝室，微笑着说："省府住起巴适吧？"吴克定笑着说："算了，还是回来安逸。"黄志毅笑着说："怎么一当领导就变得矫情了？"吴克定说："矫什么情啊。你不知道，我分在中小学教育处，经常跟着领导出差，全省各地到处跑，大多数时间跑偏远山区。一跑就是很多天，山高路险倒在其次，一两个月两三个月才回一次家，一想起家里的两个娃娃就心焦。"黄志毅："媳妇终归有熬成婆的时候。你起步高，到时候就好办了。"吴克定微笑摇头不语。出了县委大门，黄志毅把车递给吴克定，说："不送了，慢走。"

吴克定骑上车，忽又停下转身问道："哎，你的学士学位证书拿到没有？"黄志毅说："什么学位证书？没有听说过。"吴克定说："我们学院七七级大学毕业生都有学士学位证书，我都拿到了。你怎么可能没有拿到？打电话问吧。"说罢急匆匆骑车走了。

晚上黄志毅向孔渝湘写信询问学位证书发放情况，不到半月收到法学学士证书，内夹一张纸条写道："志毅，发学位证书的人太忙，把你发漏了。我们政治专业学得杂，可以发哲学法学政治经济学等几个学位证书，任选其一。我觉得法律适应性要宽泛些，就替你选了法学学士证书。"

黄志毅获法学学士证书的事很快在县委传开。县委组织部与宣传部门对门，要黄志毅把学位证书给他们看。黄志毅觉得这可能是组织部门工作性质所决定了的吧。

暑假快结束的时候，黄志毅到西街小学找到王校长，说了儿子要转学到西街小学读书的想法。西街小学是全县最好的学校，社会上戏称为县委政府子弟校。由于很难进，王校长势头很高。尽管双方早就认识，黄志毅又在宣传部工作，王校长仍然默了好一会儿才说："来吧。"

黄志毅带黄天明到西街小学报名，和怡茹看见了立刻走过来说："黄大哥你怎么来了？"黄志毅说："送儿子来报名。"然后对天明说："这是和老师，叫和孃孃。"天明低头叫了一声和孃孃。黄志毅问和怡茹："你在东小的嘛，调过来啦？"和怡茹说："调过来了。"黄志毅说："那正好，我儿子有些调皮。今后还请多多关照。""没有问题，有啥事到时候说就是了。"和怡茹说。

黄天明进城读书后，种种不良行为习惯很快就表现了出来。黄志毅知道这是佘玉春对儿子自私狭隘言行影响和宠爱护短造成的，便下决心针对性地纠正。可是无论用什么方式教育全都几乎无效，这使黄志毅既感无奈又不得不继续改进坚持下去。

周六下班黄志毅骑自行车搭天明回家。到马掌坡时让他下车，自己推着车上坡。走十多步回头看，见他立在公路中间撒尿。

问道："天明你怎么不到路边隐蔽地方去屙？"哪知天明竟然很不了然地大声说："路上屙个尿有啥子嘛！"黄志毅说："没有啥子！你就不怕别人看见了笑你？"天明说："有啥笑的？他们就不屙尿啦？"黄志毅说："他们当然要屙尿。他们会像你这样站在路中间屙吗？你都差不多要满十岁了，怎么还说这样不懂事的话？"天明狠狠白了黄志毅一眼不说话。黄志毅心中暗暗想道："这又要怎么样教育才行呢？"

黄天明身体不是很好。黄志毅管他学习时间长点了就说头昏，只好适当减少他学习时间，增加户外活动。

为了给黄天明补充营养，黄志毅特意到县医院，请院长帮忙弄了一副紫河车，冲漂两三个小时把血漂洗干净，在煤油炉上炖得烂熟。医生说半夜吃最补，便半夜时分把天明叫醒坐起来，端着碗喂他。天明迷迷糊糊吃了几口说太难吃。要他喝汤，喝了几口说无盐无味的不好喝，倒头便睡了。剩下的又哄又劝吃了好几次才吃完。

黄卫东七岁时，孔惠英带她到家对面观音寺小学报名读书。入学后老师觉得卫东名字不像女娃儿名字，便擅作主张改为黄长华。开初家里人都不知道，仍然叫她卫东，待知道名字已改的时候，学校老师同学都已经全都叫她黄长华了。孔惠英黄志毅见事已至此只好认可，深感这些老师真是了不得。

黄天明在西街小学读书不到两个月，黄长华开始有些偷咳，渐渐咳得厉害起来。把她带到县医院检查，竟是小儿肺结核。黄志毅万想不到女儿会患如此难缠难治之病，那头一下就大了。问医生小小年纪怎么会染上这种病？回答说是营养差，身体抵抗力减弱造成的。关键是要一次性治断根，不然迁延日久，以后极难治愈。黄志毅心里很是难受，但又别无他法，只能按医生要求全力以赴，加强营养，中西医并举治疗。

黄志毅除请医生治疗外，还到新华书店翻阅医药书籍。知道蛤蚧补肺有特效后，到县城最大药店挑选上等蛤蚧黄芪等中药材，自制补肺丸药。不到两年黄长华的肺结核钙化治愈，黄志毅这才放了心。

第三十二回

负气出游连遇怪事　　为农转非百计千方

原山县委为了发展经济招商引资，大搞党政搭台、企业唱戏，几乎天天设宴招待外来意向投资者。宣传部办公室窗户正对着县委食堂小餐厅。看着那些吃得红光满面、喝得偏偏倒倒的人进进出出，特别是看着县委办公室人员吃喝得稀里糊涂、大喊大叫说喝得受不了的时候，宣传部所有人员心里都很不是滋味。部领导们自然是不说话的，但干事们则要发一通牢骚，说一些不满。尤其是听着那些"三菜一汤，生意跑光"，"舍不得小钱，赚不了大钱"的经验宣传时更是难受。

华宁芬办公桌窗口离小餐厅最近，看得最多，不满也最大。一天下午见几个陪客吃喝的人摇摇晃晃走过，华宁芬说："妈哟，太不合理了。县委办陪客的人越来越多，吃得越来越好。那些打字员、端茶倒水的工人都去吃，他们凭啥一分钱不出都去吃？

我们这些人辛辛苦苦反而没有人关心？你们几个敢不敢？如果敢，我把办公室废报纸清来卖了，也去馆子吃一顿。"袁乐安说："恐怕不行啊，领导知道了咋办？"孔成章说："有啥不行？多大个事嘛。"黄志毅说："如果行，把景部长也叫上。"华宁芬说："是要叫上嘛，我们部领导当中就他最老实、家庭最困难了。"袁乐安说："如果领导问起废报纸哪里去了咋办？"华宁芬一脸无所谓样子说："这些你们都不要管！问起来我来说。有啥不得了的嘛，人家吃得我们就吃不得？人家天天吃，我们一年吃一顿都吃不得？"孔成章说："你不要说得好听诳我们哟。"华宁芬说："笑话，我虽然是个女的，说话比你孔成章算数。下周星期六中午民悦饭店。如果报纸没有卖成，我掏钱先垫起把你们招待了再说。"

星期六中午下班后，副部长景建中秘书褚文成以及其他干事分散来到民悦饭店。看来华宁芬和店里人很熟，菜很快就端上来了。

孔成章说："啊哟，这么好的菜，酒呢？"

"人心不足蛇吞象，有饭菜吃就不错了嘛，还吃啥酒啊。"华宁芬边说边拿出一瓶酒来，"这是我自己家里的酒，到宣传部这么多年大家难得聚会一次。"

孔成章接过酒瓶，给大家斟酒。斟到黄志毅时，黄志毅把面前酒杯拿开说不喝。

孔成章也不勉强，说："你要向袁乐安学习，装样子也要喝一点。在机关工作不抽烟、不喝酒、不喝茶，我真为你的仕途感到担忧。"众人都听得笑起来。

黄志毅说："你也说得太玄乎了。命中有时终须有，命里无时莫强求。我都不担心，你担啥心嘛。"

斟了酒大家开始边吃边聊。孔成章问："烟呢？"华宁芬大声说："孔成章，你龟儿也太贪心点了吧？怎么烟都要我买？"

孔成章掏出烟来，递给抽烟的景建中袁乐安，然后给两人点上，自己也点了，深吸一口，把烟徐徐吐出，说："景部长，你接触领导多，有啥好消息么？"景建中说："天天跑田坎，能有啥好消息。"

孔成章说："我倒有一个新消息，说是我们新部长很快就要来走马上任了。"

景建中说："你这算啥新消息？朱清源来当部长，外面早就传遍了。"

黄志毅问："朱清源是哪里的领导？"

华宁芬说："黄志毅，你来县委也有一段时间了吧，咋连朱清源是谁都不知道？"

袁乐安说："志毅难得下一次乡，自然不知道。"然后对黄志毅说："朱清源是我们县第一大产粮公社屯军公社党委书记。"

景建中说："孔成章，你和朱清源共过事，这下好了吧？"

孔成章喝了一口酒，说："有啥好不好的？他当他的部长，我干我的事。"大家听了不作声，继续喝酒吃菜。

景建中说："听说啊，我们部里人事可能会有一些变动。"

袁乐安一口接过问道："哪些人要变动？"

景建中说："不知道，我也是听说的。"

华宁芬说："你大领导家家的怎么会是听说？"

景建中说："啥子大领导家家的？你们又不是不知道我是见乱补，还尽补农村那些乱事，长年在乡下，能听到什么真事？"大家都觉得他说的实话，也就不再追问。

孔成章说："改革开放，发展经济，形势多变，贵在用权。

我们宣传部，看起来金晃晃的招牌，还管着那么几个大局，其实不过是银样镶枪头，有哪个局听我们的？"景建中说："你说的有点道理，不过也难。"

"有啥难的？"孔成章说，"你看那些局，改革开放，发展经济，哪个不是你来我往，今天你吃我，明天我吃你，有的还连吃带送，都在啃国家，有哪一个单位出问题了？不仅官当得好好的，有的还升了。"

景建中说："我们宣传部这样二不夹梁的单位不好整。"

孔成章说："有啥不好整的？我看你们领导的思想应该解放得啰。"大家又一时无语。

过了一阵华宁芬说："我有一个想法，景部长也在，你们看行不行？我想把部里面这几年的废书旧报纸清理一下，能卖的全部卖了，反正也没有什么用处。就我们这几个人带家属到附近风景名胜区耍一天。"

大家听了都一齐看向景建中。景建中说："那点东西能卖多少钱？车费都不够。"

华宁芬说："孔成章刚才不是说解放思想吗？完全不要车费。我算了一下，我们这几个连家属一起，卫生局的面包车座位刚好够。"

景建中说："人家卫生局同意么？"

孔成章说："这就要看你景部长的了，你是领导，他们敢不听？不听就给我整顿！"景建中边摇头边说了几个难字。

华宁芬说："这样小事，景部长就不出面了，我去找朱德文。我想宣传部这点面子，他这个代理局长还是要给的。"

孔成章一拍桌子说："我双手赞成华主任的意见。"

华宁芬说："龟儿孔成章你狗嘴里吐不出象牙，我啥子时候成为办公室主任了？"

袁乐安说:"远的去不成,近的也可以嘛。比如说报本寺。"

孔成章说:"报本寺几里路,没有事逛都要逛拢,有啥看头?要走就走远点地方。"大家七嘴八舌半天,最后统一意见去白浪江。

华宁芬把废书报卖后,和卫生局代理局长朱德文说定星期天用车一天。然后通知景孔袁黄四人说:"星期六进城,星期天天一亮县委集中上车。不准哪个家属不去。"

袁乐安说:"车子要从我家门口经过,我星期六回去,星期天一早和韩芝英在门口等你们。"

黄志毅一想到佘玉春去心里就十二分不情愿,但是不叫她去,肯定会遭众人指责,只好叫她去了。佘玉春很高兴,星期六一早就进了城。

天刚麻麻亮,众人到县委地坝不一会儿,卫生局车子就到了。黄志毅和佘玉春坐在最后排,听前面人摆龙门阵。

车子一开动,孔成章便说:"华主任,你要求我们带家属,你咋不准你的张工程师来?"

华宁芬没好气地说:"算了,不要说他了!"

景建中说:"应该叫他来嘛,难得一次,人多要好耍些。"

华宁芬:"他这个人毛手毛脚的,一大清早起来,给水瓶灌开水,不知咋搞的,把水瓶从桌子上弄掉到了地下,幸好没有摔坏。拿起来装满鲜开水,把水瓶放到桌子上,不知咋搞的又掉到了地下,开水流满一地,幸好没把他烫着。他把水瓶拿起来又冲满开水,水瓶又掉到了地下。这么粗心的人还有资格出去耍?罚他在家看娃娃。"

孔成章说:"华主任,不准人家去就算了嘛,何必要编造故事栽污人家?"

华宁芬说:"哪个龟儿栽污他。我说的完全是真的,一点没有编他。不过老张死活不承认他不小心。说前两次他也不知道水瓶是咋掉到了地下，第三次就特别注意了。开水装满水瓶后，把软木塞小心塞进瓶口，然后把水瓶放稳在桌子上。但是不晓得咋的，一转身那水瓶自己又倒了，掉到地下时瓶口软木塞着地，反弹跳起来，端端正正立在地上，好好的，一点水都没有洒出来。我想怎么会那么巧？一连三次都没有把水瓶摔坏。要是摔坏，这么不吉利，我就不去了，你们去。"

车到袁乐安家门外，夫妇俩早已等在路边。上车一坐下，袁乐安就说："哎！先说好，返回来在我家吃夜饭。"

孔成章说："那就让你破费了。农村嘛，推点豆花。如果有鸡，杀一只最好。"

袁乐安说："那是必须的，大家难得经过我们这偏僻地方。"

华宁芬说："孔成章你眼睛绿虾虾，光想吃人家！你咋不说招待大家一次？"

孔成章说："人家袁乐安难得招待大家一次，招待不好他的心也不安。既然华主任这样说了，本人现在代表我夫人郑重宣布，春节上班后，恭请各位到我家耍一天，不到者视为不落教。"

"这还差不多。"华宁芬说，"单位同志之间，有机会聚一聚，高兴高兴那多好。"

景建中说："我那地方见不得客，只要大家不嫌弃，我必须尽力而为。"

孔成章突然想起来，说："袁乐安，你说招待我们，你两个都走了家里谁来做饭？没有人做饭，我们回来吃个铲铲？该不会是诳我们的吧？"

袁乐安爱人韩芝兰立刻说："孔大哥你放心，昨天晚上我们就准备好了。今天袁乐安他父母在家做饭，保证有你们吃的。"

孔成章说："这还差不多，我以为是让我们打一回精神牙祭就算了。"

车到白浪江夫妻桥头停下。景建中以前来过，介绍说："这里从前没有桥，过江的人要转很远山路才能过江。清朝时候江边一对张姓夫妻为了过江人方便，用自家竹子在这里编造搭建了这座桥。过桥人感念这夫妻二人功德，便把这桥叫作夫妻桥。社会上还编成戏剧到处演出。"

一行人上桥到江对岸去，竹编桥摇晃摆动得很是厉害。看着桥下白花花湍急江水，桥两边虽有护索，大家生怕断了，走得很是小心。景建中说："大家放心，现在这桥，上面是竹子，下面拉了钢绳，跑都可以跑，断不了的。"

过桥后见没有什么看的，便转回来上车进城。车在文庙前停下。众人走进庙去，家属们没有文化看不懂，跟在男人们后面围着孔圣人塑像转一圈便出了庙门。

午饭后无处可去，家属们提出转街买东西，于是男人们跟在女人们后面走。转了几条街无东西可买，又回到文庙门前坐下休息。歇了一会儿，华宁芬拿出相机说："大家难得出来一趟，就在这里各家照个相留作纪念。"于是每对夫妇振作精神拍照。黄志毅本不想照，见每对夫妇都照完了等着，只好和佘玉春一起拍了照。

最后只剩下华宁芬一人没有照。孔成章说："来，我给你照。"华宁芬说："算了，我一个人没有照头，不照了。"然后问大家还要看哪里？都说不看了，于是上车各坐原位返回。

上车不一会儿坐在前排的景建忠爱人说车上臭气太难闻。于是女人们有的说像狐骚味，有的说是腋臭，有的悄悄怨声说太不自觉，知道自己有臭气就不要来了嘛。男人们都不说话。

车到袁乐安家门口。袁乐安夫妇先下车，站在车门口请大家到他们家去。众人正要下车，一个五十多岁样子、穿着烂旧衣裤脏污满身的赤脚男人突然出现在车旁，围着车子双手拍着车窗玻璃边跳边唱。唱跳到车门口一抬脚就要上车，袁乐安急忙把车门挡住不让他上。那人上不了车，便对着袁乐安手舞足蹈反复唱着："袁稀娃，哇！哇！袁安乐，乐！乐！"大家下不了车，便向袁乐安说不去他家了。袁乐安见此情况只好同意。

关了车门车子开动，那男人转身离开袁乐安，路边抓起一块石头向车子飞快追上来。黄志毅在车后座位看得清楚，立刻大声叫道："庾师开快点！"可是哪里来得及？只听咚的一声响，车后窗玻璃立刻现出一个大洞。

庾师停下车，孔成章立刻打开车门下车，一边向车后走一边说："妈哟，这还了得！"那男人见孔成章赶来，转身就跑。黄志毅对孔成章说："算了，是个疯子。"庾师走到车后看了看砸烂的车窗，转身看了一会儿远处那又跳又叫男人，和孔成章一起回到车上。

庾师边发动车子边说："幸好只是后窗，要是把前面这幅日本进口的大玻璃砸烂就惨了。"

华宁芬说："今早晨我就觉得今天出门不大吉利。庾师你小心，开慢点，这路不大好走。"

庾师说："我知道，只能开这么慢了。"

大家都不再说话，感觉庾师开得特别小心。车过鹤林镇上了沥青大路，大家这才放下心来，开始互相交谈。庾师仍然开得十分小心，尽量让车避车。景建中看了看表说："时间还早，赶晚上第一场电影没有问题。"孔成章听了说："啊哟，老实紧张得忘去了，今晚是《少林寺》在我们县首映的嘛。"说起少林寺电影，大家又兴奋地议论起来。

车下牛草坡刚上平路，斜对面一辆解放牌汽车突然加速猛冲过来。庾师突不及防，下意识把方向盘向右猛地一打，那车子一下冲向路边的法国梧桐树。只听得哗啦一声响，车头整幅大玻璃被撞得粉碎。车上人随着惯性一齐撞向前面，几个女人痛吓得大喊大叫起来。庾师气得把头伏在方向盘上，双手往方向盘上猛拍，然后下车去看。车上人有的裂了嘴唇，有的伤了脸，有的闪了腰，幸好都伤得不重。黄志毅佘玉春坐在最后排安然无事。

大家一起下车，看那车头正中抵在树上，右边前轮悬空在秧田上方。黄志毅看了心中暗叫好险。看了一阵，黄志毅拦了一辆车让华宁芬坐上去，说："华大姐你熟人多，回去找车来把我们人车一起拉回去。"

众人进城时十字口灯火通明，满街都是人。问原因，说是送《少林寺》电影片子的人半路上把片跑丢了，现在全县各公社广播站都在开着高音喇叭找片子。

第二天上班，袁乐安一进办公室就忙着擦打身上的泥土灰尘。华宁芬笑着说："乐安，你们昨天回去该把豆花吃安逸了吧？"

袁乐安迟疑了一下苦笑说："啊哟，幸好你们没有去。泡的四五斤豆子一点豆浆都没有，全是豆渣。我们家从来没有出现过这种情况。"

华宁芬对孔成章黄志毅说："如何？昨晚我说他们家也不会太平，该应验了吧。"于是向袁乐安讲了昨天回城的经过。

大家一时无语，过一阵又开始议论起来，最后归结一致的看法是少说为妙。

宣传部袁乐安孔成章等几个干事家在农村，时不时会聊起家中困难情况。华宁芬虽然是县城里人，但是爱人却在离家三百多里的省城工作。一人带着两个不大的孩子，虽无吃饭穿衣之虞，却也是困难不少，便也时不时加入到议论中去。

一日，众人又摆起家中事。

华宁芬说："这次是无论如何也要想办法调到省城去了，就是担心还不放我。"

孔成章说："华宁芬你那么聪明的人，县城地方调省城太难不说，还没有什么搞头，不如让你们老张调回到县上来。现在讲尊重知识、尊重人才，他是工程师，随便安哪个单位都会受到重用，弄个一官半职显摆显摆多好？"

华宁芬说："疯了差不多。人往高处走，水往低处流，哪有从大城市调小县城的道理？"

袁乐安见两人无语，便对黄志毅说："真是太霉了，这次生产队分土地分了一块全队最深的冬水田，现在弄来简直不晓得咋整。"

孔成章插过来说："有好深？有太平洋深么？"

袁乐安说："哎呀孔记者，你平坝地区的人不知道什么叫冬水田。虽然没有太平洋深，但是比太平洋还难整。太平洋深人掉下去捞不上来也就算了，我分的那块田牛下去陷没牛背，只露出一个牛脑壳在上面，上不能上，走不能走，你说这田咋抄？"

黄志毅问："那以前你们栽秧人怎样下田去的？"

袁乐安说："那时生产队做活路人多，为防人陷下去，一人骑两根长竹竿，还要绑一些横的，互相有个拉扯照应。"

黄志毅说："读书时候到你们家，从来没有看到有冬水田嘛。"

袁乐安说："都在山湾后边，你咋看得到？"

华宁芬说："既然那么麻烦危险，那块冬水田你们就不要种了嘛。"

袁乐安笑着说："不种？你以为像你们居民那样有国家供应粮？农民不种田只有去喝西北风！"

华宁芬转话题对孔成章说："你们四个农村人，日子最好过的就是你孔成章了。无冕之王当起，不是和领导一起下乡，就是带着记者采访，下面哪个人惹得起？"

袁乐安说："是嘛，就凭你每天都抽那好烟，一般哪个人抽得起？"

华宁芬说："真正没有搞头的是袁乐安黄志毅两个，搞理论，空对空，又无权，谁买账？"孔成章说："你们啊，只看到表面现象，不知道我的肚子痛。"说着提起采访包出去了。

孔成章一走，华宁芬便回她办公桌去了。

袁乐安对黄志毅说："其实宣传部最不好搞的是理论教育。现在的人都重实惠，哪个愿意听你说空的？你进宣传部迟不晓得，你来之前，调好几个人都不愿意来。党校教员潘光有、崇兴小学校长陈智昌两个好说歹说同意来了，可是不到两个月坚决不干，又都回学校教书去了，所以我才向部领导建议把你调来。一来我们两个好配合，二来你学的政治理论正适合干这行，再就是有你顶着，以后有机会我就可以离开了。"

黄志毅听那口气明显露出自己进宣传部是他帮的忙。于是苦笑说道："拉我当替死鬼，你真正整得好啊。"袁乐安微笑说："你我两个这么多年了还说这些？县委机关无论如何要比下面发展机会多嘛。"

星期五下班前，孔成章对袁乐安黄志毅说："现在大家都想发财致富。像我们这样的人，说技术没技术，说权没权，说钱没钱，怎么发得了财？"

黄志毅听了说："老孔你这话啥意思？"

孔成章说："俗话说靠山吃山，靠水吃水，我们大家都应该想想办法，在宣传部能吃点什么？"

袁乐安说："我是没有办法的。老孔你路子宽，脑壳灵，帮我们想点办法，沾点你记者的光。"

孔成章闷了一会儿说："前几天我找粮食局批了三百斤麦麸，明天下午我们一起各自买点回去。富不了，喂几天猪总可以嘛。"

袁乐安笑着说："谢谢孔老兄，这么多年总算想到我们这些穷弟兄了。"

孔成章无所谓的样子说："谢什么？偶然机会而已。"

星期六下午，孔成章三人一起到小麦加工厂，各自开了一百斤麦麸票，付了钱，然后到仓库称麦麸。麦麸很轻，装了两麻袋，好不容易才绑定在自行车后架上。

黄志毅袁乐安二人回家有一段同路，两人不紧不慢并排骑着，边骑边讲龙门阵。

黄志毅说："乐安，好多年没有到你家去过了，伯父伯母他们身体还硬邦么？"

袁乐安说："硬邦，家里好多事都靠他们。"

黄志毅说："你咋不把你袁老二转到西街小学读书？黄老二到西街小学不到一年，成绩明显好多了。"

袁乐安说："算了，我们那里虽然偏僻，老师还算认真。"

黄志毅说："我到宣传部时间不长，孔成章像今天这样经常帮大家买东西不？"

袁乐安说："买啥子啊，这是头一次。他通讯员路子宽，又经常和各级领导，有名气的专业户，厂长经理接近，搞点这些东西容易得很。很多人说他每周星期六都要到酒厂搭两麻袋酒糟回去，这么多年你说要喂多少头肥猪？"

黄志毅问："那他这次为啥要帮我们买麦麸？"

"不知道，可能是我们那天无意间说着他痛处了。"袁乐安回答。

俩人就这样有一搭没一搭地讲着到了分手路口。袁乐安拐向左边路口时说："请了！"黄志毅与袁乐安是多年来随便惯了的人，想不到他突然会说出如此客气的话来，觉得有些好笑，便随口说道："你那边路不好走，骑慢点。"

县委多种经济工作会议散会后，宣传部工作人员回到办公室还处在兴奋状态之中，继续议论着如何发展原山经济，争当万元户。

孔成章说："我看金鹿公社大会发言完全是空壳子。今年之内养出四十万只商品兔，全公社一万多人，人均三十只，以每户四人计算，一百二十只是什么概念？全家房屋用来养兔都装不下。再说这么短时间到哪里去找三十万只小兔来喂养？"

袁乐安说："是有点悬，那么多兔，到哪里去割那么多草来喂？"

黄志毅说："这是摸着石头过河。虽说有点悬，总有闯端（碰对）的时候。"

华宁芬说："我说你们几个不要吃自己的饭，当别人的家好么？金鹿公社养多少兔关你们什么事？还是多想想你们自己怎么致富吧。"

黄志毅说："听说现在兰草值钱得很，好点的草一苗上千元，还有上万的。要不我们几个星期天一起上山去寻。心不要凶，一人只扒一苗上万元的就行了。"

华宁芬说："报纸上说一盆君子兰可以卖到二十多万元，我看你们每人养一盆君子兰就够了，何必翻山越岭满山爬？累死人不说，还不一定寻得到。"

袁乐安说："扒兰草收入是可以，就看你有没有决心和胆量。我们那里就有好草。每年生产队农忙开始时，大家都闻到花香，那香不仅浓郁，而且有说不出来的好闻。有的人丢下锄头遍山寻找都没有找到。"

黄志毅问："那花香现在还有没有？"袁乐安说："有啊，

449

怎么没有？这几年每年三四月间都有人随着花香方向找，大范围找到了，在蜂箱岩悬崖上。"

黄志毅说："那人家早就扯走了，还有我们的？"

"没有扯走。"袁乐安说，"那岩陡得很，要绳子吊着才能下去，至今没有人敢下去。"

黄志毅说："那哪天你带路，我下去。"

华宁芬说："算啰，那些农民都不敢下去，你敢下去？万一失足，为钱伤身丧命划不来不说，名声还不好听。"

黄志毅说："不碍事，自古以来寻幽兰、觅仙草都是美谈。"

孔成章说："我随省报记者采访过几家养兰专业户，不是那么简单的。好草一是不好找，二是可遇不可求，找到了你也认不出来。三是学问深得很，我看全靠吹。越吹得天花乱坠越值钱，明明是瑕疵，硬说是稀宝，瞎吹的事你我说得出口不嘛？当然也有好草，确实漂亮，也确实很香，可是一开口就说要值多少万，听说一苗有值一百多万元的，而且极难养，养死一苗啥家当都赔光了。总之风险太大，最好想都不要去想。我倒有一个好项目，无风险，成本低，易操作，销路还宽。"

袁乐安说："说得那么神，啥项目说来听听。"

见孔成章微笑不语，华宁芬说："孔成章的话你们也信！他好久真过？"

孔成章说："怎么没有真过？我刚才说的就是真的，就看你们愿不愿意参加。"

黄志毅说："弄啥玄虚啊？是真的就说出来让大家听听！"

孔成章说："还真不是故弄玄虚，是养金鱼。我看过资料，说一只雌金鱼一年能产二十多万颗卵，二十多万卵就是二十多万尾鱼。我想好久了，就是不知道你们同不同意干。我们几个每人出几十百把块钱成立一个公司。景部长家在农村，也算他一份。他有些困难就不出本钱了，我替他出。买几个养鱼的大水缸，不要养多，只养二十尾雌鱼。我来养，黄志毅联系摆摊销售地点，袁乐安负责卖鱼，华宁芬负责收钱。二十条雌鱼，以百分之五十收成计算，可产两百万尾鱼苗，不要卖多，一尾只卖一元钱，一共可得两百万元。我们五个人，每人平分四十万。人不能心贪，养一次就收手。"

袁黄二人听了哈哈大笑，一连声说可以。

华宁芬说："爬你孔成章的沙啊，大家说正事，你在开玩笑。要我说，你们还不如想个办法，把婆娘娃娃农转非弄进城，找个好的单位，安个好的工作，旱涝保收，稳稳当当，老婆孩子热炕头，远比万元户强多了。"

孔成章说："华主任你真是说到我的心坎里头去了。你以为我不想嗬？家属农转非必须要伤病残丧失劳动能力才符合条件。"

华宁芬说："孔记者你那么聪明的人怎么一下就变憨了？那么多部局级领导干部家属农转非，有多少是丧失劳动能力的？"

孔成章一下操着普通话说："不行，必须要走正道。歪门邪道让人家说闲话的不好。"

华宁芬大声说："妈哟，孔成章，老娘在给你说真话，你在给老娘瞎扯。一辈子翻不了身的样子。"

孔成章认真的样子说："华主任，我知道你在关心我。那哪天我把我的老娘子弄成残废，农转非了进城住，免得我周末周一早晚几十里路风风雨雨来回跑。"

华宁芬说："还要等哪天？今天晚上就回去，给她手拐子一锄头，明天早上就来报残废。"

孔成章说："这个方法我早就想过了，不能打手肘，真残废了就不能安工作了。最好是把一个脚拇指什么的整掉，反正

451

穿着鞋袜也看不见。"

星期一上班，袁乐安一进办公室门，华宁芬就问："乐安你今天怎么来得这么迟？"

袁乐安苦笑说："真是太倒霉了。今天早晨来上班，自行车刚推出大门，韩芝兰就忙着来关门，左手用力太大，右手还没有拿开，门就关了过去，一下就把手夹伤了。我只好搭她到县医院去看。"

华宁芬问："伤得重不重？"袁乐安说："有点重，指头夹破三根，医生说弄不好要残。"

黄志毅说："关个门咋会弄得那么凶啊？"

孔成章立刻接过去说："咋不会有那么凶？要是以我老娘子脾气性格，肯定夹得比这还凶。"

孔成章采访回到办公室，见大家正在闲聊，便微笑着说："给你们讲一个新聊斋故事，你们听不听？"

华宁芬说："算了吧，你嘴里好久讲过正经故事？"

孔成章说："我哪次讲的不正经？这次完全真实可靠。"

黄志毅说："什么正经故事讲来听听。"

孔成章说："公安局前段时间农转非，为防止医院弄虚作假，也为堵群众悠悠之口，组织一批领导干部家属去外地医院体检。点名上车的时候，隆义乡乡长钱金良老婆冯家秀拒不上车，不仅不上车，还站在公安局大门口大骂，引来很多人围观。公安局户籍科人员把冯家秀强行弄进大门，打电话要钱金良来带人。户籍科长褚木清问冯家秀为啥要闹，冯说：'我咋不闹？我本来没有病，你们把我弄去检查就有病了嘛。我农转非进城，家里房子没人住，钱金良把房卖了，好拿钱去嫖婆娘。我才没有那么憨，整死我都是不会转的。'正说着钱金良来了，黑着脸，拉起冯家秀往外走，边走边说：'明明有病硬说自己没病。

没有病算了，回去做你的庄稼！'两个多月后钱金良又把冯家秀弄到公安局体检。车子发动时冯家秀突然拉开车门跳下车，边向公安局大门跑边大声喊："大家来看啊，公安局和钱金良勾结硬说我有病，弄我去检查！我是大队赤脚医生，我自己有没有病我不知道？'人们又围上来看。这时县人大常委会主任、原公安局长孙洪武正好从公安局大门出来，对褚木清等人骂道："你们几个站起干啥？还不快点给老子弄进去！丢人现眼的好看啊？'褚木清等人立刻把冯家秀又拉又架弄进了公安局。孙洪武离开公安局来到人大常委会主任办公室，气呼呼叫人拨通钱金良电话，先是对钱金良一顿臭骂，然后才问："你老婆什么病？''神经病。'钱金良回答。孙洪武说："我看你才是神经病。马上把你老婆弄回去！再给公安局摆摊子我要你好看。'"

黄志毅问："到底转没有转嘛？"

孔成章说："孙洪武这样一骂还转个铲铲。"

袁乐安说："孔大记者，外面早就传得沸沸扬扬了，你怎么还当新闻来讲？"

（上册完）

青云棘路

下册

同行者 著

中国言实出版社

目 录

CONTENTS

第三十三回

发展经济多措并举　意料之外"馅饼"天来

原山县改革开放发展经济全面展开，鼓励勤劳致富、发展多种经济、宣传种养经验、培育万元户等等活动一波接着一波，显得甚是轰烈。宣传部为此组织安排广播电视报章杂志等新闻媒体紧密配合跟进宣传。孔成章的主要任务是配合省报记者林媛华报道原山县改革开放发展经济成果经验。

快下班时孔成章走进办公室，采访包往办公桌上一丢，狠声说："妈哟，不去，不去！砍我脑壳老子都不去！"

华宁芬说："啥子不去啊？说得那么凶。"

孔成章说："县上出了一个养兔能手袁平高，是东街中学在校初中学生，要我去采访。我一说来意，东街中学老师们立刻大哗起来。都说这个袁平高成绩如何差、表现如何恶劣、如何被学校除名等等，没有一个人说他好的。还说他的所谓经验，全是他父亲养兔多年，以他名字写成的一本养兔小册子。说这样的差生都要宣传，那今后用什么标准教育要求学生？全都拒绝采访。"

严文忠说："你先去做学校领导的工作嘛！"

孔成章说："咋做？要求学校领导强迫老师瞎编？"

严文忠说："孔成章你说啥？我没有听清楚，再说一遍！"

孔成章不再说话。

几天后孔成章陪林媛华采访袁平高回来，华宁芬笑着说："还没有砍你的脑壳嘛，怎么就去了？"

孔成章把采访包放在桌子上，坐下说："端人家的碗，服人家的管，是你敢不去么？"

袁乐安问："这次采访结果如何？"孔成章说："这袁平高养兔还真的有一手，道理说得一套一套的，不完全像那些老师说的那样。"

华宁芬说："看来你那天的火是白发了。"

黄志毅说："其实初中生还是娃娃，有些不懂事应该理解，长大点懂事了说变就变了的。"

严文忠带着新任县委常委、宣传部长朱清源走进宣传部大办公室。先是向朱清源一一介绍了部里每一个人姓名，然后讲了几句要求大家支持新部长工作的话，最后带头鼓掌表示欢迎。朱清源显得有些不大自然的样子，简单讲了几句互相帮助共同努力的话后说："根据地委安排，我明天要到省委党校脱产学习两年，部里工作仍然由严部长主持。"说毕和严文忠景建中褚树生三人到小会议室里去了。

领导们一进会议室，楼下便传来喊叫声："袁乐安，冯部长来了，叫你快点下去。"袁乐安急忙站起来小跑着下楼去了。

华宁芬说："看来袁乐安在部里待不长久了。"黄志毅问："你怎么知道？"

孔成章说："你没有看到刚才袁那个样子？冯部长和他大姑父是亲戚，来往不是一般的密切，早就有风声了。"

华宁芬说："冯部长到宣传部没几天就把他调到部里来，很快又提成理论教员，虽说是不提工资的正局级，却为他垫了一个很高的跳板。冯部长现在是地区领导，不信你们看，到时候袁乐安比你们任何人都爬得高。"

孔成章不紧不慢地比画着自己办公桌上一层层堆叠到窗框的香烟盒子，笑着说："这是我登天的云梯，会有我爬得高么？"

华宁芬说："你还是少抽点，对身体没有好处的。"正说着领导们出来了。朱清源走到黄志毅身边问道："你老头在么？""在。"黄志毅回答。"那你去跟他说，中午在食堂后边等我。"

午饭时朱清源来了，领着黄志毅父子到食堂旁边小房间矮桌旁坐下。不一会儿炊事员端来酒菜，朱清源亲自开瓶倒酒，给黄志毅倒时黄志毅手捂酒杯说不喝。黄孝德说："他不喝就算了。"于是朱清源便不给倒，但说："球了，大男子汉不喝酒还算什么男人？"端起酒杯敬黄孝德。

二人边喝边谈，黄志毅吃饭相陪。黄孝德举杯笑着说："来，祝贺你荣升。"两人碰杯把酒干了。

黄孝德说："如何？我以前就说过，你还不信，现在应验了吧。只是没想到会在宣传部。"

朱清源微微摇头："暂时的，你想以我长期在农村工作情况能干得长么？"

黄孝德说："为有利工作，能变最好变一下。"

朱清源说："以我情况，不变我都要争取变。"

酒喝到半瓶样子，黄孝德说不喝了。朱清源说："也好，我约了一个人，正等着我。"说罢站起身往外就走，边走边指着桌上说："这些东西你们不要管，食堂炊事员自会来收拾。"

晚上黄志毅问父亲："你和朱清源咋这么熟悉？"

黄孝德说："他和你同年级，家也在农村，初中毕业调到县政府当打字员。虽然是初中生，但是很舍得学习，能说会道，头脑灵活，写得一手好字。他最大的优点是说话做事既懂规矩又有礼貌，对我特别尊重，一直叫我叔叔。性格又豪爽，和我一样喜欢烟酒茶，慢慢就熟悉了。"

上午十点过，一个黑瘦男人双手叉腰披着衣服，趿拉着布鞋，慢慢踱进宣传部大办公室。大家见了立刻站起来，有的笑着，有的显出紧张样子。黄志毅不认识，仍然低头写东西。那人看了黄志毅一眼，然后掉头微笑着踱到华宁芬办公桌边，问道："你在忙啥子？""没有忙啥子。"华宁芬笑着回答，然后反问道："你怎么有空到我们这里来了？""随便转转。"那人回答。然后走到袁乐安桌前，笑嘻嘻地说："正在写啥子？""代县委给地委宣传部打报告。"袁乐安紧张样子回答。那人躬腰低头看了一会儿，直起身说："好，你写你的。"踱着步从另一道门出去了。

那人一出门，华宁芬立刻说："黄志毅，你也太那个了。县委书记来了你站都不站起来一下。"

黄志毅说："我又不认识，站起来做啥。"

华宁芬说："景书记在县委工作一两年了你都不认识？"

黄志毅说："不认识。"

袁乐安说："黄志毅这几年在外面读书，有可能不认识。"

黄志毅说："什么可能啊，是真的不认识。"

袁乐安说："最近外面都在噪褚书记要调走，景书记接他位子，你没有听说？"

黄志毅说："没有听说。"黄志毅虽然不认识景书记，但是名字和他的一些事是听说了的。景书记名叫景恕宽，本县农村人，政法学院学生，三年困难时期因病肄业。以后参加工作，能力不怎么出类拔萃，工作倒是勤奋，对任何人态度都好。先是公安局内勤，慢慢升到公安局长、副县长。刚才大家都叫他书记，其实是刚升任不久的副书记。看着办公室里埋头工作的同事们，黄志毅心中想道："怎么还没有当书记就怕成这个样子了啊？真当书记了那不是要跪下了？"

黄志毅由景恕宽想到了县委书记褚敬禄。褚敬禄是新中国成立前的高中生，南下干部，工作作风严谨，实干精神极强。经常不带随从一个人骑自行车下乡。一般先看田间地头，向群众了解情况，再到公社听公社领导汇报。遇到有的公社领导瞎编乱说假话，轻的挨批评，重的当场撤职。一时间全县各公社和党政机关领导干部作风大变。

黄志毅印象最深的是褚敬禄和机关干部家属一起在食堂排队打饭吃。早饭时县委大院学生们怕上学迟到，一窝蜂拥到食堂窗口打饭，往往把大人们挤开。褚敬禄见了微笑着主动退到一边，其他人见了也退开让学生先打。

有个星期六下午黄天明学骑自行车，从县委门口向县委里面直冲下来。此时褚敬禄正站在路上和人谈话，被撞得偏了一下。先是皱了一下眉头，然后微笑看着冲过去的黄天明说道："嗨，你这个娃娃，小心点！"

褚敬禄虽然是文化人，但是对干部不论学历高低，凡是按他要求完成任务出色的迅速提拔重用，反之则迅速贬免，弄得不少干部很是紧张。

严文忠主持宣传部工作，可谓夙兴夜寐，尽心尽力，勤勉有加，但是说话啰唆，有时候抓不住重点，大会上被褚敬禄批评挖苦了几次，弄得很没有面子。

下午快下班时候，严文忠对黄志毅说："小黄，明天上午县委开会，褚书记要我就近期部里工作发个言。你今晚打个夜工，辛苦点，帮我写个稿子，明天上班前给我。"走到办公室门口又转回来说："小黄，干脆你吃了晚饭就到办公室来，我陪你写。"

黄志毅吃了晚饭到办公室时，严文忠已经等在那里了，说："你写吧，抓紧点。"然后拿起《参考消息》看。天快黑时黄志毅听到严文忠呼噜声，觉得暗暗好笑。天黑尽后严文忠醒来问道："小黄，写完没有？"黄志毅抬起头，见严文忠边打哈欠边揉眼睛。笑着说："严部长，你看现在才多长时间啊？"严文忠看了看表，又翻报纸看。看了一会儿，说："你写吧，我不打扰你，重点地方写详细点，不该漏的地方千万不要漏了。"边说边站起来走了。

第二天下午严文忠走进办公室，微笑着对黄志毅说："小黄，你昨天晚上没有睡好，早点下班回去休息吧。"

为适应改革开放发展要求，全面提高中青年干部思想理论政策文化水平，上级发文要求各县举办中青年干部专修班，把高中以下学历的中青年干部培养成为大专学历。参加学习者学习时间算上班，所有学习费用财政全额报销；拿到毕业文凭不仅县财政发奖金，而且作为提拔升级的必备条件。

原山县委指定中青年干部专修班由黄志毅全权负责，组织部腾出三楼一间办公室给黄志毅办公。黄志毅既是专修班领导又是专修班工作人员。学员报名造册、编组、编座位、请教员、找教室、找黑板、组织教材编写等等全由黄志毅一人承担。由于实在太忙，县委把倪雄从党校调到宣传部协助黄志毅工作。

黄志毅一看见倪雄来了，立刻迎上去和他握手，微笑着说："对不起，上次省委党校学习本应该是你去的，结果是鹊巢鸠占了。"倪雄也笑着说："关你什么事？情况我完全清楚，都是那些不靠谱的人干的事。"

朱清源虽然被破格提拔，但是运气还是有些差。国庆节从党校回到县委，被县委副书记乐文征看见，说："朱清源，你回来得正是时候。计划生育宣传工作是大头，说得好不如做得好，你带个头去结扎，比写好多篇宣传文章都管用。"朱清源刚从公社党委书记位置提上来，乐书记又是南下老干部，不敢不听，只好去做了结扎。结扎完一瘸一拐来到宣传部办公室，对黄志毅说："志毅，我清早泡的衣裳还没有洗，医生说我沾不得水。等我沾得水的时候早就恶臭了。麻烦你下班后去帮我洗出来晾起。"说完扶着墙壁慢慢下楼去了。

朱清源一走，袁乐安说："糟了，他带头一扎，接下来就是我们了。"大家顿时面面相觑作声不得。过了一会儿，孔成章说："这政策有问题，哪有人人必扎的道理？不符合毛主席具体情况具体分析的思想嘛。"

袁乐安说："是应该区别对待。我们这样的人，子女都十多岁了，谁还想生？就是强迫我生我都不生了。再说，我们都是共产党员、国家干部，谁敢违背政策超生？实在不行，写个保证书，违反了自愿开除党籍开除公职。"

孔成章说："还是袁乐安聪明，这些办法都想得出来。为免受一刀之苦，我今天晚上就写出来，明天一清早交上去。"

华宁芬笑着说："孔成章你是对的，写出来我帮你交上去。"

孔成章说："是么？"

华珍静说："怎么不是？只要你敢写出来，哪个龟儿子不帮你交上去。"

倪雄爱人吕淑娟在县妇幼保健站工作，这时也在，说："其实没有什么可怕的，简单一个小手术，当不得蚂蚁咬一口。"

孔成章说："不是痛不痛的问题，我们这样的男子汉哪个怕痛？家在农村，是怕有后遗症做不成活路。"吕淑娟还要解释，华宁芬说："吕淑娟你们不要听这个怪物的话。"

回到三楼办公室，倪雄对黄志毅说："华宁芬说孔成章讲怪话，我仔细想他的话不怪嘛。"

黄志毅说："你不是原山人，对本地的土话不清楚。孔成章的话怪就怪在活路两字上。活路的意思是干活。这干活，可以在田地里干活，也可以在其他地方干活。孔成章的意思是影响床上干活。这不就成为怪话了？"倪雄恍然大悟地说："啊，原来是这样！"

黄志毅说："听孔成章的话有时候要小心，不然他占便宜，你上当了都还不知道。""是么？"倪雄有些不相信地说。

黄志毅说："他有一次陪省报记者到舒渡场采访养鱼专业户。到渔场一下车就向早已经站在门口等候着的老板打招呼：'广林哥你好！'然后握手，向记者介绍说：'这是我广林哥，很熟的。'记者听说鱼老板是他哥，自然认真热情对待，采访双方皆大欢喜。本来按计划安排，采访结束由公社招待，可是鱼老板坚决不让走，亲自下厨办了一桌丰盛的鱼宴。

"晚上鱼老板躺在床上兴奋得睡不着，觉得这孔记者好像在哪里见过，又好像没有见过。那他为啥要叫我广林哥？广林，广林，广字下面一个林字，这不是麻字么？鱼老板一翻身坐起来：'妈哟，叫我麻哥，太缺德了！'原来这鱼老板是个大麻子。实在想不过，第二天从公社打电话到宣传部，指名要孔成章接电话。孔成章说：'广林哥，你理解错了。我叫的林是鱼鳞的鳞，广是大的意思，广鳞就是大鱼，你是鱼老板，我是希望你养出大鱼，年年丰收，这不好吗？'鱼老板明知吃了亏，却又不好辩得，只好不了了之。"

倪雄说："这孔成章也是太逗点了。""还有更逗的。"黄志毅说："一次他乡下外甥女进城来看他，他正在和一个朋友闲聊卖淫嫖娼问题。那朋友见他外甥女来了，便立刻起身走了。他外甥女问他：'大舅，啥子叫卖淫啊？'他随口说道：'卖银子，买精子。'他外甥女又问：'那个人是做大生意的呀？''做金银生意还有不大的？你回去千万不要讲，生意越大越危险，连讲的人都有危险。听到没有？''听到了。'他外甥女回答。"倪雄笑着说："当舅舅的这种玩笑都敢开，是太过分点了。"

朱清源省党委校学习半年后，袁乐安也被安排进省委党校中青年干部培训班学习。

为庆祝袁乐安离职深造，宣传部除领导外，全都到华宁芬家包饺子为袁乐安饯行。袁乐安显得特别激动，但很少说话，对敬酒来者不拒，一口把杯中酒喝干。终于不胜酒力，很快就一动不动地趴在了桌子上。

袁乐安趴下后褚文成说："读两年回来就是县领导了。"

孔成章说："平时在一起还能随便说几句，要升官了立马就变了，宁愿喝醉都不说一句不忘情谊的话。"

黄志毅看着趴在桌上的袁乐安，心中想他是不是真醉了都还两说呢。

倪雄说："无论是谁，他当他的官，我做我的事。这跟记情不记情有啥关系？"

大家听倪雄如此说，便都胡乱吃几口，兴味索然地散了。

　　朱清源学满两年回到宣传部，秘书褚树生决定部里为他接风。

　　轮流敬酒时，朱清源说："哎黄志毅，你咋十点半闷起不偷啊？还是向同志们敬点酒嘛。"

　　黄志毅谨记当年不沾烟酒茶的决心，听了往碗里舀了点汤端着去敬，没有一个人喝，都说不真诚。黄志毅只好说身体不适合饮酒，把碗放下。朱清源见了说："我来。"于是自己斟满酒杯，逐一相敬，人人都爽快地干了。最后轮到黄志毅，问："怎么说？"黄志毅仍然说不喝。朱清源不说话，一仰头把满满一杯酒干了，说："龟脑壳才不喝酒。你自己选，是自愿喝酒还是自愿当龟脑壳。"黄志毅见大家哈哈大笑鼓掌叫好，只好把酒干了。朱清源对黄志毅说："天下男人哪有不会喝酒的？敬酒也要像你工作一样动脑筋想办法嘛。"于是大家又继续轮流互敬，轮到黄志毅时见他果真满脸通红，大量白眼屎糊在眼角，也就都不再劝了。

　　朱清源在宣传部工作不到三个月调任常务副县长。流金地委宣传部宣传科副科长平大聪调任原山县委常委兼宣传部长。又不到一个月严文忠调任县政府办公室副主任，主抓原山县新公园建设。不到两年新公园建成，受到群众一致好评，又调任省团校办公室主任，总算了了落叶归根回老家西都市的心愿。

　　春节一过，原山县四大家开始换届。有的人沉闷不语，有的人兴奋异常，有的人焦灼不安。领导们则忙于开会，无暇顾及主管工作。

　　黄志毅万万想不到自己会成为县党代会代表。有人说这是好征兆，黄志毅认为这只不过是领导认为自己组织性强，适合投票而已。倪雄很同意黄志毅这一看法，说："妈哟，管他牛挑死马，还是马踢死牛，都跟你我没有关系。"于是二人除了党政干部专修班工作外，无事便关着办公室门下围棋。

一天组织部秘书麻良君找到黄志毅，让他看一份组织部对他的考察结论。黄志毅对优点部分草草看过，关键是看最后缺点："该同志性格太直，有时候说话不注意场合。"黄志毅看后麻良君问："有没有不同意见？""没有意见。"黄志毅回答。麻良君说："志毅同志，你既然没有意见，那我就提醒你一下，仅供参考。言为心声，说话随意容易被别人误解，也容易给别人造成伤害，对人对己对工作都不利。今后要注意改正。"黄志毅听后说了声谢谢，其实并没有放在心上。想这做人性格直率光明磊落有何不好？

黄志毅吃了午饭与倪雄下棋，正下着猛听到办公室门上传来咚咚咚的擂门声，边擂边喊黄志毅名字。倪雄赶忙用报纸把棋盘盖上。黄志毅去开了门，组织部干事卢成林着急地说："黄志毅你在做啥子啊？到处找你找不到，快走，大会马上就要表决了。"

黄志毅和莫成林来到会场门口，大会秘书组给黄志毅一套选举材料。黄志毅到自己座位上慢慢翻看，见纪委委员候选人名单上有自己名字，心中暗想陪选而已。

选举会上，黄志毅不仅当选纪委委员，还被选为纪委常委。黄志毅想这或许是自己性格直敢说实话不怕得罪人的原因吧。

散会后黄志毅找到平大聪说："平部长，我工作有哪些不足你指出来，我改进就是了。把我弄到纪委去干啥啊？"平大聪听了笑着说："黄志毅你真是狗咬吕洞宾，提拔了还不高兴？"黄志毅说："我是学政治教育的，搞理论教育和干部专修班还算本行。只要大家处得融洽，工作顺心，干起来愉快，提不提

465

有啥关系？"平大聪说："你一辈子就只干这个事？再说，你认为我想你走？我来县委不久，纪委冯书记高矮要你去，是提拔又不是平调，我能拦着不放？按组织原则，你现在已经是纪委的人了。不过我跟冯书记有一个君子协定，在我没有找到接替你的人之前，你继续在宣传部工作。"黄志毅说："你知道上届纪委夏书记是怎么说的么？""他怎么说？""他说组织部是抬轿子的，宣传部是吹喇叭的，纪委是抬丧的。"平大聪微笑说："这个夏大爷，就爱说些信口开河的话。"黄志毅正转身要走，平大聪说："志毅，明天上午我有个会走不开，我母亲在县医院住院，麻烦你明天上午去帮我护理一下行不？"

平大聪也是普义中学学生，高黄志毅三个年级，当很多人面，经常说他与黄志毅是同学校友。现在听他如此说便爽快地答应说："好吧。"平大聪想了想说："虽说是母亲，其实是继母。我母亲过世得早，她从小到大对我都非常关心。你去也没有什么好护理的，人老了话多，和她摆摆龙门阵就行了。其他都不要管。"

平大聪母亲果然健谈，话匣子一打开就没有个完，一点没有病的样子。高声大气，尽讲她年轻时候如何能干，认识多少种草药，如何经常扯草药无偿救治乡邻的善事。黄志毅边听边想："平大聪有这样的继母也算是他的运气，难怪会这样关心她。"

换届后不久，外地干部阮开全调到宣传部。阮开全性格随和，与黄志毅很快就热络了起来。一次闲聊，阮开全说："志毅，平部长要我负责全县农村党员教育。我新来两眼一抹黑，什么情况都不清楚，你说怎么教育？"黄志毅说："先摸清楚情况再说嘛。"阮开全说："我也是这样想的。只是下面公社一个人都不认识。"黄志毅说："多走几次就熟悉了嘛。"阮开全说："话虽然是这样说，但是三生不如一熟，有熟悉情况的人陪着，上手总要快些。我有个想法，不知你愿不愿意。就是想请你和我一起下去几天，先把最远最难的山区底子摸清，以后丘陵坝区近的地方就好办了。"黄志毅笑着说："有什么愿不愿意的？能陪你老兄去是本人的莫大荣幸。只是不知道平部长同意不同意。"阮开全说："那我马上去给平部长汇报，如果同意我们明天就去。"不一会儿阮开全转来对黄志毅说平部长同意了。黄志毅便叫倪雄负责专修班，自己陪阮开全进山。

黄志毅阮开全二人乘公共汽车到终点站后步行到各公社。连续九天基本摸清了山区党员情况。这期间黄志毅发现阮开全时不时暗自叹息，露出抑郁神色。

离开山区头天晚上，黄志毅见阮开全又现出闷闷不乐样子。便问道："阮老兄你是不是水土气候不服，对生活环境不习惯啊？见他不回答，又说："慢慢来，不久就会适应了的。"

哪知阮开全突然说："啥子不适应啊，我是城关本地人。只是离家时间长了，口音有些变了而已。"

黄志毅说："那我看你怎么有些心事的样子？"

阮开全沉默了一会儿，说："我看你老弟也是个忠厚谨慎的人，说给你听也无妨。我和景宽是高中上下铺同学，关系好得很。我大专毕业分到外地工作，当了近六年县委宣传部副部长。他多次劝我回来，说回来至少还是副部长。他说这话的时候还是副书记，我怕靠不住就没有回来。等他当书记了才调转回来，想不到回来竟然是当一般的干事。"

黄志毅："你们既然是同学那就直接找他嘛。"

阮开全说："怎么没有找？找多次了，每次都说慢慢来。"

　　黄志毅想不到他为这事会愁成这个样子，便没有说话。

　　过了一会儿阮开全说："这人啊，没有当官或者官不大的时候好像还有点感情，官当大点了就不好说话了。"

　　黄志毅仍然没有说话，人家同学之间的事自己能说什么呢？

　　黄阮二人回城经过郭家坝时，阮开全听路人说凤飞山药师佛灵验，便提出去看。黄志毅只好与他一同上山。凤飞山与十多年前黄志毅来时变化不大。菩萨们金身一点都没有修复，但石门有了木栅栏，地面没有了牛屎和烂草，打扫得干干净净，有了锅灶和桌凳。

　　整座石窟除了阮黄两人没有一个香客。黄志毅见阮开全看得很认真，特别是对药师菩萨显出很虔诚的样子，便开玩笑说："拜一下不？说不定真的灵验也不晓得。"阮开全露出犹豫样子，最终还是没有拜。把石窟一个不漏看完，可能站立时间长站乏了的原因，阮开全坐下来休息。

　　一个慈眉善目的老太婆端着两个茶盅走过来请二人喝茶。黄志毅见整座石窟只有她一人守护，断定她就是主持，便与她交谈。女主持很健谈。说她新中国成立前自小就在这里出家修行，新中国成立后仍然住在这里。"文化大革命"开始时被赶回老家生产队挣工分分粮食吃饭，前几年又回到了这里。

　　黄志毅问："师父你这次重新回来习不习惯？"女主持说："我自幼就在这里生活长大怎么会不习惯？习惯！在老家生产队才不习惯。"

　　阮开全问她道："你想不想把这些损毁的菩萨修复？"

　　女主持回答说："想啊，怎么不想？做梦都想。能把这些菩萨金身复原，我这辈子就算功德圆满了。只是这地方太偏僻，除了会期，难得有几个人来。如果有报本寺一小半香火，这些菩萨金身早就复原了。"

黄志毅说："凤飞山名气不小，恢复是迟早的事。"女主持双手合十说："感谢施主吉言。"然后拿出月饼来请二人吃。黄志毅阮开全确实饿了，也不推辞，一人吃了两个，下山时每人给了她半斤粮票六元钱。

黄志毅一走进办公室，倪雄立刻就说："黄老兄你运气来了。"

黄志毅说："我能有什么运气？"

倪雄想了想说："也是，是不是运气就看你自己了。我公安局工作的大老挑前几天对我说，现在严打抓的人太多，监狱装不下，各地在新扩建监狱。党政事业单位干部愿意去监狱工作的，家属子女都可以农转非。"

黄志毅问："真的么？"

倪雄说："怎么不真？这么大的事我敢哄你？现在全县已经有几个干部调银杏坪监狱，家属子女都农转非了。公安局也有好几个干警正在办手续。"

黄志毅说："倪雄我给你说心里话。我原先是一心想培养儿女把书读好，将来考上大学，从来都没有想过家属子女农转非的。只是自从长华得了小儿肺结核，天明身体有些差，俩姊妹学习成绩都明显下降后，就有些动摇了。"

倪雄说："既然如此那你还犹豫啥？赶快去报名吧。"见黄志毅不说话，又说："你看那些当官的想尽屁儿法都要把家属子女农转非。现在这么好的机会，又不是求人开后门自降人格，你还顾虑啥？"

第二天上班,黄志毅把调银杏坪监狱的想法向平大聪汇报。平大聪曾经是为了家属农转非只身援藏回来的人，自然深知其中利害，马上说："是个好机会，赶快去报名吧。"

黄志毅听了立刻转身到人事局报名。人事局老杨说不是报名，是写调动工作申请。黄志毅当即写了申请。老杨接过申请说："行了，等待通知吧。"

晚上黄志毅想："从组织原则上说，我已经是纪委的人了，应该向纪委冯克顺书记汇报才行。"于是第二天下午到纪委找冯克顺。办公室人员说冯书记是义兴乡工作队长，晚上不回来，要找只有到义兴去找。

黄志毅骑车到义兴乡政府时候天已经快黑了。冯克顺说："你人还没有到纪委工作过一天，怎么就要说走了？"

黄志毅只好说事前已经征得了平部长同意，并非先斩后奏。

冯克顺说："农转非政策又不会作废，以后找机会转就是了。"

黄志毅说："冯书记你是知道的，竞争那么激烈，机会实在渺茫。在纪委工作更是没有可能。"

冯克顺说："可以多做工作嘛。"

黄志毅说："冯书记，我知道这工作太难做，如果失去这次机会，就再也没有可能了。"

此时天已经黑尽，见冯克修不松口，黄志毅便坐着不走。两人沉默对坐了好一会儿，冯克修才说："你回去吧，下来再说。"

借着公社院坝微弱的灯光，黄志毅推着自行车走出公社大门。街上一片黑暗，只能望着街道两边房檐口之间上空骑行。出了街口隐隐约约能看到公路两边轮廓，便在公路中间骑行。骑到一处公路突然变窄，路外漆黑一片，感觉如临深渊，一下意识到是在狭窄长桥边骑行，立刻紧握车龙头不敢有一点偏差。过桥后感觉背心都汗湿了。

黄志毅进城时已经九点过，虽然饥肠辘辘，却总想着冯克顺冷冰冰的态度，一点也不想吃东西。冥思苦想中一下想到了周泉林。冯克顺当组织部长周泉林是副部长，冯克顺当纪委书记，周泉林是纪委副书记；可见冯克顺应该是很信任周泉林的。于是便去请周泉林帮忙。

黄志毅找到周泉林家时周泉林正准备上床睡觉，对黄志毅的找来大感惊讶。黄志毅直说来意。周泉林一句话不说，坐在床边一支烟接着一支烟抽。他女儿周维君忍不住说："爸，帮人说句话就那么难啊？又不是让你违反原则去犯错误。"周泉林还是不说话。又过了一段时间，周泉林爱人何嬢说："老周你呀，一片树叶落下都怕把脑壳砸伤样子。小黄那么实在的人，你帮着说几句话有啥子大不了的嘛？我就不信你去他会把你吃了。真是！"黄志毅看着周泉林的为难神色和满地的烟屁股，正想起身告辞。周泉林突然把烟屁股朝地下猛地一甩，低沉着声音说："好吧，我去。"说着起身就走。黄志毅说："冯书记在义兴，明天去吧。""他已经回来了。明天上班你等我电话。"周泉林头也不回边走边说。

黄志毅回到寝室时已经十一点多钟。儿子早已入睡。虽然还没有吃晚饭，却完全感觉不到饥饿。一边洗脸洗脚一边想着求人的整个过程，深感求人实在太难了。觉得如果成功了，将来一定要告诉长华、天明，让他们知道周泉林帮过的忙。

黄志毅第二天一上班就接到周泉林电话，仍然低沉着声音："小黄，给你说好了。"便挂断了电话。

黄孝德一听说黄志毅要求调银杏坪监狱，马上到他住处去问道："银杏坪监狱是高寒山区，交通不便，条件困难，生活艰苦，你知道么？"

"知道。"黄志毅回答。

黄孝德又问道:"你知道有多么危险么?"

黄志毅说:"煤矿塌方、瓦斯爆炸,遭犯人报复挨黑打等等这些我都知道。问题是这个机会一失,长华、天明将来怎么办?"黄孝德听了叹一口气,转身走了。

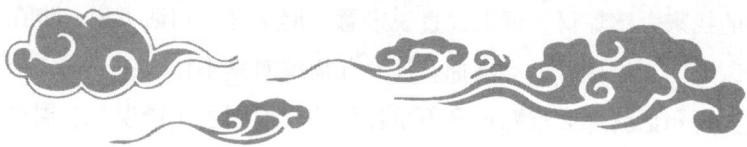

第三十四回

专修班严考获全胜　离机关转行进狱中

七月,专修班学年考试,试题全省统一。上级为防作弊,保证考试质量,把地区参考学员全部集中到流金,分散在各个考场参考。学员们从未遇到过如此大阵仗,感到很是紧张。

黄志毅为此把学员们集中起来,微笑说道:"听说同学们有点紧张,其实这完全没有必要,又不是不允许补考,这次考不好,下次考好就行了嘛,有什么好紧张的?再说,天道酬勤,你们学习这么勤奋,这么努力,没有考不好的理由。我从开学第一课起,就要求同学们学习不求太高深,但求很全面。只要知识全面了哪有考不及格的?大家放心,闭着眼睛都能考及格。"说得大家都笑起来。黄志毅说:"不要笑,不相信你们今后看,只是成绩不一定很高。"

八月初成绩公布,全部及格,一片欢呼。有学员提议庆祝,黄志毅说："庆不庆祝你们自定，只是规模不要搞大了。"于是学员们分组庆祝，都邀请黄志毅倪雄参加。黄志毅性格内向，不热心此类活动，加上想着工作调动，几乎都叫倪雄参加。倪雄性格外向，喜欢热闹，每次都搞得如过节一般，热闹异常。

几天后黄志毅接到调令，但不是调银杏坪监狱，而是到流金地区宝山监狱。宝山是原山县平原地区一处地名。宝山无山，从未听说过有什么监狱，打电话一问方知宝山监狱是流金地区新建监狱。

黄志毅到宝山监狱第二天，流金地区司法局政治部主任陈忠夏来了。干警会上陈忠夏说："我先宣布一个口头通知。经流金地区司法局党组研究决定，在宝山监狱领导班子正式批下来之前，由孔明资同志主持监狱工作，杨正国黄志毅两位同志协助孔明资同志工作。"

陈忠夏宣布后微笑着说："同志们可能不知道，这宝山监狱是我一手筹建起来的，来过很多趟了。万事开头难，现在条件确实艰苦。整个监区只有一座以前关扒手的土墙四合院，又矮又漏，地面坑坑洼洼，墙壁到处是洞，犯人很容易脱逃。

"你们的首要任务，就是不让犯人逃跑。犯人逃跑出去危害很大，偷抢拐骗甚至报复杀人都有可能，所以决不能让犯人脱逃。

"再一个是你们当中除两个同志来自监狱，六个同志来自公安局外，其他人都来自党政机关事业单位，不懂监狱管理的方针政策，没有管理教育犯人的知识经验。这些同志要抓紧监管业务学习，争取尽快上手。

"同志们现在住的地方是流金地区民政局管教农场旧场部，当地人叫扒哥儿农场。将来监狱新房建起来后是要退还人家的。

现在条件虽然差，但是比我刚参加工作时候好多了。

"劳改监狱主要有两个任务，一是劳动改造犯人，当然也要思想教育，但主要是通过强迫劳动来改造。二是生产。毛主席说：'改造第一，生产第二。'但是由于国家实行假定工资制，犯人不仅要通过生产劳动自己养活自己，还要解决监狱部分经费问题，所以实际上都是把生产放在第一位，改造放在第二位。什么叫假定工资？就是上面假设每个犯人每月劳动要挣多少钱，以整个监狱犯人人数计算出总金额，然后以这个假设总金额作为监狱的实际收入计算开支。其实大多数监狱都达不到假定数，上面便给一定补助，但是很少，不少监狱日子都过得紧巴巴的。不过同志们放心，宝山监狱是新建，暂不实行假定工资，所需经费，包括犯人穿衣吃饭医药治病等都由地区财政全部解决。暂拨三百万元给你们。先购一辆小车，监狱没有车怎么行？余款用来建一些眼前急需项目，为第一期建房作准备。

"最后要说的是，由于同志们大多是新手，经验不足，监管条件又太差，为了犯人不逃跑，给你们送来的犯人都是从其他监狱煤矿抽来的轻刑犯。可能有的同志知道，挖煤是一种劳动强度很大很危险的劳动，经常死伤人。极个别犯人为了逃避挖煤自残，就是自己把自己手脚整断成为残废。他们到你们这里既安全，气候生活条件又好，算是到了福地，并且三五年内刑满就回去，就是让他跑他都不愿意跑。但是犯人心理是复杂多变的，谁也不敢保证一定不会逃跑，所以同志们思想上一定要保持高度警惕。"

陈忠夏讲完，孔明资说："陈主任训示一下犯人么？也算是给我们这些新手上一课。"陈忠仕想了一下说："好吧。"

孔明资把部分犯人集中在院坝排成两排。陈忠夏站在犯人面前进行遵守监规、痛改前非、重新做人、争取早日出狱之类的教育训话。正训着，第一排中间一个犯人用手摸了一下颈项。

陈忠夏问："你摸什么？"

"有点痒。"犯人回答。

陈忠夏问："有点痒？有点痒就随便伸手去摸，口渴了是不是要去把茶喝了再来？学过监规纪律没有？"

"学过。"

"学过怎么不遵守？站到前面来！"

见那犯人不动，陈忠夏走上前，猛然伸手揪着他耳朵拉出队列原地转了一圈，犯人偏偏倒倒几下才站稳。

陈忠夏说："上前两步！"

那犯人立刻上前两步笔直站立。

陈忠夏问：

"进来多久了？"

"两年半。"

"两年半还这个样子，你在做给谁看？"

"没有做给谁看。"

陈忠夏厉声说："没有做给谁看？当着这么多干警的面敢动手动脚，违犯监规，抗拒管教，你这是在有意做给其他犯人看，显示你不怕干警，下来好欺负其他同改。不要以为现在不准打骂你们就翻天了，告诉你们，治你们的办法多的是。"

然后掉头对孔明资说："你们下来查一下，看他是不是牢头狱霸红毛犯人。如果不是，让他写个检讨当着全监狱犯人念；如果是，送回原监狱钻洞子挖煤炭。"

犯人下去后陈忠夏说："你们当中大多数都没有管过犯人，不知道这些人的德性。今天这个犯人跟我作对，是有意做给其他犯人看的。如果不把他压下去，下来就会作为欺压其他犯人的资本。就有可能成为牢头狱霸，越狱逃犯。还有，你们平时不要看犯人顺顺善善，叫啥做啥，比亲儿子还听话。其实好些都是假象，背后啥子花样都有。他们行凶作恶犯罪的时候比任何人都跳得高，手段是想象不到的残忍。一定要提高警惕。有的干警就是这样上当受骗挨处分的。现在改造罪犯不准打骂的要求是对的，但是大多数犯人都是贱皮子，随你咋骂都不起作用。所以要改骂为说服教育。但是也不要轻易相信犯人认错，很多犯人当面认错快得很，你还没有开始讲道理他就点头哈腰认错了，转身又是另外一个样子。犯人越是想方设法对付我们，对抗改造，我们就越是要想方设法改造他们。对罪犯必须要有惩罚，不惩罚怎么管理教育？但是光靠打也不行，要有分寸，看情况，不要伤到要害地方，整凶了就不好说了。"

回到办公室，孔明资说："陈主任，午饭就只能到街上去吃了。"

陈忠夏问："为啥要去街上吃？"

孔明资说："我们现在还没有干警厨房，只能和犯人一起同锅搅食。"

陈忠夏说："那怎么行啊？赶快把干部厨房建起来。新生监狱有两个犯人会做饭，其中一个还是三级厨师，做的菜还可以。赓即我就给你们调来。"

吃过饭，陈仕夏上车时说："孔明资杨正国小黄你们三个，先初步拿一个宝山监狱建设规划方案出来，供地区领导参考。将来要关多少犯人，需要多少干警，需要征用多少生产生活建设用地，需要多少生活生产设施等等。要想细想周全，一定要有前瞻性。这么富饶的流金地区，建一座花园式的好监狱应该是没有问题的。"

孔明资召集杨正国黄志毅研究当前工作。孔明资说："我的意见是眼下急需做两件事，一是购车，没有车犯人逃了怎么追？外出开会办事都赶班车也不是长久办法。二是买建房木材。建监狱其他建材好办，木材最难。我们打个报告上去，先把木材买了，你们说怎么样？"孔明资见二人都说没有意见，便对黄志毅说："老黄，我和老杨都是大老粗，只有你是秀才，这报告就你来写。"

黄志毅说："什么秀不秀才啊，我写就是了。"

报告一上去，同意购买木材和一辆北京吉普的批文很快就下来了。

宝山监狱干警家属农转非批文下来后，黄志毅去县公安局办手续。户籍科长褚文清反复看了批文，说："转你母亲肯定不行。"黄志毅问为什么，褚文清说："上面各级文件都规定转家属只能转配偶和未成年子女。转父母除非是独子，有兄弟姊妹的都不行。"想了想又说："不过你是地区公安局的批文。你去找局长，看他咋说。他同意了我马上给你办。"

公安局长刁衡强看了批文后说："不行，只能转你的配偶和子女。"

黄志毅说："又不占我们县上指标怎么不行？"

刁衡强一下沉下脸来，硬声说："文件规定不行就是不行！"

黄志毅看他不得了的模样，心中不由火起，说道："刁局长，地区公安局同意我们这些人的父母亲农转非并不是要安排工作，无非是已经年老体衰，跟着儿子过一个安稳的晚年。地区公安局领导都能考量，难道到你这里就一点通融都没有了么？"

刁衡强仍然强硬地说："啥通融不通融？原则都不要啦！"

黄志毅听出他这是在批评自己不讲原则，想着母亲失去这次机会不可能再有，便也强硬地说："你是不是说地区公安局不讲原则，只有你这个县公安局局长才讲原则？那我问你，全县那么多干部病残家属农转非，一转就参加了工作是什么原则？这当中究竟是怎么回事？要不要我们两个一起到地区纪委和地区公安局去说道说道，让领导们评评理？"见刁衡强不说话，又说："我请三天假回来农转非。如果三天没有转，我去找上级解决。"说罢转身走了出去。

第二天八点过，宣传部、县纪委几乎同时派人来通知黄志毅去转户口。

迁移户口手续办好后，佘玉春把家里鸡猪兔和承包地里的桑苗卖了，把承包地和自留地交还给了生产队。邻居们都喜笑颜开来送行。黄志毅心里却沉甸甸的一点也高兴不起来。觉得这房屋虽然还是自己的，父母弟弟还在家，自己也还会经常回来，但是从此以后离这个生他养他、给过他欢乐、也给过他不愉快的地方是越来越远了。长华、天明十多岁，随着时间推移，对家乡将会越来越陌生，他们的后代更是会把这里渐渐淡忘，成为一个记忆的符号，最终会连符号也没有了……想着这些心中竟不由自已地生出一丝淡淡的怅惘来。

农转非三个多月后，黄志毅抽空回家把粮油副食品票和蜂窝煤票交给母亲。孔惠英拿着城镇居民才可能有的票证显得非常高兴，可是只过一会儿脸色就很快冷淡下来，叹了一口气说："我农转非你爸不大高兴。"

黄志毅说："不可能啊，他应该高兴才对嘛。"

孔惠英说："你爸叹了好几天气了。我问他为啥叹气，他说：'想不到我当几十年干部，户口竟然转回到了农村；而你的农民户口反而转出去当了居民。'"

黄志毅说："妈，没有关系，过几天爸就会想通的。"

宝山监狱干警家属子女来到监狱后，入学问题很快就凸显了出来。黄志毅仗着自己当过中学领导又在宣传部工作过的经历，主动找宝山学校领导联系，不仅很快解决了全监狱干警子女的入学问题，并且与校方商量好，两个月开一次学生家长会，互相配合管理教育好干警子女。另外又单独找到长华天明的班主任，请他们多多关照。

宝山监狱借用的扒哥儿农场办公房是一座非常精致的小四合院。虽是平房，却完全可以和流金地区机关办公房媲美：粉墙、吊顶、油漆门窗、水磨石地面。窗明几净，环境清幽；院坝水泥地面平整，花木繁茂；厨房食堂宽敞，全是水泥地面，锅瓢碗盏等厨具一应俱全。流金地区司法局政治部主任陈忠夏把犯人三级厨师陈少波调来后，干警食堂就开伙了。

经孔明资杨正国黄志毅三人研究决定，宝山监狱干警除后勤人员外，每人发一支五四四手枪。孔明资教打枪的时候反复强调枪就是生命，万不可丢，枪在人在，无论有任何正当理由都不能借给他人。

宝山监狱全体干警中只有黄志毅枪法最差，无论怎样练习总是打不准。黄志毅觉得可能是当年把军用电话线打断的心理阴影造成的。干警们一天晚饭后散步，走到鱼塘边，大家一时兴起比枪法。把一小块木板扔到鱼塘中央，打那漂浮在水面上的木板。其他人出枪快，射得急，每每击中。唯有黄志毅出枪慢，射得慢，木板四周水溅很高，就是打不中。觉得很没有面子。

那些当过公安民警当过兵的人都说出枪一定要快，一定要抢在对方出手之前。这些道理黄志毅都懂，只是无论怎样反复练习出枪收枪击发都快不起来，弄得晚上值勤时候枪套扣子不敢扣上，有时候干脆把枪拔出来子弹上膛放在枕头下，打开保险就能射击；夜巡牢房的时候左手打电筒，右手指扣着扳机，完全一副临战模样。其实黄志毅心里不是怕犯人袭击自己，而是怕出事影响单位声誉。

宝山监狱为了增加收入，改善干警和犯人生活，旱地种粮种菜养鸡种油菜；水田少部分种水稻，大部分养鱼。为了养好鱼，专门从银杏坪监狱调来犯人潘绍良。潘绍良服刑前是流金地区水产站站长、高级水产工程师，因为对女儿实施性侵被判刑。

为便于潘绍良养鱼，监狱在鱼塘边建了一间小砖房让他单独居住。开初干警们都很瞧不起他，有时还拿他事说笑话。但奇怪的是，潘绍良的爱人和女儿经常来探监，每次都带不少营养品，有说有笑，看起来关系融洽。黄志毅弄不懂是怎么回事，或许他还另有女儿吧。

潘绍良养鱼非常认真，建议把所有水田统一建成进出水分流，互相隔离，互不传染，易于营养培养和快速增氧的高产标准化鱼塘。监狱有钱，劳力更是不缺，便同意了他的建议。

原山县水产站知道潘绍良在宝山监狱服刑后，时不时派人来看他，一口一个潘工，对他很是尊重。

流金地区扒哥儿农场干部职工住房地面原是一片坟地，宝山监狱借用作为干警住房。黄志毅一天午觉起来，坐在床边穿鞋时发现放鞋地面有一条小裂缝，用脚一踹，竟现出一个拳头大小的洞来。往里看漆黑一团，什么也看不见，估计是坟顶。为了不让佘玉春和儿女知道，他到外面弄来细土石把洞填满，把地面恢复成原样。

宝山监狱干警家属迁居监狱后，最大的问题是没有经济收入，靠干警一人工资养活全家很是困难。为解决生活上的燃眉之急，孔杨黄三人研究决定：一是把家属组成服务组，为犯人缝制冬装和劳动服，收取加工费。二是在监狱大门口顺公路建七间铺面房，便于服务组开缝纫铺以及其他商业服务。

春节前，陈忠夏到宝山监狱宣布孔明资任监狱长，杨正国、黄志毅任副政委。同时一并宣布了狱政、生产、办公、后勤等各科室负责人名单。宣布完毕后通知黄志毅到保定司法部劳改干部学院学习，学期半年。

黄志毅上保定前回家与父母亲告别。孔惠英不舍地说："当啥领导啊？山高水险的。有饭吃有衣穿，平平安安的就够了嘛。"

黄孝德说："万万想不到你会吃上这碗饭，不知哪个领导把你看上了。"

黄志毅说："我也不知道。可能我是大学生，又是法学学士、纪委常委，或者长期表现得到认可的原因吧。"

黄孝德说："不管什么原因，都要感谢组织领导的信任，学成回来做出成绩，不辜负组织领导对你的培养和希望。"

正月初五，黄志毅前往保定。由于没有了当年上北京时候看沿途稀奇、增加知识的激情和欲望，黄志毅上火车后爬上上铺便睡。饿了吃自带香肠、腊肉、蛋糕，渴了喝列车员提供的开水。就这样吃了睡，睡了吃，不知不觉就到了保定火车站。出站后黄志毅边走边想，保定是中国历史文化名城，有时间一定要去各处看看。

劳改干部学院原本是公安部公安干警学院，司法部成立后全盘转来，改名为劳改干部学院。黄志毅这批学员来自全国各地，以省为单位分编为劳改组和劳教组。黄志毅编在劳改组。劳改组学员绝大多数都是从事劳改工作多年的单位领导。黄志毅知道自己是新手，特别希望学一些业务知识。令他大失所望的是，课程几乎全是马克思主义基本理论和党史、毛泽东哲学著作这些学过多遍的内容。为了学到业务知识，黄志毅到学院图书馆借书看，可是完全没有如何具体改造犯人的专业书籍，最大收获是学会了擒敌拳。

星期天早饭后，黄志毅赶公交车去看当年的抗日战场白洋淀。空气清新，阳光明媚，黄志毅在车上想象着浩渺烟波、无边芦苇、水鸟翻飞、白帆点点、渔歌声声的美景，巴不得车开快点。学院离白洋淀不远，车行几十分钟就到了。

黄志毅下车一看，真应了见面不如闻名的俗语。白洋淀不仅完全没有想象中的美景，而且几乎没有水。有的只是荒远稀矮的丛丛芦苇。路边小船任由日晒雨淋，几乎都已朽烂。大船翻伏地上，上面盖着塑料布之类防雨的遮盖物。问淀边住户白洋淀怎么没有水，回答说不知道。想着电影和文章里的白洋淀，看着眼前景象，心中有些觉得不应该来，却又感觉很应该来。

黄志毅若有所失地往回走，走着走着看见开往安新县城的公交车来了。时间尚早，想既然来了不如去安新看看，便上了车。车到安新县车站，黄志毅下车走出站门，见安新县城全是旧平房。好像刚经过改扩建，全城街道没有一棵大树，显得特别平坦宽直，而且看不到尽头，让人生出很大的感觉。或许是农忙季节，太阳光特强的原因，街上行人极少。黄志毅沿街走了一小段，没有看的也没有买的，便兴味索然地乘车返回了学院。

一天晚饭后，黄志毅和几个室友沿着学院大门前马路信步闲聊。保定这段时间天气特别好，凉风习习，蓝天白云，西边一抹霞光泛漫天际，让人感觉很是惬意。众人正慢步走着，一阵微风轻轻吹过，接着一股狂风突然横刮过来，飞沙走石，枯枝落叶漫天乱飞。众人赶快往回走。

天色很快暗了下来，快到学院大门时大颗大颗的雨点掉落地面，发出扑扑响声。一进校门，狂风裹夹着密集冰雹突然斜砸下来，房屋迎风面的窗玻璃瞬间全部碎落，发出巨大而杂乱的响声。地面很快积起厚厚一层冰雹，紧接着下起了暴雨。天色越来越暗，狂风呼啸，暴雨倾盆，冰雹乱飞，气温骤降，真有如到了世界末日一般。三十来分钟后风雹骤停，雨过天晴，霞光辉映。

黄志毅加了一件外衣，下楼去看灾情。整座学校门窗破损，墙面碎烂，地面一尺多深的积水浮挤着厚厚一层冰雹，冰雹夹杂着碎枝乱叶，一片乱糟糟模样。看了校内，黄志毅挽裤提鞋光脚涉水到校外去看。行走中冰雹齐膝，寒冷彻骨，擦刮得皮肤生痛。学院围墙边的下水洞口把水和冰雹吸进去发出巨大的轰隆声。一条三尺左右长的红蛇被冰雹砸死翻着白色肚皮浮在冰块上。学院大门外菜地里的番茄白菜黄瓜茄子等等蔬菜无一幸免，全被冰雹砸得稀烂。斜阳下目力所及一片残败烂象。

黄志毅回望学院大门，大门内地坝上那棵高大的马樱花树，已被冰雹砸打得仅剩下光秃秃的主干和粗枝，不仅没有花，连一片叶子都没有了。这棵马樱花树形奇特，枝繁叶茂，花色艳丽，可以说是学院最美丽的一道风景线，不少人喜欢与树合影留念。马樱花又名夜合树、合欢花。每当有青年男女以这棵马樱花树为背景拍照时，黄志毅总要想起"临湖门外是侬家，郎若闲时来吃茶。黄土筑墙茅盖屋，门前一树紫荆花"这首浪漫抒情的古诗来。

第二天《保定日报》登载山上放牧的一头牛被冰雹打死，有人受伤。灾后，学院仅修复门窗安装玻璃就花了两个多星期。

三十来分钟，冰雹造成的巨大损失，使黄志毅深感大自然变幻无常、摧毁生灵的可怕力量。

司法干部学院地处保定市郊区。黄志毅星期天时不时到学院附近村庄走走。一次走进一个村庄，发现几乎每家每户都在做摩托车头盔，心想哪里会需要这么多头盔？便和他们交谈，知道是销往南方广州、深圳等大城市。销路宽，收入很不错。心想如果宝山监狱规模化做头盔，经济效益一定会比这些农民好得多。

五一国际劳动节，学院组织全体学员到清西陵参观，每辆车上都派了解说员。

车队进入易县境内不久，解说员指着左边村子说："那个村子就是拍电影《地道战》的地方。"黄志毅问那地道长不长，解说员回答说不算长，只有几里。最长的有十几里，但是在另外一个村子。学员们听了议论纷纷，大多数人都说不应该去清西陵，应该去参观地道。

解说员微笑解释道："各位领导，很多人只知道有清东陵，不知道有清西陵。其实清西陵也是很著名的国家重点文物保护单位，有很多可看的东西，大家到了就知道了。"

车沿着河边公路行驶。宽阔的河滩看不到一点河水，灰白色的河石顺河望不到边，阳光下显得很是醒眼。这使黄志毅想起荆轲刺秦中"风萧萧兮易水寒，壮士一去兮不复还"的歌词。有些怀疑这里是不是荆轲赴死经过的地方。

车渐渐进入山区，解说员指着公路两边的山头说："各位领导仔细看，这里的山上还有日本人修建的碉堡。"

黄志毅顺着手指方向看见了碉堡。不大，黑黢黢的，像怪兽一般蹲在灌木丛中。

车又行一程，解说员指着左边的最高山峰说："领导们请看，那就是狼牙山。"黄志毅向左前方望去，山顶上全是柏树，中间耸立着一座高碑。想那应该就是狼牙山五壮士纪念碑了。真想去看看。

车从平原进入山区以后，沿路山丘没有多少树木，几乎都是光秃秃的。车进入清西陵景区以后，但见松树接天连云，树笼淡烟，林含薄雾，缥缥缈缈，隐隐约约，着实让学员们惊讶议论了一番。

解说员说："这些松树都是清朝历代王公大臣私人捐钱栽植的，最多的时候达到三十多万株。因为被盗伐，有的赋闲官员自愿到此守护。以后又不断被盗伐，到现在只剩下两万多株了。"

车又行了一程，解说员说："各位领导，我们已经进入清西陵保护区。清朝皇室有个规矩，皇帝父子不能同葬一处。康熙皇帝葬在清东陵，他的儿子雍正就只能葬在清西陵。西陵很大，总共有八百余平方公里，埋葬着中国封建王朝最后一座帝王墓寝。这里有雍正的泰陵、嘉庆的昌陵、道光的慕陵和光绪的崇陵，这些陵寝间相距很远，看一天是看不完的，只能选择性地看一看。光绪皇帝时期可以说是中国近代最屈辱的时期，也是中国重大的转折时期。八国联军，甲午海战，辛丑条约，件件都让国人愤慨伤心。有人说光绪是懦弱的皇帝，其实光绪是一个有作为的皇帝。可以说没有光绪皇帝就没有戊戌变法，他为此被慈禧关押软禁至死。他究竟是怎么死的到现在都争论不清。建议大家去崇陵看看光绪的陵寝。最后大家有精力和时间的话，也可以去看一下珍妃墓。珍妃是光绪最宠爱的妃子。八国联军打进北京，慈禧逃跑时叫太监把她强行推下井里淹死。死时二十四岁，死得很惨，但是宁死不向慈禧求饶，可谓宁死不屈。珍妃死后第二年才从井里被打捞出来。先是埋在北京西直门外田村。一九一五年，也就是民国四年后才移葬到崇陵，和她姐姐瑾妃葬在一起。真是自古红颜多薄命，护国红颜命更悲。好了，仁者见仁，智者见智，各位领导自行去参观吧。不要忘了按时在这里集合回校。"

车上众人听了解说员解说，便都直奔光绪崇陵。来到崇陵，解说员说："崇陵是中国几千年封建社会皇陵中最后一座帝陵，民国时期才完工，范围和规模都比较小。"

黄志毅走进光绪陵墓，见墓室里摆放着光绪皇帝和孝定景皇后的棺材，棺盖摆放在空棺旁边。便问解说员："棺材怎么是空的，尸身呢？"解说员回答说："尸身早已腐朽不存在了。不过光绪还有两颗牙齿保存着。"

众人看过崇陵，去看珍妃墓。珍妃墓和瑾妃墓并排在一起。坟墓都不大，没有墓碑，坟头旁边各插一块木牌，写着珍妃墓和瑾妃墓以示区别。

学习结束前，学院组织全体学员到石家庄市河北省第二、第三、第四监狱参观学习。学员们分乘十多辆大巴车浩浩荡荡开出学院大门。车没有直接开往石家庄，而是先开到了石家庄市的正定县。正定又名真定，是三国名将赵子龙的出生地。但是车并没有去赵云故里，而是开到了隆兴寺。

解说员介绍说，隆兴寺是全国重点文物保护单位，始建于隋开皇六年，占地五万平方米。殿阁巍峨，从宋至清多有皇帝敕建赐扁题诗。

黄志毅边看边听解说，觉得两处最有看头，一是大悲阁，二是生死轮回图。大悲阁高三十三米，正中矗立着一尊高大的千手千眼观音铜像。它和沧州狮子、定州塔、赵州大石桥共称"河北四宝"。铜观音高二十二米，四十二臂，分执日、月、净瓶、宝剑、宝杖、宝镜等法器。据说是全国最高的铜观音塑像。可惜有几只粗大铜手臂断掉了。学员们揣测说是盗断，但解说员说是乾隆皇帝巡幸江南时锯断的，为何要锯断没有说，也没有人问。生死轮回图是几百年前画于庙壁的一张彩色大图。展示了男女青年从结婚到生儿育女生产生活人世间一生，以及死后下地狱遭受各种酷刑的因果轮回报应。画图描绘逼真，生孩子时流出的鲜血都画了出来。解说员说："此图画成不久，保定地方官府便认定为污秽之物，既有辱神明，又有伤风化，强令拆毁。寺僧用石灰泥浆封壁掩盖才保存了下来。前两年才启封对外展出。"

车出隆兴寺上到石家庄公路。公路与铁道平行，一列火车汽笛长鸣，轰隆隆追上来超过了学院车辆。学员们要求司机追上去超越它。司机年轻，果然加大马力超过了火车。学员们欢呼着向火车司机挥手。火车司机也笑着向学员们挥手。后面十多辆大巴紧紧跟随，风驰电掣般一路飞奔引起很多路人驻足观看。来到交叉道口，大巴车辆被迫停下。火车司机边笑边挥手边鸣笛轰轰隆隆地冲了过去。

下午五点到达第三监狱。三监狱围墙高耸，有如城墙。监狱大门外八字建筑，有如城门。门墙上设有两座岗楼。或许因为有学员来参观的原因，围墙和岗楼上遍插红旗，大门两侧和岗楼上干警着装整齐、昂首挺胸持枪肃立。大门旁边堆码着一大堆橙汁箱，学员进门时一人发一瓶橙汁。

此时正是犯人上下班交接时间。所有犯人一律黄色安全头盔，蓝色劳动布缝制的劳动服，四人一横排小跑步前行，步伐一致，边跑边整齐洪亮地喊着口号。长长的人行道上全是一进一出顺逆而行的上下班犯人队列，有如新闻电影里的大工厂工人上下班一般，完全看不出是犯人行动。

学员们晚饭后观看第三监狱文工团演出。节目单印制精美，图案鲜艳生动。据介绍，文工团除领导外全是犯人，演出设备装备和演出水平不亚于狱外专业演出团体。由于经常对外收费演出，在整个石家庄市很有名气。

台上灯光打开，报幕员走到台前中央站定，幕布徐徐拉开，黄志毅一下就感觉到不知比原山县剧团强到哪里去了。节目内容大都与改造犯人有关，因而显得颇具吸引力。其中一个男女二人演唱节目，不仅演唱得好，词曲更是让人动容："跨进了监狱的大门，来到了另一个天地。在美丑与善恶的辨别中，我悔恨着该诅咒的过去；昨天有罪于人民，今天用汗水洗涤灵魂。妈妈呀！请相信你的儿子（女儿），将在改造中获得新生。"整个演出，黄志毅怀疑这些演员是否都是犯人。如果真的都是犯人，那他们是怎么做到的呢？

第二天参观。解说员介绍说："今天参观的三所监狱主要是制造纸、制造大客车和制造服装。此外各监狱还根据各自条件自寻生产门路。"

参观二监狱时，解说员说："这所监狱前段时间接收了两名犯人画家，专门为这两个犯人设了画室，另外抽调两个懂行的犯人做帮手。大家今天评判评判这两个犯人画家画得怎么样。"

黄志毅与学员们走进画室的时候，两个犯人画家正在作画。一个犯人帮手忙着铺纸弄墨。另一个犯人帮手在展销室搞接待。展销室四壁挂满了字画，有的标了价，有的没有标价。

黄志毅仔细看着一幅彩色山水画，搞接待的犯人走过来问："先生是不是要买？"

"多少钱？"黄志毅问。

"一百五十元。"犯人回答。

黄志毅说："太贵了，可不可以少一些？"

犯人说："先生你是不知道这画家的名气，在外面十倍都不止。"

黄志毅说："刑满回去后就值不了这么多了。"

犯人说："那倒不一定，说不定价更高。"想了想又微笑着说："我去给你问问，看能不能少一点。"

过一会儿犯人回来摇头苦笑说："一分都不能少。"

黄志毅笑着说："这么漫天要价，就是想买也不会买了。"

犯人笑着说："我也觉得是贵了点。"

黄志毅说："就是二十元我都不敢要，买回去看着可以不吃饭么？"

三监狱是第八机械工业部大客车制造定点工厂。从厂房设施设备、干警住房生活环境以及犯人着装监区条件看，应该是肥得流油的最好劳动改造单位。

参观四监狱时解说员说："现在的监狱为了搞好生产真是想尽了办法。这所监狱前几年接收了一名犯人，服刑前是一家民营造纸厂厂长。因为他懂技术，业内名气大的原因，监狱专门建了一个造纸厂，由他负责技术。过了一段时间他要求当副厂长。因为纸厂效益很好，只好让他当了副厂长。还为他安了单独寝室和办公室。快刑满时监狱领导做他思想工作，要他留下来，他坚决不干。经过多次做工作后同意了，但是提出三个条件：一是要当党员，二是要当厂长，三是要当干警。这不是孙悟空要当齐天大圣的要求吗？但是监狱领导没法，这人太有技术，太有人脉，太会找钱了。于是只好找上级各有

489

关部门，反复做有关领导思想工作，最终这位犯人实现了他的全部愿望。"

解说员还介绍说："这几所监狱生产创收向司法部上交的钱比国家西部几个省监狱交钱的总数还多。因为西部省份监狱大都建在偏远山区，交通不便，资源匮乏，假定工资完不成，不仅不上交，还连年吃国家补贴。"这话使黄志毅想起了去南峰监狱参观学习的事来。天下着毛毛细雨，漫山浓雾，犯人们在地里种玉米。犯人和干警都戴着斗笠，披着蓑衣，下半身衣裤透湿。完全分不出哪个是干警哪个是犯人。南峰监狱陪同领导介绍经验说："你只要看到那个人站着不劳动，那个人就一定是干警。"

在回保定的车上，黄志毅深感庆幸分到了宝山监狱。宝山监狱地处平原，交通并不落后。虽说是白手起家，鱼米之乡建起来总会快得多。只要选好发展项目，向河北这些好的监狱学习，利用好自身优势，把宝山监狱建成河北这样的监狱还是大有希望的。

学习结束后，黄志毅和同省学员一起到北京，找司法部熟人帮助购买机票。司法部同志很是热情，招待大家吃晚餐。大家都以为一定会很丰盛，哪知只有十来个菜，而且几乎尽是番茄炒鸡蛋之类的素菜。由于没有人作陪，大家便议论司法部太抠门，说堂堂司法部怎么三五十块钱就把我们这些人打发了？一个学员悄悄去柜台问价钱，回答说一百七十三元。黄志毅很感吃惊，这才明白了古时候帝都遍地是黄金的说法。

因为还有一天才能乘机，司法部同志便安排参观游览北京部分景区景点。

参观北京第一监狱时，黄志毅从赠送的资料中获知，这座监狱由日本人在一九二八年设计建造。整座监狱呈圆形，圆周围是犯人宿舍，圆中间是犯人活动区，活动区上方建环形监视走廊。狱警和犯人完全隔离开。狱警在环形廊道上对犯人活动可一览无余，而犯人则看不到狱警的监视，处于一种时刻都被监视着的感觉中，不敢越雷池一步。黄志毅对监狱设计之科学大感惊讶。北京监狱陪同同志说："这所监狱迄今为止仍然是北京所有监狱中设计最好的监狱。"

第三十五回

幻美景精心做规划　势难料瑰丽梦成空

黄志毅回到宝山监狱的时候，建房木材和北京 212 吉普车已经购回，大门顺路边建的七间铺面房已近完工。孔明资与黄志毅边握手边说："事先打个电话，我好派新车来接你嘛。"黄志毅笑着说："没有关系，赶班车要节约一些。"

孔明资召集杨正国黄志毅开会，研究监狱领导分工。

会议一开始孔明资就说："流金司法局党组的意见是由我主持全面工作，主管生产。杨正国同志负责犯人改造，主管狱政。黄志毅同志主管后勤、行政以及其他工作。二位如果没有意见，我们就按这个意见办。"

杨黄二人当即表示没有意见。

分工后，黄志毅简要汇报了保定学习情况，重点介绍了参观河北省三个监狱以及北京监狱情况，对宝山监狱发展建设谈了一些设想。

孔明资对杨正国说："老杨，去年底司法局政治部陈主任来，要求我们把监狱建设规划拿出来，老黄去学习后这事就搁下来了。我看是不是这样，现在老黄回来了，这规划就由老黄来做。先弄一个初步方案出来，组织全体干警讨论，充实完善后上报司法局。"

杨正国说："可以。我们监狱是新建，起步要高，至少要像河北那些监狱一样。干警工作生活区一定要超前，我们这些人这辈子可能就在这里了。犯人监区，生产、生活、住宿、监管等等设施要配套，可以考虑拉电网。"

孔明资说："同意老杨意见。老黄，反正尽你想得出来的整，整好了，整成样板也是流金地区的面子。规划一定要一步到位，如果开头没有整完善，以后发现弥补就难了。首先要明确搞多大的规模，规模整小了，以后不好发展；整大了，上面不会同意。"杨章国说："我看还是整大一点的好，上面不同意，他们改就是了。"

黄志毅说："关键是要确定干警和犯人基数，基数清楚了才好确定规模。"

孔明资说："这个基数要有依据，主要是看全地区总人口有多少。有了总人口数，按照万人犯罪率，宝山监狱最多能容纳多少犯人一下就算出来了。有了犯人基数，需要多少干警等等其他数据也就出来了。这个基数地区司法局应该有，如果没有地区公安局肯定有，这个就由我负责去找。老黄你先把规划框架弄好，到时候数据出来，装进去就是了。"

一周后，黄志毅按照会议意见，根据孔明资从地区找回来的数据，规划了一个容纳三千二百名犯人的监狱。以此为基数，以南京新建监狱资料为标准，根据流金地区实际情况，测算出监狱需要多少干警，工作区需要多少办公室、会议室、档案室、资料室、图书阅览室、接待室、健身娱乐室等；生活区需要多少干警住房；监管区犯人需要多少住房、多少厕所、多少会议室，以及厨房、食堂、库房、医疗室、探视室、值班室、羁押室、大会堂等等；需要配备多少车辆枪支弹药械具；生产区需要建多少厂房，需要多少蔬菜粮油猪鱼鸡鸭兔等种养殖土地。林林总总下来一共至少需要三千六百亩土地。所需资金无法测算，由上级领导定夺。

在规划中黄志毅把干警生活区规划得特别好。住房按人平三十五平方米计算，有大鱼池、花圃、走廊、凉亭，还有一间供孩子们学习娱乐的大活动室；对犯人改造的规划也很人性化，有图书室、学习室、球场、乒乓球室、医务室等等。

规划在干警中一念，大家都一下振奋起来，七嘴八舌议论纷纷，最后都认为标准太高，花钱太多，上面不会同意。

孔明资说："你们觉得标准太高，我也觉得高。不过这只是我们的设想，上面觉得高了会砍下来的。"

杨正国说："你们都说高，我说不高，正合适。你们想嘛，这里不建好点，谁愿意到这里来工作？条件不好，工作不安心，容易出事。我们这样性质的单位，不出事则已，一旦出事往往就是大事，出了大事大家还有好日子过？总之，生产生活环境条件好点，犯人服刑安心，安心了就不想逃了。"

孔明资说："那就这样上报，行不行由领导们定夺。"

两个多星期后，陈忠夏打电话来，说司法局全体领导和财务处劳改处领导要来检查工作，主要是听取监狱建设规划。

孔明资马上主持研究迎接检查分工。自己负责接待，黄志毅负责监狱建设规划说明，杨正国负责汇报犯人劳动改造、思想教育、纪律整顿、监狱环境卫生等情况。

孔明资虽然主动提出自己负责接待，但会后说："老黄你分管后勤，还是要帮我搞好接待才行啊。"

黄志毅说："没有问题，我尽力协助你就是了。"

接待工作孔明资最看重伙食。他自己平时热心烹饪，和陈少波反复研究做多少个菜，每道菜如何做。最后说："小陈，把你所有的绝活都亮出来，让领导们满意，争取立功减刑。"

宝山监狱因为新建缺杯少盏，无果无蔬。孔明资专门和事务长老蒋一起进城购买精美餐具、高档食品饮料和时新蔬菜水果。老蒋问孔明资为啥不买猪肉，孔明资说："这些领导啥猪肉没有吃过？我已经和陈少波商量好了，午饭吃鸡鸭兔，晚上吃全鱼宴，全天不见一点猪肉。给他们一个惊喜。"

流金地区司法局领导们到达宝山监狱的时候已近中午。孔明资请领导们先洗脸，然后吃午饭。局长冯立纲宣布午饭不喝酒，说要喝晚饭喝。因为不喝酒，午饭很快就吃完了。

饭后立即开会。冯立纲说："今天我们这一行人有两大特点，一是绝大部分是从北方南下来的，二是绝大部分是从公安那边划过来的，而且都还不到两年。说公安的事我们还可以说一点，说劳改的事基本上没有发言权。局里面只有忠夏同志一直从事劳改工作，最有发言权。你们宝山监狱送来的建设规划我看了，很高档。关犯人嘛，为啥要建那么好？今天来就是想听听你们的意见。孔明资你们哪个汇报？"

孔明资立刻站起来说："这规划是黄副政委草拟，经全体干警集体讨论后上报的。情况黄副政委要熟一些，就由他来汇报，我和杨副政委作补充。"

黄志毅站起来。陈忠夏挥手示意黄志毅坐下，说："小黄，没必要站起，坐着说就行了。"

黄志毅听了坐下，说："各位领导，我也没有从事过劳改工作，承蒙组织领导关心，年初派我到司法部劳改干部学院学习，学了一些，也看了一些。宝山监狱上报的建设规划是我参照南京新建监狱资料，根据河北几所监狱和北京监狱情况，结合流金地区总人口、历年平均犯罪率、改革开放发展需要等实际情况写出来的，肯定有很多不尽如人意的地方。"

"不，不，小黄，你写得很好，让我写我还写不出来。"冯立纲插话说，"我们今天来的目的不是说写得好不好，是说为啥要这样规划。"

分管劳改工作的副局长寿学武说："三千多亩土地，再加上建房和设施设备，你知道要花多少钱么？"

冯立纲微笑着打断他话说："也不仅仅是钱的问题，钱该花还得花，只是要花在刀刃上。你这规划报上去，书记和专员问我，我总要说得出一个子丑寅卯的理由来嘛。"

黄志毅说："宝山监狱建设之所以要这样规划，主要是基于以下考虑，一是新建。由于严打，全国各地都在新建监狱，要建就要一次性到位，不能刚建起来就过时，然后又来修修补补甚至改建，这样花钱更多。二是这是流金地区自建的第一所上规模监狱。以流金地区历史地位和发展定位，不建一所好的监狱说不过去。第三，我们国家的监狱是无产阶级专政的工具，要体现无产阶级专政的优越性。"

"什么优越性？"寿学武截断黄志毅话说，"犯人住好玩好就是优越性啦？"

黄志毅正要解释，只听一个北方口音说道："寿副局长，不能简单这样说。"黄志毅一看是劳改处长莫增瑞。莫增瑞继续说："我上个月南京开会参观，南京新建监狱比黄副政委他们规划的还要好，一个监舍住八个犯人。现在大学一般学生宿舍都住八个人以上。他们提出要把监狱建成人性化的花园式监狱。"

"什么人性化！"寿学武说，"花园式，是享福还是改造？我们这些人都还没有花园式呢！"

莫增瑞说："要看发展嘛！南京能这样建，我们就不能这样建？"

陈忠夏说："监狱管理最担心的是犯人越狱，最麻烦的是追逃。工作生活条件好了，干警能安心尽责工作；监管条件好了，犯人能安心服刑，减少逃跑率。我在银杏坪监狱的时候，煤矿条件差，偶尔会死人。"

冯立纲说："你们都不要说了，还是听黄副政委说。"

黄志毅说："第四，建好干警生活区有利于吸引家属来居住，避免两地分居，干警安心工作；也有利于提高干警积极性，增强责任心。第五，也是非常关键的一点。就是关系到宝山监狱长远发展的问题。我这次在保定学习，学院组织到河北省二监、三监、四监狱参观学习。我印象最深的是，监狱管理得好不好与经济发展有极大的关系。凡是监狱管理差的基本上都是经济条件差的，凡是管理得好的都是经济条件好的。宝山监狱离大城市比较近，人口比较集中，交通比较便利，很适合建厂搞工业。我们规划预留土地较多，一是用来建工厂，二是用来建生活区，吸引工业技术人才。宝山是农业区，仅靠农业只能每年增加地区财政负担。将来宝山监狱发展得好与否，关键在工业搞得好不好。只要工业搞好了，监狱有钱了，不能说比城里强，至少比现在山区监狱好过得多，不仅不增加地区财政负担，而且还能为地区财政作贡献。"

冯立纲说："小黄不要说了，我基本清楚了，有说服力。这样，就你说的这些，下来写一个详细材料交给我，把理由说清楚。我拿去找专员和分管的副书记。必要时候找书记，尽量争取有一个好的结果。"然后对寿学武说："我第一次来，还是要看看这里的情况。"于是孔明资、杨正章、黄志毅三人陪着冯立纲等局领导。先是看已经修补整齐的监舍，发放到犯人的棉衣棉被劳动服装，两个犯人医生对外开业的医疗室。然后看鱼塘蔬菜地和庄稼地。每个地方都看得很仔细，也问得很仔细。

看着长得很好的蔬菜，冯立纲问："孔明资你们养猪没有？"

"没有。"孔明资回答。

冯立纲说："怎么不养？这么多犯人吃饭每天剩的饭菜，这菜地里的菜根老叶，人不能吃的都可以用来喂猪嘛。"

孔明资说："没有猪圈。"

冯立纲说："没有猪圈建猪圈嘛，想办法把猪养起来，丢剩的东西可惜了。"

孔明资说："听冯局长的，下来马上建。"

晚饭时候，冯立纲在孔明资陪同下走进干警食堂，后面跟着的人们鱼贯而入。

冯立纲大声说："中午没有喝酒，晚上给大家补上，敞开喝！"话音一落大家都高声叫起好来。

寿学武说："公安的人不准不喝！"

冯立纲说："你现在是干啥吃的啊？还公安的人。"

寿学武笑着说："反正穿的服装基本都一样。"

孔明资杨正国要黄志毅一同去向领导们敬酒，黄志毅说："你们去敬，我就算了吧。"

孔明资说："你也是主人，怎么能算了？"不由分说，一下把五钱酒杯给他倒满了。

冯立纲喝得高兴，问孔明资道："今天这鱼色香味形样样皆精，就是流金高档宾馆餐厅也不过如此。你们这是在哪里请的厨师？"

孔明资俯身冯立纲耳边说："什么请的啊，我们请得起？是一个在高级宾馆当主厨的三级厨师犯人，陈主任给我们调来的。"

冯立纲说："从你们监狱的发展看，是应该有一个好的厨师。"

吃到中途，孔明资大声说："大家慢慢吃，菜还多。下面还有一道菜，可能大家都没有吃过。"

寿学武说："什么菜？说得那么神乎！"

孔明资笑着说："到时候就知道了。"

正说着，陈少波端上菜来，大声说道："鱼酪来喽！"随即摆放在冯立纲面前桌子上。孔明资对冯立纲说："我刚才说的就是这道菜。是把生鱼肉捣成浆，用白纱布挤滤到碗里，配上调料，熬浓的雪白色鱼汤高冲下去，立刻就变成了豆腐脑模样。又嫩又爽又滑又清香。筷子拈不起来的，要条匙才行。必须趁热吃，冷了腥味就出来了。"说罢立刻给冯立纲等主要领导舀进碗里。其他人纷纷动手，有的站起来伸手去舀。

黄志毅敬酒，尽量小心应付，能避则避，最终仍然喝了五杯，估计大约二两多样子。这时头开始发晕，不敢再喝躲到室外。

吃到天黑席散，大家摇摇晃晃走到地坝。黄志毅觉得头和上身有些轻飘摇摆，怕走不稳跌倒让人笑话，便每一步都踏实了走，有些踱方步样子，自己都感到可笑。

众人走出大门口，寿学武说："喝了半天，尿都没有撒过一泡。"

杨正国说："我带你到厕所去。"

寿志强说："农村这么宽地方去啥厕所啊？"说罢走向大门左边围墙，冯立纲等南下干部们跟在后面，面向墙根站成一溜，微弱昏黄的路灯光下，解开裤子摇晃着身子边撒尿边若无其事地大声说话。其他本地人站在大门口看得直笑。黄志毅没有笑，心想这或许是战争年代养成的习惯吧。

流金地区司法局领导集体视察宝山监狱后，时不时有司法局干部子女调到宝山监狱来当工人。

春节后，陈忠夏女儿陈丽华从南峰山监狱调到宝山监狱，跟着陈丽华来的还有她的瞎眼外婆。陈丽华十七八岁样子，应该是参加工作不久。

一次黄志毅带着几个干警查看犯人种菜，觉得离监区太远，说："应该在这里建一个简便厕所，既方便浇菜，又免得犯人跑老远去解手，耽误劳动时间。"

一个干警说："没有必要，犯人解手远点就远点嘛。"

黄志毅说："水火无情，你是不知道屎胀屁来催得难受。《隋唐英雄传》里有一节，说程咬金一次打仗，两军对阵，突然放一响屁，便想解大手，只能忍着。到后来实在忍不住，便到附近草丛中方便。正拉得快活，一敌将骑马举刀追砍过来，吓得程咬金啊呀一声大叫，提起一半裤子就跑。"正讲间忽然发现陈丽华不知何时跟在后面抿嘴偷笑，便立刻止住不言。

此后一段时间，陈丽华一看到黄志毅就笑，还主动和他摆龙门阵说笑。摆谈中黄志毅渐渐得知，陈丽华母亲是独生女，她外公逝世后，外婆就跟着女儿女婿一起生活。陈丽华母亲生她弟弟时难产去世。陈丽华外婆日夜啼哭，双眼哭瞎。此后陈忠夏再婚。陈丽华后妈小陈忠夏十多岁，长得漂亮，又有文化，任性起来弄得陈忠夏左右为难。无奈中只好安排陈丽华与外婆住在一起生活。陈丽华在南峰山监狱参加工作后，陈忠夏便让她把外婆带到南峰山监狱生活。

二人一次闲聊，陈丽华说："南峰山高寒山区，地广人稀，林森树密，峰峦叠翠，白云飘绕，是个很适合天仙配式生活的地方。但是很不适合老年人生活，所以就要求调下来了。"

黄志毅说："那为啥那些司法局干部子女不在流金工作，反而调到我们这里来了？"

陈丽华笑着说："那还不是你的规划吹的嘛！说将来怎么怎么好，怎么怎么有前途，简直世外桃源一般，人家能不提前埋伏起来？"

黄志毅笑着问道："那你也是提前埋伏来了？"

陈丽华似笑非笑地盯着黄志毅说："你说呢？"

黄志毅这才发现陈丽华其实长得很美丽：高挑匀称的身材，端庄俏丽的面容，白里透红的瓜子脸，弯弯细长的柳眉，清澈明亮的大眼，深浅适度的酒窝，丰满细润的红唇，雪白整齐的贝齿。这才相信了人们说陈丽华母亲比她后妈还漂亮的说法。

杨正国不知从什么地方弄来一副麻将，休息无事时教大家打。渐渐黄志毅等好几个人都学会了。孔明资不学，但有时候要走过来看，也不说话，看一会儿后面无表情地转身离开。打麻将不兴钱，也没有奖惩，不知哪里来的劲头，有时候一直打到深夜。

春季放水花不久，孔明资叫人买了两千多只小鸭放养。潘绍良说："鸭养多了放不开，容易得鸭瘟，像去年那样养两三百只足够了。"

孔明资说："这么宽的水面怎么放不开？"

潘绍良说："水面是养鱼的，鸭多伤鱼，特别是放水花后鸭子更不能下水。"

杨正章厉声说："潘绍良摆正你位置，不要东说西说的，就按孔监狱长说的办。"潘绍良立刻闭嘴转身走了。

割麦收工清点人数少了四个犯人，带班干警派人去找，又寻又喊了十多分钟仍然不见人影，这才慌忙跑去报告杨正国。杨正国找到孔明资，二人决定一是继续寻找，二是马上准备追逃，三是打电话通知在原山县开会的黄志毅立刻回来。

黄志毅一下车，孔明资立刻向他说了情况。此时天已黑尽，断定犯人已经脱逃。于是立刻开会，决定狱政科后勤科干警留守监狱，组织犯人开会严查线索，不再出工生产。其余干警全力追捕逃犯。

四个逃犯全都来自丹河县农村同一个大队，估计是合谋一起逃回丹河县家里去了。黄志毅虽然业务不熟，但是想到这是一个增长业务知识的机会，便主动提出建议：由自己带四个干警第一批先赶赴丹河县，把每个干警送到犯人家里守候后，原车返回接第二批干警。孔杨二人听了立马表示赞成。

车到丹河县城时已近半夜。黄志毅在车上对四个干警说："估计逃犯还没有到家，你们每个人做一个犯人家庭的思想工作，讲明法律利害关系。如果犯人回来了不要让他离开，等车来带他回去。你们做了犯人家属思想工作后退出来，在离大门不远地方隐蔽蹲守。注意安全第一，现在逃犯已经不可能是监狱时点头哈腰、规规矩矩的样子了，敢于逃跑说明他们已经有了铤而走险的思想准备，什么穷凶极恶的事都做得出来。如果发现他们，首先劝告终止犯罪行为。如果反抗劝阻，按照枪支管理条例规定，该开枪坚决开枪，一定要快，决不能有半点犹豫。但是尽量不要击中要害，解除反抗能力就行了。我居中策应，哪个地方枪响我就赶到哪个地方支援。听明白没有？""听明白了！"四个干警齐声回答。

车返回去接第二批人员后，黄志毅孤身一人站在四个犯人回家必经的路口树下隐蔽起来。月光皎洁，可以看到很远的地方，想着犯人来了怎么劝阻制止，怎么做思想工作，怎么威慑制服，想着想着把枪从枪套里取出来，子弹上膛，打开保险又把保险关上装进枪套。鸡叫时候车来了，孔明资问了情况，把新来四个干警分送到每个犯人家，支援那里的孤守干警。

黄志毅仍然在路口树下守候。孔明资背靠柏杨树一支接一支抽着烟。

监狱最大的压力是防止犯人逃跑。犯人逃到社会上什么坏事都干得出来，成为祸害社会飘浮不定的移动炸弹。所以上面对犯人脱逃考核极严。现在宝山监狱犯人不逃则已，一逃就是四个，孔明资怎不揪心？

天亮后蹲守干警们回来了，都说没有情况。于是大家进城。吃面后孔明资把干警分成两组，第一组四人仍到每个犯人家守候。第二组到丹河县城四门盘查来往车辆。不管什么汽车，过一辆查一辆直到黑尽。吃了面又到乡下蹲守。第三天天快黑时仍一无所获，个个筋疲力尽，灰尘满面。吃了面正要回去蹲守时候，杨正国来电话说三个逃犯自己回来了。孔明资听了一下来了精神，大声对黄志毅说："老黄，三天了，不回来是不会回来了，全部撤回去吧？"

黄志毅说："好吧。"

根据三个回归逃犯交代，四个犯人同一天逃跑并非全部共谋，其中两人共谋一起向西逃跑，另两人各自逃走。共谋两人逃到凤翔江边过不了河，只好沿河而行，白天躲在树林中不敢出来，晚上怕被捉不敢进入人家，躲躲藏藏，饿得实在受不了，只好原路返回监狱。另一脱逃犯人向东沿公路边小路行走，也是躲躲藏藏，三天粒米未沾，饥饿难忍，最后直接到附近派出所，请求送他回宝山监狱。第四个脱逃犯人不知去向，无处捉拿。

在研究四个犯人脱逃上报问题上，孔明资杨正国意见严重相佐。孔明资主张只报一个未捉拿归案的在逃犯，其他三个犯人自愿回归可以不报。杨正国主张如实全报，因为擅离监区一百米以外就属于脱逃。

孔明资不是不知道这些，而是怕报上去影响太大，说："老杨，你是负责犯人监管的，这么大的事全报了真不好说。"杨正国说："比这大的事我都见过，不全报才真不好说。"黄志毅说："我赞成全部上报，但是要具体情况具体分析。一是说明监狱正在新建当中，地处平原，四周全是农田村庄，没有壕沟，没有围墙，没有电网，交通四通八达，想咋跑就咋跑，是个很不适合监管犯人的场所。二是强调罪犯的自愿回归。我们改造犯人的法律教育人性化教育收到了较好的效果，不然不会出现跑四人、三人中途终止犯罪主动回到监狱的情况。三是四个罪犯中主动终止犯罪回归的三个年龄都不满十八周岁，三个都一直不服，说是在围观打架时和斗殴人员一起被抓进去的，一直没有停止申诉。"孔明资说："既然大家都同意全报，那就全报，我负责上报。"

上报第三天莫增瑞带着人下来了。孔明资、杨正章、黄志毅三人全程陪同，看了逃跑场地，讯问了犯人。晚饭时莫增瑞说他个人基本同意上报意见。关键是这里本来就是不适合犯人劳动改造的地方，他已经向领导提了多次。同时也指出宝山监狱存在领导警惕性不高、对犯人本性认识不到位、管得松散等问题。

四月初，两千只鸭子长到小半大。看着嘎嘎叫着活泼游荡的鸭群，大家都觉得今年鸭子丰收在望。可是十来天后出现死鸭，一天比一天多，几天后一天死一百多只。犯人开头天天吃鸭，高兴得很，到后来吃得发呕，没有人再愿意吃。潘绍良说是鸭瘟，无药可治。四月底两千只鸭子全部死光。

宝山监狱干警家属迁到监狱居住之初，孔明资偶尔叫犯人帮他家做点重活，渐渐地他爱人柳绍华不断要求犯人帮她做家务。有的干警家属见了也叫犯人帮做家务，甚至有的干警子女也把犯人支来遣去。黄志毅则不准佘玉春、长华、天明与犯人接触，更不准叫犯人帮做家务。佘玉春不满地说："人家孔监狱长家都做得，我们家为啥做不得？"黄志毅说："人家是人家，我家是我家，各说各。你在老家啥苦活累活都做得，现在就做不得啦？怎么变得这么快啊？"

黄志毅从前对"不是人精不犯罪"的说法有些不相信，接触犯人后才知道很有些道理。犯人不仅会讨好干警，也会讨好干警家属子女。每当新鲜蔬菜成熟后，种菜犯人主动给干警家里送菜，不仅不过秤，不记账，还尽挑好的送。绿叶蔬菜外面老叶子摘尽，只送里面雪白嫩绿的叶心。

黄志毅分管后勤，对孔明资说："孔监狱长，犯人给每家每户送菜不过秤，不付钱不行啊。"孔明资听了笑着说："老黄，这些得罪人的小事咋好说？算了吧，反正都是犯人种的，又不设假定工资。再说犯人不干这些干啥？"

流金地区民政局宝山农场，原本是收容扒手等无业游民的地方。宝山农场土地房屋划归宝山监狱后，农场原班人马在农场附近新征土地建成儿童教养院，收养弃婴和流浪无主儿童。儿童教养院副院长费云深是黄志毅高中同学。费云深前妻生两个儿子，前妻病逝后与本单位姑娘孔旭芳结婚又生一子。费云深很聪明，利用空闲时间自学组装修理电视机，挣钱弥补家用。全家五人生活不仅不显窘迫，而且远好过本单位工作人员。黄志毅无事经常到费家闲聊，感叹说还是有技术好。

六月初，有消息说全国不准再新建监狱，已经在建的要保证质量。宝山监狱干警听了都很高兴，认为借这股东风宝山监狱一定能按规划很快建起来。

六月中旬又有消息传到宝山监狱，说新建监狱要逐一审查，该撤销的撤销，该合并的合并。大家的心一下悬起来，议论纷纷，担心监狱被撤销。

孔明资三天两头跑流金地区了解情况。每次去都要拉一些鱼走，拉得多了怕有意见，便晚上派犯人打鱼，打了马上拉走。

六月底，陈忠夏到宝山监狱宣布撤销宝山监狱的决定。决定说严打之初全国各地监狱人满为患，随着严打深入，治安形势好转，社会犯罪减少，许多监狱无犯人可进，流金地区也是如此，为此决定撤销宝山监狱。宝山监狱撤销后，犯人押送回原劳改单位。干警和工人从哪里来回哪里去；原单位撤销的，留守宝山监狱，不愿留守的自行联系接收单位。

撤销宝山监狱决定宣布后，陈忠夏把黄志毅单独叫到办公室，问道："小黄，你准备到哪里去？"

黄志毅知道陈忠夏一向关心重视自己，说："现在还没有想好，大致两个去向，一是回县上，二是到省劳改干部学校。我一个大学同学是省劳改干部学校领导，欢迎我去，但是不保证家属子女就业。我正为这个事纠结。"

陈忠夏听了说："现在家属子女就业是个棘手问题。你既然已经有了这两个去向，我就不多说什么了。你是法学学士，你的思想认识水平、工作能力我是早就了解了的，不然也不会把你提为副政委，派到司法部干部学院学习。"

黄志毅说："感谢陈主任对我的关心，其实我心里早就明白。可惜不能在你手下工作了。"

陈忠夏苦笑说："这单位由我一手组建起来，现在由我宣布撤销，真是成也萧何，败也萧何。"

黄志毅说："时势不由人，这关你陈主任什么事？再说宝山监狱真要建好也不容易，早点撤了可能对大家都有好处。"陈忠夏微微点头，说："我相信你不管到哪里都是不会有大问题的。不过世事难料，今后遇到啥事情一定要给我说。""谢谢陈主任关心。"黄志毅感激地说。

宝山监狱犯人被全部押送回原监狱后，干警们便开始交接各自工作手续。孔明资继续天天送鱼到流金地区搞关系。干警们都知道他不愿回原单位，想调到流金地区去。只是此时已各自分心，哪里还会有心思去管他合理违规与否？

黄志毅分管后勤，涉及财务公物资产，天天督促会计保管清点造册、验收封存，准备司法局来人接收。为防以后产生不必要的麻烦，黄志毅把自己经手的所有经济手续备份，要求经手人签字后自己留存。

第三十六回
为生活觍颜找工作　遇调资直言表真心

流金地区宝山监狱撤销，原山县委决定黄志毅仍回县纪委工作。安排住房时，县委办公室副主任毕开诚说："你走的时候是一个人，回来是一家人。现在住房更紧张，只能分两间给你暂时住下。确实有些窄，只能以后有机会再调整了。"黄志毅微笑说："没关系，能挤下就行。"

黄志毅回到县纪委，周泉林副书记笑着说："小黄，你跟纪委真是有缘，转一圈还是回到了纪委。"冯克顺书记说："你回来了，一个萝卜一个坑，一下也不好安排你具体工作。好在很快就要换届了，平时没有事就在办公室看看材料，哪个科室临时需要人了你去帮一下，有人下乡你跟着去，熟悉一下各方面工作。"

黄志毅到纪委第一次下乡是跟着副县级纪检员吕光前到田家公社检查工作。先是听田家公社党委纪委汇报，然后问情况，谈看法，提要求，最后是田家公社党委书记徐国安表态同意照办。

午饭徐国安作陪。吕光前一行人都喝酒，只有黄志毅与信访室主任阮玉芳不喝。

由于不喝酒，黄志毅很快吃了饭独自一人来到街上。田家场很可笑，极短极宽，有如广场，完全看不出街道形状，倒很像一块大田模样。看了一会儿没有什么看的，转身回公社小解。公社厕所是一个大茅坑，坑里的粪水漫没坑口。搭了几块砖，人就站在砖上大小便。因为曾经泌尿性昏厥的原因，黄志毅不敢多进入，站在离门口最近的砖上方便。出厕所走到食堂门口，吕光前等人出来了。

黄志毅提议说："吕书记，我们把午饭钱和粮票交了吧。"

徐国安若无其事笑着说："交啥子啊？不交！"

吕光前："要交，我们下乡有补助，不交说不过去。"

徐国安说："有啥说不过去的？现在哪个下乡吃饭还在交钱粮？再说，你们下乡一天补助两角钱顶个啥用？"

黄志毅说："我们吃多少交多少好了。"

徐国安一下红了脸："我不是那个意思，县上所有单位下来，包括县领导都早就不交了，我能单独收你们的？"

吕光前说："其他单位是其他单位，我们是纪委，不交不好说。"

徐国安一下恼了，正色说道："吕书记，我们公社所有干部，包括我本人，触犯了党纪国法你们查，查出来该咋办就咋办。反正这钱票我不收。"说罢转身进屋去了。

吕光前愣神了一会儿，说："看来这老徐是误会了，不交就不交吧，反正现在普遍都是这个样子。"

正说着，纪检监察室主任冯绍光跑过来惊慌大声喊道："吕书记不好了，冯家松陷入灭顶之灾了！"

大家问怎么了，冯绍光说："我和冯家松一起去解手，站在粪水砖头上。可能他喝多点了，突然一下滑进粪坑人就不见了。幸好他反应快，头立刻就冒了上来。我把他拉上来，一身粪水直往下流不说，脑壳上还顶了一大坨屎。"

吕光前问："他现在在哪里？"

冯绍光说："周大刚和他一起到公社外面水沟洗去了。"一行人到了厕所，吕光前看着说："厕所都成了这个样子，可见其平时作风。"

众人走出公社大门，见司机周大刚和穿着一身宽大旧军服的冯家松从街那边走了过来。

吕光前问："冯家松你现在怎么样？没有大问题吧？要不要去医院？"

冯家松一句话不说，只是摇头。周大刚说："太臭了，好不容易才帮着洗干净。幸好我一个战友住在街上，才换了全身干净衣服。"

大家上车后，冯绍光笑着说："家松，说真的，我真佩服你反应之快。人刚沉没下去，头一下就冒了上来，真是太敏捷了。沉到底的时候有什么想法？感觉爽不爽？喝进去没有？味道怎么样？"

冯家松脸色铁青，不停发呕，啊啊地想吐又吐不出来，然后不停打嗝叹气。车快要进城时才长出了一口气，说："妈哟，太霉了！"

冯绍光嬉笑着接过去说："霉啥子啊，我看你是运气来了，古人说大难不死必有后福。加之你粪坑里又吞了那么多好东西，更是福上加福。"

阮玉芳说："冯绍光你也太过分了，平时哥好弟好的，现在人家落难了，看把你高兴得那个样子。"

冯绍光正色说：“真是妇人之仁。不过也难怪，你本身就是妇人。家松他有啥子嘛？不过吞几口粪水而已。回去洗个热水澡，多抹点肥皂，全身疙疙瘩瘩地方多搓几遍，吃两三片黄连素或者利福平。不要和我兄弟媳妇登啊荡啊的。睡个好觉，明天清早起来，不就阿弥陀佛万事大吉了？”

阮玉芳说：“真是狗嘴里吐不出象牙。不过，冯家松我给你说，遇到这样的事是有些不吉利，今后真的要小心点。”

冯家松摇头不语，仍然作呕，时不时长呕一声，说：“太霉了。”

回到县上后，佘玉春没有了收入。为佘玉春找工作成了黄志毅最紧迫的要务。经多方打听，听说玉泉酒厂需要人装瓶酒，便到玉泉酒厂去寻机会。来到酒厂大门，门卫问道：“你找谁？”

黄志毅说：“不找谁，听说你们酒厂需要人装酒，现在还需要么？”

门卫说：“这个你要问我们孔老板才行。”然后指着不远处一间房子：“那就是孔老板办公室，人才刚进去。”

黄志毅谢了热心门卫，走到办公室门口，见里面坐着一个五十岁左右男子，知道就是孔老板了，便走了进去。孔老板抬起头看见黄志毅，好像认识他似的：“啥事？”

黄志毅说：“听说你们这里需要装酒的人，我来问问还需要人不？”

孔老板盯着他：“就你？”

黄志毅说：“不是，是我老娘子。”

孔老板说：“明天八点来。”然后低头看他的东西。

第二天八点钟黄志毅把佘玉春带到玉泉酒厂。孔老板见了，立刻通知装酒组长把佘玉春领去了。

玉泉酒厂实行计件制，标准定得很低，并且经常停电，工作接不上。一个月下来收入太少，完全解决不了家里生活问题。黄志毅只好又找工作。

一个多月后，通过熟人找到一份工作，是到城关建筑队当工人。城关建筑队是集体所有制企业。队长邵新民为人豪爽仗义，安排佘玉春当实物保管，每天工作任务是收发清点锄头箩筐水泥等工具材料。工作简单轻松，很明显是给面子了。但是佘玉春死活不去，说不识字，写写画画的东西弄不来，弄丢了赔不起。

黄长华说："这么简单的账都做不来？我每天放学回来教你。"

佘玉春说："我数都数不好、字都写不来你咋教？"

黄长华说："那我帮你做账。"佘玉春说："又不是一天两天，你能帮我做一辈子的账？"说罢竟哭起来。黄志毅无奈只好放弃了这份工作。

两个多月后又找到一份工作，是到县二轻局所属塑料厂当工人，任务是开电机粉碎废旧塑料。粉尘很大，难闻呛鼻，一年多后佘玉春眼睑浮肿起来，但她毫不在意，每天都按时上班下班，月月超额完成任务。

佘玉春有了正式工作后，黄志毅给母亲买了一只梅花牌手表，虽是国产的，走起来却准时。说："妈你暂时将就戴，以后有钱了换只好点的。"

佘玉春工作三班倒，家里早晚饭几乎都是由黄志毅一人做。每天晚饭后长华、天明做作业，黄志毅为第二天早餐做准备：把老面和面粉拿出来和面，和好了放在蜂窝煤炉附近暖和地方发酵。为了保证长华、天明姐弟俩上学不迟到，黄志毅都是天不亮就起床做馒头煮稀饭。渐渐自感做的馒头不亚于县委食堂的馒头。为了让儿女吃好，黄志毅学会了做花卷，还想学做包子，但终因时间太紧没有做成。

天明好动，自从手摔断接好后黄志毅就对他管得极严。对危险行为开初和颜悦色劝说，不听就严加呵斥。一天天明放学回家骑着自行车进巷道，上下石阶过低矮门槛全不下车，歪歪扭扭猛冲。黄志毅见了吓得不轻，对他又是一顿训斥。天明显出不以为然样子说："这有什么嘛？大惊小怪！"

星期六下午，县委机关七八个男生，悄悄把食堂买菜用的脚踏三轮车弄出来，合力推上县委大门口，掉转车头对准县委下坡道路。一个学生骑车，其余学生全力推车，快推到半坡时争先恐后爬上车，齐声喊叫骑车学生快蹬。三轮车飞速冲下坡，车上人高呼欢笑，享受兜风刺激的畅快感受。如此反复推车上坡，猛冲下坡。有的干部见了喝止，可哪里制止得住？

一次车猛冲下坡，骑手想享受那转弯感觉，把车龙头猛向左边小道一拐，那车惯性巨大如何转得过去？一下就翻了个底朝天，车上人全都摔出老远。县委办公室老吕的小儿子吕老三左手指当场砸断三根，急送县医院救治。

天快黑时黄志毅下乡回来听说，想到天明动性大，可能参与其中，匆匆赶回家问他参加没有。天明不说话。

佘玉春说："天明没有参加，你问他做啥子嘛！"

黄志毅对天明说："天明你一定要吸取他们教训，做事小心，安全第一，听到没有？"

天明立刻笑着说："这有啥嘛？比这危险的多了。那天我们几个二号楼顶上撵猫，袁老二被追急了，一纵身就往楼下跳。幸好谭老二手快，一把抓着他裤脚，不然袁老二就掉到五楼下去了。"黄志毅听了不再言语。

星期一上班黄志毅向袁乐安说了此事。袁乐安听得吓了一跳，苦笑说："这些娃娃太难管了。"

黄志毅说："难管更要管，你现在是县委副书记，跟县委办打个招呼，叫他们把不安全的地方封起来。真出了事家属痛苦悲伤自不消说，县委名声也不好听。"

袁乐安默了一会儿，说："那我跟他们说一下。"

黄天明进初中后学习成绩越来越差，黄志毅找他班主任老师交换意见。班主任老师神情冷淡地说："我们老师肯定是要尽力的，但是你们家长也要配合。家长对孩子还是要管严点的好。"黄志毅知道事情严重，每天晚上都要过问在校表现，督促学习。一次检查天明作业，发现没有完成，人却在外面玩耍，急得不由自已地打了他两下。长华见了替天明说话，气得黄志毅把两姐弟一起打罚跪下。看着他俩跪着可怜，觉得跪也不是办法，只好叫他们起来继续看书做作业。

对长华、天明两个孩子，佘玉春最爱天明，什么都将就他。孩子间争强好胜，难免没有争吵冲突，佘玉春不分好歹，对内对外总是护着天明。黄志毅劝她不要这样，说最终会害了儿子，可她完全听不进去，仍是我行我素护着。黄志毅后来工作更忙，外出时间更多，也就顾不上了。

天明学校改建,同年级两个班合在一起上课。不仅人多拥挤，而且光线很暗，不久天明视力下降不得不戴上了眼镜。黄志毅为此心里难过了很多天。

一天晚上，黄志毅对佘玉春说："我大学英语学得很难，想给长华天明买一台可以收录放的收音机,免得他们英语掉队。"

佘玉春说："你想买就买嘛，只要他们学得好就行。"

黄志毅说："要买就买好点的，只是有点贵。"

佘玉春说："有就行了嘛，何必要买那么好的？"

黄志毅说："不是听歌曲，是学外语，不好不行。"

佘玉春说："反正我又不懂，你说咋买就咋买。"

于是二人到专卖店花四百八十元买了一台收录机。佘玉春付钱时心疼地说："好贵啊，你半年多的工资了。"

黄志毅说："只要他两姐弟把外语学好，花这么多钱也值得。"

晚上佘玉春说："买收音机下来，只剩二十几元钱了。""二十几元就二十几元嘛！"黄志毅说，"明天起除了吃饭，其他能不买的都不买。"

佘玉春时不时向黄志毅讲一些他们厂里的事。说他们帅厂长对工人有多严，他老婆穿得有多好，金项链有多重，玉手镯值多少钱，全家生活有多好，又在哪里买了新房等等。

黄志毅听了问："你们一个小厂，厂长咋会有那么多钱？"

佘玉春说："不要看它小，六十多个人三班倒，每天要生产上万斤料。一次听冯副厂长说，一斤加工出来的废旧塑料要赚两三元，你说有多少钱？"

黄志毅说："塑料厂又不是厂长的，他能得多少钱？"

佘玉春说："厂是集体的，实际上是他的。前几年塑料厂发不起工资，要垮要垮的时候，局里实行承包制，张榜说谁能给工人发工资，还得起银行利息，谁就可以承包，剩下的钱都可以是承包人的。可是没有人敢承包，局里找当时还是采购员的帅厂长做工作，又许了一些好处才同意承包了。"

黄志毅听了想：挣这么多钱，还是有本事的好。正想着，忽听佘玉春说："帅厂长老婆太胖了，整天吃零食嘴不歇。"

黄志毅问："她是做啥的？"

佘玉春说："现金出纳。整天东游西荡，从这个车间转到那个车间，实际上是在看工人偷没偷懒。"

一天晚上，佘玉春对黄志毅说："每年过年工人都要给帅厂长拜年送礼，我们送不送？"黄志毅反问道："怎么送？"佘玉春说："你说咋送就咋送。"黄志毅说："依我说就不送，辛辛苦苦没白没黑挣那点钱还送要礼？"佘玉春没有说话。

一天下午，佘玉春二哥佘永良拿几条活鱼来。佘永良走后佘玉春对黄志毅说："我们和袁乐安隔几间房子住，宝山回来还没有到他们家去过。要过年了，把这几条鱼送给他们吧。"

黄志毅说："他现在是副书记，送给他你不怕人家说是舔钩子？"

佘玉春说："舔啥钩子啊！大家都是同学。你不去我去。"说着端起装鱼盆子就走。黄志毅说："还是我去吧。"说着从她手里拿过盆子，把鱼倒进废旧塑料袋中。边走边想这同学之间送几条鱼本来没有什么，但是自从回到县委机关后觉得袁乐安明显变了。两人路遇，袁乐安有时微点一下头，有时头都不点一下擦肩而过，好像不认识似的。再说，袁乐安也不在乎这几条鱼，如果他坚拒甚至想偏，那就丢一万八千里的人了。这样一想把塑料袋提到周泉林家门口放下，转身走了。

一日，黄志毅街上遇到党校教员冯培德，知他和袁乐安关系历来很好，便随口问道："最近到乐安那里去过没有？"

冯培德一下沉了脸说："不要对我提这个人！"

黄志毅诧异问道："怎么了？"

冯培德说："想不到他会是这样一个人。以前他到我们家次数之多就不用说了，单是他省委党校读两年书，每次去党校都把自行车放在我家，然后赶公共汽车到党校。每次从党校赶公共汽车回来又到我家骑自行车回去。很多时候他来了，只要时间允许，我们都要请他吃了饭走，菜少了还要专门上街买两个菜；以前路上遇到，老远就打招呼，一脸都笑烂了。自从当上领导以后就一次都没有到我家来过了。路上遇到，开初点一下头，以后头都不点了，好像没有看到一样，生怕向他伸手要什么东西似的。你当官了，我又没有向你提过任何要求，没有必要把我当叫花子来防嘛。我现在算是真正把他看透了！"

黄志毅笑着说："当官了事情多，说不定走路心里都在想事情。你想嘛，从没有多少领导经历的一般干部一下升为县委常委研究室主任，过几个月又升为副书记，那压力不重嗬？"

冯培德冷笑说："我又不是三岁小孩，那神情我看不出来？再说，你压力再重，点个头招呼一声又有啥子不得了嘛？你可能不知道，就是你那些同学都说他变了。"

黄志毅笑着说："人都是要变的嘛！认为可交，加倍敬之；认为不可交，敬而远之，不就了了？"

冯培德说："算了，不说他了，说你吧。"

黄志毅说："我有什么好说的？"

冯培德说："我听好几个人说，你重回纪委，是为换届安排你当纪委书记作准备。"

黄志毅说："不要听这些人瞎胡扯，我自己几斤几两我不知道？绝不可能的事。"

冯培德说："我看不会是空穴来风。不过现在风气说不清，你还是向袁书记他们学习学习，多走动走动的好。"

黄志毅正色说："我的性格你又不是不知道，走动什么？讨要官当？还要脸么？"

冯培德笑着说："看你这性格，还真是一个当不了官的样子。"

换届后黄志毅仍然是纪委常委，但是却兼任了两个具体职务：办公室主任和学习室主任。奇怪的是还给他配了一个办公室副主任。

换届上班第一天，黄志毅便对办公室副主任孔长根说："老孔，我们纪委就这么十几号人，办公室哪里用得着两个主任？不过组织安排，你我都没有办法。这样吧，我们两弟兄不说高矮，订个君子协定：办公室工作由你主持，想咋搞就咋搞，我一概不过问。"

孔长根说："那咋行啊？该请示还得请示，你怎么说我就怎么做。"

黄志毅说："老孔，我对你说的全是真心话。你放心大胆地干，出问题责任我来承担。"见孔长根光笑不说话，知道他同意了。

春节后上班第一天，新任纪委书记和全周扛一麻袋柑橘来到纪委办公室。孔长根问咋回事。和全周说："过年一个老板送的，沾点远亲，从来没有来往，推不掉。"孔长根问黄志毅怎么处理，黄志毅说："不要问我，你想咋处理就咋处理。"孔长根于是通知各室到办公室拿柑橘，想拿多少就拿多少。

一天上午，办公室褚永秀带两个人到黄志毅办公室来，说："黄主任，这两位地区纪委纪检处的同志，要找你说点事。"

黄志毅听了请二人坐，然后叫褚永秀泡茶。二人自我介绍，年纪大的姓陈，小的姓李，也不说什么职务。

姓陈的递给黄志毅一个大信封，说："黄主任你仔细看看，知道里面说的情况不？"

黄志毅打开信封，见全是人民来信，反映县委书记景恕宽嫁女大办婚事的问题。立刻微笑着说：“二位领导，我是学习室的，这不是我工作职责范围内的事，你们应该去找纪检室同志。”

老陈笑着说：“不！不！我们认为找你最合适。”

黄志毅说：“我没有这个权力，也不知情。”

老陈说：“现在还没有到处理的时候，学习室的认识水平应该比其他室要深一些。只谈你对这些来信内容的看法就行了。”于是黄志毅仔细看那些信。小李拿出纸笔记录。

黄志毅看后把信退给老陈，说：“我的看法是，一、景恕宽同志嫁女确有其事。二、办婚事应该认定。三、来信言辞偏激，夸大事实，不能全信。”

小李停下笔问道：“你的依据？”

黄志毅说，“我的依据是每份来信言词都过激，而且夸张。比方一封信上说‘鞭炮之声三天三夜不绝于耳’，试想，三天三夜要燃放多少鞭炮？三天三夜都在不停地放炮，婚礼又是在县城内，你们信吗？反正我是不信。”小李记录完递向黄志毅，说：“这笔录你看完后如果无遗漏和错误，就请签上你的名字。”黄志毅签了字。老陈微笑着说：“黄主任，按理都是纪委同志，没有必要签字。只是纪委规矩不得不如此，请你谅解。”黄志毅说：“我理解。不存在谅不谅解的问题。”

老陈听如此说，立刻站起来，满面笑容地握手说：“多谢黄主任，耽误了你这么长时间。”

黄志毅立刻叫来褚永秀说：“给二位领导安排个休息地方，请孔主任中午陪同吃饭。”

老陈急忙摆手说：“不用不用，已经出来三天了，上面正等着我们回去复命。”

陈李二人一走，黄志毅想："这应该是纪检室的事，怎么不找纪检室，找到学习室来了？该不会是在考验我吧？不过我有什么值得考验的呢？该不会是不相信纪检室吧？但是这绝无可能啊！或许是怕纪检室说出了不好处理的真实情况，他们拿着也不好处理，才找到学习室的吧？这也不可能啊！真是莫名其妙。"

下午孔长根到黄志毅办公室来，说："一件事不好整，你看咋办。"

黄志毅说："啥事你说。"

孔长根说："明天领导们分片下乡检查工作，和书记说他的坐车由县委办公室派。纪委只有一台车，两个副书记，你说派给哪个副书记？"

黄志毅说："当然应该派给周泉林副书记嘛。"

孔长根说："可是孔贵轩副书记不干，他说他也是副书记，为啥周泉林副书记能坐他就不能坐？"

黄志毅说："贵轩书记还年轻，泉林书记都是快要退休的人了，就派给他吧。"

孔长根说："那我就按你说的派了？"黄志毅说："你就给贵轩书记说是我定的。"

一天下班，黄志毅孔贵轩同时走出办公室。孔贵轩说："黄志毅，你整得好啊。你在宣传部的时候，我在组织部。我们办公室门对门，你到我家吃饭，我到你那里喝酒，那么融洽。想不到你现在把这些都忘得干干净净，去关心周泉林了。"黄志毅说："贵轩，话可不能这样说。人家泉林书记都是快六十岁的人了。慢慢来，总有轮到你的时候。"孔贵轩鼻孔哼了一声，转身大步走了。黄志毅心中暗自叹道："这人啊，为什么不当官看不出，一当官就变了呢？"

调整工资文件出台，县纪委十多人分一个涨一级工资名额。文件要求各单位自报公议，最后由领导决定。

孔长根遵照和全周要求，通知纪委全体人员学习调资文件。讨论时对调资文件的理解争论起来，越争越激烈，好像都怕那唯一的名额被别人抢去似的。黄志毅见争论不休，想自己当民师是一个月九元都拿过的人，觉得这样争吵下去太没有意思，便说道："我表个态，今后调整工资除了人人有份的普调外，其他调资我一律放弃，不参与竞争。"此话一出全场顿时一片寂静。和全周立刻说："今天学习暂时到此。希望同志们相信群众，相信组织。散会！"

虽然和全周如此说，但大家心里却并不如此想。周泉林找到负责调资工作的喻文渊副书记，说除了普调，自己从来没有涨过工资，以前自己当主官的时候都是把名额让给别人，现在自己快要退休，再不涨这一级工资，这辈子就没有机会了。喻文通觉得有道理，便把纪委名额给了周泉林。

孔贵轩知道后找喻文渊汇报说："喻书记，我和周泉林都是副书记，工作一样，谁都没有什么特殊贡献。调资文件也没有临近退休就必须要升工资的规定。他周泉林涨得我孔贵轩也涨得。"那意思是喻文渊违反规定乱作为。喻文渊无奈只好单独给了孔贵轩一级奖励工资。不久孔贵轩又升一级学历工资。孔贵轩连升两级得意洋洋。周泉林见了说："贵轩，这下你该没有意见了吧？"孔贵轩说："哎呀，没法，这人运气来了门方都挡不住，还会有啥意见啊？"

本次调资县委常委每人涨一级工资，和全周不占纪委名额涨了一级。对县纪委三个领导一齐涨工资，纪委其他人都一下愤愤不平起来。

阮玉芳说："今后球大爷才给他们干，有事他们领导自己去干，我要不来？"越想越气，直接到和全周办公室要求调离纪委。和全周说："阮玉芳你是常委，选举出来的，不是说调就能调的。"阮玉芳见调离不成，说："和书记，按文件规定，纪委信访工作人员每月有六元的防尘防传染补贴,说多少次了,你也应该给我们解决了。"和全周说："好，我尽量想办法给你们解决。"一个多月后津贴得到落实。阮玉芳喜滋滋地说："管他啥啊，东边倒墙西边取土，只要有钱拿就行。"

原山县解放那年参加工作、曾任劳动局副局长的冯崇贵工资被孔贵轩追平，感叹说："现在看来，还是当官有搞头。"

纪检室主任冯绍光突然请假一个月，说感觉肺上不舒服，要去住院治疗。一个月后请病假在家休养，大半年后才上班。

冯家松在办公室大声骂道："妈哟，现在当官的年龄越长越小，文凭越填越高，工资越升越多，天下乌鸦一般黑，找不到一块白的。"第二天就到县医院检查患肺炎住院，接着又患胸膜炎住院，然后又说颈椎弯曲痛不能上班，每天骑着纪检室摩托车到处逛。

孔贵轩批评他说："冯家松，你硬是要把你周身毛病治得一点都没有了才来上班啊？"

冯家松顶他说："你们当官的票子硬，身体好。我一个当兵的有病你都不让我治嗬？"

孔贵轩听了只好说："治吧，治吧，谁说不让你治了？"

纪检室冯家高在纪委最年轻，说："调资完全靠权力分配，什么文件规定啊？假的！"

周末，司机周大刚送黄志毅回家看父母，车过高林岗时路面凸凹不平过不去。黄志毅说："周师你转回去算了，剩下的路不长，我自己走回去。"周大刚不说话，下车看了车下路面和前面道路，跑向三百多米外人家，不一会儿提着锄头跑转来，对路中间突起的土包又挖又铲，累得满身是汗。路弄平后把锄头放进后备箱，说："领导上车吧。"黄志毅问："你锄头不还给人家啦？"周大刚说："万一前面路又不平了咋办？转来时还。"

周大刚家离县城几十里，因为是司机，县委办公室分给他一套住房，他便把老婆女儿弄来一起住。周大刚老婆是农民，除买菜做饭送女儿上学外，无事便与县委家属院女人闲聊，吹她家生活如何如何好。县委大院不少人都觉得周大刚很会整。

一日，县纪委办公室接到匿名电话，举报周大刚用纪委小车拉客找钱。

下班时孔长根叫住周大刚说："周师，给你说个事。"

周大刚站住问："啥事？"

"也没有什么大事。"孔长根说，"我们纪委性质特殊，说话做事都要注意影响，不然沾惹些不必要的麻烦到身上化不来。"周大刚说："这个我知道，进纪委的时候领导就都说过了。"

一个多月后，孔长根又接到举报周大刚拉客电话。孔长根对周大刚说："大刚，有人举报你用纪委车拉客找钱。你说有没有？"周大刚说："领导放心，我绝不会有这样的事。"说罢转身走了。

见周大刚这样态度，孔长根把事情经过告诉了黄志毅，末了说："我认为群众举报是基本属实的，但是他拒不承认。你是主任，你说怎么办？"黄志毅说："我找他谈了再说。"

第二天下班周大刚收车回来，黄志毅把周大刚叫到办公室关上门。说："周师，群众举报你的事我听说了。你清醒点，现在还只是匿名举报，如果变成实名举报就麻烦了。你当过兵，当兵的人喜欢干脆，也非常珍惜自己的荣誉。现在你老实说有还是没有？"

"没有！"周大刚立刻大声说。

黄志毅说："没有最好。对你，对纪委都好。"周大刚走后，黄志毅觉得周大刚没有说真话，便去向和全周汇报。和全周听了低声说："我找他谈一下。"

又一个多月后，纪委办公室又接到举报周大刚拉客电话。仍是匿名，但是举报内容很详细，某天某时、拉客姓名、起止地点全都说得清清楚楚。这一次周大刚磨叽半天后终于承认了，但说是星期天接送朋友，没有收钱。于是和全周召开纪委机关全体工作人员会议，要求周大刚作检查。

周大刚说："我没有文化，写不好，也不会说。反正领导们说得都对，我今后决不再犯。"和全周见他如此态度，立刻宣布停车半个月，停车期间检查交代所有问题。对周大刚的停车处理，纪检室人员意见最大。说这样的人根本不应该留在纪委。

半个月后周大刚恢复开车，两个多月后又有人举报周大刚。和全周黑着脸对孔长根说："你给周大刚说，叫他退还所得，不得再犯。"

黄志毅觉得作为办公室主任，有责任帮助周大刚改正错误，于是找周大刚谈心。

周大刚说："黄领导，我到纪委这么多年，还没有一个领导找我谈过心。你是老实人，我就对你说老实话。我刚到纪委的时候，多少客人见我辛苦送我钱物我都没有要，不敢要，因为纪委是特殊单位，要了会影响纪委名誉。可是我渐渐发现，纪委其实不完全是我想象的样子。比如说限制私人用车，限来限去还是有人用车。但黄领导你也太笑人了，你私人用车还要付钱，晓得的说你老实，不晓得的说你假正经，挂误其他人。还有今年调工资，你会上公开说除了普调，不参加所有调资。其实大家都知道你经济比他们任何一个人都困难。你这样一说把那几个常委的口封住，就都不好说话了，背后都说你虚伪。只是这些你听不到罢了。不过，我看你真是算得上纪委无私第一人了。"

黄志毅说："不说这个，说你公车拉客是咋想的。"

周大刚沉默了一会儿说："这好大个事嘛？翻来覆去地要我说。咋不说比我大的事？比方纪检室摩托车经常到东门冯摩托那里修，修车费返一半给私人。很多单位公车没有问题都要去修。冯摩托生意为啥那么火？就是这个原因。还有，摩托车一年跑了多少公里，应该烧多少油，他们吃了多少钱，一查就清楚了。为啥不一齐拿出来会上说？我找点渣渣钱查得那么认真，好像有好大好大问题似的。还有那些当官的，感冒到医院屎长一节路都要我送。家里屁大点东西都要我拉，什么时候给过我加班费？经常送这个领导回家，接那个领导进城，大半夜了都还在外面跑，有谁考虑过我？这些出车损耗和燃油费难道不是国家的钱？他们私人谁出过一分钱？更气人的是，县委办公室司机的婆娘娃娃全都农转非了，老婆全都参加工作了，就我一个人的婆娘娃娃转不了。都是当官的不关心，要是关心早就转了。组织信任我，把这么高档的进口车拿给我开，可是当官的不信任我。坐车的生命在司机手中，这些当官的把生命都交给我了，可就是不关心我。你说好笑不好笑？不关心算球，大家装糊涂，哪一天出个大事才安逸。"

黄志毅见周大刚越说越没有边际，打断他话说："大刚你不要说了。我找你的目的是希望你改正错误，不再出现你所谓的小问题。你我都是农村出来的，要懂得珍惜。你想过没有？如果事情整大了，你们全家咋办？"

周大刚立刻说："黄主任、黄领导你放心，你是真心对我好才对我说这些。我一定吸取教训，不给组织丢脸。"

黄志毅听了说："大刚你每次都是这样说的。如果你这一次说的是真话，那就赶快把钱退给人家，不再给纪委增加麻烦。"说罢站起来转身走了出去。

第二天一上班，黄志毅就到书记办公室向和全周汇报周大刚的思想情况。最后说："和书记，我认为周大刚问题不是三两句话就能解决的。如果不采取断然措施，肯定会发展到实名举报、甚至越级举报等更大情况。"见和全周只点头不说话便没有再说。

星期一上班周大刚没有来，领导们下乡用车等得心焦，孔长根跑去问他老婆，说星期六晚上出门就没有回来过，不知到哪里去了。

星期二上班时流金县公安局打电话来，说周大刚上周星期六晚上在流金被抢，受伤住在流金地区医院。车子下落不明。和全周气得脸色铁青，周泉林默默无言，孔贵轩喋喋不休。孔长根找县委办公室派一辆小车，和周大刚老婆一起到流金地区医院看周大刚，中午与周大刚同车一起回到纪委。

下午，和全周召开纪委常委会，听周大刚讲被抢经过。周大刚嗫嗫嚅嚅地说："星期六天黑后，一个人到我家里来，说要租车到丐源机场接客人。我一是不认识这个人，二是天黑了担心出事，便没有同意。那个人好说歹说，租车费最后加到两千元。我想到机场不是很远，沿路人又多，应该不会有问题，就同意了。车到县城西门外上了两个人，到离流金不远地方时那人叫我停车，说还要上一个人。我见前不巴村后不巴店，路上又没有人，就没有敢停车。那人立刻来抓我方向盘，我和这个人在拉抢方向盘的时候，感觉后座的人在往我脖子上套绳子，以后就啥都不知道了。听流金县公安局的同志说，清早路过的人发现我躺在水沟边草地上，脖子上套着绳子，以为我死了，就向公安局报了案。"

周大刚讲到此，和全周立刻打断他："算了！算了！不说了！你回去不要出门，在家里写检查交代，接受组织和公安审查。"

原山县纪委轿车被抢失踪案传开后，社会上一片大哗，各机关单位议论纷纷。县纪委领导们颜面尽失，整天闷不作声。半年多后案件告破，被抢经过与周大刚所述一致。主犯被判死刑，从犯被判重刑。车被追回时伤痕累累，面目全非。为免遭议论，大修时把灰色车身改成了黑色。周大刚不仅没有受处分，还调到了福利奖金补助都高的交通局开工程车。机关干部们议论纷纷，都说他后台硬因祸得福，从糠箩筐跳进了米箩筐。

第三十七回

夺丰收下乡驻屯军　杂交稻强推两段秧

春节后，黄志毅参加县农村工作会。新任县委书记段念恩坐在主席台正中。黄志毅对段念恩了解不多，只知他是本县农村人，当兵复员后从大队支部书记干起，一步步逐级升到现在。段念恩记忆力特强，工作求实，作风果断，魄力超群；但性格内向，不苟言笑，很难接近。景恕宽任县委书记时，县委开会研究问题，总是泛泛而谈，提不出切实可行的有效办法。而时任县长的段念恩恰恰相反，最后几乎都是按段念恩意见办。时间一长那些工作务实的领导干部遇到问题大多都找段念恩。景恕宽倒落得个清闲。

县农村工作会段念恩首先作动员报告，在照念几句开场白后脱稿说道："同志们，每年春耕前县委都要召开农村支部书记参加的农村工作会，就是大家常说的县三级干部会。为什么要开规模这么大的会？因为我们县是农业县。农业是大头，重中之重，必须要抓好。讲三点：

"一是请同志们充分认识粮食生产的重要性。现在提无工不富，无商不活，无粮不稳。我看无粮不稳是关键，是基础。毛主席说，手中有粮，心中不慌。原山县是产粮大县，但是长期以来把上交国家任务完成后，人平口粮每天不足一市斤，还是原粮。吃不饱饭，人心必乱。在座各位都是三年困难时期过来的人，如果再出现那样的缺粮情况，社会再不可能有当时那样的稳定局面，改革开放很有可能成为地基不牢的空中楼阁，风一吹就有可能垮塌掉。

"二是请同志们弄清楚我县粮食生产的严峻形势。原山县农业体制改革之初的头几年是粮食生产最好的几年。最高一年粮食总产量达到五亿零一百二十二万斤，此后几年连续徘徊减产，去年减到四亿三千万斤，是十一届三中全会以来减产最多的一年。人平产粮一千零五十斤，除去上交国家和工业饲料种子等等用粮，人平口粮更少。

"我县粮食减产的主要原因是对粮食生产的重要性认识不足。集中力量发展工业抓票子，对农业资金的投入大幅度减少，农业生产资料缺乏，特别是化肥农药奇缺并且价格猛涨，大大增加了农民负担。粮食生产效益差促使农民种粮积极性下降。总起来看，生产力脆弱，后劲不足，经不起挫折，只能吃补药，不能吃泻药。

"从改革开放发展看，到本世纪末我县人口将达到五十二万，但耕地将减少一万亩以上。如果现在不引起重视，到时候后果将更为严重。

"三是请同志们改进作风，下功夫确保今年粮食增产五千万斤。为了实现增产五千万斤的任务，县委决定采取切实可行有效的措施。这些措施会议文件都已经印发到人，大家认真学习执行，我就不讲了。

"总之，请同志们明白，民以食为天。粮食生产是关系到我县人民群众能否吃饱饭的第一大问题。人民群众都有饱饭吃了，我们的心也就安了。"

这是黄志毅第一次听段念恩作大会报告，觉得有如此关心民生的领导当家，原山县是所幸得人了。

段念恩讲话后，高级农技师冯重科讲科学种粮问题。说："要实现县委粮食增产目标任务，关键是要解决好杂交水稻和杂交玉米种植技术问题。首先要解决认识问题。为什么要推广杂交水稻和杂交玉米？因为这两个都是杂种。"台下顿时一片笑声。冯重科不笑，继续说："看来大家都怕沾上杂种这两个字。其实从生物学角度看，杂种比纯种好，婚姻法不准近亲结婚就是这个道理。杂种是新生事物，往往不容易被人理解，不被人接受。我看只有通过实践尝到甜头才会被接受。大家知道，我们本地黑猪不肯长，还费粮食，喂一年最多长到两百斤就不得了了。我县引进良种杂交白猪之初，有人说白猪肉粗，煮在锅里头油珠子大颗，不如黑猪油珠子细，肉吃起来不香，还不好饲养等等，总之就是本地猪好。现在怎么样？白猪崽儿的价钱要比黑猪崽儿昂贵得多。杂交白猪已经成了全县生猪的当家品种。现在还有多少人愿意喂黑猪？没有多少了吧。还有杂交玉麦。刚推广的时候很多人都说味道没有本地玉麦甜，还说秆矮，柴都没有烧的。现在怎么样？本地玉麦品种已经绝迹，找都找不到了。

"一个问题同志们一定要清楚，我们现在的所有常规稻品种，不管是桂字号还是其他杂牌乱娃品种，都已经严重退化，抗自然灾害、抗病虫害能力都很低，绝大多数已经完全不能用，极少数也基本上不能用了。由于杂交水稻每年都要进行新的杂交，所以不存在退化不适应的问题。实践证明，哪个种杂交稻哪个找吃，哪个种常规稻哪个倒霉。现在，除了杂交稻品种，已经没有多少其他品种可供选择。自古华山一条道，非种杂交水稻不可，回不去了。"

冯重科讲后，县农技师严志成介绍杂交水稻栽培技术。说："杂交水稻是农业科学技术的优秀成果。但是由于种植不得法，让杂交水稻背了黑锅。杂交水稻是良种，良种要用良法种植才能充分显示其优越性。如果种植方法不对头，良种不仅显示不出优越性，结果还不如一般的老旧品种。要为杂交水稻正名，就必须要解决种植技术上的四个问题。

"一是施肥均衡问题。农作物要长得好，产量要高，氮磷钾营养比例就要恰当。我们县的土质，省农业大学教授带学生到各地取样化验，证明氮和钾含量中等，含磷量极低。但是农民大多数重氮轻磷。氮肥施了不少，苗势长得喜人，可是灌浆时氮肥过剩，壳长得又厚又大；磷肥不足，结实营养跟不上，造成笑死人的庄稼、气死人的产量；灌浆不饱满，造成壳重，壳重出米率自然就低。接受重施磷肥宣传的社员，杂交水稻出米率大都在百分之七十以上，完全不比地方稻种差。

"二是晒田问题。杂交水稻无效分蘖时间段没有晒好田，造成无效分蘖大量发生。致使上林结实苗得不到充分营养，产量高不起来。

"三是施肥方法不当。只顾重施早施底肥，不重视后补追肥，造成秕谷多。

"四是不重视二代二化螟的防治。灌浆时期二代二化螟咬稻秆，一般都没有咬断，表面看不出来，好像没有问题，实际上营养已经不能正常供应。造成粒谷不饱满。

"可见壳重、秕谷多、出米率低等等并不是杂交水稻的问题，而是我们自己没有整好，反而怪到了杂交水稻头上。至于说杂交水稻米饭吃得多，好吃才吃得多嘛。这是什么缺点？优点嘛！

"当前面临春耕，首先要抓好杂交水稻的育秧问题。杂交水稻育秧，目前比较有效的方法是高塘育苗、地塘育秧，两段寄插。根据我县平坝和丘陵地区气候特点，按照杂交水稻生长期的每个生长过程推算，杂交水稻要在最佳的扬花期得到充分授粉，就必须在四月五号前后两三天内下种，也就是清明节前后两三天。但是每年清明前后都有一次不宜播种的寒潮。清明前下种栽老秧，清明后下种栽嫩秧，都不利于水稻分蘖生长。可是清明下种又要冻死谷芽。为了躲过寒潮，不栽老秧和嫩秧，还要赶上扬花灌浆好天气，只有一个办法，就是在清明前后期间实行人工高塘育苗。所谓高塘育苗就是人工建造塑料薄膜温棚，棚内砌灶安锅烧水产生蒸汽，使棚内温度保持在三十二至三十五摄氏度。棚里面搭多层竹架，每层放置若干个簸箕，把杂交水稻谷籽浸泡后均匀薄撒到簸箕上，使人工制造的适宜温度催生种子发芽。谷芽长到两叶后移出棚外，寄插在泥塘里，这是第一段寄插。所谓地塘育秧，就是谷芽插入泥塘后，把竹片两头插入泥塘两边成弓形，弓形竹片盖上透光塑料薄膜，薄膜四周用土压实密封，形成一个与外界气温隔绝的小空间。这个空间利用地温和太阳光照升温保温，促使秧芽生长，长到一定时间后揭去薄膜使其自然生长，长到一定高度拿到大田栽上，这是第二段寄插。

"现在杂交水稻种子奇缺。如果撒播，以全县二十九万亩，每亩需种子四斤计算，今年种子公司想尽办法弄到的五十三万斤种子，只能栽十四万五千亩，剩下的十四万五千亩无秧可插。因此建议县委政府必须坚决防止撒播，决不能把杂交水稻种子分到户。分到户农民拿到种子，一是怕麻烦过撒，二是信不过杂交稻，不给你种，仍种常规稻。因此种子必须集中购买，集中保管，集中育苗，分户寄插。不然今年的任务难以完成。"

春耕生产动员会后和全周对黄志毅说："志毅，县委安排我们纪委挂钩屯军镇。干脆我们两个一起下去。"黄志毅说："那好啊！参加工作以来我还从来没有驻过乡镇，一点农村工作经验都没有，正好跟你学学。"

第二天早饭后和全周黄志毅骑自行车出发，边骑边摆龙门阵。和全周说："屯军镇是全县最大的产粮大户，全年粮食生产主要靠春种，春种抓好了，全年粮食生产任务基本上就有保证了。"黄志毅说："那一定要把他们督促紧点。""就是。"和全周说。

和黄二人到屯军镇时，镇党委正在开春耕生产干部会。与县上会议不同的是，镇党委书记和树德传达县三级干部会议精神很简短,主要是讲去年已上交和今年应上交的各项税费任务。在把军烈属优待、五保户照顾、生猪防疫、教育费附加、县尿素厂集资等等逐项对比报出后说:"这还不包括农业税和其他费,如果加上这些就更多了,人平均在四十元以上。可见我们每个社员今年的负担比去年更重。有些费实在完不成,比如公路建设费上面要求人平均交二元六,我们只收一元。为啥要少收?农民负担太重了。完不成任务我们镇干部肯定要挨批,首先是我这个党委书记,还有成贵镇长也跑不脱。但是没法,我们只有乘起拿给他们日嚷。尽管负担重,这次育秧我们还是要尽量想办法多找点钱,把杂交水稻两段育秧任务完成。"

会完后和树德把镇长周成贵、分管农业的副镇长姜乾良、纪委书记兼民政员冯大明一并叫来汇报。和全周把黄志毅介绍给大家认识后说:"今天我们来,其他工作一概不谈,只说你们现在的备耕情况。"和树德说:"我来作主要汇报,成贵、乾良、大明你们作补充。"

黄志毅从汇报中知道,社员们对改种杂交水稻抵触情绪很大。为了解决社员思想认识问题,镇上已经把镇机关绝大多数干部派到各村,会同村组干部到各家各户做思想工作,做到不遗漏一户。

和全周说:"现在还只是思想发动阶段,最难的是育苗阶段。你们种子千万不能分到户,分到户,到时候他把种子撒到田里了,社员嘛,你拿他有啥办法?所以一定要集中高塘育苗,这一关把好了,以后就好办了。"

周成贵说:"这个我们想到了,到时候公社所有干部都下到生产队,不分白天黑夜巡查。"

姜乾良说："这里面有一个问题。有的社员提出说，常规育秧产量稳定，无风险。强推高塘地塘两段育秧，如果不成功，谁来赔偿他们损失？"

冯大明说："能不能先大力宣传提倡和推广高塘育秧，到时候采取自愿原则，允许社员常规育秧？不然风险太大了。"

和全周一下打断他说："不行！全部实行高塘育秧是今年县委定下的目标任务，不能有半点动摇。只是这高塘育秧是一门科学，浸种、温度、干湿度等等每一关都不能疏忽，只要有一关出问题了，其他就麻烦了。现在农业局技术人员和全县农技站农技员都在全力以赴培训高塘育秧人员，就是要确保技术上不出问题。现在的问题是干部要坚定信心，不能动摇。宣传工作是关键，准备工作是保证。现在你们就要开始做准备工作，要砌多少灶、要烧多少煤、哪些人负责育秧、要多少种子等等这些都要计算好，落实到位。不然到时候就迟了。"

和树德说："刚才大明他们说的也是我的想法，我们都是说真话的人。不过请和书记放心，我们更是讲组织原则的人。一定不折不扣按照县委要求，把这一仗打好。"

吃了午饭，和全周对和树德说："大家都各有各事，你们忙你们的，树德你派一个人带我们到各大队看看。"和树德说："那就冯大明陪你们去，育秧准备工作我们已经提前开始了，和书记你们下去就会看到的。发现有什么不足或者问题就对冯大明说，我们好及时纠正解决。"

和全周黄志毅冯大明三人把屯军镇各村走完后，和全周说："志毅，我从明天起一般就不下来了。双抢期间你代表纪委驻屯军镇，遇到重大问题马上给我说，我们一起解决。"又说："看来全镇各村建高塘都开始动了，但督促不能松。关键是大队干部，特别是大队支部书记，有的油得很，当面说得好听，下来不来气，等到发现的时候你不要他搞常规育秧都不行了。你要做好公社干部工作，让他们督促好大队支部书记。你我都不懂农业技术，但是农业技术员懂，要调动发挥他们的积极性，讲明利害关系，严格质量管理，让他们明白肩上责任重大。告诉他们如果技术出了问题，县委今年粮食增产五千万斤目标任务完不成不说，农民依法提出赔偿损失这件事就很难处理。到时候他们也要拿话来说。"

黄志毅此后无论是否星期天，每天都早出晚归，有时下村回镇晚了就住在镇上。

黄志毅知道高塘育苗既是苦活累活，更是细活技术活。特别是高塘温度要保持在三十二至三十五度，稍有不慎就容易出问题，便和镇农技员郑文孟保持密切联系，劝说督促他多下村社检查指导，发现问题及时向镇领导汇报。

农业局为了起好示范作用，在屯军镇与义兴乡交界处建了一个高塘育苗示范点，免费为附近村民育苗。黄志毅每次经过那里都要去看看，很快就和示范点负责人农技师郎承先熟悉起来。

示范点建九个育苗大棚。每个大棚按全县统一规格绑扎，在给大棚套塑料罩时，郎承先发现塑料罩不够标准，有的短，有的长，塑料厚度也不够。好不容易挑选两床勉强够尺寸的罩上，但是罩门太窄掩不合缝，便把罩门两边扯拢用夹子夹上。水烧开不久，塘子里便充满了乳白色水蒸气，温度很快升到三十二度。时值三月底，一阵风吹过，温度下降到二十五度，到了晚上温度更低。不管如何加碳升温，到二十八度就上不去了，这离催芽要求的三十二度至三十五度相差甚远。大家找原因，发现是塑料膜太薄，不能有效保温，于是拿两床罩子一起罩上，实行多层保温。温度升到三十二度，刚松一口气，温度又急剧下降。又查原因，发现塑料薄膜接合处不是热合而是胶粘合，粘合处遇热开裂热气泄漏。

郎承先叫人把罩子拿出来检查，见全部都是胶粘合。赶忙派人进城去拿罩子。拿回来郎先旺看也是胶粘，轻轻一扯便裂开，连声叹气说："后天就要开现场会了，怎么办啊？"

黄志毅说："不要慌，这不是你的责任。"

郎承先说："这不是责任不责任的问题，这上万床罩子都是同一个厂做的。全县都是这个样子，到时候这育秧咋办？"

黄志毅说："还能咋办！全部换成合格的嘛。"

郎承先说："全换，这么多罩子谈何容易！"

黄志毅问："过去你们是咋做的？有没有出现过这类现象？"

郎承先说："去年以前的罩子都是到流金定做的。塑料薄膜我们提供，都是六丝的规格，每热合一床加工费八元，不过数量都比较少。今年数量大，还是到流金定做，合同都签好了。可是县上有的领导说，这笔钱为啥要拿给外人赚？我们县这么多塑料厂自己做不行？于是单方面毁了合同，结果就成了这个样子。"

黄志毅说："老郎你放心，我马上去向领导反映。"边说边骑上车往城里赶。县领导们也真有办法，不到两天就全都换成了合格的新罩。

郎承先的第一批谷苗出棚就出了问题。义兴乡社员领谷苗时发现出苗率不高，和郎承先理论起来，好说歹说才劝回去。

当天晚上半夜时分很多人涌来，强行把烧火洒水看温度等管理人员推开进入塘内。郎承先出来阻拦，被拉开推倒在烂泥地上，端走了育好的全部谷苗。

　　黄志毅早上骑车经过见高塘凌乱的模样，问一身是泥的郎承先怎么回事。郎承先摇头叹气说："我也不知道是怎么了。"旁边人向黄志毅说了塘子遭抢经过。这时大约有一两百人奔跑过来，边跑边大喊大叫说："郎承先在哪里？给我拉出来糊稀泥巴！"

　　黄志毅上前拦住，大声吼道："你们说啥？糊稀泥巴！你们知不知道秧苗被抢了？"

　　一听说被抢，大家立刻静下来，可是很快又议论纷纷哄闹起来："整啥子高塘育秧嘛，真是吃饭胀得痛没事找事。""把谷种分给我们自己种，收成好不好不关你们的事。"黄志毅一下明白这些人是来拿谷种的，说："你们这么多人，我听谁的？选两个代表出来和我谈。"趁人们一时无话，黄志毅问郎承先怎么办，郎承先说："我来给他们说。"黄志毅想了想说："算了，你说啥啊，他们就是冲你来的，最好不要出面。"说着站上土堆，大声说："大家听着，我是县上派来，专门调查秧苗被抢的事的。正好你们来了，哪个知道是谁抢的？说！"见没有人说话，黄志毅强硬地说："既然你们不知道，那就赶快给我回去，不要弄乱了现场，影响我调查！"见人们还是不走，又大声说："大家要谷种的事，我回去给县领导说，尽快给你们一个满意的答复。"

　　人们很快散去。五十多岁的郎承先体格瘦弱，胡子又长又烂，满身是泥，坐在地坎上一言不发。黄志毅说："郎老师，你去休息一会。我马上回去汇报，看怎么解决。"

　　郎承先不知怎么的竟然一下来了精神，说："你也太胆大了，明明知道人家不是抢，硬说是抢。枉自你还是学法律的！"

　　黄志毅笑着说："不这样说把他们镇住，气头上对你这个台属动粗，把你整住了我怎么向上交代？"正说着，郎承先爱人来了。郎承先见了张口就问："你来干啥？"郎承先爱人说："干啥，十多天没有回去过，像失踪了一样，不该来找你？"然后转身对黄志毅说："老郎下来前正在住医院，一听说是搞杂交水稻示范，手续都没有办就出院了。"

郎承先说："说那么多干啥！你看我哪里像是有病的样子？"

黄志毅说："郎嫂子，你费心多照料郎老师一下，我马上回去向县上领导汇报，就不陪你们了。"说罢转身骑上车飞快走了。

和全周听黄志毅汇报，脸色渐渐变得难看起来。黄志毅汇报完，和全周问："你肯定抢秧苗是义兴乡那边人干的？""肯定。"黄志毅回答。和全周一下站起来说："真是好心没好报！走，找严金生去！"

二人骑车来到义兴乡政府，见党委书记严金生推着自行车从大门出来，和全周说："走，进去说。"三人来到严金生办公室坐下。严金生说："和书记，我知道你们是为社员抢秧苗的事来的，我正要下去说这个事。"和全周没好气地说："咋回事？你说！"严金生说："大队给我汇报的情况是，昨天那些社员把育秧笆领回来，发现发芽率太低，担心秧苗不够，田栽不满，心头慌了，就出了这样的事。"

和全周已经平静了很多，说："民以食为天，农民嘛，可以理解。但是，咋还要把郎承先弄来糊稀泥？"

严金生说："我问了，不是这些抢秧苗的人说的。是邻近几个生产队的人，听说发芽率不够，也慌了，去找郎承先解决，其中有的人气愤不过，说了些过头话，其实并没有动手。"

和全周问："那你咋处理？"

严金生说："这样的事，批评一顿算球了，我还能咋处理？"

和全周说："你才说得安逸，批评一顿就算了。对人家郎承先就算啦？还有造成的损失咋办？"

严金生说："这个我问了，造成的损失不是很大，由我们乡上赔算了。至于郎先生嘛，大家又不是不认识。这么忙的时间，把社员些弄去当面道歉也不现实。我去给他说清楚，大不了请他喝顿烧酒，桌子上给他道个歉。"

和全周脸上终于有了笑意，说："金生，你这样做也不是不可以，但是，还是要吸取教训，该教育的还得教育，该批评的还得批评。此风不可长，不然那还了得？"

晚饭后和全周到黄志毅家来，说："志毅，明天我也下去。不要镇上的人陪，就我们两个到最偏远的村看看。"

黄志毅听了微笑说："好，那我们就到与长雅县交界的十一大队去，没有哪个大队有它远了。"

晚上下过雨，机耕道很烂，坑坑洼洼到处是积水，和全周黄志毅二人只好推着车走。来到十一大队支部书记樊国林家，黄志毅向樊林国介绍了和书记。樊林国于是向和全周汇报说："和书记，我们十一大队总共有十二个生产队，计划一个队建一个塘，但是只建了十个，还有两个生产队没有钱建不起来，已经向公社汇报了。"

正在旁边铡猪草的樊国林爱人听了说："樊国林，你就只晓得说钱。绑棚子每户出一根竹子，哪家一时不用的锅借来用一下，罩子是上面发的，砌灶烧煤公社有补贴。总共能花好多钱？我看你是思想有问题。"

樊国林说："你晓得好多啊？白天黑夜不停烧火、加水、管理哪样不要钱？又不是一天两天，一二十天不给钱哪个肯给你干？"

樊国林爱人说："要我说还是要有点为公的思想。育秧是大家的事，又不是哪一家的事。大家轮流出点劳动力不就解决了？这段时间农闲，天天耍起，又有谁给他钱了？"

和全周听了笑着说："看来你这个书记娘子不仅觉悟高，办法还不少呢。"

正说着一个四十来岁的男人走进来，樊国林介绍说是长雅县烧砖的侯师傅。

侯师傅很健谈，大声说："要说高塘育秧我看是你们原山县开花，我们长雅县结果。"

和全周听了微笑问道："侯师傅此话怎讲？"

侯师傅说："这高塘育秧本来是你们原山县先搞，后来你们不搞了，我们长雅县才开始搞，一直搞到现在。这不是原山县开花长雅结果么？"

和全周说："你说得有道理。这高塘育秧你们每亩能增产好多么？"

"要多打一两百斤谷子。"侯师傅回答，又说，"你们这边的人真怪，我都想不通。现在我们那边杂交稻，你不要他种他还不干。你们这边塑料薄膜和种子政府贴钱买，烧煤给补助，罩子不出钱还不想干。我们那边是政府一点不出血，全部市场价。我看你们这边人是落在福地不知福。"

和全周说："主要是我们这边还没有尝到杂交水稻甜头，以后尝到了就没有这么麻烦了。"

从樊国林家出来，和全周说："志毅，我们干脆到长雅那边去看看，是不是像侯师傅说的那样。"

二人沿着机场跑道边大路骑入长雅县境内。长雅县在原山县之南，气候比原山要早一些。沿途腾田、淹田、平整秧母田已经大面积铺开，到处都可见到寄插已经转青长高的秧苗，真有些闹春耕的感觉。来到桑茂镇，街上人不多，可能都下田去了。

和全周看了看表说："下午一点，县委有个电话会。我们吃饭回去还赶得上。"于是走进一家饭馆坐下。

和全周说："我们下来不是一天两天的事，吃饭最好自理，尽量不给公社增加负担。"

黄志毅说："我也是这样想的。不下乡在家里就不吃饭了？再说不要看招待时热情得很，内心里想的什么只有他们才知道。"

和全周微笑说："虽然没有那么严重，但是时间长了总有些不大好。我们每天的下乡补助加上在家里的吃饭钱，在公社食堂吃简单一点还是勉强可以的。我们两个先说好，今天这顿由我招待。"

黄志毅笑着说："好嘛，这次该你，下次该我。"

和全周说："不，这次就这次，下次再说。"

县委电话会朱清源先通报两段育秧检查情况。一开口就说："这次检查总体情况是两个不：一是不平衡，二是不理想。少数乡镇行动快，效果好；多数乡镇行动迟缓，过拖。拖下去的结果是误了季节，逼迫县委同意撒播。造成这种情况的原因主要是干部认识有问题，有抵触情绪，不想干，不愿干，消极对待，督促不紧，要求不严。这种情况不解决将完全达不到县委政府杂交稻面积二十九万亩、增产五千万斤的目标任务。

现在的关键是干部要转变作风，起好带头作用，到最困难的地方去。乡镇干部要搬铺下到村组，对特别难的地方要加强领导，调整力量，派得力干部突击难点，带动全面。

另外，在抓好两段育秧的同时，要抓好小麦田间管理。小麦长势喜人，如无大的病虫害，每亩增产百十来斤没有问题。当前蚜虫已经出现，要组织使用好农药，乐果不够，可用杀虫霜等农药代替。"

段念恩插话说："现在到了关键时候，关键时候就要有关键时候的作风和行动。各乡镇情况不同，各自把问题梳理一下，存在什么问题就解决什么问题。工作要细致，要逐村逐社逐户做好工作。不能用简单的办法解决思想认识问题。有的乡不搞两段育秧就不给化肥的办法是不行的，这样做往往适得其反。现在两段育秧技术是关键，县农技站要把高塘育苗地塘育秧技术迅速印发下去，明天就发到乡镇，有条件的明天就发到农民手里。从后天开始，县委检查组再开展一次大检查，把检查情况通报全县。"

朱清源接着说："现在问题的关键还是在干部。总之是水不激，鱼不跳，出水才看两腿泥。两段育秧结束后各乡镇拿结果来说话。"

朱清源讲话后，段念恩最后说："同志们，现在我们的做法好像是一刀切，群众不理解有意见。特殊情况下只能这样，是没有办法的办法。我们只有把工作做好，让人民群众得到实惠，尝到甜头，他们最终是会理解的。"

会议结束时通报了两起倒卖杂交水稻种子案件，说公安局工商局正在联合调查处理，要求各地提高警惕，防止类似事件发生，造成缺种情况。

电话会一结束，和树德马上站起来说："电话会大家都听到了，就按会上说的办。从明天开始，早饭后，镇政府只留一人值班守电话，其余的人全部把铺盖拿到各自挂钩驻点的地方去睡。没有完成两段育秧任务的就不要回来了。我和县纪委的领导，还有周成贵，天天下到各村转，有什么问题就解决什么问题。"

周成贵说："这前两天我就不和你们一起了，我还有我的挂钩点。"

和树德说："好，你去忙你的。"

黄志毅对和全周说："和书记，我今天住这里，就不和你一起回去了。你的事多，没有必要就不要下来，有事我会及时向你汇报。"

和全周听了点头说："也好。"然后站起身与和树德握手说："树德，这段关键时间松不得，辛苦点。"说罢一人骑上车走了。

上午，黄志毅与周贵德来到洛泉村七社。黄志毅觉得七社应该是全村最穷的一个生产队了，一家好房子都没有，几乎尽是草房泥砖墙。二人转过弯，村支书和尊众迎面走来，问道："周镇长，今天你们要看哪里？"周成贵说："就看这个队。"

和尊众说好，于是把二人带到竹林中一个高塘边。一个衣裤脏旧、胡子很长、又黑又瘦的矮小男人掀开塘子门走出来。和尊众介绍说这是队长朱光明。朱光明看起来身体有些弱，说话一点没有神气样子。黄志毅看塘子虽然歪歪斜斜的，但是却掩得严严实实，应该很能够保温。

三人钻进塘子，灶是用田里烂泥和着干谷草砌糊的，不高的烟囱也是草泥砌的。有的竹笆上谷子露出两叶嫩芽，有的竹笆上是刚进塘的谷子。

从塘子里出来，周成贵对朱光明说："你一个人这样给大家开流水席不好，耽搁时间，人还恼火。最好谷子统一时间泡，统一时间进塘；谷芽统一时间出高塘，统一时间进地塘，一次性搞完。"

朱光明说："没有了，你们看见的这几笆是最后两户了。"

黄志毅看见两根竹竿斜绑在竹子上，竹竿上搭了一截破晒垫，晒垫下地上铺了一层谷草，谷草上铺着破草席和一床破被子。知道这就是朱光明守棚睡的地方了。

看了塘子，朱光明带三人去看沉井，说所有沉井都已经全部淘完，今年天再旱也不会缺水了。

看了沉井转回高塘棚子，一个二十多岁的小伙子端着一大斗碗稀饭和盐菜走来，对朱光明说："爸吃饭了。"

黄志毅问："朱队长就吃这个？"

朱光明说："吃这个就不错了。我们生产队现在有好几户吃厚皮菜面糊，还有几户天天到外面找钱买米下锅。"

离开高塘棚子转过弯，和尊众说："这个队太穷了，硬是没有钱，绑棚子的竹子都是朱光明一个人出的。这人一倒霉啥子霉事都跟着一起来，去年他家里前前后后死了大小十三头猪。到现在还一头猪都没有喂得有。"

周成贵说："我看这朱光明真是生产队长的好榜样。"

和尊众说："这个朱光明当了十多二十来年队长，就是人太老实了。"

黄志毅说："周镇长，我看这样的穷队镇上应该重点帮扶一下才行。"

周成贵说："那是肯定的。"然后问和尊众："这朱光明入党多少年了？"

和尊众说："啥子多少年啊，他不是党员。"

周成贵说："啊，他还不是党员嘛？这样的干部实在太难得了。我回去看一下，如果有可能，民政上解决他点钱，买几只小猪喂起，种庄稼不喂猪越种越恼火。"

回到镇上周成贵对冯大明说了朱光明情况，要民政上想办法解决。冯大明说："这样的情况不是一户两户，我亲自下去到他家看了再说。"

周成贵说："朱光明是生产队长，干部困难不解决，积极性怎么调动？想点办法吧。"

冯大明说："好吧，但我还是要去看了再说。"

第三十八回

人发奋奈何天不肯　遇风波慷慨发直言

雨淅淅沥沥一直下个不停，黄志毅和周成贵正议论着如何下村的时候，朱清源带着几个人来了，说要在这里召开片区会。

不一会儿片区各乡镇党委书记乡镇长全部到齐。会议一开始朱清源就说："昨天县上开了一个赤霉菌防治会。从天气和检查情况看情况很不妙，动得很不好，问题相当严重。念恩书记觉得光开大会不行，必须一家一家落到实处。要求我们县上几个主管领导带队下来，分片区召开公社党委书记乡镇长会议，解决防治赤霉病的问题。这个会是现场办公会，县上各有关方面人员都来了，有什么问题当面提出，当场拍板解决。现在请高级农技师宣成虎同志介绍情况。"

和树德悄悄走出会场，叫办公室通知各大队支部书记村长明天早上六点准时回公社开会。

宣成康说："赤霉菌对人畜和植物的危害极大,对小麦的危害主要在扬花期。病菌侵入花心潜伏,待花谢灌浆时大量繁殖,致使小麦不能灌浆,即使灌浆了麦粒品质也会大大下降。赤霉菌在摄氏十五度以上的高湿条件下繁殖最快。四月上旬以来我县气温都在摄氏十五度以上,而且阴雨不断,为赤霉菌的繁殖造成了非常有利的条件。这正好碰上今年我县的小麦扬花期,如果防治不好,必然会造成大面积减产甚至绝收。由于赤霉菌人眼看不见,开初不易发现它的侵害,等到扬花两个星期出现红色麦穗时,就已经无法挽救了。因为地理气候原因,历史上我们这里赤霉菌的危害不严重,绝大多数人对它的危害认识不足,对螟虫蚜虫等看得见的虫害很重视,总的是重虫轻病。这次如果还是老观点,恐怕非要吃大亏不可。现在正是小麦盛花期,今年小麦收成好坏关键就在这几天,如果现在还不赶快喷药扑灭那就晚了。"

宣成康讲完后参会人员就如何保证药品供应、购药资金来源、喷雾器的购置维修和发放、施药人员的组织、喷药时间的安排等问题逐一进行研究。每研究一个问题,县上有关部门和各乡镇对接,表态如何互相合作完成任务。

对防治赤霉病有重大服务责任的农资公司负责人向乡镇领导们详细介绍了防治赤霉病的各种药物、使用方法,最后表态如何保证满足供应。其中特别推荐了日本进口的防赤霉病特效药托布津。

朱清源最后讲话说："对赤霉病的防治现在是十万火急,无任何观望等待的余地,早一天打药早一天胜利。这关系到今年全县小春能否增产一千万到两千万斤的问题,最终关系到全县人民群众的肚子问题。这次菌口夺粮是一场硬仗,有好硬?

我看比铁还硬！因此必须要做好以下几点。一是要解决好思想认识问题。今年天气具备暴发赤霉病的全部条件。不要认为看不见就没有问题，一定要克服侥幸心理。要扭转重虫轻病的习惯性思维，改变号召多、安排多、落实少、检查少的作风。要群众思想通，首先干部思想要通，认识问题解决不好，工作上就必然造成被动。二是要解决好具体问题。主要是解决好五个统一：统一领导，统一人员，统一购药，统一机具，统一打药。各乡镇的喷雾器以社为单位集中起来，组织人员集中打药。散会后大家立刻回去作准备，喷雾器应当维修的马上维修，不够的马上购买。有些今天晚上可以办的事，不要等明天，拖一天多一天损失。县乡镇村的丰产示范片要组织机手集中机动喷雾器统一喷药。药品要由村组统一购买，不准分到户，分到户有的人不相信不给你打。购药资金不要再去搞每家每户凑钱了，等到凑齐就来不及了。再说现在正是青黄不接时候，一部分人吃饭都成问题，哪里有钱给你买药？购药的钱你们乡镇有钱的先垫起，打药以后再收钱。没有钱的统一到信用社或者银行贷款，打药以后收钱再还。当然，一部分富裕村组农民有钱也可以先收，但不能耽误时间。明天上午前就要把药统一拿到村组，下午天一晴就开干。三是统一组织领导。这次防治赤霉病各乡镇要高度重视，不能由管农业的副乡镇长或副书记甚至农技员负责，乡镇一把手要直接负责亲自抓。责任要落实，任务要具体，措施要得力，奖惩要斗硬。四是统一时间，小麦扬花期就这几天，错过就不行了，所以必须明确规定一个时间杠子。今天十一号，明天就开始打，十五号前必须打完。南边乡镇大多数小麦快过盛花期了，有一部分已是末花期，要见缝插针，只要天放晴没有雨就打药。中部乡镇小麦正是盛花期，正是打药的好时机，赶快抓紧打。沿山乡镇已经开始进入盛花期，不能有松口气的思想，也要抓紧时间打，总之十五号之前必须全部打完。这既是歼灭战，又是速决战。思想政治工作要做，但不能误了时间。思想不通，组织服从，先把药打了再说。现在我们大家苦点累点不要紧，就是挨群众骂也不要紧，如果不打药减产了，甚至绝收了，群众吃不起饭了，我们当领导的就问心有愧了，不过到时候问心有愧又有啥意思？"

会完后雨下得更大，书记乡镇长们没有一个喝酒，匆匆吃了饭，急急忙忙冒雨赶回去了。

第二天天刚亮村干部们就到了。副镇长姜乾良传达了片区会议精神，农技员郑文谋讲了赤霉病危害及防治方法。征求意见时各村都说不好办，和树德毛了，沉声说："今天这么早叫你们来就是听你们说不好办的？一切都不要说了，就按县上的要求办，十五号前必须把药打完，有困难各自回去想办法，就是你们个人先掏腰包垫些也要把药买回去。我和县纪委黄主任亲自下来检查，哪个村完不成任务，哪个村支部书记背起铺盖到公社来说。每个驻村干部先把手里的工作放下，早饭后就下村去检查督促。冯大明你带村干部到街上吃早饭，吃了回去就动手。"

时间紧任务重，黄志毅天天住在镇上，与镇领导们一同下队检查督促。可是整天细雨绵绵毫无停息时候，药无法打下去。和树德着急地说："妈哟，这老天爷太不作美了。"姜乾良说："岂止是不作美啊，简直是在和农民作对。"

直到十五号下午天放晴，小麦扬花期已过，都在议论打不打药的时候，县上电话来了，说打总比不打好，必须把药全部打下去。黄志毅知道这是县上在把死马当作活马医，也只能如此了。

一个多月后，大家提心吊胆的事终于发生，开始小麦田星星点点出现红穗，很快大片大片成为红色，接着一夜大风雨，成片成片的麦子被吹倒，麦穗渐渐变成黑色。俗话说谷倒压断仓，麦倒一包糠。看着这揪心场面，很多人唉声叹气，有的社员竟忍不住伤心地哭起来。

县上的通知很快下来了，要求统计损失，立即上报。

五月初，县委县政府召开育秧总结表彰会暨抢收抢种双抢动员会。朱清源讲话一开口就说："妈哟，人要发狠，天又不肯。老天爷要这样整，老百姓真是没有办法。原来设想小麦亩增八十斤，油菜亩增三十斤，总增二千万斤。但由于冷冻和阴雨使防治赤霉病推迟，再加上四月二十一日风速十七米的大风，初步估计今年小麦在去年基础上损失五百万斤，油菜损失四百万斤。这个损失只能靠大春补，所以抓好大春生产就有了特别重要的意义。现在干部群众中有一种畏难情绪，说人算不如天算，人再努力挡不住一场风。"

段念恩插话说："这种认识是片面的，我们县历史上几乎都是旱涝宜人。今年遇到几十年难遇的极端天气是偶然现象，不能以此为理由无所作为。当前要振奋精神，努力工作，保证双抢任务的顺利完成。"

朱清源继续说："现在是什么时候？就是农民说的五月大忙，八十岁老人都要从床上扶起来剥蒜瓣子的时候。为了按时完成双抢任务，必须紧急行动起来，做到三个保证：一是组织保证。各级党政组织和党员干部，仍然要像育秧那样支持和保证双抢任务的完成。二是物资、资金保证。物资、水电、农行、农资等单位要做好充分准备。肥料、农药、农机具、耕牛、用水、用油等要保证充足供应，做到不缺、不等，需要啥就供啥。三是水稻面积保证。县委重申无论如何不能低于二十九万亩。整个双抢要过好四关，插秧关、季节关、质量关、管理关。当前前两关是关键，十来天以后后两关是关键。插秧关，要继续抓好秧苗的管理，主要是保水追肥治虫；季节关，要抓紧季节，不误农时，俗话说春争日，夏争时。双抢主要是抢季节、抢季节关键是抢收。抢收一是为抢栽开道，二是把该收的粮食应收尽收，颗粒归仓，不能让天收去。总之要抓紧时间，一刻也不能放松。"

会议通报了开发性农业有关情况。

段念恩最后说："当前两个问题各公社要注意。一是生猪生产滑坡，生猪存栏数较大幅度下降。主要原因是肉价低，粮价猛涨，农民养猪不划算。特别反常的是仔猪价低于肉价，养母猪吃亏，造成母猪存栏量锐减。这预示年关肉价将会大涨，明年小春农家肥将会不足。二是少数地方出现破坏资源现象，特别是药材基地遭到较大破坏，有的地方把刚栽不几年的黄柏树砍了，就地加工高价出售。有关单位和乡镇必须采取措施，加强管理。对破坏资源的行为一经发现，必须依法依规严肃处理。"

经过两个多月努力，屯军镇双抢工作经县上检查验收评为全县第一名，但是由于街口村其他任务填报数据出错，扣了好几分成为综合总分第三名。和树德没好气地说："也好，只要不在大会上挨批评，我就心满意足了。"

一日镇工作例会，和树德见街口村支部书记吴世仁和别人说笑，制止道："吴世仁，现在是开会，你在干啥？"见吴世仁仍然笑，气不打一处来，厉声说："你还有脸笑，就是你丢了全镇的脸。县上两次检查你们村，两次都出拐。特别是计划生育结扎，妇幼保健院结扎你们村死一个人，这又不关我们的事，你倒整得好，上报说成是你们村结扎造成的，弄来县委向地委检讨。这么大的事情你都不清楚，还有脸笑，高兴个啥？下来好好检查。"

黄志毅会后得知，其实吴世仁并没有故意说笑，而是和他坐在一起的水利员李玉泉强行搜他裤兜里五牛烟抽，双方笑着拉扯起来，造成许多人回头去看。

双抢任务完成，驻村干部们回到镇上，转入日常工作。

一天下午，周成贵约黄志毅下村检查秧田管理情况。回到镇上前二人到水沟里洗自行车。周成贵边洗边说："你昨天车又枉自洗了。"黄志毅说："也不算枉自，昨天不洗泥巴糊满，今天咋骑得动？"周成贵说："你刚下来的时候，我记得你这车还像只飞鸽。"黄志毅说："也是，几个月前这车圈还照得见人影，现是简直成抱鸡婆了。"周成贵笑着说："我也一样，开初的时候爱惜得不得了，渐渐成了水陆两栖，现在啥地方都可以去。"黄志毅说："这车与我们艰苦与共，驮着我们东奔西跑，见证了我们的欢乐和辛劳。"周成贵说："那是。今后丢啥东西都可以，就是这车不能丢，修修补补一直永远骑下去。"

一日，黄志毅邀约郎承先骑车下队察看秧苗长势，看着正在转青的秧苗，黄志毅说："老郎，都说侯光焖教授的免耕法好，你们为啥不搞？搞起来要减少好多劳动力啊！""你怎么知道我们没有搞？"郎承先说，"这样吧，反正今天也没有什么要紧事，我带你去看就知道了。"

黄志毅跟着郎承先来到大小相同的三块水田，田里水面上乱七八糟地散丢着许多秧苗。郎承先指着说："这就是县免耕法试验田。"

黄志毅看着说："果然不行。"

郎承先说："不是不行，昨天秧苗才抛撒下去，定根转青后你来看就不是现在这个样子了。"

黄志毅问："产量怎么样？"

郎承先回答说："跟其他田块要差点。"

黄志毅说："难怪推广不开，如果我是社员叫我种我也不种。"

郎承先说："话不能这样说。免耕法需要除草、除虫、施肥等一系列配套条件，这些条件跟上了，产量肯定要比传统耕种法高得多，劳力更会减少很多。我们农业局现在只在两个公社搞免耕试验，一旦条件成熟就大面积推广。"

黄志毅说："这不知道是多少年以后的事了。"

"总有一天会实现的，关键是各种科学技术要配套跟上。"郎承先很有信心的样子说。

一天早饭后，冯大明约黄志毅下生产队了解社员困难情况。骑到一处，见一大片郁郁葱葱的翠绿秧田中间整齐排立着几户人家，房屋一色灰砖青瓦，好像全是新建。

黄志毅兴奋道问："大明，这几户人咋会这么富裕？"

冯大明说："富裕啥啊，就是房子修得好些。"

黄志毅说："不富裕房子能修得这么好？"

冯大明说："当然，看起来是要比其他人家好一些。但是你不知道，这些房子都是靠卖血建起来的。"

黄志毅真是闻所未闻，吃惊问道："卖血就能把新房建起来？"

冯大明说："不仅建房子，还有卖血维持生活的。"

黄志毅问："这是怎么回事？"

冯大明说："这几户人原来跟其他人一样穷，他们当中有一户人的亲戚住在汇文县，靠卖血建起了新房。这户人知道后便到那里去卖血，也把新房建起来了。其他相邻几户人见了，也跟着去卖，就都把房子新建了。"

黄志毅问："这卖血能卖多少钱？"

"不知道。"冯大明说，"不过应该不少，不然能把砖瓦房建起来？"

黄志毅说："真是不要命了。"

冯大明笑着说："也没有那么严重。那些卖血卖习惯了的人，到时候不卖还浑身燥热得不舒服。"

黄志毅以为在开玩笑，说："怎么可能啊？"

冯大明说："怎么不可能？在你领导面前我敢哄你？"

黄志毅仍然有些不相信地说："简直太不可思议了。"

冯大明认真地说："你不知道，这些房子都是表面光，内瓤子是看不得的。从外面看这些房屋是有些漂亮，特别是大门和围墙很气派，门联灯笼、松鹤山水、福禄字画、油漆彩绘，让人觉得好有钱的样子，其实走进去才知道完全不是那么回事。有的灶房寝室脏乱得比不建房的人还差。"

黄志毅相信冯大明所说了，因为农村历来有一种千斤龙门四两屋的说法，好些人一有了点钱首先想到的是如何把大门和围墙修得气派和好看一点。一是希望门墙能招来好运，二是墙高可以防盗。

黄志毅回纪委头天晚饭后，姜乾良微笑问道："黄主任，今天晚上我值班，你愿不愿意站好最后一班岗？帮我挡那些卖油菜籽的，附带巡视一下放水情况。"

黄志毅说："有啥愿不愿意的？只是天这么黑怎么下去？"

姜乾良说："我既然邀请你，自然是我的车载你下去，难道要你蹬自行车不成？天气这么闷热，下去兜风凉爽凉爽，总比你一个人在屋里呆着要好些。"

　　黄志毅于是跨上姜乾良摩托车的后座，在通往长雅县几个道口间来回巡查，没有发现一人卖油菜籽，也没有一处放水纠纷。

　　半夜后二人回到镇上睡不着，在黄志毅住处闲聊。

　　黄志毅问姜乾良："这挡油菜籽是怎么回事？怎么不让人家卖给长雅县？"

　　姜乾良说："长雅县收购油菜籽价钱每斤要比我们县高几分。农民是一分钱都看得清楚的人，就把油菜籽拿到长雅那边去卖。这样，我们县这边收的油菜籽就少了。县上担心完不成上面下达的收购任务，就不准社员拿到那边去卖。可是社员哪里会听？县上便要求两县交界地方的公社组织人员去阻挡，挡着了以我们县的价格收购。群众意见很大，说这哪里是让我们增收？分明是让我们减收嘛。"

　　黄志毅说："我们县也把收购价提高不就行了吗？"

　　姜乾良说："这实际上是两县在比拼经济实力，我们县财力不如人家怎么提高？"

　　黄志毅说："这样整对农民是有些不利。"

　　姜乾良说："现在有些事就是这个样子，没法。"说罢回自己寝室去了。

　　黄志毅毫无睡意，斜靠床头细想下乡几个月来的风风雨雨所经所历。不知怎么的竟忽然想到："我们的党和干部为群众吃饱饭如此尽心尽力，很多年以后还会有人记得么？"想了一会儿，翻身起床铺纸提笔写道：

誓夺丰收上下心，两段育秧靠干群。

天公不作美满事，日夜奋战夺损回。

辛苦艰难无所惧，废寝忘餐为人民。

但得百姓吃饱饭，何须萦怀付出情。

　　县委县政府机关住宿房越来越紧张。看着下属有钱的机关事业单位陆续建起住宿楼，而且一幢比一幢宽敞漂亮，县委县政府机关内部要求建房的呼声越来越高涨起来。为缓解住房紧张，县委先是建了八幢跃层小楼，每幢两户，类似别墅，全部无偿分给任过县级领导的南下干部居住。群众戏称为官家村。县级南下领导干部搬出的旧住房分给县级领导住，层层分级安排，杯水车薪，建房呼声毫无消减。于是县委又在县委机关临街面建了一幢六层住宿楼，每套建筑面积大多七十平方米。成立分房小组，按职级工龄依序安排。这些分到新房的人搬出旧房后，黄志毅搬进县委领导们住过的四合院一套旧房。四合院原本是地主住房，虽然陈旧，却高大宽敞，天楼地阵。院里花木扶疏，翠竹成林，面积比新建住宿楼宽敞得多，感觉比住新楼房还舒服。

　　星期天，费云深和爱人孔旭英来黄志毅家耍，闲聊中说他们单位已经改名为妇女教育所了。黄志毅问什么意思？孔旭英说："什么教育所啊，说白了就是社会流散卖淫妇女收容所。"

　　费云深看了黄志毅新搬住房后笑着说："黄常委你也操得太撇点了嘛，好多人都换彩电了，你怎么还一台黑白电视机都没有？"

　　黄志毅说："我怎么能和你这个大所长相比？"

　　费云深说："我也没有。不过我是修电视的，黑白彩色都不愁看。只要你不嫌弃，我给你弄一台旧的黑白机将就看怎么样？"

黄志毅说："我嫌弃啥子啊，你哪里去弄？"

费云深说："我们所的电视机全都换成彩色的了，就是那些两脚猫看的都是彩电。所里一台很大的日本黑白机放在我办公室，一年多从来没有人过问。要不是我用报纸遮起来，现在灰尘堆积得鼻子眼窝都没有了。我回去检查一下，如果是好的就跟你搭来。"

黄志毅说："恐怕不好吧，你们朱所长问起来你咋办？喊送回去伤脸伤皮的。"

费云深说："什么咋办？他真要问我就直说借给你看了。你们俩以前又不是没有交道，他好意思叫你还回去？不过这个人很难说，他如果真要叫还回去，我给他搭回去就是了。你又不出面，怕啥？"

黄志毅说："电视要馈线，我哪里去牵？"费云深指着房梁上说："那不是馈线？要不是我看见有，才不会跟你说这些呢。"黄志毅这才发现果真有一根馈线从房梁上穿过。

几天后费云深把电视机搭来了。他用一根细电线，一头接在电视机上，一头拴一根大头针，爬上房梁把针尖插进馈线里面，打开电源开关，轻轻调了一下，那声音图像全部都出来了，很是清晰。笑着说："将就看吧，有问题拿过来修，免费。"

长华天明放学回来见了高兴得不得了，天天做完作业就看。这黑白电视机很耐看，从来没有出过问题。偶尔出现雪花，在机顶上拍几下就恢复了。一直看到搬进县委政府新建家属院楼房才还回去。

县委政府为完全解决干部住房问题，又在县城外征地，建起四幢五层住宿楼，人称政府大院。黄志毅选择建筑面积一百一十六平方米的一套三顶楼，不仅儿女各有一间寝室，楼顶还可以种花种菜。

第一次交集资建房款二千七百元，黄志毅把家里所有钱清尽还差五百元，佘玉春向黄晓刚借了五百元才凑够。

几个月后，佘玉春说："妈要我们还钱了。"

黄志毅问："妈向你说的？"

佘玉春说："没有明说，她说现在晓刚惨得很，吃面酱油都买不起，盐巴下面。这意思不是要我们还钱么？"

黄志毅说："不要乱想。晓刚他们上个月为黄浩舟买城镇居民户口花了五千元，啥钱都清光了。记住，下个月起领工资先把他们钱还了，伙食钱不够我想办法再借。"

1989 年春夏之交首都北京发生了政治风波，传到流金地区，有的大学生跑到流金周边各市县宣传，鼓动人们反腐。原山县党政机关人员议论纷纷，担心大学生到原山来。原山县委为此开几次会研究对策。

一天下午，和全周召开纪委机关全体工作人员会议，讨论大学生来了怎么办。开初大家都不说话，渐渐有人说不好办，谁敢惹大学生？有人说最好是避让，最后直白地说能躲则躲，绝不能与大学生发生冲突。

和全周问："如果大学生硬行冲击县委怎么办？"

有人说关大门。

和全周又问："如果大学生翻栅栏进来怎么办？"

一时无人回答。过了一会儿有人说那就退到县委后院去。

有人问大学生追到后院怎么办？有人说那就从后墙翻出院外去，反正决不能和大学生发生冲突。因为以前毛主席说过，

"凡是镇压学生运动的都没有好下场"。最后大多数人都赞成翻墙。

和全周说："黄志毅只有你一个人没有发过言了，说说你的看法。"

黄志毅说："我的看法是不仅不能回避，而且要理直气壮地站出来，守住县委大门不让进来。县委机关几乎百分之百都是共产党员，不仅不保卫县委机关安全，反而翻墙躲避，这像什么话？笑话！再一个，这些学生鱼龙混杂，进县委后横冲直撞，财产损失倒是其次，如果把机要保密文件、历史档案材料弄出来带走甚至毁掉，那会造成多大的损失？总之作为共产党员，遇到危难就一味退避忍让绝不是办法。还有，我相信绝大多数学生是讲道理的。我们对他们讲道理，以理服人。他们总不会不分青红皂白胡乱打人抓人吧？再说，赤手空拳守卫自己的工作单位，怎么就成为镇压学生运动了呢？"和全周说："万一学生硬要冲进来咋办？"黄志毅说："我认为不会。"和全周说："我是说万一。""万一发生这种情况，我第一个挡在县委大门口。"黄志毅不假思索脱口而出，"挡不住就让他们从我身上踏过去，反正我不跑！县委机关两百多人，密排在县委门口，我相信没有人能够冲得进来。"

黄志毅这样一说，自己都感到吃惊。但是十分清醒这不是一时冲动，内心就是这样想的，也一定会这样做。这是一个共产党员在大是大非面前应该有的立场和态度。

见会场鸦雀无声一片沉寂，和全周宣布散会。

几天后，事件平息。流金地区云散风清，恢复如往昔，人们终于缓了一口气。

事件平息后，开展大清查。县委设置清查办公室，任命黄志毅为办公室主任。从外单位抽调两个三十多岁的党员股级干部协助工作。

本着实事求是查清情况、对组织负责、对当事人负责的要求，黄志毅对每一个疑点、每一条线索都不放过。带着二人外出调查，翻山越岭，风雨兼程，千里奔波走访群众，记录取证。

黄志毅在把全县外出人员行踪一个不漏查清楚后，把每个人的本人陈述、外出事由、外出经过、接触人员、证人证物、调查印证等一整套材料，按档案材料标准装订成册，完整归档。成为流金地区第一个检查验收合格受到表扬的县。

为庆幸全县没有一人参与活动，也为感谢两个助手的尽力支持，黄志毅掏钱请二人吃了一顿饭，破例喝了五钱酒。

新任县委组织部副部长茅云峰，身材高大魁伟，五官相貌端正，一见人便露出亲切和善笑意。这与组织部很多人平日冷脸秋风模样相比，很快便获得了县委大院人员的普遍好评。

一天下午，黄志毅从茅云峰办公室门口经过，忽听问道："黄大爷坐一下不？"黄志毅想不到他竟然认得自己，暗感惊奇的同时心中又有些不快："自己四十大点怎么就成大爷了？"正想间茅云峰已经走出来挽臂搭肩与他一起走进了办公室。

茅云峰说："黄大爷你请坐。"边说边倒了杯开水放在黄志毅面前茶几上说："黄大爷请喝水。"然后在黄志毅旁边沙发上坐下。

黄志毅坐下想他有什么事要说。哪知茅云峰却说："黄大爷，你喝水嘛。"

黄志毅端起水杯靠近胸前，说："茅部长有何吩咐？""什么吩咐啊，不敢，不敢。"茅云峰说，"黄大爷，我刚从地委组织部调来，人地生疏情况不熟，年纪太轻经验不足，今后还请多多指教。"

黄志毅听他又叫着大爷，心里越发觉得不自在，不过见他说得认真，便微笑说道："茅部长年轻有为，头脑灵活，工作上手快，我能指教你什么啊？"

茅云峰一脸诚恳地说："不！不！不！黄大爷，我说的是真心话。年轻正是我的不足。经验少，做事考虑不周，说话分寸把握不准，等等这些对我都是非常不利的。"见黄志毅不说话，又说："黄大爷，原山县不是有句俗话说，嘴上没毛，做事不牢么？真的希望黄大爷你今后多多指教。"

黄志毅见他对人如此真诚，料想将来一定会有所作为，便由衷地说："指教不敢。毛主席说谦虚使人进步，茅部长如此谦虚，保持下去一定会前途无量。"

茅云峰双手合十，高大身躯躬向黄志毅，面露笑容说道："谢谢黄大爷吉言。"

第三十九回

未上任先遭人教训　建两庭财政遇艰难

不久，黄志毅被任命为原山县社会治安综合治理委员会办公室主任。这一职务一般都是由公安局长兼任。县级机关顿时风声四起，都说黄志毅要接公安局长刁衡强的班了。消息传到黄家沟，孔惠英赶车进城劝黄志毅说："云长，我晓得你性格。公安局抓坏人太危险了。平平安安的有工作做，有饭吃有衣穿多好啊。就不要去当那个公安局长了吧。"黄志毅说："妈，当啥公安局长啊，都是外面的人瞎嚼的。你放心，没有的事。"由于只有组织发文到单位，没有组织领导亲自谈话，黄志毅便装着不知有其事。政法委公安局几次通知开会都借故不参加。

晚饭后黄晓琴来了，阴沉着脸一开口就说："哥，冯红升被公安局抓了，想办法把他放出来吧。"

黄志毅不相信问道："真的？"

黄晓琴说："咋不真的啊，我都收到公安局的通知了。要我给他拿铺盖去。"

正说着又有人敲门，开门一看见是冯红升朋友韩庭明和另外几个不认识的人。

韩庭明一开口就哭起来，说："黄大哥你一定要尽快把冯院长救出来啊，那拘留所不是人待的地方，不要让那些人把他打伤了。"

黄志毅说："你们慢慢说是怎么回事，我也是才刚听晓琴说。"

韩庭明对同来的一个人说："你参加了的，你说。"

那人说："昨天晚上半夜时候，我们在冯院长寝室打麻将，门突然被撞开，公安局几个人冲进来，说冯院长带头赌博，不由分说就把他抓走了。"

黄志毅问："拘留多少天？"

"十五天。"另一个一起打麻将的人回答。

黄志毅问："你们打好大啊？"又一个参加打麻将的说："不大。"黄志毅继续追问："究竟有多大？""最多不过十来块钱输赢。"黄志毅心中暗道:"这么小的数额怎么会拘留?并且一拘就是顶格!不过对区医院院长,又是党员,杀鸡吓猴,从重一些也是有可能的。"这样一想便说:"依据你们所说,我看事情不会有好大。你们放心,拘留所不是关押罪犯的看守所,最多不超过十五天就放出来了。拘留所关人时间短,不会产生牢头狱霸,没有人敢打他。明天我问清楚情况再说。"

　　黄晓琴韩庭明等人走后,黄志毅想起了冯红升。冯红升是怀通县农村人,地区中医学校毕业分到鹤林区医院工作。半年后,黄晓琴从西都医学院毕业也分到了鹤林区医院。冯红升能说会道,热情大方,人缘极好。由于家里特穷,每天下班后或休息时背着个大背篼到区医院附近玉麦地里割草,把割的草背到区医院大门外地坝上晒干,星期天用自行车搭回七十多里外的家中喂猪。此时适逢部队通讯连在金鹿峰军训,有个热心人把黄晓琴介绍给通讯连指导员。这指导员也是大学生,安徽山区人,见黄晓琴面后很满意。黄孝德孔惠英也很满意,但是黄晓琴不满意,说:"如果你们硬要我嫁给他,我就和他一同回安徽,这辈子永不回来。"吓得黄孝德孔惠英夫妻二人再不敢说同意二字,任由她自行做主。其实此时黄晓琴、冯红升已经相互暗恋。

　　黄晓琴与冯红升结婚后调到县医院。冯红升仍在鹤林区医院工作。阮开全当卫生局长后先是把冯红升提拔为副院长,不久升为院长。冯红升当院长后很快学会了抽烟喝酒赌钱打猎捕鱼,聚起了一些良莠不齐的朋友。黄志毅多次劝冯红升小心谨慎,注意影响,但冯红升不当回事,依然我行我素。

　　黄志毅认为冯红升被拘虽无违政策法律,却有违常理,很是蹊跷:冯红升赌资不大,按治安管理处罚条例规定可以不拘,即使要拘也不至于顶格。在城关公开赌博的党员干部职务比冯红升高、且随手一抓一大把的情况下，公安局为什么要舍近求远，去抓一个偏僻地方的卫生院院长？而且是深夜当场抓获。他们是怎么知道的？这样一想，立刻想起公安局两个人来。

一个是佘玉春表姐儿子孔少雄。孔少雄此时已经是公安局刑警队长，平时和黄志毅路遇不仅不打招呼，还装着不认识的样子。黄志毅自知没有任何得罪他之处。总以为是他在学校代课时受父亲冷落所致。后来听佘玉春说，孔少雄大姐曾经带着礼物到农村老家，请父亲黄孝德帮忙调动工作。哪知父亲是对造反派恨之入骨之人，这孔少雄不仅是造反派，而且是县造反派头子之一。加之佘玉春与家里关系极僵，因此对孔少雄大姐特别冷淡。拒收礼，不叫坐，话都不说一句。孔少雄本心高气盛之人，如何能容忍大姐受辱？只是一直无处发泄，心中忍着而已。现在一个视如陌路之人即将成为自己的顶头上司，那自然是忍无可忍到不得不出手了。以刑警队长权力能耐，抓一个狂妄自大不知检点的冯红升过失简直易如反掌，并且以此挖一个坑让黄志毅跳进去，当不成公安局长是最理想不过的事。即使黄志毅不去跳，以此为由说黄志毅不宜到公安局工作也是顺理成章之理。

再一个是公安局长刁衡强。姑且不论黄志毅为母亲农转非之事与他曾有过节，即使没有过节，以他品性，为保局长乌纱帽如此做派也不是没有可能。

黄志毅不能断定刁孔二人是否共谋，也不能断定孔少雄是否因私抓人，更不能断定刁衡强是否因私支持孔少雄抓人。总之不管什么原因，冯红升被拘对黄志毅调公安局是非常不利的。黄志毅这样一分析，知道自己调公安局是绝对不可能了。

第二天黄晓琴来，黄志毅说："想不到冯红升这几年变成这个样子。你说他他不当回事，我劝他他也不听，利用这个机会多关他几天，让他知道点好歹，对他将来或有好处，不然不知道他今后还会变成什么样子。"

黄晓琴说："其实我也是这样想的，关一天是拘留，关十五天也是拘留，反正名声都出去了。只是怕把他打伤打残了。"

黄志毅说："你放心。你不知道拘留所情况，他不是犯人，没有人敢打他。他出来后你就知道了。"

十五天满，冯红升放出来开头两天还面有惭色，过不几天又趾高气扬起来。说拘留所干警对他如何客气，他如何把其他被拘人员支得灯儿转为他服务等等。黄志毅听了暗自叹气。

冯红升出这样的事，区医院院长自然是当不成了。阮开全让他边检查边工作。不久血防站缺站长，阮开全便调他去代理站长。此时血防站内部很不团结，加之收入减少，不少人申请调离。冯红升去后不到三个月，很快把人团结起来，收入大幅增加，得到一致好评，不久成为站长。

临近换届，和全周把黄志毅叫到他办公室关上门，微笑着双手比了一个椭圆形，说："原来是要让你去戴这个帽子的，现在去不成了。"停了一下又说："不过还是差不多。"黄志毅早已了然于心，也微笑着说："感谢组织和领导的关心。"

第二天上班时，周泉林一走进黄志毅办公室便反手把门关上，黄志毅见了立刻站起来请他坐到自己椅子上。周泉林说："小黄，换届后我就回组织部去了。你还年轻，一定要好好干啊。"黄志毅说："我年轻啥啊？都四十多了。"周泉林说："四十大点点还是算年轻嘛。我给你说，换届后组织部副部长褚鄂湘到纪委来当书记，你当副书记。我知道你们俩的人品性格能力，配合好是一点问题都没有的。"黄志毅说："不可能啊，纪委怎么会只有一个副书记？"周泉林说："怎么不可能？只配一个副书记也是允许的。"黄志毅说："那阮玉芳、冯绍光这两个常委到哪里去？""阮玉芳当县委机关党委书记，冯绍光一下还不好安。"周泉林说。

　　下午，政法委主持工作的副书记景至林走进黄志毅办公室，反手关上门说："黄志毅我给你说。你是原山县解放后全县第一个法学学士，又有司法部门工作经历，钱书记和我都认为政法系统对你最合适，其他都不行。"景至林与黄孝德同在县委工作多年，黄志毅从来都叫他景叔叔，景至林也一直叫黄志毅小黄，现在突然郑重其事叫他名字，知道事关重大，说："景书记，说心里话，去任何单位我都没有意见，只要有利于子女参加工作就行。"景至林说："那你好好想想，除了公检法这样的机关，哪个单位好安置子女工作？错过机会你后悔都来不及！"说罢转身拉开门大步走了出去。

　　黄志毅觉得，钱洪武虽然是县人大常委会主任，却还兼着政法委书记。景至林这样说，肯定是钱洪武听到了什么风声，要他带话给黄志毅，除了公检法几家，其他任何单位都不要去。

　　县党代会前几天，组织部长麻良君对黄志毅谈话说："黄志毅同志，县委决定你任法院副院长，名次在院长之后。现在我代表组织征求你的意见。"黄志毅说："一切服从组织，随便叫我干什么都没有意见。"

　　真如周泉林所说，县党代会上褚鄂湘当选县委常委县纪委书记。但让黄志毅想不到的是自己仍然被选为纪委常委。褚鄂湘说："志毅你不走吧，就我们两个搭手好好干。"黄志毅说："褚书记，在纪委工作子女不好就业，还是算了吧。"褚鄂湘说：

"子女工作慢慢来嘛。"黄志毅说："可是，麻部长征求我去法院意见，我都同意了，咋好反悔？"褚鄂湘说："没有关系，只要你同意，我去找组织部。"黄志毅说："算了吧，纪委我已经连干两届常委了，还是换个地方的好。"褚鄂湘沉默了一会儿，说："那好，尊重你意见。"

原山县人代会上，县法院副院长骆庭运当选院长，黄志毅被任命为副院长、审判委员会委员。

黄志毅到法院第一件事就被弄得很是难堪。流金地区中级人民法院办公室和经济庭来检查工作，午晚饭一共吃了五百多元。第二天黄志毅拿发票找骆庭运签字。

骆庭运看了笑着说："两次都不到三百元，该你签嘛。"

黄志毅说："不，加起来五百多元，超过三百元了，应该你签才行。"

骆庭运一听说五百多元，脸上立刻显出不悦神色，问："你晓得账上还有多少钱不？"

黄志毅说："知道，一千三百五十三元。"

骆庭运说："你一家伙就给我吃掉百分之三十多，还有半个多月咋开支？"见黄志毅神色有变，立刻微笑说："算了，你在县委过惯了，不知道下面艰难。反正你分管后勤，钱不够你想办法去找就是了。"

黄志毅听骆庭运如此说，心中顿时一片茫然："到哪里去找呢？"

黄志毅每次因私用车都付钱，并且要求出纳员开收据。办公室主任朱玉池劝说道："黄院长，其他人都没有出钱，你这样做把别人顶起了不好。"黄志毅说："各说各，我分管不逗硬不好说话。"

一日，实物保管华茂林对黄志毅说："黄院长，前年法官每人发一件海芙绒大衣还剩一件怎么处理？"

黄志毅说："每人一件怎么会剩？"

华茂林说："一个同志发大衣前调外单位去了，就没有给他。"

黄志毅说："那就放在那里，以后再说。"

华茂林说："不好保管，再不处理就要生蛀虫了。要不给你吧。"

黄志毅说："那怎么行？发大衣时我还没有到法院，给其他的人吧。"

华茂林说："每个人都有了谁还会要？你以前不是法官，现在是了，给你最合适。"

黄志毅说："发的时候我还没有到法院，没有资格享受，不要。"

华茂林说："这是法院制式服装，其他人穿不合适，你不要，又不好保管，叫我咋办？要不你把它买了，算帮我一个忙。"

黄志毅听如此说，说道："那你打电话问一下地区中院，看怎么处理。"

第二天下午，华茂林来到黄志毅办公室说："黄院长，中院说了，就给你。"

黄志毅说："给我也不行，除非我出钱买。"华茂林说："我也不知道多少钱，怎么收？"

黄志毅说："那你问一下中院多少钱。"

第二天上午，华茂林抱一个纸箱到黄志毅办公室来，说："黄院长，我问中院了，一百七十八元。"黄志毅听得吓了一跳，妈哟，差不多两个月工资了。又不好说不要，只好说："走嘛，帮我抱起，我们一起去交钱。"

黄志毅交钱后对华茂林说："这么重的东西我怎么好拿？你摩托车给我搭到县委家属院去交给门卫，我下班回去拿。"

黄志毅下班回家打开纸箱，把大衣拿出来穿上。大衣倒是好大衣，只是太过厚重长大，适合北方和高寒山区，平坝地区完全不适用。只好又装进纸箱中，不再穿它。

一天上午，黄志毅接到纪委副书记冯绍光电话："志毅，有人反映你冒领法院大衣是怎么回事啊？"黄志毅立刻挂了电话，通知华茂林到办公室来。华茂林一到，黄志毅没好气地说："你马上到纪委去，把我买大衣的事说清楚！"华茂林茫然地说："有什么不清楚啊？"黄志毅说："我也不知道怎么回事，赶快去如实讲清楚，免得没事找事。"

不一会儿华茂林回来，高声嚷道："妈哟，我们办公室出黑屁儿虫了！"办公室人听了都围上来问他怎么回事，华茂林说："法院有人向纪委反映，说我私下把前年发剩下的那件海芙绒大衣送给黄院长了。"于是讲了经过。党组成员分管纪检的政工科长周明昕说："好大个事嘛，咋就反映到纪委去了？那大衣根本不适用，要是我出过钱，早就把它退了。"华茂林说："都怪我不该劝黄院长买，还害他出了那么多钱。"

下午，冯绍光打电话给黄志毅，一开口就说："志毅，对不起，事情经过我们完全清楚了，你不要多心啊！"黄志毅说："多什么心？你我纪委工作多年，这点规矩还是懂的。"冯绍光说："其实一开始我就不相信，不过人家亲自到纪委实名反映，不问你一声是不可能的。"黄志毅说："妈哟，想不到法院会这么复杂。"冯绍光说："这件事其实不复杂，是你们法院办公室主任朱玉池来说的。他认为华茂林为了讨好你，独断专行，事前不向他汇报，于是就告上来了。至于你嘛，误挨个飞火而已。"黄志毅说:"朱玉池坚持原则是对的。"冯绍光大声说:"对个屁,丁点个事闹得天大,坏我纪委名声。老子马上通知他来日嚷。不过,我看法院有的人也不是省油的灯,你老兄倒是要注意点。"黄志毅说:"谢谢老弟了。我不做亏心事,何怕鬼敲门?"

骆庭运看了流金地区中级人民法院两庭建设会议通知,说:"老黄,你是分管后勤的,这个会自然是你去参加了。"黄志毅说:"好,那我收集一下材料,万一要求发言好汇报。"

这是黄志毅第一次参加流金中院会议。会议议题是如何加强审判法庭和人民法庭基本建设,简称两庭建设。会议由中院副院长潘凌云主持。潘凌云说:"由于几十年来法院基建欠账太多,人民法院审判法庭和人民法庭物质建设几乎为零,这与法院作为国家审判机关的应有地位很不相符。市中院党组决定抓住当前举国上下都重视依法治国契机,把流金地区各区市县基层法院审判法庭和人民法庭物质建设抓起来。经向地委汇报,地委作出三项决定,一是由地委出面,向各区市县党政主要领导打招呼,要求重视两庭建设,三年内把两庭建设完成。二是多渠道筹资,实现三个一点:财政拨一点,社会支援一点,法院自筹一点。三是各基层法院每建成一个审判法庭或人民法庭,地区财政补助两万元,验收合格后拨付。两庭建设的口号是人民法庭人民建,建好法庭为人民。两庭建设的标准是:人民法庭设审判区、工作区、生活区三区分离;审判法庭的建设标准是设大小审判庭。大审判庭至少能容纳数百人旁听,要有标准的审判法台,法台设审判长、审判员、书记员席。法台前两侧设原被告席、代理人席;公诉案件审判台设公诉人席、辩护人席,台下设被告席。审判庭还应设法官休息室、律师休息室、公诉人休息室、翻译人员室、调解室、合议庭室等。小审判庭相应缩小，但是功能要完善。各法院要迅速摸清人民法庭现状，提出规划并尽快实施。"潘凌云最后说："原山县法院新建审判法庭标准高，各法院可以去参观学习一下，以供参考。"

骆庭运听黄志毅汇报后说："两庭建设设想是好的，实施起来谈何容易啊，难得很！你才到法院，搞一段时间就知道了。这样吧，我去向段书记汇报，你按会议要求把法院七个人民法庭情况摸清，提出实施方案报中院。另外，法院审判法庭是上届伍院长时候建的，算得上全地区基层法院中设计最新潮的了。外面看很气派，其实是个空壳子，没有装修，什么设施都没有。你和办公室副主任吕学军去财政局要点钱，先把椅子安上，其他的配套设施暂不说，说了也等于白说。一步一步来。"

黄志毅吕学军走进财政局局长办公室，靠墙壁条椅上坐着好几个人，看来都是来要钱的。二人挨在后面坐下。局长农泽义抬头看了黄志毅一眼，向吕学军微微点一下头，边看材料边听轮到的人讲诉要钱理由，作出给不给钱的决定。

轮到法院了，黄志毅礼貌地叫了一声农局长。自我介绍后，按照地区中院会议精神讲两庭建设要求。农泽义听不几句就打断他："凡是到这里来的都说自己重要，看来你们最重要，又是中央，又是最高院，又是地委。你再重要我没有钱，就是有钱也安派不到你椅子上。不说了，下一个说。"

黄志毅想不到农泽义如此霸道，就要和他理论。吕学军轻轻拉他衣服一下，红了脸轻声说："局长，我看是不是这样，请你再考虑一下，我们回去打一个报告来压起，逐步给我们解决。"边说边给农泽义茶杯补上开水。农泽义看着吕学军说："好吧，要讲重要就不好区分。"说了低头看他东西。

吕学军拉黄志毅一下，二人走出办公室。吕学军笑着说："这个人就是这样的。以前你们互不认识，慢慢就对了。"见黄志毅仍然气愤样子，又说："你在县委工作可能不知道，财政局的人架子都大得很，人到矮檐下，不得不低头，惹不起。"

此后凡是找财政局要钱，黄志毅都叫吕学军去。经吕学军无数次跑财政局后，农泽义才派人把剧团改造拆下来的旧座椅安到审判法庭旁听席上。

骆庭运看着和审判法庭极不相称的旧椅子说："要知道是这个样子，还不如不安。"

黄志毅说："安了就安了吧，反正其他设施都没有，以后有办法了一齐换。"然后讲了去财政局碰一鼻子灰的事。

骆庭运听了笑着说："你现在知道法院要钱之难了吧？财政局那些人，特别是那个农泽义，老大得很。"

黄志毅说："我有个想法，就是法院办公楼太差了，是否请示县委把办公楼给我们新建起来？"

骆庭运说："缓一下，等干警住宿楼动工了再打报告。不然不会同意的。"

法院住宿楼动工后，黄志毅向县委写了关于新建法院办公楼的报告。报告写得很直观，说法院与房管局检察院三个单位共处一楼。法院人最多，机构最多，当事人进出最多。审判庭、办公室都很狭小，当事人多的时候，办公室、过道上都站满了人，侧身才能挤过。采光不好，平时就很昏暗，遇到阴雨天，白天开灯才能工作。厕所是旱厕，各层楼的大小便流进未封闭的底楼粪坑，臭气四处飘散。夏天粪蛆从粪坑爬上各楼厕所，又从厕所爬到楼道，最后爬进办公室。人走动将粪蛆踩爆发出肉麻的响声。派人扫除，扫了又爬上来，扫不胜扫。用六六六粉或生石灰粉遍撒粪坑厕所，两三天后粪蛆又涌爬上来，用水管把蛆冲下坑去，粪水很快就把粪坑装满。过去缺肥，菜蔬队派人来挑走。现在有了化肥，不来挑了，只好出钱请人拉走。拉粪的时候底楼遍地粪水，臭气冲上五楼，关门闭户，苦不堪言。实在有损法院人员健康和法院尊严。

黄志毅把报告交给骆庭运。骆庭运看了笑着说："写得好，看能打动他们不？"

几天后骆庭运对黄志毅说："算了，你那报告让段书记说了我几句。他说：'住宿楼动工，我钱都还不知道到哪里去找，你又打办公楼报告来了。反正不管你们写得多惨，我都没有钱给你。还是让我喘口气吧。'"

一天下午，骆庭运走进黄志毅办公室问道："你分管行政审判，行政庭是不是有一件行政案子？"

黄志毅说："是有一件，南壕沟街居民褚建中不服县城乡建设委员会拆迁裁定，起诉到法院告县政府。"骆庭运问："为什么告县政府，不告县城乡建设委员会？"

黄志毅说："城建委是县政府职能机构，代表县政府行使职权，不够诉讼主体资格。这件案子，法院既要维护县政府权威，又要维护人民群众利益，还要考虑法律严肃性，很不好办。我正想来向你汇报。"

骆庭运说："我就是来说这件事的。真要开庭审理，县政府当被告，县长站被告席上。不仅轰动原山县，就是流金市、全省都会轰动。说不定全国都会轰动。我的意见是无论如何都不能开庭，多做工作，调解结案。"

黄志毅说："行政诉讼不适用调解。"骆庭运说："那就做原告工作，要求撤诉。"黄志毅说："关键不在原告。原告得不到利益目的拒不撤诉，你我都没有办法。"

骆庭运说："那你先去向魏县长汇报，让他知道真实情况，看他怎么说。"

黄志毅说："我和魏县长一次交道都没有打过，可能他还不认识我。你们是省委党校同学，还是你去说要好些。"

骆庭贵笑着说："不、不、不，这是你分管的，还是你去说。"

第二天上午，黄志毅走进县长魏祥顺办公室。常务副县长朱清源也在，问："志毅你来干啥？"

黄志毅说："向魏县长汇报一件行政案子。"

魏祥顺沉下脸问道："大井煤矿的么？"

"不是。"黄志毅回答。

魏祥顺立刻大声说："不听！不管什么案子我都不听。你今天来给我说，明天说我晓得，其实我晓得啥子？你走！"

朱清源面露难色，微红了脸低声对魏祥顺说："你认识他不？""怎么不认识？法院的黄嘛！"

黄志毅耐着性子说："魏县长，不关煤矿的事。是告县政府的行政案件，所以才来向你汇报。"

魏祥顺仍然大声说："告就告嘛，反正我不听！"

黄志毅丈二和尚摸不着头脑，知道说已无用，便转身出门。背后转来魏祥顺的声音："对不起哈，不关你的事，反正我没有听到过。"

黄志毅回到办公室，越想越不对劲，有些遭骆庭运烫了的感觉。于是到骆庭运办公室说了找魏祥顺的经过。骆庭运听了微笑问道："是么？"

黄志毅很不了然地说："怎么不是？不信你去问他！你们是同学，本来最好是你去向他说的你不去。我们俩先说好，这件案子到期依法开庭，如果政府不应诉必败无疑。"

骆庭运笑着说："看来他还不知道行政案件的厉害，下来我给他说。"然后把两只大拇指弯曲相对上下移动，说："一山不容二虎，看来他们两个的矛盾是越来越尖锐了。"

一年一度的招工消息传到法院，干警和家属们开始找骆庭运诉苦。

骆庭运问黄志毅："你有待业的娃儿么？"

黄志毅说："现在有一个，后年可能就是两个了。"

骆庭运笑着说："你霉啊，县委那边那么好安工作，你到法院来干啥？"见黄志毅苦笑，又说："法院这么多待业干部子女，你是分管后勤的，按理该你管，你说咋办？"

黄志毅说："要我说，干脆把法院全体干部职工子女统计起来，按年龄大小张榜公布，年纪大的先就业，任何人一律不讲特殊。"

骆庭运说："这办法好是好，真如果这样你娃儿就不好办了。"

黄志毅说："有啥不好办？一视同仁排到榜上去，该等多少年就等多少年，免得找话说。"

骆庭运说："如果真有特殊困难的咋办？"

黄志毅说："真有特殊，自己去找排在前面的人协商。只要人家同意让他先上，位置对调，谁还有理由反对？当然，如果你有办法帮人家解决也可以。"

骆庭运说："我能有什么办法？就按你说的办。"

榜示一出，不再有人找骆庭运，也没有人说闲话调儿话。

春节一上班，黄志毅便接到地区中院通知，要他到省高院院长培训班学习，学期半年。

省高院院长培训班是省高院为了提高基层法院院长审判业务能力举办的学习班。培训班只讲审判业务，不讲其他内容。授课老师全是省高院刑事、民事、经济、行政等审判业务高手和全国法学理论名家。其中刑事、民事、经济、行政等审判庭长和分管审判业务的法院副院长也直接参与授课。学习时间虽然不长，黄志毅自感收获颇丰，提高很大。

省高院院长培训班结业不到两个月，县委通知黄志毅到流金地委党校中青年干部培训班学习。中青班是政治培训班，学习内容庞杂，除政治、经济、政策、形势外，还有社会考察和调研任务。每天半天课堂学习，半天自习或集体政治学习讨论。

流金地委党校好像很穷，什么都缺。学校为此专门召开动员会，希望学员们支援学校。当然不是赤裸裸地提要求，而是言词巧妙地把谁贡献大谁就表现好的意思揉进动员当中，这使有贡献条件的学员热情倍增。丰源县是旅游大县，接待过美法等国政要的外事办主任景华芬捐赠一台价值三万多元的发电机，被学校大会表扬。单位穷而无贡献条件的学员做不出贡献，只能在总结会上使劲鼓掌看热闹。

黄志毅班调研课安排在科学城。第一天考察电视机厂，这是黄志毅第一次看到彩电生产线。学员们顺着电视机装配线边走边看。走到最后工序时候，见工人抢起木头大槌，对组装好转输到面前的电视机用力敲打，发出咚咚的巨大响声。学员们大感惊奇。一问，回答说是最终检验，看有没有脱焊或其他质量问题。

第二天游览山顶洞河。学员们分乘三只游船进洞。彩灯闪烁，波光摇曳，沁心乐荡，形状各异的钟乳石变幻着不同颜色，恍若仙境。游船缓缓前行，学员们都很兴奋，大声说笑。有人开始唱歌，有人随即附和，渐渐掌声欢呼声一阵高过一阵。接着互相拉歌，先是同船人拉歌，渐渐变成对唱，由同船人对唱变成船与船之间对唱。对唱大多唱《刘三姐》等抒情对唱歌曲。

黄志毅想不到学员中竟有如此众多的唱歌高手。歌声优美，粗放时欢声雷动，动情处静默无声。情景交融，令人难忘。

第四十回

为儿女穷心尽父责　事难料意外任院长

黄长华没有考上大学早已在黄志毅意料之中，因为原山县职业高中几乎就没有学生考上过大专院校。出乎意料的倒是黄天明不仅没有考上高中，而且初中毕业证都没有拿到。

黄志毅不好意思去找学校领导，请一个朋友去通融拿毕业证书。几天后朋友来说："去了两次，实在拿不到。"

黄志毅问："为啥拿不到？"

朋友说："本来学校领导看在老局长和你面子上是同意发的，可是老师不同意，特别是教过他的老师坚决反对。扬言如果发了，就要到县委政府纪委揭发学校领导开后门。"

黄志毅说："能说具体点不？"

朋友踌躇了一会儿终于说："我觉得也不能全怪老师，你这个黄老二实在太调皮捣蛋了。给每个批评过他的老师取歪名，还满学校乱喊，制止都制止不住。老师实在管不住他也就不管他，任他想干啥就干啥。按理一般老师都要袒护自己教过的学生。何况初中毕业证书又没有多大用处。"

黄志毅听得心中难受，摇头说："算了，不说了。"

长华天明姐弟俩天天待在家里无事可做。黄志毅看着天明就来气，沉着脸，一句话不说。其实也不知道该怎样说。反正有他妈护着，说也是白说。

一天黄志毅下班回家，见寝室桌子上一张字条，天明写的："爸，妈您好：这次考试我没有想到我会考得这么差。我现已毕业，读书也读不进去，我不想再荒废时间。我已 18 岁能自力更生了。您也做到了您做父母亲的责任。我不会干坏事的，也不会再给您丢脸。你们不要为我担心。一个不争气的儿子天明。"

黄志毅大吃一惊，万想不到儿子会离家出走，赶忙问佘玉春天明哪里去了。佘玉春说不知道。黄志毅说："天明跑了，看样子是不会回来了。"

二人慌忙出门来到街上，四顾茫然，不知到哪里去寻找。佘玉春说："不会跑的，他会跑到哪里去？"正张望着，见天明从十字口那边走过来。黄志毅说："不要说他，回来了就好。"

晚饭后天明去睡了。黄志毅却毫无睡意，想这样下去不是办法，总得找个事给他做才行。又想着光做事不行，必须得学一门手艺，将来有个谋生手段。又想到如何找一个艰苦环境磨炼他更好。想到半夜想到了费云深。觉得修电视机技术不错，只是不知他同不同意。这样一想便给费云深打电话。费满口答应，但是说没有住的地方。

黄志毅说："这我想过了。佘玉春三弟佘松云离你家不远，天明只在你那里学技术，在他舅舅家吃住。"

费云深说："那这样就没有任何问题了，叫他来吧。"

商量好后，黄志毅立刻连夜骑车到佘松云家，说了天明在他家食宿的事。佘松云听了自然是满口同意。

黄志毅回到家时天已大亮，把天明叫起床说了学修电视机的事。天明听了满口同意，早饭后就去了。

不到两个月天明回来说再也不去了，黄志毅问他原因，回答说："天天吃素菜，一点荤腥都没有。现在农忙更是顿顿吃煎海椒，肚子都辣痛了。"

黄志毅看他可怜模样，便同意他不去。到处托人帮忙给他找事做，说不要工钱，在家吃住，能学到手艺就行。

几天后东银建筑公司经理和富贵同意他去学泥工。和富贵很江湖，说先让他学开卷扬机，熟悉一段时间后找一个好师傅教他学技术。

几天后一天中午，天明一只脚一跳一跳地回来了，说工地钉子把鞋底戳穿脚板钉伤了。黄志毅说："那就不要去了，在家好好养伤吧。"

第二天和富贵来法院找到黄志毅，苦笑着说："黄院长，你娃儿动性太大了，开卷扬机是坐着的，他坐不住，满工地跑来跳去。工地上本来就乱翻翻的，招呼他又不听，咋保证不被钉伤嘛！伤好了再来吧。"黄志毅连声表示歉意，说不关你们的事，千恩万谢地送走了和富贵。

黄志毅到地区中院开会，听说中院清理档案需要人手，便向中院办公室张主任讲了长华的情况。张主任说："叫她来吧，本来是不包吃住的，既然是你女儿，我自然应该想办法管她吃住。只是清理档案收入不高，不要搞两天就回去了。"

黄志毅听了说："感谢了。我一定让她把档案清理完了才走。"

长华去地区中院打工后，天明脚伤渐好。黄志毅听说公安局交警队人手不够，正在招零工协助警察工作。还听说法院刑庭庭长吴江涛和交警队长褚运通是战友，二人情谊极深，于是请吴江涛帮忙。吴江涛不仅满口应承，还主动带黄志毅去见褚运通。褚运通说没有问题，但是要缓一下。因为第一批招工才刚公示，只有等下一批了。吴江涛说："怎么能缓？要不这样，我的吴老二下来，让黄老二先上。"褚运通想了想说："那就算了嘛，让两个老二都上，反正又不是招正式工。"

黄天明自到交警队打零工后，整天穿着没有警察标识的工作服，干着警察部分处理权的苦累事，很少回家吃饭睡觉。一天清早回来，说夜班才下岗，要在家里睡。黄志毅见他裤脚挂开一条口子，还有泥血，问怎么回事。天明笑着说："昨天晚上追野摩托，那娃娃在前面没命地逃，我在后面使劲地追。快要追上的时候，天太黑，我的摩托车脚踏板被桥边水泥柱子擦了一下，连人带车一起冲到了路坎下麦田里。"

黄志毅说："小心注意安全嘛！"

天明脱口说道："你才说得安逸！都小心注意安全了，这追交通肇事还干不干？"黄志毅听了一时不知如何回答才好。正在愣神时只听天明大声笑着说："被我追那个娃儿才霉啊，听到我车子掉下路坎的声音回头看，也冲到了路坎下田里，摔得比我还惨。"

此后黄志毅一直担心天明安全，时不时讲一些不注意安全因小失大的典型故事给他听。

地区中院清理档案工作结束后，黄长华回到家里闲着无事可做。黄志毅特地去地区团委，请当年下乡到金鹿公社的知青朋友帮忙，找一些书籍给她看，希望将来招工能考个好分。

星期天，佘玉春对黄志毅说："有人给长华介绍对象了。"见黄志毅不说话，又说："男方父亲是一个小包工头，家里有一幢一楼一底的小楼房。"

黄志毅说："房屋财产是次要的，关键是人品和长华的态度。"

佘玉春说："已经给长华说了，长华不同意。"

黄志毅说："不同意就算了嘛，依她。"

一个多月后又有人给黄长华介绍县工商银行副行长的儿子张文东。长华同意，双方看了人，张家很是满意，时不时叫长华去吃饭。

春节过后，长华不同意再耍了，但是张文东要求继续耍。黄志毅问女儿为什么不同意，长华不回答。张文东来，长华要么不理他，要么关在寝室里不出来。后来一听说张文东要来，干脆出去不回来。两个多月后张文东不再来了。

张文东长得眉清目秀，一副聪明机灵样子，嘴也甜。佘玉春很是喜欢。黄长华与张文东不再来往后，佘玉春与张文东一直保持着联系。

两个多月后，又有人给黄长华介绍对象。也姓张，经黄长华同意后双方见面，都同意耍。十多天后黄长华又不同意了。

几天后佘玉春对黄志毅说："姓张那小伙子前天晚上喝酒醉了，在十字口街边上坐着大哭了一夜。很多人围着看，有人问他哭啥，他说和长华耍朋友，长华把他丢了。有人问他长华是谁，他说是法院黄院长的女儿。围观的人劝他说恋爱自由，人家不同意就算了嘛。可是他说我这辈子就只喜欢她，其他任何人都不会喜欢了。围着他看的人见劝不动，都摇头叹气地散去了。"佘玉春说得眼睛红红的。

晚上黄志毅问长华："你为啥不同意和小张耍了？"

黄长华说："他那个样子，哪个愿意和他耍啊！"

黄志毅说："他哪个样子？见面的时候你们双方都看见了的嘛，是你看走眼了？还是人家突然就变成另外一个样子了？"

见女儿不说话，黄志毅说："终身大事要谨慎，不要弄得满城风雨，说三道四的。"长华闷声不语。

一个多月后，又有人给黄长华介绍对象，名叫朱明义，在县公安局工作。

黄志毅吸取前几次不参与教训，双方见面这天亲自参加。黄志毅看朱明义身材匀称，五官端正，身体健壮，一副诚实谦虚模样。在和朱明义交谈中得知，朱明义是本县农村人，家庭成分贫农，警校学生时候入党。朱明义还主动向黄志毅谈他小时候家里如何困难，如何参加劳动，在校读书如何刻苦，如何在思想政治上要求进步，如何在学生中起好表率作用等等情况。黄志毅看朱明义言谈举止不卑不亢，说话得体，穿着朴素，觉得很是称心。问女儿同不同意，黄长华点头表示同意。

吃饭时黄志毅劝朱明义多吃点，佘玉春更是不停地给朱明义拈菜。饭后黄志毅说："小朱你一个人在单位吃饭，不方便的时候就到我们这里来吃，有什么需要就说。"

此后朱明义便时不时来，来了黄志毅便和他摆龙门阵。黄长华倒是很少和他说话。

过年后佘玉春给朱明义一些粽子腊肉香肠等熟食，说在单位饿了吃起来方便。

过了一段时间，黄长华说："爸，你发现没有，朱明义双眼不对称，一只眼睛有点斜。"

黄志毅说："没有啊，这么长时间我怎么一点都没有看出来？"

黄长华说："真的有点斜。"

黄志毅怀疑自己是不是爱屋及乌了，朱明义来时仔细看，完全看不出有一点斜的样子。于是说长华看错了，可是长华仍然坚持说有点斜。

又过了一段时间，黄长华见朱明义来了便借故走开。时间一长朱明义发现黄长华态度变化，渐渐来得稀疏，以后就不来了。

黄志毅为朱明义感到惋惜，更为女儿感到惋惜。佘玉春问女儿为什么要这样，黄长华仍然坚持说朱明义眼睛歪斜。

黄志毅见女儿如此固执不讲道理，不由火了，大声说："我反复仔细看了，人家眼睛根本不斜。我又叫你妈看，她也说一点都不斜。朱明义这么优秀的青年你都不同意，你究竟有什么想法说来听听！"见长华低头不语。黄志毅又说："儿女婚姻大事，父母不能干涉。但是婚姻是人生一辈子大事，来不得半点任性。要这么多人了，都是你反悔。你既听不进我们意见，又不和我们交换看法，一味固执己见，我们也没有办法。但是今天我必须要把丑话说在前面，我和你妈都希望你幸福。如果你继续这样固执，万一今后你的婚姻不理想不要怪我们。""不怪你们。"黄长华立刻爽快地说。黄志毅说："还有，如果你婚姻上遇到什么困难也不要找我们。""不找你们。"黄长华又爽快地说。黄志毅听得心中颤痛："女儿呀，你怎么这样任性啊？你真遇到了困难，我能不管你么？"

因为没有到换届时间，黄志毅调到法院后仍然兼着县委机关支部委员。一天下午黄志毅在支委会散会后出门，正好遇上段念恩走进大门。黄志毅还来不及叫他，段念恩倒先开了口：

"黄志毅你在这里做啥？"黄志毅说了开会的事。段念恩说："还有这样的事？"立刻掉头对机关支部书记说："黄志毅人都走了还来开啥会嘛？你们马上物色个人把他替换下来。"然后对黄志毅说："走，到我办公室坐坐，反正都要下班了。"

这是黄志毅第一次与段念恩说话，也是段念恩第一次叫黄志毅名字。

黄志毅跟着段念恩走进办公室。段念恩自己先坐了，一改平时严肃清冷神情，说："你这是第一次到我办公室来，随便坐。"黄志毅听了坐到对面沙发上。

段念恩问："怎么样，到法院习惯没有？""基本上习惯了。"黄志毅回答，然后简要汇报了到法院情况。

段念恩说："是要有一个过程。不过法学学士是法院的最高学历了，业务不会有好大问题。你是法院第二把手，不仅自己分管的工作要抓好，还要协助好庭运同志。"

黄志毅连声应诺，见他开始清理桌上文件，知道应该走了，便站身告辞。段念恩看向黄志毅说："今后你有什么事，来找我就是了。"见黄志毅欲言又止样子，便放下手中文件，恢复了清冷神情，说："在我这里不要吞吞吐吐的，有什么事就直说。"

黄志毅听段书记如此说，终于狠心说道："一件事，就是娃娃的就业问题。"然后简要说了长华天明的情况。最后说："我知道这问题太难了，本不该向你汇报的。""子女问题比天大，有什么不该汇报的？"段念恩平和地说，"你老二在褚运通那里打零工就让他继续打着，他那里其实是很不错的。问题是你女儿，法院招工要九年才轮得到她头上，这还了得？现在招工基本结束了，说也无益，以后再说吧。"想了想又说："算了，你不认识人，说了也办不成。"但终于还是说了："你知道的，现在招工都要计划指标，没有计划指标任何人都没有办法。银杏坪监狱属省上管，指标多，每年有剩余都给我。今年他们还没有给我。你如果有办法找到银杏坪监狱党委书记兼监狱长陈忠夏，就说我说的，请他借一个指标名额给你。"黄志毅说："陈监狱长我认识，他不是在地区司法局么？"段念恩说："自从银杏坪监狱收归省劳改局后他就回来了。既然你认识他，那就去找他试试，就说我说的明年还他指标。"

从段书记办公室出来，黄志毅心里很是高兴：真是遇上古书上说的踏破铁鞋无觅处，得来全不费工夫了。

第二天上午，黄志毅到银杏坪监狱找到陈忠夏办公室。门关着，一问，说是陈书记下大队去了。于是找到陈丽华。陈丽华已经工转警，穿着新式女警服，身材越发显得匀称苗条。

陈丽华很高兴，先是抱怨黄志毅不去看她，然后带黄志毅去找她爸。黄志毅说："不忙，先去看望一下陈婆婆，好久没有见过她老人家了。"

陈丽华带着黄志毅往家走，边走又边抱怨不去看她，说把她忘了。

黄志毅笑着反问道："那你为啥不来找我？"

陈丽华似笑非笑地说："算了，你是当官的人。你都不来找我，我怎么好来找你？还有就是要照顾婆婆，完全走不开，一年难得出几次山。"

二人边走边说很快就到了陈丽华家。开了门，黄志毅见陈婆婆端坐在椅子上，还是原来样子：衣着干净整齐，面色白里透红，富态慈祥。陈丽华喊了一声婆婆，黄志毅也跟着喊了一声婆婆。陈丽华立刻诡笑着摆手止住黄志毅说话，问道："婆婆，你晓得是谁在喊你么？""哎呀，是黄副政委来了，稀客，请坐。华女快泡茶。"黄志毅惊讶地说："婆婆，想不到你还能听出是我，真是太不简单了。"陈婆婆说："也不是，只是华女和我有时候要讲起你，也就还记得。"

黄志毅说："婆婆，我今天来找陈主任办点事，没有买东西，实在不好意思。下次来一并给你补上。"

陈婆婆说："黄副政委能来看我这个瞎老婆子就不错了，还说啥东西啊。丽华去做饭。"

陈丽华说："一点菜都没有咋做？到食堂打饭吃。"

黄志毅说："这么早吃啥饭啊。陈主任可能回矿部了，我们走吧。"于是告别陈婆婆到陈忠夏办公室。

陈忠夏果然回来了，黄志毅说了来意。陈忠夏听得哈哈大笑，说："你们段书记说要还我指标？你信他的啊！这么多年他好久还过一个？不过小黄我给你说，你这次来得太不是时候，我昨天下午才把指标名额分到下面去。今年矛盾比历年都大，既然分下去了怎么收得回来？你要是昨天上午来，我还可以做工作，就说是原山县委要的。现在分下去了就没有办法了。"陈丽华说："你就想不到办法啦？想想办法嘛！"陈忠夏说："小黄又不是外人，能想办法我不知道？""我不信。"陈丽华固执地说。黄志毅已经绝望，正要起身告辞，陈忠夏说："不过还有一点点希望，每年计划分下去，有的干部子女不想当工人，宁愿放弃指标也要去报考学校。如果有这种情况我就给你，如果没有，那就只能等到明年再说了。"

三天后陈丽华来电话了："黄大哥，长华运气太好了，刚好有一个人放弃名额。我爸说今天下午就转到你们县劳动局，明天清早上班你就可以去问了。"

第二天上班黄志毅先到劳动局，问局长吴成山指标到没有到。吴成山冷脸闷了半天，说："到是到了，但是这个指标不能给你。"

黄志毅认为吴成山在开玩笑，问道："不给我给哪个？"

吴成山说："凡是外来指标一律全县统一安排，不对个人。"

黄志毅大吃一惊，说："我找回来的指标，怎么能全县统一安排？"

吴成山说："不讲理由，只能全县统一安排。"

黄志毅说："你知道我这个指标是咋来的不？"

吴成山说："不管咋来的，都要统一安排。"

黄志毅说："我既没有占县上的指标，又没有吃谁的欺头，为啥不给我？你不给我，你要给谁？说给我听听。"

吴成山沉着脸不说话，假装清理桌上文件。黄志毅知道这样僵持下去不是办法，便转身去找段书记。段念恩正在与人说事，见黄志毅来了立刻问道："志毅什么事？你先说。"黄志毅说："段书记，我按照你说的找陈监狱长要了一个指标，可是吴局长不给我。""知道了，你回去吧。"段念恩说。

第二天下午劳动局办公室通知黄志毅去拿指标。到了劳动局，工作人员说："外来指标劳动局不负责安排，自己找单位，找好了到我们这里办手续。"

黄志毅问女儿想到哪个单位工作。长华最听她奶奶的话，她奶奶经常说粮站最好：有粮食吃，低标准时候粮站的人都没有挨过饿；粮站又是国家单位，旱涝保收。长华便说安到粮站。

黄志毅找到分管财贸的副县长佘绍文，说了想把女儿安在粮站的想法。佘家与黄家是远亲，论辈分佘绍文高黄志毅一辈，他说："全县只有普义粮站效益最好，待遇最高，但是离县城有点远，又是女娃娃，你要想好。"黄志毅说："不要紧，远点就远点，只要效益好有保障就行。"

佘绍文说："那好，我今天就帮你联系。"

晚饭时黄志毅对女儿说她工作安在普义粮站。长华说："奶奶说还是安在鹤林粮站的好，离家近，下班了可以回家住，并且站长是远房亲戚，有啥事好有个照应。"

黄志毅知道是母亲不愿意离开孙女找的理由，只好又去找佘绍文。佘绍文说："我都已经给普义粮站打过招呼了，人家满口答应。现在你要想好，定了就不要变了。如果决定去鹤林粮站，我马上打电话给普义粮站领导退出，再给粮食局和鹤林粮站联系。"

黄志毅不好意思地说："定了，就到鹤林粮站。"

黄志毅党校学习结束回到法院，发现气氛有些异常。渐渐知道是院长骆庭运与经济庭书记员皮晓娟天天吵架所致。

骆庭运性格沉稳，不苟言笑，严厉有加，大家都敬而远之，不敢与之接触。皮晓娟身材高挑，颜貌姣好，性格直率，说话行事随意，给人一种大大咧咧的感觉。

骆皮二人每次吵架都是皮晓娟到院长办公室造成，没有人敢劝。因为吵架都是在顶楼，没有人听得明白，也就没有人说得清楚。据说皮晓娟还到骆庭运家砸过门，被骆庭运爱人赶了出来。

一天刚上班骆皮两人又吵了起来，很是激烈。黄志毅突然听到砰的一声巨响，怕出事，立刻从自己办公室跑上骆庭运办公室。

黄志毅见皮晓娟站在门口背靠门方，一脸怒容。骆庭运坐在椅子上满脸青黑，盯着办公桌空无一物的桌面。办公桌上的书籍文件纸笔撒散一地。开水瓶被摔坏，玻璃碴溅得到处都是，地上淌着冒热气的开水。黄志毅见二人一言不发，知道没有危险，又不知情，便转身下楼回自己办公室去了。

一日，黄志毅接到县委办公室电话，说段书记要他赶快去。

黄志毅一上到二楼，段念恩立刻从常委会议室走出来，把他带进另一间办公室。也不叫坐，拉开抽屉拿出一个信封递给黄志毅，说："你看这是谁的字？"黄志毅见信封上写着段书记收四个字，马上说："应该是法院皮晓娟的字。"段念恩神情严肃地说："你怎么只看几个字就敢肯定？"黄志毅又看了一遍，说："应该是。皮晓娟是经济庭书记员，所有经济案件审理都由她记录。凡是判决案件我都要审查签字，很熟悉了。"

段念恩说："仅看信封上几个字就下结论不行，再仔细看看里面的字，搞实在是不是皮晓娟写的。"边说边从黄志毅手里拿过信封，抽出信纸展开递给黄志毅看。

黄志毅很吃惊，因为这是皮晓娟写给段书记的控告信。信的内容全是骆庭运如何喜欢她，如何逗引她，如何语言威胁她，最后如何用手枪威逼强奸她的全部过程。整个行为过程写得详细而完整，好像很真实，但是黄志毅不能肯定，也不能否定。段念恩盯着黄志毅问："是不是皮晓娟写的？"黄志毅说："字应该是皮晓娟的字。皮晓娟字如其人，写得很开放，笔画也很有个性，法院没有一个人的字体和她相像。不过，这么重大的事，必须做正规笔迹鉴定才行。这种事，不要说事实，就是流言也极容易伤人。还有，皮晓娟在法院工作多年，完全知道证据的重要，不应该只写材料，更应该举证。没有证据不行，没有经过鉴定的证据不能认定。"

段念恩脸上露出十分难看的表情，收回信边往抽屉里放边说："这封信我一定要保存起来，免得以后说我整他。"放了信关上抽屉说："没事了，你走吧。"

此后，骆庭运上班几乎都把自己关在办公室里，本应该开的会也不开，有事找他汇报都叫自行处理。

春节期间,社会上流传着各种官场消息。说某某人要调走了，某某人要提拔了，某某人要下课了，其中偶尔也有黄志毅要当法院院长或公安局局长的传言。黄志毅听到这些流言，觉得就像当年传说自己要当纪委书记一样,都是绝不可能的无稽之谈。

黄志毅一日街上遇见倪雄，还没来得及开口，倪雄就大声说道："黄老二，很多人都在说你要升官，看来你的狗屎运是真的要来了呐。"黄志毅说："倪老三，妈的别人洗涮我也就算了，怎么你也拿老子开心起来了？"倪雄认真说："不是，说的人太多了，完全不像那年你劳改大队回来时候的样子。"

春节上班的第二天上午，组织部长麻良君通知黄志毅到她办公室，一改平日笑容郑重地说："黄志毅，我今天代表县委对你谈话。按照组织程序，经组织考查和征求地区中级人民法院意见，决定提议你参选下一届县人民法院院长。现在征求你个人意见。"黄志毅说："麻部长，我衷心感谢组织和领导的信任。但是法院三年下来，我觉得最适合我的还是搞教育。"麻良君说："黄志毅你想些啥啊？法学学士，又在纪检司法机关工作多年，怎么可能让你去教书？"黄志毅说："麻部长你不知道，法院工作太难了。当初要是晓得有那么难，听褚鄂湘的劝，我就留在纪委不走了。"麻良君说："都这个时候了还说以前那些没用的话干啥。按照法律规定，法院院长不是差额选举。不过，既然是选举，理论上就有落选的可能。虽然可能性几乎为零，但是你思想上还是应该有落选的准备。"正说着副检察长周正忠推开门站在门口，黄志毅见了立刻起身走了出去。

原山县人代会顺利召开，黄志毅当选县人民法院院长，周正忠当选县人民检察院检察长。

黄志毅当选法院院长当天夜深人静后，端一杯白开水坐在客厅沙发上沉思静想。

他首先想到自己从黄家沟走出，经过这么多年艰难努力，好不容易才有了今天，祖父祖母泉下有知多少应该感到有些欣慰了。但是他深知祖父祖母希望的绝不只是高兴，而是要自己功德有成，光宗耀祖，善始良终。

然后他想到这谈何容易！法院既是扬正抑邪、公平正义之地；又是善恶相搏、利益相争、鉴真辨伪之所。

法院之伟力在于有法权。

若法权用之于公正，则法律必成正义之剑。定能张扬正气，利国利民，惩恶除奸，救百姓于水火，助善德之无助，使法院成为法德互补互彰之圣地。

若法权用之于邪恶，则法律必成邪恶魔杖。必然冤狱门开，诸恶尽出，不法横行，陷人民于水火，投公理于深渊，使法院成为诸恶造孽之渊薮。

他深知法院处于名利矛盾旋涡之中，执法如山、公正廉洁，不一定会得到应有之誉。画虎不成反类犬，捕鹰反被鹰啄眼也不是没有可能。

他清楚中国历朝历代都推崇清官，人民更是渴望清官。因而明白自己虽然七品芝麻官都算不上，但毕竟是人民的法官。既然成了人民的法官，即使荆棘遍野，危难阻道，也应当刚直不阿，不弃廉洁，坚持公正，勇往直前，做个清官。不盼万民伞，但求自心安。宁舍富贵福，不扫祖宗颜。

黄志毅想到此，心中不禁忐忑起来：如此环境，如此条件，如此目标，如此正邪，如此诱惑，我真的能做到么？

最后毅然决然地想：既然命运让我走到了今天，我就定当不辱使命，哪怕负屈含冤也不给祖宗儿孙丢脸。

第四十一回

正思想法院严作风　麻良君关心少年犯

段念恩看见黄志毅走进办公室来，立刻微笑问道："志毅什么事？"黄志毅也微笑着回道："给书记你汇报今年法院工作。"

"缓一下，我这几天没有时间。"段念恩说，"法院以前一届是三年，现在一届是五年。凡事预则立，不预则废。你回去做个五年规划，到时候开个常委会，专门研究你们法检两家本届的事。"

两个多星期后法院接县委办公室通知，要黄志毅带上法院五年工作规划，到县委常委会议室开会。

黄志毅先在每位常委面前桌上放了法院五年工作规划材料，然后在检察长周正忠身边坐下。刚坐下不一会儿，段念恩就进来了，旁边的魏祥顺说："没法，把客人一送走就来了。"抬头看人已到齐，说："今天会议议题只有一个，就是研究法检两院五年工作规划。先由法检两长说，说了大家再议。周检察长你先说。"

周正忠着重讲了检察院急需解决新建办公楼、购置监察装备和办公经费等几个问题。周正忠一讲完，段念恩马上说："黄院长你说。"

黄志毅说："各位领导，法院建设主要是物质建设和队伍建设。这两方面汇报材料上都写了，我就不重复了。我现在着重补充汇报一些如何加强法官队伍建设的一些设想。不妥之处请批评指正。

"人民法院是国家审判机关，法院的根本任务是审理案件。案件质量不仅是衡量法院审判工作的标准，更是衡量人民法院价值的标准。审判实践的事实证明，案件正确公正与否关键在法官，法官素质的高低决定着案件的质量。只有高素质的法官才可能有高质量的审判。所以法院建设的首要任务是培养一支高素质的法官队伍。高素质法官队伍主要是指，一是政治思想素质高，二是审判业务能力强。

"法官队伍政治思想素质高是指，一是忠于国家，全心全意服务人民。二是忠于法律，维护公平正义。三是自觉接受人大监督、法律监督、人民监督和社会监督。

"法官队伍审判业务能力强主要是指审理案件质量高。审理案件既要符合实体法，又要符合程序法；既要维护法律权威，又要有利公序良俗；既要有利社会稳定，又要有利改革开放经济发展；既要做到当事人满意，又要增强当事人法律意识。

"我院当前审理案件存在的主要问题是重视实体法，轻视程序法。为了解决这一问题，院党组和审委会讨论决定采取两项措施：一是今后程序法适用错误一律作为错案处理。二是立案除了公诉案件外，向其他所有案件诉讼双方发《诉讼须知》，让原被告都知道自己的权利义务。诉讼中知道该怎么做，不该怎么做。真正做到实体正义和程序正义。现在研究室正在草拟《诉讼须知》，经审判委员会讨论后下个月开始执行。

"为保证案件公正，要继续执行错案追究责任制。要让法院每一个工作人员，都充分认识错案对法院的危害，对法官的危害，对当事人的伤害。

"从历年来看，我院实体法的错案是极其个别的，而且一经发现都得到了及时纠正。但是不管错案多少，只要是错案就是对当事人的不公，对法律的不敬，甚至可能就是一座当事人翻不过的大山，一条跨不过的大河，所以必须坚决彻底加以防范。我院研究室正在制定更细更严的《错案追究责任制》，院党组审委会讨论敲定后立即付诸实施。

"错案产生的原因除极个别法官政治思想原因外，绝大多数都是法官业务素质差造成的。我院共有工作人员八十七人，党员五十九人，其中包括军队转业干部四十三人。占全院工作人员的六十七点八。这部分同志的政治思想素质从总体上看比较高，但文化业务素质普遍较低，审案能力普遍较弱。今后要把提高法官文化水平和法律业务水平作为法院工作的一项重要工作任务，鼓励法院工作人员读各种法律专业班，凡拿到国家正规文凭的一律予以现金奖励。同时对办案质量高的给予物质鼓励，对办案质量差的予以通报批评或惩处。

"审理案件要实现公平正义，必须要搞好内外监督。作风是思想意识和行为习惯的表现。不良的作风通过监督可以变好，再好的作风脱离监督也会变坏，因此任何时候都离不开监督。监督分为内在监督和外在监督。内在监督是自身监督，实践证明内在监督是必须的，但其效果远远逊色于外在监督。原山法院今后将把外在监督作为监督重点。在恳请人大加强法律监督、恳请检察机关加强司法监督的同时，自觉接受人民群众的民主监督、社会监督和案件当事人的个案监督。法院政工科正在草拟《原山县人民法院恳请各界群众监督书》，把监督推向社会，形成对法院广泛全面的监督。

"打铁需从自身硬，我作为县人民法院院长，除了加强自身修养，以身作则，起好带头作用，虚心接受法院同志和人民群众监督外，恳请在座各位领导对我进行全面的监督。汇报完毕。"

段念恩说："两长汇报完了，大家谈谈各自的看法。"

常委们纷纷发言，先是肯定两长汇报，然后是针对问题，谈看法，提建议和要求。

常委们简短讲完，眼看就要冷场，分管财政的常委副县长佘绍文忽然扬起手中两院五年规划，说："我对法检两院情况不是很了解，但是看了你们的五年规划，好像主要是说钱。尤其是法院，你们人比检察院多，下面还有好几个法庭，又是审判庭，又是办公楼，又是住宿楼，又是办案车辆，没有改造新建你们就不办案啦？大家知道，原山县财政收入历来都处于流金各市县中下等水平，有时候发工资都要扯指头子，我哪里来那么多钱解决你们这么多问题？"段念恩插话说："绍文，话不能这样说。原山县虽然穷点，但是比我们县穷的还有的是嘛，人家都能够解决，我们反而不能解决？"然后转向大家说："我看是不是这样，两院经费保障问题就不议论了。我谈点看法：

刚才绍文同志说的钱的问题也是实事求是的，一下拿那么多钱出来确实做不到。法院办公楼，两年前黄院长就写过一个材料，我看了，确实太差了点。有人给我讲，说法院的囚车一发动除了喇叭不响，周身都在响；法院三轮摩托车声音特别大，轰咚轰咚的，群众老远听到就说是法院的打鼓队来了。破破烂烂，一点威严的样子都没有。堂堂一个人民法院，交通设施办公条件还当不得一个稍微有点钱的公司，这实在也说不过去吧？据我了解，检察院比法院也好不到哪里去，所以一定要把法检两院建设好。我们原山县几十万人，好几十个机关，还有这么多企业，只要重视，法检两院的物质建设应该是没有问题的。我提一个建议，请每位常委同志考虑看行不行。如果行就形成决议，记录在案。在我们本届任期内，每年财政挤出一点钱来，争取五年之内逐步把法检两家办公楼和住宿楼建起来，把必要的办案车辆办案设施配齐。法院审判法庭三年多前就建好了，设计理念超前，建设质量也不错，地区中院还组织人来参观过。只是装修和配套设施现在还没有搞，这个花不了多少钱，今年就解决，也算是你黄院长完成了中院的一件任务。人民法庭建设比较复杂，我的意见是区别对待，分步实施，不搞一刀切。坝区交通发达，人口众多，官司多，影响大，按照市中院就低不就高的标准，先把坝区人民法庭建起来。山丘区两个法庭我去看过，都是楼房，只是面积小点，房间少一些，设施也不够配套，达不到三区分离标准。不过法官人数较少，官司也少。花点钱把门面整治一下，把房间粉刷一道，把实在太陈旧的桌凳换掉，等以后经济发达了再建也不迟。"

佘绍文插话说："黄志毅，你们中院两庭建设经费来源我看过文件，说是三个一点：财政出一点，法院出一点，外面找一点。

并且地区财政还要给每个人民法庭建设经费两万元。你们也要想点办法，不要光在县财政身上打主意。"

黄志毅笑着说："佘县长，问题就出在这三个一点上。财政出一点，这一点是多少没有说。从其他法院经验看只有少给，不会多给，甚至不给；法院出一点对经济发达地区可行，他们案子多，特别是经济案件多，标的额大，收入多。流金坝区各法院不仅建得高大气派，有的还安装了电子安检设备，进出法院的人都必须经过电子安全检查；至于在外面找一点，我们山丘区法院院长们最反感的就是这一条，认为是病急乱投医。法院是国家审判机关，代表国家公正形象。法院凭什么到外面去找钱？说实话，法院只要想找钱，好找得很。有钱的企业多得是，有钱愿意给的人也多得是。一开口他就答应，不开口也会有人主动来问要不要。这是明摆起的，他有求于法院。只是吃人家的嘴短，拿人家的手软。他给你钱了，需要你帮忙的时候法院帮不帮？帮，用法律做交易。法院被牵着鼻子走，威信扫地；不帮，他到处宣传法院不落教，忘恩负义。所以我宁愿不建，在白地审案都不愿意要这些人的钱。流金中院的口号是人民法院人民建，建好法院为人民。建好法院为人民这没有问题，问题是哪里有人民来建这个法院嘛？"

段念恩打断说："志毅不说这个了，找不找钱由你们决定，我不做规定。绍文你看是不是这样，这个会后，法检两院就按照我说的内容打报告给财政局。财政局根据报告制定规划，按照前四个财政年度安排资金，确保五年内全部完成。最迟不能迟于我们这届届满的第五年。不要太高档，关键在实用，当然也要看得过去，不要让人家把我们原山县司法建设说鄙了。"

佘绍文说："可以，下来我给财政局说一下，按你的意思落实到位。"

段念恩问："各位常委同志还有没有意见？"见大家一致同意后段念恩说："既然都没有意见，那就形成决议，按照决议办理。"

此时已是常委兼组织部长的茅云峰说："我仔细看了两院的五年规划，确实是实事求是的，特别是黄志毅同志对法院干警思想作风建设问题，原因分析准确，设想措施得力，很符合实际。为今后法院工作开了一个好头。黄院长，你们法院党的组织建设今后有什么需要尽管说，组织部一定努力配合，把法院党员队伍建设好。当然，对周检你那边也是一样，检法两院一视同仁地支持嘛。"

常委们发言完毕，段念恩对新任县委副书记麻良君说："良君，你现在分管政法，该你说。"

麻良君有些不自然的样子说："没有调查就没有发言权，我现在啥子都不知道，没有说的，不说了。"

段念恩说："好，那我说几点。第一，今天两长的汇报是全面的，也是实事求是的。黄志毅同志说的法院干警队伍的思想作风问题，其实周正国同志也说到了，不过没有说得那么具体而已。法官检察官办案中的问题，你们两长一定要引起高度重视，一定要下决心解决，不能出重特大问题。法院检察院虽说同是司法机关，但工作特点不同。法院人多，办案多，和群众直接接触多，与群众利益攸关的事就多，反映自然就会多一些，对这些反映问题要做具体分析，不能一听到反映就认为是真有其事。但是如果确有其事就一定要一追到底，决不放过。不能让一粒老鼠屎坏了一锅汤。这里要特别说一下，法检两院干警作风问题看似是干警自身的问题，其实跟其他有关职能部门和单位不无关系。比如法检两院进人。不管思想业务素质如何，领导打个招呼，组织人事部门办个手续就进去了。法检两院领导挡不住，不想要也得要。这些人进去不好管，有仗恃，不出问题才是怪事。现在不光是法院，凡是有权有钱福利好的单位很多人都想进去，这些单位也挡不住。看来要立个规矩，进人要一支笔签字才行。"然后把头掉向魏祥顺："祥顺你看呢？"

魏祥顺点头微笑道："可以，没有问题。我看就你一支笔签算了，艄公多了打烂船。"

"也不能我一个人签。"段念恩说，"全县这么多单位我签得过来？我想我最多只签公检法三家，其他的由分管的常委负责。"想了想又说："算了，这样的大事今天不说，以后专门研究解决。"

散会后黄志毅周正忠精神振奋，边走边议论如何落实段书记要求，并且约定经常通气，共同做财政局工作，争取四年内把各自车辆和基本设施设备问题解决。

第二天黄志毅召开全院干警会，传达县委常委会议内容。黄志毅说："县委常委会专题研究法检两家工作，说明了县委对法检工作的重视和对法检同志们的关心。形势大好，如何乘势而上？需要做的工作很多。鉴于常委会上领导们对法院办案作风方面指出的问题较多，今天我讲讲审理案件改进作风的问题。我国法院是人民的法院，人民的法院就要为人民服务，这对法院每个同志来讲是最基本的常识，没有必要多讲。问题的关键是人民法院如何为人民服好务。什么是服好务？人民满意就是服好务。什么是好的案件？人民满意的案件就是好的案件。今后我们要把群众满不满意作为所有案件质量的根本标准。金杯银杯，不如口碑。你办的案件无论怎样合法，只要群众不满意，都不是最好的案件。最好的案件不仅合法，而且群众心服口服，交口称赞。今后一定要在这方面下大功夫。

"我们原山法院这几年的案件质量是得到地区中院肯定的。但是为啥还是有领导有群众不满意呢？我看根本问题出在缺乏为人民服务的思想上。主要表现在两个方面。

"一是不重视案件评议。总认为事实清楚，适用法律正确就完事大吉了。以法服人的道理没有讲，或者没有讲清楚，没有讲透。群众不知道为什么要这样判，不知道为什么要这样处理，当然会有意见。群众有意见了，自然会由此产生对法院、对法官的联想，最后造成对法院和法官的不好印象。当然，这当中也存在办案人员业务素质不高、想评议却评议不好的情况。

"二是有特权思想。特权这东西很讨厌，凡是有权力的机关单位和个人都可能有特权思想。我在县委机关工作的时候，县委机关的司机几乎没有一个不闯红灯的。交警拿他没法，这是为什么？

"现在我们法院的同志有没有特权思想？我敢肯定地说有的人是有的。因为我们是法院，主要是体现在审理案件上。对群众，特别是对当事人态度粗暴，不为当事人着想，不重视当事人的心理感受。对当事人一副居高临下、盛气凌人、高高在上的样子。对当事人不是说服而是压服：'不服？不服你上诉，走！走！走！'你一推了之倒好，人家一转身就到县委人大政法委告法院的状，说法官如何如何与对方当事人勾结吃钱，如何如何吃请，如何如何黑，总之把法院说得一无是处，当然也把你个人说得一钱不值。

"三是不善于做说服教育工作。实事求是地说，绝大多数当事人都是不知法，不懂法或者一知半解，不完全了解相关法律的。广大群众在日常生活中基本上也都是以传统思维来评价是非善恶的。这就需要我们办案人员多做当事人的法律政策解释工作。俗话说'人情好，吃水甜'，'说得好，冬瓜都可以做枕头'。这些话听起来是有些问题，但这就是中国群众传统思维的处世现状。我们只能面对，只能正视，只能教育，只能说服，慢慢转变。对群众对当事人态度好点，说话和气点，耐心点，解释清楚了，气消了就没事了。什么是办得好的案件？当事人赢得舒心、输得心服的案件就是好的案件。这不仅需要耐心，需要时间，更需要较高的思想业务素质。说白了，这是一种办案的本事，是一种法官为人民服务的本事。在座各位想一想有没有这种本事？哪怕你案件办得多么经得起法律检验，但是人民有意见，领导不满意，社会不稳定，法庭不太平，甚至法院都不得安宁，你能说你的案子办好了吗？审委会决定，从现在起，所有判决案件必须要有案情评议，并且必须要写进法律文书。没有评议或者评议走过场，当事人有疑问不解释清楚，造成告到法院，告到地区，告到省上甚至中央的，层层扣庭长分管领导和办案人员的分，年终奖惩斗硬。造成重大影响或者损失的，报上级有关部门处理。要得公道，打个颠倒，办案人员要有换位思维的思想。如果你是当事人，遇到不负责任、态度粗暴蛮横的法官，叫天天不应、叫地地不灵的时候，你会作何感想？这既涉及有没有职业责任感的问题，也涉及有没有公道正义之心的问题。没有公道正义之心，就不可能有公平公正的判决。公正，自古以来就是老百姓对法官的唯一要求。公平就是正义，公平就是良心，公平就是天理。公平对法院是立院基础，对法官是职业道德底线。法官没有公正的思想品质，就失去了当法官的道德资格。法律虽然无情，法官应该有爱，请同志们三思。

"同志们,办案是法官的本职工作。说高尚点是神圣使命,说直白点是靠办案吃饭。长期作风不正,群众对你形成了固化看法,你这饭怎么吃?我们国家是法治国家。法院不仅有司法的职责,还应当有普法宣传的责任。案件评议不仅是以案宣传法律的最好方式,也是以案宣传社会主义道德思想的最好方式。希望同志们在办案中把两者结合起来,把原山县人民法院建成人民满意的法院。"

会后,黄志毅把传达贯彻县委常委会议情况向段念恩汇报。

段念恩说:"解决问题必须结合实际,不抓则已,抓必到底。制定制度易,落实制度难,关键在领导带好头。万事开头难,遇到问题找我就是了。"

正说着茅云峰来了,弓着高大腰身笑着说:"段书记,老黄新官上任三把火烧起来了,外面反映很好,说这次法院你选对人了。"然后对黄志毅笑笑坐下。

段念恩说:"这才开始,法院情况和公安局检察院不同,人大纪委还有你们组织部门该支持的就要支持。"

茅云峰立刻说:"书记你放心,只要是你说的,我不仅照办,而且一定办好。"

黄志毅说:"段书记,茅部长,你们有事,我走了。"说着站起来。

段念恩说:"没事,志毅你坐你的。"

茅云峰笑着说:"老黄你坐嘛,段书记都说了,你还走啥?"

黄志毅只好坐下,心中想道:"茅云峰任何地方都昂首挺胸,腰板挺得笔直,怎么一见到段书记腰就虾起来了?"

段念恩问茅云峰:"情况怎么样?"

茅云峰回答说："书记你真是料事如神。办有一个煤矿，还办有一个加工厂。差不多隔两天就要去看一次，有时半夜过了都要去看。"

段念恩说："啥料事如神啊？好些人都是这样反映的。还有那件呢？"

"也是真的。"茅云峰说，"我派几个人去问，回来都说确有其事。每天清早都要先算一卦，如果出门吉利才打电话让司机来接他上班，如果不宜出门，就说身体不舒服不来了。"

段念恩说："要搞准，一定要实事求是。"

"我保证千真万确。"茅云峰说，"还有更新鲜的。每次出差天天早晨都要算当天运势，晚上没事就给跟随他的人算命。这些人回来后都说他算得如何如何准。县政府那边都传遍了。"

段念恩听了说："他这个县太爷当得太潇洒点了。"

"我看改也难。"茅云峰说，"领导干部不准经商办企业他不是不知道。还公开宣传他精研易经八卦，哪里有这样当县长的？要是别人早就把乌纱帽给他取了，只不过后台硬些罢了。"

段念恩说："云峰你是组织部长，怎么越说越远了？看人还是要看主流，只要改过就好了嘛。"

茅云峰立刻弓腰点头说："书记教导的是，以后一定吸取教训，坚决改正。"

黄志毅知道他们说的是县长魏祥顺的事。自己也有所耳闻，只是不知实情，不敢随意乱说。

黄志毅上班在椅子上刚坐下，便看见地区中院政治部主任孔保瑞带着两个人向办公室走来，立刻站起来迎上去说道："欢迎孔主任大驾光临。"

孔保瑞微笑说："什么大驾光临啊，我这是突然袭击。"

说着在椅子上坐下。

黄志毅说："这么早就到了，吃饭没有，没有吃我带你们外面街上吃。"

孔保瑞说："吃了，路边面馆吃的。"

黄志毅给三人泡上茶。

孔保瑞说："是这样的，全地区各基层法院领导班子都配齐了，就你们法院还差一名副院长。潘凌云院长要我来了解一下究竟怎么回事。"

黄志毅说："真不好意思，拖累孔主任亲自下来一趟。这事我多次向县委组织部汇报，每次都回答说人的事情要慎重，慢慢来。"

孔保瑞问："你推荐过人选没有？"

黄志毅说："推荐过，告申庭长景运周。我认为可以，思想政治业务都行，但是看样子组织部觉得不妥当，一直拖着。"

孔保瑞说："法院还有其他人选么？""有一个，刑庭审判员郁文瑛，是个女的。我担心组织部说她资历浅，是搞越级提拔，就没有推荐。"

孔保瑞拿出笔记本，说："审判员也是副局级了嘛，说来听听。"

黄志毅说："这个郁文瑛三十七岁，党员，为人正直、作风正派、办事公道，头脑灵活，能说会道，还写得一手好字。原本是土产公司办事人员，法院清理'文化大革命'积案时候，借调到法院来帮助整理档案材料。郁文瑛在土产公司工作期间自修汉语言文学专业毕业，借调到法院后又函授法律专业毕业，按规定两个大专算一个本科，学识还算比较全面。刑庭开庭有时候人手不够，便临时叫她代替书记员做庭审笔录。时间一长她比有的审判员还说得在点子上。法院清理完积案后，当时的院长伍玉珊同志向组织部提出把她调到法院。但是土产公司不同意，说是他们培养的对象。后来土产公司挡不住法院和组织部的一再要求，便说郁文瑛读两个大专的钱都是土产公司出的，如果实在要调她走，必须要她出读书的钱。其实还是不想放人。哪知伍院长当即拍板说：'郁文瑛读书的钱由法院出！'于是硬拿五千多元给土产公司，郁文瑛这才调到了法院。以后伍院长多次开玩笑说郁文瑛是法院拿钱买来的。"

孔保瑞说："看来这个郁文瑛不错嘛，难道就一点缺点都没有？"

黄志毅笑着说："怎么会没有缺点？有缺点。一是说话太直。二是没有领导经验，三是短小精干，相貌更是一点都不敢恭维。我担心有损法院形象。"

孔保瑞和其他俩人都听得笑起来。

黄志毅说："你们别不相信，有人还给她编了个顺口溜：身高三寸丁，脸似东北土。五官不归位，朴素逊农妇。"

孔保瑞笑着说："太夸张点了吧？给我叫来，让我们看看。"黄志毅于是叫人把郁文瑛通知到办公室，自己退出去反手关上门。

一个多小时后郁文瑛出来，黄志毅进去。孔保瑞站起来说："我们现在就到你们组织部去。"

黄志毅说："都十一点过了，吃了饭去吧。"

孔保瑞说："不了，抓紧把事情办完，回去好向潘院长交差。"

黄志毅说："那我陪你去。"

孔保瑞说："陪我干啥？我又不是不晓得路。这个郁文瑛外貌是稍差点。不过不影响，法院提拔干部又不是选美女。"

一个多小时后黄志毅接到孔保瑞电话："黄院长，你们组织部同意了。我现在直接回去向潘院长汇报，就不到你们法院来了。你抓紧催促组织部尽快下文，不能再拖了。"

一个多月后郁文瑛被任命为县法院副院长、党组成员、审判委员会委员。黄志毅把自己当副院长时还分管着的所有工作全部移交给郁文瑛，决定五百元以下开支由郁文瑛签字，五百元以上开支交党组讨论同意后由郁文瑛签字，自己不再具体管经费。

渐渐地法院传出郁文瑛是黄志毅一手提拔的流言。郁文瑛不知就里，对黄志毅时不时隐现出感激的神情。黄志毅对郁文瑛说："郁院长，作为法院领导，至少有两条底线不能突破。一是法律底线，必须做到公平公正，不徇私情。二是经济底线，必须做到清廉刚直，不该得的，锱铢不取，不该给的，分文不送。"郁文瑛望着黄志毅的眼睛说："你放心，我一定做到。"

一日，黄志毅去看父亲，一进门黄孝德就说："昨天晚上晓刚把我气惨了，一夜都没有睡好。"

黄志毅笑着说："啥事那么严重啊？"

黄孝德说："他们公社书记要他写一份汇报材料上报县上。他吃了夜饭就进寝室去写，一点过钟后我进去看，他桌子上放着纸笔，双手抱头坐在桌边，地下丢十多张纸团和好多个烟屁股。我把地上纸团捡起来看，每张纸上只写几个十几个字就丢了。我不好惊动他退出来。十二点时又去看，寝室里烟雾弥漫，地上又多了很多纸团和烟屁股。我说：'不要着急，先把初稿写出来，然后慢慢改。'他说：'我不知道？要你说！'天要亮的时候去看，屋里还亮着灯，知道他还在写。天亮后进去看，人不知道到哪里去了，遍地都是烟头纸团。你说，他当两年多副乡长，再差，高中文化水平应该还是有的嘛，咋会还是这么差呢？"

黄志毅说："爸，你晓得他副乡长是怎么当的么？他分管财政，工作让财政员干，自己没有事天天下村抽烟喝酒，肝都喝大了。"

黄孝德说："他在科协养团鱼试验搞得好好的，瞒着我找组织部硬要下乡。"

黄志毅说："他主动要求下乡，到基层锻炼对他成长应该是好事。只不过有些事，我觉得你们大人应该是知道的，轮不到我来说他。所以才请组织部同志帮忙，安排他到省委党校学习提高。只是想不到学习回来还会是这样。"黄孝德听了只是摇头叹气不说话。

第二天黄晓琴问黄志毅："哥，爸昨天和你说晓刚的事了么？"

黄志毅说："没有说什么，只是说他熬一夜都没有把稿子写出来。"

黄晓琴说："这样的事多了，每次都是摇头叹气，睡不好瞌睡。"

黄志毅说："爸也是，晓刚的儿子都那么大了，还管这些事干啥嘛。"

黄晓琴说："他这是恨铁不成钢，总想着和别人比。有啥比头嘛！"

黄志毅说："你和爸接触多些，遇到这种情况多劝他一下。"

黄晓琴说："咋没有劝啊，经常都在劝。那天他又为晓刚不争气发火。我劝他说，人和人是不能比的，人比人气死人。

晓刚就这个样子了，你再怎么要求他也做不到。他只要不像其他人那样游手好闲，估吃霸赊，不尽给大人摆乱摊子就行了嘛。"

黄志毅问："爸爸听了咋说？"

黄晓琴微笑说："他还能咋说？跟以前一样，摇头叹气不说话。"

黄晓刚儿子黄浩舟到入学年龄时，黄孝德把他接到县委一起住，读最好的西街小学，管他食宿，辅导他学习。黄浩舟读初中后，黄志毅找法院附近菜蔬大队，让弟媳侯芳买菜农廉价让出的农转非指标，转成城镇居民户口。然后请朋友帮忙把侯芳安在国营五旅馆工作。请房管局长给晓刚一套能遮风挡雨的老旧平房。黄晓刚夫妇入住老旧平房后，把儿子接到老旧平房一起住。几年后五旅馆改制，侯芳下岗无职业，街边摆缝纫摊补贴家用。

黄志毅一上班，郁文瑛便来汇报说："黄院长，有件事我们法院应该早做准备，不然恐怕到时候会措手不及。"

黄志毅听她说得严重，说："怎么回事？你说清楚点。"

郁文瑛说："现在县里所有国营集体企业都卖给了私人。我们土产公司一对夫妻几千元买断工龄自谋生路。一儿一女，儿子上初中，女儿读小学。丈夫有病，妻子柔弱，在家天天啼哭。最后夫妻商量，丈夫在家照料和辅导孩子，妻子出远门找钱。听说下岗职工就业无门上吊自杀、服农药自尽的情况已经出现。我认为这些企业改制不是壮士断腕，而是工人断路。很多职工对利用改制中饱私囊、造成国有资产流失的现象愤恨不平，都想上访上告。我想这么多人一旦告到法院，我们怎么应对得了？"

黄志毅说："兵来将挡，水来土掩，有什么应对不了的？

你要相信这是暂时的，党绝对不可能让广大人民群众走投无路活不下去。我知道县委政府正在做工作。即使有职工到法院来，也只会是法律咨询，而绝不会是上告闹事。"

两人正说着电话铃声响了起来。黄志毅拿起话筒喂了一声，立刻听到麻良君的声音："黄院长你好。"

黄志毅马上说："还是麻书记好啊，有啥事请吩咐。""啥吩咐啊，你现在有时间么？有时间就过来一下。"

"好，我马上到。"黄志毅回答。

麻良君放下手中报纸，微笑着对走进门来的黄志毅说："坐。"黄志毅坐了。

麻良君说："两件事，一是二炮部队转业回来一个正团职干部，县委准备安在你们法院任副院长，征求你的意见看行不行。"黄志毅马上说："什么行不行？凡是县委的决定我都无条件执行，何况是部队回来的。"

麻良君说："那好，我叫他过几天来上班。"

黄志毅问："这位同志叫啥名字？"

麻良君说："景双河，普义镇人。"

黄志毅听了说："啊，知道了。普中初三学生，我们应该算是校友。"

麻良君说："那不正好嘛。第二件事，我参加工作以来几乎都是在组织人事部门工作。现在分管政法，隔行如隔山，啥都不知道。听说你们法院每年都要到少管所去探视原山县的少年犯，我想跟你们一起去看一下这些娃娃，不知道行不行？"

黄志毅听了笑起来，说："麻书记你这话说颠倒了。你是领导，什么你跟我们去行不行？而是我们跟着你去行不行？你亲自到少管所，既是对我们法院工作的莫大支持，也是那些娃娃三生有幸，同时也是对少管所工作的有力支持。"

麻良君笑着说："好听的废话就不要说了，你就直说怎么去吧。"

黄志毅说："怎么去？少管所副政委是我保定学习时的同学，我给他打个电话，约个时间就去了嘛。不过，你麻书记去就不同了，我给他说，要他增加三项内容，一是向你全面介绍少管所情况，二是带你参观少管所，三是把你陪好招待好。"

麻良君说："招待就免了，主要是我去了要做些什么事。"

黄志毅说："以前我们每次去都要给娃娃些送点书籍纸笔肥皂毛巾之类学习生活用品，看一下他们的生活学习劳动场所，然后把他们集中起来，听两三个少年犯代表汇报改造学习情况。我们法院的人针对情况帮助教育鼓励他们一下。你去了就不同了，就是县委领导作关怀指示了。"

"你又开玩笑，我有啥资格作指示？"麻良君说，"我想把那些娃娃的家长带去，不知道少管所那边准不准许。我想家长去了效果应该更好些。"

黄志毅说："怎么会不准许？准许得很。家长去对自己的孩子面对面进行教育，效果肯定要好得多，对少管所工作也是有力的支持。以前我们也带去过，不过量很少，主要是法院没有钱，车没有他们的座位。"

麻良君说："这个好办。我虽然没有权，但是我可以去化缘。从今年开始，关爱少年犯物品和少年犯家长乘车以及中午吃饭的事由我负责。我把检察院公安局妇联教育局团委的人都叫点去，让他们也去关心关心，帮助教育教育。你们去之前提前告诉我一声，我好做准备。"

黄志毅说："麻书记既然要去，我们肯定要提前向你汇报，怎么敢擅自去？"

麻良君说："你们法院也要提前通知犯人家长，让他们也好有个准备。"黄志毅立刻说："那是必须的。"

第四十二回

遇偏颇尽力求公正　繁杂难诸事枉费心

景双河到法院报到，一眼就认出了黄志毅，说："分别二十多年，你样子还是一点没有变。"黄志毅说："你也没有变，只是胖点了。"景双河笑着说："酒喝多了。"

黄志毅扼要介绍了法院情况后说："双河，你既然来了，我就开门见山征求你意见。你从部队到地方是工作业务大转行。我觉得你分管行政审判、执行庭和法警队最合适。你觉得呢？"

景双河说："行，军人以服从命令为天职。"

黄志毅说："这三个摊摊与其他审判业务相比，相对简单些，对你工作上手也方便。"

景双河说："没有问题，遇到什么学什么就是了。"

一日无事，黄志毅与景双河闲聊。

景双河说："以前长期在部队，对地方上的事不大了解。回来到法院通过案件了解了一些。我分管行政庭，发现行政案件看起来简单，其实办起来很棘手。比如有的乡镇政府本来就没有钱，为了完成上级下达经济发展任务，或者搞行政担保，或者搞信用担保，或者以高额回报等等手段取得投资人信任，将钱投入到政府发展建设项目中。工程完工后政府久拖不还。开初原告认为法院执法不力，以后渐渐明白问题不在法院，说乡镇政府是最大的骗子，连一般老百姓的诚信都不如。你是院长，应该把这些情况向上级领导反映一下，不能再出现这样损害党和政府形象的情况了。"

黄志毅说："怎么没有反映？反映多次了。这些情况他们不是不知道，而是清楚得很，说不定有些还是他们点头默认的。只不过他们也有他们的难处。"

景双河微笑说："这在部队简直无法想象。为什么要自损形象嘛？"

黄志毅说："这不好说，太复杂了。你是二炮部队的。我看简直比你们航天科技还复杂。不过其实也简单，当兵成了军人，军人以命报国不就了了？前年长桥县法院依法请求我院协助查封县计委引资担保的养鱼场。这只是个诉前保全，又不影响渔场正常生产经营。县计委领导马上到县委人大政府告法院的状。说我是原山叛徒，吃原山的饭，砸原山的锅。幸好段书记水平高，没有问过我一句。我跟你说心里话，不管你信与不信，从当院长那天起，我就抱定决心做到依法办案，维护公平正义。如果受阻做不到，大不了这个院长不当就是了。"

一日，执行庭长冯报华到院长办公室，将一封紧急请求救命书放在黄志毅面前，说："黄院长，这件案子你应该管一管了。"

黄志毅问："怎么回事？"

冯报华说："这是一件你来法院之前，拖了很多年都没有结的老案子了。案情是这样的。十多年前，义兴乡党委书记邱崇高带两个人到东北购买酿酒高粱，经人介绍认识了国营新昌农场的梅崇义。这梅崇义是我们省到新昌农场打工的农民，因为头脑灵活，能说会道，踏实肯干，成绩显著，新昌农场领导不仅把他招为正式员工，还任命他为物贸公司负责人。邱崇高向梅崇义说明来意，并出示了党委书记身份证明。又说因为走得仓促，未带货款，愿以乡政府名义、党性人格担保，货到三天内付清货款，决不拖欠。梅为人豪爽，见邱是领导干部，又是同省人，亲不亲家乡人嘛，便让三人住在自己家里，每天酒肉饭招待，清早还兴荷包蛋。在邱的再三说明和保证下，梅崇义对邱崇高所言深信不疑，签字同意出售五车皮249.9吨高粱。并向农场领导保证货款由个人收回，若有差误责任由自己一人承担。农场领导同意出售，但仍派人随车押货收款。货到火车站，邱崇高组织汽车把高粱拉到义兴乡政府大门前地坝，在广播上通知全乡各酒厂立刻来拿高粱。天黑尽时，义兴乡数十家酒厂几百人涌来拿高粱。邱崇高既不派人统一指挥，也不派人过秤登记，任凭各取所需。直到后半夜才把高粱运完。第二天清早人们发现地坝街道和道路上遍地都是高粱。邱崇高回来后组织人员到各酒厂收款，结算差82790.71元不投数。押货收款人把所收现金带走，未收82790.71元交由梅崇义负责收回。梅崇义收一年多无果后，向我院起诉。法庭审理判决义兴乡分三次付清欠款及其利息，若延期付款则按银行规定承付赔偿金。判决生效后义兴乡政府拒不执行判决。梅崇义向法院申请强制执行。由于义兴乡政府无执行能力，梅崇义收费无果，农场将梅崇义除名，收回住房。梅崇义举家搬回农村老家，生活陷入极度困难当中。此后义兴乡撤销，合并入清流镇。梅崇义找清流镇要钱，清流镇领导认为义兴乡的事与清流镇无关，不予理睬。梅崇义又来找法院。法院下达执行裁定书，裁定清流镇政府依法承担偿还梅崇义债务。清流镇政府以无力执行为由拒绝偿付，梅崇义于是向姚省长、省政府、省人大、省高院、省报社及其他省级新闻单位写了这封紧急请求救命书，提出：'如果这次钱还收不到手，将与害我的邱崇高同归于尽，一了百了。'于是省人大、省政府、省高院、省各新闻媒体单位全都把信转到我们县法院，并要求严格依法办理。"

黄志毅听了冯报华汇报，方知有此一案，立刻把姚省长和省四大家转下来的信件及批示送给段书记。

段念恩看了信和批示，沉默了好一会儿说："法院裁定清流镇政府偿还，你怎么找县委来了？八万多元可不是小数。"黄志毅说："八万多元只是本金，如果加上利息早已是十多万了。"段念恩说："这么多钱我拿不出来，你想办法吧，反正不能把事闹大。"

黄志毅找到魏祥顺，魏祥顺笑嘻嘻地说："黄院长，你怎么连一元化领导都不懂啊？这么多年的案子现在来找我，那个时候我在哪里啊？找清流镇要，反正稳定压倒一切，不能出事。"

第二天冯报华带着一个人走进院长办公室，说："黄院长，这就是梅崇义。"

梅崇义立刻向黄志毅鞠了一躬。

黄志毅指着沙发说："坐。"看他病恹恹的样子，问："怎么，你不舒服？"

梅崇义回答说："天气太热，水土不服，全身发痒，睡不着觉。"

冯报华说："他这几天的药钱都是我们庭想办法弄的。"

黄志毅起身倒杯开水递到梅崇义手上，说："梅崇义，你的案子这么多年了，以你能力，我想你一定知道原山县和清流镇财政情况。你给我交个底，你究竟怎样才同意结案。"

梅崇义点点头，但是不说话。

黄志毅说："你不给我交底，那我给你交个底。不算利息和赔偿金，全额要够你的八万多元是不可能的。因为我没有这个能力。"

梅崇义说："我知道，你们是依法尽力了。上次生病住院，冯庭长还买东西来看过我。"

黄志毅说："我给你说实话，如果依靠执行程序，我不敢保证你能拿到一分钱。我算了一下，以我个人能力，尽最大努力给你化缘，最多只能凑够两万五千元。如果你同意结案，不再到各级上访反映，我尽快把钱给你弄到手。我希望你从长远考虑，想宽点。钱嘛，你又不是没有见过，何必想得那么死？"

梅崇义恍惚了半天，说："让我想想。"

黄志毅说："那你下去想吧。"

梅崇义走后，黄志毅对冯报华说："这梅崇义是有些值得同情。这样，你马上去买点治过敏的药，再买点水果给他送去。陪他吃一顿饭，开支的钱找郁院长签字报销。陪他吃饭时候再劝劝他。我看他神色有些同意我意见的样子。"

第二天上午，黄志毅到清流镇找到党委书记叶永强镇长张国富，把梅崇义上访信和省领导机关签字给二人看，讲了段书记魏县长不能把事闹大的要求后说："依法你们应当全额承担本金八万多元，加上利息和赔偿金至少十几万。"

叶永强说："黄院长你是知道的，就是打死我都拿不出这么多钱来。"

张国富说："能不能少点啊？太多了。"

叶永强说："什么少点啊？几千块钱还差不多。"

黄志毅说："你们知道我的性格，我也知道你们的困难。我们大家都干脆点，一口价，三万元，一分不少。不足部分我帮你们找县财政要，县财政出不够，我找有钱单位化缘。如果不同意我立马走人。上面追问下来，我如实说你们今天的态度。"

叶永强说："三万就三万嘛，你老兄都定价了我们还能怎么样？"

张国富说："还不知道现在财务账上够不够三万元。"

叶永强说："张镇长你现在就去财务上拿钱，如果不够，叫他们想办法，实在不行私人先把钱垫起。"

交钱的时候叶永强苦笑着说："黄老兄你知不知道？你这是在白鹭脚骨头上刮油。"

黄志毅说："大家都难，平安第一吧。说实话，人家梅崇义好心没有好报，现在都还病在客店里，真的有些可怜。"

下午，黄志毅拿着钱向段书记汇报了自己的结案想法。段念恩听了微笑说："你的想法好是好，只是差那么多，不知道梅崇义会不会同意。"

黄志毅说："两万五千元他都现出犹豫样子，三万元估计他应该会同意。"

段念恩说："要不你们法院再给他五千元？"

黄志毅说："绝对不行，法院那么多案子，都由法院出，那法院不成光屁股了？再说我们法院为梅崇义治病已经花了一些钱了。"

段念恩说："你们怎么会出钱为他治病？"

黄志毅说："人家为我们县经济发展好心得不到好报，想起来都可怜。再说，我不给他治，死了摊子还不是给县委政府书记你摆起？"

段念恩想了想说："这样吧，你明天一早打个五千元的条子来，我签字你派人到财政局去拿。这个梅崇义也不容易，怪只怪我们县太穷了。"

黄志毅说："不，怪只能怪邱崇高太不负责任了！"

段念恩说："他早就不是书记了，怪他有何用？"

快下班时候，冯报华来说梅崇义同意了。黄志毅说："段书记批了五千元，明天到财政局去拿。我的意见是今天就结案。县财政的五千元我们法院先垫付。三万五千元不要一次性给他，先给两万元，签字结案。不然他认为我找钱容易，反悔了就难办了。剩下的一万五千元结案后再给他，让他惊个喜。就说是段书记感谢他对原山县的支援。"

晚上冯报华打电话来说："黄院长，遵照你的意见，结案手续办完了。梅崇义刚签完字，钱也全部给他了。这件案子拖了十多年，第一次看见梅崇义有了笑脸。还说感谢你和段书记。"

黄志毅说："你们辛苦了。你对梅崇义说，我是职责所在，用不着感谢。他真要感谢心里面感谢段书记就行了。"

"好的。"冯报华回答。

黄志毅想了想说："这么晚了，你们去饭店吃一顿加班饭吧。顺便让梅崇义也一起去。"

冯报华大声说："知道了！"

县委安排副院长孔建江到地委党校中青班学习。黄志毅想着在法院工作的困难，心中暗感高兴，这样换届时候就可以卸下院长担子，落得轻松自在了。

孔建江学习期满回来，黄志毅有意加大他工作量，为他接班创造条件。

一日，孔建江到黄志毅办公室说："黄院长，我给你说件事。如果组织调我走，我什么地方都不去，我们俩弟兄好好配合，把法院工作搞好就行了。"

黄志毅说："就是要调也是我先调，怎么也轮不到你。"

孔建江有些着急地说："不！不！我说的是真心话，如果要调我走，你帮我转达一下我的愿望。"

黄志毅看他认真神情，说："你我都是棋子，哪里需要放哪里，组织上真要调你去外单位当领导，我能挡着不让你去？"

孔建江说："反正你把我留在法院就行了，其他任何地方我都不去。"

一个多星期后孔建江突然被免去副院长职务，调任政法委秘书。法院一片大哗，社会众说纷纭莫衷一是。黄志毅去问段书记。段念恩黑着脸说："志毅，这件事组织没有通知你，你就不要管了。"

黄志毅回到法院，想来想去，估计孔建江在党校出了问题，便打电话问党校后勤处长费贵新。费贵新说："我正在开会，孔建江这么大的新鲜事，你当大院长的能够不知道？"说罢关了电话。

晚上黄志毅又给费贵新打电话。费贵新问："你真不知道？"黄志毅说："我知道啥啊？有人说是我怕孔建江夺我位子，有意把他弄走的。不然球大爷才给你打电话。""哦，"那边传来费贵新的声音，停了一下说："是这样的，孔建江和同班女学员童玉屏不知怎么相好上了。班主任找他俩谈话，两个都不承认。按理说不认账也就算了。但是他两个不知收敛，学员反映强烈，班主任只好派学员去逮。你知道这些学员都是努力上进准备着提拔的人，对组织的安排自然特别用心卖力。认真坚守几个晚上终于逮着了，但两个都说只是讲龙门阵。于是学校通知原山县委组织部来人帮助教育。他两个仍然不在意，老师又派人去逮。一天晚上听说两人在三楼教室，又赶过去，看见两个人影从另一头跑了，教室地面上有两张铺开的报纸。于是又通知你们县委组织部来人，仍然没有问出个名堂。没过多久他们这批学员就结业了。"

孔建江在法院工作多年，黄志毅本想给他饯行的，想起段书记说不要过问的话，又想孔建江在政法委工作，便打消了为他饯行念头。

半夜，黄志毅被床动震醒，刚睡着一会儿又被震醒。拉开灯，见佘玉春躺在床上穿着单衣单裤不盖被子，把双脚跷起猛向床上砸下，发出咚的一声。便没好气问道："半夜三更不睡你在干啥？"佘玉春不回答，继续用脚砸床，发出沉闷的咚咚声。

黄志毅知道她蛮子性格，厌恶地说："太没名堂了，弄得四邻不安的干啥？"佘玉春说："塑料厂马上就要垮了，睡不着，给我换个工作吧。"

黄志毅说："你的舞跳得好好的，怎么就要垮了？跳垮啦？继续跳吧。"

佘玉春说："自从你上次说后，我就再没有跳过了嘛。"

黄志毅想佘玉春要是真没了工作，家里生活开支肯定要大受影响，于是去找城建局长俞志鹏，说了佘玉春情况后说："没法，现在只有找你了。"

俞志鹏爽快地说："来嘛，就在办公室，接个电话，打点开水，分送点报纸。"

黄志毅说："你要搞清楚啊，不是来打零工的。"

俞志鹏说："我知道，打啥零工啊。叫佘玉春把她手续开过来，调动手续我叫办公室给她办。"

黄志毅问："安在哪里？"

俞志鹏说："刚才不是说了在办公室嘛。"

黄志毅说："安在你们局下属单位干活就行了。"

俞志鹏说："办公室工作就那点事，奖金补贴也比下面高，就在办公室。"

黄志毅说："不行，她字都不认识，报纸怎么分？"

俞志鹏说："不会分报纸就不要她分，只接电话，打开水，打扫会议室。"

黄志毅说："算了，让人说得不安逸。"

俞志鹏微笑说道："有啥不安逸！我都不怕你怕啥？"

黄志毅说："不，不，你我老同学我就不说谢了。但是说实话，你我都一样，现在在任上当然可以，万一我们工作调动了呐？"

俞志鹏听黄志毅如此说，想了一下说："那好吧，就依你的意见，安在城市绿化队。几乎全是女的，重活技术活有男工做，她们只管理树木花草，其实就是扯点草，修点枝，打点药。"

一个多月后，佘玉春对黄志毅说："这次工作找对了，轻松自由，收入比塑料厂还高。"黄志毅哼了一声没有说话。

褚运通召集交警队全体临时工开会，开口就说："你们这些娃娃的运气太好了。昨天地区公安局文件下来了，凡是在交警队打零工一年以上的高中毕业生都可以转为正式工。你们在交警队打工都在一年以上，这点倒是符合条件了。但是我知道你们绝大多数都是初中生，有的还小学都没有毕业。鉴于你们的表现和实际工作能力，经局领导研究，只要你们能把高中毕业证弄来，不管是真是假都给你们转正。但是弄不到毕业证就不要怪我了。"

一周后黄天明回家对黄志毅说了此事，要求给他弄一张高中毕业证。

黄志毅说："这不是公开作假？"

黄天明不耐烦地说："啥子公开作假啊？现在有几个不作假的！我们临时工中队三十多个人大多数都把毕业证弄到了。中队长邱志高小学才读两年，年龄超九岁，褚队长都说可以，我有啥不可以？现在就只有我一个人没有交毕业证了。"

黄志毅说："那我去试试看。"

黄晓天说："你还试啥子嘛？不要说你是院长，就凭你好几个同学朋友都是校长，弄个毕业证还弄不到？"

黄志毅说："你晓得好多啊？有时候弄不到还是弄不到。"

第二天早晨，黄志毅打手机给早已是教导主任的冯栋良，说了想弄高中毕业证情况后说："真不好意思，如果为难就算了。"

冯栋良说："为难啥啊，现在这种情况平常得很，每年都要弄好多个。这样吧，今天是星期天，我吃了早饭就去给你办。你下午来拿，我在家等你。"

黄天明自打零工后就很少回家住宿，还学会了抽烟喝酒喝茶。转成正式工后不久就分到了一套新楼房，除了回家拿黄志毅的酒到外面与朋友喝外，几乎不再回家住宿。偶尔回家，黄志毅见了便要求他好好工作，尊重领导，和同事搞好关系等等。黄天明听了总显出不以为然样子。特别是黄志毅一说到要他经常向褚队长汇报思想工作时，便一下显出反感神色，说："和他有啥说的？"见他这种不知感恩不求上进样子，黄志毅生怕引起褚运通误会，遇见褚运通时便有意与他没话找话说，请他多多关照儿子。

春节时黄志毅总要弄一点褚运通根本不需要的鸡鱼烟酒，叫天明拿去给褚运通拜年。黄天明不去，好说歹说去了，放下东西就走，甚至放在门口就走了。黄志毅不知道他为何会变成这个样子，问他原因也不回答。此后见他年纪大了便不再多说。

交警队购进一套机动车检测系统，成立汽车检测站。褚运通自任站长，派黄天明到北京学习检测技术。黄天明出发头天晚上，黄志毅高兴地对儿子说："你年纪轻轻就能上北京，还能学到一门技术。中国有多少人一辈子都没能看到一次天安门。你一定要把技术学精，回来好好工作，不辜负组织领导对你的培养和希望。"黄天明若无其事样子听着，不说一句话。

三个多月后黄天明从北京学习回来被任命为检测站副站长，负责全县汽车安全检测技术。

三个多月后黄志毅到地区中院开会回县，一路上与司机钦进伍东拉西扯闲聊，聊着聊着钦进伍忽然说："黄院长，你的黄天明在检测站干得可以啊，一年少说也有一二十万吧。"黄志毅大吃一惊，说："我和他虽同住城里，一两个月难得见一次面。这么大的事你怎么知道？有证据么？"钦进伍笑了一笑，说："听人家胡乱说的，要什么证据？"黄志毅知道钦进伍是善意提醒，立刻当着钦进伍面打电话要黄天明当天晚上回家。

晚上黄天明一回来，黄志毅立刻把他叫进寝室关上门，开门见山问他道："你在检测站几个月了，老实说你吃过检测车主的钱没有？"黄天明默了一下说："车主的烟酒吃过，但是一分钱也没有收过。"黄志毅说："褚队长信任你才让你当副站长，不要辜负了褚局长一片好心，给公安机关丢脸。如果收了别人的钱，马上退回人家，给褚队长说清楚，记取教训，永不再犯。"

黄天明大声说："真的一分钱都没有收过，轻重我还是分得清的。我怎么会吃别人的钱嘛，你少为我操心！"

黄志毅说："我少为你操心？这么大的事不管真假我听说了你说我该不该问你？一旦是真的暴露了，我们全家你说怎么过？"见天明不说话，又说："你到交警队打零工，要不是吴江涛庭长说情帮忙，你能有今天吗？要不是褚队长同意接收你重用你，你能有今天吗？我经常对你们说人要记情，要知道感恩，要知恩图报，这么长时间了你有一点点表现吗？不仅没有，我一说起你就显出反感样子，真不知道你是怎么想的。"见黄天明眉毛又一耸一皱的样子，知他完全听不进去，便不再多说。

星期天黄志毅找到褚运通，感谢他对黄天明的关心帮助，并说黄天明年轻不懂事，请他务必对他严加要求。褚运通点头笑着说："你这个黄老二啊，也太活跃点了，天上都是脚板印。"黄志毅说："我知道我儿子的性格，他不适宜做坐班式的工作。"褚运通听了微微点头。一个多月后，黄天明调离检测站，回原岗位工作。

一日，已是审判员的皮晓娟向黄志毅汇报案件，汇报完边收拾材料边对黄志毅说："黄院长，你的黄老二怎么一点都不像你啊？"

黄志毅说："是么？"

皮晓娟说："怎么不是？好些人都说你们俩完全不像两爷子，不仅样子不像，性格行事更是一点都不像，还有人说黄老二是你好心捡回来养大的。"

黄志毅只好笑着说："俗话说女体老子儿像娘。你们没有仔细看，天明面貌像我少，像他妈多。我长期在外面工作，天明农村习性沾染多了，不像你们城里人受的教养好。"

皮晓娟边向外走边摇头微笑说道："你们两个真是相差得太远了。"

此后黄志毅注意了解黄天明的情况，渐渐知道了他一些不知天高地厚的事情。

黄天明好酒好动，法院有的年轻人便主动找他一起吃饭喝酒，外出玩耍。一次倪庆林和法院几个人约黄天明到农村朋友家喝酒，黄天明要倪长林教他打枪。倪长林教他后，他便将枪别在身上。深夜回城经过一家果园，只听园里一老头声音大声说："你们不要整我的果子啊！"黄天明听了不由分说，拔出手枪对着发声处连开数枪。吓得倪长林赶紧夺过枪，大声说："黄老二你咋乱整啊？"果园里寂静无声，不知老头被打死了还是吓得不敢说话了。倪长林等人惊慌跑回城，提心吊胆了一夜，直到第二天下午没有消息才松了一口气。

一日，黄天明值勤巡逻到县委大门外，见几辆小车不按规定停在街边，立刻大声喊道："哪些龟儿子的车停在这里？赶快开走，不然老子不客气了。"几个开车的出来要和他论理，听说是法院黄院长的儿子，只好满脸怒容地把车开走了。

原山县有酒乡之称，逢年过节，亲戚朋友们总要送一些原山各地产的瓶装酒给黄志毅。酒虽不好，量却不少，每年好几十瓶是有的。黄天明每逢休息日便回家拿出去与朋友喝。那些喝了酒的朋友到处胡吹说："把黄院长家的好酒喝安逸了。"

一次老家朋友来，黄志毅虽不喝酒，但酒是要招待的，便去楼下自行车棚拿桃山碧液酒。那是黄志毅下乡经过酒厂听人说可以除湿健身掏钱买的。到自行车棚一看，一件二十四瓶一瓶都没有了。问佘玉春，说天明拿走了。黄志毅说："怎么一瓶都不给我留？"佘玉春说："你又不喝，不给儿子喝，放在那里做啥？"听她如此说，本想说是特意买来自己喝的，有客人在，便没有说话。

黄天明在外喝酒，仗恃是法院院长儿子，口无遮拦，想啥说啥，说啥是啥，无人敢劝，更不敢反驳；又把持不住自己，喝多了更是胡言乱语，渐渐养成见酒醉。一次喝酒有人开他玩笑说："你啥子都敢，你敢不敢喊你老头名字？"黄天明说："有啥不敢？"于是一连大喊三声黄志毅，喊了觉得还不够解兴，又大声喊道："黄志毅你给我听到，我就是不怕你，酒是我给你喝了，你能把我怎样？"

黄志毅万想不到黄天明会变成这个样子。心情难过中不由想起当年佘玉春说的"不是精肉不巴骨，不是肥肉不巴皮"的话，心里又有些怀疑起黄天明究竟是不是自己儿子来。想来想去还是觉得，都过去这么长时间了，不管是不是自己儿子都不能让他滑下去，更不能让他坏了警察形象。于是把他叫回家，既不能打，又不能骂，只能好言相劝，讲明道理。黄天明低头不语，时不时皱几下眉头，显出很不耐烦样子。

一连十多天，黄志毅都要想到黄天明诸多顽劣，又不听劝告。诸恶之中，吸毒为最，若不知厉害染上吸毒，这辈子就完了。于是通知黄长华和黄天明回家吃饭。全家人围着桌子，黄志毅沉声说："吃饭前，我先说一件事。长华，天明，你们都是成年人了，又都有了工作，天明还是公安民警。今天只给你们说一件事，说多了你们也听不进去。人的一生难免不犯错误，有的错误能够改，有的错误很难改，甚至改不了。今天给你们打一声招呼，你们听清楚了，不要到时候怪我没有给你们说过。

你们两姊妹无论哪个吸了毒就不要再回这个家了，回来我也不会认你们，从此断绝一切往来关系，生死祸福路由自走。希望你们好自为之。"

一天佘玉春对黄志毅说："有人给天明介绍了一个对象，叫孔清兰，大专毕业教初中。孔清兰没有弟兄，却有四姐妹，她是老四。四姐妹全部是读书考学校参加工作出来的。"

黄志毅问："家庭情况呢？"

佘玉春说："她爸孔西成是城关东门外菜农，泥水匠。她妈侯群艳是民办教师转正的公办教师，就在他们大队学校教书。"

黄志毅想这农民家庭能够把四个女儿都培养成才，比自己强得多，真算得上是教育有方了。便说："那就定个时间双方见一面吧。"

看人那天，侯群艳不无得意地介绍说她四个女儿都长得很漂亮，尤其是老四孔清兰，参加过电视台招聘，因为专业不对口才没有被录取。黄孔两家大人见黄天明孔清兰二人互相没有意见，便都同意了。

过了几天佘玉春对黄志毅说："听介绍人说，孔家本来是不同意的，听说你是法院院长，想把在乡下教书的孔清兰调进城才同意了的。"黄志毅说："事前你为什么不早点说？我不沾烟酒茶，朋友不多，交际又窄，有些事说起来简单，做起来谈何容易啊。"

隔不几天，佘玉春问黄志毅："你知道长华和夏表叔他小儿子夏建峰在要朋友么？"黄志毅说："不会啊，黄夏两家虽然没有血缘关系，但是爸和夏建峰父亲一直以老表相称，夏建峰高长华一辈。"佘玉春说："真的要起了的。"黄志毅很不了然地说："要起了？我以前一直喊夏建峰爸表叔，要是成了，以后是叫亲家还是叫表叔?"佘玉春说:"管她喽,她那么犟,任随她。"

一天晚饭时黄长华说:"我们粮站拖不起走了,在城关买了三间铺面,自负盈亏包给我们六个女的卖清油。从明天起我就不到鹤林粮站上班,在城关卖油了。"

黄志毅笑着说:"那好啊,只要你们团结努力,发挥聪明才智,说不定发大财也不晓得。"

一个多月后黄长华几乎天天说生意不好做,要大家帮她卖清油,或者帮着找买主,不然就领不到工资了。

三个多月后黄长华对黄志毅说:"爸,帮我换个单位嘛,这个月就要领不到工资了。"

黄志毅说:"好好上班,总有一天会补给你的。"

黄长华说:"补啥啊,完全没有生意,天天关门,垮都要垮了。"

黄志毅说:"那也不要着急,调动工作不是说调就能调的。让我慢慢想办法。"

黄长华说:"慢慢想办法,我不吃饭啊?"

黄志毅只好请熟人帮忙,把女儿调到了城乡建设委员会。城乡建设委员会待遇特好,光年终奖金就相当于四五个月工资,而且工作量还不大。

半年后黄长华分到一套新房,底楼,院子地坝很宽。黄志毅买来沙石水泥等建筑材料,找泥工在地坝上新建一间住房,变成一套三。装修好后,长华搬进去住,从此不再与父母一起生活。

一天半夜黄志毅肚子突然剧烈疼痛起来,坐卧行立皆无稍减。天快亮时痛得实在忍不住,只好让佘玉春搀扶到县医院。

医生检查说是急性胆囊炎，必须马上开刀动手术。黄晓琴来看了片子，也说应该手术。最后征求黄志毅意见，黄志毅正痛得无法忍受，说："要动就赶快动嘛，还征求啥意见啊？"于是黄晓琴签字，很快就上了手术台。

手术外科室正副主任一个主刀，一个当助手。黄志毅刚听到"可以了"三个字就失去了知觉，但却仍隐约觉得身体晃动厉害，不由自主地嗯了一声，然后就什么都不知道了。

黄志毅醒来的时候已经躺在了病床上，说了手术时身体晃动感觉。黄晓琴说："你经常说你肚子痛，片子上看你胸隔膜上抬，又有些肺气肿，我就叫他们把刀口拉长点，把胸腔一并检查，如果有问题好一齐解决。还好，没有什么问题。"

黄天明来了，站在墙边一句话不说，不一会儿默默走了。

几天后黄志毅伤愈出院，走到医院大门时问佘玉春："天明呢？手术第一天来站了一会儿，就一直没有来过，是不是有什么要紧事来不了？"

佘玉春说："他昨天来过，走到医院门口法院几个人约他去吃饭，他说回去拿酒，就没有上来了。"

黄志毅听了说："真是太不懂事了。"

黄志毅怕影响不好，决定长华天明的婚事从简，除了正亲和少数几个经常往来的朋友，其他客人一个都不请。也不举行任何仪式，只安排在饭店吃一顿中午饭。

最让黄志毅尴尬的是天明结婚那天，万想不到会来那么多人。饭店凳子不够，饭店外面地坝上站满了人；车子没地方停，只能停在街上，几乎把街道堵断。大家全都在议论黄志毅不落教。尽管黄志毅不停解释，不断赔不是，最终还是因为饭店太小，解决不了就餐问题；加之太阳太大，人们晒得受不了，全都慊然散去。

当天晚上黄志毅想，自己能够当上院长，并且能有今天工作的顺利，首先在于段念恩书记的信任，也得力于县委、县政府、县人大等相关部门领导的大力支持。自己与这些领导除了工作关系，没有任何交道，从来没人吃过自己一杯茶一支烟，更没有吃过一顿饭。天明结婚，实在是应该请他们吃一顿饭才说得过去。于是第二天把请吃饭的意思向段书记汇报，段念恩非常爽快地说："可以，但是人不能多，不能办酒席，太贵了划不来。随便找个火锅店，红红火火图个吉庆就行了。最好是星期六晚上。"

黄志毅按照段书记意思选了一个偏僻的小火锅店，请了和全周朱清源佘绍文褚鄂湘等几个领导。

饭前段念恩背着其他人送黄志毅一个红封，微笑着说："衷心致贺，不成敬意；传统规矩，敬请笑纳。"黄志毅连声说谢。

黄志毅敬酒时段念恩说："志毅，你是不抽烟不喝酒茶都不喝的人，把你这一杯酒敬了就不要喝了，我们自便。你喝白开水作陪，反正心意尽到就行了。"

其他人听了全都表示赞成，说这样最好，正正经经地敬我们，反而弄得拘谨，大家想喝就喝还随便自在些。

段念恩说："我们喝酒的几个不行啊，必须弄个不醉不归。"

黄志毅从火锅店回到家，打开红封见是一百六十元钱。吃一顿火锅一百四十元，还赚了二十块钱。

星期六黄天明孔清兰回来，吃饭时黄志毅把段念恩给的红封递给黄天明，说："天明，这是段书记送给你们的婚礼红封一百六十元钱。你要放好，不要随便花了。"

黄天明接过红封，不说一句话，一脸无所谓样子。

黄志毅见了说："我们这样家庭，没有段书记对我的信任，就没有你们的现在。我至今对段书记没有过丁点感谢，我相信他也没有想过要我什么感谢，但是我心里总感觉有些欠兮兮的。看来我们只有用踏实工作、本分做人、遵纪守法来报答他了。总之我们任何时候都不要忘了段书记的好。"

黄天明仍然一句话不说，只顾埋头吃饭。黄志毅看着他那样子不由轻轻暗叹了一口气。

第四十三回

心胸窄无端长吃醋　忠法纪痛失亲友情

黄志毅当院长后家中来客明显多了起来。男客人来了佘玉春招呼请坐，端水泡茶，很是热情。女客人来了立刻沉下脸来，有时候还故意大声说风凉话，把什物家具弄得山响。黄志毅解释劝说多次无效后，社会上便传出黄志毅怕老婆的流言来，有的人甚至当面开玩笑说他是软耳席会主席。不仅如此，黄志毅渐渐发现孔清兰回来，只要和黄志毅说上几句话，佘玉春便黑起了脸，再多说几句便借故在二人面前来来回回走动。孔清兰很敏感，从此在任何地方都极少和黄志毅说话。黄志毅则绝不主动与孔清兰讲一句龙门阵。

一天晚饭后，法院秦玉波来提新住宿楼分房要求，因困难太大，黄志毅便多解释了几句。佘玉春见了又发作起来。秦玉波性格刚烈，大怒站起身指着佘玉春说道："佘大姐你不要做着那个不得了了不得的样子。我秦玉波虽然离婚，但是清清白白做人，从来不做那些偷鸡摸狗肮脏龌龊见不得人的事。我儿女都大了，没法了才来找黄院长要求多分一间寝室。要不是黄志毅是院长，球大爷才到你们这里来！"说罢气冲冲走了出去。

一日，冯霓雯到法院来找到黄志毅。黄志毅边泡茶边说："霓雯，自从我上大学后我们就没有见过面了，有时候无缘无故都会想起大老爷大奶你们来。你为啥现在才来？"

冯霓雯微笑着说："不是不来，一来你院长事情多，二来我的穷事也不少，就没有必要来了。"

黄志毅说："我大学毕业后到桥楼食堂来找过你，说你调走了。问调到哪里去了，都说不知道。事情一多也就放下了。这时间过得好快啊，一晃十多年就过去了。"

冯霓雯说："你大老爷大奶过世几年了。定元在唐山工作，秀珍结婚了，在音乐学院幼儿园当园长。"

黄志毅一下想起了周老三，问："你呢？"

一丝无奈神情从冯霓雯脸上一闪而过，但她仍然微笑着说："我现在住在流金。"

黄志毅问："就你一个人？"

冯霓雯说："不，和陈志强结婚住在一起。"

黄志毅问："这个陈姑爷对你好吧？"

冯霓雯一下显出幸福笑容，说："很好，也是离婚的，儿子归他养，一口一个妈，对我特别好。"

黄志毅说："那就太好了，你好久回来的？"

冯霓雯说："刚回来，今天专门来找你。"

黄志毅说："什么事你说。"

冯霓雯说："我和老陈结婚几年都是他养着，流金找工作没有户口不行。你现在当院长了，想请你帮忙把我户口转到流金去。"

黄志毅说："我不沾烟酒茶，也不打麻将，与人交道不多，朋友很少。不过在县城我还是认得几个人的，迁出户口应该没有问题。关键在接收单位的流金公安局那边。我流金工作的大学同学中听说有一个当官的，不过毕业后一直没有往来，当啥官我也不知道；所有法院院长倒是全都认得，但是仅仅是认识。你可能知道，流金市民大都是小市民心理，势利得很，包括那些院长。他有事求你的时候哈哈打得天响，好像过心得不得了似的，你有事求他的时候就搭起眼皮不认人了，所以我跟这些人也没有任何一点交道。我说这些完全没有一点推托的意思，是想让你知道不那么容易。我只能保证尽力而为。"

冯霓雯说："志毅，我们不是一天两天的人了，我知道你说的都是实话，管他成与不成我都不会怪你的。"

黄志毅说："那这样吧，我先带你去见那个听说当官了的大学同学。如果他同意，就由他给你办。如果不同意，我再带你去见城区几个法院院长。把你的情况介绍给他们，请他们尽量帮忙。按理法院和公安局同属政法系统，一般都有一些联系，如果他们愿意尽力，或者能帮上你忙。"

说话间不知不觉到了下班时间，黄志毅带冯霓雯去馆子吃饭。冯霓雯说："吃啥馆子啊，我还没有到过你们家，就在你家里吃。"黄志毅说："中午家里没有菜，时间又短，还是到馆子去吃方便。"冯霓雯说："你知道我不大喜欢吃肉，简单点，到蔬菜市场买两墩豆腐，再买点小白菜，来个青菜煮豆腐一清二白，弄点豆油蘸着下饭就够了。"

于是二人往菜市场走。冯霓雯满面春风，边走边谈。黄志毅觉得好像又回到了普义中学时候，但仔细看她已不似当年风华了。

饭快要做好的时候佘玉春回来了，一看到冯霓雯脸上立刻露出不高兴的样子。黄志毅装着没有看见，热情介绍说："佘玉春，这就是我多次向你说过的冯霓雯冯大孃。"佘玉春不说话，黑着脸出去了。

黄志毅很不好意思地说："没有文化，不懂礼节。"

冯霓雯若无其事的样子笑着说："没有关系，农村妇女有些就是这个样子。"

晚上，黄志毅对佘玉春说："佘玉春你也太过分点了。我们困难的时候冯大孃帮我们买那么多次煤，有时候钱都不要，这些你又不是不知道。我们十多年没有见过面，又是第一次到我们家来，你的脸怎么黑得起来？你说吧，为什么要黑起脸对人家！"

佘玉春不说话，洗了脸脚进屋去睡了。黄志毅无奈地叹了一口气。

星期天一大早黄志毅赶到流金，和冯霓雯一起找到已是纪委书记的大学同学褚庭章。

黄志毅说了来意。褚庭章听后立马变脸拒绝，说他在纪委工作，不可能去说这样的事情。黄志毅见毫无转圜余地，只好带冯霓雯去找那几个法院院长。

这几位同僚态度完全不像褚庭章，不仅十分热情，而且都承诺尽力帮忙，还给了冯霓雯名片，说便于双方直接联系。十多天后黄志毅逐一打电话问那几位院长，都说如何如何做了工作，但是最后结果都是说不行。

黄志毅觉得被他们诳了。此后冯霓雯再没有来找过黄志毅。

星期二天刚亮，黄志毅听到敲门声，打开门见是老鹳山佘玉春表弟周朝伦夫妇。黄志毅让进门后问道："你俩这么早来，一定有什么事吧？"周朝伦一屁股坐到沙发上，大声说："妈哟，这人倒霉了，吃水都要卡牙缝。"黄志毅说："什么事说得那么严重？"周朝伦爱人郑英说："黄三哥，我们最近遇到一件小事，不知咋的一下就闹到检察院去了，今天来找你看咋办。"

黄志毅一听说到了检察院，马上说："表嫂你说详细点，到底是怎么回事。"

周朝伦说："还是我来说！我在我的承包地边栽十多棵李子树，挨着地边的周家福认为把他承包地的阳光挡住了，也不和我说一声，就把李子苗全部扯起来丢了。十多天后我见地里李子苗没有了，到处去找，找到时发现全都晒死在树林边草地上了。心想他太不落教，就把他李子树砍了几棵。就这么简单一件事，他闹到公社，我不理他，他就到检察院去把我告了。"

黄志毅问："你的李子苗有多高？"

周朝伦说："两尺高样子，怎么会挡着他阳光嘛。"

黄志毅又问："离地边多远？"

周朝伦回答："两尺来远。"

黄志毅继续问："你砍他几棵李子树？"

周朝伦说："砍倒三棵，砍伤十多棵。"

黄志毅问："多大的树？有结果的么？"

周朝伦说："没有好大，砍倒的三棵结果两三年了，砍伤的有的挂果，有的试花。"

黄志毅问："你估计他们有多大损失？"

周朝伦说："管他损失有多大，他扯我的，我就要砍他的，人善被人欺，马善被人骑。"

黄志毅说："周老表，话不能这样说，如果对方损失太大，到一定数额是有可能要判刑的。"

周朝伦说："你说得那么凶啊，你们公检法就爱吓唬人。"

黄志毅说："周老表我不是吓唬你。我今天没有时间陪你，你去找个律师或者懂法律的问一下就清楚了。我建议你回去最好向对方道个歉，认个错，把该赔的损失赔了，求得对方原谅。不然闹下去还真的不好办。"

郑英说："有啥不好办的？你不是院长嘛！"

黄志毅苦笑说："你认为我这个院长是个好大的官嗬？端谁的碗受谁的管，我是吃法律饭的，必须要受法律的管。"

几天后周朝伦夫妇来，说检察院的人来看过了。黄志毅问说过什么没有，周朝伦说："啥都没有说，看了砍倒砍伤的树，看了地边界，照了相就走了。"

黄志毅听了说："看来事情不是你们说的样子。你们赶快回去，按照我上次说的做，不然真的不好办，说不定还会判刑的。"

周朝伦现出很不满意神情，说："你是院长，咋尽说些要我向人家赔礼道歉的话，不说周家福先扯我树子，应该先向我赔礼道歉？事情总有个先后顺序嘛。不要说判刑，就是砍脑壳我都是不会给他下话的。"

黄志毅说："老表，话不能完全这样说，到了法院肯定要讲道理，但是更要讲法律。这件事的起因首先是你栽树苗引起，你的树苗栽得离人家地那么近，现在遮不了人家阳光，树长大长高了呢？到那时候喊你移栽砍树你干么？你说人家扯树没有给你说，你栽树砍树给人家说了吗？这是给你讲理。再说人家扯你十多棵树苗，你砍人家那么多树，两家损失哪一家大？要得公道，打个颠倒，如果换位你是对方，你干不干？你可能不知道，法律里面有一条故意损毁公私财物罪。如果损毁财物数额太大，人家告到检察院，检察院经过审查认为构成犯罪，就会起诉到法院。法院审查如果构成犯罪那真是要判刑的。这是给你讲法。所以我才要你回去向对方道歉，赔偿损失。得到人家原谅，不告你了才行。"

周朝伦倔强地说："我就不相信砍几棵树就判刑了。不要说砍私人树子，我们山上些砍公山那么多树，有哪个被判过刑？到时候真要判你就判嘛！"说罢气冲冲走了。

第二天黄志毅请一个懂法律的朋友到周朝伦生产队了解具体情况。那朋友回来说："你那个老表也太霸道了。树苗抵近地边栽，人家找他多次要他栽离远点，他就是不同意。对方又请生产队大队干部做他工作，他还是不同意，这才把他李子苗扯了。"

黄志毅问："一共砍了多少棵李子树？"

朋友说："大小树共砍二十六棵，大的碗口大小，小的有茶杯大，大多数已经结果试花挂果了。"黄志毅说："关键是看经济损失。"朋友说："我问了当地几家李子树大户，他们说，被砍伤的李子树不好算，光砍倒的六棵李子树每年的经济损失大概在一千五百元左右。就以这个算我看都大大超过起刑标准了。不过民事纠纷自诉案，只要作好赔偿，对方谅解要求撤诉，还是可以免于起诉的。"

黄志毅下班回家，叫佘玉春找人通知周朝伦星期天无论如何下来一趟。

星期天快到十点时候郑英一个人来了，黑着脸不说话。

黄志毅问："周老表咋没有来？"

郑英说："他不来，来了也没有啥子意思。"

黄志毅说："表嫂，你回去给老表说，基本情况我已经清楚了，你们一定要按照我说的办。"

郑英说："有啥照你说的办，不照你说的办的？不就是砍几棵树子嘛。周朝伦是一根筋，我也是一根筋。我们商量过了，你们法院实在要判，就随你咋判。"

黄志毅说："表嫂我明给你说，案子真要是到了法院，我看周老表不仅要坐牢，就是坐牢了经济损失还是要赔的。"

郑英一下站起来说："坐牢就坐牢，就是把脑壳砍了，我们也是不会给他们下话的。"说罢气冲冲站起来大步出门去了。

佘玉春追出去没有追上，转回来说："这次是真的把他们得罪了，你想个办法嘛。"

黄志毅说："他们不听，我有啥办法？"

佘玉春说："你和周检察长那么熟，找他一下嘛。"

黄志毅说："你晓得啥子啊，熟就法律都不要啦？"

佘玉春说："你不要忘了，人家是帮过我们的啊。"

黄志毅说："忘了？我比你记得清楚，不然他们会经常来？"

晚上黄志毅一个人坐在沙发上想着二十多年前的一幕。那时黄志毅还是民师，已经分了家，什么都缺。

暑假期间，佘玉春提出要到她外婆家老鹳山摘几天甜葛叶喂猪。黄志毅说："你外婆家早没有人了，吃住在哪里？"

佘玉春说："在舅母那里。"

黄志毅说："你不是说你舅母品行不好，和你舅舅离婚了吗？"

佘玉春说："离是离了，但是没有嫁人。舅舅到会东铅锌矿工作带老表走后，她一直住在舅舅房子里，还算是舅母嘛。"

几天后黄志毅到老鹳山去接佘玉春，见佘玉春正在大太阳下翻晒甜葛叶，满头是汗。屋檐下坐着一个容貌出众的四十多岁妇人，面无表情地架着二郎腿，一手拿燃子，一手拿水烟壶，一口接一口地抽着水烟。黄志毅断定她就是佘玉春离婚的舅母了。

妇人不招呼，黄志毅便帮着佘玉春翻晒甜葛叶。过了一会儿，一个五十来岁壮实妇人，背着一大背篼草走进门来。一看见黄志毅，立刻笑容满面地说："黄三哥来啦，你坐嘛。"边说边走进另一边房子里去了。佘玉春说："这是二舅母。"

不一会儿二舅母出来，和黄志毅边说话边帮着翻晒，翻晒了一会儿进屋做饭去了。

佘玉春小声说："这个二舅母是隔房亲戚。我小时候来这里耍就认得了的，不过从来都没有来往。"

黄志毅问："那抽烟的就是你离婚的亲舅母？"

佘玉春头也不抬，低头边翻叶子边说："就是她，真做得出来，理都不理我的。要不是二舅母留我，这叶子就摘不成了。"正说着二舅母喊吃饭了。

吃饭时黄志毅和二舅母边吃边摆。摆谈中得知二舅几年前去世了，二舅母拖着一儿一女过，日子过得很艰难。黄志毅问表妹表弟怎么没有回来吃饭，二舅母说到老鹳岭后山挖药去了，天要黑了才会回来。

黄志毅和佘玉春背着晒干的甜葛叶离开的时候表弟表妹还没有回来，长什么样子也不知道。回到家黄志毅对佘玉春说："人不能忘恩。二舅母她们这份情我们不能忘了，今后我们能帮得着他们的地方一定要帮。"

几年后黄志毅听说二舅母过世了。提出去看一下，佘玉春说人都死一年多了还去看啥，就没有去。

黄志毅读大学后，佘玉春赶场认识了周朝伦，知道他姐姐已经出嫁。也知道周朝伦爱打牌、人活泼、喜欢交朋结友等一些情况。黄志毅调到法院后，佘玉春在街上遇见周朝伦夫妇，便邀请他们来家里耍。此后黄志毅便时不时邀请周朝伦夫妇进城来耍。但他姐姐一次也没有来过。

黄志毅想着二舅母当年的热情帮助，很想去找周正忠。但深知周正忠品性，即使不去找他，能帮他一定会帮，不能帮即使去找也是不会帮的。于是便打消了去找周正忠的念头。

县委开会散会，周正忠走过来和黄志毅一起并肩走出会场。出了县委大门，周正忠说："你那个老表太固执了，做工作劝了好多次，无论讲法律还是讲道理他都不听。他是不是仗恃你在法院啊？"

黄志毅说："我也是啥子话都劝说完了。要他主动在你们检察院了结，不然案子到法院来我只能依法审理，别无他法。可是他不听，不仅他不听，他爱人也不听，还说该咋判就咋判，坐班房就坐班房。本来大家关系很好的，这次是彻底把他们得罪了。"周正忠说："家有贤妻，男儿不遭横祸。你那个表嫂也太听不进道理了。不过，你我只要对得起法律，对得起良心，其他就只能任人评说了。"

此后黄志毅不再想周朝伦的事。案件什么时候送到法院，什么时间开庭审理，什么时间判决，刑期多少年，黄志毅一概不过问，因此也就一概不知。不过黄志毅相信刑期不会很长。周朝伦还年轻，他的暴躁倔强、老虎屁股摸不得的性格，在监狱磨一下对他将来或许会有好处。

几个月后黄志毅对佘玉春说："周表嫂一个人在家拖孩子也难。你去她家看一下，经济上或者其他方面有没有需要我们帮助的地方，如果有，我们帮她一把。"

佘玉春说："你那么关心她干啥？你以前读书我拖两个娃娃，她拖一个有好困难？"

黄志毅说："话不能这样说，你忘记那年上山摘甜葛叶二舅母帮你的事了？"

佘玉春说："那是二舅母帮我，又不是她帮我。再说如果她不领情，我跑那么远去遭她骂一顿咋办？伤脸伤皮的我不去，你也不能去。"

黄志毅听她这样说只好作罢。只是以后一想起来心里就总觉得有些对不起他们。

晚饭后黄志毅沿着河边绿道散步，一辆轿车开到身边戛然停下。褚鄂湘从车内出来微笑问道："志毅你到哪里去？"

黄志毅回答道："不到哪里去，饭后随便走走。"然后反问道："都这个时候了你怎么还在这里？"

褚鄂湘说："地区纪委召开领导干部作风整顿会才转来。管啥啊，我把魏的事，包括对你蛮横粗暴的态度全都说了。信不信他们来了解调查，反正又不该我们管。我先去向段书记汇报了才回去。"黄志毅觉得魏祥顺太狂，不得人心是自然的事，便没有说话。

两个多月后县政府在新丰铸造厂召开企业发展现场会。午饭时，魏祥顺到各桌敬酒。轮到黄志毅时二话不说就给黄志毅面前酒杯斟满酒。

黄志毅说："对不起魏县长，我是从来不喝酒的。"

魏祥顺笑着说："唉，从来不喝是从前，今天是今天，我先干了。"说罢一仰头喝干了自己杯中酒，然后看着黄志毅说："喝了，给个面子。"黄志毅听他话已经说到这个地步，而且同桌的人都站起来劝喝，只好端起酒杯站起来说："我是真的不喝酒的，既然县长亲自斟酒，话又说到这个地步，那就只有恭敬不如从命，舍命陪君子了。"说罢，鼓起勇气把八钱一杯的酒一口干了。魏祥顺见了一下向黄志毅伸出大拇指，然后一句话不说转身走了。魏祥顺一走，黄志毅对司机褚运丰说："把车钥匙给我，我到车上躺一下。"

黄志毅喉咙和胃子火辣辣地痛，生怕醉倒地上，快步走到车里躺下。本想很快睡去，可是却怎么也睡不着，不仅睡不着反倒越来越清醒。

褚运丰吃了饭转来问黄志毅怎么样。黄志毅说："不怎么样，就是刚喝下去的时候心里头火辣辣的，现在好多了。"

褚运丰笑着说："黄院长，法院大家都说你身材那么魁伟，应该是能喝酒的人，只是你不喝罢了。"

其实黄志毅觉得自己可能也能喝酒。在家里的时候，有时候竟然会无缘无故地产生出想喝酒的冲动来。实在忍不住了，也不吃菜，打开瓶盖喝一两口，只是喝不到第三口就不想喝了。总起来全年喝不到半瓶。

晚饭后黄晓琴冯红升来了。黄晓琴问黄志毅道："哥，项有文的爱人吕素芳被人告了，你知道不？"

黄志毅说："不知道，怎么回事？"

冯红升说："具体什么事我们也不清楚，要吕素芳才说得清。"

黄晓琴说："我们先来给你说一声，如果你同意，约个时间她来给你说。"

项有文是县城小有名气的个体医生，吕素芳在县糖酒公司工作。因为与黄晓琴冯红升是朋友的原因，项吕夫妻二人也认得黄志毅，还跟着黄晓琴叫黄志毅大哥。黄志毅听了说："明天星期六，叫他们晚饭后来吧。"

第二天晚饭后项有文吕素芳来了。黄志毅给他们泡了茶，然后听吕素芳讲。

吕素芳说："黄大哥，事情是这样的。我是公司采购员，长期与淮通县个体工商户上官志华做白糖生意。上官志华先供货，糖酒公司收货后把钱交给我，我再转交给上官志华。糖酒公司有时候资金周转不过来，偶尔有欠款的时候，一般超不过两三个月。可是现在上官志华说五个多月前有一笔八吨白糖款没有收到，把公司和我一起告到了你们法院经济庭。公司说没有收到过白糖，要我去处理，如果公司败诉不仅这笔钱由我承担，还要把我除名。我现在不知道该怎么办，只好来找黄大哥你帮忙。"

黄志毅说："上官志华告你们总有她的依据，无凭无据怎么告你？"吕素芳说："没有依据。"黄志毅说："怎么会没有依据？没有依据法院案都不给她立。你下来和上官志华沟通，看哪个环节出了问题。沟通撤诉，自行了结最好。"

吕素芳说："上官志华不干，说法院弄不好就检察院见。"黄志毅听如此说，知道不可能如吕素芳说得那么简单，便没有说话。

半个多月后的星期天上午，黄志毅听到咚咚咚的擂门声，赶紧打开门。一个戴着粗大金项链穿着高跟鞋的高大肥胖中年妇女站在黄志毅面前，怒气冲冲问道："你就是黄院长吧？"黄志毅问："什么事？"肥胖妇女横眉竖目地大声说："想必你是知道了，我就是上官志华。听说你们法院的人和吕素芳他们关系好得很。如果你们歪起判，我上诉到市中院，中院不行有高院，高院不行有最高院，还有检察院。我就不相信没有人管得了你们。"说完转身噔噔噔下楼去了。

第二天上班，黄志毅把经济庭长毕国才叫到办公室，说："上官志华诉糖酒公司案不要轻易下判，最好交审判委员会讨论。"

三天后经济庭把案件提交审委会讨论。承办人员汇报案情说："原告上官志华，淮通县个体工商户，被告原山县糖酒公司以及该公司业务员吕素芳。原告诉称将八吨白糖出售给被告，多次收款未果，遂将被告告到我院。原告提交证据二件，一是原告提供的八吨白糖出货单，二是装车人的口诉笔录。被告没有任何证据，说没有收过货哪来证据？"

黄志毅问："拉货司机和车号呢？"承办人员回答："时间长，装车人说记不起了。"

郁文瑛问："谁带车去拉的？"承办人员回答："装车人说没有人带车。库房保管说是上官老板叫他出的货。"

郁文瑛问："装车时上官志华和吕清兰在不在场？"

"都不在场。"承办人员回答。

景双河问："上官志华有啥依据证明白糖交给了糖酒公司？"

承办人员回答："上官志华说是吕素芳告诉她要的这笔白糖，但吕素芳否认。"

毕国才说："我补充一下。原被告双方交易往来很多年了。上官志华和吕素芳混得很熟，双方都承认是朋友。生意时间长了，关系又好，手续就都不那么正规了。一般是吕素芳要什么货，口头或者电话给上官志华说一声，上官志华就把货送过去了。

开初货到付款，以后有时候什么手续也不打，过一段时间吕素芳把钱付清给上官志华也就了了。所以现在一下要查清案情很难。并且经济庭没有必要，也没有力量去查清。"

承办人员说："我认为上官志华没有收到货款是真实的，不然她不会没事找事起诉。糖酒公司没有收到白糖也是真实的，不然不会对吕素芳要求那么严。本案的关键是拉货司机，找到司机一问就清楚了。我们问上官志华，她说不认识司机，是请朋友帮忙找的。她问朋友，朋友说好久没有见过这个司机了。现在没有任何线索可以找到司机。"

郁文瑛说："有没有另一种可能，司机把货拉跑了，没有交给糖酒公司？"

毕国才说："有，但是可能性不大。"

黄志毅想起上官志华到家来时的粗暴强硬态度，说："这样吧，继续找原被告双方了解情况。这件案子可能涉及犯罪。如果再没有进展，就移交给公安或者检察院结案。"

晚上黄志毅打电话给黄晓琴说："你给吕素芳说，就说我说的，请他们积极主动一点，不要到时候怪我事先没有给他们打招呼。"

一个星期后毕国才向黄志毅汇报说上官志华已经撤诉了。

一日，黄志毅街上迎面遇见项友文吕素芳夫妇，二人一下把脸别过一边，装着没有看见。

几天后黄晓琴来，黄志毅说了遇见项友文夫妇情况。黄晓琴说："是这样的。吕素芳把糖拉去卖给了一个做生意的朋友，本想绕过公司，转手赚钱后才给上官志华的钱，谁知那朋友做亏了，没有钱给她。公司和上官志华逼她紧，你又那样说，他们只好自掏腰包把钱给了上官志华，上官志华这才撤了诉。"

黄志毅说："这吕素芳看起来清清秀秀精精明明的，怎么做这种偷鸡不成蚀把米的事啊。"

黄晓琴说："现在有利就钻的风气，何止吕素芳一个人？多得很！"

卫生局长倪雄打电话给黄志毅，说请他下班后去他家吃糯米饭，饭后下围棋。

两人都不喝酒，很快就吃完了饭。黄志毅微笑着说："有什么事就说，不要遮遮掩掩的。"

倪雄笑着说："不下围棋啦？"

黄志毅仍然微笑着说："下啥围棋啊，你现在还有心思下围棋？"

倪雄仍然笑着说："不，不，围棋还是要下的，不过远没有麻将那么有吸引力罢了。一件小事，先说好，行就行，不行就算了。是这样的，我们局办公室老赵，人老实得不行，就是儿子不大听话。被人教唆，不知是帮着运假钞还是贩假钞他都不清楚。好像量不大，反正是被公安局抓了。他求我给你说一声，案子如果到了你们法院，在不违反原则的情况下能轻就尽量轻一点。"想了一下又说："反正你们法院量刑是能长能短的橡皮尺子，长短都说得过去。"黄志毅说："照你这样说，稀饭都化成水了，还拿法院来干啥？法院比不得你们医院，一支抗生素包拿包揽，管完所有炎症。现在的问题是人还在公安局关着，你们都说不清楚，我怎么回答你？是不是这样，你说的我记住就是了。"倪雄说："我说的就是这个意思。反正判决前给我说一声就行了。"

一个多月后检察院把贩运假钞案公诉到法院。老赵儿子明知是假钞而且贩运量大，审委会讨论一致同意承办人意见判刑七年。黄志毅很想告诉倪雄，但一想到有违规定，便没有告诉他。一天县委开会，倪雄把黄志毅拉到僻静处，黑着脸说："黄老二，你也太不落教了。"黄志毅见他说得郑重，说："我怎么不落教了。"倪雄说："老赵儿子都宣判几天了你怎么不事先告诉我？整来现在局里的人都笑话我骗人。"说罢也不容黄志毅解释，转身大步走了。此后倪雄见到黄志毅也不招呼，最多点一下头。弄得黄志毅心歉歉的，好像真有些对不住他似的。

黄志毅走进县委大门，远远看见茅云峰昂首挺胸，左手背在腰后，右手前后摆动，气定神闲地走向常委办公楼。那神态确是显得有些高贵优雅气度不凡。

茅云峰身后静静紧跟着一溜人，分别拿着椅子洗脸架电脑显示屏电脑主机等物品。茅云峰器宇轩昂的高大身躯把这些低头躬身的人衬托得甚是卑微。

黄志毅觉得这场面好像在哪里见过似的，却又一时想不起来。门卫兼收发的孔玉成说："好大排场啊，简直像皇帝出巡的样子。"

黄志毅这才想起古装电视剧里的情景来，问道："孔大爷，茅部长这是在做啥啊？"孔玉成说："做啥，升副书记了，搬到新办公室去。这么多年我还从来没有看到过这样整排场的。"

黄志毅问："跟在茅部长后面的人是些什么人？"

孔玉成说："什么人？全都是他当部长后调进组织部的人。哎，小黄，我给你说，小心点，见了他不要再部长部长的喊了。"

等茅云锋进去后，黄志毅才到段书记办公室去。正走着，忽然听到茅云峰的声音："志毅！"

黄志毅转过身，见茅云峰坐在办公桌后椅子上。说道："茅部长你在这里？"

茅云峰说："哎呀，总算把这个得罪人的部长给甩脱了。"

黄志毅抬头看见门框上挂着的白底红字副书记办公室牌子，说："啊哟，升副书记了，祝贺！祝贺！"

茅云峰笑着说："有啥值得祝贺的？无非是肩上担子更重些罢了。刚搬过来，乱七八糟的，连你坐的地方都没有，下次来就好了。你是找段书记吧？他在，你去吧。"

黄志毅正转身要走，茅云峰又说："志毅，我的电话号码换了，还来不及印名片，现在把手机新号码和办公室座机号抄给你，有事好联系。"边说边在便签纸上写了电话号码，扯下递给黄志毅："快去吧，书记事多，说不定马上又要出去了。"

黄志毅走到段书记办公室门口，段念恩正好走出来，问："志毅什么事？"黄志毅说："几句话的事。"段念恩说："那就边走边说。"走上过道黄志毅说："昨天地区中院开会，潘院长说地委已经同意，组织流金地区赴美司法考察团，各基层法院院长参加，要求我们先向区市县委汇报。"

段念恩不说话，一直走到车边，问："有文件没有？"黄志毅说："没有，潘院长说文件随后就到。"

段念恩说："文件来了再说吧。"说着拉开车门上了车。黄志毅觉得段念恩有些不同意去的样子。心想不去就不去吧，没有什么大不了的。但心里总有些慊慊的不舒服。

黄志毅吃过晚饭便接到县委办公室电话，要他立刻到段书记办公室去。黄志毅急急忙忙赶到书记办公室时，见段念恩、茅云峰、褚鄂湘、周正忠、褚运通等纪委政法委几个人静静坐着，没有一个人说话。办公室里烟雾弥漫，黄志毅怕烟，在靠门口处坐下。

段念恩见黄志毅到了，说："云峰你说。"

茅云峰说:"遵照段书记要求,请大家今晚在这里值个班。事情是这样的,今天上午,交警队两个巡警发现一个骑摩托的年轻人形迹可疑,便要求他停车接受检查。小伙子不仅不停,反而加速猛冲了过去。两个巡警见了立刻紧追不舍,追二十多公里追上的时候,那小伙子车头一偏撞在路边法国梧桐树上,人车当场摔倒在地。两个巡警见小伙子一翻身从地上坐起来,正要下车问他为什么要逃跑时,公路两边田里栽秧的几十个社员见了对巡警大声叫骂着冲跑过来。两个巡警见了立刻调转车头离开。那小伙子坐起来后不一会儿又倒在地上,很快就断了气。那些跑过来的社员与死者是同一个生产队的人,和死者家属一起把死者尸体拉到交警队,堵在大门口不让车辆人员进出,要求交出凶手,赔偿损失。才开始的时候交警队门口围了一两千人,把公路堵断。后来路两边拉起警戒线,车辆才得以通行。"

段念恩说:"今晚要大家来商量这件事怎么处理。刑警队查清楚了,死者是一个十九岁的农民,借邻居的车进城,没有驾驶证,见警察要检查就硬冲了过去。追的两个巡警都是年轻人,没有经验,见那人摔倒地上翻身坐起来,以为没事,又见公路两边田里栽秧的人大声叫骂着跑来,怕挨打,就骑车跑了。"

众人议论来议论去都拿不出一个好办法。十点过,段念恩说:"志毅你去交警队门口看一下现在情况怎么样了。不要坐警车,坐县委办的车去。最好不要下车,在车上看就行了。"想了想又说:"派几个人跟你一起去么?"黄志毅说:"不用,人多显眼,我一个人就够了。"

车子缓缓从交警队门前驶过。黄志毅见交警队大门正中停着白色棺材。设了灵堂,挽联松枝,烧钱化纸,烟雾腾腾。灵堂桌上喇叭反复不停地播放着强硬而过分的要求。黄志毅叫司机把车停在偏僻地方不要离开。自己下车走到交警队大门口，见除了披麻戴孝的几个人，围观者超不过二十人。但是公路和十字口坝子上倒是有好几百人。天气太热，大都三三两两稀疏聚在一起议论。黄志毅边走边看边听，看样子都是出来乘凉看稀奇的居民，有的开着玩笑，有的讲着龙门阵，内容大多与死者无关，并且正在陆续散去。

黄志毅回到书记办公室把情况汇报后说："我断定半夜过后就不会有群众围观了。只要做好工作，增加点赔偿，问题不难解决。"

段念恩说："好，情况清楚了，大家议一议，这件事上不上报。"茅云峰说："我的意见是上报，不管如何说是死人了，不上报说不过去。"段念恩站起来走出去，边走边说："你们大家继续议，到底报有利还是不报有利。"于是大家继续议论，在茅云峰力主下一致意见上报。意见一统一，段念恩又没有转来，大家便吹壳子，开玩笑。过一会儿段念恩拿着文件回来，一坐下便说："我说一下看法，我看还是不上报的好。"然后讲了几条理由。最后问："大家意见怎么样？"

见没有人说话，黄志毅说："段书记，事故死人上报是硬性规定，不报遭通报批评划不来。我认为迅速把事故处理好，缓一下报最好。"

茅云峰大弓着腰，边往段念恩茶杯里冲开水边打断黄志毅的话说："黄院长，段书记想得全面周到，理由正确充分，你就不要说了。听段书记的！"

段念恩说："黄志毅说的是对的。我们抓紧把事情处理好，缓一下报也不迟。现在就报，容易引起领导担心，上级追问。如果记者知道了再来一搅和，麻烦就大了。大家想一想是不是这个道理？"于是大家一致同意缓报。

段念恩说："既然如此，我来说点处理意见。如果没有不同意见，就按我说的办。我要的是结果。现在立即由纪委政法委牵头，公检法司派人组成工作组，商量出处理办法。天亮前进场做死者家属思想工作，非死者家属亲属强行用车送回去。志毅同志的意见有道理，赔偿可以适当增加一点，尽快把死者家属思想做通，把事情了结。最迟明天上午九点前，必须把死者尸体拉到火葬场火化送回去。堵在交警队大门口的灵堂等东西必须全部清除，决不能再影响正常交通和工作。"

散会后黄志毅边走边想："这茅云峰对段书记怎么会心口不一呢？"

第二天不到九点，交警队大门前恢复正常，与平日无异。

第四十四回

考察美认识东西方　归来时为儿买礼物

一日，黄志毅到县人大常委会开会，见吴克定在座，面前桌子上摆着他姓名的牌子，便走过去问他怎么回事。吴克定微笑着说："我申请调回来半年多了。为照顾我面子，给了个县人大常委当。我本来是申请回鹤林中学教书的，却安在了普义中学当副校长。"黄志毅说："你何苦啊！"吴克定仍然微笑着说："各有各的好处，我最终还是要回到鹤林中学去的。"

流金中院赴美国司法考察文件下来后，政工科打报告要黄志毅去请段书记签字。黄志毅一想到段书记冷淡神情，加之考察经费有四万五千元之巨，怕讨个没趣，就没有去找段书记。

一个多星期后，政工科长周明昕到黄志毅办公室汇报说："黄院长你到美国考察地区中院催多次了，要求全体赴美人员考察时着西装，其他时间着休闲服。西装到流金服装公司统一量身定制；休闲服颜色样式不作统一要求，按各自喜好习惯去服装市场购买。再不抓紧就来不及了。我知道你怕钱多县上不批，县上不批就用我们法院自己的钱。我打电话问了，大多数法院都是用自己的钱。"

黄志毅说："不行，无论如何不能用法院的钱。法院好多地方都需要用钱。"

周明昕说："那咋办？中院政治部催得紧，我又不敢回话说你不去。"

黄志毅听了立刻打电话到县委办公室，问段书记在不在，回话说在。便对周明昕说："我马上去找段书记，县财政不给钱你就回中院的话，说我不去了。"

黄志毅推开书记办公室门，见段念恩正低头看着文件，便轻敲一下门。段念恩抬起头来说道："志毅你站着干啥？进来嘛。"

黄志毅走进去，将地委文件和要钱报告一并放到段念恩面前桌上，说："段书记，去美国考察的事，地区中院催几次了，如果不行我不去算了。"

段念恩看了文件，沉默一会儿后在报告上签了字，递给黄志毅，缓缓说道："志毅，有机会到美国考察是好事。只是我们县是农业县，你我都是农民出身，这一趟要多少农民来负担啊。"

黄志毅听得心中震颤，正要说不去。段念恩脸上却一下露出笑容说："黄院长你不要多心哈，我是实话实说。好好考察，西方取点真经回来。"

周明昕看着段书记签字，说："怎么批了五万元？"

黄志毅说："你报告上不是写的五万元嘛。"

周明昕笑着说："每次要钱都是写多批少，想不到这次写多少批多少。黄院长你去美国考察，法院还赚钱了。要是晓得段书记这样大方，我写成六万元就巴适了。"

第二天一上班办公室主任朱玉池就说："黄院长，中院通知你明天上午九点半到流金服装公司量身定制西服。我派两个女同志和你一起去，顺便到红莲服装市场把你休闲服一起买了，免得以后又再跑一趟。"黄志毅说："买啥休闲服啊？我休闲服多的是。"旁边出纳员朱泽兰笑起来，说："黄院长你有啥休闲服啊？休闲服是休闲时专门穿的服装，你全年不是中山服就是法官服，可以说你连休闲服概念都不知道。"朱玉池说："朱泽兰你不要乱说，黄院长堂堂大学生连一个休闲服都不知道？你们一定要买洋气点的，不要让美国人把我们中国人看扁了。"

正说着周明昕来了，说："既然要买就按照中院通知规定，在流金把领带衬衣旅行鞋旅行箱等一并买齐。另外，中院政治部特别打招呼说旅行箱一定要买好的。美国装卸野蛮得很，质量不好上下车，上下飞机几下就摔坏了。这样，干脆明天我和你们一起去买。"

出国头两天，一个人来到黄志毅办公室，自我介绍说是县农业银行王行长派来的。说了把一只信封放在黄志毅办公桌上转身下楼去了。黄志毅打开信封见是美钞，赶忙叫那人转来。

见无人应答，知道已经下楼去了。便立刻给王行长打电话，叫他派人来把钱拿回去。

王行长说："黄院长，那点钱我都不好意思出手，只不过聊表心意而已。"说罢挂了电话。黄志毅又打过去，那头传来忙音。黄志毅点了一下共是六百美元，早想着到哪里去兑换点美元，想不到竟然不用兑换就送来了。

赴美出发头天下班后，原山县法院党组审委会全体成员和办公室主任副主任在大庄园酒家为黄志毅饯行，请佘玉春长华天明和佘玉春侄女佘艳霞一并参加。

流金赴美司法考察团全体成员在地区中院集中，成立出国临时党支部。地区外事办工作人员讲了出国注意事项和要求。司法考察团团长、出国临时党支部书记潘凌云强调了出国纪律。然后每人发了五百美元零花钱，说是按照美国风俗规矩，到美国后每住一处，每天都一定要给服务人员一至二元小费。人民币和美元币值不同，一美元约等于人民币八元三角左右。有的法院院长心中不平说："妈哟，旅馆费已经出了，凭啥还要再给十六七元小费？"潘凌云说："人家外国人就是这样兴的，入乡随俗，不能不给。与国际接轨，不给就显得我们中国人不懂规矩了。"

晚上东城区法院在金色餐厅为全体出国人员饯行。餐厅真是名副其实，墙壁器物、杯盘碗筷、桌布座椅全是金色，闪耀得眼睛很不舒服。看着如此高档设施，大家都兴奋地准备大吃一顿。

一酒一菜端上来了，酒是洋酒，虾是大虾。大家对洋酒好像都不习惯，浅尝辄止，对大虾倒是猛吃。一大盘虾很快吃光，又上一大盘，又很快吃光。有人大声喊再端上来。服务员说点的菜上完了。还没有吃饭菜就上完了，弄得东城区法院院长孔资清很不好意思，又上了一盘，又很快吃光。潘凌云出来解围说："每桌已经吃三千七百元了。高蛋白，再吃就要伤身体了。大家回去好好洗个澡，明天一早好上飞机。"院长们嘻嘻哈哈走出餐厅。丐源县法院院长梅崇德说："这老张太不会做事了，这么多钱吃火锅胀死都吃不完。"

第二天清晨到机场，潘凌云早已联系妥当。免检进入贵宾休息室，然后上飞机飞往香港。飞机在香港启德机场上空盘旋四十多分钟。问空姐原因，回答说飞机太多，排队等待降落。启德机场很小，处于高楼之间，跑道尽头是海。空姐介绍说曾经有两架飞机冲到海里去了，不过没有伤着人。

黄志毅万想不到机场口竟然有几个女人捧着鲜花来接，后来才知道是潘凌云的特意安排。听说带队接机者张颖涛是流金人，十二岁到香港，经商，好像是流金地区政协委员或者是什么协会的成员。张颖涛着装华丽，珠光宝气，由于涂脂抹粉太浓，面容好像有些失真。

张颖涛招待考察团全体成员午餐后邀请参观她建在半山上的别墅。高大的树林中围墙围着好几幢洋气的小楼，大门口站着门卫。考察团有人说离市场太远买东西不方便。张颖涛听了微笑解释说，不需要亲自去买，需要什么打个电话很快就会有人送来。还说每个礼拜防疫部门都要来这里消两次毒，灭两次蚊。抱歉地说不能请大家进去，因为是几户人住在一起，进去了怕邻居说把细菌带进去了。院长们听如此说便都无言地转身离开。

因为是司法考察，张颖涛带大家去参观香港警队博物馆。博物馆建在山腰茂林中。陈列着香港建埠、警队成立以来的很多物品。最让黄志毅惊奇的是有一幅一九一五年被助理警察总监射杀的"上木之虎"照片。黄志毅从警队人员与虎合拍的照片看，虎身比人要长得多，估计至少有三四百斤重。

张颖涛还为考察团找了不少香港司法资料。黄志毅从资料上知道，香港司法界正在为香港回归大陆作准备。香港真的很有钱，仅推行一项录音及誊写服务，"从而减省司法人员须亲自笔录审讯过程的工作"，预算成本费就需六千八百万元和每年经常费用二千三百万元。其他每项回归准备项目也都在千万元以上。

香港给黄志毅印象最深的是空气洁净，一天多下来皮鞋仍然如刚上鞋油一般光亮。香港紧邻大陆深圳，黄志毅不知道他们是怎么做到的。

考察团晚上住华润集团公司大楼，大楼是中央电视台每日晚间新闻开播时首先播出的画面。

考察团第二天乘台湾中华航空公司波音七四七飞美国。一排十个座位，可坐三百多人。不知什么原因，飞机在台北桃园机场暂停，不准出休息地方，但准许在候机楼上照相，可以拍到外面停放着无数小轿车的大坝。许多建筑物上插着大大小小国民党青天白日旗帜，风吹时招展翻飞，发出啪啪响声。

飞机起飞升空时，黄志毅看到原野上全都是大小不等、形状不一、杂乱无序的田地，与大陆合作化运动后沟端路直竖成行的规整田地形成巨大差别。

香港到纽约一万三千五百四十五公里，飞行约十三个小时。机上屏幕不停显示着飞行高度、速度、气温、到达地点等适时情况。机上有电视、耳机，可以自行调控频道和音量。空姐不是很漂亮，但是服务态度极好，普通话说得标准流利。梅崇德不慎触动通知开关，服务小姐立刻就来到了面前："先生，请问有什么吩咐？"梅崇德不知所措，弄得很不好意思。深夜到达纽约上空，机上看下去是一望无际的辉煌灯光。丹河县法院院长景兴友感慨地说："跟我们那里一望无边的油菜花田一模一样。"灯光的海洋，做梦都难以梦到的景象给黄志毅巨大震撼，心中好像受到猛然一击："这就是美国？"

出机场时，一个海关检查人员把走在最后面的黄志毅梅崇德俩人拦下，带进旁边一间屋子后转身走了。语言不通，问又无法询问，两人愣着站了一会儿，努力坐到齐胸高的凳子上。听得见外面潘凌云他们着急的喊声。梅崇德性子急，见没有人理会，气得大声发牢骚。正骂骂咧咧地说着不应该来，不如马上转回去的时候，一个四十来岁的扫地妇女走过来，微笑着轻声说："你们是中国大陆来的吧？我是中国台湾来的。你们不要着急。美国人就是这个样子，无缘无故戏弄一下，会让你们走的。不要骂，幸好他们听不懂汉语。要是听得懂你们就麻烦了。"说罢边扫地边走了。不一会儿那个拦下他们的检查人员走进来，挥手向两人作了一个同意走的手势。

两人一走到边检门外，潘凌云就很不高兴地说："咋搞起的？让大家等了你们这么长时间！"黄志毅说："不知道，你去问那个美国人就知道了。"

到机场来接机的是流金地区外事办副主任兼驻美国负责人上官利民和女翻译施天一。上官利民说他们两人负责全程陪同，一直到回国时把大家送上飞机。

第二天天微亮，黄志毅独自走出纽约机场旁边的小旅馆大门。深蓝的天空，清新的空气，感觉肺都被洗净了一般。绿色道路边的草地上有一片灰白色小石子，走近一看，见石子下面隐隐现出裸露的黄土，这才知道了空气洁净的原因。

考察团一行早餐后纽约一日游。看了世贸中心大楼、联合国大厦、第五大道、自由女神像、华尔街等地方。印象最深的世贸大楼电梯居然能乘四五十人，而且速度很快，一百零七层一分多钟就上去了。观景高处看下去，街上一辆接一辆的小轿车密如蚂蚁一般。参观联合国大厦时，大家首先去寻找飘扬在世界各国国旗中的中国国旗。参观自由女神像时大家都远远地站着看，只有黄志毅独自一人走过去围着女神像转了一圈。麻雀、鸽子、海鸥很多，到处是鸟粪，自由女神头上身上也不能幸免。华尔街虽是老街，但建筑一点都不显过时。街中间那头代表财富的肥牛不仅不肥，反而显得特别精壮有力。看了新旧唐人街，觉得有些清冷混乱，特别是街道墙壁上有乱涂乱画。据说最穷最富的华人都住在这里。

车经过五角大楼旁边的道路离开城市上到高速公路。公路两边好像全是森林，长着茂盛的蕨类植物，树干上挂着长长的苔藓，不少合抱粗的大树自然地老倒在林中，大多数树干已经腐朽，朽断处现出黑褐颜色，长出新的各类植物，简直与原始森林一模一样。开初黄志毅以为是一段特殊路段，以后才发现几乎所有高速公路两旁树林都是如此。

黄志毅见有的小轿车车顶上载着小船，有的拖着游艇，问怎么回事。施天一说："美国人耍惯了，很多人一周只上三四天班，剩下时间到山林野外海边旅游消遣。"

考察团经过费城时参观了旧国会、独立宫、自由钟等名胜。施天一介绍说："费城在美国定都华盛顿前，曾经是美国的临时首都，发生过许多对美国影响深远的重大历史政治事件。比如在费城首先建立法院，美国国歌也产生在费城。"

黄志毅走进旧国会，看着那些陈旧简陋的设施，想象着美国建国先驱们的不易，心里不由产生出肃然起敬的感觉。

下午参观杰弗逊纪念堂和林肯纪念堂。参观杰弗逊纪念堂时黄志毅感到有些不解。杰弗逊的伟大主要是他撰写了《人权宣言》，向全世界阐释殖民地争取自由的原因，说所有人类都天生平等，都有生命、自由与追求快乐的不可剥夺的权利等等，但是他自己却过着畜奴的生活。他想到过奴隶有这些权利吗？他所谓的人权究竟是谁的人权呢？

参观纪念堂出来，远处华盛顿纪念碑，有如利剑般在阳光下闪闪发光。黄志毅知道华盛顿是颇受美国人民爱戴的伟大政治家，全世界都对他尊崇法律推崇备至，赞赏有加。但是那些印第安人为什么会惨遭屠戮到几近灭族呢？

或许当虚伪把真诚作为信仰以后，信仰受到亵渎和蹂躏就是再平常不过的事情了。

第二天上午参观白宫、国会大厦。白宫不仅不准参观，而且走近都不行。一走近白色栅栏，马上就有保卫人员过来笔直站立在面前。据说是因为前段时间发现有危害总统迹象加强了警卫。国会大厦装饰之高雅精美令黄志毅印象深刻。施天一指着远处一个座位说，那就是抗战时期宋美龄发表演讲前坐过的位置。这使黄志毅一下想起了解放战争时期宋美龄再次访美被冷落的情形。世事无常，不以物喜，不以己悲，方为正常心态，何须在意坐过什么位置啊。

考察团下午从华盛顿乘机经休斯敦到达亚利桑那州菲尼克斯市。当天晚上潘凌云召开出国支部会，再次强调保守党和国家机密，维护祖国尊严的纪律。第二天便开始了对美国为期四天的司法考察。

考察团对考察进行了精心安排和周密准备。除了考察前与被考察各方进行密切沟通协调外，还准备了详细的考察提纲。提纲内容直指美国司法制度、法院机构设置、法官管理、法院经费来源、如何保护外来投资者利益、未成年人审判以及案件审理执行等等方面。考察安排得周密详细,环环相扣,紧张有序。

在美方欢迎会上,考察团团长潘凌云的致辞浪漫而精彩,在方方面面精要都点到后说:"女士们、先生们,中国在巨变。我们坚信,中国在世界前进大潮的冲击下,定将洗尽几千年封建历史的尘埃,重振民族雄风。女士们、先生们,让我们不同肤色的手紧握在一起,架起一座跨越海洋、跨越民族、跨越世纪的牢不可破的金桥。让两国法律界人士得以更加广泛、更加深入的接触,让人与人之间的情感得以更加真挚、更加坦诚地交流。让我们这个世界更加尊重法律的权威,更加尊重人的尊严。让我们通过我们这一代人的努力,造就一代人的祥和与安宁!"

考察期间,考察团与亚利桑那州最高法院、亚利桑那州上诉法院、曼尼科巴县法院、菲尼克斯市政法院的法官和亚利桑那州检察院、曼尼科巴县检察院的检察官,以及菲尼克斯市政府的有关官员进行了座谈,就法院组织制度、审判方式、少年审判等专题进行了比较深入的交流;旁听了曼尼科巴县法院的一次审判和市政法院的两次审判;参观了亚利桑那州男、女监狱,走访了菲尼克斯市两个私人律师事务所。

考察令人印象最深刻的是,美国把对国家社会的管理治理全部纳入了法治轨道,人民也接受和习惯了这种管理治理。一切以法律说了算的思维深入人心,这不仅大大简化了管理治理流程,也大大减少了管理治理成本。由于法律和司法机关在国家社会几乎有着无上的权威,司法人员的社会地位和经济待遇得到了有效的保证,因此司法人员的思想业务素质也得到了有力的保证。

考察中有几件事让黄志毅印象深刻。参观菲尼克斯市市政法院时看到一个很有趣的现象，凡进入法院的人，包括考察团参观访问的客人和法院自己的工作人员都必须进行电子安全检查。法院建筑雄伟庄严，办公设施先进齐备，审判法庭却出奇简陋。地面和墙壁粗糙，门窗桌凳陈旧，原被告和旁听人员一律坐低矮的长条原木凳。长条原木凳非常粗糙，不仅没有上漆，还很不平整。但是审判法台则很是堂皇。法官座椅宽大精致，法台很高，只现出法官胸部以上，给人一种高高在上的感觉。身临其境，立刻感觉到法律的显赫权威和法官的荣耀尊严。

法官审案出奇地快，不到二十分钟审结两案，都是交通案件，一件警察胜诉，一件警察败诉。庭审全程录像，如果不服判决，当事人上诉只需把录像交上去就行了。

市政法院全年受理二十五万件案件，其中二十万件不上法庭，通过寄罚单和听证就可以结案。案件数量之多，足可证明美国人把任何挤眉弄眼吵嘴打架等等鸡毛蒜皮的大小纠纷全都纳入了法治管理。这也可见法治已经深入到美国各个方面。

因为在监狱工作过，黄志毅参观亚利桑那州男女监狱很是认真，也很感兴趣。这个监狱经过对罪犯的教育管理百分之六十至七十的少年犯不再犯罪。

成年罪犯入狱服刑的方式有三种，罪犯可任选其中一种。一是劳动，但不强迫。劳动给报酬，根据劳动强度、技术、智力等情况，每小时给三十、六十或八十五美分不等；二是静坐思过。犯人坐在铺上，或背靠墙壁发呆，或看墙上自己贴的影视明星偶像人物照片，或听收录机，或看电视等等；三是学习。给学员上课的教师除监狱官员外，还可请大学教授。学习考试成绩合格可取得文凭，出狱后国家认可。按照法律规定，监狱必须设图书馆、医疗室、足球场、篮球场、健身房、理发室和洗澡间等等。监舍两人一间，有卫生间和电视。犯人可以带收录机入狱，墙上可以挂犯人喜爱的图片和名言等。

因为罪犯可以自行选择服刑方式，所以罪犯服刑显得很是轻松。但是神情大多数却显得木讷呆滞。美国采取这些服刑方式自然有其道理，但是从刑满释放后重新犯罪率很高看，这种服刑方式并不算得成功。

对改造罪犯，黄志毅认为，罪犯犯罪首先是灵魂的犯罪，对罪犯改造的关键是对灵魂的改造。做不到接触灵魂的改造，就做不到对罪犯的根本改造。

考察菲尼克斯检察院头天晚上，潘凌云团长宣布："明天菲尼克斯检察长招待全体考察团成员吃午饭。"大家听了异常兴奋，都想象着是怎样一顿丰盛的西餐。

第二天上午考察完毕没有任何招待迹象。当走到走廊转角处时，检察院陪同人员说就在这里进餐。没有桌子，只有十多个凳子。大家停下，不一会儿几个人端着盘子走过来，在走廊护栏上一字摆开食物。每份食物是一杯饮料、三片面包和一小塑料筐鲜花。送食物的人说请大家用餐，说了就走了，没有一个检察院的人作陪。上官利民笑着说："这是美国人请客规矩，主人是不陪客的。"考察团一行十人，加上上官利民施天一两人共十二人，却只有十一份食物。

当大家正不知道该怎么办时，施天一说："这也是美国人的规矩，上官利民不能算客人，没有他的份。"

有人问这花是弄来干啥的。上官利民解释说花也是食品，用来吃的。于是大家非常兴奋地开始进餐，边吃边笑边摇头。鲜花和花叶有五六寸长，不便下口，好些人没有吃。黄志毅吃了，有些清香甜脆味道。但是感觉跟当年农忙双抢时家里喂猪，生猪草无时间切细，直接扔到猪槽里让猪吃没有两样。

考察团走访了两个私人律师事务所，其中一个事务所有律师一百二十多人。十五到二十一楼为图书馆，一个图书管理员是中国大陆人，女性，三十多岁样子，长得很端庄。黄志毅在和她交谈中得知，她是北京师范大学的工农兵学员，英语专业，毕业后分在中国人民大学教书，几年后公派留学美国，在取得法学博士后当了三年律师，然后在这里工作。

黄志毅问她想不想回国，她一下显出有些不好意思样子，踌躇了一会儿后说："以后看吧，最终可能还是要回国的。"黄志毅很想说："你是公派的啊，怎么学成了不回国？"但最终还是没有说出来。

考察团考察完毕，大家心情一下轻松起来。第二天早餐后，参观世界八大自然奇观之称的科罗拉多大峡谷。大峡谷从空旷的雪原上突然裂陷下去，很深很长，陡峭得令人心颤。远看谷底科罗拉多河有如涓涓细流。谷壁没有一棵树木，好像寸草不生。峡谷边是直升机停机坪，载着游客的直升机起起落落，在峡谷上空盘旋穿梭，飞来飞去。很多游客兴奋地在雪地上跑来跑去变换着各种姿势拍照留念。

午餐后前往赌城拉斯维加斯。车进入戈壁沙漠后路变成两车道。施天一介绍说："拉斯维加斯地处沙漠深处，本没有人烟。因为美国法律禁赌，有钱的人便跑到那里修房建屋偷偷开设赌场。规模越来越大，法不治众，最后得到政府认可，成为全美唯一赌博合法的地方。美国人虽然钱多，但是仍然想发更大的财，便都涌到那里去赌。人口一多，不仅把工商业带动发展起来，连旅游业也带动发展了起来，最终成了世界著名的旅游赌城。每到星期六下午，路上车一辆接一辆奔向赌城，看不到一辆返向车。"

车在沙漠中行驶，远望路两边尽是起伏无际的戈壁沙丘，没有一棵树，也看不到草地，但是仙人掌类植物却生长得很茂盛。高大的仙人柱有面盆那么粗，七八米高，兀立在空旷起伏的戈壁上，显得蔚为壮观，但也显得很是荒凉。

到达拉斯维加斯时天已快黑。施天一说："我们住的酒店是全世界最大的赌场，能容纳八千人住宿，五千人一次性进餐；也是世界上最大的自助餐厅。餐厅有全世界各种风味食品，如果愿意，可以尝尝生鲜小牛肉，一般都要蘸着墨西哥辣椒酱吃，如果不够，吃完了可以再要。"

大家到住处放下行李后便直奔餐厅。餐厅确实很宽，食品自取，唯有生鲜小牛肉由厨师割予。厨师面前砧板上放着很大一块墩状新鲜生牛肉，约有二十多斤样子。黄志毅把盘子递过去，厨师刀法精熟，把刀晃两晃，瞬间两大片牛肉就到了盘子里。墨西哥辣椒酱又酸又辣十分难吃，但肉倒很鲜嫩，没有香味也没有怪味，如果改成麻辣味肯定更好吃。施天一说这里有全世界所有的调味品，于是大家去找中国麻辣调味品，最终没有找到，觉得施天一是否有些夸大其词了。

晚餐后看节目演出。潘凌云说节目是两个华侨朋友专程从三百公里外驱车赶来招待的。座位是最好的位置，两位华侨和上官利民潘凌云四人的座位紧挨着演出台口，桌上摆放着饮料。节目几乎全是跳舞，动作狂放，大开大合。一个节目全是女演员，跳到台边，修长的大腿好像总是在潘凌云四人头顶上扫来跨去。坐在后面的考察团成员全都笑起来，说潘院长霉了，弄得潘凌云四人很是难堪。

早餐后乘机前往洛杉矶参观好莱坞影城。整个影城其实就是以拍电影为主的旅游城，也可以说是以旅游为主的影城。影城活动内容丰富。黄志毅选择拍电影爬树。按要求抱着树干不动，仰头向树上看。不知怎么搞的，不一会儿机子里黄志毅已经到了树上。

参观明星街时发现美国人观念与中国人观念大不相同。好莱坞著名影星们的姓名都刻在正方形铜砖上，演员是几级影星砖上就刻几个五角星。铜砖安放在好莱坞大街地面上，任游人踩在上面走来走去参观。有的铜砖被鞋底磨得溜光锃亮，越光亮名声越大，越受尊崇。这要是在中国如何得了？中国自古以来只有不齿于人类的人才会遭到千人踩万人踏的。

第二天到迪斯尼乐园游览。白天看大型露天歌舞表演，到鬼屋体验与鬼同在。并排紧挨着两张椅子，一只坐着自己，另一张空着。看对面镜子里，空椅子上居然坐着一个绅士模样、头戴高筒帽身着西装的洋人。掉头看身边椅子空无一物，伸手去抓那坐人地方，空空如也，什么也没有抓着，既感到奇怪又觉得好玩。晚上看水幕电影《唐老鸭》。看电影后顺着道路边走边看表演队演出。演员们穿着鲜艳服装，装扮成白兔、公鸡、猴子、山羊、梅花鹿等等善良动物模样，陪着游客边走边模仿所扮动物动作。伴随着表演内容的展开，沿路两旁周遭霓虹灯花树如梦如幻般变化闪烁，宛若仙音的轻柔乐声从天上缥缈传来，真让人有些如入仙境一般的感觉。

在旧金山，考察团到中国城参观后，看了奥克兰大桥、金门大桥、金山公园等景点。

由于旧金山是考察团在美国的最后一站，离墨西哥蒂华纳市很近，上官利民便带大家步行到蒂华纳市参观。蒂华纳市与美国差异巨大。整个市容市貌与中国中小城市差不多，甚至还要差些，没有什么看头，参观十多分钟就转回了。

考察团每到一个地方都有人提出购物，上官利民和和施天一总是说不行。说过早买了车装不下，而且品质不是最好，价钱也不便宜，并且每到一地住宿拿东西上下车也不方便。

离开美国前一天，上官利民和施天一带大家到专卖店和厂家直销店购物。黄志毅看来看去觉得没有什么好买的。潘凌云见了劝道："既然来了还是应该买点东西回去送人或者作为纪念。"黄志毅听如此说，便跟着潘凌云买了一盒魔幻圆珠笔。这圆珠笔写字与其他圆珠笔无异，但是倒立过来笔杆会幻化出各种不同形状的图形来。

从旧金山回到香港，晚饭后大家又去购物。去美国前，黄天明要黄志毅在香港给他买一只日本奥林巴斯相机，说："不仅小巧玲珑，而且照相效果还特别好，现在年轻人都喜欢玩这个。"

黄志毅走进一家相机店，指着奥林巴斯相机问多少钱。店主冷淡地看了黄志毅一会儿后说不卖，然后调头看向街对面远处。黄志毅问为什么不卖，店主不仅不回答，竟然大声喊道："打烊了！打烊了！"边喊边关灯，关了灯走出柜台关门，边关门边对顾客说："快走快走，打烊了！打烊了！"大家只好到另一店去买，店家对黄志毅说："奥林巴斯过时了，不如买日本最新潮刚上市的摄像机，像素高，摄录放功能齐全，价钱还便宜。"见黄志毅犹豫，立刻大声说："你买不买？不买就到其他地方去！"黄志毅想摄像机虽然贵一些，但功能多，用处大，便买了一台。

离开香港回到丐源机场，赴美考察团一行人走出机场口，各法院都有人来接，并且都拿着鲜花，气氛显得很是热烈。黄志毅暗想这应该又是中院的统一安排吧。

　　黄志毅回到家正好天明也在，便拿出摄像机，饶有兴味地向他讲述这摄像机如何先进。哪知天明竟然生气地说："叫你买相机你买摄像机，不要！"转身走了。黄志毅万想不到他会有如此态度，不由暗暗地叹了一口气。

　　第二天上班时黄志毅到县委向段书记汇报赴美考察情况，段念恩听了说："看来你们这次考察收获不小，还算扎实。志毅，说真话，你这次去美国，我是既愿意你去，又不愿意你去，希望你能理解。"

　　黄志毅立刻说："书记，我们都是从农村出来的，我不仅完全理解，而且万分感激。我一定做好工作，用实际行动来感谢县委和你对我的关心支持。"

　　黄志毅从县委出来到农业银行去还美元，王行长问黄志毅在美国买了什么稀缺便宜东西。

　　黄志毅说："啥都没有买，买了两打魔幻圆珠笔，回到住处仔细一看，竟然是台湾产的。不过还算便宜，送你一支休息时消遣消遣。"然后讲了在香港买摄像机经过，最后说："现在摄像机摆在那里，我又不会用，就是会用也用不上，不知怎么处理。"

　　王行长笑着说："真是瞌睡碰到枕头了，我们银行办公室纪检室都用得上。那东西小巧方便，功能又多，很能解决问题。前个月两次派人去省城都脱货，你照省城市场价格卖给我，算帮农行一个忙。"

　　黄志毅说："那怎么行？买成多少价就卖多少价。"

　　王行长说："不行？香港价要低得多，你不能吃亏了。"

　　黄志毅说："买多少卖多少，我吃什么亏？如果你们真的需要，我就卖给你们，这才是帮了我的忙。"

王行长摇头说："那你吃亏太多了。"

黄志毅说："你认为我吃亏，那就用我买摄像机的钱扣抵农行借给我的六百美元。人民币美元各算各价折算，多退少补，两不相亏。"

王行长连连摆手说："不！不！不！各说各，摄像机的钱另外付给你。"

黄志毅说："不行！要是这样，我把美元放在你们办公室就走，反正我也没有打过借条。摄像机我也不卖了。"

王行长见他如此说，只好说："那好吧，明天我派人来拿机子办手续结账。"

赴美归来第一个星期天，黄志毅回家看望父母，顺便把在酒厂买的生料散酒给父亲带回去。前几年黄孝德对黄志毅说："现在市面上歪酒多，真资格好喝的还是酒厂烤的生料酒，价钱比市场上的还要低。"

黄志毅听了每隔一段时间就到酒厂去给父亲买一桶生料酒。黄孝德空酒瓶装不完，便把剩余酒从塑料桶倒进小坛子里密封起来。黄志毅把酒桶带走，下次回来时又给父亲打回来。黄孝德一次对黄志毅说："过几天我要去买一个大酒坛子，把喝不完的倒进去，陈坛后更纯更好喝。"黄志毅微笑说："你朋友多，干脆买成两个大坛子。我找一个好酒厂，买他的头道生料原酒，一次性装满，轮流喝。反正保证你一个坛子的酒总是满的就行了。"

此次回家让黄志毅最难过的是母亲把腰摔伤了，弓着背，走路做事都显出很吃力的样子。

黄志毅问怎么摔伤的，黄孝德笑着说："猪圈里的猪不知咋从圈栏里跳出来了，你妈去把猪赶进圈，可那猪怎么也不从圈门进去，被你妈打急了，跳起来前足搭在圈栏上，后足一纵一纵的想翻进去，可就是翻不进去。你妈见了，抓住它后足向上提，想帮助它翻进去。谁知那猪翻进去的时候后足向后猛地一蹬，一下把你妈蹬得仰躺在了地上。"

黄志毅问："找医生看过没有？"

黄孝德说："冯红升来看过，包了些药，说不碍事的，休息几天就会好了的。"

正在做饭的孔惠英听了从灶房里走出来说："躲不过的。圈门明明给它打开了，打得它到处乱钻乱跑，可就是不从圈门进去。"

孔惠英此时已满七十三岁，身板硬邦，走路说话做事气色看起来最多六十来岁样子。自从腰摔伤后高挑的身材渐渐萎缩，背也越来越驼得厉害，但是仍然照常到地里劳动做家务。有所改变的是，此后只要有善男信女相邀，便一个不落地到远近大小庙宇朝山拜佛。一日对黄志毅说："云长，我知道你爱朝山。那些菩萨你不拜也就算了，但是功德钱是一定要捐的。不管多少，一分一角都行，也是你的善心。"黄志毅想着母亲心愿，说："妈，其他菩萨太多我拜不过来，观音菩萨我是一定要拜的。还有就是庙子里那么多功德箱，我捐得完？我只捐给观音菩萨就行了。"

吕淑娟一天街上遇见黄志毅，笑容满面地大声说："黄院长你美国买的啥东西啊，倪雄一个人一有空就关着门看。"

黄志毅说："不是美国的，是台湾生产的圆珠笔。"

吕淑娟说："你要买就买正经点的东西嘛。"

黄志毅说："圆珠笔有啥正经不正经的？"

吕淑娟说："看起来是正经圆珠笔，倒过来是一个大屁股水蛇腰女人，弄得倪雄神魂颠倒的关着门紧盯着看。"

黄志毅笑着说："再摇一下还会变成猪八戒。他定力不够，你管不住他关我什么事？"

此后剩下的圆珠笔黄志毅不再送人，又用不上，只好全部丢进了垃圾筐。

三个多月后周正忠在街上遇见黄志毅，右手大拇指向上一举，说："整得好！"黄志毅问啥意思。周正忠低声说："检察院接到举报，说农行集体向有关领导行贿，我派人去查，只有你一个人还钱了。"黄志毅听得背心直冒冷汗："要是迟点还，自己不也成受贿者了？"

第四十五回

好丈夫暴富违重誓　善良妻倔强犯法条

星期天黄志毅刚吃过早饭便听到敲门声，佘玉春去开了门。一个年轻漂亮女人站在门口问道："黄院长在家么？"佘玉春立刻黑了脸，挡住门口说："你找他啥事？"女人一下涨红了脸，低声说："找他反映个事。"黄志毅说："让人家进来嘛。"佘玉春只好让开门。女人走进门来，黄志毅说："请坐。"女人在沙发上坐下。本来要去买菜的佘玉春不走了，也在沙发上坐下。

黄志毅说："什么事？请讲。"

女人说："黄院长你不认识我。我是自来水公司职工毕雪珂，代表我们单位同事为吴玉秋的案子来找你。"

黄志毅问："吴玉秋是什么人？你们为什么要找我？"

毕雪珂说："吴玉秋是原山县公安局第一任局长周桐林的大儿媳。案情三两句说不清，反正我们都认为吴玉秋太冤了，请你法外开恩。"

黄志毅知道周桐林是南下干部，已经逝世多年。他说："毕雪珂，你回去给你所代表的人说，就说我说的，在我们国家，只有依法办事，没有法外开恩。"

毕雪珂拿出一叠材料递给黄志毅："黄院长请你先看材料，看该不该从轻处理。"

黄志毅展开材料，佘玉春伸过头来看，黄志毅把材料一下递向她："你看吧！"

佘玉春一下红了脸，坐正身子。黄志毅见是写给检察院的，说："毕雪珂你拿错了，是给检察院的。"

"没有拿错。"毕雪珂说，"吴玉秋的案子还在检察院。先给你同样一份，让你们先了解情况，免得到时候判错了。"

黄志毅说："你回去吧，告诉你的同事们，如果案子来了，法院一定会严格依法办理。"

毕雪珂一走，黄志毅便看那材料。

原山县检察院：我叫吴玉秋，女，现年三十八岁，汉都人。一九七二年初中毕业后下乡玉丰县知青农场，因为劳动表现好，第一批被贫下中农推荐到渡洛市参加工作。三年后经工长夏惠珍介绍与原山县煤建公司周学伍耍对象。周学伍一表人才，能说会道，许多认识和看法都和我一致。接触几次后我认为找到了知音，关系便确定了下来。我们相隔千里，我感动他给我一天一封沉甸甸的信。信中很多世上动听、感人肺腑、拨动心弦的表白使我产生了相见恨晚的感觉。他很关心我家，不怕相隔数百里，经常开车到我家，对我父母嘘寒问暖关怀备至。每年冬天把原山最好的优质焦炭送到我家烤火。对我家的事比对他家的事还上心，对我家人比对他家的人还热情。对我更是关心。我夏天穿衬衣，他亲自扯布，自己裁剪，自己踩缝纫机缝好送到我工作单位来。他还和他父亲一起悄悄到我下乡的知青农场找贫下中农和职工了解我的情况，找我工作车间的领导了解我的工作表现和政治表现。他怕我知道后多心，主动向我解释说，因为他母亲家庭成分是地主，运动一来就株连到他父亲，所以不得不慎重，请我理解。周学伍的解释使我非常感动，也使我非常开心，说明他们家对人品和政治思想的重视。看对象健康才貌重要，人品和政治思想更重要，它是婚姻幸福的基石，更是一生幸福的保护神。婚姻有如房屋，有了坚如磐石的基石，房屋才会稳固；婚姻有如生命，有了忠心耿耿的保护神，生命才可无忧。周学伍的言行，信中山盟海誓、海枯石烂不变心的表白使我相信了缘分。我们遥隔千里，互不知道这世界上还有着对方的存在。但是现在我们不仅相遇相识，而且相知相恋，这不是缘分么？这不是老天的安排，命中注定了的么？千里姻缘一线牵，我尝到了这缘分的美妙滋味。

我们决定结婚，先在我们单位举行简单婚礼，然后在原山县举办隆重婚礼。婚后两地分居，鸿雁传书，频繁通信以解相思之苦。我很爱我的工作，也很舍不得我的单位和工友，有天时地利人和的感觉。为解决两地分居，我要求他调到我们这里来。我们这里离南方近，比较热，气候潮湿。他来多次，每次都水土不服。我的身体却很适宜这里气候，不愿意调到原山去。一年后我回原山生下大儿。儿子来到人间，他很兴奋，给儿子取名福星，寓意儿子是我们婚姻的幸福之星，也是儿子一生幸福的高照之星。我产假满后他不准我带走儿子，由他家和他养育大儿。我只好独自返回单位。

中秋刚过，我收到他给我的挂号信。拆开信封首先看到一张白纸上血写的诗句："向我亲爱的妻子秋发誓，天在上，地在下，学与秋生死在一起，今生今世永远不分离。今做鸳鸯比翼双飞鸟，来世再结良缘恩爱人。"信中还倾诉了对我的思念与终身不变的承诺。信里说我走后儿子一直在病中，要我顾全大局，为可怜的儿子和他着想，希望我调回原山。我考虑了几天，心中始终有一种莫名的阴影，这阴影或许就是今天的结局。我手握信纸，心中想着病中的儿子，看着那白纸上滴血的承诺，觉得不调回去太不应该了。我一同意，他父亲立即通过关系把我调到原山，安在自来水公司。

在原山我无亲无友，经常有一种不安全的感觉，因而时时引起对原单位的眷恋。好在有周学伍对我的百般体贴心疼，心中把他当成了我躲风避雨的安全港湾。为了回报他对我的好，我任劳任怨，像春蚕吐丝一样，全心付出，不求索取，家里事无巨细都由我一人操心。他除了争取入党，努力工作，为事业奋斗外，还尽心尽力帮我照顾大儿和家务。

他入党不久成为办公室主任，到地区参加厂长经理培训班回来后，交朋结友渐渐不做家务。我满心满意地包揽全部家务，他春风得意地一心扑在事业上。

周学伍父亲虽然是南下领导干部，但是家里却非常穷。我跟着周学伍吃到了从未尝过的穷滋味。他家众多姊妹和他母亲靠他父亲一人工资生活。全家十几个人，买一捆莴笋中午吃叶子，晚上吃杆子。饭前几姊妹每人先喝一碗米汤，然后各人只有一碗饭。吃饭时十几个人围着一张圆桌子，凳子不够，有的坐有的站。住居民区的平房，晚上方便没有夜起桶，用几个尿垢很厚没有边的破旧瓷盆代替。几只装衣服的木箱和锅碗瓢盆便是全部家当。全家七张粗糙的木床都是从县委低价租来的。因为穷，他用纸箱做框架，别出心裁地安装了一个半导体收音机供全家享用。也因为穷，听人说他谈了数次恋爱都因对方的不同意而告吹。

儿子三岁时被检查出先天性斜视远视，且有传男不传女的基因，视力始终保持在零点三左右浮动不定。在此情况下，经政策允许我又生了一个女儿。此时我已经三十三岁，周学伍考虑我年龄大，特意为我买了一只大团鱼补身体。不久周学伍父亲周桐林突患脑溢血病危住院。我当时是到各家各户收水费的收费员，尽管工作忙，晚上我都与周学伍一起去医院守护。他父亲已经不能动弹，躺在床上吃喝拉撒全靠人照顾。周学伍六个兄弟都已经结婚，六个媳妇中只有我一人照顾他父亲，直到他父亲逝世。我一次深夜患病，周学伍把我背到县医院住院，一边工作一边照顾我和两个孩子。一次与他摆家常，他说我与他的婚姻是他们家八姊妹中最幸福的婚姻。这使我觉得这是我最幸福的时光。

我生小女坐月子期间，周学伍贷款十五万元与朋友联办酒厂。我有些不同意，他解释说，现在我们还年轻，政策又这么好，不能错过了找钱的机会。还说等到有钱以后，我四十岁就不工作了，修建一栋别墅，我们搬出公司居住。

酒厂办起来后，周学伍到郑州开糖酒会，怕我忙不过来，托朋友把我调到公司总台上班，还为我请了一个保姆李珍兰。他郑州开会回来后，我发现李珍兰对他很好，背着我向周学伍借五十元钱买手表。我从两人交谈的语气和眼神中发现了男女不一般的神情。为了不让事态发展，我辞退了保姆，背着七个月大的女儿上班，照顾儿子的病体，担起所有家务。

李珍兰回家第二天便到酒厂纠缠周学伍，说她父母要周学伍到她家去。周学伍到李家后，当天晚上就和李珍兰通奸睡在了一起。李家很穷，周学伍第二天就带着李珍兰全家赶场，给每个人买了礼物，以后又给她家买了黑白电视机、录音机、自行车，还给李珍兰买了很多衣服。农忙时周学伍还亲自开车给李家买化肥。从此周学伍以酒厂有事为名不管家里，经常不回家。周学伍与李珍兰寻欢作乐公开化后，把李珍兰带到石家庄开糖酒秋交会，会后一起去上海、福建、浙江、厦门沿海一带收酒款。回县后李珍兰父亲逼周学伍写字据承诺给她家建新房，如不建就给三万元。此时我已从酒厂副厂长那里知道了详情。我逼问周学伍是不是事实，他不得已才将事情经过全部向我袒露，并要我同意为李家建房，说不会与我离婚，我们全家大小都可以到李家去耍。

周学伍的变化使我非常吃惊，我找了众多亲朋好友劝他回心转意。他每次回来生活上我对他更加关心，希望他知错能改，一切从头开始，他答应不再继续往来。但是事情并不像我想象那么简单，我的噩梦才刚刚开始。

周学伍表示不再与李家往来后我便精心照顾儿女，努力工作。可是周学伍不仅继续与李珍兰往来，而且回家次数更少。第二年周学伍因债务接管碧水溪渔场，在与李珍兰保持不正当男女关系的同时，又与渔场打零工的十七岁姑娘孔文英勾搭成奸。李珍兰多次到渔场索要三万元建房款，周学伍每次都躲在房里不出来，由更嚣张蛮横的孔文英在屋外与李周旋。至此周学伍才与李珍兰断绝了往来。

周学伍长期不归家，在外寻欢作乐的同时，我在家的日子却过得十分艰辛。经常背着小女半夜三更到医院，有时同时照顾两个生病的孩子，找不到周学伍人影，我真想大哭一场。可是看着两个年幼的儿女，又怕影响他们，只能在夜深人静的时候咬着被子暗自流泪。我时时想着孩子这么小就失去父爱，他们比我更惨，我只有坚强才能把他们抚养成人。

在周学伍与孔文英公开同居半年后，我终于打听到了渔场地址。我带着儿女到渔场找到周学伍，看着寝室里床上乳罩洁尔阴等女人生活用品，我问周学伍怎么回事。事实面前周学伍不得不承认了与孔文英的不正当男女关系，但是却强硬地说不要管他的事。当晚夜深人静的时候我找到孔文英，在渔场凉亭与她谈了很长时间。我向孔文英讲述了我家情况，讲了子女病情，并以女人的心要求孔文英善待另一个女人痛苦的心。我还说，你和周学伍的事我不怪你，因为你还年轻，你不可能知道周学伍有家室儿女。俗话说不知者不为罪，我原谅你，希望你搬出周学伍寝室，结束这不可能有好结果的关系。第二天周学伍给我和两个孩子一百元后，我们三娘母就回原山了。

此后周学伍一直不回家。几个月后为孩子的生活费我又去渔场。周学伍不在，工人说两人一起回孔文英峰阁县老家去了。我气极，踢开周学伍寝室门找钱，一分钱没有找到，却见到了孔文英向周学伍的求爱信和两人野合的证据。由此我才知道对孔文英的苦口婆心不会有任何效果。

我昏昏沉沉地回到家，两个眼巴巴的孩子问我要到钱没有，我对孩子无法交代，想一走了之，摆脱这难熬的一切。但是看着可怜的儿女，我又迈不开步。我去了谁管他们穿衣吃饭？谁管他们睡觉起床？谁管他们病痛冷暖？我走了他们怎么办啊！我掉过头眼泪如泉水般涌出来。我身心交瘁，骨瘦如柴，欲死不能，欲罢不甘。悲痛之中，我写信给孔文英父母，告诉他们真实情况，并附我和两个孩子照片一张。请求他们管教好孔文英，与周学伍断绝关系，可是信如石沉大海。我又写一封信，仍然渺无音讯。百般无奈中我写信给孔文英他们村村长，请他们做孔家思想工作，解我之困。村长很快回信了，对我的处境深表同情，并说愿意积极做孔家工作。但同时向我说明孔文英母亲性格有如其女。现下世风如此，效果如何他也没有把握。

希望破灭，我从此不再关心周学伍与孔文英的事，把我对周学伍的感情全部倾注到儿女身上。我从来没有因为我的不幸而不管和冷落孩子。我时而带孩子逛公园，时而给孩子买儿童故事和儿童歌曲磁带，尽量使孩子感受到家的温暖。我处处严格要求自己，特别注重对年纪渐长儿子的教育。我没有进过一次歌舞厅，没有独自丢开孩子出去耍过一次。周学伍家因管教不严有三人被判刑坐牢，我吸取这方面教训，严格要求子女。我宁愿吃尽天下人间苦，也不能让子女沦为社会罪人。

星期六下午，我送儿子去找他父亲要生活费。儿子回来后说他见孔文英和父亲调情，便骂孔文英是小婊子。他父亲骂他太不懂事，给三十元生活费就要他回来了。我猛然省悟不该叫儿子去看到这些不健康的东西，从此再不叫儿子到他父亲那里去了。我也除了向他要子女生活费外不再找他。自来水公司集资建房，首付四千元，我带上文件找到他。他说没有钱，还说他不住。我说你不住儿女要住，他说那各出一半。我说可以，叫他马上给，他又耍赖说没有钱。孔文英从他寝室出来也说没钱。迫于周的耍赖和孔的放肆，我和周孔二人吵起来。面对孔在我脸前的指指点点，我旧怨新恨一齐涌上心头，抓着孔衣服撕扯，然后就打了起来。周假意拉开我们，其实是他下阴力先对我动手，最终我脚伤到原山骨科医院住院一个星期。

此后我想到了带自卫武器，但每次都没有带。我钱没要到还受伤，无奈中只好找娘家帮我先垫上。

为了解决问题，我想到了妇联、民政局、工会、政法机关等相关组织。我先后找了七个单位，有的表示同情，有的劝我要心宽，有的甚至像听故事，无一认真对待。我走投无路，万般无奈中向周学伍提出离婚，我知道他的酒厂和渔场价值几百万。我不稀罕他的钱，只要求他出十万元子女抚养费，子女由我带，此后再不找他。开初他不同意离婚，又说离可以但是没有钱，最后我说两万元也可以，他仍说没有钱。以后又为离婚在钱的事上争吵不休，结果是对他的无赖我毫无办法。

去年八月我眼病需动手术，把孩子送到酒厂，希望周学伍照顾几天。我前足走后足孩子就被送了回来。我又把孩子送到渔场，守门大爷说周学伍孔文英乘飞机到郑州去了。我只好把孩子送到娘家，一人去医院治疗。

手术台上我还在想着我的命太苦，要钱没钱，要人没人，就是嫁的男人也被第三者抢走，为了夺回丈夫我多次与孔文英厮打。孔文英还得意洋洋地说爱情不分年龄大小，为了爱，她什么都可以不顾，还嘲笑挖苦我没本事赖着周学伍不走等等。想到此觉得只有死才能解脱这一切。医生见我痛哭流泪手术不好做，问我缘由，我述说了我的命运。医生劝我想开些，好好把儿女养大，将来会报答我的，我这才以儿女作为精神支撑活了下来。

去年腊月中旬，我看见周学伍和孔文英一起逛商店，知道他们已经回到酒厂，便想亲自把孩子送到酒厂去，又怕与孔文英发生争执厮打。有周学伍拉偏架，我每次都打不过这婊子，便叫了一辆三轮车把孩子送到酒厂，目的是想看周学伍怎样安排子女过春节。周学伍当天便将儿女带到渔场，第二天亲自开车，把孔文英和两个孩子拉到孔文英农村老家山上过春节去了。在那里周学伍叫大他三岁的孔文英母亲"妈"，要两个孩子叫"婆婆"。大儿不仅始终不叫，还背着周学伍用鸟枪把孔家的猪羊打伤。

今年六月六日我得知周学伍进城来了，天快黑时找到他，要他拿维修厕所的钱，他说没有。我要他回去看娃娃，走到住宿楼下，他接电话，然后说孔文英在酒厂等他回去，立刻转身走了。我一下全身冰冷，觉得这心已经死了。第二天，也就是六月七号下午五点左右，我带上家里洗厕所用的半瓶硫酸前往酒厂，心想再要不到钱，就报复这对狗男女，让他们丑态百出以解四年来心头之恨。我从没整过人，也没害过人，虽然想报复，心还是虚的。希望孔文英已经回养鸡场，希望周学伍能把维修厕所的五百元给我，这样我就回去了。

我推门走进周学伍寝室，周学伍不在。孔文英躺在床上，见我进来边穿衣服边得意地看着我，然后把头掉开，显出对我不屑一顾的鄙视，没有丝毫负罪的样子，好像她才是主人。我想起她对我的挖苦嘲笑，想起几乎每次向周学伍讨要子女生活费她都要在旁边阻挠，想起我和周学伍吵架她几乎都要在旁边或者微笑或者唱流行歌曲，想起她和周学伍的寻欢作乐……想着这些，四年的苦难和仇恨一起涌上心头，立刻拿出瓶子把硫酸向孔文英脸上泼去。在孔文英撕心裂肺的叫声中，孔文英弟弟冲进来抢过瓶子把剩余的硫酸泼向我，使我脸眼手脚五处烧伤。

今天，我以故意伤害罪入狱，我无怨无悔。我到死也想不通的是，我给第三者造成肉体上的痛苦而坐牢，而四年来给我造成精神肉体伤害、给我带来痛苦的人却还在寻欢作乐逍遥自在。我在牢中思绪万千。俗话说"人为财死，鸟为食亡"，与我同牢的女人都是为了钱财，而我却是为了从第三者手中夺回我的合法权利而入狱。为了保住我的合法权利，我历尽人间沧桑，吃尽酸甜苦辣，到头来落得身陷囹圄的下场。监狱，曾经对我是那么陌生，那么遥远，那么渺茫；现在，我是切切实实地感受到了它的森冷。狱外，我的儿女因无人照看而不得不寄居在邻居家，成为了有父有母的孤儿。命运呀，你怎么这样作弄人？认真检视我所走之路，我视名声如生命，是怎么也不应该与阶下囚沾边的呀！

　　在我不幸的婚姻生涯中，万幸的是我有一个极懂事的大儿。但他不幸患先天眼疾。他生下来仅仅幸福地生活了八年多一点，就陷入了父母无休止的争吵当中。动荡不安的家庭使他变得早熟。九岁那年他暗地里劝他父亲，又对我说眼疾不治了，宁愿自己的眼睛瞎也不愿看到父母离婚，要我顾及他和妹妹不提离婚。说得好可怜，九岁的孩子，我心里一阵阵辛酸。尽管心都碎了，我还是答应了他。我被收押后，他寄居好心邻居家，用他那不健全的身体，付出比健康同学多得多的努力，取得了优异的成绩。这就是我那只有十三岁、在逆境中成长的大儿。

　　现在，给我唯一慰藉的是公道自在人心，天下还是好人多。在公开逮捕我那天，单位的领导和同事，与我无亲无故的邻居，以及街道上知道我出事的人都来了。他们有的安慰我，有的叫我坚强，有的叫我申诉，有的流着眼泪说愿意帮我请最好的律师。我一生性格孤傲倔强，在人面前从不流泪。看着这情景我被感动得第一次当众流下了眼泪，而且一直流到监狱。

　　在狱中，我按照要求认真检查反思交代问题。家庭悲剧使我感到活得很累很累，以至长期精神恍惚，胡思乱想。我觉得奇怪的是，为什么现在有这样乌七八糟的社会风气？为什么该坐牢的不是周学伍孔文英那样的人？我现在等待着法院的判决。古代有包青天，敢铡驸马爷陈世美，为秦香莲申冤。我担心周学伍父亲曾经是公安局局长，周学伍经常夸他与公检法的人如何如何好，我吴玉秋能得到公正对待么？我从大城市到小县城再到狱中。十多年前的中秋之夜，周学伍给我山盟海誓的血书，才使我调来原山。十多年后的今天我是阶下囚，被关在这清冷的监狱中，而此时此刻的周学伍和早已伤愈的孔文英在一起同吃同住同欢。我自叹命运不如深山老林里的农妇，她们的命运虽差，总比我成为阶下囚强，强得多！我总是不停地设想：假如周学伍在经济上不封锁我，我不找他们要钱，我会有今天吗？假如周学伍像其他老板一样顾家，定期交足儿女生活费，我不管他的私生活，我会有今天吗？假如周学伍少点大男子主义思想，顾及我的人格和自尊，合理处理好对儿女的抚养，和我平静地离婚分手，我会有今天吗？假如我和周学伍一样，不顾家庭子女，只顾自己寻欢作乐，我会有今天吗？假如我所找过的有关单位和部门能负责任地对待我所提出的问题，我会有今天吗？保护妇女儿童合法权益喊得那么响，实行起来怎么这么难呢？！我实在是设想不下去了。道路的坎坷，生活的不幸，使我渐渐地相信了女人是天生弱者的悲哀，相信了"女人下辈子就是变苍蝇也要变公的"的笑话，相信了"命里有时终须有，命里无时莫强求"的古谚，相信了"是福不是祸，是祸躲不过"的箴言。有一天，一位手提小鸟笼子的算命匠从单位门前走过，几位女同事叫我也去试试灵不灵。算后只收我伍角钱，收别人十元二十元不等。这位外地的算命匠说我命不好，硬说我明年农历五月有灾难，要我出三十元替我免灾。我不相信，心想我现在已经这么难了，还能有什么更大的灾难？就没有付他三十元。在要出事的前十多天，我总是心慌意乱，常常魂不守舍，一天到晚不知所措要做什么，心头也有某种预感好像要出事。最终果然逃不脱农历五月出事。真是巧合啊！整个情况就是这样，我最后的希望是能给我一个天理公道。

第二天上班，黄志毅对郁文瑛说："郁院长，估计检察院那边有一件泼硫酸故意伤害案要公诉过来，被告吴玉秋是个女的，社会影响有点大。如果案子来了你亲自审，有啥情况及时给我说。"

一个多月后，毕雪珂带着一个十多岁男孩和一个女人来到黄志毅家。黄志毅让三人坐后，叫佘玉春给他们倒了开水。

毕雪珂说："黄院长，不好意思，又来打搅你。这是吴玉秋儿子周福星。这是张晓英，也是自来水公司职工。吴玉秋被逮捕后，是她一直在照顾周福星。"

然后毕雪珂把周福星拉到黄志毅身边坐下，说："这娃娃很懂事，学校表现很好，学习也很优秀。张姐，把福星的东西给黄院长看。"

张晓英从提包里拿出一只塑料袋放在黄志毅面前茶几上，打开请黄志毅看。黄志毅一一翻看，都是周福星各科学习成绩奖状和参加省地县各类比赛的奖状奖品。觉得这娃儿确实不错，便看向周福星，见他脸色青黑，有些胖，又好像是浮肿，眼睛好像还有点微斜。暗暗感叹这么优秀的娃儿，怎么遇上周学伍这样的父亲了啊！这样一想，便走进寝室，拿三本几年前获奖发的新笔记本和一支新钢笔出来，递到周福星手中，说："福星，你很优秀。黄伯伯没有什么好送你的，这笔和本子给你。注意身体，好好学习，长大了孝敬妈妈，做个对国家社会有用的人。"

周福星接在手中说："谢谢黄伯伯。"

黄志毅对毕雪珂张晓英说："你们二位来的意思我知道。我给你们说，吴玉秋犯故意伤害罪如果检察院公诉到法院来，很可能是要判刑的。她的性格害了她，但本质上她不坏。请你们放心，人民法院一定会严格依法公正地把这件案子办好。"

临离开时张晓英又给黄志毅一只大信封，说："黄院长，这是周福星给他妈妈的信。太多了，你忙，有时间请看看。"

黄志毅一一看周福星的信。因为信不方便寄到监狱，所以与其说是信，还不如说是周福星以向母亲写信的形式记的日记，表述自己的处境和心声。其中一篇可见其一斑。

亲爱的妈妈，您好！

自从您被关监后我就一直住在张孃家里，她们对我很好，勿念。到现在我都没有去过渔场，也没有去过酒厂，更没有向周学伍要过钱，我是决不会向他伸手的。

妈妈，这几天天气热，你有换洗的衣服没有？真想给你送来，就是不知道该怎样送。

妈妈，告诉你一个好消息：前几天，我和其他四位同学代表我们县学校参加流金地区历史知识竞赛，荣获一等奖。荣誉证书下星期就可以拿到，真想给你拿来我们一起分享。还有，期末考试后我要参加省历史知识竞赛，还会上电视，替妈妈争气，不辜负妈妈的期望。另外，上次写信忘了告诉你了，幺舅的女儿已经六个月了，长得好可爱。外婆的身体还好，别担心。

妈妈：我真不想过星期天，昔日好端端的一个家，如今变得这等模样，最亲的亲人也不在我身边，我好难受啊！

妈妈：我好寂寞啊，心里空荡荡的，真想见到你。

又：妈妈，幺舅给我二十元钱，还有我获奖的十五元，找不到人给你带来，我咋办啊？

又：妈妈，请你相信这一点，我是绝不会跟着周学伍的。你还记得上次他和你闹离婚说的话吗？他说我不是他的儿子，他这样侮辱我，我怎么会跟他走呢？妈妈，我永远爱您。

又：妈妈，这是我写完作业才给你写的，夜深了，只能到此为止。祝妈妈晚安！儿子周福星。

两个多月后，郁文瑛抱着卷宗走进黄志毅办公室，说："黄院长，这是吴玉秋的案子。我们合议庭的人都看了，事实清楚，案情简单。觉得既好判又不好判，都建议上审委会。"

黄志毅说："放在桌子上，我看了再说。你们充分做好上审委会的准备。"

郁文瑛说："好的。"然后指着卷宗说："里面有吴玉秋写给法院的诉求，建议你先看一下。"

郁文瑛走后，黄志毅看吴玉秋写给法院的材料。

原山县人民法院：我是你院受理的故意伤害案被告人吴玉秋。我被关押近十四个月，痛定思痛，是被彻底关服了。我现在唯一的希望就是请求尽快把我的案子审结，让我尽快见到我的儿女，送我到应该去的地方。

四百多天的狱中日子，使我有机会看到了外面看不到的书籍，有幸认识了陌生的女干警和女法官。她们摆事实讲道理，对我犯罪的危害性直言不讳地指出，用我想不到的好心肠开导我，以法以理服人，使我由想不通到想得通。对于被我伤害的孔文英，我愿尽力弥补给她造成的伤害。我好后悔认识王干警、郁法官太迟了，如果早认识她们成为朋友，或许就走不到今天这一步。现在我心甘情愿地接受法律的制裁，只求尽量快一些。

我感谢郁法官在十多天的时间里让我两次见到了我一

年多都没有能见到过的儿女。我感谢看守所的王干事一年多来对我的关心帮助和照料。我年轻时候不知道什么叫爱惜身体，前后四胎，中间两次流产，加之与受害人以及其他人的纠纷使我的体质一落千丈。冬天生大儿落下的病根年年复发，过去平均一年住一次医院，曾两次在城关医院昏死过去被抢救转来。在狱中，我最怕旧病复发。但是那过敏性的慢性支气管哮喘遇天冷就发，长期靠药物支撑维持。好在王干事善解人意，去年冬天她经常给我打开水烫冻疮。去年监室里女犯多，最冷时晚上犯病又咳又喘，影响其他人犯，王干事便安排我和她们同睡一铺，借她们身体的热量温暖我。我靠这多方面的帮助才熬过了去年的冬天。

今年，冬去冬又到，女犯走完了。我十月初就穿上了棉衣棉鞋，脚也生了冻疮。十月底王干事就开始给我滚水烫脚了，但是只能管一会儿。我知道在这些人犯中我是优惠待遇了，但我体质太差，都解决不了我的根本问题。王干事上白班，她也有家，她也很忙。我最近一个多月天天吃药，效果不大。我现在手脚耳全生了冻疮。每到下半夜双下肢麻木冷得没有知觉。其他女犯都判决离开了，只剩下了我一个。我从白天到晚上二十四小时偎在铺里。数九寒冬，偌大的通铺，只有我一个女犯在牢角蜷缩一团。铁窗、高墙、阴冷，这虽生犹死的孤独日子，我宁可早死三年也不愿在这里多呆一天。我盼望来一位女犯，多一个人的感觉又不一样。可原山这么大的县居然没有一个女人犯罪进来。我真希望把这后院的猪鸡赶进来，晚上给我保温壮胆做伴。

我相信只有法律才能使我获得公正与新生。我请求法庭，既然我等来等去都是劳改，那就早点判吧。这样我能赶在年前见到家里人。到劳改队有狱友，有医院医病，有自由流动的空气，我想那日子总比囚在监室里要好过一点。

我又想儿子了。我奢想着开庭前能再见儿子一面。

第二天上班，黄志毅通知郁文瑛到办公室，说："吴玉秋故意伤害案抓紧时间，审查报告写出来就交审委会讨论。还有你们研究一下缓刑说不说得过去。"

郁文瑛说："研究过了，重伤案，有点悬。我们再研究吧，反正我最迟三天把报告写出来。"

黄志毅说："那就第四天讨论。"想了想又说："能不能再让吴玉秋和她儿子见上一面？"

郁文瑛说："你知道的，都看两次了。看守所那边说吴玉秋看儿子太频繁，这次恐怕不好办。"

黄志毅说："有什么不好办的！检察院公诉过来，人犯就属法院了，看守所主要负责看管，有什么权力和理由不让看？再说，法院办理案件，准许未成年人探视母亲，以情感化人，有利于被告配合法院审理案件；也有利于未成年人健康成长。"

郁文瑛听了马上说："那好，我明天就通知她儿子，让他们尽快见面。"

审判委员会会议上，郁文瑛以审判长名义念了审查报告后说："本案鉴于被告人认罪态度好，受害人有重大过错，社会对被告人广泛同情，合议庭和刑庭的意见是判刑三年，缓刑五年。但是这样判明显有违法条，所以提请审委会讨论决定。"

黄志毅说："大家要考虑好，每个人都是要签字，对法律和案件负责任的。"

见大家都不说话，黄志毅说："我同意合议庭判三缓五的意见。这样判有几个好处，一是被告人吴玉秋得到了应有的法律惩处。二是保住了吴玉秋的工作。三是吴玉秋的未成年子女能得到很好照管。四是顺应了社会干部群众的呼声，符合法律正义要求。但是大家要想清楚，这样判是很有可能翻转成为错案的。首先，暴力重伤案不适合缓刑。如果检察院抗诉，或者当事人不服上诉，或者受害人不服申诉，这件案子都极有可能成为错案而改判。其次，暴力报复伤害案，其缓刑要以不再能够重新犯罪为条件。吴玉秋个性倔强，报复心极重，虽然嘴上认罪，心里想什么除了她自己谁也不知道。判决生效吴玉秋出狱获得人身自由后，重新犯罪的客观条件依然存在，主观犯罪条件又没有确保得到有效消除，谁能保证她不再重新犯罪？我想过，反正吴玉秋已经关一年多了，判个底线三年实刑，让她再坐一年多班房，我们什么风险责任都不担。但是这样判吴玉秋的工作就保不住了。她身体又差，失去生活来源，更容易激化与周学伍孔文英矛盾，成为社会不安全隐患。并且，她的子女现在都还是少年儿童，而且寄人篱下，迫切需要人照护。如果吴玉秋服刑期间子女无人照顾出了问题，甚至大问题，这又是社会问题，又是社会负担。法律上我们过关了，良心和政治责任上我们能过关吗？所以我同意判三缓五。再其次，缓刑时间长点，我们对吴玉秋管理教育监督帮助的时间就长点，虽然加重了法院负担，但是可以有效消除隐患，使矛盾得以平复。现在是稳定压倒一切，为了社会的稳定，我们担一些风险也是应该的。不然这审判委员会有什么用？

"另外，郁院长你们审查报告说，被告人吴玉秋在自身利益受到侵害时，没有利用有关法律政策来保护自己，而是采取报复他人的手段来维护其自身利益，最终造成被害人孔文英重伤。各位可能不知道，其实吴玉秋是找过很多有关单位的，特别是找过政法委，也找过我们法院。她说法院信访接待室的一位长者回答她说：你告什么呢？告他重婚，他们没有扯结婚证；告他事实婚姻，他们没有生小孩，而且也没有公开宣称是夫妻；告他与人同居，这只能算情人关系，在法律上不属人民法院管辖。吴玉秋说她听到这样回答后，就绝了再次上告上访的心。如果我们接待室的同志对她解释详细一点，明确给她指一条切实可行之路，或许我们今天就不会坐在这里浪费时间了。

"这个会后，全院各庭室科队开一个会，再次强调信访接待工作的重要，加强信访接待管理，特别是要增强信访工作人员的责任心，提高信访接待质量。

"再一个，这件案子旁听群众肯定很多，郁院长你们一定要搞好评议，伸张正气。一是让群众正确理解法律审判的目的意义。二是让社会群众都来谴责这类不道德的无良行为。给周学伍孔文英造成心理压力，不在判决上胡闹纠缠。

"每个审委会同志都要以法律法理的思维，以对案件对当事人对受害者对社会负责任的态度来决断。

"大家签字后，如果同意合议庭意见占多数，就这样下判。判决生效后，刑庭同志对吴玉秋思想工作要跟上，确保吴玉秋不再有报复心理；如果不同意合议庭意见占多数，那就暂缓开庭，将此案上报中院刑庭和研究室，请他们来帮着参谋参谋再定。还有就是同意合议庭意见下判，这件案子如果成为错案，审委会每位同志都要承担错案追究责任。我作为院长负主要责任，我是作好了思想准备的，请各位想好了才签字。"

黄志毅看了每个人的签字后宣布说："一致同意合议庭意见。既然都同意合议庭意见，那就尽快开庭。同志们可能不知道我在监狱呆过，那些犯人是在扳着指头过每一天的。"

庭审辩论结束，被告人作最后陈述。

吴玉秋说："现在我想得最多的是，马上就要宣判了。判决后我将以罪人的面目出现在大庭广众面前，四面楚歌。我服刑后将没有工作，没有经济来源，我不知道我的子女将如何生活下去。我承认不该伤害受害人，不过我还是有些想不通。判决生效后我就是罪人了，我为什么成了罪人？我承认我曾经心高气傲，孤芳自赏，眼不含沙，性格倔强；也承认我不聪不明，不纳良言，不愿转向；更承认我心胸狭窄，报复心强。这些或许都是我犯罪的原因。但是，人是社会中人，家是社会中家，除开这些我的主观原因之外，难道就没有别的原因了吗？我不是推诿，我重申决不上诉。"

宣布闭庭后，黄志毅叫法警把吴玉秋带到庭审休息室。看得出她很有些激动，叫她坐她不坐。

黄志毅说："吴玉秋，上诉是法律赋予你的权利，你要想好，上诉期内你任何时候都可以上诉，不要轻易放弃了。"

吴玉秋低声说："我说过我决不上诉。"

黄志毅说："一个人犯罪的原因是多方面的，既有社会原因，更有自身原因。但是在同样条件下，有的人犯罪，有的人就不犯罪，而且绝大多数的人都不犯罪，这就需要犯罪的人多从主观上检查，只有这样才能真正吸取教训，才能真正消除心中的怨恨。还有，想问题多向好的方面想，就像你说过的，世上还是好人多。你的儿子那么优秀，又那么懂事，想办法把你儿子眼疾治好。只要吸取教训，我相信你们的希望是会非常光明的。听清楚没有？"

"听清楚了。"吴玉秋低声说。

黄志毅说："现在不是在法庭上，算是平等对话。你现在有什么要求么？"

吴玉秋说："没有了，谢谢黄院长。"

"那你下去吧。"黄志毅说。

半年多后一天晚上，黄志毅听到敲门声，开门见是毕雪珂和吴玉秋。吴玉秋怀里抱着一只很小的小狗。黄志毅请两人坐下后，佘玉春过来倒了茶。

毕吴二人一坐下便不停地说着感谢的话。

黄志毅听得很不自在，说："吴玉秋，你不要感谢我。要感谢就感谢法律，感谢同情帮助和申援过你的那些人，也要感谢理解你的人。"

吴玉秋说："那些人我当然要感谢，但是更要感谢你。没有你可能就没有我的现在。"说着站起来边把小狗递向黄志毅边说："听雪珂说，你家的狗太野了，不大听话。我弟弟特意挑了一只他最温顺的小狗送给你。"

黄志毅说："我就喜欢蹦蹦跳跳野点的。你这狗太小了，不好养，带回去吧。"

毕雪珂说："黄院长你就收下吧。玉秋弟弟费了好多神才把这狗弄到，也是她们的一点心意。"

黄志毅说："谢谢你们的好意，我是万不能收的，请你们理解。按规定，我收了只能上交给组织，这对大家都不好。"

吴玉秋性格真也不是一般，听黄志毅如此说法，一句话不说转过身，抱着狗大步径直走了出去。

毕吴两人走后，佘玉春说："那么小一只狗你就收下嘛，你看人家脸都气黑了。"

黄志毅说："你说得轻巧，啥子那么小一只狗？那是名犬，叫袖狗。是过去西藏上层贵族放在衣服袖子里玩的，好几万元可能都拿不下来。"

佘玉春说："你不要骗我！就是金子堆的都值不了那么多钱。"

第四十六回

忤慈母求财离法院　违心愿服从别原山

黄志毅听到敲门声，开门见是一个六十来岁妇女，有些面熟样子，但记不起是谁，问道："你是？"那妇女说："黄院长你不认得我啦？我是你教书时候金鹿供销社食堂的褚琼英嘛。"黄志毅听了赶忙说请进。褚琼英进门在沙发上坐下。

黄志毅边泡茶边说："褚大姐对不起，多年不见，是觉得好像在哪里见过似的，就是想不起姓名来。"褚琼英说："是嘛，一晃差不多二十年了，特别是这几年我老得特别快。"

黄志毅坐下说："褚大姐，你找我什么事？"

褚琼英说："也没有多大的事，你可能不知道，我是和远林母亲。感谢你破格把他提拔成研究室副主任。"

黄志毅说："感谢什么啊？是你教子有方，和远林有能力，表现得好。"

褚琼英说："我今天来就是说远林的事。不知你知不知道，他在和褚英闹离婚。我说他不听，想请你帮我劝他一下，你的话他肯定是要听的。"

黄志毅说："褚大姐，这夫妻男女之间的问题往往很复杂，特别是感情上的事，做不到对症下药，很难奏效。你知道他为啥闹离婚么？"

褚琼英说："不知道，只知道是他要离褚英，褚英不同意。"

黄志毅说："褚大姐你既然亲自来一趟，我自然是应该找和远林谈的。只是现在的年轻人，说多了，反而容易引起反感。我不了解情况，说不到点子上，又不能深问，只能一般泛泛地点他一下，效果可能不大好。"

褚琼英说："哪里啊？只要你黄院长出面，哪有说不好的？"

黄志毅摇头笑道："现在的年轻人，不像以前那样容易了。"

送走褚琼英，黄志毅想这褚英是城关镇党委书记女儿，省公安厅副厅长侄女。和远林虽然政法学院毕业，但是毕竟没有任何背景，没有特殊原因一般不可能轻易提出离婚。既然主动提出离婚，那工作肯定不好做。俗话说响鼓不用重槌，只能侧面点他一下，听不听只能由他自己决定了。又想正在培养他入党，怎么突然就闹起离婚来了呢？和远林情格内向，平时沉默少言，离婚往往会涉及一些不便言说的事，要他说真话谈何容易？不过他是法官，轻重自会把握，自己处理好就行了。

几天后黄志毅到山丘区检查法庭工作，午饭后把和远林单独叫到大门外路边，说："远林，我的事情有点多，有些事有时候考虑不到。你有什么事觉得需要给我说的，一定要给我说，不要闷在心里。"

和远林面无表情地说："好。"

一天晚饭后褚琼英来了，说："黄院长，远林还是要离婚。

我劝他不仅不听，还和我大吵大闹，怪我多管闲事。还说要是再管就要对我不客气了。你说咋办嘛？”

黄志毅说："褚大姐，我虽是一院之长，对下属的婚姻大事，也不能硬性要求他怎么样怎么样。远林是法官，离婚这么大的事他是知道该怎么处理好的。"

黄志毅劝了半天见褚琼英不走，只好说下来再给他说一下。

一天参加政法委调研，喝酒的人久不下桌，黄志毅便与和远林河边散步。黄志毅对和远林说："远林，你是聪明人。我教书的时候就认识你母亲了。那时候好多人都知道她话多，有时候该说不该说的都要说，现在老了可能就更爱说了。这老年人一辈子养成的性格不容易改掉，年轻人要多理解忍让一些。"和远林脸一红，没有说话。

一个多月后褚琼英又来了，一进门就哭起来，说："黄院长你一定要帮我管管远林啊。"

黄志毅说："褚大姐，有啥大不了的事啊？不要哭，慢慢说。"

褚琼英边哭边说："昨天晚上我劝和远林不要离婚，他不听，又和我吵，说着说着一下抓着我头发使劲乱摇，边摇边说：'我让你管！我让你管！'把我头摇昏头发也扯下来了，不信你看嘛。"说着把一小团灰白头发放在黄志毅面前桌上。

黄志毅万想不到会有这种事发生，说："咋会是这样，你说他什么了？"

褚琼英说："没有说啥子，只是叫他不要离婚。黄院长你不知道，远林他父亲死得早，我一个人一把屎一把尿把他拉扯大，供他读书毕业安工作。我工资又低，好难啊。为了他，好多人劝我嫁我都没有嫁，想不到今天落到这个下场。"说着说着又哭起来。

褚琼英走后，黄志毅想这和远林也太不像话了，怎么能干出这种忤逆不孝的事来？看来是非要好好训训他不可了。

第二天一上班，黄志毅便把和远林通知到办公室，沉声说道："和远林，你母亲昨天晚上到我家里来了。前天晚上究竟怎么回事？"见和远林低头不说话，只好说："你不说算了，你妈一个人辛辛苦苦把你抚养大。供你读书、工作、安家，有多少女人能做到？你下去好好想想吧，想好了给我回个话。"

深秋，天气渐凉，黄志毅身体寒湿严重，开始每周到羊肉店吃一次羊肉。

星期一早晨上班，黄志毅打开办公室门，见一只又肥又大的烫皮全羊趴放在办公桌上，显得特别高大。立刻打电话叫朱玉池来问怎么回事。

朱玉池说："这是和远林昨天晚上从山上弄下来送给你的。"

黄志毅听了一下想起和远林扯他母亲头发至今还不回话，现在竟然还有心思干这样的事，心中陡然恼怒起来，对朱玉池大声说："老朱，你说这办公桌整成这个样子我怎么工作？马上通知和远林来把羊弄走，把办公桌给我打扫干净恢复原样。如果他不弄走，你把羊摆在法院大门口让大家参观，直说是和远林送给我的。"说罢转身走出办公室到政法委开会去了。

半个多月后和远林离婚辞职到流金当律师。黄志毅没有挽留，面都不见他一面。觉得走了好，敢动母亲的人哪里还有资格当法官！但是心里却难过后悔了很多天。人才难得，如果做多做细思想工作，和远林或许还在法院工作；如果和他母亲改善关系，哪怕离了婚我也会重视培养他。他说过好几次，他有一个长辈在流金开律师事务所，多次要他去他都没有去。这次终于去了。

大半年后的一天，一辆新别克轿车在街边忽然停下，车门打开，和远林从车上下来，径直走向黄志毅，红了脸，有些不自然地问道："黄院长，你到哪里去？"

"去见个朋友。"黄志毅回答，"好久回来的？"

"才到，看见你就停下了。"

"刚买的新车？"

"几个月了。你朋友在哪里？我送你去。"

"不用了，没有好远。"

"没有关系，我送你嘛。"

"谢了，你知道我爱走路。以后远的地方坐你的车。"

"那好，有个案子正等着我去。到流金时候来要嘛。"然后说了律师事务所地址和他的住处。

黄志毅说："现在车多，开车小心点。"

"好的。"和远林边上车边说。

按照惯例，每年春节法院党组成员都要分头给家在农村的工作人员拜年。黄志毅听说董江法庭庭长景全成家庭很困难，便主动提出到景全成家去看看。

黄志毅走到景全成家门口，心情顿时沉重起来：泥砖围墙垮塌，墙外把墙内看得清清楚楚；几间房屋破败，院内地坝杂草丛生，一条尺来宽烂泥路从大门口通到住房。

黄志毅一行人走进院门，踩着烂泥路来到房檐下。地面凹凸不平，矮板凳挪了两次才放稳；鸡鸭屎遍地，家具农具散乱地丢放在地上或斜靠在墙壁上；灶房光线暗淡，桌上灶台上散乱地放着碗筷；寝室里黑黢黢的，窗口射进的光可以看到蚊帐裂开两个大洞。

一个四十多岁、穿着脏旧衣服的黑瘦妇女从门外走进来。景全成对黄志毅说："我的老娘子回来了，她头脑有点问题。"见走得近了景全成叫住她："王玉芳，这是黄院长，春节专门来看我们的。"

王玉芳看向黄志毅问："你就是黄院长？"

黄志毅说："我是黄志毅，代表法院同志们来看望你们全家，祝你们全家春节快乐，"话未说完，王玉芳咚的一声就向黄志毅低头跪下了。黄志毅吓了一大跳，下意识地闪过一边，然后拉她起来，但是怎么拉都拉不起来。

黄志毅说："王玉芳你有啥事起来好好说。"

王玉芳抬起头望着黄志毅说："黄院长我只求你一件事，你不答应我就不起来。"

黄志毅说："起来说，能办到的我一定办到。"

王玉芳仍然跪着不起来。见怎么都拉不起来，景全成生气地说："王玉芳，你再不起来我就对你不客气了！"

见王玉芳仍然倔强跪着不起来，黄志毅只好无奈地说："王玉芳你有什么事就说吧。"

王玉芳说："黄院长我们家这个样子，你现在是看到的了。我一身都是病，今天死明天死都不知道。我儿子现在读初中，男娃儿就不管他了。我大女儿景春丽今年高中毕业，没有工作，身体又不好，天天吃药生气发火。我担心她哪天在我前头走了，求你帮她把户口转了安个工作，我就是死了也是口闭眼闭的了。"说罢向黄志毅不停磕头。

黄志毅想农转非和安置工作,这两件改变终身命运的大事,无数人梦寐以求,削尖脑壳都难以做到,我怎么能解决得了?

但是看着她密集磕头不起来，又想着她头脑有问题，只好说道："你起来说吧。"

王玉芳仍然边磕头边说："不，你不答应我就不起来。"黄志毅只好说："你起来，以后慢慢想办法。"

王玉芳还是不起来，固执地说："反正你不答应我就不起来。"

黄志毅见她继续磕头。想着这是给她拜年，她如果把头磕坏了那还得了？只好说："你不要磕了，我答应你。"看王玉芳站起来，黄志毅苦笑着说道："王玉芳，你以为我是好大的官嘛？"

回法院车上大家都不说话，黄志毅心乱如麻。俗话说男儿膝下有黄金，女人下跪胜黄金。社会上一般人尚有一诺千金之说，作为共产党员的法院院长，既然承诺了就更应当兑现。可是完全超出自己能力范围内的事怎么兑现呢？黄志毅想到此心中一片茫然，不知如何是好。

政工科长周明昕走进黄志毅办公室，反手关上门，说："黄院长，会计吕永明弄十七张假发票，仿冒你笔迹签字骗领了三千多元。你看咋办？"

黄志毅听了大吃一惊，说："真有这样的事？不要弄错了！"

周明昕说："没有错，他都承认了。"

黄志毅问："你们是怎样发现的？"

周明昕说："是出纳员周娟发现的。她开初并没有发现，后来见你字签得多了，知道你极少签字，就起了疑心。把那些签字一一仔细看，觉得不怎么像你的笔迹，就拿来找我。我通知他来一问，立刻就抖包包说完了。"

黄志毅问："他以前还做过这样的事没有？"

周明昕说："问了，他说没有，就只有这一次。"

黄志毅说："这吕永明是部队转业干部，怎么会干这种事啊？"

周明昕说："也问了。法院的人都知道他是耙耳朵，每个月的钱一分不留全部交给他爱人。他老家在贫穷偏远山区，几年难得回去一次。去年快过年时候，想给他父母寄点钱回去，又没有，又不敢向他爱人要，就想到了这个办法。"

黄志毅问："这件事有几个人知道？"

周明昕说："政工科老邱，还有周娟，只有我们三个人知道。"

黄志毅又问："吕永明钱寄回家去没有？"

"早就寄回去了。"周明昕回答。

黄志毅说："你明确告诉吕永明，今天半夜十二点前必须把钱全部退出来。如果少一分，明天他自己到检察院去投案。如果他不去，我亲自给检察院打电话，叫他们来带人。"

周明昕迟疑了一下，说："那好吧。"

下班前周明昕来向黄志毅汇报说，吕永明把钱退清了。黄志毅听了说："此事到此为止，都不要对外面讲，就我们四个人知道。另外，叫吕永明写一张检讨书，你和老邱审查，不合格重写。写好了就放在你或老邱那里。"

周明昕说："那我马上去给他说。"说罢转身就走。

黄志毅说："不忙，你坐。"周明昕坐了。

黄志毅说："明昕，这件事的处理，我是违反规定了的。我是这样想的，吕永明初中参军，提干，成家不容易。如果这案子按照规定办，吕永明一生就毁了。他爱人有些漂亮而且是居民，工作也好，就因为他是军人才嫁他。吕永明自知悬殊，对她唯命是从，一切都将就她，才出了这样的事。吕永明一毁，他这个家也就毁了。他儿子还那么小，说不定很可能也就跟着毁了。三千多元毁一个干部，毁一个家庭，毁一个孩子太不值了。并且这三千多元还是为了孝敬父母，单位也没有受一点经济损失，他本人态度也好。如果走漏消息上级追查起来，你们就说是我一个人决定的，与你们无关，一切我来承担。我相信吕永明受党教育多年，绝不可能再犯了。"

周明昕说："那我马上下去给老邱和周娟说千万不要对人讲。"黄志毅说："不忙，还有一件事。老邱'文化大革命'前就是县监委的，我上高中的时候他就在监委工作了。如果他对我的处理有意见，你对我说，我亲自找他谈。"

周明昕说："好的。不过我估计他不会有意见。他叹息说如果能把吕永明工作保住就好了。"

黄志毅说："还有，这件事周娟做得很好。你记住年底的时候，想办法以其他什么名义奖励她一下。"

周明昕一走，黄志毅想，发生这样的事还是应该和吕永明谈谈。可是又想，谈什么呢？要谈政策法律他清楚，要谈共产党员三观他明白，要谈法官根本要求他不是不知道。不过是存侥幸之心，认为院长签的字不会有人怀疑罢了。哪知运气不好，一出手就被捉住了。这人啊，还是千万不要心存侥幸之念为好。

为防止再次出现类似情况，黄志毅第二天一上班就到财政局，以调整工作为由，要求尽快给法院派一个会计来。一个多星期后新会计到位，黄志毅把吕永明调到法警队任法警去了。

黄志毅向段念恩汇报法院新一年工作计划。段念恩说："就按你们意见办吧。"

　　黄志毅站起来正要离开时，段念恩说："黄院长你们法院的人数虽然不多，但是进人的渠道多，各色人等都有，要注意把各种人的积极性都调动起来。"

　　段念恩一说，黄志毅立刻想起了景全成的困难。说："书记说的是。"接着向段念恩简要讲述了王玉芳下跪的情况。

　　段念恩听后沉默一会儿，很不高兴地说："志毅不是我说你，你也不称一下你自己有几斤几两重，这么大的事你都敢答应。"

　　黄志毅苦笑说："书记，你是没有看到当时那种情况，我心里慌乱得很。人家年纪比我大，又跪着不起来，又担心她把头磕坏了。说真的，当时就是把我的工作让给她女儿的心都有。"

　　段念恩脸上一下现出古怪笑容，说："那你就去履行你的承诺吧。"

　　原山县全国双拥模范县表彰会散会时段念恩问黄志毅："黄院长，你们法院有多少退伍军人？"

　　黄志毅回答说："四十一个，占全院百分之四十五。"

　　段念恩说："你怎么记得那么准确？"

　　黄志毅微笑着说："段书记，我虽然没有当过兵，但是我有当兵情结。每年八一建军节我都要把那些兵哥们集中起来，庆祝纪念娱乐一下。"

　　段念恩惊奇地说："啊，还要娱乐，怎么娱乐？"

　　黄志毅说："唱几首军歌，然后打篮球，晚饭喝点酒。当然首先是集体学习，愿意发言的简单说几句军队的伟大意义，退伍军人要永远保持军人革命本色之类的话。"

　　段念恩脸上露出难得的笑容说："哪里来的钱？"

　　黄志毅回答说："哪里来的？法院出嘛，再穷，一年吃一顿也是应该的嘛。"

段念恩说："那你整得好嘛，是要好好发挥好这些人的作用。军人是对国家贡献最大索取最少的人，要多关心他们。"

黄志毅说："景全成也是退伍军人，一直在西藏部队当兵，老实得很，转业到西藏地方监狱工作多年，单位领导知道他爱人有病，家庭很困难才同意他调回内地的。"

段念恩听了啊了一声，没有说话。黄志毅此时脑中忽然灵光一闪："段书记当过兵，有军人情结，知道军人艰辛。看来景春丽转户口安工作的事只有靠他了。"

县委扩大会散会时，段念恩叫住黄志毅说："黄志毅你给我瞎扯。景全成明明在兰州当兵，你怎么说是在西藏当兵？"黄志毅笑着说："我是听说的，又没有专门看过他档案。不过兰州是前藏，前藏后藏都是藏，都是艰苦地区，没有好大区别。"

段念恩点头说："我晓得你的心思，不可能的，不要乱想了。"

原山县委在流花溪旅游度假区利民饭店召开领导干部工作会。流花溪是大山深处一条山沟，艳阳高照时水面会时不时飘浮起色彩斑斓的水花，当地人便给它取名流花溪。段念恩任县委书记之初，估计水下有石油，便派常委副县长梅承远负责，请地质队钻探。结果没有钻出石油，倒钻出了很高温度的热水。于是请有关专家对水质水温流量等进行测量，鉴定为大流量优质高温矿泉水，于是又请省规划单位作旅游开发规划。规划出来后筑巢引凤，把温泉水引到数里外风景秀丽的开阔地带。开通旅游大道，架起观光桥梁，取名流花溪温泉度假开发区，然后大力宣传招商引资。

流花溪虽处深山，其实离好几个数十万以上人口的城市不远。优越的自然地理条件，吸引开发商蜂拥而来。不到三年时间，昔日人烟稀少、兽嘶鸟啼的荒僻野林中，各种国内外民族风格建筑物，有如雨后春笋般突然冒了出来。宾馆饭店林立，游乐场所密布，从霍香口到紫苏店两岸旅游街道上，各种特色食品香飘四溢，旅游商品琳琅满目。人流如织，熙熙攘攘；繁花似锦，游客如云。白天登山岭，观风景，探森林，荡索道，攀悬岩，漂竹筏；晚上泡温泉，逛夜市，尝美食，赛歌舞，拼麻将。整个旅游度假区成了流光溢彩灯火辉煌热闹非凡的不夜城。

流花溪紫苏店后面林中新建了一座宾馆。风格新潮，取名低调，称为利民饭店。有人说是地委组织部的一个领导干部建的，又有人说是地委组织部建的。孰真孰假人们不得而知。反正自利民饭店开张以后，县上四大家大型会议大都到那里召开，跟着好些部委局和大型私人企业会议也到那里开。甚至其他兄弟区市县会议也有到那里开的。无论这利民饭店是谁开的，大家都认为一定有来头无疑。

周正忠、黄志毅住同一个标准间。晚饭后二人沿着流花溪散步闲聊。黄志毅想起县长魏祥顺调离原山县、代理县长茅云峰坐在主席台上神采奕奕样子，问道："周检，我记得茅云峰刚任组织部长的时候，方劲强为钱的事社会上传得沸沸扬扬，你们检察院也介入了，究竟是怎么回事？"周正忠看了看周围摇头不语。

周黄二人转了一圈回到寝室泡温泉后，半靠着床头看电视。看了一会儿，黄志毅说："现在的电视不是唱就是跳，不是打就是闹，要不就是胡编乱造，一点看头都没有。"

周正忠听如此说，便把电视声音调小讲龙门阵。闲聊了一会儿，周正忠说："你问方劲强钱的事，我是亲自调查了的。

据方劲强讲，快要过年的时候，茅云峰对方劲强说：'方劲强，你这个干部科长咋当起的啊？春节就要到了，也不关心关心同志们。'方劲强说不好整。茅云峰说：'有啥不好整的！你堂堂组织部干部科科长都不好整，全县还有哪个单位的科长好整？'方劲强听了便以他干部科长名义，以组织部经费紧张为由，找有钱单位的一把手弄了两万多元，自作主张把钱分给了组织部中层以上领导干部。方劲强到各单位拿钱留有个人手续，分钱给组织部干部没有手续。怕以后说不清，便留了一个心眼，把分给每个人钱的时间地点数量都记在了小本子上。事情反映到检察院来后，我亲自找茅了解情况。茅矢口否认，说一没有派过方劲强去要钱，二没有收过方劲强一分钱，三没有听说过组织部有谁收过钱。我把方劲强记账小本子拿给他看，他仍然否认。我提醒他说：'茅部长，组织部可是有人承认收了钱了啊！'茅说：'那是他们个人之间的事，与我无关。你们严查，包括我在内，查清楚了该怎么办就怎么办。'我把这事向段书记汇报，段书记说：'数额不大影响大。叫收了钱的人把钱退给方劲强，叫方劲强把钱退回给那些单位。'我说茅部长和有的人不承认收过，钱肯定凑不够数。段书记说：'那就叫方劲强自己掏钱凑够数，谁叫他乱整的？也算给他一个教训。'我离开的时候段书记说：'正忠，古人说水至清则无鱼，此事到此为止，就不要再说了。不过云峰同志那里我是要对他说的。组织部这么要害的地方，不吸取教训还行？'方劲强免职调离后，社会上传说茅叹息说：'我对方劲强那么好，想不到他会当叛徒。对叛徒决不能手软，不然都成叛徒了那还了得？'"

黄志毅说："现在有些事真假难分。有的更是匪夷所思，听了心烦，最好不要听。"

周正忠说："现在已经有不少人在议论说下一届茅云峰要任书记，那个吹捧舔贴茅最紧的梁尚军要进常委。现在有段书记镇着还不敢大动，换届一走，真不敢想象会是个什么样子。"

黄志毅说："前几天我向段书记汇报工作，汇报完闲聊。段书记说：'志毅，明年换届时我五十岁，按照主要领导干部同一职务只能干两届的规定，就该下了。'

"我说：'下什么啊，都是异地交换。反正不管到哪里你都是书记。'段书记立刻摆手说：'不、不、不，我想好了，哪里我都不去。就在我们县干点力所能及的事算了。你我都是农民出身，一路走到今天也算对得起祖宗了。人啊，要懂得知足，还想那么多干啥？'

"我说：'干不干由组织定，不是由你说了算的。你年富力强，经验丰富，上面决不会让你下。不仅不让你下，说不定以你情况升到地区当领导也不晓得。'

"段书记说：'你知道我性格，只要我不想干，我就一定不干，不信你看嘛。'"

周正忠说："好些人私底下议论，说段念恩排挤魏祥顺是为了让茅云峰接班，自己当人大常委会主任，既有权又可以过清闲日子。开初我还不相信，后来魏祥顺调离，茅云峰成为代理县长后才多少有点信了。"

黄志毅说："我不知道你有没有这个感觉。这么多年来茅阳奉阴违任人唯亲的所作所为，段书记不可能一点不知道。"

周正忠说："怎么可能一点不知道？他是用人不疑、疑人不用的人，只是没有把茅看透罢了。"

黄志毅说："不管段书记愿不愿意走，反正下是肯定了的。"

周正忠说："看他一心一意扶茅上位，还真有些不想走的样子。不过以茅品性手段，到时候他不想走也得走，不相信你到时候看。"

黄志毅接民政局局长梁尚军电话，请他马上到他办公室去。黄志毅说："梁局长，我正在开审委会，能不能改个时间？"梁尚军说："不行，我们局领导班子几个人等你一个人。有极其重要事情相商，时间紧迫，赶快过来。"黄志毅听如此说，只好叫郁文瑛主持会议，自己赶往民政局。

黄志毅推开民政局局长办公室门，见梁尚军和地税局局长冯永昌坐在沙发上说笑。冯永昌与黄志毅是鹤林中学初中同年级同学，见黄志毅来了，满面笑容地说："老同学请坐。"

黄志毅见并没有梁尚军说的其他人，心中顿感不快，说："梁局长十二道金牌把我召来，有何要事吩咐？"

梁尚军笑嘻嘻地说："立客难打发，坐着有鸡杀。你先坐，坐下了说。"然后看向冯永昌，脸上现出古怪笑容，说："冯局长，法院院长面前，你的事你说。"

冯永昌面露难色，迟疑地说："还是你说。"

梁尚军嘻嘻笑了一阵，说："志毅你是知道的，我和冯永昌是同乡。他现在遇到一件不好意思说的事，要我帮他办。我觉得只有你这个法院院长才办得到，所以才叫你来。"

黄志毅说："直说什么事，我真的在开审委会，一件案子中院要求明天报。"

梁尚军不悦地说："哎呀，你这个人就是一根筋。明天不报，中院把你院长帽子提来甩啦！主要还得靠县上。"

黄志毅说："你俩个不要鬼鬼祟祟的，究竟什么事啊？"

梁尚军又嘻嘻笑起来，说："事情是这样的，永昌现在找了一个小老婆，要你这个高级大法官给他判个合法，不然他大老婆要告他重婚。地税局局长这顶帽子保不住不说，还有可能开除党籍坐班房。"

冯永昌一下红了脸，说："黄院长你不要听梁局长乱说。是这样的，我的大儿子耍了一个女朋友，这女娃儿要求到你们法院工作，不然就不同意耍。今天请你帮个忙，做个好事。"

黄志毅说："这好办嘛，你写个报告，请梁局长拿去找段书记签个字，我马上接收。"

梁尚军立刻现出为难神色说："问题是现在面临换届，我不能帮永昌找段书记签这个字。要是能签就不找你了。我的意思是能不能你先签个同意接收的字，再由永昌送给段书记？"

黄志毅说："梁局长，公检法进人段书记一支笔签字是常委会定的，你又不是不知道。我怎么敢签这个字？"

梁尚军说："你说的也是。那能不能绕过段书记，别的人签字你接收行不行？比方说茅县长签个字。"

黄志毅笑着说："我相信茅县长也是不会签的。常委会当时他也在场，他又那么尊重段书记，他怎么会签？"

梁尚军说："我是说如果万一茅县长签了呢？"

黄志毅估计茅云峰背着段念恩可能做得出来，说："那也不行，如果段书记知道了，我怎么面对他。"

梁尚军说："有什么不好面对的？再过几个月他届满就下了，老百姓一个。"

黄志毅听了立刻反感起来，说："他下了我就更不敢面对他了。不要说组织纪律了，人总要讲点良心，不能下台了就不认得人了吧？"

黄志毅此话一出，二人脸色立刻难看起来，都不再说话。

三个人沉默了一会儿，梁尚军说："那就算了，不说了。你去开你的审委会吧。"

黄志毅回法院路上心中很不是滋味。想着冯永昌靠梁尚军同乡关系，几年时间从生产队会计到大队书记到公社书记，再到地税局局长，不仅如火箭般蹿升，而且还把生产队当会计时间都算了工龄。要是梁尚军把今天事对茅云峰一讲，不是连茅云峰也一起得罪了么？如果换届茅云峰真当了书记，那法院工作就困难了。黄志毅这样一想心中不免有些忐忑不安起来，但又想坚持原则何错之有？如果真到了这一步，这院长不当就是了，也没有什么大不了的。

黄志毅回到法院办公室不一会儿。政工科长周明昕走进来说："黄院长，现在全地区有三个法院立集体功了，我们也报一个吧。"

黄志毅说："我们够条件么？不要报上去不批闹笑话啊？"

周明昕说："咋不够条件啊？这些立功法院好些事都是靠吹出来的，远没有我们实在。我们报上去一定不会有问题。"

黄志毅说："那你就报吧。材料一定要实事求是搞实在，不要勉强，不行就算了。"

周明昕说："你放心，一切材料手续我负责，立不了功你拿我是问。"

第二天下午，黄志毅向段念恩汇报完法院立功申报工作情况，很想把梁尚军冯永昌事说与他听，提醒他注意。转念一想还是算了，免得梁冯二人知道了说他打小报告，并且事也没有办成，何况一满届这些事都是无所谓的了，于是便没有说。段念恩见黄志毅欲说还休样子，说："志毅有什么事就说，不要吞吞吐吐的。"

黄志毅说："段书记，说老实话，这届一满你肯定要走了。我脑子里总是装着景全成老婆向我下跪的影子，一跪千金，一诺千金，真不知道该怎么办才好。"

段念恩说："谁说我要走了？我是不会走的。"

黄志毅说："以你情况，我分析你肯定要走，绝不可能让你留在原山县当耍太爷。而且也不会让你届满了才走。"

段念恩听了不说话，默了一会儿狠声说："你叫景全成写个报告来。妈哟，反正要下了。老子就利用职权，违背政策纪律一次，帮你把这个好事办了。"

黄志毅回到法院打电话给景全成，要他明天上班前把报告送到法院来。当天晚上景全成就把报告送到了黄志毅家里，第二天上班黄志毅直接到段念恩办公室。段念恩接过报告边看边苦笑说："这样的事就是来得快。"

黄志毅也笑着说："民以食为天，这天上掉下来的馅饼谁敢怠慢？"

段念恩提起笔，想了想问道："景全成这个女儿景春丽安在哪里好？"

黄志毅说："这女娃儿体质弱，哪个单位愿意要？就安在法院算喽。"

黄志毅回到法院立刻打电话，叫景全成景春丽父女赶紧去办手续。景全成拿着段念恩的签字报告一连声向黄志毅道谢。

黄志毅说："景全成你不要谢我，我只不过是还了你老娘子一跪，求个心安罢了。你们真正应该感谢的是段书记。"

景全成说："黄院长，你说咋感谢我就咋感谢，说吧！"

黄志毅想不到景全成会想偏，说："段书记要你啥子感谢啊，你们不要忘了段书记的好，叫春丽好好工作就算感谢了。"

下午快上班时黄志毅接到县委办电话，要他带车马上到县委去。县委大院冷冷清清，三辆小车散乱地停在地坝上，车旁各站着司法、商业、粮食局长。三人一点没有平日笑容，见黄志毅从车里出来，只微微地点点头。接着又陆续有车开进来，都是各单位一把手。黄志毅走到常委办公室门口，问值班人员什么事。回答说段书记调任淮通市委书记，通知你们几个来礼节性地送一送。黄志毅问段书记在哪里，回答说正在办公室与茅书记交接手续，等一会儿就下来。等了一个多小时，段念恩和流金地委副书记屈继新肩并肩走下楼来。段念恩沉着脸，目不旁视，昂首走下阶梯。两人一走到阶梯口，一辆黑色红旗轿车刚好开到停下。车门一打开，两人迅速钻进去，车立刻就开动了。其他人见了赶紧进车跟上；车出县委大门，不知从哪里冒出来的二十多辆小车硬插进来紧跟在后面，过十字街口又有车跟在后面；出县城北门不远，路两旁每隔约五十米左右一个交通警察，全副着装，笔直挺立，纹丝不动行着举手礼；车过北门大桥出县境后，黄志毅从车窗回头看，紧跟的车辆一眼望不到头，小轿车、小货车、三轮车、摩托车，什么车辆都有……有的小轿车和摩托车还飞速超上来冲向前面去。原山与淮通相距不很远，车行两个多小时就进了淮通县城。前面车辆一进淮通市委大院，后面车辆一下就把大院塞满了。

　　屈副书记和段念恩一下车就被两个迎候的人接上楼去了。黄志毅走到淮通市委大门口看，见车辆已把大门两边街道堵满，后面还在来车。车上下来的人都涌向市委大院，大院很快就塞满了人，只能挤着通过。周正忠和黄志毅并肩站在一起，看着还在不停地向里面挤的人说："想不到会有这么多人来送行。"

黄志毅看来人中有段念恩战友，有企业老板，有城关开店摆摊的个体户，更多是黄志毅不认识的人。后来的人挤不进去，站在门口向里张望，都焦急样子互相打听："段书记在哪里？"有的失望样子说："咋这么着急啊？招呼都不打一声就走了。"黄志毅心中暗暗想道："当官当到这个份上，这一生也算值了。"

一个多钟头后市委大门外街上车辆全部散去，市委院坝内的绝大多数车辆也几乎走光，只剩下开初的二十几辆。可是不一会儿原山各单位各乡镇的车辆又陆续开进来把院子塞满了。淮通市委办公室王副主任站上花台，激动地大声喊："原山各位弟兄！我们没有想到段书记今天就来，更没有想到流金地委这次干部交换搞突然袭击。我们毫无准备，弄得我们手忙脚乱，弄得大家坐的地方都没有，让大家都只能干站着，更不要说喝茶了，很对不起哈。先来的客人走了，剩下的就不准走了哈，吃了饭再走。现在段书记已经不是你们的了。谁走谁不够朋友，谁走谁不给我们段书记面子。"大家轰的一声笑起来。王副主任继续说："我现在马上叫人把食堂门打开，大家将就坐着喝茶。吃饭时间可能要迟一点，请大家耐心等待，没有办法。"

食堂门一打开，凳子很快就坐完了。黄志毅周正忠只好坐在花台边上，等段书记下楼来和他说两句话就走。

天黑了还没有下来，开饭了还是没有下来。饭吃到中途时候段念恩端着酒杯进来了，仍然黑着脸。大家轰的一声欢呼着站起来，有的离开座位围上去。段念恩挤到饭堂中间举起杯，像没有看到任何人似的，脸上挤出勉强的笑容，大声说道："本人现在已经是淮通的人了，感谢原山各位客人朋友光临。大家吃好，喝好。"说罢一仰头把酒喝干，在轰的一片笑声叫好声中转身走了出去。

第四十七回

遇换届调整新干部　创八新群聊话老板

茅云峰半躺半坐在书记办公室高大的新皮椅上，显出十分惬意而享受的样子。见黄志毅进来了慢慢直起身问："志毅来啦，什么事？"

黄志毅微笑回答道："三件事，一是祝贺你年轻有为荣升书记，二是全面汇报法院工作，三是，"茅云峰截断他说："我现在的事多得很，关键是如何换好届。干部是决定性因素。干部离心离德状况不解决，什么发展经济，什么社会稳定，什么改革开放等等都是空谈。至于汇报工作下一步再说。"

黄志毅说："茅书记，自从孔建江调走后，法院至今缺少一个熟悉审判业务的副院长。我想把景永刚提起来，接替孔建江工作。"

茅云峰说："景永刚，我知道。你刚当院长的时候最先向我提的就是他，说他审判业务能力强。当时条件不成熟，快要五年了，是应该提他了。这样吧，一周内我给你提起来，解你燃眉之急。"

黄志毅大喜，连声说谢。

茅云峰笑着说："都是为了工作嘛，谢就不必了。这么多年你我还不知道？你是老实人，是很能干实事的人，继续好好干。以前段书记怎么对你我就怎么对你，他怎么支持你我就怎么支持你。你个人有什么事，有什么要求随便说，凡在我权力之内的事我一定给你办到。你还有什么事？"

黄志毅本来是想说换届后去政协的事，见他如此说，一下想到了女儿的事。于是说："茅书记，我的女儿黄长华大前年考上公务员，现在在建设局工作，去年入了党。这几年一直在自修法律。我想她在建设局不懂行。不知能不能把她调到检察院工作？"

茅云峰说："有什么能不能的？小事一桩。对县级领导干部家属子女适当照顾，段书记一直是这么做的。至于检察院那边，法检两家同系统，你和周检察长接触多，就不用我打招呼了吧？"

黄志毅觉得他好像话中有话，却又不好说得。只好说："只要书记你同意了，检察院那边我去说。如果周检察长不同意，还请书记你帮我美言美言。"

茅云峰说："帮你说没有问题，不过你要想好，现在是一切向钱看。我知道建设局福利待遇和奖金是县委政府各机关单位中最好的。检察院福利待遇不说最差，起码在最后面。这一高一低悬殊太大，你女儿会同意么？"

黄志毅说："书记，钱这东西，多，多用；少，少用。我们农村出来的，要求不高，有饭吃，有衣穿，有工作做就行了。这人啊，把握不好欲壑难填，再多的钱也不嫌多，有啥意思？我女儿学法律，在检察院工作对口，贡献或许要大一些。"

茅云峰听黄志毅如此说，立刻说道："那好，依你意见，写个申请报告来我批就是了。"

晚上，黄志毅把调检察院的事告诉黄长华。黄长华很不高兴地说："到处都是一样工作，调不调都没有关系。"

黄志毅说："建设局工作专业技术性强，你在那里尽做些与建设局主要业务无关的事有啥意义？你学法律，检察院工作对口，有意义得多。"

黄长华说："有啥对口不对口嘛，我现在不是照样工作得好好的？听说检察院福利待遇是政法系统中最差的，检察院年终奖金才两三百元，比我们少一千多，更不要说我们每个月还要发这样那样东西，经常组织出去耍了。"末了又补了一句："你说意义，民以食为天，钱都没有还有啥意义？"

黄志毅只好说："你不懂，长远看检察院的福利待遇是不会少的。"

黄长华说："那也不知要等到哪年哪月了。"

黄志毅见她如此，只好说："那这样吧，你到检察院去后，年终奖金不足建设局的部分我给你补上。"

"那你去给我办手续，我是不去办的。"黄长华很不情愿地说。

黄志毅拿着茅云峰签字的申请来到人事局。局长吴泽高看了报告，笑着说："黄院长，这类调动个人是要交费的。"

黄志毅说："交什么费？怎么从来没有听说过？"

吴泽高说："你当院长的咋会听到这些嘛。"

黄志毅问："啥时候的文件？"

吴泽高说："要啥文件？县领导说了就行了嘛。"

黄志毅又问："啥时候说的？"

吴泽高说："昨天常委办公会上茅书记说的。"

黄志毅听人说吴泽高和茅云峰是干亲家，便不再问，说：

"该交就交嘛，多少钱？"

吴泽高说："按规定至少应该交三千元，你嘛，就交六百元吧，图个顺。意思意思，反正交过钱就行了。"

黄志毅说："可以，叫你手下人手续给我办快点就行了。"

真是双喜临门。黄志毅孙儿出生五个月后，外孙女夏怡文也出生了。孙儿出生当天晚上，黄志毅翻来覆去睡不着，想着祖父母对黄家接续香火的期盼，对自己超越生命的爱护，不禁感慨万千，决心像祖父母一样爱护好孙儿，让他健康成长，成为于国于家有望之人。孙儿取名时黄志毅说按家谱排序应为茂字辈，不管取什么名字都必须要有茂字，不能乱了黄家辈分规矩。亲家母侯群艳听了说："那就叫黄孟贤吧，茂孟同音，孟子是亚圣大贤。"黄志毅觉得茂孟虽不谐音，但意义极好，便同意了。此后除了工作和必要应酬，黄志毅心思几乎都在孙儿孙女身上。

换届时间越来越近，社会上谁上谁下的各种流言也越来越多。茅云峰为此开了一个部局级以上领导干部会。

会议没有议程。坐在前排正中的茅云锋也不征求其他领导意见，拿过话筒，打开开关，张口就说："今天临时开一个短会，我把它叫作交心会，向大家交一下心。临近换届这段敏感时间，业余组织部长们实在是太多了，说这个人要上，那个人要下，某某人要调到那个地方去，吹得活灵活现，说得神乎其神，就像他是我茅云峰这个县委书记似的。其实就连我茅云峰都不知道。不过有一件事这些业余组织部长们还真没有说错，就是要换人。换届换届，不换人还换什么届？改革深入推进，形势不断变化，经济迅速发展，我们的思想策略方式方法必须要跟着发展变化才行。就是说不换思想就要换人。思想上不跟新一届县委保持一致，行动上不听新一届县委指挥，这样的人不换行吗？新一届县委的目标任务完不成，上级打我的屁股板子，你能替我挨吗？所以必须换，坚决换。反过来说，革命建设是需要人来实现的，是需要忠诚可靠的人来完成的，和新县委同心同德保持一致，积极努力工作，这样的人越多越好。这样的人我还换他干什么？除非我神经出问题，疯了差不多。不过，有一种人还是要换的，就是有问题的人。不要说小官，你官当得再大也要换。比方说有一个人，在当局长的时候就有经济问题，不晓得胆子咋会那么大，要我说坐班房都有余，后来却升上去了。你说换不换？当然要换。这种换是保护你，不是整你。如果继续还在位置上，说不定哪一天你就一抹光了。反正大家下来想想，该不该转变思想，该不该努力工作。关键是该不该思想行动上和新一届县委保持一致。另外，大家不要把我刚才说的换人和正常的干部交换混为一谈。随着时间形势的变化，有的领导干部思想进步了，能力增强了，调整到更重要、更繁重的领导岗位上去是必然的，这是形势发展的需要。反之，有的领导干部年龄增大了，身体变弱变差了，甚至学习不够、能力变弱了等等，调整到不那么重要、工作量不那么大的岗位上去也是必然的，都是工作的需要。决不能看成是失宠、挨整、不重视，或者什么什么的。最后，我奉劝有的人不要自以为聪明，自以为高明，自以为了不起。《红楼梦》里说得好，机关算尽太聪明，反误了卿卿性命。不信大家今后看。散会！"

茅云峰的交心会并没有收到预期的效果，各种消息更加满天飞。但是与以前不同的是，新消息比较集中，一是集中在茅云峰任组织部长时提拔的干部上。说某某人要进常委了，某某人要当副县长了，某某人要当局长了等等。二是集中在段念恩当书记时期的领导干部上。说某某人要下，某某人要调走，某某人要遭。议论最多的是说副县长周承达要遭。茅云峰说的坐班房都有余的人就是他，因为他是段念恩最信任的人。这些传言对养成实事求是职业思维习惯的黄志毅来说有如耳旁之风，一吹就过了。因为调整干部毕竟是一件十分慎重的事情，怎么会仅凭道听途说就换了呢？

换届前半个月，茅云峰对黄志毅谈话，征求对院长职务去留的意见。

黄志毅说："茅书记，我是共产党员，从原则上说，无论怎样安排我都组织服从。要说真实意愿，我一年前就对段书记说过，最好退下来，让年轻同志上。我到政协去，做点力所能及的文字工作，比如搞点调研，收集写点文史资料什么的。"

茅云峰笑着说："政协常常饮茶谈话，你又不喝茶，只喝白开水，去那里干什么？我早就说过你是能干事的人，就在法院好好干。"

黄志毅说："茅书记，我都快满五十的人了，就让我到政协去算了。如果实在不行去当督学也可以。"

茅云峰说："怎么你也和周正忠一样想到政协去？不要东想西想的了。不过政协确实是块逍遥快乐之地，所以不是任何人想去就都能够去得了的。"

黄志毅笑着说："与世无争之地，向往总是可以的嘛。"

茅云峰也笑着说："一厢情愿，想当然还是可以想的。不过想象与现实总会有距离。这世上哪里有与世无争的净土？你还是当你的院长吧，我一如既往地支持你。"

黄志毅受工商银行领导之邀，参加流花宾馆开业庆典。

参贺的人很多，欢声笑语，热闹异常。黄志毅喜静，避开一楼人多无聊的寒暄应酬，直上二楼看内里的设备装修。二楼悄无声息，竟无一人。走过转角，见小客厅里段念恩和两个人默默坐在矮沙发上。赶紧走过去招呼："段书记，你们怎么坐在这里？"

"这里清静。"段念恩回答，然后向黄志毅介绍另外两个人说："这位是淮通市委办公室王主任，这位是肖秘书。"黄志毅和王肖二人握手后坐下一起摆龙门阵。

段念恩说："我已经是调走的人了，本不应该来的。他们副行长三番五次电话相邀，最后行长亲自来请。盛情难却，工行属上面管，就只好来了。"

黄志毅说："为什么不应该来？没有你就没有流花溪的今天。你人虽然调走了，功绩情谊还在嘛。"想了想又说："段书记，我们法院集体二功批下来了，庆功的时候请你到场，对同志们鼓励鼓励。"

段念恩立刻摆手说："黄院长，你千万不要请我，请我也不会来。立功是你和法院同志们的功劳，与我无关。我现在就向你们表示祝贺。"

黄志毅见段念恩严肃认真样子，知道是不可能来了，但仍然说："你无论如何要来啊。"

段念恩说："志毅，我已经不是原山的书记了，来是很不恰当的。你我互知性格，完全没有必要费这个神。"然后转过话头说："这宾馆不错。你刚来，先去转转吧。我们已经转过了。"

黄志毅说："有啥转头？我就在这里陪你。"

刚摆几句，段念恩问："你签到没有？"黄志毅说没有。

段念恩说："那你赶快去，还有礼品，迟了就没有了。"黄志毅一下明白是要自己离开的意思，只好说："那好吧。"

黄志毅和王主任肖秘书握手道别后转过弯，不知往何处去是好，忽然听到前面房间里传来笑闹喧哗声，便走过去看。

这是一间中等大小的会议室，高大的茅云峰西装革履，双臂抄在胸前，喜滋滋挺胸立在中间。所有人全都纷纷争相向茅云峰笑说着什么，以至于没有一个人发现站在门口的黄志毅。黄志毅见全都是组织部和社会传言茅云峰要提拔的人，便立刻转身悄悄离开。脑子里不知怎么的竟忽然冒出弹冠相庆、物以类聚、人以群分的成语来。

黄志毅边走边想着茅云峰烈火烹油般的鼎盛，段念恩人走茶凉的冷清。在深为段念恩感到难过的同时，觉得与其呆在这里徒增烦恼，还不如离开这里还要好些。于是迅速下楼，也不去签到，穿过门厅出门，径直上车回城。

司机吕立文问道："黄院长怎么不吃饭就要走了？"

黄志毅说："刚接个电话要我回去。"

黄志毅闭目坐在车上，想着段念恩与茅云峰两人迥然不同的现状，心中不禁五味杂陈。段念恩调离，茅云峰任书记后不久，社会上便很快出现很多传言。传说得最多的是，段念恩把茅云锋扶正的目的是不离开原山，到县人大常委会当主任，清闲度日，光荣退休。但是当茅云峰知道自己任原山县委书记已成定局后，立即利用他的所有人脉资源把段念恩调离了原山。他知道自己人品能力根基都远逊段念恩，怕段念恩在人大常委会主任位置上一旦较起真来，他这书记位置不过是荷叶上水珠一晃即倾而已。也有传言说段念恩用人不疑，忘记了卧榻之旁岂容他人鼾睡的古训，害了他信任重用的一干干部。赓即又传出段念恩讲茅云峰如何忘恩负义，茅云峰讲段念恩如何只讲交情不讲原则等等相互攻讦的流言。黄志毅想段茅矛盾如此尖锐，或许刚才段念恩一再催促自己离开，就是怕被他牵连而在保护自己吧。如果有一天我夹在他们矛盾中间该怎么办呢？以我性格只能是谁正确支持谁了。但是心中总有些觉得应该站在段书记这边。毕竟人不可忘本，不可忘恩啊。希望这一天永远不要到来。

原山县换届如仪完成。黄志毅对社会传言干部调整的准确度非常吃惊。茅云峰讲的坐班房都有余的副县长周承达成为无任何职务的白丁，一年多后成为保留原级别的县长助理。据说这还是段念恩到上面为他跑下来的。

新任县长邱石松与茅云峰是同县人，不给周承达安排任何工作。周承达每天按时上下班，规规矩矩地坐在他任副县长时候的办公室里看文件报纸，哪里都不去。

春节前三天，黄志毅按照惯例，到县委向茅云峰汇报春节期间法院领导值班安排情况。还没有到上班时间，茅云峰办公室门口已经站了七八个机关和乡镇主要领导干部。

黄志毅像往常一样推门进去，被新任秘书拦住，说："黄院长，请挨着顺序来。"

黄志毅说："几句话，我说了就走。"

秘书微笑着说："这些人也很快，进去马上就出来了。"然后指着对面接待室说："要不你那里坐着喝茶，轮到你了我就喊你。"

正说着副院长景永周喜滋滋从门缝里挤出来，看到黄志毅一下愣住，脸涨得通红，低叫了一声黄院长匆匆走了。

秘书说得不错，果然每个人进去很快就出来了，但是后面还不断有人来。黄志毅实在等不了，也不顾秘书阻拦硬挤了进去，一进去见两个干部正在向茅云峰递着厚厚的牛皮纸信封。茅云峰一边向办公桌柜子里放信封一边问："志毅来啦，什么事？"

黄志毅说："只一件事，就是汇报一下法院春节期间领导值班安排。"

茅云峰说："汇报啥子啊！后天就大年三十了。大家都忙，你安排好就行了。"

黄志毅听了转身出门，见又有两个乡局级干部挤进门来，边走边从衣兜里掏出厚厚的牛皮纸信封。

春节后，茅云峰在全县领导干部大会上讲话说："一元复始，万象更新。从现在起，原山县工作重点是突出一个新字。我初步想了八个新：新形象、新时代、新思维、新作风、新特色、新作为、新创举、新贡献。俗话说要得发不离八，大家只要把这八新做到，工作就搞好了。"

茅云峰果真说话算话，首先自己带头做到新形象：大披头油光闪亮，黑色西装、黑色领带、黑色皮鞋、黑色轿车，昂首挺胸，颐指气使。此时正值社会上老板称呼盛行，茅云峰不仅欣然接受老板称呼，而且显出很是受用样子。于是很多领导干部不叫他茅书记，只称呼茅老板。如此层层仿效，见领导便叫老板，一时间群众议论纷纷。

县委常委兼县委办公室主任梁尚军按照八新要求，狠抓了两件事。一是整顿旧形象，创建新形象：县委办公室男青年上班一律着装黑色西服。站立昂首挺胸，行动轻盈快捷。对领导说话轻言细语，举止毕恭毕敬。对来客热情周到，彬彬有礼；

女青年上班一律穿旗袍、画眉毛、抹口红、烫头发、高跟鞋，站则亭亭玉立，行则婀娜多姿。县委其他机关人员看了笑称为原山招商第一室。二是拆旧房建迎宾楼。迎宾楼设施新潮完善。一半用于接待上级领导和兄弟区市县领导开会、议事、住宿、娱乐；另一半建成小食堂。挑选高级厨师，培训年轻女服务员，专为县级以上领导以及来客用餐服务。县委机关一般领导干部职工仍旧在原食堂买饭菜票打饭菜。新中国成立数十年来县委机关不分领导职工，一律在伙食团买菜饭票吃饭就此寿终正寝。黄志毅每次经过迎宾楼小食堂，总是要想起当年褚敬禄书记食堂排队打饭、被上学孩子们挤开、在旁边站着微笑的情景来。

为了实现八新，茅云峰采取了四项新举措。

一是要求县四大家领导办公室翻新，办公用具新置。主要领导一人配一辆黑色新轿车、一个秘书、一个司机。有条件的机关乡镇主要领导相应办理。茅云峰同学周文强任国土局长后把办公室隔壁一间房屋改成标准套房，作午休之用。一时间有钱单位争相仿效，无钱单位想办法弄钱，弄不到钱单位徒呼奈何。社会上议论纷纷，传言不止，越传越离奇。

二是上班必须说普通话。一次县级机关干部大会，会议开始前茅云峰说："推广普通话关键是各级领导干部要带好头，不然推广不开。今天就是一个很好的机会。现在我来点名，先点台下的，后点台上的，点到谁谁说。"台下干部们都轰的一声叫起好来。祖祖辈辈都说本地话的人，突然要求说普通话哪里说得来？连点台下几人，除两个年轻者勉强能说外，其余全都不会说。各种怪腔怪调意想不到的发音频出，全场笑声一浪高过一浪，整个会场比看相声小品还热闹。台上第一个被点名的是新调来的副县长严文彬。严文彬站起来，卷起舌头叽里呱啦说了一阵，没有一个人听清楚说的什么。全场大笑，严文彬臊得一脸通红，满头大汗。

周正忠低声对黄志毅说："整的啥名堂啊，严肃的大会弄成这个样子。"

黄志毅笑着说："管他的啊，你我能有啥办法？高兴总比难受好些。"

周正忠于是写首打油诗递给黄志毅，黄志毅看是："点名要说普通话，南腔北调笑死人。新来副县出洋相，满头大汗说不真。全场欢声如雷动，胜过小品与相声。严肃会议似儿戏，堪叹无聊任由人。"

黄志毅正低头看着，忽然听到茅云峰点他名字，站起来不知说什么好。台下人都静静地看着他。黄志毅忽然想起当年在宣传队时的朗诵，灵机一动说道："中央人民广播电台，现在开始广播。"纯正逼真的发音，台上台下顿时发出热烈掌声和笑声。台下不知谁喊了一声："再来！"立即引起很多人附和。茅云锋笑着说："不行，不行，你这是模仿，不算说话，重新来！"黄志毅想了想说："倒车，请注意！倒车，请注意！"标准的发音有如从轿车喇叭发出，台上台下又是一阵笑声和掌声。茅云峰笑着说："好了，不说了，到此为止。"

三是工作场所不准抽烟。茅云峰抽烟无瘾，但是大多数县领导干部有瘾。开县领导干部会时，烟瘾发了的领导们按规定走出会议室站在门外抽。偶尔门外会聚起不少人，人多了，难免不说话，特别是笑话。有时说笑声比会场里还大。茅云峰只好大声喊："进来得喽！这会场究竟是在这里面，还是在你们外面？"

一次召开全县乡镇机关干部会，会议开始前茅云峰说："今天是国际无烟日，地区人大也做过工作场所不准抽烟的规定。现在先打个招呼，今天会上一律不准抽烟。"

话刚说完，忽然看见会场中间一个人正在抽烟，说道："我喊不抽，有的人就是不听。还在抽，法律都不遵守了？"

黄志毅从台上看下去，果然有一个人边东张西望边抽着烟，好像在寻找人，完全没有听到茅云峰在说什么的样子。

茅云峰大声吼道："还在东看西看的，就是说的你，给我滚出去！给我爬出去！会务工作人员给我弄出去！"几个工作人员走过去，抽烟者见了主动起身离开会场。

茅云峰说："太不像话了，不听招呼那还了得？"

打破茅云峰禁烟令的是县长邱石松。邱石松开初也走出会场抽，但烟瘾太大，几乎一支接一支，进出太频繁了便不出会场抽。茅云峰不好说得，只好任由他抽。一次常委会，一个议题争议太大久拖不决。茅云峰心中烦躁，随口对邱石松说："给我一支。"邱石松不慌不忙把烟点燃递给他。茅云峰接过猛抽一口。抽完一支，旁边人又递上一支，茅云峰接了又抽。此后茅云峰绝口不再提禁烟的事，和大家一起敞抽。常委会议室开会时又是烟气弥漫，有时如笼罩在雾中一般。

四是整顿会风。茅云峰整顿会风，要求开会不迟到，但是效果不是很大。

一次县委召开乡镇机关干部大会。茅云峰见主席台上领导干部全部到齐，拿过话筒说："从今天起立个新规矩：今后开大会凡是迟到的一律给我弄到台下站起示众。工作人员现在立刻到会场门口把守，凡是迟到的人全都给我带到主席台下站起。"不一会儿台下就站了一长排人，有的不好意思低着头，有的苦笑，有的若无其事说笑，有的显出愤愤不平样子。茅云峰说:"大家都给我看好,这就是榜样,榜样的力量是无穷的。今后凡是迟到的都按这个办法整。"

台下站着的人回到各自座位后,茅云峰讲话说:"同志们,新时期要有新思维。有了新思维才会有新作风新创举新贡献。我真诚地告诫大家,请珍惜你今天位置的来之不易。不瞒大家说,我小时候对生产队长都怕得很,觉得大队支部书记就是最大的官了。上学时候看见大队支部书记走过来,赶紧跑离路上,躲得远远的,等他走远了我才敢上路。现在坐在这里的你们哪一个不比支部书记的官大?好多人怕你啊,应该知足了。"

茅云峰见很多人听了都笑起来,兴奋地说:"现在大家都在说实现新八新,要有新贡献,我给大家说一个切身体会。去年十二月三十一号晚上,我生怕就完不成地委下达的全年目标任务,亲自到财政局坐镇,等全年财政收入决算结果出来,幸好任务完成得还算令人满意,创了历年新高。看着不断送来的报表,我从来没有看到过这么多钱,激动得很。以前体会不到什么是财源滚滚,这就是财源滚滚。"

看着茅云峰边说双手边形象比画着财源滚动流入怀中动作,很多人都哈哈大笑起来。

茅云峰看着人们大笑,面容渐渐冷峻起来,说:"有人说这是段书记的成绩,我不否认有段书记的功劳,但这话也不完全是实事求是的。段书记走了,难道我们都天天在耍,天天都在喝茶打麻将?我看是别有用心!我们正在进入原山新时期,新时期必须要有新创举。今后工作必须实行真正的有奖有惩。重奖之下必有勇夫。该重奖的必须重奖,该重惩的决不容情。干部该富的就是要富,千里来做官,为的吃和穿。当官不发财,请我都不来。"台下顿时爆发出轰的一阵笑声。

茅云峰先是愣了一下，然后说："当然，我们是共产党的干部，还是要讲为人民服务。现在全县如何实现八新？我看关键在学习。尽管我经常强调学习的重要性，但是有的人就是不当回事。大家如果不相信，我现在就抽几个人上台来回答问题，回答正确的，大家鼓掌。回答不起的给我站到台边上。"

茅云峰连抽好几个干部随意提问，没有一人回答上，在台边上站成一溜。台上台下笑成一片。让这几个干部回到座位后茅云峰说："我知道同志们工作紧张，但是再紧张也不能放松学习嘛。当然，也要注意休息，做到有张有弛。弦不要绷得太紧，该放松的时候就要放松。你们再紧张总没有我这个县委书记紧张吧？麻将嘛，我也要打，休息时候打。不兴钱就公开打。"见台下有人笑，补充说："当然还是要注意场合，钱不能多，多了就是赌博了。"

县委会议散会后，黄志毅与县人大副主任骆长东同行。骆长东笑着对黄志毅说："最近我遇到一件稀奇事。"

黄志毅说："稀奇事？有啥稀奇事你骆主任没有见过！"

骆长东说："嗨，你还别不相信，不是我称量你，反正你黄院长一辈子都做不到。"

黄志毅听他如此说，认真问道："啥事？"

骆长东说："前几天我带法工委的人到各派出所调研社会治安情况，午饭时说起全县派出所经费缺乏问题。三源派出所所长郑丰江说：'啥子经费缺乏啊，都是所长没有能力的表现。你们信不信？从现在起三个钟头内我弄十几万元给你们看。'大家自然不相信。郑丰江立马拿出手机给辖区八个乡镇打电话，要求两个钟头内各拿至少三万元现金到派出所来。不到两个钟头，每个乡镇都把钱如数送来了。你说厉害不厉害？"

黄志毅早就知道茅云峰郑丰江二人关系非一般可比。据说茅打麻将，门外拴狼狗的人就是他。便笑着说："人有人不同，花有几样红。全县有几个人能有郑丰江这样魄力？"

骆长东说："也是，这个人能力确实强。我看不要说所长，就是当个公安局长、副县长甚至更大的官都有可能。"

黄志毅听如此说，立刻明白骆长东什么都清楚，只不过是故意讲给自己听罢了。

二人正说着，忽听后面有人喊黄志毅名字。黄志毅回头看是县医院医生严学成骑着自行车追上来了。骆长东说："有人找你，我先走了。"说罢离去。

严学成骑到黄志毅面前刹住车，大声问道："茅书记前几天生病住院你去看过没有？"

"没有。"

"你日壳子啊？书记住院你都敢不去看，看来你这个院长是不想当了！"

"真的没有去过，生的什么病？"

"重感冒。好多干部老板去看啊。公开的，也不避嫌，一人一束鲜花、一封红包。光鲜花就放了病房一大堆。"

"你不要乱讲啊。"

"怎么是乱讲？我亲眼所见。医院好多医护都故意经过病房门口去看。妈哟，我没有当官的命。要是我当官，无需贪污，只要多住几次医院就够了。哎，趁你现在还是院长，也住几次院吧，我给你当主治医生。出院时候分给我一点，不要多，最多十分之一就行了。"

黄志毅气恼地说："放你的狗臭屁啊，我是什么人你又不是不知道。"

严学成说："现在风气不同了，不信你住几次院试试，保证你盆满钵满。"

黄志毅气得大声说："你龟儿啥子朋友啊？又咒老子生病！"

严学成笑道："我看你是真的变了，连开个玩笑都经不起。不过说真的，当官真的好。可惜我是个男的，要是我是女的，卖钩子都要弄个官来当。"

黄志毅知他话里有话，又是说话敞飙的人，不想和他多说，说道："不要说风就是雨，凡事都要讲证据。"说罢转身离开，只听后面传来严学成声音："像你这样的憨鸡儿现在哪里去找啊！"

午饭时黄志毅接到县委办电话，要他立即到工商局会议室开会。黄志毅立刻放下碗筷，匆匆骑车赶往工商局。进入会场时见茅云峰正逐一对每个单位下达任务。茅云峰一把任务布置完，该单位一把手立刻表示坚决完成任务。

轮到法院时茅云峰质问道："黄院长你怎么迟到了？"

黄志毅："我接到电话立刻放下饭碗就赶来了。"

"你事前不知道？"

"不知道。"

"怎么会不知道？怪事！"

黄志毅见茅云峰不相信自己，说："不知道就是不知道，去问发通知的人不就清楚了？"

茅云峰说："好，不说这个了。你们法院新办公楼和新住宿楼已经交付几个月了，你的任务是三天之内把旧法院所有房屋腾出来交给财政局。"

黄志毅说："茅书记，不要说三天，可能三年也腾不出来了。"

茅云峰问道："为什么？"

黄志毅说："法院八十九名干部，新住宿楼只有三十六套住房，除十五人原来有住房外，剩下三十八名无住房，都是租房或借住在亲戚朋友家里。"

茅云峰打断黄志毅的话："不行！你弄进去的，你给我弄出来。反正三天之内必须腾空，我另有安排。"

黄志毅说："茅书记，我真的没有办法让他们搬出来。"

茅云峰说："不行！你有没有办法都要给我腾出来。你以前为什么不请示？简直目无组织纪律！"

黄志毅想自己参加工作几十年，从来没有任何人这样批评过自己，不由来气说："房子腾空六个多月，那些无房户看房子空着，天天找我要住房，说到半夜都不走，我怎么拒绝他们？并且这么长时间，县上没有任何一个领导过问一句。我认为是县领导关心法院同志，体贴无房户，才没有要求搬，任由法院自行安排的。并且这也不是没有先例，这种情况多了去了嘛。如果早点给我说不准搬，我有了尚方宝剑，没有人敢天天到我家来纠缠，不就没事了嘛。"

茅云峰脸色铁青，大声说："黄志毅，你这些理由简直苍白无力，限你三天必须搬出！"

黄志毅想他刚调来原山时一口一个黄大爷，现在居然横声暴气直呼其名，又想到这么多年来其他所有领导如何尊重自己，不由怒火中烧，沉声说道："我不能让法院这些人露宿街头！"

财政局局长景向全劝道："黄院长，不说了，下来商量解决。"

会场寂静无声，主持会议的县委副书记褚鄂湘说："黄院长，事情已经说清楚了，你可以离场了。"愤怒中的黄志毅完全不想离开，想看茅云峰究竟能做出什么来。褚鄂湘见黄志毅仍然坐着不动，说道："老黄你可以走了。"黄志毅这才稍微有些清醒起来。但是离开座位时仍然气得把椅子用力一拉，那椅脚摩擦地面立刻发出刺耳的响声。

一个多星期后黄志毅接到景向全电话："黄老师，法院干警搬住房的事你就不要管了，由县上解决。"黄志毅想不到与茅云峰一翻争论，干警住房居然得到了解决，心情一下就变得愉快起来。

第四十八回

打油诗乡长诉委屈　执行中深山接警示

原山县人代会，黄志毅座位与乐坝乡长钱家强相邻。钱家强部队转业回县之初在政法委工作过一段时间，因此两人有些熟识。

休息时黄志毅问钱家强："老钱，在农村工作还可以吧？"

钱家强说："可以个啥啊，简直霉登了。"

黄志毅微笑说："你堂堂一个大乡长，咋会霉登？"

钱家强嘻嘻笑起来，说："我讲个故事给你听，你看是不是霉灯了。"

"几个月前一个星期天轮到我值班。午饭后没事正想着上床眯个觉，副书记周辉元嬉笑着对我说：'钱乡长你值班，茅

书记到观霞村视察工作，你不去陪一下？'

"我以为他开玩笑，说：'没有人通知我，关我什么事？'

"周辉元说：'那我现在给你说算不算通知？不要到时候怪我没有给你说过！'

"我听了急忙赶往观霞村。边走边想，这观霞村是我们乡最偏远最贫穷的山村，很多乡干部都不愿意驻这个村。茅书记怎么会到那个地方去？但是你是晓得的，观霞村虽然穷，山上慈音寺却远近闻名，香火不断。我猜想茅书记应该是利用星期天休息时间到慈音寺考察名胜古迹去了，于是朝慈音寺方向走。走到慈音寺山脚，老远看见石阶梯上头茅书记扶着一个女的往下走。女的走得一拐一拐的，看来是脚崴了。我赶紧往上爬，走近了见茅书记右手搂着那个女人细腰，左手提着一只高跟鞋，躬着高大身躯下石阶，显出很吃力的样子。

"我说：'茅书记，你和夫人来，提前给我们说一声，我们好派人帮着点嘛。'

"茅书记阴沉着脸说：'什么夫人啊？不要乱说！'

"我去帮扶那女的，茅书记一边把那只高跟鞋递给我一边说：'我扶着就行了。'我只好慢慢跟在后面走。下到庙门口大牌坊，一辆黑色轿车开过来停下。梁尚军从驾驶室出来，一句话不说，接过我手里的高跟鞋，拉开后面车门。茅书记和那女人钻进车。梁尚军关上后车门，然后坐进驾驶室轰的一声就把车开走了。

"第二天上班副乡长杨朝贵问我：'老钱，听说你昨天到慈音寺接茅书记去了？'

"我说：'还有他爱人，把脚崴了，痛得龇牙咧嘴的样子。'

"杨朝贵说：'听说是你帮着提的高跟鞋？'

"我说：'是嘛，茅书记要我提，我敢不提？'

"杨朝贵笑了笑，说：'提得好！'

"我见他笑得怪眉怪眼的，问他笑啥，他微笑着悄声说：'那鞋不是茅书记爱人的，是县委办邱副主任的。'我这才恍然大悟上了周辉元的当。"

黄志毅说："这又不关你的事，咋说霉登了？"

钱家强苦笑着说："你不知道，这件事乐坝街上的人不知道咋的晓得了，给我乱编了一首打油诗：男女领导拜观音，乡长屁颠把鞋提。香风熏得踉跄醉，喜把石梯作官梯。我当兵从列兵干到营长，一直都是优秀干部，还立过二等功，人品被侮辱到这种地步，你说我霉登不霉登？"

黄志毅说："领导平时忙，利用休息时间就近去寺庙风景名胜地方游览参观很正常。但是现在有的人就是喜欢捕风捉影看麻衣相。这样的事完全没有必要在意，你又何必耿耿于怀想不开？"

县委在流花溪利民饭店召开县级机关主要领导干部学习会，会期三天。会议一开始，茅云峰就笑着说："这个会本来是可以不开的。但是我想同志们半年来确实辛苦，才决定召开这个会。这个会的任务就两个字，一个是学，一个是耍！学主要是自学，资料都发给你们了；耍主要是自便。大家愿意泡温泉的泡温泉，原意爬山的爬山，愿意打麻将的打麻将，总之你们想咋玩就咋玩，玩高兴，玩舒服，下半年更加努力给我工作。我伙食给你们开好，但是你们要给我耍好！"台下顿时爆发出雷鸣般的欢笑声和掌声。茅云峰说："听了大家的掌声和欢笑声，好像除了耍就没有其他事了。这不行，无论时间长短，各自还是要自行安排点时间学习，不然就不是学习会了。"

上午十一点，黄志毅接到流金中院下午开会通知，立刻向茅云峰请假，匆匆下山赶往地区中院。

下午八点，黄志毅从中院散会回到利民饭店，在服务员引导下来到游泳池。雾气弥漫中，黄志毅看见高大的茅云锋站立在池水中央。周围除了褚鄂湘梁尚军两人，其余全是嘻嘻哈哈的二三十岁女人。池不大，几乎是人挨人泡在水中。

黄志毅走到池边。茅云锋见了大声说："志毅下来泡泡，增加血液循环，恢复精力，充满活力才好继续参加战斗。"

黄志毅说："茅书记，我刚从中院散会赶回来，会议要求立即向县委汇报。全省法院从明天开始，集中执行会战一个月。我还没有吃饭，谢谢关心，泡澡就免了。还是明天向你汇报吧。"说了转身离开。后面传来茅云峰声音："那么忙干啥？我就不相信迟两天会死人了。真是脑壳打不过掉。"

第二天早饭后，黄志毅向茅云锋汇报市中院会议情况。茅云锋睡眼惺忪地说："拣重点说，免得浪费时间。"

黄志毅听了说："按照中院会议要求，我要马上回去传达布置落实高院和中院执行案件会战要求，免得拖了全地区和县上后腿。"

茅云峰说："县委三天学习会你参加不到两个小时，实在想回去就回去吧。"

黄志毅听了说："那我回去了。"

原山县法院执行会战，黄志毅不仅统一指挥，还亲自带一个组到山区执行。一天在红山岗村，被执行人张明学不仅爽快交清了欠款，还说了许多感谢话。

黄志毅见不远处一座山峰树深林密高耸如剑，指着问道："老张，那座山叫什么山？"

张明学微笑回答说："尖子山，红军在那里和国民党部队打了几天几夜，碉堡战壕和红军墓现在都还在。"

黄志毅说："走，我们去看看。"

张明学微笑说："黄院长，你不要看近，其实远得很，下沟再爬上去半天都走不拢。"

正说着手机响起来，黄志毅打开电话，刚喂了一声，一个外地女人口音说道："黄院长，情况复杂，小心！"接着便是忙音。黄志毅关了手机，说道："既然今天走不拢，以后有机会再去吧。"

晚上黄志毅想起那无名电话，虽听不出是谁声音，但明白一定是好心人示警。我有什么危险或问题需要小心呢？这人是谁呢？为什么要帮我呢？反复仔细想那声音，实在想不出是谁，便想或者是本地人为了自保说的外地口音吧。

黄志毅执行完案件回到法院。郁文瑛说："黄院长你走十多天，我觉得一件事有必要给你汇报一下。"

黄志毅问："什么事？"

郁文瑛说："上周星期三县委县政府召开整顿机关作风大会，科股级以上干部参加。会上茅书记讲话说：'有个单位领导嗜酒如命，仗恃自己级别高，整天啥事不干，只晓得喝酒，从中午喝到晚上都还在喝。这样占着茅坑不拉屎的人拿来干啥？必须弄下来，让有德有能者居之。'会后大家议论纷纷，都说茅书记说的是景双河。你说咋办？"

黄志毅说："不可能吧？景双河虽然平时是有点喜欢喝酒，但是没有茅书记说的这样情况嘛。怎么可能喝点酒就被下了？并且这段时间他也在带队参加执行会战，更不可能从中午喝到半夜。茅书记说的绝不可能是他，一定是另有其人。"

郁文瑛说："说不清，现在是欲加之罪，何患无辞。"

　　黄志毅知道景双河和郁文瑛都是普义镇街上人，说："你放心，干部问题是个严肃的问题，不可能说下就下的。即使要下也会给我说一声。"

　　一个星期后县人大突然下文免去景双河副院长、审判委员会委员职务。郁文瑛对黄志毅说："黄院长，那天我给你说你还不相信，现在应验了吧。"

　　黄志毅想起那警示电话，无奈地说："下就下吧，解脱了还好些。"

　　几天后县人大任命县委办公室秘书贺雨南为法院副院长、审判委员会委员。黄志毅考虑贺雨乾业务不熟，安排他分管法警队和执行庭。法警队长和执行庭长都是老干警，业务熟能力强，完全可以弥补贺雨南业务上的不足。

　　一个多星期后办公室主任吕学军到黄志毅办公室来，说："黄院长，以前法院工作人员学开车都是自费到驾校学开，昨天贺院长学开车把警车撞烂了，你看怎么办？"

　　黄志毅问："人伤着没有？"

　　吕学军说："左手皮肤擦伤，自己去医院了。车还摆在路上。"

　　黄志毅又想起那警示电话，说："人没有伤着就好。你们把车弄去修好，不要对法院其他人说。"

　　黄志毅不知道茅云峰当上县委书记后是心理变态，还是地位上升当一把手冲昏了头脑。一次县级机关领导干部会，建设银行行长邱松林迟到，刚跨进会议室门，茅云峰便大吼道："天天讲新作风，我看你邱松林就是耳旁风。会议都开始十五分钟了你还来干啥？给我滚出去！"

　　邱松林气得脸色铁青，哼了一声，转身大步走了出去，从此再不参加县上会议。

流金地区法院院长会议休息时，黄志毅把邱松林开会迟到事当笑话讲给清江法院院长骆蜀林听。骆蜀林听了笑着说："你这个算个啥啊？我们区委书记招待省上一个部门领导吃火锅，通知区长作陪。区长迟到二十来分钟，一进门就一连声道歉说对不起，说实在有事耽误了。恰好这时候区长手机响了，区长一掏出手机，区委书记立刻说：'把手机给我看看，究竟是谁的电话。'区长把手机递过去。区委书记接过手机看都不看一下，随手就丢进了火锅。区长腔都不敢吭一声。"

黄志毅睁大眼睛问道："真的啊？"

"怎么不真！"骆蜀林回答，"后来还升职了。不过不久就入狱了。"

原山县委召开常委会，研究解决公检法三家经费问题。会上茅云峰提出公安局罚没款不上交县财政，直接由公安局收支。

副县长兼财政局局长景向全说："这种做法违反规定，不能这样搞。先交到县财政局，然后全额返还都可以。"

茅云峰说："我看你呀，一点新思维都没有。就按我说的办！"

景向全说："上面检查出来要遭。"

茅云峰说："上面来检查你处理好就行了。"

景向全说："检查出来就不好办了。"

茅云峰说："当然不好办喽，都好办了还拿你来干啥？"

坐在黄志毅旁边的周正忠悄声说："看来这个会是专门为公安局开的，郑丰江提六个问题就解决了五个，光办公经费就增加六十多万，连清凉饮料费都解决了。我们检察院夏天还在用老电扇，冬天连电暖器都买不起一个。"

正说着，只听茅云峰问道："法院黄院长，贺雨南调你们那里任副院长这么多天了，怎么到现在都还没有给他买个手机？"

黄志毅立刻回答道："报告茅书记，贺雨南同志说，他现在有手机用着，要我们等新品牌出来了才给他买。"

县纪委书记毕伟梁说："这个不行啊，中央三令五申不能用公款购买移动电话。如果买了今后检查又过不了关。"

茅云峰说："贺雨南作为副院长本身就有资格配备手机，买了也不会有大问题。"

毕伟梁说："各级文件都规定，移动电话清理过后任何人不得用公款购买移动电话，要购买全额自费购买。"

换届后兼任县人大常委会主任的袁乐安说："这样吧，贺雨南本人出百分之三十，不够的部分公家出。"

茅云峰说："百分之三十多点了，百分之十五。"

毕伟梁说："要慎重啊，不要弄来又不好向上面交代。"

茅云峰说："有什么不好交代的？都是为了工作。"

黄志毅说："报告茅书记，法院现在还有三十多个干警没有自己的住房。"

茅云峰一下打断他："没有住房，难道都住在白地坝上？"

黄志毅微笑说："社会主义国家，当然不可能住白地上。当时县委要求他们搬出法院旧办公楼的时候，承诺过一段时间就给他们解决。他们一直要求我向县委反映。"

茅云峰说："不行！那时是那时，现在是现在。你叫他们自己出钱买。"

黄志毅说："法院干警收入不高，我说不出口。"

茅云峰说："有什么说不出口的？这些人有钱，买得起。

这个钱要拿给开发商赚，县财政好增加税收。"

黄志毅听如此说，知道再说无用，便不再说话。

散会后毕伟梁对黄志毅说："黄院长，他们实在要给贺雨南买移动电话你就给他买。你做好今天会议记录，不过上级发现了最终还是要由你撑起。最好是把购买日期改在中央文件出台之前，这样大家都过得去。"

两个星期后，出纳员周娟给黄志毅拿来一张贺雨南买手机八千七百元的发票。

黄志毅问："钱给没有？"

周娟说："你看嘛，郁院长字都签了，我敢不给？"

黄志毅想郁文瑛兼着纪检书记，拿着纪检津贴，明知不能报销，并且不在她签字权限之内却给签了，肯定是看着贺雨南来头签的。古人说君子不立危墙之下，这人啊还真的是很难说。这样一想只好说道："那你还拿给我看干啥？"

周娟说："你是院长，这么大一笔数应该让你知道嘛。"

黄志毅苦笑说："你们啊，全都是些鬼灵精。下去吧。"

周娟笑着下楼去了。

原山县法院集体二等功奖牌拿到后，人人喜气洋洋，士气高涨，一致要求召开庆功会。黄志毅想到法院当前处境，说："功劳属于过去，庆功会就没有必要开了。"但是党组成员和审判委员会委员们都认为很有必要，说一是肯定成绩，二是鼓舞士气。黄志毅只好同意，把筹备工作交给郁文瑛周明昕负责。

庆功会召开前三天，郁文瑛说："黄院长，庆功会省高院潘院长，地区中院、政法委、县上几大家领导，凡是该请的都请了。只有茅书记还没有请，我觉得你去请才合适。"

黄志毅想了想说："好吧。"

第二天上班时黄志毅走进茅云峰办公室，茅云峰边看文件边说："有什么事直接说。"

黄志毅说："我们法院荣立集体二等功，后天开庆功会，特来请你参加。"

茅云峰放下手中文件，说："我就不参加了。"

黄志毅笑着说："法院立功是县委领导有方，也是为县上争光，茅书记亲自到场参加，法院同志们一定会倍受鼓舞。"

茅云峰抬起头淡淡地说："为县上争光不假，领导有方也是段书记领导有方。我不敢贪天之功为己有。"

黄志毅说："你们都领导有方。"

茅云峰说："你是知道我性格的，说不参加就不参加。"

黄志毅听得心中火起，心想不参加算球，我就不信少你一个这庆功会就开不成了。但退一步想，他是县委书记，没有他参加肯定会给法院造成许多负面影响，不利今后工作。只好又微笑说："茅书记，省和地区有关单位，特别是省高院潘院长、地区中院项院长，还有地区政法委领导都要来，你还是见一面的好。"

茅云峰默了一下，说："你怎么不先说？有这些领导来，我当然得参加了。不然说我茅云峰礼节都不懂。"

庆功会开得隆重而热烈，领导来宾们都表示热烈祝贺并鼓励再接再厉更上层楼。茅云峰对上级领导来宾握手感谢，言语诚挚，热情有加，但却推说时间原因拒绝讲话。黄志毅预感法院以后的日子会更加不好过了。

郁文瑛走进黄志毅办公室，说："黄院长，中院办公室电话通知，说项院长的老丈人死了，要求各法院派人去祭奠。"

黄志毅问："怎么会这样？"

郁文瑛说："中院办公室说项院长岳父是老革命。"

黄志毅问："是老红军?"

郁文瑛说："电话里没有说,听意思好像不是老红军也是老八路。"

黄志毅说："你分管办公室,明天和吕学军代表我们法院买个花圈送去吧。"

郁文瑛说："不行啊,电话说每个基层法院都是院长亲自去的。并且都有慰问金。"

黄志毅说："怎么还要出钱?"

郁文瑛说："现在风气就是这个样子,如果不带慰问金,只送个花圈不好看。"

黄志毅说："那就叫吕学军封个六百元红包吧。"

郁文瑛说："现在几百元怎么拿得出手?"

黄志毅说："那你说要多少钱?"

郁文瑛说："至少两三千元。"

黄志毅说："太多了。"

郁文瑛笑着说："太多?你明天去就知道多不多了。"

黄志毅想了想说："那就两千元吧,明天一早你吕学军我们三个一起去。"

第二天车一直开到设灵堂的地区殡仪馆。项院长不在,中院办公室同志负责接待。灵堂前两旁道上摆了很多花圈,大多数是政法单位送的。黄志毅三人摆放花圈后走进灵堂,恭敬地向逝者遗像献花屈躬。喝茶时黄志毅见灵堂里人不多,而且绝大多数都是地区中院的工作人员。

黄志毅问："项院长呢?"

一个接待人员说："项院长白天上班,下午下班了才来。"

黄志毅对吕学军说："怎么其他法院一个院长都没有来？"

另一个接待人员笑着说："白天都要上班嘛。除了你们少数几个偏远地方院长，其他院长每天都要来吃晚饭，喝酒打麻将整通宵，热闹得很。黄院长你就不要走了吧？"

黄志毅笑着说："我倒是很不想走啊。只是明天我们县委政法委例会，轮到我们法院主办，我敢缺席？"

郁文瑛说："我们县是最偏远地方，消息闭塞，信息不通，要不是你们中院打电话告诉，我们还不知道老革命仙逝。麻烦你们代表我们黄院长向项院长说明，请他节哀顺变。"说着把红包递上。

回法院车上，郁文瑛说："黄院长，其实你应该留下来，不然有些不好看。"

黄志毅说："有啥不好看！留下来每天一早一晚都在跑，白天咋工作？再说晚上打麻将，大家都参加，只有我一个人不打显得生分，打嘛，人家几爷子腰包胀鼓鼓的，我敢和他们打？"

吕学军笑着说："说的也是，手长衣袖短，输痛不敢喊，还是避开的好。"

黄志毅接中院电话通知，要他参加赴欧司法考察团。黄志毅立刻把通知内容向茅云峰汇报。

茅云峰想了一下说："一个电话叫你去你就去啦？"

黄志毅说："没有关系，不去就算了，我只是按通知要求向书记你汇报一声。"

茅云峰说："我不是这个意思，总要有个文件，我好在上面签字嘛。你是老干部了，怎么连这点规矩都不懂？"

黄志毅说："茅书记，我说的是真话。据说现在出国考察一大半时间都是游玩，没有必要浪费这个钱。"

茅云峰认真地说："不，不，我的原则是只要上面有文件，我都签字照办，不能因小失大，影响全局。你们中院文件一到你就给我拿来，不管多少钱，我都签批同意。"

流金地区赴欧司法考察团由中院院长项林海带队。考察路线从香港飞德国法兰克福，乘车经荷兰比利时卢森堡到法国，再飞回香港。考察团历时半个月，除参观德国皇帝督建的审判法庭一个多小时外，其余时间几乎全是旅游。德皇审判法庭规模不大，但是修建得特别精致。一头是法官审判台，另一头是皇帝听法官审案的监审厅。中间是可容纳数十人的旁听席。监审厅金碧辉煌，德皇座椅等所用之物高大气派。导游讲解得很详细，以此炫耀德国司法制度的优越和历史的悠久。但是没有说皇帝至上还是法律至上。

整个西欧五国考察给黄志毅总印象是建筑精致，文化内涵比美国深厚；环境优美，空气清新，碧水蓝天，风光如画。此时东德和西德统一不久，西德建筑、道路、森林绿化以及环境设施明显比东德要强。东德建筑设施明显要比西德粗糙。东德公路全是水泥路面，人坐车上震动感觉明显比西德大。

赴欧考察团和赴美国考察一样，都大买东西，主要是水晶、手表、玉器、化妆品等国内昂贵商品。黄志毅问同行者为啥要买这么多，都说自用和送朋友。梅崇德悄声对黄志毅说："啥自用送朋友啊，大都是买回去高价卖给企业大老板的。我们县有一个人赴美国考察，四百五十美元买的一条项链卖了三万六千元。"

回到香港待机两天，大家又逛街大买紧俏物品。黄志毅无所事事，两次出国往返香港四次，早已没有了新鲜感，便在酒店宿舍睡觉。实在睡不着便到海边看海。在轮渡口惊奇地发现每个人都行色匆匆，脚步很快，远不像大陆内地人走路慢吞吞模样。心想香港人生活节奏紧迫如此，东方之珠确非浪得虚名。回家第三天黄志毅便把两次出国考察剩余的七百五十美元存进了银行。

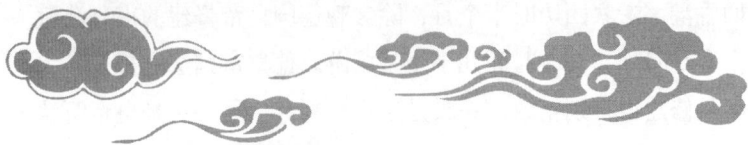

第四十九回

轻民心执行遭围困　　后盾强任性获重奖

上午上班，黄志毅前脚跨进办公室门，贺雨南后脚就跟了进来，说："黄院长，今天我带执行庭法警队到张家河村，执行村民拒交税费案，你有没有什么指示？"

黄志毅说："贺院长，我小小一个院长，七品芝麻官都算不上，有什么资格作指示？晓得的知道你是开玩笑，不知道的认为我黄志毅有多狂。今后这样的话可不能再说。"见贺雨南红了脸，黄志毅说："小心点，这件案子人多面广，执行庭几次都没有执行下来。"

贺雨南面露笑容说道："哪里有那么凶啊？自古以来都是民怕官，逮他几个来关起，其他人交都交不赢。"

黄志毅说："稳定压倒一切，民事执行还是要以说服教育为主。张家河村离县城近，群众既懂法又不懂法，涉及切身利益，每次执行都以自己理解的法律政策与执行人员东拉西扯纠缠。"

贺雨南说："你太小心了。老百姓对交皇粮国税的道理还是知道的。你放心，小小一个案子，我们很快就会回来了的。"边说边转身走了出去。

黄志毅听如此说，立刻打电话叫执行庭长倪长林和法警队长景松风到办公室来，说："贺院长到法院不久，对张家河村群众情况不熟悉。但是你们两个熟悉，要多留点心。执行不了就不要勉强，群众情绪激烈就撤回来，无论如何不能和群众起冲突。"倪景二人走出办公室，黄志毅仍不放心，走到办公室外，对正在下楼转弯的倪景二人大声说："你两个记住，千万不能和群众起冲突！"

十点多钟，黄志毅接到景松风电话："黄院长，群众情绪太大，可能执行不了。"黄志毅说："执行不了就撤回来。""好的！"景明松大声回答。

十一点多钟，景松风又打电话来："黄院长，撤不了了。"黄志毅问："怎么回事？"景松风说："两三句说不清，反正走不脱了。"黄志毅说："那我马上来。"

桑塔纳轿车开到张家河村机耕道口，黄志毅对司机说："你把车开回法院去，没有我电话你不要来。"

黄志毅下车后一个人沿机耕道向村里走。这条路黄志毅已经走了好几趟，对案子很清楚。村民们说不是不交税费，而是说村上干部不公开经费账目。不公开就不能交，好久公开好久交，而且一分一厘不会少。但是村干部说公不公开账目与交不交税费是两码事，是要挟干部，到时候该公开自然会公开，不能惯坏了。双方互不相让，村委会便申请法院强制执行。

黄志毅从机耕道边小面店经过时，见贺雨南一个人正在里面吃面。贺雨南站起来走到店门口，若无其事的样子笑着说："黄院长快来，先吃面，吃饱了再去。"黄志毅想都这个样子了还吃得下去，没好气地说："你慢慢吃吧。"边说边径直走了过去。

黄志毅转过弯见竹林下吵吵嚷嚷站着一大片人。只听倪长林大声吼道："大家不要闹，我们院长来了。"于是人们把目光一齐转向黄志毅。

黄志毅挤过人群走到警车旁边。法警和执行庭人员围着警车，把群众和警车隔开，很明显是在保护警车。走到警车车头，见警车副驾座上坐着一个六十多岁老头，怀里抱着一个一岁大小的男孩。警车前面横放着一根粗大的电线杆。问景松风怎么回事。

景松风迟疑了一会儿才小声对黄志毅说："我们来不一会儿就来了几十个群众，又吵又闹拉我们去找村干部公布账目。我和倪长林都觉得执行不下去，便向贺院长汇报，说了我们必须撤回去的看法。可是贺院长不同意撤。直到我给你打电话后他才同意了。我们上车后车还没有启动，一个老头抱着他孙子从远处边跑边叫骂着跑过来。贺院长见了立刻从车上下来对老头说：'你这个老头骂什么？是不是想进去吃二三三啊？'老头说：'你别吓我不懂！'贺院长一下把车门拉开说：'想进去就上车！'老头说：'上车就上车，我就不相信你还能把我吃了！'说着就向车里钻。老头上车太急，怀里娃娃的头与车门擦了一下，那娃娃大哭起来。旁边群众听到娃娃哭声，就说法院打人了。其他人全都围上来叫骂着不让走，还把顺在路边的电杆抬来横挡在车前面。就成了现在这个样子。"

黄志毅问："没有给他们解释？"

倪长山说："解释了，不仅不听，还提出严惩打人凶手。我看麻烦了。"

黄志毅走过去对老头说："老哥，我看一下你孙子伤着哪里了。"

老头横眉竖眼瞪着黄志毅说："要看你就看嘛，难道是假的？"

黄志毅仔细看了一会儿才看到右额头上一条细细的淡淡红痕，不仔细看完全看不出来。说："老哥，以伤为重，该医就医。先到县医院检查怎么样？"

老头想了一下说："好嘛。"

黄志毅正要叫法院执行人员把电杆抬开，只见房屋转角处一男一女边喊边骂着跑过来，男的一到车前就问："是哪个打我的儿子？给我拉出来我还他打！"

黄志毅对老头说："老哥你给你儿子说一下，医伤要紧，不要耽误了时间。"

老头对儿子说："还是先检查要紧。"

男子说："检查啥检查？你把他们放走了，他们不检查咋办？不行，没有说好不准走。"

黄志毅说："这好办，你们全家人上我们车去检查，我不走留下来行不行？"

男子说："不行，我们到县医院谁给我们交钱？谁带我们去检查？"

黄志毅说："这样，我马上叫我们管钱的同志先到医院挂号等你们，你们一到医院就检查怎么样？"男子想了想说："可以。"然后指着黄志毅对他父亲说："你留下来守着他，不要让他跑了。"

于是法院执行人员抬开电线杆,让他们三人上车去县医院。警车一开走，黄志毅马上给郁文瑛打电话，问她在哪里，郁文瑛说刚下班回家正要做午饭。

黄志毅向郁文瑛简要说了执行情况后说:"你不要做饭了,赶快叫吕学军和你一起到县医院联系,给娃娃做检查准备,该怎么医就怎么医,有啥情况及时告诉我。"

郁文瑛说:"那你们咋办?不吃午饭啦?"

黄志毅说:"村民围得这么紧,吃啥午饭啊!我看那小孩伤情不大,不会有问题。你把他们思想工作做好,把他们劝回家就是大功一件。"

打了电话,黄志毅悄声对景松风倪长林说:"现在没有你们事了,叫同志们都撤回去吧,我留在这里。"

景松风说:"你看现在人越来越多,都是听说法院打人赶来的,恐怕走不成了。"黄志毅看四周果然新增了不少人,说:"大家分散开,一个一个地走。"

景松风问:"贺院长呢?咋不见了?"

"他早就跑了。"倪长林说,然后问黄志毅:"黄院长,我们走了你怎么办?"

黄志毅说:"要相信群众,不会把我怎么样的。"

倪长林说:"相信群众?群众也分左中右,我跟你一起走吧。"

黄志毅微笑着说:"你看人些都盯着我,怎么走得脱?你们走,我自有办法。"

倪长林景松风等人分散走后,仍有八个人不走,说黄院长不走我们就不走。黄志毅劝不动,只好任由他们留下。

人群渐渐散去,只有当地二十来人守着黄志毅等人。轮番回家吃午饭,吃了又来守。

下午三点过,郁文瑛打电话来说:"黄院长,娃娃的检查结论出来了，没有受伤，医生药都不开。"

黄志毅说："那好，叫车送他们回去吧。"

郁文瑛说："好啥啊，他们不服，说是法院和医院串通好做的结论，不走。"

黄志毅说："多做一下工作，叫他们回去。"

郁文瑛说："难，一点不讲道理。县医院要他们到地区或省医院复查，他们不去。"

黄志毅说："你辛苦点，尽量做工作让他们回去。"

郁文瑛说："那好吧。"

半个多小时后郁文瑛打电话给黄志毅："黄院长，他们太横了，说不复查可以，但是要法院包他们娃娃三十岁前不生病，如果生病由法院负责。你说咋办？"

黄志毅问："这三个人吃饭没有？没有就安排他们到医院门口饭店吃饭，然后给他们安个病室住下来。我回来再说。"

郁文瑛说："饭我已经安排他们吃了，就是不走。"

黄志毅说："现在已经快五点钟了，安排他们住下后，你到县人大去。茅书记沿海招商引资去了，你去向袁主任汇报，汇报详细点。"

郁文瑛一走进县人大常委会主任办公室，袁乐安立刻问道："听说你们法院执行把人打伤打死了，究竟咋搞起的？"

郁文瑛汇报了整个经过，袁乐安说："那黄志毅和你们法院的同志还被围着没有出来？"

郁文瑛："出不来，到现在水米未沾。"

袁乐安说："你现在不要走，我们一起到现场去。"

立刻叫几个工作人员上车，到街上买了面包饼干矿泉水，分装在几个大塑料袋里。

车快到张家河村时，见沿路三五成群的人都往张家河村方向走。车开到进村机耕道口，见法院停在公路上的囚车玻璃已经全被砸烂，围着很多人，有几个人好像正在要将车掀翻。

袁乐安说："停车，我们走进村去。"

天色已经暗下来，司机问车怎么办。袁乐安说："你就停在这里等我们。"

郁文瑛说："袁主任，恐怕不行啊。这些人不明就里，天又黑，不要把车给你弄坏了。"

袁乐安听了对司机说："那你把车开回去，到时候来接我们。"

袁乐安提一个塑料袋走在前面，其余人提着塑料袋跟在后面。路上人很多，有的往里走，有的往外走，都在议论法院打死人的事。越往里走人越密，走到村口时不知谁大声喊道："法院慰问我们的人来了！"人们听了立刻涌围上来，不由分说连拉带抢夺走了袁乐安等人手中塑料袋。现场顿时爆发出一片欢呼声。

天色很暗，郁文瑛等人怕遭黑打，乘这些人笑闹拉扯分食东西时候，簇拥着袁乐安进入一户人家，把门关上。

夜色漆黑，寒风阵阵，黄志毅感到从未有过的寒冷。对围着他的八个法院同志说："你们留在这里已经完全没有必要了，趁黑回去吧。你们走了，我一个人目标小，乘他们不注意才走得脱。"

大家听黄志毅如此说便各自分散离开。最后只剩下吕永明和华国林不走。

黄志毅说："你俩咋还不走啊？快走！"

华国林微笑说："反正我俩是跟定你了，你不走我们就不走。"

黄志毅着急地说:"你们两个呀,夜暗中的事情说不清楚,赶快走吧。"

吕永明笑着说:"不要紧,我们两个当过兵,有啥事情可以先抵挡一阵。"

袁乐安等人进入人家户后,都在院坝地上站着不说话。寒风吹来,大家走到阶檐下避风。袁乐安拿出手机给分管政法的县委常委常务副县长梅承远打电话,简要说了情况。梅承远听了说:"你们保护好自己。最多两个小时把你们救出来!"

快十二点时,黄志毅听到大路上传来密集警笛声,接着传来高音喇叭要求人们尽快离开的警告声。在高音喇叭的不断警告声中,人们惊惶失措地跑过来,边跑边喊:"快跑快跑!公安局来真的了,见人就打,见人就抓。"不到两分钟人们全都跑得干干净净。空旷的夜色中只剩下黄志毅吕永明华国林三人。

黄志毅三人摸黑徒步进城,走到十字口时黄志毅看表已经半夜两点多钟。黄志毅说:"你们两个先回去,我到县委看一下情况。"

黄志毅感激地看着二人转弯过拐不见人影了才转身来到县委大门口。只见栅栏门紧锁,空旷的大院里没有一点声息,这才转身拖着疲乏的身子往家里走,边走边想着出这么大的事,不知道茅云峰回来后将会如何借事说话。

第二天上班,黄志毅问郁文瑛:"你和袁主任他们是怎么回来的?"

郁文瑛说:"怎么回来的,先是关在那户人家里等嘛,等到公安局的人来了就坐袁书记的车回来了。"

黄志毅说:"听说袁主任挨黑打了几拳?"郁文瑛说:"有

这种说法，但是说不清，人大办的人有的说他挨了，有的说他没有挨。天那么黑，反正我是没有看见。"

下午，黄志毅到梅承远办公室。早在梅承远当公社党委书记的时候，黄志毅与梅承远就是围棋棋友。县人代会选梅承远任副县长时，二人下围棋竟然忘了时间，弄得大会会务组派人到处找。

梅承远见黄志毅来了，满面笑容地说："院长大人受惊了，请坐。"

黄志毅苦笑着没有说话，坐到梅承远对面沙发上。

梅承远笑着说："本想摆酒给你压惊，你又烟酒茶都不会。"然后正色问道："昨天究竟怎么回事？整得那么凶，把你和袁主任都困在里面。"

黄志毅讲了详细经过后说："万想不到会出这样的事。这可能是原山县解放以来最大的事件了吧？"

"肯定是。"梅承远说，"公安局出动了全部可动用警力。枪支、盾牌、警棍、高压水枪都上了。"

黄志毅说："我正在想如何向县委汇报。按理说贺雨南不调来就不会发生这样的事。但是损失和影响那么大，我毕竟是院长。"

梅承远想了想说："不知道为什么，我现在记性越来越差，有些怀疑是不是患脑萎缩帕金森了。记不起是哪一部电影里说过这样一句话：敌动，我动；敌不动，我不动。"

黄志毅听了点头说道："走了。"说罢转身走了出去。

黄天明晚上回来，一进门就兴奋地大声说："昨天晚上把手欢安逸了。"

黄志毅问："欢啥手？"

黄天明说："救你们嘛。我们交警队刑警队打前阵，远光灯打过去看得清清楚楚。法院囚车推翻在路上。人太多了，前面的年轻人跳来跳去，又叫又骂，不仅不退还向我们甩石头。有的还拿着竹竿木棒要冲打过来样子。褚局长喊一声给我打，我们立马拿着盾牌，举着警棍冲过去，不管三七二十一，劈头盖脑乱打。那些人转身就跑。我们追着打，把那些扔石头、叫骂、拿杆扬棒的打来抱头蹲在地上动都不敢动一下。一共抓了二十八个人，今天下午放了十九个，拘留九个。我当时手都打软了，有的人今天早上说手都还是麻的。"

几天后黄志毅路遇袁乐安，说："哎，张家河那天感谢你了。"

袁乐安说："谢什么啊，大家都没有事就好。"

黄志毅听他如此说，便笑着说："听说那天晚上你挨了几下？"

袁乐安一下红了脸，不好意思样子说："他几个瞎说的。他们把我围在中间，要挨他们先挨，怎么打得到我？"

茅云锋回来后大发雷霆，要求县人大纪委政法委对事件严肃处理，追究领导责任，以儆效尤。

黄志毅已经作好思想准备，如果真要追究就全盘说出，要求追究贺雨南和县委人大相关责任人用人不慎责任。再不行就反映到省地两级人大检察院法院，由上级来评判主持公道。可是半个多月过去不见一点动静，就像没有发生过一样。又一个多月后贺雨南调离法院，任商业局局长去了。

行政庭长苗艳到院长办公室汇报说："黄院长，交通局行政罚没案太难办了，咋结案啊？"

黄志毅问："难在哪里？"

苗艳说："邱县长说谁把我人民政府送上被告席，我就摘谁的帽子。弄得县政府没有人敢接应诉通知书。我们只能反复做原告工作劝其撤诉，可是原告坚决不撤。"

黄志毅说："多做工作吧，实在不行了你和郁院长一起去告诉法制办和交通局，就说我说的，请交通局领导妥善处理好这件事。如果不处理好，县政府又不应诉，法院就依法缺席判决县政府败诉，不服向上级法院上诉。"

一个星期后苗艳笑着汇报说："黄院长，交通局处理好了。看来法院还是要强硬点才行。"

"处理好就对了嘛。"黄志毅说。心中却想道："你知道啥啊，我又把茅云峰邱石松得罪了。"

黄志毅听到敲门声，抬头一看见是新调来的副县长庾学昌站在办公室门口，赶忙起身迎上去，边握手边笑着说："县长大人有事打个电话通知我过来就是，怎么降贵纤尊到在下这里来了？"

庾学昌进门坐下。黄志毅倒杯白开水递到庾学昌手中说："对不起，我不喝茶。办公室从来没有茶叶。"

然后坐到庾学昌身边说："你是县上第一个到我办公室来的最大高官。晓得你要来，我就叫办公室买袋好茶。"

庾学昌脸微一红，说："啥子高官啊？院长大人就不要折煞我了。你的事多，我就直说了。茅领导交给我一件任务，我觉得有点难。"黄志毅说："什么任务？"

庾学昌说："三八纺织厂在资绵银行贷款六百万元，很多年都没有还。央行现在出台文件允许企业破产豁免。资绵银行和三八纺织厂双方都想利用这次大好机会，把这笔贷款豁免了，甩掉这块大包袱。茅领导的意思是要法院在破产文书上盖个法院印章。"

黄志毅说："没有问题。你叫他们双方把材料拿来，我叫人审查，如果审查符合破产条件，依照法定程序盖就是了。"

　　庚学昌听如此说立刻站起来道："那好，我马上回去向茅老板汇报，叫他们把材料给你送来。"

　　第二天上午材料送来了。黄志毅对景运周和经济庭长毕国才说："这个材料你们认真审查，没有问题就签字把章给他们盖了。"

　　下午快下班时候，毕国才把材料拿上来了，说："黄院长，这套破产材料完全是资绵银行和三八纺织厂背着法院伪造的假材料，哪个有胆量给他们签字盖章嘛！"

　　黄志毅说："那你打电话叫他们把材料拿回去。"

　　第二天庚学昌来了，黄志毅说了审查情况。

　　庚学昌说："我知道是假的，所以才说有点难。他们花了两三个月才把这套材料整出来，还请了律师。领导的意思是通过我给你说，要你把章盖了。"

　　见黄志毅不说话，庚学昌说："哎呀，老黄，现在的事真真假假说不清，我看你就把章给他们盖了算了。一是免得领导又生你的气，二是我也好把这个差交了。"

　　黄志毅说："庚县长，你想过没有？如果这个材料交上去真把这好几百万元豁免了，以后发现查出来，谁来负这个责？我们依法治国、执法如山这些高大上的话就不说了。现实点，你我都是农村出来的。你为爱人孩子农转非，还到西藏待了几年，好不容易才走到今天。这个官当不当无所谓，坐班房那就对不起祖先人了。所以这个章无论如何不能盖。"

　　庚学昌脸上现出为难神色，闷了好一会儿才说："你是知道茅老板性格的，我怎么向他说？"

黄志毅说:"好说,你就直说是我坚持不签字、不盖章的。"

庚学昌双手直摇说:"啊呀黄院长,这样说对你很不好。我不能这样说。"

黄志毅说:"庚县长,你只能这样说,不存在好不好的问题。要怪,只能怪我端着法院院长这碗饭了。"

庚学昌为难地说:"那我就照你说的直说了?"

黄志毅说:"你就照我说的直说,我不怪你。"

第二天下午,黄志毅按照县委办公室紧急通知要求赶到常委会议室。见茅云峰坐在书记座位上看文件,邱石松坐在茅云峰旁边默默抽着烟。二人对面坐着三八纺织厂厂长和资绵银行行长,会议桌当头坐着常委办公室记录员。黄志毅一下明白是要说破产案的事,便在茅云峰斜对面坐下。茅云峰看了一会儿文件,抬起头来,若无其事样子说:"今天只说一件事,就是三八纺织厂向资绵银行贷款豁免的事。你们三个谁先说?"

纺织厂周厂长摇摇头,摆手表示没有说的。

资绵银行邱行长满面笑容地说:"我也没有说的,就看黄院长的了。"

见茅云峰邱石松都不说话,黄志毅便也不说话。

过了好一会儿茅云峰说:"黄院长你说。"

黄志毅说:"好,那我来说。其实大家都清楚,三八纺织厂破产案法院没有立过案,当然就谈不上依法审理案件,说白了就是一个假案。要我在假案上签字,这字怎么签?我知道大家都是好心,都是为了把原山县建设好。我是原山人,更有责任把我的家乡建设好。茅书记、邱县长,多的话就不说了。我看是不是这样,请记录员写个真实情况说明,我们在场的每一个人都在说明上签名同意,显示我们对发展原山经济的决心。

然后我拿回去马上在破产材料上签字盖章。"

邱石松脸一沉站起来，边向外走边说："还说个球啊！"

见邱石松走，茅云峰也站起来向外走，黑着脸沉声说："不说了！不说了！"

回法院路上，黄志毅心情复杂。既有一种捍卫法律尊严的快感，又有一种无助无奈的悲伤。这悲伤大大地超过了快感。

十二月底，全县各机关单位年终目标考核分出台。公安局财政局分数和县四大家办公室一样高。检察院和法院分数却低得离谱。

由于分数涉及每个人年终奖金，法院干警群情激奋，议论纷纷，有的气得破口大骂："妈哟，打分的人全都瞎了聋了。公安局刑警队掉一支五四四手枪下落不明，派出所刑讯逼供无人过问。说一说这最高分是咋来的嘛？现在还有没有一点公平正义、天理良心啊？"

最为轰动的是，全县乡镇党委书记和县级机关单位一把手每人奖励新楼房一套。土家乡新任党委书记刚下文还没有到任仍然获奖一套。贺雨南当商业局局长不到两个月也获奖一套。对原山县历史上领导干部第一次群体重奖，广大群众议论纷纷，怀疑说这些获奖人完全吞得下去么？

法院全年工作目标考核靠后，黄志毅有苦难言，心中十分难过，知道是自己与茅云峰没有搞好关系挂误了同志们。人在矮檐下，不得不低头。为了法院工作，也为了法院同志们经济不受损失，看来必须与茅云峰缓和关系才行。于是去向茅云锋汇报。

黄志毅一走进书记办公室，茅云峰便问道："黄院长什么事？"

黄志毅说："向茅书记汇报一下思想。"

茅云峰默了一会儿，说："汇报思想？坐吧，坐下说。"

黄志毅坐了，说："茅书记，法院这一年工作靠后，主要是我工作没有做好。我以前虽然做不到吾日三省吾身，内心自我检查倒是经常有的。这两年事情多了也就放松了。现在检查起来，首先是向县委，主要是向你汇报不够。"

茅云峰打断黄志毅话说："黄院长，现在大家都忙，你就不要首先、其次、再其次的说了。你不向我汇报，我就不知道你和法院的情况了？你的一举一动我都清清楚楚。好些事我当天就知道了。比方说你摆老资格。开党组会、开审判委员会时把双脚翘放在桌面上。我这个县委书记都不敢这样做。"

黄志毅一下笑起来，说："茅书记，你想象过没有？这双脚放上桌面开会像个什么模样？要不，你现在就把你双脚放在桌面上，体验一下会是什么感受。不过，反映的人多少还是有点实事求是，只是太夸张了。"

"怎么说？"茅云峰问。

黄志毅说："我的脚不是放在桌面上而是有时候盘坐在椅子座面上，这种坐法其实不是一天两天了，而是很多年了。就是地区中院开会有时候我也是这样坐的。要说老资格，这点也可能算得上是老资格了。"

茅云峰问："那你为啥要这样坐？"

黄志毅说："茅书记你不知道，我这个人天生寒湿体质，风湿特别重。年轻时候还能忍，渐渐年纪大了，坐着不动，时间稍长一点就不行，盘脚坐着变换一下坐姿感觉要好些。"

茅云峰听了说："清楚了，人多话多，不要放在心上。"

正说着贺雨南微笑着走了进来。茅云峰立刻说："雨南你隔壁房间等一下再来。"

茅云峰见贺雨南红着脸出去了接着说："主要是你没有处理好我和段书记之间的关系。我说过段书记怎么待你，我就怎么待你。可是你看到段书记的神情和见到我的神情我觉得就是有些不一样。"

黄志毅正要申辩，茅云峰伸手制止道："好，我们就不说这个了。如果要说，我还可以给你指出很多来。不过你今天既然主动找我了，说开了，其他就不多说了，好好工作就行了。另外还有其他什么要说的不？"

黄志毅听如此说，马上说："其他就没有什么了，只有一件，就是在住房问题上法院干警对我意见很大，说我不关心他们。"

茅云峰说："你知道现在政策已经取消了福利房，找我也枉然。"

黄志毅说："这个我知道。但是新政策允许个人可以集资建房，这些无房户多次要求集资建房。"

茅云峰说："既然政策允许，他们建就是了嘛，找我干啥？"

黄志毅说："按新政策，单位个人集资建房，征地和建房税费可以减免，但是这必须要你同意才行。如果不减免，法院干警承受不起。"

茅云峰说："又是说钱，我哪里来那么多钱？现在是到处都要用钱。你这个口子不能开，我也不敢开。一旦开了县财政税收要少收好多钱啊。你对法院无房户解释一下，说等县上有钱了就解决。"

黄志毅立刻明白这是诳自己的托词。他知道好些单位集资建房税费都减免了。只好说："县上从来都缺钱，只有请书记你多关心了。"

茅云峰冷冷地说："以后再说吧。"

黄志毅只好说："那我走了，贺雨南还在等着你呢。"

上午，一个女人突然冲进黄志毅办公室，向他一边指手画脚东挥西比，一边不停啊啊大声乱叫。黄志毅知道是个哑巴，便示意她沙发上坐下。哑巴双手合十，向黄志毅一拜，然后仍然哇啦哇啦说着，眉目面容间显出很是着急的样子。

黄志毅打电话叫郁文瑛带两个女法警上来。

不一会儿郁文瑛上来见了立刻笑起来："吴大姐是你嗬？"

然后对黄志毅说："这是城关出了名的吴哑巴。人聪明能干，还会缝纫打衣服，听得懂别人说话，就是自己说不出话。"

这时吴哑巴不闹了，静静坐着，面容清瘦，显出秀气样子。

黄志毅说："郁院长，你问她找我干啥？"

吴哑巴一下站起来，焦急地指指窗外，又指指楼下，又指向黄志毅。

黄志毅明白了，事情发生在外面，是楼下的人叫她上来找他的。便对郁文瑛和两名女法警说："你们带她下去，看是哪个庭在办她的案子，一定要把案子办好，尽量有利于她。"

吴哑巴又向黄志毅躬身双手合十。

黄志毅微笑着说："好了，郁院长会把你事情办好的。"

下午城关法庭庭长吕家树来向黄志毅汇报说："黄院长，吴哑巴案是我们庭经办的。经审查，吴哑巴住县城围城路西段，十多年前和外地一个不知什么地方的男人非法同居，生了两个女儿都是哑巴，没有办户口。几年前那男的丢下她仨母女，不知跑到哪里去了。这次凤楼镇按县上规划拆迁改造，吴哑巴家房屋在拆迁改造范围内。她家土地房屋不多，又只有她一个人有户口，但她要求按四个人补偿安置，镇上当然不同意，只同意补偿安置她一个人，她就告到法院来了。现在我们判也不好判，调解也调解不好。她就来找你了。"

黄志毅说："你去告诉凤棲镇有关领导，就说我说的，吴哑巴问题法律政策关系复杂。没有妥善解决之前请他们暂缓拆迁。如果他们硬要强行拆迁，就判凤棲镇败诉，不服请他们向中院上诉。"

吕家树说："这恐怕不大妥当吧？"

黄志毅说："哎呀，我话是这样说，你把城关镇拖住再说嘛。判吴哑巴败诉你就妥当了？"

当天晚饭后黄志毅找到吴哑巴住处。怕被她看见，站在远处观看。三间破旧正房一头是转角，另一头是草棚，地坝不大，长满了杂草。觉得应该帮她一把才行，不然今后怎么生活？

第二天上班，黄志毅通知郁文瑛到办公室。讲了吴哑巴案情后说："这个案子案情简单，城关镇按吴哑巴一个人安置有一定依据，但后遗症很大。当事人是残疾人，法律政策关系交错。弄不好对法院对凤棲镇的社会影响都不好，对吴哑巴更不利。我看只有把法律政策法理一致起来处理才行。你分管刑事，民事行政都与你无关，但你是女同志，吴哑巴又认识你，对做好她工作有利。我看是不是这样，我去找民政局领导，看对残疾人有没有特殊照顾政策，能对吴哑巴照顾就尽量照顾，最好是让他们出点钱。你去找妇联领导，请她们出面向有关方面呼吁支助吴哑巴母女。"

郁文瑛说："是有点难，我尽力而为就是了。"

黄志毅说："大家共同努力吧。我去找城关镇主要领导，请他们出点血，提供点方便。实在不行我去找分管的县领导。"

此后吴哑巴三天两头到黄志毅办公室来，啊哇啊啦又比又画大说一通。有时叫她下楼去就下楼去了。有时赖着不走，只好打电话叫郁文瑛来把她劝下去。

两个多月后，凤楼镇给吴哑巴划了一块与宅基地面积相等的土地，用多方筹措的资金建了一套与原房屋面积相等的新房。新房临街面是两间铺面，解决了吴哑巴母女生活来源问题。

吴哑巴撤诉后，到黄志毅办公室来不走，笑容满面叽里呱啦又是鞠躬又是合十地感谢。黄志毅赶紧叫人来把她又拉又劝地弄下楼去了。

第五十回

临退休劝导顾大局　指导组正名助法院

一个人走进黄志毅办公室躬身问道："你是黄院长吗？"

"什么事？"黄志毅反问道。

"黄院长你好，我是茅云峰弟弟茅云新。"

黄志毅看来者矮小猥琐模样，与茅云峰的高大魁伟富态天差地别，不禁问道："你是他亲弟弟？"

"如假包换。不相信去问他就知道了。"茅云新说。

黄志毅问："你找我什么事？"

茅云新说："啊，是这样的，我是律师。昨天接了一件你院经济案件。"说着递上名片。

黄志毅看姓名确是茅云新，但并非律师，而是法律工作者。法律工作者农民都可以当，便说："好，我知道了。"

茅云新走后，黄志毅到县委去向茅云峰汇报，印证是否确有茅云新这个弟弟。如若真是，劝茅云新最好回避，免得给他哥哥造成不好影响。

黄志毅经过麻良君办公室门口时被麻良君叫住："志毅你找茅书记？"

"问他一件事。"黄志毅回答。

麻良君放下手中报纸，说："茅书记到地委开会去了，进来坐嘛。"

黄志毅听了走进去坐下，说了茅云新事。

麻良君沉默了一会儿说："志毅，我劝你不要对茅书记说。你可能不知道，有些会上他虽然没有明说，但是听得出对你有看法。你把茅云新事对他说了，弄不好他又认为是在和他作对。你依法公正把案办了，他能说个啥？"

黄志毅说："谢谢麻书记关心。"说着站起来要走。

麻良君微笑说："你忙啥？坐嘛。"

黄志毅坐下。

麻良君说："志毅，昨天收到地委文件，我已经不是副书记了。"

黄志毅说："不是还有一年多才到点的嘛，咋就下了？"

麻良君说："哪里啊，不到半年就到退休年龄了。"

黄志毅说："这么快？我以为还早呢！"

麻良君说："志毅，你我这么多年，也算是老同志了。你今天不来，我也要找你谈一下。不知道你还记得不？那年我还是秘书的时候，代表组织对你提拔前谈话。不足部分只有一句：
'该同志性格太直，说话不注意方式。'现在看来你好像没有
太在意。作为领导干部，太刚直了对人对己对工作都不利。以
前段书记思想层次高，你工作自然很顺。现在茅年轻气盛，用
权力解决一切问题，再加上其他一些因素，你能刚得过他？他
任书记你是第一个会上公开顶他的。不把你压服他权威怎么树
得起来？现在又出来几个不服的。这样一来他的心态就变了，
好像人人都跟他过不去似的。最近他好几次在会上反复说阶级
敌人蠢蠢欲动。现在都什么时候了还公开在大会上这样讲，连
宪法都不这样提了。下来可能有人提醒了他，才改称为不良分子。
什么叫不良分子？大家都知道他的意思。我调县委工作三十多
年，经历了九届县委书记，没有一个像他这样的。我给你说这些，
就是提醒你不要顶他，该忍还得要忍。不要认为你是地管干部，
他把你怎样不了，其实不是这样的。小心点。"

　　黄志毅感动地说："谢谢老大姐关心。上次公开顶他，是
我参加工作几十年来第一次会上顶领导。他布置的任务我根本
完不成，当时就想会后下来与他沟通说明。哪知他不讲道理，
完全一副高高在上不可一世、飞扬跋扈不把下属当人看的样子。
心想如果这样下去，以后不就人人都成了他的下饭菜了么？同
时也想到了以前老领导们对我，对其他同志的平等尊重。这样
一想也就完全没有顾忌他是不是书记了，也完全没有去想得罪
他的后果了。下来自我检查，我是有些硬得太过。不过无所谓，
我从来都把当官看得很淡，有时还很烦这顶乌纱帽带来的麻烦。"

　　黄志毅见麻良君若有所思样子不说话，便笑着说："麻大
姐你不知道，朱清源多次笑话我是把书都读完了的人。意思是
批评我读书读迂了，遇事不知转圜。其实我自己也觉得我读书

读憨了。读书使我受中国历朝历代不畏权势刚直不阿的思想影响太深，见不得趾高气扬盛气凌人的人。那年合肥办理案件，时间那么紧，我上火车前还特意打的到包公祠拜谒，个人掏钱买了一束鲜花献上。"

麻良君沉默了一会儿说："志毅，为了工作，我们个人受点委屈应该没有什么。你说呢？"

黄志毅说："老大姐批评的是。我知道官当好了可以做很多有益于人民和国家社会的事，更大地实现人生价值；也知道忍辱负重才能当好官。可是天性决定，我的缺点太多了。特别是太看重底线。做人的底线，当官的底线，朋友的底线，等等这些底线有时候弄得我很烦，甚至感到很痛苦。但是我又觉得这是优点，舍不得丢掉。所以我知道我不宜当官，只适合做孩子王教书匠。你肯定想不到，前年我到吉林市办案，上长途公共汽车时和三个霸占座位强卖乘客钱的混混打了起来，要不是随行的同志隔开，不是我被打伤，就是我把对方打伤了。"

麻良君静静地听着，脸上隐隐现出一丝不易察觉的苦笑。

黄志毅列席县委常委会，研究政法机关工作。

会议一开始茅云峰就说："最近不少人要求调公检法工作，都说是公检法和有关领导同意了的，叫他们拿公检法领导同意的条子来，一个也没有，看来公检法领导不敢签。这样吧，我提个建议，今天就定下来。为统一起见，今后公检法三家以及有钱单位进人，统一由我一支笔笔签，其他人就不签了，怎么样？"

见大家都不说话，说："好，那就这样定了。"

几天后黄志毅下班遇到褚鄂湘。

褚鄂湘边下自行车边说："志毅我给你说个事。"

黄志毅停下。褚鄂湘说："那天茅在会上说公检法三家进人签字的事，我晚上反复仔细想了两夜，自从我分管政法工作以来从来没有签过一张进人条子。这个人的心性完全暴露出来了，其实一直都是把你我和段书记连在一起看的。反正你要小心点，不然又怀疑你要怎么样怎么样了。"正说着见有人过来，立刻骑上车走了。

原山县庆祝国庆节，体育场人山人海，挤满了看热闹的群众。县级机关领导干部全部坐在体育场主席台上，观看各单位各乡镇群众文艺表演。看着表演队边演边从主席台前经过，茅云峰兴致很高，大声对走过的表演队一一点评。坐在他周围的人随声附和，纷纷称赞他用词之准确，评论之精当，不愧是大学文科、党校优秀研究生。黄志毅看茅云峰听溢美之言神采飞扬十分受用模样，不由想起了党校的人说他读研没有听过一堂课，所有论文都是党校主持工作的副校长组织人捉刀代笔而成的传言。正想着不知真假时，忽然听见孙儿孟贤哭声。循声看去，见侄女燕琼抱着孟贤快步向自己走来。一到面前，孟贤向黄志毅怀中一下扑过来。

黄志毅赶紧接住，问燕琼："你抱他来干啥？"

燕琼说："他看见你了，哭闹着要来，劝都劝不住。"

黄志毅说："好，你下去吧。"

小孟贤一到黄志毅怀中就笑起来，掉头看向台下广场。

经此一闹，人们目光转向黄志毅，纷纷取笑他拿孙儿显摆。说笑中黄志毅忽然看见茅云峰沉脸看着前方，完全没有了刚才兴高采烈模样，知道消了他兴头，对自己又有了看法。

果不其然，第二天领导干部会上，茅云峰讲着讲着忽然转了话头，说："我总有一个感觉，有的人能力是有的，但是总抱着无所谓态度。要应付你轻轻松松就能把你应付下来，还应付得你无话可说。说他不行吧，他所有指标任务都完成了。不压一压他目标分比县委政府办公室还要高。你要取掉他的帽子吧，又没有理由，要找他谈话吧，又不好说出口。甚至想了好久的办法他轻松一下就给你化解了，就像打太极拳一样绵里藏针，以柔克刚。我想这个人是认为自己人到码头车到站了，再干也不可能当更大的官了，总处于一种消极应付状态。"黄志毅知道这是在批评自己。但是反过来想这不是在肯定自己么？这样一想心中不仅无怨，反倒生出一丝快感来。

黄志毅接县委办公室电话，说茅书记叫他快去。走进书记办公室，见茅云峰沉着脸不说话，问："茅书记什么事？"

见茅云峰不回答，便在他办公桌对面坐下。

沉默了一会儿，茅云峰说："黄志毅，我有哪点对不起你？"

黄志毅吃惊地说："茅书记你说什么啊？我怎么听不懂？"

茅云锋说："你不要揣着明白装糊涂，到处下我的烂药。"

黄志毅听了心情反倒平静下来，说："说来听听。"

茅云峰说："好，那我就直说了。你们法院很多人向我反映，说你对我有意见，一是说我关心公安，不关心法院。二是说我爱批评你。三是说我不支持你工作。四是说我不该对段书记那么做。啊呀反正太多，就不用一一说了。"

黄志毅一下接过去说："茅书记，这人的思维啊，容易先入为主，一旦固化形成认识一般很难挽回。所以我就不向你作辩白解释了。你看这样行不行？谁对你说的，立刻把他叫来当面对质，不然我难以洗清。"

茅云峰立刻面露难色说："算了，不说这个了。"

黄志毅说："既然专门把我叫来怎么不说？这些不利于工作，不利于上下团结的事不弄清楚，你的疑心不除，我今后怎么工作？你是书记,完全有权马上把这些人叫来,——对质清楚。如果我说过这些没有水平的话,你立刻把我职务免掉,不通过程序我都绝无异言。"

茅云峰沉默了一会儿,说:"你最对不起我的,就是冯永昌儿媳想调到你法院的事。你不仅完全不买我的账,还说只听段书记的,这是事实吧?"

黄志毅说:"我不同意你签字我接收是事实。但是我绝对没有说过只听段书记的这样毫无组织原则的话。茅书记,你现在正坐在段书记这个位子上,你现在也是一支笔签字,你应该知道我做得对还是不对。我知道自古以来墙倒众人推,势败如沙去。所以我想得通,不怪任何人。"

茅云峰说:"黄志毅,不管如何说我都是对得起你的。我对你是有恩的,法院院长好多人都想当。我是书记,有权力,法院院长这顶帽子我没有给别人,给你了,你说我对你有没有恩?"

黄志毅万想不到茅云峰会说出这样的话来,不由愤然说道:"茅书记,你清不清楚你在说什么啊?我认为你这话是对我极大的侮辱。不过,既然你话已经说到这个份上,我也就不再多耽搁你的宝贵时间了,最多两分钟。首先,我黄志毅不是靠任何人施舍过日子的人;其次,古话说道不同不相为谋,人之相交贵在知心。既然你如此不信任我,说大点于工作于法院于党的事业不利,说小点,我这个院长当得没有任何意义;再其次,你是县委书记,你有权,你看着办!"

茅云峰立刻说:"这可是你自己说的啊!"

黄志毅猛然站起在桌上用力一拍:"一言九鼎,是我说的!"说罢转身走了出去。

离开茅云峰办公室，黄志毅边走边愤愤想道："今后你茅云峰不过就是利用权势在工作上四面发难，在问题上小题大做，在名誉上公开诋毁，在组织上向上诬告，最终骗得地区领导信以为真，把我弄下台罢了。反正我已经不想当官，我已经问心无愧！"这样一想那心情竟然一下好了起来。

星期天下午，黄志毅接到袁乐安电话，要他去他家一趟。

黄志毅与袁乐安同住一个单元。黄志毅住顶楼，上下楼都要从住三楼的袁乐安家门口经过。两家虽然只有一楼之隔，但是却几乎互不往来。

黄志毅知他有事要说，立刻来到袁乐安家。

袁乐安一人在家，边叫黄志毅坐边给黄志毅倒了杯白开水，然后自己也坐了。

黄志毅问："什么事？"

袁乐安沉默了好一会儿才说："你是知道的，一般我不会找你。两件事，一是要注意摆正你自己的位置，这方面我已经间接提醒过你三次了，你好像不太在意。党是领导一切的。虽说司法独立，但这是在党的领导下的独立。法院的事情，你作为院长不向我这个人大主任汇报也就算了，但是不向茅书记汇报，县委怎么领导法院？二是法院立功不到两年就棍棍棒棒的，而且大多数是针对你的，你可不要掉以轻心。"

黄志毅说："谁说我不向茅书记汇报？不要说重大事情，就是节假日值班安排我都要向他汇报。至于没有向你汇报，一是你事多，小事耽误你时间，大事向你说了又要向茅说，最终还是要以他说了算，所以就免了。乐安，段书记在任五年，我只有遇到解决不了的事才向段书记汇报。五年中我没有去过上届人大和主任办公室一次。但是，这五年法院工作顺风顺水的，从来没有发生过不愉快的事。这换届才两年，啥子意想不到的事都冒出来了。比如茅云峰大会上夸大事实，说景双河喝烂酒不上班。县委人大组织部没有一个人征求过我的意见，硬把他弄下来，腾出位置让贺雨南上。贺雨南到法院前，就有人匿名打电话给我，提醒我要警惕。到现在我都不知道是谁打的电话。如果不是贺雨南，张家河村执行案法院能受那么大的损失吗？那晚你会遭黑打吗？贺雨南一来，我的处境很快就变了。很多纪律松弛，各行其是，不听招呼，甚至违规办案的事都出来了。乐安，你应该知道，贺雨南在法院屙一大堆，不处理也就算了，反而调任商业局局长，这妥当吗？贺雨南当商业局局长不到两个月，收受个体户老板一根二百八十克粗的金项链。周正忠向茅云峰汇报。茅云峰说：'你们检察院就爱小题大做。大事你们不管，小事来找我。'年终还奖励贺雨南一套楼房。你说法检两院今后的工作怎么开展？乐安，你今天找我，说明茅云峰对我的容忍度已经到极限了。我们俩同学，今天我给你说实话，我问心无愧，当不当这个院长我早就无所谓了。"

袁乐安微笑摆手说："你千万不要有不当的想法，再干两年满两届，按规定你就能够享受正县级待遇了。你和我不同，我不当副书记了还是人大常委会主任。你不当了下来干啥？要不这样，你不好管我帮你管，以人大监督权先把那些七拱八翘的人弄平，弄服帖。"

黄志毅知道袁乐安谨小慎微的性格，绝不敢得罪茅云锋在法院的心腹。不过黄志毅觉得袁乐安能说出如此帮他的话，已经是很让他感动了。于是微笑说："算了吧乐安，你就是想帮我管也管不成了。"于是讲了与茅云峰拍桌子吵架经过。

袁乐安又沉默了好一会儿说："还有转圜余地，只不过情况变了，你要跟着变才行。你明天一上班就去向茅云峰承认错误，就说我批评你了。不管他咋日嚷你都忍住，千万别冲撞他。这样我才好找他说。"

黄志毅说："谢了，乐安。当这两年院长我早就当伤心了。再说我们都是这么大岁数的人了，为了一顶小小的乌纱帽，为了多拿那几个钱，拿给茅云峰没脸没皮地烂搔划不来。"

袁乐安显出无奈样子说："你既然如此想，我也就不好说什么了。不过还是要一切小心，不要天快亮了撒泡尿不好看。"

黄志毅一下明白了，大声说："你是说我和郁文瑛有不正当关系吧？"

袁乐安立刻红了脸说："哎，这可是你自己说的，我没有这样说嘛。"

黄志毅说："连茅云峰都说景运周、郁文瑛、贺雨南等人向他告我的状，怎么你也相信这些鬼话？"

袁乐安说："茅云峰真对你说过郁文瑛告你的话？"

黄志毅说："你要不相信，明天上班我和你一起去问茅云峰。"

袁乐安沉默了一会儿说："想不到会是这样。"

黄志毅说："心中无冷病，不怕吃西瓜。这样吧，我建议你明天对他说，我们俩是同学，你查我于情于法都不合适，最好请地区以上纪委来查。"

见袁乐安不说话，又说："乐安你应该知道，从来整人抓不住把柄，编造男女作风问题是最有效的杀器。清者自清，浊者自浊，我不怕调查，就怕小人编造毁我声誉没有人调查。不过编造我也不怕。我们县这届县级实权领导者中，声色奢靡，包括他茅云峰，有多少干干净净没有绯闻的？"

见袁乐安一下愣住不说话，黄志毅笑着说："你没有多少实权紧张什么？我又没有说你。"

周正忠打电话问黄志毅："黄院，县上要求预算外资金全部存到财政专户上去，你存上去没有？"

黄志毅回答道："没有，法院账上的钱几乎都是当事人预交的诉讼费和执行款，又不是预算外资金，结案后是要退给当事人的。"

周正忠说："我们检察院账上的钱也基本上和你们一样。问题是茅书记说只要是账上的钱都必须存上去。"

黄志毅说："反正我不存。"

周正忠说："那我们两家都不存。他实在要求存，那他给财政局说，我们存后，需要退款时财政局必须及时退给当事人。"

黄志毅说："随便他咋说我都不存。法院当事人多，每天账上都有进出。财政局又是只进不出的母狗屁，到时候不退，当事人来找法院退，我拿啥退？叫他们去找县上，茅书记又说是在和他作对。反正都是错，不如不存。"

周正忠说："那我也不存。"

黄志毅问："老周，县委要求公检法司对重点企业实行挂牌保护，你准备咋搞？"

周正忠说："不搞，明显的地方保护主义。凡是依法无据的东西我都不搞。"

黄志毅说："我也不想搞。问题是不仅县上要求搞，地区中院也要求搞。地区中院还专门为此开会，让搞得好的法院在会上作经验交流。"

周正忠说："我们地区检院也有要求，反正我不搞。"

黄志毅说："现在工作咋这么难啊？"

周正忠说："黄老弟呀，我给你说，这算什么难啊，难的还在后头呢！"

星期天下午，黄志毅独自一人在新开河边散步。正慢悠悠走着，忽然看见周正忠从小树林里走出来，便笑着说："怎么只你一个人？"

周正忠说："散个步不是我一个人，难道还要跟着一个排？"

黄志毅说："你还别这样说。我知道有的人夜晚就是不敢单独出门。"

周正忠说："不做亏心事，何怕夜出门？"

黄志毅知道自从换届以后，周正忠的工作也一直没有顺利过，便不再说什么。俩人走了一会儿，周正忠停下说："黄老弟，说心里话，我是真不想干了。"

黄志毅听了说："我也不想干了。"

周正忠说："不瞒你说，我已经把不干的想法对地区检察院说了。"

黄志毅问："地区检察院领导会同意？"

周正忠微笑说："你怎么老外了啊，只要下决心不干，哪里会有不同意的？"

黄志毅说："那我赓即给项院长说，争取他早点同意。"

第二天，黄志毅上班走到法院门口，一辆轿车在他身边戛然停下。驾驶室车窗打开，现出县委办公室司机和自力严肃面容，大声问道："黄志毅，你没有钱啊？"

黄志毅不知如何回答，和自力又说："你没有钱，你们法院总有钱嘛！现在你的脑壳怎么转不过弯了啊？当真是当法官当迂了！"话音一落车鸣的一声开走了。

和自力是黄志毅在县委宣传部工作时认识的县委小车班司

机，有时下乡坐他车，因性格相投渐成朋友。黄志毅明白，肯定是和自力知道了茅云峰对自己不满，在帮自己出主意。也算是万不得已中向自己示警。

黄志毅心存感激地看着飞驰而去的轿车，心中暗道："老朋友呀，你怎么会这样想啊？再病急乱投医我黄志毅也是不可能送钱的嘛。"

深夜黄志毅手机忽然响起来，打开还没有开口便听到："不要问我是谁，千万小心！"便挂了电话。黄志毅一下听出是上次打电话的女人声音，知道要对自己动手了。

第二天早晨，黄志毅一走进办公室，郁文瑛就走了进来，说："黄院长，县人大法工委景主任他们在楼下面，说是来检查法院各庭室工作。问你先从哪个庭室开始。"

黄志毅暗暗想道："县人大上个月才来全面检查过，怎么现在又来检查了？肯定是茅云峰专门针对我的。"

于是对郁文瑛说："你下去对景主任他们说，为了不耽误他们检查时间，我就不下楼了。怎样检查，检查哪里，检查什么由景主任他们自定。为了不影响检查质量，法院机关不派人作陪。你通知各个庭室配合好，要啥给啥，问啥答啥，实事求是，让他们尽可能查到真实情况。"

检查到第三天，下面法庭给黄志毅打电话，说查得太严太细了，以前从来没有这样查过。

景全成打电话给黄志毅说："黄院长，我觉得他们方向查歪了，几乎尽是问你的问题，居然还说，你们尽都说黄院长的好，人无完人，难道就一点问题都没有？哪里有强迫人说违心话的啊！"

黄志毅笑着说："他们说得对，人无完人，你们就尽量说我的问题吧。"

检查整整用了一个星期，结论全都是说黄志毅的问题。

黄志毅看完检查材料不由大怒，立马写了"依法检查应该，不实事求是该当何办？"为题目的申诉。

第二天一早来到茅云峰办公室，说："茅书记，人大法工委对我调查的事想必你是知道了的。人大是在县委领导下工作的。所以我来问你，他们调查不实事求是怎么办？"

说着把人大调查材料和自己的申诉材料一并放在茅云峰面前的桌子上。

茅云锋微笑说道："有哪些不实说来听听。"

黄志毅说："第一条，黄志毅同志法院业务能力差，不太适应法院工作。请问茅书记，能力强弱是相对的，比我强的我肯定差。但是在原山法院，新中国成立至今除我而外有一个大学本科法学学士当院长的吗？新中国成立至今除我而外，还有哪一位法院院长领导法院获得了集体二等功？我任院长以来县法院年年被地区中院评为先进单位，这是事实吧？"

茅云锋立刻打断他："去年你们法院年终考评分差不多垫底了是事实吧？"

黄志毅听了不由火冒说："为什么垫底你比谁都清楚，还需要我来说吗？有的单位问题比法院严重多得多，年终还得特高分；有的单位领导问题比我黄志毅严重到天上去了，个人还奖励了一套房子。这是谁评的？评过吗？不要以为我什么都不知道？这些我都忍了。不说这些了，还是说我的问题吧。第二条说我在法院没有审判过一件案子。我在法院十年多了，说我没有审过一件案子你信吗？也许不信你也会信。你不知道，法院最难的不是审案，而是执行案。这么多年每年我带队办执行案加起来我都不知道办了多少件，还居然说我没有办过案。第三条，说我为保官帽，不向你反映法院真实情况，造成法院干警待遇低，很多同志没有房住。你说这是不是事实？第四条……"

茅云锋立刻挥手打断他说："不说了，不说了！有则改之，无则加勉。我有事马上要出去，你走吧！"

星期天黄志毅吃过早饭上街，老远看见吴克定站在十字口，便向他走过去。吴克定也看见了他，笑着向他招手。

黄志毅走到吴克定面前问道："好久不见，你现在怎么样？"

吴克定笑着说："没有怎么样，一年多前打报告，辞去人大常务委员职务，调回鹤林中学去了。"

黄志毅惊讶问道："你回去干啥？"

吴克定仍然笑着说："我还能干啥？教我的生物嘛。"

正说着，一辆新别克轿车开到旁边停下，驾驶座车窗打开，现出一个三十来岁模样的年轻人，微笑着大声说道："吴老师，请上车。"

吴克定说："稍等一下。"

黄志毅问："你要到哪里去？"

吴克定说："我以前教过的几个学生联办一座酒厂，请我去喝酒。"

黄志毅微笑说："你是学生化的，又喜欢喝酒，这不正好可以当他们顾问嘛。"

吴克定说："有酒喝就不错了，当什么顾问啊？"

黄志毅笑着说："还是你聪明。"

吴克定说："有什么聪明不聪明的？各人的想法不同而已。"说着拉开车门坐了进去。

看着缓缓而去的别克车，黄志毅若有所失地想道："要是我仍然当教师就好了。"不由自已地深深叹了一口气。

原山县三讲教育党员领导干部动员大会中间休息十五分钟，县级领导们都在主席台上随意笑谈。流金地区三讲教育指导组组长景振武对茅云峰说："现在腐败太厉害了，不搞三讲教育不行。"

茅云峰瞟了不远处的黄志毅一眼，说："是啊，现在最大的腐败是司法腐败。"

见景振武没有说话，黄志毅觉得茅云峰这话明显针对自己，便微笑着大声说："景组长，我认为现在最大的腐败应该是权力腐败，根子在思想腐败。你说呢？"

景振武看了看黄志毅没有说话，其他人听了也没有说话。一时间主席台上的人竟然全都沉默起来。

党员领导干部三讲教育学习阶段，安排庚学昌黄志毅大会发言。黄志毅觉得这样安排是茅云峰在借此整庚学昌和自己。为了把发言稿写好一些，他征询郁文瑛意见。

郁文瑛说："黄院长你是大学生，怎么来问我这个中学生啊？"说罢转身走了。

黄志毅万想不到郁文瑛竟是如此态度，心中不免有些失落。但是想起母亲经常教诲的"求人不如求己"，便提笔开始写，可是心烦意乱中哪里还写得下去？便横下心干脆不写了，到时候随心而言。如果想抓辫子那就任你抓吧，我就不相信你能抓出什么来。

四十来岁的庚学昌发言委实诚恳，说："我原来是聚津县大莲公社党委书记，由于私心太重，为了婆娘娃娃农转非，也为了我的职级提升，钻政策空子，申请到西藏工作。到西藏后怕条件艰苦，还很怕死，刚满三年就申请调回内地，被安派到了原山县。到原山县后对工作环境情况不熟悉，加之能力差，政治学习不够，造成思想退步，一件任务都没有完成。我决心通过这次三讲教育，把思想觉悟提高，把工作做好，决不拖全县三讲教育后腿。"

庚学昌发言后，黄志毅上台发言。一上台便说："通过三讲教育学习，方才知道自己以前沾沾自喜、盲目自大。才发现自己问题很多很多。由于问题太多，一下理不清，就不一一说了，免得浪费大家宝贵时间。反正时间还长，下来作全面检查有的是机会。但是今天既然好不容易上台了，不说点干货恐怕是下不了台的。就目前而言，我总觉得问题在下面，根子在上面。完了！"黄志毅见台上台下都在笑，正色说道："大家不要笑，我说的是经过认真反思总结的真话。比如我们法院，问题好像出现在下面庭室，其实问题的根子在我这个院长上面。大家要是还不相信的话，请结合自己单位情况，看看是不是这样。"黄志毅说了走下台回头一看，见茅云峰脸都气黑了。

三讲教育进入第三阶段，地委指导组到法院来向法院党组全体成员——反馈群众意见。

最后反馈到黄志毅时，指导组组长景振武说："黄志毅同志的情况由我来说。三讲教育开始的时候，对黄志毅同志的反映意见最多。指导组为此把法院作为重点对待。我们把反映意见材料归纳整理，经过深入调查了解，黄志毅同志的问题主要表现在三个方面。一是法院同志的住房问题没有得到很好解决。二是法院同志的福利待遇有些差。三是向县委人大汇报少。以上问题造成人心不稳，影响了法院工作。黄志毅同志作为一院之长，应该负相应的责任。总的来讲，指导组认为黄志毅同志是一个很不错的同志，有些事例还很感人。这说明法院同志们坚持实事求是的觉悟是高的。这也让我们指导组同志和县委政府人大、政协的领导同志知道了黄志毅同志是怎样一个人。结论是一个老实人，好同志，好领导。另外还要说明三点，第一是对黄志毅同志也有极个别的严重问题反映。经指导组认真反复调查核实，毫无依据，应予否定。第二是黄志毅同志作风正派，但是看人看事角度有些僵化，过于迂直，灵活不够。第三是黄志毅同志为人正直，工作勤勉，但是作为法院一把手，如何改进领导方法，使整个法院的同志都能正直勤勉尚需努力。最后，希望黄志毅同志正确对待不同意见，切实解决存在的问题。"

景振武讲到此停顿了一下，说："另外指导组了解到，县上对法检两院某些方面的支持是要少一些。比如法院同志们的住房困难问题，我们指导组想帮助法检两家解决一些实际困难，行不行还两说，你们不要对外讲，晓得就行了。"景振武最后说："现在请黄院长谈谈。"

黄志毅万想不到指导组会如此实事求是，激动地说："感谢指导组的客观评价，感谢指导组对法院同志们的关心和帮助。我们一定牢记于心，接受批评，改正不足，搞好工作。尤其是我这个院长更需牢记。"说罢站起来向坐在对面的指导组成员们深深一鞠躬。

指导组离开法院，黄志毅送到大门口。景振武拍了拍黄志毅肩膀说："黄院长，法院在你领导下立了集体二等功，还要再接再厉，更上层楼啊。"黄志毅说："景组长，说心里话，这两年我在法院干得特别难，也特别窝囊，早就不想干了。你可能不知道，对我搞突然袭击，专门组织人调查我的问题。我把调查材料拿给中院项院长看，项院长看了说：'这不是在整人吗？'现在既然组织已经知道我黄志毅是怎么样一个人了。

我除了鞠躬尽瘁工作外已经别无所求了。"

地委三讲教育指导组离开原山后，黄志毅向茅云峰汇报法院集资建房情况。心想有指导组做工作，这次是肯定没有问题了。

哪知茅云锋不等黄志毅说完，沉声说："不建！"

黄志毅问："为什么不建？"

茅云峰说："没有什么为什么，不建就是不建！"

黄志毅问："那我怎么向法院同志们解释？"

茅云峰说："随便你，想咋说就咋说。"

黄志毅说："那我就向同志们如实说了？"

茅云峰大声说："实说，就说我茅云峰说的不建！"

黄志毅听了转身便走，边走边说："那好吧，免得法院同志们天天盼。"

黄志毅回到办公室坐在椅子上细想，觉得还是不能把茅云峰的话向法院同志们如实说。说了自己对法院同志们倒是有一个交代了，但是茅毕竟是书记，作为下级无论如何还是应该维护领导威信才是。

第二天一早，黄志毅又到地区中院向项林海提出辞职问题。项林海沉默了好一会儿后苦笑说："我原来想通过三讲教育情况会好转一些，想不到你处得比原来还难。为了法院工作，你实在不愿意干我也不勉强。但是原山县领导不向我提说，我绝不向他们说你不愿意干。即使同意你不干了，也希望他们把你安置好。"

黄志毅说："谢谢项院长关心，只要法院工作不受影响，我安在哪里都无所谓。"

项林海问："你下来后谁来接任呢？"

黄志毅笑着说："项院长你放心，争当的人多得很。我只是有点担心，这些人无论哪个当院长，都有可能出问题。"

政法委散会后，周正忠悄声对黄志毅说："黄老弟，昨天我已经向组织部递交辞职申请了。"

黄志毅说："地区检察院同意了？"

周正忠说："我早就把地区检察院领导说通了。"

黄志毅微笑着说："那好，明天上午我就去交辞职申请，和你做个伴。"

第五十一回

忠职守无惧强执行　离法院喜入新环境

原山县法检两长辞职报告一事很快传开。黄志毅估计法院每一个人都已经知道了，便召开庭长以上领导干部会。说："同志们，我已经向县委打了辞职报告，按照法定程序，到离职还有一段时间。在这段时间里，希望大家各守其职，认真负责地搞好工作。当然从法律上讲我还是院长，重大事情我还是必须要负责的。在这段时间，我希望不要出现不愉快的事。"

经济庭长毕国正笑着说："黄院长，去年大家辛辛苦苦干一年，才拿那么一点奖金。听说法院还有几十万元，反正你都要走了，把这几十万元分了吧，给大家一个念想。"

黄志毅苦笑说："我才说不希望出现不愉快的事，你马上就来了。这几十万元是我瞒着上面悄悄积攒起来，为法院同志们集资建房买土地用的。现在政策是私人全额购房，没有享受过福利房的同志又不给补偿。我希望我的继任者在同志们集资建房时能把这笔钱用在购买土地上。现在地价涨得很快，大家少出一点是一点，最后还是同志们在享受。你们就不要打这个主意了。"

黄志毅仍然每天按时上下班，无所事事时便想着这院长帽子什么时候能早点去掉就好了。一天接到县委办公室电话，说茅书记有事找。

黄志毅走进书记办公室，茅云峰好像专门在等他。态度缓和了许多，说："想不到你赶在我的前面，把不想当院长的事对项院长说了。"

黄志毅微笑着说："我不是给你说过一言九鼎嘛。反正都要下，早下早解脱。我当官从来没有想过利用职权为自己谋私利。你知道我不沾烟酒茶。有领导开玩笑说，就这三项我至少要为国家节省大几十万元；但是也有领导开玩笑说，不消费国家无税收，你黄志毅就是国家经济发展的一大罪人。我不想当罪人，所以就没有什么值得留恋的。"

茅云峰问："下了你想到哪里去？"

黄志毅仍然微笑着说："算了吧，就别假装征求什么意见了，反正我们说的你都不会听。"

茅云峰听如此说，立刻说："那好，你到县政府，周正忠到县委，都是助理调研员。"

黄志毅一下笑起来，说："我说得如何？你心里早就定了，还浪费时间装征求意见。既然定了那就快点，不要拖拖拉拉的！"

奇怪的是两个人顿时都一下沉默起来。过了一会儿黄志毅站起身，和缓了声音说："感谢书记你对我的解脱。我决不会忘记我们和谐相处的美好时光。要是上届换届时同意我下，该有多好啊。"说罢向茅云峰上身微倾以示鞠躬，转身走了出去。

黄志毅回到办公室刚坐下，流金地区啤酒厂厂长杨正军就走了进来，说："黄院长，双阳市啤酒厂执行案一年多都没有执行下来，你看怎么办啊？"

黄志毅说："以后再说吧。"

杨正军着急地说："我知道你申请辞职不干了。这案子你下那么多功夫都没有执行下来，你一走就更难了。"

黄志毅微笑说："你放心，长江后浪推前浪，一代新人胜旧人。新来的人一定会很快拿下来的。"

杨正军说："哎呀，我知道你们县上是咋长起的，新来的先干新来的事，时间一长稀饭就化成水了。三百多万元的损失啊！你能不能在走之前再为我们厂做件好事？"

黄志毅说："被执行人没有执行能力咋执行？"

杨正军一下微笑起来，说："黄院，我现在终于摸清楚了，双阳啤酒厂还有一条价值三百多万元的德国进口啤酒生产线，只生产半年就停产了。"

黄志毅说："不懂技术，拆烂了拿回来也是枉然。"

杨正军说："这你放心，我们有懂技术的。问题是怎么才能把生产线弄回来。"

黄志毅听了立刻打电话叫景松风倪长林到办公室来。景倪二人听杨正军讲了情况，立刻现出畏难表情。

倪长林说："外地三个法院都没有执行下来，其中一个中级人民法院的执行人员被围住差点走不脱。以我们法院这点力量咋执行得下来？"

景松风说："如果我们的人被打伤了咋办？被围住谁来解救？风险太大了，我建议还是慎重些好。"

黄志毅听出景松风意思："你都是快要下的人了，何必自找麻烦啊。"于是说："说实话，以现在情况我完全可以不执行，只是这么好的机会，如果被别的法院执行去了就太可惜了。"

见景倪二人都不说话，黄志毅说："过去执行都是大张旗鼓硬上，两千多名职工的大厂，当然执行不了。我想能不能智取把它执行下来？"倪长林说："四百多里远，随你咋智取都不行。"

黄志毅说："杨厂长，你是侦察兵出身，你有没有办法？有就说出来大家听听。我们大家都认为行就干，不行就算了。"

杨正军说："我们已经把啤酒厂里里外外地形地物全都摸清了，拆卸生产线装车运回来的所有技术准备工作也都全部完成了。现在的唯一问题是需要法院给我们提供一个拆卸运回来的环境和时间。"

黄志毅听了说："清楚了。我认为要想成功必须具备四项条件，一是行动要突然，必须在晚上进行。悄悄进厂，关闭电源，切断电话线，封锁厂区和职工住宿楼，任何人只准进不准出，形成一个与外界完全隔绝的环境。二是行动要快。特别是拆卸装车要快，如果天亮前还弄不完大家就走不成了，所以在天亮前必须离开厂区。三是准备工作要充分。拆卸技术要熟练，人力要充足，运输车辆要不出问题。四是需要一张啤酒厂区详细地形图，法院人员进厂后能够迅速占据要害位置。俗话说未成行兵，先找败路。地形图上要标出一个能容纳下我们两家所有人员的安全地方，如果出现意外，就撤到那地方避险。最好是楼顶或人不易进入的厂房。另外，请给法院执行人员每人买一只手电，夜暗中行动没有它不行。这是原山法院执行历史上从来没有过的冒险大行动，出问题完全由我这个院长负责。当然，这也是一次挑战性行动，同时也是对景松风倪长林你们两个胆识能力的考验。具体执行时间以杨厂长你们厂准备工作完成为准。希望尽快，如果迟了我参加不了，就不要怪我了。"

黄志毅的话激起了倪景二人的职业斗志，脸上显出兴奋的表情。

杨正军激动地说："太好了，我马上回去准备！"

黄志毅说："杨厂长，还有一件事，就是法院太穷，这次人多，伙食就由你们开了。"杨正军说："那是当然。"

杨正军走后，黄志毅对景倪二人说："这件事暂时不要对外说。长林你把刚才我说的情况向地区中院执行庭汇报一下，征得他们同意，主要是如果我们被围困了他们好来解救我们。万不得已他们也好请示省高院潘院长他们出面解决。"

然后对景松风说："松风，你把枪支管理使用条例仔细再看一下。万一出现意外冲突，为保证同志们安全，很有可能是要依法动枪的。这么多年，只动过两次枪，都是鸣枪警告。有的枪说不定生锈了，让大家把手枪全部擦一遍。万不得已需要动枪，听我指挥，由我先动。但愿双方都没有事就好了。"

倪长林说："还应该准备两只手提式喇叭，万一群众多了好作宣传解释。"

景松风说："最好弄一台好一点的摄像机，把全程摄录下来，万一起了冲突，好作凭证。"

黄志毅说："你们这两条提得好。长山你给杨厂长说，请他负责完成，特别是摄像人员技术要熟练，摄录收音效果要好。"

景松风倪长林二人下楼走到底楼，倪长林返身上楼，走进院长办公室对黄志毅说："老师，你都是快要离开法院的人了，这么危险的事何必还要管啊！"

黄志毅说："长林，你是受过部队教育的人，怎么还说这样的话？"见倪长林不走还想说什么的样子，便笑着说："没有那么凶险。到时候灵醒点，保护好大家的安全就行了。"

执行前头一天下午，黄志毅召开全院机关工作人员会议。一开始黄志毅就说："同志们，这是一次特殊会议。大家都知道，我很快就要下台了，按理可以不搞这次执行。但是我现在毕竟还是院长，职责所在，不搞不行。由于我快要离职，又由于这次执行带有一定的危险性，我首先说明，不愿意参加的可以马上离场，我不追究也不责怪不愿意参加者。"

黄志毅等了一会儿见没有人离开，说："既然无人离开，那我就感谢大家了。现在我来安排任务。这次执行我任总指挥，所有执行人员一切行动必须服从我指挥。党组成员和审判委员会委员协助我工作。执行庭负责执行各方面的法律合法。法警队负责执行安全并处理好突发事件。所有参加行动的女同志，由郁文瑛副院长负责，应对厂方闹事的妇女群众。各庭室抽调二名健壮精干人员组成机动队，由我统一调动。最后说一点，这次行动不好预后。如果发生意外情况，我都必须在最前面，你们大家决不能站在我前面，更不能冲到我前面。因为我是院长，负全责。"

第二天傍晚，法院执行人员和啤酒厂人员在离双阳啤酒厂五里左右的山沟小河口停下等待天黑。

天公作美，下起了难得一遇的大雪。纷纷扬扬的雪花把人们赶进了房舍，野外旷无一人。

天黑尽时法院警车和流金啤酒厂车辆开抵双阳市啤酒厂大

门，被杨正军买通的守门人打开大门让车队进去后又关上门。头戴矿灯的啤酒厂工人直奔啤酒生产线。法院人员各司其职，切断电源，铰断电话线，守在前后大门和职工住宿楼各单元门口。黄志毅带领机动人员巡查各处。住宿楼窗口有人探出头来往下看，被法警队员喝止关上窗户。整个厂区寂静无声，除了晃动的灯光漆黑一片。

拆卸速度很快，装满一车运走一车。小件拆完拆大件时速度慢了下来，好久都装不满一车。黄志毅不停催促快点。工人们满头大汗，有的把棉衣脱下来挽起袖子干。凌晨三点后开始拆主机。主机太重，为了形成合力，也为了抢时间，杨正军顾不得不准大声说话规定，带头喊着"一、二、三"挥手指挥移动主机。厂房里顿时一片喧哗。主机挪到门口门太小弄不出去。眼看快要黎明，黄志毅说："把门拆掉！"拆了门还是弄不出去。黄志毅说："拆墙，快点！"这时景松风来说："黄院长，大门外面来了两个警察，你看咋办！"法院工作以来第一次身着一督警服、腰别手枪的黄志毅快步来到大门，见两个年轻民警被隔在栅栏外，旁边停着一辆警用摩托。黄志毅估计是巡警例行巡查，并非专为啤酒厂而来。其中一个民警走近栅栏问道："你们这是在干什么？"黄志毅沉声说："依法执行公务，请你们离开。"两个民警听后慢慢骑上摩托去了。

天大亮时主机终于装上车，黄志毅大声催促："啤酒厂的人先走！快走！"又对司机大喊："师傅，开快点！"装主机的车子一启动，又大声喊道："法院同志上车，车子跟紧点！"

黄志毅最后一个上车。警车开出啤酒厂一段路后才松了一口气，但是仍然担心着后面有车追上来，便通知全体警车断后。直到出了双阳市地界才完全放下心来。

执行回来第二天，县人大召开常委会，表决周正忠黄志毅辞职请求和任命法院代理院长检察院代理检察长事项。

茅云峰怕投票出意外，带着邱石松等一行人到会场压阵。表决时茅云锋、邱石松、周正忠、黄志毅等人离开会场等待表决结果。

大家都不说话。邱石松打破沉默对黄志毅说："老黄你好久过县政府来上班啊？你分管政法，办公室都给你安好了。"

黄志毅笑着说："邱县长，我还分管啥子政法啊？我啥子都不分管了，就当一个跑腿的替差，你叫我干啥我就干啥，尽力把任务完成好就行了。"见邱石松无语。茅云峰说："他们两个不愿意分管就算了。老同志嘛，宽松一点也好。"

一个月后原山县人大专门召开人民代表大会，就法检两长辞职进行表决并选举新任两长。全体代表举手表决完成后，县委书记茅云峰讲话，就周正忠、黄志毅的主动辞职讲了一通什么高风亮节、忠诚勤勉、贡献卓著等等一大堆漂亮话。

散会后周正忠、黄志毅并肩步出会场。黄志毅问道："周兄有何感想？"

周正忠说："终于解放了。"反问道："你呢？"

黄志毅笑着说："一个县法检两长同时主动申请辞职，全中国恐怕没有几个。我觉得这是给我俩发了一个大大的勋功章。今天晚上我就给我的爷爷奶奶磕头烧香报喜！"

周正忠说："那又怎样？"

黄志毅仍然笑着说："哎！你人心不能过贪啊。已经无愧祖先了，你还想要怎样？"

第二天一大早黄志毅到新开河边跑步。黎明前的黑暗中，黄志毅沿着河边正跑着，一辆汽车从后面开来，车灯光把他身影拉得特别长，显得很不成比例。车到离他不远处渐渐减低速度，不紧不慢跟着，约五六分钟样子开到他身边，车窗打开，一个声音大声问道："喂，你是干什么的？"

黄志毅掉头看是警车，回答道："你觉得我是干什么的？"

只听车上另一个声音说道："啊，是黄院长呀，你咋这么早啊？"说罢车一下提速冲了过去。

黄志毅觉得有些好笑，或许是把自己当作嫌疑人了吧。

早饭后黄志毅接到组织部电话,说李维中部长请他去一趟。

黄志毅一走进部长办公室，李维中立刻站起来说："走，我送你到县政府去。"

黄志毅说："送啥啊送，我又不是不晓得路。"

李维中微笑着说："不，不，规矩格式还是要的。"

二人出了办公室，也不说话，很快来到县政府办公室。李维中笑着对办公室主任苗文渊说："苗主任，我把黄调研员给你们送来，以后他就是你们的人了。"

说罢伸手微笑着和黄志毅握了一下手转身下楼去了。

苗文渊微笑着说："黄院长，欢迎的套话我就不说了。走，我带你到你的办公室去。"

苗文渊边走边对黄志毅说："三楼，稍微要高一些，不过也有好处，清闲，不像一二楼人多嘈杂。"

见黄志毅不说话，又说："你咋到县政府来了嘛，穷摊摊，福利待遇和你们法院差远了。"

二人走到一间办公室门口，苗文渊拿出钥匙开了门，边走进去边说："这办公室一进两间，里间办公，外间接待，规格和服务与副县长们完全一样。服务员矿泉水两天换一桶，茶叶半月送一盒，如果不够打电话叫服务员送来。卫生每天早晚各打扫一次，报纸文件每天送来放在你办公桌上。另外还有什么需要及时说，我们尽量服务好。"

说罢把门钥匙递给黄志毅转身走了。

黄志毅坐到高背皮椅上，看着办公室有如高档客房一般的陈设布置，觉得自己真应该为曾经的院长办公室写一篇《陋室铭》了。

想着今后将在这如此宽敞舒适的办公室里无所事事地混时间，不由自已地长叹了一口气。又想到自己拿着国家工资，不应该就这样百无聊赖地等待退休。今后如有工作任务一定尽力而为，绝不让人说自己过去如何一派正经要求别人，现在退下来了松散得连一般人都不如。

可是一连十多天无人过问，只有服务员定时来打扫卫生送茶送水送文件送报纸。黄志毅这才知道自己真的成为了闲人。尽管如此，仍然每天坚持按时上下班，边喝白开水边看书报看文件看杂志。

一天下午，财务科通知黄志毅去领工作补贴，每月三百元，还有一条红塔山香烟。黄志毅不抽烟，说不要。出纳员说是工作用烟，其他不吃烟的领导也领了，便只好领了。

佘玉春把烟拿去卖了一百多元，说今后有就拿回来，不要送人。

黄志毅工作关系还在法院，仍然像过去一样每月发两百元工作补贴。觉得不能两头拿钱，并且既然已经是县政府工作人员了，就应该把工作关系转到县政府才是，于是向组织部提出把关系转到县政府。

李维中听了满口应承，几天后打电话说："黄大爷，你关系就放在法院不转了。"黄志毅问:"为什么要放在法院?"李维中说:"黄大爷,原因你就没有必要问了嘛,反正你跟周大爷都一样,每月多拿点有啥不好?转它干啥嘛。"接着便关了电话。

周正忠在县委的日子和黄志毅差不多,时间一长两人便相约下午一起转悠。

一天下午周正忠说:"老黄,你知道么?现在股市火得很,很多人都赚钱了。反正都没有事,要不我们明天去看看?"

黄志毅说:"我早就想去了,只是没有伴,不好意思一个人去。"

于是二人商定每天八点先到办公室上班,九点半股市开市,十点一起到股市去。

第二天周正忠和黄志毅按时来到证券交易厅。每台电脑前都挤满了人。工作人员过来介绍情况,说现在正是牛市行情,凡是买的人都赚了。劝二人不要错过机会,二人听后立马办了手续。

交易厅里不少熟人朋友,都热情地向二人推荐股票,说买了必赚。二人听得热心,又完全是无知者无畏,立刻把所有积蓄投了进去。也是合当该二人发财,三个月不到,竟然赚了本金的一倍。正高兴时突遇大跌,不几天便跌掉百分之三十多,急忙将本金收回,用赚的钱继续炒。

黄志毅办公室隔壁是周承达办公室,二人上班无事,时不时一起闲聊,时间一长互相熟悉很多观点一致,说话便有些随意起来。

一次讲到茅云峰,周承达说:"段书记没有走的时候他和我无话不说,一有空就找我耍,喝酒吃饭吹壳子打麻将,几乎天天都和我在一起。他代理县长时主动对我说:'承达,段书记到点退下来,如果我当了书记,你想当什么随便说,我一定满足你的要求。'段书记一调走他立马反过来，在大会上说我向他伸手要官当。还编造我达到犯罪程度的谣言，你说这还是人么？"

黄志毅说："清者自清，浊者自浊。我们不说他，说点其他的。"

周承达消息灵通，党群机关、工厂事业、城镇农村、社情民意、官民政商等很多事好像他都知道。

一次黄志毅问他："承达，你说这段时间咋搞起的啊？每个月工资都要到月底才发。"

周承达说："还不是茅云峰乱球整造成的！财政税收大滑坡，一直掉在各区市县最后面。该发工资的时候没有钱，咋不拖到月底！"

黄志毅说："昨晚县电视台报道他沿海招商引资二十多个亿，这要解决好大问题啊。"

周承达说："瞎吹的，沿海跑一大圈，一分钱没有招到。回来经过南京，对随行的十多个兄弟说：'妈哟！这次大家这么辛苦。今晚选个全市最好的宾馆住一夜，让你们知道什么叫豪华！'一夜下来花销十多万，第二天每人还买了一套高档西服。现在县财政越来越困难，好多单位办公经费一拖再拖，简直没有办法。"

黄志毅说："这调资文件好久就下来了，不知道什么时候才能到位啊？"

周承达说："说不清，上个月开干部会，茅云峰讲着讲着突然转了话题发飙说：'有的人对没有按时调资有意见。才迟三个月嘛，再迟一个月调你又能把我怎样？简直不识好歹！下个月工资暂不发，我就不相信这些人会去上吊死了！'咋会说得出这样的话啊？"

周承达和黄志毅按照通知要求，随县委副书记毕越高到浙江考察红梅种植。考察队三十多人，绝大多数都是山丘区乡镇主要领导。

第一天下午直飞杭州。

第二天游西湖灵隐寺六和塔等名胜。

第三天去普陀山，宿舟山沈家沱。

晚饭时毕越高说："我们内地人难得吃一次真资格海鲜，这里的海鲜全是当天海上打捞上来的新鲜货。大排档便宜得很，今晚就让大家敞开肚皮吃个安逸。"

吃到人均快七百元时，毕越高说："算了算了，不吃了，想不到你们这么能吃。"

出了大排档棚子，周承达问黄志毅："黄院你吃饱没有？"黄志毅说："没有。""我也没有。"周承达说："去吃点面吧。"黄志毅说："这么晚了哪里去找？""找找吧。"周承达说。于是二人去找面馆，终没有找到而作罢。

第四天游普陀山转来夜宿宁波。毕越高听说当晚有潘长江演出专场，兴奋地说："以前只是在电视上看他演出，今天让大家亲自去看一下，这个个子不高的明星究竟什么样子。"

黄志毅称晕船不去。快半夜时大家回来一片叹气笑骂声，说连潘的影子都没有看到，根本没有来，枉自花了六百元。

第五天到慈溪参观蒋介石祖屋、蒋母墓、雪窦山，夜宿雁荡山。到雁荡山时大雨滂沱，水从山上无数大小洞口喷涌而出，形成很多雪白色瀑布，蔚为壮观。

第六天上午到离雁荡山数里处考察三户红梅种植户，意向性订购了一批红梅苗。下午飞桂林。

第七天游桂林漓江阳朔。

第八天飞哈尔滨，慕名前往太阳岛。江边几处稀疏低矮的芦苇丛，沙滩上到处是烂纸屑烂塑料袋，显得一片荒凉，简直没有任何可看之处。在笑了一阵受《太阳岛上》歌曲的美丽诱惑后，进城游哈尔滨市区。

第九天到达漠河。毕越高打电话向茅云峰汇报，说大家都想到国界那边的俄罗斯看一下。茅云峰回答说："你有本事冲过去就给我冲过去。"

毕越高听了立刻亲自去问当地旅行社，回答说可以，但是手机不能带出国。毕越高马上召开全体成员会议，说："现在的问题是钱的问题。我们几个县领导的出国经费县财政是报不了的。我们的经费你们各乡镇机关如果愿意承担，那我们就过去。如果不愿意那就不去了。"

各乡镇机关领导都是中青年人，哪有这样的出国好机会？并且又不是自己个人掏腰包，便都立马表示愿意，纷纷打电话回各自单位，要求明天上午前务必把钱汇到。

第十天等钱，办出国手续。

第十一天坐火车出国。黄志毅首先看到的是辽阔无边的草原和其间的一处处丛林。看不到一个人，也看不到房舍炊烟，偶尔会看到远处茂草中露出的马头，顿时感到了"天苍苍，野茫茫，风吹草低见牛羊"的诗中意境。车到符拉的沃斯托克，也就是中国当年的海参崴，目力所及能看见不远处海面上停泊着的几艘灰色军舰。

在旅店住下后导游交代说不要单独外出，更不要走远。反复解释说现在是俄罗斯最困难时期，伙食不满意要忍一忍。

晚餐四人一桌，一人三片小巴掌大的黑面包，一盆排骨绿豆汤。俗话说饭不够，汤来凑。可是汤里除了几块不知煮了多少遍的白色骨头，几乎看不到绿豆。大家吃了三片面包，喝了半碗暗黑色的绿豆汤后苦笑着悻悻离开。

晚上看俄罗斯艳舞。黄志毅第一次听说这名字，一问才知道是裸舞，六百元一票。黄志毅感觉这安排非常欠妥当。

第十二天飞莫斯科。空姐五十多岁样子，有些高瘦，端着盘子给每个乘客散两块硬糖。全都是暗黑色的花蜡纸包裹，跟中国五六十年代的硬糖一模一样。

飞机不知什么原因中途在四野茫茫荒无人烟的机场降落。没有介绍机场名字和为什么降落等情况，只是叫大家下机休息。

天气特别寒冷，风中有人瑟瑟发抖，估计是到了西伯利亚。机场建筑破败，房屋陈旧朽烂，地面坑坑洼洼，门窗只剩下空框。看不到一个俄罗斯人。

黄志毅看见一些乘客向同一个方向走，一问说是去解手，便跟着。厕所内外遍地是水，隔几十公分放着一块砖头，大家踮着脚尖从砖头上走进去。黄志毅万想不到世界上竟然还会有如此不堪入目的机场。

从东向西，飞机几乎与太阳同行，快到莫斯科时天才黑暗下来。

第十三天上午游览克里姆林宫，导游指着不远处飘动着俄罗斯国旗的楼房说："那就是总统办公的地方，至于总统本人是不是在那里面办公就不知道了。"

下午乘游船观赏莫斯科河两岸风光，然后逛莫斯科街景。莫斯科物资奇缺，很大的商场竟然没有一件商品，但是地面整洁干净，所有橱窗货柜摆放整整齐齐，玻璃擦得一尘不染。所有售货员全都一动不动地挺胸站立在柜台后面。黄志毅看得很是震撼，觉得有这样的民族国家不强都难。

一个与列宁模样相似的人不停地与中国游客站在一起照相。黄志毅认为这应该是有偿服务，但是没有看到付费。

当天晚上乘火车到圣彼得堡。

第十四天游览圣彼得堡。圣彼得堡曾经是俄罗斯首都，十月革命胜利后改名列宁格勒。苏联政权消亡后又改了回来。

圣彼得堡是苏维埃十月革命攻打冬宫取得胜利的地方，也是二战时期苏联军民抗击德军最艰难最残酷的战场之一。苏联军民被围攻数百天死不后撤。导游说据说没有吃的捉老鼠吃，甚至吃死人，直到取得胜利。

上午游览夏宫、冬宫、阿芙乐尔巡洋舰和彼得大帝年轻时做木工的地方。中午游览市中心后坐游船观看两岸风光，游船驶到出海口看到远处茫茫无际的波罗的海时原路返回。

可能是民族历史文化差异的原因，黄志毅总的感觉是莫斯科和圣彼得堡与中西欧建筑风格相似，但俄罗斯这边大气，中西欧那边精致。

晚上乘火车返回莫斯科。

第十五天上午在莫斯科待机返海参崴。由于没有什么买的，也没有什么看的，便在一个不知名的地方休息。几个乡镇书记镇长到附近转悠，看到一个很大的赌场，便回来问大家去不去。闲得无聊的年轻人都说去，于是一窝蜂跑向那里。不一会儿又全都嘻嘻哈哈地跑回来，说必须衣冠整洁才准进去。匆匆忙忙换装后又都跑着去了。

第十六天在海参崴火车站候车回国。海参崴火车站既是俄罗斯最东边的终点站，又是俄罗斯向欧洲的始发站。车站标着从东到西的里程，以证明是世界上最长的铁道线。

车站最显眼的地方有一面很大的墙，上面刻着俄文。导游阴沉着脸翻译说那是列宁的一段话，意思是遥远广阔的东方，每一寸土地都是苏联永远的领土。黄志毅问导游说："列宁怎么会这样说呢？十月革命胜利后，他不是对全世界宣布，废除所有不平等条约了么？我们现在站的地方就是沙俄强迫清政府签字割出去的领土。"导游苦笑。

回到漠河，大家一领回手机便忙不迭向家里打电话。

住宿的旅馆有按摩房，晚饭后毕越高说："想去按摩的同志都去按摩，恢复一下旅途疲劳。"

黄志毅从来没有参加过按摩，一想着就觉得有些不好意思，便说不去。

周承达说："大家都去你不去，显得不合群有些不大好。这样吧，我给你出按摩钱。"

黄志毅笑着说："啊呀，这不是钱不钱的问题。"只好跟着去了。

按摩房很大，一室能躺十多个人，都是女性按摩。这是黄志毅第一次按摩，感觉很不自在。

回到哈尔滨，有人提出还没有到过大连。毕越高听了说："没有去过去就是了。"于是下午飞到大连。

第十七天大连一日游。时任大连市长主导新建的广场很大也很新潮。据说是亚洲最大的城市广场。

第十八天早晨飞机从大连直飞丏源机场。黄志毅到出站口时见各单位都有车来接。可能离家太久，也可能耽误工作时间太长，大家顾不得寒暄告别，各自匆匆上车而去。

此次行程后一段时间，黄志毅心中时不时会回想起来。在非常感谢毕越高的同时，却又总是想道："十八天，三十多个人为考察几亩地红梅，国内外行程两万多公里，个人一分钱不掏。这样下去，原山县经济还掏得了多久呢？难怪全社会都在想着当官啊。"

时间一长后，黄志毅除了忘不掉毕越高带队的愉快，其他就都不去想了。

第五十二回

各任性夫妇互猜疑　知大限相势掘墓地

星期天上午，佘永勋沈庆莲夫妇到黄志毅家来了。自从沈庆莲当上村妇女主任，佘永勋当上生产队长后二人就很少来。黄志毅佘玉春也很少到他们家去。

黄志毅一边给二人泡茶一边微笑问道："你两个咋有时间来？"

佘永勋说："好多时间没有来了，看你们一下。"

黄志毅给自己倒了白开水坐下。佘永勋笑着说："三哥，都这么多年了，你咋还是不抽烟不喝酒不喝茶，像个梁山伯样子？"

沈庆莲说："啊，你以为全天下男人都像你一样，又是烟又是酒又是茶又是纸牌又是麻将，还有其他啥子都想贪？"

佘永勋红了脸说："哪里嘛，你还不是差不多？"

黄志毅回："沈庆莲，你妇女主任现在主要做哪些工作？"

沈庆莲说："我那算啥子工作啊？还不是和以前一样搞计划生育，逮大肚皮去刮宫引产。"

黄志毅说："计划生育工作很难，要多讲究方式方法。"

佘永勋说："要啥方式方法？我看只有硬上，整到医院去弄下来。"

沈庆莲说："你说得简单，不做思想说服工作，个个都绑起押起抬起到医院去？"

黄志毅说："是应该多想办法，不要弄出大事来。弄出大事就不好办了。"

沈庆莲说："不过，三哥你话是那样说，该强迫还是要强迫，不然任务咋完得成？前年你一个学生，不知你还记不记得，叫朱彩霞。"

黄志毅说："记得，瘦瘦的，十多年没有看见过她了。"

沈庆莲说："她超生二胎，我们去她家劝她取下来，她死活不同意。我们正要硬弄她走，她说你是她班主任老师，我们只好又劝。从上午一直劝说到黑尽都不去。最后她见我们不买你账了，才说等她进屋去换件衣裳出来跟我们去。左等不出来，右等不出来，进去一看，哪里还有人？我们打起电筒到处照，四面墙壁，又没有后门，就是找不到她人。不知道她咋跑出去的。后来她把娃娃生下来了，是个儿子，取名危险。我问她咋叫危险？她抱着娃娃亲了一下笑着说：'咋不危险？要是你们当时把我找到就没有他了。'我问她咋跑出去的，她说：'我身怀大样的咋跑得出去？换了一身旧衣裳，颜色和柴捆一样，我卡在柴捆中间，全身用树枝树叶遮住，你们眼睛不好没有把我看出来。'这就是你教出来的学生。"

黄志毅微笑说："对朱彩霞按规定该咋办就咋办，但是娃儿无辜，今后有机会还是应该把户口给上了，不然怎么读书上幼儿园？"

佘永勋说："不要闲聊这些了，还是说正事吧。"

黄志毅听了说："你们是无事不登三宝殿的人，说吧，什么事？"见两人都不说话，又说："怎么不说了？"

佘永勋红了脸说："沈庆莲还是你说要好些。"

沈庆莲想了想说："三哥，你知道我们是不爱麻烦别人的人，没有事不会来找你。我这个妇女主任拿钱不多，穷事不少，整天在外面跑，有时候晚上都回不了家。你知道勋摆是静不下来的人，没有事就去找三朋五友打牌喝酒到处耍。我担心他哪天要出事来也不晓得，就想找个事给他做，只是一直没有找到适合他的。正好现在公社要招收治安员，想请你给公社领导说一下，让他参加。现在妈年纪大了，也做不了什么；霞儿读书也要钱，不然家里经济实在挪不开。治安队有了收入，他有事做了，外面那些朋友就不好伙他了。他麻烦少了，我少操心，你们也省事。总之，勋摆问题解决了，家里就好办了。"

黄志毅说："勋摆，霞儿都这么大了，你咋还像年轻时候样子啊？"

佘永勋红了脸笑着说："有些事哪里是她说的样子嘛？现在包产到户，地里头那点事做完了，没有事了你喊我做啥？她倒安逸啊，天天白黑连夜都在外面耍。我不去找朋友耍干啥？"

沈庆莲说："勋摆，我对三哥是实话实说，你也要说实话嘛。"

黄志毅见佘永勋不说话，说："你们说的事我管不了，岳母老了我和佘玉春确实应该管。不过，你们是哪壶不开提哪壶。

我在位的时候你们不找我，现在下台喝凉开水了，找我能有啥办法？沈庆莲你妇女主任经常去公社，你也可以去说嘛，招治安员又不是招公安员，领导点个头就行了的。"

佘永勋说："三哥，她不是不可以去说。你知道我们村支部书记石永才是六十好几的人了，身体又不好，多次要求退下来。公社实在找不到人接班，现在正在考虑让沈庆莲接替他。我怕她去说把她影响了。再说你虽然退下来了，但是虎死不倒威，船烂也有三千钉，你去说他们也不敢不买账，对沈庆莲也有好处。"

黄志毅听如此说，微笑说："勋摆你要想好，你的性格当治安员不大合适。你活跃好动，当治安员了，群众对你的看法和要求就不会像以前一样了。治安队管得严，以你过去的散漫在乡政府肯定是不行的，必须要以身作则，你做得到么？反正这些你们一定要想好，不要到时候退回来不好看。"

沈庆莲说："这些我们都想过了，肯定做得到。"

佘永勋说："三哥你说得太玄了。你放心，和尚也是人做的，只要能当上，别人做得到，我就做得到。"

黄志毅说："那好，我帮你们说，只是他们买不买我的账那就两说了。如果成了，你们一定要小心做事，多做说服教育思想工作，尽量不要得罪人。得罪人多了今后在沟里面怎么过？先把这招呼给你们打了，到时候别说我没有提醒过你们。"

佘永勋说："知道，没有那么严重。你就是做啥子事都太小心了。"

晚上黄志毅对佘玉春说："你妈八十多岁了，身体也不大好，今后多回去看看她，看一天少一天。反正我的钱都在你那里，她喜欢吃什么，你是知道的，多给她买点。要不就给她钱，让勋摆给她买。"

佘玉春听了说："老得那个样子有啥看头嘛。她要吃啥子勋摆他们不晓得给她买？"

黄志毅说："你咋这样说？各尽各的孝心嘛！你妈就你一个独女，你应该多体贴关心她才是。再说不管咋说，我们的收入比他们高。做人做事都不要拿给别人说。"

下午四点半，黄志毅和周承达接到通知，要求立刻到艺术宫参加领导干部会。会上流金地委组织部长宣布，免去茅云峰中共原山县委委员、常委、书记职务，调任汇文县委书记。宣布后请茅云峰讲话。

茅云峰走到台上正中桌后坐下，说："只有一句话，我是静静地来，悄悄地去。"然后起身离开走到幕后去了。

第二天上班，周承达一走进黄志毅办公室就说："妈哟，龟儿茅云峰，五年不到搞垮全县经济，搞乱干群关系，败坏党风社风，践踏党的优良传统。如此糟糕劣绩，居然还调到经济发达的汇文县去了。按照文件规定，领导干部离任前必须进行审计，但是对他不仅不审计，还从糠箩筐弄进了米箩筐。不过，我相信天理昭昭。休看今日撒得欢，以后必然拉清单。"

黄志毅说："以他对领导无比高超的迷糊手段，拉啥清单啊。"

周承达沉默一会儿转了话题说："新书记已经上任了，叫毋奎宗，新河县委副书记调过来的。我们早就认识，能力上确实有两把刷子。"

黄志毅说："现在任谁接手这个烂摊子都难。"

周承达说："也是。第一难是没有钱。昨天晚上他召开常委会，散会时说：'同志们，现在县财政账上只有七十八万元，一个私人小老板的钱都比这要多。马上就要到发工资时间了，大家说怎么办？'然后挨次看向每一个人。见个个都盯着面前桌面不吭声，只好无奈地说：'算了，还是我到外面去借吧。'"

黄志毅说："县上经济这个样子，他要借好长时间啊！"

周承达说："我大体给他算了一下，经济发展好，至少要借大半年；经济上不去，那就很难说了。估计今后很长时间毋奎宗除了日常工作，都会把时间花在借钱发工资上。"

黄志毅说："还是要把精力用在发展经济上，不然啥时候是个头？"

周承达说："这个你放心，除了茅云峰，哪个当书记敢不认真把发展经济放在第一位？"

年底年终奖，毋奎宗想尽办法不分领导职工，人平发奖金八百元。与周边县市天差地远，不少人气得破口大骂，甚至有的人拒领奖金。

春节前四大家领导团拜会，毋奎宗一一敬酒。敬到黄志毅时，黄志毅站起来说："毋书记，不好意思，我从不喝酒。"想不到毋奎宗竟然认得黄志毅，一开口就说："黄大爷，你和周大爷的事我知道，今后有啥事找我。过年嘛，哪有不喝酒的？"黄志毅听如此说，立刻端起白酒碰杯，一口喝了下去。此后凡是有县四大家领导参加的大会，黄志毅周正忠都安排坐在主席台上。

春节后上班第一天，周承达走进黄志毅办公室一开口就说："春节期间听说两件事，都是有关茅云峰的。"

黄志毅微笑说："什么事说来听听，也让我分享分享。"

周承达说："都是段书记讲的。第一件是说过年的时候，盛大姐听到敲门声，打开门见是茅云峰，脸一黑猛一下把门关了。

后来把门打开，见拜年货放在门口。

"段书记对盛大姐说：'盛淑芬，以后他的东西你都不能提进门来，直接丢到垃圾桶里去。'"

黄志毅说："这说明茅云峰想缓和或者搞好关系。原因应该有三：一是为了自己今后发展顺利，不想多得罪人；二是明白自己有错。古人说人非圣贤，孰能无错，错而能改，善莫大焉。这样的人即使坏也不致坏到那里去。春节前茅给我寄了贺年片，很精致，他亲笔写的。不知你收过没有；三是不忘段书记之恩。大凡知感恩者都应当刮目相看。感恩是人立身之本，处世之基。这样的人遇事助多叛寡，顺大于逆。"

"贺年片我也收到了。"周承达说，"二是魏祥顺对段书记讲的。魏祥顺说他任地区副专员后，茅云峰找他沟通思想，把过去整他的事全都推到段书记身上。魏祥顺没让他说完打断他说：'茅云峰，你就不要东推西掩的了。我和念恩同志之间的矛盾是工作认识上的问题。我和你的问题性质不同，你是思想品质问题。不过，过去的就让它过去吧。把心思放在工作上，不要东跑西想的了。'"

黄志毅说："这么重的话，不知他怎么受得了啊。"然后问："听说周富秋没有当地委书记了？"

周承达说："下了。"黄志毅问："咋刚换届就下了？""多种版本说法。"周承达说，"说得最多的是说他在老家当县委副书记时，向他们市人大常委会主任送了八万元。这主任去年东窗事发，向纪委抖包包说完，其中就有周富秋送的五万元。可是周富秋死不承认，还以党性担保说根本没有送过。事出有因，查无实据，只好把他调到泸江市去了。还有一件事是关系我们大家的。据地委有关领导说，毋奎宗书记对原山官场政治生态已经非常了解了。茅云峰提拔的兄弟伙肯定会有很大变化。"

黄志毅说："是应该变化了，不变化原山没有希望。"

周承达说："毋奎宗这个人相当有政治头脑，各方面人缘关系也相当好。别的不说，就说他来原山这几个月，每月按时发工资都是他到省地市各单位各部门借的。有多少县委书记能做到？"

黄志毅说："但愿毋书记能把原山正气元气都恢复过来。"

周承达说："现在大家眼睛都盯在换届上了。"

黄志毅说："你年轻。与我们这些快到点的人关系不大。不过我还是希望你们能如愿以偿，把原山经济搞上去，让群众日子好过点。"周承达笑着说："谢谢你的吉言。反正就这一个多月了。"

原山县四大家换届如期完成，果如周承达所言，茅云峰提拔的兄弟们大多数被调离原山。周承达升任县政协常务副主席，办公室搬到政协去了。四年后原山经济大大好转，不再借钱发工资。毋奎宗升任流金地委副书记。

一天黄志毅上班，走到十字口无意间看见佘玉春在不远处往街边一躲，知她又在跟踪。走到县政府大门时回头看，见佘玉春还远远跟在后面。想着自己已经无权无势了还被怀疑，心中不由暗自神伤。

晚饭后黄志毅对佘玉春说："佘玉春，你到客厅来我们商量一件事。"

佘玉春到客厅沙发上坐下，说："你要说啥事？说！"

黄志毅说："佘玉春，都到今天了，你为什么还在跟踪我？"

佘玉春大声说："我好久跟踪你了？"

黄志毅说："佘玉春，你不要狠声暴气的，我们实事求是好好说。你今天上午有没有跟踪我？"

佘玉春大声说："没有！"

黄志毅说："法院时候你跟踪我，现在我都这个样子了，你还跟踪我有啥意思嘛？"

佘玉春仍然大声说："我从来没有跟踪过你，都是你乱想乱编的。"

黄志毅说："我亲眼看见的你都不承认，我们之间还有啥可说的？你不要以为你以前干的事我都忘记了。生天明时爸爸说的话，大学时候你给我写的信，你对冯红升妖声怪气的说话，还有你对冯仙容的态度，这些我一想起来就难受。我想我们年纪都不小了，都是有孙子的人了，过去的事就让它过去，好好过日子。但是你从不认错不说，反而长期跟踪我。你说这日子啥过？"

佘玉春沉默一会儿后说："反正随便你咋乱说，我没有那些事，也没有跟踪过你。"

黄志毅说："佘玉春，你是我的初恋。也许是我命中注定，一和你谈恋爱就把你看成此生唯一生死相随的人。但是许多事实摆在面前你都不承认，我们还有啥好说的？我已经对得起你了。你既然不愿意改，我们离婚各过各的算了。"

佘玉春狠声说："离就离，啥时候离都可以！"

黄志毅说："我没有退休离婚容易让人说闲话，退休后离吧。"佘玉春说："好！我等着！"

黄孝德和老酒友们年龄都逐渐增大，参加酒会的人越来越少，最后自然散去。没有酒友相聚，黄孝德只好回老家与妻子孔惠英一起生活，偶尔进城小住。

黄孝德是吃喝惯了的人，年纪大了上街不方便，便叫堂弟黄孝乾上街帮他割肉买菜，每次买回来都一起吃喝。黄孝乾本是个一人吃饱了全家不挨饿的孤人，自然乐得跑腿帮忙。

黄志毅每次回家大都给黄孝德两三百元买酒菜。一次回家去，佘玉春说："我发现你每次给爸钱他都不是好高兴，他喜欢的是吃喝。你把钱用来割肉打酒买菜回去他一定很高兴。"黄志毅说："是么？"佘玉春说："不信你就试一回嘛。"于是黄志毅便买了酒肉菜回去。黄孝德见了果然高兴异常，亲自下厨做菜。

黄志毅说："肉买多了，时间长要变味，我给你买个冰箱吧。"

黄孝德说："农村买啥冰箱啊？肉买多了我有办法，割成长条做成烟熏肉慢慢下酒，几个月都变不了味。"

黄孝德是大方且喜欢热闹的人，下酒菜多时便请邻居酒客们来帮着吃，听他讲陈年往事旧龙门阵，酒饭后打麻将。好些时候整到半夜过才散。

孔惠英背驼得越来越厉害，高大的身材缩矮了很多。除了做家务事外，庄稼是不能种了，但还是要种点菜自己吃。其余时间大多花在寺庙烧香拜佛上。约了志同信友，近处步行，远处赶车，几年下来竟然把方圆上千里有点名气的寺庙都走遍了。

一日中午过后，黄孝德来到观音寺。这是黄孝德调离观音寺学校五十年后第一次来。此时的观音寺只有其名，早已经没有了寺庙的丝毫痕迹。由于教育事业的快速发展，全县所有村小撤销，以所在乡镇为单位合并成一所学校。观音寺小学属公产，学校土地房屋财政局卖不出去，黄家山老人们便把原庙基上的教室改成信教地方。

黄孝德到观音寺的时候大家正蹲在地上围着吃饭，不少人站起来请他一起吃。黄孝德微笑说在家里吃了，然后到每个教室去看。见都是人多桌凳少，心中便生出帮助解决桌凳的念头来。

第二年五月初一观音寺会期，两辆货车开到观音寺地坝停下。黄孝德从车上下来，对聚会人群说："请大家帮个忙，把车上东西搬下来。"

孔惠英走来问怎么回事。黄孝德说："去年来看见大家地上围着吃饭，知道你们桌凳不够，就进城化缘，给你们弄了十五张大圆桌和一百多个凳子。另外还有一些旧厨具、旧碗筷。"大家听了高兴万分，一边大声感谢，一边一拥而上，七手八脚把东西搬下。

晚上孔惠英问黄孝德哪里弄的桌凳碗筷，黄孝德微笑说："外面混几十年，那么多朋友这么点旧东西都弄不到啊？"

一天傍晚，孔惠英从观音寺回家，黄孝德见她鞋袜裤脚糊了不少稀泥，说："以后下雨就不要去了，人岁数大了滑倒咋办？"

孔惠英笑着说："怎么能不去？路滑走慢点就是了嘛！"

黄孝德说："以后你们还是走大路吧。"

孔惠英说："走老路一会儿就到了，哪个愿意走大路绕那么远？"

黄孝德说："还有过沟时站在搭脚石头上很容易滑倒。听说去年涨水，你们几个挽起裤子手拉手蹚水过河，只要有一个没有站稳倒了，其他一起牵连着倒就惨了。"

孔惠英说："哪有你说得那么凶啊？我们又不是纸糊的。"

黄孝德说："老年人最怕摔倒，你们真是太大胆了。"

晚饭后黄孝德说："我有一个想法，你去和你那些老伙伴们商量看行不行。大家凑点钱，把路修成水泥路。我进城找朋友化缘，弄点水泥沙石和预制板，每家出点劳力，搭个水泥桥，免得经常提心吊胆地担心。"

孔惠英说："大家出点劳力还好办，要大家出钱就有些不好办了。人老了能有多少钱？"

黄孝德说："我算了一下，其实也要不了多少钱。我们带头先出五百元，其他人出多出少不限。路桥修好后在桥头立一块碑，把每个人姓名按出资多少顺序刻在碑上，碑另一面刻上碑文。让后人知道这件功德善事的来历。"

孔惠英说："这样做好，我明天就一家一家地去说。"

第二年桥建成，用剩余的水泥沙石把桥两头的路浇成了水泥路，不少人脚不沾土就可以走到观音寺。

桥头水泥碑竖起后，黄孝德兴奋不已，当晚作诗一首：《观音寺路桥建成有感》："忆昔当年此庙中，书声琅琅佛眉舒。昼教学生德智体，夜做教案下功夫。走访家长归校晚，读写远信朝鲜邮。余生难忘坎坷路，唯愿世人有坦途。"

对父母亲之间老来的感情，黄志毅觉得算得上是相敬如宾了。两人话不多，几乎没有说笑，但是都很注意听对方述说。言语不合的时候双方都会主动闭嘴。偶尔出现顶嘴，孔惠英住嘴不言，黄孝德也就不再多说。但是年纪大了的人性格往往也会有些变化。黄志毅回家听邻居们讲，父母亲渐渐有些爱吵嘴了，有时候吵得还很凶。一天晚上二人又吵起来，声音很大，周围邻居都听见了。吵到半夜只听黄孝德大声吼道："你信不信，我马上死在你面前！"孔惠英这才住了嘴。

黄孝德孔惠英有时候也会进城与黄晓刚一起住。一天吃晚饭父子二人喝酒又顶起来，吵着吵着黄孝德猛然站起来走了出去。由于二人是吵惯了的，都以为他出去气消了就会回来。哪知到天黑都没有回来，大家这才慌了出门寻找。把他经常去的地方都找遍了还是没有找到，于是电话通知黄志毅、黄晓琴两家人一齐去找，还是没有找到。孔惠英说是不是回老家去了啊？黄志毅听了打电话问，回答说打的早就回到家了。

黄孝德闲着无事，一连几天都到母亲坟墓附近转悠。然后请了两个劳力，用了十多天时间，把母亲墓后坡地挖出一块平地来。孔惠英知道丈夫是在为自己掘墓地，便对黄志毅说了。黄志毅悄悄去看，觉得一座坟地太宽，两座坟地太窄，立刻明白父亲这是想与母亲合墓。

此后摆龙门阵多次提起此事，孔惠英都说不要和黄孝德在一起。儿女们开玩笑问她的墓地在哪里最好，她想了想说："他的性格，反正我们不要在一起。但是也不要离得太远了。"晓刚媳妇侯芳笑着说："妈，我晓得了，你的意思是你们两个互相都要看得见，只要喊得答应就行了。"黄志毅也笑着说："这样好，你们互相有个照应。"孔惠英听了不说话，光笑。

第五十三回

黄孝德含笑离人间　佘永勋意外中道殂

黄孝德回家长住仍然每天喝酒吃肉打麻将，说话声音洪亮，走路很有精神，但每隔三两个月总要进城住院输一两天液，说是补充营养调理。

孔惠英头皮下长了几个息肉，热痛难忍时便用冷水洗头，渐渐也时不时进城治疗。两人每次都是在县中医院治疗。冯红升是院长，需要什么方便得多。由于不是什么大病，一般不需要人员护理，每次输完液后仍回晓刚家住。

一日，黄孝德到县医院找到黄晓琴，说："这几天有些不舒服，想在县医院住几天院，你给我把住院手续办了。"黄晓琴听说先把他安在住院部住下，然后才去办了手续。

晚上黄晓琴对黄志毅说："爸从来不到县医院住院的，这次主动要求在县医院住院，他感觉可能不大好，有时间多去看他一下。"

第二天上午，黄志毅来到县医院，见父亲正在输液。笑着问道："爸，液要输完了么？"黄孝德说："我咋晓得？医生又没有说输几瓶。"黄志毅说："人老了，人体器官就像机器零件一样磨损了，还是要多保养才行。"黄孝德说："你的意思不就是要我不抽烟不喝酒嘛。"黄志毅笑着说："不是这个意思。最近大南街口子上新开张一家牛肉馆，都说可以。液输完了，我们去尝一下。酒是我回家去拿，还是喝馆子里的酒？"黄孝德说："就喝馆子里的酒吧，回去拿跑来跑去的麻烦。"输完液，父子二人边走边聊。黄志毅见父亲步子轻快，想他快满八十岁的人了，有病还走得这样快真不简单。

到了牛肉馆，选一光线好的桌子坐下，黄志毅拿过菜谱说："爸你点菜吧，喜欢哪样点哪样。"黄孝德说："我的口味你又不是不知道，你点吧。"于是黄志毅喊道："老板，请过来一下。"老板连走带跑地过来问道："有什么吩咐？"黄志毅说："就我们两个人，你馆子里最拿手的招牌牛肉，红烧清汤蒸卤的都来一点。有什么酒？"老板说："酒就多了，总的说三大类，瓶装酒、泡药酒、散酒。就看你们喜欢喝哪一种。"黄志毅问："瓶装酒有哪些？"黄孝德说："瓶装就算了，只是名气。还是散酒好，资格还真些。"黄志毅听了说："那就拿你们最好的散酒吧，先来二两，一个杯子，就我父亲一个人喝。"黄孝德说："还是用一两的杯子，一杯一杯地喝。"酒菜很快就上来了，父子二人边吃边聊。黄孝德是喝惯慢酒的人，边喝边大声讲着龙门阵，引得老板也过来一起聊。黄孝德喝完一杯，又打一杯。第二杯喝完时说："不喝了，吃饭。"老板说："看不出老先生你这样好酒量。我这酒是历史上著名的酿酒之乡凤凰五粮纯酿，无论喝多少都不刺喉不上头不伤身。要不要再来一两？"黄孝德听了说："好，那就再来一两！"喝完第三杯，老板叫服务员打饭。黄孝德说："吃啥饭啊，酒菜都吃饱了。"

父子二人出了牛肉馆，黄志毅说："爸，你说现在到哪里去耍？"黄孝德说："哪里都不去，回晓刚家去。"到了晓刚家，黄孝德说："我要睡一下，你回去吧。"

第二天黄志毅向黄晓琴讲了父亲喝酒事，末了说："爸精神那么好，不会有什么大问题的。"黄晓琴说："肺部是有些问题，不确定，已经取样送上级医院做活检了。"

几天后黄晓琴找到黄志毅说："哥，爸肺上是那个东西，已经是晚期了，不能做手术。你说告不告诉他？"黄志毅吓了一大跳，想了好一会儿说："还是不告诉他的好，好好保养看有没有奇迹出现。"黄晓琴摇头道："不会的，只能越来越快。"黄志毅说："那我们天天去陪他，给他送好吃的。""只有这样了。"黄晓琴说。

第二天黄志毅到市场买了八只乳鸽，加上沙参枸杞莲米之类放在锅里蒸得烂熟，给父亲送去，说："爸，我蒸了几只乳鸽，先给你端两只来，一天吃两只，吃完了再给你蒸。"黄孝德吃了一只，说："你冰糖放得太多了，还是麻辣的好吃，又没有酒，以后不要拿来了。"

十多天后黄晓琴对黄志毅说："哥，爸可能知道他的病了。"黄志毅说："你咋知道他知道了。""他天天问他的检查结果下来没有，医生护士都说没有下来。现在他一句都不问了，隔两天回晓刚那里睡一夜。昨天妈去看他，他对妈说：'孔惠英，我们再见了。'"黄晓琴说得眼睛红起来。黄志毅说："他既然知道了，我们大家每天都轮流去陪他吧。"

一天轮到黄志毅陪夜，一夜下来觉得太累了，对黄晓琴说："大家都要上班，这样下去身体非拖垮不可。请一个护工吧，请好点的，钱多给点没关系。"黄晓琴说："我也是这样想的。护工我去请，哪个好就请哪个。"

第二天下午黄志毅走进黄孝德病室，护工躬着腰正在整理东西。整理完转过身看见黄志毅，惊讶说道："黄政委你怎么在这里？"黄志毅一看，竟是曾伍强，说道："原来护工是你嗬？"黄孝德问："你们认识？"曾伍强笑着说："岂止认识，黄政委是我大恩人。老爷子，你不知道，我本是黄政委管辖的犯人，服刑期满后无家可归，又是外地人，是黄政委做通上面工作，把我留在监狱就业当工人。你说这恩德大不大？"黄志毅说："主要是你表现好，你表现不好我就是想留你也留不成。"曾伍强说："我经常想，要是你不留我，我现在还不知在哪里混呢。"黄志毅问："你怎么到这里来了？"曾伍强说："监狱撤销后我在那里留守了几年，在原山县城里找个女人安了家。监狱地盘卖出去时，地区司法局一次性把我工龄结断，给了点钱就到这里来了。现在工作不好找，就一直在这里当护工。"
正说着一个女人走进来，曾伍强说："老娘子你来得正好，这就是我经常给你说的黄政委。"女人大声说道："哎呀，你就是黄政委呀！我们老曾经常说起你，只是不知道你在什么地方，报恩都不知道咋报。"黄志毅说："报啥恩啊，你们把我父亲照顾仔细点就行了，该多少钱我们照样给。"曾伍强说："黄政委你放心，我一定精心护理好黄老爷子，包你满意。"

一天黄志毅去看父亲，闲聊中随口问道："晓刚呢，咋没有来？"黄孝德立刻不满地说："你咋知道他没有来？不要以为只有你在来！"黄志毅知道他心疼幺儿，立刻说道："爸爸，对不起，我不该这样说。"黄孝德立马回道："对不起，我也不该这样说。"黄志毅听得难受，心中暗暗自责道："我怎么会这样问啊。"

黄孝德的身体越来越衰弱，大便后站起来都很感吃力。黄志毅买了一个坐便器给他拿去。黄晓琴说："爸爸体力太弱，啥子事都要曾伍强一个人做，我看再下去他也吃不消了。"黄志毅说："那就再请一个护工吧，只要爸爸少受点痛苦就行。"黄晓琴说："那我现在就去找。"

一天黄志毅走到父亲病房门口，听他正在和两个护理人员摆龙门阵："感谢你们二位辛苦了，这人老了病了什么都不方便，需要人照顾，太麻烦人了。"

只听曾伍强说："老爷子，你不要这样说，只要你好，我们再苦再累都是应该的。"

黄孝德说："我是共产党员，无神论者。如果人有灵魂，你们这样照顾我，我死了也会保佑你们的。"

黄志毅走进去问道："爸爸，今天要好点了么？"黄孝德说：

"好点了，你坐吧。"曾伍强二人走了出去。

黄孝德微笑说："这人老了总爱想起过去的事。我好久就想问你了，你初中同班考上高中那几个同学，以后发展得怎么样？"黄志毅说："你的预言太准确了。一共七个同学：五个男的，一个山区癫痫病患者，高中回家当民师，以后民转公，现在都还在教书。去年我们几个同学约起到他家要了两天，日子过得还不错；一个恢复高考考入石油大学，毕业留校，早就是教授了，隔得远几乎没有往来；一个高中回乡街上摆摊修收音机，以后当广播员，一步一步升到副县长；一个城关中学学校入伍，在北京中南海当兵提干，转业到流金地委党校任后勤处长；一个普义中学学校入伍，参加珍宝岛战斗，提干转到西藏，以后调回内地任长雅县委常委、武装部长。两个女的，一个考上林业学校，毕业分在森工局当会计；一个城关中学毕业回家当赤足医生，学针灸，在自己身上作扎针试验，自己把自己扎死了。"黄孝德问："她叫什么名字？""周清华。"黄志毅说，"所有同班同学中，我最佩服她了。我和她是三小校同学，家里穷得很，从来没有看见她穿过一件新衣服，总打着补丁，但总是干干净净整整齐齐的。从高小到初中，各科成绩都特别好，没有跛科，就连体育都比我强，一百米跑我从来都没有跑赢过她。其他表现也好，班上第一个入团，我是最看好她的，想不到竟会是这样。""可惜了。"黄孝德说："真是天妒英才。"黄志毅说："所有同学中，我想到她是最多的。"

早饭后黄志毅到医院看父亲。黄孝德说："昨天你肖伯伯来了，是老朋友中唯一一个来看我的。"黄志毅说："你的老朋友们年纪都大了，大多都走不动了。"黄孝德说："是啊，都走好多个了。你肖伯伯比我大两岁。我还在观音寺教书的时候他就已经是县文教科副科长了。他到观音寺来检查学校，晚上我们同睡庙里菩萨面前一间床上，龙门阵讲到半夜。他是民主人士，但是坚信共产党，坚信无神论。我们什么都谈了。他走的时候说，这次来看过我以后就不来。我知道他的意思是说我死后他就不来送我了，反正都是要在马克思那里见面的。"

黄志毅听了说："爸爸，你这些朋友太难得了。"

停了一会儿，黄孝德说："我也是不怕死的，就是怕痛。"

黄志毅说："那我马上去给晓琴说，让她想办法。"

黄志毅找到黄晓琴，把父亲的话说了。黄晓琴说："止痛针已经打得够密了，再密对他不好。"

黄志毅说："都到现在这个时候了还有什么好不好的？只要他不痛苦就好！"

黄孝德的精力越来越差，整天躺在病床上。家人们每天都陪在病房里。黄志毅陪到半夜回家去睡，天要亮时醒来又赶到医院。

两个护工在前室睡得很深。黄志毅轻轻走进病室，见父亲闭着眼睛，便坐在床边看着他。黄志毅看了一会儿，见父亲眼皮动了动，睁开眼睛目光散乱地看向天花板，嘴唇微动，脸上露出笑容，好像遇见了熟人似的。黄志毅正要叫他，黄孝德又闭上了眼睛。黄志毅见他又睡过去了，便轻轻走出病房，到医院大门外时天已微亮。

黄志毅回家打开门返手关上门，正要去洗脸时手机响了。是黄晓琴打来的："哥，爸爸走了。""不可能啊，我刚从他病房回来。"黄晓琴说："真的走了，快来。"黄志毅立刻叫醒佘玉春，转身跑着来到病房。弟媳侯芳向盆子里烧着纸钱，黄晓琴和两个护工手忙脚乱地给黄孝德换上丧服。黄志毅见父亲眯着双眼，微张着嘴，便用手把他嘴拢合，把他眼抹闭。给黄孝德穿戴好丧服鞋帽后，大家七手八脚把黄孝德抬到住院大楼门口。一出大门侯芳便打伞遮着黄孝德头脸，一直把黄孝德抬送上殡仪馆灵车。

灵车开走后，黄志毅和黄晓琴黄晓刚等人回老家请人布置灵堂，通知亲戚朋友。

中午，黄志毅对黄晓琴、黄晓刚说："爸爸辛苦了一辈子，我们三姊妹一定要共同把丧事给他办好。"两人均点头同意。

晚上黄晓刚来了，说："哥，黄晓琴是打发出去的人，办爸爸的丧事不能算她。就我们两弟兄办，一人办一个。你是老大，你先办爸爸的丧事，以后妈的丧事我办。"黄志毅想不到会出现这种情况。父亲走了，本想共同办体现三姊妹的团结，见他如此说，只好说道："那好吧，我先办。"

第二天黄孝德火化。黄志毅不知怎的竟忽然想起了祖父祖母的恩德，便把孙儿黄孟贤带在身边。火化完骨灰装盒的时候，小孟贤竟然一点不怕去帮着捡骨头。两个火化工人见了大吼一声制止，吓得小孟贤全身一阵哆嗦。黄志毅心疼得赶忙把孙儿紧紧抱在怀中。

黄孝德去世后，黄志毅向县委办公室提了两个要求，一是在县城十字口张贴父亲逝世讣告，二是父亲曾经工作过的单位送一个花圈。其他一概全免。

黄志毅对办丧事没有一点经验，幸好亲戚朋友邻居们都热情相帮，风风光光地把父亲送上了山，葬在他自己相中的墓地里。

黄志毅安葬了父亲后，到县委办公室领了二万四千多元安葬费，分一半给黄晓刚，作为母亲百年后所用。每个月到县委办公室为母亲领取遗孀补助，亲自交到母亲手中。

　　黄孝德去世后，黄志毅三姊妹商量，把母亲接进城与黄晓刚一起住。黄志毅、黄晓琴二人出赡养费。黄晓刚负责照料母亲。每年孔惠英生日，黄志毅出钱为母亲祝寿。寿礼由晓刚接收。

　　黄孝德去世，黄志毅觉得父亲的朋友们都已老弱，办丧事就一个都没有通知，远亲也没有告诉，只通知了正亲。但是百密一疏，竟忘了通知一个人。此人是黄孝德堂弟黄孝贤。这黄孝贤父亲本是教书先生，但曾经当过一年伪保长。解放军在原山县平叛时他不知就里，吓得跟着人逃跑，惊慌中摔下悬崖不治而亡。此时黄孝贤在外读书，家道艰难，黄孝德便接济他把中师读毕业，分在汇文县学校教书。黄孝贤母亲在世时每年寒暑二假都要回家看望母亲，母亲去世后他说："我此生今后只再回这伤心地一次，那就是孝德哥百年归天后我回来亲自把他送上山。"一日忽然听说黄孝德已经病逝，立刻边哭边骂黄志毅太不懂事没有通知他。黄志毅听说后，专程赶到两百多里外的汇文县堂叔黄孝贤家，向这位已经是县政协委员的堂叔赔礼道歉方才了事。

　　黄志毅接到佘永勋电话："三哥，明天你有没有安排？""没有。"黄志毅回答，"什么事？"

　　佘永勋说："没有事，你没有安排我们来耍，你有事我们就不来了。"

　　第二天上午佘永勋沈庆莲夫妇来了，说说笑笑，春风得意模样。

　　黄志毅笑着说："难得你们专门来耍，说吧，怎么耍法？"
　　沈庆莲说："不需要啥子耍法，大家难得在一起，摆摆龙门阵。"

　　佘永勋说："哪里有那么多话说？打麻将吧。"

　　沈庆莲说："你一天到晚尽想打麻将，三哥家又不是麻将馆。"

做饭的佘玉春走出来说："勋摆，你就晓得打麻将，今天哪里都不去，就在屋里耍。"

佘永勋只好笑着说："那好嘛，就在屋里耍。"

黄志毅问："你们这段时间忙不？"

佘永勋说："咋不忙啊，忙得很，沈庆莲当书记后整天不着屋，我在治安室有时也几天没回家。"

黄志毅问沈庆莲："你好久当的书记？"

沈庆莲回答说："就上次在你们这里回去不几天就当了，勋摆也是没有几天就到治安室了。实在太忙了就没给你们说。"

黄志毅问："现在石永才身体好么？"

沈庆莲回答说："一直就那个样子，病恹恹的。"

黄志毅说："七一年整党我和他一起搞外调。当时我看他身体就不大好，脸色青白青白的。干三十多年支部书记退下来，有什么补贴帮扶政策没有？"

沈庆莲回答说："没有，一分钱都没有。"

佘永勋说："下来就下来了嘛，还要什么补贴帮扶？"

黄志毅听佘永勋如此说，转了话题问沈庆莲："现在农村支部书记主要有哪些工作？"

沈庆莲说："没有好大变化，还是那八个字：'催粮催款，刮宫引产'。"

黄志毅说："这八个字够繁重了，要多注意学习政策，多说服教育，多讲究方式方法化解矛盾。"

沈庆莲说："话是这样说，做起来太难了。"

佘永勋说："三哥你说得太复杂了，要我说很简单，两个字，硬整。"

黄志毅说："勋摆，那你说一下咋硬整法？"

佘永勋笑着说："现在的人有几个讲道理的？都是贱皮子，你越讲道理他越难缠。你软他就硬，你硬他就软，只要我三个不干，他鼻子马上出汗。该牵猪牵猪，该赶羊赶羊，该拿粮食的拿粮食，再不行给我弄起来，两法式把神光给他退了。要讲道理，三天三夜都说不好。我们治安队才成立好多时间？全公社陈年老账差不多都清理完了。"

黄志毅说："是么？"

沈庆莲说："是的，他们治安队成立起来，是解决了许多困难问题。"

黄志毅说："你们这样搞，效果是来得快。勋摆，你想过人家心里面是怎样想的么？"

佘永勋说："我咋管得了他们咋想的？随他咋想，反正我的任务完成了。"

黄志毅说："勋摆，还是要以理服人，不然人家不仅不服，心里头恨死你都不晓得。"

佘永勋说："啥子恨死啊？我们治安队才开始干的时候，那些人歪得很，张都不张我们一眼，现在见我们去了，老远就把我们招呼到。"

黄志毅说："勋摆，看长远点，那些人不是喜欢你们，是怕你们。还是应该说服为主。"见佘永勋不说话，问道："你们整天在外面，吃饭咋办？"

佘永勋说："下村到社还愁没有饭吃嘀？到处都可以吃。"

黄志毅问沈庆莲："你们出去吃饭咋解决？"

沈庆莲说："我们吃饭就看关系。哪家关系好就在哪家吃，有时没地方吃，大队自有资金解决，不过这种情况很少。离家近就回家吃，其实回家吃还要好些，不欠谁的人情。"

黄志毅说："勋摆，你们在公社吃饭咋办？"

佘永勋说："咋办？上面有人来就陪着到路边馆子吃，没有人来就自掏腰包食堂打饭吃。"然后笑道："三哥，说老实话，我们是每天都巴不得上面有人来。"

黄志毅说："上面人来总有次数，不可能天天都来吧？"

佘永勋说："其实差不多天天都有人来，不过不同部门单位。后来知道我会陪酒，好些对口单位就都请我去陪，反正罗汉请观音，客少主人多，又不是自己出钱。"

沈庆莲笑着说："三哥你不知道，勋摆差不多每天回来都是摇摇晃晃、酒气熏天的，叫他少喝点就是不听。"

黄志毅说："最多中午陪一顿，早饭晚饭总要自己买吧？"

佘永勋说："陪客酒菜大多数时间都剩得多，叫馆子师傅给我收起来，治安队晚上去吃。第二天早饭哪里还吞得进去？不是就节约一顿了嘛。"

正讲着佘玉春喊吃饭了。黄志毅知道沈庆莲喝酒不输佘永勋，便拿了一瓶原山老窖出来，自己倒了五钱杯子小半杯陪二人慢慢喝。边喝边劝沈庆莲佘永勋工作中多替对方着想，注意工作方法，不要得罪人太多。但是看二人都满不在乎样子便不再劝说。

一瓶酒喝完，吃了饭二人马上就要走。黄志毅说安全第一，刚喝过酒，又是骑摩托，休息一下再走。二人笑着说这点酒算啥？再喝一瓶照样骑摩托车回去。

一日佘永勋沈庆莲夫妇来借钱，说是要建房。

佘玉春不借，说："老房子好好的，建啥房嘛？没事找事！"

黄志毅问："你们为啥想到要建房？"

佘永勋说："是这样的，沈庆莲看中我们沟口大路边一溜荒草地，地边是水沟，沟那边是杨家鱼塘，鱼塘和水沟之间是宽大厚实的塘埂。她想在塘埂和路边荒草地上建四间铺面房，一间住寝室，一间卖农药化肥和小食品，一间摆麻将铺，一间厨房。水沟上建房不出地皮钱，总的花不了多少钱。"

黄志毅笑着说："你们想是想得好，发展经济嘛。问题是房子建在水沟上，如何保证房子不倒？"

沈庆莲说："这个我们请公社建筑队的设计师看过了，说没有问题，安全第一嘛，谁敢拿生命财产开玩笑？"

黄志毅摇头说："公社设计师？我看悬，平时可能不会有好大问题，地震来了，晃你几下，谁敢保证不垮不倒？"

佘永勋说："照你这样说，地震来了你敢保证你们城里的房子就不垮不倒？没有问题，倒不了的。"

黄志毅问："就算房子建起来了，你们一个当书记，一个公社搞治安，由谁来守铺子？"

沈庆莲笑着说："三哥，你又不是不知道，我是农民书记，比不得你们铁饭碗，哪天公社喊不当就不当了。我公社开会，下生产队的时间本来就少，有的是时间。主要是我守这个铺子，勋摆有空了也可以守。我想过，我们朋友多，买东西打麻将的人肯定不少，大队生产队开干部会我弄到这里开，一方两便，其他能耽误我多少时间？"

黄志毅想他俩算得如此精细，不过是利用芝麻大点权找芝麻大点钱罢了。又想哪天公社真不让他俩干了，断了收入日子还真有些不好过。这样一想便问道："你们需要多少钱？"

佘永勋说："我们算过了，拼上我们的全部积蓄，还差两千元样子。"正在往饭桌上端菜的佘玉春听了说："要那么多钱啊？先说好，我们是一分也不借的。"

黄志毅见佘永勋沈庆莲顿时面现不悦，马上说："先吃饭，下来再说。"

饭后黄志毅送佘沈二人出门，走到家属院大门的时候说："过几天我把钱给你们送来，顺便看一下那地方究竟安全不安全，如果不安全，多加点钱也要保证安全。"

一个星期后黄志毅把钱给他们送去，见房子都差不多要完工了。看着鱼塘埂上几根孤零零水泥砖柱支撑着的房子，很有些不放心，总觉得不知什么时候会突然垮了似的。

晚上黄志毅把送钱的事向佘玉春说了，佘玉春说："哥有弟有不敢伸手，爹有妈有不如自己有。我知道这钱你是不想收回来的，你不去收我去收。"

黄志毅说："你是姐姐，他是弟弟，何必嘛？再说我读大学时候，春秋两季大忙，人家全力以赴帮助我们，你就忘啦？"佘玉春说："不行，必须收，他们又不是吃不起饭。"

金鹿乡换届前孝义村支部改选沈庆莲落选；换届后治安室撤销。佘永勋沈庆莲夫妇二人一下没有了固定收入，新建的铺面房无钱装修，生活一下紧张起来。沈庆莲天天坚持在家劳动，反倒是佘永勋天天在外寻找好耍。

黄志毅看了觉得不是办法，给他找了一个单位守门。佘永勋不去，说："像狗一样天天拴着，一点自由都没有，哪个去啊？"

他女婿冯崇武给他找了一个工厂打工，六百元一个月。干了一个月不干了，说活路太重，管得又严，拿不下来。

黄志毅猜他心思，是想帮他找一个拿钱多活又轻巧的单位。便对他说："勋摆，你我都是农村人，有活做，有钱拿就行了，还挑肥拣瘦干啥？"见他不说话，又说："要不，你还是回原来工厂继续打工，以后有机会了我给你另找一个。"

佘永勋一句话不说，只是摇头苦笑。

半个多月后一天早晨，沈庆莲打电话来说："三哥，佘永勋死了！你们快点回来。"说完挂了电话。黄志毅吓了一大跳，和佘玉春立刻赶去。

黄志毅夫妻二人赶到石壁沟口时，刑警队人员正在新建房勘验佘永勋死亡现场，询问最先发现佘永勋死亡的朱培泽。

刑警队员询问完，黄志毅问朱培泽："朱培泽，你是怎么发现佘永勋死了的？"

朱培泽说："我和勋摆是朋友，你来我往经常在一起喝酒打牌。我今天天不亮出沟去办事，经过这里时候见他睡房卷帘门离地一尺多高没有关，以为他遭窃了，又以为他酒喝多了，门没有关严就睡了。就拉起卷帘门进去看，见他睡在床上，喊他不答应，摸他脸是冷的，才知道他死了。"

黄志毅问："沈庆莲没有和他在一起？"

朱培泽说："自从房子建起后佘永勋就睡这里守房子，沈庆莲睡家里。"

黄志毅问："你们是朋友，知道他是为啥死的么？"

朱培泽说："不知道。沈庆莲没有当书记，勋摆没有在治安室后俩人就经常吵，有时候为钱，有时候为其他的事，反正经常吵，吵过又像没事人一样。万想不到他就这样走了。"

黄志毅问："他具体咋死的？"

朱培泽说："应该是喝百草枯死的，我刚进门的时候多少闻到点农药气味。"

黄志毅说："那他卷帘门为啥没有关严？"

朱培泽苦笑说："勋摆那么活泼的人怎么会去寻死嘛。我猜想他喝农药是想吓沈庆莲，逼她拿钱给他打牌。他在床上躺得好好的，一点没有挣扎过的样子。勋摆那么聪明的人，他不关死门，应该是想过，如果难受了好跑出去喊人救他，或者有人发现了好进去救他。哪晓得这百草枯药性太大了。"

刑警队人员拍照，讯问，侦查完，走时给黄志毅一张纸条。黄志毅见是佘永勋的字，上面写着："沈庆莲，我希望你离开我家走得远远的。其他就都不说了。"

黄志毅进沟来到佘家老屋。已经设了灵堂，有的人在灵堂前烧钱化纸；有的人走来走去帮着做饭，搬桌凳；有的人坐着摆龙门阵。

黄志毅走进堂屋，见佘永勋躺在堂屋正中木板上，看不出任何异常痕迹，完全像睡着了一般。黄志毅说："勋摆，你何苦要这样啊？"

看了一会儿走出堂屋，把纸条交给沈庆莲。沈庆莲一眼不看就揣进了衣兜。

佘永勋下葬时候来了很多人，乡政府也来了好几个人，还送了花圈。

回城路上，黄志毅对佘玉春说："佘玉春，如果我们多关心一点他们，勋摆或者不会这样。"佘玉春一句话不说，呆呆地看着车外。

黄志毅到退休年龄时，人事局没有发退休证，仍然领着上班工资，拿着上班补助，觉得于心不安，便打了两份请求退休的书面报告，一份交组织部，一份交人事局。

交组织部时李维中笑着说："老黄你这个人啊，就是爱讲认真，没有退多拿点钱有啥不好？你回去安心要你的，到时候我们自然会把光荣退休证送到你手上。至少座谈会要开一个嘛。"

一天下午，黄志毅按通知要求走进县委常委会议室。会议室正面墙上映着电子横幅标语：欢送尚理达同志暨周通权黄志毅同志退休座谈会。

县委书记郭道平以及四大家领导几乎都在座。黄志毅问坐在旁边的政协原副主席周通权："尚理达调到哪里去？"

"国家统计局大区组组长。"周通权回答。

黄志毅说："怎么会调到那样单位去？"

周通权说："他是统计专业研究生，又是派下来挂职锻炼的，现在回归本行，正好专业对口。"

黄志毅说："看来是升职了。"

周通权说："岂止是升职，整个国家这大片地方统计方面都归他管。"

座谈会上先是领导们喜笑颜开地向尚理达表示祝贺，希望他更上层楼，不要忘了原山。此后会场里全都是祝贺尚理达调离升职的话，没有一人提及黄志毅周通权二人退休的事，好像完全就没有这样一项内容。直到最后无话可说，相互间开起了玩笑的时候，县委副书记、县人大常委会主任褚鄂湘才说："诸位，今天座谈会主题是两个光荣，一个是欢送理达同志光荣提升，一个是欢送黄志毅周通权两位同志光荣退休。"

然后分别扼要讲了黄李二人为原山发展所作出的贡献。褚鄂湘讲完，郭道平见没有人发言，便宣布散会就餐。

周通权低声对黄志毅说："鄂湘说的虽然是官场话，但是毕竟没有忘记我们，还是我们原山人关心原山人。"

黄志毅退休第二天按要求来到县委老干部局。组织部副部长兼老干部局长李梅芳见了立刻站起来请坐，然后泡茶。

黄志毅说："李部长不要太客气了，你知道我从来都是烟酒茶不沾的，白开水就行了。"李梅芳一边泡茶一边说："你现在怎么还喝白开水啊？改喝素茶吧，很好喝的。"

黄志毅接过茶杯看那茶全是翠嫩毛尖，汤色碧绿，很是受看。放在鼻下闻了闻，果真有一股淡淡清纯香气，但并没有喝，问道："李部长有何吩咐，请讲。"

李梅芳微笑说："黄院长开玩笑，我怎敢吩咐你？"顿了顿说："是这样的，我们老干局对外是县委下属机关，对内其实是组织部内部的一个单位，主要是为副县团级以上的离退休老领导服务。说白了就是为你们这些老领导在政治、生活、健康等等方面服务好，今天请你来就是征求你的意见，如何为你们服务好。"

黄志毅笑着说："昨天退休，今天报到，会有什么意见？但态度是要表的，一是感谢你们操劳辛苦。二是一切服从组织安排。三是与县委政府保持高度一致，绝不发一点杂音。四是只要组织需要，尽力做到老有所为，做到退岗不退色，退休不失志。"

李梅芳听了说："谢谢黄院长的理解支持。今天请你来，还有一件事，就是我们老干局一共服务管理一百好几十个离退休干部，除政治活动外，按自愿报名参加原则，共编为棋牌、垂钓、器乐、歌舞、摄影五个兴趣活动组。五个组垂钓组人数最多，现在还没有组长。我们想请你来当这个组长。"黄志毅说："我当不妥，由退休的县委领导来当最好不过。"李梅芳苦笑说："你刚退休不知道，这些领导好些不愿意参加活动，不仅学习娱乐健身外出参观等活动不参加，就是政治学习都很少参加。

他们过去忙苦忙累，退休了清闲自由轻松一下也可以理解。"见黄志毅不说话，又说："垂钓组工作不复杂，每次活动除钓具自带外，其他工作包括场地餐饮车辆医务人员等都由局里工作人员负责，组长只负责通知召集本组老同志开展活动，其实很简单的。"黄志毅想了想说："那好吧。"

第一次垂钓地点是邻县一个很大的人工湖，山青水碧、空气清新、风景秀丽。每个人沿着湖岸或亭边、或树下、或向阳地方选好位置坐下，拿出钓具垂钓。

黄志毅见每一个人都开始垂钓后，便拿出鱼杆渔凳准备垂钓，突然看见远处坐在渔凳上的赵振业身子一偏倒在了地下。赵振业是部队团长转业，八十余岁，糖尿病，身体肥胖，爬几次不仅站立不起来，身子反而离湖水边越来越近，眼看就要滑进水中。黄志毅急忙丢了钓杆飞奔过去，抓着他手臂使尽全身力气往上拉，却怎么也拉不动。不远处几个钓者见了赶忙过来帮着拉起来，扶坐到渔凳上。大家都劝他不要钓了，他说这是组织关心，必须要钓。黄志毅只好不钓，在他旁边守着以防再倒。

晚上黄志毅想到赵振业落水的可怕，从此不敢再钓，只在水边巡查，以保证不出事故。

老干局离退休干部政治学习例会结束后，黄志毅向李梅芳说："李部长，垂钓组基本上都是退伍军人。八一建军节快要到了，他们要我向你反映，八一这天能不能开一场庆祝会。"见李梅芳不说话，马上说："他们都说退伍后组织上还从来没有搞过一次建军纪念活动，我也觉得很有必要。"李梅芳说："是很有必要。不过要搞就要搞好，场地你们选，会场你们布置，会议如何开由你决定。"黄志毅听了大喜，一连声说谢谢李部长。李梅芳说："谢什么啊？本来就该开的。"停了一会儿又说："都是老同志了，安全第一，布置会场找服务公司的人来搞，会议过程请专业人员摄录。"黄志毅说："简单点，不要花钱太多了。"李梅芳说："钱不是问题，这么多年没有搞过，就算是对这些老同志的补偿吧。就餐选个好点的饭店，可以喝点酒，但是量要控制好，绝对不能出问题，会议尽量做到人人发言。"黄志毅说："要做到人人发言，开座谈会最好。"李梅芳说："那会标就定为：原山县委老干局八一建军节退伍军人座谈会。"黄志毅说："会标下面是不是加一副对联，上联是退休未敢忘忧国，下联是铁马金戈话当年。"李梅芳立刻笑着说："很好，会议中心内容一下就突显出来了。"黄志毅问道："座谈会那天你来不来参加？"李梅芳说："看情况，能来尽量来。如果不能来，会后你把情况告诉我。"

座谈会李梅芳没能来，第二天黄志毅去向她汇报。李梅芳问："座谈会开得怎么样？"黄志毅兴奋地说："大获成功。"李梅芳听了立刻微笑问道："怎么个成功法？"黄志毅说："因为发言人多，我要求发言者最多发言十分钟，谈自己军旅生涯最难忘的一件事。李部长你一定想象不到，我们垂钓组军人除了海军，好像什么军兵种都有。情报兵能把几千里外飞机起降看得清清楚楚。一个北大小语种的入伍学生居然还当过季羡林所在的党支部书记。因为是谈自己从军最难忘的事，大多都是谈战斗的残酷和戍边的艰险。解放后藏区平叛、六二年中印边界自卫反击战、六九年中苏珍宝岛自卫反击战、七九年中越边境自卫反击战等等战斗他们都有人参加过。每个人都很激动，最后都表态说他们不可能再上战场了，但是国家遇到危难他们决不会坐视不管，一定要把自己的退休金捐献一部分出来。"李梅芳看黄志毅神态好像是在讲述自己似的，说："黄院长，可惜你没有当过兵，如果你当兵一定比他们还出色。"黄志毅说：
"李部长，说心里话，我真的很羡慕他们。"

一日，朱清源找到黄志毅，微笑着说："志毅，你在钓鱼
组乐不思蜀有啥意思？还是找点有意义的事情做做嘛。"黄志
毅说："什么乐不思蜀？一个季度只活动一天，剩下时间不知
如何打发，真是无聊透了。"朱清源说："那正好，我现在是
县关工委执行主任，你来我们一起干吧。"

黄志毅问："关工委是干什么的？"

朱清源答道："关工委的全称叫中国关心下一代工作委员会，
是以离退休老同志为主体的全国性社会组织。根本任务是通过
立德树人，把下一代培养成为德智体美劳全面发展的社会主义
建设者和接班人。我知道你师范学院毕业，这么多年总把教书
育人挂在嘴上，这不正好适合你，了你的心愿了么？"见黄志
毅不说话，又说："关工委的口号是'关心下一代就是关心我
们的未来'。关心下一代，从大处讲是关心我们党和国家民族
的未来，从小处讲就是关心千家万户的未来。没有未来就没有
希望，你说这意义重大不重大？"

黄志毅想了想说："那好吧，我参加！"

黄志毅参加关工委后，整天把自己泡在关心下一代的事务
中，虽无报酬却干得很是开心。

黄志毅一天晚上回家，佘玉春黑着脸说："没有退休你整
天在外跑，退休了还是整天往外跑。这外面到底有啥迷住你了？"

黄志毅听了说："佘玉春，我们不要吵了。如果你觉得这
样过下去不行，那还是按几年前我们说好了的退休后离婚。现
在我退休了，我们离婚吧。"

佘玉春说："离就离，痛肠子割一刀。"

黄志毅说："那好，你说怎么离？"佘玉春说："我给你生儿育女，说一句离就离了？"

黄志毅知道她想钱，说："你知道我是没有多少钱的。你的钱归你，我的钱分一半给你。"

佘玉春想了一会儿说："房子呢？"

黄志毅说："两套房子我们各住一套，你住法院二楼大的，政府家属院五楼顶楼我去住。我们住到老死后你住的给黄孟贤，我住的给夏怡文。"

佘玉春说："没有意见，只是嘴说不行，说的话化了，必须要写个字据。"

星期天佘玉春把黄天明、黄长华叫回家，说了离婚缘由。两姊妹是早就听他妈先入为主说了的，自然表示没有意见。黄志毅于是写了离婚协议，双方签字，到民政局办了离婚手续。

离婚前，黄志毅早就想过离婚后果。在以前，离婚几乎都被认为是有失脸面的事。共产党员离婚，特别是领导干部离婚更被认为是不光彩、不道德的事，都会不可避免地受到或明或暗的谴责嘲笑。自己与佘玉春之间的情感纠葛不为外人所知，佘玉春又以农村妇女、老实巴交、勤劳朴实、无文化等等弱势面目示人，一旦离婚，自己名声将一落千丈。如果和熟人相遇，他们将会用什么样眼神看自己？如果他们直言相问，将如何回答？说真话涉及个人隐私，自然不敢说；说假话搪塞，必然会被认为于德有亏。

黄志毅也想过不离婚，可是佘玉春仍然我行我素一点都不肯退让，这捆绑在一起的日子如何过得下去？还是离吧！反正自己已问心无愧，何须看人脸色生存？

黄志毅心里虽然如此想，但是离婚后还是振作不起离婚前的昂首阔步精神，也不好意思主动与昔日同窗好友邀约聚会，甚至看见熟人了也不好意思主动打招呼，能躲则躲，能避则避，真还有些破帽遮颜过闹市的感觉。无奈中只好把心思用在关工委工作上，不再多作他想。

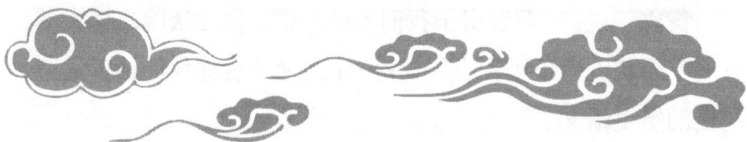

第五十四回

环境变民意趋弱化　忧心思上书劝惩腐

却说黄志毅自参加县关工委后，为向学生宣讲新中国成立以来，特别是改革开放以来原山县各方面的巨变，决心下功夫对全县经济社会进行全面调研。力求用翔实的数据和典型生动的事例给学生留下深刻的印象。

通过调研，黄志毅深感吃惊的是原山县变化之大，尤其让黄志毅意想不到的是，作为原山县城的凤翔镇面积竟然增加了七倍。老县城所有平房全部变成了楼房。围绕县城的凤翔江被打造成了休闲娱乐的活水公园。沿凤翔江两岸展开的农田沃野变成了高楼林立的现代化城市。行走在大街上有如身处现代化大都市之中，完全感觉不到这是在县城之内。有时在大街上走着走着，觉得好像似曾相识似的，仔细一想这不是与美国西欧街道没有多少差别么？

让黄志毅感到魔幻不解的是，汶川大地震过后，无论城镇还是农村好像一夜之间涌现出了无数的小轿车。个别路段有时堵路成患，很多时间都找不到停车地方。其原因社会上有多种说法，最主要的说法是，改革发展后人们富裕了。汶川地震改变了人们的生存观念。生命在大自然面前是如此脆弱，钱存在银行里，人说不一定哪天说没有就没有了，何必苦行僧一般活着？钱找来是用的，该享受还是享受享受吧。更让黄志毅不解的是，不仅城里人有钱，农村人好像也有钱。绝大多数农民除在本地居民小区买了楼房外，不少人还在县城里买了楼房，有的甚至还在省城买了楼房。

随着原山县城面积的扩张，县财政在凤翔江边太平坝建了一座三十六层高的主楼，县委人大政府政协四大机关全部搬迁出建县一千多年的老城，集中到大楼里面办公。主楼周围为应工作需要建起大会议室、停车场、大小食堂餐厅等附属设施。

主楼正门前的凤翔江上建起一座宽阔宏伟的精美大桥，取名凤飞桥，为凤翔九天之意。过凤飞桥是凤鸣路，路对面是设施齐备供人们休闲的法德公园。公园很大，仅广场就可以容纳几千人，既可以召开大会，也可以开展健身、音乐、跳舞、体育、歌咏、儿童游乐等活动。因为人多，吸引来不少车载烧烤等经营小吃的商贩。

绕流原山县城的凤翔江两岸，曾经充满人间烟火气的田园风光是一点痕迹也看不到了。代之而起的是高楼亭阁、绿草花树、江中游艇以及水中嬉戏的成群野鸭和江面翻飞的无数白鹭。最让人惊奇的是江面上居然有十多只人们从来没有见到过、县志上也从未记载过的海鸥。

一天上午，黄志毅到县委宣传部送审家风家教宣讲稿，见四大家机关大门正中横置着一块大石碑，石碑上是毛泽东同志手书的"为人民服务"五个金色大字。大门柱两边是保安室，石碑两端与保安室之间是车辆行人通道。黄志毅从左边保安室门前走进去。右边保安室门口端正站立着两个保安，其中一个大声叫道："喂！那是出道，走这边进去！"

黄志毅走到右边，保安室窗口内一个坐着的保安大声问道："你进去干什么？"

"办点事。"黄志毅回答。

"找哪个部门办事？"

"宣传部。"

"预约了没有？"

"没有，办个事还要预约？我几十年进进出出还从来没有预约过。"黄志毅有些不悦地说。

坐着的保安审视了黄志毅一会儿后说："那先登记，登记了才能进去。"边说边把登记本和水润笔放在窗框上。

黄志毅翻开登记本，见登记栏目上印着姓名性别年龄家庭住址电话号办事事由等一长串填写内容，不由说道："咋整得这么复杂啊？"

坐着的保安说："这是上面要求，不管什么人都要填。"

正说着忽听旁边一个声音说："啊呀，是黄院长嘀？"

黄志毅掉头一年，见是退休前县政府门卫小郭，因问道："小郭，这么多年了你还在这里？"

小郭说："是嘛，没有适合的地方去，看来只有干到退休了。"

黄志毅说："现在进个门咋整得这么复杂啊？以前几十年都是一个人收发值班兼门卫，群众随便进出不是一件事故也没有发生过么？"

小郭说："老领导，这新办公楼建起来你还没有来过吧？

现在情况不同了，你不要多心哈。领导怎样规定，我们就怎样执行。"然后对几个保安说："这黄大爷是原来县政府的老领导，今后他来就不要填表了。"

黄志毅说："算了我不进去了，免得增加你们麻烦。"说罢转身离开。

黄志毅回到关工委，对办公室吴主任说："你把宣讲稿电传给宣传部，请他们审了给我传过来。"

星期六黄志毅晨练，见周承达匆匆而过，立刻叫道："承达！"

周承达调头见是黄志毅，说："黄老兄是你嗬？走得忙没有看见你，不要多心哈。"

黄志毅说："多什么心啊，这么早你忙忙慌慌到哪里去？"

"回去。"周承达回答。

黄志毅微笑道："回去，围城才结束？"

周承达说："围什么城啊，县委会才散会。"

黄志毅问道："什么事这么急，会开到现在才回去？"

周承达一下笑起来，说："啊，我想起来了，你就是金鹿乡的人嘛。昨天晚上半夜县委召开紧急会议，说的就是你们金鹿乡金鹿村的事。"

黄志毅诧异问道："什么事？"

周承达说："金鹿村群体纠纷斗殴，打伤了二十多个人。"

黄志毅问："怎么回事？"

周承达说："是这样的。几年前县上搞了一个集体土地使用权出售试点，把金鹿村全部土地卖给了一个姓雷的私人老板。这个雷老板买土地后除极少数进行开发外，绝大多数全都闲置着空在那里。金鹿村土地卖出村民没有了土地，大多数想方设法外出找钱,那些无能力外出的人便把那些撂荒地种上了庄稼。

开初种的人少，后来种的人越来越多，雷老板怕久了今后这些地收不回来，就要求乡上帮他把土地收回。乡上要求社员自行铲除。目前这些玉麦正披红须，眼看就要有收成的时候，社员怎么可能自愿铲除？乡领导见社员不铲，就找了一些社会闲散人员拿刀弄棒去毁，主要目的是吓一下农民，逼他们自己铲。可是村民们不怕，纷纷拿锄头扁担阻止。双方互不相让对峙到天黑，闲散人员乘夜暗突然冲上去乱打一通，当场打伤二三十个人。附近村民听说种地群众被打立刻赶来相助，很快聚起几百人，推选出四五十个人，代表种地村民开着汽车摩托车电瓶车到县委来要求解决。值班保安拦住不准进入。这些人见进不了门，立刻打出'依法赔偿损失''依法严惩凶手''依法还我土地'三幅标语。把伤得最重的十多个社员抬下车，一字排放在为人民服务石碑前面地上。拍了照，要求县委主要领导出面解决。扬言不出面就马上拉伤员到省上去。

"县委一边派人安抚，一边连夜召开会议，快天亮时作出三项决定，一是免去金鹿乡党委书记乡长职务。二是 120 救护车马上把受伤人员拉到县医院治疗，需转上级医院治疗的及时转上级医院。三是打人问题由公安局立案调查，查清楚后依法依纪依规处理。四是归还土地问题由国土局依法依政策处理。五是成立调查组，查清情况统筹解决。对这几项决定村民代表们商量后表示没有意见，但要求不能拖，三天内没有完全解决就到省上去。"

黄志毅说："这几条处理得好嘛。"

周承达说："好什么啊？书记点名要我负责全面处理。"

黄志毅微笑着说："有什么完不成的？村民三条要求都是要求依法，你就要求相关法律义务单位负责解决不就完了？"

周承达说："农民要求三天，三天怎么完得成？"

黄志毅说："以我经验，老百姓是最相信法律的。他们既然提出依法解决，那就应该完全按照法律办。法律说多少天就是多少天，而不是农民说三天就是三天。比方打伤了人，医疗要一段时间，恢复要一段时间，评伤残要一段时间，林林总总下来你说一共要多少时间？到时候由相关单位出结论进行处理不就行了？这点农民还是会认可的。归还土地、赔偿损失也是同样道理。你还着急什么？

周承达说："我觉得赔偿损失最麻烦，农民漫天要价怎么办？"

黄志毅说："我看也不麻烦，依法评估，该赔多少就赔多少，就是想闹都闹不起来。要以我看，这件事的起因和处理方法才是解决问题的根本重点。你想这次闹事究竟是谁之过？简简单单，非常好处理的一件事，处理得如此糟糕，闹成这个样子，关键是心里没有群众。如果心里装着人民绝对闹不起来。"

见周承达脸上现出难言表情，黄志毅便没有再说。

周承达沉默了一会儿，一下笑起来说："黄老兄，平时难得一见，怎么今早晨竟然遇上了你啊？"

一日下午，黄志毅听说石中明病逝，立刻打的赶去祭奠。的士司机话多，一上车就讲他如何自幼家贫，如何学开车，如何出远门挣钱，滔滔不绝，尽是他一人在说。

到了石家，在石中明灵堂前烧了香烛纸钱，向石中明遗像三鞠躬。然后挂了礼，坐下与石家人摆谈慰问致安。

交谈中黄志毅问石中明是怎么走的。石中明爱人冯永英眼睛红红地说："你是知道的，老石身体从来就弱，加上干工作不顾命，身体从来就没有熨帖过。退下来这两年一直咯血，他脾气又犟，叫他去检查坚决不去，总说是支气管毛病不碍事。前天中午突然大口大口喷血，喷得遍地都是，急忙抬他上医院，还没有到高林岗就不行了。"

黄志毅问她儿子孙子情况。冯永英说："一直都在西藏打工，到现在都还没有赶回来。"

黄志毅返回时，司机又天南海北地讲起前朝后代古今轶事远近趣闻来。

黄志毅见他如此健谈，便与他交谈起来："师傅贵姓？"

"赵，赵钱孙李的赵，百家姓排名第一，跟皇帝同姓。"

黄志毅说："看来你很有文化嘛。"

赵师傅说："什么文化啊，初中一毕业就跑单帮。起初开小货车拉货，以后买小客车拉人，然后买大货车搞远途运输。现在经营的士，白天自己开，晚上租给别人开。"

黄志毅问："你开车一定跑了不少地方吧？"

赵师傅说："大货车帮人拉货的时候是跑了不少地方，不过太辛苦了。主要是拉酒到山东、河南和东北三省。两个人一台车，人息车不息，一天一夜到山东，交货后立马返回。"

黄志毅说："到山东有没有到济南泰山看看？"

赵师傅不以为然地说："风景名胜是那些当官有钱的人看的嘛，哪里是我们这样的人看的？你不知道，这拉酒也是有季节的，主要在春秋两季。特别是拉东北要赶在入冬大雪封路前，不然就惨了。"

黄志毅微笑说："找了不少钱吧？"

赵师傅淡淡地说："钱是找了点，不然我能把这个车买起？"

黄志毅问："赵师傅你是哪里人？"

赵师傅说："不远，就在我们县城附近。"

黄志毅说："县城附近好啊，好找钱。好多人都有房有铺面了。你也有几套房吧？"

"三处，两处是买地自建，一处是生产队分的地建的旅馆。不过都不值钱，和大城市附近农民差远了，人家一套当我两三套都不止。"赵师傅仍然淡淡地说。

黄志毅说："你既开车又经营旅馆怎么忙得过来？"

赵师傅说："旅馆有老娘子管嘛。"

黄志毅说："你真可以了。我看县城附近农民，拿工作和他换他还不一定干。"

赵师傅微笑说："有可能，不过要看换啥工作，拿个局长来调，肯定要干。"

黄志毅说："不一定，和你换你肯定不会干。一个局长每个月工资多少钱？你每个月收入多少钱？再说这局长也不是每一个人都干得下来的。"

赵师傅掉头看了看黄志毅，有些不以为然地说："你怎么知道这局长我干不下来？"

黄志毅笑着说："我不是说你干不下来，我是说不是每一个人都干得下来。"

赵师傅说："老师傅你说错了，我看每一个人都干得下来，就是憨子笨锤都干得下来。现在有些当官的几个有真本事？有的是拿钱买的官。买了官就有了靠山，有了靠山就有人罩着，有人罩着谁敢反对就踢开谁，你告也没用。就这样接连踢他几个下去，还有谁还敢反对？这不是想干啥就干啥了吗？"

黄志毅笑着说："看来你还真是个当官的料。"

赵师傅说："什么我是当官的料啊？我开车这么多年，听的见的比你多罢了。你是没有当过官，不知道这当官的窍门。"

黄志毅听得暗暗好笑，不过觉得这赵师傅说的也不是没有一点道理。正想着，忽听赵师傅说道："要我说，还是美国先进些，群众对任何当官的人都可以反对，所以贪官污吏少。"

黄志毅问："你怎么知道？"

赵师傅微笑说："只跟你大爷说说罢了，我是没有条件，要是有条件我都要到美国去。反正我老百姓一个，有技术，在哪都还是开我的车。"

黄志毅说："赵师傅，你混得不错，房也有了，车也有了，钱也有了，怎么就想要到美国去了？"

赵师傅说："我就是看不惯不公平不公正，我是有钱，但都是靠我起五更睡半夜，风里来雨里去一分一分攒起来的。不像有些当官的昧着良心弄。没当官时穷得连我都不如，几个月年把下来，又是房子，又是车子，全家人衣食住行吃喝穿戴脱胎换骨，神气得不得了的样子。妈哟，这社会不晓得是咋的了。"

黄志毅说："赵师傅你不能这样说，个人是个人，社会是社会，怎么说到社会去了？"

赵师傅说："我咋不能这样说？人家一夜就富了，我干二三十年还是车夫一个！"

黄志毅说："不管咋说，党的政策好，你才会找这么多钱嘛，这点你总应该承认吧？"

赵师傅说："政策好是不假，但也是靠我辛苦挣来的，不是歪门邪道弄来的。"

黄志毅说："如果没有好政策你再辛苦能发财吗？中国自古以来都崇尚爱国，不管如何说国还是要爱的。"

赵师傅很不服气地说："你师傅好像是个伟大人物的样子！

我一个小老百姓，咋管得了那么宽？眼不见为净，我就是见不得那些发横财还趾高气扬瞧不起老百姓的人。”

黄志毅听得心中生气，提高声音说："停车！我就这里下。"

赵师傅停住车诧异地说："还没有到你怎么就要下了？"

黄志毅付了车费，拉开车门下车。说："赵师傅，看你年纪，应该听说过美帝国主义亡我之心不死这句话吧？你现在发财了，不仅不想把国家建设得更好，还要去为美国服务。我能坐你的车吗？"

说罢顺着公路走十多里回到家。

晚上黄志毅躺在床上睡不着，想着赵师傅那些话。一个普通农民，获得巨大改革开放红利，不仅不认为国家好，反而认为美国好。这究竟是怎么了呢？然后又联想到平时所见所闻的种种负面现象，觉得好像有一种无所不在的暗力，在或隐或现地把人民群众与党和国家撕裂分离开来，甚至对立起来。党和国家政权的根基在人民，如果任其发展下去，那可怕后果就不堪设想了。想到此心中不禁涌起向上建言的冲动。但转念一想，自己已经这么大岁数了，还有此必要么？更主要的是人微言轻，谁会听你的？还是多一事不如少一事吧。

黄志毅虽然如此想，但是仍然睡不着，总想着"位卑未敢忘忧国，天下兴亡匹夫有责"之类名人名言。当想到随时准备为党和人民牺牲一切的入党誓词时，终于按捺不住，猛然起身下床，展纸握笔奋书：

最可敬信的党中央：

　　我是一名基层共产党员。我希望党在代表大会后在以人为本上下足功夫，着力加深党和人民群众的鱼水关系，从而实现国家民族恒久的繁荣昌盛国泰民安。基于此：希望党万万不要脱离人民。

相信人民是为了人民和依靠人民的思想前提。如果失去这一前提，情为民所系，权为民所用，利为民所谋；问政于民，问需于民，问计于民；把群众呼声作为第一信号，把群众需要作为第一选择，把群众满意作为第一标准等等要求难于做到内心的自觉。失去内心的自觉，为了人民和依靠人民就有如昏暗的菜油灯，拨一下亮一下，不拨不亮……

反对腐败应当依靠人民。内有贪腐蚀本之忧，外有亡我灭族之患是当前民间对忧患的说法。把贪腐与亡我等同起来，足以说明贪腐危害在民心中占位之重。反腐应当以实现政治明洁、吏治廉正为目标；以公私分明、锱铢必较为原则；以最广大人民群众为主力。否则，无论如何努力，人民群众都有可能不满意。民谚曰："家中有金银，隔壁有戥秤。"权势者贪与不贪，富与不富，钱财来路正与不正，人民群众心中最清楚不过。可见反腐要依靠人民是因为现实生活中人民受腐害最深，看腐害最清。如能由最痛恨腐败的广大人民群众作为主力反腐，腐败当几无立脚藏身之地。

反对腐败应当注重反对腐化之风。腐化之风是权势者为了个人或小团体利益，以发展经济、关心群众、有利工作等等为理由，公开谋取国家集体人民资财却不易查处和不便查处的不正之风。腐化之风钻政策疏漏和措施不力的空子，以不踩所谓红线为界限，变着法子堂而皇之地占有、挥霍和享受。其数量之大，花样之多实难计数。公家的钱不花白不花，花了既无丢官掉禄之忧，亦无银铛入狱之虑，花得巧还可心想事成。这种公然违背党的宗旨、抵制艰苦奋斗要求、向人民群众炫耀特权之风，实在是革命优良作风的消散剂、党群关系的离心机。不过应当看到，腐化之风危害虽大，若下决心制止起来却不难，因为播风弄风顺风者一般都是精明人。若纠风依靠人民，态度坚决，措施科学及时，腐化之风必然速散。

最可敬信的党中央，我坚信，只要有足够数量的高素质领导干部做中坚和表率，党就必定会得到全国各族人民的竭诚拥护而无往不胜。

市井之言，旱草之声；扰理万机，敬请原宥。

黄志毅谨禀

信寄出后，黄志毅天天盼望消息，几个月后终于来了回复："已按信访处理。"黄志毅盯着二指宽纸条上回复的六个字想道："像自己这样多如蝼蚁之人都想上书，上面不这样善处如何是了？"自此不再想这惆怅之事。

第五十五回

周兰惠痛心说际遇　　还情债为儿请导师

星期天上午，黄志毅在关工委埋头写讲稿《立德树人三部曲》。正写着忽然听到敲门声，随口说道："请进！"

抬头一看，见一个五十多岁女人走进门来，问道："你是？"

"我叫周兰惠。"女人大方回答。

黄志毅说："请坐。"

周兰惠在黄志毅办公桌对面椅子上端正坐下，微笑着说："黄院长你不认识我，我早就认识你了。"

黄志毅遇到这样的事不少，便没有说话。

周兰惠继续微笑说道："你还记得三十八年前金鹿公社宣传队春节汇演么？"

黄志毅想了想说："具体时间记不得了，只记得汇演结束各大队宣传队就解散了。"

周兰惠说："我就是那次演出认识你的。你的《东方红》朗诵、你的相貌、你的声音，我至今记忆犹新，闭上眼睛好像就在眼前。"

黄志毅有些惊讶地问道："那时你在场？"

周兰惠说："我在新遮大队宣传队，下来打听知道你叫黄志毅。我是鹤林场知青，下乡在新遮大队三队。我们也算得上是家乡人了，你说是吧？"

黄志毅看着周兰惠，回想着当时演出情况，说："啊，我想起来了，你是演喜儿的吧？你们演出结束，一窝蜂跑进幕后去，好些道具掉在台上，只有你一个人返回来，不慌不忙捡起来抱回去。"

周兰惠显出惊喜神色，说："这些你都记得？"

黄志毅说："你与众不同嘛。找我什么事？"

周兰惠正色说："我的事有点复杂，一时半会儿说不清，你能不能抽出时间，我找个地方向你谈一下？"

黄志毅想了想说："好吧。但是今天不行。"

周兰惠说："那就明天吧。"说罢站起来走了出去。

第二天上午黄志毅接到周兰惠电话："黄院长，地点在凤栖茶楼临江轩行么？"

黄志毅说："对不起，我刚接到通知到外地调研三天。改个时间吧。"

数天后黄志毅按约定时间来到凤栖茶楼，周兰惠早已等在包间临江轩门口。二人对面坐下。

黄志毅见茶已泡好，说："我不喝茶，白开水就行了。"

周兰惠微笑说："你个当领导的，怎么茶都不喝啊？我是一点也离不开的。"于是叫服务小姐换成白开水。

服务小姐一走，周兰惠说："黄院长，我的话有点长，你要有耐心啊。"

黄志毅说："那这样吧，你最好写成文字材料，我抽空看。"

周兰惠听了说："那好，一个星期给你行么？"

黄志毅说："行，我还有事先走了。"说罢站起来走了出去。

一个星期后黄志毅拆开厚大信封看周兰惠的信。

黄院长：

往事如烟，千言万语不知该从何处说起。想来想去还是先说我的家史吧。

我家庭成分是贫民。我父亲周定坤是鹤林场河坝街炭市坝人，新中国成立前曾任国民党军官和昌南县警察局局长。新中国成立时跟随国民党部队起义，遣散回鹤林场，以卖香烟瓜子为生。一年后生下了我。生我这天适逢镇压反革命，凤翔江沙滩上枪毙了二十八个罪大恶极的土匪恶霸地主，于是有人说我是这些人投胎来的。我父亲很反感这样说法，但是好像又有些相信，便给我取名兰惠，意为兰质惠心施善于人，以利避邪消恶。

我父亲很疼爱我，对我百依百顺，说视为掌上明珠也不为过。至今记得最清楚的是我最爱吃面臊子。想必你一定知道，顾客吃面，一碗面顶上只能放一小撮肉臊子调味宽心，而我是半碗半碗地吃，你想那要多少钱？而我父亲毫不痛惜，满脸开心样子看着我吃。

或许是我父亲疼爱我的原因吧，我自小就任性而刁蛮。据我母亲讲，一次不知什么原因惹我生气了，我在街上满街打滚，下着大雨，全身湿透，头脸衣服全是污泥浊水，很多人围着我看，来抱我，但是都没有人能把我抱起来。最后还是我父亲赶回来把我抱回家。

五七年上半年，我父亲不知什么原因自缢身亡，抛下我和三岁弟弟永远地离开了我们。城镇街道永远都是是非集散之地，对我父亲的死因众说纷纭，主要有两种，一是说我父亲偷上了街上最漂亮的美妇白豆腐。我母亲在家和他大吵大闹，扬言要把这丑事告诉全街的人。人活面子树活皮，我父亲是很爱脸面的人，自然无颜苟活于世；二是说什么运动要来了，凡是为国民党做过事的人一个都跑不脱。我父亲当过国民党军官，又当过伪警察局局长，自然在难逃之列。真要是被弄得灰头土脸，那活着就没有什么意思了。看来也是为脸面而死的。我总弄不明白，为什么这脸面就那么重要呢？

很多年后，我父亲一个很要好的朋友，当时是县上一个要害部门的领导告诉我说："你父亲无论从哪个方面看都不应该死，是他自己把自己吓死的。"看来这脸面啊真的害人不浅。由此我有点恨我胆小怕事的父亲，他不走，我们就不会有以后生活的苦难。人啊，该大胆的时候就应该大胆，不是说人到万难需放胆么？我父亲高大英俊，用现在的话说就是长得特帅。我不是因为他是我父亲就夸赞他，在我的印象中确是如此。可惜他太胆小了。

父亲去世后，镇上领导见我们孤儿寡母困难，把我母亲安排在集体单位工作。当时我不到七岁，弟弟周文强不到四岁。母亲要按时上班，洗衣做饭许多家务事都要我做。最难忘的是抬水。一只木桶，一根扁担，我们姐弟俩抬着半桶水。从江边到家里半里多地，水在桶里荡来荡去，重心不稳人随水桶偏来偏去。一次水荡得太凶，文强没有稳住倒在地上。半桶水全部倒在了家门口，气得我打了弟弟几下。看到弟弟哭，我一下抱着他痛哭。三年后我母亲改嫁生了小弟。那年开学，我和文强向母亲要学费。母亲工资不多，气恼地说："要钱到坟墓里去找你们爸要。"我和弟弟又哭了一场。

我十一岁的时候，母亲和一对重庆夫妻合伙做生意。可能是我确实长得乖的原因，那对夫妻收我做干女儿，还把我带到重庆他们家去耍，给我做新衣服，把我打扮得漂漂亮亮。我自己也觉得很漂亮，因为走在重庆大街上很多人都要看着我。耍几天后这对夫妻把我送回家，和我母亲商量去云南做烟生意。我母亲没有钱，就把出嫁时娘家给的金银玉器陪奁和家中值钱物件用一幅布捆打成一件包袱，带着我和那对夫妻一同到云南去买烟。当天在县城住宿，第二天天亮时发现包袱和那对夫妻不见了。母亲知道被骗，放声大哭，头把板壁撞得山响，边撞边大声喊不活了。

我说:"妈,你不要哭,我们去找他们。"

母亲说:"重庆那么远,又坐汽车又坐火车的,你这么小,怎么找得到?"说着又哭起来。

我说:"妈你不要哭了嘛,我找得到。"

母亲见情况如此只好同意。于是我们回鹤林场借盘缠到重庆。第九天清早到菜园坝下火车,上石梯到两路口。我回想着当时坐公共汽车的方向,回想着所乘公共汽车的牌号,回想着所经过的每一个公共汽车站名,回想着所经过的街道和看到过的各式漂亮楼房。确定无疑后我们上公共汽车,坐一段公共汽车走一段路,走一段路又坐公共汽车。幸亏我记性好,竟然不到中午就找到了那对夫妻。羞愧惊讶的那对夫妻把包袱退给我们的时候,母亲发现那包袱还没有打开过。

返家火车经过永昌站时,由于停车时间长,我下车耍忘了上车时间。车要开时母亲急得在车门口大喊。我听到喊声飞跑过去,见两个列车员拉着往车下跳的母亲。火车已经开动。我不知道我怎么会跑得那么快,追上火车跑到车厢门口的时候,一位列车员一只手抓着车门扶手,俯身弯腰像抓小鸡一样,一下就把我提了上去。

母亲边流泪边抚理着我头发说:"妹儿呀,你要是走丢了,妈我真的不想活了。"

黄院长你可能想不到,我年纪虽然不大,但是对生活充满了很多绚丽的梦想。

我从小好动,上课也是如此。老师经常批评我不专心,但是我成绩特别好,居然还跳了一个年级的班。为此我自信将来一定会考上大学;我爱看电影,因为住在街上,所有新片都一部不落地看；我喜欢朗诵，经常跟着收音机学普通话。我能把电影《东方红》朗诵词全部背诵完。所以你的朗诵我至今不忘；我爱唱歌，所有电影歌曲都会唱，有时边做家务边唱，街上的人还以为是收音机声音；我想当兵，特别想当护士，穿着白大褂，像白衣天使一般在战场上飘来飘去，抢救伤员，救死扶伤，那是多么的伟大和自豪；我想进部队文工团。我们街上的人都说，以我的姿容相貌登台演出，决不会输给电影里的女演员；我想当歌唱家，因为我嗓音好。为了实现这一梦想，有时到凤翔江边，对着湍急的流水吊嗓子。年轻人有梦想有希望很正常，黄院长你说是吧？但是我妈说我要疯，不知骂了我多少次。

三年困难时期，因为我是城镇居民，更因为我母亲是食物保管员，所以我从来没有挨过饿，一点都不知道饿的滋味。

一天中午，我看见我们班主任张老师大口大口地很快吃完一斗碗水煮红苕叶。那么年轻漂亮的女老师，居然能把那么粗老的红苕叶吞下去，这是我万想不到的。晚饭时我把这件事讲给母亲听。当天晚上半夜过后母亲蒸了一笼馒头，要我上学时给张老师送去。张老师犹豫了好一会儿才接过馒头，一句话都没有说。

初中三年级的时候"文化大革命"来了。学校成立红卫兵，我非常羡慕那些戴着红袖套跑来跑去的同学们。但是我妈不准我参加，说我父亲是国民党军官，不要害了全家。托人把我送到六七五九工程去打零工。

我十六岁不到的一个女娃娃，那些开山炸石、抢大锤掌钢钎的重活完全拿不下来，安排我背水泥上山。计件制，多劳多得，五十公斤一包，别人一次背两包三包，甚至还有背四包的。我只能背一包。一个月下来，我第一次卖劳力挣二十五元钱。给家里十元，自用十五元。

第二个月，我运气来了。不知事务长不想干还是脑壳笨，账目一塌糊涂，菜还贵。于是另找事务长，可是没有人愿意干。我自告奋勇，但是队长不同意，说你一个小女娃娃当啥事务长啊？很瞧不起我的样子。我说让我试当一个星期，当不好自动退下来。由于找不到人的原因，队长只好同意。一个星期账目清楚，菜价不仅降了四分之一，而且味道远比以前好。皆大欢喜，让我继续当。队长问我咋搞得这么好。我说汽车队司机帮我运菜，节省了全部运费。还有就是我会做饭菜，一有空就到厨房给师傅打下手，有人监视，炊事员就不敢不认真了。队长把月工资给我提到四十五元，给家里十五元，我自用三十元。你知道那时候三十元要当现在多少钱么？简直成富翁了。

食堂每天都要进县城买菜，工程汽车队司机大都会主动来问我进不进城。我买了菜站在路边，他们看见了把车停下，帮我把菜搬上车。有的到了食堂前，明明有人帮着下菜，还要帮着一起把菜搬下车才走。

黄院长，不知你听没听说过，当时社会上三种职业最吃香，一是掌方向盘开车的，二是摸猪屁股卖肉的，三是供销社卖副食的。其中司机最傲，给钱他都不会搭你。不过，他们傲，我更傲。除了说声谢了，再无多言。

我有钱后，首先想到买衣服，尽量穿漂亮些。这世界上谁不爱美呢？然后把余钱存起来，这是我这辈子第一次存钱。我当事务长从不占大家一点便宜，丁是丁，卯是卯，我吃多少饭菜给多少钱，哪里像现在啊！

两年后知识青年上山下乡。按规定文强年纪小不下，我够年纪必须下。我事务长当得好好的自然不愿意去，但是镇领导见我迟迟不到镇上报到，便把我母亲工作停了，说再不回来全家一齐弄下乡。我母亲慌了，上山来找我。我只好辞了事务长，当天跟着母亲一起回到家。

黄院长，我有幸下到你们金鹿公社新庶大队。新庶大队是全公社最好的大队，我又分在全大队最好的第三生产队。平坝、水田、沥青公路、凤翔江边、挨着国防机械研究院，离家四五里路。

按照上级文件要求，知青下乡必须在生产队住，和贫下中农同吃同住同劳动。我从来没有参加过田间劳动，做什么活都需要教，而且不知为什么大太阳一晒就要流鼻血。生产队长嫌我累赘，不仅劳动不好，还增加麻烦，便让我站在田坎上看。我不好意思总闲着，说："队长，部队打仗有宣传鼓动队，我给大家唱歌鼓劲吧。"队长老实人，说："你好好看就行了，鼓啥劲啊？"可是社员们，特别是那些年轻社员们全都赞成，一致要求我唱。我便唱了一首《万泉河水清又清》。大家想不到我会唱得那么好，便要求我继续唱。我就这样成为了鼓劲社员。有时候我唱得高兴边唱边舞，社员们便会停下手中活站着观看。这时候队长就要大声制止说："周小女不要唱了！休息一下，你跳起不累嗬？"

一天午饭后，我与知青室友躺在床上聊天，忽然看见房檩上一条青黑色大蛇昂着头，向我们一伸一缩吐着红色舌头。我俩吓得飞快跑出房门，边跑边喊打蛇。房主人听见后，拿一根长竹竿把蛇慢慢赶了出去。我们问为啥不打它？他说人家户里面的蛇是打不得的，但为什么打不得没有说。队长见我俩不敢再进那房间，只好同意我俩每天都回家睡。

大队革委会一决定成立毛泽东思想宣传队，队长便立刻把我推荐了进去。我不知道队长是怕我给他增加麻烦借机赶我走，还是认为我适合在宣传队。或许两者都有吧。

宣传队都是些年轻人。无论男女，不知为什么都如众星捧月般围着我转。除了排练演出，其他扫地搭台、背道具拿乐器等等所有杂事那些人都争抢着做。有时我也想做点事，可是工具刚拿到手，便有人从我手里夺过去。更让我过意不去的是，每天晚上排练结束，不管多晚大家都要把我送到鹤林场家门口才转回去。我很感激他们，我参加工作很多年后还和他们保持着联系。

宣传队解散后我又回到了新庶三队。或许我运气真的好，回到队里不几天，六七五九工程在全县招民工，县上把任务分解到各公社，我们队长又把我推荐了上去。

我以前在六七五九工程打零工的时候就已经知道，六七五九工程是三线建设重点工程，军事科研单位。一把手老景是七级领导干部，他的爱人孔宇是三线建设单位一三三一工程一把手。

我第二次进六七五九工程不是临时工，而是有组织的民工。全县民工每六个公社组建一个大队，实行半军事化管理，我编在第五大队。不到一个月工程指挥部成立宣传队，我又进入了宣传队。宣传队大多数时间是白天上班，晚上排练，比新庶大队苦多了，但是每个人好像都不在乎。

宣传队规模和装备比我们以前的农村大队宣传队不知要强多少倍。我们不仅到各民工大队演出，给部队指战员演出，还给工程指挥部领导们演出。

工程指挥部派一个叫周锋的参谋负责宣传队。周锋在大学是学光电的，由于喜爱文学艺术便被派了来。周锋对排练极其认真，我挨了不少批评。排练《智取威虎山》我演小常宝，周锋说我腰身手势动作太过柔弱无力，有如舞蹈，完全不像一个猎户女儿形象。试几次都过不了关，说再不改就把我撤下来。在队友们的帮助下，经过几个晚上才改过来。特别笑人的是，排练《红灯记》我饰演李铁梅叫爹的时候，宣传队的人全都同时哎的一声齐刷刷答应。我气得没法，只好大声骂，黄院长你不要笑我粗鲁，我真的是气急了。

部队讲究艰苦朴素。军人自不必说，就连农民工不分男女都穿统一样式的劳动服，唯有我天天穿着干净整齐的新花衣服，显得十分显眼。周锋问我："小周你为啥要这样穿？"我回答说："我不这样穿怎样穿？"周锋说："你这样穿太不合时宜了，穿旧一点的吧。"我说："我没有旧衣服。"周锋说："那你就在这衣服上打几个补丁吧。"无奈，我只好在衣服上打两个对称的过肩，在裤子膝盖上缝两幅长方形旧布。

在给六七五九工程指挥部领导们演出后，应该是我的嗓音和朗诵得到了领导们的认可，被调到工程广播站当广播员。当广播员是我做梦都不可能梦到的事。到广播站当天，发给我两套女式草绿色军装，一枚中国人民解放军六七五九工程徽章。徽章上部分是毛主席金色头像，下部分是红底黄字为人民服务的长方形横牌。除了没有领章帽徽，与部队服装完全一样，很多人都以为我参军了。我也骄傲自豪得不得了，走路风都扇得起来。我以为这是第一步，下一步就应该成为正式军人了。

其实广播员远比宣传队辛苦。每天很早起床到广播室预热机器，读熟所播稿件。不认识的字要查字典，为此我学会了查《新华字典》。为了保证播音时长准确，还要练习播音速度，就是每分钟不多不少要念多少字。我们不是电视播音，但是仍然要求坐姿端正，口形正确。为了达到要求，我在穿衣镜前练习播音坐姿和口形。每天晚上广播结束后还要收拾器具，打扫卫生，为第二天播音作准备。广播员政治责任重大，开机不许说话，不许播错、播漏、播加播减字词，更要防止跳台。如果跳到美国之音等外台又没有及时调止而播出，那就是政治上的特大问题了。所以开机后绝对不允许离人。一次转播中央台时，宣传部办公室电话通知我去拿播音稿件，我说只有我一个人值班走不开。打电话的人说，拿起就走，要不了多少时间。我只好去拿。刚走到宣传部办公室门口，高音喇叭里突然传来刺耳尖啸声和乱七八糟的噪音。我转身就跑，一口气跑回播音室把频道调开，坐到椅子上大口喘气时才发现，我背心上的汗把内衣都打湿了。

我最难忘的是第一次播音。特别难忘的是播音第一句："中国人民解放军六七五九工程广播站，现在开始广播！"这声音自然是响遍了工程的每一个角落，但是在我的感觉中响遍了原山，响遍了中国，穿透了时空，响彻了全球。这是中国人民解放军的声音，我的灵魂也随着这声音进入了宇宙。此时我觉得我已经完全是其中的一员了。

万万想不到的是，周锋重感冒去世了。王政委带队到他家看望家属，由于我曾经是宣传队队员，也通知我一起去。

周锋是南峰县人。路很远、山很高，小车开大半天，下车步行两个多小时才到。周锋家很穷，破草房，深山野岭，可见他读书的不易，也可见他的优秀。周锋妻子三十多岁样子，脸上挂着失去亲人的悲伤。两个又黑又瘦的孩子依偎在她身边，显得很是可怜。王政委说了些安慰的话，给了些慰问品后我们就走了。

我一边走一边想着她娘仨今后的日子，很想帮助她。我说："王政委，周锋家这么困难，我们跑这么远路说几句话，给点东西就算啦？"

王政委说："按照政策，除了抚恤金，他两个孩子还应该有一些抚养费。"我说："她们家在深山，又那么穷，那点钱差得太远了。六七五九工程那么大，又招那么多民工，把周锋爱人招来当工人，哪怕是民工零工也比在深山强嘛。你看他们家房屋墙壁一风都能吹过，好惨啊。"

王政委说："小周啊，你是好心，但是很多事情都是说起来容易做起来难。招她来打工，两个孩子读书、住宿、吃饭怎么办？"

我说："六七五九工程这么大的单位，就一个周锋的家属都解决不了？"王政委说："人多，又不是她一个人。"

我说："你们单位就周锋一个人死了，死得那么年轻。像周锋那样的有好多个？有第二个么？"王政委摇了摇头，没有说话。

一天我正在看稿子，听到门口说话声音，掉头一看是景书记来了，赶忙站起来。景书记带着两个人，一进来就把广播室前后两间看了一遍，边看边说不错，最后停下微笑着说："小周，你们搞得不错嘛，继续努力。有什么要求么？"我万想不到景书记会认得我。他这一问，我立刻想起了周锋，回答说："感谢首长关心，我个人没有什么要求。只是有一件事我觉得应该解决，不知道该找谁反映。"然后说了周锋爱人和孩子的情况。

景书记听了对跟随的人说："记下来了解一下，能解决尽量解决。"

一个多月后我看见周锋爱人在指挥部收发室坐着整理报纸，知道问题解决了，真为她们母子感到庆幸。

十多天后的一天，景书记爱人孔宇和一个年轻女同志走进广播室。当时我正蹲在地上理广播线，站起来说："孔书记你好！"心想她在一三三一工程，来我们广播室干什么？

孔宇微笑着看向我，然后背着手问道："你认识我？"

我说："两年多前就认得你了，那时你还没有调到一三三一。"

孔宇连说了两遍很好。然后对那位年轻女同志说："天天听到这女娃儿播音声音，早就想来看看是啥模样了。很好，就这样好好干。"说罢转身走了。

几天后电话通知我到政治部去。一个首长模样的人见我到了，问道："你是周兰惠？"我说是。那人指着他办公桌对面椅子说："坐吧。"看我坐了，说："今天通知你来，主要是对你家庭社会关系情况作个了解，你必须如实回答。"

我说："应该的。"

一个年轻军人走过来坐到旁边记录。那人问道："你父亲姓名？"

"朱崇德，金江县东顺城街小学教师。"

"你姓周，怎么你父亲姓朱？"

"朱崇德是我后父。我亲生父亲叫周定坤，新中国成立前是国民党二十四军军官，昌南县警察局局长。二十四军起义后遣散回家经商，五七年上吊自杀，三年后我母亲嫁给了朱崇德。"

"你父亲为什么要自杀？"

"不知道。当时我才六岁。"

"你直系亲属中还有哪些人有政治历史问题？"

"没有。只有我大伯周定乾临近新中国成立时被国民党抓去当壮丁，至今音讯全无，不知这算不算政治历史问题。"

那人继续问道："你大伯真就一点消息都没有？""没有，只是后来听说去了台湾。是谁说的我们也不知道。"

"其他就没有了？"

"没有了。"

"那好，你走吧。"那人说。

政治部问话后我以为真的要当兵了，只是天天担心着父亲大伯的政治历史问题会不会影响自己。一个多月后渐渐听说，是景书记夫妇把我看上了，想要我当他们的三儿媳妇。

这个消息不仅没有给我带来好大的惊喜，反而引起了我的忧心。一是母亲坚决反对嫁给当兵的人，说她就是嫁给我父亲这个当兵的人才落得了守寡再嫁的下场。二是母亲坚决反对嫁给远方的人，说她就是嫁到我们这里才举目无亲受人欺凌的。三是贫家小户嫁入豪门只有受气的份，没有享福的份。我家隔壁邻居郑明妍长得漂亮，嫁给南下干部县财政局长的儿子，洗衣做饭等所有家务活全部包干，吃饭都不准与他们同一桌吃。四是景书记这样高官家庭情况如何我不知道，他三儿子长什么样子我也不知道。豪门出纨绔，万一是一个花花公子我怎么办？总之如果当不了兵，我决不能在这里当一辈子农民工，也决不能像郑明妍那样做奴做婢忍辱受气。这样一想心中便渐渐萌生出了去意。

两个多月后我听说景书记家已经不同意这门婚事。知道当兵无望后我当晚就写了辞工报告，也不管同意不同意，第二天一大早便离开了六七五九工程。

我直接回家，不打算再回新庶三队。因为当时下乡知青中已有人离队自谋生路。生产队也怕知青回队，乐得少找麻烦。

回顾我的知青下乡岁月，我自认为我还是很幸运的。整个下乡期间，我在生产队劳动最多超不过三个月。虽然几乎没有接受过贫下中农的再教育，但是却遇上了一个好队长，结识了很多好社员。

回家后我买了一台蝴蝶牌缝纫机开缝纫铺。我踩缝纫机没有任何问题，但是裁剪得慢，并且肩袖接合部总是结合得不够好，为此母亲为我请了一个裁剪高手元庭禄帮我裁剪。元庭禄是县第二酒厂工人，大我三岁。他每天下班后到我家来，很快把我当天接的布裁完，也不要工钱，一个人喝酒吃饭后就走了。鹤林场好几家缝纫铺，数我的生意最火，每天接的布叠码得高高的，比镇缝纫社的还多。

确实赚了不少钱。

当时，原山县好几个场镇下乡知青听说我比电影演员还漂亮，结队来赶鹤林场，其实是来瞧我的模样。这样我就结识了很多知青朋友，不少男知青对我大献殷勤，我一个也不理睬。"曾经沧海难为水，除却巫山不是云。"想着在六七五九的失落我就伤心。其实我内心也很想要男朋友，但是要什么样的男朋友模模糊糊的没有一个标准，总觉得自己有如白雪公主一般，除了白马王子，其他都是垃圾，一个也看不上。这期间六七五九工程派人来要我回去继续当广播员，我没有同意。以后县机械厂也派人来招我去当广播员，我也没有去。广播员的经历实在是把我的心伤痛了。

两年后母亲要我嫁给元庭禄，说他如何如何好。可我哪里瞧得上他？母亲见我不从，便又哭又闹，头撞板壁，发出咚咚的巨响声。天天如此，街坊邻居都跑来看，说我太不懂事。

我万万想不到母亲有这一手。一是母亲相逼，二是想着这样下去也不是办法，女人不总是要嫁人的么？元庭禄是酒厂团支部委员，而且人面子上还算看得过去，又有裁剪手艺，于是便顺母亲一口气嫁给了他。

以前元庭禄每天下班来我家，除了裁剪上的事我们极少说话，并不了解他性格。结婚当天晚上才发现和他完全说不拢，有一种发呕的感觉。第二天便坚决拒绝与他同房，赶他回厂里睡。元庭禄老实人，自知悬殊巨大，根本不敢违抗，仍然像以前一样，每天来把布裁剪完吃了饭就回厂里去了。

可能是男人自尊心的原因，时间一长元庭禄对我也渐渐冷淡起来。也许命该如此，我和他只睡一夜就怀孕了。

我生女儿时他来照顾我三天，然后叫他妹妹来服侍我，从此便再也不管我们母女了。

我缝纫虽然来钱，但心里总觉得不踏实，总觉得还是参加工作可靠稳当。知青回城政策出台我户口转回镇上后，便申请加入了镇机面社。机面社是集体所有制企业，一个月二十一块钱工资，我觉得这才是真正的保障，干得特别卖劲。经常停电，因为担心赶不上第二天面馆供应，很多时候半夜来电都要急急忙忙跑去赶工，有时候一个夜晚来回要跑好几趟。

机面社和面粉打交道，经常头脸一身雪白，很多人说我比平时还漂亮，真正成为白雪仙子了。

一年多后我调日杂店工作，经常到县上采购商品，采购中认识了外贸局副局长纪成富。他热情大方的帮助和体贴入微的关心让我十分感动，他没有儿女，他为我离婚，为报答他我也离了婚。女儿元小娟改名纪丽霄，完全由我抚养。

我和纪成富结婚后调到县物资采购站工作。说实话，从一个酒厂工人的女人成为副局长的太太我还是很满足的。我不仅悉心管好这个家而且努力积极工作。物资采购站工作流动性大，经常走南闯北采购物资。一次经理派我到豫南收欠款，说豫南是最会骗赖的地方，派几拨人去都没有收回来，如果我能收回来就给重奖。我跑了半个多月一分钱都没有收到。开初人家态度还好些，以后就像不认识我似的，甚至还派保安赶我出去。百般无奈中我想起后父曾说过现任豫南领导朱仁德不仅是原山县人，而且还是他的学生，于是去找朱仁德。接待人员问我是朱仁德什么人，我说了关系，并说有急事找他。接待人员说朱在上海开会，我说那请你们把他电话告诉我，或者你们挂通电话我对他说。

接待人员要我稍等，进去后不一会儿出来，问我找朱什么事，我说了收款经过，那接待人员又进去了。不一会儿开来一辆小轿车，下来一个中年人，司机对我说这是他们陈处长。陈处长和我握手后说请上车，车子一直开到欠款公司大楼门前停下，门口早已有人迎候。然后一同到银行，问我是汇款还是取现金，我说取现金。当时人民币面值最大的是十元，陈处长说几十万元又重又显眼，还是汇款好。我说我以前就遇到过多次假汇票了，还是现金保险。

我把几十万元装进塑料袋，然后再装进旧麻布口袋。陈处长把我送到火车站，反复叮嘱我小心后走了。

人太多，只有站票。火车开动后我在离厕所门不远地上睡下，头枕着麻布口袋，手抓着袋口，就这样不吃不喝，一直到终点站下车。

我以洁癖著称。客人到我家来坐过的凳子我要消毒，坐过的沙发套和睡过的床上被褥必须换下来洗；饭馆吃饭，碗筷先用酒消毒或者用开水烫；我好打扮，从来都整洁光鲜。这次收款二十多天我很少洗脸，没有换过一次衣服，下车时蓬头垢面，一身尘污，完全一副乞丐模样，以至来接我的小弟和纪成富都没有把我认出来。由于我每次任务都完成得很出色，被评为县二级购销员。

企业改制政策出台后，纪成富承包县土产公司成为经理。为了协助纪成富我调到土产公司。纪成富大我十好几岁，对我可以说是百依百顺，加之我说一不二的果断性格，很快就把他挤到了公司第二的位置。公司大小事务下面人几乎都来找我，很少找纪成富。我虽然才三十多岁，但是纪大娘的名头不仅在公司内部，就是在外面也叫得很响。这是我这辈子最风光的时光，不久我们有了儿子纪国贤。纪成富中年得子，自是爱怜万分，我也把心思转到了儿子身上。

纪成富承包期满后回到外贸局，不久患病。我竭尽全力救治，可惜药石无功，神佛难留，最终抛下我们母子二人，撒手西去。

我自幼丧父，渴望父爱。一想起纪成富无微不至胜过父亲的关爱，我就决心要把他唯一的这条血脉根苗培养好，成为于国于家有望的人。

为了培养儿子，我自知无论学识经历性格都不足胜任。便请纪成富的几个朋友帮忙。但这几个人除了油嘴滑舌、夸夸其谈，得我好处之外，没有尺寸之功。我吃亏有苦无处诉，整天神魂颠倒恍恍惚惚，两三个月时间满头青丝全部变成白发。

一天晚上做梦，梦见在六七五九工程广播室，你突然走了进来，我立刻跑向你，正想向你倾诉心中苦闷时，你又一下不见了。高寒山区，雾气茫茫，混沌一片，什么也看不见。正要喊叫你时忽然醒来，才知道是在做梦。看时间不到三点。睡不着，顺着梦境想到你当过教师，大学毕业，当过领导，见识广博，处事沉稳，教育培养我儿实在是最佳人选。只是想到你我地位悬殊，男女交谈是非多，实在难以启齿。不过，思之再三，为了儿子能够幸福成长成才，作为母亲应该什么都顾不得才是正理。黄院长你说是吧？

总之，倘若我儿能承教黄兄膝下，成为有益家国人民之人，我定当结草衔环以报厚地高天之大恩大德。

谨呈尊敬。

周兰惠上

黄志毅想不到周兰惠竟然会如此写，便将信放在一边，待见了周兰惠再说。

星期五上午，周兰惠笑容满面走进黄志毅办公室，边走边说："黄院长，我应你之邀又来了。"然后在黄志毅办公桌对面椅子上坐下。

黄志毅起身倒了杯白开水放在周兰惠面前。

周兰惠问道："黄院长，我写的东西你看了么？"

"看了，写得好。"黄志毅回答，然后微笑着说："我有些不理解的是，我们只不过几十年前一眼之缘，你怎么会知道我的情况？"

周兰惠显出有些不好意思样子，但是很快就大方地说："我们都是过来人，而且都这么大岁数了，也不怕你笑话，自从那年宣传队见你朗诵演出后，不知怎么的总会时不时想起你来。"

黄志毅说："怎么可能啊！"周兰惠说："我也认为不可能，可是有时就是会想起来，你说怪不怪？"

黄志毅摇头不语，默默喝着白开水。

周兰惠说："我进城后时不时会听到你的消息，特别是偶尔看到县电视台播出你的活动，就渐渐知道你的情况了。"忽然看见黄志毅紧紧盯着自己头上，问道："你在看什么？"

黄志毅微笑说："你也太会写了。"

周兰惠立刻问道："什么意思？"

黄志毅说："你明明满头青丝，却说成全变白发。"

周兰惠说："你以为我是编造的？你不知道。我只要三个月不染头发，白头发就会全部显现出来，而且一根黑的都没有。"

黄志毅说："那就不染嘛，本色示人还显得纯真一些。"

周兰惠微红了脸说："爱美之心人皆有之，各自喜好颜色不同。有的适合白，有的适合红，我适合黑。"

黄志毅知道自己说岔溜了嘴，赶紧转过话题说："你要求我帮你教育儿子，实在是高看我了。我学识能力有限，恐怕难受重托。"

周兰惠说："黄院长你是不是太谦虚了？如果你都能力有限，我就再找不到比你更合适的人了。"

黄志毅说："我不是谦虚，是怕误了你儿子。"

周兰惠说："你不了解我儿子，我给你介绍一下。"

黄志毅知她嘴上厉害，立刻站起来说："我还有事，几个人正等着我，以后再说吧。"周兰惠见了只好说："那好吧。"

第五十六回

疗顽疾医馆学按摩　有情人誓言同生死

十多天后黄志毅接到周兰惠电话："黄院长你好，你定个时间，我向你详细说说我儿子情况。"黄志毅说："我没有说过要听的嘛。"周兰惠说："怎么没有？你说过以后再说的嘛。"黄志毅心中暗自苦笑："真是太会钻空子了。"只好说道："那明天上午吧，地点在哪里？"周兰惠说："我儿子有些东西要给你看，就在我家里吧。"

第二天早饭后，黄志毅沿周兰惠所说地址来到文庙前街。周兰惠早已在街上等着，见到黄志毅也不说话，转身把他带到三楼开了门。黄志毅跟着进去。周兰惠虚掩了门，说："请坐。"黄志毅在客厅沙发上坐下，首先映入眼帘的是对面墙壁上挂着的一幅浅淡彩色图画。一方水池，池边凉亭，亭中一体态婀娜美女斜倚亭柱看着池中荷花；几枝柳丝飘荡，应是微风拂动所至。画作精细，形态逼真。画两边是对联，上联是"柳倦欲眠风劲舞"，下联是"荷红独立浪偏摇"。落款是一片馨香，居然还有印章。

　　周兰惠端茶来放在茶几上，说："请喝茶。"

　　黄志毅说："对不起，我从不喝茶，一直都只喝白开水。"

　　周兰惠说："喝茶对身体好处很多，我就经常喝，简直成瘾了。"

　　黄志毅说："那是你有福气，我是碱性胃，喝茶烧心难受，没福消受。"

　　周兰惠换成白开水，然后递上烟。

　　黄志毅说："对不起，我是肺气肿，更是一点都不敢闻的。"

　　周兰惠惊讶问道："你该不会连酒也不沾吧？"

　　黄志毅微笑道："你说对了，我天生肝热重，酒更是一点都不敢沾，稍喝点就来眼屎，全身没劲，有时候还要流鼻血。"

　　周兰惠说："现在当官的哪个不是集烟酒茶于一身？你真算得上是另类了。"

　　黄志毅摇头说道："身体就这个样子，没法！"

　　周兰惠端一个小板凳在黄志毅侧面坐下，说："黄院长，我把我儿子情况向你介绍一下，你觉得孺子可教就教，不可教就算了。"

黄志毅看向周兰惠，见她虽陈衣旧裤，但那面容身姿却显得楚楚动人。心想这么大年纪了怎么还会如三十几许模样？正想着猛然想到人家是找自己说事的，想这些干什么？立刻正色说道："你说。"

周兰惠说："我儿子纪国贤十二岁，西街小学六年级学生，校学生会主席。不是我自夸，他在团结同学、助人为乐、募捐救灾、见义勇为等方面样样带头，在学生中威信很高，很有号召力。学习上各科成绩名列前茅，特别是数学，每次考试都是第一，没有第二。学校领导老师都说好好培养，一定会成为有用之才。"说着拿出一摞奖状放在桌上让黄志毅看。

黄志毅一一翻看后说："既然表现这么全面优秀，你找我就没有必要了。"

周兰惠说："黄院长，话不能这么说，他才好大点啊，黄瓜开花才起蒂蒂。以后还有初中、高中、大学，每一步都闪失不得。"

黄志毅说："我学的政治，现在升学政治非主科，一点忙都帮不上。"

周兰惠说："我不这样想。作为一个人，特别是作为一个学生，政治还是应该放在第一位的。光数理化学得好又怎么样？政治觉悟、思想品德不好，其他学得再好，将来进入社会，就是成名成家了，也会垮下来。这样的教训我见得多了。所以，我儿子一定要成为德智体全面发展的人。学校教育我不担心，我可以做到与学校领导和教他老师的最好配合。我最担心的是家庭教育和社会教育。家庭教育我可以做到孟母三迁、曾子杀猪、刀断机杼。但是这还远远不够，特别是单亲家庭，社会教育就更难了。我请你帮我，是因为你教过书，在劳改单位和法院工作过，见过正反两方面经验教训。又是政治专业、法学学士，对家庭教育和社会教育应该都没有问题。"

黄志毅接过话说："谁敢说没有问题这样的大话？"不过听周兰惠如此一番介绍，心中的教师情结又不由自已地萌生了出来，心想师范毕业至今还没有认真教过一个学生，纪国贤又有如此扎实基础，若能把他教育成品学兼优学生，也算是不负所学好事一件。于是说道："除了思想政治，其他学科我是一点都帮不上忙的。如果效果不好你可不要怪我哟。"

"谢谢。"周兰惠立刻接过去说。

黄志毅说："现在升学不考政治，我帮纪国贤只能在立德树人方面下功夫。他思想政治认识和行为习惯方面出现什么问题，我们就针对性地共同商量解决什么问题。"

周兰惠说："这样最好。"

离开周兰惠家时黄志毅将左臂三百六十度顺逆方向各大甩两圈。

周兰惠见了问道："你手臂怎么了？"

黄志毅笑着说："没有什么，前几年法院五一拔河比赛拉伤了肌肉，腋下结了一块核桃大小硬块，不活动时间稍微长一点就不舒服。"

周兰惠说："那你抓紧治嘛。"

黄志毅说："一直都在治，就是效果不大好，我现在就要去按摩。"

离开周兰惠家后，黄志毅想起了壁上那幅画和对联。很显然，周兰惠这位一片馨香的朋友既在赞扬她的美丽，又在劝告她保持高洁，不要被外来骚扰所左右而任性风流。那这周兰惠究竟是个什么样的人呢？看来与她还是应当保持适当距离为上。

两个多月后，黄志毅接到周兰惠电话："黄院长，你明天有空么？如果有空请到我家来一趟。"

黄志毅想了想说："明天上午正好有空。"

周兰惠说："那好，我等你大驾光临。"说罢放了电话。

黄志毅一进门，周兰惠就说："黄院长，今天请你来，是想帮你按摩那腋下包块，你愿意么？"

黄志毅说："这包块已经进风湿了，你按不下来的。在法院的时候，按摩店的小伙子用尽力气连续按捶捏揉了两个多小时，我除了舒服，一点都不感到疼痛。而那小伙子却累得满头大汗，几次下来再不给我按摩了。"

周兰惠说："使蛮劲不行，还是要按照经络穴位来。"

黄志毅问："你懂经络穴位？"

周兰惠说："刚学一个多月，试试吧。"于是让黄志毅坐到高背木椅上，自己站左后侧捏揉那腋下包块。

黄志毅想不到周兰惠手上力道竟然胜过那按摩店小伙子。不停捏揉两个多小时居然头无汗气不喘。黄志毅略感微痛却舒服异常，不由大感惊奇地说："想不到你有这样功夫，哪里学的？"

"体育学院理疗室学的。"

"好久学的？"

"你那天来我第二天就去学了。"

"专为我学的？"

"是也不是。说是，是因为你愿意帮我教育儿子，我应该帮你解除疾痛；说不是，是我想学一门技术，通过对你做按摩取得经验，将来开个店。即使不开店，接济人也方便。"

黄志毅问："体育学院那么远你住旅馆？"

"不是，住军区司令部我女儿家。"

"你女儿是军人？"

"不是，我女婿是军人。他叔叔是将军，副司令员。"

黄志毅暗暗吃惊，想不到她竟会有如此背景。

按摩后吃午饭。午饭很丰盛，黄志毅有些过意不去地说："没有必要这样嘛，随便吃一点就行了，其实我回家去吃也是一样的。"

周兰惠淡淡地说："这有啥嘛，随茶便饭。"

二人边吃边聊。黄志毅说："看不出你手劲比那小伙子大得多。"

周兰惠听了一下显出兴奋样子说："是么？很多人都说我弱柳扶风般体态，手指轻轻一戳就要倒了的样子。其实我身体是撬杆儿肉，结实得很。"

黄志毅说："还真看不出来。"

周兰惠说："这可能得益于我自小参加劳动，特别是三线建设打工，搬石头砌堡坎，扛洋灰包上下车。"

黄志毅说："这很难说，我们农村人劳动强度比你大多了，但我看都赶不上你手劲，也许是天生的吧。"

"也许是遗传吧，我父亲身材魁伟。"周兰惠顺和着说，然后转了话题："专家说，你这包块长期坚持按摩是完全可以消散的，但是如果不按摩就会越来越大，成为硬结就再也按不散了。所以一定要长期坚持，不能间断。从明天起就天天来，不知你能做到么？"

"天天来肯定做不到，尽量吧。"黄志毅说。

一天按摩完吃饭时候，周兰惠见黄志毅时不时咳痰，问道："你肺上有炎症？"

黄志毅说：“什么炎症啊，肺气肿。你不知道，我这身体到处都是病。胆囊切除、肝肾囊肿，左肾最大四点九公分、右肾最大四点二公分，慢支炎、腰椎损伤、寒湿严重。还有，不知道什么原因，这几年背上长满了密密麻麻的小红点，奇痒无比。反正我这身体就像漏筛一样，到处都洞洞眼眼的，不知如何治是好。”

周兰惠笑着说：“你放心，只要有我，一定会治好的。”

一天周兰惠边按摩边对黄志毅说：“凡是有病有痛都拖不得，人老了容易拖成大病。我已经叫我女儿到医大老专家门诊给你挂号了，明天先去把你背上红点、囊肿、肺气肿看了。”

黄志毅听了说：“多少挂号费？我给你，你转交给你女儿。”周兰惠笑笑没有说话。

黄志毅和周兰惠按预约时间来到省医科大学附属医院，给黄志毅看病的是一个七十二岁的周姓医生。

黄志毅先说了囊肿情况，周医生说：“良性的，只要没有症状就不要管它，如果长到六公分了再来手术切除。”

然后看了背部红点，说：“病毒性的，不妨事，开点药吃就好了。”

黄志毅说了肺气肿情况，周医生说：“不能根治，只能对症下药维持不发展。”于是开了药方。

二人出了门诊室，周兰惠把药单仔细看了，说：“不行，他开的强的松。这些激素药吃了后遗症太大。你本来就有点胖，再胖就难看了。”

说罢也不管黄志毅同不同意，几下把药方撕碎丢进垃圾桶里。黄志毅心中暗自想道：“怎么这么武断？未免也太霸道点了吧！”

出了附属医院大门，周兰惠说："既然来都来了，我们干脆到中医药大学老专家门诊看看。"黄志毅说行，于是来到退休老专家门诊。

黄志毅说："我们先选专家后看病。"

周兰惠说："可以，不能再像省医科大那样了。"

介绍老专家的专栏上，第一位是原中医学院院长、省卫生厅副厅长，出过三本书。周兰惠说："就这个，没有比他更好的了。"

黄志毅说："不忙，再看一下。"

第二位是陈姓老教授，著书二十多本，翻译成十多国语言，出版到日本、西欧和非洲各国。

黄志毅说："就请他看。"

周兰惠说："还是排在第一位的副厅长好。"

黄志毅说："第一个虽然好，但是从政时间太长，教学和研究时间不足，业务肯定赶不上第二个。"

周兰惠说："那为啥排名第一位？"

黄志毅笑着说："人家当过院长、副厅长，不排他在第一位，哪个敢排在第一位？"见周兰惠不说话，于是走进陈教授门诊室。

陈教授也是七十多岁，精神矍铄，一脸慈祥。黄志毅坐下说了肺气肿情况。陈教授微笑着切了脉，问了病情，和蔼地说："不妨事，你还年轻。治肺气肿的药种类太多，因人而异，疗效对不对症大都要试用后才知道。肺和心脏相连，功能互相协调配合，用药也要从这两方面入手。最近出了一种新药，叫宁心宝胶囊，人工培养的虫草菌丝体干燥物，实际上就是虫草，或者对你有效。"见穿着陈旧的黄志毅不说话，又解释说："这药很便宜，不贵的，一般人都吃得起。"

周兰惠接过去说："那好，就吃它。"

陈教授开了药方，把药单递给黄志毅时说："这药一般要吃半个月以上才能见效。这样吧，你吃一个月没有效再来找我，有效就继续吃，长期吃。虫草这么名贵的东西人家都吃得，现在这么便宜你有啥吃不得的？"

黄志毅正要站起来，周兰惠说："陈教授，他背上还有问题。麻烦你再给他看看。"

陈教授听了对黄志毅说："你把后背衣服捞起来让我看看。"

黄志毅转身捞起衣服，陈教授俯身看了一会儿，说："湿热，你寒湿体质，遇上热毒，一下不易治愈。这样，你先不用吃药。我们学院用藏药配制了一种膏药，叫青云排毒膏，我给你开两管。你回去用滚水把红点烫了擦破皮，会有黄水流出来，把黄水揩干，把药涂上。如果有效就继续用，无效再来。"

黄志毅买了药，周兰惠说："你把膏药给我，反正你每天都要来按摩，我给你烫敷。"

两个多月后肺气肿症状明显改善，除了痰多微咳外已无胸闷气促感觉；背上红点除了三个大硬块全部消失，皮肤恢复如初。一年多后左腋下包块由大到小全部消散。此后黄志毅继续服用宁心宝胶囊，辅之以太极拳、健走、浴脚等措施，各种症状大大缓解。每年体检除了肺纹增粗已无其他症状。

一日，周兰惠如总结一般向黄志毅详细谈了儿子在校德智体三方面表现情况，最后说："总的讲，从小学到初中这两年，纪国贤在黄院长你的悉心帮助下，情况还算满意。但愿他能够不辜负黄院长的关心，读个好高中，考上 211、985 大学。"

黄志毅说："我对你说过多少次了，不要叫我院长。我自从在院长位置上退下来后，就再不想这院长二字了。"

周兰惠说："可是在我心目中你仍然是院长。"

黄志毅说："在我心中我早就是平民百姓了，任何人叫我院长我都感到不自在。你实在要叫就叫我黄大爷。"

周兰惠笑着说："你才大我多大点啊？叫你大爷岂不占我便宜了！"

黄志毅说："随便叫什么都行，就是不能叫院长。一听到院长二字我就感到难受。"

周兰惠见如此只好说道："那我就叫你名字吧。"黄志毅说："叫名字最好。"

一日，周兰惠递给黄志毅一张便签，说："今天请你来，就是想拿这个东西给你看。"

黄志毅见是原山中学校长景周成写的保证书。保证书说只要纪国贤同意在原山中学读高中，原山中学保证做到以下四条：一是入学前两年任校学生会主席，二是毕业前成为预备党员，三是免除所有学杂费，四是考上清华或者北大。

黄志毅看了说："怎么这么早就开始挖生源了？"

周兰惠说："不早了，贤儿还有半年就要毕业了。"

黄志毅说："不过这说明纪国贤确实优秀。"

周兰惠说："这还得要感谢你的精心帮助。没有你一出现问题苗头就及时出主意想办法纠正,贤儿不会是现在这个样子。"

黄志毅说："他发展全面，各科都不错，就是英语差了点。遗憾的是只对数学感兴趣，可惜了。"

周兰惠说："景校长就是看重他数学好才写保证的。"

黄志毅说："现在都是地球村了，外语不好怎么行？"

周兰惠说："我说了多次，可他总不听。他说只要数学好就行了，还说这世界本质上就是数学的世界。"

黄志毅知道她和儿子同一个想法，便不再多说。想了想问："纪国贤看过保证书了么？"

周兰惠说："看过。我就是为这事请你来的。"

黄志毅问："他不愿意读原山中学？"

周兰惠说："他还是坚持要读七中。"

黄志毅说："其实只要景周成他们全力以赴保他这个尖子，考上清华北大也不是没有可能。"

周兰惠说："就是嘛，可是他就是要读七中。"

黄志毅微笑说："他一进入初中，你嘴上就挂着七中。他能不这么想？要不就让他读吧。"

周兰惠说："可是这要多出好多钱啊。"

黄志毅说："他实在要读，就让他去考，考上了再说。"心想自己是关工委一员，万一不够就给她一点，反正每年都要自掏腰包资助一些特别贫困学生。

纪国贤没有考上七中特优班，只考上优等班，但是仍然坚持要读，说学年考试分数上去了，还可以调升到特优班。

开学前周兰惠对黄志毅说："七中特优班除了学费其他啥费都不出，优等班其实就是高价班，专为七中找钱的班。"

黄志毅说："那国贤读七中的钱就要多得多了。"

周兰惠说："幸好我早有准备，不然入学报名的钱都成问题。"

黄志毅说："那以后用钱咋办？"

周兰惠说："以后也差得不多。不足部分我和保险公司说好了，下个月就去卖保险，听说收入还不错。"

黄志毅说："卖保险那碗饭是不好吃的。"

周兰惠说："那有啥办法？不好吃也要吃！再说，过去贤儿读书，我几乎天天泡在学校里与领导和老师联络感情。他七中读书一走，我孤孤单单日子咋过？总要做点事混着吧。"

黄志毅笑着说："纪国贤七中入学后，我帮你的任务就算完成了。"

周兰惠微笑说："黄兄，你休想跑脱。俗话说，送佛送到西，帮人帮到底，贤儿离成为对国家社会有用的人还远。前路漫漫，曲折坎坷，你决不能撒手不管。"

黄志毅说："他离家远，情况不明，我怎么管？"

周兰惠说："我想好了，我每周至少去七中一次。就像现在这样，把他情况及时告诉你。"

黄志毅听了心中暗想道："高中是立德树人三观形成的重要时期，纪国贤如此优秀，如果失管半途而废，那就实在可惜了。"于是说道："那好吧，只是七中这样的名校，我能不能帮上忙那就两说了。"

纪国贤七中入学后，周兰惠果真去保险公司卖保险，不到三个月对黄志毅说："黄兄你说得对，卖保险这碗饭确实不好吃。一次到一个朋友家推销产品，那朋友说：'你来吃饭可以，要我买保险免谈。'我听得难受死了。决不能再干了，再干就要把所有亲戚朋友都得罪完了。"

黄志毅说："那你想干啥？"

周兰惠说："我调查过了，开信息部比卖保险来钱得多。"

黄志毅说："那你一个星期去一次七中就做不到了。"

周兰惠说："做得到。我租一间铺面，雇一个人守着搞接待。我外面联系业务，有时候手机上顺手就把生意做了。"

黄志毅笑着说："这方面我没有一点发言权，你认为哪个好就做哪个吧。"

几天后周兰惠果然开起了信息部。

一日，周兰惠从七中回来对黄志毅说："黄兄，你知道七中在开什么课么？"

黄志毅问："开什么课？"

周兰惠笑着说："量你也猜不到，在开'为官之道'这门课。"

黄志毅摇头说道："如此名校都这样搞，今后不知道谁来当老百姓了。抗战时期，人们评论延安是只见公仆不见官，现在是眼里心中不是权就是官，老百姓站旁边，简直弄反了。你告诉国贤，政治上为党为国为民的理想不能松懈，学习上学本事的思想不能松懈，身体上锻炼强健体质的意识不能松懈，其他那些新设的课都应付吧。"

纪国贤读书离家后，周兰惠三天两头打电话要黄志毅到她家去。去了也没有什么事，没话找话闲聊，尽做些好吃的给黄志毅吃。

一日周兰惠又打电话来要黄志毅去，黄志毅说："周兰惠你电话能不能打稀疏点？我来得太密了也不是个事。"

周兰惠说："黄哥，自从贤儿去七中后，我觉得好孤单，好无聊。"

黄志毅说："你年纪也不是好大，再找一个人过嘛。"

周兰惠说："黄哥，你其实不了解我这个人。我是一个爱情至上者，为了爱情可以舍弃一切。"

黄志毅不相信地问道："是不？"

周兰惠说："说起来你可能不相信，为追求爱情我自杀过两次。一次和元庭禄吵，吵着吵着觉得没有爱情活着还不如死了的好，便一口气跑到黑荡沱跳下去。人们把我打捞上来的时候我已经完全失去了知觉。另一次还是和元庭禄吵，晚上想不过喝农药，被我妈发现送区医院抢救转来，两只眼睛血红，一年多才消散完。"

黄志毅说："既然是这样，你和纪成富感情那么深，就安心把纪国贤培养成人，母子相依过好这一生嘛。"

周兰惠说："纪成富确实爱我，可以说是死心塌地。他说为了我愿意离婚受处分，哪怕回农村老家当农民都行。他的诚心感动了我，我也真心愿意跟他回老家当农民。他对我百依百顺，体贴入微，使我非常感激，决心和他过好一辈子。但是纪成富年纪比我大得多，不知道我们是夫妻的人都以为我们是父女。每当遇到这种情况，说我是纪成富女儿的时候，我心里总会产生出一种说不出来的滋味。"

黄志毅说："你是不是说你的本意是不爱纪成富，是他一厢情愿地死爱你是么？可是你既然不爱他，又是爱情至上者，那为什么还要嫁给他？是不是见他有钱有权有势就假惺惺说假话骗他啊？"

周兰惠说："也不是说一点都不爱他，是他爱我的真情打动了我。我父亲死得早，缺少父爱，把他当成父亲的感觉要多些。只是心里总有些说不出的遗憾，总有些不完美的感觉。"

黄志毅说："纪成富那样爱你，你这辈子应该知足了。你要知道，这世界上只有互相包容的婚姻，不可能有完美无缺的婚姻。"说罢一下关了手机。

转眼高中三年过去，纪国贤考上东南财经大学会计专业。周兰惠认为专业不好，没有发展前途，想方设法让学校调换成了财务管理专业。

纪国贤入学的时候，黄志毅觉得这些年周兰惠为自己破费不少，到专卖店为纪国贤买了一台电脑。以后听纪国贤说搬新校区后食堂宿舍教室呈等边三角形状态且相距甚远，走路要花费不少时间，又给他买了一辆自行车。

一日饭后周兰惠与黄志毅闲聊，说："黄兄，我的两次婚姻教训都很深刻。现在想好了不能再走老路了，决心找一个此生全心所爱、才貌相配，愿意与我不离不弃、生死相随、相依为命、执手走完这一生的人。"

黄志毅想了想说："我年轻时候也有你这样完美的想法，所以才爱上了佘玉春。她没有文化，其他方面也差我很多。在当时社会思想那么封闭的环境条件下，我就低不就高，对她忠贞不贰，按理无论如何她都不可能背叛我，但是无论如何都想不到的事它就是发生了。现在的情况是改革开放多年，自我思想盛行，夫妻平等失衡，阴盛阳衰，感情平淡如水、动辄就闹离婚的今天，你这想法如何实现？并且你不像我心性不高。你心性太高，想象可以，其实是找不到的。"

周兰惠微笑说："那是你没有找对人，只要找对了人，精诚所致，金石为开，没有找不到的。"

黄志毅笑道："那你就找吧。"

周兰惠说："不找了，我已经找到了。"黄志毅吃惊问道："谁？"

周兰惠认真地说："远在天边，近在眼前。"

黄志毅吓了一跳，郑重地说："周兰惠，这样的话岂是胡乱说得的？"

周兰惠平静地说："这么重大的事我怎么敢胡乱说？自那年汇演第一眼看到你，就对你有了一种说不清道不明的感觉，好像从前在哪儿见到过你似的。只是世事不由人，以后没有条件相逢也就算了。自从你帮助贤儿后，我渐渐明白，我命中注定真正应该找的人是你。不然怎么会做梦梦见你？"

黄志毅说："不可能的。"

周兰惠说："有什么不可能？我们俩都是单身。"

黄志毅摇头说："不可能的。"

周兰惠似笑非笑地说："不可能？在我周兰惠词汇里从来就没有不可能三字。"

黄志毅苦笑着说："我们都多少岁数了啊？你还想这些。"

周兰惠笑着说："怎么不能想？现在是人生七十正年轻，你我恰好过六旬。"

黄志毅说："那你去想你的吧，我们之间不能再来往了。"

周兰惠笑着说："黄哥，我是狗皮膏药，不管你如何对我，今生今世我都是跟定你了的。"

黄志毅想她可能是奔着自己的钱来的，说道："我们接触几年，你应该知道我的人品性格，是没有什么钱的。"

周兰惠笑道："我是生意人，天生喜欢钱。但是商有商规，匪有匪矩。我是不义之财不取、无德之利不图之人。从来没有想过你当那么多年官有钱还是没钱。"

黄志毅说："我们俩经历不同。原山县城就这么大点地面，鹤林场离我家又近，这关系到人生后半辈子的大事，我看你还是断了念想吧。"

周兰惠听了一时语塞，过了一会儿坦然地说："我知道我结过两次婚，特别是与纪成富社会上有不少非议。反正我与他人之事真也好假也罢都与你无关。即使空穴来风，也可自立牌坊闺门洗雪。自从你帮我教育国贤后，我就以不染之身一心等你了。"

黄志毅听她如此说，不由说道："你是为了你儿子？还是为了你自己？真不知你是何居心！"

周兰惠听了说道："我之居心，拿命作赌，听天由命。"

黄志毅见她如此说，劝道："你知道我身体素质差，又一身都是病，年纪也不小了。跟着我只有你服侍我，没有我服侍你的。"

周兰惠说："我喜欢服侍你，一心一意服侍你还不行？我周兰惠这辈子还没有全心全意、真心真意爱过一个男人。你是至今唯一，也是最后唯一。我真心爱的人，不要说洗衣做饭端洗脚水，就是要我端屎端尿我都乐意。你要是不信，让我马上试试看。"

黄志毅想不到周兰惠竟然会这样说，不由冷笑说道："闹着玩，说得好听罢了！"

周兰惠认真地说："咋说得好听？我可以写保证，此生与你不离不弃，生死相随。我比你年轻，身体也比你好，一般男的寿命活不过女的，你肯定会死在我的前面。你死的时候，我一定要和你一起死，这样我们就能同生共死葬在一处了。"

黄志毅说："自古以来纸上写的东西，古人都难以做到，更何况现今这样社会的人？"

周兰惠说："你要是不相信，我可以把我说的写成保证书，到报本寺观音菩萨座前火化，以鉴我心诚与不诚，真与不真。"

黄志毅听她如此说，不由赌她问道："你真敢去？"

周兰惠说："为爱情生死在一起千古流芳，有何不敢去！"

周兰惠的话使黄志毅想起了《梁祝》与《孔雀东南飞》对他的触动，想这人一生真能活到如此境界也算值了。又想到离婚以来一个人顶楼生活的种种不便，想到最终老了还得需要有人互相帮扶照顾；想到因为离婚自己孤身一人，长华天明姐弟俩两三个月都难得来一次电话，如果突发意外死亡，沤烂生蛆了都没有人会知道……如此一想竟然有些踌躇起来。

周兰惠见黄志毅不说话，又说："我们都这么大年纪了，现在社会又这么好，我们也应该为我们自己好好活几年了。我爱你绝不是想你的钱。实话告诉你吧，我女儿女婿成家立业早已不靠我了。国贤读大学安家的钱也早已有了。我的退休金虽然很低，但是我有六间出租铺面房，五套单元住房，少说也要值好几百万。明天我们就到公证所去公证，把这些房产的一半划归你名下。"

黄志毅打断她说："谁稀奇你的财产了？不义之财送我也不要。"

周兰惠争辩道："什么不义之财？是我辛辛苦苦一点一点积攒起来的。"

黄志毅不知道她说的假话还是真话，因为不少人都说纪成富承包土产公司是找到大钱了的。于是说道："你的财产应该留给你子女，划到我名下，不是不义之财是什么？无论你怎么说我都是不能要的。"

周兰惠说："要不要在你，表明心迹在我。"

黄志毅说："周兰惠，你的好意我心领了。你要知道，我们性格不合，在一起迟早都是要分开的。"

周兰惠说："啥性格不合？我属兔，你属猪，天生绝配。佘玉春属虎，你们才不合，不然怎么会分手？"

黄志毅摇头说道："算了吧，我们在一起，子女、家庭、经济、亲戚、朋友等等矛盾问题实在是太多了。"

周兰惠说："有什么太多的？我们结婚后，你的妈就是我的亲妈，你的子女就是我的亲子女，你的亲朋就是我的亲朋。"

黄志毅说："你说得太好听了。"

周兰惠说："怎么是说得好听？既然说了就都是要兑现的。"说罢立刻写了保证书，说："我们现在就到报本寺去，在观音菩萨座前发誓许愿把它烧了。"

黄志毅见她如此，也想试她是否真心，便同意和她一起去。只是时间已晚，说好第二天一早去。

第二天黄志毅和周兰惠一进寺门，周兰惠一下就跪在观音菩萨佛座下，先烧了保证书，然后边烧香边烧纸钱边许愿发誓。说到决绝处斩钉截铁声泪俱下，这情景使黄志毅完全相信了周兰惠的诚心。心中不由自已地暗想道："她若真能做到，我也绝不能负了她。"

第五十七回

周兰惠病重表孝心　孔惠英魂归西天外

从大悲寺出来，周兰惠神往地说："老公，不知从啥时候起我就向往着披上雪白的婚纱，和真心相爱的人走进神圣的婚姻殿堂。"

黄志毅说："什么神圣的殿堂啊？我们结婚，主要是我，不知会受到多少人的指责和嘲笑。"

周兰惠听了显出很是扫兴的样子。过一会儿又来了精神，说："不举行婚礼，婚纱照我们总应该照一张吧？"

黄志毅不好拂她兴头，又想这实在也是人生一件大事，便说道："照就照吧。"

周兰惠听了，立刻兴奋地带他到一家婚纱像馆，选衣服，取角度，摆姿势，最后照完结算两千多元。付钱的时候周兰惠对黄志毅说："老公，你不要以为我小气舍不得花钱，这次这个钱必须你出。"

黄志毅说："为什么必须我出？"

周兰惠说："俗话说钱在哪里，爱就在哪里。我大悲寺功德箱已经捐了钱了。我心已表，就看你心了。"

黄志毅听如此说立刻付了钱，边点钱边心疼想道："妈哟，差不多三分之二的工资了。"

回到原山黄志毅一走进周兰惠家立刻说道："周兰惠，虽然我俩拍了婚纱照，但是毕竟不是结婚。即使结婚也是再婚，而且我们都是有子女的再婚。有子女的再婚夫妻比初婚夫妻情况要复杂得多，矛盾也多得多，处理起来也困难得多。所以你一定要考虑好，如果这些问题处理不好，我们还是不要结婚为好，免得以后自找麻烦。"

周兰惠笑着说："你说得那么悬干啥？只要能够结婚，我这里是一点问题都没有的。"

黄志毅说："你不要想得太简单了。其他不说，我与佘玉春之间的问题就不好处理？"

周兰惠听如此说，一下紧张起来，但是仍然笑着，说："有啥不好办的？你就当她死了不就了了？"

黄志毅听得心中一震，不由说道："你咋能这样说？这不是咒她么？"

周兰惠说："你和她婚都离了，还这样护着她干啥？难道你们是假离婚，暗中还有勾扯往来？"

黄志毅说："你想到哪里去了？我们虽然离婚了，但是还有共同的子女孙子女，我不敢保证不与她来往。"

周兰惠说："那你们要怎样来往？"

黄志毅说："我一下说不清楚会怎样来往，但是肯定有事了必须要来往。"

周兰惠说："什么叫有事？什么叫必须？你这样说，不是想来往就可以任意来往了么。"

黄志毅想了想说："如果像你这样说，我就没有必要跟她离婚了。我和佘玉春离婚至今没有来往过一次。离婚后她到处胡编乱造瞎讲我有多少钱，找了多少女人，甚至还讲我在外面有私生子，也不知咒骂了我多少次。不过，她自小丧父，没有文化，没有教养，对她愚昧无知的攻击，我只能选择沉默和原谅，而不是以牙还牙。她和我有矛盾，但与你无冤仇，你没有必要恨她。她一生下来就生活在山沟沟里，没有见识。你是城镇居民，有文化，有教养，不要和她一样的见识。"

周兰惠说："那你说我应该咋办？"

黄志毅说："具体我也说不出应该怎么办。但我总觉得我们应该善待她，最起码不要敌视她。现在我最希望的是，她能够找一个好一点的人嫁了，免得大家都麻烦。可是她不仅不嫁，还说离婚逗人笑，再嫁更逗人笑。"

周兰惠一下打断他话说道："她那个样子，长不像冬瓜，短不像南瓜，除了你要她，天下还有哪个男人要她？"想了想又说道："好了，请不要说了。你已经把我说迷糊了，让我好好想想，明天回你话。"

黄志毅听了一下转身边走边说："那好，明天十点我准时到达听你回话。"

第二天黄志毅按时推开周兰惠家房门，见周兰惠坐在客厅沙发上发呆。坐下问道："怎么样，想好没有？"

周兰惠不回答，过一会儿哎呀一声，叹一口长气说："老公，爱一个人怎么会这么难啊？"

黄志毅说："唐僧取经九九八十一难才到西天，婚姻一辈子大事怎么会不难？"

"你说的是。"周兰惠说，"我昨晚就想好了，我可以善待她，但是你一定要善待我啊。"

黄志毅认真地说："放心吧，你以命作赌，我怎敢以虚应付？"

周兰惠眼眶一下充满了泪水，低声说："愿我们举案齐眉，不离不弃，偕老终身。"

黄志毅与周兰惠结婚一事遭到了黄长华黄天明姐弟俩的激烈反对。

黄长华说："周兰惠太坏了。娶天下任何其他女人都可以，就是不能娶这个女人。"

黄天明说："我们比你了解她，她是一个最会说假话骗人的骗子。"

黄志毅说："请讲具体一些。"

黄长华大声说："不用我们讲，你自己到社会上听一听就知道了！"

黄志毅说："既然你们拿不出事实，那我就要娶周兰惠了。"

黄长华说："你娶她是你的自由，我们管不着。但是我永远不要见她。"

黄天明大声说:"你不能带她到我们家里来,来了我非要把她赶出去不可。不要到时候说我们没有孝心。"

黄志毅见儿女如此态度,在与周兰惠办了结婚证后,便把顶楼住房钥匙交给长华,自己搬到周兰惠那里住去了。

一天晚上临睡前,周兰惠对黄志毅说:"老公,俗话说妻死郎门断,哥死嫂不亲。你既然和佘玉春离婚了,就不要和佘家所有人来往了,最好是话都不要说。不然对你名声不好听。"

黄志毅心中一沉,不悦地说:"怎么?路上相遇说几句话,有事打个电话名声就不好听了?"

周兰惠说:"是不好听嘛?你和我结婚,又和佘家人来往,这不是在耍两个婆娘么!"

黄志毅说:"你怎么会突然变成这样?不要说佘家人,就是佘玉春有正当事打个电话我也不能不接。"

周兰惠说:"你怎么还想和那烂婆娘来往?"黄志毅说:"请留点口德。你同意善待她,怎么一结婚就变了?"

周兰惠听了不说话,转身上床睡了。

黄志毅从关工委回家一进门,周兰惠便笑盈盈地说:"老公我今天去看你妈了。"

黄志毅吃惊问道:"你咋去的?"

周兰惠说:"咋去的,这么近,走路去的嘛。说多少次了,你一推再推就是不去,生怕她吃了你似的。丑媳妇总得要见公婆嘛。"

黄志毅说:"不是一推再推,是要想好了才能去。怕妈不承认你,弄得大家都尴尬。"

周兰惠说:"咋会尴尬嘛?我周兰惠身材相貌人才口才,

会丢了你黄家脸面？"

黄志毅说："结婚的事我一直没有对我妈说起过，怕她接受不了。"

周兰惠笑着说："有啥接受不了啊？她早就知道了，高兴得很。"

黄志毅说："不可能。"

周兰惠说："你想都想不到。她不停地抚摸着我的手，笑眯眯地说我像她年轻时候的样子，性格也像她。还说你家里的房子是三合头，有一半是我们的。"

黄志毅吃惊地说："真的？"

周兰惠说："怎么不是真的？妈还说你家河对面有座观音寺，一个月一次会期，闹热得很，要带我去要。"

黄志毅笑着问道："你们还说了些啥？"

周兰惠说："说得多了，啥子都讲。说你脾气不好，要我多让着你。啊，还说到了佘玉春。说你钱给她了，工作你给她安好了，两个娃娃工作也好。她一字不识，能有今天，应该知足了。"

黄志毅知道母亲对佘玉春仍心怀芥蒂，问道："妈还说了些什么？"

周兰惠说："说现在世道这么好，要我们好好过。"

黄志毅心里终于松了一口气，问："晓刚他们态度怎么样？"

周兰惠说："都高兴得很。侯芳姑娘时候学缝纫就租用我家铺面摆摊子，我们认识很多年了。她说万想不到今天还会有这样关系，真是有缘分。反复对我说有空就去他们家要。"

黄志毅说："反正也不远，你爱去就去吧。"

周兰惠说："我想过两天准备好了就把妈接过来住。"

黄志毅说："不行，千万不要让她来。她晓得我们住在这里了，肯定会经常来。快九十岁的人了，没有人跟着，上下楼梯不方便，有个闪失怎么得了？他们住的平房，还是我们经常去看她的好。"

周兰惠笑着说："说真的，我觉得你妈比你强，头脑灵活，说话得体，还特别关心人。听她说话心里觉得特别温暖舒服，哪里像你说话啊，总是硬邦邦的。"

黄志毅笑着说道："天天对你说软话这日子咋过！"

周兰惠说："我今天感到特别高兴，真的。我觉得我这辈子还没有任何一个人像你妈这样真诚地关心对待过我。我好感动。我自幼丧父，母亲嫁人，生小弟后我和大弟像没有人要的孩子。"

黄志毅见周兰惠说得眼睛红红的，说道："不要太夸张了，没有人要，你们俩姊妹是怎么长大的？"

周兰惠说："我们俩姊妹虽然长大了，但是是丢在土里土里生，放在灰里灰里长长大的。你是不知道我们的苦啊。"

黄志毅没有说话。过了一会儿周兰惠忽然又微笑着说："你妈说我和她有缘分，说你和我是前世姻缘，今世夫妻，我们是分不开的。我总觉得好像在哪儿见过她似的，好熟悉，好亲切。这就是缘分，真的。我还觉得我好像不是她儿媳妇，而是她女儿。我一定要好好服侍她，让任何人都说我是一个孝顺儿媳妇。"

黄志毅听得有些感动起来，说："我娶佘玉春就有些对不起我父母了，你如果真能够做到，弥补起我以前的亏欠，那就是我的恩人了。"

周兰惠认真地说："你以为我是说得好听做不到？你放心，从今天开始你看着，我要让你们黄家任何人都说我是一个好儿媳，让你从心里觉得没有把我娶错。"

果然，周兰惠自第一次去见婆母孔惠英后便不时去看望她。每次去都要买点或穿或用或吃的精致东西，给她梳头洗脚剪指甲，陪着她耍，尽说些欢喜话。讨得孔惠英很是开心。

平日黄志毅去关工委，周兰惠在家闲得无聊，便去参加了凤楼镇老年文娱演出队。每次排练或演出回来都兴高采烈地讲述自己唱演得如何好，观众如何鼓掌喝彩；别人声音如何差，如何跑调，动作如何笨拙，身材相貌如何对不起观众等等。黄志毅听了劝她不要孤芳自赏，讲些曲高和寡、懂得宽容忍让的道理给她听。并说老年演出主要是为了自娱自乐健康身体，对队友评价不要那么苛刻认真。可她哪里听得进去？依然我行我素。一日晚上排练回来，黑着脸发誓说这辈子再不去参加了。

黄志毅知道她已经被队友孤立，难以再混下去。便笑着说："不参加就不参加嘛，何必说得那么绝情，立生死文书似的。"

周兰惠说："我是全县第一批舞蹈班的，不管学哪种舞蹈，班上都没有一个人有我跳得好。以后我去跳广场舞，自由自在，想跳啥就跳啥，免得话多。"

黄志毅说："广场舞也是有规矩的。"周兰惠说："各跳各的，要啥规矩？"

一日吃罢晚饭，周兰惠把碗筷往桌上一放，站起来说："今天你洗碗，我要去法德广场了。"

黄志毅说："还早嘛。"

周兰惠边换衣服边说："还是广场舞好，自由，想咋跳就咋跳。你哪天来看吧，好多人看我跳啊。"

黄志毅微笑说道："就为了满足你那点点虚荣心，碗都不洗了？"

周兰惠说："什么虚荣心？身姿舞姿哪个比得过我！"说罢拉开门，砰的一声关上咚咚咚下楼去了。

十点多钟周兰惠红光满面回来，脱了外面衣服去浴室，刚进去转身出来进了卫生间。不一会儿出来说："不晓得咋的肚子有点拉稀。"说着又进卫生间去了，一会儿又出来说："不行，还想拉。"又进卫生间去了。

过了一会儿出来惊慌地说："不晓得咋的，拉的是血。"

黄志毅笑着说："怎么可能？跳舞把眼睛跳花了吧？"

周兰惠说："真的是血，可能先头拉的也是血，我没有注意。"说着又进卫生间去了。

黄志毅跟着进去。周兰惠站起来，黄志毅一看果然全是血。立刻说："咋回事？你肚子痛不痛？"

周兰惠说："不痛，又没有吃过其他东西。"

黄志毅说："该不会是痔疮吧？"

周兰惠说："不会，我从来没有痔疮。"

黄志毅说："那马上到县医院去。"

周兰惠说："等一下看，要去也不能到县医院，只能到省上大医院去。"

等到半夜都没有再拉，天要亮时又拉了一点点，仍然是血。黄志毅说："不行，马上走。"

二人拿了衣物出门。周兰惠边走边说："我这情况说不清，先到省第三医院检查了再说。以前纪成富一直在那里住院，几个权威医生我都熟。"

来到省第三医院，周兰惠径直走进三楼主任室，对一个五十多岁的男人叫道："毋主任！"

毋主任抬起头来，惊讶说道："周兰惠，怎么是你？好多年不见了。坐吧。"

周兰惠坐了，说："毋主任，我是无事不登三宝殿的人，遇到点小问题，向你咨询一下。"于是讲了情况。

毋主任仔细听了说："你这症状我也说不清，先住院，检查了再说。"

于是开了条子，说："去办入院手续，还是住莫静媛那里，你们熟悉。"

黄志毅周兰惠从主任室出来，周兰惠对黄志毅说："这个毋主任叫毋定元，是整个三医院最权威的专家，拿国务院特殊津贴。"

住院部主任莫静媛与周兰惠果然很熟，互相姐妹相称。

周兰惠向莫静媛介绍说："媛妹，他叫黄志毅。我们县法院的原院长，现任我的随身护理。"

莫静媛微笑着对黄志毅点头说："黄哥好。"

周兰惠笑着说："媛妹，你老姐我真是霉透了。昨天晚饭后都还是好好的，不晓得咋的跳舞回来就屙血了？"

莫静媛问："拉得多不多？"

周兰惠说："就是多才来找你们的嘛。"

莫静媛安慰说道："不要紧，检查了再说。这医院里有我们几个你还怕啥？"

检查结果期间，周兰惠小弟朱龙飞、儿子纪国贤、女儿纪丽霄、女婿濮文伦都赶来了。黄志毅说："你们有的上班，有的读书，各有各事。这里有我照顾，你们都回去吧。真有什么事了我通知你们。"几个人对周兰惠说了些宽心话后便都各自回去了。

拿化验单的上午，周兰惠很是紧张，对黄志毅说："老公，我不敢去拿，你去拿吧。"

黄志毅安慰说："不要紧，很可能是痔疮。"

黄志毅看不懂化验单，去找毋主任。毋主任看了说："是那个东西，不过好像不严重。"

黄志毅听了不敢拿给周兰惠看，马上打电话给朱龙飞、纪丽霄等人，然后拿化验单给莫静媛看。莫静媛看了化验单，一起到周兰惠病室。不见周兰惠人影，便下楼出门寻找，隐隐听到远处树林中女人哭声。

莫静媛说："是她。"二人循声过去，见周兰惠坐在条椅上闭着眼睛放声大哭。黄志毅不知说什么好。莫静媛走到周兰惠面前笑眯眯地看着她哭，周兰惠哭了一阵睁开眼睛。

莫静媛仍然笑眯眯地看着她，说："哭吧，咋不哭了？继续哭嘛。"

等周兰惠抽泣了一阵，莫静媛说："周姐呀，你这个不严重。算你运气好，才刚开始就发现了，不会有好大问题的，走吧。"

手术室医生给周兰惠做完手术，把割下的一节肠子拿去做活检。第二天莫静媛看了活检结果大怒，杏眼圆睁说道："太不负责任了，我要告他几个。"

然后对周兰惠说："周姐，他们整错了，不是那个东西。"周兰惠一下坐起来问道："真的不是？"

"我还会骗你？真的不是。"

周兰惠想了想说："那你拿去给毋主任看一下，免得他担心。"

莫静媛和黄志毅找到毋定元。毋定元又看了一遍活检报告，沉默了一会儿后缓缓地说："这东西不好说。说不是，为什么出那么大的血？说是，指标形状又那么不明显。我认为是界于是与不是之间。我院建院以来这周兰惠是第二例，算她运气好。不过治还是要治的，不然预后不好说。"莫静媛气呼呼地说："你这个老狐狸，两面抹光生。"毋定元说："那你说治还是不治？"莫静媛说："你是权威，你说治我还敢说不治？只是怎么治？"毋定元说："用点常规药，住院观察几天没有异常情况就拆线出院。"

晚上莫静媛对周兰惠说："周姐，明天你就可以回丽霄那里去住了，不过院还是暂时不能出，每天来服药输液。走路小心点。"

周兰惠虽然喜出望外，但是心却总是悬着，半夜过都睡不着，对黄志毅说："老公，我本来是想和你走完这辈子的，哪想到会是这样。如果我有个三长两短，你一定要好好活着，吃好点，穿好点，不要亏了自己。还有房子你要住到老死。再找一个好的，千万不能要佘玉春，她属虎克着你的。不要把我忘了。"说着说着抽泣起来。

黄志毅听得大为感动，说："不要胡思乱想了，你不会有事的。现在我也没有别的想法。你知道我就是想写一本书，把我这一生写出来，让后人知道我们这一代人是如何艰难奋斗、无愧此生的。了了这个愿望，就是和你一起死都无所谓了。"

五天后周兰惠出院，一回到家就要到农贸市场去。黄志毅说："你伤口刚拆线，莫静媛要你静养，你去干啥？"

周兰惠说："我去买只好点的母鸡，加点补药炖好了给你妈端去。"

黄志毅说："你瞎胡闹啥啊？以后有的是时间。她又不是等着你这只鸡吃。"

周兰惠哪里听得进去？转身出门去了。好半天工夫提着一只鸡回来，笑着说："你看这鸡好肥啊，很适合老年人吃。"说着便动手清洗。

第二天一大早，周兰惠对黄志毅说："这鸡炖一个晚上了。我腰直不起来，端不动，你给妈端去，早上吃补体。"

黄志毅没好气地说："我的话你总是不听，要送你自己去送，正好显你孝心。"

周兰惠听了端起陶瓷炖锅往外就走。黄志毅跟在后面，心想你总是要强，看你能撑多久。

周兰惠佝偻着纤细的腰身，一步一顿地下楼梯，到楼梯转角处把锅放下，歇一会儿咬牙端起锅又往楼下走，停停歇歇走到底楼。黄志毅看她实在坚持不了了，才赶紧上前接过锅。

周兰惠柔声说："谢谢了。"

周兰惠话一出口，黄志毅眼眶一下涌满了泪水，觉得这天底下再也找不到这样好的儿媳妇了。

晚上，黄志毅半躺床上对身边的周兰惠说："周兰惠，你给我妈炖鸡我真的感谢你了。只是你伤口还没有痊愈，身体恢复了才炖也不迟嘛。"

周兰惠说："你不知道，我觉得这辈子最爱我的就是你妈了。我有亲妈，但是和你妈比起来差远了。我总觉得我是孤儿，见到你妈后我才真正有了当女儿的感觉。还有，你不知道我这病，说反就反了的，快得很。我生怕这辈子没有孝敬她老人家的机会了，咋等得起嘛？"

黄志毅感动地说："有你这样孝心，不会反的。"

一日，周兰惠看婆母回来对黄志毅说："你以后给妈领的国家补贴和你每月给妈的生活费不要给妈了，直接给侯芳。"

黄志毅问为什么，周兰惠说："听黄晓刚说，妈人老不会用钱了。这几个月，她平时揣着钱没有事就到公园门口河边算命林中去，为儿孙们算命消灾。包括黄晓琴给的生活费，每个月去几次兜里的钱就都没有了。现在黄晓琴的生活费也都不给妈了，直接给侯芳。"黄志毅听了感叹说："这人老了就不中用了。你不知道，妈以前是好精明的人啊。"

快晚饭时晓刚打电话给黄志毅说："哥，妈不见了。"

黄志毅问："咋回事？"

晓刚说："不晓得嘛，反正到处找都找不到。"

黄志毅说："那你们继续找，我马上叫长华天明他们一齐去找。

周兰惠听了问道："你们找啥子？"

黄志毅说："妈不见了。"

周兰惠立刻说："那赶快走吧，你还站起干啥？"边说边走了出去。

天快黑时孔惠英还没有找到。大家正在焦急时天明打电话来了，说："爸，奶奶找到了，在凤楼派出所，你们快去接她。"

黄志毅问："你咋找到的？"

"我没有找，我在值班。打电话给城关派出所，请他们帮着找到的。"天明回答。

大家一起到派出所把孔惠英接回家。黄志毅见母亲一句话不说，一脸紧张神色，知道她清楚是自己迷路走丢了。便安慰她说："妈，现在城市发展得很快，街道变化太大。不要说你这样年纪大的人，就是我们走着走着都不知道走到哪里了。"见母亲仍显不自然神色，只好说："晓刚，妈饿了，赶快给妈摆饭。"

从黄晓刚家回来，黄志毅周兰惠二人边吃饭边摆着母亲走丢的事。

周兰惠说："现在老年人走失情况越来越多，好些老年人胸前都挂着吊牌，上面写着姓名，住处和子女家人电话。走失了方便那些好心的人打电话联系，免得大家都盲无方向地乱寻找。我想，我们也应该给妈做一个。"

黄志毅笑道："你这办法好，明天我就请人做。"

周兰惠说："要做漂亮点，大点，让人一眼就能看清楚。"

黄志毅说："知道，我找专门的铺子做。"

周兰惠说："牌子的吊绳要棉的，要宽，还要柔软，不能把妈的颈项剐伤了。"

一日，黄志毅随关工委人员下乡，车上看见母亲穿着大红花衣服，弓腰拄着拐棍，微笑着站立在街道正中间，让前后川流不息的车辆通过。黄志毅正要叫司机停车，见母亲前面的一辆小轿车忽然停下。司机打开车窗挥手示意让母亲过去。黄志毅感激地看向司机，然后看着母亲拄棍躬腰，慢慢走到街边上了人行道才放了心。

几天后天刚微微亮，黄晓刚打电话来急促地说："哥你赶快来。"便挂了电话。

黄志毅赶紧起身。周兰惠问道："谁的电话？"

"晓刚的。"

"什么事？"

"不知道，是不是妈出啥问题了。"

周兰惠听了也赶紧起身穿衣下床。黄志毅周兰惠二人一到，晓刚便说："妈喊不答应了。"

黄志毅问咋回事，侯芳说："昨天晚上都还好好的，只是饭吃得比往天要少一点，叫她再吃一点，她说不吃了，吃那么多干啥？又不做活路。饭后讲龙门阵，她说今天到公园门口见河边算命的人比往天多了，又说人老了活到一定岁数差不多就行了。年轻时候苦日子吃过了，现在老来好日子也过过了，多活着就没有啥子意思了。还说昨晚上又梦见到了王母娘娘宫里，这次姐妹们都到齐了。又说还是姐妹们在天上一起住，比人间老了孤单的好。又说又笑了一阵，说要去睡了。我便给她洗了脸和脚，扶她上床睡下，把被了给她理好，关了灯才出来。今天清早我起来先去看她，怕她铺盖没盖好把她冷着了。我看她和昨天晚上睡的时候一模一样，好像动都没有动过一下的样子，就喊了她一声，她没有答应。又喊她两声还是没有答应，就推她一下，动都不动，又推她，还是不动。这时晓刚起来了，又摇又喊的没有反应，这才叫你们过来。"

黄志毅听了赶忙走进去喊道："妈！妈！我是云长。"

隐隐约约听到嗯的一声，便赶紧一连声大喊。喊了几遍都没有一点动静，只好作罢。

周兰惠也去喊，喊了几声没有应声，就连推带摇地带着哭腔继续喊，仍是一动不动。

黄晓琴带着担架人员来了，七手八脚把孔惠英弄上担架，簇拥出门大家一起上了救护车。

到县医院推进急救室，过了一会儿医生出来对黄晓琴说："老人家心脏搏动正常，呼吸平顺自然，没有一点异常体征。我的看法是一种自然衰竭现象。老年人年纪太大，不好检查，也不好诊断。不知强制弄得醒弄不醒，即使弄醒了能保持多久谁也说不清。你也是内行，你说咋办？"

黄晓琴听了说："我们几姊妹商量一下再说。"

黄志毅说："我不懂医，我的意见是不管咋办，只要妈没有痛苦就好。"

黄晓琴问道："晓刚你说呢？"

黄晓刚说："我同意哥的意见。"

黄晓琴说："我也是这个想法。"

黄志毅说："妈说过无数次要土葬，我们送她回去吧。"

于是大家又把孔惠英抱抬上救护车，一起护送回老家。

到了家门口，黄晓刚背母亲进屋，进寝室时门口梯子撞着了孔惠英。

孔惠英立刻大声痛苦地叫起来："哎呀，老天爷你轻点嘛。"此后再无一点声息。

到了床边，大家七手八脚把孔惠英放躺在床上，垫好枕头，捂好被子。

周兰惠坐到床边，轻轻抚摸着孔惠英的头和脸，叫了几声妈妈，说："妈你全身都是暖和的，你早点转过来嘛。"

大家就这样不声不响地轮流守护在床边。孔惠英呼吸平缓顺畅，没有一点异常，只是一动不动，就像睡着了一般。

黄志毅觉得，从自己喊母亲，母亲嗯了一声，晓刚背着母亲被碰撞得痛苦叫起来看，发生的这一切母亲应该都是清楚的，只是不理会大家罢了。

第二天上午，周兰惠悄声对黄志毅说："妈的手有点凉了。"

黄志毅听了马上去摸，果然有些凉，又伸手去摸她脚，也有些凉。于是把情况向黄晓琴说了，黄晓琴微微摇头没有说话。

到了中午，孔惠英呼吸渐渐快了起来，大家都拥到床边静静守候着。

终于，孔惠英在急促呼吸几下后一下静了下来。

黄晓琴侯芳立刻上床给母亲换丧服。

门外响起了落气炮声。

周兰惠跪在床前，一边抽泣一边烧着纸钱。

邻居们很快来了，帮着搭灵堂、摆桌凳、洗菜、做饭等杂活。

当天晚上黄志毅给佘玉春打电话，把母亲过世的事告诉了她。

佘玉春好久不说话。黄志毅问："佘玉春你听清楚没有？"

佘玉春说："听清楚了，你妈死了关我什么事？"

黄志毅说："我们离婚了是不关你的事。你再嫁也好，不嫁也罢都是你的自由。我的意思是我妈是你儿女的奶奶。你生卫东的时候没有人在场，妈信佛怕上不了天，早就说过不沾手，最后没法只好沾手帮你接生卫东。你难道就忘了吗？不管如何说，大家毕竟相处了几十年，没有好过一天，也好过一时。她离开人世，你应该看她一眼，送她一程才是。这是我的看法，听不听由你。我们离婚了，你最好再嫁一个人，免得互相再牵连。"说罢挂了电话。

由于孔惠英丧事由黄晓刚主办，黄志毅和黄晓琴等人便都住在城里，清早来，深夜走。

第三天晚上十一点过，黄志毅和周兰惠刚上床躺下，黄志毅手机响了。

是晓刚声音："哥，给你说个事。"

"你说。"

"妈的墓碑只上大嫂名字，周兰惠的名字不能上。"

"这不行啊？"

"有啥不行？碑都刻好了，就这样！"

"那周兰惠问起来我咋说？"

"你不好说，叫她找我。"

黄晓刚挂了电话，周兰惠问："谁的电话？"

黄志毅闷了一阵，说："晓刚的电话。他们要给妈立碑，事先也不和我商量一下。安葬爸的时候我没有给爸立碑，是想等妈百年归山的时候一起给他们立，这样规格样式一样，也显得我们弟兄姊妹团结，哪晓得他们自己先立了。"

周兰惠问："那怎么说到我了？"

黄志毅说："他说妈的碑不能上你的名字。"

周兰惠猛然坐起来大声说："我怎么不能上？你我是正儿八经的办证夫妻。我都不能上，难道佘玉春那个离婚了的烂婆娘能上？"

黄志毅说："各说各，修点口德吧。"

周兰惠狠声说："明天我去问黄晓刚。他也是共产党员、国家干部，还讲法律么？"

黄志毅说："电话你也听到了，他说如果你不服去找他。"

周兰惠说："肯定要找他，哪有这样不讲规矩的？"

黄志毅说："理是这个理，不过找也无用，碑做好都已经拉到墓地了，难道还能拉回去把你名字刻上？"

周兰惠没有再说话，只是重重地叹了好几次气，翻来覆去一夜都没有睡好。

第二天周兰惠阴沉着脸不说话，一到老家就到婆母灵堂前跪着烧香烧纸钱，边烧边流泪。黄志毅知道是真伤她心了。

出丧头天晚上大夜念祭章的时候，孔惠英至亲后辈们全都在灵堂前地坝上跪着听。黄志毅三姊妹跪在第一排。黄志毅回头看，见周兰惠跪在自己身后哭泣。佘玉春低着头远远跪在最后面。

黄志毅心中终于松了一口气："看来母亲没有枉对佘玉春的恩德了。"

孔惠英逝世后周兰惠一直显得闷闷不乐，多次对黄志毅说："这辈子我妈只晓得利用我，远没有你妈对我真心。这辈子真正了解我、心疼我、关爱我的只有你妈。你妈对我远比你对我好得多了。真悔不该当初没有接她来家里住，现在想尽点孝都已经做不到了。"

第五十八回

买房立碑喜修族谱　游湖拜山国贤感恩

一日，周兰惠对黄志毅说："贤儿大学再一年就要毕业了。那几间铺面房租也租不出价，多次说加上你的名字你都不同意，现在我想把它卖了，到重庆去给他买一套房，将来他参加工作成家立业也好有个住处。"

黄志毅说："那好啊，一定要把能升值的地段选好，到时候不住了也好卖。最好找个子女读书、看病就医、休闲购物、上下乘车都方便的地方。"

周兰惠说："当然是要选好的嘛。只是让你一个人在家辛苦了。"黄志毅笑着说："也算不上什么辛苦，你比我辛苦多了。"

周兰惠自从到重庆买房后，给黄志毅的电话越来越少。不仅如此，每次回家都很少和黄志毅说话，极少做家务，只是蒙头大睡；然后把重庆买的便宜衣物卖给熟人朋友，买些原山无污染新鲜蔬菜带到重庆去。黄志毅看在眼里，本想问他原因，但想她如此做自有其中道理，并且又是半路夫妻，无须自寻烦恼，便任由她为所欲为。

半年多后黄志毅问周兰惠："你的房子买好没有？"

周兰惠说："没有，重庆好房子是那么好买的？"

又过了几个月，周兰惠对黄志毅说："交订金了，好久拿房还不知道。"

黄志毅说："没关系，慢慢等嘛，只要赶得上住就行。"

周兰惠说："重庆购房交房没有原山那么容易，并且还要装修。"

黄志毅微笑说："没关系，继续当好你的三员就行了。"

周兰惠问："什么三员？"

黄志毅微笑说："你每次回来只顾睡觉休息是休养员，向亲戚朋友熟人卖你买的便宜货是推销员，买原山土特产到重庆是采购员，这不正好是三员么？"

周兰惠听了也不说话，若无其事的样子，提上刚买的蔬菜出门到重庆去了。

一日周兰惠回来，临走时黄志毅说："周兰惠我们可以简单谈一下么？"

"你说吧。"周兰惠说。

黄志毅说："我们本是半路夫妻，要不是你三番五次要我帮助你教育儿子，我们是走不到今天这样地步的。现在国贤大学毕业已经参加工作了，你的目的已经达到，我的承诺也已兑现，我们离婚吧。"

周兰惠沉默了一会儿，平静地说："让我考虑考虑。"

黄志毅问："考虑多长时间？"

"半年！"周兰惠果断地说。

星期六吃晚饭时黄志毅对长华和天明说："你奶奶的墓碑你幺爸他们已经立起来了，现在我想把你们爷爷的墓碑也立起来。你们爷爷在世的时候那么疼爱你们，这立碑圈墓的钱你们也要出点，不在多少，表示你们有孝心就行。"

天明说："钱全部我出。我们要上班，你负责请人设计建好就行了。"

长华说："不行，我们两姊妹各出一半。"

天明说："你争啥子嘛？明明我经济要比你好点。"

黄志毅笑着说："这不是争不争的问题，是有没有孝心的问题。这样吧，我先出钱建好，你们再给钱。多少不论，有这个心就行了。"

天明说："那我先出五千元吧。"

黄志毅说："也好。"

天明于是出了五千元。

第二天黄志毅请当地包工头到父母墓地看了地形地势，说了把父母坟墓圈在一起，周围打成地皮，墓前堡坎砌成可供坐着休息的花墙；然后把祖母坟墓圈垒起来、两处坟墓道路建成阶梯连通的设想要求。

包工头开始动工后，黄志毅给父亲墓碑写了墓志铭，请做墓碑师傅刻在墓碑背面。墓地和墓碑都完工后，黄志毅应晓琴晓刚要求，请当地有名风水先生测吉日亲自到场竖碑。黄志毅亲自念碑文以飨逝者。

两处墓地建好完工后，晓琴、候芳、长华提出平摊出钱。黄志毅说："一共才花五千多元，你们就都不要出了。"

长华说："两处墓地建得这么好，怎么才花五千多元？"

黄志毅说："我估计要花一万多元的，可是包工头和做活的人全都坚决不要工钱，只好在完工时候请他们吃了一顿饭。人家不要工钱，我们一定要记着人家的好。他们有事的时候我们能帮的一定要帮。"

一日,周兰惠晚上回家,劈口就问黄志毅:"你给你父亲立碑,为啥不上我名字？"

黄志毅纳闷道："你怎么知道我给我爸立碑了？"

周兰惠说："你不要管我是怎么知道的。就说你为啥不上我的名字！妈死的时候，黄晓刚不让我上妈的碑，你说不关你事。这次你说关不关你事？"

"关我事。"黄志毅回答。

周兰惠说："那就说清楚为啥不让我上碑？"

黄志毅说："有啥不清楚的？我提出离婚，你说让你考虑。在你考虑期间，我怎么让你上？我让你上了，你离婚了我怎么向祖先人交代？"

周兰惠说："我考虑就一定会离呀？"

黄志毅说："你考虑就一定会不离呀？"

周兰惠想了想说："算了，不说了。我知道你们黄家门槛高，我进不去。"

黄志毅说："看来没有让你上碑是做对了。都过去半年了，你还要考虑多久？"周兰惠不回答，第二天又上重庆去了。

一日，黄志毅接到黄孝扬电话："志毅，你爸在世的时候就多次说过要修族谱。现在我和孝槐几个人想把黄家族谱修起来，你说修不？"

黄志毅说："修族谱是后辈的责任，当然应该修。不过工作量太大，没有几个人恐怕不行。"

黄孝扬说："这些我们都想过了。我们黄家就你文化水平高，你不参加是修不起来的。现在就等你说参加不参加了。"

黄志毅说："参加啊，怎么不参加？"

黄孝扬说："你既然参加，那明天回老家来一趟，我们开个会马上动起来。"

黄志毅回到老家的时候，黄孝扬、黄孝槐等人早已等候着了。互相寒暄几句后来到黄孝槐家。茶水桌椅早已齐备，坐下便开始商量修族谱的事。

黄志毅听众人说了各自想法后说："关键是要成立一个族谱编修组，人数不要多，几个人就够了。"

大家听了都说可以，一致推举黄孝扬当组长，黄志毅当编修，黄孝章负责财务，黄孝槐负责资料，因为他有一辆小汽车，方便去各地收集资料。

分工后黄志毅说："收集汇总整理材料事情最多，要走很多地方，漏掉一户都不行。除了关工委工作，我没有多少事，我来协助孝槐叔收集整理材料。"黄孝扬说："我也没有好多事，干脆我们三个一起共同收集资料。"

午饭时大家边吃边谈。黄志毅说："修族谱关键是资料，一要真实，二要齐全，不然无法编修。做事要讲究速度，不能拖。我建议明天就开始收集资料，近的每家每户都走到，远的无论多远都要全部联系上。收集资料跑路多，油费就多，我看油费就由我来出。"

黄孝扬笑着说："志毅你虽然有工作，也当了一些年官，但是我们知道你是没有多少钱的。我们三个人外出所有开支钱你就不要出了。油费由孝槐出，食宿费由我出。"

黄孝槐说："志毅，编修组五人中就你最辛苦，又跑路，又动笔，又动脑子，还要负责整理汇总材料，最后还要编成书，钱你就不用出了。"

黄志毅知道二人当包工头承包工地多年，在黄家山算得上有钱人家，便没有再说。

黄孝章说："族谱修成后至少每家一本。我管钱，需要那么多钱怎么办?"

黄孝扬说:"这好办。修族谱是黄氏家族每家每户的大事。族谱成书后吃个清明会,每家只出工本费,愿意多出的欢迎,不出的不勉强。最后不足部分由我、孝怀、志毅我们三人平摊。"

黄志毅说:"收集材料最难的是追根溯源找到我们黄家山始祖是从哪里来的。黄家山黄氏家族从来没有修过族谱,只有留传下来的二十代辈分排行顺序。我们首先要把二十字辈每一辈、每一个人不漏一人地搞清楚登记造册。理清完成后再寻找我们黄家山黄氏第一代始祖是从哪里来的。据我所知,我们黄家山黄氏家族由黄严二姓组成,第一代祖黄盛高,这是每家每户都公认的,这肯定没有问题。但是黄盛高是从哪里来的没有一个确切说法。众口一词的说法是湖广填四川时从麻城县孝感乡迁来。但是是不是真的从湖广孝感乡迁来?从孝感乡出发经过哪些地方最终落脚黄家山?没有一个一致的说法。还有大家都说我们黄家是由黄严二姓组成,为什么要组成,怎么组成不知道。新中国成立前有的家庭写金单簿,把家里每一代人都记载了下来。但是听说新中国成立后特别是'文化大革命'中烧掉了。不知道现在还有没有保存下来的。"

黄孝章说:"现在是一本都找不到了。本来黄晓碧家有一本,前年搬迁到凤林苑小区住,拆房祭祖烧袱纸时,他认为没有用,一篇一篇扯来烧纸银锭了。"

黄孝扬说:"死马当着活马医。我们再每家每户地问,包括省外县外的都问到,说不定能找到一本也不晓得。"

黄孝槐说:"为方便起见,我们干脆写一个通知,发到每家每户。一是开宗明义说我们要修家谱。二是要求有金单簿的人家把金单簿交出来。三是没有金单簿的人家把自己家一代一代的祖先人回忆写出来，无论男女姓名、辈分、去向、住址，做过那些好事善事都要写清楚。写不起的回忆想好，我们到每家每户去收集。"

黄孝扬说："这样好，免得浪费时间跑冤枉路。"

黄志毅说："通知上还要增加两条，一是说金单簿以及其他资料我们看过后原物归还，二是要求知道哪里有黄氏家族的古墓古碑以及线索都一并告诉我们。"

黄氏家族编修组三个多月后得到一个消息，说数百里外的黄家坪有一座不知道有多少年的黄珍墓。墓碑上还有碑文。

黄孝扬三人听了立刻驱车前往。下车后几经问路，爬上一座高山，在一个地势如座椅的向阳平坦处找到了黄珍墓。高大的墓碑被汶川地震震倒断成两截，隐有字迹，但布满青苔杂草看不清楚。大家扯去杂草青苔，把所带茶水全浇在上面，扯刮去草根苔屑才看清楚文字。碑文上说黄珍系湖广麻城县孝感乡蒿子坪村人氏。明末清初孤身一人避难到原山县，先居蔡元场，后住鸭子荡，再迁官渡河，最后避难至蜂桶岩。将蜂桶岩下一大片平地开垦出来取名为黄家坪。黄珍生三子，长子黄青山唯有一女，招严家坝青年严道楷入赘，取名黄盛高。黄盛高婚后又遇战火，举家逃难至此无名之地，取名黄家山，遂成为黄家山黄姓第一代祖。

一日周兰惠回家，黄志毅问："你怎么星期三回来了？"周兰惠反问道："星期三不能回来？"见黄志毅不说话，又说道："明说，我是专门回来的。我问你，听说你写家谱不写我，反而把佘玉春那野婆娘写进去了？"

黄志毅问："谁给你说的？"

周兰惠说："谁说的不重要。重要的是，是不是写进去了？"

黄志毅说："我认为谁说的最重要，说出来我要问他怎么说的。为什么要对你说。"

周兰惠说："你不说是不是？"

黄志毅说："我不说你要怎么样？"

周兰惠说："怎么样，你们清明不是要吃清明会吗？我们清明会上见。"

黄志毅想不到她会如此下作，狠声说道："清明会上见？你少抓些鬼来吓我。"

周兰惠一走，黄志毅想清明这天黄氏族人全都要到场祭祖，重垒第一代祖黄盛高坟墓并立碑，吃清明会酒，发黄氏族谱。如果周兰惠果真到场闹起来，自己丢脸面不说，更是有辱祖宗了。越想越可怕，赶紧回老家找黄孝扬黄孝槐两人商量对策。

黄孝扬见黄志毅来了，说："你来得正好，你再不来我们都要来找你了。周兰惠清明要来闹事你知道了么？"

黄志毅说："知道。"

黄孝扬说："周兰惠来指责我们不该把佘玉春名字写上家谱。"黄志毅说："旧社会离婚妇女，是不能进家谱的，但是有子女的如何处理？特别是离婚不离家没有再嫁的如何处理？如果没有后人也就算了。如果有子女，提出应该体现他们的出处，我们如何体现？新社会家谱不能写成封建社会歧视妇女的家谱。要客观体现真实的历史。所以我认为，离婚妇女自愿或子女有要求的应该进家谱，只不过表述上要有所区别，离婚的写为前妻，后娶的写为后妻。前妻没有离家没有子女的，可以写，也可以不写，以男方或女方意愿为准。还有离婚后女人没有再嫁死了，丈夫提出要写进家谱的，也应该写进去。我们这样做不是只针对周兰惠一个人，也不只她一个人。对事不对人，随她咋闹都不能改。"

黄孝扬说:"你说的道理我们都知道,可是周兰惠不同意,说我们实在要让佘玉春进她也没有办法,但是不能把佘玉春写成前妻,把她写成后妻。写成后妻了你不是有两个婆娘,她变成小老婆了?"

黄志毅说:"她说得有点道理,是我疏忽推敲,把原妻写成了社会习惯性提法的前妻。不过也不是什么错误,各自理解不同而已。家谱已经付印,就是要改也改不过来了。随她咋闹,到时我来应付。"

黄孝扬说:"不行,她扬言清明会时要带她的同学朋友一起来讨说法。真闹起来这面子就丢大了,决不能出这样的事。"

黄志毅说:"那咋办?"

黄孝扬说:"我和孝槐商量好了,做两手准备,正想来征求你的意见。一是孝槐和周兰惠是同学,由孝槐去做她工作,请她不要闹。二是如果周兰惠不买账,硬要来闹,那我们也不买她的账。找一间偏远僻静的空房子,来一个强行关进去一个。等我们把所有活动完成了才放出来。"

黄志毅说:"我觉得要稍作改进一下,空房子里面摆上桌凳瓜子水果茶水,请几个年轻妇女作陪。我估计她不敢来,只是威胁恐吓而已。"

黄孝扬觉得可行,便以此作准备。

清明这天,周兰惠没有来,庆典如期完成,皆大欢喜。

清明会后,黄志毅晚上回家坐在沙发上,细想着与周兰惠关系症结的来龙去脉。一是周兰惠认为黄志毅当院长有钱,却装穷不拿钱给她花费,穷尽无数心思弄清楚无钱后终于大失所望;再一个是佘玉春造谣。自从与佘玉春离婚后,佘玉春便一直到处讲他如何给她钱旅游以及生病如何给她钱治疗。她如何贞洁坚持不嫁，他如何经常回去找她纠缠，如何每天给她打关心电话等等。周兰惠本是骄傲无比之人，听了这些如何能忍？便几乎天天在手机上与黄志毅争吵追究，甚至回家偷看黄志毅手机微信，查看黄志毅手机录音，请朋友监视黄志毅行踪。黄志毅对此甚为愤怒，但又无可奈何，除与周兰惠不断解释争吵外，别无他法；三是周兰惠虚荣心极强，小市民心理极重。觉得嫁给黄志毅虽无实在好处，却能获得虚荣。当有人称呼她院长夫人时，便会立刻显出很是受用的样子，当没有实在好处时总又会显出很不了然的神情来；四是周兰惠虽然办事交际能力尚在，并且风韵犹存，但毕竟年龄已大，再猎获黄志毅这样的人不易。对黄志毅处于一种食之无味、弃之可惜的矛盾心理状态中，对黄志毅总是不依不饶胡搅蛮缠，弄得黄志毅不胜其烦。五是周兰惠个性极强，对自己我行我素，对别人如患强迫症一般。黄志毅是一个外表随和、内心要强的人。周兰惠开初温柔和顺时黄志毅自然满意，到后来个性表露认为受骗，自然不愿退让。逐渐矛盾激化，感情淡化；六是周兰惠报复心日渐显露。黄志毅担心她不知会做出什么难以预料的事情来。

黄志毅如此这般一想，虽然增强了分手之心，但是却难以忘怀周兰惠曾经对自己的关照和大悲寺观音菩萨佛座前情景。这情景总是使他产生出惭愧彷徨犹豫的感觉，而这感觉又使他有些身不由己无所适从。

一个多月后周兰惠从重庆回来，说房子已经装修完，但是还要去买家具。见黄志毅不理她，说："家谱按你意思让那烂婆娘上了，这下那烂婆娘和你都满意了吧？"

黄志毅说："周兰惠，万想不到你会扬言说清明会要到我老家去闹。我黄志毅这一世名声全都毁在你手里了，你还要说什么？一切都不要说了吧。"

周兰惠笑道："我是说来吓你们的。我嫁给你就是黄家的人了，怎么能那样做？"

见黄志毅不说话，说："你们族谱有关我的部分我要到印刷厂去改一下。"见黄志毅不说话，周兰惠也不再说话。

十多天后黄孝扬打电话问黄志毅："志毅，周兰惠把族谱改了你知道不？""不知道。"黄志毅回答，"她怎么改的？"黄孝扬说："只把她后妻的后字去掉，其他一个字都没有动。印了十九本，除她保留一本外，剩下的都给了我，要我帮她散发。我给你一本么？"黄志毅说："她既然留有一本，那我就不要了。"

周兰惠在重庆买新房家具回到原山后，仍然很少买菜做饭做家务，不是同学聚会便是朋友知青聚会，天天在外面跑，大多数时间很晚才归家。电话也比以往多了很多，只要在家几乎不断。

一天凌晨两点过手机又响起来，周兰惠立刻拿起手机跑到寝室外接听。过了三十多分钟转来，黄志毅问："啥子要紧电话？半夜过了都在打。"周兰惠说："少见多怪，晚上打个电话有啥稀奇的？"黄志毅说："半夜三更接电话那么长时间你认为正常吗？有啥当着我不能说的？"周兰惠不说话，背对着他睡了。

又过了两个多月，周兰惠仍然如此。黄志毅忍无可忍，说："周兰惠我们什么都不要说了，我们离婚吧。如果你实在不愿意离，分居总可以吧？"

周兰惠闷坐了一会儿说："那就分居吧。"说罢写了一张分居协议交给黄志毅。

黄志毅看那是分居协议写的是：一、周兰惠与黄志毅自愿分居。二、分居后如果一方有困难，另一方应该帮助。

黄志毅说："我知道你钱多，应该再加一条，分居后各自钱物归各自所有。这是我们结婚时协议好了的，再重申一下，免得以后麻烦。"

周兰惠说："可以。"于是重新写了协议，一式两份，双方签字，各自留存一份。

黄志毅收了协议说："这几天县关工委下乡检查工作，我负责带队检查山区乡镇，要好几天才能完，暂缓几天离开行不行？"

周兰惠说："本来就是夫妻，有啥行不行的？随便你住多少天。"

黄志毅检查完工作，儿子黄天明早已把寝室收拾好。黄志毅临离开时周兰惠说："志毅，我生病了，不要走了吧。"

黄志毅说："协议都写了，开啥玩笑？"想了想问道："啥病？重不重？"

周兰惠说："最高人民法院的判决，你说重不重？""你鬼把戏太多了。"黄志毅提起衣物边向外走边说。

十多天后黄志毅收到周兰惠微信："佘玉春那烂婆娘天天缠着你，这下你们安逸了吧。别以为我不知道，这么多年，我什么时候像你们关工委那样男男女女伙起十天二十天在外面鬼混过？恶有恶报，报时未到，我不死总有一天看得到！"

黄志毅微信回道："疯子。"

半夜时分，黄志毅听到手机铃声，打开听是周兰惠有气无力声音："老公你快来，我快要不行了。"黄志毅知她歪心思多，说道："什么不行了，不要影响我睡觉。"

刚放下手机,手机又响起来:"老公我真的快要死了,快点来,我有话给你说。"

黄志毅说:"手机上说吧。"

周兰惠说:"不行,我起不来了。"

黄志毅听她声音不像装的,问道:"你在哪里?"周兰惠说:"我还能在哪里?在家里嘛,快来。"

黄志毅赶紧起身穿好衣服下楼悄悄打开大门出门。

黄志毅上街急走半个多小时,来到周兰惠住处打开房门,见周兰惠穿着白色背心坐在床上,头脸身上密布大大小小无数红斑,周身烧得滚烫。不由问道:"你这是怎么了?"

周兰惠说:"分居你走的时候我不是说过得重病了嘛,现在发作了。"

黄志毅问:"什么病这么厉害?"

周兰惠带着哭声说:"事到如今我也不瞒你了,是交合红。现在难受得快要死了一样。你说咋办嘛?"

黄志毅听了一下紧张起来。他对交合红并不了解,只知道交合红又名销魂酥,是一种主要通过血液传播的恶性地方传染病,无药可治,只能任其痛苦死亡。这样一想立刻想到自己会不会被她传染了?如果被传染这辈子就彻底毁了。

周兰惠在床上不停颤抖,边痛苦呻吟边断断续续地说:"老公啊,我太难受了。你说咋办嘛?"

黄志毅说:"我知道咋办就好了。忍着点吧。"

过了一会儿,周兰惠说:"不行,真的要死了,你送我到医院吧。"

黄志毅说:"你这病我们县哪个医院能治?就是能治,知道你得了这种病,传出去咋办?还是到外地找特殊医院治疗吧。"

周兰惠说："我这个样子咋出门去？"

黄志毅说："都这个时候了还顾什么样子？穿好衣服，包住头脸，只把眼睛露在外面，天没亮赶第一班车去。"

周兰惠想了想说："好嘛，我听你的。"

黄志毅看离天亮时间差不多了，便帮着周兰惠穿裹好衣服，打的把她送到公交车站上车，看着车出了车站大门口才转回去。

黄志毅边走边想，过去觉得交合红是那么遥远，远得好象是在天边，完全与自己无关。现在突然就到了自己身边，如果我也被传，死倒没有什么可怕，可怕的是党组织会对我怎么看。我毕竟是共产党员，还当过警察与法官；还有家乡人，亲戚朋友对我怎么看？简直把祖宗儿孙的脸面都丢尽了。这样一想觉得现在突发意外死了最好，死了一了百了，没有人知道死因，比活着强多了。

几天后纪国贤打电话来问道："黄叔，你现在在哪里啊？"

"在我们县上。"黄志毅回答。

纪国贤说："黄叔，妈这种病传染性极强，一点都不能拖的。我们和外婆大舅二舅三孃以及姐全家都检查了，都没有问题，全是阴性。你现在在做啥子？"

"凤翔江边散步看风景。"黄志毅回答。

纪国贤说："黄叔，你不要麻痹大意啊，这么大的事耽误不得。最好到军区医院检查，设备仪器好，军医的技术态度也比外面强，结果要准确得多。我们都是在那里检查的。"

"好的。"黄志毅回答。

第三天一大早，黄志毅怀着忐忑不安的心情来到军区医院，抽血前要求留下个人电话使黄志毅更感紧张。

下午三点后才能出结果，黄志毅如等待死刑判决一般沿着医院外街道走来走去，反复想着如果查出来怎么办。想来想去最后狠心想道："反正老了，不能再为这人世间做多少事了，如果查出被感染，立刻回家向子女和组织写明情况，然后自了以明心迹。"

黄志毅好不容易等到下午三点。当颤抖着双手从机上打印出检查单，一看竟是阴性时，真有些不相信自己的眼睛。急忙跑到房外地坝上太阳下仔细看，确认是阴性后终于长出了一口气。

或许是这几夜没睡好太疲倦，也或许是检查后没有问题心情放松，黄志毅回原山一上车便睡着了。醒来后细想，人的本性都是自私的，除了修养极高克服自私自利之心者外，多数人在名利悠关时刻总是要为自己着想，找理由为自己开脱，甚至找人替自己背黑锅的。他认为从周兰惠极重的虚荣心看，肯定是想将自己感染，然后反过来嫁祸说是自己感染了她。万幸的是周兰惠虽然精明，却不知道自己并未被传染。这样一想不由想起《说岳全传》中描写秦桧之妻王氏害死岳飞的诗来："青竹蛇儿口，黄蜂尾上针。万般皆不毒，最毒妇人心。"周兰惠呀，你也太歹毒点了。

黄志毅也想明白了自己没有被感染的原因，是因为与周兰惠性格不合早已长期没有同房。

十几天后黄志毅接到周兰惠电话："老公，感谢你那晚的悉心照护。医生说那是国产药造成的，换成进口药后就一切如常了。特殊医院里这类病人很多，活八九十岁的人都有，这大大增强了我活下去的信心。"

黄志毅说："治疗为上，说这些没用的话干啥？"说罢关了手机。

第二天黄志毅收到周兰惠微信："老公，你不知道，我刚查出病的时候痛苦万分，整个人简直都要崩溃了。想我周兰惠自幼丧父，寡母易夫，姐弟艰难撑持家务；初中未完下乡插队，三线建设深山打工；初始被逼无爱结婚，服毒求死以图解脱；二婚丈夫身体好端端的竟会患病不治而亡；千难万苦好不容易把儿子培养成人，又谁知无缘无故会染此恶疾。真是运罩华盖，命胜纸薄。又想我是最爱脸面的人，今后如何见人？想这人倒霉如此，还有何活头？便换上三十多年来从未穿过一次的新旗袍，打的赶到汉良江边山上，穿过树林，攀爬站上悬崖突出鹰头部。夕阳西下，远望苍茫无际群山，俯看薄雾轻飘江原，不禁泪流满面。待到夜暗降临，觉得实在无颜忍辱苟活下去，便毫不犹豫地咬牙闭眼猛跳下去。也是活该我命不好，掉进沱水中时恰好落在两只渔船中间，巨大的落水声惊动了船上人，很快就把我捞了起来。

"老公，我在病床上躺着无事，自我检查是我不好，没有把这个家经营好。我以洁癖为傲，从不与衣衫褴褛、污垢沾身的人接触，却万想不到会染上这样的病。

"我反复细想，肯定是上次取牙时候感染上的。曾经洁净无尘的世界，安全放心的环境，现在怎么会变成这样了啊？取个牙齿都会被要命的病毒感染！"

黄志毅听得不耐，淡淡地说："不说了，还是安心养病吧。"

几天后，黄志毅又收到周兰惠拟题为《如果有一天，我们变成陌生人》的微信：

如果有一天，我们变成陌生人，不是你的原因，也不是我的过错，而是我们缘分已尽。再继续，已经没有意义。

如果有一天，我们变成陌生人，你会不会把我偶尔想起。哪怕只是一张模糊的面孔，只要能让你感到温暖，也不枉彼此相识一场，曾经温馨。

如果有一天，我们变成陌生人，你从我的身边走过，会不会特意为了我转身，即使不说话，不交谈，只要我们四目相对，我就再也不会流下眼泪。

如果有一天，我们变成陌生人，你在你的世界里奔跑，我在我的生活里打拼，你不知道我的痛苦，我不知道你的酸辛，谁也不会心疼谁，你会不会感到疲惫。

如果有一天，我们变成陌生人，是不是就要删除所有联系方式，把过去清扫得干干净净，没有一张照片用来思念，没有任何方式可以联系。就这样消失在人海中，一生中好像从来就没有这段过去。

如果有一天，我们变成陌生人，你不认识我，我不认识你。有没有可能邂逅，熟悉起来，从头再来，陪伴在彼此身边，不会分离。

如果有一天，我们变成陌生人，既无争吵，也不伤心。因为你有了你的幸福，我有了我的缘分，不再继续打扰，不再保持联系，有如陌生人擦肩而过，相对而行，好像过往本来就没有发生。

如果有一天，我们变成陌生人，我依然会把你放在心里。不打扰，不纠缠，在你看不到的地方，远远地思念，真诚地祝福。无尽的遗憾与伤悲。

黄志毅读罢觉得有些心酸，回道："如果有一天，我们变成陌生人，随着时光流逝，我将努力滤去冷酷的残忍，留下温馨的记忆。但绝不愿再回到那曾经的过去。除非凤凰涅槃，浴火重生。"

一天黄志毅又收到周兰惠微信："老公，可能上次的病没治彻底，身体虚弱，这几天重感冒又住院了。病中无事深深反省检视了我们过往的点点滴滴。如果时间能够倒流，我将不再会斤斤计较地任意挥霍我们之间来之不易的感情。分居这几个月让我明白，自以为是弄得我灰头土脸，弄得我心爱的丈夫离我而去。我太愚昧，太不懂事，太不珍惜，这一课太深刻了。如果没有这一课，也许我到死都不会明白你的付出与善心。谢谢你，我亲爱的丈夫。这辈子、下辈子我都愿意做全心全意爱你的妻子。"

此后黄志毅几乎天天收到周兰惠微信，内容尽是关心、思念、希望重归于好的话：

"亲爱的，我想你了！送上一首《最深的思念给最爱的你》！"

"老公，十几年前我就知道你的身体不好，我从来没有退缩过，更没有怕过，我说过我是火线上入党。我要你百年临终时说，你没爱错我，这口气我一定会争。"

"老公，我生是黄家的人，死是黄家的鬼。黄周氏的位置谁也代替不了，除非我死！"

"天气变了，加点衣服。"

"我又给你买了件衣服，很新潮。"

"这次买的衣服更漂亮，是秋装的外套。下次一并给你带回来。现在有我在多给你买点，你慢慢穿，以后没有我了就自己买了。"

"老公你回来看看吧，阳台上你栽的花开得好艳丽啊！""老公啊，十天八天看不到你一眼，说不定我哪天死了你都不知道。天天想，夜夜盼，不知我的老公何时能回家。问君能有几多愁，恰似一江春水向东流。流呀流，爱悠悠，恨悠悠，愁呀愁，何时是尽头？"

"亲爱的，早晨好！今天正月初一。岁月如歌，岁月如泣，往事如烟，飘散已去。现在这世上只有你才是我唯一的珍惜。"

"一年一度清明节，能爱就爱不言休。相互珍惜不斗气，好好说话互包容。老公，我们都是人间过客，匆匆地来，匆匆地去。或许要不了多少年，再好的电话和微信都不灵了，因为我们都已经不在同一服务区了。想到这些我就感到伤悲落泪。"

黄志毅知道尽是骗言，看了也不回应，悉数删掉。实在是被她的奸诈吓怕了！

一日，黄志毅接到纪国贤电话："黄叔，我已经耍女朋友了。婚前你们二老想到什么地方旅游我尽量陪你们。婚后陪你们出去就难了。你想到哪里去耍？"

黄志毅说："算了吧，好些大城市都去过了。"

纪国贤说："要不我们先到懋功走一趟吧。那里是红军长征一、四方面军会师，党中央召开两河口会议，决定红军北上抗日战斗过的地方。我知道你对这方面很感兴趣。听说那里还新建了一个懋功湖。风景优美，游人不少，应该很有看头。"

纪国贤的话，让黄志毅立刻想起曾经对纪国贤讲过懋功是爷爷遇难的地方，想去那里凭吊的事。明白了纪国贤意思，不由感动地说："亏你想得周到，谢谢了。"

国庆节，纪国贤和女友上官风轮流开车，载着黄志毅周兰惠三天到达懋功湖。

在黄志毅的想象中，懋功是一个藏民居住的蛮荒地方。但是竟然完全出乎意料，看不到帐篷，看不到藏族旧民居，也看不到藏民。一问才知道是汉藏杂居地方，大多数藏民习俗都已经汉化。除了藏族节日，一般看不到穿藏服的人。

问懋功老街，回答说懋功是清朝乾隆年间攻打大小金川后取的县名，一九五三年改名小金县了。这里是懋功湖，离懋功县城还远得很。

问达维在哪里？回答说达维是小金县一个镇，离这里也远得很。

问红军两河口会议地址，回答说比县城和达维镇更远。

问本地有没有老街？回答说老街很小，半支烟不到就能走完，现在正在懋功湖底睡着。

懋功湖实际上是建在高山峡谷中的大水库。湖光山色、碧水蓝天，群峰环峙，沿湖开发出很多旅游景点，游人如织。

黄志毅看着深蓝平静的湖水，想象着水下沉睡的老街，那里应该是爷爷曾经经商路过住宿过的地方。然后看向坝下，水坝很高，沟底小路上行人有如蚂蚁般大小。断定沟底是祖父曾经走过的地方。崇山峻岭，深沟高崖，急流险滩，野兽出没，盗匪横行，足见当年祖父经商孤身一人翻山越岭、经凶涉险的艰难。

黄志毅看了一阵，离开懋功湖，沿着懋功湖到达维镇的砂石公路走。越走山越高，越走越荒凉，渐渐没了人烟。进入原始森林，不少腐烂大树倒伏地上，布满苔藓；有的树干朽烂得只留下痕迹，有的烂朽树头中间又长出新树，大的竟然长得差不多与母树头一样大，高大挺拔，枝繁叶茂，生机勃勃。

偶尔有一辆小轿车从黄志毅身旁驶过，越往上走气温越低。

黄志毅多次听说祖父埋葬在懋功与达维之间的新街。站立在山脊公路转弯最高处，远望群山，森林密布，苍山如海，一个人都看不到。哪里是新街呢？找是找不着了，唯愿爷爷奶奶天堂相聚不再离散。

黄志毅默默伫立怅惘良久，含泪向四方跪下磕头，然后起身慢慢下山。

懋功回来后周兰惠仍然长住重庆，但每两周回一次原山，和黄志毅吃饭聊天，然后把黄志毅送好长一段路才转回去。

星期天，黄志毅接纪国贤电话，说他和他姐姐、姐夫都回来了，马上开车来接他去天缘酒家吃饭。

天缘酒家是原山很有名气的一家酒店。周兰惠化了淡妆，显得五十来岁年纪。席间纪国贤和他姐姐姐夫异常热情，渐渐明确提出要黄志毅回去和他们母亲一起住的要求。

黄志毅清楚自己与周兰惠早已无夫妻之实，但法律上仍有夫妻名分。若以周兰惠性格差异相拒，势必与她全家撕破脸皮。又想周兰惠病弱正需帮扶时候，一日夫妻百日恩，若不同意似乎也有些太过无情。又想到她曾经尽心尽力为自己治病，手术后为母亲熬送鸡汤，跪着痛哭给母亲烧钱化纸，至今每年中元节都还给黄氏祖宗祭奠等等诸多情事，只好说道："那还是一起住吧。"

黄志毅回到周兰惠家的第二天下午，可能看电脑时间过长，觉得胸背有些发酸，便随意做了几下伸展扩胸动作。

周兰惠见了说："我来给你捶按吧。"

捶了几下，黄志毅立刻说："轻点，轻点，太痛了。"

又捶了几下，黄志毅说："算了，算了，不捶了，你手劲咋这么大啊？"

自此以后那痛处时轻时重总不见好，好似还有发展趋势。

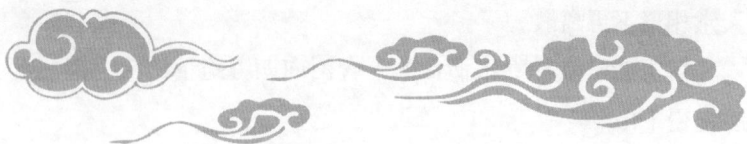

第五十九回

冯霓雯割腕为解脱　纪明霞随父进北京

一日，黄志毅站在普义车站门口等公交车返城，忽然听到有人喊他名字,循声看去竟然是冯定元向自己走来,赶忙走过去,紧握着他手问道：

"定元，什么时候回来的？"

"十多天了。"

"你在这里干什么？"

"买机票。"

"到哪里去？"

"回唐山，明天八点的飞机。"冯定元边说边扬了扬手中机票。

黄志毅想了想说："既然如此那干脆我今天就不走了，晚上摆摆龙门阵。"

冯定元说："好的。一别四十多年不见，下次再见面不知是何年何月了。"

晚饭后二人闲聊。

黄志毅说："我普义中毕业后除你大姐外，就再没和你们见过面了。你们情况怎么样？"

冯定元说："你大老爷大奶已经过世几年了。二姐在音乐学院幼儿园当园长。"

黄志毅问："你大姐呢？我好几年没有见过她了。"

冯定元沉默了一会儿说："走了。"

黄志毅问："哪里去了？"

见冯定元没有回答，黄志毅这才明白过来，问："怎么走的？"

冯定元说："割腕去的。"

黄志毅听得心中一震，一时无语。两人沉默对坐了好一会，还是黄志毅先开口问道："葬在哪里？"

"流金，她一辈子都向往的地方。"冯定元回答。

黄志毅心中难过至极，说："具体葬在哪个地方？我去看她一下。"

"以后吧。"冯定元说，"那地方偏僻，七弯八拐的，单我一个人还找不到。"

黄志毅说："万想不到她会如此。"

冯定元说："我们也想不到，是邻居发现了通知我们的。我们几姊妹一听说，全都第二天就赶回来了。听邻居说，她哮喘经常发，一发就出不赢气，嘴脸发紫发乌，又没有特效药。憋昏迷了好多次，脸都变形了。可能是实在难受得受不了了，才走了这一步。满地是血，安安静静地躺在床上，脸色洁白，有如圣女。我们从小到大，从来没有看见她这样漂亮过。没有遗嘱，没有子女，我觉得她是真的解脱了。"

黄志毅一夜没有入睡，第二天一早，送冯定元上车后，回城直接到凤翔江边名叫凤鸣春江的歌厅，选了一间名叫忆曾的单间。关了房门，边反复播放梅艳芳演唱的《女人花》，边想着与冯霓雯的历历往事，最后想道："此生已了，若有来生，定将重来。"

自从黄孝德、孔惠英夫妇逝世后，老家房屋便无人居住。黄志毅黄晓刚兄弟二人商量，借给新建居民区拆迁无房户居住，也不收租金，算是请人守房。

新居民区建成借住户搬走后，便把大门锁了任其空着。这木结构房屋长期无人居住最容易朽坏，不到两年朽坏得完全不能住人。此时适逢新农村小区建设，政府为便于土地流转，鼓励农民卖旧房买小区新建楼房。黄长华黄天明姐弟二人向黄志毅提出卖掉老家旧房，各自添钱买一套新房想法。黄志毅不同意说："老家房屋是你们尊祖千辛万苦建起来的，为还房债外出经商惨死他乡，至今尸骨在哪里都不知道。这祖业不能毁了。我的意见是房不卖，按政策把旧房拆了重建新房。建好点，设施齐全点，节假日你们回去住方便，也比楼房舒适。"

黄天明于是请专门机构对房屋毁坏程度进行评估。经鉴定为危房后，向金鹿乡政府打建房报告，获批后请设计单位设计，与军工研究所工作的堂弟黄浩艨商议，共同出资在原址上建起了新房。节假日无事时回家居住。

一日午后无事，黄志毅翻手机照片看。先是看黄晓琴儿子冯志强全家生活照，然后看黄晓刚儿子黄浩艨博士毕业照和他单位工作照。看着这些照片，黄志毅很感欣慰，觉得真是一代更比一代强了。

正看着忽然手机铃声响起，是长华声音："爸爸，你晓得不？小孃得癌症了。"

黄志毅吃惊说道："不可能，前几天她还专门到我这里来，给了我一盒灵芝破壁孢子粉。有说有笑的，完全看不出有病的样子。你们是不是弄错了？"

"真的，昨天已经确诊了。"长华说，"也许她是有预感才送你的。你想这么多年来，她怎么会为一点灵芝粉到你那里来看你？"

黄志毅问："你小姑精神还好吧？"

长华回答说："她是医生，精神应该没有好大问题。问题是现在该怎么办。"

黄志毅茫然地说："这么突然，你让我想想。"

黄志毅放下手机，无力地坐到沙发上，脑子里全是大妹晓花夭折时情景。

黄志毅从大妹晓花的死亡联想到二妹晓琴也可能永远离开自己而去，不由自已地想道：这两个妹妹怎么都这么不幸呢？由于受母亲的影响，黄晓琴从小信佛。虽然以后工作生活在县城，但是每到观音寺会期，只要没有上班都必须要赴会。即使母亲去世后也是如此。黄志毅因此多次笑话她一个医学工作者竟然会如此愚昧，不信科学，相信鬼神；然后想到黄晓琴医病需要大量的钱。黄晓琴是没有多少钱的。除了买房，她是把所有的钱几乎全部用到儿子学习和成家立业上了。没有钱就意味着生命会迅速枯竭而萎亡。我是兄长，有照护弟弟妹妹的责任。可是我没有多少钱支持她啊！

想到这里黄志毅竟然有点后悔当时没有弄钱。其实弄钱决不是非要动用权势，也无需依靠影响力。只要起心，不当官无权势依法也可以弄到钱的。

县委工作时候,银行为了完成贷款任务,派人四处求人贷款。极个别胆大的机关干部贷款后到大街上甚至到农村低价收购国库券,回报率几乎都在百分之八十以上。

县纪委工作时候,土地公开价五万元一亩,数量不限,任何人都可以购买。几个乡镇党委书记为完成县委下达的经济发展任务,请黄志毅帮忙找人购买,说如果是你私人或者亲戚购买,价钱不可能降,但地段可以任由你随便挑选。黄志毅知道买地就是买地段,但不敢买,认为影响不好。

一个书记说:"又不违法,有什么影响不好的?不少比你大的官都以家属名义买了。"

法院工作时候,有的被执行人无钱还债,执行庭对房产评估拍卖还债,很多次都因无人购买而流拍。一次年底铺面拍卖流拍,执行庭用评估价执行给申请执行人张志伟,以完成全年结案任务。张志伟不仅不要,还告到黄志毅那里。

黄志毅劝说道:"老张,现在房地产业正是低迷时期,你把它要起来,过不了多久市场翻起来了,你不是发了么?"

张志伟笑着说:"黄院长你说得太好了,要不你帮我要了,我以评估价五折给你怎么样?实在不行六折也可以。"

黄志毅笑着说:"我是院长,怎么可能?"

张志伟说:"有什么不可能?是我自愿提出卖给你的。我不是行贿,你不是受贿。要不我现在就写一个情况说明。说明我生意上急需要钱,不是你以权势巧取豪夺我的。"

见黄志毅摇头不语,又说:"如果这样你都还不放心,那我和你一起去把我的说明交给县纪委或者什么大领导,免得以后给你添麻烦。"

黄志毅说:"张志伟任你咋说我都是不会要的。我叫执行庭不强迫你要,以后再拍卖就是了。"

黄志毅又想起现在那些不少退休后过得有滋有味的领导干部和一般善动脑筋的人们,他们不正是这样弄到钱的么?要是当时就这样找点钱那该有多好啊!

黄志毅如此种种这样一想,立刻觉得自己这个当哥哥的实在太无能、太窝囊、太愚蠢了。

当天晚上，黄志毅给佘玉春打电话，说了黄晓琴情况，请她看在当年黄晓琴特别关爱卫东情分上多照顾黄晓琴。佘玉春离婚后虽然到处讲黄志毅的不是，但是仍然满口应承，然后大骂冯红升没良心，说如果不是冯红升长期在外吃喝玩乐乱搞，和农家乐女服务员私生了孩子，造成黄晓琴心情不好，她是不会得这样病的。又说老天不公，苍天无眼，黄晓琴这样的病应该给猪狗不如的冯红升得才合理。

黄志毅给佘玉春打了电话又给黄天明打，要他有空时候多去看他小姑。

黄志毅打完电话，觉得灯光太刺眼，便关了所有灯，坐在客厅沙发上继续想如何帮助黄晓琴，想来想去觉得最有条件帮助黄晓琴的唯有周兰惠了，于是硬着头皮给正在重庆帮儿子升迁拉关系的周兰惠打电话。

周兰惠听了情况说："我看黄晓琴的病是你造成的。"

黄志毅说："你怎么怪到我头上了？"

周兰惠说："怎么不怪你？不怪你怪谁？那年冯红升赌博从拘留所出来不到三个月，你的朋友卫生局长阮克良不仅不处理他，还把他调进城，代理血防站站长。不久阮克良调离，接任他的倪杰高又是你的好朋友，很快就把他调到妇幼保健院任院长。冯红升当院长后更是胆大妄为，长期花天酒地，寻欢作乐，见女人就想搞。妇幼保健院群众敢怒不敢言，暗地里叫他冯脚猪。倪杰高对此不仅装聋作哑不管，而且还经常袒护。直到冯红升和小他二十多岁的农家乐姑娘私生了孩子，眼看就要掩不住了，才把他叫到办公室骂道：'冯红升你给老子把细点，别以为你做那些肮脏龌龊的事老子不知道，要不是看在你哥面子上，老子早就把你龟儿吆飞了。'就这样骂几句就算了。这些事卫生系统哪个不知道？你说是不是你造成的？"

　　黄志毅说："首先冯红升调动任职的事，我从来没有跟阮倪两人打过招呼，阮倪俩人也从来没有向我提过冯红升的事。二是当时父母在，他们知道不开口，我又不知情，怎么说？三是黄晓琴太爱冯红升，把委屈埋在心里，她不提出，我怎么办？直到后来生了私生子，而且私生子都上小学了，黄晓琴才向我说要和冯红升离婚。我立即表示支持，心想离后再收拾冯红升，可是黄晓琴却一直没有动静。冯红升胆子越来越大，不仅不以为耻反以为荣，居然扬扬得意公开吹嘘自己洒向人间都是爱。你要知道，这些不仅伤害了黄晓琴母子和孙子，也是在欺侮我们黄家，丢我们黄家的脸。其实最想收拾冯红升的是我。但是投鼠忌器，我猜想黄晓琴怕离是因为她善良。怕如果离了，冯红升或者坐班房，或者失去工作，受伤害最大的还是那个私生子，孩子毕竟是无辜的。黄晓琴性格内向，有事闷在心里不说，一个人隐忍，这跟她的病应该有很大关系。我现在心里对冯红升恨得牙痒痒的，真想狠狠揍他一顿。也许你说得对，要是我一开始就不考虑父母和黄晓琴的感受，把他弄到深山沟里去当一般医生，也许就不会有现在这个样子了。"

　　周兰惠说："你的意思是说黄晓琴现在还没有和冯红升离婚？"

　　黄志毅说："哪里啊？已经离几年了。不过由于儿子孙子关系，好像还有一些联系。"

　　周兰惠说："好，好，不要说了，你的心思我知道。你说，要我咋办？"

　　黄志毅说："这方面你是行家，还需要我说么？"

　　周兰惠说："只要你们瞧得起我，只要黄晓琴愿意在省肿瘤医院治疗，我马上给毋定元那些专家打电话，请他们提供所有能够提供的方便，能少出或不出的钱尽量少出、不出。如果还不放心，我亲自去找他们，该出的人情钱我出，不要黄晓琴出一分钱。"

黄志毅正要挂断电话时周兰惠又说："你把我的电话号码告诉黄晓琴，有什么事她直接和我联系。"

黄志毅听了终于松了一口气。

黄晓琴在省肿瘤医院住院后，住院部主任莫静媛亲自到病室看望。对黄晓琴说有什么要求随便提，只要可能尽力满足。

也许是良心发现，自黄晓琴病后，冯红升一改过去态度，对黄晓琴的饮食起居、药物营养、治疗护理，不分昼夜精心照护。黄晓琴病势明显好转，已不像病前老态憔悴模样。不过后来听说，冯红升之所以如此，是因为那个农家乐姑娘嫌他年纪太大，除了要他给儿子生活读书等费用外，已经不理他了。

纪国贤女朋友上官凤虽然是大专生，全家祖祖辈辈却都是农民，历来瞧不起农村人的周兰惠为此亲自到上官家考查。回来对黄志毅说："上官家太穷了，离重庆太远不说，还全是大山。沿路山高路险，坐在汽车上好些地方吓得我闭着眼睛不敢看外面。我本不想同意的，可是国贤愿意。"

黄志毅笑着说："又说假话了吧，你不同意国贤敢同意？翻天了差不多。"

周兰惠说："我是看上官凤对贤儿百依百顺，对我体贴入微，一口一个妈地叫着，心就软了。主要是贤儿对上官凤有一个要求，对我必须孝顺，如果哪天不孝顺就哪天离婚。"

黄志毅说："这么多年来你俩娘母不都是最瞧不起农民，说农村农民是如何如何不行的么？咋一下就变了？是你们口是心非，还是农村农民突然变好了？"

周兰惠说："反正我是不让上官家其他人到我们家来的，又脏又土又不懂规矩，看着就烦。"

黄志毅说："亲家来了你也不接待？"

周兰惠说："不接待！"

黄志毅说："不可能。"

周兰惠说："不信你看。"

黄志毅说："亲也相了，审查也审查了，好久结婚？"

周兰惠说："赓即就结婚。有件事给你说一下，按现在的习俗，婚礼上父母是要给新娘新郎红包的，你给多少？"

黄志毅说："给什么红包？以前他读书的时候我给点钱，鼓励他好好学习是应该的。现在工作了就没有必要给钱了。不过贺礼还是应该给的。"

周兰惠立刻问道："那你准备给多少？上官凤她爹妈红包是九千九百九十九元，图个长久吉利。我看你也应该是同一个数。"

黄志毅说："我为什么应该是同一个数？我又不是他父亲。"

周兰惠说："虽说不是亲生父亲，继父总算得上嘛。亲父继父都是父。他说婚礼上，他要在大庭广众亲戚朋友同学面前改口叫你爸爸。"

黄志毅说："他不应该叫我爸，他有亲生父亲。你们不能做对不起纪成富的事。"

周兰惠说："这么多年来，国贤都一直叫你叔叔。现在他大学毕业参加工作，进入社会长大成人，反而要改口叫你爸爸了，说明他内心已经完全认可你了。"

黄志毅说："那你想给多少？"

"一分不能少。少了国贤怎么看？"

黄志毅说："为了有所区别，给五千吧。"

周兰惠说："加一千，图个六六大顺。剩下的不足部分我补上。"黄志毅爽快地说："好！"

为了把婚礼致词弄漂亮些，周兰惠打了好几个夜工，最后要黄志毅修改。黄志毅说："这涉及你和纪成富之间的感情问题。我既不能看，更不能改，一个字都不看不改。"

婚礼很隆重，周兰惠化了淡妆，显得非常年轻，脱稿致词更是打动人：

各位亲朋，各位来宾：

感谢你们莅临我儿纪国贤的婚礼。

此时此刻，我既高兴又伤心。高兴的是我含辛茹苦终于把我儿纪国贤培养成了有益国家有益社会有益人民的人。伤心的是，贤儿的父亲早已撒手人寰，离开我们母子而去。他如果还在，看到今天，一定会非常高兴，可惜已经是不可能的了。

为了把我儿纪国贤培养成对国家对人民有用的人，对得起纪成富，对得起纪家，我耗尽了心血。

纪成富走的时候我儿国贤十一岁。我是内无粮草，外无救兵，孤儿寡母，相依为命。为了培养纪国贤，我不打麻将，不参加亲戚朋友同学知青聚会，不外出观光旅游。我利用所有空闲奔走于学校老师之间，把时间用在儿子德智体全面发展上。这么多年来，国贤从小学、初中、高中、大学，直到参加工作，所有教过国贤的老师、学校领导、工作单位领导，我没有一个不拜访，没有一个不熟悉的。不然他不会初中入团，大学入党，从小学到大学都是学生会主席；也不会成为工作单位骨干和培养对象。为了儿子，我节衣缩食，经商做买卖，赔笑卖保险，日夜做信息。总之，为了儿子我是竭尽心力了。扪心自问，作为母亲，我对得起儿子，作为妻子，我对得起丈夫，作为纪家媳妇，我对得起纪家人。纪成富呀！你地下有知，我周兰惠是对得起你了！

跟着那眼泪便流了下来。稍停，周兰惠轻声说："对不起，太激动控制不住，有些失态，不能再说下去了。"

然后戚容一变，立刻笑靥如花般说道："再次感谢各位的光临。请大家吃好，喝好，耍好。另外，下午打麻将，祝愿大家都手顺赢钱，晚上有晚餐，一个都不许走！"

黄志毅看着周兰惠流泪，想起那年聊天周兰惠说过的话："不是吹的，我就是一个天才演员。很多电影演员演哭戏要滴催泪剂，我任何时候眼泪说来就来，要多少有多少。"

黄志毅不相信问道："真的么？"周兰惠说："怎么不真！难道这么点小事我都要骗你？"

黄志毅说："那你现在就流给我看看。"周兰惠凝视黄志毅一会儿，那满眼眶泪水果然涌了出来。

黄志毅微笑着说："佩服，你真的应该去当演员，流落民间实在是太屈才了。"

纪国贤上官凤结婚后，周兰惠马上现出恶婆婆本相，对上官凤近乎虐待。不是说农村人不懂规矩，就是说上官凤长得太矮太胖太丑，或者说上官凤不会洗衣做饭，不会照料服侍纪国贤。更为恶劣的是不准上官凤父母到家来看女儿女婿。纪国贤要当孝子，一切唯母亲是从，不仅顺着周兰惠意思对上官凤呵来斥去，还经常说如果忤逆母亲就必须离婚。好在尽力而为的上官凤能忍，尽管有时候气得脸青面黑，但绝不与周兰惠顶嘴一句。时间一长，黄志毅发现纪国贤其实与上官凤感情很好，一切顺从母亲意思不过是在对周兰惠演双簧而已。

这使黄志毅认为，这当中背后的真实原因应该是，纪国贤在亲历母亲对父亲作威作福之霸道、深感父亲早逝痛苦之后，深知女人太强势，阴阳颠倒对家庭危害之大。因而吸取家庭教训，找了一个能力学识弱于自己、深爱自己但容貌身姿一般的农村姑娘上官凤。黄志毅由此对纪国贤看法不仅大为改观，而且对纪国贤的聪明很是赞许。

周兰惠为了炫耀自己的辉煌过去，时不时向黄志毅讲述当年在家中的无上地位。纪成富当土产公司经理时，上级通知外出开会，未经周兰惠同意，纪成富绝不敢去。纪成富平时身上带钱超不出十元。家中剩菜陈饭全归他和纪丽霄吃，重活苦活全由纪成富做。公司和家里的大小事情纪成富完全作不了主，都由她一人说了算。一次纪成富几个好朋友邀请他打麻将，纪成富不敢参加。朋友知道他情况，说钱我们先给你垫上，麻将结束后你输的钱算我们的，你赢的钱算你的。纪成富听这样说才敢参加。哪知风声走漏，周兰惠赶去一句话不说，猛地一下把麻将桌子掀翻在地，然后转身扬长而去。从此以后再没有人敢邀纪成富聚会。

黄志毅猜想周兰惠之所以讲这些，无非是想要自己完全顺从她，不要冒犯她。一次周兰惠又讲起她对纪成富的权威，黄志毅微笑说道："周兰惠你应该知道，爱情是双方的尊重，不是一方当皇帝，一方当奴隶。如果当奴隶，我宁可一辈子当光棍。据我所知，很多知情者都认为，纪成富本是社会上有头有脸的强势人物，落到如此田地，不抑郁不生病才是怪事。"周兰惠听了默默无言，不再说话。

黄志毅上床睡觉时觉得胸部皮肤隐隐有些疼痛，渐渐痛得厉害起来，无论躺伏侧卧都痛，只好在床上坐到天亮。早饭后去医院检查说是缺钙。打针服药几天不仅不见好转而且越加疼痛，只好转到省医院住院治疗。

到省医院当天晚上，黄志毅坐在床上，周兰惠睡在身边。床太窄，黄志毅便让周兰惠睡床，自己下床坐伏床边一夜。

第二天黄志毅输一天液无任何好转，晚上对周兰惠说："我昨晚坐一夜屁股都坐痛了，租一张陪伴床吧。"

周兰惠说："不租。"

黄志毅问："为啥不租？"

周兰惠说："陪伴床太脏了。"黄志毅问："那你咋睡？"

周兰惠说："我到国贤那里去睡。"

黄志毅疼痛行动不便，若没有人搀扶，解小手到厕所都很困难。万想不到周兰惠竟会如此说法，立刻大声说道："所有人对睡陪伴床都不嫌脏，只有你嫌脏。去吧，去吧，快走！快走！"

周兰惠说："明天我早点来。"

黄志毅说："随你好久来，不来也可以，赶快走你的！"

周兰惠立刻转身走了出去。

输液检查几天，医院所有仪器，该查的全都查遍，有的还重复检查，一切正常，没有找出任何问题，但疼痛依旧。

一天中午，黄志毅对周兰惠说："每天白天黑夜都坐在床上，全身僵硬得太难受了，我们出去走一走吧。"

二人出了医院，黄志毅说："今天难得这样大太阳，我们活水公园慢慢走走。"周兰惠说："你知道我手脸眼睛晒不得太阳，不去。"

黄志毅说："活水公园全是树，怎么晒得到你眼睛？那年你屙血住院，手术后我陪你在那地方转了好几次你都忘了？"

周兰惠说："好久转过啊？"

黄志毅说："起码不下五六次，你记性那么好的人，怎么会忘了？"

周大惠狠声说："不去！要转你自己去转。"说罢转身径直向公交车站走去。

黄志毅只好一人沿着公园林荫道走，边走边想这周兰惠怎么突然又变得如此狠心，这么无情无义了？

十多天过去，医院查不出任何问题，更找不到病因，便劝黄志毅出院，说找地方上中医土方法治疗或许有效。

黄志毅回到原山，听说离家三四百米处私人医院的肖医生可以，便请他诊治。

肖医生听了省医院的治疗经过后说："你这是胸腔神经痛，没有特效药，先打十支营养神经的钾钴铵试试。"

十支钾钴铵打完疼痛有所减轻。肖医生说："你这病一般不是几天几个月就好得了的，几年不能痊愈的都有。主要还是看个人抵抗力。只要要得好，就能好得快。听音乐、看相声、打麻将、吹壳子这些转移注意力的娱乐活动都是最好的药方。"

黄志毅听了说："你的意思是不用开药了？"肖医生说："只要你不怕痛就再打十支钾钴铵。接下来就靠你自己调理了。"

黄志毅第二个十支钾钴铵打完后疼痛又有所减轻，便不再打针，到药店买钾钴铵片服用。一个月后疼痛大大好转，两个多月后就完全不痛了。

黄志毅病愈后对周兰惠说："周兰惠，这次省医院住院是我这辈子第一次正规住医院，但想不到你嫌陪伴床脏，晚上不陪护我，到你儿子那里去住。那年你屙血住院，我不仅天天日夜陪护你，还多少次陪你散步走要，想方设法调整你心情，转移你注意力。万想不到我要你陪我转一次公园你都不干。你口口声声说我们是生死相随夫妻，既然是夫妻，你究竟为什么要这样对我？"

周兰惠说："你既然这样问，那我就实话告诉你。我周兰慧祖祖辈辈，包括以前嫁过的两个男人，本质上都是商人，商人的愿望是只赚不赔的。"

黄志毅说："无商不奸的道理我知道。但我们是夫妻，不是买卖关系啊！而且分居两年，是你们求我回来的。"

周兰惠说："夫妻怎么样？夫妻也要靠利益维持。"

黄志毅说："你这样一说，那就啥都清楚了。你是看我病重找不到病因，才决心甩掉我的吧？"见周兰惠不说话，想着自己无数次受骗，不由愤然说道："我们最好分手吧。"

周兰惠立刻说："现在你病都好了还分啥手啊。"

黄志毅想了想说："夫妻老了，互相帮扶才是正理。你既然不愿意互相帮扶，只在乎我对你有没有利用价值，我们在一起还有什么意义？上次你说，以你现在身体至少会活一百岁，那我们分手你再去找一个好的岂不更好？"

周兰惠说："那是我说着玩的，你不能当真。"

黄志毅问："那我住院你为啥这样狠心对我？"

见周兰惠不说话，越想越气，大声说："我们结婚这么多年，你从来都是我行我素、恣意妄为，何时听过一句我这个当丈夫的劝告？何时考虑过我这个当丈夫的感受？俗话说对真人不说假话，别人不知道我还不知道？你夸你有洁癖，其实是遮掩你难闻难看的肮脏；你夸你大门不出二门不迈，其实就是一个夜不归家的夜不收；你夸你能力如何强，其实你的能力就是姿容巧舌堂皇谎言。简直就是一张活脱脱的人间真画皮！"

周兰惠不仅不恼，反而露出笑容说："人在做天在看，你说那么多干啥？"

黄志毅说："我自知不仅被你欺骗，而且被骗得有苦难言。尽管如此我还是没有离开你，真心希望你改过来。但是你错而不改，我们怎么相处？"

周兰惠听了说："那你说怎么办就怎么办好了。"

黄志毅说："那我们明天就到民政局离婚，从今分两地，互相不牵连。"

周兰惠立刻说："那好，明天就去离。"

第二天早上，周兰惠说："老公，你缓一下行吗？我真没有离婚的思想准备。我们虽然同睡一床，但是早已没有了夫妻之实，何必忙在一时？"

黄志毅怕她拖骗自己，说："你闹这么多年了还需要什么思想准备？今天就去离，不离我就向法院起诉，把我们真实情况讲出来。"

周兰惠说："你既然已经说到了这个份上，那就离吧。"

办了离婚手续，周兰惠说："志毅，你还记得我微信转发给你的《假如有一天，我们成为陌生人》么？"

黄志毅说："怎么不记得？我当时还回了你的。"

周兰惠说："我从来没有想过会真的和你离婚。我离婚后就要和儿女生活了。现在我不好意思，也不知道怎样向国贤丽霄姐弟俩说这件事。俗话说一日夫妻百日恩，我们这么多年，没有好过一天，也好过一时。我想我们离婚的事暂时都不向儿女们说，你也暂时不要走，再住一段时间，等我想好给国贤他们说了，你才离开可以吗？"

黄志毅想反正离婚手续已办，周兰惠说的也不是没有一点道理。于是说道："那就快点，原山就这么大个地方，要不了多久就会知道了的。"

周兰惠说："知道我也不怕。我同意离婚，还有一个原因，就是佘玉春那烂婆娘在外面到处造谣，说我不离婚是想等你死后得你的二十多万元抚恤金和其他财产。现在我和你离婚了，那烂婆娘的话就不攻自破了。说心里话，不管如何我都是在乎你这个人的。反正我们永远都是夫妻。"黄志毅说:"胡说八道,离都离了还是什么夫妻?"

一日,周兰惠带孙女回原山来,一进门就对黄志毅说:"志毅,国贤调北京总公司去了。今后几年这娃娃都要在这里抚养。我这样大年纪了,你留下来帮我带孙女行不?"黄志毅想黄晓琴治疗今后还需要她帮助,立刻说道:"行啊,国贤小的时候我怎样帮,现在还是怎样帮。只是我年纪这么大,恐怕有些力不从心了。"

周兰惠说:"这个国贤早就想好了,请一个保姆,粗活重活全由保姆做。你主要负责教育,培养好她行为习惯就行了。"

周兰惠孙女纪灵慧,小名灵儿,回到原山时不到一岁半。

灵儿活泼可爱,加之她奶奶会打扮,显得十分漂亮,真是人见人爱。只是说话吐字不清,除了妈妈爷爷叫得清楚,其他一概模糊。教她叫大人名字,除了黄志毅三字说得真,其他人全都含混。把上官凤叫成上官洞,把周兰惠叫成周大洞,无论怎样纠正都改不过来。周兰惠不无伤感地对黄志毅说:"看来还是只有你跟灵儿有缘分。"

灵儿很乖,说话奶声奶气,如有磁性一般,听得让人心颤。灵儿回原山不到半个月,饭桌正中两张椅子灵儿只准黄志毅和自己坐,其他人一坐她立刻拉开。黄志毅每次回到家时,灵儿都会抱着拖鞋颤颤巍巍走来让黄志毅换鞋。看电视时灵儿有时会摇摇晃晃抱着水杯让黄志毅喝,慌得黄志毅赶快接住,生怕她摔倒。灵儿记性极强,竟然记得黄志毅吃药时间,时间一到便拉他去吃药。灵儿的乖使黄志毅觉得不是在帮周兰惠带孙女,而是在带自己的亲孙女。因此把对灵儿的培养当成了自己的义务和责任。

灵儿很聪明,知道黄志毅爱她,便总是缠着他撒娇玩耍。

骑他马马肩，在客厅、寝室、厨房、阳台来回走动；扶她站在窗台上看街景，看空中飞鸟和飞机；要他抱着涂鸦、画画、学写字，甚至还钻进黄志毅被窝里捉迷藏。黄志毅便在和她玩耍中教她正确执笔方法，传授她知识，培养她行为习惯。灵儿的乖巧漂亮和黄志毅对灵儿的百依百顺，使住家附近红星商场的售货员们很快熟识了祖孙二人。灵儿在商场货架之间跑来跑去捉迷藏玩游戏，常常造成售货员们的皱眉劝告。可是离开时灵儿挥手说"叔叔阿姨再见"，又使得售货员们笑逐颜开。

一日有客来，吃饭时灵儿爬上自己椅子，见旁边黄志毅椅子空着，便奶声奶气大喊："爷爷，快来吃饭了！"客人大感惊奇地说："这么小就知道喊爷爷吃饭了？黄叔，你的付出太值得了。"见黄志毅笑着不说话，客人说："黄叔你别笑，真的值得了。我将来有了孙子，也像灵儿这么小就喊我吃饭，哪怕只喊一声，我都觉得这辈子值得了。"

一日，灵儿对黄志毅说："爷爷，我放了一个小屁。"黄志毅说："好啊，放屁肚子不痛。"灵儿说："爷爷，你放一个大屁吧。"黄志毅顿时哈哈大笑，觉得这是自己这么多年来最难得的舒心时光。灵儿有两句口头禅，一是：爷爷是我的好朋友，二是：我来照顾爷爷。可是有时照顾让黄志毅哭笑不得。经常刚吃过晚饭便拉他上床睡觉。强行帮着脱去外面衣服，然后推上床，被子从头到脚盖住，然后说声："爷爷晚安。"拉上门出去了。不到三分钟又开门进来，大喊："懒猪爷爷起床了！"不由分说把黄志毅被子掀开，强拉起来坐在床边，帮着穿衣穿鞋，一副很是认真样子。

灵儿喜欢上了手机，喜欢到不让她玩就不吃饭的地步。在她母亲的帮助下不仅会操作手机，而且会玩视频会拍照。经常哈哈大笑着把周兰惠脸上有胡须、黄志毅头上有牛角等恶作剧照片给大家看。

灵儿看手机只看儿童节目。有的节目反复看多了不仅可以说，可以背，还会唱。她奶奶爱唱歌会跳舞，时不时放些音乐，随着音乐节拍教她舞蹈动作，渐渐地什么《毛主席呀派人来》《逛新城》《翻身农奴把歌唱》《我是一个兵》等舞蹈都跳得有模有样的了。

纪国贤曾担心灵儿在老家生活和看手机，会造成普通话和本地话交杂不清不伦不类，这对她以后到大城市生活读书不利，也容易遭受大城市儿童排挤奚落，哪知三年疫情关在家里下来，纪灵儿的普通话不仅说得像模像样，而且比大人还标准。

灵儿一次在沙发上蹦高，越蹦越高兴，哪知突然蹦偏倒向地面，她一伸手抓着扶手对黄志毅说："爷爷，幸好我身手敏捷，不然一定会摔个四脚朝天。"

一天灵儿放下手机说："我们家爸爸妈妈爷爷和我都是主人，只有奶奶是仆人。"周兰惠听了难过地问为什么？灵儿说："因为只有你一人干活呀。"上官凤说："奶奶不是仆人，她干活是因为她爱我们。"灵儿想了想说："不对，那你们为什么不干活？你们不爱她吗？"周兰惠立刻赶过去抱起灵儿脸蛋上亲了一下，说："还是我的灵儿爱奶奶。"黄志毅问道："灵儿，你小小年纪，是怎么知道主人仆人的？""手机上呀。"灵儿回答。

一天灵儿笑着问周兰惠："奶奶，守株待兔是什么意思？"周兰惠怕复杂了她听不懂说："守株待兔就是守着小猪，等待小白兔到来。"灵儿立刻说："不对，是守着一棵大树等待兔子跑过来撞死在树上。"周兰惠想不到她竟然知道，立刻说："奶奶说错了，你哪里知道的？""手机上呀。"灵儿回答。

周兰惠一次做活累了说："哎呀奶奶快要累死了。"灵儿说："我不要奶奶死，你死了我就没有奶奶了。奶奶你不要太忙了，我帮你做事吧。"周兰惠说："你这么小能做什么事啊？"灵儿说："我可以帮你拆菜呀！"

一天晚上灵儿忽然对上官凤说："妈妈我不想长大。"上官凤吃惊问道："你为什么不想长大？"灵儿一脸认真地说："我长大了，爷爷奶奶就死了，我不想他们死。"黄志毅听了感动问道："灵儿，你是从哪里知道这些知识的？""手机里呀！"灵儿回答，"手机不是一本万能教科书吗？"

一天走在街上，灵儿问周兰惠："奶奶你和妈妈一起掉到水里，你说我先救谁？"周兰惠反问道："你想先救谁？"灵儿说："我一个都不救。"周兰惠吃惊问道："为什么？"灵儿笑着说："水太浅，你们自己站起来不就行了？"周兰惠说："鬼灵精，你哪里知道的？""手机上呀。"灵儿回答。

纪国贤在北京难得回家，上官凤周兰惠便时不时向灵儿讲爸爸多么爱她，爸爸在北京上班挣钱养家养她有多辛苦。

一天上午，纪灵儿对周兰惠说："奶奶，今天晚上我和你一起睡行吗？"周兰惠说："你怎么会想到要和我一起睡了？"纪灵儿说："昨天晚上我被冷冻醒了，爬到妈妈身边，见她睡得好沉。妈妈上班太辛苦了，就没有叫醒她。"周兰惠感动地说："我们灵儿真是太乖了，从今天起就跟奶奶一起睡吧。"

纪国贤很少回家，即便回家除了深夜在家睡觉，白天几乎都是与朋友或原单位领导同事在一起喝酒打麻将联络感情，很少时间单独与女儿在一起玩。在这极短的宝贵时间，纪灵儿总是不离左右地跟在纪国贤身边，时不时亲切地叫一声爸爸。纪国贤夫妇偶尔带纪灵儿上街，纪灵儿更是高兴得不得了，一只手牵着爸爸一只手牵着妈妈，在中间边走边说又跳又笑，显得无比的开心和快乐。

纪灵儿说话有的字吐音不清。纪国贤教她发音，教了几次都不准，摇头苦笑说："孺子不可教。"周兰惠听了说："怎么不可教？比你小时候好教多了。"见纪国贤不说话，又说："灵儿发音不准可能是连舌，你什么时间带她去医院检查一下？"纪国贤说："我没有时间，你和风娃带她去吧。"

纪国贤走后，周兰惠上官凤带纪灵儿去医院检查。医生说是连舌，哄纪灵儿张嘴翘舌，然后突然一下剪断舌下连着的极薄肉皮，纪灵儿痛得大哭。两三个月后纪灵儿说话吐字完全清楚了。

纪国贤一次回家，黄志毅说："灵儿比一般小孩子要聪明得多，你要好好培养，将来一定会有大出息的。"纪国贤说："现在的孩子有哪个不聪明？都聪明！"上官凤说："还是女儿好，女儿是爸爸最贴心的小棉袄。"纪国贤说："什么贴心小棉袄？即使是小棉袄，我看也是四面漏风的小棉袄。"黄志毅万想不到纪国贤会如此说，不禁暗暗为灵儿感到担忧。

晚上，黄志毅把纪国贤的话对周兰惠说了。周兰惠说："不瞒你说，我也为这件事担心。上官凤和国贤两个是很不般配的。他们都是学生的时候看不出来，参加工作以后就现出来了。一个是节节高升，一个是原地踏步，差距越拉越大，并且两地分居，相隔几千里，谁敢保证不出问题？国贤也是，动不动就威胁上官凤离婚。一次对我说：'离了，灵儿由她带。这房子和所有财产都给她。我净身出户。'我说：'纪国贤你好大方啊！我一辈子辛辛苦苦挣的房子你说给人就给人啦？你不要仗恃年轻，把结婚离婚当作随茶便饭。你想过没有，如果你离婚，灵儿就惨了。我今天给你说清楚，灵儿那么乖，那么懂事，在她长大成人之前，只要我还活着你就休想离婚。灵儿长大成人以后，随便你和上官凤咋离我都不管。'"

黄志毅说："灵儿这么小咋就遇上了这样的事啊？如果灵儿真有那一天，我也绝对不会坐视不管。我和你一样，只要我活着，随便他纪国贤当好大的官我都要叫他拿话来说。"

周兰惠说："都到这个时候了，现在说给你听也无妨。你知道我是最相信遗传基因的。纪成富年轻时候拈花惹草，不知和多少女人有过那样的事。我现在最担心的就是贤儿学他父亲这一点。"

黄志毅说："不可能，你怎么会知道这些事？"

周兰惠说："我听到传言后追问，他亲口向我承认了的。不然我不会把他管得那么严。我对内强势是不准他再走老路，对外强势是防止那些追名追利追肉欲的贱女人围着他转。其实我是枉担女强人虚名了的。"

黄志毅说："现在就看你了，上官凤又管不住他。不过我是不完全相信基因遗传的，因为还有基因变异。"

两年后，纪国贤调集团公司北京总部，卖了原山重庆两地住房，举家迁往北京。黄志毅知道他们是不可能再回来了，便搬回法院家属院住。离开时，饱蘸浓墨，在客厅大壁上写道：

诚心育两代，不求回报归。

从今分两地，各自顾顺平。

写毕想起灵儿的可爱和带给自己的欢乐，想起今后见面的不易，心中陡然生出怅然若失的感觉来，因又写道：

望帝都，山高水长。

乖灵儿，随父北上。

时光逝，云烟漠漠。

老小事，或将全忘。

心遥祝，顺利成长。

愿一生，快乐安康。

胜须眉，无愧家国。

来人间，不枉一趟。

写毕，将房钥匙放在桌上，随手关门而去。

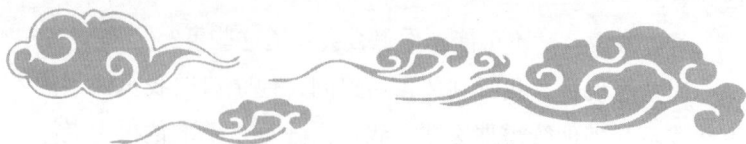

第六十回

梦别祖父母思归路　铭英烈倾心作画图

一日，周承达路遇黄志毅，微笑问道："黄老兄，你知道段书记与茅云峰和好了么？"

"不知道。"黄志毅回答。

周承达说："主要是这么多年来，无论段书记如何拒绝，茅云峰都要每年坚持春节拜年生日问候。最终精诚敲开金石，感动了段书记。"

周承达见黄志毅不说话，又说："茅云峰掌权不到五年，提拔县级领导干部九个，到现在为止已经有五个犯罪入狱。茅云峰离开原山后，接替你院长位置的那个人失去保护伞，设法调离原山，最终还是逃不脱东窗事发，被判了十二年零六个月。可笑的是还把流金中院院长也牵带了进去，这些都足以证明他的政绩了。"

黄志毅说："以他在原山所作所为，不少人断定他必定会出事，但是不仅没有反而节节高升。可能是吸取了原山教训，回头是岸，立地成佛了吧。"

周承达说："据说一个山野异人偶然见了他一面，便说此人命中注定有福无灾。可靠消息，马上就要升副省职了。"

黄志毅说："不管什么命，只要能回归初心保持党员本色，只做于党于国于民有益的事，升也不是不应该。他一手提拔的人中，一个不是已经先于他成为副省职领导了么！"

周承达说："县纪委前几天开会分析原山反腐形势，反贪局幸文广发言说：'我认为那个当年把原山搞得乌烟瘴气一塌糊涂的人，问题不弄清楚，原山反腐不算成功。'纪委副书记毕远华见大家都不说话，接过去说：'恶有恶报，善有善报，若不真改，我看他三代！'"

黄志毅说："毕说得有一定道理，这应该是一种规律。"

周承达说："我赞同你的看法。"

黄志毅三姊妹国庆节期间一起回老家聚会。晚饭时大家围着大圆餐桌坐了，黄志毅说："平时大家难得一聚，今天总算到齐了。我们一家人走出黄家沟，成了三个家。虽然分住各处，总的看发展得还算可以。黄浩艨读博参加国防科研工作已经十年。黄孟贤硕博连读五年多，也快要参加工作了。一门双博士，算是对得起我们黄家祖宗，对得起黄家沟的人了。特别是黄晓琴教子有方，把儿子冯志强培养成中国电子工程师和美国电子工程师，进入了省人才库，令人佩服。尤其让我高兴的是，黄天明连续六年被评选为先进，受到县委表彰。今年妥善处理突发暴力事件，保全了群众生命财产安全和国家集体经济损失，荣立三等功，令我感慨不已，真的是士别三日刮目相看了。我努力了一辈子，最高荣誉是县委政府表彰我一次先进个人。这与天明相差得太远了。我们黄家能有今天，我看根本原因有两条，一是读书。如果我爸没有读过书，他就不可能走出黄家沟。他没有走出黄家沟，也就不会有我们在座各位的今天。二是好家风。在我的成长中，我爸从来没有骂过我一句，我妈虽然不识字，但是从来不说一句粗话。她一生行善积德，勤劳俭朴，乐于助人，做了无数好事。她常说三句话：'人不能有贪心，一辈子有一碗饭吃就够了。求人不如求己。仇人当作亲人待。'没有她的言传身教，绝不会有我们三姊妹的今天。总之我们大家一定要牢记祖德家风，努力做到忠孝诗书传家远，一代更比一代强。"

第二天午饭后，大家沿着小河边大路散步看风景。一行人中只有黄志毅在黄家山待的时间最长，深感家乡解放至今真是翻天覆地般巨变了，便主动向大家讲解。

首先交通得到了彻底改变。经过数十年开复工努力，高林岗被完全宰穿，公路由土路变成了砂石路、水泥路，最后成了完全可以和城市马路媲美的双车道砂石沥青路。以砂石沥青路为主干，各村每条山沟都通了可过汽车的水泥路，然后再以水泥路为支干，接通了每家至少可以过摩托车的水泥路。路边排水沟、大小涵洞和桥梁也都进行了规范改进，就连路上的废纸屑烂塑料等垃圾都有专人拣拾处理。第一次进沟的人都大感惊奇，赞叹说想不到这山沟沟里头还有这样的好路。

改革开放以前，谁家要是有了自行车，其影响绝不亚于现在的宝马、奔驰。现在家家都有了摩托车，大多数家庭有了小汽车。从前上街要走一个多小时，现在最多十来分钟就到了。

路一通生意进了沟。乡村公交车，收废品，卖农资，卖水果小吃、卖油盐粮米和生熟肉食等车辆来回穿梭，喇叭不停高声叫卖。现在只要有钱，脚不出沟生活必需品几乎都能买到。

其次完全解决了吃用水问题。黄志毅还清楚记得，幼时的黄家沟是一条小河。小河说宽不宽，说窄不窄，枯水季节清水潺潺，丰水季节碧浪滔滔，洪水发时波涛汹涌。小河转弯处的沙坪是宽阔的河滩，旭日东升的早晨，有时日出滩花红似火；夕阳斜照的傍晚，有时半滩瑟瑟半滩红。河滩是洗衣的好地方，时不时能听到姑娘小伙们随风飘来的歌声，歌声优美动人，很容易让人联想起电影里那些爱情故事来。

小河边水草丰茂，河里鱼类众多，淘菜时小鱼会游进竹篮里寻食，螃蟹会夹着肉不放。朝暮晴好时分，小河水面有时会泛起淡淡雾气。雾气飘荡时，花草竹树时隐时现，变幻不定，让人生出无边无际的遐想。有时雾气渐浓渐白弥漫河上。人站高处远看，两岸青山绿野之间，黄家沟就是一条云河。

小河两岸是一溜冲积土壤改造成的农田。自流灌溉的农田被滋润成了水旱宜人的膏腴之地。秧苗葱绿，清风徐来如波似浪；稻熟沉甸，艳阳高照一片金黄。遗憾的是田亩太过狭小，产稻远远不够需要。

小河是两岸田地农业用水的重要来源。每当赤日炎炎似火烧，坑塘干涸无水取的时候，小河水就成了全部旱地农作物的救命甘霖。

一九七一年小河上游建起七一水库，水流迅速变小。看不到粼粼波光，听不见哗哗水响，水族失去生存所依急剧减少。进入九十年代，先是有人在水库上边建养猪场，猪粪全部排入库中。接着又有人在水库下边建养鸡场，鸡屎全部倾入河内。河水尽墨流向下游，沿河臭气熏天蚊蝇遍地。沿河井水水色大变，生出无数不知名红色小蠕虫，观之肤冷，闻之呕心，无不掩鼻屏息以避。沿河人家无处可躲，只能紧闭门窗。十多年前养猪场被强行关闭。养鸡场引进现代化设备，鸡屎变成优质肥料。河水变清，空气好转，又能看到鱼虾螃蟹。河水虽然弱，但是从未断流。黄志毅觉得有水就有希望，有水就有梦想。这希望与梦想就是：环保全胜日，小河欢歌时。

小河水虽然变清，但是河里垃圾仍在，都不敢饮用。为了解决群众饮用水问题，金鹿乡政府用招商办法，在龙窝荡建起水库，把水引下山建起自来水厂。全乡各家各户都用上了水质标准优于县城的自来水，彻底解决了自古以来吃水难的问题。据说有的人把自来水管接到地里，说是浇地方便。黄志毅认为实在是有些暴殄天物了。

退耕还林后，黄家山除了少数平缓田地外，其余全部栽植杂树。二十多年下来树木参天，遍野葱茏。城里人一入沟口，顿感空气清新，凉爽异常，大呼痛快。说想不到还有如此碧野仙踪一般地方。

新中国成立初黄家沟几乎全是穿打补丁衣服的人，现在不仅看不到穿补丁衣服的人，而且衣服花样之新潮、色彩之繁多早已是平凡小事。新中国成立初一般人家一年难得吃几次肉，现在只要想吃，天天顿顿都可吃。因肥胖而营养失衡者不在少数。不少老年人说新中国成立前中小地主生活比现在一般人差多了。

最感不适的是人气冷清。过去没有建居民小区的时候，各家各户住在一起，热热闹闹很有烟火气。现在绝大多数人都搬到水通电通汽通网通设施齐备的居民聚居新楼房去了。走很远才能看到一户人家，也很难见到一个行人。来往小汽车摩托车电瓶车倒是不少，可是大都戴着头盔，不要说打招呼摆龙门阵，人是什么样子都没有看清楚一飘就过去了。

想当年楼上楼下、电灯电话，点灯不用油、耕地不用牛的社会主义美好远景宣传，现在真有如天上人间一般，不仅实现，而且早已超越了。

黄志毅边走边讲觉得有些倦了，便让大家继续看，自己独自一人返回住房，在院坝躺椅上晒太阳。刚晒一会儿，儿媳孔清兰进门径直向自己走来，说："爸，我想给你说两件事。"黄志毅见说得郑重，起身坐正说："你说。"孔清兰说："一是我们建房把家拉空了，你是不是给我们建房钱？"黄志毅哦了一声，说："第二件呢？"孔清兰说："现在很多爷爷奶奶都把钱留给孙子，我觉得你也应该给一些。"黄志毅问："就这两件？"孔清兰迟疑了一下，说："现在明智的老年人都提前立遗嘱，免得给后辈留后患。"孔清兰的要求使黄志毅想起十多年前一件事。

一天下午黄志毅去幼儿园接黄孟贤，一路上黄志毅边走边逗孙子说笑。黄孟贤忽然说："爷爷，前天我外公打我妈了。"黄志毅说："不会啊，肯定是你外公和你妈开玩笑的。"黄孟贤说："不，是真打。外公向我妈要零花钱，我妈不给，说外公吃烂酒，打烂牌，外公就和我妈吵起来了。吵了一会儿，我妈从包里拿出五十元钱扔给外公，边扔边说：'赏给你。'钱掉到地上，外公见了说：'妈哟，你打发叫花子嗬？'一下把手里茶盅向我妈打去，没有打中，茶盅摔碎了。又抓起扫帚追打，我妈转身就跑。外公追到门口就不追了。"黄志毅说："乖孙，这件事不要对别人讲，知道么？"黄孟贤说："知道，我是只对爷爷你说的。"从此黄志毅便知道孔清兰有些看重钱，但想不到会看重到如此地步。于是说道："你说的不是两件事，是三件事，归结成一个字：钱。孔老师，这些话好像不应该是你对我说的吧？"孔清兰说："怎么不应该是我说的？建房你也在住，钱难道你不应该出？"黄志毅说："房建成以后，你们背着我把户主换成了你们名字，剥夺了我和晓华的权利。尽管如此我还是劝晓华成全你们，放弃她应有的权利。我继承的祖业全部变成了你们的财产，并且至今房钥匙都没有给我一把，只能跟着你们进出。还要我出建房钱，你认为妥当吗？可能你认为我当这么多年官应该很有钱。我今天明确告诉你，我参加工作至今，清清白白，从未谋取过一分一厘不义之财。我虽然不喝酒不抽烟不赌博，连茶都不喝，但是仅靠那点死工资和退休金能攒多少钱？人没有必要把钱看得太重，做到问心无愧就行了。"孔清兰说："问心无愧？我看你就问心有愧。"黄志毅万想不到她会如此说，不由自已地大声说："请你拿出证据来！"孔清兰也大声说："你就是问心有愧！"黄志毅见她如此不讲道理，一下站起身，把手中水杯猛然举起用力砸向地面，暴怒地说："孔清兰，我黄志毅有什么问心有愧的事，你当面不好说，请你实名向纪检监察机关举报，我等着你们！"说罢大步出门，拦一辆车进城去了。

晚上黄志毅接到孔清兰电话："爸，对不起，我今天有点冲动，请原谅。"黄志毅说："我也有点不冷静。"说罢挂了电话。

黄志毅手中虽然挂了电话，心里却还想着与孔清兰的争吵，继而想起黄晓琴的重病和冯霓雯的割腕自尽，越想越烦，便上床躺靠床头打开电视看。看着看着忽然看见黄孝德站在观音寺校门口，便赶紧走过去说："爸爸，好久没有看到你了。我一直想问你，那年你对我说，现在的领导干部都像贪污受贿的样子，言下之意我也贪污受贿了。当时我就想问你为啥这样说，但是怕争论起来惹你生气，就没有问。常言道知子莫若父，已经过去这么多年了，你应该清楚你儿子我是什么样的人了吧？"

黄孝德不回答，转身快步向校里走去。黄志毅便跟在后面，跟着跟着竟然站在县工会办公室门口，见周志明、郑从周等人在和父亲喝酒。正要上前问好，众人忽然不见，自己竟然是在老家门口，便走进去，见祖父祖母端坐在堂屋正中椅子上。黄志毅一下扑上去跪在祖父膝下，大声说道："爷爷奶奶，孙儿想你们想得好苦啊！"说罢伤心难忍放声大哭起来。哭了一阵，见祖母垂泪，祖父肃然，又呜咽哽泣说道："爷爷奶奶呀，孙儿我谨记着你们对我的爱，不辜负你们对孙儿我争光长志、光宗耀祖的希望，可是好难啊。特别是错识佘玉春，辱没了你们厚望。现在大错铸成，悔已无及。唯愿忘掉过去一切曲折坎坷，无图无争，永远侍奉于爷爷奶奶膝下。"说罢复又大哭不止。黄农氏泪流满面地说："孙儿呀，奶奶知道你已经尽力了。"说着起身来扶。"不可，"黄泽全右手微抬阻止，言道："云长，自古男儿当自强。你既虔心大同志向，万不可中道止步改弦易辙。九九相逢皆因命，痛惜艰难枉嗟伤。"说罢起身往外便走，黄志毅见了赶忙跟在祖父母身后。三人出了大门，黄志毅陡觉祖父母步履轻快起来，自己竟然跟之不上，便奋力追赶，哪知越追离得越远，眼睁睁看着进了观音寺，上了慈悲楼。

黄志毅便放慢脚步向观音寺走。进入寺门，不知慈悲楼在何处，便四处找寻。来到一长高粉墙下，见其上横七竖八、歪歪扭扭、隐隐约约露出字迹，不知已经有了多少年多少代，便捡那些看得清楚处看：

厚地高天，浩渺人间，谁能把纷纭说透？最难堪：高堂恩难报，子女怨难消，亲朋情难述，陌路缘难断，恩怨实难解，慎独真难做！爱悠悠，恨悠悠，情悠悠，仇悠悠，一本糊涂账，人生债难酬！

问苍天：人为何物？名利情义善德私，忠孝仁爱礼信恶，哪一字能厘清约束？

听暮鼓晨钟，夜半梆点，思念悠远，终归是，虚实难辨、功罪难究、贵贱难分、真假难驳。圣洁肮脏一锅搅，芸芸众生皆泪目。悲：天壤人生，哀：无常命运。闻潮音空响，看盛暑雪落。

何须叹：大千世界、天上人间，地狱深浅、欲壑难填，权势炎炎、算计无限。到头来自有太史记史，阴阳笔录！

看到最末一处，墨迹犹新，似是近作："看人间，自从盘古开天地，救故国河山者英雄无数。俱往矣，终归民贱得似草如奴。难！难！难！试看真为民掏心掏肺，舍家取义，造神州繁华永泰，长歌当哭者。当应那亿万斯民口铸丰碑，峥嵘韶峰旭日喷薄。"

黄志毅正似懂非懂边看边想着这些散乱字墨是何意思时，忽听远处歌声传来，觉得甚是优美动听："黄家沟水日夜忙，穿山绕岭诉沧桑。江流万里入大海，人活一生归何方？"凝神静听中，又发现自己不知怎的竟然站在宽阔大海边。那滔天巨浪咆哮翻波奔腾而来，眼看就要将自己卷没吞噬，立刻转身而逃，却又不知怎的站立在峭壁悬崖突出处，上无可上，下无可下，退无可退，避无可避。想到"人到万难须放胆，绝处求生斗志生"句，立刻横下心来，稳身取势作入水搏击状。望见那滔天巨浪从头顶上猛压拍下来，只听得砰的一声巨响。睁眼一看竟然是电视剧中战阵炮响声，自己仍然半躺半靠在床档头上。

黄志毅经此一吓哪里还有睡意？先是想梦中祖父"九九相

逢皆因命，痛惜艰难枉嗟伤"句。其实，黄志毅早已留心自己与佘郁周三人鬼使神差般的不期相遇，只是朦朦眬眬总看不明白个中原因。现在祖父一语道破，总算弄清楚了：以阴历算，自己生于五月十九，郁文瑛生于正月初九，佘玉春生于二月十九，周兰惠生于三月二十九；每个人生辰最末一位数都带着九，这不是九九相逢么？并且这些相逢都是为她们做好事，有如负债还账一般。既然九九相逢皆命中注定，那还痛惜悲伤它干什么？如此一想便丢过一边，不再去想，清空了一生缘债。

既丢过一边，便想起那"人活一生归何方"的梦中歌词来。自从在省委二党校泌尿性昏厥摔伤后，自己早已觉得死亡并不可怕。只是当时年纪尚轻，公不能为国尽忠，私不能为个人理想奋斗，上不能赡养父母尽孝，下不能抚养儿女成人，实在于心不甘而已。总算苍天有眼，祖宗保佑，社会有助，至今终于熬过古稀之年，到了人活一生归何方的时候。人活一生归何方呢？人的一生，初到世间，不知有来；艰辛磨砺，渐知有去。虽归路无数，却很难选择自我作主。司马迁说："人固有一死，或重于泰山，或轻于鸿毛。"其实这人世间绝大多数人都默默无闻，死得轻于泰山，重于鸿毛，只落得土堆一个。日出日落，雨打风吹，荒草寒烟，平复如初，好像这一切从来就没有发生过。其实正是这些死得轻于泰山、重于鸿毛的平凡人们，创造了社会财富，维系了社会存续，推动了社会发展，才有了繁华锦绣的今天。人的一生若能有幸成为这其中一员，也就不虚此生了。这或许应该就是人活一生的最好归处吧。

黄志毅继而又想自己辛苦艰难已入暮年。虽有子女儿孙，却感孤单无依；虽有亲朋友谊，却如微风淡云；虽衣食无忧，却囊中羞涩难挡重病；虽生活尚能自理，却常想末日将临。末日临时，皮囊虽臭终有归处，灵魂高洁不知是否能存？按理是能存的。无数为信仰为他人牺牲者不都是坚定地相信，只要精神不死就是活着的么？其实人的一生只要精神永存那就值了，完全值了！

黄志毅进而又想，我出生在旧社会，成长在红旗下，奋斗于艰难中；见证经历了各类贫困运动和灾荒，受党的教育、家风影响，也受中国传统优秀文化熏陶，总觉得做人应该以善为本。既要为自己活也要为他人活，遇事总顾及他人利益，总想着别人想法，即使在名利攸关生死存亡当口，也没有产生过任何损人利己念头；与恶交锋，决不认同以和为贵。因而抗拒过上司，得罪过权贵，惩处过不仁；绝没有伤害过无辜，欺侮过弱贫。回首此生，扪心自问，无贪无腐，无霸无欺，上对得起家国祖宗，下对得起儿孙后代，无论终归何处都无愧于心了。

黄志毅既想明白了人生当归何处，那脑海顿时就空明起来。觉得共产党人老了若要实现不忘初心，就要做到不废余生，善始善终，尽力而为。于是一大早赶车徒步来到桐霭寺。

桐霭寺建在凤翔江畔凤楼山上悬崖绝壁之间，据说此处曾经有一片高大梧桐树林。每当晴好天气，桐荫雾霭，五彩云气升腾，林中栖居的凤凰盘旋翱翔，声上九霄，清越无比。于是人们便在此建庙，取名桐霭寺。桐霭寺属于宗教正规活动场所，由于年代久远，香火不断，因而远近闻名。

黄志毅来过桐霭寺多次，此次来并非为了旧地重游，而是听说寺前路边建了一座革命英烈纪念堂。

革命英烈纪念堂距离桐霭寺约五百米远近，中式建筑，砖木结构，二楼一底，古色古香，虽与寺庙风格相近，却高大气派现代得多。正门上方是毛体革命英烈纪念堂七个红色大字。

两边门联，上联是：数千载华夏文明重辉，下联是：可期年世界大同必胜。

黄志毅走进大门，见宽阔大厅正壁上方是横幅红色长匾，上刻"英特纳雄耐尔一定要实现"十一个金色大字。正看着，一个穿中山装老者从屋里走出来，边微笑边说着欢迎把黄志毅迎进去，然后拿出线装登记簿请黄志毅签名。黄志毅签名后想了想，补了共产党员四个字。

老者见了立刻伸出手来："夏继诚，为了共同信仰和理想，我们握个手吧。"

夏继诚与黄志毅握了手，然后领着黄志毅参观。大厅四周墙壁上全都贴着英烈人物照片或画像。每个革命建设时期典型代表人物都有。其间张贴着革命战争年代和革命建设年代豪言壮语警醒励辞。

看了底楼，夏继诚带黄志毅上二楼。楼梯迎面转弯墙壁上正楷书写着：不忘初心，牢记誓词；一息尚存，坚持到底。

来到楼上，看了名曰红海的图书阅览室，名曰赤痕的革命文物展览室，名曰思扬的学习室，名曰怡沁的休闲娱乐室。

整个二楼装饰不俗，但器物用具一般，特别是学习会议室桌凳等用具十分粗糙，与新中国成立初期农村农民所用无异。

看了几室，黄志毅问这纪念堂是怎么回事。夏继诚介绍说："这纪念堂是各地志趣相投的退休党员干部自愿筹建起来的。目的是探索共产党员老了如何践行为共产主义事业奋斗终身。"

黄志毅问："我是退休教师，可以加入你们么？"

夏继诚说："可以。"

黄志毅问："开展哪些活动？"

夏继诚说："没有固定专门活动。根据自愿原则，各自发挥兴趣爱好特长，开展一些有利身心健康、帮扶特别困难个体、有利社会群众的公益善事。纪念堂负责收集各类活动经验，宣传每个优秀典型。比如鼓励思想政治性好、可读性观赏性强的诗词文章字画投稿，向有关部门推荐落实政策参考性强的意见和建议。最近网上有一首毛泽东同志一生最后一首词，是写给周总理的。名叫《诉衷情·江山靠谁守》。爱好诗词的同志们正在写赏析。"

黄志毅知道这首词。该词深切表达了打江山艰难、守江山不易，革命建设事业后继乏人的焦虑之情。于是说："不瞒夏兄，我是原山县关工委成员，主要从事对下一代的立德树人教育。我觉得英烈纪念堂应该增强和扩大宣传力度，把这里办成传承红色基因、培养社会主义劳动者和革命建设事业可靠接班人的教育基地。"

夏继诚听了说："黄同志之见，我定会向同志们转述，以达共识。"

黄志毅离开时，夏继诚送出门口。黄志毅转身看着纪念堂楼房问："这房是你们建的？"

夏继诚笑道："我们哪有这样能力？是向房老板租的。房老板建房本意是想赚游客香客的钱，哪知不仅不赚钱，反而倒贴钱。我们知道了向他租，他说："我也是共产党员，租就不用了，全部给你们用，算是我请你们守房。如果经济上有什么困难，我还可以支持你们一些，作为我对信仰的贡献。"

黄志毅看着匆匆上山的人流和偶尔驶过的小轿车，问："这些人进纪念堂来看么？"

夏继诚回答说："来看，大都是回转去的时候，比看菩萨还严肃认真。"

黄志毅说："我觉得最好在大门外办一个专栏，介绍中国共产党的奋斗史，包括革命英烈为国为民舍生忘死抛家弃业的事迹。让人民群众体会到只有跟着共产党才是最好的出路。如果再配放一些群众喜欢的红色音乐，比如《中国人民解放军进行曲》《十送红军》《绣红旗》《我的祖国》等等就更吸引人了。这也是一种竞争。"

夏继诚说："黄老师这建议好，还有什么好的想法么？"

黄志毅说："我在老年大学读过书画班。为了帮助青少年立德树人，树立正确三观，我一直想画一幅长卷，展现我党的艰难奋斗历程。题目暂名百年苦斗换人间，只是苦于找不到绘画和展出地方。"

夏继诚说："黄老师，决心要搞，我们这里可以尽力提供方便。包括食宿，但是费用自理。"

黄志毅微笑说："那是当然的。时不我待，我后天搬来就开始干。"

一日清晨，夏继诚黄志毅二人打完太极拳，沿着革命英烈纪念堂前道路散步。

夏继诚说："黄老师，你经常讲关工委的根本任务是立德树人，什么是立德树人？"

黄志毅说："我只是一个中学政治教师，对立德树人没有研究。我肤浅的理解是，人具有两重属性，一是人性，二是动物性。人性是人之所以能成为人的道德条件，动物性是人存在的物质基础性条件。所谓立德树人，就是用人类高尚或普适的道德思想塑造人。说白了就是用人的社会属性去克服压制那些为人性所不容的生物性，使人成为完全意义上的人。这我说得有点过于直白，或者过于片面。但是本质就是如此。不然衣冠禽兽、禽兽不如这类成语是怎么产生的？应该如何解释？"

二人正说着，见很多人络绎不绝走上山来。

晚饭后黄志毅放下碗筷又去作画。

夏继诚劝道："黄老师，我们这个年纪，夜以继日不好。欲速则不达，还是要注意多休息。"

黄志毅说："我开初作画的目的，现在看起来是太过简单了，必须要把第二个百年奋斗目标内容加进去才行。因为现在的青少年正站在第二个百年起点上，只有把前一百年和后一百年连贯起来，青少年才容易产生历史使命感和历史担当意识。新内容的增加，迫使我不得不学习新知识，不然画还没有出来就过时了。现在是既要创作又要学习，时间就显得有点紧迫了。"

夏继诚听了不再说话，跟着黄志毅走进学习室看他作画，看着看着忽发感慨说："我们这批人啊，脑海里闪耀着高洁的信仰，身体负重在艰难的路上；想歇歇不了，欲停停不下。"黄志毅听了挺直腰，望着窗外晚霞说："我心无悔奋斗的过往，现仍紧盯着奋斗的前方。回想一百年前的中国，民主究竟是为何物？看一百年后的今天，谁敢任意把民主奚落！坚信再过一百年，人类命运共同体定将胜出。到那时，所有杀害人类的武器都将浇铸为犁，所有先进科学技术都将造福于民，而人民是否幸福快乐都将由人民决定。遥想这美妙社会的来临，我对所选所走之路深感欣慰。"

黄志毅说罢继续画，夏继诚离去。又画了一会儿觉得倦了，便上床睡觉。不知不觉中来到一处旅游景点，无数人正在依山取势建造一尊巨大佛像。心中想着若这佛像塑造成功，必成天下之最，便沿着山脚小路边走边看。正漫步着忽听远处林中有女子高喊救命之声，立刻奔跑过去。进入林中，见两个男人正在抱扯一个女子衣服，便边叫喊着制止边冲上去。那两个男人放了那女子，撸袖扬拳向黄志毅冲过来。黄志毅迎面一勾拳把前面男子打入路边水沟，然后一脚踢向后面男子，那男子向后一退，被地面枯草乱石绊倒仰躺在地上。黄志毅见了，陡地跳起全身猛扑向那男子。只听咚的一声巨响，右眼角突然剧烈疼痛起来，那双腿双足随身子一起掉到了木地板上，立刻明白自己做梦从床上掉到了地下。

黄志毅忍痛摸黑打开床头灯，见右眼眉骨上突出一块乌黑肿块完全遮着了眼睛。用左眼仔细看，知道是从床上掉地下时头撞在了床头柜角上。想如果右眼球撞到那角尖上，那肯定是撞瞎了。又看又摸双腿双足，虽有微痛却完全没有出血，便又上床睡觉。

天亮起床时见右眉骨上肿块已完全消散，但整只右眼黑了一圈，有如大熊猫一般。夏继诚见了吃惊问是怎么回事。黄志毅说了经过。夏继诚说："黄老师，这人老了什么事都容易发生，还是注意一点的好。"

此后几乎每天晚上，黄志毅都要做与歹人拼搏噩梦。那情景或黑白、或彩色、或群殴、或独斗、或飘飞空中、或潜游水内、或鏖战悬崖之巅、或跃驰荒原之野、或混迹繁华之市、或游荡萧疏之境。如此种种每次凶险狠斗，全都心怀正义之心，自诩英雄有志之辈，因而全无贪生怕死之念。虽有紧张之感，却无败亡之惧。只是很多次不是掉落床下，就是在墙壁什物上撞伤腰头手脚。渐渐担心不知什么时候会严重伤残了身体。

一日下午黄志毅正画着忽然听到敲门声，抬头一看竟是周兰惠站在门口，惊讶问道："怎么会是你？"

"怎么不会是我？"周兰惠笑吟吟边说边走进来。

黄志毅继续问道："灵儿呢？"

周兰惠说："这段时间，我天天梦见你不是掉下悬崖就是掉进河中，醒来心惊肉跳，吓出一身冷汗。与贤儿上官凤商量让灵儿住校寄读，我回来陪你。"

黄志毅说："有啥好陪的？现在正是培养灵儿良好行为习惯关键时候，你怎么可以回来？赶快回去吧。"

周兰惠说："灵儿寄读学校是最好的学校，远比我们家长培养好得多。我这次回来陪你，一辈子啥地方都不去了。"

晚饭后周兰惠说："老公，我看你精神虽好，但脸色青灰，究竟是怎么了？"

黄志毅说："我们已经离婚，你怎么还这样叫？"

周兰惠笑着说："什么离婚？不过一张纸罢了。"

黄志毅说："你在北京生活怎么连法律都忘了？"

周兰惠仍然笑着说："什么连法律都忘了？你不要忘了我们离婚是有协议的。"

黄志毅说："不管咋说都是离了婚的，你走吧。"

周兰惠说："走我是不会走的。我们大家都是七老八十的人了，反正我不和你睡在一起就行了。说吧，你身体究竟怎么了。"

黄志毅听她如此说，便说了晚上睡觉情况。

周兰惠听了说："一切都不要说了，明天我们去省医院检查了再说！"

第二天一大早，黄周二人打的去省医院检查。当天黄志毅住院，戴了一夜仪器睡觉。上午医生解读仪器，说黄志毅患了梦动症。黄周二人真是闻所未闻，赶紧请教医生。

医生说："一般人睡觉比较安静，但是有些人睡觉噩梦频繁。随着梦境出现梦呓、喊叫、拳打脚踢，动作严重时会碰撞墙壁什物或从床上跌落造成伤害，这就是梦动症，医学术语称为快动眼睡眠期行为障碍。这种病五十岁以上中老年人常见，男性占患病人数百分之八十以上。这种症状的发展方向是帕金森病。"

周兰惠问："医生，这病好治么？"

医生回答说："梦动症致病机理医学上至今还没有完全弄清。一般认为由病毒侵害造成，所以不能根治，只能对症下药，减轻延缓症状，避免最坏情况发生。"

周兰惠说："那现在用什么药物治疗？"

医生说："一般服用安眠镇静药物。只要不做噩梦就不产生剧烈动作了嘛。"

黄志毅想知道自己作画还有多长正常时间可用，问道："医生，梦动症一般多长时间转为帕金森？"

医生说："没有科学实验数据证明确切时间。一般在平静无梦动一年以后。不过，从梦动症患者早期动作非常剧烈，然后趋于缓和看，你应该属于早中期。只要坚持按医服药，大可不必过于担忧。"说罢开了些口服药。

回到原山当天晚上，周兰惠对黄志毅说："老公，你不要紧张啊。"

黄志毅笑着说："都这大把年纪了，还紧张什么？"

周兰惠微笑说："你无需担心，我也是七十多岁的人了。二十多年前是我首先提出不离不弃、生死相随、你存我存、你亡我亡。现在不正好是上天考验我们的时候么？"

第二天黄志毅、周兰惠回到桐霭寺英烈纪念堂。晚上黄志毅继续作画。

一日，黄志毅、夏继诚于桐霭寺山上凉亭闲聊说笑。黄志毅信口讲了省医院检查出梦动症情况。

夏继诚说："你这算什么病啊？现在医学科学飞速发展，说不定哪一天早上起来，一根针两片药就彻底解决了。"

黄志毅说："理论上讲有这个可能，但理论和现实之间谈何容易？"

夏继诚说："你说的也有道理。不过我俩已年逾古稀，我还痴长你几岁，早就把生死看淡了。"

黄志毅笑着说："夏兄我不知你具体如何想，我心是永远跟随共产党。"

夏继诚听了爽快地说："好！同路不失伴。我们一路同行紧紧跟随吧。"